U0664546

东莞风华四十年

1949—1988

《南方日报》中的东莞

壹

东莞图书馆 编

南方传媒
广东人民出版社
·广州·

图书在版编目（CIP）数据

东莞风华四十年：1949—1988：《南方日报》中的东莞 / 东莞图书馆编 . —广州：广东人民出版社，2023.5
ISBN 978-7-218-16510-3

Ⅰ . ①东… Ⅱ . ①东… Ⅲ . ①新闻报道—作品集—中国—当代 Ⅳ . ① I253

中国国家版本馆 CIP 数据核字（2023）第 055528 号

DONGGUAN FENGHUA SISHI NIAN（1949–1988）：NANFANGRIBAO ZHONG DE DONGGUAN

东莞风华四十年（1949—1988）：《南方日报》中的东莞

东莞图书馆　编

出 版 人：肖风华

封面题字：刘洪镇
责任编辑：张贤明　唐金英
责任校对：周潘宇镝
封面设计：瀚文文化
责任技编：周星奎

出版发行：广东人民出版社
地　　址：广州市越秀区大沙头四马路 10 号（邮政编码：510199）
电　　话：（020）85716809（总编室）
传　　真：（020）83289585
网　　址：http://www.gdpph.com
印　　刷：广州市豪威彩色印务有限公司
开　　本：787mm × 1092mm　1/16
印　　张：66.5　　**字　　数**：1000 千
版　　次：2023 年 5 月第 1 版
印　　次：2023 年 5 月第 1 次印刷
定　　价：680.00 元（全三册）

如发现印装质量问题，影响阅读，请与出版社（020–85716849）联系调换。
售书热线：020–85716833

《东莞风华四十年》编纂委员会

主　　任：武一婷　中共东莞市委常委、宣传部部长

副 主 任：李炳球　中共东莞市委党史研究室主任

　　　　　司　琪　东莞市文化广电旅游体育局党组书记、局长

委　　员：余建民　东莞市文化广电旅游体育局二级调研员

　　　　　殷柱华　东莞市文化广电旅游体育局副局长

　　　　　李东来　东莞图书馆馆长、研究馆员

　　　　　冯　玲　东莞图书馆副馆长、研究馆员

　　　　　蔡　冰　东莞图书馆副馆长、研究馆员

　　　　　莫启仪　东莞图书馆副馆长、研究馆员

策　　划：李炳球　李东来

主　　编：蔡　冰

执行主编：钟敬忠

编　　辑：庞宏广　刘小斌　陈梓杰

封面题字：刘洪镇

前言

东莞，这颗镶嵌在珠江口南岸的璀璨明珠，是一片历史底蕴深厚的土地。南粤远古时期，岭南文明在此滥觞；鸦片战争时期，林则徐等在此揭开近代中国反抗外来侵略的历史新篇章；抗日战争时期，东江纵队在此抛头颅、洒热血，谱写了同仇敌忾的英雄赞歌；中华人民共和国成立后，勤劳勇敢的东莞人民在此挥洒汗水，使其成为闻名全国的“鱼米果之乡”。1985年9月，东莞县改设为东莞市（县级），1988年1月，东莞市升格为地级市，领改革开放风气之先，实现了从农业社会向工业社会、从农村到城市的跨越式发展，成为国际加工业制造名城，抒写了一座城市发展的传奇，成为中国改革开放和现代化建设精彩而生动的缩影。

历史是一座城市厚重的记忆，为了回顾总结东莞在1949年10月中华人民共和国成立以来至1988年1月成为地级市之前的沧桑巨变，聚焦笔墨记载东莞在此期间的点滴变化，镜头捕捉东莞在此期间的成长状态，展视媒体视角下的东莞政治、经济、文化、社会、城建、人民生活等方面的发展脉络、辉煌成就、时代变迁与时代精神，东莞图书馆组织专人对《人民日报》《广东画报》《南方日报》等新闻媒体关于东莞的报道进行收集整理，从1915篇（幅）报道中挑选了1322篇（幅）以时间先后为主线进行编排，汇集成《东莞风华四十年》，以此存史资政，为东莞品质发展丰富内涵，为东莞精彩巨变喝彩欢颂，为东莞成长进步加油鼓劲。

《东莞风华四十年》共二种、四册，第一种（一册）为《人民日报》（1949—1988）和《广东画报》（1959—1988）中关于东莞的报道，包含332篇（幅）报道；第二种（共三册）为《东莞风华四十年（1949—1988）：〈南方日报〉中的东莞》，包含990篇（幅）报道。其具体内容既有东莞解放后积极发展水稻、甘蔗、木薯、黄麻、香蕉、荔枝、渔业等产业，建设“鱼米果之乡”的成就，也有兴建“东深引水工程”“东莞运河工程”等战天斗地的建设场景；既有东莞发展制糖、木薯加工、莞草工艺品、烟花炮竹等传统工业和手工业的建设纪实，也有开展举重、游泳等体育事业为国争光的荣誉礼赞；既有东莞乘改革开放风气之先，成立全国第一家“三来一补”

企业——太平手袋厂的敢闯敢试，也有东莞高埗镇集资建桥的时代创举……这些笔触与镜头是东莞人民劳动创造历史的最真实记忆，是东莞现代社会发展最精彩的篇章。

站在“双万”城市的新起点，回眸媒体视角下中华人民共和国成立后东莞前四十年的发展历史，让我们沦肌浃骨地感知东莞人民建设美好新家园艰苦创业的精神和智慧，敢为人先、勇立潮头的勇气和气魄；让我们身临其境地触摸东莞这座城市崛起的脉搏与气息，感知海纳百川、厚德务实的城市精神。学史增信、学史力行，东莞图书馆将以更宽的视野、更高的要求、更有力的举措，进一步加强地方文献的开发，传承文明，服务社会。

编 者

2023年3月

凡例

一、本书在搜集中华人民共和国成立后至东莞升格为地级市前（1949年10月至1988年1月）的1041篇《南方日报》东莞报道基础上，根据重点报道主题和相关内容遴选了990篇编辑成册。

二、本书内容根据《南方日报》原版报纸进行影印，并按报道时间先后顺序进行排列，同一日期按版次先后顺序进行排序。

三、本书每篇报道均按照标题、作者、报道日期及版次进行著录，其中，标题的著录以不改变原标题为著录原则，部分没有标题的报道由编者另拟，无标题的图片报道以图片说明文字为标题；作者的著录原则上按照报道署名著录，如个人作者前冠有单位名称的，则只著录个人姓名，不著录单位名称。有些作者名字前后不一致的，如“陈镜堃”“陈镜坤”、“关键”“关健”等，均按照原报道进行著录。

四、本书对篇幅过大、图片文字过小的报道，为了方便读者了解报道内容，撰写了内容摘要。

五、本书对报道中涉及的东莞地名、人名等作了注释。

目录

1949年

1950年

1951年

1952年

1953年

1954年

1955年

1958年

1959年

1960年

1961年

1962年

1963年

1964年

1965年

1966年

1967年

1968年

1970年

327 省卫生事业管理局报道组：《认真搞好计划生育 为革命多作贡献 东莞县八年来坚持开展计划生育工作，取得很大成绩》
《南方日报》1970年12月5日第2版

1971年

329 东莞联合报道组：《农田水利建设上的一个创举——东莞县道滘公社大办潮汐水轮泵的调查报告》
《南方日报》1971年1月11日第1版

330 东莞联合报道组：《在斗争中前进 在支农中发展——东莞县地方工业的调查》
《南方日报》1971年1月12日第3版

331 本报美术组：《赞东莞》
《南方日报》1971年1月12日第3版

332 省糖办、省轻化公司报道组：《工农一条心 蔗糖大增产 东莞糖厂和有关部门组织社会主义大协作，实现斩蔗、运蔗、收购“一条龙”》
《南方日报》1971年3月5日第2版

333 本报记者：《东莞县广大贫下中农不失时机地掌握生产环节，掀起春耕生产高潮，决心夺取今年农业新丰收》
《南方日报》1971年4月2日第2版

334 东莞县报道组：《为工业生产提供更多的原料 东莞县积极扩大黄麻种植面积》
《南方日报》1971年4月14日第3版

335 联合调查组：《在“四好”运动中加强基层党组织建设——东莞粉厂的调查报告》
《南方日报》1971年4月22日第1、4版

336 本报记者：《东莞县附城公社温塘大队发动群众，大力发展养猪事业》
《南方日报》1971年6月19日第2版

337 东莞县道滘公社党委会：《用毛主席的哲学思想指导群众性游泳活动》
《南方日报》1971年7月16日第2版

338 惠阳地区农林水战线、东莞县报道组：《广泛发动群众大积晚造肥料·东莞县迅速掀起晚造积肥热潮》
《南方日报》1971年7月20日第2版

339 潘树培：《蹲点要蹲到“点”上》
《南方日报》1971年9月10日第3版

340 本报通讯员：《东莞县望牛墩公社大鼓革命干劲 抓紧晚稻后期田间管理》
《南方日报》1971年10月30日第2版

341 大岭山公社报道组：《鼓足干劲　搞好秋收　东莞县大岭山公社做好各项准备迎接秋收大忙》
《南方日报》1971年11月4日第2版

342 东莞县报道组：《切实加强领导　认真落实政策　东莞县生猪生产又有新发展》
《南方日报》1971年11月6日第2版

343 联合报道组：《东莞石龙竹器厂党支部认真贯彻党的“九大”团结、胜利路线　认真搞好新老干部革命团结》
《南方日报》1971年11月7日第1版

344 东莞县石碣公社六境大队李屋生产队：《冬季除螟　事半功倍》
《南方日报》1971年12月16日第2版

1972年

346 东莞县石碣公社革委会：《计划生育好处多》
《南方日报》1972年1月27日第3版

347 东莞县农林水报道组：《东莞县积极放养红萍》
《南方日报》1972年2月13日第2版

348 傅芝荣：《不断解决矛盾，实现全面增产》
《南方日报》1972年3月6日第3版

349 东莞县革委会报道组：《认真总结经验　推动春耕生产　东莞县各级领导成员深入春耕生产第一线，同群众商量，及时发现问题，解决问题》
《南方日报》1972年3月22日第1版

350 本报通讯员：《积极投入春耕战斗》
《南方日报》1972年3月23日第2版

351 《沼气发电》
《南方日报》1972年3月24日第3版

352 省水电局报道组：《以防为主　防重于抢　东莞县横岗水库十二年安全度汛》
《南方日报》1972年5月12日第2版

353 《“游泳之乡”健儿多》
《南方日报》1972年6月10日第3版

354 东莞县、道滘公社联合报道组：《东莞县道滘公社党委遵照毛主席的教导　把培养新干部当作一件大事来抓》
《南方日报》1972年6月24日第1版

355 东莞县生产资料公司报道组：《放养夏季红萍　解决晚造肥源》
《南方日报》1972年7月3日第3版

371　叶葵满：《移风易俗办婚事》
《南方日报》1972年11月15日第3版

372　省建工局、东莞县报道组：《东莞水泥厂提前完成全年生产计划　水泥比去年同期增产二成半》
《南方日报》1972年11月24日第2版

373　东莞县黄江公社调查组：《积极钻研技术　为革命多养猪　鸡啼岗大队养猪越来越多》
《南方日报》1972年12月13日第2版

1973年

375　县、社报道组：《组织社会主义协作　贯彻自愿互利政策　东莞茶山大围改水配套工程进度大大加快，迅速发挥效益》
《南方日报》1973年1月7日第2版

376　《改革固定式水泵为流动式》
《南方日报》1973年1月15日第2版

377　本报通讯员：《发动群众清仓查库挖掘潜力　东莞农机配件厂增产节约运动蓬勃开展》
《南方日报》1973年1月30日第3版

378　东坑公社塔岗大队报道组：《事情发生在二十四小时内》
《南方日报》1973年2月19日第2版

379　东莞县大岭山公社大岭大队第二生产队：《学习辩证法　改造山坑田》
《南方日报》1973年2月26日第3版

380　东莞县报道组：《东莞县委领导成员深入生产第一线　扎扎实实搞好春耕生产》
《南方日报》1973年3月7日第1版

381　大岭山公社报道组：《让妇女干部经风雨见世面　东莞县大岭山公社一批妇女新干部茁壮成长》
《南方日报》1973年3月7日第2版

382　东莞县中堂公社报道组：《中堂公社大面积放养红萍》
《南方日报》1973年3月9日第2版

383　本报通讯员：《学英雄立大志　东莞县南城小学开展多种活动加强对学生的思想教育》
《南方日报》1973年3月30日第3版

384　中共东莞粉厂委员会：《事在人为——我们在学习大庆中是怎样克服原材料和电力不足的困难的？》
《南方日报》1973年4月6日第1、2版

385　报道组：《东莞县机电厂青年为革命钻研技术》
《南方日报》1973年4月23日第2版

1974年

1975年

433 本报通讯员、本报记者：《总结农田基本建设成绩　找出早造生产薄弱环节　东莞县乘胜前进狠抓革命猛促春耕》
《南方日报》1975年3月7日第1版

434 徐致祥：《坚定不移地为工农兵服务》
《南方日报》1975年3月10日第3版

435 本报通讯员：《消除烟尘　保护环境　降低煤耗　东莞氮肥厂因陋就简改造锅炉》
《南方日报》1975年3月29日第3版

436 望牛墩公社报道组：《望牛墩公社树立抗灾夺丰收思想　采取措施精心管好早稻》
《南方日报》1975年4月24日第1版

437 道滘公社报道组：《水乡地区一年三熟大有可为　道滘公社二万亩小麦增产》
《南方日报》1975年4月26日第2版

438 大岭山公社团委：《身残志坚——记东莞县大塘朗大队青年袁植才》
《南方日报》1975年4月29日第3版

439 厂报道组：《东莞道滘造船厂　积极生产挖泥船》
《南方日报》1975年5月24日第3版

440 厚街公社报道组：《厚街公社卫生院成功进行断指再植》
《南方日报》1975年5月25日第2版

441 《今日围田景色新　东莞县桥头公社山和大队》
《南方日报》1975年6月3日第2、3版

442 《红萍多了粮食多　东莞县中堂公社黄涌大队》
《南方日报》1975年6月3日第3版

443 县生产资料公司报道组：《学理论　抓路线　促大干　东莞、丰顺生产资料公司积极做好夏收夏种物资供应工作》
《南方日报》1975年7月14日第3版

444 《加强思想教育　管好民兵武器——东莞县长安公社武装基干民兵连管理武器的调查》
《南方日报》1975年7月23日第3版

445 公社报道组：《解剖典型　对比分析　企石公社扎扎实实掀起晚造生产热潮》
《南方日报》1975年7月24日第1版

446 惠政宣、县报道组：《坚持政治挂帅　认真落实政策　东莞县做好烈军属优抚和复员退伍军人安置工作》
《南方日报》1975年7月29日第3版

447 公社报道组：《总结早造施肥经验　大破因循守旧思想　万江公社全面推广深层施肥》
《南方日报》1975年8月29日第3版

448 万江公社办公室：《万江公社及早备足冬种小麦种子》
《南方日报》1975年10月22日第1版

449 公社报道组、本报记者：《发挥现有农机设备潜力的一条重要途径——道滘公社根据水乡特点改革农机具的调查》
《南方日报》1975年11月11日第3版

450 凤岗公社报道组：《东莞县凤德岭大队在学习贯彻全国农业学大寨会议精神中 以政治夜校为阵地深入进行思想发动》
《南方日报》1975年11月29日第1版

451 镇报道组：《选定专题深入学习》
《南方日报》1975年12月15日第3版

452 镇报道组：《为农业大上快上多作贡献 石龙镇组织各行各业转轨支农》
《南方日报》1975年12月16日第3版

1976年

454 桥头公社报道组、本报记者：《坚持蹲点 带头革命——东莞县桥头公社党委带领群众学大寨的事迹》
《南方日报》1976年1月19日第1、3版

455 厂报道组：《东莞机电厂试制成化工防腐型电动机》
《南方日报》1976年1月24日第3版

456 本报通讯员、本报记者：《坚持抓革命促生产的方针 东莞县春耕生产热气腾腾》
《南方日报》1976年3月21日第2版

457 本报通讯员：《互相学习 团结战斗》
《南方日报》1976年3月25日第3版

458 《今年全国春季游泳比赛捷报频传 又刷新了一批全国纪录和全国少年甲组记录》
《南方日报》1976年4月26日第3版

459 本报通讯员、本报记者：《知识青年麦小凌（左）担任了东莞县道滘公社大岭丫大队党支部副书记后，坚持参加集体生产劳动，争当限制资产阶级法权的促进派》
《南方日报》1976年8月6日第2版

460 本报记者：《东莞县石碣公社唐洪大队党支部决心带领广大贫下中农，认真学习毛泽东思想，继承毛主席的遗志，沿着毛主席指引的社会主义金光大道奋勇前进》
《南方日报》1976年10月8日第1版

461 《中共东莞县委带领广大干部、群众，坚决贯彻执行华国锋同志在去年全国农业学大寨会议上作的总结报告的精神，排除“四人帮”的干扰和破坏，坚持大干苦干，山河大变，面貌一新》
《南方日报》1976年12月30日第4版

1977年

463　《东莞县万江公社金泰大队永泰生产队把冬种当作一造来抓，一抓到底，毫不放松》
《南方日报》1977年2月8日第4版

464　公社报道组：《深揭狠批“四人帮”　管好冬种作物》
《南方日报》1977年2月15日第2版

465　虎门公社报道组：《关心群众生活要过细》
《南方日报》1977年2月21日第2版

466　本报通讯员：《东莞县人民武装部积极协助做好复员退伍军人的思想政治工作，充分发挥他们的作用》
《南方日报》1977年2月22日第3版

467　东莞县大岭山公社评论组：《春耕生产要抓得很紧》
《南方日报》1977年2月27日第3版

468　何松伟：《战天斗地抢种旱地作物》
《南方日报》1977年3月15日第3版

469　东莞县、公社报道组：《东莞县望牛墩公社干部社员发扬大寨人天大旱、人大干的革命精神，全力以赴打好抗旱春耕这一仗》
《南方日报》1977年3月22日第3版

470　本报通讯员：《东莞县企石公社堂下大队小麦千亩片丰收在望》
《南方日报》1977年3月24日第2版

471　本报通讯员：《东莞县企石公社党委书记、民兵团政委李克女深入到堂下大队，给民兵讲雷锋的故事》
《南方日报》1977年3月31日第3版

472　本报记者：《外国朋友在机械广场参观广东省东莞县联合收割机厂制造的工农—10型水稻联合收割机》
《南方日报》1977年5月12日第3版

473　公社报道组、本报记者：《坚持耕作制度改革　实现粮食大上快上　东莞新塘大队春收小麦大面积高产》
《南方日报》1977年5月23日第3版

474　公社报道组、本报记者：《以毛泽东思想为武装深入揭批“四人帮”　东莞县道滘公社党委组织干部群众认真学习〈毛泽东选集〉第五卷，自觉坚持抓纲带目，推动了革命和生产的发展》
《南方日报》1977年6月10日第2版

475　道滘公社报道组：《东莞县道滘公社坚持开展群众性体育活动，促进农业学大寨群众运动深入发展》
《南方日报》1977年6月10日第3版

476 本报通讯员：《东莞县虎门公社武山沙大队集中船艇到海上打蚬积肥，为晚造备足肥料》
《南方日报》1977年6月20日第2版

477 本报记者：《总结增产经验 落实增产措施 东莞县抓紧培育晚造壮秧》
《南方日报》1977年6月22日第1版

478 本报通讯员、本报记者：《袁山贝大队大种夏季绿肥》
《南方日报》1977年7月6日第1版

479 本报通讯员：《农业机械要为晚造大丰收大显身手 道滘公社认真管好用好农业机械》
《南方日报》1977年7月14日第1版

480 《钢要用在刀刃上》
《南方日报》1977年7月14日第1版

481 本报通讯员：《抓纲促大干 大地展新容 东莞县“四旁”绿化取得显著成绩》
《南方日报》1977年8月9日第3版

482 本报记者：《提高田间管理水平 夺取晚造大丰收 东莞县开展“三田”活动》
《南方日报》1977年8月17日第1版

483 东莞县桥头公社杨公朗生产队队委会：《我们贫下中农的共同心愿》
《南方日报》1977年8月28日第2版

484 《东莞县及早做好冬种准备 发动群众为冬小麦备足肥料》
《南方日报》1977年10月17日第1版

485 县财贸办、县生产资料公司报道组：《东莞、兴宁财贸供销部门及早动手组织供应物资 大力支援今冬明春农田基本建设》
《南方日报》1977年10月21日第2版

486 本报通讯员、本报记者：《东莞县广大干部带领群众大打农业翻身仗》
《南方日报》1977年11月2日第1版

487 公社报道组：《万江公社提高小麦种植质量》
《南方日报》1977年11月17日第2版

488 新湾公社党委办公室：《新湾公社提前超额完成海洋捕捞计划》
《南方日报》1977年11月19日第3版

489 《东莞县万江公社石美大队今年晚造又获高产，社员们边收边晒，不违农时地完成晚稻收割任务》
《南方日报》1977年11月20日第4版

490 本报记者：《东莞县沙田公社晚稻喜获丰收》
《南方日报》1977年11月24日第2版

491 《东莞县厚街公社新塘大队在开展冬小麦丰产运动中，采取有效措施提高小麦种植质量，加强管理，使种下的小麦苗齐壮旺》
《南方日报》1977年11月24日第4版

492　《依靠群众　扩大货源　保障供应　东莞县生产资料公司支农工作越做越好》
《南方日报》1977年12月4日第3版

493　东莞县常平公社袁山贝大队:《新法养猪效果好》
《南方日报》1977年12月14日第3版

494　东莞县大岭山公社大塘大队党支部:《这样指挥生产贫下中农欢迎》
《南方日报》1977年12月24日第2版

495　东莞县道滘公社北永大队党支部:《种好自留地就是资本主义倾向吗？》
《南方日报》1977年12月25日第3版

1978年

497　省建工局报道组：《学大庆　赶东莞　出成果　我省小水泥生产去年创新纪录》
《南方日报》1978年1月7日第2版

498　《东莞县广大社员和干部，深入开展农业学大寨运动，掀起农田基本建设高潮》
《南方日报》1978年1月12日第4版

499　本报记者：《农业要大上　肥料要跟上　东莞县下苦功搞好肥料基本建设去年粮食增产超过一亿斤》
《南方日报》1978年1月23日第2版

500　县报道组、本报记者：《东莞化州备耕积肥动手早声势大》
《南方日报》1978年1月28日第1版

501　报道组：《东莞县清溪公社移风易俗　一百多名男子到女家结婚落户》
《南方日报》1978年2月5日第3版

502　黄煌发：《制订生产计划必须统筹兼顾》
《南方日报》1978年2月16日第2版

503　东莞县革命委员会：《依靠群众办好四级农科网》
《南方日报》1978年2月24日第3版

504　金水、一权：《捡牛粪的人又多起来了》
《南方日报》1978年3月21日第2版

505　本报通讯员、本报记者：《人高兴，牛也高兴了》
《南方日报》1978年4月4日第3版

506　岑祖谋、刘燕航：《落实增产措施一定要有个好作风》
《南方日报》1978年4月4日第1版

507　《贯彻五届人大精神　大力抓好农业生产　东莞县力争不误农时地完成春耕任务》
《南方日报》1978年4月5日第1版

508 《东莞县附城公社党委领导成员同社员一起，认真学习五届人大文件，决心带领群众，为高速度发展农业多作贡献》
《南方日报》1978年4月14日第2版

509 袁连光：《廉洁奉公的堡垒》
《南方日报》1978年7月2日第3版

510 刘燕航：《努力搞好基础知识教学——记东莞县莞城第一小学教师巫燕玲》
《南方日报》1978年7月4日第3版

511 《推广先进经验　落实具体措施　望牛墩公社全力投入“双夏”战斗》
《南方日报》1978年7月6日第1版

512 李干鸿：《不失时机收购金银花》
《南方日报》1978年7月10日第3版

513 肖钖权、黎瑞峰、赖海晏、郑鸿裕：《善于组织“团体赛”的班长——记东莞县中堂公社党委书记杜淦明》
《南方日报》1978年7月12日第3版

514 岑祖谋、赖海晏：《认真总结历年晚造早插迟插的经验教训　东莞县继续大抓一个“早”字》
《南方日报》1978年7月14日第1版

515 《东莞县道滘公社党委领导成员同生产队干部、社员一起研究管理晚造秧苗问题，为夺取晚造大丰收创造条件》
《南方日报》1978年7月16日第2版

516 本报通讯员：《“一年早知道”规划要经常检查》
《南方日报》1978年7月20日第2版

517 尹盛发：《做好转化工作　发展大好形势》
《南方日报》1978年7月24日第3版

518 本报通讯员、本报记者：《亩产吨粮以后按高标准进行田管落实措施再夺高产　温塘大队晚造基肥翻一番》
《南方日报》1978年8月5日第1版

519 本报记者、本报通讯员：《向企业管理要产量　东莞县氮肥厂管理上轨道，生产节节上升，扭亏为盈》
《南方日报》1978年8月7日第2版

520 道滘公社报道组：《道滘供销社认真检查改进支农工作》
《南方日报》1978年8月8日第1版

521 县报道组：《东莞县大搞中耕积肥》
《南方日报》1978年8月14日第2版

1979年

550 县蔗糖生产办公室：《向阳队高产甘蔗亩产超过四万斤》
《南方日报》1979年4月9日第2版

551 本报通讯员：《东莞县完成四类分子评审摘帽工作》
《南方日报》1979年4月10日第1版

552 何修渡：《人老心红的积肥员》
《南方日报》1979年4月23日第2版

553 本报通讯员：《因地制宜搞好规划推动生产　东莞县应用农业区划成果收效显著》
《南方日报》1979年4月26日第1版

554 本报通讯员：《帮助干部学会用经济手段管理经济　横沥公社培训生产队长取得成效》
《南方日报》1979年5月23日第3版

555 何煜南、罗修湖：《贯彻三中全会精神　因地制宜发展工副业　东莞企石公社集体经济不断发展》
《南方日报》1979年5月24日第2版

556 陈健聪：《东莞县道滘公社党委领导同志和九曲大队第十一生产队干部研究田管措施》
《南方日报》1979年5月24日第1版

557 何进湖：《善于划算巧当家》
《南方日报》1979年6月4日第2版

558 东组：《东莞烟花放异彩》
《南方日报》1979年6月6日第2版

559 本报通讯员：《赖沃洪刻苦钻研制成平田器》
《南方日报》1979年6月11日第2版

560 陈健聪、陈捷凤：《东莞县道滘公社农科站的知识青年，安心农村，努力学习科学知识》
《南方日报》1979年6月19日第3版

561 何煜南、罗修湖：《解决农科人员的实际困难》
《南方日报》1979年6月19日第3版

562 本报通讯员、本报记者：《中堂公社总结经验狠抓晚造备耕》
《南方日报》1979年6月30日第1版

563 周维启：《东莞、高鹤农业生产资料供应部门　认真做好“双夏”农具供应工作》
《南方日报》1979年7月4日第1版

564 本报通讯员、本报记者：《抓紧时机搞好“四夏”工作·东莞县沙田公社集中劳动力，早稻已经收割七成》
《南方日报》1979年7月10日第1版

565 刘谭金：《东莞县试种橡胶树获得成功》
《南方日报》1979年7月12日第2版

581　《倾注心血浇新苗——记优秀业余举重教练员陈枝》
《南方日报》1979年11月11日第4版

582　本报通讯员：《举重之乡石龙镇》
《南方日报》1979年11月16日第2版

583　江舟：《今年秋交会上展出的玻璃钢风帆游艇受到好评》
《南方日报》1979年11月17日第1版

583　郭观华：《东莞举办放养美国红萍技术训练班》
《南方日报》1979年11月22日第2版

584　县委办调查组：《计划全社平均每人增收五十元　常平公社大抓经济收入》
《南方日报》1979年11月24日第1版

585　冯章：《莞城副食品商店　实行定时定点送货制度》
《南方日报》1979年11月25日第3版

585　张明光、利晖辉：《东莞县企石公社湖屋大队民兵营，组织民兵学习法律，进行遵守法纪教育，提高广大民兵遵纪守法观念》
《南方日报》1979年11月27日第2版

586　张明光、袁治平：《壮大集体经济　增加社员收入　上沙大队因地制宜广开生财之道》
《南方日报》1979年12月2日第2版

587　农国英：《东莞县沙田公社西太隆大队东头围生产队今年有了自主权，合理调整了生产布局，晚造获得了粮食、甘蔗、水草等作物的大丰收。在秋收分配中，家家户户都增加了收入》
《南方日报》1979年12月8日第4版

1980年

589　岑祖谋：《春风从北京吹来——东莞县沙田公社见闻》
《南方日报》1980年1月3日第2版

590　梁冰、张明光、张祖民：《为了让群众欢度节日　佛山市、东莞县商业部门努力做好新年、春节市场供应》
《南方日报》1980年1月5日第2版

591　岑祖谋:《横岗水库大搞综合利用成效大——职工工资和管理经费自给有余》
《南方日报》1980年1月7日第1版

592　《东莞县三百多户职工喜气洋洋搬进新居》
《南方日报》1980年1月7日第2版

593　培顺、高华：《玻璃钢救生艇》
《南方日报》1980年1月17日第2版

624 曾洪：《东莞县充分利用水利工程开展综合经营，发展以养鱼为中心的养殖业，大种果树，增加收入，并为国家增加物质财富》
《南方日报》1980年7月2日第1版

625 梁冰、方锐球、房玉强：《东莞县双夏农具下拨到队》
《南方日报》1980年7月12日第2版

626 张望自：《东莞县重视图书馆网建设》
《南方日报》1980年7月27日第2版

627 东新学：《生活上热情关怀　有困难积极解决　茶山公社注意调动复退军人生产积极性》
《南方日报》1980年7月29日第2版

628 县教育局：《东莞县拨款修建学校校舍》
《南方日报》1980年8月3日第2版

629 古金晃：《东莞实现电话自动化》
《南方日报》1980年8月13日第2版

630 罗修湖、张志荣：《走了一着好棋　搞活三个大队　厚街公社三个大队通过互相顶替水稻和水草上调任务，调整了农业布局，效果显著》
《南方日报》1980年8月22日第1版

631 《袁山贝大队承建港澳同胞和华侨住宅》
《南方日报》1980年8月23日第1版

632 《超额计件　奖足罚半　东莞烟花爆竹厂打破吃“大锅饭”思想》
《南方日报》1980年9月8日第3版

633 梁冰、张志平：《东莞供应月饼原料》
《南方日报》1980年9月8日第4版

634 《养鱼为主　多种经营　横岗水库大搞综合利用收入显著增加》
《南方日报》1980年9月11日第3版

635 杨宇钟：《发展优势　增加收入》
《南方日报》1980年9月11日第3版

636 陈镜坤：《救死扶伤 不留姓名》
《南方日报》1980年10月8日第1版

637 肖琼瑶、陈朋志、陈淦林：《石龙今日更多姿》
《南方日报》1980年10月10日第4版

638 何妹：《东莞县建材厂出口红砖质量全省第一》
《南方日报》1980年10月23日第2版

638 梁冰、罗念躁：《适应农村市场不断变化的需要　东莞一批新款家具应市》
《南方日报》1980年11月10日第4版

1981年

669 冯章：《东莞在特大暴雨袭击后积极开展救灾工作　以六中全会精神为动力夺取晚造丰收》
《南方日报》1981年7月20日第1版

670 《东莞首批缩冻乳猪运抵香港》
《南方日报》1981年7月24日第1版

671 刘国钧、张明光：《战场上是英雄　建设中是模范》
《南方日报》1981年7月24日第1版

671 易渡：《东莞烟花上半年出口创汇增加》
《南方日报》1981年8月1日第4版

672 公社办公室：《万江公社决心夺回受灾损失》
《南方日报》1981年8月6日第2版

673 淦深：《包干带来丰收　丰收不忘国家　东莞青溪公社夏粮入库进度快》
《南方日报》1981年8月7日第1版

673 《麻涌香蕉丰收》
《南方日报》1981年8月8日第1版

674 冯章、岑祖谋：《关键在于有一个好的精神状态　东莞县各级领导干部联系实际学〈决议〉，振作精神，提高抗灾夺丰收的信心，加强对晚造生产的领导》
《南方日报》1981年8月23日第1版

675 岑祖谋：《落实三中全会政策　农工副业一齐上　常平公社在致富道路上大踏步前进》
《南方日报》1981年8月30日第1版

676 本报评论员：《又一个把农村搞活变富的典型》
《南方日报》1981年8月30日第1版

677 林史：《东莞无线电厂研制成功自动失真仪》
《南方日报》1981年9月1日第1版

677 黎婉萍：《美籍华人游泳队昨晚在东莞进行友谊赛》
《南方日报》1981年9月8日第2版

678 梁冰、房玉强：《扩大企业自主权　实行“分灶吃饭”　东莞县供销社盈利为全省县级社之冠》
《南方日报》1981年9月10日第2版

679 东莞县委宣传部、文化局、文化馆联合调查组：《形式多样　制度健全　党委重视　厚街公社群众文化中心办得活》
《南方日报》1981年9月24日第2版

680 《常平公社召开“土专家”经验交流会》
《南方日报》1981年9月29日第1版

681 刘少春：《东莞玻璃钢滑水风帆（艇）在秋交会上受欢迎》
《南方日报》1981年10月24日第1版

682 省农委经管处、东莞县农村部调查组：《专业承包责任制的一种新形式——东莞县荔枝园生产队实行专业包干的调查》
《南方日报》1981年11月16日第2版

683 陈漫天：《东莞常平公社社员周炽棠一家积极劳动 一年收入几乎可建一座“洋楼”》
《南方日报》1981年12月3日第1版

684 宫策、姜开明：《历史性的变化——访珠江三角洲东莞县农村》
《南方日报》1981年12月24日第1、2版

1982年

687 岑祖谋：《在搞好粮食生产前提下积极发展经济作物 沙田公社大灾之年社员饭碗满荷包胀》
《南方日报》1982年1月29日第1版

688 本报评论员：《在国家计划指导下把农业搞活》
《南方日报》1982年1月29日第1版

689 陈漫天：《没想到富得这么快——东莞县常平公社访问记之一》
《南方日报》1982年2月2日第1版

690 陈漫天：《从“冬天的土地出黄金”说起——东莞县常平公社访问记之二》
《南方日报》1982年2月3日第1、3版

691 陈漫天：《请看他们的粮食生产史——东莞县常平公社访问记之三》
《南方日报》1982年2月4日第2版

692 陈漫天：《对外开放的农村——东莞县常平公社访问记之四》
《南方日报》1982年2月5日第2版

693 陈漫天：《他们向一个传统观点挑战——东莞县常平公社访问记之五》
《南方日报》1982年2月6日第2版

694 梁冰：《东坑市场小景》
《南方日报》1982年3月6日第4版

695 黄冰、方强：《东莞农村需求的夏令商品转向高中档》
《南方日报》1982年3月27日第4版

696 谭子健：《“金锁铜关”一卫士》
《南方日报》1982年4月22日第2版

697 《要象欧荣同那样敢于斗争》
《南方日报》1982年4月22日第2版

698 《东莞县宣传战线大批青年要求入团》
《南方日报》1982年6月13日第1版

699　本报通讯员、本报记者：《香风吹不倒　邪气侵不入——记滘联大队党支部带领群众走社会主义道路的事迹》
《南方日报》1982年6月15日第1、2版

701　秦放：《东莞蕉艇在莲花山遇浪沉没　经“德跃”轮救助幸免损失》
《南方日报》1982年6月21日第1版

702　《东莞县党政机关和各阶层人民热烈参加宪法修改草案的讨论》
《南方日报》1982年6月22日第2版

703　刘国钧：《石碣公社表彰劳动致富的复退军人》
《南方日报》1982年7月5日第1版

704　岑祖谋：《在打击严重经济犯罪活动中继续搞活经济　东莞县农工副业全面增产增收》
《南方日报》1982年7月24日第1版

705　《农村也要打“进军鼓”》
《南方日报》1982年7月24日第1版

706　林羽：《为“三来一补”说几句话》
《南方日报》1982年8月8日第2版

707　梁冰、房玉强：《根据农村市场需要广开进货渠道　东莞农村市场日用品数量多款色新》
《南方日报》1982年8月14日第4版

708　冯章：《包产到户促进了养猪业发展　黄草朗大队平均每户养猪十多头》
《南方日报》1982年8月23日第2版

709　《对外开放政策结出丰硕成果　东莞对外加工居全省首位》
《南方日报》1982年8月26日第1版

710　卢棣梁：《坚持集体、社员一齐富　常平公社掀起大搞晚造大抓经济的热潮》
《南方日报》1982年8月28日第1版

711　岑祖谋：《从常平公社一举推广杂交水稻二万多亩的经验看　粮食生产可以来个新突破》
《南方日报》1982年9月1日第2版

712　本报评论员：《怎样看待常平的新突破？》
《南方日报》1982年9月1日第2版

713　冯章：《东莞对国家贡献越来越大》
《南方日报》1982年9月4日第3版

714　本报通讯员：《提高党的战斗力　努力实现“翻两番”　万江公社党委联系实际认真学习新党章，总结三中全会以来的成功经验，满怀信心夺取更大胜利》
《南方日报》1982年9月18日第1版

715　荣锦光：《万江炮竹烟花出口增加》
《南方日报》1982年10月30日第4版

716 《水果型玉米　四季可收成　东莞袁山贝大队运送三十七卡车这种玉米出口》
《南方日报》1982年11月5日第1版

717 陈士军：《省农民篮球赛昨日在东莞常平举行》
《南方日报》1982年11月10日第3版

718 陈兴华、杨宇钟:《东莞县寮步公社粮所与上棣生产队合营养鸡》
《南方日报》1982年12月18日第2版

1983年

720 陈楚光:《蕉乡麻涌去来》
《南方日报》1983年1月3日第3版

721 吴玲:《膘肥体壮的牛群纷纷涌进……　兴旺的横沥牛墟》
《南方日报》1983年1月13日第2版

722 《香蕉稻谷双丰收　烧砖运输一齐上　麻涌公社工农业总产值两年翻一番》
《南方日报》1983年1月15日第1版

723 岑祖谋、冯章：《既抓生产又抓商业改革　东莞县农副产品多又卖得出去》
《南方日报》1983年2月3日第1、2版

723 《要货如轮转》
《南方日报》1983年2月3日第1版

724 《供销社和农民联合经营　麻涌香蕉远销上海武汉》
《南方日报》1983年2月4日第1版

725 李汝芳、朱松龄、李克：《农田基本建设还要加把劲！·东莞县修水利二千多宗，改造中、低产田八万多亩》
《南方日报》1983年2月6日第2版

726 谢兆恩：《跨区跨县承包农业科学技术的一个范例　高州向东莞常平输出杂优技术成效大》
《南方日报》1983年2月22日第1版

727 本报评论员：《评“财神爷”降临常平》
《南方日报》1983年2月22日第1版

728 冯章：《东莞计划种杂交稻七十五万亩》
《南方日报》1983年3月20日第1版

729 《解决重点户、专业户“买难卖也难”的问题　寮步公社改兽医站为畜牧公司》
《南方日报》1983年3月29日第1版

730　李民英、黄耀全、冯章：《劳动结构上的一个巨大变化　万江公社四分之三农业劳力离土不离乡》
《南方日报》1983年3月30日第1版

731　刘应渠、陈鉴林：《石龙镇三百团员、民兵上街为人民服务》
《南方日报》1983年5月5日第1版

732　陈志忠、黄镜波：《东莞县邮电局争取各方配合　力争暑假报刊发行保持稳定》
《南方日报》1983年5月21日第2版

733　李民英、冯章：《东莞县农村经济咨询服务公司　为专业户提供多种服务》
《南方日报》1983年5月23日第1版

734　《应运而生》
《南方日报》1983年5月23日第1版

735　杨宇钟：《东莞县寮步公社凫山大队乐平围生产队靠科学管理，四百六十株荔枝树平均每株产量达四百斤》
《南方日报》1983年7月7日第1版

736　李民英、冯章：《东莞人民饱暖思文化　全县近万户私人订阅〈南方日报〉》
《南方日报》1983年8月5日第1版

737　《不被注意的大变化》
《南方日报》1983年8月5日第1版

738　冯章：《东莞县早稻总产亩产双超历史》
《南方日报》1983年8月26日第2版

739　李民英、冯章：《怎样保证承包合同全部兑现？　东莞寮步公社的经验是：实行监证制度，加强合同管理》
《南方日报》1983年8月28日第1版

740　关键、冯章：《努力恢复生产　争取灾后丰收　东莞干部群众修复堤围抢救作物》
《南方日报》1983年9月11日第1版

741　张子明、蒋顺章：《国务院批准东莞太平港为对外开放口岸》
《南方日报》1983年9月18日第1版

741　汉滔：《我省健儿又夺金、银牌各一枚　东莞选手徐冠南昨破一项全国纪录》
《南方日报》1983年9月22日第3版

742　陈镜堃、郑咸宁：《东莞图书馆经扩建重新开放》
《南方日报》1983年10月4日第1版

743　关健、冯章：《既抓生产又抓流通　东莞县农副产品达三江通四海》
《南方日报》1983年10月12日第2版

744　冯章：《东莞灾后加强管理晚稻长势良好》
《南方日报》1983年10月17日第2版

1984年

788　冯章：《东莞烟花　中外驰名　国庆节将在天安门燃放》
《南方日报》1984年9月18日第1版

789　冯章：《能手种田　鸿图大展　东莞常平区“大耕家”陈祖早造承包一百二十八亩水稻，增产六千九百多斤，获纯收入六千多元》
《南方日报》1984年9月22日第1版

790　辛人：《举重之乡——石龙镇》
《南方日报》1984年10月5日第2版

791　桂馥：《游泳之乡——东莞县》
《南方日报》1984年10月5日第2版

792　关健、黄耀全：《石龙制药厂注重技术改造和设备更新　四年内产值增加四十多倍》
《南方日报》1984年10月17日第2版

793　冯章：《东莞县积极解决农民“卖粮难”问题》
《南方日报》1984年11月26日第1版

794　冯章：《农民苏淦坤办厂效益高》
《南方日报》1984年12月3日第1版

794　陈楚光、谢德盛：《风扇家庭添新秀　一种多功能的新式风扇在东莞问世》
《南方日报》1984年12月9日第2版

795　冯章：《开展多层次加工　提高农副产品价值　东莞附城区大力发展食品工业》
《南方日报》1984年12月20日第2版

1985年

797　冯章：《东莞县建成综合性射击靶场》
《南方日报》1985年1月3日第3版

798　潘妙贤、冯章：《别具特色饶有风趣　壮志豪情跃然纸上　中国老年书画展览在东莞展出》
《南方日报》1985年1月14日第1版

799　陈德勇：《25日上午，东莞县军民五千多人在太平镇举行迎接六届全运会群众长跑接力活动》
《南方日报》1985年1月31日第3版

800　黄耀全、冯章：《社会集资　人人受益　东莞集资一亿多元兴办公益事业》
《南方日报》1985年2月6日第1版

801　陈朋志、陈淦林：《产品改革创新　企业增添活力　东莞二轻系统经济效益迅速提高》
《南方日报》1985年2月10日第2版

846　袁治平：《运用典型事例提高思想认识　莞城电子厂推普见成效》
《南方日报》1985年12月16日第2版

847　冯章：《搞好精神文明建设的一项重要措施　东莞市努力办好市内电视》
《南方日报》1985年12月19日第2版

1986年

849　吴沛彝：《举重之乡翻起长跑热浪　石龙镇冬季长跑场面壮观》
《南方日报》1986年1月12日第3版

850　张明光：《东莞塑料厂发展快，产品畅销——"读书热"给企业带来活力》
《南方日报》1986年1月16日第4版

851　张明光、陈正宏：《满腔热情待顾客》
《南方日报》1986年1月21日第4版

852　政秘：《省政协在东莞市举行工作座谈会　认识大好形势　推进政协工作》
《南方日报》1986年1月25日第1版

853　张明光、陈飞宏：《景物逼真　格调雅致　东莞艺术影塑画好销》
《南方日报》1986年2月2日第2版

854　梁锡坚、陈飞宏、张明光：《石碣区孤寡老人喜住敬老楼》
《南方日报》1986年2月4日第4版

855　冯章、蓝洁明：《东莞大桥扩建工程竣工通车》
《南方日报》1986年2月6日第1版

856　梁应昌、张明光：《个体户张禧慰问敬老院老人》
《南方日报》1986年2月11日第4版

857　兴锋、爱富：《非能源产地怎样解决能源短缺问题　科研人员协助东莞摸索出新模式》
《南方日报》1986年2月13日第1版

858　李坚、仲南：《重视智力投资　壮大技术力量　横沥水泥厂产值连年增长》
《南方日报》1986年2月13日第2版

858　陈淦林：《石龙镇退休工人乐融融》
《南方日报》1986年2月13日第2版

859　关健、蓝洁明、冯章：《扬"金三角"优势　走"贸工农"道路　东莞市去年创汇一亿六千万美元》
《南方日报》1986年2月22日第1版

860　陈明光、王应伦：《三赴东莞追歹徒》
《南方日报》1986年2月25日第2版

861 雷伟强：《莞城建筑队花55万元为残疾人员建楼房》
《南方日报》1986年2月27日第2版

862 袁治平：《推广新技术 销售新材料 东莞市技协贸易公司热诚为企业服务》
《南方日报》1986年2月27日第2版

863 张明光：《莞城发廊点档多》
《南方日报》1986年3月13日第2版

863 郭、岑：《东文磁带厂涂布生产线投产》
《南方日报》1986年3月17日第1版

864 冯章：《东莞电厂新机组投产》
《南方日报》1986年3月23日第1版

864 邓宪全、吴根培：《东莞今春造林种果十五万亩》
《南方日报》1986年4月4日第1版

865 钟自新：《东莞市前卫体协成立》
《南方日报》1986年5月3日第3版

866 冯章：《抢修防洪设施 清除河道障碍 东莞市高标准做好抗洪准备》
《南方日报》1986年5月6日第1版

867 黄志明、张明光：《莞城北隅区关怀孤寡老人》
《南方日报》1986年5月13日第4版

868 冯章：《东莞市城乡储蓄突破十亿元》
《南方日报》1986年5月14日第1版

869 陈镜堃、张明光：《东莞运河商场讲信誉生意好》
《南方日报》1986年5月27日第4版

870 王迎春：《东莞“健儿”饼干远销甘肃》
《南方日报》1986年6月7日第2版

871 袁治平、陈镜坤：《一网打尽》
《南方日报》1986年6月16日第4版

872 东莞市政协文史组：《东莞上沙发现两件有关孙中山的文物》
《南方日报》1986年6月18日第1版

872 《东莞塑料有限公司开业 多款胶袋、保鲜袋应市》
《南方日报》1986年6月19日第2版

873 陈慧玲、冯章：《农村的游乐园——记东莞市温塘万福园》
《南方日报》1986年6月21日第2版

874 王政富：《促精神文明建设 迎第六届全运会 东莞常平体育馆落成剪彩》
《南方日报》1986年7月2日第3版

875 王峰、冯章：《东莞烟花荣获朱庇特金像奖》
《南方日报》1986年7月9日第1版

876 谢德盛：《东莞风扇总厂奖励批评者》
《南方日报》1986年7月16日第2版

877 冯章：《定点屠宰　统一完税　控制批发　放宽零售　东莞市加强猪肉市场管理》
《南方日报》1986年7月18日第2版

878 冯章、王沛权：《虎门货柜码头开业》
《南方日报》1986年7月20日第1版

878 杨兴锋、冯章：《东莞庆祝国际烟火比赛获奖》
《南方日报》1986年7月21日第1版

879 东办：《东莞市充分发挥信访部门的职能作用》
《南方日报》1986年7月22日第4版

880 杨兴锋、冯章：《东莞市水果发展公司帮助基层发展水果生产　种果技术星火在东莞燎原》
《南方日报》1986年7月27日第1版

881 晓刚：《东莞优质蔬菜畅销香港》
《南方日报》1986年7月28日第2版

882 黄峨：《下放权限　放手经营　注重信誉　东莞市运河商场购销两旺》
《南方日报》1986年8月3日第2版

883 关健、冯章：《调整农业布局　改变产业结构　东莞市农村出现十大变化》
《南方日报》1986年8月10日第1、3版

885 关健、冯章：《东莞市三大产业为何能协调发展　坚持以农业为基础　合理开发农业资源》
《南方日报》1986年8月14日第1、3版

887 本报评论员：《学习东莞经验　繁荣农村经济》
《南方日报》1986年8月14日第1、3版

888 王政富：《发挥“游泳之乡”优势　以游泳带动其他　东莞市争当全国体育先进县》
《南方日报》1986年8月14日第3版

889 关键、冯章：《东莞佳果　四季飘香》
《南方日报》1986年8月20日第1、3版

890 冯章、曾炳泉：《一切为了病人——记东莞市人民医院改进医疗作风的事迹》
《南方日报》1986年8月26日第2版

891 陈淦林：《为人们的健美而辛劳——访石龙弹簧厂厂长朱旭初》
《南方日报》1986年8月28日第4版

892 陈淦林：《石龙镇委整党整出新面貌》
《南方日报》1986年9月2日第1版

893 杨春南：《东莞成为引人注目的创汇大户》
《南方日报》1986年9月7日第1版

894 镜光飞：《东莞新增一米粉厂》
《南方日报》1986年9月27日第2版

895 蓝超仪：《在开放改革前沿阵地上——记东莞市莞城镇的共产党员》
《南方日报》1986年9月30日第2版

896 劳文浩、宋洪耀：《创造宽松环境 自觉接受监督 石碣区委健全民主集中制》
《南方日报》1986年10月28日第2版

897 谭子健、陈书宏：《让东莞经验之花红遍墙内墙外 惠阳地区造林种果热火朝天》
《南方日报》1986年10月31日第1版

898 冯章：《交流专业知识 推广科研成果 提供咨询服务 东莞农村技术协会如雨后春笋》
《南方日报》1986年11月5日第1版

899 吴玲：《经商有道信誉高 客似云来购销旺 东莞市运河商场今年人平销售额突破十二万元，名列全省前茅》
《南方日报》1986年12月8日第1版

900 陈祥雄、汤事谋：《接受专家建议利用荔枝良种优势 东莞大有园建成荔枝苗木基地》
《南方日报》1986年12月8日第2版

901 冯章：《东莞市樟木头区寓政治思想教育于日常生活之中，成为了——外来劳力的“第二故乡”》
《南方日报》1986年12月13日第1版

902 冯章：《东莞市今年水果又获丰收 省果树研究所立了功》
《南方日报》1986年12月15日第1版

1987年

904 《华辉银兔 润满香江 东莞烟花年初二晚将在香港大放异彩》
《南方日报》1987年1月4日第2版

905 陈镜坤：《东莞盆桔货多价高》
《南方日报》1987年1月16日第2版

906 袁治平：《“沉缸旧酒”恢复生产》
《南方日报》1987年1月18日第2版

907 朱东：《东莞市横沥区发展多边联合 吸引外地智力 提高干部素质》
《南方日报》1987年1月22日第2版

1988年

南方日报

1949年

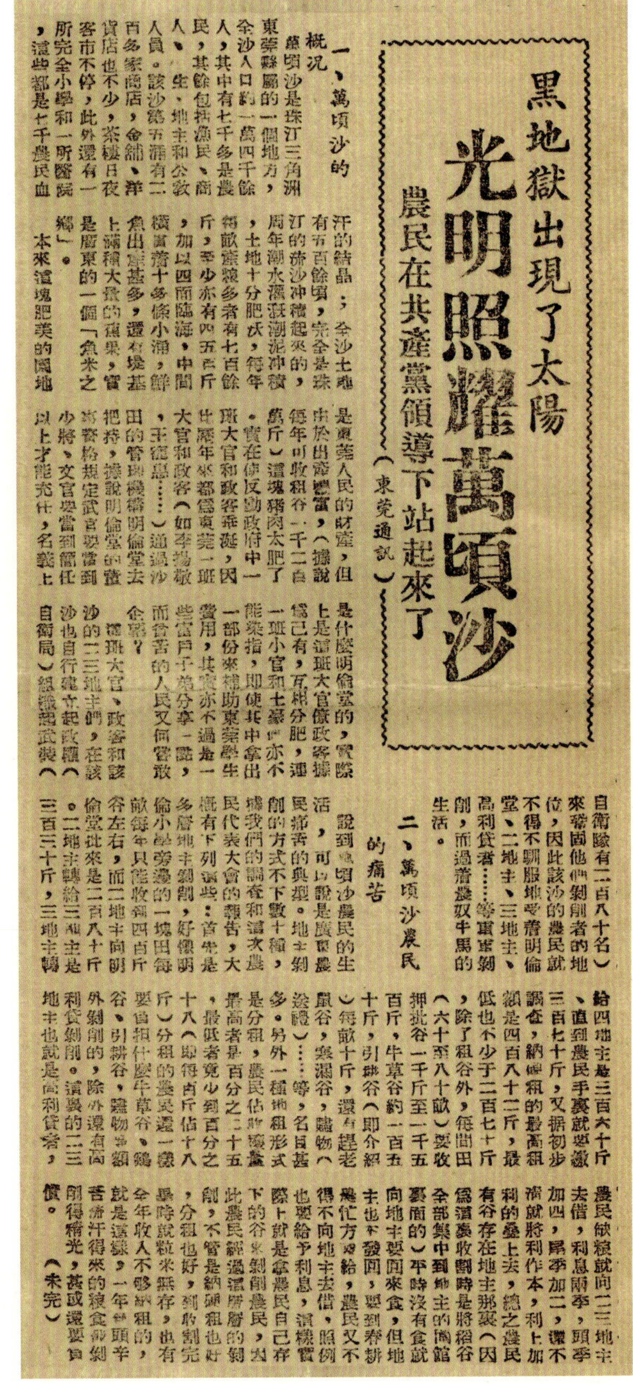

黑地獄出現了太陽

光明照耀萬頃沙

農民在共產黨領導下站起來了

（東莞通訊）

一、萬頃沙的概況

萬頃沙是珠江三角洲東莞縣屬的一個地方，全沙人口約一萬四千餘人，其中有七千多是農民，其餘包括漁民、商人、生、地主和公教人員。該沙鎮五攤有二百多家商店，食舖、洋貨店也不少，茶樓日夜客市不停，此外還有一所完全小學和一所醫院，這些都是七千農民血汗的結晶；全沙土地有五百餘頃，完全是珠江的赤沙沖積起來的，周年潮水漲落潮泥沖積，土地十分肥沃，每年每畝產穀多者有七百餘斤，至少亦有四五百斤，加以四面臨海，中間橫貫着十多條小涌，鮮魚出產甚多，還有堤基上滿種大蕉的蕉果，實是廣東的一個「魚米之鄉」。

本來這塊肥美的園地是東莞人民的財產，但由於出產豐富，（據說每年可收租谷一千二百萬斤）這塊肥肉太肥了。實在使反動政府中一班大官和政客垂涎，因此歷年來都爲東莞一班大官和政客（如李揚敬、王寵惠……）通過沙田的管理機構明倫堂去把持，據說明倫堂的章程規定武官要當到少將，文官要當到簡任以上才能充任，名義上是什麼明倫堂的，實際上是這班大官僚政客據爲己有，互相分肥，連一班小官和土豪們亦不能染指，即使其中拿出一部份來補助東莞學生費用，其實亦不過是一些富戶子弟分享一點，而貧苦的人民又何嘗敢企望？

這班大官、政客和該沙的二三地主們，在該沙也自行建立起政權（自衛局）組織起武裝（自衛隊有二百八十名），來鞏固他們剝削者的地位，因此該沙的農民就不得不馴服地受着明倫堂、二地主、三地主、高利貸者……等重重剝削，而過着農奴牛馬的生活。

二、萬頃沙農民的痛苦

說到萬頃沙農民的生活，可以說是廣東農民痛苦的典型。地主剝削的方式不下數十種，據我們的調查和這次農民代表大會的報告，大概有下列這些：首先是多層地主剝削，好像明倫小學旁邊的一塊田每畝每年只能收穀四百斤谷左右，而二地主向明倫堂批來是二百八十斤。二地主轉給三地主是三百三十斤，三地主轉給四地主是三百六十斤、直到農民手裏就要繳三百七十斤，又據初步調查，納硬租的最高租額是四百八十二斤，最低也不少于二百七十斤，除了租谷外，每間田（六十至八十畝）要收押批谷一千斤至一千五百斤，牛草谷約一百五十斤，引耕谷（即介紹）每畝十斤，還有是老鼠谷，寒濕谷，雞物（送禮）……等，名目甚多。另外一種地租形式是分租，農民佔收穫量最高者是百分之二十五，最低者竟少到百分之十八（即得百斤佔十八斤）分租的農民還一樣要負担什麼牛草谷、雞谷、引耕谷，雞物等額外剝削的，除外還有高利貸剝削。這裏的二三地主也就是高利貸者，農民缺糧就向二三地主去借，利息兩季，頭季加四，尾季加二，還不清就將利作本，利上加利的疊上去，總之農民有谷存在地主那裏（因爲這裏收割時是將稻谷全部集中到地主的商館裏面的）平時沒有食就向地主要回來食，但地主也不發回，要到春耕農忙方始給，農民又不得不向地主去借，照例也要給予利息，這樣實際上就是拿農民自己存下的谷來剝削農民，因此農民經過這層層的剝削，不管是納硬租也好，分租也好，到收割完畢時就粒米無存，也有全年收入不夠納租的，就是這樣，一年到頭辛苦流汗得來的糧食都剝削得精光，甚或還要負債。（未完）

《黑地狱出现了太阳　光明照耀万顷沙[1]　农民在共产党领导下站起来了》

《南方日报》1949年12月4日第2版

①万顷沙：今属广州市南沙区，位于广州最南端，地处珠江口。清道光二十五年（1845），东莞明伦堂开始控制万顷沙，此后，万顷沙一直属东莞管辖，1953年划属珠海。

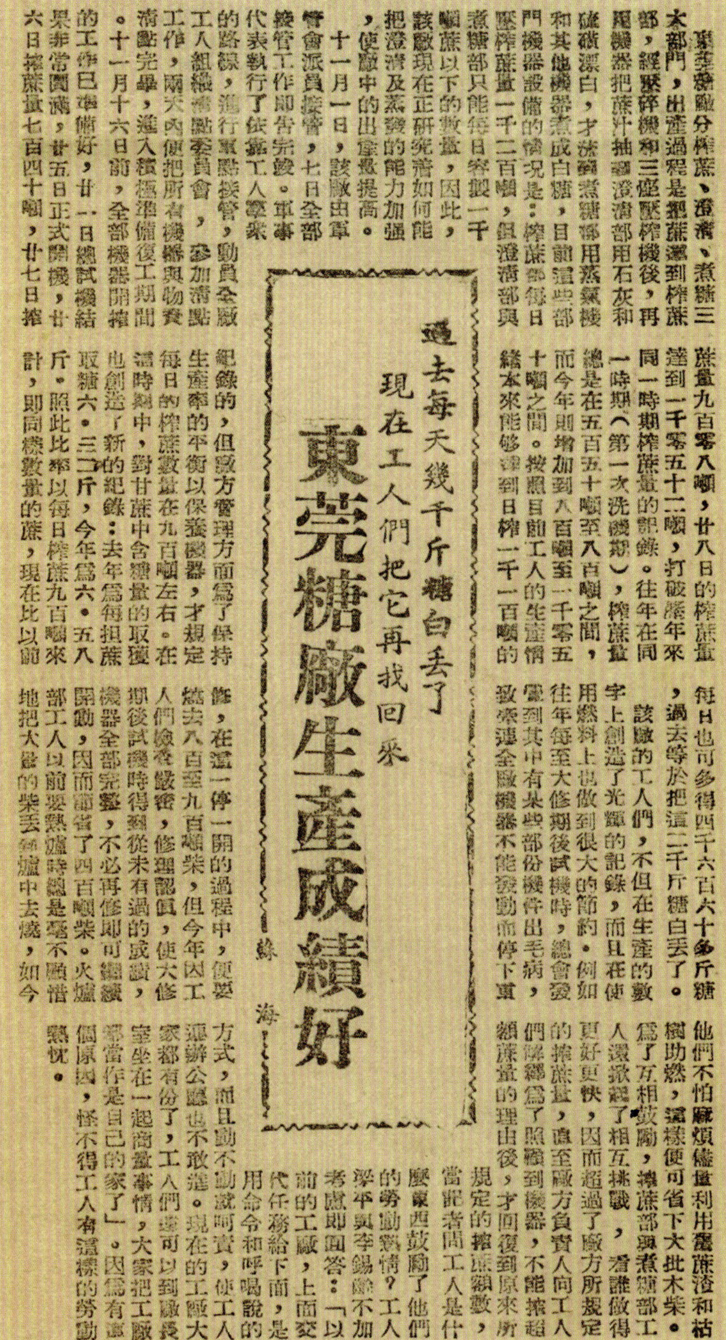

東莞糖廠生產成績好

過去每天幾千斤糖白丟了
現在工人們把它再找回來

蘇海

東莞糖廠分榨蔗、澄清、煮糖三大部門，出產過程是把蔗運到榨蔗部，經壓碎機和三座壓榨機後，再用機器把蔗汁抽到澄清部用石灰和硫磺漂白，才送到煮糖部用蒸氣機和其他機器煮成白糖，目前這些部門機器設備的情况是：榨蔗部每日壓榨蔗量一千二百噸，但澄清部與煮糖部只能每日容納一千噸蔗以下的數量，因此，該廠現在正研究着如何能把澄清及蒸發的能力加强，使廠中的出産量提高。

十一月一日，該廠由軍管會派員接管，七日全部接管工作即告完竣。軍事代表執行了依靠工人羣衆的路線，進行清點接管，動員全廠工人組織清點委員會，參加清點工作，兩天內便把所有機器與物資清點完畢，進入積極準備復工期間。十一月十六日前，全部機器開榨的工作已準備好，廿一日總試機結果非常圓滿，廿五日正式開機，廿六日榨蔗量七百四十噸，廿七日榨蔗量九百零八噸，廿八日的榨蔗量達到一千零五十二噸，打破歷年來同一時期榨蔗量的記錄。往年在同一時期（第一次洗機期），榨蔗量總是在五百五十噸至八百噸之間，而今年則增加到八百噸至一千零五十噸之間。按照目前工人的生產情緒本來能夠達到日榨一千一百噸的紀錄的，但廠方管理方面爲了保持生產率的平衡以保養機器，才規定每日的榨蔗數量在九百噸左右。在這時期中，對甘蔗中含糖量的取獲也創造了新的紀錄：去年爲每担蔗取糖六・三二斤，今年爲六・五八斤。照此比率以每日榨蔗九百噸來計，則同樣數量的蔗，現在比以前每日也可多得四千六百六十多斤糖，過去等於把這二千斤糖白丟了。

該廠的工人們，不但在生產的數字上創造了光輝的記錄，而且在使用燃料上也做到很大的節約。例如往年每至大修期後試機時，總會發覺到其中有某些部份機件出毛病，致牽連全廠機器不能發動而停下重修，在這一停一開的過程中，便要燒去八百至九百噸柴，但今年因工人們檢查嚴密，修理認眞，使大修期後試機時得到從未有過的成績，機器全部完整，不必再修即可繼續開動，因而節省了四百噸柴。火爐部工人以前要熱爐時總是毫不顧惜地把大量的柴丟入爐中去燒，如今他們不怕麻煩儘量利用甘蔗渣和枯樹助燃，這樣便可省下大批木柴。爲了互相鼓勵，榨蔗部與煮糖部工人還發起了相互挑戰，看誰做得更好更快，因而超過了廠方所規定的榨蔗量，直至廠方負責人向工人們解釋爲了照顧到機器，不能榨超額蔗量的理由後，才回復到原來所規定的榨蔗額數，

當記者問工人是什麼東西鼓勵了他們的勞動熱情？工人學平與李錫齡不加考慮即回答：「以前的工廠，上面交代任務給下面，是用命令和呼喝說的方式，而且動不動就呵責，使工人連辦公廳也不敢進。現在的工廠大家都有份了，工人們還可以到廠長室坐在一起商量事情，大家把工廠都當作是自己的家了」。因爲有這個原因，怪不得工人有這樣的勞動熱忱。

苏海：《东莞糖厂生产成绩好》

《南方日报》1949年12月10日第2版

東莞大汾何萃渙堂全族公選族事管理委員籌備會重要啓事

逕啓者，現接本堂族事整理委員會來函，略云：將族事交回族人管理，等由，業經集祠公議，幷即組立族事管理委員籌備會，以利推行公選事宜，幷議定由各房組選名數人，經全族大會公選決定之，茲定於公元一九四九年，十二月二十五日，正午在本堂開全族大會，公選正式委員，凡我族子姓，務希依時出席，幸勿放棄，爲要。

《东莞大汾何萃涣堂全族公选族事管理委员筹备会重要启事》

《南方日报》1949年12月21日第4版

南方日报

1950年

東莞大汾何萃渙堂全族公選族事管理委員籌備會重要啓事

逕啓者，現接本堂族事整理委員會來函，略云：將族事交回族人管理，等由，業經集祠公議，并即組立族事管理委員籌備會，以利推行公選事宜，并議定由各房祖題名數人，經全族大會公選決定之，茲定於公元一九四九年，十二月二十五日，正午在本堂開全族大會，公選正式委員，凡我族子侄，務希依時出席，幸勿放棄，爲要。

《东莞大汾何萃涣堂全族公选族事管理委员筹备会重要启事》

《南方日报》1950年1月3日第7版

萬頃沙的牛瘟防疫注射

佚名

佚名：《万顷沙的牛瘟防疫注射》

《南方日报》1950年1月12日第6版

東莞錦厦村秋征經驗

鍾逢治

【東莞通訊】錦厦是公路線上的一個大村，全村有二千六百餘人口，五千六百畝土地，絕大部份是集中在少數地主富農手裏。過去一般貧苦無地農民，被迫從窮走私和種植鴉片過活。這裏出名「一多」：走私多、烟賭多、會門（黑社會組織）多。全村大小會門十多個，性質極端封建反動，在村中包庇烟賭、放債、霸田，鼓動械鬥等；地主惡霸就是通過這些會門去壓迫和剝削貧苦農民的。

征糧工作隊選定了錦厦爲重點村，於十月六日開始實行攻堅。在工作中首先遇到的困難是：群衆態度冷淡，故意迴避，開會不到，工作同志登門不理，宣傳工作無法展開，經調查研究和深入反映後，發現如上所述，原來這裏的群衆過去靠走私和種鴉片爲生，現在人民政府禁私禁烟，影響了他們的生活；其次，是怕征糧後明年青黃不接時借不到糧，要挨餓。工作隊於是利用各種方式方法，召集農民，向他們宣傳在征糧後減租減息和調整耕牛的情形，說明征糧之後，人民政府當協助他們進行雙減，並說明將來土地改革的前途，使他們明白將來的生活問題，可以從發減租減息的獲得初步解決。經過了這樣的宣傳解釋，群衆疑慮多半消除了。但是在報田畝時，還有集體瞞田的現象，普遍只報五成。後來發覺宣傳政策還未深入，群衆還不十分了解，恐怕征了再征，不知道要征多少次；同時地主以吊佃爲威脅，群衆不敢實報；也有個別中農因自私而少報的。工作隊於是一方面加強政策的宣傳，聲明只征一次，並和農民算細賬；另方面召開村民大會，鬥爭一個著名惡霸地主、瞞田證據確鑿的李鶴霄，要他向全村人民認錯，發動群衆控訴他過去的惡霸罪行。工作隊即抓緊時機，解釋「一人瞞田，大家吃虧」的道理，使群衆明白查黑田是爲着他們的利益；並提出「自報黑田者不罰，繼續瞞報者嚴懲」，號召他們趕快補報。結果擠出了黑田二千五百餘畝，不但勝利完成了征收三千五百担公糧的經濟任務，而且還給了這頑强的封建堡壘以有力的打擊，初步發動了群衆，完成了政治任務。

在這次工作中，獲得了如下的經驗：

（一）在征糧工作中必須貫澈群衆路線和階級路線，堅決依靠貧僱農，團結中農，發動群衆性的反瞞田鬥爭。

（二）秘密評議必須和公開評議結合。由於封建反動勢力頑強，群衆一時不敢抬頭，可用秘密評議方式，使農民敢說真話；但秘密評議可能發生偏私，所以還必須鼓勵他們在公開評議會上大胆發言，揭發瞞田。

（三）征糧工作應與反霸鬥爭結合。許多地主企圖破壞，必須及時擊破陰謀，鎮壓爲首的惡霸，但不能無區別地打擊一切地主；並掌握時機，擴大宣傳，使群衆了解征糧和他們的利益是一致的。

（四）征糧工作必須與減租減息的宣傳結合。

（五）劃分階級必須仔細，方能貫澈合理負担。在錦厦村初步評定張榜公佈各戶負担糧額時，發覺群衆認爲負担不公的十四戶中，有十二戶是因爲劃錯了階級的，而對階級劃分得正確的負担戶，群衆則毫無意見。這是一個明顯的例子。

钟逢治：《东莞锦厦村秋征经验》

《南方日报》1950年1月28日第3版

東莞順德兩糖廠

增產節約有成績

榨蔗量和得糖量都有進步

燃料方面已做到不須外求

【本報訊】本省工業廳所屬順德糖廠和東莞糖廠，自去年十一月廿五日起正式開榨以來，在增加生產、節省原料、減低成本方面，已有了顯著的進步，在榨蔗量和每担蔗得糖百分比方面，均已突破了該兩廠過去十多年來的紀錄。

該兩廠機器設備是同一類型，原定標準榨蔗量均為每日一千噸，但從一九三六年設廠至解放前，從來沒有達到這個標準榨蔗的數目，解放後僅僅很短時間，便突破了這一原定標準，至本月廿四日，順德糖廠榨蔗量為一千一百九十二噸，東莞糖廠榨蔗量為一千一百六十四噸，今後要求是改善經常維持每天榨蔗一千二百噸的數目。

兩廠解放後迄今共部榨了四期，每期約十天，在各期間每一担蔗榨得糖量為：東莞糖廠方面：第一期六．五七九斤，第二期七．三二七斤，第三期七．九七七斤，第四期八．三〇……

《东莞顺德两糖厂增产节约有成绩》

《南方日报》1950年1月29日第2版

摘要：报道了东莞和顺德糖厂自1949年11月以来，发挥劳动热情，改良生产技术，共开榨了4期，在榨蔗量和每担榨得糖百分比方面，均突破过去10多年的纪录。

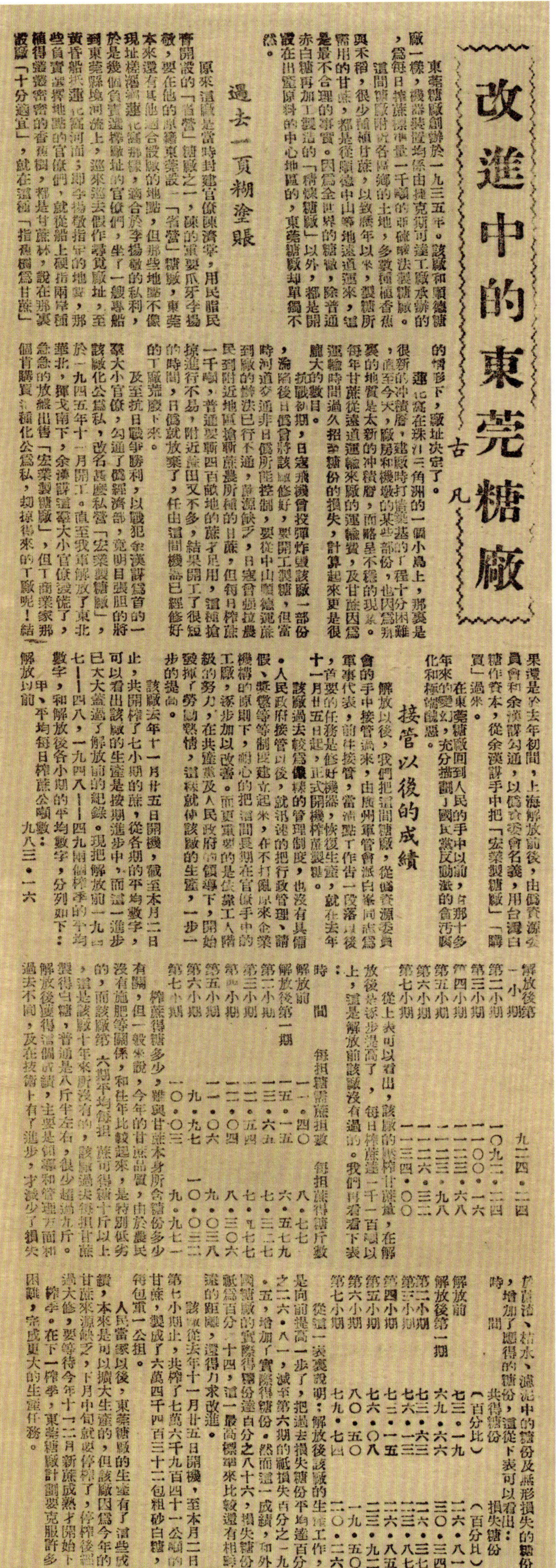

改進中的東莞糖廠

古凡

東莞糖廠創辦於一九三五年。該廠和順德糖廠一樣，機器裝置均係由捷克斯可達工廠承辦的，爲每日榨蔗標準量一千噸的亞硫酸法製糖廠。這間糖廠附近各區鄉的土地，多數種植香蕉與禾稻，很少種植甘蔗，以致歷年以來，製糖所需用的甘蔗，都是從順德中山等地遠道運來，這是最不合理的事實。因爲全世界的糖廠，除普通赤白糖再加工製造的「精煉糖廠」以外，都是開設在出産原料的中心地區的，東莞糖廠卻單獨不然。

過去一頁糊塗賬

原來這廠是當時封建官僚陳濟棠，用民脂民膏開設的「省營」糖廠之一，陳的軍要爪牙李揚敬，要在他的原籍東莞設一「省營」糖廠，東莞本來還有其他適合設廠的地點，但那些地點不像現址樓滘瀝蓮花窩那樣，適合於李揚敬的私利，於是幾個負責選擇廠址的官僚們，坐了一艘專船到東莞縣境河流上，巡來巡去假作尋覓廠址，至黃昏船抵蓮花窩河面，即李揚敬指定的地點，那些負責選擇地點的官僚們，就從船上硬指兩岸種植得蓊蓊密密的香蕉樹，都是甘蔗林，說在那裏設廠「十分適宜」，就在這種「指蕉樹爲甘蔗」的情形下，廠址決定了。

蓮花窩在珠江三角洲的一個小島上，那裏是很新的沖積層，建廠時打樁築基的工程十分困難，直至今天，廠房和機墩的某些部份，也因爲那裏的地質是太新的沖積層，而略呈不穩的現象。每年甘蔗從遠道運輸來廠的運輸費，及甘蔗因爲運輸時間過久招致糖份的損失，計算起來更是很龐大的數目。

抗戰初期，日寇飛機曾投彈炸毀該廠一部份，淪陷後日僞曾將該廠修好，要開工製糖，但當時河道交通非日僞所能控制，要從中山順德運蔗到廠的辦法已行不通，蔗源缺乏，日寇曾强拉農民到附近地區搶斬蔗農所種的甘蔗，但每日榨蔗一千噸，普通要斬四百畝地的蔗才足用，這種搶掠進行不易，附近蔗田又不多，結果開工了很短的時間，日僞就放棄了，任由這間機器已經修好的工廠荒廢下來。

及至抗日戰爭勝利，以戰犯余漢謀爲首的一羣大小官僚，勾通了僞經濟部，竟明目張膽的將該廠化公爲私，改名甚麼私營「宏業製糖廠」，於一九四五年十一月開工。直至我軍解放了東北華北，揮戈南下，余漢謀這羣大小官僚發慌了，急急的放縱出售「宏業製糖廠」，但工商業家那個肯購買這種化公爲私，劫掠得來的工廠呢！結果還是於去年初間，上海解放前後，由僞資源委員會和余漢謀勾通，以僞資委會名義，用台灣白糖作資本，從余漢謀手中把「宏業製糖廠」「購買」過來。

在東莞糖廠回到人民的手中以前，它那十多年來的變幻，充分描劃了國民黨反動派的貪汚腐化和極端醜惡。

接管以後的成績

解放以後，我們把這間糖廠，從僞資源委員會的手中接管過來，由廣州軍管會派白峯同志爲軍事代表，前往接管，當清點工作告一段落以後，首要的任務是修好機器，恢復生産，就在去年十一月廿五日起，正式開機榨蔗製糖。

該廠過去較爲像樣的管理制度，也沒有具備。人民政府接管以後，就迅速的把行政管理、請假、獎懲等等制度建立起來，在不打亂原來企業機構的原則下，耐心的把這間長期在官僚手中的工廠，逐步加以改善。而更重要的是依靠工人階級的努力，在共産黨及人民政府的領導下，開始發揮了勞動熱情，這樣就使該廠的生産，一步一步的提高。

該廠去年十一月廿五日開機，截至本月二日止，共開榨了七小期的蔗，從各期的平均數字，可以看出該廠的生産是按期進步中，而這一進步已大大蓋過了解放前的紀錄。現把解放前一九四七—四八，一九四八—四九兩個榨季的平均數字，和解放後各小期的平均數字，分列如下：

甲、平均每日榨蔗公噸數：

時間	平均每日榨蔗公噸數
解放前	九八三·一六
解放後第一小期	九二四·二四
第二小期	一〇九二·二四
第三小期	一一〇〇·一六
第四小期	一一三三·六八
第五小期	一一二三·九八
第六小期	一一二六·三二
第七小期	一一三四·〇〇

從上表可以看出，該廠的壓榨甘蔗量，在解放後是逐步提高了，每日榨蔗達一千一百噸以上，這是解放前該廠沒有過的。我們再看看下表：

時間	每担糖需蔗担數	每担蔗得糖斤數
解放前	一一·四〇	八·七七
解放後第一期	一五·一五	六·五七九
第二小期	一三·六五	七·三二七
第三小期	一二·五四	七·九七七
第四小期	一二·〇四	八·三〇六
第五小期	一一·〇六	九·〇三八
第六小期	九·九七	一〇·〇三二
第七小期	一〇·〇三	九·九七一

榨蔗得糖多少，雖與甘蔗本身所含糖份多少有關，但一般來說，今年的甘蔗品質，由於農民沒有施肥等關係，和往年比較起來，是特別低劣的，而該廠第六期平均每担蔗可得糖十斤以上，這是該廠十年來所沒有的，該廠過去每担甘蔗製得白糖，普通是八斤半左右，很少超過九斤。解放後變得這個成績，主要是領導和管理方面和過去不同，及在技術上有了進步，才減少了損失蔗渣、糖水、濾泥中的糖份及無形損失的糖份，增加了應得的糖份，這從下表可以看出：

時間	共得糖份（百分比）	損失糖份（百分比）
解放前	七三·一九	二六·八一
解放後第一期	六九·六六	三〇·三四
第二小期	七三·六三	二六·三七
第三小期	七六·一三	二三·八七
第四小期	七三·一五	二六·八五
第五小期	七六·〇八	二三·九二
第六小期	八〇·五〇	一九·五〇
第七小期	七九·七四	二〇·二六

從這一表裏說明：解放後該廠的生産工作，是向前提高一步了，把過去損失糖份平均達百分之二六·八一，減至第六期的祇損失百分之一九·五，增加了實際得糖份。然而這一成績，和外國糖廠的實際得糖份達百分之八十六，損失糖份祇爲百分之十四，這一最高標準來比較還有相當遠的距離，還得力求改進。

該廠從去年十一月廿五日開機，至本月二日第七小期止，共榨了七萬六千九百四十一公噸的甘蔗，製成了六萬四千四百三十二包粗砂白糖，每包重一公担。

人民當家以後，東莞糖廠的生産有了這些成績，本來是可以擴大生産的，但該廠因爲今年的甘蔗來源缺乏，下月中旬就要停榨了，停榨後經過大修，要等待今年十一二月新蔗成熟才開始下一榨季。在下一榨季，東莞糖廠計劃要克服許多困難，完成更大的生産任務。

古凡：《改进中的东莞糖厂》

《南方日报》1950年3月13日第4版

摘要：报道了东莞糖厂的历史及其在中华人民共和国成立后由广州军政府派军事代表接管，加强了管理，榨蔗量、出糖量、榨得糖分等生产指标都有了明显的提高。

順德東莞農民大力修築圍基

全部工程即可完成

【順德訊】五區東西圍、四區鸞安圍和阜康圍，自去年被洪潦冲破圍基，圍內農民損失慘重。現在爲了抓緊春耕，各鄉農民都紛紛出動，修築圍基，堵塞決口，兩月以來，浩大的工程，在農民大力搶修之下，可能爭取在春汛前全部完成。

查東西圍理教段決口一萬四千餘公方的土工，已經堵塞完成，其餘新龍、水滕、北了、鰲龍吉等患基也正在搶修中。

鸞安圍登洲鄉平陽水道決口需土一萬八千餘公方，工程浩大，但在農民積極堵塞下，也已完成了。不過，逕口那處水閘、竇腮變壞，搶修未完成，現預算在春汛前完成。

阜康圍在鸞安圍之下，因鸞安圍被洪水冲破，跟着阜康圍也受牽連而冲破，決口五千餘公方，現已堵修妥當，其餘莊頭，淋山鄉的患基，亦將次第完弍。

此次在廣東省人民政府農林水利處領導之下，派出工作人員進行計劃，同時由於各鄉農民們熱烈自動搶修，順德縣這三個大圍，因而得以這樣迅速順利地搶修成功。

【東莞訊】四區大洲圍修圍工程，在今年二月開始進行，現在已完成百分之八十，剩餘工程，亦將在最近完成。原來大洲圍的田，多是凌屋村和低涌村兩村農民所耕種的低田，五、六年來備受洪水蹂躪，兩村民衆爲了生存，在國民黨反動統治時期曾歷盡艱辛，鳩集了五十多萬斤谷進行修築，去年三月正當工程已完成大半的時候，鄰村郝屋村土豪爲了村與村間的私人仇恨和爭權奪利，竟勾結鄰鄉江城洲李姓惡霸及串同賄賂國民黨反動派，肆意破壞修圍工程，開槍掃射修圍工人，兩村農民在反動派淫威之下，不敢反抗，眼看着辛辛苦苦的血汗耕耘的莊稼爲洪水摧毀一空。解放後，人民政府爲照顧人民生活，下令禁止破壞修圍工程，並大力協助修築，這樣，築圍工程得以順利進行，保障了兩村農民的生活。

《顺德东莞农民大力修筑围基　全部工程即可完成》

《南方日报》1950年4月10日第2版

發展蔗產改善蔗農生活

順德東莞蔗農貸款完成

順德貸出稻谷九千餘担，東莞一千餘担，受益蔗田一萬八千餘畝。

【本報訊】中國人民銀行廣東省分行，爲發展甘蔗生產改善蔗農生活，月前派出人員前往順德東莞等地，辦理甘蔗貸款，現已初步發放完成。順德方面，該行與順德糖廠及地方政府配合，三方派出工作幹部下鄉會同辦理。貸放原則：採重點集中發放的辦法，先在該縣第一、六、八、十各區和蔗地較爲集中之點貸放。貸款採折實付現方式，用途指定購買肥料及種耕工食，對象則以從事甘蔗生產缺乏資金的農民爲主，並須通過生產小組成農會。工作由四月七日開始，至月底止，第一期任務全部完成。計在上列地區共貸出稻谷九千三百餘担，折合本幣一十一億四千三百餘萬元，貸放單位一一一個，受益農戶六、〇二九戶，受益蔗地一六、二四九畝，以每畝增產甘蔗二〇担計，共可增產甘蔗三二四、九八〇担。在進行該項貸放工作中，爲配合國營工業，已取得蔗農同意與順德糖廠訂立協議，內容大致爲凡接受貸款的蔗農，應將所產甘蔗供給糖廠，糖廠對蔗農則予以優先收搾的權利。一方面解決了農產品銷路問題，一方面也解決了糖廠的原料供應問題。根據上列增產數字，可供糖廠壓搾砂糖約六千噸，解決了該廠全部原料需要量約三分之一。

在東莞方面，因東莞蔗農在一九四八年受糖價下跌影響，大都瀕於破產，所以中國銀行則於四月三日在東莞開始貸放，計擇定羅沙、周溪、篁村、六鳳、良横、榴花等六鄉爲貸放地區，經已貸放完竣；計貸出稻谷一千六百二十五市担，受貸村農會及生產小組共三十一單位，包括蔗農一一三六戶，受益蔗地一九五三畝，爲着保證蔗農獲得肥料，並由該行與東莞縣人民消費供應處訂定留穀換肥合約，由供應處全部負責供給受貸蔗農的肥料，使農民得到慣用的化肥或生麩，對今後的甘蔗生產，獲得了很大的信心。

《发展蔗产改善蔗农生活　顺德东莞蔗农贷款完成》

《南方日报》1950年5月8日第2版

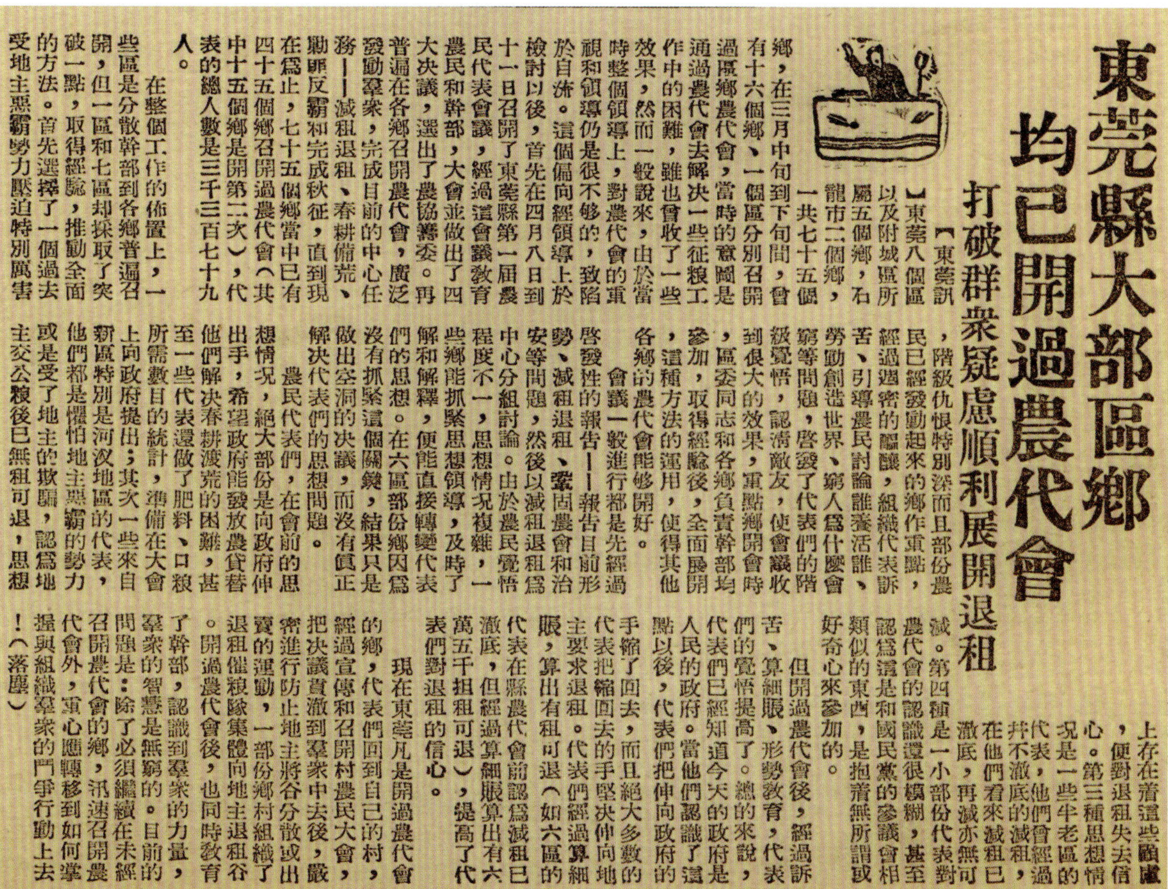

東莞縣大部區鄉均已開過農代會

打破群衆疑慮順利展開退租

【東莞訊】東莞八個區以及附城區所屬五個鄉，石龍市二個鄉，一共七十五個鄉，在三月中旬到下旬間，曾有十六個鄉、一個區分別召開過區鄉農代會，當時的意圖是通過農代會去解決一些征糧工作中的困難，雖也曾收了一些效果，然而一般說來，由於當時整個領導上，對農代會的重視和領導仍是很不够的，致陷於自流。這個偏向經領導上於檢討以後，首先在四月八日到十一日召開了東莞縣第一屆農民代表會議，經過這會議教育農民和幹部，大會並做出了四大決議，選出了農協籌委。再普遍在各鄉召開農代會，廣泛發動羣衆，完成目前的中心任務——減租退租、春耕備荒、勦匪反霸和完成秋征，直到現在爲止，七十五個鄉當中已有四十五個鄉召開過農代會（其中十五個鄉是開第二次），代表的總人數是三千三百七十九人。

在整個工作的佈置上，一些區是分散幹部到各鄉普遍召開，但一區和七區却採取了突破一點，取得經驗，推動全面的方法。首先選擇了一個過去受地主惡霸勢力壓迫特別厲害，階級仇恨特別深而且部份農民已經發動起來的鄉作重點，經過週密的醞釀，組織代表訴苦、引導農民討論誰養活誰、勞動創造世界、窮人爲什麼會窮等問題，啓發了代表們的階級覺悟，認清敵友，使會議收到很大的效果，重點鄉開會時，區委同志和各鄉負責幹部均參加，取得經驗後，全面展開，這種方法的運用，使得其他各鄉的農代會能够開好。

會議一般進行都是先經過啓發性的報告——報告目前形勢、減租退租、鞏固農會和治安等問題，然後以減租退租爲中心分組討論。由於農民覺悟程度不一，思想情況複雜，一些鄉能抓緊思想領導，及時了解和解釋，便能直接轉變代表們的思想。在六區部份鄉因爲沒有抓緊這個關鍵，結果只是做出空洞的決議，而沒有眞正解決代表們的思想問題。

農民代表們，在會前的思想情況，絕大部份是向政府伸出手，希望政府能發放農貸替他們解決春耕渡荒的困難，甚至一些代表還做了肥料、口糧所需數目的統計，準備在大會上向政府提出；其次一些來自新區特別是河汊地區的代表，他們都是懼怕地主惡霸的勢力或是受了地主的欺騙，認爲地主交公糧後已無租可退，思想上存在着這些顧慮，便對退租失去信心。第三種思想情況是一些半老區的代表，他們曾經過并不澈底的減租，在他們看來減租已澈底，再減亦無可減。第四種是一小部份代表對農代會的認識還很模糊，甚至認爲這是和國民黨的參議會相類似的東西，是抱着無所謂或好奇心來參加的。

但開過農代會後，經過訴苦、算細賬、形勢教育，代表們的覺悟提高了。總的來說，代表們已經知道今天的政府是人民的政府。當他們認識了這點以後，代表們把伸向政府的手縮了回去，而且絕大多數的代表把縮回去的手堅決伸向地主要求退租。代表們經過算細賬，算出有租可退（如六區的代表在縣農代會前認爲減租已澈底，但經過算細賬算出有六萬五千担租可退），提高了代表們對退租的信心。

現在東莞凡是開過農代會的鄉，代表們回到自己的村，經過宣傳和召開村農民大會，把決議貫澈到羣衆中去後，嚴密進行防止地主將谷分散或出賣的運動，一部份鄉村組織了退租催糧隊集體向地主退租谷。開過農代會後，也同時教育了幹部，認識到羣衆的力量，羣衆的智慧是無窮的。目前的問題是：除了必須繼續在未經召開農代會的鄉，迅速召開農代會外，重心應轉移到如何掌握與組織羣衆的鬥爭行動上去！（落塵）

落尘：《东莞县大部区乡均已开过农代会　打破群众疑虑顺利展开退租》

《南方日报》1950年5月25日第2版

東莞人民堅決與洪水鬥爭

獨洲圍險工搶修完竣

全部工程費時八十四天，出動二萬九千餘人工，保障了二十餘萬畝田的安全。

【東莞訊】獨洲圍是東莞縣最大的一個圍壆，位於本縣第七區東江河下游，堤長一萬九千餘公尺，受益田畝約一萬五千五百餘畝，過去國民黨統治時期，獨圍董會組織腐敗，有名無實，加上沿江堤圍本身多屬沙質土壤，時受滲漏，近年來就常發生崩決及內澇水淹沒現象，患基也逐漸增多，解放後，人民政府重視防洪復堤工作，首先改組了舊圍董會，成立獨洲圍防洪復堤委員會，并在珠江水利局東江工程隊的協助下，進行檢查患堤工作，當時發現最危險的患基是李墩段。李墩堤身正當東江水勢，常受洪水衝刷，年年崩卸，到目前患基長達七百公尺，基面只存一半，危險萬分，隨時有發洪水衝崩的可能，經過獨洲圍防洪復堤委員會集中了農民的意見後，決定在堤內另築新堤長約九百一十八公尺。

搶築的工程是相當艱巨的，也經過了不少的挫折，原來決定是在三月六日開工，分段負責，當時預計三十天可以完工，但是開工之始，由於負責沙角段的人被少數壞分子利用，工作不夠積極，因此大大影響了其他各村農民的工作情緒，到四月中旬只是完成分層填土和打碎的兩項工作，不能依照工程計劃完成。到最後幾乎全部停工。東莞人民政府詳細研究了這些情況後，一再發動農民進行搶築，一方面分別懲處了不切實負責的人，一方面幹部帶頭，親自落手協助推動，七區區長魏達率領武裝和區政府的同志參加搶築，但這時適宜搶築工作的晴天已過，接二連三的洪水到來，泥塘積水，取土困難，使搶築增加困難，然而當農民已經逐步發動和團結起來時，這一切不能阻礙他們的工作。四月廿日第一次洪水到來時，在區長的率領下，八條村四、五百農民展開了對洪水的搏鬥，先搶救了李墩段的患堤和赤坎上木棉段的堵御部份，另方面加緊搶築新堤，到廿七日開始一連四天，動員了民工達一千九百〇八名，完成新堤土方工程大半，但隨即在五月廿一日第二次洪水又到，加上暴烈的東北風，對堤崩卸更厲害，這時新堤工程已接近完成百分之九十五，剛好六萬四千斤的工程貸谷到達，八條村的千餘農民再度起來和洪水作鬥爭，又加上動員了小學生及農會會員三百餘人和各村的小艇十七艘，合組成一支强有力的隊伍，把已經準備好的草包，杉樁和手樁擔等搶險器材運去鞏固其餘患基，也把新基的工程完成百分之九十五以上，加蓋了草皮，保障了下一次洪水到來時的安全。

獨洲圍的農民就是這樣經過百折不撓的努力把新基築好，總計全部工程的完成費時八十四天，出工人數達二萬九千餘工，新基的築成不單保障了直接受益的一萬五千餘畝田不被洪水淹沒，也保障了間接受益和鄰近圍內九十三條村的田二十餘萬畝的安全。

《东莞人民坚决与洪水斗争　独洲围险工抢修完竣》

《南方日报》1950年7月15日第2版

東莞縣直屬機關

舉行公開黨員儀式

【東莞訊】中共東莞縣委、東莞縣府直屬機關總支部於七月二日下午七時舉行公開儀式，到會有各機關黨員、工作幹部、代表及各界來賓四百餘人。會上首先由機關總支書記作半年來的工作總結；指出在黨的正確領導下，大部份黨員都能積極負責，保持艱苦樸素的傳統優良作風，工作上是有一定成績的，同時又着重批判了部份黨員還存在着嚴重的官僚主義與命令主義的壞作風，以及政治麻痺等惡劣傾向。要求今後保持和發揚好的，批判和改掉壞的。

黨員羅汾同志公開檢討了他過去瞧不起非黨工作同志，自高自大，經常發脾氣，打官腔，使其他同志不敢接近他，當然談不到通過批評與自我批評去加强和同志間團結。因此，他所領導的人民文化館工作不能順利展開。黨員張哲同志也檢討自己進城後，負責衛生院的工作，只是大天忙於事務，對下面情況完全不了解，嚴重的脫離羣衆，工作便發生了很多困難。他們都堅決表示：黨公開後，要在廣大羣衆的監督和幫助下，把這些缺點克服過來。

黨員同志虛心檢討和提出保證後，非黨員的宦纙華同志說：「當我和黨員同志在一起工作時，我便得到鼓舞和進步；離開了黨員同志時，我便迷失了方向，感到信心不足。我已經完全懂得爲什麼中國人民都說永遠跟着共產黨走的道理。今後一定要努力工作和學習，爭取入黨。」

大家都堅信，黨公開以後，黨員和非黨同志將更加緊密團結，在黨的領導下，更好的完成工作任務。（落塵）

落尘：《东莞县直属机关举行公开党员仪式》

《南方日报》1950年7月16日第2版

中共東莞縣委會整風獲得成績

加强了幹部對階級立場和羣衆觀點的教育，對政策水平提高了一步。

【東莞訊】中共東莞縣委整風，由六月十八日起，經過十七天，於七月五日結束。這次整風收到很大的效果。

《中共东莞县委会整风获得成绩》

《南方日报》1950年7月18日第2版

堅決完成夏徵任務
東莞積極佈置夏徵工作
集訓夏徵人員，普遍召開區農代會，吸取秋徵經驗。

【東莞訊】為了完成夏徵任務，東莞縣委在此次整風會上接受了去年秋徵的經驗教訓，再經過參加縣委整風學習的各區區委及中心鄉支委深入研究、討論後，積極的佈置了完成夏收、夏播、夏徵、夏減的準備工作，準備在四夏工作中奠下今年秋徵的基礎。

曾先在七月八日成立了東莞縣公糧徵收委員會，統一夏徵領導工作，糾正去年秋徵中組織領導上不統一不集中，個人隨便修改任務的偏向，并決定七月份的準備工作以宣傳教育為主；一方面搜集及掌握現有的材料，同時劃出標準地進行調查產量，正確完成查評工作，將任務分配下去；一方面在「開好農代會是勝利開展夏徵工作主要關鍵之一」的方針下，結合東莞實際情況，佈置各區在七月十五日以前普遍召開農代會，在可能條件下與婦代會聯合舉行，通過區農代會傳播夏徵政策，消除農民思想顧慮，動員農民力量，協助完成準備工作。同時集中了去年曾參加秋徵的工作人員進行整訓學習，並準備在市鎮召開學代會及教聯會，把學生、教師等社會力量動員與組織起來，趁着假期間下鄉協助夏徵工作。此外還準備在二、六、八區擇定重點，抽調各區幹部實行「試點」工作，待工作隊整訓完畢，便一同落鄉進行突破一點，取得經驗後，推動全面。

目前，各區已先後召開農代會，由於時間的緊迫，此次區農代會的代表成份包括到各個村代表，而且增加一些中農，以便在區農代會後直接由村代表回到村中召集農民大會傳達及佈置工作，並佈置代表開會前先聽取村民意見，鼓勵代表在會上發表意見，特別是對去年秋徵所發生的偏向及弱點以及批評幹部工作作風，使幹部在農代會上有所學習，直接幫助區鄉幹部整風工作。

徵糧工作人員集訓班亦於七月十六日開課，集訓人員是在各區鄉抽調曾參加去年秋徵的幹部、工作隊以及一部份編餘人員，並動員教師學生參加，參加「試點」工作的各區幹部亦一同整訓，約一百四十人，集訓期間定十天，除進行思想教育外，並學習徵糧條例細則，一九四九年秋徵總結以及有關夏徵政策和結合實際工作的具體問題的研究。

由於東莞的沙田租佃關係相當複雜，為了貫徹合理負擔的政策，東莞縣在七月十八日召開沙田會議，參加會議的代表的成份，包括各區沙田的僱農、佃農、地主、二路地主（有水利投資的包佃人）、大耕（閘口技師），在會議中將慎重研究有關沙田的評產，徵收公糧辦法等。（落塵）

落尘：《坚决完成夏征任务　东莞积极布置夏征工作》

《南方日报》1950年7月20日第2版

東莞縣召開沙田會議
着手解決包佃減租等問題
建立氣象觀測小組預防風患
包佃人顧慮消除農民表示踴躍交粮

【珠江訊】東莞縣沙田會議從七月十八日開始，經過研究和討論了有關沙田的夏收增產問題、減租問題、徵粮問題後，於十九日下午結束，參加會議的人數共四十二人，其中包括各區沙田的農民代表二十六人，大青（指導經營沙田的農業技術人員）代表五人，包佃人代表七人，地主代表四人。

這次會議的主要收獲是明確了包佃人在生產投資上的地位問題，解除了包佃人對生產投資的顧慮，爲今年夏收增產工作打下了思想基礎。由於沙田需要浩大的投資，特別是水利投資，普通沙農是無力經營的，於是產生了專門投資和管理生產的包佃人和包佃制。東莞解放初期，東莞縣府對包佃制及包佃人對生產投資及管理所起之作用，未作比較深入的調查和研究，便頒佈「東莞縣減租減息及徵收公粮條例」及在沙田實行「三三四」徵粮辦法。這些辦法就是：在沙田的批耕租佃關係上規定把去年尾造的原租額分十成，一律減二五，由農會掌握爲開耕經費，六成交公粮，留一成半給地主；在分耕租佃關係上規定把去年尾造的正產物分作十成，農民得三成，地主得三成（抽出二成由農會掌握爲開耕經費），四成交公粮。這些辦法原則上都是取消包佃制，取消包佃人的經營。事後雖曾分別召集農民代表和包佃人舉行座談會，討論訂新批約問題及保障對生產有作用的包佃人適當利潤，但由於未能很好貫澈實施這種補救辦法，故包佃人對今年夏徵、夏減的疑慮很多，對生產投資信心很低。這次會議就是針對這種情況進行解釋，說明包佃人必須做好夏收增產工作，而他們的合理利潤也必須得到保障。包佃人聽取了政府的報告和經過熱烈討論後，基本上打破了思想顧慮，而且進一步發揮團結互助的精神，一致決定：夏收前必須做好預防洪患風患的工作，各圍應該建立氣象觀測小組，由有經驗的農民和漁民合作，互相聯絡經常作氣象報告，成爲一種制度，使能預早在風患未到臨前，組織好人力搶割已熟的禾，未熟的也可放水入田漫禾；農民必須組織起來，包佃人則應該準備好櫓杉，隨時準備搶救圍壆。夏收增產問題，檢討出過去由於粗放粗收，損失很大，以六區「鹹敏」爲例：每年的損失幾佔產量三分之一，大家提出今年夏收要做到『精收細割』，夏收後要『選好種，落好肥』。

《东莞县召开沙田会议　着手解决包佃减租等问题》

《南方日报》1950年8月3日第2版

積極佈置「四夏」工作
東莞普遍召開區農代會
提高農民認識做好準備

【東莞訊】爲了佈置四夏（夏收、夏種、夏徵、夏滅）工作，同時幫助區鄉幹部進行整風，東莞縣委擴大整風會議於七月六日結束後，各區區委及各中心鄉支委回到區後，便佈置召開區農代會，到目前爲止，東莞九個區，連同東莞環城鄉（包括五條鄉）均已召開過農代會，據不完全的統計，各區代表總人數在二千人以上。

這次各區召開的農代會，爲了更好集中廣大農民的意見，同時將夏徵、夏減政策及農代會精神傳達到每一角落去，一般都在這次農代會中增加了中農代表，整風的幹部也都在會上作自我檢討，接受代表的批評，先向農民學習。

各區農代會一般的進行都是先由各區負責同志作解放以來的工作總結報告，然後由一些幹部，根據總結的精神，在會上公開檢討過去工作中所犯的錯誤，特別是檢討在去年秋徵工作中所犯的官僚主義命令主義的作風，由於幹部都能深入檢討錯誤，感動和啓發了農民代表，在有領導下，大胆批評作風不純、工作犯錯誤的工作同志，在提高了代表覺悟性這一基礎上，便將會議的精神轉向討論中心議題上去，由各區負責同志作如何展開四夏工作報告，特別着重詳細解釋夏徵意義和夏徵條例，然後經過代表們在小組內反覆討論研究，最後集中了全體代表意見，做出決議在大會通過。

會前有些代表 思想相當複雜

由於會議的準備時間短，宣傳動員工作做得不够，代表的思想醞釀不够充分，一般會議都發現不少代表在會前的思想情況是相當複雜的。特別是一些區鄉對代表成份的審查不够嚴格，如一區大朗鄉代表中竟發現有喃嘸佬（巫師），打雀佬充當農民代表，這些情況都影響了會議的順利進行，但由於大部縣委落區領導開好農代會，吸收了過去的經驗，抓緊思想領導、經常了解代表思想情況、通過算細賬及其他方法消除了代表顧慮，及時將會議的偏向扭轉過來。以八區爲例：會前代表的顧慮很多，加上代表成份不純，誇大災情，一般代表情緒極低，經過領導上展開形勢教育，用今年春荒時期谷價反跌的事實開算細賬後，使代表將徵粮意義與本身長遠利益結合起來加以認識，會議的情緒便扭轉過來。一些代表說：「最初是歪風壓倒正氣，經同志們給我們打這算盤過後，大家都懂得了交公粮的意義，正氣便趕走了歪風。」

各區農代會一般都收到如下幾個主要效果：（一）經過區鄉幹部作自我檢討和大部份代表批評一些幹部的作風後，代表們眞正從思想上認識今天的人民政府確實是向人民負責的人民自己的政府，加强了人民代表當家作主的認識；各區農代會上不少代表在批評某些幹部時也檢討了農民羣衆過去主動協助人民政府完成各種工作任務做得不够；一區東馬鄉代表謝錫康說：「政府有錯向人民認錯，我們也要檢討一下自己，我們過去實在沒有當家作主的精神，遠離政府，發牢騷，沒有和政府商量搞好工作，現在開完會後，我們就要將我們懂得的道理一點一滴的回去告訴大家。」

總結各農代會 得出幾點經驗

總結各區農代會得出幾點經驗：（一）必須嚴格審查代表成份，代表成份不純，直接影響會議的進行；（二）會前最好能先舉行預備會議，明確會議目的，了解代表思想，如四區在會前先舉行預備會議，加强了代表對會議的認識後，接着分組漫談，由代表自動互相審查代表成份，各人介紹歷史的，清除了一些眞正不純的分子，由於代表認識和重視了會議，所以會議自始至終，情緒非常高漲；（三）報告不要長，如二區政府作報告雖然實際動人，但一個報告歷時九小時，影響了會議的時間；（四）必須抓緊思想領導，及時了解代表思想情況，會議過程同時也就是代表思想提高的過程；（五）必須了解和根據代表思想情況，定出會議的步驟計劃，而不應根據主觀要求，生硬定出會議步驟計劃；（六）在會議過程中，出版好黑板報，對會議是能起相當的配合作用的。（落塵）

落尘：《积极布置“四夏”工作　东莞普遍召开区农代会　提高农民认识做好准备》

《南方日报》1950年8月8日第2版

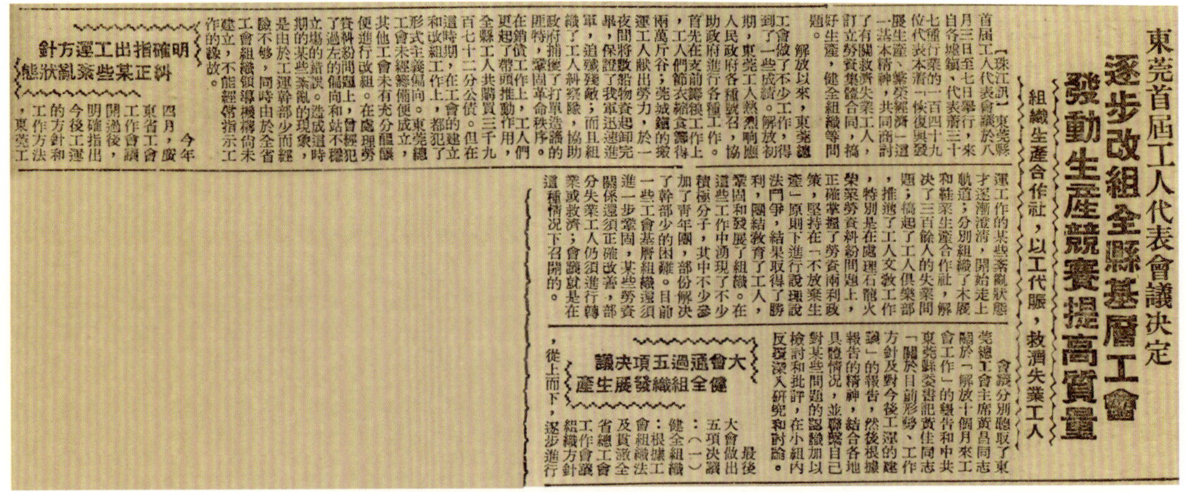

東莞首屆工人代表會議決定
逐步改組全縣基層工會
發動生產競賽提高質量

組織生產合作社，以工代賑，救濟失業工人

【珠江訊】東莞縣首屆工人代表會議於八月三日至七日舉行，來自各墟鎮、代表着三十七種行業的一百四十九位代表本着「恢復與發展生產、繁榮經濟」這一基本精神，共同商討了有關救濟失業工人，訂立勞資集體合同，搞好生產，健全組織等問題。

解放以來，東莞總工會做了不少工作，得到了一些成績。解放初期，東莞工人熱烈響應人民政府各種號召，協助政府進行各種工作。首先在支前籌糧工作上，工人們節衣縮食籌得兩萬斤谷；莞城鎮的搬運工人獻出勞力，於一夜間將數船物資起卸完畢，保證了我軍迅速進軍，追殲殘敵；而且組織了工人糾察隊，協助政府捕獲了打單造謠的匪特，鞏固革命秩序。在銷債工作上，工人們更起了帶頭推動作用，全縣工人共購買三千九百七十二分公債。但在這時期，在工會的建立和改組工作上，都犯了形式主義偏向。東莞總工會未經籌備便成立，其他工會未有充分醞釀便進行改組。在處理勞資糾紛問題上，曾經犯了過左的偏向和站不穩立場的錯誤，造成這時期的某些紊亂的現象，是由於工運幹部少而經驗不夠，同時由於全省工會組織領導機構尚未建立，不能經常指示工作的緣故。

明確指出工運方針 糾正某些紊亂狀態

今年四月，廣東省工會工作會議開過後，明確指出今後工運的方針和工作方法，東莞工運工作的某些紊亂狀態才逐漸澄清，開始走上軌道；分別組織了木屐和鞋業生產合作社，解決了三百餘人的失業問題；搞起了工人俱樂部，推進了工人文教工作，特別是在處理石龍火柴業勞資糾紛問題上，正確掌握了勞資兩利政策，堅持在「不放棄生產」原則下進行說理說法鬥爭，結果取得了勝利，團結教育了工人，鞏固和發展了組織。在這些工作中湧現了不少積極分子，其中不少參加了青年團，部份解決了幹部少的困難。目前一些工會基層組織還須進一步鞏固，某些勞資關係還須正確改善，部分失業工人仍須進行轉業或救濟；會議就是在這種情況下召開的。

會議分別聽取了東莞總工會主席黃昌同志關於「解放十個月來工會工作」的報告和中共東莞縣委書記黃佳同志「關於目前形勢、工作方針及對今後工運的建議」的報告，然後根據報告的精神，結合各地具體情況，並聯繫自己對某些問題的認識加以檢討和批評，在小組內反復深入研究和討論。

大會通過五項決議 健全組織發展生產

最後大會做出五項決議：（一）健全組織：根據工會組織法及貫澈全省總工會工作會議組織方針，從上而下，逐步進行全縣基層工會改組工作；加強領導，密切聯繫，注意工會財經情況，建立預算會計等制度；擴展工會組織，打倒把頭、包工等制度，掃除封建行會思想。（二）救濟失業工人：加強救濟機構，重點組織生產合作社，結合全縣經建工作實行以工代賑，幫助失業工人轉業或回鄉生產。（三）發展生產：進行改變工人的舊勞動態度，組織出品業務研究小組，學好技術，提高品質，減低成本；舉行生產競賽和獎勵工資辦法以提高工人生產情緒。（四）貫澈勞資兩利政策：組織勞資協商機構，從速訂立勞資協議和集體合同，搞好勞資關係；啓發工人用增加生產方法，達成合時、合法、合情、合理的要求，對資方採團結教育的態度。（五）擴展文娛活動，舉辦福利事業。

會議自始至終都發揮了高度的團結精神和檢討批評精神。代表們開過會後都完全懂得了「生產長一寸，福利長一分」的真義，一致表示要向石龍的火柴工友看齊。（塵）

尘：《东莞首届工人代表会议决定　逐步改组全县基层工会　发动生产竞赛提高质量》

《南方日报》1950年8月15日第2版

摘要：报道了东莞总工会在中华人民共和国成立后初期的工作成绩和一些错误，以及后来纠正错误，在成立合作社和俱乐部、解决失业问题、处理劳资纠纷方面做出了一系列新的成绩。在此背景下，东莞首届工人代表会议召开，通过了健全组织、救济失业工人、发展生产、贯彻劳资两利政策、扩展文娱活动和举办福利事业等五项决议。

東莞石龍鎮火柴業工人
用積極生產來感動資方
爭取本身生活福利改善

【東莞訊】東莞石龍鎮有五間私營火柴廠，共有工人一百四十餘人。解放前工人過着非常痛苦的生活，每天工作都超過十五小時，而最熟練的長工（管理機器的男工）每月工資只得一百一十斤米，最有經驗的長散工（裝盒的女工）每月也僅得工資八、九十斤米。由於長時間的勞動，工人的健康大受影響。因過勞生病的工人，不但很少得到資方照顧，甚至會被解僱；工人的生活和健康毫無保障。

解放初期，在人民政府及總工會的領導下，石龍火柴工人組織成立了自己的工會，第一次向資方要求縮短工作時間，獲得了勝利，工作時間由十五小時減至十小時。工人發揮了生產的積極性，工作時間雖然縮短，產品的質和量却不斷提高，每付車以前只出八笠火柴的，在工人的努力下，增產至十五笠。今年三月，工人們詳細研究了資方的情況後，進一步向資方提出改善待遇的要求，按不同的工作部門分別增加工資，提出廠方不得無故解僱工人，要求規定售出價百分之二的店佣為工人福利金，及其他有關工人福利的問題。工人們選出代表邀請資方談判過三次均無結果，後再由東莞總工會石龍辦事處代表工人與資方進行協商，并由石龍鎮人民政府召集勞資兩方進行調解，但資方以為工人要求規定店佣是準備用這筆錢來籌組合作社與廠方競爭；至於增加工資，資方則說沒錢賺，辦不到，其他條件都答應了，只是不答應增加工資和規定店佣為工人福利金兩項，因此仍無圓滿結果。在這一段長期談判的過程中，工人們都緊緊團結在工會的周圍，用積極生產的行動感動資方，根據「勞資兩利」的政策不斷向資方解釋說服。少數工人在幾次談判無結果時，生產情緒低落，將每付車的日產量減低至十二笠，甚至提出「談判不成功不做工夫」。但是大多數的工人對這少數工人們進行了「生產長一寸，福利長一分」的教育，在「決不放棄生產」的口號下，始終保持了每付車十五笠火柴的日產量，甚至個別廠還超過這任務達到十六笠。這些行動深深地感動了石龍鎮各行業工人和工商界。最後於四月初，各行業工人和石龍各界人士聯合召開會議，一致表示支持火柴工人的合理要求，同時還批評了火柴廠資方不顧工人利益的做法。在這種情況下，更主要的是受到了火柴工人實際行動的影響和教育，資方在仲裁會上終於基本上接受了工人的要求。

現在，石龍鎮的火柴工人團結得更緊密了。在工會領導下，他們組織成立了衛生委員會，進行工友保健工作；辦了一個夜學班，有三十多個女工參加夜學班學習。每廠成立了識字班，在中午飯後的休息時間（以前是沒有的），不識字的工人都學習認字和討論問題。他們更利用爭取得來的每月兩天（一日和十五日）的休息日，進行集體活動；工會眞正成為工人的家了。正如女工袁杏在東莞首屆工人代表會議上說：「從一個好簡單的事實來看，我們工人對工會的認識是和過去不同了：以前要催要迫，工友才繳會費的，現在只要一到期，工友們個個自動交會費，因為大家都明白今天的工會是工人自己的工會了。」（路）

尘：《东莞石龙镇火柴业工人用积极生产来感动资方　争取本身生活福利改善》

《南方日报》1950年8月15日第2版

東莞夏徵準備工作逐步完成

部份鄉村已評定產量張榜公佈

【珠江訊】東莞各區區農代會開過後，縣領導機關即佈置代表們回到自己的鄉村召開村民大會、各村代表座談會、地主富農座談會等各種會議（一般沒有召開鄉農民代表會議），展開夏徵的宣傳解釋和政治動員工作，選擧成立鄉、村調評委員會。到目前爲止，絕大部份鄉和大部份村已經成立了調評委員會，在區徵委會與鄉、村調評委員會直接領導下，進行自報田畝、評議產量工作。現僅根據五區三個鄉（五區共有八個鄉）和六區六個鄉的部份村（六區共有十二個鄉）進行自報田畝的初步統計，共比去年秋徵時多報田一萬六千餘畝、地三千餘畝。六區長邊鄉烏沙等四條村就比去年多報一千二百一十畝，而六區厚街鄉岳飯山一條小村，今年自報田地畝數比去年所報的增加百分之九十以上（去年報田一百三十餘畝、地四十餘畝，今年自報田二百零八畝、地九十餘畝）。於自報田畝同時，各區鄉進行了評產量工作；目前一些鄉村已把產量正確評好，出了第一次榜。

東莞領導上是這樣佈置夏徵工作的：首先在七月中旬以前各區普遍召開區農代會，通過區農代會傳達政策；區農代會開過後，一般不召開鄉農代會，直接跳到村召開村民大會，全縣普遍展開政治動員；與此同時，整訓好的工作隊落鄉，協助各區、鄉、村成立徵委會及調評委員會，并進行自報田畝、評產量、擠黑，區鄉幹部集中整風，縣徵委會收集、整理與研究材料，初步將任務分配落區；這是第一階段。從八月初旬起，各區區徵委會召開各鄉幹部會議，在幹部會議上將任務加以說明，并結合實際情況研究夏徵文件，此外一方面逐隊分配幹部落鄉落村，區級領導掌握一點進行試點工作，另方面繼續收集各鄉村田畝、產量、人口材料；鄉必須在八月十五日以前召開鄉農代會，討論上級交帶的任務，并將任務交帶落村；鄉農代會開過後，各村普遍再召開村民大會討論任務，大力進行查評工作，由羣衆提意見，交換復評，三榜定案，發出通知書；這是第二階段。緊接着第二階段，於八月廿日召開全縣區級幹部會議，會報情況，糾正偏差，初步總結經驗，如各區間負担有畸重畸輕現象，由各區提供材料，作適當的調整；區幹會議上并將討論和佈置第三階段工作——組織入倉工作。區幹會議結束後，縣召開二屆各界人民代表會議，動員社會力量，大力組織入倉，并決定有關秋耕生產、城鄉交流等問題；在各村則動員交好糧，快交糧，分配好交糧時間和地點，於九月十五日以前，完成入倉任務。

但東莞夏徵準備工作也存在一些弱點，首先是沒有真正完全做到「把負担問題提到各級代表會議公開討論」（只是在鄉農代會上討論分配任務到村），這樣很可能因幹部主觀主義而造成畸輕畸重現象，雖然個別區（如六區）準備在八月中旬再召開一次區農代會（七月十二日已開了一次）討論和分配任務到鄉，但是這已經多做了不少工作，而且多少影響了工作的進度，這也造成目前一些羣衆和幹部對完成任務的信心不強。其次是組織力量，特別是工作隊的準備不够；在目前鄉村幹部少而弱的情況下，尤其是在一些羣衆基礎比較薄弱的新區，實際上徵糧還是要靠工作隊去推動的，現在經過訓練的本縣工作隊（省糧食局與專區派來的三十餘人不計）僅六十九人，確實太少。（按：開辦不久的暑期教師進修班，決定提前結束，準備抽調二百餘學員參加夏徵工作）

直到目前爲止，各區在進行夏徵準備工作上，大致說來，還沒有大的偏差，而且各區在試徵工作上都收到了成績和經驗，但是也有做得不够的地方。一個比較普遍和較大的弱點是宣傳動員工作不深入和不廣泛，沒有更好地把夏徵工作形成一個廣泛的羣衆性運動，如五區寮邊鄉兔上村沒有開過村民大會，就開始自報田畝，由幹部包辦；又如第七區園洲鄉把過去的保耕隊組織成爲查黑隊，把查黑變成了少數人的事。

基本上說來，東莞的夏徵準備工作已在逐步完成，但由於一般鄉村幹部不强，加上前述的一些情況，今後還應加强對鄉的領導。（落塵）

落尘：《东莞夏征准备工作逐步完成　部分乡村已评定产量张榜公布》

《南方日报》1950年8月21日第2版

東莞夏收已畢夏種將完

早造因雨量過多一般收成在七成左右

部分區鄉忽視領導夏種的思想應糾正

【珠江訊】東莞夏收已完，夏種工作亦接近完成。

本來今年夏收會很好的。從三月開始，在黨和人民政府的直接領導下，東莞六十餘萬農民展開了退租運動，加上政府及時發放了農貸谷六十萬斤，大部份解決了農民的口糧和肥料困難，使廣大的農民在夏耘時期，能加工加肥，同時由於黨和人民政府重視了防洪搶險工作，在春潦夏汛時期，領導農民大力進行了加高培厚，鞏固圍壆，搶堵崩堤等工作，戰勝了洪患，基本上保證了今年夏收。但由於今年頭路雨量過多，在一些水鄉地區，雨水內積，無法宣洩，且日照時間少，影響了禾苗生長，而一些山區則因去年犂多後，地質本不熟，加上今年陰雨，也影響了禾胎的發育；因此今年夏收一般在七成左右。

個別受虫害的地區，收成較差。六區白嶂鄉一帶在七月初發現鐵甲虫後，因爲當時禾已成胎，無法挽救，致受損失頗大。據統計：白嶂鄉白沙村的二千五百畝田，橋頭鄉白蟻村及下汴村的一千五百畝田均受虫害，今年夏收只得五成，橋頭鄉舖心村、大山下等村有二千五百畝田受虫害，夏收只得四成。萬頃沙在七月初也發現了鐵甲虫，但當時又發現了「寄生蜂」（蜂類之一，專放卵於鐵甲虫卵之上，孵化後便將鐵甲虫卵吃掉）。人民政府於是向農民解釋和鼓勵農民不要撲殺「寄生蜂」，則經過幾次「泥浪」後（一陣東風一陣雨），鐵甲虫便逐漸消滅，萬頃沙五萬餘畝田才不致受虫害，一般收成約爲七成五左右。

夏收夏播中，各級政府及駐軍均協助農民進行割禾蒔秧。各鄉紛紛成立互助隊和幫耕隊，半個月內，幫耕隊就發展到有廿個。凡是有互助隊或幫耕隊組織的地區，收割和蒔禾都是又快又好。

目前，東莞的夏種工作大致完成了百分之九十以上。因爲幾個月來在農村中普遍而且不只一次的召開了農代會，特別是經過了今年的退租運動，絕大部份農民的覺悟程度都提高了，生產情緒非常高漲。八區水蛇涌的農民說：「過去我聽壞人說的話，以爲收到的谷，地主、政府、耕人三份開，嚇得我們不敢用功夫耕田。但是現在我們明白了，如今我們村裏及左近的鄉都租光了，大家拚命的厲泥，要搞好生產啊！」但是，大部份區鄉只把全部精神集中於搞好夏徵工作，而對夏種生產工作則只滿足於一般的號召，並無具體深入的幫助農民解決生產中的困難，如普遍缺乏肥料的困難，甚至有少數幹部還錯誤地認爲生產是農民自己的事，無須怎樣領導，他們自己也會去搞。

夏徵如能結合夏種 工作就可順利展開

但是也有一些區鄉在夏徵工作中認眞結合了夏種生產工作的。事實證明了，只要能更好結合了夏種生產工作，夏徵工作也就能更順利展開。如六區的夏徵宣傳和準備工作能更密切地和夏種、夏滅的宣傳和工作結合，農民們便更親切的感到夏徵和夏種夏滅是不可分割的，原也是自己的事，夏徵工作便能得到廣大農民的擁護。六區赤墩鄉的農民說：「政府收了公粮還是用在我們身上，幫我們搞生產，組織合作社，不愁沒有肥料。我們還好隱田和瞞產量嗎？」據統計：六區到目前自報的，就比去年同時多三萬二千八百，六區從今年三月開始，就經常反覆的進行宣傳生產十大政策，打破農民的顧慮。夏收完畢後，農民們繼續積極的開荒，種蕃薯，插甘蔗；統計農民開荒的數目總在二千畝以上。六區目前已有兩個鄉組織肥料合作社，而且有四個鄉也將成立合作社。但個別鄉如赤龍鄉因爲孤立的進行夏徵宣傳，農民就不感興趣，都說：「你們老是徵粮，卻不說生產，我們要耕田，不耕田就沒有飯吃，更談不到納粮。」因此，夏徵工作在這個鄉就不能很好的展開。（落塵）

落尘：《东莞夏收已毕夏种将完》

《南方日报》1950年8月28日第2版

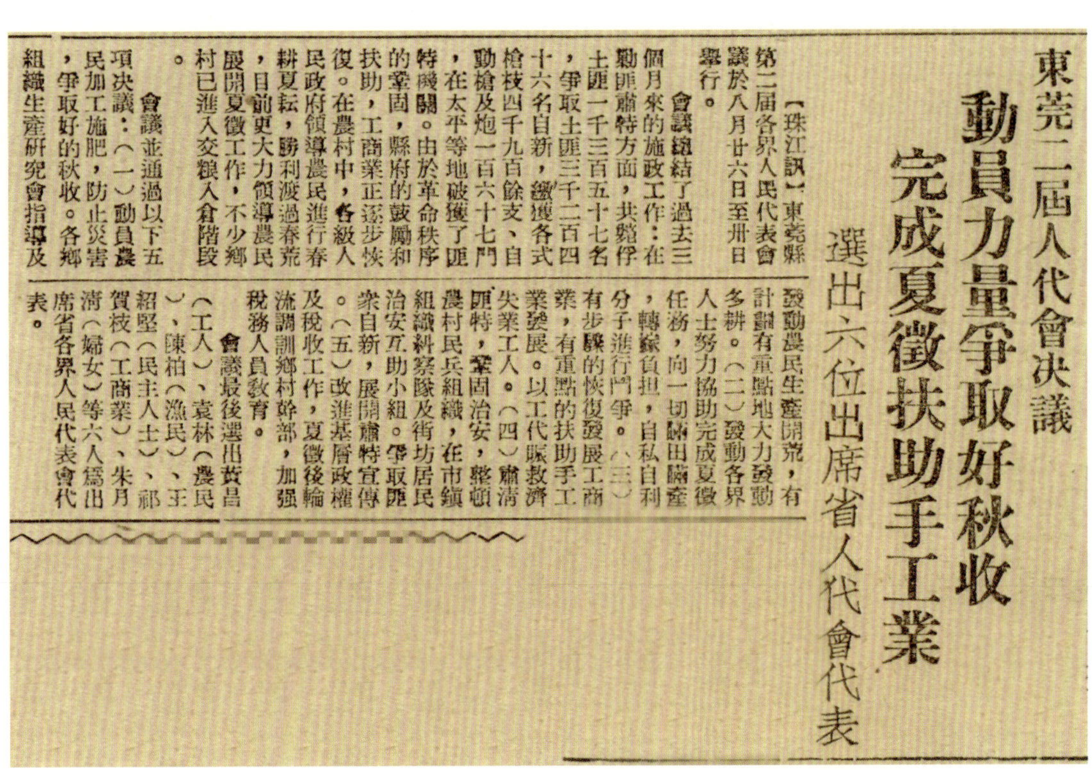

東莞二屆人代會決議

動員力量爭取好秋收 完成夏徵扶助手工業

選出六位出席省人代會代表

【珠江訊】東莞縣第二屆各界人民代表會議於八月廿六日至卅日舉行。

會議總結了過去三個月來的施政工作：在剿匪肅特方面，共斃俘土匪一千三百五十七名，爭取土匪三千二百四十六名自新，繳獲各式槍枝四千九百餘支、自動槍及炮一百六十七門，在太平等地破獲了匪特機關。由於革命秩序的鞏固，縣府的鼓勵和扶助，工商業正逐步恢復。在農村中，各級人民政府領導農民進行春耕夏耘，勝利渡過春荒，目前更大力領導農民展開夏徵工作，不少鄉村已進入交糧入倉階段。

會議並通過以下五項決議：（一）動員農民加工施肥，防止災害，爭取好的秋收。各鄉組織生產研究會指導及發動農民生產開荒，有計劃有重點地大力發動多耕。（二）發動各界人士努力協助完成夏徵任務，向一切隱田瞞產，轉嫁負担，自私自利分子進行鬥爭。（三）有步驟的恢復發展工商業，有重點的扶助手工業發展。以工代賑救濟失業工人。（四）肅清匪特，鞏固治安，整頓農村民兵組織，在市鎮組織糾察隊及街坊居民治安互助小組。爭取匪衆自新，展開肅特宣傳。（五）改進基層政權及稅收工作，夏徵後輪流調訓鄉村幹部，加强稅務人員教育。

會議最後選出黃昌（工人）、袁林（農民）、陳柏（漁民）、王紹堅（民主人士）、祁賀枝（工商業）、朱月濤（婦女）等六人為出席省各界人民代表會代表。

《东莞二届人代会决议　动员力量争取好秋收　完成夏征扶助手工业》

《南方日报》1950年9月19日第2版

南海東莞糧倉工作
保管得比較好
莞城倉連地底谷都洗淨入倉

【珠江訊】南海、東莞的糧食保管工作良好。南海縣委、縣長經常下鄉監督糧食入倉，為了加强糧倉保衛工作，還加派縣大隊的武裝同志分駐各倉，部份地區幷組織了農民護倉委員會，發動羣衆參加警衛。區府、工作隊與糧倉同志均能密切配合，如六區平洲倉同志在工作未開始前即先到各村動員交好糧和幫助農民曬谷。各地鄉民送糧都有工作隊或武裝護送，所交的糧很少因不合標準而打回頭，減少了人力時間的損失。

東莞各糧倉工作人員對保糧工作亦很認眞，寮步倉接到區政府通知有不法地主準備交鹽水谷來破壞公糧，立即用鹽水滚水浸谷來試驗分辨辦法，以保護公糧。莞城倉嚴格執行收糧制度，每天拾起地底谷卅多斤洗淨曬乾入倉，減少了國家物資損失。麻涌糧倉同志除了積極負責保糧外，有空時還搞些生產工作或修路，在勞動中加强了與羣衆的關係，農民均自動的將谷圍、風櫃、氣筒等工具借給空無所有的倉庫。

《南海东莞粮仓工作保管得比较好　莞城仓连地底谷都洗净入仓》

《南方日报》1950年10月13日第3版

東莞糖廠召開各區蔗農代表會議

簽訂交蔗合約，組織監驗委員會，設立運輸站。

【本報訊】東莞糖廠於本月八、九兩日在本市沙面糖業公司招待所召開各區蔗農代表會議。到會的有順德、中山、東莞、增城、番禺等產區代表七十八人。會議討論並簽訂了廠方與蔗農之間的交蔗合約；組織監驗委員會，以評定將來交蔗標準；並解決了甘蔗的運輸問題。

會議決定：凡已接受農貸的蔗畝所產的蔗料，不得背約轉賣或偷運別處。蔗商須經農會及區政府批准方得購買甘蔗。蔗農須待農會、區政府及交蔗互助委員會發出收穫證後，始可收割及運出蔗料。沒有接受貸款的蔗料，經審查證實後，可以自由買賣。

為了減少中間剝削，維護蔗農利益，和確保糖廠原料的充分供應，對以前未受貸款而現在請求將蔗料交給廠方願意接受貸款的蔗農，會議決定予以貸款：每萬司斤甘蔗貸給人民幣二十萬元。以前曾接受貸款的蔗農，尚有一部份蔗畝未接受貸款的（貸款以蔗畝為計算單位），可有優先權。請求這項貸款的蔗農，應在十月二十五日前將蔗額向各鄉農會、區政府彙報，轉請該廠派員辦理。

該廠與各區蔗農的交蔗合約已於本月九日簽訂完畢（僅有禺南區因產量未有統計，故未簽訂）。負責審查及訂定蔗料的監驗委員會的組織及人選，亦經決定。委員共十五人，蔗農代表七人（按各區及蔗額分配，計中山三區一人，中山九區及十區二人，順德二區一人，順德三區及四區二人，東莞、增城、番禺區一人），該廠代表七人，另加當然主席該廠軍事代表一人。各區監驗委員由各該區蔗農於本月十五日前選出。第一期驗蔗標準，因時間關係，先由廠方訂定。

該廠設在東莞，離原料的主要產地（順德及中山）頗遠，運輸問題必須妥善解決。經過會議討論之後，廠方決定在中山九區南頭設一個運輸總站，中山小欖沙口設一個分站；又在順德三洪奇設一個總站，碧江口（陳村）設一個分站。甘蔗由蔗農於指定時間運到運輸站，然後由廠方負責運至工廠。（榮）

荣：《东莞糖厂召开各区蔗农代表会议》

《南方日报》1950年10月17日第2版

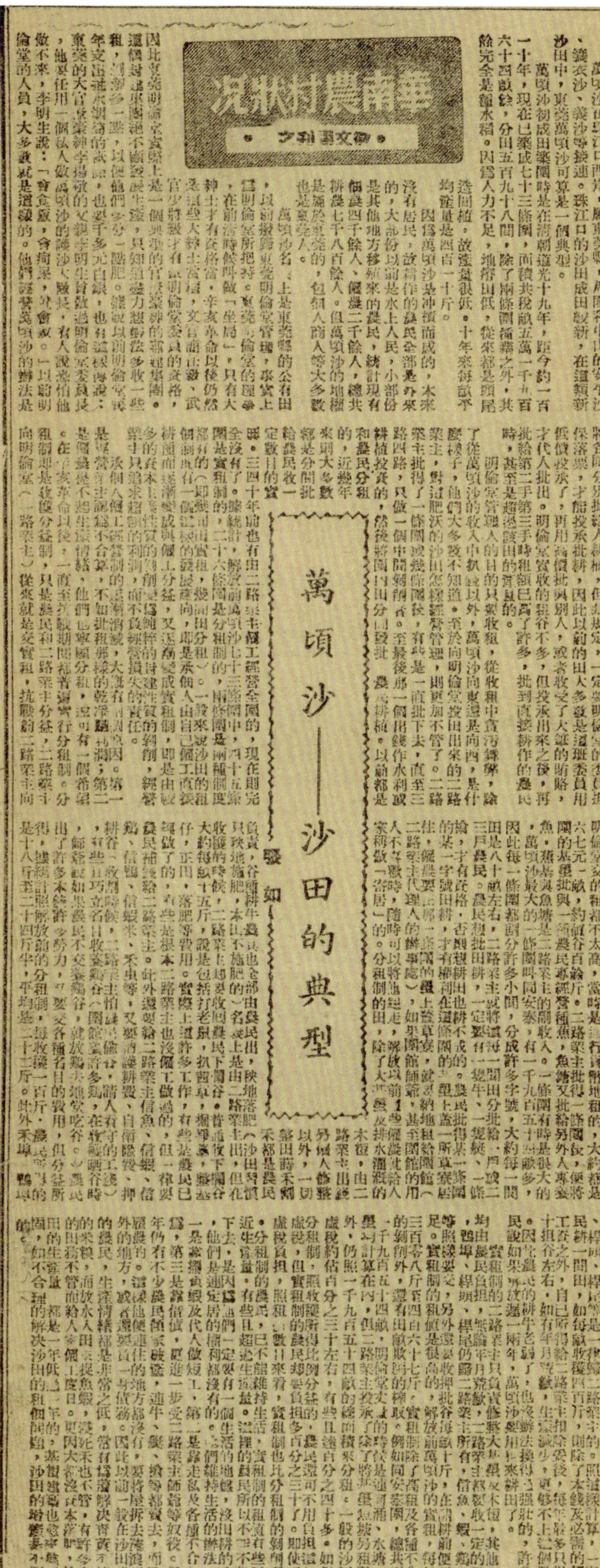

華南農村狀況

萬頃沙——沙田的典型

張如

张如：《万顷沙——沙田的典型》

《南方日报》1950年10月26日第3版

東莞亢州鄉十條村

五百多農民一晝夜間

完成橫河築堤蓄水工程

救活了一萬六千多畝水稻

【珠江區訊】東莞七區亢洲上南、陣村、沙頭、深瀝等十條村，於十月十三日，一日一夜之間，動員五百多農民，完成了高達二丈、水深一丈、長約十多丈的橫河築堤蓄水工程，救活了一萬六千多畝就要旱枯的禾。

亢洲鄉與博羅交界處有一條沙河，是兩岸稻田灌溉的水源，每逢旱年都要築起一條臨時堤壩來蓄水灌溉。在國民黨反動派統治時期，這條堤由陣村、沙頭、深瀝等村地主包辦修築，築好後，農民要水就要給他們相當的錢。今年亢洲鄉天旱，農民便要求政府協助修築。初時，由於鄉政府同志對這工作不夠重視，只召集了上南、陣村等十條村代表開了一個會議，由政府借了廿担谷買竹柵，便由農民自己去搞。因爲沒有很好的領導，五天時間還未築成，羣衆情緒非常低落。後來鄉政府同志認識到這工作關係羣衆利益，立刻再召開該十村代表會議，向農民們解釋這堤的重要和大家受益的道理。於是組織了蓄水委員會，向防洪委員會借了一百多條杉樁，聘了一些老練打樁工人。在十月十三日早晨，動員了五百多農民開工，工作同志也參加挑泥，各人情緒非常高漲，大家都爭取在一天內築好，後來更分隊競賽。在這種勞動熱情鼓舞下，當天晚上十時，就完成了亢洲鄉民渴望已久的橫河築堤蓄水工程。

《东莞亢州乡十条村五百多农民一昼夜间完成横河筑堤蓄水工程　救活了一万六千多亩水稻》

《南方日报》1950年11月11日第3版

東莞順德兩糖廠已開榨

職工合作努力改進機器

本季產糖任務保證完成

省工籌會將派隊協助展開生產競賽

（本報訊）廣東糖業公司屬下順德及東莞兩糖廠，於本月十日同時正式開榨。順德糖廠為蔗農要求，曾於本月一日至七日舉行試榨，共榨蔗五三八三．六七公噸。因天氣關係，部份甘蔗尚未充分成熟，成糖率（即每斤蔗製成砂糖斤數）僅佔百分之六，總共產砂糖三二三〇公担。東莞糖廠在開工之前，曾按照該廠與蔗農簽訂的交蔗合約，派員分別到各個運輸站把原料運到廠房，一年一度的例修工程亦已於十月十五日完成，十月十八日試機時，成績非常良好，這是由於在例修過程中，職工們曾努力將各種機器的主要毛病克服。如壓榨部有一個蒸汽機的速度調節器失靈，無法控制轉運速度，解放前工程師表示無信心修好，解放後工人覺悟提高，經工程師在技術上指導工人修理，終於修好，對壓榨效率的改進起了極大作用。又從前離心機有一個波子蓋裝法是倒置的，現已改進。許多喉管不暢通，有些三吋直徑的管子僅剩半吋，也已全部清理。此外，工友們還提出很多合理化建議，如壓榨機人字齒輪承過去設備不完善，常有蔗汁滲入，使軸承易發熱，並冲走軸承上的滑機油。經工友們指出後，在軸承上加蓋，不特可保護軸承，也可節省機油。又浸透水管的設備以前祇有從上面噴水的喉管，工友們建議加設底喉，使上下都能噴水，增加壓榨效率。修理部生產小組長梁行改善了落糖槽，將槽的斜度加大，並將卸糖平台加高到平肩的高度，使已裝好包的糖從落糖槽滑下時，工人直接可用肩膊來承接，可節約勞動力。他又建議將洗濾布機中的鐵條改為木條，使濾布減少損壞。其他的工友在修機過程中亦以忘我的熱情工作着，如安裝最後一部底梳（用以清除黏在壓榨機轆的蔗渣）的工程，以往約須二十天才能完成，現竟於一星期內做好。在這一基礎上，現工友們又進一步表示要保證完成任務，並有超額完成的信心。省總工籌會工作隊同志，將協助該廠展開生產競賽。（榮）

荣：《东莞顺德两糖厂已开榨　职工合作努力改进机器　本季产糖任务保证完成》

《南方日报》1950年11月14日第2版

积極推動冬耕工作！

東莞準備冬耕廿五萬畝

明春以前要做好鞏固圍堤工作，並準備完成二萬担選種任務。

【珠江區訊】爲了有計劃的佈置全縣冬耕工作，東莞縣人民政府曾在十月廿四日召集各區生產工作人員、農會代表等三十餘人開會討論和佈置冬耕生產、水利、選種等問題。

該縣去年全縣冬耕面積是十一萬四千五百八十餘市畝，領導上起初以爲今年冬耕面積只能擴大萬餘畝，但經過各區會報情況和研究後，一致認爲今年情況比去年情況大不相同；農民生產情緒普遍高漲。因此會議決定要好好掌握農民的生產情緒，加强對冬耕工作的領導；各區鄉應吸收當地的勞模、老農、積極份子及各階層農民組織起各級生產委員會，建立農村生產的統一戰線，推動冬耕生產工作。統計今年全縣冬耕面積將達到廿五萬一千市畝以上，比去年擴大一倍多。冬耕的作物一般以麥、馬鈴薯及油菜爲主。同時爲了增加榨糖原料和推動栽植蔴作業，各區應在今冬準備好條件，明年開始在一些地方重點種植甘蔗和黃蔴。會議在研究了各地耕作的實際情況後，決定明年全縣植蔗面積要達到八萬零二百市畝，植蔴面積要達到一萬三千九百廿市畝。

會議並討論了水利問題。據不完整的統計：今年旱造全縣因內積水成災的田達十五萬九千五百餘畝，失收數目爲一百七十五萬餘斤谷，這是一個很大的損失。會議決定在明年春天以前要做好鞏固圍堤的工作，特別是全縣沿江及其他幹堤要大力加高培厚，做到堤頂濶三公尺，堤高要超出歷年最高洪水位五公寸的標準，保證歷年最高洪水位不出險。會議還明確指出：防旱工作也是重要的。決定要在明春以前完成懷德水庫工程，開水灌溉；此外寶山、清溪、甕窯、鴨仔山四處蓄水庫工程，亦決定在明年完成。這四個水庫工程完成，受益田畝可達二萬餘畝，爲做好準備，預防明年的內積水患，會議認爲在目前還不能大量使用抽水機，今冬應預先修理舊槓，建築山塘。同時根據一些有經驗的老農提議的「挖塘培基」之法（這法又叫「六水四山」，即十畝田全被積浸時，可將六畝挖塘，取泥培高四畝，不致全部失收），會議認爲在部份距江河遠和地勢特別低的地區可以使用這法。

關於選種問題，會議決定：重點進行選種，全縣完成二萬担選種任務；一萬担發動農民互相交換，一萬担由政府收購，預定五年內全縣稻種要做到都是純種。爲了順利推行選種工作，決定由縣建設科、縣生產委員會及縣農協聯合組織選種委員會。區鄉亦組織各級選種委員會或小組。選種重點地區定爲八區鯀沙村。

會議最後決定全縣要擴大造林面積。除政府在樟木頭林場須擴大造林四千畝、大嶺山擴大二千畝外，其餘各區鎮應發動羣衆造林，全縣播種造林面積要擴大一萬二千二百畝。（頌平、塵）

颂平、尘：《积极推动冬耕工作！　东莞准备冬耕廿五万亩》

《南方日报》1950年11月21日第3版

東莞糖廠全體職工

積極生產 抗美援朝

生產成績打破開廠以來最高紀錄

捐手榴彈一○七六個及三千萬元

【東莞訊】東莞糖廠全體職工爲響應和積極支持抗美援朝保家衛國運動，熱烈地展開時事學習，加强防襲防諜，保衛人民企業，職工們一致表示，要行動起來，展開愛國主義的生產運動，爭取超額完成任務捐獻手榴彈給在前綫的朝鮮人民軍和中國人民志願部隊，多殺敵人。

全體職工們在緊張的生產中，提高了技術節省材料和時間，使生產量不斷提高，創造了幾個新紀錄，在第二小榨期中，更正煮得糖份爲九一·一一（技術標準爲八八·二一），更正總收回率爲八三·五八（技術標準爲八一·一五），第三小榨期中，桔水的重力純度爲三三·五二（技術標準爲三六·○○度）這些紀錄是開廠以來未曾有過的紀錄，至於產糖方面，原任務規定應得製成品白糖一○、二六○包（每包一百公斤）現超額製得白糖二二、六五三·一八包。因此獲得了最高級的超額獎金和超額技術標準的獎金。

煮煉部職工在有計劃的工作進行中，連續地縮短了煮糖時間，創造了新的紀錄。又在使用硫磺，石灰上，節省了很多，單是硫磺則比原預算節省了一半。糖機部在不影響行機情況下，盡量節省油料，使電動泵每日節省四號滑油百分之三十七點五，同時離心機甲班工友在本月十四日下夜的七小時內篩糖六○九包，打破了以往紀錄。

在慶祝朝鮮大捷大會上，兩班工友提議：（一）把第二期全部技術超額獎金三千萬元捐出支援前線，并獻捐手榴彈，（二）搞好生產和志願軍競賽，（三）發動參加軍事幹部學校，（四）寫慰勞信。當則爲全體工友一致贊成。并捐獻手榴彈一○七六個。年青的工友楊務敏、何燊、何偉、謝燮光等四人，以無比興奮的心情，決心表示要求參加軍事幹部學校。（衛正銓）

卫正铨：《东莞糖厂全体职工积极生产　抗美援朝》

《南方日报》1950年12月29日第3版

南方日报

1951年

東莞小虎島農民

減租鬥爭勝利

廢除了田畝谷、引耕谷、信鴨、信鷄等額外剝削

【東莞訊】小虎是東莞縣屬的一個小海島，去年秋減運動，由於農民組織起來，對地主進行說理說法鬥爭，據初步統計，獲得減租果實已有四十二萬司斤以上，另廢除了田畝谷、引耕谷、信魚、信鴨、信鷄等不合理的額外剝削共十六萬司斤谷以上。

經過減租鬥爭的勝利，小虎農民覺悟更加提高了。他們堅決要用交好公粮的實際行動，來響應抗美援朝保家衛國，並已於去年十二月廿二日超過預定目標廿萬司斤完成交粮任務。在送粮時，有些不法地主欺騙農民說：「你正老襯，交埋粮還要燒炮仗，舞麒麟送到粮倉。」但農民立刻指斥了地主的陰謀，而且更迅速熱烈的交好公粮。這次政府號召青年參加軍幹校，島上林紹權等六位青年立刻堅決響應。一位五十多歲的老伯，送自己的獨子投考軍幹校，他說：「共產黨來了，我們窮人才得翻身，現在美國鬼又來不讓我們過好日子，所以我一定要送我的兒子去參軍。」投考軍幹校的青年出發來廣州，他們的父母和島上二百多羣衆舞着麒麟，唱着歌歡送他們。

《东莞小虎岛农民减租斗争胜利》

《南方日报》1951年1月18日第3版

展開熱烈的生產運動！

東莞糖廠工人情緒高漲
產量超額技術超標準
幷簽訂了集體合同和聯系合同，使生產提高更有保證。

【本報訊】東莞糖廠於去年十一月開榨後，職工們一直保持着旺盛的生產熱情，使產品質量普遍提高，獲得了成績，幷於去年十二月與行政方面簽訂集體合同，今年元旦日各部門簽訂聯系合同，保證把生產搞得更好。

從去年開榨到本月十六日止，該廠共分五個小期進行生產（每小期結束後要洗機一次），各小期的成績都超過規定的定額和技術標準。其中以第四期成績最好，質量普遍提高。在這幾個小期的生產中，新紀錄不斷出現，最突出的紀錄有下面這些：一、去年十二月廿八日更正榨得糖份是百分之九三・一六（技術標準是百分之九二）；二、第四期桔水重力純度爲三三・四七（技術標準三六度）；三、第四小期更正煮得糖份百分之九一・二四（技術標準是百分之八八・二一）；四、第四小期更正總收回率百分之八四・六三（技術標準是百分之八一・一五）；這些紀錄據該廠工會報告都是在廣東有糖廠以來空前未有的。

該廠生產能够不斷提高，職工生產情緒也一直保持旺盛，而不是[illegible]浪式的發展，歸納起來有下列幾點原因：首先是行政和工會對工人生活和福利工作的大力照顧，如訂立各種獎勵制度和興建職工宿舍等，使工人感受到人民政府實在照顧工人，和蔣匪帮完全不同。其次是行政和工會都深入車間，能抓緊生產中的關鍵問題，及時解決。如製煉部的煮糖工作，在第一、二小期中，每甑需十四小時以上，最慢的甚至超過二十小時，以致壓榨量不得不減少，影响全部產量，於是行政和工會便集中解決這問題。經過研究後，並吸取順德糖廠的經驗，改進工作方法，現在平均煮一甑糖不到八小時，並曾創五時五十分煮一甑糖的紀錄。還有，就是集體合同和聯系合同的簽訂，使職工們明確了奮鬥的目標和各部門的責任，是創造成績的重要因素。該廠工會在領導工人簽訂集體合同和聯系合同後，得到這樣的體驗：集體合同明確規定了生產任務，使全體職工有了努力的方向。聯系合同在連續性生產的工廠中，更是重要的東西，牠即是小組生產計劃，亦即各部門間的[illegible]，使各部門能平衡的進步。祗有這樣，才能使生產成績鞏固和逐步提高。

今後努力方向：
提高技術，展開合理化建議運動；改進領導方法，提高職工愛國熱情。

該廠的生產成績是主要的，但仍有下列兩個問題要加以解決：由於該廠壓榨機在目前各期的壓榨量都超過定額，並接近較高的限度，所以今後該廠搞好生產的努力方向，應該從量的提高轉變到以質的提高爲主。該廠工會已注意到這問題，打算領導工人把目前正在進行的熱烈的生產運動，向提高技術、以及合理化建議這方面發展，這是很好的。

爲了使該廠職工的生產熱情，和已獲得的生產成績更加鞏固，該廠工會，必須改進領導方法與重視搞好工人學習，提高工人的階級覺悟和愛國熱情。該廠的勞模，都是熟練於生產技術和生產積極的工人，但對學習却不大關心，工會的教育工作也進行得不够深入和廣泛。特別是該廠工會的領導方法——祗停留在一般的號召，而沒有深入的發動羣衆。如該會工會起初已在工人中號召展開「新紀錄運動」，搞好生產；但工人中知道的並不多，甚至連勞模也不知道正在進行這個運動。這一號召便祗停留在工會部份幹部當中，未能成爲羣衆性的熱烈的運動。這問題必須引起注意，否則生產運動將成爲少數人的事情，而不能更有朝氣和更深入的開展下去。

《东莞糖厂工人情绪高涨　产量超额技术超标准》

《南方日报》1951年1月24日第3版

董昕趙國有訪問東莞糖廠

趙國有報告遊蘇觀感，工友聽得笑咪咪，加强了建設新中國信心。

【本報訊】全國總工會生產部正副部長董昕趙國有等，在廣州逗留期間，曾經在本月十三日到東莞，訪問在廣東具有相當規模的東莞糖廠。該廠工人聽到這個消息，非常高興。從十三日董昕趙國有兩部長到工廠，至十四日他們離開的時候，「趙國有」的名字，不斷的通過擴音器播到各個東間去。駐在該廠的華南文工團還特別作了一首「工人階級的旗幟」的歌，歌頌趙國有。糖機部的青工在車間裡手拉手的圍着趙國有，把這首歌一遍又一遍地唱着，充份表現出工人們對趙國有的景仰。

十三日晚上，東莞糖廠工人舉行了一個盛大的歡迎會。會上，董昕部長讚譽該廠工人在生產上的偉大成績，并勗勉他們加倍努力。趙國有副部長則向工人們報告他到蘇聯的觀感，說得工人們個個笑口咪咪，并不斷的鼓掌，當工人們聽到在莫斯科慶祝「五一」勞動節的偉大場面，蘇聯海陸空軍的雄壯行列，中國代表在莫斯科受到的熱烈歡迎，和蘇聯工人生活的愉快時，都無限鼓舞。趙國有副部長并特別指出：蘇聯能够成爲這樣強大的國家，人民過着這樣幸福的生活，不是憑空得來的，是經過在布爾什維克黨領導下的艱苦鬥爭才獲得的。

工人們聽了這些報告後，加强了建設新中國的信心，工會并決定展開學習和討論。勞模鄧迢不說：「趙國有是工人，我們工人都是老實的，他講的都是實話，我完全相信。」

《董昕赵国有访问东莞糖厂》

《南方日报》1951年1月24日第3版

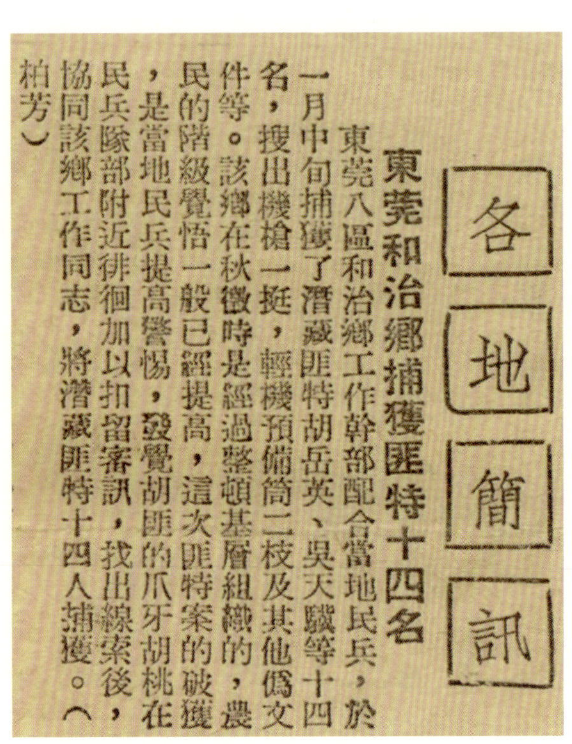

各地簡訊

東莞和治鄉捕獲匪特十四名

東莞八區和治鄉工作幹部配合當地民兵，於一月中旬捕獲了潛藏匪特胡岳英、吳天驥等十四名，搜出機槍一挺，輕機預備筒二枝及其他僞文件等。該鄉在秋徵時是經過整頓基層組織的，農民的階級覺悟一般已經提高，這次匪特案的破獲，是當地民兵提高警惕，發覺胡匪的爪牙胡桃在民兵隊部附近徘徊加以扣留審訊，找出線索後，協同該鄉工作同志，將潛藏匪特十四人捕獲。（柏芳）

柏芳：《东莞和治乡捕获匪特十四名》

《南方日报》1951年2月10日第3版

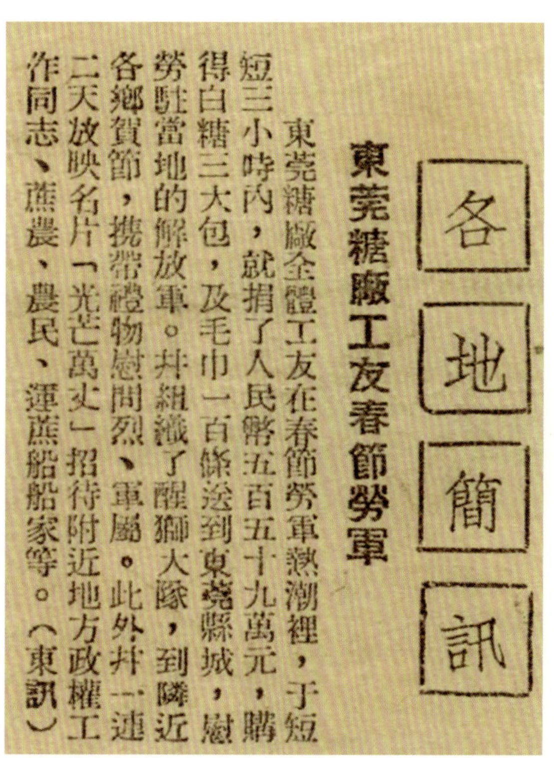

各地簡訊

東莞糖廠工友春節勞軍

東莞糖廠全體工友在春節勞軍熱潮裡，于短短三小時內，就捐了人民幣五百五十九萬元，購得白糖三大包，及毛巾一百條送到東莞縣城，慰勞駐當地的解放軍。并組織了醒獅大隊，到鄰近各鄉賀節，携帶禮物慰問烈、軍屬。此外并一連二天放映名片「光芒萬丈」招待附近地方政權工作同志、蔗農、農民、運蔗船船家等。（東訊）

东讯：《东莞糖厂工友春节劳军》

《南方日报》1951年2月11日第3版

東莞駐軍在兩天內

完成疏通脈瀝河工程

東莞人民贈送九面紅旗表示感謝，並燃放炮竹舞獅慶祝。

【東莞訊】駐東莞解放軍某部響應東莞人民政府號召，由二月九日至十日突擊完成了疏通脈瀝河的光榮任務。給人民節省了財富八百萬元，獲得該部通報表揚。

脈瀝河是東莞唯一大河，貫通城區，對東莞工商業的繁榮，有很大的關係。該河自滿清末年至解放前沒有疏通過，年代久遠，積土淤塞塡高了河床，每逢春夏之交，河水泛濫，城區泥水及膝，城郊農作物也受水淹，特別是由於河未疏通，髒水存積水道，城內井水十分之三不能飲用，磨粉工業受損失最大。

該地駐軍響應上級「給人民做一件好事」的號召，愉快的接受了這光榮而艱巨的任務，經過動員後，駐城部隊絕大部份的幹部戰士男女同志一千餘人，在工作繁忙的情況下，熱烈參加了挖河工作；軍、政、後勤工作及警衛部隊的首長們，都親自帶頭鼓勵大家情緒。挖河當中，機關與機關、部隊與部隊、個人與個人，相互之間提出了「快挖、快挑」和「肩不離担、手不離鍬」的口號，展開了熱烈的挑戰競賽，二分隊兩天當中，全隊戰士手起泡的二十二名，肩磨腫的四十四名。在緊張的工作中，各單位的文娛也很活躍，如黑板報、漫畫、廣播台、鼓動棚、口琴隊、鑼鼓隊、歌詠隊等都鬧得火熱，脈瀝河兩岸整日鑼鼓喧天，附近居民扶老携幼跑來參觀，年老的人感嘆地說：「從來沒有這樣好的隊伍，眞是做夢也想不到啊！」年輕人感動得甚至奪下戰士的鍬、搶下戰士肩上的土籃要和部隊一起比賽。

經過兩天的突擊，提早原計劃一天勝利完成了挖河任務（一千立方米），其中二分隊以十小時卅分完成一二〇立方米的成績，創造挖河速度最快的光輝紀錄。其他一分隊，也在十一小時完成了一三〇立方米的任務，獲得通報表揚，授旗鼓勵。政府、機關、團體、婦女會除了在工程進行當中展開慰問，送給麵包、饅頭、茶水、香烟外，還贈送九面紅旗，代表了東莞人民的謝意，他們稱譽解放軍挖河爲：「勞動創造世界，光榮屬於解放軍」。竣工時，兩岸居民燃放炮竹，敲鑼打鼓，舞獅慶祝。（仲雅明、黃伯霞）

仲雅明、黄伯霞：《东莞驻军在两天内完成疏通脉沥河工程》

《南方日报》1951年2月20日第3版

東莞等縣基督教徒舉行反美大會

番禺基督教徒獻捐四十一萬餘元慰勞中、朝人民軍

【本報綜合訊】番禺、東莞、恩平等縣基督教徒相繼於一月下旬及本月上旬舉行反美愛國實行三自的大會和示威遊行。番禺基督教徒並獻捐款項，慰勞中、朝人民軍及救濟朝鮮難民。

番禺縣禺南一百三十多個基督教徒於一月廿八日在市橋禮拜堂舉行集會，在會上，黃慰慈及余牧師等都指出帝國主義者利用宗教、醫院等來作侵略的工具，並用黃色文化來麻醉我國人民的罪行。大家一致表示須澈底與帝國主義割斷關係，實行自治、自養、自傳。會上並通過了成立「禺南區基督徒反美愛國促進三自籌備委員會」及宣言和向中、朝人民軍的致敬電。他們並獻捐慰勞金以慰勞中、朝人民軍和救濟朝鮮難民，當時即捐集共四十一萬五千六百元，謝愛慈女醫生更把她五錢重的金牌捐出。

東莞縣基督教徒於本月一日舉行反美愛國革新運動大會及示威遊行，參加者共四百五十餘人，他們堅決的表示：在毛主席的英明領導下，永遠跟着共產黨走。會上並發表宣言說：「每個基督教徒都是國家的一份子；愛祖國是我們自己的天職，不能任令美帝侵略者與其走狗蔣匪幫的宰割，因此我們應該一致起來擁護人民政府，以加強我們人民的力量，更要加強『抗美援朝保家衛國』的行動。」同時並說：「我們要切切實實的加緊努力，以完成教會的自治、自養、自傳；把教會革新起來」。

恩平縣基督教徒二百人也於本月一日舉行反美愛國實行教會三自的示威大會，並發表宣言和四項公約：一、實行三自，割斷與帝國主義的關係；二、警惕美蔣匪特的破壞活動，並隨時隨地予以檢舉；三、加強新民主主義及時事的學習，肅清「親美、崇美、恐美」的思想；四、以實際行動來擁護「抗美援朝保家衛國」運動和擁軍、擁政和擁護土地改革。（蔡銘源、葉龐）

蔡铭源、叶庞：《东莞等县基督教徒举行反美大会》

《南方日报》1951年2月21日第3版

各地簡訊

東莞龍穴島農民分耕草田

東莞龍穴島有三頃多草田，解放前全被國民黨官僚方棣生掌握，當地一百三十餘農民，終年過着牛馬般的農奴生活。解放後，農民起來組織了政權，並於去年十二月十八日舉行會議，一致決定草田由政府管理，由農民分耕。分耕的辦法規定要自耕，不得僱工，自耕多少由大家民主評定，肥田補瘦田。這問題解決後，使今後的生產打下了基礎。（任玉光、塵）

任玉光、尘：《东莞龙穴岛农民分耕草田》

《南方日报》1951年2月21日第3版

新會、東莞各界集會 控訴美日暴行

日寇在新會城焚毀房屋達百分之六十，有百分之六十以上的人也被打死、餓死……

【本報綜合訊】反對美帝武裝日本運動正在新會、東莞深入展開中。

新會各界人民五千二百餘人，於二月廿五日晚分別在十五個地方舉行控訴大會，在各個會上，有一百六十九位受迫害者悲憤地控訴美日的暴行。

他們回憶着：新會淪陷時，有百分之六十的房屋被炸及焚毁，有百分之六十以上的人被打死、生劏、活埋、餓死、强姦死或被拉伕而流浪他方的，新會城在戰前約有十萬人，但現只二萬九千餘人，如東九里由抗戰前的三千餘人減至現在爲三百人。

附城一區環溪鄉七十二歲的老華僑譚文廣控訴說：他壯年時在加拿大做苦工，那時還是清朝，他長着一條辮子，時常被番鬼仔踏着單車拉着他的辮子倒後拖，拉得他頭破血流也不敢出聲，被番鬼仔當面吐口水，看也不敢看他一眼，他痛受二十三條移民條例的苛刻壓迫，年老時和兩個兒子一道回家，那時家鄉已被日本鬼佔了，回到家時，父母已被日人所殺，屋也被焚燒。

東九里的農婦歐四姑，她的丈夫在廣州被日機炸死，五個孩子在淪陷時則餓死了四個。

住在瓜瓞巷的婦女趙秀悲憤地說出：她的獨子本來是在中華戲院機房工作的，但去年美機轟炸江門時，中華戲院被炸，結果因失業而病死了。

各個會上都在激憤的情緒中進行，人們一個個的控訴着，及反對美帝重新武裝日本，並紛紛表示抗美援朝的決心，大家都高呼着「反對美帝武裝日本」「不能讓美國鬼這樣做」等的口號。（林文山）

東莞縣石龍鎮各界二月廿一日晚舉行紀念「反對殖民制度鬥爭日」暨反對美帝武裝日本大會，到會者有各界青年一千二百餘人。

會上，各界青年都進行了對帝國主義的控訴。火柴工友張安要大家不要忘記八年的血海深仇；從馬來亞回來，年剛十歲的小僑胞楊妹妹說：「……因爲我哋畀飯畀游擊隊食，英帝就將我哋嘅屋企都燒埋！捉左我爸爸去坐咗好耐監，佢哋想餓死游擊隊，但係我哋趁住割樹膠個陣又將糧食運畀游擊隊。點解我哋要咁樣做呢？因爲游擊隊係解放我哋人民嘅！」馬來亞歸來的楊碧珍也控訴了英帝在馬來亞無理焚毁華僑住屋、䦨進用鐵絲網圍住的集中營，無理迫害華僑，并用酷刑拷打的罪行。

在大會前，從十八日至二十日，火柴、運輸等八個行業工會都相繼舉行了控訴帝國主義暴行的集會。

茶樓工友袁棠說出：在五區南社村，一個七十多歲的老太婆給日本獸兵强姦了，要投水自殺；谷米業工友胡文說：在石龍一條水巷裡，日寇把巷的兩端封鎖起來，搜捕了這裡的居民，綁在河邊斬首，江水立刻變成了血河。一個天眞的小孩子被日寇的狼犬狂咬至奄奄一息後，用刺刀戮死拋在東江河裡，而滅絕人性的獸兵却在旁邊嘻笑作樂。大家還沉痛地訴說了石龍鎮郊的西湖、黃家山等村落是怎樣被燒成廢墟、夷爲平地的經過，在黃家山，連一個走不動的跛子也逃不掉刺刀的殺戮。

會上大家都認識了要防止日帝重新侵畧，必須堅决反對美帝武裝日本，粉碎美帝單獨對日媾和的陰謀。

【又訊】東莞縣莞城鎮各界人民於二月廿一日反對殖民制度鬥爭紀念日舉行大會，到會者有一千餘人。會上有三位由馬來亞被英帝驅逐回國的華僑，控訴英帝的暴行，並指出這些暴行是美帝所指使的，他們要求全體人民聯團結起來反對侵畧，反對殖民制度的存在。（路帆）

路帆：《新会、东莞各界集会控诉美日暴行》

《南方日报》1951年3月4日第3版

駐東莞厚街上鳳林解放軍延醫救病人死後捐款送葬

紅榜

編者先生：

讓我告訴你們一件解放軍愛民的動人事情。

東莞縣六區厚街上鳳林有一位打鐵工人，叫做王財興。最近他患了病，因爲家貧無錢醫治，病勢便漸漸加深了。有幾位駐在他家裡的解放軍發覺了他無錢醫病，忙請來了一位醫生來給他看病，但因病勢已至危險境地，打了幾支針也難施救，次日，王財興終于死去。他死了，家裡只有年老的父親，妻子及兩個年幼的兒女，因家貧無錢埋葬屍首，駐在該村的解放軍全體同志又立即展開籌款運動，籌到了五十多萬元，送給死者的家屬，同時還協助埋葬屍首與其他善後工作。

每一個厚街鄉民都知道這件動人的事情。一位鄉民很感動地說：「只有我地自己嘅軍隊先會咁樣，舊時刮民黨軍隊，你死咗，佢重會敲你一筆竹槓。」又有一位老太婆說：「我幾十歲人未曾睇見過咁好嘅軍隊。」

方山

方山：《驻东莞厚街上凤林解放军延医救病人死后捐款送葬》

《南方日报》1951年3月4日第3版

土產介紹

東莞特產——水草和花蓆

水草是製造花蓆與草繩的主要原料，亦是東莞的特產。生長於鹹淡水交界的潮田，除中山縣一部份也有出產外，別處不宜種植。水草有二種：一爲紅芽草，草身粗壯，莖筆直，長六、七尺，多屬中、長草，用以織造花蓆及繩蓆；一爲白芽草，草頭帶白色，身幼細多屬五尺以下的短草，用以織造次蓆及草繩；收割期於每年五月開始，七月以後新草大量登場，以八、九月產量最多，至十一月收割完畢。種草一次可以連續收割四年至五年，田地肥沃及施肥足够者，每年可收割二次，中等田每二年收割三次，一般則以每年收割一次爲多，如使用化學肥料，施肥後六十天即可收割。

戰前該產區有草田二五〇〇〇畝，每畝平均每年可產草十五市担，年產草三七五、〇〇〇担。草的用途主要製蓆或外銷。抗戰期間，因日寇的侵佔，內外交通阻塞，銷途斷絕，且値饑荒，谷價高漲，農民都把草田改種稻谷。抗戰後海外交通恢復，但由於國民黨反動派的摧殘，生產狀態還不及戰前。解放後內外暢通，草繩業有了起色，洋庄訂單購貨日見增加，生產量達戰前百分之九十。去年八、九月間，新草大量登場，照例價跌，由於廣東省土產公司的及時措施定出合理價格，分別於太平、涌口等地設站向農民收購，這樣不但消除了奸商、洋行買辦乘機壓價的慣例，同時廢除了歷史性的封建剝削。

花蓆有雜花、時花、印花、白心、四方、蛋形、花辮等數種，草繩則分爲一號、二號、二號半、三號、四種，以三號最大，一號最小。戰前全區有大小廠家三百餘間（家庭式未計入），各種蓆機、繩機五千餘架，直接參加織蓆、打繩、揀草剪繩工人八千餘人，時做時歇的副業家庭工人則有五萬餘人，最盛時曾有設備一千架鐵機的工廠設立。花蓆和草繩是主要出口貨之一，每年輸出額估年產量百分之八十以上，銷場遍及歐、非、美各洲，印度、暹羅、星加坡亦有大量需要，而以製成品的花蓆、地蓆和草繩爲最多，估外銷額百分之八十，其餘則爲原料輸出，及小部份的內銷，每年吸入外匯千萬港元。過去草繩業爲帝國主義封建買辦所控制，農民受盡剝削痛苦，解放後在廣東省土產公司的大量收購和打開銷路之後，農民生活有了初步改善，對今後的努力生產，增加產量亦有了信心，今後若能再加研究，改良品質，擴大銷場，是有可能的。（林泰裕）

林泰裕：《东莞特产——水草和花席》

《南方日报》1951年3月17日第6版

加強民兵教育

東莞舉辦民兵訓練班

受訓後民兵政治覺悟提高，工作更加積極。

【東莞訊】爲了整頓民兵組織，加強民兵的領導和教育，在最近的兩個月來，東莞全縣普遍進行了民兵的集訓工作。除了縣人民武裝支隊部舉辦了民兵訓練班，抽調全縣各區鄉的民兵隊長和基幹民兵集訓之外，各區也分別舉辦了訓練班。在今年一二兩個月內，統計全縣已集訓過的民兵已佔全縣民兵人數的四分之一，全縣的民兵隊長基本上都經過了集訓。

訓練的內容以政治教育爲主，軍事爲輔。訓練期間一般是半個月至三個星期，以不影響生產爲原則。一般民兵經過學習後，都認識了目前形勢，政治覺悟迅速提高。很多訓練期滿仍要求繼續學習，回鄉後很多並寫信給上級同志，保證搞好工作，完成保衛家鄉、清匪肅特實行土改的偉大任務。大部民兵回鄉後工作表現得很積極，七區的民兵劉悅滿繳出了地主的黑槍十枝，很多民兵覺得村中的基層組織不健全，就馬上協助整頓。如七區和平鄉的民兵黃晚燈在村裡協助組織了婦女會；四區四平鄉民兵林得見協助改組了村政權和民兵組織；八區的民兵趙錦、趙淦全協助緝獲了私鹽八百斤交回政府處理。這些都說明了他們已認識到今天翻身做主，負起保衛自已勝利果實是光榮的責任，消除了舊日當「巡丁」的僱傭思想。

目前本縣集訓民兵的工作繼續進行，爭取在春耕農忙前訓練更多的民兵，使今後農村工作獲得更好的保證。（陳正怡）

陈正怡：《加强民兵教育　东莞举办民兵训练班》

《南方日报》1951年3月22日第3版

簡訊

東莞龍穴島漁協召開會員大會

東莞龍穴島漁民協會於三月十四、十五日一連兩天召開全體會員大會，由出席珠江區首屆漁代代表傳達該大會決議，並進行整理組織，重新選出黃六仔等十五人爲漁會主任與委員。大會還通過關於杜絕走私、防襲防鑽鞏固海防等七項決議。（東莞漁工組黃雄）

黄雄：《东莞龙穴岛渔协召开会员大会》

《南方日报》1951年4月1日第3版

廣東順德東莞两糖廠創本省糖業史新紀錄

由於工人努力，技術標準提高，僅東莞糖廠就爲國家多產砂糖約值五十億元。

【本報訊】廣東糖業公司屬下東莞、順德兩糖廠已於三月底結束了一九五〇至一九五一年的榨季。在這榨季中，由於職工們的努力，加上各種新制度的建立，兩廠在提高技術方面，分別創造許多本省糖業史上的新紀錄。除每日平均榨量已提高到機器安全效能所允許的水平外，東莞糖廠的更正總收回糖份（即國際性的製糖技術標準）全季總平均爲百分之八三・九三，超技術標準百分之二・七八；順德糖廠爲百分之八三・二七，超標準百分之二・一二。兩廠分別創造的突出紀錄中還有：更正榨得糖份百分之九三・四〇（東莞廠），更正煮煉得糖份百分之九一・八二（順德廠），甘蔗夾雜物百分之一・二八（東莞廠），無形損失百分之〇・二五（順德廠）等。

由於技術上的提高，兩廠在這榨季中爲國家增加了不少的財富。以東莞糖廠爲例，這榨季共一百三十五天，實際產糖量比集體合同所規定的應有產量超額百分之一四・一六。又該廠本榨季的產糖率超過了技術標準百分之四・三九，計多產的砂糖共約値五十億元。

兩糖廠在這榨季的工作中主要的缺點是對甘蔗原料的數量估計不準確（其原因之一是根據地方政府對蔗田的統計不够確實），又預留甘蔗一萬五千噸作爲今年開闢新蔗區所需用的蔗苗，故兩廠實際榨蔗量比估計量約少了百分之十五，未能全部完成總的生產任務。又因對蔗源估計過高，於去年十一月就開榨（另一原因是當時市面缺糖，蔗農要求及早開榨），當時甘蔗未够成熟，糖份較低，亦是一種損失。糖業公司及兩廠正吸取了這個經驗，今年加强調查統計工作，避免重陷覆轍。

《广东顺德东莞两糖厂创本省糖业史新纪录》

《南方日报》1951年4月5日第3版

東莞、順德兩糖廠的新成就

本報記者 施漢榮

廣東的砂糖產量是全國大陸第一的。這是廣東的光榮之一。這光榮的獲得，主要應歸功於東莞、順德兩糖廠的全體職工們！他們不斷地創造新紀錄，不斷地前進！

本省糖業史上的新紀錄

兩廠於三月底結束了一九五〇至一九五一年的榨季，轉入了一年一度的例修工程。在這榨季中，兩廠在生產戰線上打了漂亮的勝仗，不但打破了敵偽時期的及解放後第一榨季的舊紀錄，也突破了本榨季新定的各種技術標準，創造了許多本省糖業史上的新紀錄。如每日平均榨蔗量超額程度已接近機器的安全效能所允許的水平。在技術標準方面，更正總收回糖份原定標準爲百分之八一・一五，東莞糖廠全榨季總平均數爲百分之八三・九三，最高曾達百分之八五・〇八；順德糖廠總平均爲百分之八三・二七，最高曾達百分之八五・五一。甘蔗夾雜物兩廠都降低至百分之二左右（原定標準爲百分之二至四），東莞糖廠曾降至百分之一・二八。兩廠產品規格都在標準以上，原規定砂糖中蔗糖份爲百分之九九・七，東莞糖廠達百分之九九・七七（最高曾達九九・八三），順德糖廠達百分之九九・七二。

這些成績是怎樣得來的呢？

職工樹立了新的勞動態度

兩廠職工們經過一年多的學習，在工廠實行民主管理（雖然做得還不够好）的教育與啓發下，隨着政治覺悟慢慢的提高，樹立了新的勞動態度。如在東莞糖廠的工廠管理委員會上，初期職工們的意見大部份是福利問題，近幾個月來則大部份是如何搞好生產的問題。以前（特別是解放前）職員與工人的界限分明，現在則毫無拘束地在生產會議上、在工場裡交換意見，研究技術的改進，將理論與經驗相結合。以前很多人總希望斷槽（蔗不够供應，停工待料），以便偷空休息，但在這榨季中如遇天氣惡劣，大家都躭心甘蔗是否可以接續供應，農務工作人員更是兢兢業業，非常賣力，使本榨季從未發生過斷槽。股長以上的工程師們，除了睡眠及吃飯時間外，幾乎全部時間都和工友在工場裡度過。

順德糖廠職工們的生產情緒也是同樣高漲的，如機械股修理壓榨機的介指螺絲，已從過去的每個一個半鐘頭減低到四十五分鐘。汽爐部對蒸汽供應的工作做得很好，即使沒有蔗渣（鍋爐的主要燃料）供給的時候，亦能設法照常供應蒸汽。糖機部工友認眞修好了眞空泵，並能經常保持它的眞空度在二十八吋半以上，比上榨季提高了一吋。澄清部工友在洗機期間自動展開通甑競賽，將煮糖甑的積垢清除七成以上（以前只是四、五成）。離心機工友發揮了積極性，創造每日篩糖一五八二包的新紀錄。煮糖員加强檢查和管理結晶工作，爭取提高煮糖效率。化驗股職工自動增加檢驗樣品的次數，防止桔水糖份增高。工程師們經常在工場工作至深夜，農務科職工經常下鄉掌握蔗源，會計科和行政管理科職員，也經常自動義務加班。

建立了新制度

職工勞動熱情的提高和鞏固，以及成績的獲得，是與各種新制度的建立分不開的。早在去年十一月開榨以前，兩廠在糖業公司的統一領導下，參照國民黨時代的歷年成績，及解放後第一榨季的紀錄，又經過職工們的討論，完成了五定工作（定員、定量、定質、定技術標準、定原材料消耗），建立了考勤、交班、會議、生產責任制、及成本管理等新的制度。開榨後又簽訂了集體合同和聯系合同。這些新制度的建立和執行，除爲兩廠的企業化經營打下初步基礎外，還使職工們明確了奮鬥的目標。集體合同中所規定的與生產相結合的獎勵制度（包括壓榨超額獎、安全獎、超技術標準獎等），對生產首先起了直接的刺激作用。生產責任制具體規定了各車間和各個人的職責，大大提高了職工的責任心，人人注意機器的使用和保養。聯系合同則密切了各車間各小組的配合和聯系，收效很大，如順德糖廠汽爐部和製煉部過去常因蒸汽問題發生爭執，汽爐部說製煉部用蒸汽太多太浪費，製煉部則說汽爐部供應的蒸汽不够或不正常，經雙方在聯系合同中提出保證後，糾紛沒有了，生產也改進了。此外，兩廠都能適當地運用生產會議的形式，將工人的經驗和技術人員的理論相配合，充分發揮了職工的智慧，這就不斷解決了生產中的難題。如東莞糖廠在第一小期中，由於甘蔗未够成熟，引起製煉上的許多困難（如煮煉時間長等），製煉股就連續開了三次生產會議，問題終於解決了。又在第三、四小期中，爲了解決燃料的問題，也是通過生產會議，找尋出一個被人遺忘了而又很有效果的蒸發方法。

重視合理化建議運動

兩廠於去年停榨期間分別進行有史以來的大規模修建工程。從那時起羣衆性的合理化建議運動就開始展開了。單在修機期間，東莞糖廠職工提出的比較重要的建議共二十三件，順德糖廠有三十多件，使修機工作進行很順利。領導上對職工的合理化建議很重視，並能及時給予適當的獎勵。以順德糖廠爲例，自去年十月到今年一月，工友又繼續提出建議共四十多件，其中三十件經被採用，行政訂出了臨時獎勵辦法，分爲五級，一等獎十萬元，二等六萬元，三等三萬元，四等一萬元，五等給予表揚，并獎錦旗一面給提出建議最多的大榨部，上面寫着「合理化先鋒」的字樣。該廠更運用「懸賞」的方法，鼓勵工友們提出合理化建議，如該廠曾發生浮渣箱泡沫滿溢的事情，一連數天無法解決，影響榨蔗量不能提高，行政與工會即提出合理化建議的「懸賞」，職工們就熱烈研究，共有六個建議提出來，結果採納了糖機部老工友覺廣和的意見，安裝蒸汽喉用蒸汽射去泡沫，難題就解決了。領導上對合理化建議的重視，不但鼓舞了工友的熱情，更大大地發揮了工人階級的智慧。

生產競賽與新紀錄運動

在偉大的抗美援朝保家衛國的運動中，順德糖廠於去年十二月中展開了愛國主義的生產競賽。各個部門都參加了競賽，形成了羣衆性的生產熱潮。在競賽中每天都有生產圖表、快報、黑板報、紅星榜等，表揚成績批評缺點。熱烈的競賽進一步的提高了工人的自覺性和積極性，使行政的生產計劃變爲工人羣衆自覺執行的任務，因而提高了生產效率，如更正總收回糖份的最高紀錄（百分之八五・五一）就是在競賽中出現的。此外，競賽充實和健全了聯系合同、生產責任制、交班制等，更促使各種統計表報的建立與健全，如修理房過去無科學的生產紀錄，機械股的紀錄部上過去祇有「執行順利」四個大字，競賽後才有改進。

東莞糖廠沒有明確的提出展開生產競賽，而是在開榨時就以創造新紀錄運動爲號召（創造新紀錄運動本來也可作爲競賽的一種方式），不斷用表揚鼓勵的方法去推動生產，職工們按着聯系合同、集體合同、生產責任制的規定來提高生產，也很快地創造了不少突出的新紀錄。

兩廠在這榨季中經常交換生產表報，這對職工的熱情起了鼓舞作用，如順德糖廠在第四小期看到東莞糖廠的壓榨得糖份比他們高，他們就研究原因，加以改進，第五小期就比東莞糖廠的成績高；而東莞糖廠不甘落後，第六小期又追過了順德糖廠……這樣，兩廠的新紀錄競賽形成了推動生產的無形力量。

兩廠在這榨季中的生產成績是輝煌的，也獲得不少生產管理的經驗，今年將在經濟核算的道路上再前進一步。

施汉荣：《东莞、顺德两糖厂的新成就》

《南方日报》1951年4月5日第3版

摘要： 报道了东莞、顺德两糖厂在1950年至1951年榨季每日平均榨蔗量、收回糖分、砂糖含蔗糖量等生产技术指标创造了广东省糖业史的新纪录。这些成绩的取得是因为：一是实行了民主管理；二是建立了“五定”（定员、定量、定质、定技术标准、定原材料消耗）工作制和全面的生产管理等制度，签订了集体合同及制定相关奖励制度；三是开展了合理化建议运动；四是开展生产竞赛（顺德糖厂）和与新纪录运动（东莞糖厂）。这些措施极大提高了职工生产的自觉性和积极性。

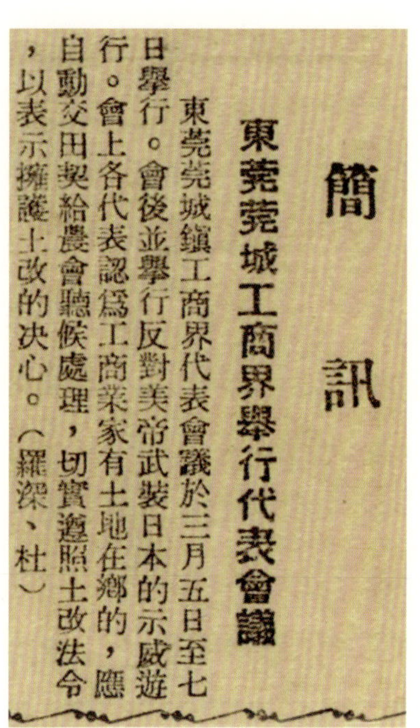

簡訊

東莞莞城工商界舉行代表會議

東莞莞城鎮工商界代表會議於三月五日至七日舉行。會後並舉行反對美帝武裝日本的示威遊行。會上各代表認爲工商業家有土地在鄉的，應自動交田契給農會聽候處理，切實遵照土改法令，以表示擁護土改的決心。（羅深、杜）

罗深、杜：《东莞莞城工商界举行代表会议》

《南方日报》1951年4月7日第3版

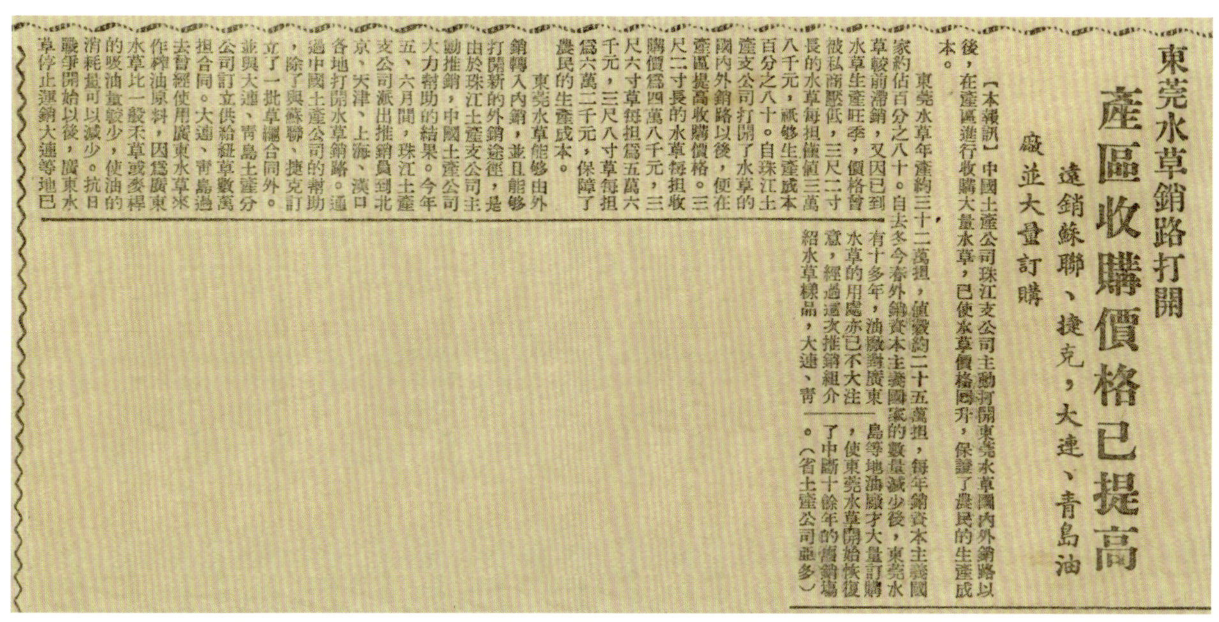

東莞水草銷路打開

產區收購價格已提高

遠銷蘇聯、捷克，大連、青島油廠並大量訂購

【本報訊】中國土產公司珠江支公司主動打開東莞水草國內外銷路以後，在產區進行收購大量水草，已使水草價格回升，保證了農民的生產成本。

東莞水草年產約三十二萬担，值叢約二十五萬担，每年銷資本主義國家約佔百分之八十。自去冬今春外銷資本主義國家的數量減少後，東莞水草較前滯銷，又因已到水草生產旺季，價格曾被私商壓低，三尺二寸長的水草每担僅值三萬八千元，祇够生產成本百分之八十。自珠江土產支公司打開了水草的國內外銷路以後，便在產區提高收購價格。三尺二寸長的水草每担收購價為四萬八千元，三尺六寸草每担為五萬六千元，三尺八寸草每担為六萬二千元，保障了農民的生產成本。

東莞水草能够由外銷轉入內銷，並且能够打開新的外銷途徑，是由於珠江土產支公司主動推銷，中國土產公司大力幫助的結果。今年五、六月間，珠江土產支公司派出推銷員到北京、天津、上海、漢口各地打開水草銷路。通過中國土產公司的幫助，除了與蘇聯、捷克訂立了一批草繩合同外。並與大連、青島土產分公司訂立供給紐草數萬担合同。大連、青島過去曾經使用廣東水草來作榨油原料，因為廣東水草比一般禾草或麥稈的吸油量較少，使油的消耗量可以減少。抗日戰爭開始以後，廣東水草停止運銷大連等地已有十多年，油廠為廣東水草的用處亦已不大注意，經過這次推銷組介紹水草樣品，大連、青島等地油廠才大量訂購，使東莞水草開始恢復了中斷十餘年的舊銷場。（省土產公司亞多）

亚多：《东莞水草销路打开　产区收购价格已提高》

《南方日报》1951年7月13日第2版

東莞五百多學生報名參加軍幹校

【本報訊】東莞縣在接到各種軍事幹部學校再次招生的消息後，全縣各中學校學生均熱烈展開報名，响應祖國的號召。至七月七日止報名工作已基本結束，全縣八間中學報名的人數共五百四十二名，佔全縣中學生人數的百分之三十三。

東莞師範學校的招生委員會剛成立的時候，立刻有七十三位同學寫了決心書交給招生委員會，堅決表示要站到國防建設的崗位上去，塘厦中學在動員會後的一個下午，全校一百二十七個同學中有八十三人報了名，其中有七十六個同學的家長都表示完全同意，清溪中學在全體團員帶頭領導下，也有六十二個同學報名。

《东莞五百多学生报名参加军干校》

《南方日报》1951年7月13日第3版

簡訊

東莞石龍鎮各界紀念「七七」 捐欵慰問烈、軍屬

七月七日，東莞縣石龍鎮各界人民舉行紀念「七七」大會，到會羣衆有一千四百多人。大會及各街區婦女向到會的烈、軍、工屬五十八人獻花，並將大會在「七七」以前籌募得的烈軍屬慰問金一千五百一十四萬二千六百元及實物一批獻給烈、軍屬。烈、軍、工屬委員會代表莫秀峰對各界的愛護表示感激，並保證寫信告訴自己在前綫和部隊的兒子與丈夫，要他們站穩戰鬥崗位，加倍努力捍衛祖國，給一切侵略者以致命的打擊！（丁流）

丁流：《东莞石龙镇各界纪念“七七”　捐款慰问烈、军属》

《南方日报》1951年7月13日第3版

东莞注射耕牛五萬多頭

東莞縣人民政府爲了實現三年內撲滅牛瘟的計劃，由五月廿四日起，在全縣展開耕牛防疫注射工作。由於各級負責幹部一般都能重視，事先開過區、鄉耕牛防疫會議，並對農民進行了宣傳解釋，因此工作成績良好，至七月十日止，共注射耕牛五萬七千二百零六頭，佔全縣耕牛總數百分之九十七以上。（梁平）

梁平：《东莞注射耕牛五万多头》

《南方日报》1951年7月18日第3版

獨洲橫山涵閘工程的完成

東莞通訊

本報記者　盧蘊良

在東江河岸，沿企石至橫山的一段，現正矗立着一條雄偉的幹堤和兩座新型的涵閘。這巨大的水利建設，說明了勞動人民在毛澤東旗幟下的勝利。

獨洲圍是位於東江幹流的左岸，從企石起，經象山、萬人山、赤玖、田寮而至橫山止，共長十一點五九公里。它保衛着東莞縣第一、五、七區內七十個村的二十萬畝農田的生產。可是，過去在國民黨長期的反動統治下，沿岸的二十萬農民却年年受到洪水的威脅。抗戰以後，赤玖、牛欄埔、茅墩、木棉和田寮等處，都先後崩潰過，不但田地盡遭淹沒，近崩口處的數百畝田更淤積沙泥。根據這期間內的統計，平均每次的損失合大米一千一百一十三萬市斤。

去年年底，經珠江水利工程總局縝密研究後，決定把修築獨洲橫山幹堤涵閘工程列爲全省今年五大重點工程之一。

這決定帶給了人民無限的興奮。沿岸農民都籌劃怎樣去完成這巨大的建設。寶潭、鍾屋村等迅速組織起全村的青壯年農民，等候分配任務；月塘村也給上堤民工籌集好全部口糧。但是，過去這裡的封建宗派鬥爭很厲害，在地主階級挑撥下，有紅、白旗兩個派系。紅旗的不願到白旗的地段上堤。其次，獨洲圍和福隆圍去年早造都因積水而失收，今年春荒較嚴重，民工上堤的口糧也有困難。因此在最初開工時，上堤民工只有二千人。

克服困難，做好發動工作，是完成工程的先決條件。在東莞縣趙督生縣長及珠江水利工程總局劉兆倫副局長的親自領導下，各村都召開了座談會，提出了「農民團結是一家」，農民也開始明確了解放後「修堤爲自己」的道理，上堤情緒迅速高漲。同時如曾屋、涌尾等村農民更展開了減租、清算公嘗的鬥爭，及號召自由借貸，解決了上堤民工的口糧困難。

從二月初開始，上堤民工迅速增至五千人；離堤最遠的南社村也組織了一個一百五十人的工程隊，日日上堤，並特別籌集一百五十萬元買鋤頭、竹箕等工具；水桔村八十三歲的鍾創，田寮村七十五歲的陳財容，和甯心村七十五歲的老太婆也上堤幫助工作；田寮村盲了眼睛的陳順，也叫人引導去參加車水，在緊張的競賽下，他們的工作效率都很高。

要把工程按標準做好，就必須把科學的技術交給羣衆，發揮羣衆的創造性和集體的力量。

開始時，工程還是按着舊的方法進行，貪圖數字，單純要快，不管效果的好壞。如中坑民工沒有鋤級，就把泥亂堆上堤；鄧屋村民工到泥塘取泥，連草根也挑上堤去。這樣都會大大削弱了堤圍防洪的力量。

工程委員會抓住這點，廣泛展開解釋和宣傳，並詳細說明了堤圍加高培厚必須要做好剷草、鋤級、碎土、分層填土、牛練等工作，才能堅實。同時又把沙角、鍾屋村的剷草鋤級，田寮村的分層填土，寶潭村的砌草皮的典型經驗介紹出去，組織各村互相參觀，因此，競賽和研究技術的熱潮很快便展開了。鍾屋村參觀了沙角的鋤級工作以後，覺得鋤級還必須整齊才好，因此想出了用拉繩和竹尺把各級量度得平直才鋤，使以後的填土和牛練都容易做，完成以後的堤圍完全合乎標準。

由於全部工程能按着步驟逐項澈底做好，完成後經過數次大雨洪水的考驗，沒有半點破損。

在偉大的勞動中，不但完成了巨大的工程，而且也培養了很多優秀的積極分子。塘貝村開首的工作很渙散，後來羣衆選舉了王煥嬌當組長，實行按能力分組分隊，分工負責，全隊很快便有組織有計劃地進行工作。王煥嬌則經常協助解決各組的困難。如挑土隊的路被水淹沒了，她馬上托杉下二尺深的水坑中去架橋；有一天下着微雨，民工準備收工了，她認爲天氣會轉晴的，自己帶頭冒着微雨不下堤，不久天氣轉晴，民工繼續上堤，完成了當天的計劃。又如鍾屋村民工鍾流通在知道了該村的工作地段後，便親自跑到基圍上研究需用的人力，因此在村的大會上，決定全村的十七個青壯年農民全部上堤，其餘的老幼和婦女留在家裡繼續生產，結果民工在三十四天工作中一直保持旺盛的工作情緒，村裡生產也沒有停頓。涌尾村民工劉文治不但積極參加挑土工作，並且在收工後或下雨天，經常上堤巡察。

現在，除了一部分石護坡須待今冬水淺時才能鋪砌外，全部工程已告結束。六月十四日洲頭涵閘正式啓放後，獨洲圍內積水深度平均一·七公尺的七千三百八十畝低田，在兩天內便全部排去積水，把單造田改變爲雙造田。橫山水閘把橫山涌變爲內河後，橫山涌沿岸數千畝坦地將迅速被開闢爲肥沃的良田。

美好的遠景在向着勞動的人民招手，在鼓勵他們朝着增加生產繁榮農村的方向努力。人們也正以再接再厲的精神，迎接即將到來的土地改革運動，爲子孫的永久幸福而鬥爭。

卢蕴良：《独洲横山涵闸工程的完成》

《南方日报》1951年7月23日第3版

東莞小虎島用土電影宣傳收效大

【東莞訊】東莞小虎島居民自從學了時事手册第十五期登載的用土電影宣傳的辦法，就在島上試辦，已經放映好多次，把抗美援朝教育更深入了一步。農民、婦女小孩子都很喜歡這種土電影，每次放映都堆滿了人看。有一位婦女看到幕上映到日本鬼强姦婦女同胞時，就憤怒地說：「我們小虎就有不少婦女受過日本鬼汚辱！」當放映「智勇擒俘虜」一幕，大家都拍掌叫好。當時工作同志又講了美國因爲自己不够打，正在重新武裝日本。一位九歲大的小學生盧錦華聽了，就堅決地說：「怎麼樣也不要給美國鬼日本鬼打入來！」雇農郭金又說：「如果見到日本鬼個影，我有一塊竹片都要跟佢拚過！」大家都說一定要搞好生產水利，支援前線，打倒美國鬼。

這種土電影製造易，收效大，實在值得推廣。在小虎放映幾次之中得到一點經驗，就是每次放映都要有一個中心內容，不好什麼內容都夾雜一堆，放映時還要加上講解，這樣大家看後，印象就會深刻。

《东莞小虎岛用土电影宣传收效大》

《南方日报》1951年7月27日第3版

東莞退租退押運動中 十二萬多農民獲果實

初步整頓了基層組織，并建立五十一個鄉農協會。

〔本報東莞訊〕東莞縣在六月初開始退租退押運動，以第一、第二、第六、第八區爲重點。至目前止，運動已在二十六萬人口的地區展開了。經過這次運動，農民的覺悟提高了一步，開始建立當家作主的思想，運動中湧現了約一千九百個積極分子，初步整頓了基層組織，並建立了五十一個鄉農協會。

在這次鬥爭中，全縣獲得了果實共八百一十八萬七千斤谷，和折谷繳交的人民幣四千四百九十六萬元，有十二萬一千五百七十五人分得果實，基本上解決了農民當時的缺糧困難，部分解決了一些農民缺乏農具、種籽、肥料的困難。在鬥爭中並收繳了長短槍一萬八千三百六十二枝、機槍四十二挺、槍砲彈三十三萬五千發。

有些地區幹部和積極分子包辦代替。點面結合得不好。

但部分地區在運動中還存在着一些缺點。首先是有些地區沒有貫澈放手發動農民羣衆的方針，不善於聯苦深入啓發和教育貧雇農，結果形成少數幹部和積極分子的包辦代替。如第二區橫治鄉積尚村在扎根串連時，限令五天內串連一百人，要積極分子介紹人來，由幹部審查批准。第八區朱平沙鬥爭地主陳牛仔時，幹部見地主不服，便親自上台要地主認罪。第二區橫治鄉開減租鬥爭會時，用幹部當「法官」、農民當「原告」的方式去代替鬥爭。第六區白沙鄉有十三個小地主去找工作隊，把錢交給工作隊，工作隊接了就把錢分配下去，致使有些農民誤認爲是工作隊分給大家的錢。由於這種包辦代替的結果，農民的覺悟沒有提高，仍存在着依賴工作隊的心理。第六區沙崗鄉下邊村農會主席在減租大會說：「我們是奉政府命減租退押的」。

其次是有些地區沒有很好地堅持由點到面的工作方法，或則是重點與附點齊頭並進，或則是重點落在附點的後面。如第六區黃麟陽尾鄉還在訪苦串連時，懷德、北寧鄉已展開減租退押、清理公嘗鬥爭了。第二區橫治鄉工作進行了將近一個月，才確定以橫崗村爲重點，但又沒有在該村加強力量，結果搞了兩個月，重點還是無法突破；因爲沒有重點經驗的指導和推動，面上很多地方都各搞一套。有些地方顯得了點，忘記了面，沒有適時地推出一部力量去領導面的工作。個別地方由於重點選擇不適當，以後發覺了便撤家。如第八區寮下鄉以寮下村爲重點，搞了一個多月後，覺得地方不適中，對面的影響不大，又離於突圍，結果便擱下不搞。（蘊良）

蕴良：《东莞退租退押运动中十二万多农民获果实》

《南方日报》1951年7月30日第3版

東莞糖廠執行檢查愛國公約制度

不斷提高職工勞動積極性

并熱烈參加各個時期的政治運動

【本報訊】廣東東莞糖廠全體職工自四月底訂立了愛國公約後，跟着定出了每兩週一次的檢查制度。這制度的實施，加深了職工對愛國公約的認識，促使職工們更好地執行公約，因而提高了勞動積極性，提高了生產，今年的修機工程已提前了一個月完成。

「五一」以前，該廠職工已訂好各生產小組的和全廠的愛國公約，當時一年一度的例修工程已經開始，公約的具體內容是保證修機工程又好又快的完成。行政定有一套修機計劃，並規定各部門每兩週開會小結一次，檢查修機工程的進度。該廠修機計劃原定至八月底完成，廣東糖業公司號召爭取於七月底完成；五月間工會即主動地領導各生產小組，訂定了經常性的檢查愛國公約執行情況的制度，以保証修機工作的提前完成。在每次行政領導的修機小結會議開過之後，各工會小組長即召開檢查愛國公約執行情況的會議（每兩週一次）。至六月底止，全廠已檢查了三次。檢查的方法亦有了改進，第三次檢查時先是各小組自行開會逐條檢查，用批評與自我批評的方法，查出執行的成績和缺點；然後由工會生產委員會召開擴大會議，各小組長彙報檢查結果，在會上展開討論、補充、或批評，選出三個執行愛國公約的候選模範小組，將候選模範小組的執行情況公佈，由全體職工提意見，三天後再開生產委員會擴大會議，選出一個模範小組，由行政獎給紅旗一面。

檢查制度實施後，獲得下列的良好效果。首先是使大家重視愛國公約，執行時不能鬆懈，否則就會受到批評。如總務科工友小組在第一次檢查時沒有開會，亦未派代表向全廠的愛國公約檢查會報告；第二次檢查時發現大家忘記了自已訂出來的公約，該組即受到了全廠工友的批評，此後全組才開始重視，注意執行，到第三次檢查時，該組在工作、節約、及學習等方面都有了進步。第二，加強了職工對愛國公約的認識，逐步將公約中的一些條文具體化，並增訂成為新的制度。如工務課職員小組在檢查到「防襲、防竊、防火」一條的執行情況時，覺得沒有具體事實，於是決定了每天派二人輪值檢查機器和廠房的制度，以加強工廠的保衛工作。他們的決定影響了全廠，現各小組都建立了同樣的制度，輪值的人在上班前後，將機器和廠房附近檢查好後，才開工或離開工場。又如檢查愛國公約後，發現有些車間有小事故發生，行政上即決定「事故報告」制度，任何大小事故都要報告，并加以檢討，研究改進方法。這制度訂立後。使事故大大減少，如六月下旬共有五件小事故，七月份則全無事故。此外大家知道熱烈參加各個時期的政治運動，就是愛國公約第一條（擁護人民政府等「五擁」）的具體表現，因而工友們積極地參加了控訴會、防汛救災捐款及捐獻飛機大砲等運動，例如工友在報上看到各地人民紛紛捐獻的消息，工會尚未開會動員，即自行展開捐獻的熱潮，現全廠共捐了一億二千萬元。第三，開始樹立了批評與自我批評的風氣和新的勞動態度，如電力小組過去是全組最自由散漫的一組，自從在檢查中展開破除情面的多次批評和檢討之後，大家都已嚴守勞動紀律；曾有個別主觀特別強的工友不接受批評，大家就用實際行動來影響他，如全組都不遲到並且非常積極工作。使他一個人不好意思遲到或偷懶；如再影響無效，最後提到全廠職工大會上公開批評，以幫助他進步。第四，推動了職工們學習的積極性，促使各小組重視學習。煮煉小組自第二次檢查後，即自動組織了讀報小組，在廠住宿的工友十九人都參加，每晚讀報時都到齊；每星期二、四兩晚除讀報外，還進行政治或技術學習（住廠外的工友也參加）。、檢查制度使職工們經常注意執行愛國公約，因而勞動積極性提高，各小組都完成或超額完成了在生產方面的各項保證，結果使全廠的修機工程於七月底基本完成，比原定計劃（八月底）提前了一個月。

但該廠檢查愛國公約執行情況的工作，尚未能與同時期的其他工作很好地結合起來，也尚沒有按照當前中心工作及時修訂公約，這是主要的缺點。如該廠於七月內集中力量進行了重審勞保登記卡片工作後，檢查愛國公約執行情況的工作就擱置下來，致使七月初第三次檢查完畢後，拖延了近一個月，至今尚未最後選出模範小組。又該廠的修機工作已基本完成，目前的工作是重審勞保登記卡片和加強學習，原來以修機工作為主要內容的公約，尚未考慮修訂。此外，該廠尚未有一個檢查愛國公約執行情況的健全的領導機構（現由工會生產委員會來具體領導），過去在檢查中對職工的愛國主義的宣傳教育工作做得不够；行政方面亦未以主要的力量來參加檢查工作，未能使檢查制度和當前工作結合起來。

《东莞糖厂执行检查爱国公约制度　不断提高职工劳动积极性　并热烈参加各个时期的政治运动》

《南方日报》1951年8月4日第2版

萬頃沙農民爭取明年豐收

組織選種隊集體下田選種

【東莞訊】東莞縣萬頃沙早造大部爲新興白稻種，佔當地水稻面積百分之九十五以上，是一種優良的老品種。但農民過去留種粗放，對優良新興白代表系不加注意，也向無選種習慣，以致混雜異常，影响產量，品質逐年減低。今年早造經廣東省農林廳派工作同志到來深入宣傳，發動羣衆展開選種運動，及配合田間指導，各村農民對選種有了認識，紛紛到田間選拔，爲了爭取明年大豐收，雖在農忙時期，每日也抽出一部分時間做選種工作。各村現均在積極進行中。

萬頃沙新興白代表系特徵：稈高大，劍葉角度極小，劍葉比穗長，穗型彎集，穗較長，着粒密，粒數多，粒細長，成熟齊一。

萬頃沙的農民進行選種，是採用集體方法，以圍或村爲單位，集體到田間選穗。進行步驟：一、召開村羣衆動員大會，說明選種的重要性，及介紹代表系的特徵和選種方法。二、評定選種稻田。三、訂出選種應注意事項：1、不在土質過肥或過瘦的田裡選；2、不在房屋旁邊的田裡選；3、不在水梪口、塘邊及排水溝邊選；4、不在田邊、田角或樹蔭底下選；5、在土質不肥不瘦、稻谷生長適中、有代表性的田裡選。四、組織好羣衆，分爲若干隊，或將變工隊變爲選種隊，每隊設隊長一人領導。五、每人準備布袋或蓆草袋一個，掛在肩上，以備裝種穗之用。六、有組織、有紀律的到田間裡去，每人負責兩行，小心找尋代表系，左手執住劍葉，右手執穗頸一拉，很容易就可以拔起。另有一個方法，是在禾稈的最高一節，用手執曲，很容易就折斷。根據羣衆的經驗，一天工作七個鐘頭，可選得穗種十五至二十司斤。

種籽選好後，就以圍爲單位，選定忠實和有經驗的老農兩人，或交組長及生產幹事集中管理。管理的方法有兩個：1將選出的種穗緊綁住稈端，掛於通風通光之處，種籽有後熟作用，種粒更加飽滿，至第二年始脫粒播種。2將選好的種穗在日光下晒約一時，即收起來，三四天後，即脫粒放於無雜粒的竹蓆或草蓆上慢慢晒乾，俟熱氣消失後，即藏于缸中，約隔四個月翻晒一次（如濕度過大需三個月晒一次），翻晒時間不可太久，以一小時較爲適宜，第二年即可作推廣繁殖之用。（馮斌）

冯斌：《万顷沙农民争取明年丰收　组织选种队集体下田选种》

《南方日报》1951年8月16日第2版

東莞常平粮倉保管員韓英

四天四夜沒有睡覺 堅持收粮入倉工作

【本報訊】東莞縣常平粮倉保管員韓英，在這次夏徵公粮入倉工作中，發揮了高度的積極性，突擊佈置好整個常平倉的倉容，並爲依期完成收粮任務，曾四天四夜不睡覺，堅持過磅工作。

公粮入倉前三天，常平倉的負責同志才佈置準備倉容。韓英接受了準備倉容的任務，每天從天亮到天黑，打掃倉房，填倉底，抬穀圍，拿氣筒。倉房還未全部佈置好，公粮就源源入倉了。韓英白天磅穀，晚上又工作到半夜，繼續佈置倉房，終於完成了任務。農民送來的公粮日日增加，從八月六日起，晚上也要開磅了，一連四天四夜，不停地收粮。有些同志支持不住了，但韓英始終堅持，并鼓勵同志們說：「在朝鮮的志願軍同志日夜打仗，我們日夜磅公粮算什麼？農民什麼時候送粮來，我們就什麼時候磅。」韓英四天四夜不合眼，到了第五天，眼睛張不開了，休息了一個多鐘頭，又繼續工作。

入倉任務完成了，韓英在保管工作中同樣積極，每天早上五點多鐘就起來，到各倉開倉窗，打掃倉房，測量倉溫粮溫，遇到下雨，就到各倉巡視，防止雨漏，始終保持高度的工作積極性與負責精神。（羅新然）

罗新然：《东莞常平粮仓保管员韩英四天四夜没有睡觉　坚持收粮入仓工作》

《南方日报》1951年9月9日第2版

東莞厚街、涌口兩鄉

組織民兵守護糧倉

【東莞訊】東莞縣厚街、涌口兩鄉於八月廿五日分別成立鄉護倉委員會，集中各村民兵，以十三人爲一班，輪流（每晚一班）守護糧倉，防止特務匪徒破壞。

《东莞厚街、涌口两乡组织民兵守护粮仓》

《南方日报》1951年9月9日第2版

東莞縣人民政府
貸款幫助龍穴島漁民

【東莞訊】爲了幫助漁民發展生產，東莞縣人民政府于本月初旬，組織貸放委員會，給龍穴島的漁民發放漁貸四千五百零五萬元。借到貸款的漁民共有四十六戶。現在他們都高興地添置工具進行生產。（蘇文藻）

苏文藻：《东莞县人民政府贷款帮助龙穴岛渔民》

《南方日报》1951年9月15日第2版

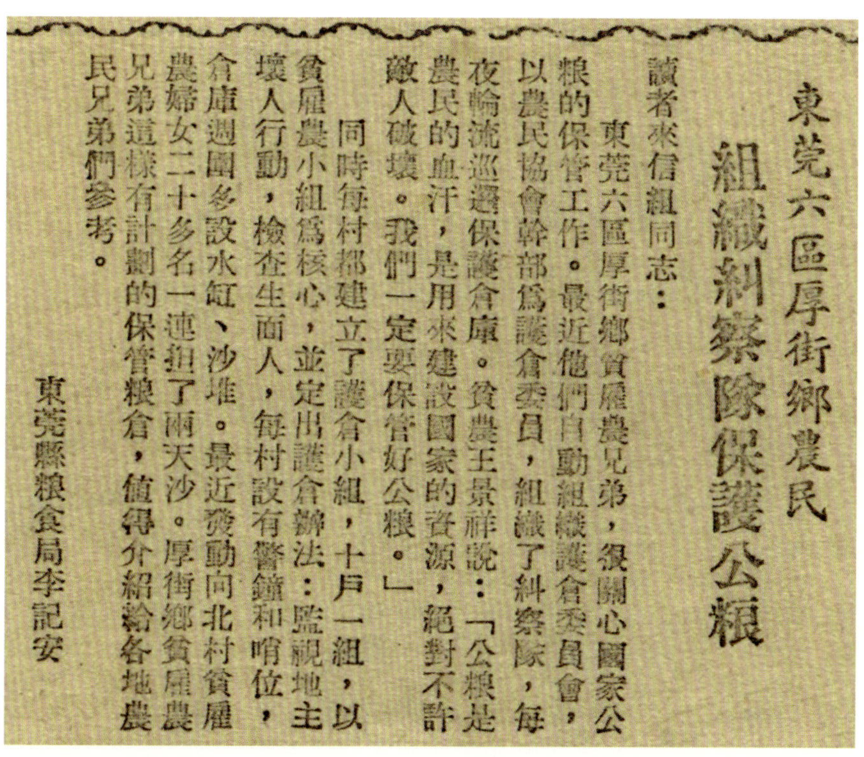

東莞六區厚街鄉農民

組織糾察隊保護公糧

讀者來信組同志：

東莞六區厚街鄉貧雇農兄弟，很關心國家公糧的保管工作。最近他們自動組織護倉委員會，以農民協會幹部爲護倉委員，組織了糾察隊，每夜輪流巡邏保護倉庫。貧農王景祥說：「公糧是農民的血汗，是用來建設國家的資源，絕對不許敵人破壞。我們一定要保管好公糧。」

同時每村都建立了護倉小組，十戶一組，以貧雇農小組爲核心，並定出護倉辦法：監視地主壞人行動，檢查生面人，每村設有警鐘和哨位，倉庫週圍多設水缸、沙堆。最近發動向北村貧雇農婦女二十多名一連担了兩天沙。厚街鄉貧雇農兄弟這樣有計劃的保管糧倉，值得介紹給各地農民兄弟們參考。

東莞縣糧食局李記安

李记安：《东莞六区厚街乡农民组织纠察队保护公粮》

《南方日报》1951年9月25日第2版

東莞縣石龍鎮工人

積極協助清理積案工作

編輯同志：

我們石龍鎮工人，自開展清理積案工作以來，經過學習、討論、演劇等一連串的宣傳教育後，工人們的政治認識大大提高了，落後分子和中間分子的懷疑顧慮思想及不良作風，也逐漸改變了。

在開始處刑時，工人群衆中的積極分子搜集了許多材料和提供了許多意見，清理積案工作隊內的工友，也很積極地訪問苦主。例如石龍鎮鄭富開坊有一個姓林的婦女，她的兒子是被漢奸、惡霸葉時基殺害的，當清理積案工作隊到她的家裡訪問時，她思想有顧慮，說她的兒子是病死的；後來經工作隊內的工友耐心的啓發她、教育她，舉了許多例子，打破她的顧慮，她才悲痛地說出她的兒子被葉時基殺害的事實。又如本鎮李廣泰毛筆店老板，他的次子李明華也是被葉時基帶領日寇殺害的，清理積案的工人工作隊到他店裡訪問時，他初時思想也有顧慮，不敢直說，後來工作隊內一位工友陳金水，向他說明來意，耐心地向他解釋，他才一一說出來。這樣對清理積案的工作就有很大的幫助。

在討論案犯處刑期間，連續地開過幾次公開訴苦會，苦主當場控訴，把活生生的事實擺在工人群衆面前，激發工人群衆對反革命分子的痛恨，提高了階級仇恨和階級覺悟。工人階級首先簽名，控訴反革命分子的罪惡，後來各界人士紛紛響應。

九月十四日上午八時，本鎮各界人民在中山公園舉行控訴反革命罪行大會。在大會上，受害苦主及家屬紛紛上台控訴中統特務陳冠球、漢奸惡霸葉時基、特務李強三匪的罪行，列舉他們所欠下的種種血債，要求人民政府立即槍決他們。人民政府接受廣大群衆的要求，將該三犯判處死刑，立即執行。

石龍鎮的工人群衆經過這次事件的教育，對于鎮壓反革命政策的認識更加明確了，也更加提高了政治覺悟性和警惕性。

東莞石龍鎮裕榮米機葉佳　九月十五日

叶佳：《东莞县石龙镇工人积极协助清理积案工作》

《南方日报》1951年9月27日第2页

东莞一區第三小區組織車水隊
採水源統一分配使用辦法
四天內救回旱田七千多畝

【東莞訊】東莞縣第一區第三小區有一萬六千三百四十六畝田發生旱災，經過工作同志動員，提出組織車水隊抗旱，掌握水源統一分配使用，從九月廿三日開始，全小區的農民就組織起來，積極與旱災展開鬥爭，總共出動了大小水車一千三百一十七架，組織車水隊八千四百多人，到九月廿六日，已救回受旱田共七千零一十畝。

團結得最好、行動最早的是金還鄉的農民。他們提出用抗旱救災的實際行動來抗美援朝，全鄉出動了大小水車三百一十多架，組成一千三百五十八人的車水大隊，首先集中力量救回珠瀝村地勢最高的稻田。經過三天的努力，全鄉一千五百多畝受旱田中被救回了一千多畝。

九月廿六日，金還鄉的車水大隊又主動去支援稻田受旱最嚴重、水源最缺的橋頭鄉橋頭、大瀝、張屋、馬屋和塱貝鄉的塱貝等村。這種光榮行動經已得到該區人民政府和農民協會籌備會的獎勵。（林强、才献民）

林强、才献民：《东莞一区第三小区组织车水队采水源统一分配使用办法　四天内救回旱田七千多亩》

《南方日报》1951年10月6日第2版

順德東莞兩糖廠展開民主改革

取得初戰勝利，現正追踪殘敵。

【本報訊】廣東順德、東莞兩糖廠的職工，於八、九月間先後展開了民主改革運動，分別鬥倒了一批潛伏廠內的反革命分子、封建殘餘分子，取得初戰勝利，現正乘勝追踪殘敵，進一步深入開展民主改革運動。

順德糖廠於八月底即成立民主改革委員會，用上大課的方式，向職工交代政策，並動員他們去參加順德縣一區及十區舉行的公審特務、惡霸地主大會，通過這樣的鬥爭會來教育他們，使他們加深對敵人的認識，提高其政治覺悟。另外又舉辦了兩期民主改革學習班，對數十名積極分子進行政策教育。經過學習後，積極分子們回到各車間大都能起核心作用，展開了訪苦串連工作。

就在上述基礎上，各小組進行醞釀對敵鬥爭。警衛小組首先開控訴會，控訴了反革命分子郭也夫、黃錦華兩人，並要求公安機關逮捕郭、黃兩反革命分子。當公安機關應羣衆要求將郭、黃兩人逮捕後，羣衆鬥爭情緒都高漲了起來。至九月廿五日，便召開了第一次鬥爭大會，鬥爭郭也夫。經過這次鬥爭會，已把反革命分子的威風打落。羣衆在鬥爭勝利的鼓舞下，情緒更加高漲，學習中，他們對封建殘餘分子都展開面對面的鬥爭；積極分子更利用星期日到容奇去訪問苦主，組織對敵鬥爭力量。但是這一期間，由於領導上沒掌握緊，一些積極分子單純抱着找材料的觀點去訪問苦主，沒有注意到對苦主的思想啓發，結果，訪苦變成追苦，引苦變成追苦，使苦主加深了顧慮。民主改革委員會發覺了上述缺點後，當即加以糾正。跟着，公安機關又接受工人的要求，逮捕了反革命分子張少雄、曾紹芹、蕭渭泉三名。十月十三日，工人們舉行第二次鬥爭大會，鬥爭「肥冬瓜」張少雄。在這次鬥爭會中，羣衆的情緒更見高漲，老技工和工人家屬都起來控訴。七十多歲的老技工彭富怒不可遏地指着張少雄說：「你要炸我們電力房，連我條老命也想害死！」

現該廠職工們正進一步組織力量，準備舉行第三次鬥爭會。

東莞糖廠也於今年九月間，緊接着勞動保險登記的複查工作（該廠勞動保險登記審查工作在五月間開始）展開民主改革運動。開始時，除向羣衆交代政策外，一面繼續進行勞動保險登記的複查，一面則組織訪苦串連，並將收集到的材料，交羣衆討論。至十月十日舉行第一次鬥爭大會，鬥爭反革命分子黃倚雲（大特務鄭彥棻的爪牙）、曾慶雲、張作玠、瞿濟泉、呂志毅，漢奸、惡霸、地主三位一體的蘇渭祥（鬥爭後送原籍農民兄弟處理），以及封建殘餘分子賀華等。鬥爭會開過後，各車間選出了代表，召開職工代表會，解決了改選工會、改選工廠管理委員會、及對反革命分子、封建殘餘分子的處理等問題。職工們覺悟都較前提高，領導上現正動員職工大膽檢舉，繼續追擊敵人。（黎國銘、李楚鏗、李東生）

黎国铭、李楚铿、李东生：《顺德东莞两糖厂展开民主改革》

《南方日报》1951年10月28日第2版

南方日报

1952年

駐東莞某部解放軍節約
大批糧食救濟工人和農民

編輯同志：人民解放軍某部全體同志响應增產節約運動，至五月底共節約了三萬二千四百市斤大米。他們把節餘的糧食，送給東莞縣個別地區缺乏口糧的農民和莞城鎮、五區增埗鄉的失業工人。莞城鎮的失業工人得到解放軍送來的六千斤大米，解决了生活上的困難，大家都很感謝解放軍。二區的農民說：「我們正在困難的時候得到糧食，人民解放軍這樣的關心我們，我們一定要努力耕種，爭取今年豐收來答謝解放軍」。

東莞縣人民政府度荒救災委員會 王峯

王峰：《驻东莞某部解放军节约大批粮食救济工人和农民》

《南方日报》1952年6月17日第2版

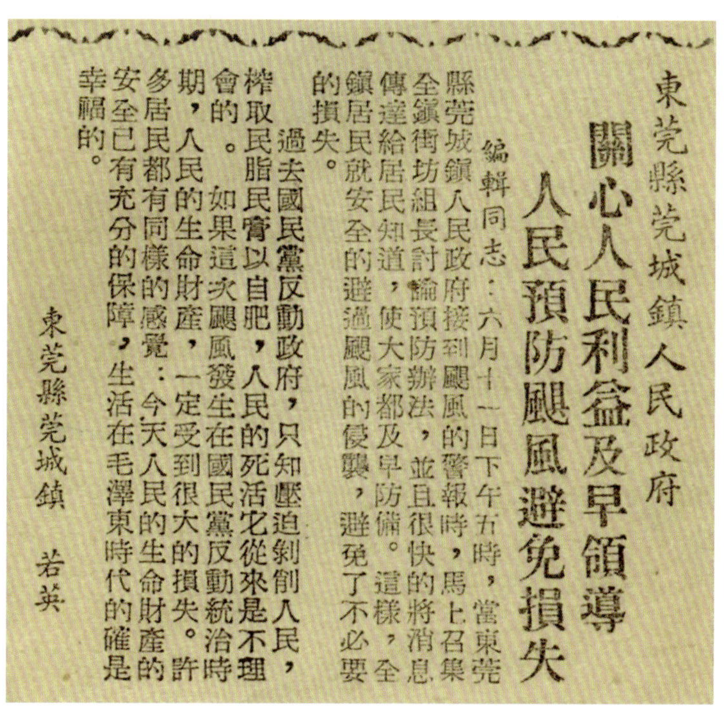

東莞縣莞城鎮人民政府

關心人民利益及早領導
人民預防颶風避免損失

編輯同志：六月十一日下午五時，當東莞縣莞城鎮人民政府接到颶風的警報時，馬上召集全鎮街坊組長討論預防辦法，並且很快的將消息傳達給居民知道，使大家都及早防備。這樣，全鎮居民就安全的避過颶風的侵襲，避免了不必要的損失。

過去國民黨反動政府，只知壓迫剝削人民，榨取民脂民膏以自肥，人民的死活它從來是不理會的。如果這次颶風發生在國民黨反動統治時期，人民的生命財產，一定受到很大的損失。許多居民都有同樣的感覺：今天人民的生命財產的安全已有充分的保障，生活在毛澤東時代的確是幸福的。

東莞縣莞城鎮　若英

若英：《东莞县莞城镇人民政府关心人民利益及早领导人民预防飓风避免损失》

《南方日报》1952年6月28日第2版

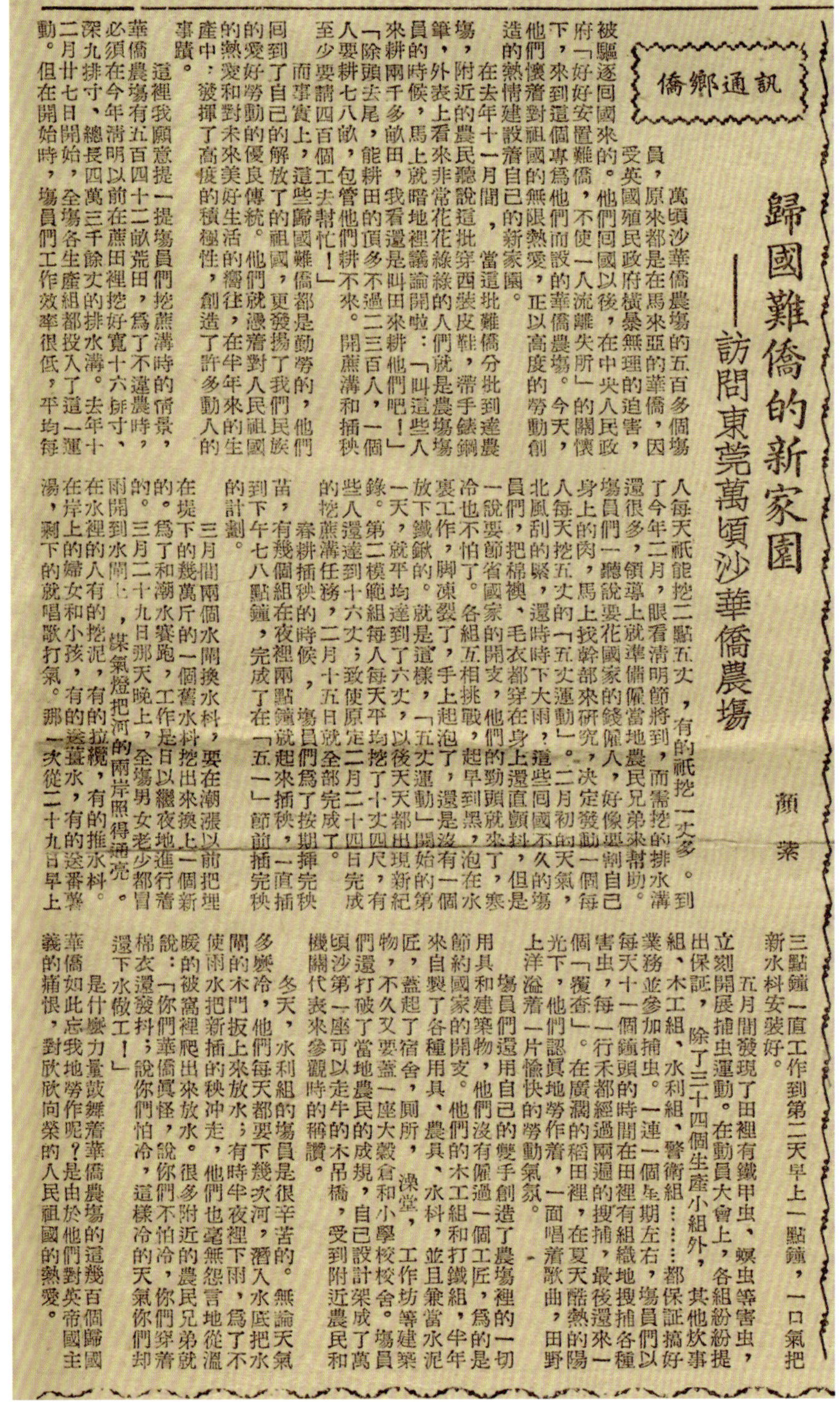

僑鄉通訊

歸國難僑的新家園

——訪問東莞萬頃沙華僑農場

顏紫

萬頃沙華僑農場的五百多個場員，原來都是在馬來亞的華僑，因受英國殖民政府橫暴無理的迫害，被驅逐回國來的。他們回國以後，在中央人民政府「好好安置難僑，不使一人流離失所」的關懷下，來到這個專爲他們而設的華僑農場。今天，他們懷着對祖國的無限熱愛，正以高度的勞動創造的熱情建設着自己的新家園。

在去年十一月間，當這批難僑分批到達農場，附近的農民聽說這批穿西裝皮鞋，帶手錶鋼筆，外表上看來非常花花綠綠的人們就是農場的場員的時候，馬上就暗地裡議論開啦：「叫這些人來耕兩千多畝田，我看還是叫田來耕他們吧！」「除頭去尾，能耕的頂多不過二三百人，一個人要耕七八畝，包管他們耕不來。開蔗溝和插秧至少要請四百個工去幫忙！」而事實上，這些歸國難僑都是勤勞的，他們回到了自己的解放了的祖國，更發揚了我們民族的愛好勞動的優良傳統。他們就憑着對人民祖國的熱愛和對未來美好生活的嚮往，在半年來的生產中，發揮了高度的積極性，創造了許多動人的事蹟。

這裡我願意提一提場員們挖蔗溝時的情景，華僑農場有五百四十二畝荒田，爲了不違農時，必須在今年清明以前在蔗田裡挖好寬十六排寸、深九排寸、總長四萬三千餘丈的排水溝。去年十二月廿七日開始，全場各生產組都投入了這一運動。但在開始時，場員們工作效率很低，平均每人每天祇能挖二點五丈，有的祇挖一丈多。到了今年二月，眼看清明節將到，而需挖的排水溝還很多，領導上就準備僱當地農民兄弟來幫助。場員們一聽說要花國家的錢僱人，好像要割自己身上的肉，馬上找幹部來研究，決定發動一個每人每天挖五丈的「五丈運動」。二月初的天氣，北風刮的緊，還時時下大雨，這些回國不久的場員們，把棉襖、毛衣都穿在身上還直顫抖，但是一說要節省國家的開支，他們的勁頭就來了，寒冷也不怕了。各組互相挑戰，起早到黑，泡在水裡工作，腳凍裂了，手上起泡了，還是沒有一個放下鐵鍬的。就是這樣，「五丈運動」開始的第一天，就平均達到了六丈，以後天天都出現新紀錄。第二模範組每人每天平均挖了十丈四尺，有些人還達到十六丈；致使原定二月二十四日完成的挖蔗溝任務，二月十五日就全部完成了。

春耕插秧的時候，場員們爲了按期搶完秧苗，有幾個組在夜裡兩點鐘就起來插秧，一直插到下午七八點鐘，完成了在「五一」節前插完秧的計劃。

三月間兩個水閘換水料，要在潮漲以前把埋在堤下的幾萬斤的一個舊水料挖出來換上一個新的。爲了和潮水賽跑，工作是日以繼夜地進行着的。三月二十九日那天晚上，全場男女老少都冒着雨開到水閘上，煤氣燈把河的兩岸照得通亮。在水裡的人有的挖泥，有的拉纜，有的推水料。在岸上的婦女和小孩，有的送薑水，有的送番薯湯，剩下的就唱歌打氣。那一次從二十九日早上三點鐘一直工作到第二天早上一點鐘，一口氣把新水料安裝好。

五月間發現了田裡有鐵甲虫、螟虫等害虫，立刻開展捕虫運動。在動員大會上，各組紛紛提出保証，除了三十四個生產小組外，其他炊事組、木工組、水利組、警衛組……都保証搞好業務並參加捕虫。一連一個星期左右，場員們以每天十一個鐘頭的時間在田裡有組織地搜捕各種害虫，每一行禾都經過兩遍的搜捕，最後還來一個「覆查」。在廣濶的稻田裡，在夏天酷熱的陽光下，他們認眞地勞作着，一面唱着歌曲，田野上洋溢着一片愉快的勞動氣氛。

場員們還用自己的雙手創造了農場裡的一切用具和建築物，他們沒有僱過一個工匠，爲的是節約國家的開支。他們的木工組和打鐵組，半年來自製了各種用具、農具、水料，並且兼當水泥匠，蓋起了宿舍、厠所、澡堂，工作坊等建築物，不久又要蓋一座大穀倉和小學校校舍。場員們還打破了當地農民的成規，自己設計架成了萬頃沙第一座可以走牛的木吊橋，受到附近農民和機關代表來參觀時的稱讚。

冬天，水利組的場員是很辛苦的。無論天氣多麼冷，他們每天都要下幾次河，潛入水底把水閘的木門扳上來放水；有時半夜裡下雨，爲了不使雨水把新插的秧沖走，他們也毫無怨言地從溫暖的被窩裡爬出來放水。很多附近的農民兄弟就說：「你們華僑眞怪，說你們不怕冷，你們穿着棉衣還發抖；說你們怕冷，這樣冷的天氣你們卻還下水做工！」

是什麼力量鼓舞着華僑農場的這幾百個歸國華僑如此忘我地勞作呢？是由於他們對英帝國主義的痛恨，對欣欣向榮的人民祖國的熱愛。

颜紫：《归国难侨的新家园——访问东莞万顷沙华侨农场》

《南方日报》1952年6月29日第2版

東莞在整理地方財政中調整鄉村小學獲成績

【本報訊】東莞縣在整理地方財政中調整鄉村小學，初步取得成績。

東莞縣過去因封建性的宗族矛盾，形成鄉村小學的建立與分佈，極不合理，有的村有幾間學校，有的村則一間學校也沒有，而且學生人數多少亦不一致，員工的工資標準有很大差別，呈現着不同程度的混亂狀態。去年秋，該縣地方財政曾作初步整頓，但因領導上重視不够，結果，整理工作很不澈底。今年九月，該縣抽調各區鄉長、小學教師及縣級機關幹部共二百人進行整理地方財政工作。最初，個別小學教師對調整鄉村小學有抵抗情緒，該縣便建立以鄉為單位的領導核心小組，依靠當地幹部，開好教師座談會，掌握教師思想情況，表揚積極分子批評落後分子，把併班併校工作責任分給他們，帶動學生，使學生認識到併校的前途，進而影響其家長，因而大部分鄉村整理工作能够順利推行：如該縣一區先建鄉的崗梓與橋梓兩村間封建矛盾很深，由於能深入宣傳解決宗族矛盾，同時，因能開好幹部和學生家長會議，通過決議，併班併校的工作即迅速得到解決。

該縣鄉村小學經調整後，清理出許多稻穀、現金，過去學校學費過高的情況也調整過來了，單是第一區六十七間鄉村小學二、四一三名學生，今年下半年平均每名學生便減輕負担四三、三九〇元，因刺激了農村文化教育事業的發展。同時，因取消了過去學校存在的一些不合理的制度，亦教育了鄉村小學教師，使教師改進了教學方法，學生求學情緒提高。該縣一區和六區共縮併了小學七十間，只在併校幾天，不完全的統計：單在一區就增加了學生一、四七一名。併校後，村與村之間農民思想感情趨向融洽，加強了農民內部的團結。（謝山）

谢山：《东莞在整理地方财政中调整乡村小学获成绩》

《南方日报》1952年10月22日第3版

東莞縣物資交流會解決農民購銷問題

香蕉等大批暫時滯銷土產打開銷路

【本報訊】廣東省東莞縣物資交流大會於十一月五日開幕，至九日結束，會上解決了大部分土產的滯銷問題，成交總值達一百一十五億元。

大會進行期間，正是東莞大宗土產如香蕉、朮茨、生粉、甘蔗、水草、家禽、臘腸、油鷄等的上市季節，但該縣新基、麻涌一帶的香蕉，今年增產豐收，除供應廣州及北運輸出外，尚餘七、八萬市担陸續成熟，急須解決其推銷問題，其他如大頭菜、土茯藥、生油、腐竹以及行將上市的大宗土糖，農民都急求銷途；手工業原料和產品如瓷坭、缸瓦、糖缸、草席、編織山貨、犂頭鑄鐵等，都有相當大量的積壓，形成再增產的困難。大會針對上述情況，決定以解決香蕉、大頭菜等的推銷問題為中心。

參加大會的農民代表有四百七十七人。大會在當地縣、區黨政首長積極幫助和指導下，逐步克服高價思想和惜售思想，並力求簡化成交手續，以便利農民交易，共計農民自己銷售及通過基層合作社銷出的農產品及農業副產品達七十三億零三百餘萬元，佔大會銷售總值百分之六四·五。農民急須解決的香蕉銷售問題，經過短距離的交流，由麻涌、新基銷向莞城、寶安；由萬頃沙銷向石龍，即把將成熟的三千六百多担現貨全部解決，其餘陸續成熟的期貨則由農民委託縣合作總社收集起來，打開銷路；腐竹現貨除東江惠陽及莞城、石龍方面購入一部分之外，全部委託寶安縣貿易公司組織銷出；大頭菜銷出了一千八百多担，水草銷出了六千四百多担，把滯銷問題基本解決；存在農民手中的生油很快就脫售，還向廣州貿易代表團購入大批生油供應市場；生粉銷出一萬四千市担，使農民生產的朮茨銷路獲得了保證；農民直接銷出價值十億多元的鷄鴨和生豬，并通過加工者銷出臘味七千餘萬元，使家禽、生豬今後有了銷路；現貨土糖銷出了不少，新貨土糖被訂購了二萬多担，穩定了蔗農的生產情緒；滯銷已久的橫瀝瓷坭，現貨全部銷光，期貨合同多至不敢接手；莞城編織業積存一千六百多件簑衣，全部被合作社採購了，使該業四十多個工人因滯銷而引起的暫時生活困難立即扭轉過來，寮步鎮[illegible]來的缸瓦，成交了現貨糖缸二千個，和承製八千個，可以維持全部製缸工人生產至明年四月。他如麻袋、草席等都打開了銷路。大會交易額從幾十萬元到一、二百萬元的佔大多數，其中又大部份是城鄉短距離交流的。

這次大會，是基本上獲得成績的，但也有很大缺點。大會在籌備期間對交流會的方針任務和做法不明確，側重展覽，忽視交流，把大會籌備期間的百分之九十以上人力、物力、財力投放在幾個展覽館上，並且在會場內的原有生園茶居和東莞戲院掛起飲食館和文娛館的招牌，追求形式，忽視下鄉組織農民參加大會，忽視摸清幾個主要土特產區鄉的生產情況。到十月二日發覺偏向，重新組織幹部下鄉工作時，許多農民還不知道交流大會究竟搞什麼，有的則祇知道區鄉幹部說過的要到城裏看熱鬧，沒有準備進行交易，因此，進城的農民代表往往不強，購銷計劃不切實，造成交流中很大困難，後來用了很大的力量才將局面扭轉，但已局限了交流成績。（黃蜂）

黄蜂：《东莞县物资交流会解决农民购销问题　香蕉等大批暂时滞销土产打开销路》

《南方日报》1952年11月13日第2版

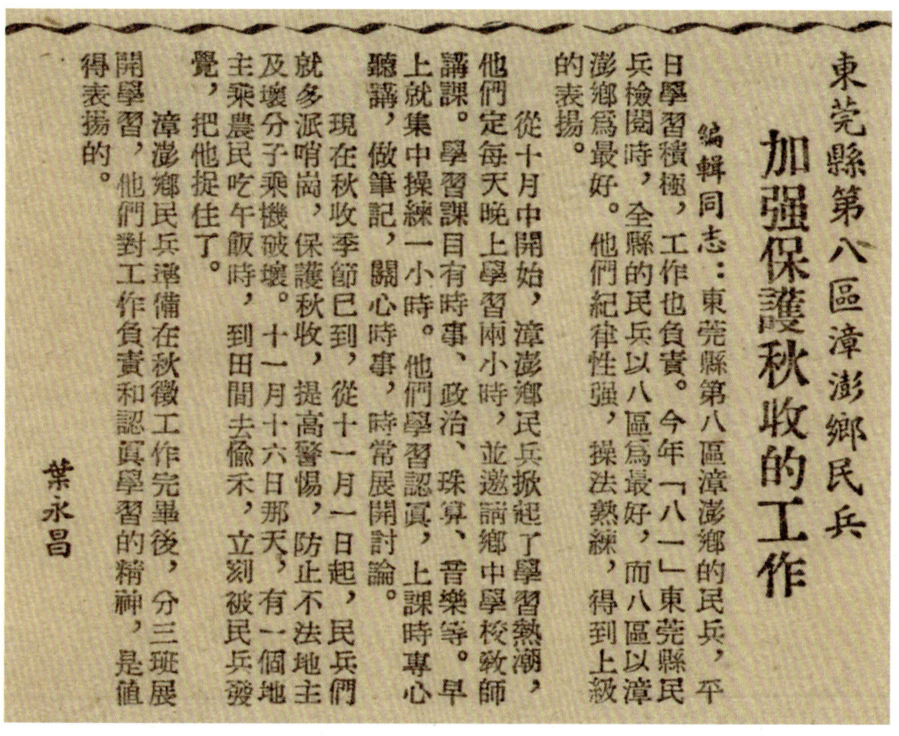

東莞縣第八區漳澎鄉民兵
加强保護秋收的工作

編輯同志：東莞縣第八區漳澎鄉的民兵，平日學習積極，工作也負責。今年「八一」東莞縣民兵檢閱時，全縣的民兵以八區爲最好，而八區以漳澎鄉爲最好。他們紀律性强，操法熟練，得到上級的表揚。

從十月中開始，漳澎鄉民兵掀起了學習熱潮，他們定每天晚上學習兩小時，並邀請鄉中學校教師講課。學習課目有時事、政治、珠算、音樂等。早上就集中操練一小時。他們學習認眞，上課時專心聽講，做筆記，關心時事，時常展開討論。

現在秋收季節已到，從十一月一日起，民兵們就多派哨崗，保護秋收，提高警惕，防止不法地主及壞分子乘機破壞。十一月十六日那天，有一個地主乘農民吃午飯時，到田間去偸禾，立刻被民兵發覺，把他捉住了。

漳澎鄉民兵準備在秋徵工作完畢後，分三班展開學習，他們對工作負責和認眞學習的精神，是值得表揚的。

葉永昌

叶永昌：《东莞县第八区漳澎乡民兵加强保护秋收的工作》

《南方日报》1952年11月24日第2版

南方日报

1953年

東莞縣第十區展開積肥運動
白沙鄉挖取塘坭二萬餘担

編輯同志：東莞縣第十區 召開 積肥會議之後，各鄉代表都同去召開組長幹部會，佈置工作。現在各鄉都已熱烈展開積肥運動，幹部和農民都滿懷信心要積好肥料來完成愛國增產任務。

白沙鄉有大小魚塘三十口，現已車乾挖塘坭的二十多口，在兩個星期多的時間中，挖取塘坭二萬五千担左右，解決了二百畝田的肥料。該鄉一村鄭九枝與五村鄭觀妹二個農民，就挖取了二個魚塘約有三千二百多担塘坭。

在堆肥方面也做得很好，如白沙鄉農協會副主席陳右，他一個人除了原有厠所肥料之外，現又堆了二大堆肥（二百担左右）。這些都是較爲突出的例子。

白沙鄉農民還結合除虫工作來積肥，把挖出來的稻粮堆積起來 燒灰坭，這樣可以消滅過冬的害虫，還可以得到大量肥料，一舉兩得。

粵中行署粮產隊　陳德明

陈德明：《东莞县第十区展开积肥运动　白沙乡挖取塘泥二万余担》

《南方日报》1953年1月30日第2版

東莞第十區博涌鄉盧屋村又發現一批古本「四庫全書」

編輯同志：一月三十日下午，我聽說我鄉盧屋村農會把在土改期間沒收地主的書籍售給舊貨攤販，我懷疑這批舊書中可能有有價值的版本，恐怕給糟蹋了。第二天早上，我尋問到買書的攤販，就到他家去檢視，果然，在那些舊書中發現有四庫全書幾十本。我想，這些書是祖國文化遺產，多少年來給地主豪紳劫奪去的，現在就應該歸還人民所有了。於是我就到區政府去報告，請示如何處理。後來經區政府同意，由農會退還原價，向攤販取回這些書本，攤販也同意。現在我們已把這些書本好好的叠起來，準備交區政府轉送圖書館。

我想，別的鄉村，在土改期間可能也有從地主那兒沒收到有價值的書籍及其他文化珍品，我建議各地區、鄉政府及農會，要認眞檢查一下，將有價值的古時文物交政府保存，以免散失。

東莞第十區博涌鄉第二小學　萬集成

万集成：《东莞第十区博涌乡卢屋村又发现一批古本“四库全书”》

《南方日报》1953年2月18日第2版

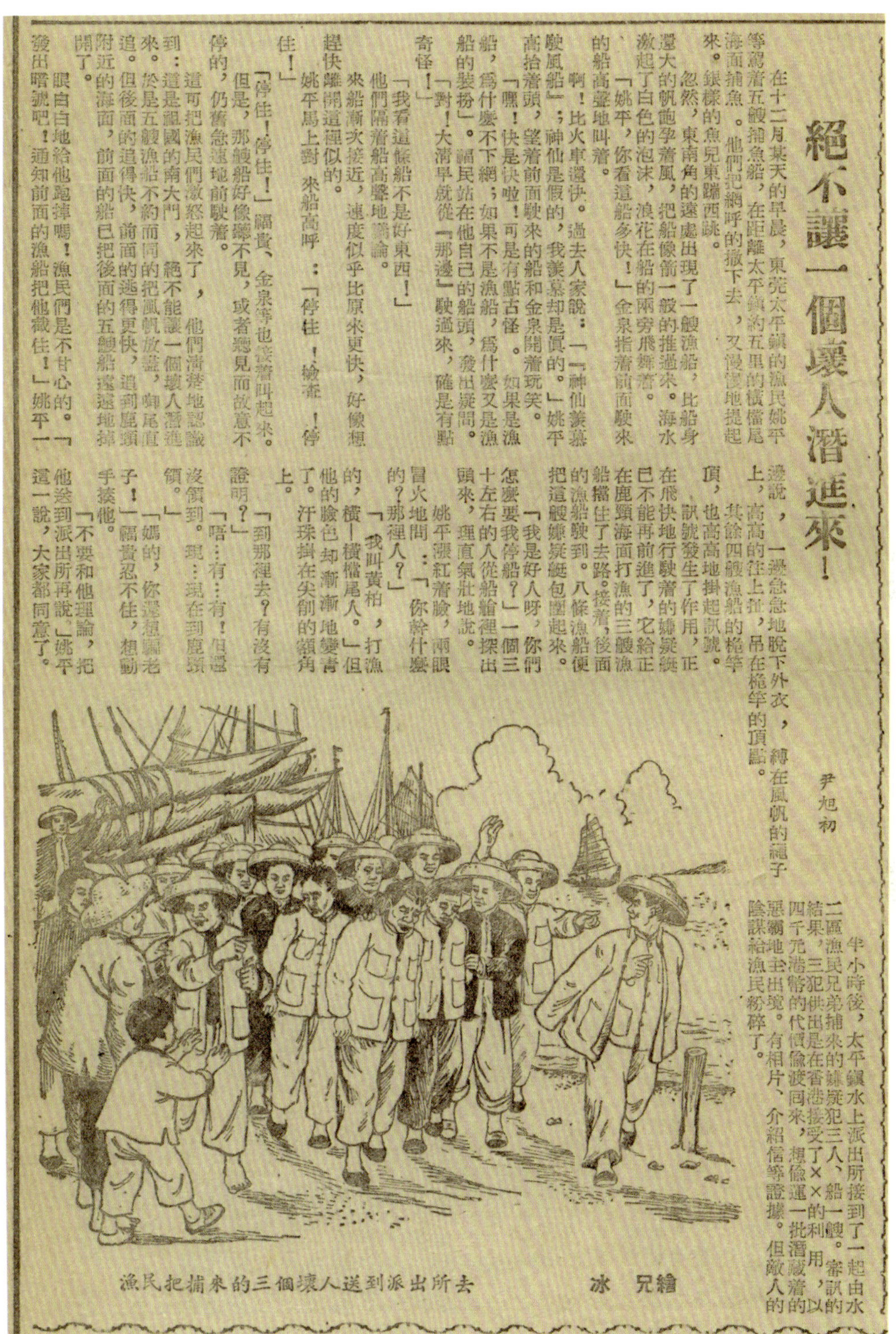

絕不讓一個壞人潛進來！

尹旭初

在十二月某天的早晨，東莞太平鎮的漁民姚平等駕着五艘捕魚船，在距離太平鎮約五里的橫檔尾海面捕魚。他們把網呼的撒下去，又慢慢地提起來。銀樣的魚兒東蹦西跳。

忽然，東南角的遠處出現了一艘漁船，比船身還大的帆飽孕着風，把船像箭一般的推過來。海水激起了白色的泡沫，浪花在船的兩旁飛舞着。

「姚平，你看這船多快！」金泉指着前面駛來的船高聲地叫着。

啊！比火車還快。過去人家說：「『神仙羨慕駛風船』；神仙是假的，我羨慕却是真的。」姚平高抬着頭，望着前面駛來的船和金泉開着玩笑。

「嘿！快是快啦！可是有點古怪。如果是漁船，爲什麼不下網；如果不是漁船，爲什麼又是漁船的裝扮」。漁民站在他自己的船頭，發出疑問。

「對！大清早就從『那邊』駛過來，確是有點奇怪！」

「我看這條船不是好東西！」

他們隔着船高聲地議論。

來船漸次接近，速度似乎比原來更快，好像想趕快離開這裡似的。

姚平馬上對來船高呼：「停住！檢查！停住！」

「停住！停住！」福貴、金泉等也接着叫起來。

但是，那艘船好像聽不見，或者聽見而故意不停的，仍舊急速地前駛着。

這可把漁民們激怒起來了，他們清楚地認識到：這是祖國的南大門，絕不能讓一個壞人潛進來。於是五艘漁船不約而同的把風帆放盡，艄尾直追。但後面的追得快，前面的逃得更快，追到鹿頸附近的海面，前面的船已把後面的五艘船遠遠地掉開了。

眼白白地給他跑掉嗎！漁民們是不甘心的。「發出暗號吧！通知前面的漁船把他截住！」姚平一邊說，一邊急急地脫下外衣，縛在風帆的繩子上，高高的往上扯，吊在桅竿的頂點。

其餘四艘漁船的桅竿頂，也高高地掛起訊號。

訊號發生了作用，正在飛快地行駛着的嫌疑艇已不能再前進了，它給正在鹿頸海面打漁的三艘漁船擋住了去路。接着，後面的漁船駛到。八條漁船便把這艘嫌疑艇包圍起來。

「我是好人呀，你們怎麼要我停船？」一個三十左右的人從船艙裡探出頭來，理直氣壯地說。

姚平漲紅着臉，兩眼冒火地問：「你幹什麼的？那裡人？」

「我叫黃柏，打漁的，橫—橫檔尾人。」但他的臉色却漸漸地變青了。汗珠掛在尖削的額角上。

「到那裡去？有沒有證明？」

「唔……有……有！但還沒領到。現……現在到鹿頸領。」

「媽的，你還想騙老子！」福貴忍不住，想動手揍他。

「不要和他理論，把他送到派出所再說。」姚平這一說，大家都同意了。

半小時後，太平鎮水上派出所接到了一起由水二區漁民兄弟捕來的嫌疑犯三人、船一艘。審訊的結果，三犯供出是在香港接受了××的利用，以四千元港幣的代價偷渡回來，想偷運一批潛藏着的惡霸地主出境。有相片、介紹信等證據。但敵人的陰謀給漁民粉碎了。

漁民把捕來的三個壞人送到派出所去　　冰兄繪

尹旭初：《绝不让一个坏人潜进来！》

《南方日报》1953年2月22日第3版

東莞糖廠發動職工羣衆討論生產計劃

糾正領導上保守思想突破壓榨的質量指標

【本報訊】廣東東莞糖廠在生產改革運動中，二月份裡經過職工羣衆討論生產計劃和生產改革中，糾正了領導上和技術人員中的嚴重的保守思想，打破了認爲「提高榨蔗量就要降低榨得糖份」的傳統的錯誤觀念（即產量與質量的矛盾觀點），突破了質量指標，提高了生產。

這一榨季開始初期，由於甘蔗早熟，廣東糖業公司強調要提高壓榨量；經過職工們挖潛力，每日壓榨量超過原設計能力約百分之五十後，糖業公司即提出鞏固壓榨量提高榨得糖份和總收回糖份（即提高質量）的方針。但該廠行政領導上和部分技術人員由於保守思想嚴重，認爲歷年都是提高壓榨量就會降低榨得糖份，強調提高產量與提高質量的矛盾，思想上是準備把提高質量的問題，留待競賽展開之後才逐步解決，而沒有積極發動羣衆去解決這一矛盾。又由於糖業公司本身亦有保守思想，對已定的方針沒有堅決執行，故在該廠的計劃草案中，曾把原定的「更正榨得糖份」指標，從百分之九二點五降低爲百分之九二點三。生產改革工作組發動羣衆討論計劃工作開始後，在車間主任以上的幹部會議上，初步展開了對保守思想的鬥爭，雖然把「更正榨得糖份」指標修改爲百分之九二點五（二月份）、九二點六五（三月份）和九二點七（四月份），但一些主要的行政幹部思想上仍不能接受。這時，車間和小組裡的工人們已開始討論指標，有的工人反映修改後的指標仍是落後的。工作組即選擇了壓榨車間爲典型，通過開會討論和個別醞釀、個別啓發密切結合的辦法，消除部分工人的顧慮（主要是恐怕提高指標後別人有意見，故初期不敢說；又有的工人有「留一手」的思想），工人即想出不少辦法，如均勻地輸送甘蔗，避免蔗層太厚時蔗轆或蔗層太薄時轆子空轉等不良現象；把人字轆的轆距縮小，使能多榨出蔗汁；適當加大油壓……等等。車間裡的情緒很高，在開始討論的第二天就把「更正榨得糖份」指標提高到百分之九二點六（二月平均數，當時實際成績僅爲百分之九二點三左右），隨後又把三月份指標提高爲百分之九二點八，四、五月份爲百分之九二點九。在車間討論期間，由於工人們情緒高漲，工作很細心，輸蔗、抓蔗均勻，於二月十四日就把「更正榨得糖份」提高到百分之九三點三二，大大超過了指標。當時正是行政和技術幹部對能否再提高指標的問題爭論很熱烈的時候，這一生動有力的事實馬上嚴厲地打擊了領導上的保守思想。接着，技術人員與工人們經過詳細研究，做了一些技術改進工作，如於二月十六日洗機後把人字轆的距離縮小至七英分（原爲一吋又一分）；又把第二及第三壓榨機的轆子輪轉速每分鐘增加了六轉，再酌量增加滲透水份，以減少蔗渣的含糖份。實現了這些初步的技術措施之後，「更正榨得糖份」都在百分之九十三以上了，這與生產改革以前（一般在百分之九十二左右）比較，提高了百分之一，據統計，因此每月可增產砂糖約五一公噸以上。

由於壓榨車間突破了質量指標，在壓榨量保持過去水平的情況下，每日榨出的混合蔗汁增多了，澄清與煮糖車間就感到負担不了，爐房亦感到蔗渣不够燒，這就刺激了其他車間不得不迎頭趕上。領導上及時把壓榨車間的經驗介紹到各車間，有力地推動了各車間訂計劃的工作。爲了減少濾泥的轉光度（轉光度低即表示濾泥帶走的糖份的損失少），澄清車間工友和生產科、化驗室的技術人員，分別提出了不少合理化建議，後來參照東北各甜菜糖廠的壓濾機操作法，作了幾次詳細的實驗，結果證明濾泥轉光度還可以降低，因而澄清車間就把原計劃指標——百分之五點二（二月份）和百分之五點三八（三月份），都降低爲百分之四點六；現職工們正繼續深入研究，爭取再降低至百分之三點五以下。還將使糖份的損失更少。

在討論與製訂了車間計劃後，各小組並修訂了愛國公約，各車間也訂了聯系合同，即將正式開展勞動競賽。目前領導上應注意的問題是，由於工人們討論計劃的時間短，過去思想發動還不够深入，工人們的積極性與創造性還未充分發揮，因此，要繼續反對麻痹自滿和保守，必須加强政治思想領導，支持先進，帶動落後，在保證安全和質量的條件下，使競賽健康地開展。

《东莞糖厂发动职工群众讨论生产计划　纠正领导上保守思想突破压榨的质量指标》

《南方日报》1953年3月5日第2版

順德、東莞糖廠職工

保證搞好生產紀念斯大林同志

廣東順德、東莞糖廠全體職工，都堅決表示要在愛國主義勞動競賽中完成和超過生產計劃來紀念斯大林同志。順德糖廠的職工們於聽到斯大林同志逝世的不幸消息的六日晚上，就以車間、小組或個人的名義，寫了許多稿件、信件送到工會去。七日一清早，廠裡大道兩旁長長的黑板上就貼滿了工人們哀悼斯大林逝世的短文。在那些稿件、信件裡，工人們都表示了堅定的信心，要化悲痛爲力量，做好愛國主義勞動競賽前的一切準備工作，保證達到並超過全部生產指標。

九日下午，該廠舉行追悼大會，五時正汽笛長鳴五分鐘，全體職工、家屬肅立默哀。

東莞糖廠六日晚上，正舉行愛國主義增產節約競賽動員大會時，廠長報告了斯大林同志不幸逝世的消息。職工們在悲痛之餘更加堅決的保證一定努力實現已提出的挑戰、應戰條件，來紀念斯大林同志。該廠勞動模範胡啓寫信給本報說：「我廠正開展愛國主義勞動競賽，我保證和車間全體工友一道，突破計劃指標，超額完成國家所給予我們的任務，以紀念斯大林同志！」

《顺德、东莞糖厂职工保证搞好生产纪念斯大林同志》

《南方日报》1953年3月10日第4版

東莞糖廠壓榨車間討論和提高質量指標的經過

李東生

生產改革開始以來，東莞糖廠壓榨車間在產量方面（榨蔗量）有了很大很快的提高，已穩定地超過原設計能力的百分之五十；但質量方面（榨得糖份）長期未達到百分之九二點五的標準，一般都在百分之九二以下。廠裡大多數人都認爲產量提高了不能提高質量，那是「必然」的。二月中，領導上發動羣衆討論生產計劃後，這一錯誤的看法才改變過來。

該廠轉入訂計劃工作時，糖業公司號召鞏固產量提高質量，壓榨車間也就明確了「鞏固壓榨量提高榨得糖份」的方向。但由於保守思想的障礙，對提高榨得糖份這一關鍵問題，許多人沒有信心。更由於在羣衆開始討論指標之前，廠裡領導上的準備不足，在工人中醞釀不够，計劃草案發給車間討論的第一天，壓榨車間工人們對「更正榨得糖份」（百分之九二點五）這一指標，都不表示意見，成了僵局。經過工作組同志、車間主任、積極分子分頭了解，發現工人們有兩種思想情况：一種是認爲無法提高的思想，「又要榨蔗多，又要榨得糖份多，那有這麼好的事？」「做不到，提高了指標數字還不是空的！」「榨得糖份的多少，是由化驗室計算出來的，我們自己不知道，怎麼去提高指標呢」另一種思想是覺得指標並不先進，可以超過，但又認爲：「計劃就是國家的法律，完成不了要自己負責，不如訂低一些好。」「如果我提出要把指標提高，別人會反對我的。」針對這些思想情況，在工作組的協助下，車間主任、生產和工會小組長等立刻開會，組織了車間核心小組，具體研究了車間存在的問題，特別是羣衆的思想問題；會上初步打通了核心分子的思想，決定首先發動羣衆從找竅門提合理化建議入手，不要光談指標數字問題，同時請技術人員向工人們詳細解釋指標的意義。會後，工作組同志、核心分子等分頭進行個別醞釀說服，打消顧慮。這一工作收效很大。在個別醞釀中有些工人陸續想出了辦法。車間主任胡啓在壓榨機旁和掌握蔗帶的青年技工吳慶雲談話，問他：「你是青工，怎麼不動腦筋呢？要提高榨得糖份，你看有什麼辦法？」他想了一會，說：「把人字轆的距離縮小一些，榨得糖份可能會多一些。」第二天開小組會時，集中討論有什麼辦法提高榨得糖份的問題，車間主任號召大家找竅門、提合理化建議。乙班黃鴻富首先提出把蔗渣耙齒加長半吋，吳慶雲又提出了縮小人字轆距離等建議。這些建議引起了大家濃厚的興趣，經熱烈討論後，三班都認爲可行。會上還有許多人提出適當加大油壓、均勻鈎蔗等辦法。全車間的情緒馬上高漲起來。同時，領導上組織技術人員向工人詳細解釋什麼叫做「更正榨得糖份」？怎樣計算法？又根據以往的統計資料以及甘蔗纖維份的增長情況，說明提高榨得糖份的可能性，使工人們覺得有所依據，加強了信心。另外，工作組同志給工人們算了細賬，告訴大家：如果能把「更正榨得糖份」提高了百分之一點，從二月份到五月份就可爲國家增產白糖三十五噸，約值三億元，可供六百人一個月的工資（每人每月五十萬元計）。這使工人們認識到提高指標的重大意義，大家就很重視「百分之點一」、「點一」的問題。乙班工友經過討論、計算，首先把一月份原定指標（百分之九二點五）提高了百分之點一（即百分之九二點六），甲、丙班亦通過了。接着，三班都同意把三月份指標（百分之九二點六五）提高百分之點一五（即百分之九二點八），四月份指標（百分之九二點七）提高百分之點二（百分之九二點九），逐月提高上去。

突破了「更正榨得糖份」這一最重要的指標後，車間的生產計劃在幾天內就訂好了。領導上和技術人員研究並採納了工人在討論中提出的合理化建議，並立即利用二月中旬洗機停榨的機會，進行了必要的技術改進的措施，如把人字轆的距離，從一吋一分縮爲七英分，把蔗渣耙齒加長了半吋；……等；加上工人們細心操作，注意均勻落蔗、鈎蔗，從二月下半月以來，「更正榨得糖份」平均都能保持在百分之九三左右。三月上旬，該廠已正式開展愛國主義的增產節約勞動競賽，壓榨車間開了一次車間大會，各班互相提出了挑戰又向別車間提出了挑戰。甲班把「更正榨得糖份」再提高到百分之九三點二一爲競賽的目標。

壓榨車間在全廠訂計劃中起了帶頭推動作用。他們在發動羣衆討論計劃工作中的體會是：除了進行愛國主義的教育和計劃生產的教育外，在方法上必須着重掌握三點：（一）抓緊車間的關鍵問題，發動羣衆從想辦法、找竅門入手；（二）個別醞釀與集體討論相結合；（三）技術人員與工人相結合，技術人員要向工人耐心解釋、啓發，幫助工人具體計算數字，愼重研究工人提出的各種初步的建議，並從理論上技術上加以提高。

李东生：《东莞糖厂压榨车间讨论和提高质量指标的经过》

《南方日报》1953年3月14日第2版

摘要：报道了东莞糖厂压榨车间在产量大幅提高之后，针对工人提高质量方面（榨得糖分）存在的思想障碍，通过开车间会议打通思想，寻找合理化建议，技术人员讲解提高榨得糖分的可能性等各种方式，最终突破了标准，并不断向上提高，在全厂起了带头作用。

東莞糖廠煮煉車間丙班怎樣推行順德糖廠快速洗機法

東莞糖廠推廣先進經驗委員會

東莞糖廠煮煉車間的保守思想是很嚴重的，車間裡有的人也承認「我們煮糖樓是保守思想的堡壘」。在生產改革初期試驗和推行快速煮糖法的過程中，雖曾初步克服了部分人在技術上墨守成規的保守思想，但車間裡自大自滿的情緒很濃厚，這種情緒經常在許多方面與別廠的先進經驗對抗。三月上旬廣東糖業公司召開各糖廠先進工作者代表座談會，會上交流了經驗，互相學習，但東莞糖廠有的代表認爲「經驗是我們的多，我們的好」，回廠後仍很自大自滿。該廠推廣先進經驗委員會決定於三月十六日洗機時推廣順德糖廠的快速洗機法，煮煉車間的大部分職工都有程度不同的抵抗情緒。

縮短洗機時間，即增加生產時間，對於季節性生產的糖廠來說，是大量增產節約的重要因素。順德糖廠在快速洗機方面有比較成熟的經驗，其主要特點是：事前充分做好各種準備工作（包括思想動員），訂好具體詳細的計劃，組織好勞動力，明確分工等等。這些優點正巧是東莞糖廠過去洗機工作的缺點。但是煮煉車間大部分職工對順德糖廠的經驗不够虛心，懷疑順德糖廠的成績。譬如通洗三個真空煮糖甑中的積垢的工作（按：每甑有四吋直徑寬、四呎長的管子共五六九條），東莞糖廠過去共要花一個多或兩個鐘頭，而順德糖廠只花十三分半鐘，通一個甑的最高紀錄是三分半鐘。對於這一點，有的人根本不相信。煮煉車間開洗機會議時，工人關廣說：「我們洗臉一次也要五分鐘，洗這麼大的一個甑僅用三分半鐘嗎？斬了我的頭也不相信！」許多人都認爲：每甑要通五百多條管，就算你每條管子刷一刷，也不止三分半鐘；也不會洗得乾淨。技術員詹偉在會上還說了一些諷刺的話。有的人則強調困難，認爲「工具沒有順德糖廠的好，難於學習」，「真空泵要修理五個多鐘頭」，煮糖甑太早洗好了也不能馬上生產，何必像他們（順德廠）那樣快呢？」全車間祇有篩糖工人黃廣福等少數人是積極贊成推廣順德廠的經驗的，黃廣福指出順德廠的經驗是有根據的，他們能够做到，我們也應該可以做到；又說：「祇要我們的思想搞通了，甑就通得快！」但是，他的意見在當時沒有佔優勢。

後來工會與工作組的同志分頭找車間主任、領班技術員、生產小組長、工人等作個別談話。許多人才勉強表示：不管行不行，試試吧！剛巧在這時候，順德糖廠有廿多位同志前來參觀，領導上就請他們給各車間介紹洗機經驗並解答許多具體問題。例如順德糖廠通甑時是十多個人同時進入甑內工作的，東莞廠工人們認爲會妨碍彼此工作，造成混亂，順德廠的同志就把他們「風車式通甑法」畫圖解釋，指出十六個人分兩排，在甑內站成兩個圈，八個人在外圈往裡刷，另八個人在內圈往外刷，每兩人負責洗刷甑內的一部分，這就不會造成混亂。經解釋後，大家才明白其中奧妙之處，思想上比較通了。領導上又請幾個順德糖廠的同志留下來指導洗機工作。煮煉車間按照順德糖廠的經驗，訂出了洗機計劃，準備了必要的工具，把勞動力組織好，把參加通甑工作的工人都編上了號碼。當初最不相信通甑能够那麼快的關廣也親自參加通甑工作。生產小組長用粉筆把甑內劃分爲八塊，每兩人負責一塊；又按照順德糖廠的辦法，事先派一人入甑，試通一條管，看看要通多少次才能乾淨，定出標準，此後大家就按照標準操作，節省了每個人都要邊通邊檢查的時間。通甑開始時，工人們一個個按號碼次序進入甑內，一同動手工作。這時，集體勞動的緊張和愉快情緒，使大家毫不感到疲勞。結果，通第一甑需時僅十分鐘，通第二和第三甑時，有了經驗，通得更快，各需五分鐘；三甑共需二十分鐘，比過去縮短百分之八十左右的時間。有的技術人員懷疑這麼快能否通得乾淨，趕緊鑽進甑內用手電筒仔細檢查。檢查的結果是：比過去通得更乾淨。

這個生動有力的事實教育了全班職工。在總結會上，大家踴躍發言，紛紛批判自己的保守、落後思想，決心學習別廠的先進經驗。技術員詹偉檢討自己的自滿、保守思想之後說：「其他的收穫是小事，打破保守思想是大事。」關廣說：「通了甑，我的思想也通了。如果下次把工具準備得更好，我們保證達到更高紀錄。」關廣當初雖有嚴重的保守思想，但他在通完第一甑後立刻轉變過來，在通第二、第三甑時又起了積極帶頭作用，車間裡把他和黃廣福、吳偉康等人評爲洗機的積極分子。

东莞糖厂推广先进经验委员会：《东莞糖厂煮炼车间丙班怎样推行顺德糖厂快速洗机法》

《南方日报》1953年3月25日第2版

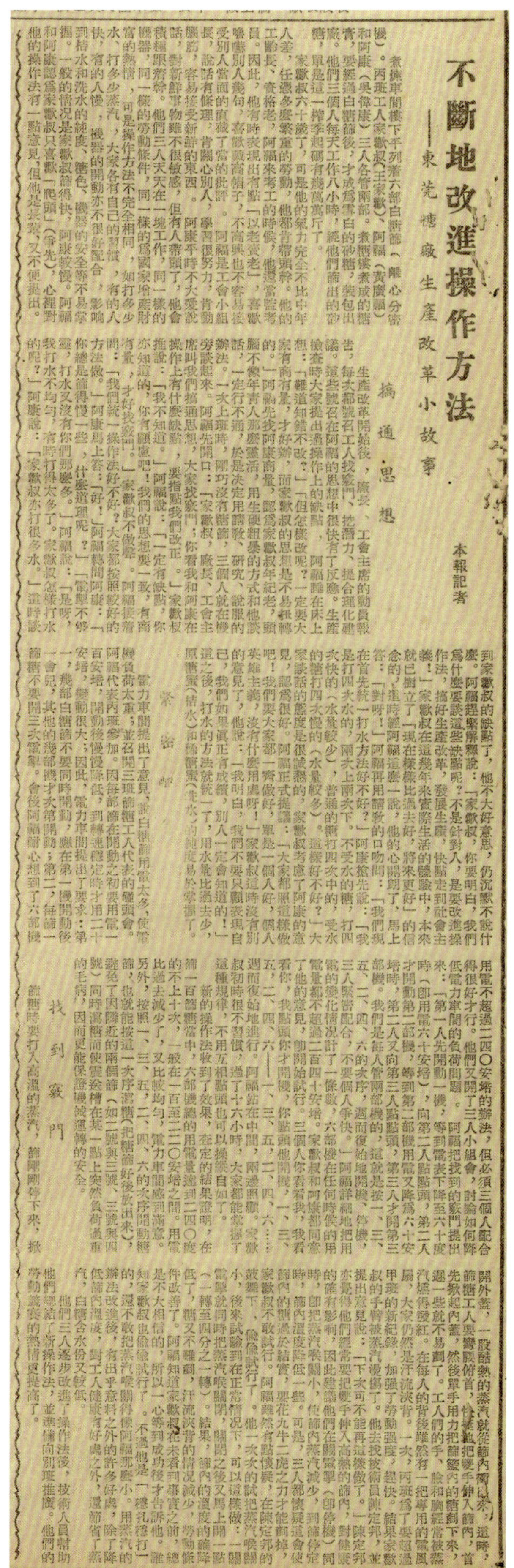

不斷地改進操作方法

——東莞糖廠生產改革小故事

本報記者

煮煉車間樓下平列着六部白糖篩（離心分蜜機）。丙班工人家歡叔（王家歡）、阿福（黃廣福）和阿康（吳偉康）三人各管兩部。煮糖樓煮成的糖膏，要經過白糖篩後，才成爲雪白的砂糖，裝包出廠。他們三個人每天工作八小時，經他們篩出的砂糖，單是這一榨季起碼有幾萬萬斤了。

家歡叔六十歲了，可是他的氣力完全不比中年人差，任憑多麽繁重的勞動，他都肯帶頭幹。他的工齡長、資格老，阿福來考工的時候，他還當監考員。因此，他有時表現出有點「以老賣老」，喜歡嚕囌別人幾句，喜歡戴高帽子，不高興也不容易接受別人當面的直截了當的批評。阿福是工會小組長，說話有條理，肯關心別人，學習很努力，肯動腦筋，容易接受新鮮的東西。阿康平時不大愛說話，對新鮮事物雖不很敏感，但有人帶頭了，他會積極跟着幹。他們三人天天在一塊工作，同一樣的機器，同一樣的勞動條件，同一樣的爲國家增產財富的熱情，可是操作方法不完全相同，如打多少水、打多少蒸汽，大家各有自己的習慣，有的人快，有的人慢，機器的開動亦不很好配合，影響到桔水和洗水的純度、糖色、機器的安全等不易掌握。一般的情况是家歡叔篩得快，阿康較慢。阿福和阿康認爲家歡叔只喜歡「爬頭」（爭先），心裡對他的操作法有一點意見，但他是長輩，又不便提出。

搞通思想

生產改革開始後，廠長、工會主席的動員報告，每次都號召工人找竅門、挖潛力、提合理化建議。這些號召在阿福的思想中很快有了反應。生產檢查時大家提出過操作上的缺點，阿福睡在床上想：「難道知錯不改？」「但怎樣改呢？一定要大家有商有量，才好辦，而家歡叔的思想是不易扭轉的。」阿福先找阿康商量，認爲家歡叔年紀老，頭腦不像年青人那麽靈活，用生硬粗暴的方式和他談話，一定行不通，於是決定用請教、研究、說服的辦法。一次上班時，剛巧沒有糖篩，三個人就在機旁談起來。阿福先開口：「家歡叔，廠長、工會主席叫我們搞通思想，大家找竅門；你看我和阿康在操作上有什麽缺點，要指點我們改正。」家歡叔推說：「我不知道。」阿福說：「一定有缺點，你亦知道的，你有顧慮吧！我們的思想要一致，有商有量，才好找竅門。」家歡叔不做聲。阿福接着問：「我們統一操作法好不好？大家都按照較好的方法做。」阿康馬上答：「好！」阿福轉問阿康：「你總是篩得慢一些，什麽道理呢？」「電掣不夠靈，打水又沒有你們那麽多。」阿福說：「是呀，我打水不均勻，有時打得太多了。家歡叔怎樣打水的呢？」阿康說：「家歡叔亦打很多水。」這時談到家歡叔的缺點了，他不大好意思，仍沉默不說什麽。阿福趕緊解釋說：「家歡叔，你要明白，我們爲什麽要談這些缺點呢？不是針對人，是要改進操作法，搞好生產改革，發展生產，快點走到社會主義！」家歡叔在這幾年來實際生活的體驗中，本來就已樹立了「現在樣樣比過去好，將來更好」的信念的，這時經阿福這麽一說，他的心開朗了，馬上答：「對呀！」阿福再用請教的口吻問：「我們現在首先統一打水方法好不好？」阿康搶先說：「我是打四次水的，兩次上兩次下。不受水的糖，打四次快的（水量較少），普通的糖打四次中的，受水的糖打四次慢的（水量較多）。這樣好不好？」大家談話的態度是很誠懇的，家歡叔考慮了阿康的意見，認爲很好。阿福正式提議：「大家都照這樣做吧！我們要大家都一齊做好，單是一個人好，個人英雄主義，沒有什麽用處呀！」家歡叔這時沒有別的意見了，他說：「我明白，我們不要只顧表現自已，我們如果真正有成績，別人一定會知道的！」這之後，打水的方法就統一了，用水量比過去少，原糖蜜（桔水）和篩糖蜜（洗水）的純度易於掌握了。

緊密配合

電力車間提出了意見，說白糖篩用電太多，使電機負荷太重，並召開三班篩糖工人代表的碰頭會。阿福代表丙班參加。因每部篩在開動之初要用電一百安培，開動後慢慢降低，到轉速穩定時才用二十安培，變動很大；因此，電力車間提出了要求：第一，幾部白糖篩不要同時開動，應在第一機開動後一會兒，其他的幾部機才依次開動；第二，每篩一篩糖不要開三次電掣。會後阿福耐心想到了六部機用電不超過二四〇安培的辦法，但必須三個人配合得很好才行。他們又開了三人小組會，討論如何降低電力車間的負荷問題。阿福把找到的竅門提出來：「第一人先開動一機，等到電表下降至六十度時（即用電六十安培），向第二人點點頭，第二人才開動第二部機，等到第二部機用電又降爲六十安培時，第二人又向第三人點點頭，第三人才開第三部機。我們是每人管兩部機的，這就是按一、三、五、二、四、六的次序，週而復始地開機、停機，三人緊密配合，不要個人爭快。」阿福詳細地把用電的變化情况計了一條數，六部機在任何時候的用電量都不超過二百四十安培。家歡叔和阿康都同意了他的意見，即開始試行。三個人你看看我，我看看你，我點頭你才開機，你點頭他開機，一、三、五，二、四、六——一、三、五，二、四、六……週而復始地進行。阿福站在中間，兩邊照顧。家歡叔初時很不習慣，過了十六小時，大家都能掌握了這種規律，不用互相點頭也可以操縱自如了。

新的操作法收到了效果，查定的結果證明，在篩一百篩糖當中，六部機總的用電量達到二四〇度的不上十次，一般在一百至二二〇安培之間。用電比過去減少了，又比較均勻，電力車間感到滿意。另外，按照一、三、五，二、四、六的次序開動糖篩，也就能按這一次序瀉糖（把糖篩好後放出來），避免了因鄰近的兩個篩（如二號與三號、三號與四號）同時瀉糖而使震盪槽在某一點上突然負荷過重的毛病，因而更能保證機械運轉的安全。

找到竅門

篩糖時要打入高溫的蒸汽，篩剛剛停下來，掀開外蓋，一股酷熱的蒸汽就從篩內衝出來，這時，篩糖工人要彎腰俯首，快捷地把雙手伸入篩內，首先掀起內蓋，然後單手用力把篩籃內的糖剷下來，遲一些就不易剷了。工人們的手、臉和胸經常被蒸汽燻得發紅。在每人的背後雖然有一把專用的電風扇，大家仍然是汗流浹背。一次，丙班爲了要超過甲班的新紀錄，加强了勞動强度，趕快。結果家歡叔的手臂被蒸汽燙傷了。他去找技術員陳定邦，並提出意見說：「下次可不能再這樣做了。」陳定邦亦覺得他們經常要把雙手伸入高熱的篩內，對健康的確有影響，因此建議他們在關電掣（即停機）同時，即把蒸汽喉關小，使篩內蒸汽減少，到篩停定時，篩內溫度降低一些。可是，三人都懷疑這會使篩內的糖過於結實，要花九牛二虎之力才能剷掉，家歡叔不敢試行。阿福雖然有點懷疑，在陳定邦的鼓舞下，偷偷試行了。他一次一次的試把蒸汽喉關小，後來試驗到在正常情况下，可以這樣做：一關電掣就同時把蒸汽喉關閉，關閉之後又馬上開一點（一轉至四分之一轉）。結果，篩內的溫度的確降低了，糖又不難剷，汗流浹背的情况減少，勞動條件改善了。阿福知道家歡叔在未看到事實之前，總是不大相信的，所以一心等到成功後才告訴他。誰知家歡叔也偷偷試行了。不過他是「穩扎穩打」的，還不敢把蒸汽喉關得像阿福那麽小。用蒸汽的辦法改進後，有出乎意料之外的許多好處，除了降低篩內溫度，對工人健康有好處之外，還節省了蒸汽，白糖含水份又較低。

他們三人逐步改進了操作法後，技術人員幫助他們總結了新操作法，並準備向別班推廣。他們的勞動競賽的熱情更提高了。

本报记者：《不断地改进操作方法——东莞糖厂生产改革小故事》

《南方日报》1953年4月12日第2版

摘要：报道了煮炼车间王家欢、黄广福、吴伟康等三位工人的几个生产改革小故事。“搞通思想”讲的是三人过去用水习惯不同，黄广福根据每人的性格用不同的方法与二人商量，使大家思想都通了，统一了生产中的打水方法。“紧密配合”讲的是为了减少用电量和用电负荷，三人轮流开机，配合密切，达到了要求。“找到窍门”讲的是筛糖时的蒸汽易烫伤工人，在技术员的启发下，他们调整了用蒸汽的方法，一举多得。

黨的生活

東莞縣大山鄉怎樣結合中心工作進行挑選、培養建黨對象？

崔振青　王惠民

東莞縣大山鄉從土改覆查運動一開始，便重視建黨的準備工作。區委在指導思想上也明確而且重視要結合土改覆查運動，挑選、培養建黨的對象。經過了一連串深入、細緻、系統的考察教育，已經培養並最後確定了十個建黨對象，他們都是成份好、覺悟較高、歷史清楚、對共產主義與共產黨都有了基本的認識，願意爲黨員標準八項條件而努力，願意爲共產主義事業奮鬥到底，而且還要求到訓練班去學習，回來之後，可以積極工作，爭取入黨。

大山鄉在抗日戰爭與解放戰爭時期，都是東江縱隊經常活動的地區。共產黨在羣衆中有很高的威信，他們對黨也有比較正確的認識。解放之後，經過了清匪反霸、退租退押運動和土地改革運動，對地主鬥爭比較徹底，從羣衆運動中湧現了一批積極分子。去年十二月，該鄉確定爲土改覆查的重點。領導上會結合土改覆查這一中心工作，進行挑選培養建黨對象的工作。

首先，在土改覆查第一、二階段，發動羣衆回憶、對比，進行鬥爭，解決遺留問題當中，即有計劃的宣傳共產主義與共產黨，從工作當中發現覺悟較高，工作積極的作爲培養對象。在進行共產主義與共產黨的教育時，先掌握羣衆的思想情況和對黨的認識，如「參加農會即是參加了共產黨」、「共產黨就是農民黨」等。然後在羣衆大會、代表會、幹部會，結合羣衆的思想情況，根據農村黨員課本，講黨的光榮鬥爭史、農民翻身依靠共產黨、黨的性質、黨的最終目的和當前任務等，批判了各種錯誤的、模糊的認識。根據積極分子在歷次運動中的表現以及接受共產主義與共產黨教育的程度，選擇了十六名積極分子作爲培養對象，除了向這些對象進行黨的教育外，並說明爲了加强黨在農村的領導，鞏固農村陣地，在土改覆查後要發展黨員，建立黨的組織，大家應積極工作，爭取入黨。由於他們的積極努力，羣衆很快便發動起來，積極分子都情緒很高，決心爭取入黨。這樣，挑選、培養積極分子又大大地推動了中心工作。

在覆查第三階段解決遺留問題，民主團結中，他們又對積極分子進行由淺入深的教育，由一般到詳細的考察，由多到少的選擇。區委宣傳委員對已挑選的十六個建黨對象，上了三次黨課，講解積極分子五個條件，黨員標準八項條件，什麼人可以參加共產黨，並讓他們根據條件對照自己，克服缺點。同時，工作隊的黨員幹部也進行具體分工，對所培養的對象普遍的進行三次有計劃的個別談話。第一次主要是談土改前後的生活情況和社會關係，弄清出身歷史。第二次主要是談何時參加運動，怎樣參加農會的，在運動中怎樣向地主進行鬥爭，分到多少果實，自己的感想及羣衆的反映，了解他的工作是否積極，鬥爭是否堅決，立場是否站得穩，有沒有自私自利的目的。第三次是談解放前後，土改前後對共產黨的認識以及現在對黨的要求，參加黨有什麼顧慮，摸清其覺悟程度和有無入黨的迫切要求。在每次的談話當中，一方面摸清情況，一方面又進行思想教育，這樣就大大提高並鼓舞了他們。進行了個別談話之後，又以自然村爲單位深入到羣衆中去了解每個對象的情況，看看是否與他自己所談的相符。最後，在民主團結中幫助這些對象認識自己的缺點，進行檢討，同時也將羣衆所提的意見，更進一步進行審查與鑑別。結果從十六個對象中審查出有四個不够條件，經過這樣細緻、系統的審查，初步選定了十二人爲建黨對象。

在土改覆查第四階段，組織建設，查田定產時，又將這十二個建黨對象，有領導的徵求羣衆的意見，最後由領導上批准了十個人作爲建黨對象，對其他的仍繼續進行教育。但是，區委在開始時，對「有領導的徵求羣衆的意見」、「領導與羣衆相結合的方法」是體會得不够的，結果變成完全由羣衆評選，選出了一百人，使領導上陷於被動，而且也使到羣衆感到麻煩。由於領導上能够在土改覆查當中結合挑選、培養建黨對象，就發動了羣衆，大大地推動了工作，又在工作中提高了積極分子的水平。

崔振青、王惠民：《东莞县大山乡怎样结合中心工作进行挑选、培养建党对象？》

《南方日报》1953年4月17日第3版

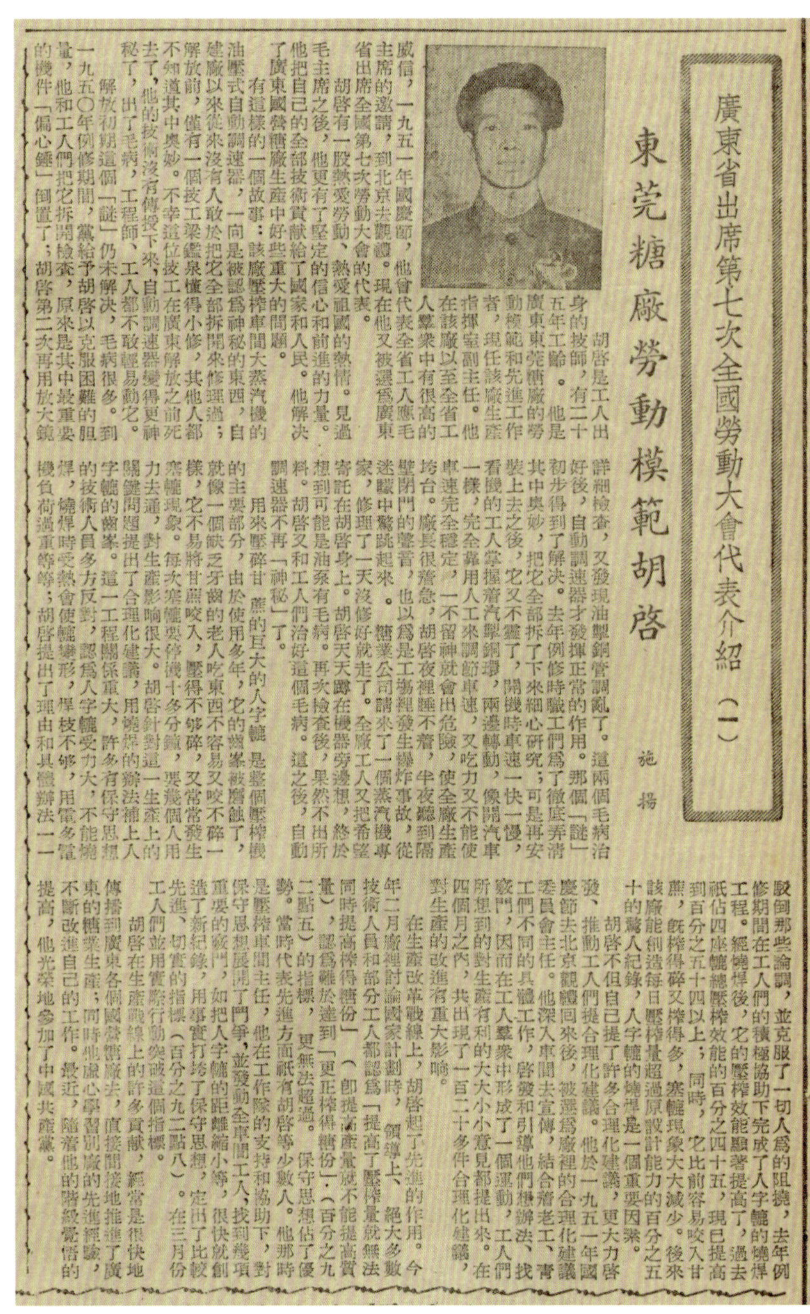

廣東省出席第七次全國勞動大會代表介紹（一）

東莞糖廠勞動模範胡啓

施揚

胡啓是工人出身的技師，有二十五年工齡。他是廣東東莞糖廠的勞動模範和先進工作者，現任該廠生產指揮室副主任。他在該廠以至全省工人羣衆中有很高的威信，一九五一年國慶節，他曾代表全省工人應毛主席的邀請，到北京去觀禮。現在他又被選爲廣東省出席全國第七次勞動大會的代表。

胡啓有一股熱愛勞動、熱愛祖國的熱情。見過毛主席之後，他更有了堅定的信心和前進的力量。他把自己的全部技術貢獻給了國家和人民。他解決了廣東國營糖廠生產中好些重大的問題。

有這樣的一個故事：該廠壓榨車間大蒸汽機的油壓式自動調速器，一向是被認爲神秘的東西，自建廠以來從來沒有人敢於把它全部拆開來修理過；解放前，僅有一個技工梁鑑泉懂得小修，其他人都不知道其中奧妙。不幸這位技工在廣東解放之前死去了，他的技術沒有傳授下來，自動調速器變得更神秘了，出了毛病，工程師、工人都不敢輕易動它。

解放初期這個「謎」仍未解決，毛病很多。到一九五〇年例修期間，黨給予胡啓以克服困難的胆量，他和工人們把它拆開檢査，原來是其中最重要的機件「偏心鏈」倒置了；胡啓第二次再用放大鏡詳細檢査，又發現油壓銅管調亂了。這兩個毛病治好後，自動調速器才發揮正常的作用。那個「謎」初步得到了解決。去年例修時職工們爲了徹底弄清其中奧妙，把它全部拆了下來細心研究；可是再安裝上去之後，它又不靈了，開機時車速一快一慢，看機的工人掌握着汽擊銅環，兩邊轉動，像開汽車一樣，完全靠用人工來調節車速，又吃力又不能使車速完全穩定，一不留神就會出危險，使全廠生產垮台。廠長很着急，胡啓夜裡睡不着，半夜聽到隔壁閉門的聲音，也以爲是工場裡發生爆炸事故，從迷矇中驚跳起來。糖業公司請來了一個蒸汽機專家，修理了一天沒修好就走了。全廠工人又把希望寄託在胡啓身上。胡啓天天蹲在機器旁邊想，終於想到可能是油泵有毛病。再次檢査後，果然不出所料。胡啓又和工人們治好這個毛病。這之後，自動調速器不再「神秘」了。

用來壓碎甘蔗的巨大的人字轆是整個壓榨機的主要部分，由於使用多年，它的齒峯被磨蝕了，就像一個缺乏牙齒的老人吃東西不容易又咬不碎一樣，它不易將甘蔗咬入，壓得不够碎，又常常發生塞轆現象。每次塞轆要停機十多分鐘，要幾個人用力去通，對生產影響很大。胡啓針對這一生產上的關鍵問題提出了合理化建議，用燒焊的辦法補上人字轆的齒峯。這一工程關係重大，許多有保守思想的技術人員多方反對，認爲人字轆受力大，不能燒焊，燒焊時受熱會使轆變形，焊枝不够，用電多電機負荷過重等等；胡啓提出了理由和具體辦法一一駁倒那些論調，並克服了一切人爲的阻撓，去年例修期間在工人們的積極協助下完成了人字轆的燒焊工程。經燒焊後，它的壓榨效能顯著提高了，過去祇佔四座轆總壓榨效能的百分之四十五，現已提高到百分之五十四以上；同時，它比前容易咬入甘蔗，既榨得碎又榨得多，塞轆現象大大減少。後來該廠能創造每日壓榨量超過原設計能力的百分之五十的驚人紀錄，人字轆的燒焊是一個重要因素。

胡啓不但自己提了許多合理化建議，更大力啓發、推動工人們提合理化建議。他於一九五一年國慶節去北京觀禮回來後，被選爲廠裡的合理化建議委員會主任。他深入車間去宣傳，結合着老工、青工們不同的具體工作，啓發和引導他們想辦法，找竅門，因而在工人羣衆中形成了一個運動，工人們所想到的對生產有利的大大小小意見都提出來。在四個月之內，共出現了一百二十多件合理化建議，對生產的改進有重大影響。

在生產改革戰線上，胡啓起了先進的作用。今年二月廠裡討論國家計劃時，領導上、絕大多數技術人員和部分工人都認爲「提高了壓榨量就無法同時提高榨得糖份」（即提高產量就不能提高質量），認爲難於達到「更正榨得糖份」（百分之九二點五）的指標，更無法超過。保守思想佔了優勢。當時代表先進方面祇有胡啓等少數人。他那時是壓榨車間主任，他在工作隊的支持和協助下，對保守思想展開了鬥爭，並發動全車間工人，找到幾項重要的竅門，如把人字轆的距離縮小等，很快就創造了新紀錄，用事實打垮了保守思想，定出了比較先進、切實的指標（百分之九二點八）。在三月份工人們並用實際行動突破這個指標。

胡啓在生產戰線上的許多貢獻，經常是很快地傳播到廣東各個國營糖廠去，直接間接地推進了廣東的糖業生產；同時他虛心學習別廠的先進經驗，不斷改進自己的工作。最近，隨着他的階級覺悟的提高，他光榮地參加了中國共產黨。

施扬：《广东省出席第七次全国劳动大会代表介绍（一）·东莞糖厂劳动模范胡启》

《南方日报》1953年4月23日第2版

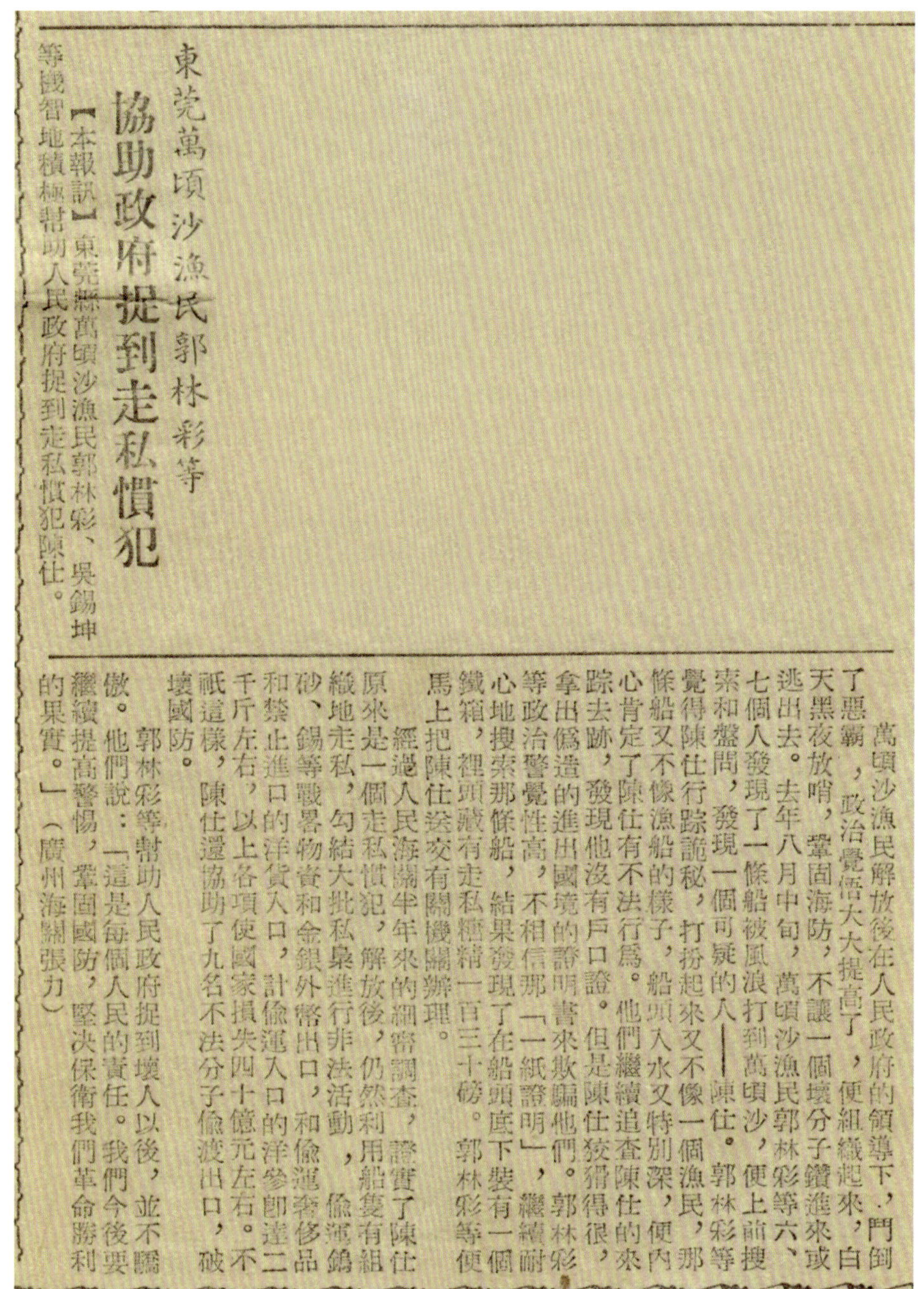

東莞萬頃沙漁民郭林彩等

協助政府捉到走私慣犯

【本報訊】東莞縣萬頃沙漁民郭林彩、吳錫坤等機智地積極幫助人民政府捉到走私慣犯陳仕。

萬頃沙漁民解放後在人民政府的領導下，鬥倒了惡霸，政治覺悟大大提高了，便組織起來，白天黑夜放哨，鞏固海防，不讓一個壞分子鑽進來或逃出去。去年八月中旬，萬頃沙漁民郭林彩等六、七個人發現了一條船被風浪打到萬頃沙，便上前搜索和盤問，發現一個可疑的人——陳仕。郭林彩等覺得陳仕行踪詭秘，打扮起來又不像一個漁民，那條船又不像漁船的樣子，船頭入水又特別深，便內心肯定了陳仕有不法行爲。他們繼續追查陳仕的來踪去跡，發現他沒有戶口證。但是陳仕狡猾得很，拿出僞造的進出國境的證明書來欺騙他們。郭林彩等政治警覺性高，不相信那「一紙證明」，繼續耐心地搜索那條船，結果發現了在船頭底下裝有一個鐵箱，裡頭藏有走私糖精一百三十磅。郭林彩等便馬上把陳仕送交有關機關辦理。

經過人民海關半年來的細密調查，證實了陳仕原來是一個走私慣犯，解放後，仍然利用船隻有組織地走私，勾結大批私梟進行非法活動，偷運鎢砂、錫等戰略物資和金銀外幣出口，和偷運奢侈品和禁止進口的洋貨入口，計偷運入口的洋參即達二千斤左右，以上各項使國家損失四十億元左右。不祇這樣，陳仕還協助了九名不法分子偷渡出口，破壞國防。

郭林彩等幫助人民政府捉到壞人以後，並不驕傲。他們說：「這是每個人民的責任。我們今後要繼續提高警惕，鞏固國防，堅決保衛我們革命勝利的果實。」（廣州海關張力）

张力：《东莞万顷沙渔民郭林彩等　协助政府捉到走私惯犯》

《南方日报》1953年4月28日第2版

東莞糖廠勝利超額完成本榨季生產任務

編輯同志：國營廣東東莞糖廠，在五月十四日下午十時十分勝利的超額完成本榨季榨蔗任務，提前十二天超額完成產糖任務百分之十一多。

該廠在四月底以前更正榨得糖份總平均爲九十二點零二，未能達到生產指標，五月一日至十三日更正榨得糖份平均爲九十三點三三，已經突破了國家計劃指標。五月十三日壓榨車間丙班「更正榨得糖份達到九十四點零三」，創造了該廠建廠以來最新紀錄。濾坭含糖份也降低了。這樣爲國家創造了不少財富。

榨季結束了，該廠現在已進入生產改革總結階段。首長做了動員報告，發動羣衆進行總結，號召全廠職工認眞地做好總結，把本榨季的優缺點總結出來，吸取經驗教訓，爲下榨季奠下良好基礎。總結後，該廠將進行評選勞動模範、先進工作者，模範車間等。

丘陶謙

丘陶谦：《东莞糖厂胜利超额完成本榨季生产任务》

《南方日报》1953年5月20日第2版

農民陳周權試用大豆餅餵猪，既長肉又得好肥料

編輯同志：東莞縣第五區朗貝村農民陳周權，今年二月去出席縣勞動模範代表會議回來，他想起了農建科同志在會上介紹蘇聯先進經驗，用豆餅餵猪的好處。他是一個肯研究和改進農業生產的積極分子，他便決定帶頭試驗這個辦法。結果成績很好。現在把他的經驗介紹給大家：

每隻四十斤左右的猪，每天只需用半斤大豆餅（越新鮮的越好）打碎，和其他飼料（猪糠約兩斤，番薯苗約五斤）混合煮熟給猪吃，這樣每隻猪一個月可增加體重二十斤。如果光用別的飼料（不加豆餅）餵養，則每月平均只增加體重十三四斤。計算起來，每月多用十五斤豆餅可多得七斤猪肉，以每斤豆餅一千元，每斤生猪四千元的價值來比較，還可多得一萬三千元的收益。而且吃過豆餅的猪屎含氮特別多，用來肥田比普通猪屎肥效更大。用陳周權的話說：這是「一兩頭有利」的好辦法。

在發展農業生產響應政府增產節約號召的今天，這個辦法是值得在農村推廣的。

粵中行署區合作總社　徐惠雙

徐惠双：《农民陈周权试用大豆饼喂猪，既长肉又得好肥料》

《南方日报》1953年5月22日第2版

保障人民生命安全

——記駐東莞縣人民解放軍救助受災人民的情形

本報記者 艾治平

六月三日傍晚，洪水冲入東莞縣莞城鎮的市街，搶救工作緊張起來了。

早在兩日前，駐莞城鎮的人民解放軍某部就已經開始作準備，某連一排戰士們藉工作餘暇紮好了六隻木排，現在完全撐出來幫羣衆裝運東西。當緊急搶救的哨音傳來時，城內的人民解放軍不到五分鐘便集合了起來。他們按着各自的駐地分頭到羣衆家裏幫忙搶救，特別是對一些人口不多或青壯年人少的住戶，戰士們更是將全部搶救工作都承担過來了。邁豪街十一號住戶王老吉，一家兩口人，男的一條腿殘廢了，轉動困難，女的年齡也比較大，夫婦兩個，一時亂了手脚。正在這時候，駐在他們附近的某連一排的同志們衝進來了，大家你抱箱子我扛米袋，有的戰士並攙扶着王老吉，很快便把全部物品搶救了出來。最後戰士們還冒着深及膝蓋的洪水，把這兩夫婦的木器傢具都安置到決不會被水冲走的地方。等戰士們走出王老吉門口的時候，街道上的洪水已經到他們胸部以上了。

六月四日晚八時，住在城內北正街的一位老婆婆和她的孫兒孫女等一共四口人，却仍然留在自己的屋子裏。洪水剛來時，戰士們曾經動員她好幾次，但老婆婆怎麼也不願意往外搬。她把桌椅叠起來，把東西堆到上面，自己也就坐在緊旁邊。戰士們一天張望她好幾次，現在看實在不能不往外搬了，大家祇好又耐心地向她解釋一番，於是戰士張春棠、青年團員馬德坡和另外三個同志一齊動手，總於把老太婆一家四口人救了出來，東西沒有一點損失。因爲這時候街上的洪水已到胸部了，老太婆和她的孫女等就是乘幾日前戰士們紮好的木排衛出來的。

東莞縣城郊的田野和村莊，在六月三日傍晚也捲進洪水的漩渦中。這時有一部分羣衆却仍然留在他們的房子裡。爲了援救這些生命已經被洪水嚴重威脅着的人民，在中共東莞縣委會的組織領導下，部隊參加了緊急搶救工作。

解放軍某連戰士屈樹章和楊玉祥、邵鳳鳴和陳光耀，就是這許多搶救小組中的兩個。出發時，天已經黑下來了，落着傾盆大雨。屈樹章他們駕着橡皮船，趕到搶救地點時，風雨更大了，地面上的水猛然高漲起來。等他們把老鄉一個個（這次共搶救了六個）搶到船上，船簡直不能前進了。這裡水上水下滿是塌毀了的房屋的木柱和石塊，水流特別急，船身東搖西盪，潑進來不少水，小船好像立刻就要顚覆了。怎麼辦呢？楊玉祥瞪着兩隻圓圓的眼睛，然而到處是黑糊糊一片，除了激起的微微閃亮的水花以外，甚麼都看不見。老鄉更慌亂了，船上的四個小孩驚慌地叫起來。兩隻槳已經不聽調度，情況越來越危急。就在這時候，楊玉祥一下子扎進水裡去了。他藉着自己稍微懂得的一點水性，向前猛力推着船，渡過了這段水流湍急的逆流。兩分鐘後，楊玉祥由水裏爬上來，渾身疲乏得一點勁都沒有，身上浸滿了冷水，他却覺得汗珠直往外冒，一陣頭昏眼花。他剛抓住槳，想定一定神，但新的困難馬上又來了。因爲越過這段水流湍急的城郊地區，便進入市街了，市街很狹窄，船稍一歪斜，就撞到堅硬的牆壁上，橡皮船又是最不容易掌握的。在這個時候，屈樹章和楊玉祥祇好用兩手狠命地抓住牆，撐持着船身，使船一步步平穩地向前移動。他們的手磨破了，都滲出血來，但是誰也不去注意。楊玉祥後來說：「我當時覺得船上坐的就是我的父母和弟妹，這條水就好像我家鄉那容易泛濫的寧河。當時念頭只有一個，不讓老鄉受任何損失，保證他們安全。」來回的路程約有兩里，這一夜屈樹章和楊玉祥往返四次，安穩地運送了二十五個老鄉，和零零碎碎的許多東西。當他們載着最後一船人回來時，天已經亮了。老鄉們感動得緊緊拉住他們的衣服，捨不得離開。

邵鳳鳴和陳光耀遇上的困難並不比屈樹章和楊玉祥少。一個老婆婆同兩個孩子住在一所樓上，雖然水已經淹沒了樓下，牆眼看就要塌下來了，老婆婆却怎麼也不願意離開。動員說服吧，語言又不懂，但時間不容許再耽擱下去了。青年團員邵鳳鳴忽然想起一個辦法來，他慌忙跳下樓，轉眼工夫，一隻重約六七十斤的橡皮船被他連推帶扛地拖上樓來了。這樣老婆婆不知不覺地被移到船上，兩個孩子也抱了上來。等船駛離開還沒有一丈遠，方才眼看搖搖欲墜的牆果然塌倒了。邵鳳鳴他們第二次再回來時，老婆婆的那間樓房已沒入了一片汪洋中。

憑着他們的勇敢機智和堅決，楊玉祥和邵鳳鳴兩條船和所有人民解放軍的搶救小組，衝破種種困難，戰勝洪水，終於安全無恙地把東莞縣城西一帶的人民全部搶救了出來。當我在六月九日來到這個連隊訪問，問起這件事情來的時候，他們都笑着說：「這沒有啥，還是談談旁的吧。」因爲人民解放軍的戰士，早已把時時刻刻爲人民服務看成是自己最光榮的職責了。

艾治平：《保障人民生命安全——记驻东莞县人民解放军救助受灾人民的情形》

《南方日报》1953年6月12日第2版

東莞縣城附近鄉村災民

陸續返鄉重整家園

增城災民回鄉後已得到安置

【本報東莞十日電】中共東莞縣委會、莞城鎮防洪指揮部會於六月三日至七日洪水期間，積極搶救附近各鄉災民共四千三百多人，由莞城鎮人民政府予以安置、救濟及進行醫藥治療。現在洪水已退，各鄉災民已成批陸續返鄉，準備重整家園。

六月三日，莞城鎮人民政府便預先準備好文化宮、東莞中學等十一處地方，由各機關抽調了九十五個幹部，專門照顧從各鄉搶救出來的災民，安定他們的情緒，了解他們的情況，該救濟的即給予救濟，該治療的幫助他們進行治療。廣東省人民政府衛生廳慰問組亦於六月八日趕到東莞縣城，到各收容所進行慰問，並在文化宮給有病的災民進行治療。

莞城鎮及東莞縣各區鄉幹部對災民這次受到洪水的意外災害，表示十分關切。他們所捐出的救濟糧，都大大超過原定數目。莞城鎮各機關幹部所捐的數目，超過原定數目五倍。東莞縣公安局機關幹部所捐的，平均起來超過原定數目十倍。

六月九、十兩日，已有兩千多災民陸續回鄉。十五區低涌鄉五百多災民已全部回鄉。該鄉有七千畝禾田受浸，除了有二百多畝因地段太低，積水太久，沒法搶救之外，其他的都可搶救回來，估計每畝還可收回一百多斤穀子。現在，該鄉農民正在巡視圍堤缺口，準備把上圍堤口封住之後，向下圍口排水。另外，他們又向峽江水利會借到抽水機，決定於十一日早上抽水扶苗。他們都有信心，要把禾苗搶救回來。

【本報增城十一日電】增城縣第一、二、六、七區洪水下退後，災民已全部回去生產。災民回去後，很快就得到安置。一區西山鄉無家可歸的農民每人可領到一百五十斤穀，減產五成至八成的每人可領到三十斤穀。災民領到這些救濟款後，立刻打魚打柴，展開生產自救。第二、七區低窪田洪水仍未退清，該兩區農民正加緊疏溝排水。七區大墩還用抽水機排水。第四、五、八區農民已洗三千多畝田的禾苗。第四、五區農民還用剪刀將有泥漿的禾尾剪去。（仲芳）

《东莞县城附近乡村灾民陆续返乡重整家园》

《南方日报》1953年6月12日第2版

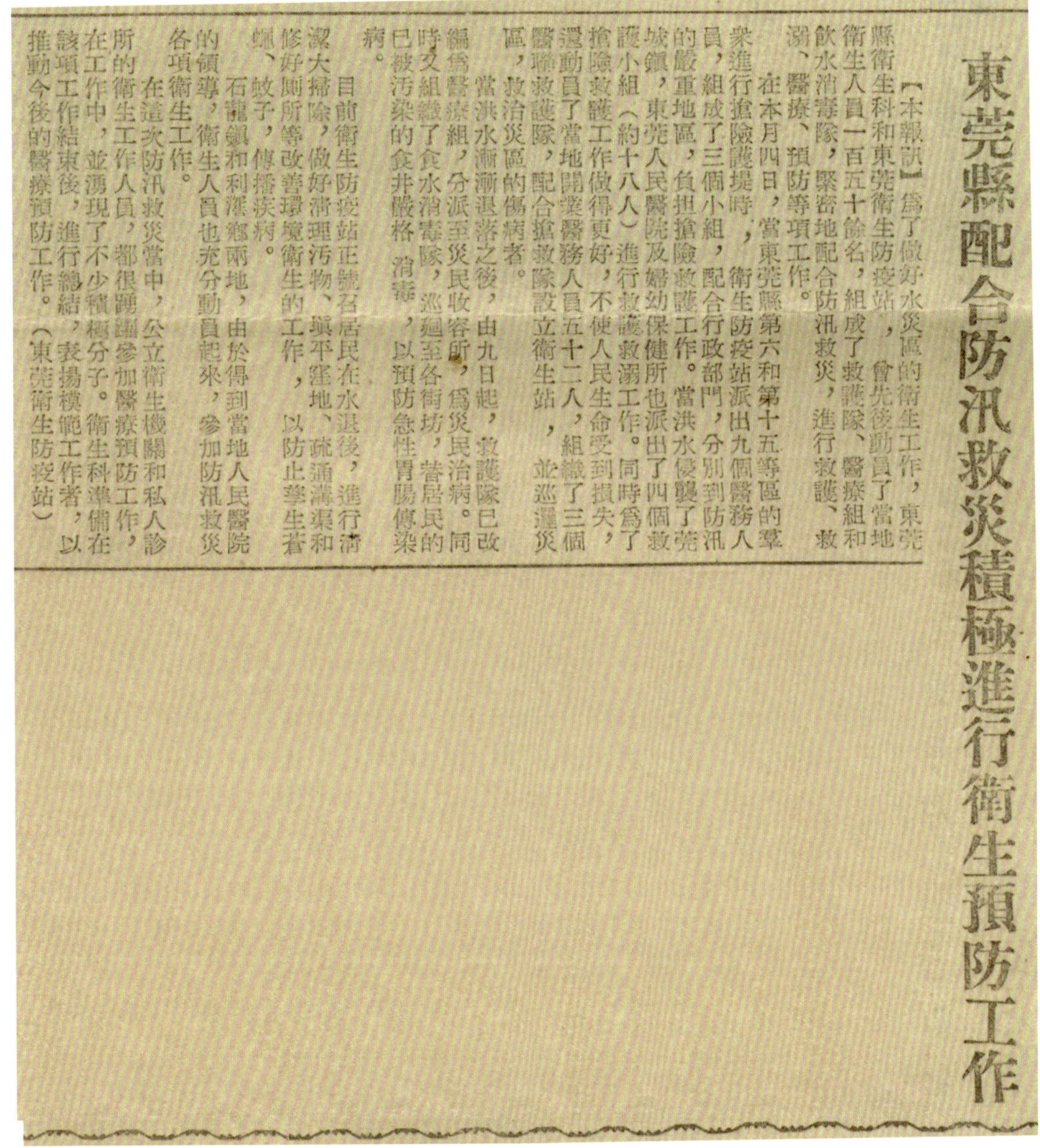

東莞縣配合防汛救災積極進行衛生預防工作

【本報訊】爲了做好水災區的衛生工作，東莞縣衛生科和東莞衛生防疫站，曾先後動員了當地衛生人員一百五十餘名，組成了救護隊、醫療組和飲水消毒隊，緊密地配合防汛救災，進行救護、救溺、醫療、預防等項工作。

在本月四日，當東莞縣第六和第十五等區的羣衆進行搶險護堤時，衛生防疫站派出九個醫務人員，組成了三個小組，配合行政部門，分別到防汛的嚴重地區，負担搶險救護工作。當洪水侵襲了莞城鎭，東莞人民醫院及婦幼保健所也派出了四個救護小組（約十八人）進行救護救溺工作。同時爲了搶險救護工作做得更好，不使人民生命受到損失，還動員了當地開業醫務人員五十二人，組織了三個醫聯救護隊，配合搶救隊設立衛生站，並巡邏災區，救治災區的傷病者。

當洪水漸漸退落之後，由九日起，救護隊已改編爲醫療組，分派至災民收容所，爲災民治病。同時又組織了食水消毒隊，巡廻至各街坊，替居民的已被污染的食井嚴格消毒，以預防急性胃腸傳染病。

目前衛生防疫站正號召居民在水退後，進行淸潔大掃除，做好清理污物、填平窪地、疏通溝渠和修好厠所等改善環境衛生的工作，以防止孳生蒼蠅、蚊子，傳播疾病。

石龍鎭和利溪鄉兩地，由於得到當地人民醫院的領導，衛生人員也充分動員起來，參加防汛救災各項衛生工作。

在這次防汛救災當中，公立衛生機關和私人診所的衛生工作人員，都很踴躍參加醫療預防工作，在工作中，並湧現了不少積極分子。衛生科準備在該項工作結束後，進行總結，表揚模範工作者，以推動今後的醫療預防工作。（東莞衛生防疫站）

东莞卫生防疫站：《东莞县配合防汛救灾积极进行卫生预防工作》

《南方日报》1953年6月17日第3版

東莞縣訂出生產救災計劃

大力協助災民展開生產救災工作

已撥十四億五千萬元到各受災區，並採取以工代賑方式組織農民搶修堤圍缺口；生產方面發動羣衆排水搶救禾苗或改種早熟作物

【本報東莞十八日電】東莞縣人民政府爲了領導水災區人民戰勝水災，訂出關於生產救災計劃，大力協助災民展開生產救災的工作。該縣已於六月十七日將水災救濟款十四億五千萬元撥到各受災區分發給災民，及採取以工代賑的方式，組織農民搶修堤圍缺口。

該項救濟款分爲立即發放和以工代賑兩部分，由各區召開各界人民代表會議或災民代表會議討論決定分配數字和發放辦法，然後由各鄉根據每戶災民具體情況，評定等級發放。救濟款立即發放部分，規定在六月二十日以前發到災民手上。發放救濟款的同時，組織羣衆大力搶修堤圍缺口；這一工作由縣、區具體計劃，並組織強大力量分工負責領導。修堤費用，除已在救濟款中撥出一部分以工代賑解決外，另已由人民銀行發放水利貸款六億元給各區農民購買材料。

在生產方面，洪水已退的地區，已開始發動羣衆儘可能排水搶救禾苗或者改種早熟作物；確是沒有辦法搶救又不適宜種早熟作物的，就犂田耙田準備夏耕，以爭取晚造豐收。此外，並計劃發動羣衆儘可能搞副業生產，如打魚、打柴、運輸、養鷄鴨，或由政府貸款給災民，搞燒磚瓦、灰窰等小型手工業。爲了解決災民生產資料的困難，還決定由人民銀行發放魚苗貸款兩億元、穀種貸款六億元，這些貸款由銀行分配給各區，並派出專人負責辦理發放。同時，由合作社、貿易公司等機構訂出計劃收購災區頭菜、土糖、荔枝等土產，解決災民部分生活和生產困難。

連日來，各區（鎮）紛紛籌備召開或已召開災民代表會議或各界人民代表會議，具體討論佈置生產救災問題。第六區和莞城鎮已於六月十五日分別召開了各界人民代表會議；第一區和十五區也已分別於六月十六、十七日召開災民代表會議，討論決定了各該區鎮搶修堤圍缺口、組織生產自救和發放救濟糧等各項工作進行辦法。第一區和十五區的救濟款已於六月十八日發到各鄉，現正由鄉評比分配。莞城鎮於六月十八日晚上召開了分配救濟款的評比會議，救濟款於十九日即可發到災民手上。

目前各區農民已紛紛進行排水搶救禾苗或翻田改種蔬菜等早熟作物。據十五區不完全統計，受災田畝四萬多畝中，搶救出可有三成至七成收成的田畝約達二萬畝。第一區金泰、萬江等鄉的農民也搶救了不少青麻和翻田種了不少豆角、白瓜等菜蔬。

有些區並已抓緊水退時機，組織羣衆搶修堤圍缺口。第一區金泰鄉農民已於六月十三日開始搶修壩螺圍的六個缺口，至十六日止，已搶修完成了五個缺口；萬江鄉的織簾基村農民已於六月十六日動員全村男女搶修該村基圍缺口。六區在六月十五日動工搶修圍洲圍和安合水閘，十七日搶修完工。該區六聞鄉於十五日成立了修堤委員會，亦開始本鄉堤圍缺口的搶修工作，該鄉並準備分出一部分力量支援人口較少的黃家山鄉農民搶修需要一萬個工修理的山洲圍（有四個缺口）。第二區也於六月十七日起組織羣衆搶修掛影洲圍缺口，每天參加修堤的羣衆達一千四百多人。

《东莞县订出生产救灾计划　大力协助灾民展开生产救灾工作》

《南方日报》1953年6月20日第2版

東莞糖廠先進的分蜜小組

陳祖佑

東莞糖廠煮煉車間丙班分蜜小組，在一九五二年至一九五三年的榨季中，推廣和創造了先進工作法，超額完成任務，被評爲該廠的先進小組。全組十三人中，有一個勞動模範、兩個先進工作者和五個積極分子。他們在這榨季中比別班多篩約二千包糖，曾創八小時篩糖一、〇五〇包的新紀錄；在愛國勞動競賽中連獲兩次優勝獎。

丙班分蜜小組曾經以先進者的姿態和行動，帶動了該廠推廣別廠先進經驗的熱潮。在生產改革開始之初，東莞糖廠那種以「老大哥」自居的自滿保守情緒是很嚴重的，常常懷疑別廠的先進經驗，不肯虛心學習和推廣。在領導上號召推廣順德糖廠的快速洗機法時，有不少人表示懷疑甚至抗拒。分蜜小組是負責第一次試行推廣快速洗機法的，當時小組內亦有一些人想不通，不相信。後來在先進分子黃廣福等的帶動下，並在順德糖廠的同志的指導下，堅持試驗，獲得很好的成績，二十分鐘就通完三個甑，比過去縮短了百分之八十左右的時間。從此之後，全組思想通了。工會把他們的思想鬥爭經過和收穫作爲典型，請他們「現身說法」，向全廠作了介紹，用事實批判了保守思想。到第二次洗機時，每一車間都積極推廣了快速洗機法，形成了熱潮，獲得很大的成績。後來他們又在技術員陳定邦的提示下，進一步改善了通甑方法，大胆試行不用梳打煮甑，每次可節省了梳打七十多公斤；又創造了全車間洗機時間僅用五十三分鐘的新紀錄。

由於勞動模範黃廣福的帶動，全組對新鮮事物是敏感的。領導上號召找竅門，他們很快就行動起來。在用水、用電和用蒸汽三方面，他們接連創造了良好的操作方法。在勞動競賽開始以前，篩糖方法是各有一套的，常常兩部篩同時開掣，用電突然增多，影響到發電機負荷過重。經電力車間提出意見後，工人們利用工餘時間多方設法改進操作。先是吳偉康指出了各人篩糖快慢不同的原因，大家統一實行了上下四次的打水方法；後來黃廣福又想出了一、三、五、二、四、六聯系開篩的操作方法，經過大夥共同研究和試驗，獲得成功，消滅了過去篩糖時打亂仗的情況，用電少而且均衡，又能保證機械的安全運轉。接着，他們又在技術員的指示下，大胆試驗了停篩前早關蒸汽的辦法，不斷克服了困難，又獲得成功。由於早關蒸汽，不但節省了蒸汽，又使砂糖含水份降低，篩內溫度降低，劏糖時不會再燙傷手臂，改善了勞動條件。

凡是對生產有利的經驗，如順德糖廠的慢篩打蒸汽的方法、該廠甲班工人尹高提出的先打水篩糖的方法、市頭糖廠的機械劏糖法，他們都非常熱心研究，不斷地改善與提高自己的操作方法。他們還利用休班時間，有組織地去市頭糖廠學習機械劏糖法。

他們有比較健全的小組會議制度，注意總結工作，定期檢查愛國公約執行情況，開展批評與自我批評。原來保守思想較重的人，如王家歡、關廣等，後來都成爲生產上的積極分子。

他們又很重視政治、文化學習，每天堅持半小時的讀報，老技工王家歡六十歲了，還像青工們一樣參加了學習。全組工人的文化水平是很低的，文盲和半文盲很多；在黃廣福的帶動下，他們自動請人教速成識字法。黃廣福本人是全廠最努力學習的一個，他本來是半文盲，現在已能認字二千多個，能寫簡單的文章了；同時，他不但自己積極學，還一邊學一邊教人，使好些原來覺得「學文化太艱難」的工人也對學文化發生興趣和提高信心。

定工作。在技術人員的指導下，工人們用「自查自定」的方法，把影响榨得糖份的幾個因素分別依法作了科學的試驗。這一工作使工人們增加了有關的科學技術知識，進一步了解榨得糖份變化的規律，榨得糖份這個東西不再像過去那樣是一個難解的「悶葫蘆」了。另一方面，通過查定，工人們具體掌握了機器的性能，把過去主要憑經驗累積起來的操作法在理論上提高一步。如查定的結果證明，過去落厚蔗，第一座馬力慢、第二座馬力快的做法，是適合於壓碎機和第二、三座壓榨轆的性能的，因而肯定下來，並堅持下去。爲要適應機器這一性能，必須使蔗層均勻；但要蔗層均勻，又必須扒蔗均勻、落蔗均勻、蒸汽機轉速均勻等等。因此，工人們發現過去的「三勻」操作法還不够完整，必須加上扒蔗均勻，成爲「四勻」。但怎樣才能保證「四勻」呢？工人們進一步想到，車間裡各個工種、各個崗位必須配合得很好，步調一致，靈活照應。因此，工人們經過集體討論，具體訂出了加强九個工種互相間的聯系條件。他們用自己的語言，把這種聯系叫爲「九拍擋」（廣東話，「拍擋」即配合得好之意）。這與「四勻」加起來，就成爲完整的「四勻九拍」操作法。查定的另一結果又證明，如果做到了「四勻九拍」，那麽適當增加頂轆油壓，不但不影响安全運轉，更能大大提高了榨得糖份。統計在短短十多天的查定期間裡，特別是掌握了「四勻九拍」的操作法，加重了油壓後，每天的榨得糖份都保持在百分之九三點七以上，有六天超過了百分之九四，最高達百分之九四點五六。

「四勻九拍」操作法是理論與實踐、技術與勞動相結合的結果，因而它是先進的、科學的。有了它，先進平均定額就有根據了。現職工們有信心把下一榨季榨得糖份的指標提高到百分之九三點七以上（本榨季國家指標是百分之九二點五，車間指標是九二點七）。如果按榨得糖份提高的比例和同樣的榨蔗量計算，下一榨季可比這一榨季增產的白糖，價值將在二十二億元以上。

陈祖佑：《东莞糖厂先进的分蜜小组》

《南方日报》1953年6月22日第2版

廣東省、廣州市各界救災慰問團第一分團

在東莞、增城兩縣慰問完畢已轉赴博羅縣

【本報訊】廣東省、廣州市各界救災慰問團第一分團，在東莞縣的救災慰問工作，已於本月廿一日結束，轉到增城縣水災區繼續進行慰問。

廣東省、廣州市各界救災慰問團，自本月十三日到達東莞後，即先後到一區、二區、三區、六區、十五區和莞城鎮等災情比較嚴重的地區進行慰問工作。並深入到各區的萬江、水南、黃涌等十個鄉的村莊，向受災農民進行親切的慰問。該團在各區、鄉慰問，除了舉行全區、全鄉性的災民代表會進行慰問外，還分別以自然村為單位舉行小型慰問會，及有重點的進行了挨戶慰問。此外，還到掛影洲圍、京西鰲圍等修堤堵口工地，向正在積極修堤的農民兄弟致以親切的慰問。

該團在慰問中，把廣東省、廣州市黨、政、軍、民各界對災區同胞的深厚的同情與關懷，傳達給受災同胞。慰問團並將帶來的救濟款、衣物、藥品等發給受災農民，計共發出救濟款一億二千萬元，和衣服、藥品一大批。慰問團醫療隊普遍給有病的災民免費醫治疾病，和贈給藥品，計共醫治了一千四百多人。此外，還廣泛收集了災區同胞的意見和要求，及協助當地政府加强救災工作，如督促發放救濟粮款，協助發動農民兄弟搶修堤圍決口和生產自救等等。

經過慰問團的親切慰問及傳達了黨、人民政府和各界人民的關懷與支援，東莞縣各災區受災同胞已普遍提高了修復堤圍決口和生產自救的信心。在東莞縣人民政府的大力支援和領導下，災民紛紛加種旱熟作物，及採取各種辦法進行副業生產度荒，並組織起來搶修堤圍決口，準備夏耕，以爭取晚造豐收。明萬江鄉織窩基村農民，修好了該村前面村頭水閘決口後，已把村邊一帶較高的田地數十畝翻犁，陸續種下荳角、白瓜等旱熟作物。金泰鄉農民搶修好霸螺圍的六個決口後，亦已種下了不少旱熟作物。

《广东省、广州市各界救灾慰问团第一分团在东莞、增城两县慰问完毕已转赴博罗县》

《南方日报》1953年6月27日第2版

東莞縣掛影洲圍水南段堵口復堤工程完成

圍內七萬多畝田地積水已退清，農民開始夏耕夏種

【本報石龍廿九日電】東莞縣掛影洲圍水南段堵口復堤工程，已於六月廿八日完成，使圍內七萬多畝田地積水全部退清，農民開始夏耕夏種，爲爭取晚造豐收打下基礎。

水南段堵口復堤工程艱巨，要堵塞一個寬四十五公尺、深六公尺的決口。全部堵口復堤工程共需一萬五千多土方，兩千沙方，八百多石方。爲了迅速完成這一工程，中共東莞縣委會特別指派縣委會副書記張永生及縣委葉石堪親自駐在工地指揮，同時集中了七個區委委員，抽調縣二十多個幹部，連同區裡及其他單位幹部共七十多人，成立了水南堵口復堤指揮部，全力進行復堤工作。在工程進行中，指揮部加緊了對民工的組織和鼓動工作。縣、區幹部一開始就和民工一起鋤草、鑿泥、抬石，用自己的忘我勞動精神來起示範作用。在工作中，對優秀民工及時進行表揚，組織勞動競賽。由於指揮部抓緊了政治工作，中南行政委員會廣東水災慰問組和廣東省、廣州市各界救災慰問團又到工地慰問，民工情緒天天高漲，勞動效率不斷提高。民工挑土由每次兩簝增至四簝、六簝，水南鄉民工袁明還增至十二簝；六境鄉七十多歲的陳成喜、水南鄉十六歲的葉達洪，雖然不合民工年齡，但堅持參加工作；沙腰鄉幹部蘇志星夜走二十華里回鄉動員了八個民工參加修堤；洗沙鄉民工李喜一個人負責管三十多人的伙食，每天半夜三點鐘便起床燒水買菜；西冲鄉民工初時認爲修堤是替政府做工，嫌工資低，後來受洗沙鄉挑戰的影响，幹部和洗沙鄉的民工又耐心向他們說明修堤的意義是爲了生產，第二天工作效率提高了一半。在六月廿八日晚上舉行的慶功大會上，全體一千五百多民工中，共有三百人被評爲修堤功臣，沙腰、洗沙、六境、石塌四個鄉被評爲修堤模範鄉。

水南堵口復堤工程完成後，掛影洲圍的農民都很高興，說：「這回把大門關起來了，可以放心生產了。」圍內積水，已在六月廿一日將決口堵塞合攏後的幾天內陸續流清。農民一面修圍，一面開始夏耕，許多農民都提早一個節氣浸旱熟穀種。沙腰鄉有兩成田畝已經過翻犁；南埔鄉有一成左右農戶已播種，秧苗長至一寸多長了。（李楚、梁楓、本報記者）

【又訊】東莞縣京西鰲圍西湖段決口堵復工程由六月廿二日開始，至六月廿九日已全部完成。該決口寬九十三公尺，深八至十公尺，初步統計，全部堵復工程共完成八千多土方、三千多沙方，每日有七百多民工參加工作。現在，圍內積水已經退清，農民開始夏耕夏播。

李楚、梁枫、本报记者：《东莞县挂影洲围水南段堵口复堤工程完成》

《南方日报》1953年6月30日第2版

把急流切斷了

——記東莞縣掛影洲圍的復堤堵口工作

梁楓 江克明

六月廿一日，太陽剛冒出頭來，在東莞掛影洲圍水南復堤堵口的工地上，已集中了八百五十個壯健的民工。昨天晚上，區長曾經說過：堵住這個決口，是爲了保護三萬多人的安全和七萬多畝田地的生產，只有把決口塞住了，晚造才有指望。許多人記起區長的話，翻來覆去睡不着，天還未亮，不少民工就爬起床來了。

掛影洲圍是東江下游東莞縣的一條堤圍，自從被這次兇猛的洪水在水南段沖開了決口之後，圍裡就變成了一道川流不息的河流。雖然水位下降了，但在那個深而且濶的決口上，湍急的河水還是咆哮着，向着圍裡直冲。

這天，工地有三十多艘載運砂、石的汽船和民船，穿梭不停地行駛在河上，夾石機伸着它鋼鐵的臂膀在河中挖砂，馬達聲和人們的呼喊聲響成一片。

民工的視綫集中在水南復堤堵口總指揮的台上，等候着戰鬥的命令。準備獎給工作積極的民工大隊的紅旗高掛起來了，水南復堤堵口指揮部發出了莊嚴的號召：「民工同志們，努力吧！在共產黨領導下，是沒有克服不了的困難的……：看誰最有成績，誰就是模範，誰就最光榮。」六個民工大隊馬上分成了兩批，搬石的走向石場，托砂包的也站滿了砂船，緊張的戰鬥開始了。

人們像負重賽跑似的，飛快地走到決口的兩頭，拋下大石和砂包，又飛快地走回來。人們不停地打着舞獅鼓，鼓聲愈響得密，民工的脚步就跑得更快。大石和砂包像鐵鉗一樣，有力地從決口的兩旁夾向中間，決口越縮越小，河水就冲擊得更厲害，水被石頭一阻，水面上即刻湧起一個個的小浪，濺起了人頭高的水花。民工們的心雄起來了，「快些啊！大石會被水冲走啦！」不知誰高喊了一聲，另外一個說：「同志們，兩個人抬石太慢了，要一個人托着走！」可是三尖八角的大石，一塊就是二、三百斤，甚至三百多斤，年青力壯的梁加仔估量了一下，也有點猶疑，若果在平時，一定和別人打賭，說他抬不動。「不要給它嚇倒了，托得起的，快快！」旁邊的人還未說完，幫助起肩的民工，早已把石頭放到梁加仔的肩上，果然，他笑了笑，托着走了。郭松合也托着走了，年紀較老的梁才也托起來了。總指揮張永生和副總指揮葉石垠瞪大眼睛，注視着他們，關心着他們的一舉一動，直到他們安然托到決口。民工們一邊搬，一邊像唱歌一樣的快呀快的叫喊着，石塌鄉的容興托砂包，由一包增加到兩包、三包、四包（三百多斤），肩上托得越多，心裡更加高興。六境鄉民工，在四十分鐘內，卸完了四大船砂，雖然夾石機加快了挖砂速率，船隻駛得更快，可是一下子就被民工搬空。担泥的婦女們，同樣非常緊張。青年團員葉順，担着沉重的担子，在滿是砂石的路上奔跑着，脚底滿起水泡，但一點沒有叫苦。有些民工的肩頭被大石擦損了，笑着叫衛生員替他「補補肩頭」，塗了塗紅藥水，又繼續工作。洪水終於敵不過這個由八百多人結成的巨人，開工後一個半鐘頭，決口兩邊的民工會師了，「把急流切斷了」。這時大家歡呼得跳起來。

休息時，大家喝過一口茶，便七個八個的閒談起來。沙腰鄉的郭松合說：這麼大的工程我從來未做過，有機器挖砂，那更不尋常，共產黨對我們這樣支持，怎叫我們心不雄呀！」（本報粵中區通訊站沙組）

梁枫、江克明：《把急流切断了——记东莞县挂影洲围的复堤堵口工作》

《南方日报》1953年6月30日第2版

曲江一區龍崗鄉農民大力撲滅秧苗蟲害

【本報訊】曲江縣第一區龍崗鄉晚造秧苗七十多畝發生虫害，其中有剃枝虫、黑硬殼虫、白翼仔和秧蠓（稻薊馬）等害虫，以秧蠓為害最為嚴重。

發生虫害後，較為嚴重的，秧苗變為黃色，秧尾乾枯，不能生長，農民焦慮很大。如不及時撲滅虫害，就將嚴重影响下造的收成。

該鄉工作隊和鄉幹部發現了這些情況後，首先在鄉幹部會議上佈置各聯組重視進行檢查，及時報告，發動農民進行撲滅虫害；並立即向上級報告。粵北行署農林處即派員到該鄉進行噴射「六六六」一殺虫粉劑的試驗。初時農民顧慮很大，不敢試用，怕殺死秧苗，後來老農楊瑞先帶頭用一塊二分田的秧苗進行試驗，結果收效很大。第二天，農民到那塊秧田檢查，看見害虫死了，秧苗也轉青了，當天就要求噴射了十多畝的秧苗。現在該鄉農民紛紛到合作社購買「六六六」粉劑噴射，並在夜間用燈誘殺白翼仔。（楊善倫、楊光祿）

東莞縣大山鄉竹山村農民積極進行秧田除蟲工作

【本報訊】東莞縣大山鄉竹山村農民正展開秧田除虫工作。

穀種撒下幾天後，該鄉工作幹部便號召大家除虫。但當時農民的思想抵觸頗大。有的以為今年荔枝長得好，禾稻熟得好，不會有虫的；有的則以為禾苗還不高，不會這麼早有虫。後來工作幹部深入田間，檢查了二十塊秧地即有十六塊有白翼卵及白翼虫，於是召開羣衆大會進行宣傳，以事實教育了羣衆。農民在會上即表示要買菸骨、石灰下田。第二天一天合作社就賣了一千一百七十九斤半菸骨、九百斤石灰。一連幾天，農民把合作社的菸骨都買光了。該村除虫工作現正加緊進行。（王熒）

王荧：《东莞县大山乡竹山村农民积极进行秧田除虫工作》

《南方日报》1953年7月17日第2版

東莞第四區供銷合作社
大力展開收購粮食工作

編輯同志：東莞第四區水蓼、大山等鄉農民已進行夏收，龍和鄉先種的稻大部分已收割完畢，新穀陸續上市了。該區供銷合作社於七月六日起，分別在保安墟、龍和鄉等地設立收購站，定出合理價格，大力展開夏季稻穀收購工作。社員們把部分穀賣了，換來肥料農具，進行夏種。

該區合作社自七月六日在各地設立收購站以來，至十三日僅七天時間，已收購了七萬六千多斤穀。由於收購手續簡單，不拘多少，隨到隨收，社員們都很滿意。農民劉梅、任九有、張炳等都賣了穀買回耕牛，他們說：「不是合作社來收購，七八担穀挑到大朗墟去賣至少要五六墟（三天一墟），就是把穀賣了也買不到耕牛用！」鄉長溫培說：「過去我們賣穀都要挑到大朗墟去，三十多里路，來回就是大半天，不知躭誤了多少生產時間。現在合作社深入農村收購，第一不會給不法私商壓價，第二不誤農時，合作社真正替我們辦事了。」

合作社在收購新穀的同時，還做好肥料供應工作。

今年各鄉早造都豐收，增產二成半至三成以上，鼓舞了農民增產的信心。特別是經過查田定產，固定了負担，貫徹生產政策，各鄉又根據實際情況訂出保護生產公約以後，農民生產情緒大大提高。龍和鄉老農香容深收完早熟稻後，本來已賣了三担穀買回百多斤牛骨粉，現在還準備再拿三担穀購買肥料，爭取晚造更大的豐收。計七月一日至十日，各鄉農民向合作社購買了十五萬六千多斤肥田粉，十八萬七千五百多斤茶麩、十五萬斤豆餅和價值五百五十多萬元的禾鐮、鋤頭、穀圍等農具。

伍錦華　黃炳乾

伍锦华、黄炳乾：《东莞第四区供销合作社大力展开收购粮食工作》

《南方日报》1953年7月24日第2版

東莞圓洲圍和博羅第十、十一兩區農民

堵塞沙河截水灌田五萬畝

【本報訊】東莞縣第六區圓洲圍和博羅縣第十區、第十一區農民，合力堵塞沙河，引沙河的水灌田，使五萬多畝受旱的田戰勝了旱患，能及時得水整田揷秧。

戰勝了五月底、六月初的洪水，取得了早稻的豐收的東莞縣圓洲圍和博羅縣第十和十一區沙河兩岸的農民，在夏種的季節，又受到旱患的威脅。在七月十六日，這幾個區聯合召開了幹部會議，決定根據一九五一年抗旱的經驗，在土瓜村前的河床上建築一臨時的攔河壩，堵塞沙河，提高沙河的水位，截沙河的水來灌溉受旱的田。這個決定獲得兩岸農民的熱烈擁護。

攔河壩工程在七月二十三日開始動工。參加築壩的民工，第一天即有九百多人，以後逐漸增加到一千多人。修築攔河壩需用的杉椿和其他器材，除由沿河受益的各圍的水利會撥借外，並由人民銀行貸款四千萬元協助。在民工們的努力下，長九十公尺、高一丈、底寬三丈二尺的攔河土壩，在七天的時間內，即在七月二十九日就築成了。接着，又在七月三十一日，把馬嘶口水閘（在沙河另一通往東江的出口處）暫時封閉，把沙河的水蓄在馬嘶水閘和攔河水壩上游將近十里長的河道內。這樣，沙河的水位，至八月四日止，在四天時間內，即漲高了七、八尺，高過兩岸的大部分耕地。在八月四日這一天，沙河的水即從四個挖開的缺口和兩個原有的涵洞，源源不絕地流到兩岸龜裂了的土地上。到八月七日，兩岸即有三萬五千多畝受旱的田直接獲得沙河水的灌溉，另外還有一萬五千多畝田可以車水或戽水來灌溉。

當沙河的水開始流到兩岸受旱的土地上的時候，農民們即掀起了搶揷（秧）的熱潮。在八月四日，即放水的第一天，博羅縣禮村鄉即有兩千多個農民到田間去邊車水、邊整田、邊揷秧、東莞縣圓洲圍赤馬鄉的農民並組織了九十多個臨時互助組來搶揷，全鄉每天完成揷秧的田達一百多畝。其中陳桂方臨時互助組，四戶人用十個勞動力日夜不停的車水、整田，在四天時間內就把全組二十五畝田的秧苗全部揷下。其他各鄉的農民，也同樣的積極進行搶揷。可以把沙河的水直接引到田地裡灌溉的博羅縣銀崗鄉的農民，還把水車借給要車水灌田的龍溪鄉農民，幫助該鄉農民搶揷，估計至立秋後十天，這五萬多畝獲得沙河水灌溉的田，即可全部完成揷秧工作。（伍錦華、梁鑑潤、丁辛人）

伍锦华、梁鉴润、丁辛人：《东莞圆洲围和博罗第十、十一两区农民堵塞沙河截水灌田五万亩》

《南方日报》1953年8月10日第1版

東莞竹山村農民熱愛祖國 積極準備交公粮

編輯同志：東莞縣大山鄉竹山村農民，今年早造獲得大豐收，普遍增產兩成以上，農民都很歡喜。農民放下了禾鐮，家家戶戶都準備把晒好的穀來交愛國公粮。去年的交粮模範謝根深，收割前在老農座談會上提出「早交公粮」的口號，現在他已把穀子晒乾風凈。農民協會委員謝金平、謝煥權也把穀晒乾了，讓出禾地給別人晒穀。全村婦女都不停的忙着晒穀風穀，爭着完成交粮任務。大家都說：「去年我們這村交粮最早，今年也要爭取做模範！」

王 熒

王荧：《东莞竹山村农民热爱祖国积极准备交公粮》

《南方日报》1953年8月17日第2版

東莞粉廠工人覺悟提高加強團結
改良機器設備使產量提高一倍以上

東莞粉廠經過民主改革後，工人們的階級覺悟提高了，改變了過去鬧不團結的現象，積極地提合理化建議，改良原有機器設備，使產量提高了百分之一百五十七以上。

工人鄧田在民主改革後，心裡老想着一個問題：「爲什麼我們工廠的產量不能提高呢？」後來他發現廠裡的風壓磨原料入口的地方太狹，磨輪轉動的方向與輸出粉的方向相反，因而影响到薯乾片及空氣的輸入量，和輸出粉時不暢通，這是該廠產量長期不能提高的主要原因。鄧田找到這個關鍵問題後，反覆研究，並和別的工人商量後，把輸入薯乾片的地方加大，又在風壓膜下面的蓋口鐵上鑽了很多小孔，使薯乾片及空氣大量輸入，同時，把帶動磨輪的皮帶扭轉方向，使磨輪與出粉的方向相同，提高了產量。其他的工人也紛紛提合理化建議，工人張水仁建議把乾燥房的氣喉改換上較大的銅喉，使乾燥房的溫度昇高；還有些工人建議把退衣（機去薯皮用的）改造爲篩粉機，有些工人改良了離心機。經過這一連串的改良後，產量迅速提高，以前每小時祇能生產薯粉六百至七百斤，但到六月份上半月平均每小時能產一千八百斤了，比以前提高了百分之一百五十七以上。（劉煥波、李洪澤）

刘焕波、李洪泽：《东莞粉厂工人觉悟提高加强团结　改良机器设备使产量提高一倍以上》

《南方日报》1953年8月17日第2版

东莞縣崗園、橫江、碧田等鄉揷完秧後

繼續堵河開溝引水 可灌溉禾田兩萬多畝

【本報訊】東莞縣第五區崗園、橫江、碧田等鄉搶種工作基本完成，百分之九十以上的田已揷下了秧；但旱的威脅仍然存在，揷了秧的田目前已經有四成開始乾涸、龜裂，涌和圳的水源又越來越少，區幹部根據農民過去的辦法，發動農民在八月八日動工堵塞壆貝海東江支流，引水入田灌溉禾苗。

區幹部初時沒有摸清農民思想，以爲一聲動員，就可以將農民組織起來，但八月八日那天，只有七、八十人出來，無法動工。該區區委書記當日下午召集這三個鄉的工作幹部開會，會後分頭到村了解，發現農民所以不參加堵河，主要是等天下雨；並且由於一九五一年堵塞這條河時無領導無計劃，水源分配不合理，以致上游的田受浸而下游的田又沒有水，因此存有顧慮。工作幹部便用召開羣衆大會及逐戶動員方式，指出靠天思想的危害性，講明今年合理分配水源的辦法，消除農民顧慮，在八月九日動員了八百農民，經過四天時間，築起了一條五十丈長、三丈高、底七丈濶的大堤壆，把壆貝海東江支流堵塞住，並挖了一條四十丈長、八尺深、一丈多寬的大溝引水上田，除了可以灌溉崗園、橫江、碧田等鄉大部分田畝外，還可灌溉馬江、塘坑、常平、村瀝、石坑、橫水等鄉田畝，估計總共可以灌溉二萬多畝田。（李育禺）

李育禺：《东莞县岗园、横江、碧田等乡插完秧后继续堵河开沟引水　可灌溉禾田两万多亩》

《南方日报》1953年8月21日第1版

東莞粮食局第三加工廠工人幫助農民搬運公粮入倉

編輯同志：八月廿八日下午，東莞縣一區石井村的農民，把公粮裝在汽車上運到莞城鎮去入倉，卸下不久，突然刮起大風，天上烏雲密佈，眼看快要下雨了。隨車送粮的農民眞是焦急萬分，他們人手少，而一包一包的公粮堆得像小山一樣高，怎能趕得及全部搬到粮倉去呢？東莞縣粮食局第三加工廠的工人看見這種情形，在工會主席溫咸、黃流同志的帶領下，就立刻幫助農民兄弟搬運公粮。農民兄弟們得到這一批工人生力軍的援助，你一包，我一袋，很快就把八千多斤公粮全部搬入倉。公粮剛搬完，傾盆的大雨就落下來了。石井村的農民感謝第三加工廠的工人說：「要不是你們幫手，公粮就要淋濕了。」第三加工廠的工人回答說：「公粮是國家的，人人都要愛護，我們是不能讓它被雨淋濕的。」

陳志祥

陈志祥：《东莞粮食局第三加工厂工人帮助农民搬运公粮入仓》

《南方日报》1953年9月7日第2版

國營東莞糖廠職工在修機中縮短大量工時

【本報訊】爲了迎接一九五三年至一九五四年的榨蔗季節，國營東莞糖廠於六月十日開始了一年一度的大規模的修機工作。全廠職工發揮了積極性，縮短了大量的工時，現各車間的大修和例修工作已基本完成。

在今年停榨期間，該廠職工一面展開政治、文化、技術學習，一面進行全面的修機工作。領導上提出「修機學習兩不誤」的號召，職工們表示要以六小時完成原來八小時的工作，以便每天能抽出更多時間學習。修機工作開始之前，領導上將施工計劃交各車間討論，由工人根據實際情況作了具體的補充。羣衆在思想上接受和掌握了計劃後，訂出了較先進的小組計劃，並在修機過程中改進了工作方法，改良工具等，大大提高了工作效率。如汽爐車間深入討論了過去修機的進度，逐項研究縮短工時的辦法，將車間分成三個小組進行修機工作。由於工人們不怕天氣炎熱，不怕汽爐內積垢多污，經常刻苦地操作，所以第一組清理汽爐任務縮短了一百零四個工時；第二組修理汽水喼縮短了三百多個工時；第三組工人夏一珠改良了修理工具，又使修理爐風扇的工作組縮短了一百二十四個工時。全車間修成績突破有廠以來的修機紀錄。煮煉車間在進行清洗煮糖甑內銅管的積垢工作之前，組織職工研究討論和實地試驗，將所需工時與材料估計出來，然後採用自由組合、小組認工的方式進行分工。各小組相互挑戰，把車間大會初步訂出的一、一四〇工時減爲八四〇工時。煮糖工段的青工小組，在競賽中起了積極帶頭作用，每天提早吃飯上班，組織送茶隊供應茶水。工人們又選擇上午、晚上天氣較凉快的時間工作，在中午時間休息，以保持工作中的飽滿情緒，結果僅以五百四十八工時完成了通洗三個煮糖甑的任務，比車間原定的一千一百四十工時縮短了一半以上。又如壓榨車間修理起重機工作，原訂計劃六百工時，結果只用了四百八十時零三十分就修好了；該車間內特別繁重的車轆工作，由於工人梁沛滔創造了多刀車轆法（原來車轆只用兩把刀，現可用七把刀），使車轆工作比過去加快一倍半以上。此外，澄清車間提前四七一工時完成通洗蒸發罐的任務，電力車間提前三一四工時完成檢修透平機的任務，糖機工段各工種亦都縮短了大量工時。（黃廣福）

黄广福：《国营东莞糖厂职工在修机中缩短大量工时》

《南方日报》1953年9月19日第2版

東莞二區農民搞好副業生產
解決了荒月的生活問題

編輯同志：今年六月中，東莞掛影洲圍因受洪水侵襲崩缺，二區中圍、六境、水南、南埔等六鄉受水浸損失很大。但當地農民在黨和人民政府的深切關懷和幫助下，進行生產自救，很快就重建了自己的家園。

大水過後，水南、南埔等鄉農民首先搞起副業生產。他們的辦法很多，最普通的是開菜園種菜賣，有的養豬、養鷄、養鴨。壽南村的亞基婆，領到救濟款，除買口粮外，還買了五隻母鷄來養，母鷄產了蛋，還孵了廿二隻小鷄。南埔鄉的農協主席種出瓜菜賣來糴米，還養了一條猪，現在這條猪已經有一百多斤了。

南埔鄉農民想到八月青黃不接時的生活問題，要怎樣解決呢？他們早就討論過，並且訂出了計劃：一、有黃䆉、猪、鷄、鴨可賣的就賣來換粮食；二、有網的去捕捉魚蝦賣；三、翻耕舊菜地，及時種上早熟的菜，如白菜、芥菜、生葱等；四、到石龍車站去搬運杉木、枕木，每天每人可得到工資八千至一萬多元；五、到農曆八月尾九月初，早熟的禾可收割了。這樣，八月荒的問題就解決了。農民陳基婆說得對：「國民黨反動派統治時期，我們受了水災沒人理，我食過野菜、猪糠充飢。今年受了水災，人民政府領導和幫助我們生產自救，我有飯食，還搞好了生產，人民政府是十分關心我們的生活的。」

梁　麗

梁丽：《东莞二区农民搞好副业生产　解决了荒月的生活问题》

《南方日报》1953年9月25日第2版

東莞十二區因旱無法插秧的少數稻田

農民改種番薯等作物

【本報粵中區通訊站訊】東莞縣十二區農民戰勝了旱患，全區十一萬一千多畝稻田，有百分之九十八已插下了秧禾，爲了爭取晚造豐收，農民還組織了四個燒蠔壳灰窰，大量製造和施用壳肥，並積極進行中耕，現在禾苗生長良好，全區有二千二百多畝田無法插秧，農民已紛紛改種其他作物。

該區剩下沒法插秧的，多是高亢、瘦瘠、和離村較遠的田。初時，有部分農民對改種其他作物有顧慮，怕收成不好不減公粮，準備把一部分田丢荒，如有的說：「這些『死坭骨』種得什麼？種番薯不生，種荪也不着火的！」因此，該區中共區委會指示各鄉要加强宣傳農業稅減免政策，使農民放心生產。橋頭鄉宣傳政策後，婦聯主任葉秋又乘夜冒雨到四、五里路遠的受旱最嚴重的雀嶺村，動員村幹部、小組長帶頭改種，她說：「有一分田也要種東西，這樣不但減少明年春荒的困難，而且增加國家的建設力量。」農民思想弄通後，縣委副書記張永生和區委書記鄺枝又深入和老農研究出改種幾種作物的方法：一、砂質田可以種番薯，二、較硬的田可種田瓜（即扁身的番瓜）、番茄，三、「死坭骨」（硬土）亦可種白菜米（收穫白菜種籽）。這些田原來稻穀的年產量都是四百斤以下，改種其他作物收成也會不差，種番薯每畝可收十多担，值兩担多穀，種田瓜每畝亦可收十五担，值三担多穀，種白菜米收入就更多了。當地有句種番薯的農諺：「七月一兜（條）八月一『秋』」（很多條的意思），九月空流流。」（意思是舊曆八月種番薯最適宜）各鄉用這些農諺來宣傳動員農民改種，很容易爲農民接受。現在農民已紛紛進行改種，橋頭鄉剩下未插秧的三百多畝田，有二百畝已改種了番薯，新寮鄉亦已種下了五十多畝，其他各鄉也抓緊季節，可在中秋節前後改種完畢。（梁楓）

梁枫：《东莞十二区因旱无法插秧的少数稻田农民改种番薯等作物》

《南方日报》1953年9月26日第2版

東莞縣今年香蕉豐收 蕉農生活大大改善

【本報訊】盛產香蕉的東莞縣十三、十四、十五等三個區，今年香蕉獲得十年來少有的豐收。估計全縣能產香蕉七十萬餘担，比去年增產百分之二十左右。近月來，蕉農正愉快地陸續進行收割。

東莞縣出產香蕉最多的是十四區，尤以該區麻涌鄉出產最多，全鄉蕉基達二千九百餘畝。在解放前，蕉基大多集中在地主手上，農民租蕉基來耕，要交百分之七十的租額，和每年二月八月兩次的上期租。解放後，經過了土地改革，農民分到了蕉基，生產積極性大大提高，都做到多整草和多施肥。今年單麻涌一鄉就往廣州市購了一千多車糞溺（每車五十四担），合作社的肥料供不應求。一、三月間天氣仍相當冷，不少農民就開始下河戽河泥培蕉了。貧農袁榮坤，四月間別人才開始戽坭，他已經戽完第四遍了。八十歲的老農莫和，天未光就起床到外面拾糞。今年食品公司收購香蕉，價格合理平穩（分每市担八萬元和七萬五千元兩種），更加鼓舞了農民的情緒。十四區南洲鄉農民到蕉將近成熟時，仍然積極戽河坭、施肥，使香蕉長得異常豐滿肥大。過去香蕉長到六成肉農民就收割，現在則長到九成幾以上才收割，因此蕉的重量大大增加，過去每條蕉（每棵長一條）普通重量是三十斤左右，今年都能長到四十餘斤，部分甚至達五、六十斤。麻涌鄉鄉長陳應來分得兩畝多蕉基，去年底到現在已收穫七十担蕉，現在還有三十餘担未割下來，平均一畝蕉基能收穫四十担蕉以上，價值三、四百萬元。

農民獲得豐收後生活大大提高。如麻涌鄉鄉長陳應來解放前做了二十五年雇工，得來的是饑餓貧困，一家四口蓋一張爛被，蓋得頭來冷着了脚；現在他已添置了蚊帳和三床棉被，全家都縫了新衣，又買了艇、農具等，家裡幾乎沒有什麼不是新的了。一般農民也都添了新衣和新棉被。十四區合作社的布疋曾經幾次被購一空。購置農具的就更多了。華陽、麻涌等鄉每鄉都添造新艇二百餘隻。麻涌鄉四分會的艇過去有七成是壞的，現在則有七成是新造的。麻涌墟集上四間農具店經常不够貨交，現在訂購農具要到一、兩個月以後才可以取貨。各鄉適齡兒童亦大多數已入學讀書了。（梁楓）

梁枫：《东莞县今年香蕉丰收　蕉农生活大大改善》

《南方日报》1953年10月8日第1版

東莞縣田頭、赤馬等鄉禾稻生長良好，農民準備迎接豐收

編輯同志：東莞縣圓洲圍五萬畝稻田的禾苗開始含胎了，早種早熟的「霜降粘」已灌漿結穀。禾苗長得很茂盛，農民說：「晚造禾豐收在望了。」田頭、赤馬、桔頭、上南、下南、豐平六個鄉的農民在今年夏種時曾經和自然災害作過艱苦的鬥爭，戰勝了旱患，保證了禾苗的生長。他們動員起來將東莞、博羅交界的沙河攔塞了，引水源灌溉田畝，把秧苗及早揷下去。

過去圓洲圍是一條又崩又爛的堤壆。馬嘶水閘沒有修築好，圓洲圍受着東江和沙河水的威脅。豐平鄉的農民有句諺語：「沙河水三寸，東江水三尺」。每逢下雨，沙河水漲了，豐平鄉就要受浸。因此幾個鄉的農民生產積極性都受影响。解放後，人民政府領導農民把圓洲圍修築好了，東堤築高築寬五尺，北堤也加高加濶了三尺，又修好了馬嘶水閘。沙河水漲可以排出東江，東江水大了就把閘門關閉。幾個鄉的農民便不受水災威脅。

今年，農民生產情緒很高，大胆施肥。赤馬鄉亞陳叔說：「我的田定了每畝三百斤產量，現在可能割到四百斤呢！」

現在距收割的時間不遠了，田頭、赤馬等鄉的農民都趕着修理舊籮、禾桶、禾坪，還購備了鐮刀、新穀籮等工具，組織臨時互助組迎接晚造豐收。他們要做到快收、快晒、快犂多。

梁 麗

梁丽：《东莞县田头、赤马等乡禾稻生长良好，农民准备迎接丰收》

《南方日报》1953年10月15日第2版

東莞縣粮食局第三加工廠職工挖潛力、找竅門

提高輾穀產量百分之三十並降低加工成本

【本報訊】東莞縣粮食局第三加工廠經過民主改革和開展增產節約運動後，職工挖掘潛力，尋找竅門，使該廠提高了輾穀產量百分之三十，並降低了加工成本。

從八月開始，該廠就熱烈地掀起了生產高潮。老技工正司機陳開和機房工人陳旺每天一早就起床檢查車房機器，準時開車，保證送足六十匹馬力（該車原來是六十匹馬力的）；工人羅鏡和賴仲針對過風櫃風轉力小（每天只能風四、五萬斤米朴，而且米朴裡的穀殼經常風不清，兩者混在一起翻輾，又多消耗了機器的輪送馬力）所產生的毛病，加設一個更大的風櫃，這樣就能風得淨，風得多，配合了增加產量的需要。廠內工人還將輾穀漏口改良（以前輾穀漏口設在樓上，搬運女工要不停地托着一包一百六十多斤的穀子，一級級從樓下上樓，工作很不便利，浪費了人力，並有很大的危險性），將漏口設在地下，加多一條運粮帶，大大的節省了人力，提高了效率。負責搬運穀米的十二個女工人，隨着上述設備的改良而更加提高了生產情緒，從每天搬運八萬斤穀增加到十二萬斤，保證了加工不致受到中斷。

新的成績被創造出來了。現在，該廠的產量，已由今年初每天輾穀六萬斤增加到七萬二千斤，再增加到七萬八千斤。加工成本也跟着相對降低了，以前代客加工稻穀每百市斤收加工費四千八百元，現在降到四千二百元，加工米朴從每百市斤收加工費四千元降到三千六百元，代國營縣城倉庫加工的費用，還降低了百分之三十。（陳志祥）

陈志祥：《东莞县粮食局第三加工厂职工挖潜力、找窍门提高辗谷产量百分之三十并降低加工成本》

《南方日报》1953年10月20日第2版

東莞縣樟羅鄉鐵匠工人到各鄉替農民修理農具

編輯同志：東莞縣鐵崗、博下、赤馬、田頭、桔龍等鄉的農民爲了響應增加生產的號召，都忙着翻土，準備種麥、栽番薯、種豌豆等冬耕作物。各鄉今年冬耕面積比去年都擴大了，如田頭鄉，去年冬耕九百畝，今年準備擴大到兩千畝。但據鄉幹部檢查，目前各鄉進行冬耕存在的困難是農具不够。原因是經過夏收夏種、抗旱防旱運動，各農戶的農具已損耗很大，單田頭村三百八十戶，需要大修的耙有二十把，鋤頭三十五張，土瓜耙十五張。要是把農具送到企石墟農具廠去修理，要花費不少時間，影响生產。農民迫切要求解决這個問題。樟羅鄉的鐵匠小組（四個人）知道這個消息，他們取得了工會的同意之後，便到各鄉去巡廻幇助農民修理農具。他們先後到各鄉去和幹部、農民聯繫，挨戶領工，議好工價，訂好合同，儘量迅速修好，又利用舊刀廢鐵，節約木炭，減低成本，減輕農民的負担。農民對工人這種熱情的幇助，都表示熱烈歡迎。

東莞縣人民法院　梁麗

梁丽：《东莞县樟罗乡铁匠工人到各乡替农民修理农具》

《南方日报》1953年11月9日第2版

国營東莞糖廠開展體育運動

【本報訊】國營東莞糖廠的工人羣衆在生產提高與生活改善的基礎上，體育運動也得到了發展。該廠現有籃球場、羽毛球場各兩個，足球場、排球場各一個，並有單槓、雙槓、吊環、鞦韆和乒乓球等體育設備及各種文娛用具。去年年底該廠推行了廣播體操活動，今年八月起又舉行了足球和籃球比賽，參加足、籃球比賽的各有十四隊，籃球運動員有一百二十多人，足球運動員有一百三十多人（其中有一人參加兩樣比賽的）。該廠的黨和行政領導和工會、青年團對各種體育活動都很重視，經常給予關心和積極的支持，所以職工參加體育運動的人數一天天的增多，健康狀況也有顯著改善。

十月八日，廣東省體育運動委員會派出的體育工作組到達該廠後，更協助該廠黨和行政領導和工會、青年團組織擬出了在該廠開展體育運動的計劃，將推動該廠的體育運動更加展開。（羅衍平、李晉裕）

罗衍平、李晋裕：《国营东莞糖厂开展体育运动》

《南方日报》1953年11月11日第3版

東莞縣粮食局第三加工廠把糠賣給農民解决養猪飼料

編輯同志：東莞縣粮食局第三加工廠的工作人員，虛心接受農民的意見，多想辦法，幫助農民解决養猪養鷄所需要的主要飼料（玉糠），使農民能够發展副業生產。

過去，該加工廠將大批玉糠、生糠賣給外縣商人，各鄉農民到該加工廠買糠，往往買不到，農民有很多意見。後來農民提出批評，該加工廠工作人員就糾正了這個缺點。現在該廠將每天出產的大批玉糠、生糠，有計劃的輪流供應給各鄉農民，使到各鄉來買糠的農民都能够買到。

但目前東莞縣還有些私營加工廠代各粮倉加工粮食後，把玉糠、生糠賣給外縣商人。我建議：當地粮食部門應加强督促各私營加工廠，把玉糠、生糠賣給農民，幫助農民解决養猪的飼料。

陳志祥

陈志祥：《东莞县粮食局第三加工厂把糠卖给农民解决养猪饲料》

《南方日报》1953年11月12日第2版

南方日报

1954年

中山、高要、東莞等縣部分區鄉農民
抓緊犂冬積肥準備春耕生產

【本報訊】中山、高要、東莞等縣部分區鄉農民，學習了國家在過渡時期的總路綫後，生產熱情大大提高，目前正抓緊時機積極進行冬季生產，並爲春耕生產做好各種準備工作。

中山縣浪網鄉農民，爲了使犂冬晒白做得又快又好，養牛戶和犂田的農民組織分工，四、五頭牛成一組，合工開犂，分圍負責，工作效率很高，很快就犂完一圍又一圍。養牛戶蕭乙仔說：「這次逐圍來犂，並分先後高低，做到有計劃的犂冬晒白，不怕晒不透，還可以適應季節，有計劃的統一進行放水或製桓。」該鄉鄉長何福添還準備動員自己的互助組在春節前找出時間，翻轉坭覆晒，並帶動其他農民一起做。高要縣圍安、柑園等鄉農民去年施了塘坭下稻田，普遍得到豐收，現在很多魚塘已經乾了水，到處可見到三、五個人一組，熱熱鬧鬧的在挖坭挑坭；所有的塘邊、路邊、屋邊的空地都堆滿了塘坭。今年挖塘坭的人比去年多了三成。大家還積極撿拾猪糞和用木壳接牛尿，並將塘坭晒乾打碎，用牛尿、污水或猪屎混合來施用。農民還用碎塘坭代替火灰來覆蓋厠所內的糞便，減少肥份損失。東莞縣槎滘鄉農民過去沒有積肥習慣，今年爲了擴大肥源，將全鄉九口魚塘的水車乾了，日間挖坭，夜間就用船將坭運到田裏，十天內，全鄉挖取了一千三百多萬斤塘坭，每畝如放八千斤塘坭，估計能增產六十斤穀，以全鄉一千六百多畝田計算，就約可增產十萬斤。有的農民還將塘坭分勻放到已犂冬的田裏，晒白後，再翻犂晒，這樣肥效就會更大。

《中山、高要、东莞等县部分区乡农民抓紧犁冬积肥准备春耕生产》

《南方日报》1954年1月14日第2版

東莞縣互助合作和生產運動逐步展開

【本報訊】東莞縣以互助合作爲中心的農業生產運動已逐步展開。到三月上旬，全縣已經試辦了三個農業生產合作社，初步統計，常年互助組已有四百九十三個，臨時互助組有六千零五十五個；全縣已組織起來的約有二萬多農戶，約佔全縣農戶總數百分之十五。

在農業生產合作社和互助組的帶動下，各區農民積極做好春耕準備工作。到三月十日止，全縣共已新建、重修和修補大、小水利工程一千多宗，受益田達二十萬畝以上。第四區大山鄉十七個常年互助組在該鄉竹山農業生產合作社的帶動下，都訂出了今年的愛國增產計劃。第一區同治鄉橫嶺農業生產合作社在三月初着手改良土壤，預算在五天內擔泥一萬三千多擔，改變三十四畝田地的土質。由於社員們早開工、晚收工，擔得滿，走得快，結果三天便完成了工作。鄉內一些互助組看見合作社取得這樣大的成績，也動手改良土壤。

爲了把運動向前推進，中共東莞縣委員會在三月十三日至十五日召開了各區區委書記和區長聯席會議，總結前一段的工作。部分幹部對互助合作運動有「慢慢來」的思想，認爲「積極」和「穩步」是矛盾的，個別幹部爲了求「穩」而限制了農民羣衆組織起來的要求，這些錯誤的思想和做法，在會議上都受到批判。（陳華耕）

陈华耕：《东莞县互助合作和生产运动逐步展开》

《南方日报》1954年3月26日第2版

東莞縣蓢木鄉農民普遍用黃泥水選種了

編輯同志：東莞縣第五區蓢木鄉南埔小村朱茂榮互助組，在準備春耕時，就採用了黃泥水選種，選出的種粒粒都飽滿結實。朱茂榮想：這次互助組用黃泥水選種既然收到效果，那麼就一定要把這個經驗介紹給本村和隣村的農民，讓大家都採用這個辦法。他决定在三月十三日晚上請大家來看黃泥水選種法。

南埔小村和附近的許多農民，過去也曾經聽人說過黃泥水選種法，但大部分都不相信黃泥水選種的好處。他們聽到互助組要介紹這個方法的消息後，有的農民說：「我們世世代代都是用清水選種，用黃泥水選種那能行！」有的說：「眞是自找麻煩，用黃泥水選種還不如我用風櫃把穀多吹幾次。」有的人見到朱茂榮（他是農會主席）時，甚至用譏笑的口吻說：「主席，你有時間玩玩也不錯呀！」

朱茂榮沒有理會這些閒話，到了十三日晚上，他便把黃泥水攪好，把十五斤穀種浸下去，浮出來的壞穀、青秆穀和稗子一共有一斤多。他又把穀種撈上來放在清水裏浸，浮上來的穀殼，青秆穀和不結實的稗子只有四五兩。朱茂榮把黃泥水選的、清水選的和未選過的種籽比一比，大不相同。原來有懷疑和好奇的農民看到這種情形，都說要採用黃泥水選種法。譏笑過朱茂榮採用黃泥水選種法的人，也不得不說，黃泥水選種法的確是比清水選種法好得多了。當天晚上南埔小村右隣蓢貝村的一些農民看過以後，有的農民回去就把穀種、黃泥水挑到蓢貝村農會，點上大汽燈來一次實地試驗。年青的小伙子打鑼喊廣播，叫羣衆到來看。一會兒，到農會來的就有一百多人。他們親眼看到用黃泥水選出來的穀種，的確粒粒結實。

在朱茂榮互助組的帶動下，蓢木鄉農民都普遍採用黃泥水選種法了。

張勤

张勤：《东莞县蓢木乡农民普遍用黄泥水选种了》

《南方日报》1954年3月29日第2版

東莞縣太平鎮農具廠工人

積極製作農具支援農民生産

【本報訊】東莞縣太平鎭農具廠工人自從去年十二月經過增産節約運動與技術交流、下鄉訪問農民之後，對工農聯盟的認識普遍提高一步。從前，該廠製出的鐵鏒頸小易斷，不够匀滑，經過改良生産技術以後，鐵鏒質量有了提高。同時各種主要産品的産量也提高了。從前三個工人管一隻爐，每日只出鐵鏒四張，現在能出六張；從前一個人製一對尿桶需十小時，現在只要七小時半。坤甸木鍬的鍬口也裝得比從前的穩固些。同時該廠已把十九種農具平均降低售價百分之六·七，減輕了農民的負擔。如二號鐵鏒現在售價每張四萬一千元，比原來售價降低三千元。

目前，該廠全體工人正發揮勞動熱情，大量製作與修理農具，支援農民春耕。（容照芬）

容照芬：《东莞县太平镇农具厂工人积极制作农具支援农民生产》

《南方日报》1954年4月2日第2版

人民銀行東莞支行訂出了健全的滙兑工作制度

人民銀行東莞支行來信：五月七日，你報刊載讀者來信，批評我行所屬營業所不斷發生積壓滙款的事是事實。造成這些積壓滙款的原因：一方面是我們對幹部教育工作做得不够，對各營業所的工作也少檢查督促；另一方面是營業所沒有建立健全的滙兑制度，且有部分幹部對工作缺乏責任心。現在我們除將以前所積壓的滙款即行滙出和支付積壓期間的利息外，並訂出了健全的滙兑工作制度，以避免今後再有類似的事情發生。

《人民银行东莞支行订出了健全的汇兑工作制度》

《南方日报》1954年5月19日第2版

東莞縣地方國營塘厦、常平、道滘等農具廠

決定降低農具價格支援農業生產

【本報訊】東莞縣地方國營塘厦、常平、道滘等農具廠在開展增產節約勞動競賽後，降低了成本，現決定降低農具價格，以減輕農民的負擔，支援農業生產。

各廠工人經過總路綫的學習和回憶對比，提高了社會主義的思想覺悟；各廠又進行生產大檢查，並組織工人們去訪問農民，聽取農民對農具的意見，工人們進一步明確認識了他們的生產是爲了農民，爲了自己，爲了美好的社會主義前途。在這一思想基礎上，各廠工人開展了熱烈的勞動競賽。塘厦農具廠工人劉麗全說：「如果農具生產搞不好，不但對不起國家，對不起農民，也對不起自己。」他決心想辦法改良工具，經過苦心鑽研，結果創造了一個名叫「定風刨」的新工具。使用這種新工具，做一對糞桶所需的工時從過去的一工半減爲一工，節約了三分之一的工時。常平農具廠工人黎惠田初期的產品中有百分之三十是次貨。經過下鄉訪問農民和聽取農民的意見後，認識到農具質量不够好是對國家、對農民不負責任的表現，而且會影響到工農聯盟。他就努力提高產品質量；最近他生產的鋤頭已合乎農民所需要的規格，次貨降低到百分之六。道滘農具廠工人葉楊在競賽中大大提高了水車撥的產量，過去他每天只能做九十個，現在一天做一百六十個。

這三家廠由於質量、產量的提高和浪費現象的減少，成本隨而降低。爲了減輕農民的負擔，並加强社會主義經濟成分在農具市場上的領導作用，防止私商投機取巧，這三家廠經過清產核資，正確計算成本，決定降低農具價格。常平農具廠的大鋤每張零售價將從五萬五千元降爲五萬二千元（私商賣六萬元）；道滘農具廠的草鏟將從四萬元降爲三萬六千元。現附近地區的供銷合作社正與這三家廠商量訂立包銷合同。（黎柏芳）

黎柏芳：《东莞县地方国营塘厦、常平、道滘等农具厂决定降低农具价格支援农业生产》

《南方日报》1954年5月20日第2版

佛山、東莞婦幼保健機構推行無痛分娩法成功

【本報訊】佛山市婦幼保健院和東莞縣婦幼保健所，一年多來先後推行無痛分娩法，已獲得顯著成績，給當地婦女羣衆帶來了福音，證明無痛分娩法不僅可以在大城市設備比較完善的醫院裏推行，就在中、小城鎮的小醫院裏，也可以同樣順利實施。

佛山市婦幼保健院從一九五二年冬開始到今年四月止，在實施無痛分娩法的二百三十九個產婦中，獲得成功的有二百一十五人。東莞縣婦幼保健所由去年六月二十三日起至今年四月止，在留產的六百六十八名產婦中，無痛分娩的有五百二十七人，其中有一百八十二人是農村婦女。

佛山婦幼保健院和東莞婦幼保健所的醫務人員，在實施無痛分娩法之前，都認眞學習過有關無痛分娩法的理論，作充分的思想準備；認識實行這方法，要對產婦細心體貼，進行生育前後的衛生知識教育，講明分娩可以無痛的道理。東莞婦幼保健所產科沒有一個醫師，只有助產士，設備較差。該所的工作人員雖然聽見廣州市推行無痛分娩法成功的消息，所的領導上也決定倣效試行，但過去生育過孩子的仍然半信半疑，直至首次試行成功後，她們才有了信心。由於兩個院、所的人員先有實施無痛分娩法的理論和思想上的一定準備，對產婦充分進行宣傳教育，在產婦分娩過程中又親切照顧她們，使不少胎位特殊或心懷恐懼的產婦，都能沒有痛苦的生下孩子來。

在佛山婦幼保健院留產的何景灕，過去兩次生孩子都覺得很痛苦。第三次，她在妊娠初期，精神也很緊張，但經多次產前檢查，又聽了有關無痛分娩法的課，便逐漸打消了思想顧慮，生育時間雖然長達十七、八小時，但在值班人員細心的照顧下，結果她也毫無痛苦的完成了分娩過程。產後，她說：「這次如果不是實施無痛分娩，大家對我這樣幫助，我一定會大吵大叫，可能還要用鉗才能把胎兒生出來。」在東莞婦幼保健所留產的農民婦女麥秀興，以前生過八個孩子，每次分娩都覺得痛苦異常，有時要助產人員用鉗把胎兒拉出。她生第九個孩子時，由於聽過有關無痛分娩的道理，認識到生育時子宮收縮是自然的生理現象，因此分娩時不覺有什麽痛苦。又如產婦阮妙蓮雖然是初次生孩子，但在該所助產人員的耐心幫助下，分娩時只覺得腹部有點下墜，腰有點酸。

佛山婦幼保健院、東莞婦幼保健所推行無痛分娩法獲得成功後，佛山市和東莞縣許多過去迷信的老婦女也願意把自己的媳婦送去留產。產婦阮妙蓮說：「無痛分娩法的確是我們婦女的大福音！」

（吳曼冰、鄭蘭）

吴曼冰、郑兰：《佛山、东莞妇幼保健机构推行无痛分娩法成功》

《南方日报》1954年6月2日第3版

東莞縣農民踴躍預售糧食黃蔴甘蔗給國家

【本報訊】東莞縣糧食、黃蔴、花生、甘蔗預購工作已於五月底勝利完成。東莞縣農民在農產品預購工作中，進一步接受了總路綫教育，認識了預售農產品對支援國家工業化，和促進農業合作化的重要意義，因而踴躍地把主要的農產品預售給國家。如預購黃蔴工作在東莞縣僅僅進行了十天，農民預售黃蔴的數量就超過國家預購計劃百分之四。總計全縣農民預售給國家的糧食有一千八百多萬斤，黃蔴二百一十三萬多斤，花生一百六十多萬斤，甘蔗約一億二千萬斤。農民共收到預購定金六十六億多元。很多農民收到定金後，都進行修訂生產計劃，加强田間管理工作，爭取農產品豐收。

《东莞县农民踊跃预售粮食黄麻甘蔗给国家》

《南方日报》1954年6月12日第2版

珠江流域各江洪水已退落

東莞等縣農民積極檢修堤圍預防下次洪水

在洪水退落後抓緊時間檢查堤圍，修補險段，預防下次洪水的到來。

【本報訊】東莞、從化、增城三個縣的農民，半月來珠江流域各江都幾次出現洪峯，由於各地黨、政領導重視，幹部和農民奮力搶救，各江主要堤圍均安全度過了洪峯。東莞縣在洪水到來時，中共縣委書記到福燕洲、掛影洲等大圍指導防汛工作。在六天中，全縣上堤巡邏的共二千人，參加搶險的有三千五百人。全縣八條主要堤圍發現的四十二段險段，都及時搶修脫險。從化縣在六月六日晚，洪水位比去年最高時還高一尺多，全縣各機關都抽出了大部分人員，組成五個大隊，由中共縣委分別率領到各區幫助農民搶險。第一區在這次搶險中共出動四千七百六十多人，救回危險基圍五十八處，使圍內三萬八千二百多畝稻禾不受到洪水災害。

目前各江水位已退落警戒水位以下。東莞縣農民已先後開始進行修補和加固堤圍的工作，該縣人民政府還決定撥款修補縣內的八段主要堤段。從化縣農民亦在水退之後立即出動檢修水利，第四區已修好基圍兩處，以及水陂等農田水利十五宗。增城縣第一區西山鄉在六月十三日出動五百多人，填補塌卸的險段，第六區還進行了這次搶險的總結，清查器材，並從六月十三日開始堵補堤圍的塌坡和缺口，計劃在六天內全部完成。全縣到六月十三日止，已修好了陂頭、水圳等農田水利工程二百五十九宗。（李楚、廖榢林、李其荃、梁國泰、中共增城縣委員會辦公室通訊組）

李楚、廖榢林、李其荃、梁国泰、中共增城县委员会办公室通讯组：《珠江流域各江洪水已退落 东莞等县农民积极检修堤围预防下次洪水》

《南方日报》1954年6月19日第2版

連日大雨東江水位迅速上漲

惠陽、博羅、東莞等縣已集中力量加緊防汛

【本報訊】東江地區連日大雨，暴雨中心在博羅、惠陽兩縣之間，六月二十日一天內平均降雨量即達一百公厘，博羅縣由十九日至二十二日三天累計降雨量達三百二十公厘，江水因此迅速上漲。惠陽縣水位至二十三日早上二時已漲至一一八點二九公尺，超過警戒水位零點五四公尺。東莞縣石龍水位至二十三日下午六時已漲至一零九點三五公尺，超過警戒水位零點九五公尺。增博大圍和博羅縣仍圖圍的水位也超過警戒水位。惠陽、博羅、東莞等縣現已集中全力加緊進行防汛搶險。中共惠陽縣委員會委員八人，率領幹部一百八十人，已分赴馬鞍、水東、三洲、潼湖、廣和等圍督導防汛工作。馬鞍圍楓園險段老堤內坡發生冒水噴沙漏洞四處，現正搶救中，準備潛水堵塞；水東圍也發動了二百人進行搶修。博羅縣領導機關，除縣長和中共縣委委員三人留在縣防汛指揮部掌握全面外，其餘縣委委員和副縣長都已上堤領導防守。各區幹部大部分也上堤領導羣衆守護。中共東莞縣委員會已從二十一日起先後發出兩次緊急通知，指示第一、二、六、十五等區暫停其他工作，集中人力和物資，堅決和洪水作鬥爭。並已由縣人民武裝部部長葉石垠和公安局副局長陳蘇妹帶領幹部八十人分別到石龍鎮、第二、第六區協助防汛工作。各防汛區的中共區委委員已從二十一日晚上起帶領羣衆巡邏守護。

因東江汛情嚴重，廣東省人民政府水利廳副廳長魏鑑賢已於二十三日早晨率領技術人員趕往督導防汛工作。

《连日大雨东江水位迅速上涨　惠阳、博罗、东莞等县已集中力量加紧防汛》

《南方日报》1954年6月24日第1版

國營順德、東莞、市頭、紫坭、揭陽糖廠

湧現出大批先進人物和先進單位

【本報訊】國營順德、東莞、市頭、紫坭、揭陽五間糖廠，在一九五三年至一九五四年榨季中，湧現了大批爲完成和超額完成國家計劃而艱苦奮鬥並創造了顯著成績的先進人物和先進單位。爲了表揚先進，樹立旗幟，各廠於停榨後進行了羣衆性的評選工作，計五廠共選出勞動模範、先進生產者和先進工作者共三百六十九人，先進小組十八個，先進車間三個，先進科五個。

在三百六十九名勞動模範、先進生產者和先進工作者當中，有老技工、青工、女工、季節工、技術人員、職員、警衛人員、炊事員、職工家屬等。他們都是在貫徹計劃管理，推行作業計劃和開展增產節約勞動競賽當中，在不同的崗位上，積極提合理化建議、推廣先進經驗、革新技術、改善工作方法，因而對保證均衡生產、完成國家計劃、爲國家積累資金等方面有一定貢獻的。如工人出身的順德糖廠保養車間副主任、勞動模範何佳，下苦功鑽研有關計劃管理的業務，並吸取了東莞糖廠的經驗，在該廠領導上與工人們的支持和各車間的配合之下，建立了托修、估工計時、領退料等制度，編製了車間作業計劃，從而改變了車間裏「有作業無計劃」，常常停工待料，生產忙亂、被動的情況；他又積極發動與支持工人們推廣先進經驗和革新技術，因而使全車間的勞動生產率顯著提高，有力地配合各車間完成國家計劃。紫坭糖廠先進生產者楊大衛努力鑽研技術，經常提出改善設備的意見；他所提出的把蒸發甑的閘嘔倒裝的合理化建議，使蒸發甑每次轉甑都要停榨一小時的生產損失得以避免，又節約許多勞動力。單這一項建議就爲國家節約了二億二千四百多萬元。在先進生產者當中，還有能够與工人結合研究革新技術的優秀的技術人員。如順德糖廠技術員聶國華能深入生產單位，傾聽工人意見，經常與工人研究，摸到了蒸發工種的低液面蒸發操作的規律，提出了判斷蒸發甑內的過汁喉的合理化建議，改善了設備，使得「低液面四定操作法」能順利推廣，蒸發效率因而比上一榨季提高了百分之一三點八三，保證全廠生產的均衡。東莞糖廠青年技術員周鶴良深入汽爐工段，與工人一同研究，一同操作，向工人講解技術理論，克服了推廣「薄蔗渣燃燒法」的思想障碍，使得該廠汽爐工段在榨季末期能够每日節約七百萬元的燃料費，並減輕了工人的勞動強度。當選爲先進工作者的職員們的貢獻亦很大。如東莞糖廠農務科科員劉錫泉提出了「輪站拖運法」的合理化建議，節省了運輸甘蔗的拖輪，又提高了運輸效率，僅在榨季末期的十多天中就節省了運輸費一億多元。順德糖廠動力車間的成本員何志德每日依時製出成本表報，並經常跟工人算細賬，講解降低成本對於積累資金支持國家工業化的意義；他還創造了簡明易懂的蔗渣節約統計牌、耗用材料的圖表等等，使工人每天都知道燃料、材料的耗用情況，加强了成本觀念。

當選的先進小組和先進車間，都是發揚了集體主義精神，能貫徹作業計劃，按指示圖表保持均衡生產，按期完成生產計劃的先進單位。如順德糖廠煮煉車間煮糖甲組今年一月以來每月都超額完成作業計劃，連獲四次競賽紅旗和一次煉糖競賽的紅旗；該組常常向別組介紹本組的經驗，帶動各組共同提高。順德糖廠的先進車間——動力車間的職工們，發揮集體智慧，創造了「薄蔗渣燃燒法」，推廣了化乾蒸汽爲濕蒸汽的先進經驗，在推行作業計劃後榨蔗量與煮糖量日益提高的情況下，不但保持了蒸汽的充足供應，全榨季不用燒一根柴或一塊煤（柴或煤是蔗渣不足的補充燃料），每日還節約了四十噸蔗渣，全榨季節約的蔗渣共值五億多元。「薄蔗渣燃燒法」推廣到其他糖廠後，各廠都節約了大量的燃料費。

當選爲先進科的有順德糖廠的會計科、計劃科，市頭糖廠的會計科、供銷科，東莞糖廠的生產科。這些先進科都是能够面向車間，在貫徹計劃管理方面逐步發揮了管理部門的作用，取得一定成績的。如順德糖廠計劃科能按期提出了先進可行的作業計劃指標，逐步健全了原始紀錄和加强了生產活動的分析工作，基本上起到了按計劃指導生產的作用。順德糖廠會計科改進了工資表的格式和材料核算工作後，將過去每月的成本結算工作由需時二十天減爲三至四天；該科加强了資金管理工作，今年第一季的資金週轉期比去年縮短了七天，比計劃縮短了零點三七天，爲國家節約資金三億多元。市頭糖廠會計科將每日每月的成本完成情況公佈，指出工人的努力方向，也鼓舞了工人積極爭取降低成本。（鄭方正、蕭依民、李東生、青奇）

郑方正、萧依民、李东生、青奇：《国营顺德、东莞、市头、紫坭、揭阳糖厂涌现出大批先进人物和先进单位》

《南方日报》1954年7月1日第1版

東莞縣採取措施爭取晚造增產

【本報訊】中共東莞縣委員會於八月十四日召開緊急會議，根據中共中央華南分局關於爭取超額完成一九五四年農業增產任務指示的精神，結合東莞縣的具體情況，決定：第一，全縣十三萬畝沙田要普遍鋤早造禾頭，最少追肥一次，除由縣合作總社供應豆麵和過磷酸鈣之外，並發動捉蟛蜞作肥料；第二，民田地區除普遍多除一次草、多施一次肥外，在第三、五、八、九、十等區要特別注意防旱；各地均要注意結合耘田及拔枯心苗，預防秋分蟲害，目前第十區已發現鐵甲蟲，第十五區少數鄉已發現浮塵子，要立即發動農民撲滅；第三，全縣十二萬畝埔田（長年積水的單造稻田），要改變在中秋節前後才插秧的習慣，提早幾天蒔田，並動員農民採用白穀種代替赤穀種，爭取增產三成，但同時要準備赤穀種，以防萬一；第四，各地對公用水源均應及早訂立用水公約，村邊池塘要事先劃定水位，以避免不必要的糾紛；第五、肥料方面，除責成縣合作總社做好豆餅、過磷酸鈣等商品肥的調撥供應外，並要有計劃地擴大全縣一百多個灰窰的利用率，大量生產殼灰，供應農民使用；第十四區漳澎鄉挖蠔殼已有成績，要繼續深入發動有蠔殼地區的農民大量採挖，以作燒灰原料。

縣委認為目前關鍵在於克服幹部單打一搞糧食隨徵帶購的思想，把縣、區、鄉三級幹部思想統一起來，實行全黨動員，全力以赴。為此，大部分縣委委員在八月十五日即分頭下鄉，在各區召開的區鄉隨徵帶購幹部擴大會議上，對六千四百多區鄉幹部傳達了縣委的決定，並準備與當地幹部和農民研究後，訂出全縣具體計劃和規定具體技術措施。

《东莞县采取措施争取晚造增产》

《南方日报》1954年8月18日第1版

東莞縣黃蔴豐收

農民感謝國家援助賣黃蔴給國家

【本報訊】今年東莞縣的黃蔴普遍豐收，估計每畝平均產量由去年三百六十斤提高到四百斤，增產一成以上。目前，該縣農民正緊張地收穫黃蔴，並已開始把黃蔴賣給國家。

東莞縣的農民，爲了供應更多的黃蔴給國家，以支援國家工業建設，今年還按國家計劃比去年擴大了黃蔴的種植面積百分之十四以上。今年東莞縣黃蔴的豐收，是和國家的大力援助分不開的。今年五月間，國家對黃蔴進行預購，支付了七億八千多萬元預購定金給農民，使農民有錢購買肥料，經過加工施肥，黃蔴就生長得更好。如該縣出產黃蔴最多的第一區共聯鄉，每畝產量普遍達到六百斤。東莞縣農業勞動模範袁林達和他所領導的互助組的黃蔴，每畝平均產量估計有六百二十七斤，其中袁林達的一畝黃蔴，估計產量達八百斤。

農民爲了感激國家對他們的援助，和支援國家工業建設，已開始把黃蔴賣給國家。袁林達互助組的黃蔴雖然還沒有收穫完畢，但他們已決定把全部黃蔴都賣給國家。據中國土產公司廣東省東莞縣貿易公司統計，從八月一日至八月十五日，農民賣給國家的黃蔴已有六千擔左右。

《东莞县黄麻丰收　农民感谢国家援助卖黄麻给国家》

《南方日报》1954年8月25日第2版

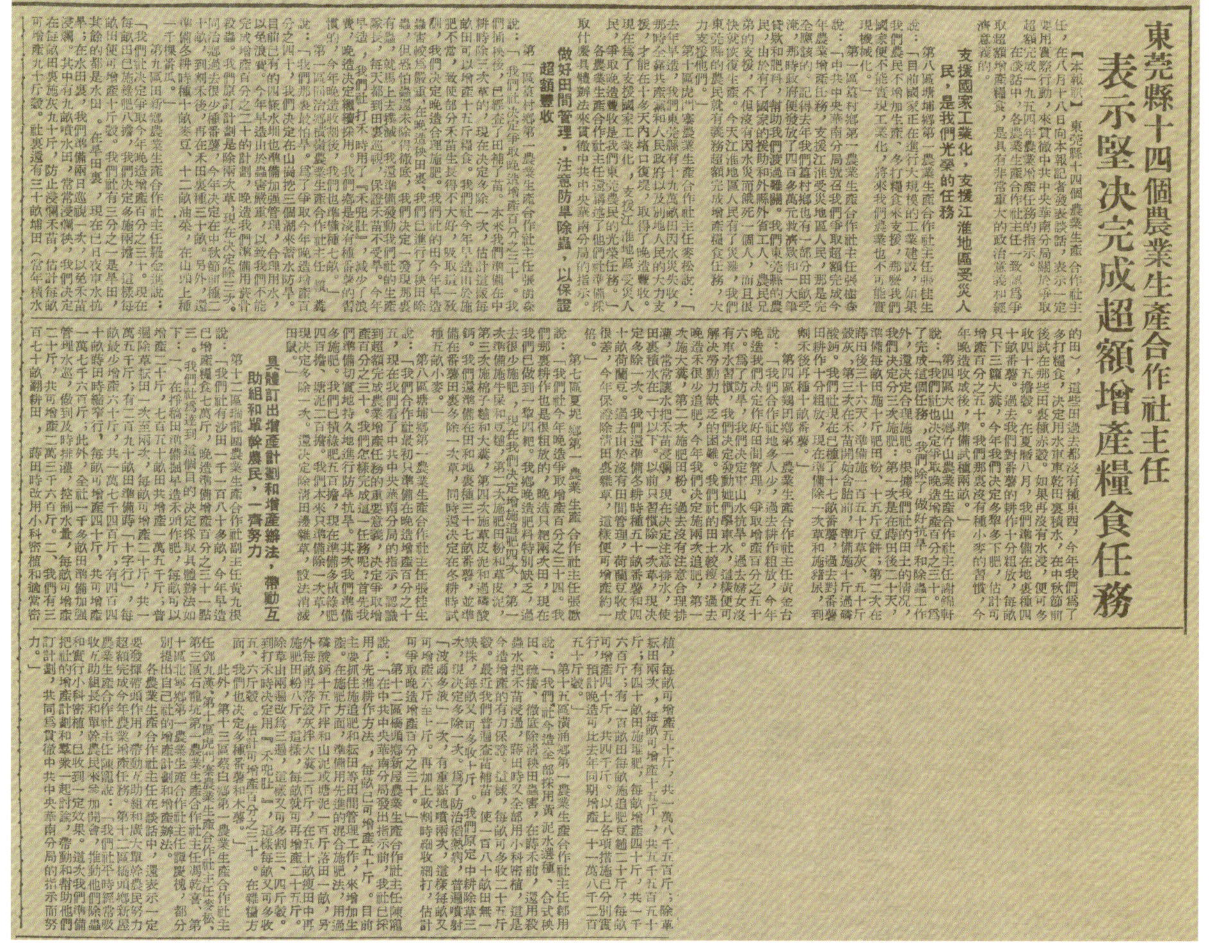

東莞縣十四個農業生產合作社主任表示堅決完成超額增產糧食任務

【本報訊】東莞縣十四個農業生產合作社主任，在八月十八日向本報記者發表談話，表示一定要用實際行動，來貫徹中共中央華南分局關於爭取超額完成一九五四年農業增產任務的指示。在談話中，各農業生產合作社主任一致認爲爭取超額增產糧食，是具有非常重大的政治意義和經濟意義的。

支援國家工業化，支援江淮地區受災人民，是我們光榮的任務

《东莞县十四个农业生产合作社主任表示坚决完成超额增产粮食任务》

《南方日报》1954年8月28日第2版

摘要：报道了东莞县十四个农业生产合作社主任对于贯彻落实中共中央华南分局关于争取超额完成1954年农业增产任务指示的想法和计划，主要包括：一是增加农业生产，用粮食丰收支援国家工业化；二是做好田间管理，注意防旱除虫，争取超额丰收；三是具体订出增产计划和办法，带动互助组和单干农民，一齐努力。

东莞縣示範農場

組織田間評比推動超額增產糧食運動

【本報粵中區通訊站訊】東莞縣示範農場於八月二十七日下午和二十八日上午，組織農民進行田間評比，推動當前的超額增產糧食運動。參加評比的有第一區同治、篁村、勝利三個鄉的兩個農業生產合作社和九個互助組的代表、農場工人、幹部等共三十八人。

在評比過程中，通過比禾高，比禾壯，比分蘖，找出好壞原因，肯定和總結好的經驗，批判不對頭的做法，同時啓發代表們結合自己的經驗及本地實際情況，提出每個增產關鍵的具體做法。這樣，使生產經驗得到交流和提高，先進科學技術得到貫徹推廣，從而推動了當前的超額增產糧食運動。例如篁村鄉第一農業生產合作社的代表看了示範農場的禾苗因合理施肥生長得深綠可愛，知道自己社裏的禾苗生長較差，是因爲肥料不足，決定回去每畝加施肥田料五斤，並且在十多畝土質較差的田上每畝加施豆餅三十斤。代表們又參觀了一塊禾田，其中一邊是移植後十五天開始除草的，另一邊是移植後二十天開始除草的，兩者比較，除草早的禾苗比遲除草的高出一寸多，分蘖也多一條。這活生生的事實教育了代表們。有的代表說：我還以爲除草的作用祇是清除雜草，不知還有鬆根刺激生長的作用，我們的田草較少，本來打算除兩次，這次回去要除多一次。互助組長黃勝仔起初對增產信心不大，認爲自己祇有幾斤肥田料，現在落麯又遲了。經過大家研究，認爲落麯後七天左右禾苗便可吸到，而當時計算禾苗還有二十多天生長期，如果將麯漚熟後施用，是可以趕得及的。黃勝仔受到鼓勵，表示回去馬上落麯，爭取超額增產。（葉錫祥）

叶锡祥：《东莞县示范农场组织田间评比推动超额增产粮食运动》

《南方日报》1954年9月9日第2版

東莞縣共聯鄉袁林達互助組

創一畝田豐產黃蔴一千一百多斤的新紀錄

【本報訊】東莞縣共聯鄉中南區愛國豐產獎狀獲得者袁林達領導的互助組，今年七市畝四分三厘正造黃蔴，平均每市畝收成八百一十六市斤半（刮淨晒乾計算），其中一市畝一分豐產田，平均每市畝產量達九百九十市斤，折算生黃蔴一千一百七十八市斤，創全省黃蔴最高豐產紀錄。

該組今年黃蔴豐收，是組織起來，採用了密植、合理排灌、合理施肥等先進技術的結果。開春時，全組積了九百六十四擔糖泥，平均每畝施一百三十多擔。整地工作不但比去年提早完成，而且泥土整得碎，畦面造成龜背形，排水溝又平又直，排水便利。副組長袁定家去年單幹時種了八分五厘田黃蔴，祇收成蔴皮三百五十斤，今年種了五分田黃蔴，收成蔴皮四百二十六斤，平均每畝產量提高了百分之一百零七點五。組員袁洪基去年種植六分田黃蔴，因單手獨拳，施肥少，天旱時又趕不及車水灌田，結果蔴株長得又瘦又矮，祇收成一百零六斤，今年得到互助組的幫助，這六分田黃蔴的產量增加到四百二十斤。（劉聲發）

刘声发：《东莞县共联乡袁林达互助组创一亩田丰产黄麻一千一百多斤的新纪录》

《南方日报》1954年10月23日第2版

東莞縣東坑信用合作社推行存貸合同制

【本報訊】東莞縣第四區東坑信用合作社積極宣傳和推行存貸合同制，至十月初，已和十七個互助組訂了存貸合同。

今年第三季度，該社爲了進一步促進農業生產和互助合作的發展，擴大信用合作社的業務和加強信用合作社經營上的計劃性，開始推行存貸合同制，首先選擇了兩個組員思想比較先進、經濟條件也比較好的互助組試行。事前由幹部召集兩個互助組的骨幹分子開會，講明了訂立存貸合同的意義，並說明訂立合同之後，互助組如需要貸款，信用合作社就根據合同給予充分的支持，另方面互助組也應根據本身的收入，訂出自己組裏每個月或每個季節的存款計劃，根據合同的規定，按期存款。然後由互助組長和組裏的骨幹通過會議向全體組員宣傳教育。開始時，組員對存貸合同的認識很不一致，有的組員只從方便自己借錢出發，感覺很好；有些生活較富裕的組員則怕露富，感覺訂了也沒有甚麼用，說：訂甚麼合同呢！有困難時向社借，有餘錢時往社存就是了。針對這些思想情況進行了漫談討論，並由組長和骨幹帶頭訂出自己的存貸計劃。組長盧進培訂出這樣的計劃：九月份要借款二十萬，十一月份借十五萬元，十二月份存一百萬元，明年二月份又存七十萬元；其他組員也訂出了計劃。總計兩個組從今年九月至明年三月一共要存款一千二百餘萬元，借款二百萬元。

東坑信用合作社取得了訂立存貸合同的初步經驗後，在九月底又召開了有互助組長參加的社務會議，總結和介紹了存貸合同的經驗；會上很多互助組長都表示贊成存貸合同制。至十月初，該社又與十五個互助組訂了至明年三月的存貸合同，共存款一億零二百餘萬元，貸款一千七百餘萬元。現在該社又準備於十月底繼續推廣存貸合同制。（張瑤）

张瑶：《东莞县东坑信用合作社推行存贷合同制》

《南方日报》1954年10月25日第2版

東莞糖廠開榨八天後即全面突破指標

【本報訊】國營東莞糖廠於十一月一日開榨後，生產情況一天比一天好，在開榨後的第八天（八日）開始全面突破了國家計劃指標，均衡完成任務。

該廠吸取了往年開機初期事故多、生產不均衡和達不到指標的經驗教訓，在今年開榨前的修機工作中，特別注意提高修機的質量，開榨後基本消滅了機械事故，達到了安全生產。該廠事前又估計到開榨初期甘蔗的含糖份較低的情況，爲了多榨蔗和多產糖，曾抓緊時間修好了離心分蜜機，配足分蜜機的台數，並訂出了一套在甘蔗含糖份較低時的煮糖制度，編製了切實可行的作業計劃。開榨時，領導上宣佈實行一長負責制，並相應加强了技術管理，發現生產關鍵問題後，即及時召集專題會議研究解決。領導上又組織全廠職工作了一次操作方法的學習，並舉行了一次考試，大多數工人的成績都很好。職工們在支援解放台灣、加速國家工業化和補償水災損失的三大任務的推動下，勞動熱情很高，努力克服了開榨初期的許多困難。如初期因甘蔗的含糖份低、膠質大，丙糖分蜜困難，有一甑丙糖的分蜜時間竟長達二十四小時，影響到生產不均衡。技術人員、工人開了專題技術會議，找到了關鍵，三班按「五一煮糖法」統一了操作，此後丙糖就煮得好，分蜜時間縮短爲每甑九小時左右，消除了半製品的積壓現象，並突破了桔水重力純度的指標，減少了糖份的損失。煮煉車間職工接着進一步克服了提糖率低的困難，現每一甑甲糖膏（容積爲三十立方公尺）可煮出白糖一百九十包左右，比指標（一百七十五包）約多了十五包（每包一百公斤）。澄清車間採取了許多辦法來改變蔗汁澄清不良、蒸發甑積垢多的現象，技術員楊觀靖、蒸發甑工人林達明等提出了建議，發展了上一榨季已行之有效的快速煮甑法，使清除一個蒸發甑的積垢所需的時間，從二十小時減爲五小時左右，解決了澄清車間開機以來最大的難題，也保證了全廠生產的均衡。壓榨車間初期達不到榨得糖份的指標，職工們即採取措施加强各個工作崗位的聯繫，做到均勻落蔗，並設法發揮今年新裝的蔗刀機、兩重蔗帶、滲浸設備等的效能，從七日開始各班的榨得糖份都達到了百分之九十四以上，都突破了國家指標（百分之九十三點六八），丙班並曾創造了百分之九十五點零二的新紀錄。此外，每日榨蔗量、甘蔗含糖份、機器運轉安全率、乾濾泥含糖份等項指標，均已突破。全廠職工都滿懷信心地保證全面、超額地完成國家計劃和增產任務。（胡啓、陳炳堯）

胡启、陈炳尧：《东莞糖厂开榨八天后即全面突破指标》

《南方日报》1954年11月17日第1版

東莞縣蔗農把大量崗地蔗賣給東莞糖廠

【本報訊】東莞縣許多蔗農把大量的崗地蔗（在崗地上種植的甘蔗）賣給國營東莞糖廠。崗地蔗成熟較早，在每年榨季初期，含糖份比一般基地蔗或圍田蔗要高百分之二以上。國營東莞糖廠爲了保證超額增產任務的完成，決定在開榨初期爭取大量收榨崗地蔗。該廠在當地黨、政的大力協助下，於十月底至十一月初派出幹部到東莞縣第一、二、三、四、五、六、十二等區，動員蔗農把崗地蔗賣給該廠。大部分農民都懂得賣蔗給國營糖廠是支持國家的社會主義工業化的光榮行動，同時認識到土糖寮的生產落後，浪費原料很多，如果把甘蔗賣給土糖寮而不賣給國營糖廠，就會使國家受到損失，因此紛紛表示願意把甘蔗賣給東莞糖廠。預計他們賣給東莞糖廠的崗地蔗可達二萬五千噸至三萬噸。東莞糖廠還幫助他們組織了交蔗小組，解決交通運輸及其他方面的困難。這一批崗地蔗大約在十一月底至十二月初就可以運到東莞糖廠。（陳熾泉）

陈炽泉：《东莞县蔗农把大量岗地蔗卖给东莞糖厂》

《南方日报》1954年11月19日第2版

東莞糖廠全面突破十一月增產計劃指標

十一月份可比原定計劃再增產一百五十多噸白糖

【本報訊】國營東莞糖廠自十一月八日（開榨後八天）全面突破國家計劃指標後，至本月二十日止，又全面突破十一月增產計劃規定的各項主要經濟技術指標，其中單是榨得糖份一項突破了指標，多產的蔗糖即有三點三一噸。兩旬的產糖量已完成月度增產計劃的百分之六十三。目前該廠正抓住總結各種先進經驗，强調防止自滿情緒，並根據原料供應和生產平衡情況，訂出在保證安全、保證生產平衡的原則下爭取多榨蔗、多產糖、多收回、多增產的生產方針。幾天來，該廠平均每日榨蔗量已提高到一千五百五十噸左右，但生產還很均衡，澄清、煮煉兩車間還有潛力可以發揮。全廠職工對完成增產計劃的勁頭很大、信心很高，估計十一月份可比原定的增產計劃再增產百分之五，爲國家再增產一百五十多噸白糖。（陳概榮）

陈概荣：《东莞糖厂全面突破十一月增产计划指标》

《南方日报》1954年11月25日第1版

国營東莞糖廠開辦職工業餘學校

工人努力學習文化並提高對技術鑽研的興趣

【本報訊】國營東莞糖廠職工積極參加該廠的業餘文化學校的學習，並在學習中提高了對技術鑽研的興趣。

國營東莞糖廠爲了提高職工的文化技術水平，以配合技術革新運動的開展，於今年八月開辦一間職工業餘文化學校。這間學校設有兩個文化學習班和電工、機械、化工等專業學習班。自九月二日正式開課以來，經常參加學習的人數佔全廠職工總人數百分之二十四强，其中技術工人佔百分之五十八。

參加文化學習的職工都很努力。先進生產者梁灶，過去只能看淺顯的文字，不會寫，參加了業餘學校學習後，現在已初步會看、會解、會寫了。糖倉工人羅鏡明不但自己學得很好，而且還能幫助別的學員學習。六十多歲的老技工王家歎，因學習成績優異而時常受到班內的表揚。工人中間的文盲與半文盲，經過兩個多月的學習，所學過的生字已能認識百分之九十五；聽寫方面的成績平均能達到百分之七十五；原來文化程度較高的職工，已從不會寫完整的句子到學會寫一些具體小事，還鞏固了對部分單字和詞兒的認識。

在業餘文化學校專業學習班學習的電工、機工、化工和其他工人，在技術人員的幫助下，已學懂一些科學常識和製糖工業的基本技術與原理，因而進一步提高了鑽研技術的興趣和信心。由於學習班的幫助，製煉車間工人黃廣福在工餘課後組織了技術革新研究小組，經常鑽研生產技術。學習機械製圖的壓榨車間七級技工梁福，原先只能看懂機械藍圖，經學習後，已能繪製粗淺的機械圖；最近還對今年該廠計劃在第三座壓榨轆添裝蔗汁排水箱的藍圖，提出在裝置上不合理的地方及修改意見，使生產設備裝置得更完善。

此外，該校還特設一個語文學習班，吸收轉業幹部參加學習，以提高他們的文化和管理業務的水平。（李光中、謝燮中）

李光中、谢燮中：《国营东莞糖厂开办职工业余学校　工人努力学习文化并提高对技术钻研的兴趣》

《南方日报》1954年11月29日第3版

東莞縣晚稻增產百分之十三點五

【本報訊】東莞縣一百二十多萬畝晚稻全面豐收，全縣各區均報增產，增產成數最高的達百分之二十五，最低的也有百分之七，全縣平均，可比去年晚造增產百分之十三點五，超額完成糧食增產任務。

增產成績特別顯著的是農業示範場和農業生產合作社。東莞縣第一農業示範場的一百六十六畝水稻，今年晚造每畝產量最高的達六百七十斤，平均也有五百五十斤，全場共收稻穀九萬一千三百斤，比去年同期增產百分之八十五。第一區篁村鄉第一農業生產合作社的五十六點七九畝稻田，今年晚造收穀二萬二千八百八十二斤，比去年同期增產百分之五十三點一五。第十二區橋頭鄉第一農業生產合作社的晚稻也比去年增產百分之三十七，每畝最高產量達六百八十斤。

今年晚造的豐收是在黨的正確的領導和國家的大力幫助下獲得的。夏種後，中共中央華南分局提出了超額增產的號召，東莞縣委員會立即加以貫徹，全縣十四個農業生產合作社首先訂出爭取超額增產的具體辦法，帶動了不少互助組和單幹農民都比往年多除了一次草，多下了一次肥。往年施肥不科學，今年很多農民都在不同時間，按不同土質，下不同的肥料，做到合理施肥。八月底九月初，全縣有二十二萬七千八百五十七畝稻田發生嚴重蟲害，領導上依靠農業生產合作社和互助組，動員了約三十萬人展開了大規模的除蟲運動。經過二十多天的連續行動，到十月初旬基本上消滅了蟲害。十月初旬發生旱患，全縣受旱面積達十八萬畝以上，領導上又組織了聲勢浩大的抗旱運動。在抗旱中，全縣興修起來的大小水利工程有二千九百七十七宗；由十月十八日到二十二日，全縣每日平均出動抗旱的人數在十萬人以上，有些區鄉用三十遞水車從幾里路外引水翻山過嶺搶救受旱稻田；十四萬多畝的稻田由此得以救回。國家對東莞農民的支援是很大的。據今年七月至十月的統計，國家供應了化學肥料八萬擔，餅肥八萬二千擔，各種殺蟲藥劑三千零四擔，大小噴霧器一千七百零四件，抽水機十八台。

《东莞县晚稻增产百分之十三点五》

《南方日报》1954年11月30日第1版

國營東莞糖廠在十一月份

全面超額完成國家計劃、增產計劃

【本報訊】國營東莞糖廠在開榨後的第一個月——十一月，全面地、超額地完成了國家計劃和增產計劃。合計全月白糖產量比國家計劃多六百二十六點八八噸，比增產計劃多二百三十八點八八噸。工業總產值完成國家計劃的百分之一百一十七點二九，爲增產計劃的百分之一百零七點六八。產品成本比國家計劃降低了百分之一十六點六四。勞動生產率比國家計劃提高了百分之二十三點九五，比增產計劃提高了百分之一十三點六七。

在十一月裏，該廠職工響應中共中央華南分局關於在廠礦中開展超額增產運動的號召，以飽滿的精神，有準備、有計劃、有預見地進行這個榨季第一個月的生產。由於在開機前做好了生產前的各項準備工作，特別是認眞修好了機器，還採取了一系列的保證安全生產的措施，開榨後即扭轉了往年開榨初期事故多的現象，全月的機器運轉安全率達到了百分之九十九點三七，高於計劃指標。這是生產計劃能超額完成的重要保證。開榨前，全廠職工們還熱烈討論了國家計劃並製訂了增產計劃。在討論中，職工們正確估計了開榨初期難於避免的一些困難，經技術人員集體研究後，領導上決定採取上半月多產赤糖、下半月多產白糖等方法加以克服。這些技術措施提高了煮煉車間的設備利用率，順利地克服了開榨初期生產上的主要困難，有力地保證生產任務的完成。開榨後，在加強計劃管理、推行作業計劃的同時，領導上宣佈實行一長負責制，並明確規定以保證作業計劃的完成爲一長負責制的中心內容。廠長、車間主任分別通過定期廠級的調度會議、車間的日常生產會議等，檢查每天的作業計劃的完成情況，表揚好的，批評壞的，並通過會議發現生產關鍵問題，及時設法解決。一長負責制的實施，使得廠一級，和車間一級的行政領導工作減少了忙亂和被動現象，加強了對生產的領導；同時大大加強了各級領導人員和職工們的責任感和必須完成作業計劃的觀念。與此同時，爲了保證均衡地、全面地完成作業計劃，領導上還相應地加強了技術管理。如在十一月上半月，澄清車間硫磺的消耗量超過了定額，因而提高了產品成本。領導上即召開專題技術會議，研究出「定時定量加硫磺法」，並派技術員具體幫助工人實行這個新的方法，因而下半月就能在保證質量的前提下大大降低了硫磺的耗用量，使十一月份的車間成本計劃能够完成。

各車間的職工們熱烈地開展了勞動競賽。煮煉車間工人在「降低損失、提高收回」和「榨多少處理多少，多榨多處理，多榨多出白糖」的口號下積極想辦法突破各項技術指標。煮糖工人推廣了蘇聯「斯達哈諾夫煮甲糖法」和「五一」煮糖法。分蜜小組工人爲了解決篩赤糖的離心分蜜機不足的困難，想辦法在機器上加多一條槽，使篩白糖的離心分蜜機也可用來篩赤糖。篩赤糖的工人爲了減少糖份的損失，篩赤糖時儘可能不用水或蒸汽。由於工人們把糖煮得好，分蜜又分得好，煮煉得糖份平均達到百分之八十四點二二，比國家指標高百分之三點六二，因而增產了不少白糖。澄清車間工人不斷改進通洗蒸發罐的方法：共產黨員黎松深帶動工人們提高了工作效率，通洗一個蒸發罐的時間由十多小時降低到四小時，發揮了蒸發罐的潛力，使得糖漿濃度的均衡率達到百分之九十九點九，有力地保證全廠生產的均衡。壓榨車間職工在競賽中亦全面突破了每日榨蔗量、榨得糖份、機器運轉安全率等項指標。汽爐車間繼續推廣「薄蔗渣燃燒法」，全月不但不燒一斤柴或煤（補充燃料），還節省了蔗渣約二百噸。

此外，該廠還注意做好原料供應的工作，並獲得蔗農們和交通運輸部門職工的大力支援和密切配合，這對於完成計劃起了重要的作用。開榨前後，該廠通過開會或宣傳等方式，動員廣大蔗農貫徹「先熟先斬，後熟後斬」的合理供應原料的辦法，並派出幹部到蔗區去收購含糖份較高的崗地蔗。各地蔗農大都能依時、依額賣蔗給該廠，並且首先供應早熟的蔗或優良品種的蔗，爲該廠的超額增產提供了有利條件。珠江航運管理局派駐該廠負責運蔗工作的職工和許多的船工、船民們，克服各種困難，保證了該廠原料的及時供應。如十一月六日和十一日雖曾遇到兩次颱風；但他們想出了保證航行安全的辦法，戰勝了暴風雨帶來的困難，終於使該廠免受停工待料的損失。（陳炳堯、陳概榮、陳國安、劉純璋、潘志輝、李東生）

陈炳尧、陈概荣、陈国安、刘纯璋、潘志辉、李东生：《国营东莞糖厂在十一月份全面超额完成国家计划、增产计划》

《南方日报》1954年12月5日第2版

東莞縣莆興鄉召開農民代表會議

全體代表堅決表示把應賣餘糧賣給國家

【本報訊】東莞縣第八區莆興鄉農民代表會議在十一月二十四日至二十七日召開。經過學習和討論，全體代表一百六十多人紛紛表示要多賣餘糧給國家，愉快地接受了賣餘糧十四萬九千多斤的任務，並表示要發動全鄉羣衆爭取超額完成糧食秋購任務。

在會議上討論支援解放台灣時，代表們都忘不了國民黨反動派的血海深仇。莆心湖村青年在解放前參加當地人民武裝鬥爭而被國民黨反動派槍殺的就有十多人。代表李加歡的丈夫就是被國民黨反動派槍殺的。她咬牙切齒地說：「今日台灣的同胞所受的苦還要比我們過去苦得多，我們一定要支援解放台灣。」討論支援災區人民時，莆心湖村代表羅東祥說：「一九四三年大旱，一斤豬肉換三斤番薯，一斗種田值不到一擔穀，全鄉一共餓死一百一十五人。今年上下兩造都受旱，但是共產黨和人民政府立即領導我們組織起來和自然災害作鬥爭，還派了六部抽水機來八區，使我們不但沒有歉收，還增了產。對比起來，眞是天同地。今年江淮地區受到百年來未有的大水災，但災民沒有一個挨餓。要不是國家掌握大批糧食，奸商就趁火打劫，那就不堪設想了。」大家又認識到祖國將進入大規模經濟建設的第三年，支援工業建設的意義十分重要。通過討論，代表們進一步體會到糧食統購統銷的必要和它的好處。

會議檢查了該鄉自夏季以來最突出的套購糧食和浪費糧食問題。初時，不少代表還錯誤地認爲糧食統銷抓得太緊，不自由，「限死農民」，但黨支部書記劉春華指出：莆興鄉共有鵝八百二十一隻，雞七千九百九十四隻，鴨八千八百零四隻，母豬三百七十二隻，狗一百一十五隻，全部用主糧做飼料，另外加上其他浪費和消耗，每年共浪費稻穀二十萬零一千九百斤，這個數目如果拿去支援災區人民，夠五千人吃一個月。該鄉是餘糧鄉，但全鄉上造賣出稻穀二千九百擔，却買回白米二千三百擔，這是很不合理的。爲什麽會產生這種現象呢？代表們深入檢查，原來是富農帶頭套購破壞的結果。諸佛嶺村檢查出富農劉官印有二十四畝田，上造只賣了三百斤餘糧，却購回一百八十斤米餵母豬；溪背嶺村富農羅鑑堯今年夏季不但拖欠公糧不賣餘糧，還套購糧食二百六十斤；有些富農甚至暗中販米圖利。不法富農的套購糧食行爲助長了農村資本主義自發趨勢，諸佛嶺村有三家富農甚至公開煽動羣衆說：「賣了糧沒有米證無論如何都不行。」於是就產生了不缺糧的買糧和大量浪費糧食的現象。代表們經過討論，進一步認識到農村中的資本主義分子破壞糧食統購統銷的罪惡行爲，並批評了資本主義自發趨勢，批判了只顧個人利益不顧國家利益的不正確思想和行爲，在思想上劃清了界綫。

全體代表在會上保證貫徹會議的精神，回到各村動員羣衆出賣餘糧給國家，全面地完成全鄉的賣糧任務。諸佛嶺村代表提出了完成任務的六項保證：一、說得到，做得到，認賣多少就賣多少；二、大張旗鼓地宣傳「三大支援」的意義，使到家喻戶曉，人人擁護；三、在串連農民的過程中，要站穩階級立場，堅持耐心說服，不做尾巴；四、在十二月三日前，每個代表要做到發動四戶農民賣餘糧；五、保證把鄉所訂的增產節約計劃貫徹到羣衆中去，使到冬種面積能擴大；六、保證百分之百地完成全村購糧任務。

全體代表還一致通過寫信給浙江前綫解放軍指戰員和江淮災區農民，慰問他們和表示用完成國家購糧任務的行動來支援他們。（江林、徐藻）

江林、徐藻：《东莞县莆兴乡召开农民代表会议　全体代表坚决表示把应卖余粮卖给国家》

《南方日报》1954年12月6日第1版

東莞農具廠積極提高生產

【本報訊】地方國營東莞農具廠全體職工掀起了增產節約的熱潮，努力提高農具的產量，並注意保持規格，以滿足東莞縣農民的需要；同時，該廠還降低了農具的售價，以減輕農民的負擔。

東莞農具廠是在十月初由原來規模較小、分散的東莞、常平、塘厦等三間農具廠合併而成的。合併後生產能力提高，能製造新式農具，工人們又掀起了增產熱潮，開動腦筋想辦法改進工具和操作方法，提高了工作效率。由於技術的改進、勞動生產率的提高和減少了浪費，產品成本跟着降低。爲了減輕農民的負擔，該廠決定普遍降低產品的價格，如大號草[illegible]從五萬元減到四萬五千元，大西犂每個降低二萬元，水車每架降低一萬多元。各種產品的價格平均降低了百分之七點一。

目前，供銷合作社已向該廠訂製了一大批農具。爲了更好的了解農民的需要，該廠與同縣的地方國營太平農具廠聯合派出幹部分頭下鄉訪問，徵求農民對農具的規格和質量等的意見。這兩間農具廠的全體職工還聯合寫信給東莞縣的農民兄弟，表示要提高產品的質量，降低成本，更好的爲農業生產服務。（羅旋、容照芬）

罗旋、容照芬：《东莞农具厂积极提高生产》

《南方日报》1954年12月7日第2版

東莞縣農民賣糧熱潮正蓬勃展開

【本報訊】東莞縣農民在農業生產互助合作組織的帶動下，正踴躍地把餘糧賣給國家。至十二月十五日止，該縣農民賣給國家的餘糧已達七十四萬餘擔，賣糧熱潮正在蓬勃展開。

各農業生產合作社的社員紛紛帶頭把餘糧賣給國家，以實際行動擁護國家的糧食統購統銷政策。第二區中坑農業生產合作社的社員們，想起去年崩圍基時，得到政府親切慰問、救濟，又在政府大力領導下迅速復堤堵口，大家都說：「不賣餘糧，實在忘本了。」第十五區潢涌鄉第一農業生產合作社社員郭宇壽，經過算賬、對比，他認識了不是工人老大哥製造抽水機、殺蟲粉，稻穀就不能得到增產，就動員社員要徹底賣出應賣的餘糧。據十二月十六日的統計，全縣七十三個農業生產合作社，超額完成任務的已有二十六個社。

該縣農民在農業生產合作社的帶動下，也紛紛賣出餘糧給國家。如第五區袁山貝農業生產合作社就帶動了二百多個農民出賣餘糧。第七區利和村農業生產合作社，由於社員經過三日三夜的積極串連發動，帶動該村社外羣衆完成賣糧任務百分之八十以上。第十二區橋頭鄉第一農業生產合作社，於十二月十三日完成售糧任務後，即發動全村農民於十四日完成售糧任務。該村中農陳家來，是全村賣餘糧最多的一個（賣餘糧三十八擔），因爲得到農業生產合作社動員人力幫助挑穀，依期將糧送到收購站，帶動了其他十多戶中農全部依期完成售糧任務。現在該社還派出社幹部和積極分子帶領一些互助組長，到隣村（園洲村）協助進行串連發動，爭取全鄉早日完成售糧任務。

各地農民熱烈的集體送糧入庫。如第十二區三屯鄉農民在當地互助合作組織的帶動下，在十二月八日便組織四百八十多人的送糧隊伍，將一千多擔餘糧送到收購站，農民情緒很高，有的村將餘糧送到收購站時天還未亮。該鄉中農尹仲高挑完了自己的糧入倉後並幫別人挑糧。第七區松河鄉以村爲單位，以互助組爲基礎，組織了二千多人的挑糧隊，於十二月九日，將一千六百多擔餘糧送到收購站。（方頌流）

方颂流：《东莞县农民卖粮热潮正蓬勃展开》

《南方日报》1954年12月20日第1版

南方日报

1955年

國營東莞糖廠職工積極參加體育鍛鍊

【本報訊】國營東莞糖廠一年來在職工中開展以勞動前後體操和工間操爲主的體育鍛鍊，取得了良好成績。

東莞糖廠職工的體育鍛鍊，已成爲職工日常生活中不可缺少的一部分。現在各車間職工參加勞動前後體操的佔全廠人數百分之六十以上。各科室參加工間操的職工已達百分之九十五以上。不少老工人和季節工人也參加勞動前後體操。該廠爲了進一步滿足職工羣衆的要求，在一九五四年十一月底推行了第二套廣播體操，並訓練了四十七名廣播體操積極分子做骨幹，利用勞動前後體操、工間操及其他業餘時間，帶領各單位職工做體操。經過一個多星期的練習，大多數職工已基本上學會了第二套廣播體操。該廠還以青年工人爲主要對象，重點試行了「準備勞動與衛國」體育制度的預備級鍛鍊，已組織起來的有十五個鍛鍊小組，共一百二十八人。每天早上和下午的工餘時間，都可以看到一隊隊的男女工人，進行體操、跳高、跳遠、爬竿等體育運動。業餘時間和星期日還經常舉行足球、籃球等項的比賽。保養、澄清兩車間的老工人，最近也舉行了足球友誼賽。

職工羣衆體育運動的開展，對改善職工身體健康、保證出勤率、提高勞動生產率，起了良好的作用。據該廠醫務所統計，一九五四年十月份職工診病人次比一九五三年同期減少百分之五十點五四（一九五四年該廠還增加了培養工一百多人）。又據該廠勞動工資科的統計，一九五四年十一月份車間職工因病請假比七月份減少了百分之七十二點五，出勤率大大提高了。勞動模範、煮煉車間生產小組長黃廣福說：「一九五三年我在廬山休養回來，體重一百零四市斤多，經過一年來不間斷的體操鍛鍊，體重增加了六市斤多。往年開榨「因生產工作繁忙」，身體一定要瘦些；但現在體重却增加了，精神很好，工作效率也有提高！」

該廠由於正確貫徹了體育運動爲生產服務的方針，保證了出勤率並取得了一定的成績和開展職工體育運動的經驗，先後受到了中央輕工業管理局和廣東製糖工業公司的表揚；一九五四年十一月，中華全國總工會和國務院體育運動委員會在北京聯合召開的全國第一次職工體育工作會議時，曾邀請該廠代表陳國安作典型經驗介紹。最近，該廠爲了使職工更好地進行全面鍛鍊，撥了二百八十多萬元，增購各種體育用具和設備。（羅衍平）

罗衍平：《国营东莞糖厂职工积极参加体育锻炼》

《南方日报》1955年1月1日第3版

東莞糖廠獎勵合理化建議人

【本報訊】國營東莞糖廠根據一九五四年五月政務院頒佈的「有關生產的發明、技術改進及合理化建議的獎勵暫行條例」，於一九五四年十二月二十二日獎勵和表揚了四十八名積極提合理化建議的職工，其中獲得獎金的有二十四人，受表揚的有二十四人。受獎的職工中，有老技工、青年學徒和職員。

該廠領導上比較重視職工提出的合理化建議。每個合理化建議都經過車間合理化建議小組的討論，和廠合理化建議委員會的審查，對有些不是很完整的建議，就派技術人員幫助提建議的人研究、補充、修正。自一九五四年一月至十二月，該廠職工提出的合理化建議共有二百一十項，被採納的有一百一十五項，佔總數的百分之五十五左右。（江山）

江山：《东莞糖厂奖励合理化建议人》

《南方日报》1955年1月4日第2版

東莞縣第八區竹排鄉進行糧食統銷工作

保證全鄉缺糧戶的糧食供應

【本報訊】東莞縣第八區竹排鄉完成購糧任務後，即佈置糧食統銷工作。經過四天時間召開會議和審查對缺糧戶的糧食供應數字後，糧食統銷工作已於十二月十四日結束。保證了全鄉二百六十四戶缺糧戶的糧食供應，缺糧農民感到滿意。

竹排鄉本來是缺糧鄉，全鄉五千五百二十五畝田，有二千一百七十五畝種植甘蔗、花生、木薯、番薯等作物，祇有三千三百五十多畝稻田；全鄉現有缺糧戶二百六十四戶。一九五三年購糧後，由於幹部存在着片面照顧農民的觀點和怕麻煩思想，因此統銷工作未能抓緊做好。

去年秋季購糧工作開始，該鄉共產黨支部吸取了過去糧食統銷工作的教訓，在購糧時便結合把全鄉的缺糧人數以及供應的糧食數量初步調查清楚，購糧一結束，即召開黨支部會議和幹部會議，總結購糧工作的成績，全面貫徹糧食統銷政策。跟着又召開缺糧戶會議，講明缺糧多的多供應，缺糧少的少供應的道理，號召大家增產節約，並進行審查評議缺糧戶的供應數字。

經過各種會議後，全鄉幹部和農民對國家的糧食統銷政策有了進一步的認識，紛紛按實報出缺糧數字。如鄉幹部張國新過去覺得搞統銷很麻煩，羣衆虛報缺糧，自已也怕得罪人而亂寫條子給虛報缺糧的農民買糧。中農黃福蘭養了四十隻雞，餘糧賣不清，家裏還有四百斤穀，却說沒有米吃，要求開米票買米；張國新和別的幹部便寫了一張供應七十斤的米票給他，直到購糧時黃福蘭還有三百斤穀放在家裏。現在張國新認識到這種做法是不對的，並堅決表示要做好糧食統銷工作。他說：「糧食統購和統銷是不可分開的，如果我們祇搞統購，不搞統銷，那末購糧成績便打了個大折扣。」經過學習糧食統銷政策和增產節約的意義後，許多缺糧戶也紛紛按實報出缺糧數字，並互相評議調整，有的還精打細算，訂出增產節約計劃。如農民張達瑤提出餵雞、餵豬不用穀，多耕多種番薯，節約糧食。他說：「別人有餘糧賣出來支援工業建設、支援災區人民、支援解放台灣，我沒有餘糧就應該節約糧食，減輕國家的供應負擔。」張有福一家兩口，去年早造收割稻穀六百斤，交了一百七十斤公糧，留下十斤穀種，還剩四百多斤，兩口人吃四個月，每月每人有五十多斤穀，够吃有餘；但到九月，却向國家多買五十斤米餵牲口，浪費糧食。這次他檢討了自已的不對，表示要用雜糧餵牲口，節約糧食。

竹園頭村的缺糧戶還紛紛採用代用品來養雞、餵豬，如貧農張洞和便用甘蔗麵（用土法榨過的竹蔗渣）舂成細末，拌勻煮熟的番薯來餵雞；用薯藤、菜葉來餵豬。該鄉二百六十四戶缺糧戶經過精打細算，按實報缺後，國家供應給該鄉缺糧戶的糧食數字從九萬二千斤減爲六萬八千多斤。

《东莞县第八区竹排乡进行粮食统销工作保证全乡缺粮户的粮食供应》

《南方日报》1955年1月6日第2版

我操練好身體、搞好生產的切身體驗

國營東莞糖廠煮煉車間
生產小組長、勞動模範　黃廣福

我是國營東莞糖廠煮煉車間的工人，今年三十九歲。過去身體很弱，經常腦痛、傷風、感冒、咳嗽，又患胃病，想多吃點飯也不行，每月要去醫務所看病三、四次，工作時間長些就會頭暈，有時還不得不把工作停下來，下班後什麽都不想做，只是想睡覺，對工作影響很大。我一想起身體不好，怎能搞好工作呢？心裏就感到苦惱。

一九五三年五月榨季結束，我被評爲本廠勞動模範，同志們選我去廬山休養。休養回來，我體重增加了四市斤。心裏非常高興。後來因修理機器，工作緊張，頭又痛起來，十月間去醫務所檢查體格，體重又減輕了。這個月一連病了七次，醫生叫我多些休息；但生產這樣忙，哪裏好休息呢？我每天要由地下一直上到五樓去工作，感到很吃力，又苦惱起來。這時候廣東省人民政府體育運動委員會派工作組到糖廠，向我們講解體操對身體和生產的好處。我想：做體操動手動脚，有什麽作用？省體委的同志又給我們講道理，我還是半信半疑，心想：好吧，就試試看吧。做了幾天體操，果然覺得手脚靈活些了，我就發動車間職工也參加體操。以後我不斷參加體育活動，身體就一天天好起來，工作時有精神了。一九五四年十月，我只因傷風去過醫務所一次，十一、十二兩月連小病都沒發生過。一九五四年榨季開始時檢查體格，我體重竟增加到一百一十市斤，比在廬山休養時多了兩市斤。按照我的工作、營養情況都和過去差不多，體重怎會增加呢？我去問醫生，醫生問我有沒有做體操？我說我每天上班前都做體操，下班後因還有工作，就回家體操，下雨天也在室內體操，每天一定要做完體操才睡覺。醫生便告訴我是做體操鍛鍊好身體的。當時我不很相信，故意停兩天不操看怎樣，結果就覺得週身不舒服，睡也睡不好；做了體操手脚才靈活，才睡得安然。

我體會了鍛鍊身體的好處，就利用小組會議後的時間發動中年和老年的工友參加體操，告訴他們：我們應該搞好身體、搞好生產，現在生產任務比過去重，我們更要鍛鍊好身體，完成生產任務。我還教老工友練習體操動作，動員青年工友幫助他們。這樣工友們都參加了，大家都覺得體操眞有益處。以後我們就規定在每次換班前二十分鐘集中體操，使體操堅持下來。

由於健康情況的改進，我能更好地生產了。一九五四年七月廣東省人民政府勞動局派來一批工人到我們糖廠學習，有六個分配到我們車間。當時正是修機期間，但他們迫切要求學習生產技術，我向他們提議利用午睡時間來學習。從去年七月中旬至十月底，三個多月的中午休息時間，完全用來幫助他們學習各種操作方法，我的身體都支持得住。如果在一九五三年不睡午覺，我一定是支持不來的。又我現在下班後計算生產白砂糖和赤砂糖產量並塡上報表，只用三十五分鐘到四十五分鐘的時間就可以做完，而一九五三年因頭暈要休息，常常得花一個小時才能做完。這都是我進行體操鍛鍊後的顯著效果。

一九五四年十一月底，我們糖廠推行了第二套廣播體操，我又發動車間工友參加。最近廠裏成立了體育協會，我被選爲理事會理事兼羣衆體育部部長。今後我要把廠裏的羣衆性體育運動搞得更好，使全廠職工的身體都鍛鍊得結結實實，爭取超額完成國家交給我們的生產任務。

黄广福：《我操练好身体、搞好生产的切身体验》

《南方日报》1955年1月14日第3版

東莞生粉廠職工積極勞動迎接省勞模大會

【本報訊】公私合營東莞生粉廠職工，以更加積極的勞動，迎接卽將召開的廣東省勞動模範代表大會。被選爲集體模範單位的篩裝組工人想出辦法解決了風櫃氣喉堆塞，增加了單位產量，使打粉工作由過去每小時三十六擔提高到四十二擔。在一月中旬的評選工作期間，該組並以超額百分之八點九二的生產成績完成了旬的生產計劃。進行基本建設的工人也發揮了積極性。盧謙組以十二個工人提前完成了原定十六個工人才能完成的生產任務。在安裝蘇聯式水管鍋爐時，因脹管轆壞了，上海鍋爐安裝公司帶來的工具少，不够用，妨礙了工程進度；爲克服這一困難，勞動模範鄧田等不辭勞苦，日夜趕工，結果仍提前完成了安裝任務。進行烘爐時，適逢春節，一些原來決定回鄉過年的工人也不回去了，繼續堅持輪班參加烘爐，使蘇聯式水管鍋爐能早日完成試機，投入生產。（黎柏芳）

黎柏芳：《东莞生粉厂职工积极劳动迎接省劳模大会》

《南方日报》1955年2月2日第2版

東莞縣懷德水庫全面施工

東莞縣第十區懷德、樹田兩鄉修建懷德水庫工程已於一月十四日全面施工。參加修建的除兩鄉農民外，還有從別地來的砌石、爆石、碎石、機械、打礟等工人四百餘人，鄰近北寧、赤龍、白石等鄉農民也來支援。該工程完成後，可灌溉一萬多畝田。這次修建工程，包括土壩加高培厚，修理放水涵和加建十餘個溢水道以防暴雨時冲崩渠道，北幹渠（主要幹渠）全渠並用石灰批盪，以防水流冲刷和渠道滲漏；同時把渠水在其中通過的三百公尺長的隧洞鑿低一公尺，以利水流；渠道中舊有的木渡槽改爲鋼筋混凝土渡槽；並重新改建沿渠道所有的分水閘。該工程由國家投資十三億五千萬元幫助。（廖耀暾）

廖耀暾：《东莞县怀德水库全面施工》

《南方日报》1955年2月4日第2版

東莞糖廠工人

寫信慰問受霜凍損失的蔗農

【本報訊】國營東莞糖廠工人紛紛寫信慰問遭受霜凍損失的蔗農。各車間、小組或個人寫的慰問信，已發出了四十多封。在慰問信裏，工人們寫下了對蔗農的兄弟般的關懷與同情，表示要迅速壓榨受凍害的甘蔗，以減少國家和蔗農的損失。保養車間工人梁妹寫信給周平鄉的蔗農說：「甘蔗遭到霜凍災害後，政府和糖廠都很關懷你們，決定按照好蔗的價錢來收購受霜凍的甘蔗。希望你們先斬受霜凍嚴重的甘蔗和好好保護蔗種。」保養車間老技工區杰昌在信上鼓勵樟樹鄉蔗農不要因爲遭到霜凍損失而難過，希望他們努力救蔗補苗，保持過去的生產成績，支援國家社會主義工業化事業。壓榨車間甲班和丙班工人在信上保證要迅速把凍壞的甘蔗榨完，提高抽出率，以減輕國家和蔗農的損失。保養車間主任梁斗向蔗農保證機器安全運轉，爭取多榨甘蔗。動力車間工人在信上勉勵蔗農今後繼續種植優良蔗種，爭取豐收，並表示願與蔗農兄弟一起努力，爭取超額完成國家計劃，爲加速社會主義工業化事業，爲反對美蔣戰爭條約、支援解放台灣而努力！（陳熾泉）

陈炽泉：《东莞糖厂工人写信慰问受霜冻损失的蔗农》

《南方日报》1955年2月12日第2版

東莞、太平農具廠製造大批農具支援春耕

【本報訊】地方國營東莞、太平農具廠工人製造了大批農具，支援農民春耕。從去年十二月起，這兩個農具廠共製造了二千一百多張草鏟、鋤頭、犂，九百多把木鍁，一千一百多條泥撈。這些農具已經由供銷合作社供應給農民。該兩廠爲了提高農具質量，使各種農具的規格符合農民不同的需要，曾派了專人到各供銷合作社收集農民的意見，根據農民的要求來改善農具規格。爲了適應春耕生產的需要，最近東莞農具廠還特別設立了木器、鐵器修理部，調出五個工人專門負責修理農具。（羅旋、蘆應）

粵北農具廠降低「五一」水田犂價格減輕農民負擔

【本報粵北區通訊站訊】地方國營粵北農具機械廠，由於工人不斷提高生產，降低成本，今年一月份降低了「五一」式水田犂和「五一」式水田犂的鐵器零件的出廠價格。每部「五一」式水田犂的出廠價格由去年九月的二十三萬元降至十九萬元；「五一」式水田犂鐵器零件每套的出廠價格由十三萬六千四百元降至九萬元。以該廠今年製造一千部「五一」式水田犂及四千套「五一」式水田犂鐵器零件計算，全年可爲農民減少支出二億二千五百六十萬元，拿這筆錢可以多買「五一」式水田犂一千一百八十多部。（李實）

罗旋、芦应：《东莞、太平农具厂制造大批农具支援春耕》

《南方日报》1955年2月18日第2版

東莞縣蔗農

將大量蔗苗運往廣西

【本報訊】爲適應廣西省發展製糖工業的需要，東莞縣蔗農積極供應蔗苗給廣西省的蔗農，首批蔗苗三十萬斤已於二月十八日啓運往廣西。

今年，廣西將新建一間日榨蔗量一千五百噸的大型糖廠，爲了供應該廠以原料，該省蔗農積極擴大植蔗。但因今年一月霜凍爲害，蔗苗被凍壞不少，他們要求廣東省蔗農在三月中以前供應一萬四千噸蔗苗；東莞蔗區負責供應四千噸。該縣蔗農把這一工作作爲支援國家工業化的實際行動，都踴躍截留蔗苗。鲩沙鄉蔗農接到供應蔗苗的任務後，立即把收穫甘蔗及截留自用蔗苗的工作停止，改斬適合廣西地區種植的「爪哇二八七八」蔗種。漳澎鄉蔗農爲了使蔗苗能早日送到廣西下種，甚至停斬受霜凍的甘蔗，先斬供應廣西的蔗苗。全鄉掀起了供應蔗苗給廣西蔗農的熱潮，僅三天內就斬了蔗苗二十多萬斤，比原定供應計劃超過百分之十。並且組織集體運送，不到五個鐘頭，就把一條載重十二萬斤的大船裝滿了蔗苗。（陳熾泉）

陈炽泉：《东莞县蔗农将大量蔗苗运往广西》

《南方日报》1955年2月26日第2版

東莞縣懷德水庫工程完工

【本報訊】東莞縣懷德水庫工程已於三月二十日基本完工，三月二十七日開始放水。

這項工程於去年十二月六日動工，三個多月來，每天都有一千多人至二千多人在緊張地勞動。整個工程包括土壩、放水涵洞、溢水道、交叉工程、渡槽，以及跌水、分水閘等大小建築物十七座，南北幹渠七千多公尺。這個水庫可蓄一百二十九萬多公方水量，常年可灌溉農田一萬八千多畝。

在工程施工過程中，培養了一批技術人員，其中有幾百名硪工已能掌握打硪技術，這些技術人員將有利於今後水利工作的興修和保養。（盧廣鑑、麥家祥、廖耀暾）

卢广鉴、麦家祥、廖耀暾：《东莞县怀德水库工程完工》

《南方日报》1955年4月9日第2版

東莞縣人民政府幫助石官鄉
農民製造新式抽水機

四月二十七日，東莞縣張雲來信說，今年二月，東莞縣七區石官鄉農民爲了解決缺乏抗旱工具的困難，籌集了一筆欵，邀請打磨技師茂朋、添財共同研究，利用兩個三尺高的大圓厚鐵桶、一隻飛輪、兩個汽油桶、一個磅力錶來製造抽水機。製成後經過初步試驗，覺得抽水量不大，且很費力。後改用水力推動，初次試驗結果，發動力只有三十磅，不能推轉飛輪。最後再改裝，但是發動力又太大，因而鐵桶底發生裂縫。這時，所籌集來的錢又快用完了，技術上又碰到困難。因此，張雲來信希望我們幫助該鄉農民解決這些困難。

四月二十八日，我們用長途電話通知東莞縣人民政府水利科，請他們協助石官鄉農民研究製造這一抽水機。四月三十日，我們又將讀者原信轉請東莞縣人民政府處理。五月九日，東莞縣人民政府水利科來信答覆說，他們派人前往石官鄉研究的結果，認爲農民創造的抽水機在原理上是對的，因此他們已決定由東莞縣排灌站付欵試製這部抽水機。

《东莞县人民政府帮助石官乡农民制造新式抽水机》

《南方日报》1955年5月23日第3版

東莞麻風病隔離站一年來
使四百多麻風病人病情好轉

本報訊 廣東省東莞縣痲風病隔離治療站是我國第一個痲風病隔離治療站。該站自去年六月一日成立到今年六月一日，一年來，共醫治了四百二十個痲風病人，使絕大部分病人的病情好轉，恢復了勞動能力。

該站成立後，先後在東莞縣的五個區（九十九個鄉）和兩個鎮建立了七個巡迴醫療站，這些站都設在病人較多而又易於集中的地方。隔離治療站的醫護人員每十天到巡迴醫療站一次，替到站求醫的痲風病人治病，並到重病人的家裏去訪視和治療。

痲風隔離治療站除了免費診治痲風病外，還向人民羣衆、病人的家屬和病人宣傳預防痲風病傳染的常識和政府對痲風病人的處理原則等，使人民知道預防的方法，使病人消除思想顧慮，主動接受治療。

痲風病隔離治療站需要的經費和人力不多：它僅用一般痲風病院的十五分之一到十三分之一的經費就可以替同樣多的病人治病。

《东莞麻风病隔离站一年来使四百多麻风病人病情好转》

《南方日报》1955年6月17日第3版

東莞縣農民緊急動員起來進行防洪工作

省人民委員會撥款救濟台山等縣遭受水災的災民

本報粵中區通訊站二十日電 東莞縣沿東江兩岸的農民正緊急動員起來進行防洪工作。

連日來東江一帶連降大雨，河水暴漲，東莞縣石龍鎮的水位在十九日中午起已超過警戒水位，而且還在繼續上漲。東莞縣第一、二、六、十五等區農民，十八、十九兩日相繼以鄉或圍爲單位召開緊急會議，檢查防汛工作，並組織了一百多個巡邏隊共二千七百多人上堤巡邏。中共東莞縣第六區委員會書記陳平、第二區區長杜榮耀等幾天來都日夜帶領民工上堤巡邏及全面檢查各堤險要地段，分別配置防汛器材，嚴密戒備。二十日上午十時，該縣福燕洲圍發現六處漏水，二百六十多個民工在六小時內就把它搶修好了。直至二十日晚上十時水位超過警戒水位一點一公尺時，各堤圍都安穩無事。各圍農民都說：「一定要戰勝洪水，決不讓損失一科禾！」他們除一面緊張地進行防洪外，還一面冒雨進行搶割。

該縣防汛指揮部已集中調配二百九十九隻木船和十隻汽船、機動帆船，準備隨時配合搶險工作。該縣糧食和供銷合作部門亦已調撥到大批糧食、副食品和煤油等物資，支援防洪工作。

本報粵西區通訊站訊 廣東省人民委員會最近撥出五萬元給台山、陽江、恩平等縣，幫助遭受水災的災民恢復生產和修理房屋。

台山、陽江、恩平、茂名、開平、電白等縣於本月十一、十二兩日連降暴雨，山洪暴發，部分地區造成水災。各地在十一日晚即集中一切力量投入搶險和救災鬥爭；目前正進行排水、洗苗扶苗、補播、修堤和辦理善後救濟等工作。

《东莞县农民紧急动员起来进行防洪工作》

《南方日报》1955年7月21日第1版

東莞粉廠製酒車間投入生產
一年可節約二百萬斤大米

本報訊 公私合營東莞粉廠附設新建的製酒車間於八月十六日已正式投入生產。該車間投入生產後，就可以利用茨渣（製澱粉後的廢物）等代替糧食釀酒。按照當地手工業釀酒工場過去釀酒的情況，每釀一百斤三十度的白酒，平均要用一百斤大米，而該車間釀一百斤白酒，除了要用兩斤半大米培養醣化菌製麩麴外，其餘全部利用茨渣中的澱粉製酒，這樣就可以節約很多糧食。如以目前該車間一天生產七千斤白酒計算，一年內就可爲國家節約二百零二萬九千多斤大米。該車間利用茨渣等製酒，質量也很好。（黎柏芳）

黎柏芳：《东莞粉厂制酒车间投入生产　一年可节约二百万斤大米》

《南方日报》1955年8月30日第2版

东莞等縣農業生產合作社

派人到順德学習养蠶新技術

本報訊 廣东蠶桑生產事業明年將進一步恢復和發展，經營蠶桑生產的將由順德、中山、南海等少數縣份，擴展到东莞、封川、開建、增城、淸遠、德慶、羅定、高要、三水、雲浮、四会等三十多個縣。各縣爲了培养蠶桑人材，从今春開始，巳陸續派出許多農業生產合作社的社員到順德縣蠶种製造場学習新技術。

蠶种製造場的工人熱烈欢迎这些發展蠶桑生產事業的生力軍。在到順德縣学習的社員中，許多过去連蠶都未見过的，但蠶种製造場工人採用理論联繫实際的教学法，使社員們在短短一造之內（約二十天），就基本上懂得养蠶的全部过程和開疏篙、餵薄桑等一套先進养蠶技術以及一般蠶病防治方法等。有的社員並到了順德縣的新式絲廠參观。

經过学習和參观，各縣的社員都充滿信心，表示回去要積極發展养蠶事業。（范廣達、賈文璋）

范广达、贾文璋：《东莞等县农业生产合作社派人到顺德学习养蚕新技术》

《南方日报》1955年11月1日第2版

南方日报

1958年

东莞大埔两县机关干部
开赴农村一批又一批

本报訊 东莞、大埔两县第一批干部下放后，第二批干部（东莞县1,100名到1,200名，大埔县320多人）又快要开赴农村了。

去年4月和11月中旬，东莞县先后下放了1,100名干部到农村去，其中有县委書記、县委委員、部长等領导干部。大埔县于去年11月下放了第一批干部250多人。他們在农村中，絕大部分都表现得很好，和农民同甘共苦，积極参加各項生产斗爭，受到农民的欢迎。东莞县首批下放到大瀝社的干部利惠忠，在去年春荒期間帶領社員上山找土藥材、割山草，增加副業收入，战胜了灾荒。大埔县下放到青溪乡前鋒社的13名干部中，在冬种結束評功表模时，就有12个人立功或受到表扬。

《东莞大埔两县机关干部开赴农村一批又一批》

《南方日报》1958年1月6日第1版

学習紅旗社养猪經驗
东莞派40人前往实習

本报东莞訊　东莞县派出实習生40人到南海县紅旗社学習养猪的先进經驗。这40人当中，有重点农業社和养猪較有基础的农業社的副主任和养猪員29人，县农林局畜牧技术員和服务局猪倉飼养員11人。他們已于本月17日啓程前往紅旗社，决心以7天时間学会先进經驗，回到本县传授推广。（李育禺）

李育禺：《学习红旗社养猪经验　东莞派40人前往实习》

《南方日报》1958年1月24日第2版

寮步乡移風易俗革掉陈规

惠陽专区决定推广該乡"三有二改"經驗

本报惠陽訊 东莞县寮步乡在攻打水利关的同时，抓好"三有两改"工作，在短短的半个月中，圈猪8,028头，占猪只总数的百分之九十六，新建猪舍2,588間、厕所1,316間，开掘田头粪池365个。同时，全乡22个社都改晒粪为漚粪，改干厕为水厕，实行灰粪分家。这样，不仅广泛地开發了肥源，而且也为开展爱国衛生运动打下了良好的基础。中共惠陽地委最近决定在全区推广东莞县寮步乡开展"三有两改"运动的經驗。

寮步乡过去虽然牛有栏，但沒有圈猪習慣，厕所也不多，在不多的厕所中也都是干厕。同时，落田作肥料的粪便，事前要拿来晒干，这样，就白白浪費了很多肥料和減少了肥料的肥分，又有碍于衛生。寮步农業社一年养猪达760多头，但是由于沒有圈猪，猪粪都沒有加以利用，却伸手向国家要商品肥。还因为年年落化学肥料，基肥太少，田的土質变坏。

該乡乡党委会以良边农業社为"三有两改"的重点，先在重点創造經驗，做出示范，然后組織参观，加以推广。

当良边社树立了"三有两改"的榜样以后，乡党委会立即在全乡党員干部会議上作了典型介紹，并且組織了全乡干部和社主任前往实地参观。全乡的干部听了介紹和实地参观以后，看到了榜样，学到了方法，增强了信心。他們回到社里以后，立即組織辯論，带头行动，搞起了"三有两改"的热潮。

《寮步乡[①]移风易俗革掉陈规　惠阳专区决定推广该乡"三有二改"经验》

《南方日报》1958年2月24日第1版

① 寮步乡：今东莞市寮步镇，位于东莞市中部，在市区东面，西邻东莞市东城街道。

东莞衛生面貌大为改观

群众訂出制度自覺执行

本报东莞訊　东莞县有3个大鎮、10个小墟鎮和500多个社（占全县总社数七成以上），坚持执行持久化的衛生制度。目前講究清潔衛生和除四害已成为广大群众的自觉行动。

該县的衛生工作經常化，是在开展突击运动取得丰碩战果的基础上建立的。今年初該县領导曾先后总結和推广了茅步乡、篁村乡和京山社等3个搞衛生除四害的先进經驗，組織过3次全县大规模的参观，作过好多次的小型示范参观評比活动。全县范围內还运用多种多样的形式，展开爱国衛生除四害的大宣传，乡乡社社都进行了大辯論。在短短的两个月內，全县80万人民終于摆脫了千年万載的習慣势力影响，在猛攻水利肥料关的同时，进行突击苦战，掀起了空前的爱国衛生运动。至3月20日，全县消灭了老鼠189万只、麻雀36万多只、蒼蝇21,000多斤，疏通沟渠124万多平方公尺，填平低畦烂地24万多平方公尺，还积集了垃圾肥297万多担。从此全县面貌大为改观。

为了巩固战果，全县各乡社在临近春耕时，都先后制訂了持久化的衛生工作制度。

目前，执行衛生制度，已成为广大群众的自觉行动。原来衛生工作比較先进的石龙乡（现改名石碣乡），各社制訂了每戶每天小打扫、3天至5天大打扫、5天至7天大評比的制度以来，前后已評比7次，每次都表扬了大批的衛生工作先进社，同时帮助落后社檢查落后原因，限期赶上。

最近县委决定莞城、大平、石龙等3大鎮，争取在4月底消灭六害。全县农村則在春耕后再来一次大规模歼灭战。

《东莞卫生面貌大为改观　群众订出制度自觉执行》

《南方日报》1958年4月2日第3版

东莞今年乡乡电气化社社建工厂

工农業密切协作共同躍进

本报东莞訊　东莞县今年要做到乡乡电气化，社社建立各种小型工厂；做到不分水乡、平原或山区，凡是有农業的地方就要有工業，使工农業密切协作[illegible]。

根据該县最后确定的工業發展规划，今年全县30个乡都要有火力發电設备或沼气發电站和电动联合加工厂，乡鎮有照明用电。全县各地将因地制宜兴建海肥厂、氯化鉀厂、硫酸銨厂、顆粒肥厂等各种小型工厂1,000間。該县还力争在三、五年內做到十大“自給”：新式的中、小型农具自給、水利排灌器材自給、化学肥料自給、农药自給、中小型农产品加工設备自給、动力和照明用电自給、交通运輸工具（除汽車、大型电船外）自給、砖瓦和一般水泥自給、各种紙张自給、一般工業技术人員自給。

目前，該县工業部門已紛紛行动起来，試制和仿制各种新产品。低标号的土水泥已經試制成功，經东莞大围水利工程采用，效果良好，现已开始大量生产。东莞农械厂仿制的第一台小型万能拖拉机也問世了，該厂計划今年生产200台。最近，工交局派专人到番禺县学習后，完成了沼气發电設备的設計工作，正在一个社进行建造試驗。此外，到3月下旬，全县700多个社約有500个已建立了顆粒肥料厂，有25个社实现車子化，水乡有120多个社实现了运輸船艇化。估計到4月中旬，全县首先就可做到社社有顆粒肥厂，平原和山区可以实现車子化，水乡做到船艇化。（程生）

程生：《东莞今年乡乡电气化社社建工厂　工农业密切协作共同跃进》

《南方日报》1958年4月4日第2版

县級厂制拖拉机
东莞、高要再传捷报

本报东莞訊　繼新会县农具厂試制小型万能拖拉机成功之后，地方国营东莞农具厂也制成一台有5匹牵引馬力的小型万能拖拉机。

这台小型万能拖拉机主要是用旧柴油机和废鋼鉄制成的，成本很低。可拖动双鏵犁进行田間作業，每小时可犁两亩田左右，比用耕牛犁田的效率高七、八倍。

这台机子是老技工梁全、李溢等在全厂职工的积極协作下，用三天三夜制成的。

本报高要訊　地方国营高要农械厂于4月8日制成了1台万能拖拉机。

这台拖拉机是仿效湖北机械厂的样式制成的。它能犁田、耙田、运輸、發电、中耕除草、撒布藥剂，以及作动力带动抽水、輾米、鋸木、割草、采伐等，用途很广。这台拖拉机馬力4匹，造价1,500元，連同4套农具共值2,500元。

《县级厂制拖拉机　东莞、高要再传捷报》

《南方日报》1958年4月14日第1版

东莞决定：

乡乡办党校

本报东莞訊 中共东莞县委宣传部于本月12日召开各乡基層党委宣传委員会議，决定乡乡办党員政治業余学校，党員数量多而又分散的乡，要办3間到4間；要求在6月底前全县农村党員全部入学。

党員政治業余学校是在一个大社范圍內或几个相連的小社范圍內建立。校长由当地乡党委担任，并下設教研小組担任具体教学工作。教研小組的成員一般由乡的党委委員，乡的党員干部及当地中、小学校党員中的校长或教师担任；并吸收二至三个有一定文化水平而又不脫离生产的农村党員干部参加。采用师傅带徒弟的办法，逐步过渡到由农村不脫产的党員干部自己办校，自己当教員。县委宣传部認为这是巩固党員政治業余学校根本的长久的一种好办法。

該县过去全县只有一所党員訓練班，远远不能满足全县党員日益增长的提高政治觉悟的迫切要求。

（郑工）

郑工：《东莞决定：乡乡办党校》

《南方日报》1958年4月19日第3版

东莞县社社建成肥料厂

本报东莞訊 东莞县727个农業社都已建立了制肥厂，全县实现了肥料加工化。

3月間，該县領导先后組織了100多名社干部前往新会县龙榜一社参观学習建立制肥厂的經驗，接着全县每个乡都試建一个制肥厂，以后又以乡为单位組織参观学習，于是社社都建起肥料厂了。北栅乡28个农業社起初認为建立制肥厂困难很多，耽心不懂技术，怕沒有原料，怕建厂房沒有錢。但經过該乡乡長深入东坊社利用祠堂、粪間做工场，挖地底建粪池，总共只花60多元便建起全乡第一間制肥厂。全乡各社590多名干部对建厂的信心也就增强了。全乡經过6天苦战，建成了28間制肥厂。

目前，各社正在进一步改革制肥工具，以提高肥料質量和制肥效率。在群众的鑽研下，双桶制肥机和半自动制肥机最近已被創造出来了，能日产顆粒肥100担至130担，比一般的手搖单桶制肥机效率提高数倍以上。到6日統計，全县已制成顆粒肥18万1,500多担，人造尿及混合肥15万多担，其他塘坭精高溫肥等也生产不少。（李楚）

博罗麻坡乡三天建厂八十八間

本报惠陽訊 博罗县麻坡乡15个农業社，平均每社已建成了五間小型制肥厂，其中有4个社队队有厂。

該乡在建厂前，曾学習了龙榜社建立制肥厂的經驗，訓練了12个技术人員，并首先在重点艾布社进行試点示范。試点厂建成，大大地鼓舞了各社干部的信心。于是全乡就組織了178个干部、社員专門負責突击建厂工作，从本月5日开始至7日止，仅突击了3天和两个晚上，就一共建成了88間肥料加工厂。（地委办公室通訊組）

李楚：《东莞县社社建成肥料厂》

《南方日报》1958年4月26日第2版

山乡日夜車水 水乡加強排灌

东莞万人抗旱保苗

本报东莞訊 目前，东莞县已有近一万人和3,000多部水車投入了抗旱保苗的战斗。

东莞县插秧工作結束后，境內下雨極少，全县旱稻有一成左右受旱，但部分干部思想麻痹，忽視抗旱工作。4月下旬，中共东莞县委强調要把田間管理作为压倒一切的中心工作，各乡社紛紛开展田間檢查評比，通过查排灌、查禾苗生長等，發现不少稻田缺水，有的甚至已被晒白裂口。这些稻田受旱的原因是：在水乡地区，珠江潮水来得慢；在山乡地区，由于雨量少，新建的山塘水庫蓄水不多。另外，不少田地沒有做好蓄水防旱工作，使田水大量流失。

經过田間檢查，现场察看，干部們紛紛带头，組織群众进行抗旱。山乡的社員群众，日夜輪班不停車水灌田。水乡各地則抽調大批有經驗的社員，分班巡田，加强排灌工作。漳澎乡（水乡）在發现旱情后，选出了96个有經驗的老农，专責管理全乡360个水柜。现在，全乡每塊田都經常保持有8至9分水，做到塊塊田滴水不漏，保証了禾苗的正常生长。

《山乡日夜车水　水乡加强排灌　东莞万人抗旱保苗》

《南方日报》1958年5月7日第1版

早稻丰收在望 一派潮汕風光

东莞中围等社低产变高产

【本报东莞訊】早造低产变高产，一派潮汕风光，目前群众干劲十足，晚造可以更大增产：这是东莞县許多地区当前的一些情景。

东莞县腹部地区的石龙乡中围社、唐洪社，茶山乡的京山社、芦屋社和樟村乡的溫塘社等五个社，历来都受水旱涝灾为害，稻谷产量极低。但是，今年却是面貌一新，普遍长出从来未见过的好禾。芦屋社现已进入开镰收割时节（比过去提早了一个季节割禾），全社已收割的三十多亩較差的粘土田早稻，預計平均亩产达到六百斤。有一块快要收割完的早稻，实测亩产折干谷七百二十五斤，相当于过去早造产量的两倍半以上。在和該社隔岸遙对的溫塘社，有一丘四分田的干部試驗田，每科禾几乎与人齐高，谷穗象鸡公尾一般沉甸甸，但是既不倒伏，又无虫害，估計亩产可达一千斤，比原来的早造产量翻了一翻半以上。該社大基围（土名）的一百八十多亩单造改双造的埔田，插单造时，每亩产量只有二百多斤，现在估計一造可达七百斤以上。据該社干部和老农可靠的估計，全社早稻亩产平均有六百三十斤，比大丰收的一九五六年增产百分之六十五。

为什么会出现这种低产变高产的可喜现象呢？除了社員們經过苦战一冬春，攻破水肥两关以外，那就是从干部到社員，在破技术关和搞田間管理的过程中，已逐步掌握了一套先进的耕作和栽培技术；潮汕农民种水稻的先进經驗，已經在这里开花結果。这五个社在早造田間管理工作上有一共同显著的特点是，去年禾不好而且倒伏；今年禾好却不倒伏。干部試驗田在这方面表现尤其突出。根据塘洪社的干部試驗田的栽培經驗：主要是抓好了合理排灌、适时追肥。他們在插秧后十五天之內，禾苗一般保持五至七分水。第一次中耕追肥，在插秧后七天就进行。禾苗生长到二十天时，每亩田落石灰一百五十斤。禾苗刚圓脚时，便进行排水、晒田（以田土不起龟裂为准）。当禾苗生长到四十五天后，即水稻含胎吐穗之时，稻田每天保持灌水二至三寸。事实証明，这种做法有很大好处，禾苗生长前期分蘖快，又可控制无效分蘖，中期禾身粗壮，后期穗大穗长，叶色金黃，枝秆硬直，不易倒伏。溫塘社采取同样做法，在五月三十一日虽然遭受了一次狂风暴雨的侵袭，而結果倒伏的禾苗不到百分之一。这是当地群众在生产实践过程中創造出来的好經驗。

《早稻丰收在望　一派潮汕风光　东莞中围等社低产变高产》

《南方日报》1958年6月11日第1版

东莞——游泳之乡

东莞县游泳运动取得了显著的成績：在今年两次全省性的游泳比賽中，分别获得总分第二名和第三名；在今年八月初举行的全省青少年游泳比賽中，以东莞运动員为主要代表的惠阳专区男子少年組，总分超过了广州市；在今年全国二十八城市学生游泳比賽中，东莞县成績超过武汉、重庆、沈阳、南京、福州等二十多个大、中城市，获得总分第六名。国家体委还特别奖給游泳池一个。

东莞县为什么能够創造出这样的成績呢？主要是在党委的領导下，一手抓普及，一手抓提高。

为了推动游泳运动，这个县經常組織优秀运动队伍，到各公社作巡迴示范表演，并且邀請过国家队、上海队和广州队到莞城鎮、太平和道滘等公社示范表演。仅今年就組織了十多个队到过百分之九十以上的公社，作过三十多次的示范表演，吸引了十多万观众，开展了宣传教育，广泛組織了教練員、运动員参观学习，并运用經驗交流座談会，示范講解等方式培养当地教練員和运动員。

这个县每年都举办短期訓練班，或者通过竞賽活动等各种形式，大批培养教練員和裁判員。几年来，基本运动員常年都有計划的进行訓練。一千一百多所青少年业余体育学校当中，八成以上都設有游泳班，学生約有十万左右。另外，还建立了十二所游泳中学和一百九十五所游泳小学，学生共有一万八千多人。

一九五七年冬以后，这个县开始注意了培养女子游泳运动員。青少年业余游泳体育学校吸收了一批品质和身体好的女学生进行訓練。結果一年以后，改变了女子游泳的落后面貌，培养了成批女运动員，其中有七名成为二級运动員。

群众性的游泳运动开展以后，这个县又依靠群众、发动群众修建簡单的场地設备。特别是今年秋收以后，各公社在河灣、河旁和水庫等，大量修建了游泳池（场），并且多方面想办法来解决設备不足的困难，沒有跳台，就利用堤岸，沒有轉身板，就筑泥墙。

《东莞——游泳之乡》

《南方日报》1958年12月21日第3版

南方日报

1959年

打破"秧苗还短"片面論調 把一切能插的搶插下去

东莞深入检查后采取措施加速插秧进度

【本报訊】中共东莞县委經过深入調查之后，根据当前大批秧苗已长，插秧季节越来越紧的情况，明确指出必須克服干部和群众当中盲目叫喊秧苗还短，趴为插秧可以慢慢来的想法，火速扭轉当前"田等秧、秧等人"的插秧迟緩局面。现在，这个县正在从具体安排、加强領导力量和調集劳动力方面采取紧急措施，組織大搶插战斗。

东莞县七十五万亩早稻田，絕大部分都已施足基肥，經过翻犁耙烂，只待插秧。全县生长期三十天以上的秧苗約有九万亩。这些秧苗虽然大部分曾受过前期寒潮的侵袭，生长不快，但各地都已有相当大批的秧苗长至五寸以上，可以立即移植了。根据各人民公社不久前向县委报告，这批秧苗，在本月二十五日前至少可插植本田四万多亩，三十日前可再插九万多亩；但是从全县开始插秧到二十三日止，八、九天来才插下九千四百多亩。

为什么本田准备工作做好了，大批需要移植的秧苗却沒有按时插下去？县委最近深入摸據底，发现片面强調秧苗短、不能插的思想，在干部和群众当中相当普遍。不少人盲目夸大了前些日子寒潮冻坏秧、长不快的现象，他們沒有認眞的在秧田检查分析过每块秧苗的生长情况，便一概而論的說等秧苗再长一些吧，慢慢才插不迟。各級干部被这现象所迷惑，老是抓育秧为中心。这样，各地就沒有及时把劳动力調集到插秧战綫来，二十三日前，仅在副业生产和后勤工作方面，便占去了农村劳动力总数的百分之三十几。全县約二十九万个农村劳动力，参加插秧的只有一万六千多名。二十二日，县委在各公社党委书記紧急会議上分析了上述情况后，指出当前如不火速集中力量，在近半个多月內突击搶插，就有耽誤插秧季节的危險。而且生长期四十天以上的老秧，再迟插就难以发棵，会直接影响产量。县委認为现在在水足肥丰、土深泥烂的条件下，又有了大批可以馬上插植的秧苗，确实是"万事俱全，只欠东风"了。因此，趁着目前天暖秧苗快生易长的好时机，快馬加鞭的一口气搶插下去，务求清明后五天（四月十日）基本上完成插秧，这正是保証早稻全面高产的刻不容緩的事情。

县委組織这次搶插战斗的紧急措施貫徹下去后，各地近日已开始行动起来。各地首先抓住認眞检查核算秧苗这一环，全面的具体安排插秧期，分清究竟那一块秧苗可以馬上插，那一块秧苗需要加紧催秧才能插。通过这样做，力求尽快克服干部和群众当中不作具体分析便盲目趴为秧苗短，宁等待、勿快插的思想。只要发现一块可插的秧苗，就堅决地立即插一块。凡生长期超过三十天、长达五寸以上的秧苗，都赶紧插。对三、四寸以下的短秧，則由专人加强管理，用隔日早晨施一次尿水和改旱秧为水秧等快速育秧法，催秧快长，赶上搶插。县委还提出解决当前搶插中秧苗可能赶不上需要这一問題的办法，全县約十八万亩直播田正急需中耕除草、間苗补苗，結合这些工作，从每亩直播田可間出多余百分之二十到三十的苗作秧苗，立即移植到本田去。有些地区在原計划基础上临时再扩大非基本农田面积，則采用播鋒秧或直播，以解决不足部分的秧苗。在領导力量方面，全县各級干部原来大都集中在县城开会，每个公社只留下一个党委书記領导插秧。现在，各社按县委指示，已从参加会議的干部中，再抽出两三名党委委員回去，加强当前搶插的領导力量。各地同时又从其他战綫上把劳动力調集到搶插方面来，务求投放到农业生产的劳动力，由几天前占总劳动力百分之六十几增加到百分之八十，其中又以大部分投入搶插战斗。这些劳动力，一部分是从副业生产和后勤工作崗位抽出来，另一部分是把所有的机关干部、农业中学学員、牧牛和犁耙田工作人員，凡能动員的全部动員起来，参加搶插。在搶插战斗的劳动組織方面，县委强調普遍建立插秧、拔秧、送秧等各种专业組，实行人人有定額，超額者奖励，分别开展每天一次和几天一次的人与人、組与組、队与队、公社与公社之間的不同工种大检查、大評比、大竞賽，并大搞工具改革，力求以插秧为中心的各种工作效率不断提高。为保証合理密植的規格和質量，县委要求每个生产队在搶插中必須建立严格的驗收制度，不能草率图快。插下一块，驗收一块，管好一块，做到块块田插下秧后即有专人管理的登記牌。所有这些工作，各地正在开始进行。許多地区的社員，还主动加开夜工，趁月色拔秧、平整田面，大白天全力搶插。

《打破"秧苗还短"片面论调　把一切能插的抢插下去　东莞深入检查后采取措施加速插秧进度》

《南方日报》1959年3月27日第1版

摘要：报道了东莞县委深入调查之后，根据大批秧苗已长，插秧季节越来越紧的情况，克服领导与群众中片面强调秧苗短、不能插的思想，从具体安排、加强领导力量和调集劳动力方面采取紧急措施，组织大抢插。

「这样做很对，保証能增产」

东莞大朗公社干部同群众商量，倾听老农意见

共同討論、共同决定直播田的田間管理措施

【本报东莞訊】东莞县大朗公社各級干部采取召开老农座談会，組織社員到田間驗查、开现场会議等办法，同群众一起系統地总結了对直播田的管理經驗，共同制訂了管理直播田的技术措施和建立了专人負責的制度。群众反映說：这样做很对，保証能增产。

大朗公社在春分前播下了直播田一万四千多亩，以后由于集中力量去插秧，对直播田管理不够注意，有部分直播田缺肥，禾苗生长不良；有二千七百多亩缺水。看到这种现象，干部和社員都觉得非加强直播田的管理不可了。怎样才能搞好直播田的管理呢？党委书記叶潤发到黄京坑、竹山等生产队去，召开老农座談会，同老农們一起总結他們对直播田的丰富的管理經驗。黄京坑、竹山等生产队历来都有直播的习慣，有丰富耕作經驗的老农張明思去年創造了一块直播亩产八百五十斤的高产紀录。他在会上說：今年土深肥足，现在要使直播高产，就要加强田間管理。他認为水直播要多施肥，薄施肥，勤排水，浅灌水，間苗三次，这才能使直播禾苗生长齐一、旺盛和全苗。其他社員也列举出不少成功与失败的事例作对比。他們举出，鸡啼崗生产队去年有两块同土質的直播田，一块由于采用了“三次間苗，浅灌，勤施肥、薄施肥”的先进管理方法，亩产比一般直播田要高成倍；而另一块沒有間苗，管理又不够好，結果出穗时，谷穗长短不一，結假穗多，主穗結谷少，次穗不实谷多，亩产只有一百多斤。党委傾听了群众这些正确的意见以后，跟着在鸡啼崗队召开有老农、社員代表和干部参加的现场会議。他們实地参观了出名的瘦地——黄龙骨（土名）的三百六十亩直播田。这些直播田不但生长好，青綠一片，而且普遍超过六寸高。这主要是負責管理这段田的社員，有經驗，責任心强，全段田都已間过一次苗，施过三次肥，勤施薄施。而在大陂（土名）却有一亩直播长得骨黄叶尖，黄綠不勻。原因主要是沒有間苗，太密的长不好，太疏的长了草，加上未及时施肥除草，因此禾苗生长不良。在这次现场会議上，干部和群众共同討論并决定了馬上健全和建立对直播田的专人管理制度。同时，对直播禾苗的生长情况作了全面检查，分别不同情况，采取不同的管理措施。会后，全公社选出了三百个老农和有經驗的社員，专門負責管理直播，确定从现在起全面进行第一次間苗，七天至十天后完成三次定苗。这种走群众路綫决定各項措施的做法，得到社員的普遍贊許。黄京坑队社員說“这样做很对，保証能增产”。这个生产队負責专职管理的八个社員，自动带了炊具，架起茅寮，住吃在田头，日夜不离开，要保証将直播搞好，同插秧的社員竞赛。（特約通訊員弦枫）

张枫：《“这样做很对，保证能增产” 东莞大朗公社干部同群众商量，倾听老农意见共同讨论、共同决定直播田的田间管理措施》

《南方日报》1959年4月5日第1版

日用品生产欣欣向荣

湛江区

【本报湛江訊】湛江地区各級党委認眞加强对日用工业品生产的領导。許多地方最近已生产了一定数量的日用品供应市场需要。

湛江专区各地在省委召开市鎮委书記会議以后，普遍成立了机构，固定干部，加强对日用工业品生产的領导。并根据本地区的实际情况和可能条件，訂出具体规划和措施安排日用品生产。同时从财力、物力上帮助一些原来已經轉行或停业的手工业社、厂恢复了生产（設备、机械以及技术人員、工人也已經归队）。各地并采取下面三种办法解决日用品生产的原料：（一）組織废品收购站收集一切废料；（二）发动群众献料献計，互相协作、挖掘潜力和組織力量到外地采购；（三）在不影响产品質量的前提下积极采用代用品作原料，利用一切可能利用的农副产品做原料。各地采取了上述措施以后，日用品生产的进展很快。合浦县正加紧生产肥皂、草帽、木屐、草席等，电白县也加紧生产单車炼、小鍋、菜刀、鉄釘等五十多种小五金和其他日用品。欽县县城鎮本月上旬已生产了各种小五金用具三千六百多斤，布匹等二千一百多公尺，并拿到市场上銷售。这个县县城鎮的肥皂厂利用百分之六十的糠油渣代替牛油制肥皂，初步解决了原料不足的困难，现在每天生产的肥皂有二百至二百五十市斤，基本上滿足了当地群众对肥皂的需要。

各地經过大抓日用品生产以后，部分产品的市场供应状况逐渐好轉，許多地区的小商販正把一籮一担的日用品挑到市场出售。

（特約通訊員何楼金）

广州万能木器厂的工人們正在赶制木屐。　　卓　发摄

韶关市

【本报訊】韶关市商业局工业品經理部，一手抓組織生产，一手抓市场供应，从組織地方工业生产入手做好市场供应工作，对当前日用品生产的发展作了詳細規划和安排，目前不少产品已投入生产和陆續上市，地方工业的日用品生产出现了欣欣向荣的景象。

目前，韶关市各厂已纷纷行动起来，除积极扩大生产原有产品外，同时还正在积极試制新产品。如韶关市化工肥皂厂原来只生产肥皂的，最近进一步挖掘生产潜力，扩大生产；现已正式投入生产的有蚊香、洋烛、泡打粉等，已試制成功。将投入生产的有鞋油、裁衣划粉、头油、香梘精、爽身粉等。此外各厂还試制成功并正式生产布胶鞋、布鞋、竹水瓶壳、木屐、筷子、木馬、小五金、帆布手套、布伞等大小产品近百余种。这些产品过去是少生产或是沒有生产的。另一方面，經理部为了支援地方工

东莞县

【本报訊】东莞县最近合理調整和安排了人民生活必需品的生产。仅莞城、石龙、太平三个鎮的二十二間厂，从四月二十四日至五月七日止，共恢复和新增产品一百五十七种，总产量十二万四千六百三十件。

为了迅速組織日用品生产，滿足人民生活需要，东莞县委曾于四月二十四日召开了工业、商业、公社領导及日用品工厂厂长等一百多人的干部会議。会議糾正了部分干部只重視搞生产資料的生产，忽視生活資料生产的片面观点，然后适当安排了日用工业品生产，并訂出以完成产品产量、質量为主的計划。会后，莞城、太平、石龙三个鎮很快便行动起来。莞城“五一”农械厂經过重新調整生产后，迅速恢复了十一种产品和增加了两种产品，共生产了菜刀、柴刀、木盆等三千五百二十六件，立即上市。又如石龙鎮木屐厂，把过去抽調去搞农具的工人調回后，四天时間便生产了木屐二千七百对。太平鎮肥皂、木屐等厂也都开始大量生产。

經过全面安排生产，日用工业品的种类、数量都不断增加；但由于有些产品不能制造，靠外地加工，因而产生了不少困难，如木屐，有屐无皮，胶鞋有皮无底，肥皂生产量低等。根据这种情况，各厂都开展了技术革新运动，发动群众想办法、挖潜力，結果一些原来不能制的产品能够制造了。如石龙制鞋行业，过去不会制鞋底，现在制成鞋底，并从过去每天生产十对增加到每天六十至七十对；木屐皮过去靠外地供应，现也能自制了；肥皂也从日产二百孖提高到五、六百孖，基本满足了当地市场需要。有些厂还进行多种經营，如肥料厂生产蚊香；毛巾厂把毛巾机改为織蚊帐布机，生产蚊帐布等。

（佛山地委工业工作組）

佛山地委工业工作组：《日用品生产欣欣向荣·东莞县》

《南方日报》1959年5月15日第2版

增加榨油設备　大鬧技术革新

东莞县米糠油产量居全省第一位

【本报訊】东莞县粮食部門为增产油脂，大搞米糠榨油。今年一至四月，全县榨出米糠油三十三万七千一百斤，相当于全县同期食油銷售量的百分之四十四点三六，成为全省米糠油生产量最多的县份。

东莞一向是缺油县份，为改变这个情况，这个县的粮食部門于去年底起充分利用米糠榨油。在开展这个工作的初期，有些人对利用米糠榨油的意义还認識不足，强調工作困难，又認为会影响飼料供应等等。針对这些情况，領导上通过摆事实、算細帐，反复講清道理，統一思想認識。然后，又認眞挖掘全县的榨制潜力，解决了榨制能力不足的困难。同时，又利用榨油后的糠餅釀酒，将酒糟喂猪，进行实驗，結果一百斤米糠加工后得回一百七十斤酒糟，猪又爱吃，而且生长良好。这些事实，打破了群众怕用米糠榨油会减少飼料、用糠餅养猪不长膘等思想顾虑。当地党委对这个工作也十分重視，从各方面帮助解决劳动力、材料等困难。这样，全县十二个国营油厂很快就全部投入加工米糠油的生产，并且改进了榨制技术和劳动組織，使每百斤米糠平均出油率由七斤提高到九斤多；在米糠較多时，还采取人停油榨不停的办法，使每条油榨的原料日榨量由三百斤提高到二千五百斤，日产米糠油二百五十斤。

为了依靠群众、利用土办法增产更多油脂，粮食部門还积极帮助公社設置米糠榨油設备，扩大米糠油的生产。县粮食局先后組織了三次展览会、七次現场会議和印制了大批关于榨制米糠油的資料，广泛宣传榨制米糠油的好处和方法。同时将全县农村的木油榨全面安排、調整，并且組織公社与公社之間互相支援榨制工具，又具体协助公社利用废旧材料制造設备。全县各人民公社很快就普遍的利用土办法榨米糠油。中堂、石龙等公社开展米糠榨油后，增产了油脂，已基本上解决了公社用油問題，減少了国家的供应量。

为了使各人民公社更好地掌握榨制技术，东莞县粮食部門除經常給予技术指导外，还积极为人民公社培养技术力量，采取短期講課和組織实习的办法培訓出榨油技工二百六十五人，炼油技工三十五人，使全县各人民公社能够有基本的技术力量保証米糠榨油正常生产。

榨制米糠油的工作在全县开展后，这个县的粮食部門又及时組織开展技术革新，以提高出油率，降低土法操作的劳动强度和节省劳动力。石龙公社用黄麻織网包糠餅入榨和使用龟背形的木墊，出使油率提高百分之零点二五至零点三。石龙和茶山人民公社还制成手扳活动吊槌来代替人力打槌榨制，不仅省力三分之一，而且使用这种吊槌不需要熟練的技术，一般妇女也可以操作；同时一架吊槌又可以輪用于多条油榨，既降低劳动强度，又解决榨具不足的困难。通过技术革新，全县已經推广了二十多項米糠榨油的先进經驗，把榨制工作推前了一大步。（卓冠文）

米糠綜合利用　門路多好处大

米糠餅制飴糖

东莞县石龙油脂綜合加工厂用一百斤米糠餅配麦芽二十斤、清水二百斤，經过加热濃縮，制出飴糖三十八到四十二斤。成本仅六元一角，但生产的飴糖价值十一元二角。他們的制法是：用冷水将小麦浸十二小时左右，小麦有了裂縫白芽，便用竹籮装起，盖上麻包闷两天。小麦长出小白芽后，就把麦芽鋪在潮阴的地方，每天淋水二至三次。經过六到八天，麦芽长至一寸，即将麦芽桩碎，用大木桶盛着，加入摄氏七十度的溫水，并将煮熟后的糠粉和糠水乘热倒入与麦芽拌匀，密盖桶盖，溫度要保持在摄氏六十度左右，糖化五小时，以后过滤，提出糖水，放在炉鍋中用慢火熬煮四小时，浓縮到用竹筷夹起有絲状，即成飴餅。飴餅可以制糖果餅干和作酱色的原料。

米糠餅釀酒

将米糠榨油后的糠餅桩碎过篩，按糠餅粉重量拌冷水百分之三十，然后用蒸桶蒸料。蒸到全面透气后，盖上麻袋再蒸二十分鐘，使它充分熟透均匀。糠料蒸好后，鋪开攤凉至常溫摄氏二十至三十度，掺入百分之十三的麸麯，加以拌匀，并用麻袋盖好保溫糖化（溫度最高摄氏三十度左右，糖化时間則根据天气凉热而定，一般約二十四小时左右）。糖化好后，加入百分之二十五的酵母水（即酵母菌），加以拌匀，即装入甑埕或甑缸中发酵。埕、缸要盖好，不能漏气，并用谷壳藏着，使溫度上升。每隔二十四小时检查一次溫度，发酵約一百二十小时。在第五次检查溫度时，如果溫度已由第三次检查时的摄氏四十度至五十度降为摄氏三十度至三十五度，就可以进行蒸酒。在蒸餾时，要防止水份溢上料内。为了蒸得均匀，上料可分四至五次进行（即蒸至全面透气后加料一次）。管道和蒸餾塔要防止漏气，以免降低成品率。一百斤米糠餅一般可以蒸出三十至四十度的白酒二十七斤，还有一百八十五斤湿酒糟可以作飼料。据初步試制結果，一百斤三十度的米糠酒，約可制出九十五度的酒精二十五斤左右。

酒糟是好飼料

合浦县粮食部門将榨油后的糠餅釀酒，用酒糟喂猪，猪只长得又快又好，成本費用又低，群众都称贊这是好办法。这个县的粮食部門在北海油厂第一批飼养了十四头猪，养了四个月，平均每头重量达到一百七十斤，比原来平均每头重量五十斤增加了一百二十斤，平均每天长膘一斤。去年底，这个厂被北海市商业局評为生猪长膘的一等飼养单位。根据分析的結果，酒糟能够促进猪只的长膘，是由于米糠榨油和釀酒后，經过蒸煮和发酵，糠的纤維变得更加軟化，有助于猪只的食欲增长和消化；而且，米糠中原有的蛋白質并未減少或消失。同时，酒糟中含有大量酵母菌，这些菌体含有大量蛋白質、脂肪和各种維生素，营养成份很好，能够增进猪只健康和有助于猪只长膘。

用酒糟喂猪的办法很簡单，釀酒后所得的酒糟就可以直接作飼料，不需要再經过任何加工。如果酒糟过稠时，可以稍加水稀释。喂养过程中，如果发现猪只的眼角有分泌物（俗称「眼屎」），可以用石膏水拌糟，或者加入豆腐水、芭蕉心等作清凉剂。

（省粮食厅供稿）

卓冠文：《增加榨油设备　大闹技术革新　东莞县米糠油产量居全省第一位》

《南方日报》1959年5月28日第2版

东莞全面安排灾区群众居住

堵口复堤战斗已經开始

【本报东莞訊】东莞县遭受洪水侵害的群众，正在党和政府的关怀和支持下，得到适当安置。本月二十二日，县委、县人委組織了灾区慰問团，分赴常平、寮步、企石、附城等公社去进行慰問，帮助灾区人民重建家园。

东莞县位于东江下游，这次遭到近百年来的特大洪水袭击，虽然經过全党全民搶救，仍有部分堤围崩缺。这些地区的党組織及时把群众搶救出来，并运送到安全的地方去，給他們安排好食和住。莞城公社除安排好群众的住所外，还协助解决好床板、席子、油灯等用品。

县委还組織了灾区医疗队，采用巡迴和設站的方式，为灾民治病，做到防治兼施。莞城公社对患病的群众，还另找适当的地方安置。群众对于党和国家这样无微不至的关怀，表示衷心的感激。

（东莞日报編輯部）

【又訊】东莞县洪水逐漸消退。洪水已經消退地区现正大力进行复堤堵口工作。

全县复堤堵口总指揮部已經成立，由中共东莞县委第一书記林若任总指揮，书記張煥熙、張如任副总指揮。险情較大的堤围直接由县負責組織修复；福燕洲围、五八围、京西絜围等，都分别成立了指揮部。为了加强領导，指揮部的指揮都由县委担任。目前，这些复堤堵口的指揮部正在积极进行准备工作，如制訂施工計划、組織劳动力、准备物資器材、筹备款項、調配粮食、組織副食品供应和交通运輸等，以便在本月二十五日全面展开施工。

与此同时，对于险情較小的堤围的复堤堵口工作，也在普遍开展。各公社党委对这一工作都很重視，認为这是生产自救和恢复生产的重要环节，紛紛組織大批劳动力参加。附城公社进行得較早。这个公社的金丰围缺口已于二十日堵好，大王洲围、覇螺围的复堤堵口工作已在紧張进行，日内即可竣工。（东莞日报編輯部）

东莞日报编辑部：《东莞全面安排灾区群众居住　堵口复堤战斗已经开始》

《南方日报》1959年6月24日第1版

快收又細打 赶在台風前

东莞县九万多人突击夏收进度加快近一倍

南海县大瀝公社集中劳力白天割禾夜送粮

【本报东莞訊】东莞县組織人力加紧快收細打，以避免台风暴雨的袭击。本月十二、十三日两天，全县出动了九万四千多人，共收割早稻五万七千二百八十亩，速度比过去加快将近一倍。

据省气象局預报，在七月十五日至十七日的几天内，广东可能有比較大的台风和暴雨。东莞县委获得这个消息以后，立即召开紧急电話会議，强調加紧快收細打，要求在台风到来以前，把八成熟以上的早稻全部收割完毕，保証不遭受损失。各公社接到指示以后，立即采取了紧急措施，組織行动。厚街公社在家的十一个党委委員分别深入到夏收进度比較慢的六个大队，領导收割工作。桥头公社提出要領导集中、工具集中、劳力集中和做好检查驗收工作，两个留家的党委书記亲自領导割禾，全公社共組織了九千四百六十六人加紧进行夏收。虎門公社集中了一万零四百多个劳动力，日割一万亩。这个公社的早稻原来只割了二成多，现在二天内就收割了百分之四十九。麻冲公社田多劳动力少的漳澎大队，十二日接到台风消息以后，当晚就集中了百分之八十以上的劳动力共二千一百人漏夜进行收割，一晚便割了七百多亩。

在收割当中，各地都指定专人負責晒谷，还注意了細收細打，减少浪費。（东莞报編輯部）

【本报南海訊】南海县大瀝公社在接到台风消息以后，立即集中人力投入快收細打、快送粮食入庫。本月十三日一天内，全社收割早稻三千多亩，比前一天多割了一千多亩；粮食入庫五十多万斤，比前一天增加二十多万斤。

大瀝公社接到台风的消息以后，立即集中了七千多个劳动力投入收割早稻和送粮入庫的工作。公社党委书記带头参加割禾和送粮。附近的工厂和机关出动了七百多人支援大瀝公社的夏收和送粮工作。有三百多个搬运工人参加了送运粮食。社員們采取白天割禾、晚上送粮入庫的办法，出动了二十四部車子、四十二艘船只，水陆两路連夜运粮入庫，大大加速了粮食入庫的速度。水头和奇槎两个大队，一天就完成了十万斤的送粮入庫任务。

（特約通訊員　黎布）

△　△　△

台·风·消·息

【本报訊】广东省气象局气象科学研究所十四日二十三点鈡发布台风报告：十四日下午八点鈡，西太平洋台风中心位置在台湾省南部的东方大約四百四十公里的海面上。中心附近最大风力有十二級，也就是每秒三十六公尺的风速。預計这个台风中心，将以平均每小时二十一公里左右的速度向西北方向移动，在明天傍晚可以到达台湾省东北部，或者它的海面。台湾省、福建省海面和台湾海峽将有大风出现。同时，由于台风槽的影响，韶关专区东部、佛山专区东北部和汕头专区，将有陣雨的天气，局部地区有五——七級的短时間雷雨大风。根据现有資料的分析，預計这个台风未来的动向变化較大，本所将随时根据新的資料分析，发布新的預告。

黎布：《快收又细打　赶在台风前　东莞县九万多人突击夏收进度加快近一倍》

《南方日报》1959年7月15日第1版

东江两岸完成播种 秧田一片葱绿

灾区农民大抓秧田管理

东莞灾区堵口复堤工程迅速完成

【本报惠州訊】惠阳、博罗、东莞、增城等县受灾地区的七十一个公社的生产大队，已經完成了晚造播种任务。现在，东江两岸的几十万亩秧田青葱一片，各地正加强秧田的管理工作。

当洪水开始消退的时候，这里的群众就提出了“水退一块，赶播一块”的口号，抓紧季节，紛紛整秧田、浸种、播种办田。洪水虽然淹没了原来已播种的十一万三千多亩秧地，使补播工作遇到一些困难，但是在党和政府的关怀，和汕头专区、中山、番顺等县的支援下，近九百万斤谷种迅速地調运到灾区各地，加上灾区人民在洪水期間，許多干部、积极分子組織了打捞队，搶救回大批受淹的谷种，保証了有足够的谷种补播。

为了确保晚造插壮秧、这几个县的各級党委都注意做好育秧工作。各地普遍实行党委、干部、老农、技术員四結合的办法，开展秧田大检查大評比。博罗县最近以生产大队为单位，进行秧苗大检查，在检查中发现不少秧苗有虫害，有的谷种因被水淹过，发芽率不高，有的被雨水冲打成堆，也有些秧苗被牲畜残踏，部分秧苗因缺肥，生长不壮等。发现这些問題后，立即补播五千亩“预备秧”，并組織了三千五百多人扑灭虫害和追肥。惠阳县各地領导实行田头扎寨，保証秧田管理落实，并且定出了育壮秧的規格：要求秧苗高一尺，百分之九十是三脚壮秧，做到虫、草、稗三淨。这个县的稔山公社的秧田已普遍进行了追肥、除草和噴射杀虫药剂，消灭了三类秧。据惠阳、博罗、增城三个县的統計，现已組織一万二千多人的专业队，专責管理秧田，日夜把守田間。目前，惠阳县已有百分之二十的秧苗育成老壮秧，并突击插下四万多亩晚稻。（麦田、落尘）

【本报东莞訊】奋战在复堤堵口战綫上的东莞县一万多名民工，經过十多天来的战斗，取得基本胜利。截止本月十二日止，石龙的京西縈围、山洲围，企石的五八围、福燕洲围，桥头的东太湖等几条主要大堤围，都已經完成堵口工程。其中京西縈、东太湖、山洲围等早在本月十日前已經提前完工。

在十多天的堵口复堤的战斗中，灾区人民和来自省委、县委的三百多名干部，从城鎮和非灾区前来支援的五千多名民工，都发揮了冲天干劲。他們开展了热烈的劳动竞賽，食宿在工地，不管吹风下雨，仍然紧张的劳动。他們經常坚持工作到深夜，有时还一直开工到通宵。在队与队、人与人之間开展多担快跑的运动中，不少民工一直挑四箕、六箕，最多的挑到十五箕。在京西縈围的堵口工程中，京山队的妇女組織了刘胡兰战斗队，发起了超定額挑土竞賽，平均每人一次挑土数量，从八十斤增加到一百斤甚至一百二十斤。西湖队有十七个妇女也組織向秀丽突击队，开展了一个一人挑四箕土的运动，在竞賽中几次都胜过刘胡兰队。山洲围的堵口工程进行得更加热烈，全堤五十多个干部和二千五百多个民工，为了早日修复堤围，都夜以継日地苦战。工程最艰巨的鑊耳氹缺口，深达八公尺，內坡是泥塘氹，外坡是沙河，但是經过四昼夜的奋战，民工們終于克服了天雨和各种困难，完成了复堤工程。堵口复堤期間，县委和公社不断派人到工地向民工进行慰問，关心民工的生活，大大地鼓舞了民工的积极性。

（东莞报編輯部）

东莞报编辑部：《灾区农民大抓秧田管理　东莞灾区堵口复堤工程迅速完成》

《南方日报》1959年7月16日第1版

摘要：共有两条报道。第一条报道了东江两岸几个受灾县的秧田管理，其中包括东莞县。第二条专门报道东莞县，讲述经过一万多人十几天的努力，东莞县复堤堵口工程已经完成。在此过程中，大家发挥了冲天干劲，领导也关心民工的生活。

保障人强馬壮　争取晚造丰收

东莞增城掀起卫生运动

【本报訊】为了保障劳动大軍的身体健康，争取晚造大丰收，迅速改变灾区面貌，东莞县認眞貫彻省委在七月十日召开的关于开展除害灭病爱国卫生运动、防治夏季传染病的电話会議精神，采取了积极措施，全面开展卫生工作。

中共东莞县委对当前卫生工作极为重視。七月十日，县委召开了电話会議，对当前卫生工作，特别是灾区的卫生工作，作了全面的布置。十三日至十四日，县委在召开公社党委第一书記的会議上又强調指出搞好卫生工作的重要意义，要求各公社做好这一工作。会議結束后，在石龙、太平、莞城等城鎮进行了卫生突击检查；接着又由公社文教卫生部、公社医院等有关部門的負責人組成四个組，对全县各墟鎮卫生工作进行了大检查。

目前，东莞县各地正在結合生产，掀起了群众性的爱国卫生运动。寮步公社良平大队下岭貝生产队的党支部提出了“以生产为綱，結合积肥，掀起爱国卫生突击高潮；預防为主，增进健康，确保晚造特大丰收”的口号，并且在社員大会上展开鳴放辯論，提高了群众的認識，积极投入卫生突击运动。經过五个夜晚的奋战，改变了原来垃圾多、蒼蝇多的现象，环境卫生面貌煥然一新。厕所做到每日清洗，基本上达到了无蝇、无臭、坑口无粪便。食堂、厨房的地面、食具、枱凳都很清洁，飲水用漂白粉消毒，炊事員都戴上口罩，疾病也显著減少。六月下旬，这个队有二百八十四例肠炎病人，也出现伤寒、食物中毒等病例。开展卫生运动以后，七月上旬肠炎病人只发生五十三例，伤寒和食物中毒等疾病都已消灭。莞城公社在六月下旬洪水退后，立即开展了群众性的爱国卫生运动。全社共出动了一万八千多人次，用了五天时間突击灭蝇，共消灭蒼蝇二万三千八百多盒，清理垃圾、污泥一万九千八百多担，疏通沟渠一千六百多公尺，清洗馬路沙井四百二十二个，飲食店、食堂都进行了飲水消毒，四十八間托儿所、幼儿园也用拉素水进行噴洒消毒，整个公社的环境卫生面貌完全改观。

东莞县又在認眞貫彻預防为主的方針的同时，做好医疗工作。东莞县在省医疗队的配合下，在灾区开展了巡迴免費医疗，极受群众欢迎。由于建立了健全的疫情报告制度，对传染病的防治工作做到了抓得早、抓得准。如六月中旬寮步公社石步大队和石龙公社元山大队都曾发现过百日咳病人，及时采取了防治兼施的有效措施后，疫情很快就被控制和消灭。目前全县传染病的发病人数呈直綫下降，有效地保障了人民的身体健康。（潘其峰）

【本报訊】为了改变洪水退后的卫生面貌，防止疾病流行，增城县結合生产自救、复堤堵口的工作，积极开展爱国卫生运动。

中共增城县委員会在上月底洪水未退之前，就召开了公社党委书記会議和卫生院长会議，专門布置洪水退后的卫生工作。到目前为止，全县十五个公社都进行过一次至三次的清洁运动。增江、新塘等严重受灾的公社，在几天之内就把大部分被洪水冲坏的厕所修建起来，彻底的清理了垃圾和污水。仙村公社发动全社六十四名卫生人員和三千多名社員突击三天，疏通沟渠四千多公尺，修建和掏洗了三千多口井，并对全社房屋、水井等进行了一次葯物消毒。与此同时，全社卫生人員还深入工地、田間、幼儿园、托儿所等巡迴医疗和进行卫生的宣传工作。

为了巩固成績和进一步开展夏秋季卫生工作，增城县卫生領导部門于本月中旬派出检查团，检查各公社的卫生工作。

（陈奕才、陈为炘）

潘其峰：《保障人强马壮　争取晚造丰收　东莞增城掀起卫生运动》

《南方日报》1959年7月26日第3版

吃飽不浪費 生活妥安排

寮步公社駁倒上中农「分光吃光」論

【本报东莞訊】本报特約通訊員阜永友报道：东莞县寮步公社最近就粮食分配問題开展了一场大辯論，駁倒了部分上中农“丰收后分光吃光”的錯誤主张，貧下中农一致主张晚造获得特大丰收后，要合理用粮、节約用粮，以丰补歉。

寮步人民公社今年晚稻获得特大丰收。全社晚稻总面积六万四千亩，到十一月七日止，已收刈了一万一千亩低产的早熟禾，平均亩产达四百零三斤。其中亩产一千斤以上的高产田有一点二亩，亩产八百斤至一千斤的有四十二亩，六百斤至八百斤的有一千一百五十二亩，而目前大面积未收刈的中熟禾普遍比早熟禾好。公社党委根据已收刈的产量推算，今年晚稻平均亩产量可比去年增产百分之五十三点六。

粮食特大丰收，是分光食光好，还是合理节約用粮好？对这个問題，社員中有两种不同的主张：凫山大队上中农温应彬說：“从来沒有过象今年晚造这样好的禾，我主张大丰收后多食，每人每月起碼要留口粮五十斤”。但大部分社員不同意这个意见。他們說：大丰收也要合理安排粮食，留有余地。主张吃飽不浪費，留三十斤主粮，再加上十斤杂粮就足够了。貧农社員德旗摆出他家九口人，今年早造平均每人每月分到口粮三十五斤，食到十一月份，仍剩余稻谷一百零四斤。平均每人每月只用粮二十九斤，誰說留粮四十斤不够食呢？凫山生产大队沙井坑村社員們在辯論过程中还算了一笔賬：他們全村四十六戶，一九五九年晚造留粮，大小人口平均每人每月留口粮三十五斤，另外全村社員私人还养了六十四头猪，五百九十八头三鳥，吃了一部分粮食，但到现在还有四十一戶（占总戶数百分之九十）社員家里还有存粮共一千六百斤。这些事实有力地說明了每人平均有三十多四十斤粮食是完全可以把生活安排得妥妥当当的。

要不要留儲备粮呢？在討論这个問題时，貧下中农都主张在完成征购任务、安排好社員留足飼料粮后，多留儲备粮，以丰补歉。許多社員回忆起今年六月間遭受特大洪水侵袭，早稻严重失收的情景。在受灾后，国家除及时拨出四千五百多担救济粮支援灾区外，还供应口粮一万一千零四十八担，使全社沒有一人挨餓。如果各地在大丰收后，都把粮食分光吃光，碰到象今年早造的水灾，日子怎样过呢？

通过回忆对比，广大貧下中农都一致認为粮食大丰收，就要多留儲备粮，以备荒年。在辯論中，大家指出：上中农主张多留口粮，少积累，企图多分粮食，用来作为走資本主义个人发财道路的本錢。一九五六年晚造粮食大丰收，当时上中农也是极力主张把粮食全部分光。結果那年晚造粮食分得过多，許多农民手上粮食很多，資本主义自发势力大为抬头。約勒大队上中农卢庞芝，因为手上粮食很多，就埋头搞“自发”，一九五七年年头，一下子就养了六头肉猪，一百四十只三鳥，那年，他为社总共做不到三十个劳动日。另一个上中农大东一家八口人，一九五六年晚造全家大小平均每人每月有七十八斤粮食，他就用大量多余的粮食来喂猪喂鸡。上中农多分了粮食，又自以为有本錢在手，乘机大鬧分社风潮，把約勒从原来三个农业社分裂为八个农业社。石龙坑生产大队社員揭发出上中农韓叙彬在一九五六年晚造粮食大丰收后，主张把粮食分光，一九五七年他就利用粮食走“自发”，把粮食用来养了四头大猪，三十只三鳥，并且长期不出勤，一九五七年全年只为社做了二十个劳动日。通过摆事实，貧下中农揭穿了上中农主张多留口粮的企图，是为了走自发道路，这样做对大多数貧下中农是沒有好处的。塘边生产大队由于一九五六年晚造粮食丰收，通过摆事实，大大地教育了貧下中农，提高了他們的阶級觉悟，一致主张多留儲备粮。石埔村妇女陈祖笑說：“有錢应記无錢日，安乐常思患难时。”

經过了一场大辯論后，許多社員都認为要把眼前利益和长远利益結合起来，实行計划用粮、节約粮食，在吃飽不浪費的原則下，把多余粮食卖給国家。现在，全社决定在完成国家粮食征购任务后，多卖一万五千担粮食給国家，还决定留下一万担儲备粮。

編后

分光粮食的实質是什么？

寮步人民公社关于粮食問題的大辯論，說明在如何使用粮食問題上，也存在着两种思想和两条道路的尖銳斗爭。一方面是广大貧农和下中农，經过总路綫学习，社会主义觉悟大大提高，認識了計划用粮，节約用粮，合理用粮，以丰补歉的粮食分配政策，自觉地把富日子当穷日子过。另方面是为数不多的上中农，提出了完全不同的主张，他們表面要求多吃多分、吃光分光，实际上是想拿上多余的粮食去做投机买卖，去走他們的資本主义的老路。如果让他們的資本主义思想行为任意泛濫，不加制止，那就不仅不能正确地貫彻党的粮食分配政策，而且要影响集体經济的継續发展。寮步公社所反映的材料，在全省各地农村都或多或少的存在着。因此，我們希望各地农村工作者也象寮步公社那样，开展一次粮食分配問題的大辯論，同时挖掘一下那些主张多分多吃的人的思想根源。这样一辯一挖，問題就会大白于天下，就会把貧农和下中农的阶級觉悟提高一步。这是总路綫教育中的一項首要課程，应該狠狠抓紧，認真执行，千万不可跳过。

《吃饱不浪费　生活妥安排　寮步公社[①]驳倒上中农“分光吃光”论》

《南方日报》1959年11月12日第1版

① 寮步公社：今东莞市寮步镇。

土壤大改良　粮食大加番

寮步公社大岭山农场改土增产經驗值得推广

【本报訊】东莞县寮步公社大岭山农场从今年开始，开展了一个规模巨大的以防洪（山洪）排酸为中心的土壤改良运动，并且坚决貫彻农业“八字宪法”的其他技术措施，使这个过去荒凉穷困的山谷，大大改变了低产面貌。今年早造，这个农场对四百五十亩水田进行初步改土工作，結果获得平均亩产二百四十一斤，比改土前全年亩产一百五十斤至一百八十斤，增产了百分之三十以上。晚造継續实行綜合改土措施的有一千一百亩。现在这些晚稻丰收在望，估計亩产可达五百至五百五十斤，比改土前全年亩产增产两倍多。比早造亩产二百四十一斤，也增产一倍以上。

大岭山农场位于东莞县大岭山下，是去年成立人民公社的时候建立的。整个农场全是丘陵地带，山坡为地，山坑成田。主要耕地有五千五百亩，其中水田一千一百亩，旱地四千四百亩。水田是典型的山坑田，有百分之八十是出酸冷底田（包括湖洋田），其他的是高崗浅脚田和少数土壤結构較好的坑田。这些田在建场以前，全年亩产最高只在一百五十斤到一百八十斤之間。

为了改变这些田的低产面貌，中共大岭山农场总支部，在建场初期就立下雄心大志，訂出通过改土积肥的方法来改造自然的計划。在执行改土計划中，党总支坚决实行政治挂帅，依靠群众。农场刚建立，只有几百亩荒蕪瘦瘠的山坑田，群众信心不足。在这种情况下，党总支就发揮坚强的战斗堡垒作用，及时向群众提出“要每寸土地交出粮食”的号召，指出在党的領导下，实行党所提出的改土积肥計划，低产面貌一定可以改观，增产目标一定可以实现。接着，党总支就发动群众，作好改土的准备工作。在春耕前，一个改土的群众运动就轰轰烈烈地掀起来，使早造获得第一次大增产，基本上解决了农场的粮食問題。今年晚造，农场領导上提出开沟排酸的时候，有些场員和个别干部認为这会浪費劳力，作用不大，并且存有不顧积肥、依賴国家供应肥料等右傾保守思想。党总支立即召开全体场員大会，开展群众大辯論，通过总結早造麻雀岭改土增产的經驗，并且摆出表亮队社員邓設元在黃巢井耕种的一亩多出酸冷底田，經过开沟排酸、增施綠肥后，使早造禾苗起死回生的事实，使群众受到很大教育。这以后，场員个个爭先，参加到改造发酸田、低产田的运动中来。走群众路綫，对有病的禾苗組織田头会診，现场参观，总結經驗，普遍推广，这也是党总支的一个重要領导方法。

大岭山农场能够在初步改土中取得这样显著的成績，这是因为認眞貫彻了綜合改、連續改、季季改、彻底改的改土方針和以山养田、以猪增粮的积肥方針。綜合改的技术措施有四个方面：第一是采用大沟套小沟（或双沟并用）、防洪兼排酸的方法；第二是逐年深耕，加深耕作层，施入肥泥，对症下葯；第三是建筑山塘，貯积洪水，防冲防旱。季季改已經进行过两次，去冬今春已經进行深翻改土、开沟排酸的田有一百六十亩。夏种前后，又开防冲排酸沟一百二十九条，解决了九百多亩田的防洪排酸問題。在晚稻插秧刚結束，禾苗出现萎黃死根现象的时候，党总支就当机立断，发动群众以二十天的时間，完成了排酸防冲的改土工程，改变了禾苗的生势。目前还有一个十人以上的改土专业队伍，継續进行开沟、修渠工作，使渠沟更加完善。一年来，这个农场的改土工作，已为彻底改良土壤打好基础，今后再加一把力，継續貫彻这一套有效的改土措施，彻底改变这里的土壤面貌就为期不远。

肥料是土壤的食粮，要彻底改良土壤，还必須註肥料工作跟上来。一年来，大岭山农场正朝着这个方向前进。在貫彻以山养田、以猪肥田的方針中，农场正以大积大制大烧大采的方法，大量积集各种綠肥，保証水稻和經济作物的迅速生长。到目前止，共积集自然有机肥八十七万多担，制肥三十二万多担，利用荒山种植綠肥八十亩，积集人粪肥九千多担。以猪增粮的方針貫彻得更好，现在全场已經养猪近一千二百头，平均每亩稻田占一头有多。由于畜牧事业的大发展，自然肥源的充分发掘和利用，已給进一步改良土壤，实现更大增产，創造了更好的条件。

（东莞土肥办公室工作組）

东莞土肥办公室工作组：《土壤大改良　粮食大加番　寮步公社大岭山农场改土增产经验值得推广》

《南方日报》1959年11月13日第2版

在抗洪斗爭和恢复生产中經受考驗

东莞二千名优秀分子入党

全县二千八百多人被提拔到領导崗位

【本报訊】东莞县各級党組織最近几个月来接受了二千多名在抗洪斗爭和恢复生产中經受考驗的优秀分子进党，壮大了党的队伍，加强了党对各項工作的領导。另外，有二千八百多名經过考驗的积极分子，被提拔到公社和大队的領导崗位。

这些新接收入党的优秀分子，絕大多数都是抗洪斗爭的先进人物，在恢复生产、重建家园和总路綫教育运动中，表现良好，堅决維护总路綫、大跃进、人民公社，維护党的領导，同各种右傾思想开展斗爭。例如附城公社樟村大队总支所接受的十三名党員，都是抗洪斗爭的模范，受到县和公社的表扬。中堂公社新鶴田大队新入党的洪素勤，一貫来工作表现积极，在今年洪水袭击期間，大队的仓庫和自己家里的房子都受到洪水的严重威胁，他公而忘私，首先把仓庫的二十多担稻谷搶救出来，家里的东西却受到了損失。望牛墩公社李屋大队新入党的蔡德明，抗洪中他負責守卫大头围，当他巡邏发现一个地方被洪水冲破了三尺的洞口时，就奋不顧身跳下水去，用身体把洞口堵住，后来在其他社員的支持下，把这条堤围保住了，使人民生命财产免受損失。这个县的各級党組織在接受新党員时，还認眞貫徹阶級路綫，全县新发展的二千零六名党員，本人成份属于貧农和下中农的占了百分之九十四以上。同时，各級党組織还注意接受劳动妇女中的优秀分子进党，据后街、道滘、莞城三个公社的統計，在已接收的三百六十名党員中，妇女党員就有八十六名。此外，这个县还抓紧了在党的力量比較薄弱的后进地区，以及在沒有党員的空白地区发展党的組織。原先全县还有五个大队六百七十八个生产队沒有党員，經过前一段开展建党工作之后，这五个大队已建立了党的組織，有五百九十三个大队发展了党員；使相当一部分生产工作搞得不大好的地方，有了很大的轉变。如附城公社的樟村大队、后街公社的古择坑大队等，各項工作都較后进，但是建党之后，广大社員在新党員的带头奋战下，生产积极性有很大提高。最近，这些大队的秋收、秋征、秋购和冬种等工作，都赶上了一些先进的大队。

东莞县的建党工作紧密地围繞中心工作来进行，采取各种方法加强对建党对象的教育。如后街公社在晚造插秧时，集中了二百六十多个建党对象和积极分子，在插秧进度最慢的桥头大队举办短期訓練班，一方面进行关于党的基本知識的教育，另方面又支援了这个大队插秧工作，經过短短六天时間的学习和劳动，建党对象的思想認識有了很大提高，同时也改变了这个大队的落后状况。据統計，全县通过各种方法訓練、教育了建党对象七千四百多人，因而为接收新党員准备了条件，又大大地推动了各項中心工作。此外，这个县的各級党的組織，还通过公社和大队的党校，經常地上党課，組織建党对象投入中心工作进行考驗，因而也保証了新党員的質量。

这个县在发展党員的同时，还注意挑选在抗洪斗爭和各項运动中的优秀分子，提拔到領导崗位上来，以适应形势发展的需要。至十一月十五日統計，全县有二千八百三十五名优秀分子被提拔了工作职务，其中在公社和生产队担負領导职务的占百分之九十以上，因而大大地加强了公社和生产队的核心領导力量。

（吳頌平）

吴颂平：《在抗洪斗争和恢复生产中经受考验　东莞二千名优秀分子入党》

《南方日报》1959年12月9日第3版

天大困难难不倒人民公社的社員

企石公社灾后四月大长元气

晚造夺回早造受灾損失，牲畜飼养量大大超过灾前，副业收入一百多万元，重建家园近八成。

【本报訊】今年早造遭到特大洪水袭击的东莞县企石公社，依靠党的坚强領导和人民公社的优越性，全体社員以冲天干劲，在晚造生产中，夺回了早造受灾損失的全部粮食。与这同时，畜牧业、副业生产已經大大超过灾前水平，重建家园工作也取得了巨大成績。

企石公社晚造水稻四万九千一百四十九亩，实收稻谷二千八百六十万斤，平均亩产五百八十二斤，比历史上收成最好的一九五八年早、晚两造总产量二千九百二十二万斤，仅差六十二万斤。今年晚造总产比去年晚造增产一千一百六十四万八千斤，基本上拿回了今年早造受灾損失的稻谷。畜牧业生产方面，生猪飼养量由灾前的一万零三十六头增加到一万一千五百二十一头，增长百分之十四点八；三鳥比灾前增加一倍多。副业生产門路由灾前的三十多項增加到五十一項，灾后四个月的副业总收入达到一百零九万元，接近一九五八年全体年副业收入一百一十一万元的水平。由于收入大大增加，壮大了集體經济，所有大队在受灾以后都增了产，百分之百的社員增加了收入。重建家园的进展也很快，灾后四个月以来，已經建好二十个新村，二千九百九十三間房屋，占兴建計划的百分之七十八。預計春节以前可以全部建成。

企石公社在今年六月中旬，遭到了百年一遇的特大洪水袭击，全公社大小九十个村庄，有七十二个被淹。全社四万四千八百亩早稻，有三万八千九百二十八亩顆粒无收，倒塌房屋六千六百二十二間，总計損失金額达三百七十八万多元。

在企石公社抗击連續不断的大灾小难中，人民公社“一大二公”的优越性，表现得特別明显。洪水过后，堤下积水还有二丈多深的时候，公社就統一調配劳动力，組成四千多人的堵口复堤队伍，和非灾区公社調来支援的二千多社員一起，奋战七日七夜，完成了五个堤围共六百多米长的缺口的堵口复堤任务。洪水还沒有退尽，这个公社的东山、鉄炉坑两个非灾区大队和上洞、新村等輕灾区大队，即让出大量秧地，支援灾区二十多个大队补播下晚造谷种。以后在連續抗击涝灾、虫害和旱患时，全公社又采取了工具、劳力、水源三統一的措施，組織了非灾区和輕灾区共三万多人次，援助灾区大队战胜多次灾难。如今年七、八月間，这个公社的莆心、龙江等十一个大队遭受到严重的涝灾，有一万多亩稻田被浸，公社立即从其他十九个大队，組織了三千多社員，带着八百多部水車，支援他們排涝。只用了三天时間，就排干了一万多亩稻田的积水，保証了禾苗的正常生长。

受灾以后，这个公社原来的九个“穷队”，在公社的統一領导和公社所有經济的积极帮助下，迅速改变了穷面貌。灾后，公社拨出九万八千八百元資金、一千多件大小农具、五万斤肥料，支援这些“穷队”；并从各大队組織了十二万六千多人次，帮助这些“穷队”恢复生产，扩大副业門路，使这九个“穷队”的收入大大增加。如沙角大队在公社的帮助下，发展了七宗副业生产，到目前为止，平均每戶已收入三百元，比一九五八年全年平均每戶收入一百八十元，增加了百分之七十，一跃而为全社有数的富队。

在抗击重重灾难的斗争中，企石公社的社員，发揮了冲天干劲，越战越英勇。灾后的四个多月，社員們沒有間断过夜战。全民奋战的結果，全社今年晚造插秧比平常提早了一个多季节，插秧时間也比过去縮短了一半。在灾后的十五天内，全公社就积集了一百五十三万担土杂肥，使晚造平均每亩施足三百担基肥。在八月間的抗涝和以后的抗旱、灭虫斗争中，全体社員也表现了英勇頑强的斗志。从八月二十三日起，当地就一直沒有下过雨，全公社有四万五千亩稻田受旱。社員們在企石河上拦河筑起三百多米宽，四、五米高的大堤，出动七千二百多人車水，日夜奋战田头，保証了稻田不缺水，夺得了晚造大丰收。在恢复生产的同时，重建家园的巨大工程也迅速地进行。社員們白天搞生产，夜晚又投入重建家园的战斗，許多社員一直堅持苦战到深夜都不愿休息。（特約通訊員　张枫）

张枫：《天大困难难不倒人民公社的社员　企石公社[①]灾后四月大长元气》

《南方日报》1959年12月10日第2版

① 企石公社：今东莞市企石镇，位于东莞市东北部，东靠惠州市。

大灾創奇迹　大难显英雄

万江公社百废俱兴

【本报东莞訊】今年早造遭到特大洪水袭击的东莞县万江人民公社，在党的堅强領导下，充分发揮人民公社的威力，基本实现了夺回早造受灾損失和“灾痕不见见新村”的宏願。

万江公社的二万六千三百九十亩晚稻，共收干谷二千零八万二千斤，平均亩产七百六十一斤。总产量比去年晚造的一千一百六十二万斤，增加百分之七十二点八；亩产比去年晚造的四百零一斤，增加百分之九十。晚造增产部分，相当于早造受灾損失的百分之八十七点八。

今年六月間东江的大洪水，使万江公社的二万一千多亩稻田全部受淹；受淹失收的經济作物有七千六百多亩，魚塘九百一十四亩；房子被冲毁一千四百三十九間；生猪、三鳥的損失也很严重。

洪水退后，公社党委会立即在干部和群众中展开大辯論，反对右傾悲观情緒，鼓起社員的干劲；并且充分发揮公社的优越性，从石美、拔蛟窝等大队抽調了四千三百二十多人，支援胜利、金太、万江三个大队进行堵口复堤和搶插晚造秧苗。仅五天时間，就把所有的堤围缺口全部堵好，八千多亩稻田也按季节插下了秧。全公社完成插秧以后，又立即开展一个以积肥为中心的田間管理运动，十五天内共积得土杂肥三百一十万担，每亩中耕追肥一百八十四担，使禾苗生长茁壮。在禾苗扬花吐穗时，公社的絕大部分稻田都先后出現了病虫害，公社党委又发动全体社員投入消灭病虫害的斗爭，保証了禾苗正常生产，奠定了晚造大丰收的大局。

万江公社在工业生产和多种經营方面，也有很大发展。水灾前，全公社只有十七間工厂，现在已經恢复发展到二十四間，这些工厂每月的收入比灾前增加百分之八十七点六。畜牧业方面，由于采取了公养私养并举的方針，并由公社拨出数万元資金购买种苗，促进了畜牧业的迅速发展。目前，全公社已有生猪二千九百四十六头，比灾前增加百分之三十五点一；三鳥一十六万八千九百四十多只，比灾前增加七点九倍。

在恢复发展生产的同时，万江公社还帮助社員迅速重建家园。公社除將国家拨来的五万二千元及时发放外，还从社办工业和副业生产收入中，拨出六万三千多元，帮助社員重建家园。同时，又从石美、拔蛟窝等輕灾大队調来一百多万块紅砖、一百五十多万瓦筒；并組織三十五个青年到东江石洞段打捞沉杉；公社供銷部还派专人到外地采购了一千多斤鉄釘、四千五百多担石灰，解决了材料缺乏的困难。现在，全社已新建了住房六百多間，另修复了四百多間，全部完成了重建家园的任务。（黎植华）

早稻損失基本夺回
畜牧副业齐头并进
被毁家园全部重建

大丰收后，东莞县寮步公社党委会又在研究新的跃进规划了。　陈福北　摄

增城县新塘公社群星大队养猪场一角。　王　南摄

东莞县寮步公社灾后重建的陶瓷厂。　汪振华　摄

灾后

黎植华：《大灾创奇迹　大难显英雄　万江公社①百废俱兴》

《南方日报》1959年12月12日第2版

① 万江公社：今东莞市万江街道，是东莞市区的四个街道之一，位于东莞市西部，东隔东江支流与莞城街道、东城街道接连，东南至南城街道。

木桩取土　水上填土　車子运土

西平水庫工地工效增六倍

东莞县全面推广西平經驗加速水利建設

【本报訊】东莞县西平水庫工地，发动群众，在取土、压土、运土等工作中，大搞技术革新，平均每人每天的工作效率从原来零点九方提高到六点六五方，成为全县最高工效的一个工地，估計整个工程可以比原来計划提前四个月完成。最近，县委在这个工地召开了现场会議，推广这个工地的高工效經驗。

西平水庫工程在开工的初期，平均每人每天只完成零点九方。按照这样的工作效率計算，整个工程共四十三万土方，二千五百个社員，要一百八十三天才能完成。工地指揮部为了加快施工的进度，发动群众，开展技术革新运动，工作效率显著上升。

西平工地的工作效率所以能够几倍的提高，主要是采取了下列三种先进的施工方法：

一、木桩取土：在取土时，利用傾斜的地形，象梯田一样，逐級取土，每級高一点五公尺左右，闊一点五公尺，深七公寸左右（这个高度、闊度、深度可視具体情况縮小或扩大）。在地面的底端向内斜挖一条六、七公寸深的小渠，在横闊的左右两端，也从上而下的挖同样深度的小渠，然后在上端一字形排列十条或八条比較短而粗大的木桩，用手举木槌撞击木桩，木桩深入地下，即可使泥土从三条裂痕（左、右、下）塌坡而碎，操作簡易，效率很高，很快就推广到整个工地。

二、水上填土：最初，有些工地技术沒有过关，出现“牛皮脹”，因而有些社員对这种先进的施工方法表示怀疑。原来灌水、填土也要有計划，要根据劳动力多少，把整个垻分为若干个方格，灌一格水，填一格土。每次灌水二十至三十公分厚左右，即灌水即填土，用不完的水要放掉，更不要浸水在垻上过夜，以防水份过度。最好灌水渠在垻中間直流，向两边方格灌水、放水，以免影响斜坡的坚固。同时每层土的方格（长、闊、大、小）要更动，不要固定一个地方。这样填土的垻，經过检驗，比采用打硪方法筑成的垻还結实，一般打硪的土垻，用竹子可以插下去，而采取水上填土方法筑的垻，很坚实，竹子很难插进去，还可节省一成多的劳动力。

三、車子运土：在施工的初期，工地上沒有一架車子，同时又无鉄釘、木材、工具。經过发动群众以后，想出很多办法：寻找旧料，上山斫树（建成水庫后将要淹掉的一些树），以竹釘代鉄釘，克服了材料不足的困难。由五个木工带动五十多个徒工制造車子。制造車子的时候，分为几个工序，每个工序操作一个或几个技术，先由木工做一个模型，教大家照样仿制。这样很快就从日产北京斗車二十五部增至七十多部，几天后，整个工地实现車子化运土，效率提高三倍。

西平工地組織了“要不要大搞水利建設？”和“大搞水利建設要不要苦战？”的辯論。通过辯論，算水利的利害关系，算时間、算任务，調动了社員的积极性。并且由党团員发揮带头作用，組織青年成立七个突击队（后来增加到十个），树立先进旗帜，掀起創高工效紀录的你追我赶的竞賽高潮，使工效大大提高。

在組織管理方面，西平水庫实行了“六定”、“六抓”、“四比”等比較全面的工作方法。所謂“六定”，就是定領导、定人員、定时間、定任务、定質量、定奖懲，做到对人人有要求，任务明确。指揮部五天下一次任务，按照劳力等級和多少，参照取土远、近、难、易，划定地段，包到大队，大队每天按任务分到小队，实行“死任务、活时間”，在保証完成任务的情况下自己支配休息时間。实行“六抓”，就是領导干部抓进度、抓工效、抓政治鼓动、抓劳力安排、抓評比竞賽、抓规格質量。把任务分下去以后，随时进行抽查，及时发现好的經驗，及时开现场会議推广，实行三天一小評，五天一大評。实行“四比”，就是比干劲、比进度、比工效、比質量。通过大家对比，树立对立面，特别是树立标兵，号召大家学习，以先进带后进。

西平工地十分关心社員的生活、食的方面，做到飯熱菜香。早在开工以前，就派人在当地种了三十多亩蔬菜，现在保証每个社員每天吃到一斤多的蔬菜。住宿方面，做到保証社員不露宿。此外，还在工地設立供应站、医疗站、托儿站等服务組織，和組織公社慰問团进行亲切慰問。所以，社員們个个心情舒畅、劲头十足。

参加这次现场会議的代表，紛紛表示学习西平水庫工地的先进經驗外，提高工效，回去后，一定要发动群众大闹技术革命，“学习西平，赶上西平，超过西平”。

（张焕培）

张焕培：《西平水库工地工效增六倍　东莞县全面推广西平经验加速水利建设》

《南方日报》1959年12月20日第1版

摘要：报道了东莞县西平水库工地大搞技术革新，通过采取三种先进的施工方法，实行“六定”“六抓”“四比”等比较全面的组织管理方法，成为全县工效最高的工地。各处的代表纷纷表示学习西平水库工地的先进经验，提高工效。

南方日报

1960年

东莞积肥热火朝天

全县积制肥一亿三千多万担，每亩一百七十六担

【本报訊】东莞县在深耕改土、水利任务基本完成后，馬不停蹄立即掀起一个热火朝天的以积肥深耕改土为中心的群众性运动。全县至1月3日止，积肥总数达到一亿三千五百一十六万一千担，其中农家肥六百六十五万一千八百九十九担，綠肥九百九十万零五千九百二十六担，厂制肥一千零五十七万一千零五十担，土化肥七万四千九百六十担。每亩平均有肥一百七十六担。

今年东莞积肥运动的特点是，数量与質量并重，精肥与粗肥結合。各地在积肥中还做到边积肥边送肥，做到积一担送一担到田，不留肥在村庄。如麻涌公社将积到的九千零七十一万担肥全部都送到田去，现在积送肥每亩平均达三百六十八担。后街公社送肥到田以后，为了达到分层施肥的目的，还进行再一次深耕，将肥翻入土中。现在第一次送到田的肥料每亩平均有二百六十六担；在积送肥料时，还采取先瘦田后肥田，先远田后近田的办法，以便彻底改变落后田的面貌。

为了使粗肥变为精肥，迟效变为速效肥，这个县还貫徹了禾草、土杂肥、田基杂草堆漚回田的办法，在田头进行堆漚。有些公社每亩田平均都有一至二堆田头堆肥。全县的田头堆肥有二十九万九千四百七十七担，为了加速田头堆肥的分解，还加强了专人管理，每2至3天淋水一次。这个县还大搞田头粪池，每五十亩田建一个田头粪池，现在已建設的标准田头粪池（灰沙砖底，容量五百至一千担）有九千零四十个。在积肥改土中还継續推广熏土改土的方法。在几天时間内，全县熏土达到三万一千七百四十六亩。附城公社主山大队，每天都出动三百二十五人搞熏土工作，每天熏土面积二百一十五亩。

东莞在积肥运动中，許多地方还大搞工具改革，提高了积肥运肥效率，如寮步公社现在已制成牛拉車三百二十五架，手推車一千二百五十六架，横坑大队苦战几个晚上实行了工具改革送肥化，效率提高十倍左右。（刘奇）

宝安县附城公社社員們在熏土增加土壤肥力。（宝安报供稿）

刘奇：《东莞积肥热火朝天》

《南方日报》1960年1月10日第2版

插秧技术将要来一个革命！

东莞創造插秧机成功

插秧质量达到人工插秧标准，效率提高四倍

【本报东莞訊】在东莞县委直接領导下，东莞县許多工具改革积极分子們集体創造的水稻插秧机已經成功。在不久前举行的全省插秧机现场評比鉴定会議上被評为效果最好的一种插秧机，并且确定要普遍推广。来自河北、湖南、安徽等省和天津市的农业部門的同志，在参观了这种插秧机以后，也一致表示贊扬。佛山专区为了在今年推广这种插秧机，已經开办訓练班，訓练了一批技术人員。

东莞式插秧机到底有些什么优点？經过多次試驗評比鉴定，大家一致认为，它的插秧质量好，效率高，同时具有制造簡单、取材容易、造价低廉、坚固耐用等特点。使用这种插秧机插下的秧，一般比手插的要齐整得多，深浅适当，插下的有效秧达到98%以上，漏科只占2%。每科条数均匀，大部分都达到八条左右，条数多少还可以随意調节。过去其他插秧机所存在的拖秧、浮秧、勾秧、伤秧等弱点，都被基本克服了。使用东莞式插秧机，每人每天能插秧三亩（按6×4规格計算），比一般人工插秧效率提高四倍。如果这种插秧机得到全面推广，那就可使插秧的劳动量大大减少，从而可以使插秧大忙期間劳动力紧张的問題迎刃而解，并且可以使每造的插秧工作赶在季节前头。

自从实现合作化特别是大跃进以来，东莞县和全省其他地区一样，随着农业生产高速度发展，越来越感到劳动力不足。为了解决这个矛盾，县里的許多农民积极分子們，在党的支持下，加强了对插秧机的研究。从1956年到1958年，据不完全統計，全县已經研究試制出十多种插秧机，但是由于当时技术力量不足，研究人員过于分散，設备条件又差，許多技术問題得不到解决，因而沒有一部获得成功。

到去年7月，中共东莞县委为了加强对插秧机的研究工作的領导，邀集了全县对插秧机有研究心得的鉄木技工十三人，到八一拖拉机站进行集体的研究和試制。县科学委員会也发扬协作精神，派出四名技术干部加强技术領导。县委工具改革办公室，还搜集了全县各种各样的插秧机和全国各地有关資料供給他們参考。經过取长补短和再三探討以后，終于先后創制出三种插秧机。第一种是滚筒式插秧机，第二种是畜力直插式插秧机，这两种插秧机在进行試插时，插秧质量都不符合要求，虽然再次改进，也无法克服存在的缺点。于是，大家又把去年3月間改良过、并且比較成功的"东5901"式簡易插秧机拿出来，重新进行研究和試制，終于获得成功，試制出现在的东莞式插秧机。

在創造东莞式插秧机的过程中，也碰到很多困难，首先，由于秧夹問題沒有解决，造成插秧时取秧不易和缺科多的现象。經过发扬集体智慧，加闊了秧夹尖端的幅度，使秧夹鉗秧的接触面增大，同时在秧夹尖端加一横鑲，結果使能够控制取秧的性能和使之能够把秧苗垂直地插下去。其次，分秧不均匀也是一个令人头痛的問題。大家又想出用天梯牙的形式促使秧箱等距往返移动的办法，使插秧机能够有规律地取秧。最后遇到的是拖秧問題。解决这个問題的办法是：在滑槽里增加一个弧度，使秧夹取秧后引导秧头走向一弧形的拐弯，起到分离作用；同时，又在压秧板上增加一块夹角板，使之便于把秧尾压紧一些。这样，拖秧现象也基本克服。（編者按：插秧机介紹登在第二頁）

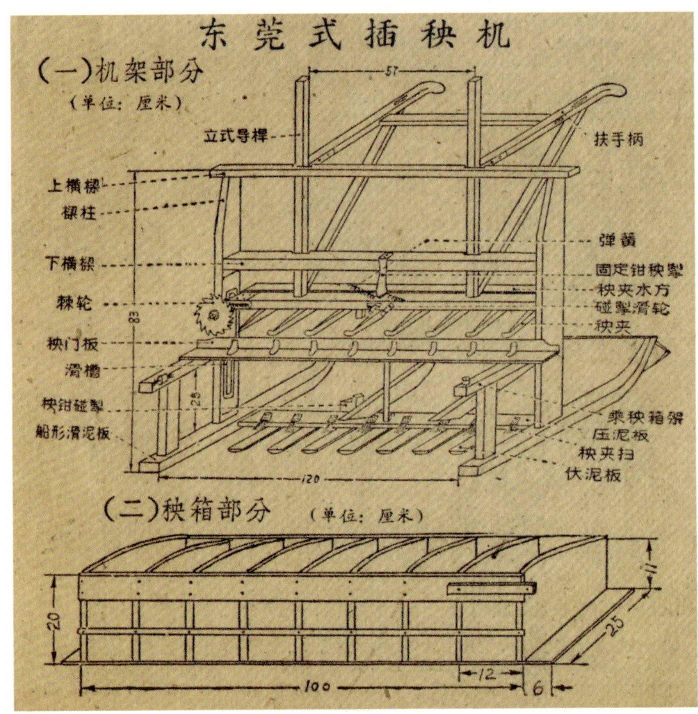

《插秧技术将要来一个革命！　东莞创造插秧机成功》

《南方日报》1960年1月15日第1、2版

摘要：报道了东莞创造的水稻插秧机在广东省插秧机现场评比鉴定会上被评为效果最好的插秧机，介绍了东莞式插秧机的众多优点，东莞研制这款插秧机的曲折经过，技术人员在研创过程中碰到的各种困难以及克服困难的方法。

推荐一个重大創造

本报評論員

东莞县农民群众中的工具改革积极分子們集体創造的插秧机成功了！这是党的領导和群众路綫相結合的胜利！这是一件对农业生产具有革命意义的重大的創造，是对于全省农业机械化和半机械化的一个宝貴的貢献，是全省农民的福音。在这里，我們向这种插秧机的創造者們致予热烈的祝賀！

东莞县插秧机的最宝貴之点，在于它能够在大大地提高插秧效率和减輕插秧的劳动强度的同时，保証插秧的质量。經过农业領导部門、农业技术人員和农民群众的反复試驗，已經証明用一个人操作这种插秧机，即使在操作技术不很熟練的条件下，每天也能够按照合理密植的规格插下三亩秧苗，比一般的人工插秧提高效率四倍以上，如果操作技术熟練一些，效率就更高。但是，人們知道，自从全省各地农业科学技术工作者和农民群众开始研究和制造插秧机以来，一方面已經出现过各种不同式样的插秧机，預示着实现水田插秧的机械化和半机械化的可能性；另一方面，許多地方的各种插秧机却始終沒有能够得到推广，究其原因，不是在于它們不能提高插秧效率，而在于它們沒有解决保証插秧质量的問題。很显然，一部插秧机，即使它的插秧效率很高，如果使用的結果导致插秧质量的下降，那就不可能保証农业的增产，因而当然不可能也不应当貿然加以推广。东莞插秧机恰恰在保証插秧质量方面显示了巨大的优点。經过全省插秧机现场会議的反复試驗、評比和鉴定，已經証明东莞插秧机插秧条数均匀（每科在七、八条左右），漏科只占2%左右；插秧深度一般在一寸到一寸半左右，而且可以听任人的調节；插秧的密度也可以听任人的調节。可见，它能够达到人工插秧所能达到的质量标准。这就是东莞插秧机的創造者們的創造性劳动的光輝成果，广东省各地以至不少外省的农业領导干部和农业科学技术人員，都一致贊扬东莞插秧机，認为它具有普遍推广的价值，这是完全有道理的。

现在距离春耕插秧季节已經不远了。我們向全省推荐东莞插秧机。对于这样一种經过反复試驗，証明效果良好的插秧机，各地应該采取积极而又有步驟的方法加以推广。这种插秧机造价不高，每部成本大概五十元左右，各地人民公社都能够制造或购买。因此，我們希望每一个人民公社都能够在今年早造购置一部到两部，并且指定一个或两个大队在几十亩水田面积上認真地試行使用。为了做到这一点，各专区和各县的的領导部門，应当以未雨綢繆的精神，統一領导推广工作，切实解决插秧机的制造問題，及早传授插秧机的操作技术。等到夏收季节，人們就会把使用插秧机插秧的稻田，同用人工插秧的稻田作对比，只要前一种稻田在同样的耕作条件下能够获得同样的增产，那就是最后地証明东莞插秧机是可以全面推广的了。而且，可以肯定，經过全省人民公社在早造普遍試用以后，东莞插秧机一定会变得更加完善，更加有效率和更加能够保証插秧质量。那时候，全省千百万农民就会爭先恐后地使用它，热爱它，东莞插秧机的創造者們的創造性劳动，就会成为全民的財富！

本报评论员：《推荐一个重大创造》

《南方日报》1960年1月15日第1版

东莞式插秧机介紹

中共东莞县委工具改革办公室

东莞式插秧机，結构原理和湖南式簡易插秧机大体相同，但比湖南式插秧机有很大改进。

一、結构：

全机分为机架、秧夹、秧箱、传动四个主要部分：

（一）机架部分，是以木制为主，結合采用部分鉄件构成的。架內設有左右梁柱，在两梁柱的五十公分以下地方，挖有一个三十五公分长、一点一公分闊、一点五公分深的滑槽，并用上下横梁連接起来。在下横梁中央，装上一个固定的鉗秧掣。右梁柱的一端，装有拉輪和曲軸，衔接秧箱的曲軸和連杆。它起着移动秧箱的作用。机架底部前端，做成船底形的滑泥板，在滑泥板左側一边，装有一个滑行輪；右側那边装有一个开秧鉗掣，使秧苗离鉗插在田里。滑泥板后面，还分别装有八个秧夹鋼絲清泥扫。

（二）秧箱部分，是用杉木做成的长方框。框內按照秧夹的多少，用木板隔成秧槽，并加上丁字形的秧槽压秧板。在压秧板中心，装上一支用竹削成的圓枝，并用鉄叉把它固定，然后套入弹簧压秧。秧箱右側末端，装有曲軸拉杆，連接右梁柱的曲軸，驅动秧箱往返移动，每插一次，秧箱移动一点五公分。

（三）秧夹部分，是用一块三公厘厚的鉄板弯折而成。秧夹尖端弯成弧形，上帶卜竹形状。离尖端深处一点五公分，装一横梢，控制禾科大小，达到鉗秧均匀和扶助插秧的目的。然后，用二条木方仔固定秧夹，在木方仔两末端，各装上一支直径三分的短軸和一块固定鉄板，和机架梁柱的滑槽連接，以便上下移动。秧夹的开关，是一条約十公分长的弹簧（十八号鋼絲制成），斜卡在两条木方仔中央，形成拉杆，推动秧夹的开关。在两条木方仔中部，装有两个小滑輪和閉鉗掣；同时，拉杆两側近二十五公分处，装有两株立式导管，輔导秧夹上下移动。

（四）传动部分，是全机的传动动力，主要是靠人用手握紧手扶柄，通过杠杆作用，使秧夹环行，推动各个传动部件，来完成插秧工作的。前进的动力是靠手抓紧手扶柄向后拖动。速度按插秧规格要求而定。

二、规格性能：

东莞插秧机的插秧动作是利用手扶杠杆操縱秧夹部分，沿着滑槽的軌迹上下移动，进行插秧。全机长七十公分、闊一百二十公分、高八十三公分、重二十三公斤。有秧夹八个。株距四寸，行距可以任意調节。每科条数多少和插植深浅，也同样可以自由調节。

东莞插秧机的优点是：

1、插植質量好，符合规格要求，一般比手插还要整齐划一，深浅一致，深度可达三至六公分。插秧率高达98%以上，条数均匀，每科五至十条（多少可以增减）。拖秧、鈎秧、伤秧极少，是它的最大特点。

2、效率高，一人操作，一天（十小时計）能插三亩（规格六乘四），比手插提高效率三、四倍。

3、操作容易，一般半劳动力，不論男女，学习几小时后，即能掌握它的操作性能，自如使用。

4、取材容易，造价低，除秧夹滑槽和一些零件需用鉄料以外，其余都用木材制成。每部需用鉄料七公斤和木材零点零五立方米，造价約五十元左右。

5、結构簡单，坚固耐用，而且輕便。一般农械厂都能制造。

三、制造要点：

全机的零件制造要求比較严格，秧夹的質量好坏，是这部机好坏的关鍵。秧夹是用三公厘厚的鉄板弯折而成的，弯折的角度約一百一十度，在被弯折处，要灵活，不要过紧或过松。秧夹的尖端，要翘高一点五公分，便于鉗紧秧苗。在秧夹尖端的一点五公分处，一块鉚一梢釘，另一块鉆孔，孔的大小按梢釘的大小而定，一般比梢釘略宽些。至于梢釘的长短，約一点三公分。秧夹的安装是很主要的工作，首先，要把做好的秧夹，按制造规格的距离，排列在一条木方里，使每个秧夹的尖端平衡成一直綫，用木牙螺絲加以固定，秧夹的尾部，固定在另一条木方里。尾部每个秧夹的木牙螺絲孔，带有鸡蛋形，并且同样要平衡成一直綫，然后加以固定。否则，秧夹装得不正直，就会大大影响鉗秧質量。其次拉輪和曲軸拉杆机构，是决定秧箱的位移和分秧均匀与不均匀的主要部件。拉輪用三公厘厚的鉄板制成，直径为十三点五公分，分十八个齿，牙深十二公分。每一齿牙，需要有一些角度，約一至二度左右。同时，要加上一个控掣，促使拉輪前进，不能后退。輪軸心的一端，形成曲軸連杆，連接秧箱的拉杆，其曲軸行程为四寸。否则，秧箱位移过大或过小，就会造成秧箱失灵，起不到分秧的作用。再次，秧箱和机架部分，在安装时，应注意秧箱与秧夹部分的装置尺寸，要配合得好，一般保持秧夹尖端伸入秧箱二公分，和离箱底板一点五公分的高处，进行取秧。

四、使用方法：

东莞插秧机是单人操作的插秧机。使用前，先把秧苗整齐、直立、均匀，放进秧箱里，然后用压秧板往前压紧，但不要压得过松过紧。操作时，人立于插秧机前面，两手握紧扶柄，利用平衡力向下压，即完成插秧工作。然后，抽起扶手柄，看准插植的距离，向后拉动机子（拉动的距离可参看划行輪），并注意拉得平直。使用后，注意經常保养，加油潤滑，防止鉄件生銹和机构不灵等毛病。停放时，注意把秧机的秧夹离地五寸，以免碰坏，确保正常使用。

中共东莞县委工具改革办公室：《东莞式插秧机介绍》

《南方日报》1960年1月15日第2版

开展食糖工业技术革新

东莞糖厂自制八吨重压榨轆成功
伦教联合工厂改用机械制炼片糖

【本报訊】东莞糖厂自制八吨重鑄件的压榨轆成功，1月6日裝入第三座轆正式榨蔗使用，运行情况良好，为糖厂今年机械制造开門紅打响了第一炮。

制造压榨轆的特点是机大而重，技术要求較高，加工要求比較精确，需要熟練的技术和一定的起重电吊車的配合。解放前广东各大糖厂的压榨轆都在香港訂制，1955年起广州通用机器厂試制压榨轆成功之后，就一直負担各糖厂榨轆的制造任务。通用机器厂改为广州重型机器厂后，生产重机任务紧迫，东莞糖厂党委就发动群众討論解决压榨轆缺乏的办法，并支持了工人群众提出的自己制造压榨轆的敢想敢作大胆創造的建議，立即組織了一个大轆試制小組。大轆制造小組曾先后到广州、上海等地学习制轆方法及經驗。但东莞糖厂的設备制造条件不如专业机械制造厂，厂党委就及时組織了技术人員和老技工反复研究討論，并明确指示：要开动腦筋大胆創造打破条件論，根据现有設备条件加上工人阶級集体智慧，用革新精神来进行制造。于是在厂党委重視和直接領导下，經过全厂职工几个阶段的奋战，克服了設备条件及技术条件种种困难。如鑄造澆鑄时，八吨重鑄件需要大吊車及鉄水桶，而厂里鑄工场只有一架半吨吊車，职工們創造出流槽低模澆鑄法，解决了澆鑄問題；沒有大型工作母机加工，就自制一部簡单的土拨床，完成了精密加工任务；沒有电动吊車，就把旧有手拉吊車改装。就这样，在庆祝1960年元旦开門紅的鞭炮声中，实现了糖厂自制压榨轆的願望。

（东莞糖厂党委宣传部供稿）

【本报訊】番顺县伦教联合工厂最近用机械制炼片糖成功，并正式投入生产。

片糖是广东人民食用最广的一种食糖，过去一向采用大鑊长炉土法制造，燃料消耗量大，人員定額高，工人要消耗較强的体力，产量低质量欠佳，成本很高。伦教联合工厂职工經过总路綫的学习，反掉右傾思想，破除迷信，发揮敢想敢干精神，大胆改变工艺流程，利用赤砂糖生产設备試制片糖。厂的領导干部、技术人員和工人在党的領导下，利用蒸发罐、煮糖罐，以蒸汽間接加热代替了大鑊长炉以火加热的方法，試制片糖成功。机制片糖比大鑊长炉土法燃料消耗量降低了50%，人員定額降低了50%，糖的成本降低了35%，同时大大減輕了劳动强度，提高了劳动生产率。为土簡設备制片糖开辟了一条新的途径。（周福魁）

《开展食糖工业技术革新 · 东莞糖厂自制八吨重压榨辘成功》

《南方日报》1960年1月16日第2版

李桂平和大岭山

本报記者 张涛

“你問我为什么不願意到城市工作，却要求回家乡参加生产嗎？你看，前面就是大岭山，我們的老根据地。我曾經在这一带打过十几年游击，参加过大小战斗不下一百多次。我熟悉这里的每一个山头，每一条山坑，就象熟悉自己的家一样。大岭山上那一个山头，沒有洒过战友的鮮血啊！因此，我对家乡有着一种特殊的感情。还在打游击的时候，我就想过：将来一定要在大岭山上种滿果树鮮花，把大岭山建設成为最美丽的地方。”场长李桂平談到这里，沉浸在对过去的回忆中。我沒想到，这样一个身材魁梧、剛毅豪爽的人会显得这样感慨激动。

“現在你的願望达到了，不过办农场并不比带一营人簡单吧！？”

“是呀，征服大自然，同样是一场艰苦的战斗。”李桂平向我詳細地叙述了他們仅花了一年时間，就在荒山野岭上建立起美丽的大岭山农场的經过。他不願意多談自己，却談了很多关于场員們的英雄事迹。

1958年10月，李桂平背着包袱，来到公社直屬的大岭山农场。按照当兵的习惯，他放下包袱，就跑上附近的山头去观察地形。嘿，站在山头上环視一周，方圓十多里内尽是野草丛生的荒山；野兽粪便，遍地都是。另外，撥給农场的七間房屋也是破破烂烂的，仅有的一間厨房只有半边屋頂；几十把鋤头不是缺口就是断柄的。从各个大队調来的三百多个民兵，思想还未安定下来；党团支部也沒有建立。憑着三百多人的六百多只手，要在这片荒山野岭上建設起一个社会主义的农场，真正是名符其实的白手兴家呀！千头万緒，从何着手？

这天晚上，李桂平躺在床上，左思右想，无法入睡。战胜困难，对于自己来說，已經算是家常便飯。他回忆起1958年4月他刚从部队轉业回来时，接受的第一个任务，就是回到自己的家乡——大岭大队（当时的高級社）去担任党支部书記，并且迅速改变这个队的落后面貌。当时，这个社还是个三类型社，支部也是个三类型支部。当时，李桂平二話沒說，背起背包就往家乡跑。社里的干部听說他回来，都拥到他家里，說了一大堆困难情况：沒有肥料啦，沒有錢啦，干部不团結啦，閙分社啦……，总之，講来講去，都是个难字。这时，李桂平并沒有被难倒，他鼓励大家：“有困难，有办法。我回来和大家一起干，我把轉业費拿出来投資。”

“太好了，如果有錢，你投資六百元来买肥料吧。”党支部副书記刘洪兴用試探的口吻問。

“六百元够不够？”

“当然，有一千元就更好了，可以购买肥料，帮助群众解决困难。”

“一千元恐怕也不够，现在不但要解决肥料問題和群众的生活問題，更重要的是要全面发展生产，大搞养猪，开展多种經营。我把二千三百多元轉业費全部拿出来！”

李桂平說得这么干脆，干部們高兴得合不攏咀。这件事一下子就传遍了全社，群众为这种大公无私的共产主义风格所感动，几天之內，自动投資了百多头猪，开挖了七十多个山洞。社里原来很少参加生产的干部在李桂平的带动下，也全部参加了生产。全社大积肥料，起窑烧砖，大搞副业，大养其猪。这样，不到半年，大岭农业社就跃居全乡上游，支部也成为一类支部。

想到这里，李桂平对自己說：干劲愈大，困难就愈小，大岭社的变化，証明了这条真理。能否征服荒山野岭，关鍵同样在于干劲。于是，他把自己当时的願望和决心，写进了为农场大門拟的一副对联中去：

大岭山无数革命儿女抛头顱
流鮮血为共产主义
农场上千万劳动人民听党話
坚决干督爭滿堂紅

第二天清早，他找了个人带路，跑遍农场的山头地角，憑着老兵特有的眼力，他記下了全场的地势、方向、距离和可开垦荒地的位置。李桂平勘查土地回来，决定大量开荒，立即把作物搶种下去，認为这是建场后头等重要的任务。但是当时有人說：耕作区沒有划定，連土地面积亩数都不知道，怎么个开法呀，除非把土地爷爷請出来。

李桂平斬釘截鉄地說：“在荒地上办农场就要有雄心大志，說干就干，干起来再算。摸不透土地面积，开出荒来就知道了。划耕作区好办，暂时以公路为界，按东西南北方向，五个生产队各据一方，由近到远，先把明年的几百亩早稻田和附近的山头开出来吧。”他自己，在到农场的第二天，就脫下鞋袜，每天早上扛着鋤头和场員一起出工。这种干脆利落的軍人作风，大受青年們的欢迎：“打过仗的人就是不同，說一是一，說二是二。场长带头干，我們再苦点也心甘。”

开垦荒山，这句話說来容易，但当李桂平和其他场員把长着成排厚茧的手伸給我看时，我总是激动得說不出話来。不，这不是一双手，这是两块鋼板。这些鋼鉄的手刻下了人們藐视困难、征服大自然的英雄气概，也显示了人民无穷的力量。李桂平同志对我說：“就是靠着意志和鋤头，我們每天晚上都頂着呼呼的北风，借着月色，夜战荒山。冬天，土地硬得鋤头鋤下去都鏗鏗发响，一把鋤头鋤不上几天就要缺口。坚持了一年，我們总算把三千多亩荒山荒田开了出来。”

当场部周圍的山头整整齐齐地种上了菠蘿、荔枝、沙梨、木薯等作物的时候，场員們更加相信自己的力量了。李桂平同志回忆起当时的情况，还觉得好笑：“忙了这一陣子，算是开了个头，人心也安定下来了。不过，老实說，初时我只是抱着要綠化和美化大岭山的願望，先种下一批果树再算的。至于社办农场到底是个什么样子，方針計划怎么样，那是以后才逐步摸索出来的。”

在建設农场的过程中，场員們战胜了說不尽的穷山惡水。一天，李桂平同志带我来到一个名叫大黑坑的田垌，就是一个出名的坏地方。这个田垌是去年晚造才开荒种上水稻的。现在大片冬种的黄烟已經长得青綠茂盛，田垌周圍分别开了排洪沟和排酸沟，排酸沟内倒还有一些赤紅色的酸水渍。

“为了这些祸水，真是絞尽了我們的腦汁。去年，我們根本改变农场山坑田的低产面貌，就是从这里开始的。”李桂平有声有色地叙述了他和场員們集体創造开沟排酸的办法，彻底改造低产田的故事。

原来，大岭山农场的稻田全是山坑田，去年四百五十亩早稻，亩产只有二百四十一斤，虽然比前年同期是大大增产了，但产量仍然是很低的，不能做到粮食自給。晚造，全场水稻又开荒扩种至一千一百亩；但是山坑田的低产面貌不改变，粮食仍然不能自給。“一日无粮不治兵，社办农场連粮食都不能自給，象个什么話呢。”李桂平在部队呆了十多年，刚回来时，連什么是 8×5、“四共同”、排灌自流化等概念都弄不清，但是憑着他的那股劲，天天看，天天問，天天想，正如场員們說的，全场的每一条山坑、每一块田，都有他的脚印，每一个坑有多少田、土質怎样、产量多少，他閉上眼睛都能够背出来。李桂平寻找改造山坑低产田的鑰匙，也是憑着这股干劲和决心。

大黑坑，过去是个十年九不收的地方，因为这里的鉄銹水最严重。当时，很多人都說在这里开荒种水稻是白費心机。李桂平可不相信。秧苗插下以后，李桂平每天跑到田边蹲上半天，細心观察秧苗的生长情况。几天后，李桂平发现秧苗变得又黄又瘦，生机萎縮，田水则紅得淤血一样，上面飘着一层油，他还是头一次看見这样严重的鉄銹水，拔出禾苑一看，禾头不长新根，已經开始发黑。“得馬上采取措施！”他召集了生产队长、技术員和老农到田头会診。最初大家都以为是缺肥，于是每亩田下了七斤化肥。过了两天，不见效。第二次田头会診，大家还以为是肥力不足，每亩再下了二百斤人粪，还是不见效。第三次会診，李桂平說：看来問題不在肥料，可能是酸性重，应該下些石灰中和酸性，仍然不見效。这时，有的人动摇了，副场长邓見寬說：“沒法治了，有多长收多少算了吧。”有的老农說：“这是毒水，不长根。”还有人想起过去耕过这块地的人曾經写过这么一首頹丧的打油詩：“山水带毒，恶土含酸，点木而不耕，行植而不长。废地，废地。”少数人也同意收手了。

“水是毒，正因为它毒，才一定要想办法把它排出来。大黑坑改变了，全场的山坑田就可以改变，也說明了自然面貌能够改变。”李桂平在这里进行田头会診已經数不清有多少次了 但他还是坚持开下去。

生产队长李錦堂建議：“在田边开一条沟，或者可以把鉄銹水排出来。”“要开两条，外面的一条档住山水，里面的一条排銹水。要开多深才能把鉄銹水排出来呢？誰也不敢說个准数。

“好，有办法，就試驗一下，开到鉄銹水流出来为止。”李桂平說着，就馬上和大家一起开沟，沟深約二尺。第二天，李桂平到排酸沟去看，一道道褐紅色的銹水正从沟深一尺五的地方涌出来。

成功了。半个多月之内，全场所有山坑田周圍，都分别开了排洪沟和排酸沟。毒水排尽，山坑田获得了新的生命。这一造，大黑坑的稻田亩产由一百多斤一下子跃到七百多斤。人們从这件事再一次看到了自己的力量。

在农场住上几天以后，我发覺这里从场长到场員，都有一种很好的战斗作风。有两件事給我的印象特别深：一件是建猪舍。由于公社要支援农场几百头猪，场长李桂平向专管养猪的副书記曾桂有布置任务，要求他在两天内建好一个新猪舍。果然，两天以后，李桂平同志就領我們去参观这座可容二百多头猪、砖墙瓦頂、并且安裝了电灯的新猪舍。另一件事，說起来，我还閙了一个笑話。一天早上，我們几个来訪者一道到田間去，刚出屋外，我就叫起来：雾还未散呢。有人說这不是雾，是烟。那来这么多烟呢。走到田野上，我們都被眼前的景象吸住了：昨天还是空蕩蕩的田野，一夜之間，肥料堆就星罗棋布，并且点了火进行熏土。一縷縷青烟，弥漫了整个农场的上空。就是这些烟，使我們誤认为是迟散的朝雾。

“变得眞快呀！真是一天一个样。”我們怀着激动而又惊奇的心情不約而同地說。

“是变得很快，人的思想是随着形势发展的，沒有的东西，就想它有，有了，就想它大。”李桂平同志兴奋地对我們說：“去年，我們还是打基础，有了基础，今年就可以更快地前进。你們看，这排正在修建的场員新村就比去年建的那些好，每戶有一厅两房，还带个厨房。今年，我們还打算把全场剩下的两万亩荒地全部开出来。地多，肥要多，猪也就要多；猪多，飼料也要多，所以我們要搞万头猪场，万亩木薯……。那边山上的果树现在还很小，但你們下次来时，就能够吃上荔枝、菠蘿、沙梨了。說不定还能派汽車去接你們呢。”

张涛：《李桂平和大岭山[①]》

《南方日报》1960年1月25日第2版

摘要： 报道了李桂平1958年从部队转业后放弃城市工作，到曾经战斗过的东莞大岭山工作的事迹。他先任大队书记，带领大家大力发展生产，起窑烧砖，养猪搞副业，仅用六个月时间便将大岭山支部从三类支部变为一类支部；任大岭山农场场长后，又带领大岭山人民一年开垦了三千多亩荒地，并种上各种经济作物。同时，在整治大黑坑的酸性土壤过程中，发挥群众集体智慧，创造了修建排水沟、排酸沟的办法，并在全场实施，大幅提高了农场稻田产量。大岭山农场仅用一年时间便变成了一个富饶美丽的农场。

① 大岭山：今属东莞市大岭山镇。大岭山镇位于东莞市中南部，南部与深圳市相接。

社办农场的标兵

——大岭山农场建场一年

本报記者 汪学勤

一年以前，人們来到东莞县寮步公社的大岭山下，一眼望去，尽是綿延的童山，风砂滚打黄土，絕少人迹。今年，公社在这里建立了农场，滿山新植的茶树、油桐、荔枝、沙梨、香蕉、波蘿等果树，已經逐漸和生长在层层的梯田里的庄稼銜接起来；山麓分布着一座座房舍，到处可以看到猪、牛、羊。晚上，电灯輝煌。穷乡僻壤变成了闹市。大岭山农场各项生产的高速度发展，引起了人們极大的注意，各地已有一万多人来过这里参观学习。它已成为佛山专区社办农场的一面紅光闪闪的旗帜。

“穷山恶水”地方 长出了好庄稼

大岭山虽然处在珠江三角洲肥沃原野的边緣，但却是个“穷山恶水”的地方。原来农场所有的一百六十亩稻田和一千二百多亩旱地都是耕作层浅薄、底土粘結、缺乏有机质、土壤酸度大的土地，产量极低，过去的高級社和现在的大队都不願意耕种这些土地。因此，当公社选择这块地方建立社办农场的时候，引起不少人的詫异和非难，他們认为在这里搞生产是白費劲的。有人說：“这样的‘穷山塘’就是有金堆銀壅，也不会长出好庄稼来的。”但是，大岭山农场在公社的直接經营下，依靠大集体經济的巨大优越性，在极短的时間內，却以鉄的事实回駁了这种种懦夫、懶汉的論調。

农场一建立，就坚持大搞群众运动的方法，充分发揮群众的主观能动作用，进行大规模的农田基本建設和农业技术改革。这无疑是一个艰苦的历程，但是他們却很快由此摸索出一整套的改变山区穷面貌的經驗来。最突出的是，农场社員們在摸索出山坑田水土流失严重，地下水位高，冷泉鉄銹水多的特点之后，創造了山坑田双沟“三排”（排洪、排酸、排水）的先进方法。这就是：在水田和山坡接壤的地方，全面开挖环形或半环形的双沟，外沟主要是排洪，內沟主要是排酸和降低地下水位。从此，大岭山的恶劣的自然条件开始改变，生产上也出现了飞跃发展的局面。1959年早造，全场四百五十亩稻田平均亩产只有二百五十一斤，到了晚造，面积扩大到一千一百亩，而平均亩产却跃进到六百五十八斤。这种生产跃进的幅度已远遠超过了寮步公社的任何一个大队。农场有一处叫大黑坑的八十亩田（原属公社的金桔大队，已丢荒两年），原来平均年产量只有八十来斤，但是經过农场大规模的改良土壤和采取双沟排洪排酸的措施后，产量突增至亩产五百多斤。这个惊人成績震动了全公社。金桔大队的社員紛紛跑到大黑坑去参观，他們在对农场社員的革命干劲不絕赞叹之余，后悔自己不該把这块“宝地”丢荒了。有个社員說：“田是我們甘心丢荒的，粮是农场苦战打出来的，现在除了好好地向农场学习之外，还有什么話可說呢。”从此，大岭山农场在全公社群众的心目中树立了威信，在生产上的示范作用也就日益显著。农场成了寮步公社推广农业先进技术的坚强陣地。

大岭山农场木薯加工厂一角 江凡摄

五业并举，粮牧先行 大搞基建，长短結合

大岭山农场在公社的直接和統一的領导下，不但領导力量强，而且資金雄厚，資源可以統一和綜合利用，土地可以合理种植，全面实现生产大跃进。例如农场在开办后，根据全场土地不同的土质和特点，除大力扩大稻田面积以外，番薯从原来的二百亩增加到一千零八十亩，木薯从原来一千零四十亩扩大到一千七百亩。一年多来，在取得粮食特大丰收的同时，还生产了大量的飼料。这又为加速发展畜牧业創造了极其有利的条件。因此，农场的畜牧业的发展也异常突出的。光是猪一項，就从最初的一百五十头增加到两千头，其他牛、羊、馬、三鳥也空前大发展。这样，既給公社提供了大量商品，又使农场的农作物得到丰厚的肥源。根据农场統計，现在每天可积牲畜禽鳥粪肥七千多斤，每年起碼可以积集有机肥二万五千二百多担。大大降低了农场的农业生产成本。

大岭山农场在粮食、畜牧业大发展之后，又根据山区資源情况，实行长短結合，大搞多种經济。农场一年来在四周的荒山秃岭上先后种植了荔枝、柑橙、沙梨、木瓜、龙眼等果树五万多棵，造林九千亩。这既把荒山綠化起来，变成花果山，又能增加大笔收入。另外，农场还建立了渔业管理专业組，利用山塘养魚，面积广达八十余亩。建场初期一条魚苗也沒有，现已有魚苗八十万尾。

大岭山农场的工作量比任何一个大队都大，所以能够这样高速度和全面发展生产，是因为农场比一般生产大队更能合理的安排使用劳动力，不断提高劳动效率，妥善地解决劳动力和大跃进的需要不相适应的矛盾。农场对劳动組織和管理，是采取固定的专业生产队和临时大协作相結合的办法。而各个专业队又是在农场总的生产計划、生产指标下統一行动的，这样在一般的情况下，行动更迅速，更灵活。比如，农场的一千七百亩木薯，一种一收都具有强烈的季节性。如果迟收了，木薯的淀粉质就会减少。如果单靠管理木薯的生产专业队八十多人来收获，收获期共需一个多月时間；现在农场一到木薯收获季节，集中二、三百个劳动力搶收，結果只花十几天时間就把全部木薯收完了。这个农场能够大面积的开垦荒地也是采取同样办法，农忙少搞，农閑大搞。如果碰到特急任务，公社还在人力上給予支援。如最近春节前开荒种植果树，公社就从各个大队調来二千五百个劳动力，在两天时間內就开荒七千五百亩，部分还种上了蔬菜。

兴办小型加工事业 以工为农，綜合利用

在全面发展农业生产，增加收入的基础上，在公共积累逐渐增多、資金足、力量大的优越条件下，大岭山农场根据勤俭办场的方針，兴办了大量为农业生产服务的小型工业。实行以工为农，綜合利用。全场在一年时間內先后建立了米机綜合加工厂，木薯加工厂，榨油厂，酿酒厂，农械厂，砖瓦厂，五金修配厂等十三間工厂。这些工厂都和农业生产結合得相当巧妙。例如，木薯是农场的主要产品，收成后如果运到东莞县城的粉厂去加工，要花費很多劳动力、运費和时間。于是，农场在公社的帮助下，依靠群众的力量和智慧，建立了木薯加工厂。加工出来的木薯粉（工业原料）价值十八元一担，比每担木薯的价值高两倍以上。加工后的木薯渣，可以制酒，农场又在木薯加工厂附近設立了一間小型酿酒厂。此外，农场种植了黄豆、花生，在工业方面就配合建立榨油厂和腐竹厂，进行加工。所有加工后的木薯渣、豆渣、酒渣和花生麸都是牲畜的良好飼料，物尽其用，沒有一点浪費。大岭山农场为了提高劳动效率，还建立了农具加工厂、鋸木厂、五金修配厂等，对于半机械化起了很大的促进作用。他們发动场員上山砍木材，由农场自己鋸木，在不到十天的时間內，就制造了手推車三百輛，牛車三十辆，在整个公社內，最先实现运輸車子化，消灭了肩挑。同时，由于工厂貫彻了为农业服务的方針，做到农业需要什么，就生产什么；坏了什么，就修理什么。一年来，全场所用的农具、工具全部做到自制自修，共节約了六千三百多元。

大岭山原有的基本建設极少，零零落落的房子不到十間。由于农场办了砖瓦厂、石灰厂，就地取材，自己生产建筑材料，加上实行勤俭办场，尽量利用旧料，因而农场的建設也同样高速度发展。一年多来，前后建成了宿舍、食堂、仓库共一百二十多間，工业加工厂十一間、牛房猪舍六十八間，这都是办了工业后才能进行的基本建設的。

大岭山农场从无到有，从小到大，已經从农业发展到成为一个工农并举的规模巨大的綜合性农场。现在，不但是农场的社員，而且整个寮步公社的社員也都非常热爱大岭山这个地方，每天到那里参观的人絡繹不絕。这个事实有力的說明：社有經济是我們的伟大希望所在，社办农场具有无限远大的前途。

农场吸引着所有的社員

不过一年多的时間，大岭山农场随着各項生产事业的高速度发展，不但为公社增加了十八万九千多元的純收入，社員的生活水平也有很大的提高。农场实行工資制和供給制相結合的分配制度，月月发工資，平均每月每个劳动力有六元多。公共食堂的伙食超过了当地原日富裕中农的平均生活水平。福利、文化卫生事业也随着生产发展一齐跃进。公社在农场办了一所正规的农业中学，专門訓练农业技术人材，农场本身办有小学、托儿所、幼儿园、診疗所、妇产院，还設有戏院、球场、广播站，社員每月都能看到两次电影或粤剧，人們过着丰富多采的文化生活。农场的成員大多数是从穷队吸收过来的，他們亲眼看到农场生产的巨大变化，百业俱兴，蒸蒸日上，生活不断提高，心情舒畅，干劲十足。农场自建场以来，一直坚持政治挂帅，在每一項工作中，都不断进行反右傾、鼓干劲，反复进行两条道路、两条路綫的教育。社員本身沒有自留地，妇女沒有繁瑣的家务拖累，这样，场員們的精神面貌也起了很大变化。“先公后私、敢想敢干、不辞劳苦，不計報酬、甘苦与共”的共产主义精神，正在社員們当中日益增长起来。他們要求加速建設社会主义的愿望愈来愈强烈。因此，在每次生产运动中，都涌现无数的标兵人物。农场每項生产指标都是超額完成的。一年来，农场里的共产党員已从最初的八个发展到目前的三十六个；共青团員从原来的十五个发展到七十五个。社員中工作热情、劳动积极的积极分子也愈来愈多。青年社員邓順水就是其中的一个。他初到农场时，遍地是荊棘、山石，开荒鋤土时，几乎每次都要把脚底划破，但是他一直坚持苦干，白天搞生产，晚上又到距离农场七、八里的元岭村去搬运建筑材料，一口气来回搬运三次，直到深夜一时才收工。其他各項工作也都不落人后。现在苦战給他带来了甜果。邓順水对人說：“前年10月，我带来的是一双手和一張口，参加农场工作后，月月領工資，生活安定。去年10月結婚，农场还拨給我們一厅一房，成立了家庭，个人生活也起了很大变化。我现在已下定决心永远留在这里，建設社会主义的大岭山。”公社各大队社員来这里参观后，不少人都要求农场吸收他們为场員，参加农场生产。

现在，大岭山农场对周圍的大队已有极其重大的影响，全县公社各大队提出“学习大岭山农场，超过大岭山农场”的口号，积极創造条件，向大岭山农场的方向迈进。

大岭山农场新村一角 江凡摄

汪学勤：《社办农场的标兵——大岭山农场[①]建场一年》

《南方日报》1960年1月25日第2版

摘要：报道了大岭山农场开办一年来取得的成绩：过去的“穷山恶水”长出了好庄稼，满山新植了各种果树，各项生产高速度发展，四处分布的一座座房舍使这里变成了闹市。大岭山农场的成就，吸引了一万多人来这里参观学习。

① 大岭山农场：今属东莞市大岭山镇。

东风劲吹万象新

百聞不如一见

——記香港同胞参观寮步公社

本报記者 崔山 陈婉文

东莞县寮步人民公社接待过許多慕名而来的客人。2月6日，这里又来了一批回乡参观的香港同胞。其中有工商界人士、家庭妇女和职員。“百聞不如一见”，他們来到这个去年曾經遭受严重水灾的公社，发现所看到的一切与自己原来所听到的大不相同，眼前是“灾痕不见见新村”，社員們吃得飽，穿得好，喜气洋洋，干劲冲天。

“有了公社化，天大困难都不怕”

汽車开进公社党委所在地的寮步鎮，人們便再也坐不定了。首先映进眼帘的是一座快要落成的两层的漂亮建筑物，这里将是社員們新的百貨商店、理发店和摄影館。在两旁的商店里，社員們穿梭般的进进出出，购买自己心爱的物品……一望而知这是一个繁荣的圍市。可是，誰会想到仅仅在七月个前，在特大洪水来袭的时候，这里却是一片汪洋，只有船只才能开进来呢！

去年那一场特大洪水是百年来所未见的，一夜之間就淹沒了寮步公社四十四个村和寮步鎮，全公社有三万多亩稻田被浸，一千多亩魚塘漫頂，三千多間房屋倒塌了，受灾的有六千多戶。洪水到来之前，公社党委发出了和洪水作斗爭的庄严号召，全体党委委員和所有党員、干部馬上組織群众，带头抗洪搶險，一連两天两夜沒有合过眼，共搶救出二万五千二百二十三人，全部灾民沒有一个死亡。

“有了公社化，天大困难都不怕”，这是在社員們中最流行的一句話。受灾以后，政府拨了大量的粮食、现款和其他物資，救济受灾社員。人民公社发揮了“一大二公”的优越性，非灾区的生产大队，紛紛抽調劳动力、谷种、农具、耕畜等，支援受灾大队恢复生产，实现了“水退一寸，搶种一寸”；同时，又組織了三百七十多个建筑工人，支援灾区重建家园。

坏事变成好事

公社党委书記卢基告訴回乡参观的乡亲們說：“我們公社虽然遭受严重水灾，但是在党的領导下，社員們坚强地和自然灾害作斗爭，把坏事变成好事，在短短时間里便迅速恢复生产，重建家园，取得了1959年的継續大跃进。晚稻平均亩产五百七十二斤，总产三十六万六千担，与1958年同期比較，亩产增加二百一十四斤，总产增加51.6%。連同杂粮一起，粮食总产量达到四十四万二千多担，比1958年全年的粮食总产量还多一千多担，实现了‘一造夺取两造粮’的豪迈口号。现在，灾区的敗瓦頹垣都找不到了，共新建了房屋一千三百六十七間，修建了房屋七百二十二間，完成了重建家园的工作。社員們都搬进了新居，对房屋的数量和質量規格都很滿意。”

卢书記說到社員們吃飯不要錢，还可以每月領到工資，购买力提高，生活逐步改善。香港同胞对下面作为例子举出的数字都很感兴趣：去年社員們买了棉布五十一万四千多米，比前年增加三十一万七千多米；汗衫二万四千五百多件，比前年增加一万四千七百多件；胶鞋二千九百多双，比前年增加一千六百多双。

灾痕不见见新村

香港同胞早就盼望到这个公社的新村去參观。他們到了下墟新村和涵头新村，眼前出现了一排排白柱黃墙、鑲着綠框玻璃窗的嶄新楼房，宽闊的街道整洁得很，屋前摆着盆花，园子里栽了树苗。香港同胞都被这个明朗、优美的新型村庄深深吸引住了。一位职員說：“我到香港去已經有十多年了，过去农村給我的印象是：一間破屋，旁边两堆垃圾，門前一条窄巷，我回来之前根本想不到现在的村庄建設得这样美丽。”另一位职員指着这些新房子說：“在香港要住这样的房子，就算在一般地段也非交月租二百元不可，这可不容易住得起啊！”一位老先生走进社員刘渠进的房子里，和他攀談起来，問他为什么楼上沒有人住。刘渠进微笑着回答說：“现在天气还冷，住楼下合适；等夏天来了就搬到楼上去睡，那才凉快啦！”

客人們对涵头村一幢华侨的房子的故事很感兴趣。这条村原有一百一十五間房子，水灾时倒塌了一百一十四間，都是一层的泥砖屋，只有这間华侨的房子是两层，半截墻壁是用青砖砌的，所以沒有倒塌；现在整个新村六十三幢房子都是青砖砌成的两层房子，和那幢华侨的房子一样高。既然现在大家的房子都是用青砖砌的，社員們也就帮助那位华侨把房子的半截泥砖墻換上青砖了。

全靠党的領导

因为社員們都在田里干活还沒有回来，正在唱歌、跳舞的幼儿园里的小孩們，代表了他們的父母对客人作了亲切感人的接待。七岁的小指揮刘映开，揮舞两只滚圓的小手，指揮小朋友們唱了一首“人民公社一枝花”，又跳了舞，博得客人們热烈的掌声。一位家庭妇女高兴地說：“办了人民公社，妇女的确大大解放了，既不要烧飯，也不必牵挂孩子，瞧这些小娃娃長得多么胖，面色多么紅潤啊！”

香港同胞又到寮步鎮的敬老院去作客。老人們拉着客人們談心，傾訴自己晚年的欢乐，从心底里流露出一片感謝共产党的眞情。这些老人本来都是无依无靠的，人民公社办了敬老院，他們免費享受了保养、保穿、保住、保医、保葬的待遇。他們现在考虑的已經不是衣食問題，而是怎样活得更長寿的問題。他們根据自己的爱好，学文化、种花、养家禽、唱民歌，日子过得挺愉快，身体很健康，入院以后体重都有所增加，其中李葵增加了十六斤。七十多岁的李艳和客人們越談越兴奋，忍不住站起来唱了她自己編的民歌：“毛主席恩情深似海，今天的确胜从前，我现身居敬老院，丰衣足食过晚年。”許多香港同胞看到这些情景，都很感动，一位老先生激动地說：“我非常感动，一切归功于共产党的領导！”

大岭山的奇迹

汽車載着香港同胞駛出了沸騰的寮步鎮，来到大岭山农场。虽然說这里是山，但是与别的山完全不同，极目望去，随着山势的起伏，尽是耕耘得整整齐齐的土地，泥土松松軟軟。留心观察，还可以看到在黃澄澄的土地上，露出了一排排綠色的菠蘿、沙梨、香蕉等果苗；山坡的梯田也已經翻好，等待着春种的到来；山坳里还隐約现出了嶄新的房子。一切都安排得很好，井井有条，誰会想到这里在一年之前，还是杂草丛生、人迹絕少的荒山野岭呢？

客人們从公社党委委員邓旺球的介紹中知道：面积三万多亩的大岭山，經过场員們創造性的劳动，已經开荒八千五百多亩，种上了木薯和各种果木。稻田的面积也由一百六十亩扩大到一千一百亩，而且采用了排洪、排水、排酸的办法，改变瘦脊的土質。这些稻田过去全年的亩产量才有二百多斤，去年单是晚造的亩产量就跃增到六百五十八斤；畜牧业和工业也有高速度的发展。去年，全场工农业总产值三十六万多元。邓旺球对客人們說：“建設大岭山的故事是說也說不完的，还是請大家去实地參观吧！”

汽車在新辟的农场公路上馳騁，把香港同胞从农场的这个区域送到那个区域。在工业区里，他們參观了发电厂、农具厂和木薯加工厂等十来个工厂。在大山大岭，听到了隆隆的机器声，这对香港同胞来說，是多么新奇的事呀！一位青年学生說：“你看，說是农场，而又有那么多的工厂，眞了不起！”一位客人和縫紉厂的工人攀談起来，她問縫紉工人縫的袖套和衣服是給誰用的。縫紉工人告訴她：是給场内人員用的。这位客人听了，深深感到农场不单是搞好生产，而且也从各方面关心社員的生活。

在畜牧场里，香港同胞对猪舍里的大肥猪嘖嘖称好。他們在东莞建設成就展覽館中看到过一头八百多斤重的大猪，也是这个农场送去展覽的。飼养員向他們介紹：农场已經有二千多头猪，平均每亩田二头，以猪养田，不愁沒有肥料。在养兎房里，年青的学生要求飼养員介紹怎样在半年时間里，使兎的数量从二十多头发展到二百多头的經驗。香港同胞还看见正在放牧的羊群和山塘边的鵝群、鴨群，不禁連声称贊社办农场生产发展迅速。

东莞县寮步公社农械厂，灾后添置了几部車床，使繁重的手工操作逐步为机械生产所代替。 本报記者 陈綱北攝

崔山、陈婉文：《东风劲吹万象新　百闻不如一见——记香港同胞参观寮步公社[①]》

《南方日报》1960年2月13日第2版

摘要：报道了香港同胞参观寮步公社和大岭山农场的所见所闻。寮步公社1959年遭受特大洪灾后在党的领导下奋勇救灾，重建家园，粮食总产量比1958年还略有增加，为社员新建和修建房屋达2000多间，实现了“坏事变好事”“灾痕不见见新村”的奇迹；大岭山农场成立后通过开荒8500多亩，兴修稻田1000多亩，发展畜牧业，兴建10来个工厂，当年工农业产值达万36万多元，实现了“大岭山的奇迹”。

---

① 寮步公社：今东莞市寮步镇。

反复試插表演　层层传授技术
东莞县大力推广插秧机

全县制造出成品半成品近四百部，各公社培养出大批技术人材

【本报东莞訊】本报記者程生报道："东莞式"插秧机已經在东莞全县范围内大力推广。到目前为止，全县生产近四百部"东莞式"插秧机的成品和半成品（其中輸出了一百多部）。全县二十二个公社都培訓了一批能够自制插秧机的技术人員，为插秧机全面开花打下良好基础。

"东莞式"插秧机是在去年8月6日試制成功的。鉴于今年継續大跃进对春耕生产的早、多、快、好的要求，东莞县委决定在春耕前，抓住推广插秧机为中心环节，来推动全县的半机械化运动，以提高农业劳动生产率，适应継續跃进的需要。县委除具体制訂了今年春耕前和全年推广、制造插秧机的规划以外，还指定了一个书記专門領导这一工作，并且成立了县农业机械局和农业机械試驗研究所等机构。

东莞县农械厂开始大量生产东莞式插秧机。本报記者　陈福北摄

东莞县委在推广插秧机的过程中，大張旗鼓地举行插秧机的試插表演，不断組織干部和群众参观，形成推广插秧机群众性的运动。从去年秋收以来，全县結合各种会議举行的插秧机試插表演就不下三、四十次。看过表演的不下五六千人，其中包括各公社党委书記、党委委員、共青团的积极分子、工农业劳动模范、工商业系統的干部、农校师生、妇女工作者等。通过这种大规模的参观活动，有力地宣传了插秧机对提高农业劳动生产率的好处，提高了干部和群众对工具改革和半机械化、机械化的积极性。另一方面，又广泛地听取了群众对插秧机提出的各种改进意見，不断改进插秧机，使之日趋完善。例如，现在出品的"东莞式"插秧机的秧夹就是經过群众提意见后，改进得更为坚固合用的。最近，全县劳模会議的劳模們参观了插秧机試插后，認为要使用好插秧机，就把办田、培育秧苗、拔秧等一系列的工作做得更好。这种意见說明，在插秧机的推广使用以后，必然又会推动农业技术改革的进一步发展。

"东莞式"插秧机是一种鉄木結合、工艺要求較高的先进工具。为了保証插秧机生产出来一部、成功一部，避免因"閉門造車"影响質量，东莞县委以县农械厂为生产插秧机的基地，集中培訓公社技术人員，以便做到普及与提高相結合，質量和数量并重。去年12月底到今年1月中旬，县委举办了第一期培訓班。培訓班的学員是由各公社抽調二名至四名的鉄木技工，他們携带工具、原料到县农械厂，由县工具改革办公室作技术指导，仿照"东莞式"插秧机的图样，各自制出一台插秧机。經过試驗鉴定，反复做好之后，再让他們把插秧机带回公社，采取同样的办法，輪訓公社和部分大队的技术人員，传授制造插秧机的技术。这样，通过层层边做边学，各公社有大批技工都初步掌握了"东莞式"插秧机的性能和制造方法，达到又快又好地全面普及的目的。最近，在各公社制造出一批插秧机后，县委又举办了第二期插秧机培訓班。这次培訓的任务主要是在普及的基础上，解决提高技术和提高質量的問題。办法是：由各公社派出三、五名技工，把已制成的插秧机带来，共同評比鉴定，克服技术上的薄弱环节。經过反复培訓之后，全县制造插秧机的技术力量不断壮大。虎門、寮步、塘厦等公社都已培养出一批技术力量，制造了符合标准的插秧机。

东莞式插秧机在推广之后，产生一个普遍的問題是原料不足。县委对于这一关系插秧机能否保証質量和大量制造的关鍵問題，及时采取措施加以解决。这些措施的基本精神是：依靠发动群众，自力更生。如插秧机所需要的木料，質量要求較高，而东莞县是个平原区，木材比較缺乏。县委經过調查研究，認为可以用拆換旧料来解决。至于插秧机所需的鉄板、鋼綫，除部分需要上級供应支援外，县委号召各公社充分发动群众，利用废碎鉄和土鋼土鉄。寮步公社最近制成的插秧机，全部都是利用1958年大炼鋼鉄时的碎鉄、土鉄制成的。县委立即指示县手工业局在寮步公社召开现场会議，总結和推广他們的經驗。塘厦公社在制造插秧机过程中，将烂鋤头、碎鉄等回炉熔炼，做成插秧机的秧夹、齿輪，質量也符合要求。县委最近又指示商业部門要树立为农业技术改造服务的观点，加强对废鉄、碎鉄等的收购和供应工作。

目前，"东莞式"插秧机已經成为全县农民日常談論的中心。許多公社社員自动的到公社和县城来参观插秧机。有些有設备和技术人材的生产大队，都表示自己要动手制造。为了适应群众这个迫切要求，县委已决定在最近举办一次全县使用插秧机能手訓練班，由各公社、大队选派一批优秀的共青团員参加，要求他們經过訓練以后，在使用插秧机方面起带头作用。

程生：《反复试插表演　层层传授技术　东莞县大力推广插秧机》

《南方日报》1960年2月17日第1版

摘要：报道了东莞县在春耕前大力推广新研制的东莞式插秧机。通过采取措施解决"原料不足"等问题，生产了近400部插秧机的成品和半成品，并在全县22个公社培训了一批技术人员，形成了推广插秧机的群众性运动。

百花齐放　万紫千紅

——全国水稻插秧机现场表演散記

2月18日在东莞县莞城人民公社罗沙大队面前的一大片水田上，出现空前的盛况——全国水稻插秧机现场会議在这里举行了全国各地插秧机的插秧表演。

参加表演比賽的有不同品种的插秧机二十部，其中有滚插式、直插式、夹插式；有构造簡易的，也有机械化程度較高的；有人工操作的，也有用畜力牵引的。眞是一次“百花齐放，万紫千紅”的表演比賽盛会。

“胜过秀才写字”

表演刚开始，在表演场第一号田的四周，立刻被一股人流围得水泄不通。人人都要爭看江西59型手扶直插式插秧机的表演。

江西59型插秧机，深受广大农民所喜爱。在这次现场会議上，被公認为全国各地插秧机中較好的一种。它的漏秧、鈎秧、伤秧的数量，都比手插秧少；秧株和秧距的均匀度都比手插秧强。以插秧效能来說，每天每人能插五亩至七亩，比人手插秧要快五至六倍。东莞县附城公社亨美生产队队长張富权一边在参观，一边贊道：“这部插秧机插的秧科科一样大小，行行一样整齐。深浅又一致，眞是胜过秀才写字”。他跟着向人算了两笔賬。一笔賬是：他們生产队一共有一千一百亩稻田，过去每造投入插秧的人数要四百五十多人，占了全队劳动力总数七、八成，这样每造起碼也要十五天才能完成插秧任务，往往因此影响了其他工作。如果全队采用三十部这样的插秧机，六、七天就可以完成全队插秧任务了，可以节約劳动力四千零七十多个。他算的第二笔賬是：采用插秧机插秧，就能做到插早插好，每亩可多增产五、六十斤谷，全队一年两造就可多增产稻谷一千多担谷。張富权越算越高兴，最后他激动的对人說：“今后教子教孙，要讲明是共产党消灭了插秧弯腰曲背的苦！”

簡单輕便逗人爱

在表演场第八号田上，是广西59－3型拑夹式插秧机正在表演。一个年青小伙子，在熟練地操作着这种插秧机，它发出“咔嚓”“咔嚓”的音响，很快地就把一列列秧苗插到田里去。轉眼之間，五、六十米长的田已插满秧苗了。根据測定，这部机漏秧率只有1.5%，插秧均匀度都符合农业技术要求，实际工作效率以每小时計算可插零点四六亩，比一般人手插秧快六、七倍以上。最使代表們感兴趣的是它的重量总共不过二十一公斤，其中除了两公斤是鉄料外，其他都是木料。表演还未結束，河南省参加会議的代表就提出訂貨的要求。

广东省汕头专区有許多代表在广西59－3型插秧机表演刚結束，立即就把自带来的馬粪紙拿出来，照着59－3型插秧机每个部件剪紙模。潮安县枫溪公社农械厂技工蔡佩书說：“我們潮汕农民种田技术高，培育出来的秧苗多是三角壮秧。因此，农民認为，用爪式的秧夹，容易伤秧。现在有了广西59－3型，既能就地取材，制造簡单，又是用拑夹式的秧夹，这就完全符合潮汕农民的需要了”。

“湘女綉花”

本来湖南醴陵二号簡易插秧机早已聞名全国了。它刚下田表演，就引起广大参观者的极大兴趣。操作者是湖南省使用插秧机的标兵、二十岁的年輕姑娘陈彬秀。只见她动作輕巧、俐落，有条不紊。秧苗插在田里，就象織布、綉花一样整齐。

这时有个附近乡村的老太婆，同她的一个十七、八岁的孙女一道来参观表演。两人似乎看得入神了。老人低声对她的孙女說：“亚妹，这个姑娘插秧就象織布，又快又好又自然的呀！如果早有这样的插秧机，說不定我的背就不会这样駝了。这时她的孙女正非常羡慕地看着陈彬秀，沒有听清老祖母的話，所問非所答地說：“这样下去，田間眞的会变工厂了”。

玲瓏小巧又一家

上海市南汇一号、南汇二号插秧机在表演前，已經以“玲瓏小巧，工作可靠”的优点受到代表們的欢迎。表演一开始，参观的人更多了。东莞县寮步公社有两个名叫韓暖求、韓龙的社員，18日上午，就徒步走了三十多华里路赶来参观，他倆一到就問：“同志，上海‘南汇式’插秧机在那里表演呀？”“你們来得还及时，前面正是南汇二号插秧机在表演。”那位代表反問他們一句：“你們是那里来的？这样急冲冲干什么？”

“唉！别說啦！我們是寮步公社石龙坑大队的社員，最近調到公社去学造插秧机。听說上海南汇的插秧机不錯，我們就瞞着領导偷偷地跑来啦！”

說着，三个人都不約而同的哈哈大笑起来。

人們对南汇一、二号插秧机感到极大的兴趣是有理由的。在表演过程中，人們認为，它們不但工作可靠，故障少，而且小巧玲瓏，不費气力。而且，这两部插秧机不論男女老少都可以操作，以插三乘四的密植规格計算，每人每天可插秧二亩半以上，一人可頂六、七人。

精益求精

这时，东莞一号插秧机（即东莞式插秧机）也开始表演了。操作手就是“东莞一号”的創造发明者之一——譚根。这个前后鉆研了几年插秧机的青年建筑工人，今天显得格外兴奋和認眞，他駕馭插秧机就和平日使用斧头凿子一样熟練。在他有节奏的动作中，每次六科一行的秧苗，整整齐齐笔直的插到田里去，有个外省代表禁不住贊叹一声：“好家伙，比人手插得还要直！这时，来看表演的代表愈来愈多，有个北京来的摄影师連忙高举着摄影机把这一切都摄入鏡头了。

“东莞式”插秧机自去年8月試制成功以来，經过多次反复試驗，証明它的插秧質量一般都比人手插秧好，效能也比人手插秧快四、五倍。是全省各种品种插秧机当中較好的一部。但是，现在和来自全国各兄弟省市的插秧机比較，它的結构有沒有不合理的地方呢？質量和效率是否都令人满意呢？这是当地領导上最关心的事情。果然，在东莞式插秧机表演田的一边田基上，广东省农业厅厅长朱荣同志和东莞县委第一书記林若同志，正一边細心看着“东莞式”插秧机的插秧动作，一边在議論着。

“我看送秧箱和压秧器不够灵活，需要改进一下”，朱厅长說。

“是呀，不必分开一格格放秧送秧，象广西59－3型那样就不錯！”林若同志指着正在右边表演的广西59－3型插秧机回答說。

“操作也还費力，我和你再去看看湖南59型吧，它很輕巧灵活，使用容易”朱厅长說着，就和林若同志兴致勃勃地“取經”去了。

上午的表演已經結束了，但在东莞一号插秧机表演田的田头上，一个紧急的“諸葛亮会”还在进行。原来东莞县农业局局长袁善同志和东莞一号的創造者們正在研究如何吸收人家的插秧机的优点、长处，立即改进“东莞一号”的問題，以达到精益求精的目的。

声誉中外的南105—B

声誉中外的南105－B型插秧机在八号田上表演。它一开动，就象一块巨大的磁鉄吸引住所有的人。这部插秧机和手扶直插式的插秧机不同，是用畜力牵引的，同时是滚插式的，每轉动一次，就可插秧八行，每天工作十小时的話，可以插秧二十亩至二十五亩，比一般用人手插秧效率高数十倍。它的操作者正好就是它創造者之一的林体强同志。他是个又紅又专的土专家。在他开始研究插秧机的时候，有些資产阶級学者曾冷嘲热諷的說他是什么“不知天高地厚，土包子只会出洋相，怎能做出机器！”但是，林体强在党的大力支持和鼓舞下，在强大的集体帮助下，終于首先創造成功了这种插秧机，狠狠地教訓了那些資产阶級崇拜者。

这天，代表們看了南105－B插秧机后，不約而同地說：“它插秧既快且好，比人工操作的插秧机要大大前进一步了。目前我們虽然还不能大量制造，但不久的将来，一定要大力推广的，这是插秧机械化的发展必然方向！”

本报特約通訊員、本报記者集体采写

《百花齐放　万紫千红——全国水稻插秧机现场表演散记》

《南方日报》1960年2月26日第2版

摘要：报道了在东莞县莞城公社罗沙大队举行的全国水稻插秧机现场表演，展示了江西59型插秧机、广西59-3型插秧机、湖南醴陵二号插秧机、上海市南汇一号和二号插秧机、东莞一号插秧机、南105-B型插秧机的性能和现场表现。

发揮基地作用生产更多水果

东莞加强水果基地的領导抓紧果园秋季管理力争明年丰收

【本报东莞訊】盛产水果的东莞县，最近經过总結麻涌公社发展水果生产的經驗和教訓，坚决貫彻“以粮为綱，全面发展”的生产方針，在保证抓好粮食生产的同时，大力加强水果生产基地的領导。目前各地正在抓紧做好果园秋季管理工作，力争明年水果大丰收。

东莞县盛产香蕉、荔枝、菠蘿、芒果、龙眼、沙梨和紅柿等水果。全县水果的种植面积共有五万六千多亩。这个县出产的麻涌香蕉，大朗公社的荔枝和荔枝干，暢銷国内外市场，是大宗的出口物資。近年来有些地区因为在大抓粮食生产时，放松了水果生产的領导，使水果生产的发展受到了一定的影响。为了迅速改变水果生产的落后情况，力争明年水果大丰收，东莞县委在最近总結了麻涌公社发展水果生产的經驗和教訓。麻涌公社盛产香蕉，每年香蕉生产的收入占总收入的六成，是全省香蕉生产基地之一。去年，因为公社党委在发展农业生产上存在着单打一的思想，只抓粮食生产，不管水果生产，使全社九千多亩香蕉普遍减产，减少了公社的收入，以致不能按期发放工資，影响了社員的生产情緒，使粮食生产也搞得不好。今年春耕結束后，麻涌公社党委接受了这个教訓，根据地区特点，决定一手抓粮食，一手抓水果。公社党委領导干部亲自深入香蕉生产基地加强具体領导，迅速扭转了香蕉生产的落后面貌，获得了大丰收。因为香蕉丰收，現金收入大大增加，各大队都做到按月发工資，生产資金有了着落，社員的生产情緒也随着高涨起来，促进了生产的全面发展，除了种好水稻外，还大种杂粮。目前，这个公社种下的六千四百多亩秋种杂粮即将收获，冬种杂粮也已经种下了九千六百多亩。东莞县委经过总結麻涌公社的经验，进一步认识到粮食和水果生产互相促进的关系，坚决貫彻“以粮为纲，全面发展”的生产方針，在抓好粮食生产的同时，大力加强水果地区的領导。县委成立了水果生产領导小組，并派出两个专职干部长駐水果生产基地，以加强技术指导工作。这个县各个水果产区的領导，也坚决实行一手抓粮食，一手抓水果的領导方法。公社党委由农业书記挂帅，一个党委委員专抓；大队和小队也有一个副队长专抓水果生产。东莞县委在加强水果生产領导的同时，还总結了水果产区的栽培经驗，指导全县的水果生产。

目前，这个县各水果产区在加强水果生产的領导后，都已经固定专人大搞果园秋季管理。麻涌公社固定了六百四十五人长期管理蕉基。大朗公社各生产小队的每个作业小組，都有一个专人管理荔枝和其他水果。附城公社溫塘大队在固定四十七人的管理队伍后，全队三百九十五亩荔枝，已经迅速去掉阴枝，除过两次草，有八成施过一次肥。麻涌公社在10月份至11月初期間，出动二千多人突击管理蕉基。目前全部蕉基已经除过一次草，其中有五千四百多亩除过两次；有五千八百多亩壅过一次河泥；一千八百多亩施过一次灰粪保暖。这个公社的槎滘大队，还打破常规将生长較差的二百六十亩蕉基提前在秋收前进行松土，另有八百多亩壅屋泥的蕉基，采用人工担泥的办法入泥，以加速香蕉的生长。

为了争取明年收获更多水果，东莞县在加强水果基地生产的同时，还采取各种办法积极种植速生水果。根据十二个公社的初步統計，最近已种植一年就有收获的木瓜二十九万八千多株。

（中共东莞县委通訊組）

中共东莞县委通讯组：《发挥基地作用生产更多水果　东莞加强水果基地的领导抓紧果园秋季管理力争明年丰收》

《南方日报》1960年11月9日第2版

多种多收还要加工貯藏好

梟山大队总結經驗采取措施收好貯好冬收番薯

【本报訊】东莞县寮步公社梟山大队采取有效措施，大搞番薯的收藏、加工准备工作，力爭块块、梗梗、叶叶不丢弃、不霉烂，做到收淨藏好。

这个大队从去年开始，就注意做好番薯的加工和保藏工作。去年年底，全队加工了干薯片一万三千多斤，加上保藏好部分鮮薯，使全队各个食堂做到主粮杂粮混吃，常年有吃，花式品种丰富多样，社員吃飽又吃好。这批貯藏的干薯片一直到今年8月底才吃完。由于生活安排得好，社員很滿意，生产劲头很大。今年，这个大队共种下夏、秋番薯一千八百亩，比去年增加了30%左右。最近，大队党总支部根据今年番薯种植面积大、产量增加和加工貯藏任务重的特点，先后召开了老农、保管員、技术員座談会，总結了去年收好、保管好、食用好的经验，及早安排番薯的收刨、貯藏等准备工作。

梟山大队一向盛产番薯，当地农民有貯藏鮮薯和加工薯干的经验。最近，这个大队对比了过去貯藏番薯的两种方法，决定除貯藏鮮薯外，准备将鮮薯加工成干薯片貯藏。他們认为加工薯干貯藏有五大好处：一、干薯片可以貯藏一年以上都不霉坏。二、保管方法比較簡单，所需仓庫和保管人員也比較少。三、可以保証常年有得吃，方便食堂安排使用，并且能够磨成粉，制成各式糕点。四、可以节省运送的劳动力，以今年出售的冬鮮薯五十二万多斤計算，需要六百五十个劳动力每人运送八次才能运完；而加工薯干后，只需二百四十个劳动力一天就可以运完了。五、方便包裝調运，减少損耗，利于远运。

现在，这个大队的夏、秋番薯已经开始收获，为了进一步做好加工貯藏工作，他們建立了收刨、加工、貯藏一条龙的責任制。抽出部分社員，組织收挖、加工、晒片、保管等四个专业小組，根据先熟先收、迟熟后收的原則，有次序地进行刨挖；同时实行田头验收，以保証收淨刨光，不丢损，不霉烂。收获后，除了貯藏鮮薯外，要抓紧季节进行加工。从现在到冬至前后，北风强，晴天多，阳光充足，是晒薯片的有利时机，因此，要做到随收、随切、随晒，提高加工质量。此外，大队已经清理、消毒好四座干爽、保管条件較好的仓庫，并准备好谷围、草席和其他工具；对保管人員也进行了专門的訓練，提高他們的政治責任感和做好保管工作的技能；还建立了保管和检查的各項制度。（东莞县委財貿通訊組）

东莞县委财贸通讯组：《多种多收还要加工贮藏好　凫山大队[①]总结经验采取措施收好贮好冬收番薯》

《南方日报》1960年11月12日第2版

① 凫山大队：当时属东莞县寮步公社，即今东莞市寮步镇。凫山村位于寮步镇东部。

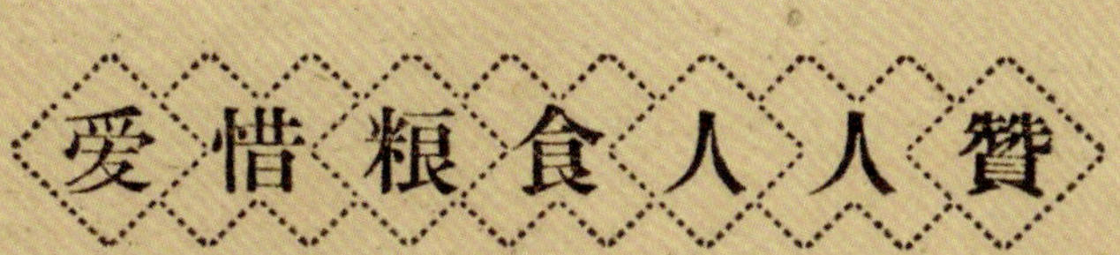

爱惜粮食人人赞

我们公社好

我們石美大队莫屋村的秋收工作开始了，社員一致推选杨求当晒谷員。她知道这个工作責任重大，每天鷄还未报晓，便起床把晒谷场打扫得一干二淨，太阳刚刚升起，她就把谷堆耘开，收拾得有条有理。当秋收进入大忙以后，队里缺乏晒谷的地塘和工具，她自动把家中的床板、大床席、谷籮、谷围都借出来用。这一来，社員們也跟着借出了各种晒谷工具，解决了晒谷场和工具不足的困难，加快了全队完成征购任务和稻谷入仓的速度。

“一粒谷，一滴汗”，杨求时常向社員这样宣传，劝說大家要珍惜粮食。她自己更是一粒谷子也不肯浪費。晒谷时，她寸步不离晒场，不让畜禽糟蹋谷粒；收谷时，她耐心地轻轻地扫，不让一粒谷漏掉；挑谷的时候，她总是事先检查扁担、竹籮，防止工具不牢出事故，造成浪費；粮食入仓前，她又和社員們一起动手清仓消毒，把仓內和谷围上都噴射杀虫粉，并清除仓內的污物，塡塞鼠洞，保证不損耗一粒粮食。在这个大队里，大家都提出要学习杨求这种爱惜粮食的好品德，做到精收細打，爭取每亩多收几十斤谷。

东莞万江公社 李延庆

李延庆：《爱惜粮食人人赞》

《南方日报》1960年11月12日第3版

主动解决甘蔗的运輸問題

东莞糖厂积极自制木船

【本报訊】东莞糖厂采取各种措施制造船只。到目前为止，已经制造了大小木船一千二百吨位，可以負担全厂四成左右的甘蔗运輸任务，为目前的榨季食糖生产的原料供应工作創造了有利条件。

在上两个榨季，东莞糖厂曾因甘蔗运輸赶不上而出现时榨时停的不正常情况。为了解决甘蔗的运輸問題，这个厂除积极爭取交通航运部門的支持外，还采取了一系列的措施，自己动手办运輸，大造木船，組织各造船工作組前往木材产区，与当地造船厂挂鉤，就地取材，就地造船。英德县黎溪公社造船厂材料不足，东莞糖厂立即赶制鉄釘四百多斤，并与船厂协作，为公社解决桐油供应問題。在东莞糖厂的协助下，船厂及时制造了大小木船八百多吨位。

与此同时，东莞糖厂还派出了一批职工和汽車到木材产地去搬运有关部門配給的木材。由于职工們的努力，在最近两个月內便与兄弟厂一道共搬运了二千七百多立方米的木材。他們边运料，边挂鉤，及早与东莞、石龙、中堂等造船厂联系，用随到随加工或以木換船，另給加工費的办法，爭取时間，赶造木船。到目前为止，采用这一办法制造的木船，已达三百一十吨位。另有数百吨位木船仍在继续制造中。

这个厂还利用本厂的技术力量和废旧料，制造了一些动力設备，在有关部門的协作下，装备了三只电船，共达三十五吨位。这些电船不但能載运貨物，而且能够作拖駁用。（省轻工业厅通訊組）

省轻工业厅通讯组：《主动解决甘蔗的运输问题　东莞糖厂积极自制木船》

《南方日报》1960年11月17日第2版

公社認真加強領导　抓好生活促进生产

大朗公社百多个食堂越办越好

【本报訊】东莞县大朗公社党委会，实行“政治到食堂，干部下伙房”，做好民主管理，貫彻了用粮政策，搞好食堂生产，把食堂办得很好，最近被評为佛山专区办好食堂的紅旗公社。

大朗公社共有食堂一百五十二間，目前已普遍做到“六有”：每个大队有副食品加工厂，个个食堂有种菜、养猪，天天有三餐（农忙有四餐），餐餐有菜有湯，老人、幼儿、孕妇、病人有照顧，节日有菜加。全队四分之三的食堂实现了柴、菜、油、盐、酱的“五自給”。全社食堂种的蔬菜，除了足够供应每人每天吃到一斤半到两斤以外，还有一些出售。食堂一共养猪三千三百三十八头（每十人有一头）、三鳥二万三千九百四十三只、家兎四百三十五只、魚塘七百三十九亩；每人每月可以吃到肉类半斤以上。社員吃得飽吃得好，干劲倍增，每天早出晚归，还要求把飯送到田头吃，节省来回走路的时間，爭取多干活。这个公社各項生产都搞得很出色，居于全县上游，办好食堂是一个重要的条件。

“政治到食堂，干部下伙房”是大朗公社办好食堂的关鍵：公社党委会在今年春耕以后，就从改进干部作风入手，坚决貫彻省委提出的“抓好生活，促进生产”的方針，一手抓生产，一手抓生活。全社所有干部都分散在各个食堂吃飯。党委会的六个书記，分六个片領导工作，既包領导生产，又包領导食堂；每个党委委員駐哪个队，就負責搞好那个队的食堂。每次党委会议都研究办好食堂和社員生活福利工作；每次生产評比，都同时检查食堂工作。这样，各級干部都眞正做到两手抓。今年6月間，公社党委书記張森到最落后的北岸大队食堂包干領导以后，又当炊事員，又帶头种菜，具体帮助食堂改进工作；不到一个月，便发动群众建成一座飯厅，实现了煮飯蒸汽化，生产的菜自給有余。

食堂坚持民主管理，是大朗公社实行“政治到食堂”的一項主要内容。干部下伙房以后，都做到依靠群众，发扬民主，由群众挑选品质好、作风好、成份好、办事公正的人当食堂主任和炊事員。大朗大队党总支委員叶忠順下到大井头第一食堂工作以后，便首先发动群众进行民主选举。社員們选出了一向办事公正的傅錦鋆当食堂主任，撤換了一些自私自利、作风不好的人，也有不少是連选連任的。长塘第一食堂主任陈妹就是两年来經过十次选举都被群众选上的“好当家”。此外，全社每个食堂都設有一个膳食委員会，由小队长、食堂主任、炊事員和社員代表組成。他們经常听取群众意见，定期研究改进食堂工作。大朗公社除了每个食堂都設有膳食委員会以外，公社还成立了生活福利办公室，大队成立生活福利委員会。这些机构都以食堂为中心，主管全社的生活福利工作。公社还经常組织食堂的检查評比，全社每月評比一次，各大队每半月評比一次，检查各个食堂貫彻民主管理的情况，检查是否执行了“半月公布食堂收支賬，一月公布社員用粮賬”的制度。半年多来，全社先后評选出八个好食堂，并树立了其中三个最好的为标兵。

大朗公社所有食堂，今年以来一直坚持“按人定量，指标到戶，粮食到堂，憑票吃飯，节約归己”的用粮制度。在安排粮食中，实行农忙多吃、农閑少吃、主粮杂粮混吃和粗粮細吃的办法。他們以平均每月口粮为基数，农忙时每人每月多吃主粮二至四斤，农閑时少吃一、两斤。怎样做到主粮杂粮混吃和粗粮細作，这个公社的食堂也創造了很多方式方法。番薯是这个公社的主要杂粮，許多飯堂都把番薯磨成粉或煮熟搞烂成番薯浆，然后制成番薯糕、番薯餅、番薯飽、番薯面条等多式多样的点心，而且天天花样不同，口味常变換，大受社員欢迎。这样安排使用粮食，社員不但吃飽吃好，而且节約了粮食。今年6月至10月的五个月内，全社食堂共节約了大米二十五万五千九百二十五斤，平均每戶每月节余五斤半。节余的粮食都由社員自由支配，愿意要米的发米，愿意換豆的发豆，并且月月兌現，从来沒有拖欠。社員領回的节余粮食，大都用来发展家庭副业。目前，平均每戶养有七、八只家禽。这样，既搞好集体生活又适当发展了家庭副业，社員心情舒畅，积极拥护計划用粮、节約用粮的制度。

大朗公社食堂办得好的最大特色，是食堂家底雄厚。这个公社的食堂经济所以搞得好，除了认眞貫彻三包管理責任制以外，各个大队自今年以来，都拨足土地（每人平均五厘菜地）和劳动力（占3%）給每个食堂，还貸出三千头猪苗、二万只家禽种苗和二百多斤菜种給各个食堂。这样，食堂生产便得到迅速的发展：猪发展了三倍，家禽发展了五倍，菜地从一千二百亩发展到一千七百六十五亩，杂粮扩种了二千一百六十五亩。蔬菜除了滿足社員吃用以外，还腌制了四万多斤咸菜，并且每天还有部分蔬菜出卖，增加了食堂的收入。食堂生产的杂粮，除了自吃外，还用来制各种酱料和糕餅，使社員吃得多式多样。公社党委又曾在公社副食品加工厂举办了一个技术訓練班，帮助大队訓練技术人員，使各大队在短期内掌握了制作各种副食品的技术。訓練班結束后，不到一个月的时間，全社每个大队都建立了直接为食堂服务的副食品加工厂。他們用番薯、芋头、馬鈴薯、南瓜、番茄、菠蘿等作原料，制出糖酱、南乳、面豉、粉絲、果酱等五、六十种副食品和調味品，每人每月平均有一斤多。大队的副食品加工厂成立以后，又派出技术工人到各个食堂去巡迴传授技术，輔导炊事員学会粗粮細作的技术，用各种杂粮制成各式糕点。现在，全公社各个食堂都形成一股空气：“粗粮粗作不光彩”。有不少食堂的社員，已经三个月沒有吃过整条整块的番薯了，他們吃的都是用番薯制作的各种可口的点心。

（东莞县委通訊組、邓国庠）

东莞县委通讯组、邓国庠：《公社认真加强领导　抓好生活促进生产　大朗公社[1]百多个食堂越办越好》

《南方日报》1960年12月2日第1版

摘要：报道了大朗公社加强152间食堂的管理，普遍做到了大队有副食品加工厂，食堂有种菜养猪，天天有三餐，餐餐有菜有汤，被评为佛山专区办好食堂的红旗公社，公社的各项生产也搞得很出色。

① 大朗公社：今东莞市大朗镇，位于东莞市中南部，西南与深圳市宝安区公明街道办接壤。

贯彻政策　加强领导　活跃經济

横瀝公社集市貿易一片好景

【本报訊】东莞县横瀝公社正确地执行政策，有領导有計划地組织农村集市貿易后，市场出现一派繁荣景象，便利了农村生产商品的交流，促进了商品生产的发展，既活跃了农村经济，又完成了国家的购銷計划。

横瀝墟是横瀝公社最大的集市，向来都有定期墟日。自从去年下半年，公社成立了市场管理委員会，加强了对集市貿易的領导以后，市场日益活跃起来，市场非常热鬧。商品多种多样，有禽畜、水产、蔬菜、水果、山貨、竹器、日用百貨等。每个墟日上市的商品在二百五十种以上。社員們根据自己的需要，在市场上进行交易，互通有无，有許多三类商品已经满足了市场上的需要。因为商品生产的大大发展，农村市场活跃，这个公社对国家派购、收购的任务也完成得很好。到11月下旬，生猪已完成了全年派购任务的84%；家禽已完成全年派购任务的82%。有部分大队和社員，早就完成和超額完成了全年的派购任务。至于为国家提供的商品蔬菜，成績更加显著，今年10、11两个月，卖給国家的鮮蔬菜，就比去年同期增长了38%。

横瀝墟的市场这样繁荣活跃，是公社有領导有計划地組织集市貿易活动的結果。横瀝公社从去年下半年成立市场管理委員会以后，今年7月間，为了进一步活跃农村经济，又重新健全了市场管理机构，負責日常管理和指导市场交易活动，动員社員把准許上市的产品拿到市场进行买卖。公社又把集市的墟期安排在社員的休假日，方便社員趁墟。

横瀝公社在組织农村集市活动中，还深入地宣传貫彻政策。他們深入到生产队，一方面宣传国家对生猪、家禽的派购政策，一方面又宣传集市貿易的管理政策，并使社員了解組织集市貿易是为了便利人民公社、大队、小队和社員交换和調剂自己生产的商品，活跃农村经济。同时，向趁墟群众宣传市场管理政策，防止不法分子的投机倒把行为。由于政策教育工作做得好，大大促进商品的上市量。例如，井美大队有六十多戶社員，在完成国家派购家禽任务后，还剩余一百多只，他們原来打算自宰自食，后来经过宣传政策，他們就高高兴兴地把这些家禽挑到市场上去出售。

为了保持市场活跃，横瀝公社的財貿部門还帮助生产大队、小队和社員发展养殖业和副业生产。商业、畜牧部門通过购銷活动，給生产队、食堂和社員供应了鴨、鵝、鴉种苗共十七万三千八百多只，使生产队和社員的家禽飼养业很快地发展起来。他們还組织大批財貿干部深入到队，帮助生产大队、小队和社員安排三类商品的生产，大抓种植、飼养，帮助队与队之間調剂种苗余缺。同时，还安排社員利用业余时間经营家庭副业生产，展开捕魚、捞虾、打猎、捉蛇、编织竹器、采集野生纖維和土藥材等，扩大商品貨源。彭屋大队经过这样安排后，社員利用业余时間搞副业，为市场提供不少商品。財貿部門采取这些办法，帮助生产队和社員发展生产，不但有利于国家收购任务的完成，而且又增加了上市的商品，活跃了农村集市。（卓永友）

卓永友：《贯彻政策　加强领导　活跃经济　横沥公社[①]集市贸易一片好景》

《南方日报》1960年12月18日第1版

① 横沥公社：今东莞横沥镇，位于东莞市东北部，西距东莞市区约40千米。

东莞县举办业余医学教育
不断提高医务人員水平

【本报訊】东莞县积极发展业余医学教育，不断提高现职高、中、初三級卫生技术人員的医疗技术水平，更好地开展除害灭病工作。

东莞县的卫生技术人員有一千三百多人。为了适应卫生事业发展的需要，有关部門决定举办业余医学教育，迅速地系統提高他們的理论和医疗技术水平。該县于7月間成立医学教育委員会后，开設了业余医学院和业余中級卫生学校，共吸收四百多卫生医务人員参加学习。为了方便在职人員学习，不影响日常工作，县里还以莞城鎮、石龙鎮、太平鎮为中心，把全县二十个公社分成三片，分别开班上課，并以設在莞城鎮县人民医院的业余医学院和业余中級卫生学校的校本部，作为指导教学的中心。各片根据参加学习人数和交通情况，分班安排了学习时間，想尽办法解决师資不足等問題，实现了学員每月上課三十小时的教学計划。

石龙人民医院除了办好业余医学教育外，还采取了带徒弟、举办学术讲座、函授、会診等多种形式，帮助公社卫生人員提高技术水平。仅今年院里就为公社一級培訓了医生、护士、卫生員、疫情报告員等二百七十多人，有效地加强了基层医疗卫生力量。（省卫生厅宣教所）

一批中医学徒学习前輩经验迅速成长

【本报訊】东莞县最近举行了中医学徒转正考試，在有条件应試的十二名学徒中，又有七名考試合格，转为正式中医生。

这七名新中医，已随师学习三年至八年之久。他們经过老中医精心輔导和集体上課、临床见习等方式学习，一般都掌握了中医的四診八綱、辯证论治等中医理论知识，具备了一定的临床经验，下乡巡迴医疗和在医院診病考察的时候，也已能够独立診断配葯，得到群众的好評。

东莞县去年已批准六名中医学徒转正为中医生，他們一年来在为群众治病的实践中，表现积极，进步很快。例如企石公社卫生院的朱应良，自批准转正后，更加认眞学习鉆研。今年他和西医合作，共同研究出用“紅骨蓖麻根”治疗支气管扩張、支气管炎、肺結核等病，获得显著疗效，并写成论文在《广东中医》杂志发表。（刘純輝）

刘纯辉：《东莞县举办业余医学教育　不断提高医务人员水平》

《南方日报》1960年12月23日第3版

今年留足种　明年多种菜
大朗公社留种工作早安排

【本报訊】东莞县大朗公社，今年以来大抓蔬菜留种工作。目前除已留足明春菜种外，正进一步做好明冬蔬菜的留种工作，确保明年菜种全部自給。

大朗公社过去沒有留菜种的习惯，需要的菜种全靠外地供应。种菜季节一到，往往因調拨不及时或数量不够，以致耽悞季节，影响蔬菜生产。今年，公社党委吸取了以往的经验敎訓，决定自力更生，大抓蔬菜留种工作。为了鼓励大队、小队和社員多留菜种，公社除了給蔬菜留种田配給一定数量的化肥外，收获菜种时則按牌价进行收購。供銷部門还派出干部到菜种基地具体指导留种工作。采取这些措施以后，全社在春季建立的三百九十八亩蔬菜留种田，因为細心管理，共收获了各种菜种六千九百斤，除留足明春自用的菜种外，还上調了四千二百斤支援其他地区的需要。現在，各大队又建立了冬菜留种田三百八十五亩，准备为明冬留足更多的菜种。

（刘　林）

刘林：《今年留足种　明年多种菜　大朗公社留种工作早安排》

《南方日报》1960年12月25日第2版

南方日报

1961年

总結当地成功經驗　摸清天时地利种性

因地制宜掌握季节适时早播

东莞县温塘大队提早播种办田开耕力争避过“龙舟水”夺取埔田丰收

龙川县新隆大队根据春作物收获时間合理安排播种期避免秧等田

本报东莞訊　位于东江支流——黃沙河下游的东莞县附城公社溫塘大队，适时提早开耕，提早春播，力爭埔田（沿江的低塱田）避过“龙舟水”的侵袭。目前埔田地区已全部播种完毕，正在开始办田。

溫塘大队有一千六百多亩埔田，占早稻田面积50%。这些埔田地勢低洼，每年春汛期間都要受淹，十种九不收。为了避过“龙舟水”，爭取埔田早稻丰收，溫塘大队党总支部召开干部、老农会議，总結了历年来耕种埔田的經驗教訓。許多社員認为，只要适时早插避过“龙舟水”，埔田就能丰收。例如，1959年埔田在3月16日开始插秧，6月10日禾还未黄，洪水就到了，結果大部分沒有收成；1960年提早半个月（在3月2日）插秧，5月23日便开始割禾，割完了禾，洪水才到，所以全部有收成。有的社員主张采用早熟品种，因为早熟种，生长期短，能够避过“龙舟水”。大家从几年来的事实中，摸索出了一条规律：1957年和1959年“龙舟水”在4月上旬到来，1958年和1960年“龙舟水”在6月上旬到。这就是說，每逢单年“龙舟水”到得早，逢双年“龙舟水”就来得迟。今年是单年，“龙舟水”也可能到得早，估計“芒种”前后就会到。而从“立春”到“芒种”有一百二十天时間，早熟“南特”种生长期是一百一十天到一百二十天。如果采用这个品种，在“立春”前播下，到“芒种”前收割，就能避过“龙舟水”。經过总結，大家找到了埔田丰收的办法，制訂了埔田提早开耕，避过“龙舟水”的具体措施：第一、适时提早播种插秧，“立春”前六天播种，“雨水”前五天播完，“春分”前五天开始插秧；第二、采用早熟良种“南特16号”；第三、培育壮秧。实行早播，可能遇到寒潮的侵袭，为了做好秧田的防寒工作，决定选择座北向南的高田或低坳的禾塘田做秧地；第四、提早办田，先插埔田，后插高田。制訂了措施以后，这个大队便立即行动。在“立春”后四天，便把全部埔田所需要的一百七十担谷种播了下去。

东莞县领导机关認为，溫塘大队在埔田地区提早开耕的做法，为全县爭取埔田早稻丰收提供了一个好經驗，因此已在全县埔田地区加以推广。

（张敏强、馮章）

张敏强、冯章：《总结当地成功经验　摸清天时地利种性　因地制宜掌握季节适时早播·东莞县温塘大队提早播种办田开耕力争避过“龙舟水”夺取埔田丰收》

《南方日报》1961年2月20日第1版

摘要：东莞县温塘大队有1600多亩埔田，每年春汛期间会受淹。该大队总结了历年来耕种埔田的经验教训，找到了埔田丰收的办法，制定了埔田及早开耕、避过“龙舟水”的具体措施。为全县提供了一个好经验，已在全县埔田地区加以推广。

东莞县卫生部門組織中医温課

帮助中医生提高理论水平

本报訊 东莞县卫生領导部門組織中医溫課，帮助中医进一步研究祖国医学遺产，有效地提高在职中医的理論和业务水平。

有計划有領导地組織中医溫課，不断提高中医理論业务水平，是东莞县加强領导中医工作的一項重要內容。一年来，县卫生部門組織了四百多中医生（占全县中医生的90%以上）参加了中医溫課，統一以內經、本草、伤寒、金匱、溫病等經典著作为教材。溫課的方法采取自修为主，結合举办以公社为单位的定期講座和不定期的中医专題交流会。县卫生部門还組織三次全县性的集体备課，以便統一中医溫課的进度。目前，参加溫課的中医已經完成內經的道生、阴阳、色診、脉診、脏象、經絡章等課，并且写出心得八百多篇，不少外科中医生还学会了用內服处方、針灸等来配合外科疗法。莞城公社的中医生把学习中医理論和当前的防病治病工作結合起来，举行了八次講座，訂出对几种疾病的治疗医案，推动了防病治病工作。

在溫課过程中，中医們开展了祖国医学的研究工作，从而提高了理論和业务水平。一年来，他們进行了二十九項中医研究項目，并且写出有关的論文、医案、临床总結等一批，其中包括对哮喘、癲痫、正骨、蛇咬伤等方面，都作出了初步的經驗总結。（刘純輝）

刘纯辉：《东莞县卫生部门组织中医温课　帮助中医生提高理论水平》

《南方日报》1961年3月16日第3版

保障群众健康 积极促进生产

东莞大朗公社大搞粪便无害化处理和食堂卫生成績显著

本报訊 东莞县大朗公社貫彻卫生工作为生产、生活服务的方針，开展以粪便垃圾无害化处理和食堂为中心大搞卫生村的爱国卫生运动，有效地改变了当地的卫生工作面貌，保障了社員群众身体健康，积极促进生产。

大朗公社是半山地带，卫生工作基础薄弱，环境卫生和社員的卫生习慣都較差，經常发生一些疾病的传播。去年春天，这个公社結合生产积肥和扩大种植面积，掀起了两次以粪便垃圾无害化处理为中心大搞卫生村的爱国卫生运动高潮。各生产大队广泛改革了旧厕所，建起了一百多間三級粪池无害化厕所和五百八十多个垃圾池，实现粪便垃圾的无害化处理，基本消灭了粪便垃圾中的病菌虫卵，大大减少病菌的传播。各大队結合扩大种植面积，又平整清理了村前村后的破墙烂地，在原来是蚊蝇孳生繁殖的烂地上，种上一千多亩杂粮。此外，还进行了疏通渠道和各項环境卫生工作与卫生知識的宣传教育。通过这一系列工作，大朗公社的二十二个生产大队，有十七个大队做到經常性的打扫环境卫生和建立了家庭卫生制度。

这个公社还采取加强領导和分片包干的办法，开展了以食堂卫生为主的集体生活单位的卫生工作。由公社卫生人員組成的七个工作队，分片訓練了各大队的炊事人員，提高他們的卫生知識，帮助食堂增設必要的卫生設备和建立各种清洁卫生制度，改进烹調技术方法。很多食堂設有防蝇、防尘設备，实现了隔墙烧火，一炉多灶，分开熟食品和生食品，以及食具消毒。不久之前，在全公社一百五十五个食堂中，已有80%由于卫生工作搞得好而被評为社里的标兵和第一类的食堂。

作好以粪便垃圾无害化处理和食堂卫生这两个重要环节的結果，带动了卫生工作的全面跃进，使全公社的卫生面貌焕然一新。最近的半年多来，这个公社沒有发生过季节性传染病，肠胃病的患病率也下降到0.5％以下，因而有效地保障了社員群众的健康，各大队社員的出勤率大大提高。水口大队过去由于社員不大注意卫生，加上連續两年遭受水灾，患病的社員增多，影响到出勤率。但是，去年大搞卫生运动以后，这个大队面貌起了很大的变化，成为环境清洁，人人講卫生的卫生村，社員身体健康，精神飽滿，去年冬天以来出勤率經常在95％以上。

在密切結合生产开展卫生工作的同时，注意发动群众，培养他們講卫生的自觉要求，使卫生工作成为群众性的运动，这是这个公社卫生工作取得成就的主要关鍵。在开展粪便垃圾无害化处理初期，由于社員們不了解它的好处，都怕麻煩，对它不大感兴趣。公社領导上針对着这种思想情况，选择了卫生工作比較落后的求富路生产队作为試点，他們在这个生产队中，采取組織社員回忆对比、算細賬的办法，教育启发社員認識搞好卫生工作，对保障身体健康和促进生产的重大意义；同时，又通过具体的施肥对比試驗，証明經过无害化处理的粪便，既符合卫生要求，又提高了肥效，搞好了生产。經过这样具体細致的工作以后，这个生产队便开展以大搞粪便垃圾无害化处理为中心的卫生村的群众性运动。公社又把求富路生产队的經驗，通过各种方式，在干部和社員群众中广泛进行宣传和推广，終于在全公社各个大队掀起了爱国卫生运动高潮。

《保障群众健康　积极促进生产　东莞大朗公社大搞粪便无害化处理和食堂卫生成绩显著》

《南方日报》1961年3月28日第3版

养好母猪加速繁殖猪苗

袁山貝大队認眞解决互利問题实行母猪公有私养收效显著

本报东莞訊 东莞县常平公社袁山貝大队，为了迅速繁殖猪苗，除了帮助社員飼养母猪外，还实行公有私养的办法，把大队的部分母猪包給飼养員飼养，調动了飼养員养好母猪的积极性。

袁山貝大队貫彻了有关养猪的政策后，社員养猪的积极性很高。每天有三、四十人去找干部，要求大队供应猪苗。可是，大队的猪苗很少，不能满足社員的要求。为了迅速繁殖猪苗，帮助社員发展家庭养猪，这个大队除了把十九头猪苗供应給十九戶社員飼养外，还实行公有私养的办法，把大队的母猪包給飼养員飼养。

这个大队把母猪包給飼养員飼养时，根据兼顾集体利益和社員利益的原则，經过发动社員討論，合理地解决了互利問題。对包产，由于是第一次試行，产量包低一些，以便激发飼养員的积极性。对肥壮而且产仔多的母猪，一年包产仔十头；对一般的母猪一年包产仔八头。超产部分奖现金八成，减产不罰。包工分，由于飼养員都是专职养猪的，养猪工分做到与农业工分平衡，才能調动飼养員的积极性。根据一个中等女劳动力一年可挣二千一百个工分的标准，合理地制定了飼养母猪的工分报酬；按照一个中等女劳动力一年可养两头母猪計算，一年就可挣二千一百工分左右，与田間劳动的工分报酬大致相等。在包成本时，除了包精飼料三十斤和一年供应十二担青飼料、五担柴外，还訂出每养一头母猪拨給五分飼料地。这就解决了养母猪的飼料和燃料不足的困难。现在，全大队已把二十四头母猪包給十个飼养員（共八戶）飼养，按照飼养員的劳动力强弱，每戶包二头到六头。

这个大队采取这个办法之后，收到了良好的效果。第一，能够充分发挥輔助劳动力的作用。飼养員为了争取超包产，把全家大小都动員起来养好母猪。例如飼养員袁扬灿两夫妇包养了六头母猪，他們利用两个孩子切薯苗、拾猪屎和干些零活，把六头母猪管理得很好。这样，他們一年可挣到工分六千六百分，比过去多一千多分。第二，由于責任到人，猪养得肥与瘦直接关系到飼养員的收入多少，这就大大調动了飼养員的积极性，对母猪的料理就更細心了。飼养員高风包养的母猪在产仔时，她整夜守候；母猪安全分娩后，立即加喂一餐，并且把猪栏垫上谷糠，把母猪管理得很好。第三，由于管理比較細致，母猪和小猪都很快就由瘦变肥。飼养員袁河任包养的三头母猪，平均每头一天长肉一斤。

在实行这个办法以后，大队的猪仔从三十三头繁殖到七十一头，預計在7月底以前，这批猪苗可以出售給社員飼养。（中共东莞县委通訊組）

中共东莞县委通讯组：《养好母猪加速繁殖猪苗　袁山贝大队[①]认真解决互利问题实行母猪公有私养收效显著》

《南方日报》1961年5月26日第1版

① 袁山贝大队：当时属东莞县常平公社，今东莞市常平镇袁山贝村，位于常平镇东南部。常平镇位于东莞市东部，西北距东莞城区约30千米。

提高业余文化骨干　活跃农村文化活动

东莞举办业余戏剧、美术訓練班

本报訊　东莞县文化工作者最近利用农閑期間深入各公社生产大队，培訓农村业余文化骨干，以便更加活跃农村的文化活动。

东莞县文化館的輔导干部最近分头深入到厩冲公社茶滘大队和莞城公社举办了有四十多个骨干分子参加的业余戏剧骨干訓練班和工人美术骨干訓練班。戏剧訓練内容有“怎样写好一个独幕剧”、“怎样認識现代剧的产生和发展”、“如何提高业余剧团的活动質量”和“怎样排好一个戏”等；美术訓練内容主要是“談談美术的特点”、“如何通过美术为社会主义建設服务”、“美术創作的思想内容和形式問題”和“如何画人物”等。

戏剧訓練班在学习期間并排演了《刘胡兰》的《大庙》、《白蛇传》的《断桥》、《拜月記》的《搶伞》等剧目，在端午节为社員演出。美术訓練班的学員也画了一批反映农村貫彻当前农村人民公社政策后的新气象的新作品；现正在进一步修改中，准备送省参加美术展览。　（叶一飞）

叶一飞：《提高业余文化骨干　活跃农村文化活动　东莞举办业余戏剧、美术训练班》

《南方日报》1961年6月22日第3版

东莞县改善工业品供产銷关系
工商部門通力合作增产小农具日用品

本报东莞訊　东莞县工商业部門通力合作，共同为农业、为市场和人民需要服务。自今年以来，全县有些工业产品，特別是小商品、小农具，比去年第四季度有了增产。一些名牌产品先后恢复了生产，不少缺門产品也已基本上达到自供自給。据县百貨、土产两个經理部統計，第一季度收购的小商品、小农具，比去年同期增加了16%，第二季比第一季增加10.7%。

东莞县过去在发展日用手工业品和小农具生产的过程中，在某个部門或在某个具体問題上，曾經出现不够协調的现象。例如，有些工厂考虑生产实际可能多，考虑市场需要少；有些商业部門則考虑市场需要多，考虑生产实际可能少，因而編制生产計划各搞一套。由于这样，在一定程度上影响了工业生产和市场的供应。

針对这种情况，中共东莞县委会自今年第一季度起，便先后几次召开有工商部門参加的会議，共同揭发工商关系存在問題。在統一思想、提高认識的基础上，在县委統一領导下，成立了联合办公机构——日用小商品領导小組和支援农业办公室，把产、供、銷各个环节一齐抓起来。检查工作时，工业部門既了解工厂生产情况，又了解供銷部門的銷售情况；商业部門既了解供銷部門的銷售情况，又到工厂了解生产情况。这样，許多过去要专門召开工商业部門会議才能解决的問題，现在都能及时就地解决了。

东莞县在解决工商业部門之間关系的各个問題上，都遵循着从有利于群众这条准則出发。他們經常組織工商业部門干部座談，从群众利益出发，共同研究分析問題，找出解决問題的办法。如今年工业部門生产鉄鍋新产品，开始时工效低，耗料多，产品成本高。后来，經过同商业部門座談，双方本着共同为市场服务的精神，互相帮助克服困难，結果解决了产品成本高的問題，既促进了生产，又保証了市场的供应，并密切了工商业部門的关系。由于把产供銷工作做好，这就使生产、銷售結成了一个有机联系的整体。

在密切工商关系过程中，还必须及时处理一系列的复杂的实际問題。在这方面，东莞县采取的办法是：对于一般問題，由工商双方个别协商；对牵动面較广或政策性較强的問題，召开专业会議逐一加以解决。这样，就便于产、供、銷各方面集思广益，具体地解决問題。今年5月初，工业部門在检查双夏小农具生产进度时，发现还缺乏一批谷籮和禾鐮；依照原来生产进度，到夏收时将无法完成生产任务。于是有关領导部門便通过工、商、公社三方面协商，使产、供、銷当中許多問題得到解决。例如生产谷籮技术力量不够，便把莞城、太平、石龙三大鎮的竹器厂部分竹器产品可暂时緩慢生产的暂时摆下来，把全部人力投入織谷籮，使谷籮月产量由三千一百五十五对增至五千对，还抽出一部分竹器工人串乡登門进行修补；商业部門为了供应織谷籮竹料，也派出一个局长和两个經理到韶关、始兴等地組織了一千多担竹、二千五百担篛，保証了谷籮原材料供应；公社負責发动有谷籮的社員，按折旧費借給大队、生产队使用。目前，谷籮和禾鐮已基本满足需要。此外，加强調查研究工作，下乡召开座談会，訪問消費者以及在柜台征求意见等，也是他們沟通工商部門关系的一項重要工作。

东莞县工商业部門是通过日常业务活动来搞好协作的。他們运用“合同制”，把产、供、銷的具体品种、数量、质量、价格，以及生产和交貨时間等等，都用合同形式固定下来，这样就加强了工商之間的約束和促进力量。工业部門为了按品种、数量、规格、质量完成生产任务，采取各种措施，并把任务落实到車間、小組、个人；商业部門也四面八方寻找原材料、设备、样品，并抽派駐厂人員到主要厂子参与規划，参与生产，及时协助解决生产中的具体問題。

（东莞县委工业通訊組、本报記者）

織草席　梁生民作

东莞县委工业通讯组、本报记者：《东莞县改善工业品供产销关系　工商部门通力合作增产小农具日用品》

《南方日报》1961年7月6日第2版

摘要：报道了东莞县委为解决一些小商品与小农具短缺的问题，成立了联合办公机构，把产、供、销各环节协作一起抓，运用“合同制”加强各工商环节的约束与促进，解决了生产中的很多问题，从而实现了这些产品的自给自足。

增加演出剧目 提高演出水平

槎滘大队业余剧团受到群众欢迎

本报訊 东莞县中堂公社槎滘大队业余剧团增加演出剧目，积极提高演出質量，受到群众的欢迎。

这个业余剧团在前一个时期由于剧目单調，和演員不認真表演，群众不大欢迎，在春节一次文艺晚会演出时，大队里五千多个社員，只有十分之一的人前来看戏。

最近，这个业余剧团通过总結，检查了片面强調上演时装戏而又不認真演出的偏向，同时也批判了一些业余演員片面認为"只有演古装戏才受群众欢迎"的錯誤論点，全面地貫徹了业余文化活动的方針，在演出一些古装折子戏的同时，积极排演时装戏，努力提高表演艺术。他們在业余时間，排練了现代剧目《刘胡兰》的《大庙》、传統剧目《拜月記》的《搶伞》、《白蛇传》的《断桥》等三个折子戏；并以《大庙》为主要剧目，由老演員集中精力排練。結果，在端午节演出时，由于剧目多样，演技提高，受到群众的热烈欢迎，前来看戏的社員将近达到二千人。

（东莞县文化館）

东莞县文化馆：《增加演出剧目　提高演出水平　槎滘大队[①]业余剧团受到群众欢迎》

《南方日报》1961年7月8日第3版

① 槎滘大队：当时属东莞县中堂公社。中堂公社即今东莞市中堂镇，位于东莞市西北部，北面隔江与广州市新塘镇相望。

合理安排种植計划　全面实行三包一奖

大朗大队早造生产全面发展

水稻杂粮春花生比去年同期有較大增长；副业收入也有較多的增加

本报东莞訊　东莞县大朗公社大朗大队，今年早造根据本地区的特点，貫彻“以粮为綱，全面发展”的生产方針，获得了比較好的成績。全大队早稻五千九百亩，总产量比去年同期增长19.1%，杂粮总产量比去年同期增长269%，春植花生总产量比去年同期增长197%，上半年六个月的副业收入也比去年同期有較多的增加。

大朗大队地处丘陵，水田少，旱地多，副业門路广，历来多种經济十分发达。除了以种植水稻为主以外，还种有部分黄麻、羌芋，甘蔗、木薯、花生、黄豆、粟类、番薯、蚕桑和蔬菜等。畜牧业也比較发达。还有二千八百多亩果园，种植了荔枝、龙眼等多种果树。魚塘也有一百二十八亩。

这个大队在今年早造生产中，根据地区特点，貫彻了“以粮为綱，全面发展”的方針，并且从以下几方面来保証这个方針的实现：

第一、合理安排作物的种植面积。稻田方面，首先保証完成水稻种植計划，然后安排黄麻和羌芋等作物，还挖掘土地潜力，扩大水稻面积，利用旱地改水田和开荒扩种。这样統筹兼顧、有主有次地安排，就避免了顧此失彼的缺点，从种植面积上保証了全面生产的发展。

第二、在劳动力的使用上，也实行全面安排。全大队总劳动力四千七百六十五人，在保証把85%的劳动力投入农业生产的原則下，对經济作物、畜牧业和副业生产所需要的劳动力也作了适当的安排。这样全面安排劳动力的結果，就使水稻和各种作物都能全面兼顧，避免了农忙挤掉經济作物和多种經营的现象。

第三、全面貫彻“三包一奖”，无論农业或副业，无論粮食或經济作物，无論主粮和杂粮都全面貫彻了“三包”。这样做的結果，調动了社員的生产积极性，促进了全面生产的发展。

第四、各項作物都建立农艺师管理制，往年只有水稻农艺师，今年增加了旱地作物的农艺师，使水稻、旱地作物和經济作物都一齐管好。

第五、对肥料实行全面安排，合理使用。这个大队肥料的安排都是根据各种作物的需要而安排的，做到水稻和經济作物全面兼顧。在化肥使用上，凡是經济作物专用肥都全部用于經济作物，国家配来的化肥則用于稻田，使各項作物都有充足肥料，因而保証了增产。

第六、加强全面生产的領导。大队党总支部五个书記除总支书記管水稻和兼顧全面外，其余四名副书記分管財經副业、經济作物和畜牧业（兼林业）。生产队由队长管粮食生产和全面工作，副队长专管旱地作物，一个队委管副业生产。做到項項生产都有专人領导。这个大队由于坚决貫彻了全面发展生产的方針，并在生产的領导上和生产措施上，都能够做到从全面发展生产出发，所以，今年早造生产获得了全面增产。

（中共东莞县委通訊組）

中共东莞县委通讯组：《合理安排种植计划　全面实行三包一奖　大朗大队[①]早造生产全面发展》

《南方日报》1961年7月28日第1版

① 大朗大队：当时属东莞县大朗公社。大朗公社，即今东莞市大朗镇。

水田旱地一齐抓

温塘大队加强旱地作物管理

本报讯 东莞县附城公社溫塘大队各个生产队在夏收夏种大忙期間，妥善安排农活和劳动力，加强旱地作物的管理工作。全大队八百多亩甘蔗、九百多亩木薯，除普遍除过一次杂草外，絕大部分还进行过松土、培土和追施一次肥料，普遍生长良好。全大队还在「大暑」前适时种下一百七十五亩秋花生和一百五十亩眉豆，现在已經出芽长叶。

溫塘大队的六千多亩耕地中，有一半是旱地。这些旱地适宜种植花生、甘蔗、杂粮等作物，其中种植的杂粮产量占全队粮食总产量的百分之三十。因此，在夏收夏种大忙中，大队党总支部就加强对旱地作物生产的領导，指定一个总支副书記专管旱地作物生产；各个生产队都以长期作业小組为单位，每个小組指定一个副組长专抓旱地作物。各个生产队都根据本队的具体情况，在夏收夏种大忙中，妥善安排农活和劳动力，做好旱地作物的管理。例如，冚头第二生产队在割禾以前，便集中全部劳动力投入旱地生产，妇女收春植花生，男人集中牛力犁甘蔗壠、培木薯土，然后集中力量割禾，割禾后又集中力量种秋花生、眉豆，种完之后，男的办田，女的在木薯、甘蔗地进行第二次除草。茶上生产队在大忙期間，安排百分之七十的劳动力进行夏收夏种，百分之三十的劳动力給木薯、甘蔗地进行培土、施肥和种植秋花生和眉豆。

（东莞县委通訊組）

东莞县委通讯组：《水田旱地一齐抓　温塘大队①加强旱地作物管理》

《南方日报》1961年8月5日第1版

① 温塘大队：当时属东莞县附城公社，即今东莞市东城街道温塘社区。东城街道是东莞市区的四个街道之一，位于东莞市中部。

加强車船維修　提高运輸能力

东莞二零七車队提高車輛完好率等于每天增加两台半車

广宁造船厂派出大批技工到船艇集中地区設点修船

本报佛山訊　东莞汽車站二零七車队采取駕修合一等多种措施，做好車輛的維修保养工作，使許多“老爷車”都能經常参加运行，从1958年以来車輛完好率一直保持在75%以上，比1957年增长5%，等于每天增加两台半車参加运行。由于車輛完好率提高，三年来这个車队每年平均貨运量和客运量都比1957年大大增长。

这个車队共有車輛五十台，除三台是解放牌外，其余都是1938年至1948年出厂的年老失修的“老爷車”。这个車队的职工沒有因此灰心泄气，他們說“人听党的話，車听人的話”，千方百計要“老爷車”返老还童，提高了車輛的完好率。

这个車队能够提高車輛的完好率的主要經驗是：司机、技工通力协作，实行駕修合一。司机以自修为主，进场保修为輔，利用每天的裝卸、到站等空隙时間，进行例行保养，小修零活都自己动手。为了减輕保修車間的工作压力，司机們組織了一支二十多人的搶修組，由車間統一分配，参加保修工作，把駕修扭成一股繩。这个車队还选出二十多名技术較高的工人，組成一个科技研究小組，加强技术領导，开展群众性的技术革新运动，解决了許多重大的技术問題。如該队大部分是福特牌車，每到夏天，引擎溫度过高，出现水滚、馬力不足等毛病；經科技研究小組研究后，决定使活塞頂車短一毫米，把溫度降低，馬力增大。在劳动組織方面，他們将原来保修、引擎拖卡、鉄木胎焊等五个生产小組改为两个包修小組，分别負責客、貨車的保修工作。实行包干保修的好处是：能够及时掌握車輛的技术性能和毛病，减少修理过程中的摸索时間，提高工时利用率；进一步密切了司机与技工的关系，在修理过程中互相协作，共同搞好保修工作；及时掌握缺料缺件情况，充分作好备件修理工作，避免窝工浪費；加强司机、技工的責任感，降低了翻修率。

为了解决維修車輛所必需的零件配件供应問題，这个車队实行自力更生，大搞旧件修复和配件制造，缺什么就做什么，克服了待料待修的现象。有一台車坏了中波箱主軸，已不能再加工使用，工人就利用車床裝上銑刀作銑床用，制成主軸，使死車变活車。今年4月份以来，这个車队自己制了新件二百零九件，修复旧件二百二十三件，旣使許多坏車及时能够修好，又为国家节約了四千多元。

这个車队經常向当地党委和公路养护部門反映路面好坏情况，爭取有关部門的支持，及时組織人力搶修和养护公路，使公路經常保持平整暢通，对保持車輛的良好状态有很好作用。

这个車队領导上还組織职工从事副业生产，改善生活；同时加强思想政治教育，实行評比奖励制度，提高了职工們修好車輛、搞好运輸的积极性。（佛山地委交通办公室通訊組）

佛山地委交通办公室通讯组：《加强车船维修　提高运输能力　东莞二零七车队提高车辆完好率等于每天增加两台半车》

《南方日报》1961年8月15日第2版

增城东莞貝丘遺址有重要新发现
对研究广东新石器时代提供丰富材料

本报訊 广东省文物工作队最近在增城县金兰寺和东莞县龙江村两处新石器时代貝丘遺址的考古发掘中，有了新的重要的发现。这些发现对研究广东新石器时代文化分期、年代顺序和社会性質等方面的問題提供了丰富的材料。

今年7、8月間，由广东省文物管理委員会和暨南大学历史系組成的文物工作队，在这两处遺址共发掘了一百六十一平方米的面积。在增城金兰寺遺址厚达两米的地层中，发现了代表三个时期的重叠堆积：最早的重叠堆积初步认为是属于新石器时代中期的；較晚的是属于新石器时代晚期的，其中又可細分为早晚两个阶段；最晚的可能是属于战国至西汉时期的。在属于新石器时代中期的地层中，第一次发现了彩陶，是手制的細泥紅陶，火候不高，表面磨光，并用赭紅色画着叶脉状的图案。在东莞万福庵遺址所见的彩陶，則是先用白色着底，再用赭紅色画上比較复杂的图案，相当精致。它和邻近的福建、台湾省所发现的彩陶相比，較为原始。在属于新石器时代晚期的地层中，第一次发现了广东的陶祖，它的发现对广东新石器时代晚期社会性質的研究提供了很好的材料。此外，还发现了四座新石器时代晚期的墓葬，这个发现在本省还是第一次。这些墓葬是土坑墓，墓内均保留有完整的人骨架，对于研究广东新石器时代人类的体質形态、族源、埋葬习俗等都是十分珍貴的材料。

在这两处遺址还发现了很多打制和磨制的器皿和动物遺骨，对于研究广东原始社会的历史都有重要意义。

《增城东莞贝丘遗址有重要新发现　对研究广东新石器时代提供丰富材料》

《南方日报》1961年9月19日第3版

提高学生学习书法的兴趣

东莞师范举办书法比赛和展览

本报东莞訊 东莞师范最近举办了一次书法比赛，并展出了部分优秀作品，引起师生很大的兴趣。

该校这一学期为加强书法教学，提高学生練习书法的兴趣，特别組織了这一次比赛。各班評选出較优的作品，然后由学校领导与語文老师再从中評选全校最优秀的作品加以展出。为了給学生們一个示范，他們还同时展出了一批教職員工的书法作品，这批作品有新有旧，品种体裁也很丰富，有大大小小的正楷、隶书、行书、草书，有王羲之体、黄自元体、顏魯公体，也有別开生面的独創体，眞正是百花齐放。这些书法作品的展出，引起师生很大的兴趣。（罗）

广宁小学举办书法比赛改进写字教学

本报广宁訊 最近广宁文教部門在全县小学六年級学生中組織了一次书法比赛。通过比赛，来促进各校的写字教学。

这次比赛规定同年級的学生，一律用統一的方格紙，用毛笔抄写同一段課文，以校为单位进行；并从下而上逐級評比，对写字好的学生进行表扬奖励。

通过这次书法比赛，各公社教研組和学校都总結和检查了过去写字教学的經驗和存在問題，作出了改进写字教学的措施。例如宾坑公社宾坑小学检查出过去教师对写字教学要求不严格的情况。如他們忽視了对学生写字的具体指导；甚至有些教师将习字課时用来做其他作业，因而学生写字不好。这次参加比赛的一百一十四人中，写得不清洁的有四十三人，笔划有錯漏的三十一人。他們便据此訂出了五条措施加强写字教学：教育学生認識把字写好的重要意义；规定作文、周記、語文作业一律用毛笔抄写；保証写字教学时間，学生写字要列入成績考查，习字堂要备好課，由教师在堂具体指导；教师以身作則，板书、批改不写潦草字；写字教学要列为教研活动的内容之一。

（广宁通訊組文教分組）

罗：《提高学生学习书法的兴趣 · 东莞师范举办书法比赛和展览》

《南方日报》1961年10月13日第3版

加強卫生宣传　各方协同合作

莞城鎮积极預防小儿疾病

本报东莞訊　东莞县莞城鎮卫生院主动和葯材部門密切联系，并且同街坊干部、小儿母亲和托儿所、幼儿园合作，共同积极預防小儿季节性传染病，收到显著效果。

入秋以来，莞城鎮卫生院的卫生人員就和街坊干部一起，共同进行麻疹、白喉易感儿的調查，向群众进行卫生宣传。当发现有些群众对預防工作不够重視的时候，卫生院就分片召开母亲会議，向她們講解有关麻疹的常識，使她們注意預防工作。接着，卫生院又根据往年的經驗，让麻疹易感儿和一般适龄儿童分别服食有效的中葯土方和清凉解毒飲料。截至本月13日止，已經有60％的麻疹易感儿服食了預防剂，本月底还将进行全面的預防注射。此外，卫生院还和葯材部門取得密切联系，蒐集所需的葯物，又和凉茶店人員合作，由他們負責煲葯湯，因而預防工作做得較順利。

在积极进行預防工作的同时，卫生院还依靠幼儿园和托儿所的保育員們，加强室內外卫生工作，注意培养小儿的卫生习惯，經常地检查他們的健康情况。

（曾炳泉）

曾炳泉：《加强卫生宣传　各方协同合作　莞城镇[1]积极预防小儿疾病》

《南方日报》1961年11月18日第3版

① 莞城镇：今东莞市莞城街道，是东莞市区的四个街道之一、东莞市的老城区，长期为东莞市的政治、经济、文化中心。

算国家支援賬　树立整体观念

麻涌公社出现交售香蕉热潮

本报訊　东莞县麻涌公社在全社干部和社員中大力开展社会主义思想教育，扭轉了香蕉收购工作开展緩慢的状况，出现了空前未有的向国家交售香蕉的热潮。据統計，全公社10月份交售香蕉即达一万六千多担，比9月交售总量增加十倍以上。

这个公社是香蕉著名产区之一。今年，国家根据实际情况，将收购上調任务一再調整落实，但初期有些生产大队、生产队的干部和社員，由于对政策認識不清，未从全局出发，在9月份以前收购任务完成得很差。还出现了少数投机分子非法外运出售的情况。为了保証收购任务的完成，麻涌公社党委立即在干部和社員中全面开展社会主义思想教育运动。首先通过各种会議誹清政策，摆事实誹道理，以帮助干部和社員提高思想認識，并着重算了国家支援賬，使大家正确地了解个人和集体与国家的关系。在算賬中，大家了解到今年以来，国家无偿投資水利款、社会救济款等方面，就使全社农民增加收入一百七十万元，平均每戶二百二十元。为了鼓励香蕉生产，国家供应了蕉杉十五万七千条、化肥五千二百七十担，拖拉机两台，还采取了发放农貸等一系列措施来扶助香蕉生产。这証明国家处处为农民着想，帮助农民增产增收的。如果国家不供应这么多生产和生活資料，样样要靠农民自己想办法，情况又会怎样呢？新基大队算了一笔賬：全大队今年得到国家供应专用化学肥料六百七十五担，如果沒有国家供应給这批肥料，生产成本就要多支付十二万四千二百元；另外，如果不是国家供应蕉杉，按全大队需要四万六千条計算，又要多支出生产成本八十一万元。通过算賬对比后，干部的思想进一步开朗了。南洲大队的干部說：“几年来国家給我們貸了不少款，要肥有肥，要杉有杉，要粮有粮，千方百計地帮助我們搞好生产，改善生活，而我們不完成交售任务是不对的。”

接着，公社又召开了全体干部和社員积极分子共六百多人的会議，采取查、算、比的办法，系統地进行了一次社会主义思想的教育，以帮助干部和社員进一步划淸是非界限。同时，訂出了三条有关正确处理个人、集体与国家之間关系的規定，以使干部和社員共同遵守。

通过这一系列的思想教育工作以后，全社出现了空前未有的爭先完成任务、排队交售的热潮。过去不愿签訂合同的生产队，也主动和商业部門签訂合同，提出了交售計划，要求商业部門安排收购。麻二大队9月份沒有交售过香蕉給国家，10月份仅十多天就完成了全年三千六百八十担的任务，超額完成国家分配任务的一倍。郭坊、麻一、二、三和南洲等大队的干部，也主动提出：“只要国家需要，什么时候要貨，就保証什么时候完成任务。”社員們不仅交售香蕉的积极性提高了，而且生产积极性也提高了，过去群众把蕉基称为“望天生、望地养”，现在全部除过草，不少生产队入坭面积已达70%以上。

（东莞县委財貿办公室）

东莞县委财贸办公室：《算国家支援账　树立整体观念　麻涌公社[①]出现交售香蕉热潮》

《南方日报》1961年11月22日第1版

①麻涌公社：今东莞市麻涌镇，位于东莞市西北部，毗邻广州市开发区。香蕉是麻涌的传统作物之一，久负盛名。

南方日报

1962年

林則徐紀念館将在春节开幕

展出有关鴉片战爭和林則徐生平史料

本报东莞訊 东莞县虎門的“林則徐紀念館”最近經过扩建充实后，将在春节开幕。“林則徐紀念館”位于东莞县虎門海滩高处的焚烟池遺址，建于1957年。焚烟池是我国民族英雄林則徐于1839年6月3日当众銷毁全部收繳的鴉片二百三十七万六千二百多斤的场所，现在这里还建立了“林則徐公园”和“林則徐紀念碑”，吸引着千万群众和中外人士前来参观。最近这个紀念館經过扩建充实內容后，除了介紹十九世紀初我国的国內外形勢和林則徐的生平事迹以外，还展出林則徐亲笔写的书信、对联、中堂等和鴉片战爭时所用的大炮，当时各項奏折、奏稿等史料，以及林則徐生前精心校閱、亲手批注的明代版本《元遺山传集》全套。（李祿荣）

李禄荣：《林则徐纪念馆[①]将在春节开幕》

《南方日报》1962年1月30日第3版

① 林则徐纪念馆：今又名鸦片战争博物馆。坐落于东莞市虎门镇。该馆的林则徐销烟池与虎门炮台旧址是全国重点文物保护单位。

东莞县集中人力物力大搞群众运动
抓好小农具修制促进春耕生产
社員有了許多小农具积了許多肥修了許多渠丰收大有希望

本报訊　东莞县高度集中了人力物力财力，大搞修造小农具的群众运动，使春耕小农具修制工作声势大，进度快，又較稳妥扎实，有力地促进了春耕生产。到目前止，这个县今年春耕需要修制的小农具，已按計划完成90%以上；其中沙田水乡地区特别需要的泥劍、泥榜和泥槽等，都已赶在季节前头，于去年底就已全部完成。由于有了这許多得心应手的利器，沙田水乡地区的农民把許多排灌渠道修得笔直暢通，并把一艇艇的肥沃河泥运到大沙田里去。沙田公社修好了七千五百多条小河小涌和排灌渠道。社員們兴奋地指出，这有四大好处：积了很多河肥；扩大了种植面积；排除了田里的酸性水分，有利于增产；便利了交通运輸。因此，社員們認为，今年的丰收是大有希望的。

早在去年备耕初期，許多干部和社員都向县委反映："1962年春耕是万事俱备，只欠'东风'！"他們說的"东风"，指的是小农具。广大社員認为：实行以生产队为基本核算单位的政策和合理向国家交售农副产品的制度以后，大家都觉得今年生产更有奔头，人人积极性更高了。现在首要的問題就是要有更多的小农具，才能保証增加。县委派出工作組，深入三十多个公社对小农具作了一次調查后，認为社員們提的意見完全正确。县委还認为：东莞是全省主要的商品粮食基地之一，东莞的商品粮有70%出自占全县耕地面积70%的沙田水乡地区。为了給国家提供更多的商品粮，必須保証沙田水乡地区增产。而沙田水乡增产主要关鍵在于入好河（塘）泥，增加肥料；搞好排灌系統，做到大排大灌等等，这就必須备足泥艇、泥劍、泥榜、泥槽等小农具。县委还指出，去年全县粮食虽稍有增产，但增产幅度不大，除了受自然灾害影响之外，缺乏足够的小农具也是一个原因。如沙田地区就有不少排灌系統由于缺乏小农具进行認真的整修，許多排灌渠道已逐漸減弱甚至失去排灌的效能，使田里的水变成了死水，影响到禾苗的生长和单位面积产量不高。吸取了过去的經驗教訓，并根据农民的迫切要求，县委下定决心在今年一定要千方百計多修制小农具，并决定采取高度集中人力物力，大搞群众运动的方法，力求在較短时間内使小农具满足需要。县委于是把小农具修制工作列为与积肥、修水利同等重要的备耕項目。

为了在全县范围内掀起群众性的小农具修制热潮，县委首先把工业、商业、交通运輸等部門的力量扭成一股繩，向他們进行了顾大局識大体的思想教育，要求各个部門做到既要責任明确、合理分工，又要紧密协作。工业部門保証按时、按質、按量完成小农具修制任务；商业部門要千方百計組織供应原材料；交通运輸部門也保証做好原材料运輸和小农具調运工作。商业部門和工业部門共同研究，根据季节需要，把有限的原材料集中使用到最急需的方面去。如前段时間沙田水乡最缺乏泥艇、泥劍、泥榜和泥槽，他們便把全部木材都首先用在这方面，使这几种农具今年的供应量大增。

为了加速春耕小农具的修制，工业和手工业部門采取全面安排、分期分批、集中力量打歼灭战的办法。在去年11月份开始的第一战役中，全县动員了二十間农械厂、二十二間鉄木生产合作社、三十六間竹器生产合作社、三間蓑衣生产合作社、九間造船厂（社）进行生产。不仅专門修制小农具的厂（社）动員起来，連生产火柴、家俬等行业的厂（社）也組織起来，担負一部分責任。这使修制小农具工作能以很快的速度进行。原定到今年2月份才能完成的泥劍、泥榜、泥槽等的任务，都提前在去年12月底便完成了。全县需要修理的船艇六千只，也修好了四千七百多只；并且还新制了二百八十多只船艇。今年初，他們又集中全力开展第二个战役，赶制船艇、鋤頭、谷籮、泥箕、蓑衣、雨帽等的修造。到1月底止，按春耕需要的主要小农具生产計划检查：泥箕、鉄耙、鋤頭、雨帽、水車已全部完成和超額完成；步犁、射桶也接近完成；只有蓑衣、谷籮、船艇仍在加紧生产中。

东莞县同时发动分散在广大农村的四千多名懂得修制小农具技术的农民，实行自修自制自用，到最近，这批人中有八成以上已行动起来。他們就地取材，就地加工，力求材料自給；同时商业、供銷社也供应他們相当数量的原材料，保証修制工作順利进行。高埗、中堂、常平、寮步、大朗、横瀝等公社，就是依靠这股力量修制了所需小农具的一半以上。

（东莞县委財貿通訊組、本报記者）

东莞县委财贸通讯组、本报记者：《东莞县集中人力物力大搞群众运动　抓好小农具修制促进春耕生产》

《南方日报》1962年2月13日第1版

摘要：报道了东莞县工业和手工业部门采用全面安排、分期分批、集中力量打歼灭战等办法，发动农村4000多名懂得技术的农民实行自制自修自用，大搞修造春耕小农具的群众运动，有力地促进春耕生产。

东莞县东星粤剧团

热情輔导农村业余剧团

本报訊 东莞县东星粤剧团热情輔导农村的业余剧团，使农村的业余文娱活动更加活跃。

为了尽可能滿足群众对文娛生活的要求，剧团从艺术委員会中适当抽出部分力量，专門輔导农村的业余剧团提高演出質量，要求“去到那里就輔导到那里”。

他們輔导业余剧团时注意結合实际，講求效果。根据业余演員的艺术水平有所不同，具体进行輔导。对活动比較經常和有一定水平的业余剧团，就通过边講解、边排練，糾正他們的表演和音乐等方面所存在的一些毛病，并組織他們参观該团的后台化妆室，帮助他們掌握化妆技术。对一些基础較差的大队业余剧团，就抽調一些主要演員和音乐师去帮助他們掌握基本技术，并由主要演員和他們同时演出，使他們提高得更快。这个剧团在横瀝公社演出时，正值該社的文娛骨干集中学习，便特别組織了各行当的演員，以講座的方式向他們講授“身段”、“台步”、“扎架”等专題。

（林莫程、李茂良）

林莫程、李茂良：《东莞县东星粤剧团热情辅导农村业余剧团》

《南方日报》1962年2月13日第3版

选留良种　收购良种

东莞县春种花生种变不足为有余

本报东莞訊　东莞县粮食部門采取自力更生的办法，改变了过去几年来春种花生种供应工作上的被动局面。到目前为止，全县已經供应了花生种四千多担，不仅满足了县內各生产队和社員自留地，以及各机关单位扩种油料作物的需要，还調出花生种两百担供应三水县。

过去几年来，东莞县粮食部門沒有抓紧在本县花生上市的季节，做好种籽选留工作，而是偏重于向外县采购，和依靠专区調入，結果，花生种的供应往往赶不上种植上的需要。

东莞为了摆脫这种被动局面，县粮食局在去年4月間采取了自力更生的积极措施，来解决花生种的問題。他們在收购花生时，注意执行按質論价，良种优价的原則，鼓励花生产区的农民积极选留和多售花生种給国家；对于出售花生种給国家的生产队，优先供应一定数量的化学肥料。这一办法很受农民欢迎，他們都認眞地把花生管好、收好，做到多留种，多交售。絕大多数的公社和生产队都超額完成出售花生种的任务。如东坑公社原定任务是四百担，結果出售了七百担。据統計，去年全县共收购到花生良种二千七百多担。

东莞县粮食部門在去年花生上市的时候，就发动全体职工做到边收购，边选种，結果，在全部商品花生中共挑选出花生种一千三百多担。

（东莞县委財貿通訊組）

东莞县委财贸通讯组：《选留良种　收购良种　东莞县春种花生种变不足为有余》

《南方日报》1962年2月27日第2版

全面检修机具　建立管理制度

东莞粮食加工出米多米质好

本报訊　本省主要粮产区之一的东莞县，近五个月来月月完成粮食加工任务，大米质量和出米率不断提高，为国家提供了大量的商品粮，为农民增产統糠和糠粉。

东莞县粮食加工工业比較发达，全县共有二十一間加工厂和二十八个加工車間，拥有一千五百匹馬力。过去，由于重使用輕維修，又缺乏比較完善的設备管理和維修制度，加上加工任务重，只能头痛医头，脚痛医脚。結果，生产不正常，机具损坏多，因而影响国家粮食加工任务的完成，又不能满足农民口粮加工的需要。

东莞县委决心改变这种被动局面，在去年第二季度开始，便指定分管工业和財經工作的两位副县长亲自領导粮食加工厂的机具維修工作，并抽調有关部門的干部成立了机車安全鉴定检查組，逐个厂、逐个車間进行調查。然后，根据不同的情况，采用不同的处理办法：第一种是立即停車維修；第二种是一面把加工力量降低到安全生产的指标，一面維修机具；第三种是指出毛病所在，加强維修，确保安全。經过全面检查鉴定以后，根据大修不出县，中、小修不出厂的要求，自力更生，立即动手維修。东莞县建立了一个有相当规模的粮食加工机械修配厂，能够自己生产配件和負責粮、油加工机械的大維修工作；中、小修項目則由各加工单位自行修理。在工业和物資等有关部門的协助下，順利地解决了維修上所需要的原料、材料和技术問題。到去年第三季末，便全面检修完毕。

检修工作結束以后，各加工厂和車間都建立了生产安全制度和机車保养制度，做到每周小检修一次，月終大检修一次，每季度全面检修一次。同时，还把上吸式的大土糠炉改为下吸式的結构，以减少煤烟的酸性对机具的腐蝕。大部分加工厂还做到主要机具設双套，常用机具設多套，各种机具配套齐全。

經过了比較彻底的維修和改进，加上有了各項制度，发现机具有小毛病立即修理。因此，直到目前，全县粮食加工厂的机器有98%正常运轉，生产效率成倍提高。維修前每月只能完成加工任务的七八成，自去年9月到现在却月月超額完成。出米率和米質也有了显著的提高，含稗子、谷粒和糠片的数量减少了一半以上。同时，还有余力加工統糠和糠粉，供应給养猪戶。

（东莞县委財貿通訊組）

东莞县委财贸通讯组：《全面检修机具　建立管理制度　东莞粮食加工出米多米质好》

《南方日报》1962年3月7日第2版

逐台检修逐台配备机引农具

东莞努力提高拖拉机利用率

本报东莞訊 东莞县各拖拉机站加紧維修拖拉机，迎接沙田地区开耕大忙季节。目前，部分拖拉机已經投入生产，“八一”拖拉机站的两台拖拉机几天內已为长安公社耙田二千四百多亩。

东莞县有十七万亩沙田，其中八万多亩是机耕。全县有六个拖拉机站，四十七台拖拉机，分别負責沙田、虎門、长安、麻涌、道滘等公社沙田的耕作。县农机局于上月中旬召开了各拖拉机站的車长会議，討論如何做好开耕前的拖拉机維修工作，以提高机車利用率，保証安全操作，不悞春耕生产。全体机車长首先到沙田公社拖拉机站重点检查了一台“福克森5号”拖拉机，发现行走部分的齿輪間隙有的过松，油压升降器不良。于是就地研究，認为如果不及时检修，操作时就会发生毛病，中途停車，影响春耕生产。接着，大家都回各站照样进行逐台机車的全面检查。发现在四十七台拖拉机中，有三十三台要修理，其中“东方紅”拖拉机着重修理平衡臂軸和連軌板，“福克森”拖拉机着重修理油压升降器和离合器。同时，拖拉机的配套农具——耙，还缺二十二台，需要制造，有五十四台的耙齿損坏了，需要修理。整个維修任务确定下来以后，各拖拉机站采取自己动手和与当地农械厂配合的办法进行維修。机車部分，由拖拉机手和站內修机人員負責；机車配套农具——耙，由当地农械厂和县农械修造部門負責。麻涌、道滘、虎門等五个公社的农械厂和莞城木鉄生产合作社，共抽出了七十五个技术工人专門协助拖拉机站修制耙。工人們千方百計克服各种困难，爭取在3月10日沙田开耕大忙前全部完成修理任务。（东莞县委通訊組）

东莞县委通讯组：《逐台检修逐台配备机引农具　东莞努力提高拖拉机利用率》

《南方日报》1962年3月8日第2版

东莞县委号召学习周滿河

本报东莞訊 东莞县各公社的基层干部正在开展“学习周滿河”的活动。

周滿河是大朗公社党委书記，工作艰苦深入，为人老老实实，不虚报成績，不隐瞞缺点，不夸夸其談，說一是一，說二是二，經常带头参加生产，以生产領导生产，是东莞县基层干部的好榜样。为了进一步改进干部的工作作风和工作方法，东莞县委于上月25日作出决定，号召全县农村干部学习周滿河同志的艰苦深入，老老实实的工作作风。

現在，各公社干部正在联系对照检查自己的工作，边学习边改进作风。仙桥公社党委在学习中，进行对照检查，发现前段公社党委領导上存在“三多、三少”的一般化的領导方法：靠会議布置多，具体检查督促少。开耕以来曾有一段时間，公社党委平均三天就开一次会議，开一次会，布置一大堆工作，大队干部回去还未貫徹，跟着又开第二次会議，又布置另一大堆工作。一般号召多，具体帮助生产队解决实际問題少。浮在上面多，深入下去少。公社党委最近一个月，平均每个党委委員沒有十天时間下到大队和生产队，下面有些什么实际問題，許多不了解。在检查出这些問題之后，党委委員便立即分工深入下去，四个党委书記除一个留家外，其余三个都深入下去加强調查研究。并决定今后党委和公社干部每星期上来学习研究工作一天，其余时間全部在大队；公社党委每半月召开一次大队支部书記会議，总結和布置半个月的工作，其余时間让他們在下面工作。

（东莞县委通訊組）

东莞县委通讯组：《东莞县委号召学习周满河》

《南方日报》1962年3月14日第1版

因地制宜供应中耕肥料

篁村供銷社积极組織灰肥生产

本报訊 东莞县篁村供銷社在組織中耕肥料的貨源时，力求切合当地农田的土質特点和农民的使用习慣。

篁村供銷社干部曾到各个生产队調查，了解到当地一万四千多亩水田中，有一半的土質是适宜于施石灰和壳灰肥的，另有三千多亩种植花生的旱地也很需要这类肥料。供銷社在核实了需要量之后，便派人到盛产蚝壳的中山县和盛产石灰石的花县采购了石灰石和蚝壳五千多吨。这批原料可加工成石灰和蚝壳灰五万多担，不仅足够中耕需要，还可供应晚造之用。

为了尽快将原料加工成肥料，供銷社除了自找加工厂燒制外，又将原料直接运給有加工能力的生产队自行燒制。据不完全的統計，已加工好的石灰和蚝壳灰有八十多万斤，大部分已送到生产第一綫。

（东莞县委財貿通訊組）

东莞县委财贸通讯组：《因地制宜供应中耕肥料　篁村[①]供销社积极组织灰肥生产》

《南方日报》1962年3月27日第2版

① 篁村：当时属东莞县，即今东莞市南城街道篁村社区。1958年9月建立人民公社时，称篁村生产大队，隶属附城人民公社。1961年6月成立篁村人民公社。

帮助后进地区做好春耕工作
中堂公社加强落后地区領导

本报东莞訊　东莞县中堂公社注意加强对去年减产、今年困难較多的后进地区的領导，切实帮助这类地区解决具体困难，做好春耕生产工作。

中堂公社的二十六个大队中，有七个大队的工作比較落后。这几个大队都是粮食的主要产区，但由于去年减产，今年生产上的困难較多。为了帮助这些大队按季节插下秧苗，争取早造丰收，公社党委从插秧开始就注意加强領导。公社党委四个书記駐到这类地区去，同时，又加派了四名党委委員和十一名公社干部下到生产队去加强具体領导。

公社干部深入到这些队以后，发动群众，摸清工作落后的原因，細致地帮助解决工作中的具体困难。例如，党委书記黎巨为，駐到蕉利大队之后，深入到炳富生产队参加劳动，傾听群众意见，从中发现这个大队工作落后、生产搞不好的主要原因有三个：一是大队干部作风漂浮，大队干部都沒有到生产队做实际工作。而生产队領导又沒有形成領导核心，全大队二十五个生产队中，有九个生产队沒有正队长，十六个生产队沒有副队长，全大队还缺生产队的会計、保管員、記分員二十七人，以致生产工作陷于自流状态。二是耕牛严重缺乏。这个大队原来已是田多、劳力少，一向耕牛不足的，加上耕牛管养不好，牛只体質瘦弱，以致今年牛力更感不足。三是去年减产，社員生活上存在較多的困难。梁巨为同志摸清这些原因之后，就逐个帮助解决。首先帮助他們健全大队和生产队的領导。大队干部进行分工，除留下党总支书記抓全面以外，其余的干部分头深入生产队領导生产；或下放到生产队兼任队长，加强生产队的領导，同时，发动群众民主补选生产队的干部，健全生产队的領导核心。其次，对耕牛不足的困难，一方面帮助他們总結前段耕牛的管养工作經驗，大力表扬一批精心管养耕牛的飼养員，調换个别不負責任的飼养員，适当調整飼养員的工分报酬，調动飼养員的积极性，加强管养，并增加精飼料，保証耕牛吃好吃飽，提高劳动能力。另方面帮助耕牛严重不足的生产队，到田少、牛力較多的斗朗、槎滘等大队，通过等价交换的原则，借回三头耕牛，解决了牛力缺乏的困难。此外，帮助这个大队的各生产队逐戶安排好社員插秧大忙期間的生活，让社員情緒飽滿地投入插秧。这样，一个个具体困难解决之后，这个大队的插秧工作便赶上了别的先进队。另一个公社負責干部黎淡芬駐到东泊大队之后，摸清这个大队去年所以减产，主要原因之一是过多地实行直播改插秧，插秧面积多牛力不足，拖延了农事季节。因此，便和社員研究，根据牛力不足和这个大队有直播的历史习慣的特点，合理地安排了今年直播和插秧田的比例，使牛力不足的矛盾得到緩和，从而加快了插秧的进度。

由于公社党委注意加强减产、落后地区的具体領导，因而全社今年早造的插秧工作得到平衡发展。到 4 月10日止，全社二十六个大队中，有十七个大队已全部完成了插秧任务，其余的九个大队也完成了插秧任务的八成以上，争取了春耕工作的主动。

（中堂公社党委通訊組、东莞县委通訊組）

中堂公社党委通讯组、东莞县委通讯组：《帮助后进地区做好春耕工作　中堂公社[①]加强落后地区领导》

《南方日报》1962年4月22日第1版

① 中堂公社：今中堂镇。

力爭黃麻多种多收

石碣公社抓紧黃麻田間管理工作

本报东莞訊 东莞石碣公社在超額完成黃麻种植任务后，又迅速做好黃麻的田間管理工作，目前黃麻生长良好。

石碣公社是东莞县黃麻主要产区之一，今年种下黃麻二千一百五十五亩，比原来的計划种植面积（二千零九十亩）扩大了六十五亩。各生产队的黃麻不单种得多，而且种得好。从去冬备耕开始，每亩麻田平均施用了二百担塘泥或四百担河涌泥作基肥，种植时又施下了足够的粪肥。

在完成种植任务之后，各生产队提早进行中耕除草。由于实行了包除草、包間苗定苗，包施肥、包排灌水、包工分的“五包”办法，提高了社員的責任感。前几天，天气轉晴，正是黃麻除草的大好时机，全社平均每天出动了三千二百多人进行黃麻的除草、松土和施肥等工作。目前黃麻生长得一片茂盛，普遍有二、三寸高了。

（石龙区委通訊組）

石龙区委通讯组：《力争黄麻多种多收　石碣公社[①]抓紧黄麻田间管理工作》

《南方日报》1962年5月8日第1版

---

① 石碣公社：今东莞市石碣镇，位于东莞市北部，北隔东江与广州市增城区相望，南与东莞市东城街道相。

添置生产資料　扩大种植面积

槎滘大队发展香蕉生产

本报东莞訊　东莞县中堂公社槎滘大队，积极恢复和发展香蕉生产。全大队在原有的一千多亩的基础上，今年又扩种了二百五十亩，并且加强了管理。

槎滘大队是著名的香蕉产地。全大队共有一千三百多亩香蕉，約占耕地总面积的四分之一。各生产队在搞好水稻生产的同时，都千方百計发展香蕉生产。全大队共固定了八十七名有栽培技术的老农专門管理香蕉。他們在去年冬天就認真做好了除治蕉虫和上蕉杉等工作。各生产队在固定专人管理的同时，还把除蕉基草及松土等管理工作的零活，长期包工到戶。在完成早造插秧任务后，各生产队又适当安排劳动力，进行香蕉戽泥追肥。现在，有一些生产队已完成了一次戽泥，継續进行第二次戽泥了。

为了搞好香蕉生产，各生产队都积极修理和添置生产工具。蕉树每年必須戽几次河涌泥，尤其是在夏季，戽泥既增加肥料，又可以减少炎夏时蕉树水份的蒸发，使蕉树根部保持充足的水份。戽泥的主要工具是船艇，目前，大队除修理好破烂的船艇外，还新购置了三只泥船和一些小艇。在国家的支援下，各生产队还购买了一万多条新蕉杉。由于生产工具增多了，各生产队戽泥的工效已显著提高。过去由于泥船沒有船篷，社員晚上不能在船上过夜，只好在白天戽泥，今年泥船都装了篷，社員們为了赶潮水，晚上都自动加开夜工戽泥，使每天戽泥的工效由两船提高到四船。

在加强原有香蕉管理的同时，各生产队还积极增种新蕉。今春以来，全大队已共种下新蕉二百五十亩。（东莞县委通訊組）

东莞县委通讯组：《添置生产资料　扩大种植面积　槎滘大队[①]发展香蕉生产》

《南方日报》1962年5月28日第1版

---

① 槎滘大队：当时属东莞县中堂公社。中堂公社即今中堂镇。

帮助生产队解决技术力量不足等困难

茶山公社修复农具成效显著

各队准备的农具基本上可以应付“双夏”需要

本报东莞訊 东莞茶山公社各生产队修复和添置中小农具工作頗有成效，今年夏收夏种农具比去年有了显著增加。全社目前准备好的农具，平均每个劳动力有谷籮一担多，鋤头一把，均比去年增加一倍多。禾鐮平均每戶有三把。禾桶、谷箩、船艇、犁耙、水車等也修复了一大批，基本上可以应付夏收夏种的需要。

茶山公社各生产队近年来农具散失、损坏不少，对生产带来不小的影响。例如京山大队，六百三十五个劳动力只有二百担谷籮，而且大都是破烂的，每造收割时估計都要因此损失三四千斤谷子。又如超朗大队由于谷籮不足，要用麻包来装谷运谷，工作效率很低，大大影响了收割进度。

公社和各大队經过調查研究，从今年春耕开始，就采取各种措施，切实帮助各生产队解决农具修理工作中的各种具体問題，以保証夏收夏种的順利进行。首先是增强各生产队修理农具的技术力量。各生产队原有的技术力量分布很不平衡，使用很不合理，有的缺少木工，有的缺少鉄工，有的技术工学非所用。全社二十个大队中，有四个大队完全沒有修理农具的技术人員，而塘角大队有五个技术工却全部被安排去从事农业生产。为解决这一問題，各大队都把队內所有技术人員集中起来組成专业組。公社的农械厂、木器手工业合作社也固定专人长期帮助生产队修理农具，并派出工人到缺少技术人員的大队去协助；同时，还訂出奖励和技术工授徒期間誤工补贴的办法，以鼓励老技工带徒弟，从根本上解决技术人員不足的困难。这样，技工們都愿意带徒弟，各生产队也愿意派出社員前来学习。现在，全社已有四十八人报名当学徒，各生产队也組織了一支拥有一百七十六人的技术队伍，长期固定地从事修理农具工作。

其次，是帮助各生产队解决原料材料問題。在修理农具的过程中，公社了解到有半数以上的生产队都缺乏原料，便多次組織商业部門向外地采购。計先后采购回来供应各生产队的有竹篾十二万五千斤，挠竹二千多条（四万多斤），帮助十五个生产大队解决了原料材料不足的困难。因此，全社在短短的五个月內，就修理好谷籮一千八百多担、禾桶一百五十多个，水車二百六十七部，鋤头二千五百多把；要修理的二百多只船艇也已全部修复。

公社在帮助生产队修理农具的同时，还帮助生产队添置了一批新农具。（尹焕亮）

尹焕亮：《帮助生产队解决技术力量不足等困难　茶山公社[1]修复农具成效显著》

《南方日报》1962年6月11日第1版

① 茶山公社：当时属东莞县，即今东莞市茶山镇，位于东莞市中北部，西葦东莞市区。

群众鉴定　精心选择

李屋大队及早选留稻种

本报訊　东莞县望牛墩公社李屋大队各生产队，在夏收前夕，組織干部和老农鉴定和选留明年早造水稻良种。

李屋大队向来重視选留优良稻种。为了选留明年早造所需的良种，最近各生产队都发动群众对选种問題进行广泛討論，对今年插植的“高脚南特”、“矮脚南特”、“六十日”等品种都作了一次全面审查鉴定。討論中，大家对各个品种的优缺点作了詳細比較。例如，有的老农反映，今年早造新推广的“矮脚南特”不仅产量高，而且出穗齐，能耐旱，禾苗矮不易倒伏，又早熟，便于晚造耕作，所以大家認为这是明年早造大量推广的好品种。“高脚南特”易种、产量高，也是个良种。“六十日”种虽然早熟，但是穗数少，产量低。大家决定不选用这个品种。現在，全大队十七个生产队，都已經指定专人做种子的选留工作。老农和农艺师作了田头鉴定，划分出六十多亩留种田，进行块选，并对混杂种加以拔除。

（陈志祥）

△　△　△

陈志祥：《群众鉴定　精心选择　李屋大队[①]及早选留稻种》

《南方日报》1962年6月19日第1版

① 李屋大队：当时属东莞县望牛墩公社望牛墩镇，即今东莞市望牛墩镇李屋村。望牛墩镇位于东莞市西北部。

調剂余缺互通有无
横瀝耕牛市场好处多

本报东莞訊　东莞县横瀝公社横瀝墟的耕牛集市自去年7月成立之后，县内的横瀝、石龙等十四个公社以及博罗、惠阳、增城、宝安等县的社員都来买卖耕牛。每到墟期，都有百数十头耕牛上市交易，对調剂农村耕牛的余缺起了一定的作用。光是石排公社的各个生产队在今年2月到4月期間，就在横瀝牛墟买回耕牛三十五头。企石公社的企石大队在今年春耕期間，也通过横瀝墟国营商业部門的耕牛小組买回耕牛十头。一向有养育牛群习慣的桥头公社，則通过横瀝墟国营商业部門的耕牛小組出售了十多头耕牛給县內各地。

横瀝墟耕牛市场的开放，有利于繁育小牛。比如珠江三角洲沙田地区因草地少，养育小牛有困难。那里的农民历来都慣于将母牛生下的小牛卖給横瀝、桥头等有养牛群习慣的地区以及青草多的山乡养育，同时买回壮牛駛役。自从横瀝耕牛市场开放后，这种协作关系也恢复了。

黃牛比水牛耐热，适宜于在旱地上操作，水牛比黃牛气力大，适宜于在水田上操作。所以旱地多的生产队都喜欢用黃牛，水田多的生产队习慣用水牛。横瀝墟的耕牛市场开放后，这两种地区的农民便根据自己的需要，在市场上交换耕牛。

（东莞县委通訊組）

东莞县委通讯组：《调剂余缺互通有无　横沥[①]耕牛市场好处多》

《南方日报》1962年6月21日第2版

① 横沥：横沥公社，今东莞市横沥镇。

积极生产拖拉机配件支援农业

东莞农机厂軸瓦质量冠全省

本报訊 东莞农业机械修配厂生产的拖拉机配件軸瓦，最近在全省三机配件質量評比中，名列前茅。这个厂从去年10月間正式生产軸瓦到现在，日产水平已由二十多件提高到一百四十多件；成品率从70%提高到85%。經有关部門的化驗和使用效果証明，軸瓦的含銅量、硬度、色素結晶、粘性和加工精密度，都达到了国家要求。今年以来，这个厂共生产了二万七千多件軸瓦，供应省內和省外的一些拖拉机站使用。

軸瓦是拖拉机內燃机中最重要而又較易磨損的零件。过去本省維修拖拉机使用的軸瓦，大部分靠外省調进。东莞农业机械修配厂从去年8月开始轉为以修理拖拉机和生产部分配件为主以后，即积极試制軸瓦。这个厂設备簡陋，技术力量也較薄弱，但是，职工們虛心学习，刻苦鉆研，自制了十四种簡易工夹具，用土設备試制成功了这种精密的拖拉机配件。在試制过程中，他們先后五次派出技工到广州等地学习。老技工賴伦两天一夜不离車間，自制成內外圓校正器，首先攻破了制造上的第一个难关。接着，全厂又以老技工和技术人員为主，組成了四个专业攻关小組，一个个地克服了技术上的困难。（郭幼奎）

郭幼奎：《积极生产拖拉机配件支援农业　东莞农机厂轴瓦质量冠全省》

《南方日报》1962年6月23日第2版

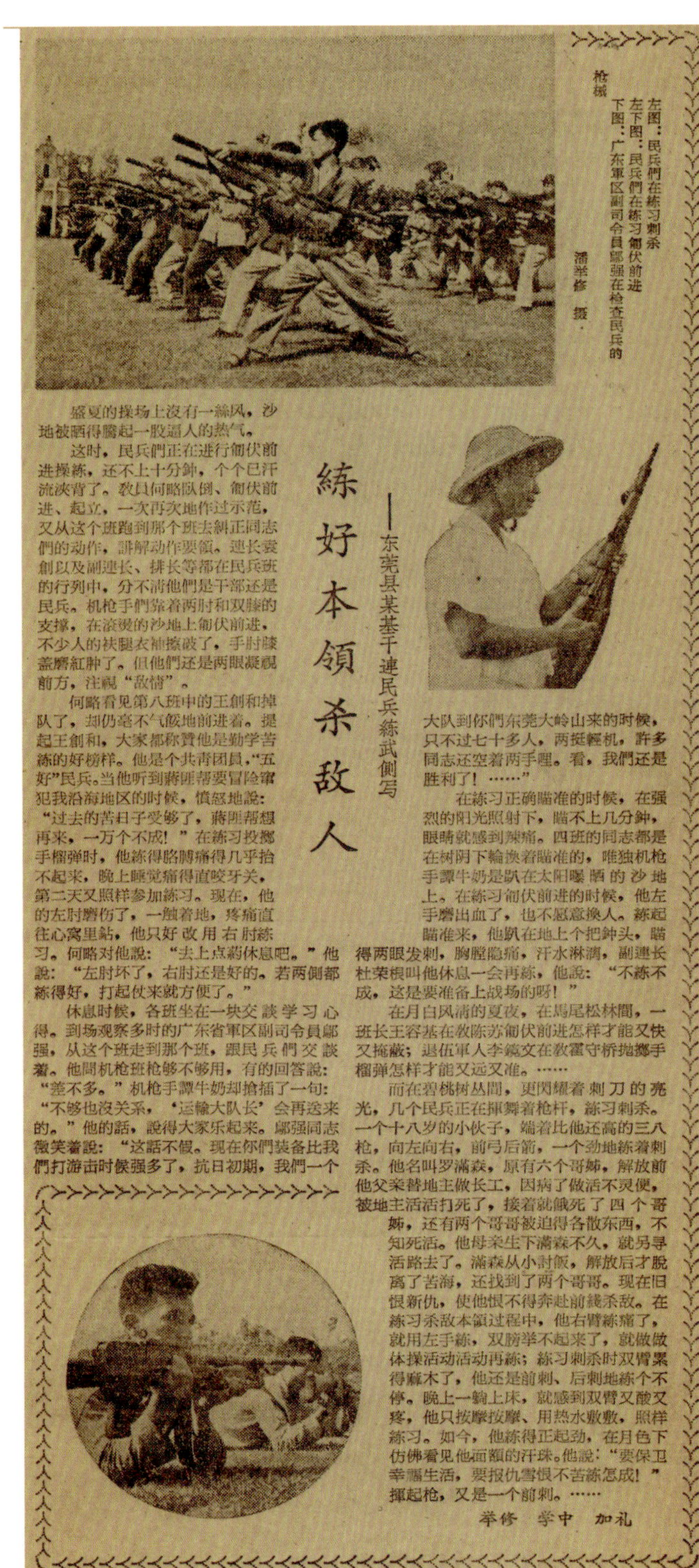

練好本領杀敌人

——东莞县某基干連民兵練武側写

左图：民兵們在練习刺杀

左下图：民兵們在練习匍伏前进

下图：广东軍区副司令員鄔强在检查民兵的枪械

潘举修 摄

盛夏的操场上沒有一絲风，沙地被晒得騰起一股逼人的热气。

这时，民兵們正在进行匍伏前进操練，还不上十分鐘，个个已汗流浹背了。教員何略臥倒、匍伏前进、起立，一次再次地作过示范，又从这个班跑到那个班去糾正同志們的动作，講解动作要領。連长袁創以及副連长、排长等都在民兵班的行列中，分不清他們是干部还是民兵。机枪手們靠着两肘和双膝的支撑，在滚燙的沙地上匍伏前进，不少人的袂腿衣袖擦破了，手肘膝盖磨紅肿了。但他們还是两眼凝視前方，注視"敌情"。

何略看見第八班中的王創和掉队了，却仍毫不气餒地前进着。提起王創和，大家都称贊他是勤学苦練的好榜样。他是个共青团員，"五好"民兵。当他听到蔣匪帮要冒险竄犯我沿海地区的时候，憤怒地說："过去的苦日子受够了，蔣匪帮想再来，一万个不成！"在練习投擲手榴弹时，他練得胳膊痛得几乎抬不起来，晚上睡觉痛得直咬牙关，第二天又照样参加練习。现在，他的左肘磨伤了，一触着地，疼痛直往心窩里鉆，他只好改用右肘練习。何略对他說："去上点药休息吧。"他說："左肘坏了，右肘还是好的。若两側都練得好，打起仗来就方便了。"

休息时候，各班坐在一块交談学习心得。到场观察多时的广东省軍区副司令員鄔强，从这个班走到那个班，跟民兵們交談着。他問机枪班枪够不够用，有的回答說："差不多。"机枪手譚牛奶却搶插了一句："不够也沒关系，'运輸大队长'会再送来的。"他的話，說得大家乐起来。鄔强同志微笑着說："这話不假。现在你們装备比我們打游击时候强多了，抗日初期，我們一个大队到你們东莞大岭山来的时候，只不过七十多人，两挺輕机，許多同志还空着两手哩。看，我們还是胜利了！……"

在練习正确瞄准的时候，在强烈的阳光照射下，瞄不上几分鐘，眼睛就感到辣痛。四班的同志都是在树阴下輪换着瞄准的，唯独机枪手譚牛奶是趴在太阳曝晒的沙地上。在練习匍伏前进的时候，他左手磨出血了，也不愿意换人。練起瞄准来，他趴在地上个把鐘头，瞄得两眼发刺，胸膛隐痛，汗水淋漓，副連长杜荣根叫他休息一会再練，他說："不練不成，这是要准备上战场的呀！"

在月白风清的夏夜，在馬尾松林間，一班长王容基在教陈苏匍伏前进怎样才能又快又掩蔽；退伍軍人李鏡文在教翟守桥抛擲手榴弹怎样才能又远又准。……

而在碧桃树丛間，更閃耀着刺刀的亮光，几个民兵正在揮舞着枪杆，練习刺杀。一个十八岁的小伙子，端着比他还高的三八枪，向左向右，前弓后箭，一个劲地練着刺杀。他名叫罗滿森，原有六个哥姊，解放前他父亲替地主做长工，因病了做活不灵便，被地主活活打死了，接着就餓死了四个哥姊，还有两个哥哥被迫得各散东西，不知死活。他母亲生下滿森不久，就另寻活路去了。滿森从小討飯，解放后才脫离了苦海，还找到了两个哥哥。现在旧恨新仇，使他恨不得奔赴前綫杀敌。在練习杀敌本領过程中，他右臂練痛了，就用左手練，双膀举不起来了，就做做体操活动活动再練；練习刺杀时双臂累得麻木了，他还是前刺、后刺地練个不停。晚上一躺上床，就感到双臂又酸又疼，他只按摩按摩、用热水敷敷，照样練习。如今，他練得正起劲，在月色下仿佛看見他面額的汗珠。他說："要保卫幸福生活，要报仇雪恨不苦練怎成！"揮起枪，又是一个前刺。……

举修　学中　加礼

举修、学中、加礼：《练好本领杀敌人——东莞县某基干连民兵练武侧写》

《南方日报》1962年8月2日第3版

东莞集训民兵基层干部

东莞县武装部从八月底至九月上旬，把全县各基干民兵連的連、排級干部，分批集中进行短期的軍政訓練。政治教育方面主要是学习当前形势；軍事訓練方面主要是学习組織战斗和指揮战斗等有关的軍事知識。

（黄根养、张笔兴）

黄根养、张笔兴：《东莞集训民兵基层干部》

《南方日报》1962年9月4日第3版

雨后不麻痹蓄水防秋旱

东莞继续蓄水保水和合理用水

本报东莞訊 东莞县各地乘雨后时机，及时做好蓄水保水和合理用水，預防秋旱。

9月1日台风伴来大雨，东莞县旱情有所緩和，但是各地为了預防秋旱，在大雨过后，仍継續进行蓄水保水。高崗田較多、容易受旱的塘廈公社，一方面将高崗田的田基壆加高，不让田里的水流失，一方面开挖引水渠，把容易流失的小坡圳、小河流的活水引到山塘、水庫里儲存。现在，全社已有九千一百亩易受旱的高崗田加高了田基，蓄水量可耐旱二十五天。全社三个大水庫目前的蓄水量由三百五十四万立方增加到四百九十四万立方，全社六十八口中、小型山塘有十七口已蓄水八成，五十一口蓄水六成。东江沿岸的企石公社目前正乘东江河水上涨的有利时机进行蓄水。沙田地区継續加紧修复堤围水榧，防止咸潮入侵。

（东莞县委通訊組）

东莞县委通讯组：《雨后不麻痹蓄水防秋旱　东莞继续蓄水保水和合理用水》

《南方日报》1962年9月10日第1版

东莞县举行男子籃球赛

本报訊 东莞县于11日至13日举行男子籃球邀請賽，莞城鎮公社代表队四战四捷夺得冠軍，太平鎮公社代表队三胜一負名列第二，石龙鎮公社代表队第三。

参加比賽的还有常平、寮步两个区的代表队。

这次比賽，各区、公社派出的运动員中，半数以上是年龄在二十岁以下的青、少年选手。 （吳国庆）

吴国庆：《东莞县举行男子篮球赛》

《南方日报》1962年9月19日第3版

东莞今年黄麻增产七成多
各生产队踊跃交售好麻

本报东莞訊 今年东莞县的黄麻获得了較好的收成。最近以来，各生产队热烈交售优质麻給国家。到10月10日止，商业部門已收购到四百零八万多斤，完成全年收购任务的87.2%，質量比过去的好。

今年春天种植黄麻的时候，許多地方都缺乏种子。商业部門一方面在县內調剂余缺，另一方面派人到县外各地組織种子回来供应，共調拨了种子五千四百多斤，滿足了生产上的需要。今年全县黄麻种植面积扩大到两万多亩，比去年增加了約30%。商业部門又按照国家的有关规定，先后供应黄麻专用化肥一百六十一万多斤。有些地区还供应生产队大量木材，用以修船积肥。国家的帮助加上农民的精耕細作，使今年的黄麻普遍比去年增产。据統計，全县实收总产量达六百二十多万斤，比去年增产72.96%，亩产比去年增产32.7%。

各生产队在8月初即开始边收边晒边把好麻卖給国家。收购部門增設了收购站点。收购进度很快。规格質量也比去年的好。著名的黄麻产地万江公社今年交售給国家的黄麻长度普遍在七尺五寸以上，而且无斑枝、无黑色、刮皮干淨、条条鮮白带金黄。据检查，符合一級标准的优質麻达九成多，二級麻不到一成。

（东莞县委財貿通訊組）

东莞县委财贸通讯组：《东莞今年黄麻增产七成多　各生产队踊跃交售好麻》

《南方日报》1962年10月17日第2版

海口举办农民排球賽

东莞举办传統举重賽

☆海口市的农民排球（九人）錦标賽，已分两个賽区于8日、14日先后結束，荣山甲队和郊委队分获賽区冠軍。

这次比賽是利用农閑时間和結合国庆活动举行的，参加比賽的农民十分踊跃。在选拔賽中，石山公社就有三十九队参加，长流公社也有十三队。

（叶兆磷）

☆东莞县在7日举行了莞城、石龙、太平等三鎮每年一度的传統性举重比賽。項目有次最輕量級、最輕量級、次輕量級、輕量級和中量級，参加比賽的运动員有二十八人。結果太平鎮队在五个級中取得次最輕量級、次輕量級和輕量級等三項的第一名，以五十二分获得团体总分冠軍，而取得东莞县体委会頒发的奖杯。莞城鎮队取得中量級的冠軍，以四十四分名列第二，石龙鎮队亦占得最輕量級的前茅，以四十二分殿后。（綠波）

☆新会县于14日举行县城地区秋季游泳比賽。在比賽中有一百人、一百四十七次达到等級运动員标准，其中新达到等級运动員标准的七十八人，是几年来县里达到等級运动員人数最多的一次。（何雅才）

☆順德县于13、14日两天在陈村鎮举办容奇、凤城、勒流、陈村等四鎮男子籃球对抗賽，吸引了附近三千多观众。比賽結果，容奇队保持不败，获得冠軍。

（罗庆秋）

☆惠阳县惠州鎮于13日至18日举办少年組乒乓球的課余比賽，参加这次比賽有鎮内十三所小学的六十六名男女选手。比賽結果：男子組第一名为鎮二小胡泽民所得，女子組第一名为鎮四小廖秀妹所得。

（叶伟强）

体育

绿波：《东莞举办传统举重赛》

《南方日报》1962年10月25日第3版

积极供应生产资料支援农业生产

东莞大量供应秋收冬种农具

本报东莞訊 东莞县秋收冬种农具的准备工作获得显著成績。到10月上旬止，全县十八种主要农具的儲备量已达六十三万多件，可以滿足农村秋收冬种的需要。现在各地供銷社已开始大量供应秋收冬种农具，任由群众选购。

在准备秋收冬种农具的过程中，东莞县工商部門特别注意供应粮食主要产区——沙田地区的缺門农具。沙田地区由于水多、田多、粮多等特点，农民向来习慣使用軟谷围、禾打（脫谷工具）和身长鋼多的“市桥”鐮刀。前几年，这些品种都缺乏貨源或供应不足，农民很感不便。供銷部門了解了这些情况以后，便和番禺县市桥鎮的手工业生产合作社联系，定购了四万五千多把传統的名牌鐮刀；在县內或到县外采购軟谷围、禾打等农具。过去供应不足的风篩、禾叉等农具，也安排生产部門制造。

东莞县供应給农民的农具的规格和質量，也有了不少改进。单是鋤头的规格，便从过去的十二种增加到十八种，而且鋤头含有鋼質，比較堅固耐用。过去供应的禾桶、雨帽、木犁都沒有涂上桐油，现在也涂上了。禾围、谷籮也織得比过去密实。

东莞县今年的秋收冬种农具准备工作做得較好，主要是有关領导部門抓得紧。早在7月份，县有关部門便督促供銷社到外地采购原料。县委第一书記和負責农业、工业、財貿工作的书記、县长，亲自率領六个調查組，調查农具的生产、供应問題，征求农民意见，訂出各种产品的質量、规格标本，作为制造产品的根据。手工业生产单位又改善了經营管理，核实了各种开支，提高劳动生产率，从而降低了成本，使农具价格有所降低。

（东莞县委財貿通訊組、卓永友）

东莞县委财贸通讯组、卓永友：《积极供应生产资料支援农业生产　东莞大量供应秋收冬种农具》

《南方日报》1962年10月26日第1版

根据农民意见改进产品规格

莞城手工业社提高农具质量

本报訊 东莞县莞城鎮各手工业合作社自9月下半月以来，紛紛改进了谷籮、田耙等农具的規格。最近經老农和供銷社代表鉴定，有二十九种农具的質量都有了提高，更加适合农村的需要。

秋收冬种到来之前，莞城鎮有关部門在9月初就組織了竹、木、鉄器等合作社的干部和技工五十六人下乡訪問，参观农民在田間使用农具的情况，和生产队长、老农、供銷社干部座談，了解农村需要，征求对农具的规格、質量的意见。訪問回来后，各手工业合作社立即根据农民提出的要求和意见，改进秋收冬种农具规格和提高农具質量。

鉄器社过去生产的田耙，齿細、耙宽，只适用于水乡，不适用于山区。现在，这个社除継續生产水乡适用的田耙外，也生产了一种齿較粗、耙較窄的田耙供山区农民使用。木器社也根据农民的意见，将水車的木杆改細，木板改薄，木料改用好料，使水車更加輕便好用。

各手工业生产合作社在这次改进农具规格和提高农具質量的工作中，切实建立制度，加强管理。竹器社經过检查，发现过去制籮有五个工序沒有統一的操作规程，因而造成谷籮底过疏、籮梗不坚、籮篾不均等毛病，使谷籮漏谷、不結实。他們立即制訂每个工序的操作规程，經社員們討論通过，严格执行。同时，还制造出各种规格的竹籮，由老农、供銷社代表和社内技工共同鉴定，确定样品。社里按样品规格进行生产，严格驗收，不合格品不准出社。木器社提出生产要为农民兄弟負責到底，在較大件的农具上都标出生产者的姓名，实行包制、包换、包修的“三包”制度。鉄器社还实行按等級排工的办法，将制作技术要求較高的农具如鋤头、田耙列为一类产品，交由經驗丰富的老技工負責生产；其他产品也分类交由技术相适应的技工生产。

实行这些措施以后，莞城鎮各手工业社生产的农具，有二十九种的質量都有了提高，其中谷籮、鋤头、禾桶等十三种农具經老农鉴定，还被認为达到了較高的質量水平。（陈洛）

陈洛：《根据农民意见改进产品规格　莞城[①]手工业社提高农具质量》

《南方日报》1962年11月4日第1版

---

① 莞城：当时的莞城镇，今东莞市莞城街道，是东莞市区的四个街道之一。

组織起来 变消費者为生产者

莞城鎮盲残人生产院办得好

●本报东莞訊 东莞县莞城鎮盲、残人生产院，今年十个月来为国家生产了二万三千多件雨帽、竹籮等农具，同时帮助盲、残人員从消費者变为生产者，受到当地群众的贊扬。

东莞县莞城鎮盲、残人生产院是在一九五九年五月建立的，现有六十九人。为了帮助这批盲、残人員組織起来参加生产建設，莞城公社党委从竹器厂里选派两名技工去帮助盲、残人員学艺。开始时，技工按着盲人的手指，一点一点地教他們編織雨帽，碰到不少困难。生产院的領导又首先帮助盲人郝全学会技术，再总結他的經驗加以推广，并不断鼓舞大家学技术的热情，經过一段时間通过互教互学，全院盲残人員都掌握了織雨帽的技术，而且安心生产。现在，全院盲残人員每月个人劳动所得，除了維持个人生活外，还有盈余可以补助家庭开支。在旧社会里行乞渡日备受艰辛的盲人关华滿怀感激地說道：象我們这类盲人只有在新社会里才能掌握生产技术，参加生产，成为一个自食其力的人。（朱善）

朱善：《组织起来 变消费者为生产者 莞城镇盲残人生产院办得好》

《南方日报》1962年11月15日第3版

大河水涨小河满

东莞企石公社鉄崗大队上麦生产队社員 麦泉奴

今年，我家分得的东西眞不少，計有稻谷二千一百四十五斤，现金三百三十二元，还有花生油、黃豆、糖等一些实物，全年总收入折现金共八百二十五元，比去年多了二百五十七元。

我家今年能够有这么多收入，全靠集体生产好。但是，当初我对这点是認識不清楚的。

記得在8月間，我們生产队里有人邀我出外打石，据說每天能赚到三元。初时我有些犹豫：究竟是在家参加集体生产好，还是靠个人搞私人收入好呢？我想了很久，后来我想到我是一个貧农，解放前受尽地主剝削，全家过着半飢半飽的生活。从实行合作化后，依靠集体生产，我家的生活才逐漸地好起来，现在丰衣足食，生活过得很宽裕。为什么我要为一时的私利，就想离开集体呢？再說，假如全队人人都出外搞私人收入，队里的生产誰来搞呢？越想越觉得不对头，因此，我决定不去打石，在家里和妻子积极参加集体生产。她要带一个三周岁小孩子和料理家务，但也下定决心爭取超勤。結果，今年我俩共做五千三百五十八个工分，超过定勤任务六百四十六个工分。

我們生产队由于社員們积极劳动，今年收成很好。全队收获稻谷十六万多斤，比去年增产44%。黄豆、花生、甘蔗的产量都比去年大大增加。全年农副业純收入达四万九千多元，每个劳动日值一元五角，比去年提高了一倍。戶戶社員都增加收入。现在，我更加相信：“大河水涨小河满”的道理，只要我們搞好集体生产，个人生活就一定会一天比一天好起来。

（东莞企石公社党委通訊組整理）

麦泉奴：《大河水涨小河满》

《南方日报》1962年12月2日第2版

彻底根治东江下游潼湖地区的内涝灾害

惠阳东莞协作整治潼湖

第一期工程已动工，明春建成后可减少受涝面积四万多亩

本报惠阳訊 今年我省重点水利工程之一——由惠阳东莞两县协作兴办的潼湖整治工程，于本月初全面动工。

潼湖横跨惠阳、东莞两县，位于东江下游与石馬河汇合处，沿湖有耕地十三万多亩，可耕荒地六万多亩，是一片肥沃的沿江沉积洼地，生产潜力很大。但是，由于集雨面积达七百多平方公里的石馬河流往潼湖，汛期一到，洪水滚滚而来，湖内内涝节节上涨，加上东江洪水頂托，洪涝四向泛溢成灾，排泄极慢，淹浸期长，沿岸大片农田一年数浸，作物收成很不稳定。解放以来，虽然陆續修建了五十多宗中、小型水利工程，以及潼湖、桥头、东太、五八等四大堤围，发揮了蓄洪防洪和灌溉作用，在一定程度上減輕了潼湖沿岸的涝害，但由于潼湖涝害主要成因的石馬河未經整治，沿岸生产仍然不够稳定。为了彻底根治潼湖涝害，在国家的支援下，惠阳、东莞两县协作，全部工程分两期进行：第一期工程，在石馬河靠潼湖沿岸筑一长达一万米的堤围，拒石馬河洪水入湖，下游截弯取直，开挖一段新河道引洪水出东江，河口加建水閘，防止东江洪水倒灌；另建一暗涵穿过新开河道河底，引湖内内涝漬水出东江。建成后当年即可收益，每年可減少受涝面积四万六千多亩，垦殖荒地四万多亩，每年可增收稻谷十三万多担；第二期工程計划增建用以蓄洪灌溉的吳村、石鼓两个水庫，湖内筑小堤围二十五处、涵閘五十座以及一个二十五平方公里宽的分洪平塘，配备七千三百多瓩的电动排灌系統，把小堤围内的漬水排出分洪平塘再排出东江。預計第一期工程将于明年春耕前完成。整个工程建成后，将彻底根除历史性重灾区的东江下游潼湖地区的涝灾，預計每年可增收粮食四十多万担，漁、牧业和蒲草生产的收益也可大大增加。（惠阳县委通訊組）

惠阳县委通讯组：《彻底根治东江下游潼湖地区的内涝灾害　惠阳东莞协作整治潼湖》

《南方日报》1962年12月7日第1版

財务民主管理、开支精打細算

茶山大队降低成本增加社員收入

生产成本和各項开支比去年降低百分之七 社員收入平均比去年增加百分之二十七点六

本报东莞訊 东莞县茶山公社茶山大队各生产队坚持勤俭办队方針，发动群众民主管理财务，处处精打細算，使今年农业生产获得全面增产，而又显著降低了生产成本和其他开支，增加社員收入。

今年茶山大队的三个生产队都获得全面增产增收，而今年的生产成本和各項开支，却比去年降低7%，即占总收入的27%。全年分配，社員全部增加收入，平均比去年增加27.6%。

这个大队的各个生产队今年旣全面增产，又降低了生产成本和各項开支，是同他們长期坚持民主管理财务，处处精打細算分不开的。今年初，各生产队就发动群众討論，共同制訂出一套严格的财务收支管理制度。今年来，对各种非生产性开支，各生产队都注意严格控制，非經过社員代表会議或社員大会决定不能使用。例如，李效生产队文娛活动用去三百元左右，初时有人提出由生产队支付，經社員代表会議討論，大家認为这是非生产性开支，决定由参加文娛活动的社員分别負担。今年来，各生产队的非生产性开支合共有三千二百八十元，占总收入的0.8%，比去年减少67%。

生产性开支，大宗的也要經过社員代表会議或社員大会討論，精打細算地使用。曾經有的干部见队里資金多，提出购买抽水机、馬达、榨蔗机等，共要开支一万元。社員大会認为，买一部榨蔗机要花六、七千元，一年时間只用一个余月，不上算；又因地形不适宜用抽水机，所以决定不开支这笔款。

各生产队的一般財务开支計划，也要經社員代表会議或社員大会审查。各生产队原定今年开支农具修理和添置費用二万多元，經社員大会一审查，大家認为本大队有木工、竹工和泥水工，可以組織他們修制农具。于是共固定了竹、木、泥工十二人，长期修制各种农具，做到竹木农具自供自給。今年全大队各生产队农具修理添置費实际用了一万一千多元，比原計划节約了九千多元。

（东莞县委通訊組）

东莞县委通讯组：《财务民主管理 开支精打细算 茶山大队[1]降低成本增加社员收入》

《南方日报》1962年12月18日第1版

① 茶山大队：当时属东莞县茶山公社。茶山公社即今东莞市茶山镇。

面向实际提高师范生的教学业务水平

东莞师范語文教研活动效果好

本报东莞訊 东莞师范学校語文科教师根据师范学校的特点，从实际出发开展教学研究活动，收到良好的效果。

本学期初，这間学校的語文科教师經过集体研究，編訂出符合师范学生实际和师范学校培养目标的《师范学校語文基础知識教育与基本訓練計划綱要》，对提高語文科教学質量有一定的作用。在学期中指导学生进行教育实习时，語文教师又研究了小学語文教学問題，帮助学生掌握小学的語文教学业务。有部分語文教师还就小学語文教学中問題較大的詞汇教学問題进行重点研究，撰写了《談談解释詞义的一些問題》的論文，对解释詞义不确切的现象作了詳細分析，对如何解詞才能准确等問題，提出自己的见解。为了帮助学生解决释詞不准确的問題，他們又根据师范应屆毕业生的要求，集体分工編写一册小学語文課本詞語解释的参考資料。学生們認为这册資料的初稿，对他們将来从事教学工作很有帮助。现在，学校已将初稿送省教育厅审阅及向各公社中心小学征求意见，准备再作修改。与此同时，語文科教师还和兄弟学校的語文教师一道，研究了在现代文的講讀教学中如何进行基础知識教育与基本訓練，如何有效地提高学生文言文閱讀能力等問題，并作了专題总結报告。

这些教研活动，不仅直接有助于提高教学質量，而且也提高了教师們本身的語文教学水平。（罗劲）

罗劲：《面向实际提高师范生的教学业务水平　东莞师范语文教研活动效果好》

《南方日报》1962年12月18日第3版

南方日报

1963年

肇庆专区木薯收成好

本报肇庆訊 肇庆专区种植的木薯普遍获得丰收，到去年12月底，已收获木薯四十九万多亩，占种植面积八成多，新会、台山、开平、罗定、郁南等县已經收获完毕，单位面积产量大多比上一年提高二成左右。

这个专区去年的木薯普遍比往年种得多，种得好。在前年冬季，各地开垦了一些新旧荒地来扩种木薯，使去春木薯种植面积达到六十万亩，比前年增加十二万亩。种下后接着农忙到来，未及管理，加上天气寒冷，前期生势不很好。去年6月份以后，經过加强中后期管理，进行松土、除草、培土，施了一次到二次肥料，木薯生势普遍轉好，終于获得了良好收成。（肇庆地委农业办公室通訊組）

东莞粉厂开始制造生粉

本报訊 目前正是木薯收获季节，本省最大的生粉厂——东莞粉厂，已經在去年12月中旬开始了木薯加工生产。

东莞粉厂历年都为东莞县和佛山、湛江专区各县加工木薯生粉。去年本省各地木薯丰收，佛山专区的东莞和湛江专区的阳江、阳春、电白、灵山等地农村紛紛要求东莞粉厂为他們把木薯加工成生粉。为此，該厂在去年11月間，即开始从技术設备和劳动力等方面做好木薯加工生产准备工作。他們組織了各个工序配合机修車間全面检修制粉的各項設备和传动装置，对于已經損坏不能再用的部件进行更换。

为了保証加工木薯所需要的劳动力，东莞县在調整工作中，抽調了一批劳动力支援东莞粉厂。这个厂在内部也进行了調整，充实了制粉車間的劳动力。（伍学源）

伍学源：《东莞粉厂开始制造生粉》

《南方日报》1963年1月7日第1版

不要等天下雨误了春光

东莞四会封江堵河引水开耕

高鹤各地健全管理制度合理安排春耕用水

本报东莞訊 东莞县埔田地区各公社的生产队丢掉等天下雨思想，采取拦河筑坝办法，引水上田开耕。

东莞县东江下游沿岸埔田地区的常平、横瀝、东坑、石排、企石等十多个公社，从去年“秋分”之后沒有下过大雨，粘質土的低洼埔田已經干裂；今年入春以来，仍然沒有下雨，旱情日益严重。这些地区的公社和生产队干部在总結了历年来埔田生产的經驗之后，認为凡是在“雨水”前播种的水稻，就能够赶在“龙舟水”前头，有种有收；凡是“雨水”后播的，就有受“龙舟水”淹沒失收的危险。他們又認为：今年是单年，“龙舟水”很可能来得大来得早，如果目前不抓紧播种，就不能保証埔田地区早造手收。因此，目前这些地区采取果断措施，堵河抗旱，引水办田、播种。在2月初，企石公社和石排公社联合起来，出动了七百多人，冒着寒风，共同堵截企石河。他們在工地上扎营，日夜运泥搬石，苦战了三天三夜，担了六千多个土方和石方，把五十多米闊的企石河口堵住，引水灌田。东坑公社的坑尾、塔江等六、七个大队也联合起来，出动二千多个精壮劳动力，堵截常平大河下游，引松木山水庫的水入东坑大围，以解决七千亩埔田的用水問題。常平公社的横珠瀝等七个大队，也共同堵截常平大河，引水上田，目前已有三千亩埔田放水办田。

这些公社在堵河抗旱，引水入田，解决开耕水源問題之后，立即加紧进行办田、浸种、播种等工作。

（东莞县委通訊組、譚庭清）

本报四会訊 四会县各地为了抗旱防旱，已經堵河三处，筑好大小陂头五千多个，使二千多个魚塘和四百五十多个山塘、平塘都灌满了水，全县大部分稻田可以得到灌溉。

四会县前一段时間雨水少，不利开耕，各地均全面进行蓄水抗旱。大沙公社有两万多亩稻田缺水，不能开耕，便立即組織四千多人，分别在陶冶口、塘元桠、三义基等三个地方拦堵綏江，引水灌田。现在，这个社的大部分稻田已得到灌溉，順利开耕。江谷公社修筑好四千个陂头，使二十五个較大的山塘、平塘都灌满水。清塘公社除修筑陂头、水圳外，还組織了二千四百多人，修建电动排灌站的渠道和道槽等配套工程，使它迅速发揮效益。（四会县委通訊組）

本报高鶴訊 高鶴县各地人民公社根据目前春旱的情况，全面合理安排春耕用水。

高鶴县自去年“立冬”以来，沒有降过透雨，目前山

东莞县委通讯组、谭庭清：《不要等天下雨误了春光　东莞四会封江堵河引水开耕》

《南方日报》1963年2月7日第1版

在保証粮食增产的前提下

东莞各地积极扩种黄麻

本报东莞訊 东莞县各地积极挖掘土地潜力，及早种植黄麻，爭取黄麻增产。

东莞县是本省黄麻主要产区之一。今年，全县各地进一步貫彻执行“以粮为綱、全面发展”的生产方針，在保証搞好粮、油、猪生产的同时，把发展黄麻生产列为一项重要的生产任务。黄麻主要产区的各公社和生产队，都在保証不减少水稻种植面积的基础上，积极挖掘土地潛力，扩大黄麻种植面积。万江公社各生产队采取了多种早熟稻谷，收割后把土地用来作晚造秧地，以减少提早为晚造留秧地的办法，腾出更多土地来种植黄麻，使全社黄麻計划种植面积从去年的两千三百亩扩大到三千零三十亩。石碣公社各生产队采取改单造田为双造田，保証不减少粮食产量的前提下，也腾出一部分适宜黄麻生长的土地来种黄麻。有些地方的社員还用自留地来种黄麻。据統計，全县今年黄麻計划种植面积大大增加，仅集体种植部分就比去年扩大26%。

为了提高黄麻单位面积的产量，各地又根据历年黄麻增产的經驗，大力准备肥料。今年各地为黄麻生产积集的肥料普遍比往年多。石碣公社各生产队每亩黄麻田平均已施了泥肥三百五十担以上，还备有人畜粪肥五担。各地在积集肥料的同时，还大力推广良种。許多地方准备用“212”良种来代替过去的“印度元果”麻种；根据試驗，种植“212”良种比“印度元果”麻种每亩可增产黄麻一百斤。

为了把粮食和黄麻生产同时搞好，各地都认眞安排好劳动力，并采取提早先办麻田的办法，来解决粮麻爭劳动力的矛盾。（东莞县委通訊組）

东莞县委通讯组：《在保证粮食增产的前提下　东莞各地积极扩种黄麻》

《南方日报》1963年2月24日第1版

东莞县修建山区公路

东莞县利用农閑时間修建山区簡易公路。到目前止，已經修建好革命老根据地大岭山公社公路和常平公社公路，并已正式通車。正在加紧搶修的有桥头公社公路和仙桥公社新围、大径两个大队的两条公路。

已經修建好的公路，汽車往来頻繁，正在赶运春耕物資。

（何克文、于风仪）

何克文、于风仪：《东莞县修建山区公路》

《南方日报》1963年2月24日第2版

天上不下雨　地下找水源
东莞充分利用水源抗旱春耕

本报东莞訊　东莞县各地充分利用一切水源抗旱春耕。目前，全县每天出动三万多人进行拦河車水、开渠引水、塞涌蓄水、打井挑水，来解决春耕播种、办田和旱地作物种植的用水問題。

东莞县旱情日益严重，各級干部都深入到生产队，依靠群众，摸清旱情和水源。全县八十一万多亩早造稻田中，有水源可以抗旱的有三十九万亩。各地都根据本地区的具体情况，利用一切水源抗旱春耕。水乡地区乘农历二月初潮水上涨的有利时机，塞涌蓄水，車水办田。中堂公社潢新围内的各生产队，乘潮水上涨时将水閘关閉蓄水，立即出动一千六百多部水車进行車水办田，几天内便灌田一万二千亩，办田八千亩。东江下游沿岸地区，也千方百計把东江河水引入稻田。石排公社各生产队組織三百多人拦堵企石河上游，利用电动排灌站和柴油抽水机抽东江河水灌田，现在已有一万七千亩旱田有了水。丘陵地区的常平公社苏坑大队，組織了干部、老农全面勘查地下水源，并出动一百多人开挖了四十多口井，挑井水办田播种，几天内便播种二十多亩。

（东莞县委通訊組）

东莞县委通讯组：《天上不下雨　地下找水源　东莞充分利用水源抗旱春耕》

《南方日报》1963年3月7日第1版

节兵义坟

这里埋葬的是鸦片战爭中英勇抗敌而陣亡的七十五名无名英雄

梁恒彬

在英雄的虎門，有許多鸦片战爭时期我国人民反抗英帝国主义侵略軍的历史遺迹。解放軍海軍某部不久前发现的“节兵义坟”，就是其中极重要的一个。

“节兵义坟”是一座半圓形的坟冢，坐落在沙角草山西坡，面对日夜奔流的珠江。坟前竖立着一块一点二米高、三十八厘米宽的青石碑，上刻“节兵义坟”四个大字，两旁有“道光二十三年六月吉旦”和“节兵共七十五位合葬”两行小字。

考古工作者研究后，認为这座坟墓埋葬的，是在鸦片战爭中保卫虎門要塞沙角炮台陣亡的七十五个士兵。

鸦片战爭开始之前，广东水师提督关天培全面加强虎門的防务，同时加强了沙角炮台的火力。1840年林則徐到广州禁烟，全力支持关天培的严密布防措施，因而在鸦片战爭的第一个回合，虎門要塞就給进犯的英帝国主义侵略軍以重創，取得了七战七捷的胜利。

碰了壁的英国侵略軍，舍广州而北上轉攻浙江定海等地。腐败的清廷大为震惊，下詔撤换林則徐，派琦善为欽差大臣到广州和侵略軍議和。琦善为取得侵略者的欢心，把林則徐和关天培辛苦建成的兵船裁减了三分之二，遣散大部分舵工、水勇；原来設置用以障碍英船駛入內河的封江鉄鏈，也被全部拆除。

在琦善自动解除武备之后，英国侵略軍于1841年1月7日，突然对虎門各炮台猛烈进攻。英軍一方面用兵船，炮攻沙角炮台的正面，又利用琦善撤走八百名防兵的机会，派兵沿竹梯登上沙角炮台的后山，实行偷袭，两面夹攻。在沒有外援的情况下，守将陈連升（湖北鶴峰人）率領六百多名士兵，英勇地抗击比自己还多几倍的来犯的敌人。他們用地雷、扛炮打死敌人五、六百名，彈葯用完后又使用箭射，仅陈連升和他的儿子陈鵬举就手扳强弓，射杀了二、三十人；継而展开了短兵相接的肉搏战。守将陈連升和半数以上的士兵陣亡。他們英勇奋战，发扬了中华民族可貴的气节。

“节兵义坟”里埋葬的士兵，就是在沙角战役中陣亡的三百多名官兵中的一部分。当地群众当时把一些沒有人認領的尸体，埋在炮台旁的山坡上，立碑紀念，并用“节兵”和“义坟”字样来表彰他們的功績。

梁恒彬：《节兵义坟[①]》

《南方日报》1963年3月24日第3版

① 节兵义坟：位于东莞市虎门镇沙角社区。

东莞加强蕉基管理工作
蕉园呈现一片翠綠景色

本报东莞訊 东莞县香蕉产区各生产队做好以除虫、松土、施肥为中心的蕉基管理工作。

各生产队根据香蕉受台风吹打后蕉芽生势弱易发生虫害的情况，在去年冬季就着手进行除虫工作，将已干枯的蕉衣（裹在蕉树身上的枯叶）剝掉，使害虫无从寄生，随后再用药物噴杀和人工捕捉害虫。施肥也改变过去到初夏才进行的老习慣，提前在冬季就施第一次灰肥、人粪和河泥肥。现在各地継續适当安排人力管理香蕉。占全县香蕉种植面积七成的厰涌大队，在稻田开耕以后，各生产队都把香蕉田間管理工作包工到戶，社員們上午做水稻耕作工作，下午做香蕉的松土、除虫、鋤蕉基沟等工作。

由于香蕉管理工作做得及时，目前全县大部分蕉基都除淨了杂草，挖通了基沟，蕉芽生长茁壮，香蕉园已呈现出一片繁茂翠綠的景色。（雷福康）

雷福康：《东莞加强蕉基管理工作　蕉园呈现一片翠绿景色》

《南方日报》1963年4月5日第1版

东莞县图书館
送图书到农村去

本报东莞訊　东莞县图书館最近把农民喜爱的图书送到农村去，帮助生产大队建立农村图书流通站。3月下旬，已把一千多本图书送到农村，4月份将継續有上万本图书分别运到各地农村图书流通站，借給农民閱讀。（袁丁　李干鴻）

袁丁、李干鸿：《东莞县图书馆送图书到农村去》

《南方日报》1963年4月5日第3版

东莞各城鎮大力支援抗旱

全县抗旱搶插热潮进一步高涨插秧进度加快

本报东莞訊 东莞县各城鎮的机关人員和居民大力支援农村抗旱搶插，力爭大部分稻田在“立夏”前插下秧苗。

东莞县旱稻面积八十万亩，七成以上受旱，到本月10日止，只有三成多田插下秧。大部分未插，而季节又十分緊迫。全县各机关团体人員和城鎮居民在县委的号召下，正掀起一个支援农村抗旱搶插的热潮。不論在莞城、石龙、太平三个大鎮或者各公社的小墟鎮，从机关干部、工人、学生到居民，都紛紛奔赴田間，平均每天出动一万零八百多名参加农村的車水、打井、挖渠和插秧等活动。

各单位除了抽調一定人力下乡参加抗旱外，留家的人員也每天抽出一定时間到附近的生产队参加抗旱。例如莞城鎮县直屬机关干部和鎮屬一些单位的干部，每天抽出半天参加抗旱；工厂、商店的职工每天抽出一定人数参加抗旱；教师和中学生也利用課余或假日积极参加抗旱搶插。近五天来，全鎮平均每天出动三千四百多人到附城公社的罗沙、塹头、主山等大队去参加开渠、打井、筑堤和挑水淋秧。五天內，打井三十五口，开渠二千三百多丈，引水灌田四十多亩，淋秧苗三十多亩。太平鎮的机关干部、职工和居民每天从上午八时至下午二时，出动三百零六人帮助虎門公社白沙大队打井抗旱插秧，四天內共插秧四十八亩。

除以人力支援抗旱外，各单位又从資金、工具等方面大力支援抗旱搶插。莞城鎮各部門共借出七台馬达、两部汽車头給附近的生产队抗旱；虎門供銷社职工七十多人，深入到生产队和抗旱工地去了解抗旱需要的物資，并及时送貨到田头，现已供应了水車六十四部，車叶一万二千多块和其他抗旱工具一千五百多件。

在各界人民全力支援下，全县抗旱搶插热潮进一步高涨，插秧进度加快。在一星期內，全县抗旱插秧面积达十三万二千多亩。到18日止，全县已插秧四十万亩，占旱稻計划面积的一半。（东莞县委通訊組）

东莞县委通讯组：《东莞各城镇大力支援抗旱　全县抗旱抢插热潮进一步高涨插秧进度加快》

《南方日报》1963年4月25日第1版

发动群众进行生产大检查

东莞加強受旱稻田田間管理

本报东莞訊 东莞县各地組織群众深入田間检查禾苗生长情况，針对禾苗插后受旱、缺肥等存在問題，积极做好抗旱保苗、积肥追肥工作，促使禾苗回青生长。目前，全县插下的五十多万亩禾苗，已有二十五万亩进行了中耕除草，有近二十万亩追了肥，受旱的十九万亩禾苗已普遍灌过一次水。

在轉向田間管理的时候，有些地区的干部和群众認为抗旱苦战了两个多月，插完秧后应該休息一下了，对田間管理工作抓不紧。針对这种情况，各地都組織群众开展田間生产大检查，了解禾苗生长的情况和問題，以促进抗旱保苗的田間管理工作。根据检查，全县有十九万亩禾苗插后受旱，回青緩慢；加上今年抗旱拖长了插秧时間，大部分秧苗不能按时插下，秧苗变老，稻田漚田时間短，杂草多，禾苗生长不够好，需要追施肥料，促进禾苗生长。但是，前段集中力量抗旱搶插，中耕肥料准备不足。根据这些情况，全县各地都立即加强抗旱保苗、积肥追肥等田間管理工作。目前，全县每天出动九万多人开渠、打井、車水，对插后受旱的十九万多亩稻田継續抗旱保苗。万江片五个公社近几天每日出动九千五百人投入进行抗旱保苗，使三万五千多亩插后受旱的稻田灌了一次水。塘厦公社田下大队插后受旱的稻田有一千亩，党支部书記和大队长組織六个老农翻山越岭找水源，发动三百四十多人开挖了一条引水渠，用一台抽水机、三十多部水車分成四級車水抗旱保苗。同时，各地都积极积集肥料，解决中耕用肥不足的困难。望牛墩公社近几天来发动社員积集了猪、牛屎等优質肥及土杂肥共十三万多担，使全社八千九百多亩因受咸生长不好的禾苗全部施上一次肥。长安公社沙头大队在干部的帯动下，每天出动一千二百多人进行积肥，几天内已經积集各种土杂肥四万多担，有四百六十多亩禾苗追施了肥料。（东莞县委通訊組）

东莞县委通讯组：《发动群众进行生产大检查　东莞加强受旱稻田田间管理》

《南方日报》1963年5月4日第1版

电动排灌站日夜抽水灌田　战胜百年罕见大旱

东莞絕大部分埔田插下了秧

本报东莞訊　1955年旱造大旱时沒有一块埔田插下秧的东莞县低洼埔田地区，今年有了强大的电动排灌网，一百三十四个电动排灌站日夜开机抽水灌田，战胜了百年罕见的大旱，春耕插秧面积多、質量好。全县旱造应插的六万多亩埔田，絕大部分已插下了秧，而且施肥、办田、插秧的質量都胜过往年。

东莞县境內东江沿岸的低洼埔田，历年都因受春旱、夏涝的威胁，旱造无法插秧，即使插下秧也大部失收。1955年春旱，全县沒有一块埔田插下秧。1958年以来，埔田地区修筑了大批堤圍，近山的还筑了大水庫，特别是1960年以来，兴建了大批电动排灌站；这些工程在今年抗旱中，发揮了巨大作用。今年埔田地区遇到百年罕见的大旱，田土旱得龟裂了。但是，一百三十四个电动排灌站日夜开机抽水灌田，保証旱造秧苗能順利插下。常平公社今年旱情十分严重，打井也挖不出水来，全社六千多亩埔田一点水也沒有，但可以松木山水庫放水灌田，六千七百亩埔田在“谷雨”前就插完了秧。企石公社1955年旱造全靠人力車水，抗旱一个月，到“立夏”只插下三千亩田，埔田全部插不下秧，今年由于有了十五个电动排灌站，三千多亩埔田全部插下了秧，全社一万六千亩旱稻田也插下八成多。

埔田地区的人們在今年抗旱中，深刻地体会到人民公社集体經济的优越性。1959年大洪水时，依靠人民公社战胜了灾害；今年遇到这样的奇旱，由于充分发揮了人民公社的威力，埔田仍能按时插下秧。埔田較多的寮步、横瀝、东坑、茶山等公社，今年水源都很少，要到数十里外的东江河、大水庫取水；如果单靠一个生产队单独作战，无論資金、人力、物力等方面都显得单薄，他們便以公社为单位联队协作抗旱，統一規划，集中人力、物力开挖数十里长的大型灌水渠，安裝电动抽水机，翻山越岭把水引来灌田。东坑公社旱造一万二千三百亩田，社內水源只能解决两千亩田的插秧用水，他們便以公社为单位，十二个大队联合起来，开挖了一条二十公里长的引水渠，从峽口水閘引入东江河水，經寮步河口，流到神山，用电动抽水机把水抽入东坑大围内，再用几駁水車車水入田，才解决了六千多亩稻田的用水。茶山公社超朗、粟边两个大队的四千多亩稻田，今年一点水源都沒有，也是在公社統一規划下，組織三千多人，开挖了一条十多公里长的灌渠，把东江河水由坑口电站灌到大圳布电站，再灌到牛过朗电站才抽上田，結果不仅四千多亩稻田全部插下秧，两个队还将大圳布的埔田扩种了一千六百亩。（东莞县委通訊組）

东莞县委通讯组：《电动排灌站日夜抽水灌田　战胜百年罕见大旱　东莞绝大部分埔田插下了秧》

《南方日报》1963年5月17日第2版

新旧道滘，天渊之别

我和张克玉同志是同一个公社的。不妨先拿我們公社的过去和现在作一个簡单的对比，就可以看出新旧社会有天渊之别。

解放前，道滘是腐朽不堪的乡村，是烟賭林立的污秽地方，是恶霸、捞家、地主的聚居点，是坏人勾心斗角、大魚吃小魚的市场。农民受地主压迫透不过气来，卖房屋，卖儿女，走投无路。叶氏宗祠門口（现在中心小学校的校址），經常发现弃尸餓殍，到处出现偷、搶的呼叫声，眞是鸡犬不宁。如果說那时候沒有农家乐，倒是一点不假的。

解放后，反动派被打倒了，情况为之大变。单說文化生活吧。道滘公社本身是文化的中心。虽然比不上城市繁华，但也不失是一个活跃的水乡。公社有游泳场、籃球场、乒乓球、棋坛等活动场所。还有一日两次的文艺广播节目以及閱报墻、书店等。这样的乡村生活，怎么会感到枯燥呢？

当然，我們的物质、文化生活的提高，是伴随着生产发展而来的。离开了农业生产的不断发展，就无所謂农家乐可談。而发展生产，自然要經过艰苦奋斗。因此，我們懂得，努力搞好生产，爭取丰收，改善生活，就可以获得农家共同之乐。就以我們的生产队来說，去年稻谷和經济作物取得好收成。除按劳动工分分配口粮外，超产部分每一千工分还分得增产谷一百二十多斤。甘蔗除完成国家任务外，也超产五千四百多斤。我們队去年平均一級劳动力有四千工分左右，每人分配到增产谷四百五十斤左右，白糖四十斤左右。我們生产队有三十一戶农业戶，去年办婚事的就有三戶。在去年取得大丰收的基础上，我們又制訂了今年的增产规划。队里将部分增产稻谷和白糖卖給国家，换回化肥四千八百多斤，并得现金两千多元。这些資金除用来兴建排灌站外，还用来添买一头耕牛和一些其他生产工具。现在，我們正在与天旱作斗爭，爭取今年再来一个丰收。試想，这样热气騰騰的生产斗爭，怎能够說是平凡和沒有意义呢！

东莞县道滘公社厚德大队桥永生产队 吴紹裘

吴绍裘：《新旧道滘[1]，天渊之别》

《南方日报》1963年5月26日第2版

---

① 道滘：今东莞市道滘镇，位于东莞市西部，东邻东莞市区，处于东江南支流下游水网地带，水道纵横，是著名的“游泳之乡”。

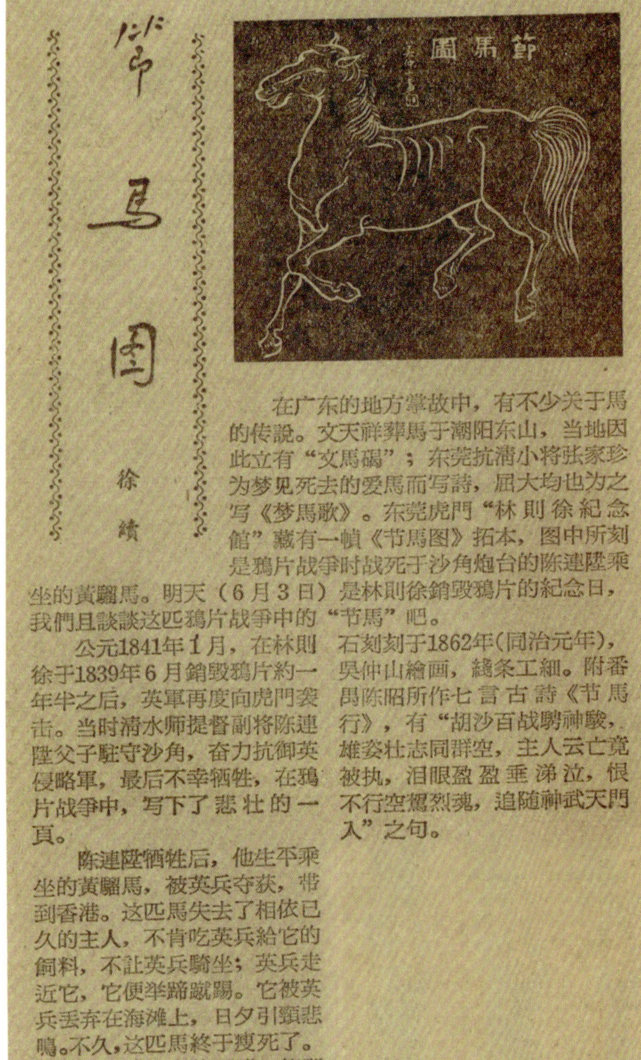

节馬图

徐 續

在广东的地方掌故中，有不少关于馬的传說。文天祥葬馬于潮阳东山，当地因此立有“文馬碣”；东莞抗清小将张家珍为梦见死去的爱馬而写詩，屈大均也为之写《梦馬歌》。东莞虎門“林則徐紀念館”藏有一幀《节馬图》拓本，图中所刻是鴉片战爭时战死于沙角炮台的陈連陞乘坐的黃騮馬。明天（6月3日）是林則徐銷毀鴉片的紀念日，我們且談談这匹鴉片战爭中的“节馬”吧。

公元1841年1月，在林則徐于1839年6月銷毀鴉片約一年半之后，英軍再度向虎門袭击。当时清水师提督副将陈連陞父子駐守沙角，奋力抗御英侵略軍，最后不幸牺牲，在鴉片战爭中，写下了悲壮的一頁。

陈連陞牺牲后，他生平乘坐的黃騮馬，被英兵夺获，带到香港。这匹馬失去了相依已久的主人，不肯吃英兵給它的飼料，不让英兵騎坐；英兵走近它，它便举蹄蹴踢。它被英兵丢弃在海滩上，日夕引頸悲鳴。不久，这匹馬終于瘦死了。

陈連陞父子的死难，使那时的人們对这匹“节馬”大为感叹，为它而繪图，为它而咏詩，这就是传世的《节馬图》的由来。

描繪这匹“节馬”的图卷不止一幅。道光时番禺詩人张維屏曾藏有《义馬图詩册》，称之为“义馬”。三水詩人欧阳錯写有一首《义馬行》。现在虎門“林則徐紀念館”所藏《节馬图》拓本，原刻本嵌于虎門寨关天培祠壁上，现存于广州博物館，已經残缺。这块石刻刻于1862年（同治元年），吳仲山繪画，綫条工細。附番禺陈昭所作七言古詩《节馬行》，有“胡沙百战骋神駿，雄姿壮志同群空，主人云亡竟被执，泪眼盈盈垂涕泣，恨不行空鶩烈魂，追随神武天門入”之句。

徐续：《节马图》[①]

《南方日报》1963年6月2日第3版

---

① 《节马图》：拓本藏于东莞虎门林则徐纪念馆。节马，是指鸦片战争中战死于东莞虎门沙角炮台的清军将领陈连升乘坐的战马。

增产竞賽結出碩果

石美大队管理細致早稻大幅度增产

鍾寨大队战胜旱患早稻总产增一成

本报东莞訊　东莞县万江公社石美大队，今年早稻获得大幅度增产。全队一千五百四十亩早稻，实收干谷一百三十万零二千六百一十斤，比去年同造增产39%。

今年早造，石美大队响应南乔大队增产竞賽的倡議，各生产队的社員在“学南乔，超南乔，力争早造大丰收”的口号鼓舞下，干劲很高，积极搞好早造生产。全大队九成五以上的稻田都采用了良种，并在“清明”前就插完了秧。插秧后，認眞加强了田間管理。

今年，这个大队采用的“广场矮”、“矮仔占”等良种是耐肥种，加上天旱需肥較多，社員們便着重做好施肥工作。肥料不够，社員就主动投資购买肥料，使全大队今年早稻的追肥量比以往任何一年同造都多，每亩平均追施化肥六十多斤，比去年同造多40%。

这个大队是个历史性虫灾区之一，今年各生产队都特别注意做好防虫除病工作，一有害虫发生就及时发动群众扑灭。

在田間管理后期，全大队出现了三百多亩落后禾，各生产队又立即采取措施进行消灭。由于管理精細，全部早稻苗齐苗壮，无稗草、无虫害，生长一直較好。

（东莞县委通訊組）

本报澄迈訊　澄迈县金江公社鍾寨大队在連續干旱六个月的情况下，水稻总产仍然达到四十三万六千斤，比去年早造增加10%；平均亩产四百九十四斤。

鍾寨大队是省农业劳动模范王英保領导的生产大队。今年备耕期間，王英保带头响应台山县斗山公社南乔大队的增产竞賽的倡議，社員干劲很高。在春节前，全大队就全面进行犁冬晒白，大部分冬閑田做到翻犁曝晒二三次。播种期間，王英保又組織全大队的干部、老农到田間認眞检查育秧質量，对受寒受冻秧苗加强管理，施足速效肥料，使秧苗长得苗壮。插秧开始，王英保又总結推广王龙福生产队施基肥的經驗，各生产队的稻田都下足人畜粪混合化肥等基肥，因而早稻生长得很好。

（莫国民）

东莞县委通讯组：《增产竞赛结出硕果 · 石美大队[①]管理细致早稻大幅度增产》

《南方日报》1963年8月8日第2版

① 石美大队：当时属东莞县万江公社。万江公社，即今东莞市万江街道，为东莞市区的四个街道之一，位于东莞市的西北部。

千方百計扩大粮食种植面积

台山广泛宣传扩种政策扩种晚稻两万多亩

东莞依靠貧农下中农挖掘潜力扩种三万亩

本报台山訊 台山县大力扩大晚造插秧面积，争取广种多收，补回早稻的受旱损失。现在，全县晚稻实插面积已达九十万亩，比去年晚造扩大二万三千亩，并且仍然在継續进行扩种中。

台山县在晚造插秧开始前，就全面发动各地生产队扩大晚稻种植面积。他們向社員广泛宣传了关于扩大种植面积的政策。同时，还采取一些經济措施，以調动社員扩种的积极性。北陡公社初期有些生产队对扩种政策有怀疑，不想再扩大面积了，經过广泛向群众宣传政策，算增产增收帐，說明扩种运动的重大意义以后，两天就扩大面积七百多亩。

这个县的各級領导采取了很多措施，帮助生产队解决扩种水稻中的具体問題。例如，由县委农业办公室、銀行、交通部門联合組成秧苗余缺調剂小組，各公社也成立了相应的机构，及时組織各地的秧苗調剂，解决扩种中的缺秧問題。秧苗較多的大江、水步、端芬等公社，經过县調剂小組的帮助，及时調出了二千五百亩秧苗給缺秧的赤溪、斗山、广海、四九、白沙、附城等公社。海晏公社党委从插秧較快的队抽調二百五十头耕牛支援插秧慢的生产队。深井公社扩种指揮部組織两千多人到落后队去支援插秧。扩种晚稻的后进队，經过加强領导和認眞帮助，解决了实际問題以后，很快赶上来，使扩种晚稻运动平衡开展。

（台山县委通訊組）

本报东莞訊 东莞县各个公社充分挖掘土地潜力，积极扩种晚稻。到8月20日止，全县已扩种晚稻三万亩。

东莞县早造遭受六十年来罕见的大旱，早稻稍有減产。为了弥补早造受灾的損失，各地都把扩大晚稻种植面积作为一項重要措施来抓。起初，少数社員不愿意扩种水稻，他們認为开荒扩种成本大、收成小，得不償失。根据这种情况，各地发动貧农下中农算扩大面积增产增收帐，扫除各种思想障碍。厚街公社算了一笔扩种收入帐，全社計划扩种晚稻三千亩，以亩产三百五十斤計算，就可以多收稻谷一万零五百担，加上精耕細作提高单位面积产量，就可以基本夺回早造受旱損失。經过算帐以后，广大貧下中农积极行动起来，全社組織六百多人全面进行勘查土地，查出山塘水庫边沿土地、海滩荒田、水草田等三千亩，立即組織劳动力扩种晚稻。常平公社横珠滙大队有些上中农搞私人开荒扩种，大队党支部立即組織各生产队召开貧下中农小組会議，总結了过去私人开荒过多造成損失的教訓，广大貧下中农都坚持要集体扩种。經过思想教育以后，各地生产队依靠貧下中农挖掘土地潜力，积极扩种晚稻。塘厦公社出动一千六百多人投入扩种，已扩种晚稻一千七百多亩。大朗公社大朗片的八个大队利用建成七座电动排灌站的有利条件，采用开荒和旱地改水田等办法，已扩种水稻九百八十亩。

（东莞县委通訊組）

东莞县委通讯组：《千方百计扩大粮食种植面积·东莞依靠贫农下中农挖掘潜力扩种三万亩》

《南方日报》1963年8月25日第1版

人民公社在改造自然中显示强大威力

东莞埔田区变老灾区为粮产区

本报东莞訊 东莞县埔田地区各人民公社发揮集体的力量，大规模修筑堤围和兴建电动排灌站，根本改变了埔田地区长期受涝、受旱的恶劣耕作条件，做到排灌自如，生产連年发展，社員生活水平不断提高。

东江河流經东莞县，在它的下游南岸，有十万多亩低洼漬水稻田，模样好象一口口鉄鍋。每逢雨季，下一百毫米的雨，这些埔田就汪洋一片，船只可通行无阻。早造无法插秧，杂草丛生，成为一个个大草塘。直到“秋分”后的干旱季节，漬水退出，才可插一些迟熟低产的“苏仔谷”（赤谷）。遇上旱年，泥土硬如石板，禾苗插下后，三两天就要車一次水。过去埔田地区粮食收获量很低，不够維持生活。不少人靠挖泥、撑船、摸蜆、捉魚虾、割埔田草等去换些粮食过日子，每年至少有五个月以上是喝粥湯咽杂粮过活的。

解放以后，埔田地区的人們决心改造这种恶劣的自然条件。农业合作化以后，他們曾在埔田里以农业社为单位修筑了一些小规模的堤围，用来排除漬水。但这些堤围只能防小雨。1958年冬，埔田地区建立了八个人民公社，开始大规模进行农田水利建設。五年来，埔田地区共筑起九十二公里长的大、中堤围十七条，小堤围两百多条。从1960年起，在国家的帮助下，埔田地区又大规模兴建电动排灌站。三年来，埔田地区一共兴建起了一百八十六座电动排灌站。从此大部分埔田解除了涝患和旱患的威胁。哪怕它一天内下三四百毫米的暴雨，也在三几天内就可把漬水基本排干。今年早造埔田地区大旱，他們用电动排灌机抽取东江河水灌溉，終于插下秧苗近八万亩，比去年同期多插七千多亩。

随着水利条件的改善，埔田地区的耕作制度起了很大的变化。过去一年只能插一造，从去年起，大都改为双造。过去埔田在漬水消退后，即犁即耙即插，大都只是一犁两耙。现在不仅做到两犁六耙，还在冬季犁冬晒白，造造做到翻耖一次，提早犁耙滆田。过去插下秧后从来不施肥的，现在施了。过去是插低产的“苏仔”种，现在已全部改插“南特”、“陆才”、“江南择”、“溪南矮”、“竹才矮”、“塘埔矮”等优良稻种。

埔田地区的稻谷产量得到成倍的增长。过去一亩埔田一年只收一百多斤，最好的才有三百斤，现在一造有三四百斤，全年就有六百多斤。总产量方面，据埔田較多的常平、横瀝、茶山、石排四个公社統計，公社化前的1957年全年稻谷总产量是三十七万六千六百多担，1962年提高为六十六万三千四百多担，增长近一倍。其他多种經营也得到了相应的发展。

随着生产面貌的变化，集体經济的壮大，社員的生活水平显著提高。大部分社、队已从缺粮变余粮，口粮水平普遍从过去一年两百多斤稻谷提高到现在的五百斤，有的还更多些。不少生产队除开完成公余粮任务以外，还留有三个月左右的儲备粮。社員的现金收入也大为增加。比如常平、横瀝、石排、茶山四个公社，公社化以前，每年每一戶的收入一百八十元到二百五十元，去年则增加到平均每戶四百六十五元。埔田地区的农民，不再是缺穿缺用的了，許多人添置了蚊帐、被褥、衣服等日用品，一半多人家安装了电灯，社員們的日子过得很是乐和。

（东莞县委通訊組）

东莞县委通讯组：《人民公社在改造自然中显示强大威力　东莞埔田区变老灾区为粮产区》

《南方日报》1963年9月8日第1版

摘要：报道了东莞县为改变埔田区长期受涝、受旱的恶劣耕作条件，从1958年冬起，大规模修筑堤围和兴建电动排灌站，解除了旱灾、涝灾的威胁，稻谷产量得到成倍的增长，社员的口粮水平和生活水平显著提高。

东莞黄麻增产四成

本报东莞訊 东莞县黄麻产区，今年战胜了严重干旱，获得了黄麻大丰收。全县二万六千四百多亩黄麻，现已全部收获完毕，平均亩产量三百八十六斤，总产量十万零二千多担，比去年增加四成。

东莞县今年春、夏季都沒有下过大雨，近三万亩黄麻田全部受旱。为了爭取黄麻丰收，各黄麻产地从黄麻播种到收获，都一直坚持抗旱。中堂公社在播种时正碰上天旱，便发动社員及时車水灌田，全社二千八百亩黄麻在“清明”后十天便全部播完种，沒有违誤农时。种子播下以后，有些高旱麻田缺水受旱，又立即組織劳动力車水抗旱。在田間管理期間，各地还根据今年雨水少、黄麻生长弱的特点，大力加施肥料。因此，在大旱之年，仍然获得大丰收。

《东莞黄麻增产四成》

《南方日报》1963年9月13日第4版

东莞粮食部門与生产队签訂种子收购合同

本报訊 东莞县粮食部門已与二百七十五个生产队签訂了晚稻种子收购合同，及早为明年准备良种。合同訂明的种子收购量，一共有一万八千多担。

为了加强种子收购的計划性，还在夏粮入庫完毕之后，东莞县粮食部門便召集有关单位开会，研究种子收购工作。以后，又派出一批干部深入生产队，宣传培育、选留良种的重要性，并与一批具有育留良种条件的生产队签訂种子收购合同。为了鼓励生产队培育和出售种子，粮食部門还按政策规定了出售良种的奖励办法。

与此同时，粮食部門还通过协商，把已訂合同的二百多个生产队作为粮食局的永久性的种子基地，并采取切实措施，帮助生产队实现合同。（李記安）

李记安：《东莞粮食部门与生产队签订种子收购合同》

《南方日报》1963年11月7日第2版

东莞之秋

周 敏

成熟的季节

秋天来到了东莞。稻子晒过了花，孕饱了穗，一片青翠的田野，逐渐透出几分蓄然的色调。翻秋倒插的早造名种"珍珠矮"，更是忍耐不住，这里那里，已经忙着在試金黄的秋装。誰打她身边走过，都不免要留連半晌，夸赞几句。

中堂公社乙村大队那片"珍珠矮"，密实实，硬挺挺，沒一株倒伏，好不惹眼。行家眼里一杆秤，老农們都估亩产九百斤，只多不少。副大队长陈汝通却还有点不滿足，尽自埋怨当初准备功夫沒作到家，要不，一千斤十拿九稳。我們笑說，还有来年呢。他說，可不是。

陈汝通的自我批評并非沒有道理。高产的消息一个接一个，紛至沓来，有志气的社員誰不动心？照目前晚稻的生势，經过反复測算，全年平均亩产实到千斤的公社，已經成批成群。最出色的要数万江，平均一千三百带另。万江公社的石美大队，更是一馬当先，全年平均亩产达到一千七百三十几。据熟悉情况的同志讲，这在我們广东全省来說，也是数一数二的了。

成熟的季节，收获的季节，一天比一天临近。从县委会，到各个人民公社，到各个生产队，生活既紧张又热烈。那些特别高产的队的田边，开始出现了第一批来参观取经的客人。各級干部們更是忙碌异常。劳力安排，运輸工具，多种规划，进一步的农田建設，一桩桩全得及时筹算，爭取主动。少数干旱尚未解除、晚稻灌浆尚未过关的地区，战斗已經到了决胜时刻，更加打得火热。后街公社附近那几座新修起来的电动排灌站，几十部馬达日夜轰鳴不息，从东江抽水上来，經过几十公里长的运河，层层向上，象上楼梯似的，把水送过山去。流量不够，虎門靠海一带的社員，干脆成千上万的出动，用肩头挑，用水車車，用戽斗戽，一天，两天，五天……，熬紅了眼睛，絲不垮决心，大家只有一个信念：說什么也得把丰收夺到手。

不过，从全县看来，一个空前未曾有过的大丰收局面，終究已經在望。要問增产多少，县委书記林若同志的答复是：两造加在一起，比去年要多出个千来万斤。有人更乐观些，說不止吧，他只是笑笑，沒有作声。看来他本人并沒有排斥这种可能。

"究竟誰硬得过誰！"

别小看了千来万斤这个数字。去年，1962年，原是东莞历史上产量最高的一年。越过这一关，实际上就是再一次創造了新紀录，就是再一次向农业生产发展的无限前途大大跨进了一步；更何况，今年这一个丰收，和全省其他許多地区一样，又是在遭遇到六十年仅見的大旱情况下夺得的。

从去年10月起，东莞有整整八个月沒有下过一场透雨。按照現有的資料，正常年景，早造插秧的时候，总有七百毫米左右雨水，今年呢，才不过一百五十毫米。加上有些水利工程，由于去冬沒有貯足水，这就更增加了問題的严重性。春耕开始不久，不少地方的塘干了，河断流了。虎門公社一带，几乎要全靠肩头担水，一块一块地把泥坯淤水，打碎，才勉强插下秧去。有些地方，象常平、樟木头，甚至連吃水也发生了困难，得派人派車到上十里路外往回运。

晚造还是旱。截至10月27日，莞城左近总共也只下过一千一百毫米雨水；南部滨海地区，更只得六百多到七百毫米，比往常少掉一半多。

在某些人看来，事情到了这种地步，大概是完全沒法可想，只有悲观絕望的份儿了。我們这里也有这种人，然而他們只是可怜的少数。有骨气的中国人民，无论如何也不能把自己的精神降到这般低下的水平。

早造，在当时那样严重的情况下，千方百計，奋力苦战，插下了六十二万亩，将近占原訂計划的80%。

虽则比起去年同期来，这一造，减产四千万斤以上，仍然称得上是一次大胜利。

晚造，再接再厉。口号响亮得很：早造損失，晚造夺回！

果然夺回来了，而且超过了。滿眼秋光，就是証明。

老天爷再一次領略了无畏的中国人民公社社員的集体力量。他們，有了中国共产党的領导，在順利的条件下也好，在恶劣的条件下也好，始終劲头十足，敢想敢干，一往无前，誰也阻挡不了。

坏事可以变成好事。人民公社在战胜干旱的同时，又壮大了自己。值得大书特书的是：在抗旱斗争当中，不仅过去几年兴建的大批水利工程充分发揮了作用，显出了巨大的威力；仅仅今年一年，东莞县就又增建了二百九十六个电动排灌站（按馬达計数），加上原来計划兴建部分，共七千多匹，等于过去三年建設总和的70%。[illegible]

斗爭当然是很艰苦的。今年稻谷平均亩产千斤的茶山公社，只有八千多个劳动力，突击修水利时，最多曾出动五六千人。到处都是这样：干部們，哪里最紧張，哪里最艰苦，就到哪里去，吃苦在前，以身作则。茶山公社的党委书記崔洪同志，那陣子，照別人形容的，硬是掉了几斤肉。东坑公社党委书記謝明，党委委員丁潤培，为了搶建南坑岭电动排灌站，解决六千亩水田的保苗用水，带領群众星夜开挖一条經过六座山坳、全长二十华里的引水渠，五十多岁的謝明同志奋战四天四夜沒下前线，丁潤培堅持了六天六夜，每天晚上，躺下来闔两个鐘头眼睛，便算休息过了。

然而也只有那些亲身經历过艰苦的斗爭，只有那些在斗爭中絲毫沒有吝惜过自己的汗水和精力、面对面地和困难交过手并且最后将它降服了的人，才能最深切地体会到集体力量的伟大，和人定胜天的真理。

一位年青的人民公社社員的話使我留下了特别深刻的印象。"老天爷么，这趟算是被我們摸了一下底。就让它再旱三年吧，看究竟誰硬得过誰！"語气之間，充滿了对老天爷的嘲笑和不敬。

这就是东莞人民的声音，也是中国人民的声音。听到这样的豪言壮語，真是胸筋大开，精神百倍啊！

无独有偶的故事

"要吃飯，靠电站。"电动排灌站在群众心目中的威信可真高。

許多人回忆起了1943年。那一年，旱得并不象今年这般严重。但是，那一年，茶山公社的卢屋村，就活活餓死了六十多条人命；大嶺公社松木山大队，全村只插下了两亩田。西湖大队有个生产队长张信田，那年個人八亩田，挣死挣活，也只插得三亩；還得借地主三石谷，連本带利，拖了几年，結果还了十八担。提到今年大旱大丰收，他不胜感慨：要不是党，要不是几年来的水利建設，起碼要死一层人。

人們告訴我几件事：正值早造大旱时节，东坑公社东坑大队九十二岁的老社員丁炳容，根本不相信能够插秧，特地要孙儿带他到田边亲眼看看。他看到馬达隆隆，流水淙淙，稻田一片翠綠，贊不絕口："我活了九十多年，經过三个朝代，都未曾見过象今年旱得这么厉害，但也未曾見过用几条鉄线（高压线）就能把水抽上田来插秧。"他的結论是："共产党真架势，样样都能解决！"

茶山公社西湖大队有个老貧农，叫张計昌，七十多岁了，不能劳动，在屋里听到生产队长喊他侄儿去駛牛办田，也好生奇怪："天这么旱，那田又在山顶上，哪来的水駛牛？"待他亲自跑去一看，明白了个中就里，高兴得什么似的，見人就夸："我这世人，見这么一次也閉得眼睛了。共产党誰也难不倒的啦。"

两位老人家誰也不认識誰，可說的話却一模一样。因为他們的感受是一致的。

石碣公社的社員們写过一首詩，說道：

"九月无雨到如今
生产本来无希望
領导人民好在党
如今电气代人忙"

这岂能看成是寻常文字！

石碣公社有个从香港回来参观的老同胞，看到今天家乡的新面貌，衷心感动，逢到后生便叮嘱："外面（指香港）沒有出路。就在家乡，听共产党的話，把家乡建設好，比去哪里都强。"

这又岂能看成是寻常的套語！

广大的社員群众，从切身的經历进一步认清了集体的前途，那顆心更加堅定了。中堂公社鄂洲生产队老貧农罗文，一向克勤克俭，今年，說声要搞电气化，他馬上自动拿出过去积存下来的十二担谷，投資給队里，毫无吝色。万江公社石美大队，以貧农为核心的社員們自己找干部提出要求，宁可每人暂时少分一点，也得把队进一步建設好。"这才是根子啊！"为了建电动排灌站，他們作出决議，一次拨出八万元。茶山公社增埗大队过去是个有名的穷地方，相传两句話："增埗佬，不是吃泥就是吃草。"那日子全村二百五十戶，正經有田种的不过三十戶人家，絕大部分人只能靠出外卖工或者挖河泥、打魚草糊口。現在可又是个有名的富地方。去年一年，大队总收入一百一十多万元，平均每人創造的价值为二万四千多元。家家大箩谷，分到的糖，多得吃不完。两年多来，他們就凭一副硬肩头，担起了一道长达七千米、共四十多万土方的大围，又从大队的收入里拿出三十八万元现金，放到水利建設上。談話中間，大队党总支书記卢中柱忽然提起了一段旧事。那是解放前，他們几十个穷兄弟搭伙帮地主打工，整魚塘。活很重，然而每人每天只分得一小筒筒米，連煮餐飯都不够。穷兄弟們派代表找东家說理，要求加一点米，說："总得叫人吃飽啊！"你听那个黑肚子地主怎么回答的？他眼睛一翻，打个哈哈："叫你們吃飽？叫你們吃飽了，得了嗎？"老卢沉默半晌，心情异常激动，然后沉重地說："都隔二十年的事了，可这一句話，一直到今天，我們大家全都記得牢牢的。这如今，是我們自己的天下啊！"

說得对。如今是我們自己的天下。当广大的人民群众把自己的命运和人民公社紧紧地結合在一起，当他們把集体的事情看成是自己的事情，这时候，还有什么奇迹創造不出来呢！

眼光永远向着前面

10月29日，常平、东坑、横沥三个公社的代表到了茶山。他們有个計划，趁秋收动鐮之前，协同行动，集中八千劳力，突击十天，把寒溪浚深几尺，并且由此向里开挖一条十六公里长的水渠，彻底解决内涝和引水問題。"从最坏的情况着想，防它明年再旱啊。再說，也不能老是落在别人后面。"工程预定11月3日开始。他們是来打前站、作准备的。

行动也真叫快。第二天，东坑、横沥两个公社几百名社、队干部，便結队到增埗大队来参观。看人家的水利建設，看人家的高山排灌站，看人家的花果山；更重要的，是看人家的干劲，看人家那种奋发图强的精神。

崔洪同志有两天沒露面了。一打听，原来站到生产队里，和社員一起，琢磨明年的做法去了。他脑子里此刻装滿着的已經是未来的数字，一桩桩都反复算过細帐，很落实，办法、措施也很具体、切实。"今年平均亩产一千，明年，总不能还停在这个数上。继续嘛，一步紧一步，得不断地往前赶哩。"

我望了望同来的老黎，說："你感觉到了么？这陣势，真有点象[illegible]高潮时的样子——"

崔洪笑着插上来："事实上，我們始終也沒有停过[illegible]步子呀。"

我們都点头。往笔記本上記下他所設想的来年的数字。它們无疑是可以实现的。只是，請讀者原諒，暂时，我不想将它公布出来。

"一年一度秋风劲，不似春光，胜似春光……"

让我們都把眼光向着前面，为了更加美好的明天而斗爭吧！

——10月31日于东莞

周敏：《东莞之秋》

《南方日报》1963年11月27日第3版

摘要：报道了当时东莞农业生产的建设情况。"成熟的季节"描绘了秋天的东莞所呈现的空前的大丰收局面；"'究竟谁硬得过谁！'"讲述了东莞面对早造与晚造的旱情，通过艰苦斗争，将坏事变成了好事，实现了水利建设的大发展；"无独有偶的故事"通过与旧社会人们在旱灾中挨饿的比较，突出了新社会电动排灌站抽水灌溉的优越性，人民群众纷纷出钱支援电动排灌站建设，把自己的前途与集体紧紧联系在一起；"眼光永远向着前面"讲述了为防来年旱情，常平、东坑、横沥公社在秋收前集中人力浚深寒溪的故事。

南方日报

1964年

經过六年艰苦奋斗基本闖过水利关后

茶山公社向农业科学进軍

今年春耕气象一新，干部蹲点学先进技术，搞样板；耕作細致，良种增多；公社、大队建立农业科学技术机构，加強技术改革的領导

編者按：艰苦奋斗的标兵——茶山公社，现在又锐意向农业科学进軍，用当年大搞农田基本建設的劲头来提高耕作技术质量。这是茶山精神的継續发扬光大，是值得人們学习的。全省有相当一部分象茶山那样的地区，在基本解决了水利問題以后，栽培技术就突出地成为薄弱环节。这些地区都应当象茶山这样，在当前春耕中，用最大的力量去組織由粗放耕作到精耕细作的轉变。茶山公社学习和推广先进技术的方法也是完全对头的。在他們那里，公社和大队两級干部全部下到生产队去蹲点劳动，同公社的技术人員、社員中的技术能手联合組成了推广先进技术的坚強队伍，以試驗田为基地，实行层层示范，做出样板，引导群众自觉地在大面积土地上推广先进技术。这样，他們就真正貫彻了“一切經过試驗，放手发动群众”的原则，就能使工作立于不败之地。

本报东莞訊 东莞县茶山公社經过六年艰苦奋斗基本闖过水利关以后，在当前春耕生产运动中，又針对耕作粗放、技术落后的新矛盾，大闹技术革命。

茶山公社經过六年水利建設，已有百分之九十五以上的水田实现旱涝保收，稳产稳收；旱坡地有百分之七十得到自流灌溉。目前，农业生产的主要矛盾已經轉到提高农业栽培技术方面。就是說，由粗耕到精耕，由稳产到高产，进一步提高农业技术水平，是当前农业生产的主要問題，是継續提高单位面积产量的重要关鍵。公社党委为了加强对技术改革的領导，全社层层建立了农业科学技术研究机构，开展群众性的科学实驗活动。公社成立农业科学技术推广站，由公社党委副书記兼站长，試驗研究项目有水稻品种、栽培技术、高产試驗和經济作物的試驗等。大队建立农业科学技术委員会、品种試驗田、干部高产試驗田以及种子田管理員。生产队建立农业科学技术推广小組、干部高产試驗田、群众高产試驗田、种子田以及种子員。现在全社已建立了农业技术小組一百九十四个，干部和群众高产試驗田共六千多亩。公社党委又提出了“人人都虚心学习先进技术，人人都懂得先进技术”的口号，全社八十多个公社干部和大队的干部分头到生产队蹲点，种試驗田，采用边学边做边試驗的办法，真正把各项先进技术經驗学到手。同时，以試驗田为中心，开展群众性的科学实驗活动。在每一个生产环节，貫彻每一项先进技术的时候，从公社到大队都层层采用搞样板、开现场会議推广的方法，以带动全面的农业技术改革。有了队伍，有了試驗田作为陣地，全社的干部和社員学技术、用技术的气氛浓厚，到处出现向农业科学技术进軍的热潮，从备耕到春耕，围繞着春耕生产为中心，开展各项农业技术改革。

首先，开展以良种为中心的农业科学試驗。今年早造，全社基本实现良种化，其中“珍珠矮”、“广场矮”、“江南择”、“陆财”等良种，占早稻总面积的百分之八十左右。为了进一步提純复壮，提高良种质量，为明年提供更多更好的良种，全社各大队和生产队已普遍建立了种子員和种子田，作为培育繁殖良种的队伍和陣地。如塘角大队规划五亩土地作为十五个水稻品种試驗田，并配备了三个种子員，专职进行管理。每个生产队也规划了二亩土地作为繁殖良种試驗田，并配备了一个种子員。种子田和种子員的任务是：进行良种的提純复壮，采用一穗传的方法繁殖良种，新引进外地良种，良种鉴証示范等，以便今后因地制宜地推广良种。

其次，以学习和推广潮汕高产經驗为主，积极推行各种先进栽培技术，提高耕作质量。在去年晚造，公社党委派出书記和农科站长到潮汕参观学习。今春以来，組織了公社和大队干部到本县的万江公社石美大队学习培育壮秧的一系列先进經驗，并邀請了几个老农到公社进行实地传授。同时，聘請三个潮汕农民作为技术顾問，分配在增埗大队（公社重点大队）远林生产队負責农业技术指导工作，并划出三亩土地，作为传授潮汕耕作技术的示范田，大队派了一个老农副生产队长跟班劳动。在学习和推广先进經驗中，貫彻了言教和身教相結合的办法，通过样板示范，組織现场参观，总結和推广，干部、群众都很满意。塘角大队的生产队长說：“今年推广先进經驗不但听到，而且看到，真的是把技术学到手。”由于采取上述办法，认真学习和推广先进經驗，在今年的播种育秧中，普遍貫彻了黄泥水选种、适当疏播、合式秧田、合理排灌等先进技术，大大改变了过去种子不消毒、播种过密、排灌不合理等老习惯。增埗、塘角、超朗等三个大队的社員反映，今年播种的质量比过去任何一年都好，秧苗生长良好。

第三，結合春耕生产，大搞工具改革，提高劳动效率。随着水利条件改变，由粗放耕作轉为精耕細作，劳力不足更为突出。公社在春节后，召开車子化现场会議，推广茶朗大队实现車子化的經驗。这个大队干部带头购买和使用車子，貫彻群众自筹为主、集体扶助为辅的方針，发动社員购买車子，全大队由集体經济拨出四千元，帮助六十戶貧农、下中农购买車子。經过推广茶朗大队的經驗，从一月中旬到三月中旬，全社就购买了二千二百部胶輪車，百分之四十四的农戶有了胶輪車。

今年茶山公社推广各项先进技术經驗，春耕生产质量比往年显著提高。现在，全社早稻田經过反复犁耙，田土烂得象浆糊，連五六十岁的老农也說是第一次见到的。另外，肥料也是量多质好。三月底，全社已进入插秧大忙，各生产队正在加紧抢插，保証不误农时完成插秧。（省人委农林水办公室工作組、茶山公社党委通訊組、本报記者）

省人委农林水办公室工作组、茶山公社党委通讯组、本报记者：《经过六年艰苦奋斗基本闯过水利关后　茶山公社向农业科学进军》

《南方日报》1964年4月9日第1版

摘要：茶山公社经过6年的水利建设，95%以上的水田实现旱涝保收，旱坡地有70%得到自流灌溉。为提高栽培技术，提高单位面积产量，公社成立农业科学技术推广站，建立了近200个农业技术小组，开展以良种为中心的农业科学试验，推行先进栽培技术。同时结合春耕生产，大搞工具改革，提高劳动效率。

坚持不断革命的精神　大搞运輸工具改革

茶山公社推广胶轮車代替肩挑

本报东莞訊　东莞县茶山公社坚持不断革命的精神，在实现了水利排灌电动化以后，继續大搞工具改革，积极推广使用胶輪車代替肩挑，使劳动效率普遍提高三倍到四倍，促进了农业生产。目前，茶山公社大部分生产队到附近城鎮出售农副产品和购买肥料等生产資料时，已經全部不用肩挑了；一部分生产队积肥、送肥和收获农作物，也基本上实现了运輸車子化，从而节省出部分劳动力投入农田精耕細作和发展多种經营。

茶山公社地处丘陵地区，农作物种类繁多，一年四季都要种植和收获，又要运送肥料和农产品；加上水利过了关，扩大了种植面积，各种农作物产量不断提高，运輸量也随之增加。据統計，近几年来，全公社每年仅花在运輸肥料和农产品的劳动量就占了全年农副业总劳动量的四成左右，运輸劳动量比水利未过关前增加了百分之二十五，因而产生了农业生产不断发展与劳动力不足的矛盾。例如在今年早造备耕期間，既要完成大量积肥送肥任务，又要完成收获甘蔗、木薯任务，劳动力便不够使用。

公社党委分析了上述情况，認为要解决这一矛盾，就必須开展运輸工具的改革，积极推广使用胶輪車代替肩挑。为此，公社党委采取发动社員自筹資金等办法，从今年一月中旬到四月底短短三个多月的时間內，全公社就购买了三千二百多部胶輪車，使六成以上的农戶都有胶輪車使用。在大搞車子化的同时，茶山公社还相应地修筑了一批大道，使胶輪車可以直达一部分旱地和稻田的田头。

有了胶輪車，运輸上的劳动效率普遍提高三倍到四倍。离茶山鎮八九里远的南社大队，过去肩挑东西到茶山鎮，一个强劳动力每次只能挑一百二十斤，现在用胶輪車，一个普通劳动力一次就可以运五百斤。随着劳动效率的提高，生产进度也显著加快。茶山公社甘蔗大丰收，总产量达二十四万担，初时預計收甘蔗要收到四月底，但是有了胶輪車运輸，在四月初就基本收完。

有了胶輪車，許多輔助劳动力被充分利用起来了。过去肩挑时，一些体力較差的妇女和小孩都不能参加运輸，现在使用胶輪車，不仅身体較弱的妇女能够参加，許多十二三岁的小学生利用課余时間也能帮助生产队推車运輸。茶朗大队第一生产队往年收获甘蔗时要出动二十五个强壮的男劳动力，今年完全不用一个男劳动力，还提前完成甘蔗运輸任务。由于輔助劳动力发揮了作用，这就节省出一批强劳动力投入精耕細作，今年全公社早稻田施的基肥比往年多，犁耙田的質量比往年好。計有九成稻田每亩积送了二百担以上的土杂肥作基肥，早造犁耙田从过去的二犁六耙增加到三犁十耙。

輔助劳动力充分发揮作用的另一結果，是促进了生产队的多种經营。今年全公社投入多种經营的劳动力比去年同期多五百四十人，往年只有个别生产队种植蔬菜、葯材和蓮藕，今年各生产队普遍都有种植；往年生产队极少发展集体养猪，今年公有私养生猪有四千多头，生产队集体飼养的三鳥也比去年多。（东莞县委通訊組）

东莞县委通讯组：《坚持不断革命的精神　大搞运输工具改革　茶山公社推广胶轮车代替肩挑》

《南方日报》1964年5月20日第1版

短评

把工具改革提上議事日程

茶山公社大力推广使用胶輪車，大大提高劳动效率，促进了精耕細作和多种經营这件事，又再一次提醒我們：应該把工具改革提到議事日程上来了。

我省的农业生产已經走上了发展的新阶段。随着生产新高潮的形成和发展，許多地区正象茶山公社那样，普遍出现了精耕細作、向农业科学技术进軍（或者継續进行农田基本建設，改变生产条件）同劳动力不足的矛盾。要解决这个矛盾，最有效、最现实的办法，只能是象茶山公社那样，改革落后的生产工具，因地制宜地采用一些机械化、半机械化的工具，努力提高劳动效率，用同样多的人力做更多的事情。从这个意义上説，是否做好工具改革这項工作，对于能否实现今年的增产增收計划，将有直接影响。又从长远来看，我們要努力建設稳产高产农田，要实现农业生产的水利化、化学化、电气化、机械化。当然，“四化”不可能一蹴而就，要有計划有步驟地进行。但是，千里之行始于足下，现在就应該发扬自力更生精神，实行土洋并举，狠抓工具改革，狠抓机械化、半机械化工具的研究、試驗和推广工作，才不致于落在形势的后头，才能为逐步实现机械化打好基础。

在工具改革当中，首先应当补足、增添一些关系重大的农具，例如主要粮产区的农艇，湛江、惠阳地区的牛車等。对于这些急需的工具，应当采取集中力量打歼灭战的办法，力争尽快解决問題。同时，应該有計划、有重点地研究、試驗、示范、推广一些新式农机具。对于一些經过試驗，基本成功，效果很好，肯定可以推广的农机具，如电动脱粒机、十四馬力柴油机（主要用于装配机动农艇）、水輪泵、珠江水田犁、珠江水田耙、挖泥船、人工降雨机、水枪沙泵（用于水利）、农用单車，等等，工业部門应該按計划安排生产，及时供应农村。对于一些需要进一步研究、試驗、改进后才能推广的項目，如水稻联合收割机、番薯起壠机、番薯收获机、挖穴机等，以及正在研究或还沒有研究而农业生产又迫切需要的項目，如干燥机、花生播种机、黃麻苧麻剝麻机、插秧机、甘蔗收获机等，有关部門应該抓紧研究試驗，爭取尽快收到效果。

由于各地已經建設了不少电动排灌和机械排灌的設备，还拥有相当数量的拖拉机、收割机、机动农船等农业机械，当前应当特别强調要加强对原有机械設备的管理，努力提高拖拉机站和机电排灌站的工作效率，降低成本；維修配套工作要紧赶上去；电能的綜合利用問題和有关管理体制問題，都要研究解决，以便充分发揮现有农业机械設备的作用。

《把工具改革提上议事日程》

《南方日报》1964年5月20日第1版

促进农作物增产和降低成本的重要途径

黄草朗大队积极养猪圈猪积肥

去年全大队公养私养并举，平均每户养猪五头，所积猪肥占全年用肥量的百分之八十

本报东莞訊 东莞县大朗公社黄草朗大队大力发展养猪业，实行圈猪积肥，自力更生解决肥料問題。去年全大队公养私养并举，一共养猪一千六百九十头，平均每戶五点一头，每一点六亩耕地有一头猪。每个生产队都养了猪，都建了猪舍，都有了自己的肥料基地。这个大队去年单靠养猪积肥就解决了农作物全年用肥量的百分之八十，使过去瘦瘠的土質得到改良，水稻、甘蔗和木薯等主要作物都获得大幅度增产。

黄草朗大队处于丘陵地区，不靠山、不近水，一向肥源缺乏；加上水利条件差，每年有八成以上的耕地受旱，粮食产量很低。公社化后，他們和其他大队联合兴建了松木山水庫，水利基本过了关，但肥料問題还沒有解决。过去，黄草朗大队主要靠国家供应化肥，或到外地购买人畜粪肥和积集綠肥、泥肥，花工大，成本又高。近两年来，他們采取养猪积肥的办法，不但肥料大量增加，生产成本降低，而且改良了土質，农作物获得大幅度增产，真正做到增产增收。去年全大队单积集到的猪屎就有一百八十五万多斤，全队二千八百九十一亩水田和旱地，平均每亩六百四十斤。此外还有大量的猪屎可以混合草皮泥、沟渠泥和垃圾，加上少量的过磷酸鈣漚制成高效的混合肥。由于肥料充足，去年水稻全年的单位面积产量从一九六一年的六百多斤提高到九百斤。甘蔗亩产从一九六一年的四千六百二十八斤提高到九千斤。今年早造的肥料也很充足。一千三百多亩早稻七成以上施足了基肥；中耕时，每亩平均也有十多担混合肥或三百斤猪屎。

这个大队从依賴国家和靠向外地找肥到自力更生解决肥料問題，是經过一番思想斗爭的。当大队党支部提出养猪积肥的号召时，不少干部、社員思想有抵触。他們認为养大一头猪要一年时間，一头猪一年只能积十一、二担猪屎，解决不了問題，还是按老办法办事好。針对这种思想，大队党支部引导大家算单靠国家供应化肥和向外地买肥、积肥的生产成本帳，用一九六二年澄礼、松亮两个生产队的事实来教育大家。澄礼生产队靠自力更生养猪积肥，全队公私合計共养了一百头猪，結果，全年农业成本只占农业总收入的百分之二十二点六，而松亮生产队由于养猪少，肥料不足，买了一批化肥仍不解决問題，又到莞城买灰粪，因此，全年农业成本占农业总收入百分之三十五。經过算帳对比，全体干部和社員才眞正認識到只有依靠养猪积肥，才能多快好省地解决肥料問題的道理，大家都愿意养猪了。

为了收集更多的肥料，这个大队一改以往放养的习慣，实行圈猪积肥。初时，社員担心把猪圈起来会不长肉，又沒有地方圈。大队党支部及时介紹了社員卢秋亮圈猪积肥的經驗：卢秋亮长期把猪圈在栏内养，定时定量喂飼料，結果猪长得快，积肥又多。他养的肉猪十个月就长到一百五十至一百六十斤，别人放养的猪，十个月才长到一百二十斤左右。同时，卢秋亮每年平均每头猪有十担猪屎卖給生产队。于是，人人学习卢秋亮圈猪积肥的做法，全大队社員私养的八百九十头猪全部圈起来了。

（东莞县委通訊組）

东莞县委通讯组：《促进农作物增产和降低成本的重要途径　黄草朗大队[①]积极养猪圈猪积肥》

《南方日报》1964年5月30日第2版

摘要：报道了东莞县大朗公社黄草朗大队为解决肥源缺乏的问题，发展养猪业，实行圈猪积肥。1963年全大队私养公养并举，平均每户养猪五头，所积猪肥占全年用肥量的80%，实现了肥源的自给自足。

① 黄草朗大队：当时属东莞县大朗公社，即今东莞市大朗镇黄草朗社区，位于大朗镇南面，距离镇中心区5千米。

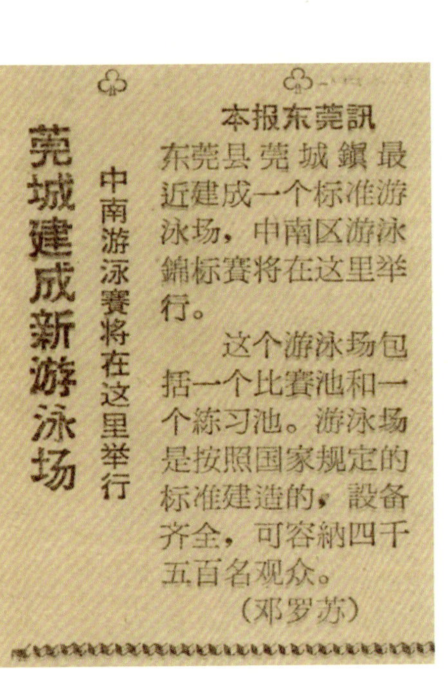

莞城建成新游泳场

中南游泳赛将在这里举行

本报东莞訊 东莞县莞城鎮最近建成一个标准游泳场，中南区游泳錦标賽将在这里举行。

这个游泳场包括一个比賽池和一个練习池。游泳场是按照国家规定的标准建造的，設备齐全，可容納四千五百名观众。

（邓罗苏）

邓罗苏：《莞城建成新游泳场　中南游泳赛将在这里举行》

《南方日报》1964年6月27日第3版

永远艰苦奋斗　锐意改革技术

茶山变粗耕为精耕早造大增产

本报东莞訊　以艰苦奋斗著名的东莞县茶山公社，在水利条件不断改善的基础上，今年早造普遍推广了先进耕作技术，获得了較大幅度的增产。全社平均亩产比去年同造增长百分之二十七点六，总产增长百分之三十点一，相当于一九五六年早造的两倍。

茶山公社經过几年艰苦奋斗，大搞农田水利基本建設，今年已有百分之九十五以上的耕地基本实现了旱涝保收。但是耕作仍然比較粗放，单位面积产量不高。今年早造，公社党委把推广先进耕作技术，提高单位面积产量，作为全社粮食增产的主要关鍵来抓。公社、大队和生产队分别建立了农业科学技术的組織，开展群众性的科学实驗活动。公社党委派出书記和农科站长到潮汕地区去“取經”，并組織公社、大队干部到本县的万江公社石美大队参观学习。同时，从潮汕和石美大队聘請几个老农回来传授技术，組織干部和社員跟班劳动。全社八十多个公社干部和大队干部，都分别到生产队蹲点，种試驗田，层层搞样板，推动技术改革。全社早造采用“广场矮”、“珍珠矮”、“江南择”、“陆财”等良种，占早稻总面积百分之九十左右，并推广了培育壮秧、合理施肥、合理排灌等一系列先进技术措施，对早稻增产起了很大的作用。全社去年早造由于未貫彻合理施肥、合理排灌等先进技术，加上采用高秆品种多，結果倒伏禾占总面积三、四成。今年貫彻了合理施肥、合理排灌，加上大部分采用矮秆良种，全社基本上沒有倒伏禾。据九个大队的統計，有八十多亩亩产千斤以上的稻田，都沒有倒伏。今年早造全社有七成稻田先施一次田面肥再插秧，这些稻田由于前期肥料足，插后回青快，有效分蘖穗数多，一般每亩比沒施田面肥的田多收一百斤以上。

（东莞县委通訊組、本报記者）

东莞县委通讯组、本报记者：《永远艰苦奋斗　锐意改革技术　茶山变粗耕为精耕早造大增产》

《南方日报》1964年7月20日第1版

茶 山 喜 讯

陈残云

陈残云：《茶山喜讯》

《南方日报》1964年7月24日第3版

摘要：报道了茶山公社勇敢地与旱灾、寒潮、台风、暴雨、洪水、病虫害等自然灾害斗争，通过大搞水利电气化建设，引进良种水稻，扩大经济作物种植，发展养猪业和三鸟养殖，获得了前所未有的好收成。

学习潮汕贵在有心

——万江公社早造学习潮汕經验的体会

中共万江公社委員会书記 袁灼

东莞县万江公社，今年早造开展了一个以学习潮汕先进經验为中心的技术改革运动，有效地提高了水稻栽培技术水平，又一次获得早稻增产。全社二万四千五百四十九亩早稻，实收总产比去年同造增加百分之九点二，平均亩产达七百二十斤，比去年同造增长百分之六点二。但是，增产情况却很不平衡，有些队增产多，有些队增产少。全社十六个大队中，还有一个大队减了产。

万江公社属珠江三角洲的高围田地区。各大队都是江河冲积平原，河涌交錯，土質比較肥沃，近几年修了水利和建了电动排灌站之后，全社百分之九十二的稻田都可抽水灌溉。从生产条件来說，队与队之間是相差不远的，为什么今年早造增产的情况却相差很大呢？现在回过头来看，这与是否認眞做到因地制宜学习潮汕經驗有很大的关系。

学习外地經驗必須虛心，这一条很重要。虛心，就学得好；不虛心，就学不好。今年早造，当公社党委提出学习潮汕先进技术时，有些大队和生产队的干部認为：我們这里是全省有名的高产单位，去年全社平均亩产达一千三百八十五斤，我們向来都講究精耕細作，經驗不比别人差，还有什么可学的？有的人对潮汕先进經驗抱怀疑态度，不相信潮汕經驗能获得高产。由于存在这种驕傲自滿情緒，有的大队不愿請潮汕老农来指导。公社党委針对这些情况，亲自在全省有名的高产单位石美大队，按照潮汕的先进經驗，作出样板，組織全社各大队、生产队的干部到石美参观学习。大家看到，石美用潮汕經驗育秧，秧苗比别的队粗壮；石美講究合理施肥，合理排灌，禾苗生长比别队好；石美学习潮汕經驗提早中耕除草耘田，中耕进度比别的队快。……这些活生生的事实，使干部們認識到潮汕經驗果然名不虛传。从此，多数人端正了学习态度，虛心对照石美检查自己，积极学习潮汕經驗，生产很快有了起色。

种瓜得瓜，种豆得豆。现在，事实証明：凡是虛心学习潮汕經驗的都在不同程度上收到效果。胜利大队和牛涌尾大队早稻收割的結果，就是一个鲜明的对照：胜利大队和牛涌尾大队自然条件相同，过去同是后进地区，耕作技术較差，产量較低。今年早造胜利大队虛心学习潮汕經驗，大队干部、生产队长和农艺师都經常到石美大队虛心向潮汕老农求教。石美早播早插，他們也早播早插；石美提早除草耘田，他們也改变了过去迟中耕的老习惯，提早除草耘田；石美改进排灌方法，他們也在二百多亩反酸田中开沟排酸，增施能中和酸性的磷肥。結果，全队早稻获得大增产，实割总产比去年同造增加百分之二十四。相反，牛涌尾大队不虛心学习潮汕經驗，迟播迟插；排灌不合理，低田长期深灌水，高田前期晒硬；中耕除草也迟，因此禾苗生长很弱，有三、四成稻田发生白叶枯病，早稻实割总产比去年同造增加不到百分之二。

当然，虛心学习先进經驗并不是生搬硬套。从今年早造的經驗可以看到：学习先进經驗，也要具体分析，因地制宜，把外地經驗与本地实际情况結合起来，才能活学活用。例如，潮汕的自然条件和万江不同，潮汕多是半沙質土壤，万江多是粘質土，还有部分酸性田；潮汕早造品种多是“矮脚南特”等早熟种，万江多是“珍珠矮”、“广场矮”、“矮仔占”等中迟熟种。針对这些特点，在学习、推广潮汕經驗时，我們必須注意因地制宜。例如施基肥，潮汕以氮肥（水粪、河涌泥、氯化銨等）为主，我們万江土質咸酸性大，应做到氮磷結合，除河涌泥等土杂肥外，应施过磷酸鈣以中和酸性。又如排灌水，潮汕是前期浅灌，中期排干晒田，后期干湿排灌，我們万江土質咸酸性大，应該是前期浅灌，勤排勤换水以洗咸，中期不能象潮汕那样重晒，要晒得稍为輕些。在合理施肥控制分蘖等方面也都应从具体情况出发，制訂具体措施。但是，有些队却不是这样。他們以为只要按潮汕經驗去干就行了。他們生搬硬套，效果适得其反。金泰大队有个杜全生产队，由于生搬硬套潮汕經驗，过多地施了氮肥，每亩比邻队少收了近一百斤谷。这些教訓是必須記取的。

經过半年的摸索，我們深深地感到：潮汕的耕作經驗是很丰富的，积极学习潮汕經驗，将为粮食增产开辟无限广闊的前景。但是，我們也深深地感到：必須做一个有心人，既要反对故步自封，也要反对生搬硬套，才能眞正把潮汕先进經驗学到手。

袁灼：《学习潮汕贵在有心——万江公社早造学习潮汕经验的体会》

《南方日报》1964年8月1日第2版

摘要：报道了万江公社在该年的早造中，开展了以学习潮汕先进经验为中心的技术改革运动，提高了水稻栽培技术水平，又一次获得早造增产。

把潮汕先进经验本地化
东莞今年早稻增产很多

本报东莞訊 东莞县今年早造从实际出发，学习和推广潮汕的先进栽培技术，把潮汕經驗变为本地經驗，因而早造获得好收成。全县早稻总产量比受旱灾的去年同造增加百分之五十二点五，比正常年景的一九六二年早造增加百分之二十四。

东莞县絕大部分地区已基本过了水利关，今后农业增产的主要措施是增施肥料和提高栽培技术。据此，今年早造东莞县委便組織干部和社員认真学习和推广潮汕經驗，大搞技术改革。但东莞县的耕地条件复杂，有珠江三角洲的沙田、围田，有东江下游的低塱埔田，还有丘陵和山区，这些土地的土質和水利排灌条件，和潮汕平原有很大差别。怎样做到因地制宜地推广潮汕經驗呢？他們首先在不同类型地区，分别树立样板。县委以万江公社石美大队为重点，县委負責同志深入到这个大队和技术員、潮汕老农、当地干部一起，研究推广潮汕先进栽培技术，作为全县学习的活样板。同时，县委又把請来的四十多名潮汕技术顾問，分配到塘厦、樟木头、茶山、虎門、沙田、大朗等各类型地区的公社，各个公社都选择一个大队作重点，根据当地的特点推广潮汕先进栽培技术，做出样板，組織附近同类型的公社、大队和生产队的干部和社員到这些点参观学习。然后，各公社、大队、生产队結合当地原有的經驗，把同类型地区重点大队推广的潮汕經驗，先在示范田試驗，行得通了，才在大面积稻田推广。

东莞县各地采取这些办法推广潮汕經驗时，都注意对潮汕先进栽培技术进行具体分析，分清哪些措施有条件可以推广；哪些措施目前还沒具备推广条件，需要創造什么条件才能逐步推广；哪些措施不适合当地具体情况，应参照当地原有的經驗作适当修改。这样，就把潮汕經驗「本地化」。例如，山区在推广潮汕地区合理排灌和晒田的經驗中，根据当地水利未完全过关的情况，就实行高田适当深灌，低田和排灌設备較好的田实行浅灌；低田多晒，高崗田少晒或不晒。沙田地区針对土質咸分較大的特点，采取前期勤排浅灌以便洗咸，中期适当晒田，晒到田面呈「鸡脚痕」时即灌水，这样就可以防止咸气上升。又如，潮汕地区施田面肥以氮肥为主，而沙田地区土質咸酸性大，就改为以磷肥为主，以中和咸酸性。

据县委調查，今年早造也有部分地区未根据当地具体情况，盲目硬搬潮汕經驗，因而先进的栽培技术貫彻得不好，以致增产不多甚至減产。现在，各地正在总結早造的經驗和教訓，使潮汕經驗在晚造生产中貫彻得更好。（东莞县委通訊組）

水利灌溉已基本过关的花县花东公社，今年早稻管得更加細致，早造又获好收成。这是象山大队第三生产队的社員喜看新谷。 本报記者 黄炽和摄

东莞县委通讯组：《把潮汕先进经验本地化　东莞今年早稻增产很多》

《南方日报》1964年8月5日第1版

苏宝焜、王峰：《以粮为纲　五业兴旺——茶山公社开展多种经营的经验》

《南方日报》1964年8月30日第2版

摘要：报道了茶山公社开展多种经营，农、林、牧、副、渔样样齐全，有力地促进了农业生产的发展，兴建了更多的水利工程，购买了许多农机设备。壮大了集体经济，增加了收入。还总结了四条开展多种经营的经验。

以粮为纲　五业兴旺

——茶山公社开展多种经营的经验

苏宝焜　王　峰

东莞县茶山公社貫彻因地制宜，以短养长、长短結合的方針，以自力更生、艰苦奋斗的精神，少花錢，多办事，全面开展多种經营，取得了显著的成績。

茶山公社多种經营的門路广，发展快，只几年时間，农、林、牧、副、漁样样齐全。目前，全社各大队、生产队經营的計有：种植业、飼养业、农副产品加工业、工业、手工业、运輸业等六大类五十多个項目。种植业有木薯、甘蔗、黄麻、花生、棉花、番薯、黄豆、蔬菜、药材、蓮藕、果树、林木等；飼养业有养猪、养鵝、养鴨、养魚、养蜂等；农副产品加工业有粮食加工厂、木薯加工厂、榨糖厂、荔枝加工厂、酒厂、油料加工厂等六种；工业有建材厂、农械厂、农具修配站等；手工业有泥水、木工、縫級、編織等；公社还拥有两部汽車、三艘大船，以及經营临时突击搬运等。

茶山公社多种經营的迅速发展，壮大了集体經济，增加了收入。多种經营收入占全公社收入的比重很大，一九六三年全社总收入为七百五十万一千元。除粮食作物收入三百二十六万六千多元外，其余的四百二十三万五千元全部是林、牧、副、漁以及經济作物的收入，占总收入的百分之五十六。其中林、牧、副、漁的收入为二百九十四万三千多元，占总收入的百分之三十九。由于集体經济的日益壮大，公共积累也逐年增长，一九六三年全社公共积累九十四万六千多元，比一九六〇年增加了十倍多。社員的收入也年年增加，一九六三年全社平均每戶收入六百二十三元，加上家庭副业平均每戶可得一百五十五元，合計七百七十多元，比一九五六年增加百分之八十。

茶山公社开展多种經营，有力地促进了农业生产的发展。几年来，茶山公社进行了大規模的农田基本建設，兴建了电动排灌站七宗，电动灌溉站六十八宗，装机容量三千五百瓩，新筑堤围五条，全长二十二公里。这些工程的全部工程費用共三百五十万元，其中多种經营收入部分的投資就有二百六十二万五千元，占全部工程費用百分之七十五。由于水利过了关，农业連年获得增产。一九六三年水稻总产量为二千八百八十六万斤，比一九六二年增加百分之四十，比一九五七年增长二倍多。除此以外，茶山公社还利用多种經营的收入，投資五十九万五千多元，购买了碾米机十九部、榨糖机二十三部、木薯机七部、电动脫谷机二十部，大部分农副产品都能够在本公社利用电力加工。全社又购置了运輸汽車两部、大船三艘、胶輪手推車三千二百多部，基本上实现了运輸車子化。全社还装有四千多盞电灯，八成多农戶都用电灯照明。

茶山公社多种經营开展得好，主要有以下的經驗：

一、坚决貫彻“以粮为綱，全面发展”的方針，积极开展多种經营。公社党委認为多种經营是农业生产的重要組成部分，粮食生产和多种經营的关系是互相促进的，而不是对立的。要搞好多种經营，首先就要搞好粮食生产。但是，搞好多种經营对促进粮食生产也起很大作用。

因此，几年来，茶山公社一直在这个思想指导下开展多种經营。例如，要改变茶山的面貌，就要解决水利問題，而开展多种經营又是解决水利建設資金的主要出路之一。因此，公社党委决定大力开展多种經营，并且对这項工作統一作了布置，分段提出要求。同时，重視抓好重点，运用重点經驗，及时召开现场会議，交流經驗，提高認識。

二、貫彻勤俭办社、自力更生的方針。茶山公社搞水利靠自力更生，开展多种經营同样靠自力更生。几年来，公社多种經营是从无到有、从小到大，逐步发展起来的。公社最大的、年产值数十万元的建筑材料厂，一九五八年，原是一間狹窄破烂的燒瓦房。初建厂时，原料一无所有。他們依靠一百多个工人的力量，沒有紅砖，就自己动手打泥砖；沒有石块、沒有瓦、沒有杉，他們就发动墟鎮居民一齐拆旧烂的祠堂，拾石头、碰碎石。建厂四个多月，全体工人以低微的工資收入，做了一万三千五百个工作日，共节約三十多万元。

三、开展两条道路的斗爭，坚决走社会主义道路。茶山公社在开展多种經营的初期，一些干部对开展多种經营不是采取“以粮为綱、全面发展”的方針，而是削減稻田面积，改种价高产高的其他作物，有資本主义自发思想。另外，在一些生产队中，一部分有自发思想的社員和上中农，不贊成发展集体多种經营，攻击集体养猪一亏錢、二亏柴、三亏飼料、四亏人工等等。他們主張由社員自己搞，說：“社員有就是集体有。”公社党委針对上述情況，及时制止和批判了削減稻田面积的做法。并且，召开干部和貧农、下中农会議，开展“集体养猪对誰有利”的討論，把集体养猪的好处和貧农、下中农的利益联系起来。大家經过算帐对比，認識到集体养猪不但能增加社員的收入，还能壮大集体經济。为什么有些人这样大叫大嚷集体养猪亏本呢？經过調查，才真相大白。原来那些竭力反对集体养猪的是上中农，他們眞正关心的不是怕生产队亏本，而是怕集体养猪要多出勤、多交肥料，不能多种自留地，走資本主义自发道路。

茶山公社在战胜了这些歪风邪气以后，多种經营便得到了蓬勃的发展。

四、因地制宜、綜合利用、长短結合、种养并举，使全公社組成了农、林、牧、副、漁互相促进的生产結构。如在粮食增多的条件下，一九六三年，茶山公社党委在抓好养猪的同时，提出公有私养和集体养的办法，发展养鵝、养鴨，使畜牧业迅速发展。另外，生产大队、生产队在公社統一領导安排下，建成了一大批农副产品加工厂。这批加工厂，不但解决了任务以外集体产品的加工，減輕国家运轉的負担，方便社員群众，又为集体发展畜牧业提供大量飼料，促进了畜牧业的发展。

五、健全劳动管理，提高劳动效率，保証生产質量。公社直属厂、场建立定領导、定人員、定生产任务、定規格質量、定評比奖励和包产量、包产值、包成本、包产品上調的几包几定制度。健全生产責任制和財务管理制度，加强核算。大队、生产队的經济作物和多种經营，絕大部分建立和健全了責任制，大大地提高了社員的积极性，推动了生产的发展。

貧下中农带头节約办喜事
陈聰生产队破旧俗立新风

本报东莞訊 东莞县望牛墩公社望联大队陈聰生产队，貧下中农带头移风易俗，勤俭节約办喜事、过节日，逐步形成新风尚。

陈聰生产队今年早稻比去年同期增产三成多，社員手头有粮又有錢。有些社員办喜事总想按照旧习慣，办得“闊气”一些。但是許多貧下中农带头改革旧风俗，勤俭节約办喜事。貧农社員陈凤坚全家五口人，去年晚造分得七个半月口粮，他作八个月安排，到今年夏收还剩余口粮百多斤，早造增产后又分到一批口粮，家里粮食很充裕。最近他的母亲过六十大寿时，有的人認为他一定会办得排场一些，但是他仍然很节約，替母亲做生日并不摆酒請客。生产队召开社員大会，表扬了他这种带头革除旧习的精神。貧农社員陈女，早些时候过四十生日，按过去的风俗习慣，一定要給亲朋戚友摆酒。但他受到陈凤坚的影响，提高了思想認識，过生日也不摆酒請客。过生日那天晚上，生产队表扬了他十多年来热爱集体的事迹，几个貧农和亲友到他家祝賀，大家共坐一堂，談生产，拉家常。这样过生日旣热闹，又有意义。

由于貧下中农树立了好榜样，节約办喜事在这个队已逐步形成新风尚。最近，社員陈日文的儿子結婚，本来准备大摆酒席，后来看见队里的貧下中农节約办喜事，他也只做了一点簡便酒飯招待亲友，只用了十五斤粮食，用錢也很少。农历七月十四，按照旧习慣，家家戶戶做糕点，劏鸡杀鴨，釀酒做糖。可是今年这个节日，上午社員們照常出勤，下午才放假休息半天。

陈聰生产队社員早造增产后处处节約，早造一造就完成了全年粮食交售任务，队里除了留足种子，还有飼料粮三千斤，儲备粮二千六百斤。

（陈志祥）

陈志祥：《贫下中农带头节约办喜事　陈聪生产队[1]破旧俗立新风》

《南方日报》1964年9月5日第2版

① 陈聪生产队：当时属东莞县望牛墩公社，即今东莞市望牛墩镇。

第三届省运会捷报頻传

叶浩波打破最轻量级抓举世界纪录

另有举重、田径三項全国紀录被打破

本报訊 昨（十九）日晚上北京时間二十二时三十分，在广州体育館举行的第三届省运会举重表演賽中，东莞县二十二岁的年輕选手叶浩波成功地抓举起了一百零八点五公斤的重量，打破了由我国著名举重选手黎紀元在首届新兴力量运动会上所創造的一百零八公斤的这个項目的世界紀录。賽后經过称量，杠鈴重量准确，叶浩波的体重为五十五点六公斤，完全符合規則規定标准。总裁判、国家裁判张登魁，裁判員、国家裁判李君伟、李启龙，承認了这項紀录。

叶浩波是在进行抓举的第四次試举时打破这項紀录的。当他成功地举起了杠鈴时，全场观众响起了雷鳴般的掌声和欢呼声，观众們立即拥向賽场，向他献花祝賀。著名选手、世界紀录創造者陈鏡开也立即迎上前去，同他拥抱、向他祝賀。

这位年輕选手是在一九六〇年才第一次在全国举重运动场上露脸的。当时，他在全国个人冠軍賽中，只获得最輕量級第七名。由于党和有关組織对他不断的培养和教育，他进步很快，在一九六二年全国錦标賽中获得最輕量級第二名；一九六三年他参加全国錦标賽，获得第一名。

本报訊 在省运会进行第二天（十九日）的举重、田徑比賽和表演賽中，共打破了四个单項的全国紀录。

在举重表演賽中，广州选手陈滿林以一百零六公斤的成績打破了他自己保持的一百零五点五公斤的最輕量級推举全国紀录；汕头选手黄瑞明以一百一十四公斤的成績，打破了他自己保持的一百一十三点五公斤的次輕量級推举全国紀录。陈滿林是在第一次試举中打破全国紀录的。这是他自一九六二年以来第七次打破全国紀录。黄瑞明則是自一九六〇年以来第六次打破这个項目的全国紀录。

在田徑項目的表演賽中，由佛山李淑女，汕头郑宋珍、萧楚芬和广州李兰英組成的省混合队，在女子八百米接力表演賽中，以一分四十三秒七的优异成績，打破了由四川队在首届全运会上所創造和保持达五年之久的一分四十四秒六的全国紀录，并把这項省紀录提高了四秒六。由韶关郑土成，湛江陈洪恩，佛山黄巧叔和广州沈孝智組成的省混合队，在男子四百米接力表演賽中，以四十一秒八的优良成績，平由国家混合队創造的全国紀录，并打破由广东省队保持的四十二秒六的省紀录。

（同群、沛霖、余动）

右图：当惠阳专区的叶浩波打破最轻量级抓举的世界纪录时，场内一片欢腾，省体委副主任陈远高（右）、著名举重运动员陈镜开（左）、陈满林（左三）、裁判员等纷纷上前祝贺和献花。叶浩波（右三）和教练陈冠湖（左二）挥舞花束向观众致谢。

下图：叶浩波以一百零八点五公斤的成绩打破了一百零八公斤的抓举世界纪录。

本报记者 杨春敬摄

《第三届省运会捷报频传 叶浩波[1]打破最轻量级抓举世界纪录》

《南方日报》1964年10月20日第1版

① 叶浩波：举重运动员，广东东莞人。1964—1965年四次打破最轻量级抓举世界纪录。

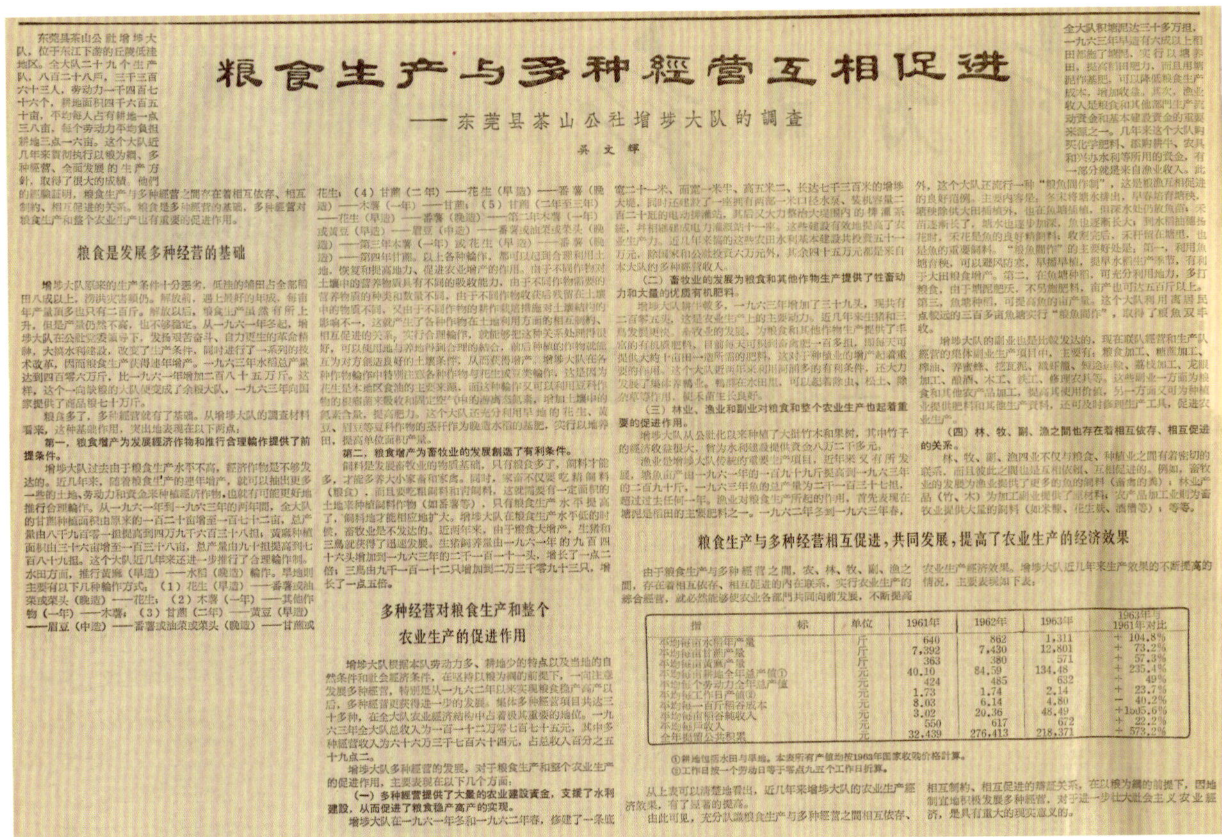

粮食生产与多种經营互相促进

——东莞县茶山公社增埗大队的調查

吴文辉

东莞县茶山公社增埗大队，位于东江下游的丘陵低洼地区。全大队二十九个生产队，八百二十八户，三千三百六十三人，劳动力一千四百七十六个，耕地面积四千六百五十亩，平均每人占有耕地一点三八亩，每个劳动力平均负担耕地三点一六亩。这个大队近几年来貫彻执行以粮为綱、多种經营、全面发展的生产方针，取得了很大的成績。他們的經驗証明，粮食生产与多种經营之間存在着相互依存、相互制約、相互促进的关系。粮食是多种經营的基础，多种經营对粮食生产和整个农业生产也有重要的促进作用。

粮食是发展多种经营的基础

多种经营对粮食生产和整个农业生产的促进作用

粮食生产与多种经营相互促进，共同发展，提高了农业生产的经济效果

由于粮食生产与多种經营之間，农、林、牧、副、渔之間，存在着相互依存、相互促进的內在联系，实行农业生产的綜合經营，就必然能够使农业各部門共同向前发展，不断提高农业生产經济效果。增埗大队近几年来生产效果的不断提高的情况，主要表现如下表：

指标	单位	1961年	1962年	1963年	1963年与1961年对比
平均每亩水稻年产量	斤	640	862	1,311	+ 104.8%
平均每亩甘蔗产量	斤	7,392	7,430	12,801	+ 73.2%
平均每亩黄麻产量	斤	363	380	571	+ 57.3%
平均每亩耕地全年总产值①	元	40.10	84.59	134.48	+ 235.4%
平均每个劳动力全年总产值	元	424	485	632	+ 49%
平均每工作日产值②	元	1.73	1.74	2.14	+ 23.7%
平均每一百斤稻谷成本	元	8.03	6.14	4.80	− 40.2%
平均每亩稻谷純收入	元	3.02	20.36	48.49	+1505.6%
平均每戶收入	元	550	617	672	+ 22.2%
全年提留公共积累	元	32,439	276,413	218,371	+ 573.2%

①耕地包括水田与旱地。本表所有产值均按1963年国家收购价格計算。
②工作日按一个劳动日等于零点九五个工作日折算。

从上表可以清楚地看出，近几年来增埗大队的农业生产經济效果，有了显著的提高。

由此可见，充分认識粮食生产与多种經营之間相互依存、相互制約、相互促进的辯証关系，在以粮为綱的前提下，因地制宜地积极发展多种經营，对于进一步壮大社会主义农业經济，是具有重大的现实意义的。

吴文辉：《粮食生产与多种经营互相促进——东莞县茶山公社增埗大队的调查》

《南方日报》1964年10月27日第2版

摘要：报道了茶山公社增埗大队近年来贯彻执行以粮为纲、多种经营、全面发展的方针，取得很大成绩。增埗大队的成功经验有三条：粮食是发展多种经营的基础；多种经营对粮食生产和农业有促进作用；粮食生产与多种经营相互促进，共同发展，提高了农业生产的经济效果。

坚决走自力更生增产增收的道路

东莞大破依賴化肥思想大种綠肥

計划今冬种植綠肥二十四万亩，其中专用綠肥十万亩

本报东莞訊 东莞县各地領导教育干部和群众，克服依賴化肥思想，自力更生大力扩种綠肥，解决肥料不足的困难。全县规划今冬种植綠肥二十四万亩，其中专用綠肥十万亩。明年全县早造八十万亩稻田，将有一半以上稻田从过去施用化肥为主改为施用綠肥为主。

东莞县历来都以化肥为水稻的主要肥料，近几年来使用化肥更多，去年平均每亩稻田施用化肥六十斤左右。不少地区今年早稻增产多增收少或增产不能增收的主要原因，正是施用化肥过多，成本重，以致社員分配部分不多。因此，县委决定自力更生解决肥料問題，规划今年冬种綠肥二十四万亩。但是，不少干部和社員对种綠肥存在各种思想抵触。有些人認为种綠肥成本重；有的人怀疑綠肥的肥效不高，不及施化肥好。县委分析了这些情况，認为根本問題是依賴化肥思想未解决，于是采取措施层层加强对干部和群众的思想教育工作。县委在各种会議上，宣传大种綠肥对改造低产田、改良土壤、增产粮食、降低成本、增加收入的重大意义，介紹了大朗公社大井头大队去冬种植綠肥的成功經驗。大井头大队去冬种植綠肥一百三十五亩，平均亩产鲜茎叶三千四百斤，解决了四百五十亩田所需要的肥料，今年早稻平均每亩只施化肥二十斤左右，而平均亩产达七百八十斤，比正常年景每亩产量五百斤增加二百多斤，比沒有施綠肥的队平均亩产增加二百斤。由于大量使用綠肥，降低成本，增加收入，这个队今年早稻成本只占总收入的百分之二十四，是全公社成本最低的一个队，夏收分配平均每戶比去年增加收入三十元。虎門公社以过去有些生产队由于片面依賴化肥，带来了成本高、增产不能增收，和一些生产队广泛施用綠肥，降低成本，增产增收的事实，教育干部和群众。博涌大队日光生产队有一百五十亩稻田，去年晚造每亩施化肥五十斤（有十亩甚至每亩施近百斤），但平均产量每亩只得五百四十斤。相反，白沙大队塘一生产队有二十五亩低产田，一向亩产只有四百斤，今年早造全部以施花生苗为主，每亩只施十几斤化肥，加上使用良种，結果一造亩产达七百斤，而早稻成本只占总收入的百分之十五，既增产又增收。通过算帐对比，大大提高了社員种植綠肥的积极性。目前，全县各地已种下专用綠肥九万亩。

（王峰）

王峰：《坚决走自力更生增产增收的道路　东莞大破依赖化肥思想大种绿肥》

《南方日报》1964年11月8日第2版

东莞风华四十年

1949—1988

《南方日报》中的东莞

贰

东莞图书馆 编

南方传媒
广东人民出版社
·广州·

图书在版编目（CIP）数据

东莞风华四十年：1949—1988：《南方日报》中的东莞 / 东莞图书馆编 . —广州：广东人民出版社，2023.5
ISBN 978-7-218-16510-3

Ⅰ . ①东…　Ⅱ . ①东…　Ⅲ . ①新闻报道—作品集—中国—当代　Ⅳ . ① I253

中国国家版本馆 CIP 数据核字（2023）第 055528 号

DONGGUAN FENGHUA SISHI NIAN（1949–1988）：NANFANGRIBAO ZHONG DE DONGGUAN

东莞风华四十年（1949—1988）：《南方日报》中的东莞

东莞图书馆　编

出 版 人：肖风华

封面题字：刘洪镇
责任编辑：张贤明　唐金英
责任校对：周潘宇镝
封面设计：瀚文文化
责任技编：周星奎

出版发行：广东人民出版社
地　　址：广州市越秀区大沙头四马路 10 号（邮政编码：510199）
电　　话：（020）85716809（总编室）
传　　真：（020）83289585
网　　址：http://www.gdpph.com
印　　刷：广州市豪威彩色印务有限公司
开　　本：787mm × 1092mm　1/16
印　　张：66.5　　**字　　数**：1000 千
版　　次：2023 年 5 月第 1 版
印　　次：2023 年 5 月第 1 次印刷
定　　价：680.00 元（全三册）

如发现印装质量问题，影响阅读，请与出版社（020-85716849）联系调换。
售书热线：020-85716833

南方日报

1965年

湛江专区力争綠肥平衡增产

东莞县干部大搞样板田抢救生长差的綠肥

本报湛江訊 湛江专区各地認眞对約五万亩生长不好的綠肥加强管理后，生势已有显著好轉。

湛江专区共种冬季綠肥二十五万亩，大部分生勢較好，但还有百分之二十左右的綠肥生长很差。为了爭取綠肥全面丰收，各級党委和农业部門都采取措施，帮助落后地区扭轉局面。信宜县水口公社原来綠肥生长較差，最近公社和农业技术推广站的干部分别到落后队，逐垌逐块检查，落实管理措施，进行了开沟、施肥后，八成的弱苗由黄轉青。鎭隆公社抽調四千多人突击管理生长不好的綠肥，几天便完成了二千四百亩綠肥的搶救工作。

在先进地区，也注意抓薄弱环节，促进綠肥平衡生长。頓梭公社种下六千二百五十六亩冬季綠肥，已有五千三百六十亩施了肥，于是自滿起来，受旱也不抗旱，最近全社检查，竟有四千八百多亩不同程度受旱，于是，各生产队立即安排劳动力車水、淋水搶救。（王穎明）

本报东莞訊 东莞县銳意管理生长不好的綠肥，力爭綠肥平衡高产。全县一万八千多亩生长不好的綠肥，最近普遍經过灌水淋水、增施肥料、挖深排灌沟，大部分生势已經有了起色。

东莞县种下苕子、紫云英等綠肥九万多亩，有一万八千多亩受旱、缺肥，生势不好。有些干部和社員看见綠肥生长不好，便放弃管理，有的队甚至将一些生长不好的綠肥犁掉。东莞县委发现了这些情况，便派干部下乡，会同公社大队干部搞了管理生长不好的綠肥的样板田二千四百七十八亩，对搶救生长不好的綠肥起到很大作用。中堂公社四乡大队种下綠肥二百二十四亩，其中半数生势很差，县工作組和駐队的公社干部亲自給生长不好的綠肥淋水、施肥，經过几天搶救，这些綠肥普遍轉青。全大队十五个生产队便参照样板田的做法，对一百多亩生长不好的綠肥进行搶救，现在已有八十三亩生势好轉。万江公社抽調干部和技术員下生产队检查，发現哪里有問題，就住下来帮助发动群众，研究綠肥生长不好的原因，传授搶救技术，并帮助当地干部搞好样板，推动綠肥管理工作。现在，全社一千二百多亩生长不好的綠肥已全面加工施肥，并挑选了五百二十五人专門管理綠肥，保証管到底。（李义中）

李义中：《东莞县干部大搞样板田抢救生长差的绿肥》

《南方日报》1965年2月15日第1版

日夜开診 方便群众

东莞县人民医院做得好

今年元旦起，东莞县人民医院門診內科、儿科实行二十四小时診疗工作制，假日、星期日照常开診；外科、中医科也做到天天有門診。这是一个良好的开端，一項非常值得称贊的措施。

东莞县人民医院虽然在县城，但前来診病的人，大多来自农村，有的来自三、四十公里以外。过去，这間医院的門診部开診时間，每天只有上午七时半至十一时半，下午二时至五时，而假日則停診。远路前来診病的农民，往往不能当天就診，不但影响治疗，增加病人痛苦，有些病情較重的人，还需要家人或亲友陪送，浪費不少劳动力，影响了生产。至于城鎮职工，由于門診时間和工作时間基本相同，患有小病或慢性病的人，也会因診病而影响工作。該院实行門診日夜三班制以后，已基本上解决了这些矛盾。

我認为，东莞县人民医院这項方便群众的措施，很值得提倡。

东莞县莞城鎭 浩 泉

我是一个慢性病患者，多年来，持續到东莞县人民医院門診部治疗。过去，每天上午七时多前往該院挂号，往往不是十时便是下午才能診治；如果下午到該处挂号的話，有时又会碰到「截止挂号」的情况，以致不能按时治疗。因此，很久以来，我便盼望該院能够采取改进的措施，以方便病人。今年元旦起，該院实行內科、儿科日夜三班开診，我的愿望終于实现了。据該院一些医务人員說，他們现在沒有增加一个人，訂出这項新措施是为了更好地为群众服务。今年以来，我利用休息时間去看病，方便得很。东莞县人民医院这种为人民服务的精神，很值得贊扬。

东莞县东莞中学 陈虹虹

浩泉、陈虹虹：《日夜开诊　方便群众　东莞县人民医院做得好》

《南方日报》1965年2月19日第3版

我省举重选手陈满林

打破最轻量級推举世界紀录

据新华社北京二十七日电 广东二十三岁的举重选手陈满林，今晚成为我国第一个刷新推举世界紀录的运动員。他在北京体育館比賽館参加十单位举重比賽的最輕量級比賽时，成功地推举起了一百一十八公斤重的杠鈴，从而刷新了波多黎各选手巴埃兹在去年創造的一百一十七点五公斤的世界紀录。

这是我国运动員今年以来第一次打破世界紀录，同时也是我国举重运动員自一九五六年以来第十七次打破世界紀录。我国举重运动員前十六次打破的都是抓举和挺举的世界紀录。

今晚七点二十五分，陈满林在推举的第一次試举时，就要求举一百一十八公斤的重量，但是因为动作不准确沒有成功。过了五分鈡，他出场第二次試举这个重量时，就非常顺利地把这个超过他体重一倍多的杠鈴举过了头頂。当他試举成功以后，全场观众掌声雷动。

陈满林今天抓举成績是九十五公斤，挺举成績是一百三十七点五公斤，总成績达到了三百五十公斤。

比賽結束后，陈满林对記者說：去年他两次冲击最輕量級推举世界紀录都沒有成功，但是这并沒有使他失去信心。特别是学习了徐寅生同志《关于如何打乒乓球》的講話后，給了他很大的鼓舞。他坚持了大运动量訓練。他說，我們不能老跟在别人后面跑，一定要在最短的时間內攀登上世界高峰。今天的事实証明，这一点完全可以办得到。他最后表示，今后一定要使成績「更上一层楼」。

《我省举重选手陈满林[1]打破最轻量级推举世界纪录》

《南方日报》1965年2月28日第1版

① 陈满林：举重运动员，运动健将，广东东莞人，著名举重运动员陈镜开的弟弟。1965年打破56公斤级推举世界纪录，1966年打破60公斤级推举世界纪录。

合理推广水旱輪作　爭取粮油双丰收

东莞部分低产田改种春花生

本报东莞訊　东莞县积极推广水旱輪作的先进耕作制度，今年早造将一部分低产田改种花生，以增加肥料、改良土壤，提高粮食产量。

东莞县有十多万亩瘦瘠的沙质浅脚田、湖洋田和重粘土田，历来习惯一年两造都种植水稻，又缺乏大量有机质肥料，因而产量很低，单位面积产量都在四百斤以下。为了改变这种状况，东莞县委学习了博罗县石坝公社大屋大队花生、水稻輪作的成功經驗之后，号召各地因地制宜，在这些稻田实行花生、水稻輪作。但是东莞向来没有水稻、花生輪作的习惯，近几年虽有所推广，面积也不大。不少人对推广水旱輪作存在一些思想顾虑，有的怕甲稻田种花生不生，将来"粮油两空"；有的認为花生产量低，水稻产量高，改种花生不划算。針对这些思想，县委一方面邀請省农科院一位专家到本县介紹博罗、惠阳两县的成功經驗；另一方面总結本县山乡、水乡、平原和沙田四种类型地区的九个生产队去年实行水稻、花生輪作的成功經驗，用事实来教育大家。这九个生产队去年早造用一百三十九亩半的低产稻田改种花生，平均每亩实收干花生二百七十一斤。此外每亩花生有茎叶一千九百五十斤作晚造基肥，每亩花生平均产花生麸九十二斤，作晚造秧头肥或追肥，这样就增加了稻田的有机质，改良了土壤。这一百三十九亩半稻田，过去种早稻常年亩产只有三百八十二斤，去年改种花生后晚造亩产达四百一十四斤，不仅早造不种水稻没有损失，全年还增加了三十二斤稻谷。經过总結这九个队的經驗，干部和社員消除了思想顾虑，积极规划在早造用低产稻田改种花生。今年，全县計划种植春花生十四万亩，现在各生产队都已把早造改种花生面积落实到田。

为了保証种好春花生，东莞县委和各公社党委都层层搞样板，組織干部和社員学习花生高产的先进技术。在今年一月初，县委首先在县示范农场搞了一块花生整地的样板田，組織各公社党委到现场学习。接着，各公社党委也先后按照先进的技术规格搞了几块样板田，組織大队、生产队干部和老农到现场学习技术。在各級样板田的带动下，各地都提早整地、提早种植。往年多在"雨水"后整地，"春分"种植，今年"立春"下雨后，各地都趁雨后时机集中人力、牛力整地播种。目前，全县七万亩水田花生已基本整好地，并已种下近三万亩；七万亩旱地花生也大部分整好地，已种下四成。据各公社检查，今年种下的花生，规格质量都比去年好。　　（东莞县委通訊組）

东莞县委通讯组：《合理推广水旱轮作　争取粮油双丰收　东莞部分低产田改种春花生》

《南方日报》1965年3月5日第2版

切实做出样板　通过好坏对比　做好思想工作

茶山公社全面细致推广潮汕经验

本报东莞訊　东莞县茶山公社在播种育秧中，認眞搞好样板，通过組織参观学习，帮助生产队干部克服各种錯誤思想，积极推广潮汕先进耕作技术。目前，全社已播下种子一千九百多亩，整秧地、浸种、播种、秧田管理等工作，都比去年做得細致。

茶山公社在推广潮汕經驗的时候，生产队干部的思想顧慮較多。有的怕搞不好影响收成，田多劳动力少的生产队怕推广潮汕經驗花工多，学不到手，又怕耽誤季节。公社党委認为生产队干部是生产的直接領导者，如果他們的思想不通，推广潮汕經驗就会成为空話。于是，組織公社和大队干部深入生产队蹲点搞样板，帮助生产队干部端正思想認識。公社党委在去年学潮汕較好的增埗大队先搞样板，先后做出浸种、催芽、播种的样板，組織生产队干部、技术員到现场参观。在现場会議上，大家参观了增埗大队福田生产队全部按照潮汕經驗浸种、催芽和播种，谷芽整齐粗壮，芽短根长、松根多，秧苗条条粗壮整齐。大家又参观了美就生产队由于催芽时沒有完全按照潮汕的操作技术，种子焗的时間过长，造成根长芽长，谷芽就不够粗壮。大家又参观了远林生产队的秧苗，同样由于沒有采用潮汕先进技术，出芽不齐，秧苗生长很弱。通过这三个队的好坏对比，使大家鮮明地看到采用潮汕先进技术的效果。在芦边大队蹲点的公社党委副书記，发现了不少生产队长口头上認为潮汕經驗好，但怕花工多，怕麻煩，不愿意認眞細致地按潮汕經驗去整秧田，就亲自到秩登生产队和生产队长、社員一齐搞了一块秧田的样板，每个工序都严格按照潮汕的技术规格去做。使其他生产队的干部看到这样做并不困难，花工也不多，回去以后就按照这个办法做，大家对学潮汕經驗信心也大大增强了。

茶山公社由于做好思想教育和示范推广的工作，因此今年推广潮汕經驗更加全面和細致，全社九成以上的秧田經过施足基肥、多犁多耙，并采用合式秧田，谷芽生长整齐粗壮。

（东莞县委通訊組）

短评　抓住首要关鍵

毛主席说：“政治工作是一切经济工作的生命线”。我们在处理经济工作中的两条道路的斗争问题上，应当实现政治挂帅；在处理经济工作中的先进和落后的矛盾的时候，也应当做到思想领先。

推广潮汕先进耕作经验，是一项农业技术工作。但是，这里面存在着先进思想和落后思想的斗争，有时候这种斗争甚至是很尖锐的。过去增产的社队，如果没有确立生产上不断革命的思想，就会不愿意推广潮汕经验；过去推广潮汕经验有成绩的地方，如果不克服自满情绪，就不仅不能继续前进，而且有可能出现技术倒退的现象。有些过去推广潮汕经验的工作做得不够好，还沒有获得预期的增产效果的地方，如果不总结经验，不对具体问题作具体分析，就不仅不可能使群众吸取教训，使失败转为成功，反而会使有些人得出“得不偿失”的错误结论，视推广潮汕经验为畏途。由此可见，推广潮汕经验，决不仅仅是农业技术的问题，而首先是一个思想问题。在做这种工作时，应当把解决思想问题作为首要关键来抓。

解决推广潮汕先进耕作经验中的先进思想和落后思想的矛盾，绝不能采取压服的办法，而只能采取说服的办法、示范的办法。这就需要农村干部同群众一起参加生产实践，用树立样板的办法，用总结群众活的经验的办法，有的放矢地解决群众的思想问题。只有这样，才能使生产中的政治思想工作收到最大的效果。

东莞县委通讯组：《切实做出样板　通过好坏对比　做好思想工作　茶山公社全面细致推广潮汕经验》

《南方日报》1965年3月11日第1版

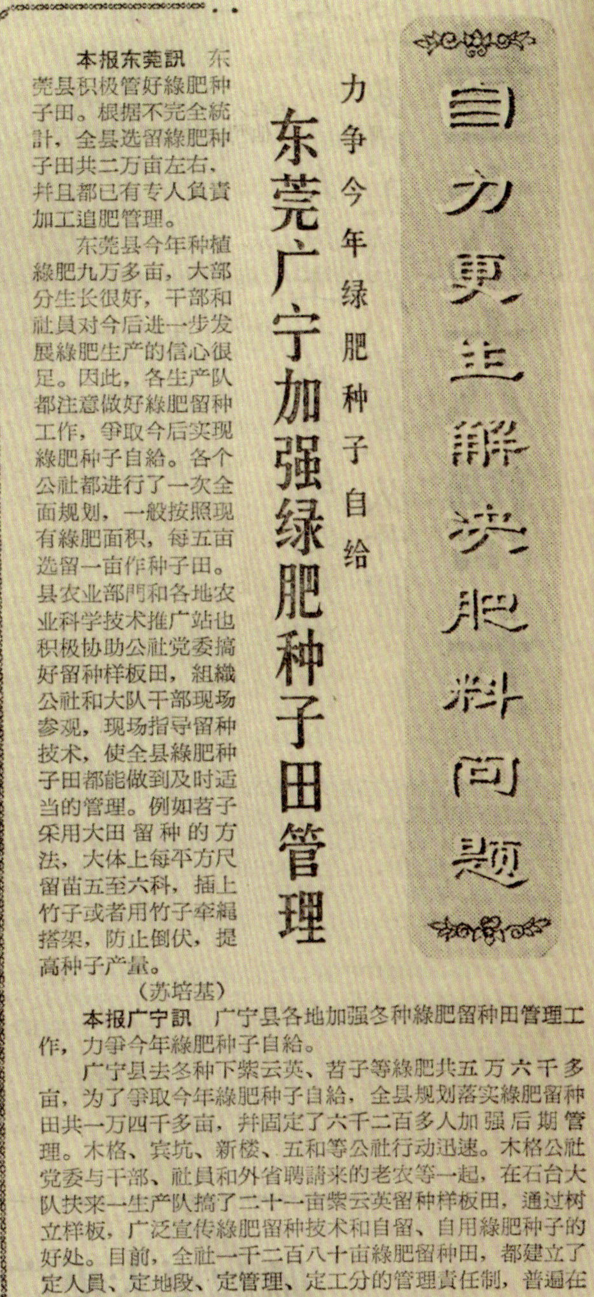

自力更生解决肥料问题

力争今年绿肥种子自给
东莞广宁加强绿肥种子田管理

本报东莞訊 东莞县积极管好綠肥种子田。根据不完全統計，全县选留綠肥种子田共二万亩左右，并且都已有专人負責加工追肥管理。

东莞县今年种植綠肥九万多亩，大部分生长很好，干部和社員对今后进一步发展綠肥生产的信心很足。因此，各生产队都注意做好綠肥留种工作，爭取今后实现綠肥种子自給。各个公社都进行了一次全面规划，一般按照现有綠肥面积，每五亩选留一亩作种子田。县农业部門和各地农业科学技术推广站也积极协助公社党委搞好留种样板田，組織公社和大队干部现场参观，现场指导留种技术，使全县綠肥种子田都能做到及时适当的管理。例如苕子采用大田留种的方法，大体上每平方尺留苗五至六科，插上竹子或者用竹子牵繩搭架，防止倒伏，提高种子产量。

（苏培基）

本报广宁訊 广宁县各地加强冬种綠肥留种田管理工作，力爭今年綠肥种子自給。

广宁县去冬种下紫云英、苕子等綠肥共五万六千多亩，为了爭取今年綠肥种子自給，全县规划落实綠肥留种田共一万四千多亩，并固定了六千二百多人加强后期管理。木格、宾坑、新楼、五和等公社行动迅速。木格公社党委与干部、社員和外省聘請来的老农等一起，在石台大队扶来一生产队搞了二十一亩紫云英留种样板田，通过树立样板，广泛宣传綠肥留种技术和自留、自用綠肥种子的好处。目前，全社一千二百八十亩綠肥留种田，都建立了定人員、定地段、定管理、定工分的管理責任制，普遍在种子田追施磷鉀肥。

（广宁县委通訊組）

苏培基：《力争今年绿肥种子自给　东莞广宁加强绿肥种子田管理》

《南方日报》1965年3月16日第2版

万江

发动群众找出薄弱环节 精益求精继續大学潮汕

本报东莞訊 过去推广潮汕經驗較好的东莞县万江公社，認真总結去年学习和推广潮汕水稻管理技术的成績和問题，找出薄弱环节，力爭今年早造田間管理做到精益求精。

万江公社去年早造推广了潮汕的田間管理經驗，大部分稻田做到提早除草耘田、合理施肥、合理排灌，平均亩产达到七百四十六斤，比一九六三年早造增加百分之十。今年轉入田間管理以后，公社党委又发动群众，对照去年的經驗，找差距，找出三个薄弱环节：一、有相当部分稻田施肥还不够合理，仍旧采取「一路青」的施肥办法，因为氮肥施得过多，以致发生紋枯病和白叶枯病；二、对科学用水技术还沒有完全掌握，有的过早排水晒田影响分蘗，有的长期积水不排水露田，以致分蘗少，有些出现早期倒伏；三、中耕除草耘田时間虽比过去提早和縮短，但仍有些禾苗已封行还未进行中耕除草，影响了禾苗生长。找出薄弱环节以后，全社立即掀起一个攻薄弱环节，継續推广潮汕經驗的田間管理热潮。各生产队在插秧后一星期便开始第一次除草耘田，并且全面貫彻了田間管理責任制，定期检查評比驗收，做到除净杂草和稗子。施肥貫彻了「前重、中空、后适当」的施肥方法，把应追施肥料的禾苗，尽量在前期施足。在排灌方面，多数生产队都重新整理排灌系統，全社有八成稻田实行了排灌分家。（东莞县委通訊組、万江公社党委通訊組）

东莞县委通讯组、万江公社党委通讯组：《万江[①]发动群众找出薄弱环节　精益求精继续大学潮汕》

《南方日报》1965年4月28日第1版

① 万江：万江公社，即今东莞市万江街道。东莞市区的四个街道之一，东隔东江支流与莞城街道、东城街道接连。

广东省游泳邀請賽在东莞举行
女选手昨打破三項全国紀录

本报訊 在东莞县举行的广东省游泳邀請賽，在昨天（二日）的比賽中，打破了三項全国紀录。

这三項紀录是：广东游泳队女选手黄美玉在二百米仰泳比賽中，以二分四十八秒五的成績，打破上海女选手周咏琪保持的二分四十九秒三的全国紀录；广东队的另一名女选手彭伟在四百米个人混合泳比賽中，以六分十二秒六的成績，刷新了她自己創造的六分十六秒一的全国紀录；东莞游泳队女选手叶宝珍，在二百米蝶泳比賽中，以二分五十八秒九的成績，打破了上海选手陆美中保持的二分五十九秒九的全国紀录。

广东省运动員繆小明、湖北省运动員周志善，分别在女子二百米仰泳和男子一百米蝶泳比賽中，分别打破省的該項紀录。此外，还有一些运动員也打破本省一些項目的紀录，他們的成績正在統計中。

参加这次邀請賽的有湖南、湖北、广东、广州、解放軍广州部队、广州部队空軍、佛山专区、东莞县等八个单位的一百五十多名运动員。（罗衍平、吴国庆）

罗衍平、吴国庆：《广东省游泳邀请赛在东莞举行　女选手昨打破三项全国纪录》

《南方日报》1965年5月3日第1版

春耕质量好不等于丰收就到手

东莞破除自满狠抓田間管理

本报东莞訊 东莞县各公社通过检查前段工作和总結去年的經驗教訓，教育干部和社員克服只看成績、不看存在問題的驕傲自滿情緒，鼓足干劲，抓好早稻田間管理。到目前止，全县插下的早稻七十二万亩，已中耕除草、施肥五十五万多亩，而且推广了潮汕的先进管理技术，田間管理質量好。

东莞县今年春耕生产比往年主动，各項农活質量比往年好。早稻施基肥面积达九成以上（包括压青綠肥十八万亩），秧苗嫩壮，到“清明”后三天基本完成插秧，这些都为夺取今年早造大丰收打下了良好基础。可是，不少干部和群众却因此产生了驕傲自滿情緒，他們認为今年增产十拿九稳，田間管理不用費劲了。春耕質量好，是不是就十拿九稳丰收呢？各地发动群众总結經驗教訓，开展了討論。万江公社总結出去年早造石美大队十八个生产队备耕和春耕都搞得很好，插秧之后，多数生产队都継續抓好田間管理，結果好事变得更好，全大队平均亩产八百六十多斤；但黃屋迳生产队田間管理抓不好，沒有推广潮汕經驗，施肥、排灌不合理，結果好事向坏的方面轉化，禾苗后期大量发生白叶枯病，造成减产，平均亩产只得七百五十六斤，比全大队平均亩产少收一百斤。东坑公社总結出馬坑大队黃屋村九个生产队历来坑田产量都比埔田高，但去年早造埔田早中耕、早施肥，精管細管，結果平均亩产五百二十斤；而坑田由于干部群众存在自滿情緒，放松管理，以致禾苗有效穗数少，結果平均亩产只得四百二十斤，反比埔田亩产低一百斤。这些事实教育了干部和社員認識到好和坏在一定条件下会互相轉化；今年春耕質量虽然好，但是如果驕傲自滿，放松田間管理，好事也会轉化为坏事。接着，全县二十八个公社全面进行一次生产大检查，发现当前水稻生产存在四个較普遍的問題：一、杂草多，缺肥，禾苗开始轉黃；二、迟插的秧地田、綠肥留种田和压青較迟的綠肥压青田，因赶季节，办田粗糙，禾苗生势不壮；三、一部分最早插的稻苗，插秧时正遇上吹北风，插后回青慢，现在生长不够好；四、更普遍的是排灌不合理，有的田灌水过深，有的高亢田水分不足，影响禾苗分蘖。发现这些問題之后，大家都大吃一惊，認为早造大丰收还不是十拿九稳，不能放松田間管理工作。

目前，全县各地已掀起了田間管理热潮，狠抓薄弱环节。道滘公社有一万多亩沙田，历年都是迟中耕或不中耕的，今年插秧刚結束，就組織一千多人带着行李、炊具駐扎在大沙田进行中耕。万江公社总結出去年学潮汕的薄弱环节是还未全部做到科学用水和合理施肥，今年大抓开挖排灌渠，全社八成稻田已做到排灌分家，部分田开挖了田中十字沟加速排灌，并且普遍推行了合理施肥办法，目前大部分禾苗生长很好。（东莞县委通訊組、王峰）

东莞县委通讯组、王峰：《春耕质量好不等于丰收就到手　东莞破除自满狠抓田间管理》

《南方日报》1965年5月10日第1版

东莞实行全面规划长短結合

解决养猪多飼料少的矛盾

本报东莞訊 东莞县最近作出全面规划，一面发动群众挖掘土地潜力，种植青飼料，一面大搞精飼料加工，以解决养猪多而飼料不足的矛盾。

东莞县近年来生猪发展很快，养猪多了，飼料不足的矛盾日益突出。为了解决这个矛盾，中共东莞县委根据长短結合、青飼料精飼料結合的原则，对今年的飼料生产进行全面规划。具体計划是：在精飼料方面，把加工社員口粮和国家粮食所得的直出糠和大糠的絕大部分都用来加工成猪糠，两項合計可得飼料一百五十八万一千担，占全年精飼料需要量的百分之五十八。另外还利用二槽谷、风柜尾谷加工成飼料，利用木薯渣、酒渣、豆渣、麦皮等作飼料。在青飼料方面，今年計划种番薯、季节性瓜菜、木豆、长年有收成的水芋、假水仙、水浮蓮等水生飼料和木瓜等。各公社根据县的計划，結合本公社具体情况，再訂出发展飼料生产的全面规划。

为了抓好精飼料的生产，保証长年不缺，县委和各公社党委都組織粮食、食品、供銷和粮食加工厂等单位的职工下乡帮助公社和大队兴办精飼料加工业，使社員的口粮能就地加工成直出糠，各生产队的二槽谷、风柜尾谷、大糠等也能就地加工成猪糠。在县、社财貿部門的帮助下，全县由大队办的飼料加工厂，已从原来的六十五間增加到今年第一季度的一百九十八間，使全县大部分的二槽谷、风柜尾谷和大糠都能利用。

在青飼料生产方面，各公社党委大力发动社員利用各种荒閑土地和水氹，大量种植各种青飼料。大朗公社各大队吸取过去青飼料种植安排不好、影响发展集体养猪的教訓，根据长短結合的原则，合理安排今年青飼料的生产。他們在去冬就种下冬番薯一千一百亩，椰菜一千三百亩，蘿卜一千九百亩，备足了今年一至五月份的青飼料。今年春，又种下南瓜一千亩，春番薯一千七百亩，芋头五百亩，使夏季青飼料供应充裕。目前，全社又利用排灌渠道、水圳水氹种下水浮蓮四百亩。土地潜力較小的万江公社，也发动社員利用围基、水圳、河涌边等零星土地种下各种青飼料七百多亩。

（东莞县委通訊組）

* * *

东莞县委通讯组：《东莞实行全面规划长短结合 解决养猪多饲料少的矛盾》

《南方日报》1965年6月30日第2版

韶关区每亩晚稻田备肥二十担
东莞各地再接再厉大积晚造肥

本报韶关訊 夏收季节较迟的韶关专区，目前正集中七成左右的劳动力积集晚造肥料。经过近二十天来的突击，全区平均每亩晚稻田已备有肥料二十担左右。

韶关专区晚造产量历来低于早造，究其原因，除了寒露风来得早，致使晚造禾苗生长期缩短之外，晚造备耕时间短、肥料不足，也是

上的劳动力积肥，目前，平均每亩晚稻田已积集了土杂肥二十担。曲江县除了集中人力大积土杂肥外，还大力推广“黄陂式”牛栏、猪栏，大力积制家畜肥。（刘汝雄）

本报东莞訊 东莞县组织干部和社员总结早造大量施用绿肥、土杂肥和家栏肥获得大幅度增产的经验，再一次教育干部和社员克服单纯依赖化肥的思想，大积晚造肥料，力争晚造更大丰收。

东莞县今年早造一改过去大量使用化肥的习惯，大面积施用紫云英、苕子等绿肥、家栏肥和土杂肥，只施用很少量的化肥，结果获得水稻大丰收。县委抓住这个大好时机，组织各级干部、贫下中农代表和社员，开展一次早稻生产大检查、大总结，使大家进一步认识到施用土杂肥、家栏肥、绿肥的效果。各地认为望联大队今年早造施用土杂肥的经验很好，纷纷利用夏收前的时机，大搞晚造肥料。向来晚造不积土杂肥作基肥的企石公社，集中七成劳动力采摘野生绿肥和积集各种土杂肥沤制人造猪屎，十天内共积肥四十二万担，每亩稻田平均有十五担。

（东莞县委通讯组）

东莞县委通讯组：《东莞各地再接再厉大积晚造肥》

《南方日报》1965年7月15日第1版

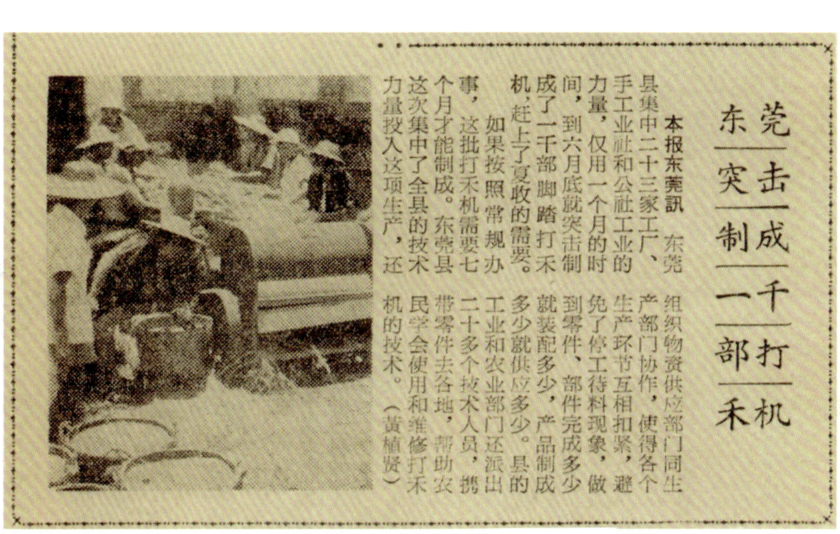

东莞突击制成一千部打禾机

本报东莞訊 东莞县集中二十三家工厂、手工业社和公社工业的力量，仅用一个月的时间，到六月底就突击制成了一千部脚踏打禾机，赶上了夏收的需要。

如果按照常规办事，这批打禾机需要七个月才能制成。东莞县这次集中了全县的技术力量投入这项生产，还组织物资供应部门同生产部门协作，使得各个生产环节互相扣紧，避免了停工待料现象，做到零件、部件完成多少就装配多少，产品制成多少就供应多少。县的工业和农业部门还派出二十多个技术人员，携带零件去各地，帮助农民学会使用和维修打禾机的技术。（黄植贤）

黄植贤：《东莞突击制成一千部打禾机》

《南方日报》1965年7月18日第2版

发扬不断革命精神　狠抓增产关键措施

茶山公社早稻大幅度增产

平均亩产增加九十四斤，总面积略减，总产却增加百分之十四点六

本报东莞訊　东莞县茶山公社継续发扬不断革命精神，狠抓增产关键措施，今年早造又获得大幅度增产。全社早稻二万六千一百亩，实收结果平均亩产六百五十七斤，比去年同造增加九十四斤，总产量在面积減少了九百多亩（改种花生）的情况下，仍比去年同造增加二万担，增加百分之十四点六。

茶山公社经过艰苦奋斗闯过水利关后，去年早造的稻谷产量已经超过历史上最高水平。这样，有一些人就认为增产到顶了，今年不可能再增产了。公社党委及时指出，水利过了关，只是给高产创造了条件，目前本公社耕作技术还比较落后，大部分稻田向来不施底肥，采用的多是早熟劣种，插秧后田间管理也很粗糙，因此，土地的增产潜力还沒有充分发挥出来。公社党委要求干部和社员发扬不断革命精神，狠抓肥料和推广先进技术，力争水稻产量出现一个新的飞跃。公社党委一面组织干部和社员到全省水稻高产单位之一的万江公社石美大队参观学习，并对照检查，广泛展开讨论，通过找差距，挖潜力，克服“增产到顶”思想，树立夺高产的雄心壮志。另一方面，全社集中力量狠攻肥料关和耕作技术关。从去年冬开始，他们便采取种、养、积“三结合”的办法，大量积集土杂肥。去年冬全社种下紫云英、苕子共七千九百六十九亩，占早稻总面积三成，为二万多亩早稻提供了一次底肥。同时，全社还积集了猪屎肥十多万担，塘泥、河泥一大批，给六成早稻施过一次泥肥作基肥，一改过去大部分田不施底肥的状况。在耕作技术方面，今年早造除个别低洼田仍采用“一三〇二七”、“陆财”、“江南泽”等品种外，其余全部推广了矮秆良种。公社党委和各级干部都带头搞高产片、高产田，作为推广潮汕经验和各项先进栽培技术的样板。公社党委还經常通过农科站召开短期的技术现场训练班，培训生产队的农业技术人员，今年早造先后召开了尼龙育秧、种子消毒、浸种催芽、播种育壮秧等专业性训练班，共培训了六百五十人，使得全社顺利地推广了早播早插、合式秧田、疏播育壮秧、施足基肥、早施重施追肥、科学排灌和及时防治病虫害等先进技术，有效地提高了单位面积产量。（茶山公社党委通訊組）

茶山公社党委通讯组：《发扬不断革命精神　狠抓增产关键措施　茶山公社早稻大幅度增产》

《南方日报》1965年7月29日第2版

东莞县高瞻远瞩一眼看几步棋 狠抓明年生产准备夺取主动权

各地在早造大丰收以后，乘胜大抓晚造生产，按高标准貫彻各項增产措施，同时有計划地結合做好明年生产的各項准备工作。

本报东莞訊 惠阳专区的水稻高产县——东莞县，在早稻获得大丰收后，进一步树立夺取持续大幅度增产的雄心壮志，一眼看几步棋，既按高标准抓好晚造生产，又有计划地结合进行明年生产的准备工作，使全县的工作越来越主动。

今年早造，东莞县各地虚心推广外地和本地先进经验，因地制宜狠抓当地增产关键措施，从而获得了大丰收。全县早造因为推行花生水稻轮作，水稻面积减少了四万六千亩，但是总产量仍比去年早造增加一成多，亩产则增加百分之十八。早造丰收以后，各地乘胜大抓晚造生产，按高标准贯彻执行各项增产措施。目前，全县八十八万亩晚稻田，除少数黄麻田外，已全部插下秧，不仅工作抓得早，而且耕作质量也远胜往年。平均每亩晚造稻田积有各种有机质肥三十五担，同时有六成以上稻田实行了稻草回田，有十多万亩用花生苗压了青。今年晚稻秧苗普遍育成壮秧，插秧前各地还打了一次除虫歼灭战，大大减少了秧田害虫，保证了插无虫秧。各地在狠抓当前晚造生产的同时，抓紧做好明年生产的准备工作。为了为明年推行花生水稻轮作备足花生种子，全县已种下秋花生一万多亩。挖沟改土、冬种绿肥等准备工作，也正在加紧进行。

实現政治挂帅 是旣大抓当前生产又做好明年各項准备的前提条件

东莞县大搞晚造和准备明年生产工作，是在实现政治挂帅的前提下搞起来的。在早造丰收后，这个县不少干部产生了“差不多”的思想，认为“早造谷子多得挑不完，晚造可以松口气了”；有的高产社队，则觉得保住“高产单位”的招牌已不简单，不必再冒“风险”。县委针对这些思想情况，在充分发动群众大力总结早造增产经验的基础上，又以“一分为二”的辩证观点，对早造生产作了全面、具体的分析，找出早造生产仍然存在严重的不平衡现象。例如，全县三十个农村人民公社，有的平均亩产超过七百斤，有的还不到四百斤；有的公社大幅度增产，有的却增产不多，个别甚至保产或略有减产。为什么不少干部在早造丰收后只看到成绩，看不到存在问题呢？县委经过分析情况以后认为，除了干部思想方法片面以外，还有一个重要原因就是缺乏从长远打算的远大理想，看一步走一步，早造有点成绩就沾沾自喜，看不到晚造生产和明年生产的更高要求。因此，帮助干部树立一眼看几步棋的思想，贯彻从长远着眼，从当前着手的方针，是搞好晚造生产和明年生产准备工作的首要关键。于是，县委在六月下旬先后两次组织了全县各公社、大队、生产队干部和贫下中农代表，到今年早造创全县最高产纪录的望牛墩公社望联大队去参观访问和实割验收，并开展全县范围的大评比，大总结，大找差距。望联大队原是闻名全县的一个“老牌”落后队，一九六二年以前，一造亩产不到三百斤。以后经过公社党委认真加强领导，大抓政治思想工作，干部、社员奋发图强，大学先进，去年早造亩产就一下子提高到八百五十斤，接近全县最高产的万江公社石美大队的水平。今年，他们进一步开展学石美、赶石美、超石美运动，连续苦干、实干、大干几个月，终于青出于蓝而胜于蓝，全大队二千多亩田平均亩产达到九百四十斤，成为今年全县后来居上的一个突出榜样。各社、队以望联大队为镜子，对照检查自己。原来居于全县高产“宝座”的万江公社，有些干部自恃耕作经验丰富，总是不大相信人家的先进经验。到望联参加实割验收后，看到连一向被看为“铁咀豆腐脚”（没有真工夫的意思）的望联大队，竟然一下子就跃居在自己公社的“王牌”——石美大队之上，这才使他们大吃一惊，从公社党委书记到大队干部，都自觉地作了深刻检查，放下了高产社、高产队的包袱，表示要虚心“学望联赶望联”，大搞晚造，重夺上游。中堂公社早造没有增产，初时有不少干部觉得晚造要超早造很困难。经过参观学习望联后，干部受到望联那种后来居上精神的启发，公社党委立即把全社三级干部会议搬到望联去开，进行更加细致的参观访问，并请望联大队的总支书记和生产队长具体介绍他们后来居上的经验。然后，发动全体干部讨论“为什么望联大队能够由落后变先进？为什么自己公社停滞不前？”等问题。经过认真地、寻根究底地找差距，找出今年早造生产搞不好的主要原因是领导上没有搞高产的思想，见一步走一步，眼光短浅，以致许多增产措施因为准备工作做不好，不能贯彻执行。例如，早造秧苗育不好，插秧比往年迟了，插秧苗数比往年少了；中耕时也因为土杂肥积得不多，就一味靠追施氨水来弥补，造成后期病虫害滋发，严重影响了产量。找出差距以后，干部们精神振作起来，公社党委马上趁热打铁，组织大家学习毛主席的《愚公移山》这篇文章，进一步扫除了畏难情绪，人人满怀信心，立即领导群众，大搞晚造生产。进行了一系列的政治思想工作后，全县的夏种工作很快就出现了一个“生产队不等大队、大队不等公社、公社不等县”的你追我赶的热烈局面。

（下轉第二版）

（上接第一版）

东莞县高瞻远瞩一眼看几步棋 狠抓明年生产准备夺取主动权

集中力量打歼灭战 是抓好晚造生产的主要方法

在广大干部、群众鼓足干劲大搞晚造生产和明年生产准备工作以后，县委又着重研究了今年晚造生产的不利因素：一是历年晚造施肥少，山乡和丘陵地区都没有施底肥的习惯，多数稻田插“白水秧”；二是全县不少地方是历史性的虫害区，据县农业部门调查测定，今年晚造秧田的第三代三化螟虫比去年多了近十倍，其滋发程度为历年所少见；三是全县各地耕作技术水平参差不齐，有的地区还很落后。针对这几个薄弱环节，县委采取打歼灭战的方法，抓准关键措施，狠抓到底。早在夏收之前，全县各地打了一个积肥歼灭战，山乡和丘陵地区大采野生绿肥，水乡沙围出地区大积河肥、大制“人造猪屎”。全县各地普遍由下乡的县委委员、公社党委书记带头，干部群众人人落实任务，从六月中旬起到“大暑”前的一个月左右时间，全县每天出动百分之五六十的劳动力大积肥料，是历年来开展夏季积肥人数最多的一年，一举改变了全县历来晚造少施或不施底肥的状况。七月初旬，正当螟蛾产卵的时候，各地又抓紧火候，高度集中力量打了一个非常漂亮的除虫歼灭战。全县每天出动十五万多人，每晚点十万多盏灯，采取人工捕杀、施放农药和点灯诱杀三管齐下的办法，连续除治十天。全县十万亩秧田，有百分之九十五以上施过二至三次农药，百分之八十以上经过人工摘卵块，在最大的程度上扑灭了虫害。在进入晚造插秧大忙前夕，全县又开展了消灭耕作水平差别的第三个歼灭战。各公社、大队除了普遍组织现场試插，大搞插秧田头练兵之外，县委又采取“一带二，一片红”的办法，从一向耕作技术水平高的水乡和平原地区各公社抽调了一千多名有丰富耕作经验的干部和农民，到山乡和丘陵地区的公社当技术指导，帮助这些地区迅速提高技术水平。

为了取得生产主动权 现在就为明年丰收作准备

为了争得明年生产的主动权，东莞县委在狠抓当前晚造生产的同时，总结了今年早造生产的经验教训，充分研究了明年生产更大发展的可能性，并从现在起就及早动手做好准备工作。首先，县委根据今年早造推行花生水稻轮作获得粮油双丰收的经验，最近在收获花生后，就着手翻秋花生四万亩，以便为明年扩大花生水稻轮作备足花生种子。其次，为了进一步改变山坑田、酸性田和珠江口沿岸咸田、矾田地下水位高和排灌不良的状况，县委计划在今冬明春大搞挖沟改土。早在六月间，县就成立了挖沟改土指挥部，分别在围田地区的万江公社石美大队、沙田区的虎门公社金洲大队和山乡的樟木头公社白果洞大队，搞了三个挖沟改土样板，并以这些样板作练兵现场，轮流训练干部，计划到秋收结束便立即开展挖沟改土工作。第三，为了备足明年的春耕用肥，县委已做好今冬明春发展专用和兼用绿肥的各种准备工作，并筹集了一千四百吨水泥，支援各公社生产队重新把所有猪舍修建好，以切实巩固圈猪的成果，保证明年一亩多稻田有一头猪的肥料。此外，各地在夏收时已留足明年两套种子，其他水利扫尾、造林绿化、多种经营等工作，都分头作好准备。

目前，东莞县对明年生产的准备工作虽然取得了一定的成绩，县委和公社党委一级是有了思想准备的，但是还没有完全贯彻到大队、生产队中去。东莞县委已经注意解决这个问题。（冯章、本报记者）

冯章、本报记者：《东莞县高瞻远瞩一眼看几步棋　狠抓明年生产准备夺取主动权》

《南方日报》1965年8月19日第1、2版

自力更生 革新工具

中堂食品站提高劳动生产率

本报訊 东莞县中堂公社食品站的职工发扬自力更生精神，大搞工具改革，经过一个月的仿制和创造，实现了用电棒麻猪、打浆机自动切饲料、电力抽水、流送饲料喂猪、屠场空中滑轮吊边，固定猪栏食槽，并且制成了每炉烧四头猪的新式烧猪炉、解放式四管煤炉、石砖肉台、一次能照六十六个蛋的照蛋机等，大大提高了劳动生产率。

中堂食品站改革了工具以后，每人平均管养生猪一百五十头，比过去每人管养五十头提高效率二倍，共节约六人。过去全站的职工每天总是忙不过来，现在机械代人忙，不但可以有时间学习，而且每天可以腾出二至三人下乡下队，加强调查和收购，帮助农村发展养猪事业。这个站用比较先进的设备代替原来的一部分落后的设备，还收到节约费用的效果。六月十日至七月二十日这四十天内就节约费用一千八百多元。

中堂食品站取得工具改革的成就主要是由于职工们学习了毛主席的著作，思想觉悟提高，敢于革新创造。职工们乘夜担砂碎石，自己做泥水工、木工，自己砌电猪台，自己安装电线、变压器和打浆机。沒有碎石铺猪栏地面，就到砖窑去找废砖块；沒有砂，就划船到海边去捞；沒有铁钉，就在旧木板上一口一口地拔出来，加工后再用。这样，既为国家减少开支，又培训了人材。现在，懂得电工的有二人，懂得木工的有三人，懂得泥水的有十一人。

（谢水旺、张少奇）

谢水旺、张少奇：《自力更生　革新工具　中堂[①]食品站提高劳动生产率》

《南方日报》1965年8月21日第2版

---

① 中堂：中堂公社，即今东莞市中堂镇。

长安公社早稻增产八成多

开沟排咸潮　单造改双造

本报东莞讯　东莞县长安公社早稻获大丰收。全社三万二千多亩早稻，据初步统计，亩产比去年增加七十五斤，总产增长八成五。

长安公社是一个咸沙田地区，全社四万四千多亩稻田，单造的咸田占三万多亩，一向来水稻产量都很低，也不稳定。公社党委经过调查研究之后，认为要改变这个地区的面貌，必须大抓单造田改双造田。因此，这几年来大抓农田水利基本建设。到去年止，全社大小水库均已配套，贮水量已能基本解决单造改双造的灌溉用水。去年秋收后，公社党委就提出大力推行单造改双造的计划。一方面组织队长以上的干部，到单造改双造较好的沙田公社和安大队和虎门公社等地去取经；另一方面，发动群众大抓挖沟和筑高加固海堤，苦战三个多月的时间，共挖土方六十多万个，改建了水泥棍一百六十多个，既降低了地下水位，又便利于引灌淡水、排除和减少咸潮的侵袭。这样，今年早造全社便一举把十年九不收的一万一千多亩单造田改为双造田了。

跟着，公社党委还因地制宜推广潮汕经验，大面积采用珍珠矮良种，并认真贯彻执行早抓早管、合理排灌、适时排水晒田、防治病虫害等一系列措施，保证了禾苗正常生长，穗数多，结实率高，因而获得大幅度增产。（赖贵生　吴渠波）

赖贵生、吴渠波：《开沟排咸潮　单造改双造　长安公社[①]早稻增产八成多》

《南方日报》1965年8月22日第2版

① 长安公社：今东莞市长安镇，位于东莞市南端，东邻深圳市，南临珠江口，西连虎门镇和滨海湾新区。

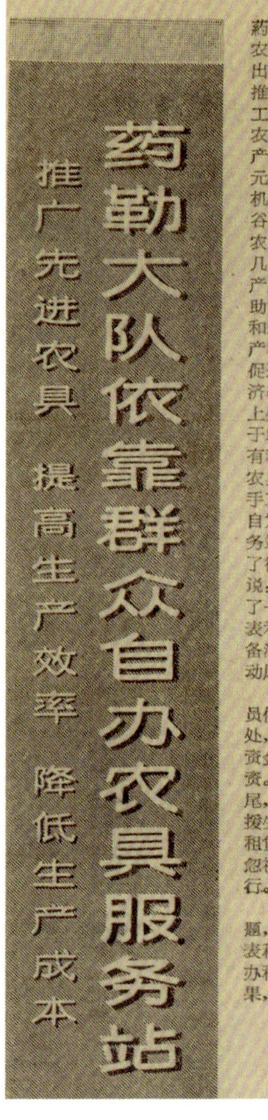

药勒大队依靠群众自办农具服务站

推广先进农具 提高生产效率 降低生产成本

本报訊 东莞县寮步公社药勒大队依靠群众，自筹自办农具服务站。办站四个月，租出给生产队的打禾机、胶轮手推车共为生产队节约五千多个工作日；维修了“双夏”主要农具一千零一十五件，为生产队节约农具支出三千四百多元；今年夏收全面推广了打禾机，比使用打禾桶减少损耗好谷和次谷共一千五百三十担。农民群众肯定办农具服务站有几个好处：有利于降低农业生产成本，推广新式农具，和帮助穷队尽快地使用大、中农具和新式农具；提高农业劳动生产率，减轻劳动强度；有利于促进多种经营、壮大集体经济；有利于及时支援生产，赶上生产季节，方便群众；有利于培训贫下中农的技术队伍；有利于农具的调剂使用，延长农具使用寿命；有利于对农村手工业个体生产者的资本主义自发倾向作斗争。由于农具服务站在为农业生产服务中显示了很多优点，社员、干部都说：共产党今年又帮助我们做了一件大好事。社员和干部还表示秋收后继续扩大投资，准备添置手扶拖拉机、水泵、电动风柜、打浆机等。

办站之前，有些干部和社员估计办站可能对生产有好处，但又担心药勒是个穷队，资金不足，主张由国家来投资。也有些社员怕办站有头无尾，管理不善，不但不能支援生产，反而连本也亏空；怕租赁不合理，顾了这条村又忽视那条村；怕有车子无大路行。

大队党支部针对上述问题，先后在干部、贫下中农代表和社员群众中，讨论要不要办和靠谁来办的问题。讨论结果，大家不同意向国家伸手要钱，实行有钱投钱，无钱投物（即把多余的或、旧农具修好折价投入），个人投、生产队投、大队投，分期分批投，以及采取其他办法，共筹集了一万六千多元。办站所需要的人力问题也通过协商获得解决。

有了钱，经营什么农具呢？大队党支部又把这个问题拿到社员大会中去讨论。社员们一致认为，药勒大队地多人少，又处丘陵地区，离墟镇六公里，交通不便，每年要运一万九千担粮食到寮步，又从寮步运回几千担肥料，花费很多劳动力，因此，需要先买手推车。有些社员提出买几个喷雾器，解决除虫时用人工撒施的困难。有人提出买打禾机，可是一部分社员认为：打禾机笨重、麻烦、效率低，不同意买。农具服务站即根据社员的意见和本地区的特点，从生产的迫切需要出发，先购回胶轮手推车四十六部，电动风柜一部、喷雾器十三个、麻包五百个。还有余钱买什么呢？打禾机是一种新式农具，适合夏收的需要，但社员说不要，怎样推广呢？农具服务站在得到党支部的同意以后，决定先买三十一部打禾机给各个生产队使用，但生产队一部也不租用。为了证明打禾机好用，农具服务站先拿一部到第四生产队同三个贫农社员一起試验，结果平均每天打谷六百斤，比用打禾桶快一倍，而且每收割一亩，比用禾桶多收谷二十七斤多（不包括用禾桶打禾往后掉部分）。生产队队长卢珍欢在事实的教育下思想通了。这个生产队便全部采用打禾机。大队党支部以这个生产队为样板，组织参观和现场表演。结果各队都采用打禾机，三十一部也不够用，农具服务站便又添置了三十六部。

有了钱有了农具，又怎样去经营，租赁收费标准怎样制订才合理？这个问题又交给贫下中农代表会议讨论。贫下中农代表认为：农具服务站是大队的集体经济组织，是为推广新式农具、节约劳动力、降低生产成本服务的，在经营方针上，应该以“不赔不赚、略有盈余”为原则。所赚的钱，因为初办的农具服务站底子不厚，要逐步巩固和提高，在一定的时期内，把盈余多用在积累方面，继续购买和推广机械化、半机械化农机具，加速农村社会主义建设。

为了节省经营管理费用，这个站坚持自力更生，做到小修农机具不出队，大修农机具由公社的农械厂派人前来解决。这个站十二个人，除站长和竹木技工六人专替生产队或社员维修农具外，副站长懂得修理木器，会计懂得修理小机器，出纳、保管等三个贫农出身的青年便以他们为师，经过一个多月的学习，懂得补车胎、安装配件等技术。由于人人懂修理，很多出租被用坏了的农具也能自修。在夏收中，这个站租出六十多部打禾机以后，职工们为了方便群众，采取分片包干，带着工具，带着零件深入田间巡回检修。所修好的一千多件农具，八成的竹、木原料都是大队提供的。为了适应扩大农具维修的需要，这个大队新种下竹子二万六千五百棵和经营拥有二万一千株树的用材林。与此同时，为了合理使用人力，站内全部人员贯彻“亦农亦工”的办法，修理农具工作少了，一部分职工便回到生产队参加生产，工作忙时再回站里工作。

农具服务站由于是新办的，经验还不很够，因此目前也存在一些问题，如现有的农具还不能满足生产的需要，收费标准在某些方面仍然不够合理，经营管理还不健全，站内工作人员的政治教育还做得不够充分，等等。农具服务站对这些问题，正在设法改进。

（谢水旺）

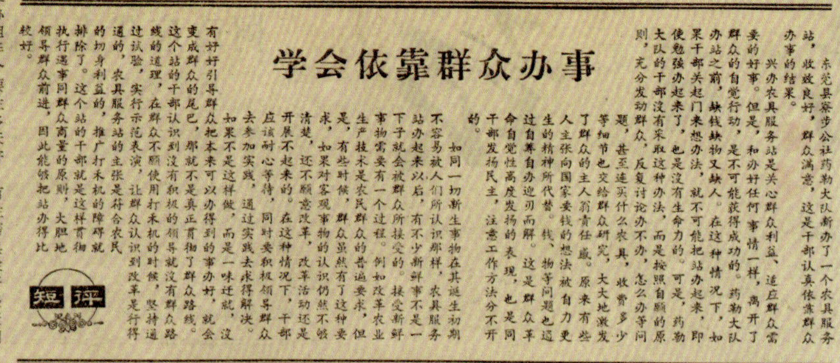

学会依靠群众办事

短评

东莞县寮步公社药勒大队新办了一个农具服务站，收效良好，群众满意，这是干部认真依靠群众办事的结果。

兴办农具服务站是关心群众利益、适应群众需要的好事。但是，和办好任何事情一样，离开了群众的自觉行动，是不可能获得成功的。药勒大队办站之前，缺钱缺物又缺人。在这种情况下，如果干部关起门来想办法，就不可能把站办起来，即使勉强办起来了，也是没有生命力的。可是，药勒大队的干部没有采取这种办法，而是按照自愿的原则，充分发动群众，反复讨论办不办，怎么办等问题，甚至连买什么农具，收费多少等细节也交给群众研究，大大地激发了群众的主人翁责任感。原来有些人主张向国家要钱的想法被自力更生的精神所代替。钱、物等问题也通过自筹自办迎刃而解。这是群众革命自觉性高度发扬的表现，也是同干部发扬民主，注意工作方法分不开的。

如同一切新生事物在其诞生初期不容易被人们所认识那样，农具服务站办起来以后，有不少新鲜事不是一下子就会被群众所接受的。接受新鲜事物需要有一个过程。例如改革农业生产技术是农民群众的普遍要求，但是，有些时候，群众虽然有了这种要求，如果对客观事物的认识仍然不够清楚，还不愿意改革，改革活动还是开展不起来的。在这种情况下，干部应该耐心等待，同时要积极领导群众去参加实践，通过实践去求得解决。如果不是这样做，而是一味迁就，没有好好引导群众把本来可以办得到的事办好，就会变成群众的尾巴，那就不是真正贯彻了群众路线。这个站的干部认识到没有积极的领导就没有群众路线的道理，在群众不愿使用打禾机的时候，坚持通过试验，实行示范表演，让群众认识到改革是行得通的，农具服务站的主张是符合农民的切身利益的，推广打禾机的障碍就排除了。这个站的干部就是这样贯彻执行遇事同群众商量的原则，大胆地领导群众前进，因此能够把站办得比较好。

谢水旺：《推广先进农具　提高生产效率　降低生产成本　药勒大队①依靠群众自办农具服务站》

《南方日报》1965年8月28日第2版

摘要：报道了东莞县寮步公社药勒大队不向国家要钱，依靠群众筹办农具服务站。在筹集资金购买先进农具时实行有钱投钱，无钱投物，个人投、生产队投、大队投等办法；在农具经营方面，提出“不赔不赚，略有盈余”的原则；在农具修理方面鼓励农民自力更生修理。

① 药勒大队：当时属东莞县寮步公社，即今东莞市寮步镇药勒村。

麻涌香蕉丰收喜讯初传

著名的东莞麻涌香蕉，获得好收成。麻涌公社今年香蕉收获面积共有九千六百九十亩，目前已收获了三分之一左右，收获香蕉八万多担。預計全部收获完毕，总产量将比去年增加三成左右。（王峰）

王峰：《麻涌香蕉丰收喜讯初传》

《南方日报》1965年9月14日第2版

集中群众的智慧　实现正确的领导

东莞发扬民主贯彻增产措施

各級干部在晚造生产过程中，听取群众意见，做到因地制宜，晚稻普遍比往年长得好

本报东莞訊　东莞县在晚造生产中，许多干部都注意发扬民主，倾听群众意见，使领导思想符合或比较符合客观实际，贯彻增产措施做到因地制宜，有力地促进了生产。目前各地禾苗普遍比往年长得好。

东莞县早造大丰收以后，群众干劲很大。有的领导干部认为现在只要领导叫做什么，群众就一呼百应，因而做工作也就不注意同群众商量。在制订晚造生产措施时，有的地方只是由干部闭门造车订出来，不交给群众讨论，不听取群众意见。结果，有些增产措施就不尽符合实际。针对这种情况，中共东莞县委组织各级领导干部学习毛主席《关于领导方法的若干问题》的文章，总结今年早造和过去几年来领导农业生产的经验教训。在总结中，大家摆出许多事实，说明农业生产的情况错综复杂，各地的自然条件、劳动力和耕作制度，都不尽相同，领导农业生产必须发扬民主，多听取群众的意见，才能做到因地制宜，使主观符合或比较符合客观实际。例如，近两年来水乡地区在推广潮汕合理施肥、合理排灌经验时，有些干部认为水乡的自然条件和潮汕平原差不多，便生搬硬套潮汕的做法，要求控制禾苗插下后"三十日乌、四十日赤、五十日青"，后来领导干部深入到万江公社石美大队听取群众意见，老农们说：潮汕平原早造多用"矮脚南特"、"陆财"等早熟品种，我们是用"珍珠矮"等中熟品种；中熟品种生长时间长些，如果和早熟品种一样控制在插后"三十日乌"，乌的时间短，禾苗分蘖期所吸收的养分，不够供应整个禾苗生长期的需要，到抽穗扬花时养分不足，结果禾穗短、粒数少，不能保证增产，所以中、迟熟品种要比早熟品种"乌"的时间长些。领导根据群众这个意见，把原来提出的措施改为"三十五日乌、四十五日赤、五十五日青"，结果获得了显著增产。通过学习和讨论，大家又认识到一切生产措施都是由群众去执行的，只有放手交给群众讨论，让群众充分发表意见，通过讨论统一认识，使群众自觉自愿执行，才能使措施贯彻到底。例如，中堂公社去年开展圈猪积肥工作时，没有注意发扬民主，没有很好地交给社员充分讨论，群众思想不通，干部用"罚款"的办法来执行。结果，社员见到干部来检查就圈猪，干部走了就放猪。今年春天，这个公社发扬了民主，把圈猪积肥问题交给群众讨论，社员认识了圈猪的好处，都自觉自愿地真正把猪圈起来了。

经过总结经验教训，许多干部在领导今年晚造生产中，都注意发扬民主，倾听群众意见。在制订晚造生产措施时，各地都采取召开社员座谈会和贫下中农代表会议的形式，充分听取群众的意见，根据不同地区的特点，抓准增产关键措施。沙田地区的长安公社召开有各生产队贫农代表参加的三级干部会议时，沙头、上沙、乌沙等大队的贫农代表提出建议：沙田地区晚造最怕受咸，凡是咸水来得早的年份，晚造禾就受咸减产，今年必须从最坏打算，抓好蓄淡防咸工作。贫下中农代表还提出三项防咸措施：一是提前在夏种前把所有山塘水库的淡水蓄起来，提前在农历七月十四日前把全社十个涌口堵死，不让大海的咸水入涌内，不让涌内的淡水流出大海；二是节约用水，不浪费淡水；三是安装三个电力抽水站，把不能自流入田的涌内淡水抽上田里灌溉。公社党委采纳了社员的意见，采取这三项措施狠抓防咸蓄淡工作，使今年晚造咸害大大减轻。其他地区晚造增产措施都比较符合当地实际情况，做到因地制宜。例如，山区主要抓大积土杂肥，改变插"白水"田的老习惯；水乡主要抓自力更生解决肥料、平整土地、消灭串灌和推广排水晒田等；埔田地区主要抓肥料、推广潮汕经验和扩大面积等。

在学习和推广外地先进经验时，各级干部注意听取群众意见，从本地实际出发，不生搬硬套。例如，水乡的望牛墩公社过去没有包秧头肥的习惯，公社党委在推广包秧头肥的经验时，先征求社员意见，许多贫下中农都认为水乡土质肥，今年晚造许多稻田已施了两至四次底肥，基肥已足，可以不包秧头肥，而且这里田多劳动力少，包秧头肥花工多，耽误农时，反而可能造成减产。公社党委接受了群众的意见，除二千亩土质较瘦的田采取包秧头肥外，其余稻田都不推行。这样，就保证了按季节完成插秧。

（东莞县委通讯组）

东莞县委通讯组：《集中群众的智慧　实现正确的领导　东莞发扬民主贯彻增产措施》

《南方日报》1965年10月3日第1版

摘要：东莞县早造大丰收后，为防止增产措施不符合实际，中共东莞县委组织领导干部总结过去的经验，认识到农业生产必须发扬民主，多听取群众意见。一切生产措施都是由群众执行的，只有群众发表意见后自愿执行，才能使措施贯彻到底。所以，各级干部在当年的晚造生产中，在学习和推广外地先进经验时，都注意发扬民主，充分听取群众意见，从本地实际出发，不生搬硬套。

打掉自满思想　力求好上加好

石龙造纸厂白色有光纸质量提高

二号纸提高为一号纸，拉力强、洁白、光滑、尘埃点少，再次评为优质品

本报东莞讯　我省重点纸厂之一的东莞县石龙造纸厂的职工，丢掉以优质品自居的思想包袱，树立虚心学习、不断革命的精神，进一步提高了有光纸的质量，达到拉力强、洁白、光滑、尘埃点很少的要求，再一次被评为优质品。

石龙造纸厂的设备较为简陋，原来只能生产原色纸。一九六三年八月，这间厂才开始生产二号白色有光纸。由于全厂职工坚持"严"字当头，又虚心地学习四川省锦江造纸厂的先进经验，去年生产的二号白色有光纸的质量有所提高，被省有关部门评为优质品。从此，石龙造纸厂的职工逐渐滋长了自满情绪，不愿想方设法生产市场急需的质量更高的一号白色有光纸。

为了克服职工的自满情绪，厂的领导组织全厂职工认真学习毛主席的《为人民服务》、《纪念白求恩》、《将革命进行到底》等文章，职工们认识到不努力生产更高质量的产品，是缺乏不断革命精神的表现；对待质量的态度问题，是一个是否全心全意为人民服务的问题，也是一个是否坚持社会主义经营方针的问题。与此同时，厂里又先后举办了三次兄弟纸厂产品质量展览会，发动职工对照展出样本和图表进行检查。通过对比找差距，他们看到有许多方面不如兄弟纸厂，特别是在对待质量问题上，"严"字当头的思想不如兄弟厂；纸张质量也有不少地方比不上人家。找出差距后，职工们响亮地提出：一定要打掉骄气，丢掉思想包袱，把一号白色有光纸制出来。

从此，职工们都抱着从头开始的决心积极提高有光纸的质量。他们除了认真抓好蒸渣管理、严格执行技术操作规程、搞好文明生产以外，特别虚心学习兄弟厂的先进经验。今年，这个厂到四川、山东和省内各地兄弟厂学习的职工，都做到真诚请教，刻苦学习；兄弟厂派人到厂里参观学习时，也不放过向他们学习的机会。在生产过程中，职工们一丝不苟，互相监督，把紧质量关口。蒸煮小组、漂白小组的工人，上班时宁愿自己辛苦一点，站在浆池旁，用手把粗纤维、杂物拾起来，力争纸浆均匀和纸浆洁白度超过技术指标。谁在生产过程中不重视质量，各小组的工人就帮助当事人改正。

石龙造纸厂的职工由于丢掉了思想包袱，革新了生产技术和管理工作，今年头十个月生产了六百多吨质量优良的一号白色有光纸，占全厂有光纸总产量的三分之二。这些一号有光纸质量优良，纸张洁白度超过国家规定的标准，纸张小尘埃点减少到每平方米只有六十九个，比国家规定的最高尘埃点少了四百三十一个，纸张平均断裂长（即拉力）达二千八百四十米，比国家规定的长度多了三百四十米。

《打掉自满思想　力求好上加好　石龙造纸厂[①]白色有光纸质量提高》

《南方日报》1965年11月22日第2版

① 石龙造纸厂：位于当时东莞县石龙公社，即今东莞市石龙镇。石龙镇位于东莞市北部，北隔东江与惠州市博罗县、广州市增城区相望。

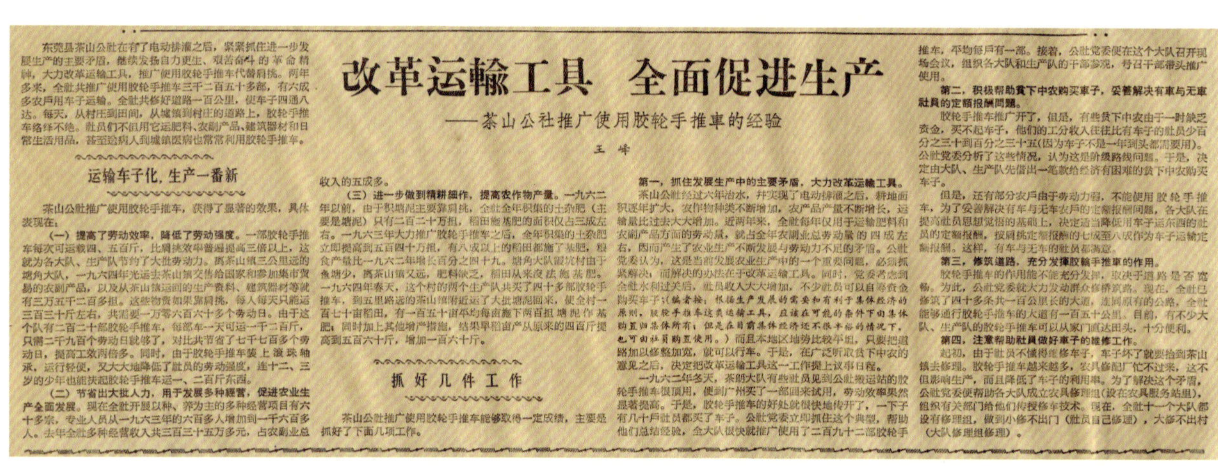

改革运輸工具　全面促进生产

——茶山公社推广使用胶轮手推車的经验

王　峰

东莞县茶山公社在有了电动排灌之后，紧紧抓住进一步发展生产的主要矛盾，继续发扬自力更生、艰苦奋斗的革命精神，大力改革运输工具，推广使用胶轮手推车代替肩挑。两年多来，全社共推广使用胶轮手推车三千二百五十多部，有六成多农户用车子运输。全社共修好道路一百公里，使车子四通八达。每天，从村庄到田间，从墟镇到村庄的道路上，胶轮手推车络绎不绝。社员们不但用它运肥料、农副产品、建筑器材和日常生活用品，甚至送病人到墟镇医病也常常利用胶轮手推车。

运输车子化，生产一番新

茶山公社推广使用胶轮手推车，获得了显著的效果，具体表现在：

（一）提高了劳动效率，降低了劳动强度。一部胶轮手推车每次可运载四、五百斤，比肩挑效率普遍提高三倍以上，这就为各大队、生产队节约了大批劳动力。离茶山镇三公里远的塘角大队，一九六四年光运去茶山镇交售给国家和参加集市贸易的农副产品，以及从茶山镇运回的生产资料、建筑器材等就有三万五千二百多担。这些物资如果靠肩挑，每人每天只能运三百三十斤左右，共需要一万零六百六十多个劳动日。由于这个队有二百二十部胶轮手推车，每部车一天可运一千二百斤，只需二千九百个劳动日就够了，对比共节省了七千七百多个劳动日，提高工效两倍多。同时，由于胶轮手推车装上滚珠轴承，运行轻便，又大大地降低了社员的劳动强度，连十二、三岁的少年也能扶起胶轮手推车运一、二百斤东西。

（二）节省出大批人力，用于发展多种经营，促进农业生产全面发展。现在全社开展以种、养为主的多种经营项目有六十多宗，专业人员从一九六三年的六百多人增加到一千六百多人。去年全社多种经营收入共三百三十五万多元，占农副业总收入的五成多。

（三）进一步做到精耕细作，提高农作物产量。一九六二年以前，由于积塘泥主要靠肩挑，全社全年积集的土杂肥（主要是塘泥）只有二百二十万担，稻田施基肥的面积仅占三成左右。一九六三年大力推广胶轮手推车之后，全年积集的土杂肥立即提高到五百四十万担，有八成以上的稻田都施了基肥，粮食产量比一九六二年增长百分之四十九。塘角大队霞坑村由于鱼塘少，离茶山镇又远，肥料缺乏，稻田从来没法施基肥。一九六四年春天，这个村的两个生产队共买了四十多部胶轮手推车，到五里路远的茶山镇附近运了大批塘泥回来，使全村一百七十亩稻田，有一百五十亩平均每亩施下两百担塘泥作基肥；同时加上其他增产措施，结果早稻亩产从原来的四百斤提高到五百六十斤，增加一百六十斤。

抓好几件工作

茶山公社推广使用胶轮手推车能够取得一定成绩，主要是抓好了下面几项工作。

第一，抓住发展生产中的主要矛盾，大力改革运输工具。

茶山公社经过六年治水，并实现了电动排灌之后，耕地面积逐年扩大，农作物种类不断增加，农产品产量不断增长，运输量比过去大大增加。近两年来，全社每年仅用于运输肥料和农副产品方面的劳动量，就占全年农副业总劳动量的四成左右，因而产生了农业生产不断发展与劳动力不足的矛盾。公社党委认为，这是当前发展农业生产中的一个重要问题，必须抓紧解决；而解决的办法在于改革运输工具。同时，党委考虑到全社水利过关后，社员收入大大增加，不少社员可以自筹资金购买车子；（编者按：根据生产发展的需要和有利于集体经济的原则，胶轮手推车这类运输工具，应该在可能的条件下由集体购置归集体所有；但是在目前集体经济还不很丰裕的情况下，也可由社员购置使用。）而且本地区地势比较平坦，只要把道路加以修整加宽，就可以行车。于是，在广泛听取贫下中农的意见之后，决定把改革运输工具这一工作提上议事日程。

一九六三年冬天，茶朗大队有些社员见到公社搬运站的胶轮手推车很顶用，便到广州买了一部回来试用，劳动效率果然显著提高。于是，胶轮手推车的好处就很快地传开了，一下子有几十户社员都买了车子。公社党委立即抓住这个典型，帮助他们总结经验，全大队很快就推广使用了二百九十二部胶轮手推车，平均每户有一部。接着，公社党委便在这个大队召开现场会议，组织各大队和生产队的干部参观，号召干部带头推广使用。

第二，积极帮助贫下中农购买車子，妥善解决有車与无車社員的定額报酬問題。

胶轮手推车推广开了，但是，有些贫下中农由于一时缺乏资金，买不起车子，他们的工分收入往往比有车子的社员少百分之三十到百分之三十五（因为车子不是一年到头都需要用）。公社党委分析了这些情况，认为这是阶级路线问题。于是，决定由大队、生产队先借出一笔款给经济有困难的贫下中农购买车子。

但是，还有部分农户由于劳动力弱，不能使用胶轮手推车，为了妥善解决有车与无车农户的定额报酬问题，各大队在提高社员思想觉悟的基础上，决定适当降低用车子运东西的社员的定额报酬，按肩挑定额报酬的七成至八成作为车子运输定额报酬。这样，有车与无车的社员都满意。

第三，修筑道路，充分发揮胶輪手推車的作用。

胶轮手推车的作用能不能充分发挥，取决于道路是否宽畅。为此，公社党委就大力发动群众修桥筑路。现在，全社已修筑了四十多条共一百公里长的大道，连同原有的公路，全社能够通行胶轮手推车的大道有一百五十公里。目前，有不少大队、生产队的胶轮手推车可以从家门直达田头，十分便利。

第四，注意帮助社員做好車子的維修工作。

起初，由于社员不懂得维修车子，车子坏了就要抬到茶山镇去修理。胶轮手推车越来越多，农具修配厂忙不过来，这不但影响生产，而且降低了车子的利用率。为了解决这个矛盾，公社党委便帮助各大队成立农具修理组（设在农具服务站里），组织有关部门给他们传授修车技术。现在，全社十一个大队都设有修理组，做到小修不出门（社员自己修理），大修不出村（大队修理组修理）。

王峰：《改革运输工具　全面促进生产——茶山公社推广使用胶轮手推车的经验》

《南方日报》1965年12月3日第2版

摘要：报道了茶山公社通过大力改革运输工具，积极帮助贫下中农购买胶轮手推车，修筑道路以充分发挥胶轮手推车的作用，做好车子的维修等四项工作，推广使用胶轮手推车代替肩挑，提高了劳动效率，节省出大量人力用于多种经营。

东莞粮食部門合理組织粮食流转
委托农村就地加工就地調拨供应

减少了迂回运输现象，今年一月至十一月为国家节約运费八万多元。

本报訊 东莞县粮食部门把过去集中在城镇加工的外调粮食和在农村销售的粮食，改为委托农村就地加工，就地供应，就地调拨，减少迂回运输，今年一月至十一月底，为国家节约运费八万多元。

东莞县的外调粮食和供应农村非农业人口的粮食，过去都是集中在县城加工，然后外调或运回农村供应的。这就造成了迂回运输现象。为了改变这一不合理现象，东莞县粮食部门去冬以来，派出人员到各公社和重点大队调查，按照合理组织粮食流转方向的原则，规划农村就地加工粮食的网点。有部分地区沒有粮食加工厂或者有粮食加工厂而生产技术水平不高，粮食部门便采取下列措施帮助他们克服困难：一是帮技术，用集中训练、就地练兵和跟班劳动等办法，共为社、队培训了七百多名技术人员，同时，派出技工下乡巡回指导，具体帮助；二是加强对县粮食机械修配厂的领导，帮助该厂积极生产碾米机和零件，供应农村。采取这些措施以后，全县今年新建了粮食加工厂一百七十七间，过去生产技术水平低的粮食加工厂，技术也得到提高。现在，除全县八成社员的口粮可以就地加工以外，供应给非农业人口的粮食和外调的粮食都可以就地委托农村粮食加工厂加工，克服过去原粮集中进城，加工成大米后再复运各地的迂回运输现象，节约了大笔运费。

（周日增、谢水旺）

周日增、谢水旺：《东莞粮食部门合理组织粮食流转　委托农村就地加工就地调拨供应》

《南方日报》1965年12月28日第2版

南方日报

1966年

从当年增产着眼　不求形式求实效

沙头大队开沟省工省地省钱增产大

这个大队不盲目追求高标准，从实际出发，因地制宜，利用旧沟加以改造，由低到高，逐年巩固提高。全大队六千多亩咸田开了沟，排除了咸酸毒水，单造改双造，去年稻谷增产一倍多。

本报东莞訊　东莞县长安公社沙头大队在挖沟降低地下水位工作中，从当年增产增收着眼，不盲目追求高标准，注意从实际出发，因地制宜，自力更生，做到省工、省地、省钱，见效快，收效大。一九六四年冬和去年春天，全大队有一半左右的咸田全面挖了深沟，另一半在去年早晚两造普遍开了田间临时排水沟，结合排水晒田等措施，将全部咸田单季稻改为双季稻，结果使早稻增产二倍三，晚稻又增产五成，全年稻谷总产量比一九六四年翻了一番多，社员收入从一九六四年平均每人七十元增加到一百四十多元。

沙头大队靠近珠江口，有咸田六千多亩，占稻田总面积八成六。过去，由于咸潮为害，一年只能种一造“赤谷”（一种耐咸的单季稻品种），产量极低。一九六二年水利基本过关后，开始将三千亩单造咸田改插双造，但因地下水位高，含咸、酸毒质多，早造插秧后不久，不是普遍出现死禾现象，就是到成熟期大量发生“炸禾”（即稻颈瘟），以致单造改双造收效甚微。有的社员说：“插秧时是单改双，收割时又变成双改单了。”一九六四年冬和去年春，大队党支部参观学习了外地的先进经验，发动群众充分讨论后，决定进一步挖沟改土，改造咸田。全大队六千多亩咸田，早造有三千多亩全面挖了深沟，有三千亩挖了临时田间排水沟，这些田都在不同程度上降低了地下水位，初步排除田底咸酸毒质，基本消灭了死禾、“炸禾”的现象，单造改双造获得成功，增产效果很大。早造全面挖了深沟的三千多亩田，亩产都在四、五百斤以上，另外三千亩挖了临时田间排水沟的，亩产也有三百多斤。光是咸田早稻的收成，就有二百六十万斤谷，与一九六四年三千亩咸田单改双只收三十万斤谷对比，增产七倍以上。晚造，所有咸田的亩产也普遍提高一百至二百斤，不少亩产在七百斤以上，已超过民田的生产水平。

沙头大队的挖沟改土工作能够搞得这样好，关键在于大队党支部有比较明确的群众观点和生产观点，有实事求是的科学精神。他们不盲目追求挖沟的高标准，不搞华而不实的规格化。起初，他们到本县沙田公社禾安大队参观学习挖沟改土的先进经验的时候，有少数干部看见禾安挖的沟条条整齐、美观、划一，全面高标准，心里羡慕之余，就想一步登天，提出要学禾安的高标准挖沟。后来，党支部经过反复研究后认为：禾安大队高标准的挖沟确是个学习的好榜样，但人家能够取得这样的成就，是下了多年的苦功得来的。而自己大队从来沒有挖沟基础，需要挖沟的面积很大，劳动力又少，平均每个劳动力负担耕作七亩田，如果搞大面积的高标准挖沟，一个冬春势必无法完成任务，还会耽误季节，影响开耕；如果是搞小面积的高标准，又不能解决大面积咸田降低地下水位的问题。大队把这个问题交给群众讨论，社员们都反对搞形式主义、浪费气力的事情，反对随便把稻田改为大路、大沟，多占土地。经过群众讨论后，决定挖沟工作要从当年大面积咸田受益出发，首先采取低标准挖沟的办法，以后再逐年巩固、提高。在全面进行挖沟改土工作之前，党支部又选择了西三生产队一个田形很不规则、田底咸酸水比较严重的鹿头围（围名）先搞个样板，这样既树立了榜样，教育群众认识到挖沟改土的好处，又从挖沟的规划、设计和施工等各个方面找到从实际出发、因地制宜的各种办法，然后再全面铺开。

在全面开展挖沟改土工作中，他们注意因地制宜，因陋就简，讲求实效。原来这个大队的六千多亩咸田分成六十多个围，每个围原有三条较浅阔的旧沟，一向是用来排灌地面水的。去年他们在挖沟改土中，沒有废弃这些旧沟，而是把它们充分利用起来，在原有的基础上加深，既排地面水，又排地下水。这样，每个围的咸田只需增加两条新沟，就可达到降低地下水位的目的，又可大大节省工作量。对一部分弯曲、流水不畅的旧沟，他们沒有另外开新的，而是作适当的裁弯取直，便利排灌就算；对原来一些过于宽阔的渠道，他们还用挖深中间、填高两旁的办法，变阔沟为窄沟，扩大了田地面积；对一些面积过大、田面高低不平的田块，他们就在中间挖条新沟，利用沟底泥来平整田面，或填平田中的低洼。此外，他们沒有修大路，沒有开大渠道，沒有搞什么田间建筑物，一切因陋就简，只求降低地下水位，为当年增产增收服务。结果全大队去年挖沟改土，既使大面积的咸田降低了地下水位，排除了咸酸毒水，又做到省工、省地、省钱，新开的沟渠只占用稻田面积的百分之四以下，平均每亩田只用六、七个工，挖沟的费用除了各生产队增添了一些锹和“标榜”（滑泥板）等生产工具以外，一角钱也沒有花。

《从当年增产着眼　不求形式求实效　沙头大队[①]开沟省工省地省钱增产大》

《南方日报》1966年1月13日第2版

① 沙头大队：当时属东莞县长安公社，即今东莞市长安镇。

克服生产上的片面性　既要高产又要低成本

东莞实现增产增收增分配

去年粮食和经济作物全面增产，成本降低，社員收入平均每人超过一百元

本报东莞訊　东莞县注意克服领导生产上的片面性，既狠抓粮食生产，又发展多种经营；既抓高产，又力求降低生产成本；既抓基本建设，又尽可能增加社员收入。这样，去年全县初步实现了增产、增收、增分配，首次成为水稻千斤县。稻谷总产量比前年增加二成二，香蕉、荔枝、花生、水草等作物，都全面获得增产，全年农副业总收入比前年增加三成。因为生产成本降低，纯收入增加了四成，社员分配收入平均每人超过一百元。

东莞县能够实现增产、增收、增分配，是不断克服生产上的片面性的结果。

在一九六二年以前，东莞县各级党委只是孤立地、片面地搞粮食高产，忽视了经济作物生产。结果，一九六二年虽然全县稻谷总产量比历史最高水平的一九五六年增长一成，但是算起总帐，农副业总收入（按不变价格计算）反而比一九五六年减少一成多。

为什么粮食增产而收入减少？中共东莞县委组织各级干部认真进行了检查和总结。大家指出：东莞不单是粮产区，也是经济作物产区，历来盛产甘蔗、黄麻、水草　香蕉和荔枝。单从种植面积看，经济作物虽然比粮食作物少得多，但由于经济作物产值高，收入占的比重很大。因此，只是片面地抓粮食高产，其他作物不高产，收入就一定高不了。大家又指出：粮食增产为发展其他作物的高产创造了有利条件，但是粮食和经济作物之间，在土地、劳力的安排，肥料、资金的使用等方面，都存在着不少矛盾，领导上如果不是用辩证观点正确处理它们之间的关系，就会产生片面性，抓了粮食丢了经济作物。

在提高认识以后，两三年来东莞县的各级干部领导生产逐步有了全面观点，一手抓水稻高产，一手抓经济作物高产。去年，县委除了号召各地深入学习潮汕地区和本县万江公社和望联大队的水稻高产经验外，还总结和推广本县鸡啼岗大队的花生、白蚝大队的水草等经济作物的高产经验和大朗、东坑等公社旱地作物管理经验，努力提高经济作物的单位面积产量。经济作物种类较多的丘陵地区，对种植经济作物的土地打好地壆，防止水土流失，从一九六三年开始，经济作物大幅度增产，而去年全县水稻和经济作物获得了双丰收。

为了实现增产、增收、增分配，东莞县还注意克服片面地只求高产、不问成本的缺点，努力降低生产成本。

一九六四年，全县各项作物的产量已有较大增长，全县的总收入比一九六三年增加百分之十五点九。但是除去生产成本，实际纯收入却比一九六三年少了百分之十三点七。

为什么各项作物全面增产了，仍然不能真正增收呢？经过检查，原来许多干部片面地认为搞高产非靠大量的化肥、商品肥不行。多数社、队每亩稻田一造就施化肥三四十斤，多的达七、八十斤，各种经济作物也大量施用化肥。其他生产费用开支也大手大脚，浪费很大。一九六四年全县的生产成本，竟占总收入的百分之三十八点六，这样，纯收入自然减少了。

去年，东莞县很注意降低成本，最突出的是大积土杂肥。县委总结和推广了黄草朗大队以养猪积肥为主，大积土杂肥，使作物全面高产，成本大大降低的经验，发动各社、队联系对照检查，批判了单纯依赖化肥的思想，有力地推动了全县大积土杂肥的工作。据统计，全县去年的生猪饲养量从前年五十五万头增加到六十五万头，平均每户三点七头，并且九成以上的猪都圈起来，积到猪粪尿四百六十万多担；全县种植绿肥作物二十三万多亩（包括冬、夏两季和轮作花生）；大量沤制了肥效较高的草塘泥（即野生绿肥和猪牛屎、塘泥等堆沤成的肥料），平均每亩稻田有二百担之多。这样，去年的化肥施用量虽然比前年少了一半，但产量却大幅度增加。同时，全县各地也注意改善经营管理，使生产成本大大降低。去年全县的总收入比前年增加三成，纯收入增加了四成。各地还吸取去年早造增产增收但分配沒有增加的教训，压缩一切不必要的开支，使社员普遍增加了收入。

《克服生产上的片面性　既要高产又要低成本　东莞实现增产增收增分配》

《南方日报》1966年1月14日第1版

摘要：报道了东莞县通过不断克服生产上的片面性，一手抓水稻高产，一手抓经济作物高产，获得双丰收；还克服了片面地只求高产、不问成本的缺点，努力降低生产成本，压缩一切不必要开支，使社员收入普遍增加。

把学习焦裕祿活动落实到春耕上

茶山公社干部批判怕苦思想深入春耕前綫带头劳动

本报东莞訊　东莞县茶山公社的干部，对照焦裕祿同志奋不顾身的忘我革命精神，检查批判了怕艰苦的思想后，绝大部分干部都深入到春耕生产第一线去参加生产，领导生产。

春耕初期，茶山公社有些干部存在着贪图安逸、害怕艰苦思想，不愿下队蹲点，即使下去了也很少参加劳动。最近，公社党委全体委员和公社干部，反复学习毛主席《为人民服务》、《纪念白求恩》等文章，和学习焦裕祿同志的光辉事迹，人人对照检查自己，找差距，下决心改造自己的世界观，象焦裕祿同志那样勇于承担重担。学习以后，党委委员全部分头下队去蹲点，公社干部也绝大部分下去，带着毛主席著作，带着行李和劳动工具，到生产队同贫下中农同食、同劳动、同商量。公社党委书记崔洪带了一个工作组，住在卢边大队寒溪水生产队，天天同社员一起劳动。贫农罗金培说：“党委书记来参加劳动，好过开几晚生产动员大会。”公社党委委员李堆同志住在茶朗大队一个生产队，前几天寒潮到来，气溫降至摄氏五六度，他还坚持清早就出勤劳动，使干部和社员都深受感动。

公社党委领导干部做出了榜样，带动了大队干部。增埗大队干部学习了“老三篇”和焦裕祿同志的事迹后，很多干部都说：焦裕祿同志身患重病，忍着剧痛还坚持工作，直至为革命而牺牲，我们还能害怕辛苦？不少干部还说：前几年治水斗争的时候，我们五天五夜沒有洗过脚，同群众同甘共苦，现在参加一下劳动就怕辛苦，劳动人民的本色开始变了，要赶快悬崖勒马。学习之后，全大队十八名大队、联队干部，都分头下到生产队去，并带头参加劳动。（王峰）

东村大队干部社員发扬大无畏精神抗旱搶种春作物

本报海康訊　海康县南兴公社东村大队的干部和社员，学习焦裕祿同志同严重自然灾害作斗争的大无畏精神，在春耕生产中顽强地开展抗旱抢种斗争。

东村大队是一个以产花生、甘蔗、香茅为主的经济作物区。今年全大队九成多高亢坡地缺水受旱，有些社员畏难怕苦，对今年生产信心不足，劲头不大。驻队工作队和大队党支部组织大家学习焦裕祿，对照检查自己。大队党支部书记袁绍忠说：“我们大队条件差，只有旱患一害。而兰考条件更差，有内涝、风沙、盐碱三害。为什么人家在短期内能够把‘三害’除掉，我们连一害也无信心去除呢？根本原因在于我沒有焦裕祿同志那种敢干实干精神。”大队长陈秀蓉（女）说：“焦裕祿同志不怕苦、不怕死，身先士卒，带病和‘三害’斗争。我一有孩子拖累，就放松工作，眞是相差太远了。今后要学习焦裕祿同志忘我精神，多为革命操心。”民兵营长郑贤焕说：“干革命就要象焦裕祿同志那样不怕苦、不怕死。这次抗旱斗争，我一定要带领民兵当好突击手。”不少社员学了焦裕祿的事迹后也深受感动，有的说：“焦裕祿同志为了领导大家除灾灭害，完全不顾自己。我们抗旱抢种，怎能吃点苦就不想干呢？”在驻队工作队和大队、生产队干部的带领下，全大队出动了九百多劳动力，以坚忍不拔的革命精神开展了抗旱抢种斗争。后郭村第二生产队在后岭有二十多亩高旱地，水源甚缺，大队民兵营长带领四十多个社员在六里长的路上来回挑水，苦战几天，把这些旱地按时、按质量种下花生。在条件最困难的新村第五生产队，干部和群众每天坚持到三里多远的山坡上挑水抗旱，有的肩皮磨破了，脚底起了泡，也从不退缩，从沒有人叫过苦。終于按时按质种下了花生三十多亩。（康章）

王峰：《把学习焦裕禄活动落实到春耕上·茶山公社干部批判怕苦思想深入春耕前线带头劳动》

《南方日报》1966年3月10日第1版

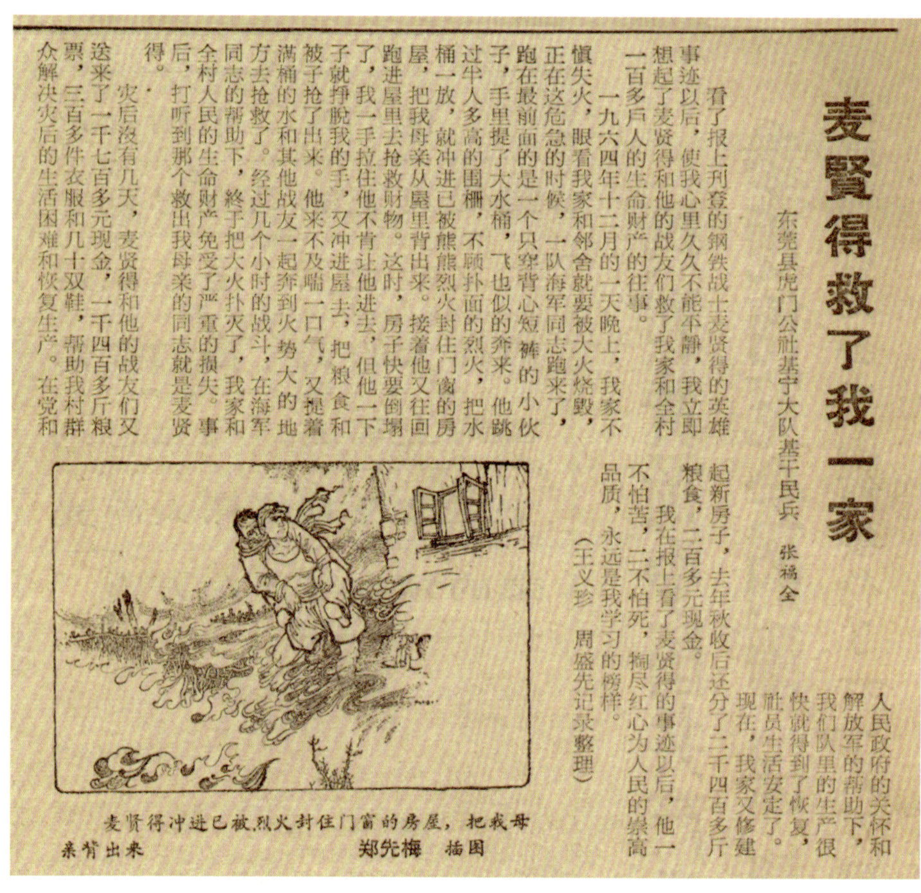

麦賢得救了我一家

东莞县虎门公社基宁大队基干民兵　张福全

看了报上刊登的钢铁战士麦贤得的英雄事迹以后，使我心里久久不能平静，我立即想起了麦贤得和他的战友们救了我家和全村一百多戶人的生命财产的往事。

一九六四年十二月的一天晚上，我家不慎失火，眼看我家和邻舍就要被大火烧毁，正在这危急的时候，一队海军同志跑来了，跑在最前面的是一个只穿背心短裤的小伙子，手里提了大水桶，飞也似的奔来。他跳过半人多高的围栅，不顾扑面的烈火，把水桶一放，就冲进已被熊熊烈火封住门窗的房屋，把我母亲从屋里背出来。接着他又往回跑进屋里去抢救财物。这时，房子快要倒塌了，我一手拉住他不肯让他进去，但他一下子就挣脱我的手，又冲进屋去，把粮食和被子抢了出来。他来不及喘一口气，又提着满桶的水和其他战友一起奔到火势大的地方去抢救了。经过几个小时的战斗，在海军同志的帮助下，终于把大火扑灭了，我家和全村人民的生命财产免受了严重的损失。事后，打听到那个救出我母亲的同志就是麦贤得。

灾后没有几天，麦贤得和他的战友们又送来了一千七百多元现金，一千四百多斤粮票，三百多件衣服和几十双鞋，帮助我村群众解决灾后的生活困难和恢复生产。在党和人民政府的关怀和解放军的帮助下，我们队里的生产很快就得到了恢复，社员生活安定了。现在，我家又修建起新房子，去年秋收后还分了二千四百多斤粮食，二百多元现金。

我在报上看了麦贤得的事迹以后，他一不怕苦，二不怕死，掏尽红心为人民的崇高品质，永远是我学习的榜样。

（王义珍　周盛先记录整理）

麦贤得冲进已被烈火封住门窗的房屋，把我母亲背出来　郑先梅　插图

张福全：《麦贤得救了我一家》

《南方日报》1966年3月19日第3版

从黄草朗大队养猪业看粮猪并举方针

中共东莞县委员会书记　林　若

水利过关后如何发展农业生产

平均每户十头猪是怎样发展起来的

林若：《从黄草朗大队养猪业看粮猪并举方针》

《南方日报》1966年3月21日第2版

摘要： 报道了东莞县大朗公社黄草朗大队通过粮猪并举，互相促进，鼓励和帮助农民养猪积肥，粮食产量大幅提高，农民收入大幅增加，由贫困大队变为富裕大队。特别是1962年后，该大队实行集体养猪，公私并举，以私养为主，养猪业取得了更大的进步。

三 蹲 樟 村

东莞县附城公社党委书記 彭惠兰

编者按：彭惠兰同志的文章值得一读。他们一贯重视樟村大队在种菜问题上暴露出来的公私关系问题。但是，他过去两次下去蹲点，都沒有从政治上去看问题，而是就事论事，言不及义。结果问题一直无法解决。他第三次下去蹲点，抓住阶级斗爭、两条道路斗爭这条纲，提高了干部和群众的觉悟，便顺利地解决了问题，有效地促进了集体经济的巩固和发展。这个事实向我们说明，社会主义的经济制度，一定要靠突出政治来保护它和巩固它。

我到樟村大队蹲点，今年是第三次了。三蹲樟村，使我受到深刻的教育。

樟村是我们公社的一个老后进大队。这里近城，必须大量种菜，供应城市。可是，菜由谁种？由私人种，还是由集体种？本来，道理很明显，私人分散种菜，不利于集体生产，大量种菜必须由集体经营。但是，长期以来，队里却是私人种菜多，集体种菜少，问题一直沒有得到很好的解决。一九六二年我带了一个工作组，第一次到这里蹲点。当时我们认为这是一个经营管理问题，只要按人民公社的有关政策办事，把私人多占的土地收归集体，同时贯彻执行互利政策，就可以解决问题了。因此，我们埋头干了二十多天，订了详细的互利措施，就收兵了。那知，工作组一走，菜地又重归私人，什么互利措施根本沒有执行，我们所做的工作都是白费劲。一九六四年春，我又带个工作组到樟村蹲点。这一次，我们虽然不再把种菜当作单纯的经营管理问题来处理，但是，到底存在什么问题，我们仍然弄不清楚，虽然辛辛苦苦工作了一段时间，问题仍然解决不了。

为什么樟村的问题一再不能解决呢？过去我总是弄不通。直到今年春耕前夕，我们党委学了毛主席著作，联系总结过去的工作，才认识到：樟村的种菜问题，实质上是阶级斗爭、两条道路斗爭的问题。过去两次到樟村，我却沒有抓住阶级斗爭这条纲，气力用不到点子上，所以问题老是不能解决。

提高了思想认识，我又带了个工作组，第三次来到樟村。入村以后，我们食、住在贫农家里，白天和社员一起劳动，晚上到贫下中农家里谈心，开调查会。听到了贫下中农的心底话，我才知道，这个队种菜问题的关鍵，原来在于大队的一些主要领导干部，他们种菜比社员多，占用集体的土地也多。干部带头大种私菜，怎能教育社员为集体种菜呢？由此我更认识到，问题的焦点是：大队干部以毛泽东思想挂帅还是以资本主义思想挂帅，是走社会主义道路还是走资本主义道路。这样，我们終于把樟村的问题看清楚了。于是，我们对“症”下“药”，首先抓整顿大队干部这一环节。一方面发动贫下中农揭发大队干部的思想问题，帮助干部整风；一方面组织党支委、党员、大队干部学习毛主席著作中有关阶级斗爭的文章和语录，用毛主席的观点来对照检查，批判自己的资本主义思想行为，提高阶级觉悟，自觉改正错误，把多占的土地交还集体。干部带头一改，贫下中农跟着响应，资本主义自发思想比较浓厚的上中农，也把多占的土地交还集体。阶级斗爭一抓就灵，樟村的种菜问题終于眞正解决了。这个问题解决了，队里的落后面貌也起了巨大的变化，今年的春耕生产搞得很好，一下子跃到全社的前头。

彭惠兰：《三蹲樟村①》

《南方日报》1966年4月23日第2版

① 樟村：当时属东莞县附城公社，即今东莞市东城街道。

全国春季游泳錦标賽在东莞揭幕

我省三名男女选手第一天打破三項全国紀录

本报东莞专电　一九六六年全国春季游泳锦标赛，于昨（二十二）日开始在我省“游泳之乡”东莞县举行。第一天比赛，广东选手蒙荣乙、叶欢容、高愼卿分别打破男、女子一百米蝶泳和女子二百米蛙泳三项全国最高纪录。

二十一岁的蒙荣乙是学习毛主席著作积极分子、五好运动员，从第二届全运会上创造男子一百米蝶泳一分零秒五全国纪录后，今年他已连续四次打破自己保持的全国纪录。昨天在第一场成年男子一百米蝶泳预赛中，他又以一分的优异成绩，第五次打破全国纪录。十九岁的叶欢容在成年女子一百米蝶泳预赛中，与黑龙江选手李丽芬争夺十分激烈，前五十米的比赛李丽芬领先，但叶欢容鼓足干劲，力争上游，最后終于战胜对手，并以一分十一秒五的成绩打破了她自己保持的一分十一秒八的全国纪录。这是她今年第二次打破这项纪录。优秀蛙泳选手、二十四岁的高愼卿，在女子二百米蛙泳预赛中，以二分五十九秒一的成绩，打破了她自己保持的三分零秒六的全国纪录。这是她今年第二次打破全国纪录。

参加这次锦标赛的有解放军、北京、上海、河北、辽宁、黑龙江、山东、安徽、江苏、浙江、福建、江西、四川、湖北、湖南、广西、广东和北京体院等十八个代表队，男、女选手二百九十多人。比赛分男、女子成年组和少年组，进行五十八个项目的比赛，预定二十六日结束。（罗衍平）

罗衍平：《全国春季游泳锦标赛在东莞揭幕》

《南方日报》1966年5月23日第1版

用毛澤东思想武装起来的人最勇敢最頑强

惠阳东莞战胜洪水 主要堤围安然屹立

本报惠州訊 惠阳县八万群众和人民解放军指战员在毛泽东思想的鼓舞下，顽强地坚持了四天四夜的抗洪斗爭，取得了很大成绩。洪水已经在二十四日开始下降，到目前为止，全县八条主要堤围和数百个山塘水库，除去年新建的永良堤，因未完工，堤顶溢水一米多外，其他工程都安全。

惠阳县沿东江、西支江有马安围等八条围堤，保卫着三十多万亩耕地，过去这些堤围质量较差，一九五九年出现特大洪水时，多数崩塌出险，近年来由于坚持长期维修，堤围比以前坚固，特别是近一年来，各地群众大学毛主席著作，人的精神面貌有了很大变化。因此，今年虽然遇到比历史上最高水位稍低的洪峰，几条大堤围仍然保住了。在防洪抗洪中，各处堤围一共出现了四十多处险段，但都很快抢修好。哪里出现危险，那里就出现了以张思德、白求恩和“愚公”等人物为榜样，全心全意为人民服务的战斗队伍。不少人把自己的家可能受浸的情况置诸度外，全心全意保护堤围。不少人连续苦战，几个昼夜不肯休息，而且在工地上学习毛主席著作，始終保持饱满的战斗情绪。芦洲公社上青大队基干民兵队长杨黄连领导一百多人抢修上青险段，三天三夜食住在堤上，险段缺石料，许多人便回家把石墙拆下来用。水口公社龙津大队民兵营长骆寿培，二十三日巡堤时发现漏洞渗水，便立即拿出自己的棉被，潜入水底，把洞堵好。在抗洪中，许多非灾区发扬了毫不利己专门利人的共产主义精神，在人力物力等方面给灾区以大力支援。（惠阳县农办通讯组）

本报东莞訊 东莞县广大干部、群众和驻军，连日来发扬勇敢战斗、不怕牺牲、不怕疲劳和连续作战的精神，和洪水作斗爭，取得了重大的胜利。到昨天发稿时止，全县沿江绝大部分堤围都安然无恙。

在这次抗洪斗爭中，东莞县的干部、群众和驻军活学活用毛主席著作，用毛泽东思想武装头脑。有的堤围近年来已经逐步加高加固，比较安全，但是广大干部、群众运用毛主席一分为二的观点去看问题，克服自满麻痹思想，深入细致调查隐患，迅速加以维修。在石碣公社挂影洲围刘屋段两公里长的堤壆上，发现十三个白蚁洞渗水，个别地段开始塌坡，非常危险，有的群众有畏难情绪，驻当地解放军指战员和县社干部便组织群众学习毛主席语录：“越是困难的地方越是要去，这才是好同志。”“我们的同志在困难的时候，要看到成绩，要看到光明，要提高我们的勇气。”又分析了克服困难的有利条件，坚定信心，鼓起勇气，投入战斗，经过一天多的抢救，終于化险为夷。万江公社胜利围崩了四次，四次都被抢堵过来，使围内五千亩稻田减少损失。（冯章）

本报芦苞訊 北江大堤的抗洪斗爭已取得巨大的胜利。二十四日二十二时，正在缓慢下降的北江洪水到达芦苞地区后，水位曾经略为回升，省委书记处书记林李明同志闻讯后，深夜赶赴芦苞，与佛山专署副专员何武同志、三水县委书记蔡辉同志一起，彻夜上堤检查督促抗洪斗爭，并对坚持抗洪的干部、群众表示亲切慰问，大大鼓舞了抗洪大军的战斗情绪。现在大堤安全无恙，洪水继续缓慢下降，但是水位仍然很高，沿江干部、群众分为两套人马，一面日夜坚守堤围，监视水情，严防水退出险；一面抓紧近日天晴的有利时机，大力进行抢收早稻。

冯章：《用毛泽东思想武装起来的人最勇敢最顽强　惠阳东莞战胜洪水　主要堤围安然屹立》

《南方日报》1966年6月27日第1版

南方日报

1967年

消灭秧田虫害 力争晚造丰收

东莞 增城 以“只争朝夕”精神围歼虫害

本报东莞讯 东莞县各地以“只争朝夕”的革命精神，开展除虫突击旬活动，围歼晚造秧苗虫害，决心夺取晚造大丰收。连日来，这个县每天出动十一万多人除虫，灭虫面积达十万多亩。

东莞县的晚造秧苗目前普遍遭受比早造密度大得多的三化螟虫为害。在严重的虫害面前，全县各地革命群众把除虫工作作为当前一项重要的工作来抓。在除虫活动中，各地都十分注意抓活思想，活学活用毛主席著作，细致地做好思想发动工作，提高革命群众对除虫工作的认识，大搞除虫的群众运动，打除虫歼灭战。在活学活用毛主席著作的同时，这个县还普遍以公社为单位召开除虫现场会议，总结早造除虫的经验教训，使革命群众认识到搞好秧田除虫工作不但直接关系到晚造收成，而且关系到无产阶级文化大革命，关系到社会主义建设的大问题，一定要把除虫工作做好，争取晚稻大丰收。

全县广大社员群众除虫的积极性非常高涨，使用各种工具、各种方法进行除虫。目前已经有十万零一百多亩秧田反复除过虫。

（东莞县生产临时指挥部报道组）

本报增城讯 增城县广大社员认真贯彻毛主席提出的农业“八字宪法”，大力开展晚造秧田除虫活动，争取晚造丰收。最近，全县每天有二万五千多人参加除虫，三万八千多亩有虫的秧田，已普遍除虫二、三次。

增城县大部分地区晚造秧苗发生严重虫害，最多的是第三代三化螟虫。各公社、大队在组织除虫工作中大力突出政治，做好政治思想工作。他们通过召开现场会议、战地会议等形式，认真总结今年早造和历年除虫的经验教训，克服当前一些干部和社员存在的麻痹思想和侥幸心理。新村公社在下境大队召开生产队干部现场会议时，学习了毛主席“抓革命，促生产”的伟大指示和“群众生产，群众利益，群众经验，群众情绪，这些都是领导干部们应时刻注意的”的教导，大家表示一定要把虫害消灭干净，争取晚造大丰收。会议结束后，全社每天出动二千多人除虫摘卵块。（增城县生产临时指挥部报道组）

除虫也要突出政治

目前，全省各地的晚稻秧田普遍发生虫害，严重威胁着晚造生产。插好晚稻秧，这是夺取晚稻丰收中农事活动方面的首要一环，而秧苗的好坏，则是这一环节中的关键。因此，各级革命干部和广大贫下中农社员，在搞好夏收工作的同时，必须十分重视做好秧田除虫工作，坚决把各种虫害全部、彻底、干净地消灭在秧田里，争取插无虫秧，夺取全年的农业生产大丰收。

「政治工作是一切经济工作的生命线。」做好除虫工作的关键，在于突出无产阶级政治。今天本报发表的东莞、增城两县除虫活动的报道充分地说明，只要突出政治，做好人的思想工作，让广大社员群众认识到做好秧田除虫工作，不仅仅是关系到晚造丰收的技术工作，而且是关系到巩固无产阶级文化大革命的成果、关系到社会主义建设的重大问题，就能调动起千千万万的社员群众，积极投入除虫工作。所以，各地在除虫工作中，必须用政治统帅除虫，认真组织群众活学活用毛主席著作。

此外，要做好除虫工作，还必须集中兵力打歼灭战，打一场「人民战争」。现在，季节逼人，各地夏收工作十分繁忙，劳力也十分紧张，在时间和劳力上都必须妥善进行安排，才能既打好夏收仗，又打好除虫仗。各行各业要大力支援农村做好除虫工作，特别是工业和商业部门，要尽最大努力多生产和及时供应农药和除虫工具，为保证晚造丰收作出应有的贡献。

东莞县生产临时指挥部报道组：《消灭秧田虫害 力争晚造丰收 东莞增城以“只争朝夕”精神围歼虫害》

《南方日报》1967年7月14日第2版

南方日报

1968年

学习門合維护解放軍这座钢铁的长城

东莞县虎门太平渔港民兵营长
曾出席全国民兵代表大会代表 郭金木

在完成人类历史上第一次无产阶级文化大革命的伟大斗争中，继支左爱民模范李文忠同志之后，又出现了“无限忠于毛主席革命路线的好干部”门合同志这样一个闪耀着毛泽东思想光辉的伟大的共产主义战士。他是无限忠于人民、无限忠于毛主席、无限忠于毛主席革命路线的人民解放军的一个杰出代表。他的光辉事迹有力地表明：人民解放军是无产阶级文化大革命的坚强柱石，是伟大的钢铁长城！

我们虎门口的广大民兵和渔民群众，同人民解放军是鱼水关系骨肉亲。在苦难的旧社会，我们渔民受尽了帝国主义、国民党反动派、土豪、渔霸的残酷迫害。恩人毛主席派来亲人解放军，才把我们从苦海里解救出来，建设新渔村，走上了社会主义的幸福大道。毛主席派来的人民子弟兵，十多年来，一直遵循毛主席“**全心全意地为人民服务**”的教导，象门合同志那样“一时一刻，一分一秒，生命的全部时间，都为人民的利益而工作”，积极热情地帮助我们活学活用毛泽东思想，给我们护航，给我们安装自来水，多次冒着生命的危险抢救我们在海上遇难的渔民兄弟。在这次史无前例的无产阶级文化大革命中，他们又象门合同志那样，坚决执行毛主席“**人民解放军应该支持左派广大群众**”的伟大战斗号令，深入渔村，积极宣传毛泽东思想，宣传毛主席的最新指示，帮助我们开展革命大批判，大大地提高了我们的阶级斗争和路线斗争觉悟，促进了革命的大联合和革命的三结合，取得了革命和生产的双丰收。无数的事实说明：毛主席亲手缔造[illegible]的人民解放军是我们最可爱的亲人，是最听毛主席的话，最忠于人民、忠于党、忠于毛主席革命路线的人民子弟兵。

毛主席教导我们：“**军民团结如一人，试看天下谁能敌？**”我们广大民兵和渔民对解放军有海样深情，我们和解放军心连心。但是，国内外的阶级敌人为了破坏文化大革命的全面胜利，必将更加阴险、毒辣地挑拨军民关系，破坏军民团结。因此，我们要更高地举起“拥军爱民”的伟大旗帜，更大规模地热烈展开拥军爱民运动，把“拥军爱民”提高到忠于毛主席无产阶级革命路线的高度来认识。坚决揭露阶级敌人挑拨和破坏军民团结的阴谋活动，相信和依靠解放军、拥护和热爱解放军、学习和帮助解放军，巩固伟大的钢铁长城。

郭金木：《学习门合维护解放军这座钢铁的长城》

《南方日报》1968年6月11日第3版

南方日报

1970年

用战备观点检查落实养猪工作

东莞县大朗公社克服“到顶”思想，进一步发展养猪业

本报讯 东莞县大朗公社广大贫下中农反复学习毛主席有关发展养猪事业的指示，用战备观点检查、落实养猪工作，克服养猪“到顶”思想，养猪事业得到进一步的发展。去年八至十二月的五个月期间，比头七个月养猪总头数增加了一万多头，增长了百分之二十七点五。

一九六五年，大朗公社实现了一人一猪。到一九六八年，全社公养、私养生猪的饲养量达四万九千多头，平均每人一点三头。在这种情况下，一些干部和社员便产生了养猪“到顶”的思想，因而对养猪工作抓得不紧，使生猪饲养量一度下降。在党的“九大”精神鼓舞下，公社革委会决心带领广大社员群众不断发展养猪事业。

松柏朗大队前年实现了一人一猪，一亩一猪以后，有的干部和社员便产生了“到顶”的思想，减少饲料地，影响了养猪业的发展。公社革委会主任发现这种情况，深入该大队组织干部和社员学习毛主席关于继续革命的伟大理论，使他们自觉地把原来已改种蔬菜的一部分地重新改种猪饲料，还开荒扩大饲料种植面积，使生猪饲养量大幅度增加。

黄草朗大队在一九六四年就达到养猪平均每人一点六头，每亩一头多。但是，广大贫下中农和干部遵照毛主席关于“力戒骄傲”的教导，大破“满”字，狠斗骄气，不断革命，总结了“养猪不留母，发展没前途”的经验教训，养猪业得到不断发展，到去年底，全大队养猪平均每人二头半，每户十二点六头。几年来，他们实行猪苗自繁自育，不仅做到本大队猪苗自给，同时每年还供应其他大队猪苗一千多头。

（朗革通、东军武、惠军）

朗革通、东军武、惠军：《用战备观点检查落实养猪工作　东莞县大朗公社克服“到顶”思想，进一步发展养猪业》

《南方日报》1970年1月13日第2版

按照新党章的要求健全党的组织生活

东莞县上沙大队党支部教育党员不断增强无产阶级党性，使党支部成为密切联系群众的朝气蓬勃的战斗指挥部，巩固和发展了整党建党的成果

新华社广州电 广东省东莞县长安公社上沙大队党支部，按照新党章的要求健全党的组织生活，教育党员不断增强无产阶级党性，使党支部成为密切联系群众的朝气蓬勃的战斗指挥部。

上沙大队党支部把严格党的组织生活，不断促进党员的思想革命化，作为巩固和发展整党建党成果，进一步贯彻执行毛主席的无产阶级建党路线的一件大事来抓。经过党员充分讨论，这个大队的党支部健全了党的组织生活的各种制度。

上沙大队党支部经常运用上党课、讲用会、请群众评论等方式向党员进行毛泽东思想、新党章和党内两条路线斗争史的教育。党员们把活学活用毛主席著作和学习新党章结合起来，做到"老三篇"天天读，《毛主席语录》、新党章随身带，经常用毛主席关于无产阶级革命事业接班人的五个条件对照自己，认真改造世界观，促进思想革命化。

这个大队党支部在党的组织生活中，把请群众参加评论当作密切联系群众的重要途径，经常采取请进来和走出去的办法，广泛听取群众对党支部和党员的意见。党员孙耀全当了党支部副书记以后，一度浮在上面多，参加劳动少，群众在评论时向他提出了批评意见。他带着群众的意见活学活用毛主席关于"**干部通过参加集体生产劳动，同劳动人民保持最广泛的、经常的、密切的联系。这是社会主义制度下一件带根本性的大事，它有助于克服官僚主义，防止修正主义和教条主义**"的伟大教导，用新党章的规定对照检查自己，提高了认识，主动到社员中去斗私批修，积极参加集体生产劳动。去年八月强台风侵袭时，他带领五十名民兵，同海潮搏斗了两天两夜。在海堤决口的紧要关头，他冒着生命危险，第一个跳进水里用身体堵住决口，和民兵一起保住了海堤。他这种虚心接受群众意见，积极改正缺点的精神，受到贫下中农的称赞。

这个大队党支部由于健全了党的组织生活，做到党内教育经常抓，党员思想经常管，有了先进大家学，有了缺点大家帮，党员事事起模范带头作用，大大增强了党支部的战斗力，成为带领群众与天斗、与地斗、与阶级敌人斗的坚强指挥部。去年这个大队革命和生产都取得了很大成绩，生产的粮食除完成国家征购任务外，还多卖十万多斤余粮给国家，为支援祖国的社会主义建设作出了贡献。

《按照新党章的要求健全党的组织生活　东莞县上沙大队党支部教育党员不断增强无产阶级党性，使党支部成为密切联系群众的朝气蓬勃的战斗指挥部，巩固和发展了整党建党的成果》

《南方日报》1970年2月28日第1版

用毛主席哲学思想做好知識青年工作

东莞县道滘公社抓紧对知識青年的再教育，使他們成为三大革命运动的一支突击力量

本报訊 东莞县道滘公社革委会，运用毛主席的光辉哲学思想，对上山下乡知识青年进行再教育，调动了知识青年的革命积极性，使知识青年在农村三大革命运动中迅速成长。

“知識青年到农村去，接受貧下中农的再教育，很有必要。……各地农村的同志应当欢迎他們去。”在毛主席的伟大号召下，一批又一批城市知识青年来到道滘公社插队落户。公社革委会和广大贫下中农热烈欢迎他们，做到政治上有人抓，生产上有人教，生活上有人管。

经过一段时间的鍛炼，大部分知识青年进步很快，在改造世界观上取得很大的成绩。但是，也有些知识青年进步较慢。在这种情况下，有些人认为“好的好定了，差的改不了”，因而放松了对知识青年的再教育。公社革委会认识到：“好的好定了，差的改不了”这种说法，是一种静止的观点，不符合毛主席的哲学思想。于是，组织各级革委会的成员学习毛主席的光辉哲学思想，使大家认识到，只有用发展的观点来看待知识青年的成长，发现和调动知识青年的积极因素，才能使后进的变先进，先进的更先进，更好地把知识青年培养成为无产阶级革命事业的接班人。认识提高后，各级革委会更自觉地抓紧对知识青年进行再教育，积极地帮助知识青年成长。

厚德大队五花生产队有个知识青年，平时好提意见，敢于向坏人坏事作斗争，但看问题有主观、片面的毛病，态度比较生硬。有些人认为他好管“闲事”，经常“得罪人”，主张要狠狠地批评他。但是，这个生产队的干部和贫下中农认为，这个知识青年敢于斗争，是一种很好的表现，应该积极支持。对于他的缺点，应该通过耐心教育，帮助他改正。于是，他们大力表扬这个知识青年敢想敢说，敢于同坏人坏事作斗争的精神，进一步调动了这个知识青年的积极因素。同时，他们又和这个知识青年一起学习毛主席的教导：**“研究問題，忌带主观性、片面性和表面性。”“我們是辯证唯物主义的动机和效果的統一論者。为大众的动机和被大众欢迎的效果，是分不开的，必须使二者統一起来。为个人的和狭隘集团的动机是不好的，有为大众的动机但无被大众欢迎、对大众有益的效果，也是不好的。”**帮助他克服主观、片面的毛病，使他在农村三大革命运动中鍛炼成长，获得了社员的好评。

道滘公社革委会十分注意做好后进青年的思想政治工作，调动他们的积极因素，帮助他们在三大革命运动中改造世界观。闸口大队新村仔生产队有一个知识青年，不安心扎根农村。在公社革委会的帮助下，这个大队的干部和贫下中农对这个知识青年进行了全面分析。大家认为：这个知识青年不安心于农村，[illegible]怕苦怕累；但他喜欢唱革命歌曲，又有一定工作能力。根据他的特长，大队革委会吸收他参加大队毛泽东思想业余文艺宣传队。在工作中，他有一点进步，就给予表扬、鼓励；同时，指出努力方向。贫下中农的信任，使他受到很大鼓舞。在宣传毛泽东思想的过程中，他发挥了积极的作用，同时也受到深刻的教育，提高了觉悟，决心一辈子扎根农村干革命。

遵照毛主席的光辉哲学思想，公社革委会还正确地处理了对知识青年的教育和使用问题。他们组织大家反复地认真地学习毛主席关于培养无产阶级革命事业接班人的伟大教导，使大家认识到，知识青年经过无产阶级文化大革命的鍛炼，有一颗忠于毛主席的红心，热情高，干劲大，有朝气，肯学习，接受新鲜事物快。因此，应当把他们当作建设社会主义新农村的一支重要力量，在教育中大胆使用，在使用中不断提高，才能使知识青年在三大革命运动中更好地鍛炼成长。各级革委会挑选了一批知识青年参加农村的斗、批、改运动，参加毛泽东思想业余文艺宣传队，建立农村广播网、宣传报道网，让他们担任学习毛主席著作的辅导员，参加革命大批判小组，开展读报、教贫下中农学文化、教唱革命歌曲等活动。还挑选了一部分知识青年担任民办教师、“赤脚医生”、兽医、电动排灌管理员等，使知识青年在农村三大革命运动中发挥了积极作用。

在大胆使用知识青年的过程中，公社革委会不断帮助他们提高阶级斗争和两条路线斗争的觉悟。当他们工作遇到困难时，就引导他们用毛泽东思想武装头脑，发扬一不怕苦，二不怕死的革命精神，克服困难；当他们工作取得成绩时，就鼓励他们戒骄戒躁，继续前进；当他们有了缺点时，就热情地帮助他们提高认识，改正缺点。梅沙大队有一个知识青年到大队农科站工作后，开始热情很高，积极进行良种试验。但是，有一次浸了种子，几天也不出芽，他就泄气了。贫下中农和他一起学习毛主席关于**“我們的同志在困难的时候，要看到成績，要看到光明，要提高我們的勇气”**的教导，鼓励他战胜困难，还手把手地教他学会浸谷催芽的技术。后来，他虚心向贫下中农学习，在农业科学实验中取得了一定的成果。

经过一年多来的鍛炼和考验，在道滘公社落户的知识青年，成为三大革命运动的一支突击力量。在一千零五十七名知识青年中，有四百六十八人担任了生产队的各种职务，有一百五十三人被评为省、专区、县、社活学活用毛泽东思想积极分子，有三百七十五人被评为五好社员。（联合报道组）

联合报道组：《用毛主席哲学思想做好知识青年工作　东莞县道滘公社抓紧对知识青年的再教育，使他们成为三大革命运动的一支突击力量》

《南方日报》1970年8月19日第3版

贯彻两条腿走路方针大办水电事业

东莞县在国家大电网的带动下大力发展水轮泵站

本报讯　东莞县革委会遵照伟大领袖毛主席关于**“备战、备荒、为人民”**的教导，在实现了农田灌溉电力化的基础上，大力发展水轮泵站，获得很大成绩。目前，全县已经建成二百多座水轮泵站，有力地促进了农业生产的发展。

东莞县是我省重要粮产地之一。在毛主席的无产阶级革命路线指引下，在国家大电网的带动下，水电事业有了很大发展。全县已建成中小型水库两千多座，电力排灌站二千三百多宗，装机容量四万七千多瓩。在这样的情况下，要不要继续发展小型水力发电站？为了解决这个问题，东莞县革委会举办毛泽东思想学习班，使大家认识到：贯彻“两条腿走路”的方针，在大电网的带动下，发展小型水电站，这是形势发展的需要，是战备的需要。同时用典型引路，提高群众大办小型水电站的自觉性。道滘公社的两个生产队，对发展小水电站采取两种不同的态度，得出两种不同的结果。扶屋生产队单纯依赖大电网，不建水轮泵站，在局部遇旱时减了产。同它相邻的虎斗生产队正确执行了“两条腿走路”的方针，在国家大电网带动下，又建了自己的小水轮泵站，结果是连年增产丰收。经过学习班教育动员之后，全县掀起大办水轮泵站的高潮。各级革委会把建设水轮泵站当作一项政治任务来完成。现在，全县从原来只有一个公社建设水轮泵站，发展到二十三个公社都有水轮泵站。

在建设水轮泵站的过程中，县革委会遵照毛主席关于**“自力更生”、“艰苦奋斗”**的教导办事，没有资金，社、队自筹解决；没有技术人员，他们采取现场练兵的办法，大力培训“赤脚技术员”队伍，全县共培训了五百多名既能设计，又能施工的革命化的“赤脚技术员”；缺乏原材料，广大群众就自己动手，土法上马，大搞代用。清溪公社只用了二十四天的时间，就建成了十七个水轮泵站，并且大多数是能综合利用的。全县已形成了一个能蓄、能引、能灌、能排的水电网，基本实现了旱涝保收。（东莞县革委会报道组）

东莞县革委会报道组：《贯彻两条腿走路方针大办水电事业　东莞县在国家大电网的带动下大力发展水轮泵站》

《南方日报》1970年8月24日第2版

充分发动群众 切实加强领导

东莞县积极发展母猪生产

本报讯 东莞县各级革委会在发展养猪事业中，十分注意抓好母猪生产。他们充分发动群众，切实加强领导，认真落实党的养猪政策，使母猪生产迅速发展。目前，全县饲养母猪六万多头，比去年同期增加了一倍多，有力地促进了养猪事业的大发展。今年以来，全县饲养生猪头数比去年同期增加百分之十二。

在发展母猪生产中，县革委会狠抓两个阶级、两条路线的斗争，保证养猪业沿着毛主席指引的方向发展。今年初，东莞县革委会提出要大力发展母猪生产，自力更生解决猪苗。开始，有些人受“养母猪亏本论”的影响，不愿发展母猪生产。针对这些活思想，县革委会及时组织干部、群众认真学习毛主席关于发展养猪事业的指示，总结了高埗公社忽视母猪生产，影响了养猪事业发展的教训，和黄江公社由于坚持自力更生发展母猪生产，解决了猪苗，促进了养猪业迅速发展的经验，使大家进一步认识到要大力发展养猪业，必须发展母猪生产。

在提高认识基础上，各级革委会切实加强领导，把发展母猪生产列入议事日程，普遍建立养猪领导机构，做到级级有人管，层层有人抓。定期研究，交流经验，解决问题。黄江公社鸡啼岗大队党支部和养猪领导小组成员，经常深入养猪场参加劳动，和饲养员一起学习“老三篇”，搞好饲养员的思想革命化，促进了养猪事业的大发展。各级革委会还认真贯彻公养和私养两条腿走路的方针，以积极发展集体留养母猪为主，同时按照有关政策规定，鼓励社员饲养母猪。同时，适当分配一些饲料地给饲养母猪的社员，解决了养母猪的实际困难，从而加速了母猪的发展。

（东莞县联合报道组）

东莞县联合报道组：《充分发动群众　切实加强领导　东莞县积极发展母猪生产》

《南方日报》1970年11月4日第3版

认真搞好计划生育　为革命多作贡献

东莞县八年来坚持开展計划生育工作，取得很大成績

本报讯　东莞县广大革命群众遵照伟大领袖毛主席的有关教导，从一九六三年以来，积极开展计划生育工作，逐步在全县大多数的育龄夫妇中落实了节育措施，取得了很大成绩。目前全县大多数的育龄夫妇都能自觉地实行计划生育。

东莞县的实践证明，实行计划生育好处很多：有利于广大群众积极参加活学活用毛泽东思想群众运动，促进思想革命化；有利于**抓革命，促生产，促工作，促战备**，落实毛主席“**备战、备荒、为人民**”的伟大战略方针；有利于个人和家庭生活的合理安排，解放妇女劳动力，进一步发挥妇女“半边天”的作用；有利于提高人民健康水平；有利于教育后代，更好地培养无产阶级革命事业接班人。几年来，东莞县广大妇女精神面貌发生了深刻变化，全县劳动妇女百分之四十被评为活学活用毛泽东思想积极分子和“五好社员”。石碣公社唐洪大队开展计划生育工作前，妇女由于家务拖累，参加政治活动和出勤劳动的只有八成左右。开展计划生育工作后，参加学习和出勤的妇女增至百分之九十五以上。贫下中农高兴地说：“毛泽东思想来武装，人换思想地献粮；计划生育就是好，移风易俗新风尚。”东莞县的经验说明，认真搞好计划生育工作，不仅是社会主义革命和社会主义建设的需要，而且完全符合广大人民群众的切身利益。

东莞县八年来坚持开展计划生育工作的主要经验是：

一、用毛泽东思想统帅计划生育工作。东莞县广大革命群众和干部怀着无限忠于毛主席的一颗红心，为革命实行计划生育。他们积极学习和宣传毛主席有关指示，做到家喻户晓，深入人心；自觉为革命搞好计划生育，蔚然成风。

二、以阶级斗争为纲，推动计划生育工作深入开展。东莞县广大革命群众和干部牢记毛主席关于“**千万不要忘记阶级斗争**”的教导，坚决打击破坏计划生育工作的一小撮阶级敌人，开展革命大批判，狠批“多儿多福”、“养儿防老”、“重男轻女”等封建思想，从而使计划生育工作不断取得新的成绩。

三、充分发动群众，依靠群众。发动群众，最根本一条是用毛泽东思想教育人、改造人。东莞县在开展计划生育工作中，通过办学习班，上辅导课，开讲用会、批判会，忆苦思甜等办法，利用广播、大字报、黑板报、小评论、文艺演出等宣传形式，大造革命舆论，提高广大群众为革命实行计划生育的自觉性。

四、领导重视，抓好典型。东莞县各级领导把开展计划生育工作提到革委会的议事日程上，领导普遍做到三带头：带头学习，带头宣传，带头实行计划生育。他们还深入调查研究，抓好典型。

五、建立一支革命化的技术指导队伍。东莞县在开展计划生育工作中，遵照毛主席关于“**把医疗卫生工作的重点放到农村去**”的指示，采取“就地培训，就地分配，就地使用”的办法，培训了二百五十多名技术人员，做好计划生育的技术指导工作，大大地方便了群众。

（省卫生事业管理局报道组）

省卫生事业管理局报道组：《认真搞好计划生育　为革命多作贡献　东莞县八年来坚持开展计划生育工作，取得很大成绩》

《南方日报》1970年12月5日第2版

南方日报

1971年

农田水利建设上的一个创举

——东莞县道滘公社大办潮汐水輪泵的調查报告

编者按：东莞县道滘公社利用潮汐大办水轮泵的调查报告，提出了一个发人深思的问题：他们在水落差很小的条件下，办起了那么多潮汐水轮泵，为国家节省了那么多电，使潮汐成为取之不尽、用之不竭的动力的源泉，那么，条件同道滘差不多的地方，是不是也能这样办呢？

（一）

水利是农业的命脉。我省不同类型的地区，都在按照各自的不同特点，积极发展自己的农田水利事业。山区有山区的创造，平原有平原的贡献。真是百花齐放，各显其能。

东莞县道滘公社，利用潮水涨潮和退潮的冲力，大办潮汐水轮泵，就是多快好省地发展农田水利事业的一个创举。

东莞在珠江三角洲的水网地带。侧临东江，面对南海，河涌纵横，水源丰富。这里每天两次涨潮又退潮，河水随着海潮两起又两落。聪明、智慧的道滘人民，就利用河水和海潮的起起伏伏，在农田水利建设上作出了独特的创造。他们修堤、筑坝、建水闸，在堤坝上安装水轮泵。涨潮时，巧妙地让潮水自上而下地流进河涌，冲击水轮泵；退潮时，又用人工的方法，造成堤内的水位高于堤外，让潮水奔泻而出，使水轮泵随着潮水的冲击而运转。这，就是潮汐水轮泵。

道滘公社有十七个大队，先后建起潮汐水轮泵站六十二座，安装水轮泵一百零四台。加上正在建设和计划建设的，就有两百台水轮泵，并将在今年完成。现在的一百零四台水轮泵，虽然还没有全部发挥效益，但已可灌溉农田一万五千多亩。全部水轮泵站建成以后，可使百分之八十的水田，不再用国家大电网的电力灌溉。这对国家是一个多么大的贡献啊！一个公社，有这么多的水轮泵，实在是值得称赞的。

潮汐水轮泵出现在沿海地区，是个创举，也是一场革命。

首先，是农田水利建设上的创举。早在一九六五年，道滘公社就在国家大电网的基础上，过了水利关，实现了排灌电气化。但道滘人民不以大电网为满足。相反的，他们要用自己建设的潮汐水轮泵，代替大电网，目的是用节约电力的办法，对国家多做贡献。这种精神境界，又是多么高尚！

其次，水轮泵从山区来到了平原，也是一场革命。在资产阶级“专家”、“权威”看来，平原地区的水落差小，没有一米以上的水落差，不能安装水轮泵。道滘人民不信邪，不迷洋，他们打破常规，在三十厘米的低水落差的情况下，就办起了潮汐水轮泵。并且实现了一个又一个新飞跃。最初，水轮泵只在退潮时运转，不久，就发展到涨潮、退潮都能运转；最初，一昼夜只能运转十五个小时左右，不久，就发展到一昼夜运转十九个小时。由单程泵，发展到双程泵。又从双程泵，发展到昼夜二十四小时都能运转的全程泵。从只能灌溉，发展到既能灌溉，又能发电、碾米、打浆、照明。潮汐，在道滘人民的手里，变成了取之不尽、用之不竭的动力的源泉。

据统计：一台潮汐水轮泵，比一台功率大体相同的电泵，平均减少投资一千七百多元。每年节约用电三千五百多度。节约电费、维修费、劳动管理费一千多元。而且，潮汐水轮泵建设简便，操作安全，管理容易，坚固耐用。因此，深受沿海人民欢迎。

尤其值得注意的是：现在一百零四台水轮泵当中，一九六九年前的只有十台。其余九十四台，是进入伟大的七十年代兴建的。这说明什么呢？

说明**“无产阶级文化大革命是使我国社会生产力发展的一个强大的推动力。”**说明**“革命就是解放生产力，革命就是促进生产力的发展。”**说明道滘公社的水轮泵，是在两个阶级、两条道路、两条路线的剧烈斗争中发展起来的。

东莞县道滘公社遵照毛主席关于“备战、备荒、为人民”的伟大教导，自力更生建造潮汐水轮泵。图是蔡白大队白鹭生产队新建起的水轮泵站。 本报记者 摄

（二）

伟大领袖毛主席教导我们说：**“一个政党要引导革命到胜利，必须依靠自己政治路线的正确和组织上的巩固。”**道滘公社潮汐水轮泵的产生和发展，就是路线斗争的生动写照。说明路线决定一切。有了正确路线，就有一切。路线错了，就丧失一切。

道滘公社的潮汐水轮泵，是一九六四年开始兴办的，是在毛主席**“农业学大寨”**的伟大号召下产生的。并且很快发展到六台。贫下中农和基层干部，一致认为潮汐水轮泵的出现，是多快好省地发展沿海地区农田水利事业的方向，是农田水利上的“小土群”，是贯彻毛主席关于“两条腿走路”方针的具体行动。基层干部总结了潮汐水轮泵的“十大优点”。贫下中农歌唱潮汐水轮泵。说潮汐水轮泵“不用电，不用油，河水滚滚向田流”。说潮汐水轮泵“打不烂、炸不断，平时能增产，战时保丰收”。

可是，

一些人借口潮汐水轮泵“土”，不予推广。另一些人散布庸人哲学，说“有了大电网，何必自找麻烦！”就这样，潮汐水轮泵这个新生事物，曾一度停止了发展。

文化大革命一声炮响，为潮汐水轮泵的迅速发展扫清了道路。道滘公社革委会主任何忠，对此深有体会。

一九六九年冬，何忠到马西塘落实战备工作。遇到过去的“三同”户、贫农组长刘仲芬。何忠问起水车的事，刘仲芬高兴地回答说：“现在不用水车了。有了水轮泵，没有电也能泵水啦！”刘仲芬还直截了当地提出批评，说：“水轮泵这样好，为什么不赶快推广？”贫农的批评，对何忠的思想触动很大。他想起文化大革命当中，贫下中农也就潮汐水轮泵的推广问题提出批评。所有这些，都使何忠认识到，对待潮汐水轮泵这个新生事物的态度，实质上是对待毛主席革命路线的态度。站在群众面前，领导群众大办潮汐水轮泵，就是贯彻执行毛主席的革命路线。站在旁边指手划脚或者阻止群众前进，就是对毛主席革命路线不忠，就有滑到反革命修正主义路线的危险。

何忠带着这个问题回到公社，找到公社水电会的梁苏，征求他对发展潮汐水轮泵的意见。梁苏，贫农出身的“赤脚技术员”，十多年来，一直在水利工作岗位上为人民服务。文化大革命以前，他一次又一次地向上级打报告、订规划，大力主张发展潮汐水轮泵。可是，他的满腔热情，遭到一次又一次的冷遇。现在，革委会主任亲自上门征求意见，他从心里头感到高兴。但是，他觉得当前的问题是看，不是说，于是，二话没说，便带着何忠往外走。

他们边走边谈，到了一个又一个生产队，看了一座又一座潮汐水轮泵站，访问了一家又一家贫下中农。从贫下中农和队干部的谈话中，何忠越发觉到要在沿海地区多快好省地发展农田水利事业，就非得大力兴建潮汐水轮泵不可。

于是，何忠召集公社革委会成员开会、整风。围绕着要不要大办潮汐水轮泵的问题，认真学习毛主席关于无产阶级专政下继续革命的伟大理论，用**“自力更生，艰苦奋斗”**的精神，检查思想，检查工作。用战备观点检查一切，落实一切，推动一切。通过对毛主席革命路线的学习，提高了认识，鼓起了干劲。他们以战斗的姿态，走遍全社四十九个自然村，领导群众掀起了大办潮汐水轮泵的新高潮。

（三）

伟大领袖毛主席教导我们：**“善于把党的政策变为群众的行动，善于使我们的每一个运动，每一个斗争，不但领导干部懂得，而且广大的群众都能懂得，都能掌握，这是一项马克思列宁主义的领导艺术。”**

道滘公社革委会的同志，在提高了路线斗争觉悟以后，便立即把大办潮汐水轮泵的思想，变为群众的行动。他们做了大量的工作。

他们组织有关单位的成员，建立了一个大办潮汐水轮泵的领导小组。

他们迈开双腿，到群众中去，到实践中去，通过调查研究，取得领导潮汐水轮泵建设的发言权。他们同贫下中农、“赤脚技术员”一起，因地制宜，全面规划，把不够建设潮汐水轮泵站条件的河涌，结合修筑小型水利联围和桥梁的需要，形成建站条件，同时充分利用原有的水闸、明桓、暗桓等建筑物安装水轮泵。

他们积极帮助大队、生产队解决资金、材料、运输、设备等问题。

更重要的是，他们突出无产阶级政治，坚持用毛泽东思想教育人。层层举办毛泽东思想学习班，认真进行路线教育，大摆在潮汐水轮泵建设上两条路线斗争的历史，深入开展革命大批判，一个个潮汐水轮泵站建设工地，成了革命大批判的战场，成了活学活用毛泽东思想的课堂。

这就极大地激发了群众的革命热忱，充分地调动起群众的革命积极性。

这种革命的热忱和革命的积极性，主要表现在哪里呢？

一是胸怀全局，立足战备，一心为革命多作贡献。

遵照伟大领袖毛主席关于**“备战、备荒、为人民”**的教导，道滘人民用战备观点认真分析了自己所处的自然条件，一致认为，水网地带加上大电网，是个好条件，但要对国家多做贡献，就必须把农田水利放在自力更生的基础上。蔡白大队早在一九六四年就建了三个变电站，认识提高后，六个生产队，就建了八个潮汐水轮泵站，安装水轮泵十二台。成了全社潮汐水轮泵最多的大队。凤龙角生产队在建站过程中，狠抓战备教育，干部和社员立足战备，日夜奋战，仅十天时间，就把一座在无产阶级文化大革命以前计划了两年都没有建起来的潮汐水轮泵站建成了。泵水那天，全村男女老少拥到水轮泵旁，高呼“毛主席万岁！”

道滘人民自豪地说：“我们办水轮泵，不是单为自己一社、一队的利益，我们是为中国革命，为世界革命。”南城大队就是这种精神的突出代表。这个大队，一九六五年就有四座变电站，十三台电泵，电线拉到各个田头，实现了排灌电气化。另有两台柴油机。就是说，即使大电网的电一时供应不上，自己也能发电。在这种情况下，还要不要再建潮汐水轮泵站？干部和社员认真学习了毛主席关于**“中国应当对于人类有较大的贡献”**的伟大教导，认识到，自己条件好，还要想到国家，想到全世界，自己办起潮汐水轮泵站，就能为国家节约电力，就是对革命的贡献。因此，他们建了两个站，安装了两台水轮泵。准备再建三个站，再安四台水轮泵。这样，全大队原来需用电力灌溉的一千五百多亩稻田，就可以全部用潮汐水轮泵来灌溉，为国家节约大量的电力。

二是自己动手，艰苦奋斗创新业。

大岭丫生产队就是这样的典型。这个队资金缺乏，没有技术，连建设水轮泵基础用的石头都没有，运输工具也不足，要建潮汐水轮泵站，困难很大。是向上伸手要这要那，还是自力更生，艰苦奋斗？他们召开贫下中农代表会议，发动群众想办法。贫下中农回答说：“资金缺乏不要紧，宁可自己节省点，也决不当伸手派！”他们说，队里有的是粮食，多卖五百担余粮给国家，再加上公共积累和社员自筹，资金问题不就解决了吗？没有技术，贫下中农按照“在游泳中学会游泳”的办法，挑选了五名青年，在公社水电会帮助下，边干边学，边学边干，干部、群众齐动手，集体智慧能胜天，闯过了技术关。没有基石怎么办？社员们撑着小船，从六七十里远的地方运石回来。运输工具不足，贫下中农豪迈地说：“一不怕苦、二不怕死的人没有克服不了的困难！”他们不怕风浪，不畏严寒，鼓足干劲，争分夺秒，多快好省地解决了材料问题。这个生产队，在三十五天内就建了两座潮汐水轮泵站，安装了四台水轮泵。

这些事实说明了什么呢？

说明道滘人民大办潮汐水轮泵，还不仅是为国家节约电力，也不仅仅是使农业增产，更重要的是，通过大办潮汐水轮泵的实践，进一步懂得了毛主席革命路线的重要意义。爱国家、爱集体的思想大提高，自力更生、艰苦奋斗的精神大发扬。这才是最大的收获啊！

同时还培养了人。他们以公社水电会的几位“赤脚技术员”为骨干，从大队、生产队挑选了一批积极分子，采取集中与分散、长期与短期、理论与实践相结合的方法，培训了二百五十二名“赤脚技术员”。这支技术队伍同广大贫下中农一起，不断进行技术改革，使潮汐水轮泵站的建设，一个比一个先进；原料，一个比一个节省；成本，一个比一个降低；效益，一个比一个增大。其中，改革尾水管是最突出的创造。按照书本设计，尾水管是舌形的，而且要水下施工。“赤脚技术员”破除迷信，解放思想，把原来需用钢筋才能建造的舌形尾水管，改成不用钢筋也能建造的圆形尾水管，并且采用预制的方法，使安装一台潮汐水轮泵的投资，从二千七百五十元减少到一千三百元。所用钢筋，从四百斤到一斤也不要。水泥、木材、石灰、红砖、石方等节省一半以上。劳动力从八百个工减少到三百个工。这就为多快好省地发展潮汐水轮泵站创造了条件。

·东莞联合报道组·

东莞联合报道组：《农田水利建设上的一个创举——东莞县道滘公社大办潮汐水轮泵的调查报告》

《南方日报》1971年1月11日第1版

摘要：报道了东莞县道滘公社利用潮水涨潮和退潮的冲力，领导群众掀起了大办潮汐水轮泵的新高潮，先后建起潮汐水轮泵站62座，为国家节省了大量电力。

在斗争中前进 在支农中发展

——东莞县地方工业的调查

东莞调查

不断斗争，端正和坚持支农方向

适应农业需要，调整工业布局

自力更生，多快好省地发展地方工业

工农结合闹革新，开拓农业机械化的前景

·东莞联合报道组·

东莞联合报道组：《在斗争中前进 在支农中发展——东莞县地方工业的调查》

《南方日报》1971年1月12日第3版

摘要：报道了东莞县为解决工业设备不足的问题，大力发展地方工业。工业发展中坚持农业为工业服务，同时也调整工业布局适应农业发展，工农结合，开拓了农业机械化的前景。

赞东莞

·本报美术组·

水乡处处庆丰收
喜气洋洋送公粮

晒谷场上学哲学

猪多、肥多、粮多

敢教山河换新装（东江引水工程工地一角）

本报美术组：《赞东莞》

《南方日报》1971年1月12日第3版

工农一条心　蔗糖大增产

东莞糖厂和有关部门组织社会主义大协作，实现斩蔗、运蔗、收购“一条龙”

本报讯　在毛主席无产阶级革命路线指引下，[illegible]

东莞糖厂和驻厂的运蔗站、人民银行以及贫下中农代表，发扬社会主义大协作精神，组成甘蔗联合运输服务组，对糖厂原料处理过程中的斩蔗、运蔗、榨蔗三个环节进行集中领导与统一指挥，实行斩蔗、运蔗、收购“一条龙”，共同为革命多产糖。一九七〇年至一九七一年榨季实行甘蔗联合运输以来，由于工、交、农紧密配合，做到快斩、快运、快榨，使甘蔗糖份转化损失少，纯度高，由此而增产食糖几百吨；甘蔗干耗和运耗损失降到历年最低水平；同时，在糖厂每日榨蔗量比上榨季提高以后，不仅没有增加运输船只，而且节省运力百分之二十三，节约运费百分之十八，取得了增产食糖，节约运力、运费，降低成本的显著效果。

糖厂是季节性、连续性生产，时间集中，蔗区面广，运输量大，工、交、农的协作十分重要。[illegible]有关部门互不配合，造成甘蔗糖份损失，并给贫下中农带来不方便。

在无产阶级文化大革命斗、批、改运动中，在上级革委会领导下，由糖厂、交通运输部门、人民银行建立了甘蔗联运机构。他们认真学习了毛主席的教导：“经济和财政工作机构中的不统一、闹独立性、各自为政等恶劣现象，必须克服，而建立统一的、指挥如意的、使政策和制度能贯彻到底的工作系统。”[illegible]厂革委会和联运组党支部在开展联运工作中，坚持用毛泽东思想教育人，使广大工农群众团结协作，力量拧成一股绳，实行统一安排人力，统一安排甘蔗编斩和运输计划，统一调度指挥，统一结算。这样，不仅节约了人力，简化了手续，方便了贫下中农，而且调动了一切积极因素，推动了蔗糖生产。现在，贫下中农结算蔗款，托运产品，可以在联运组一次办理手续。两套调度人员合并后，统一管理原料调度和运输调度，人力节约了一半，并且基本上消除了斩、运、榨脱节的现象，使这个厂甘蔗供应不断槽，河面存蔗量比上榨季降低百分之十二，有力地保证了糖厂的正常生产。最近进入春耕大忙以后，糖厂和联运组为了使农村不违农时地开耕，主动提高了每天榨蔗量，并加速甘蔗的运输，既支援了春耕生产，又增产了食糖。做到了贫下中农、工厂、领导“三满意”。

（省糖办、省轻化公司报道组）

省糖办、省轻化公司报道组：《工农一条心　蔗糖大增产　东莞糖厂和有关部门组织社会主义大协作，实现斩蔗、运蔗、收购“一条龙”》

《南方日报》1971年3月5日第2版

东莞县广大贫下中农不失时机地掌握生产环节，掀起春耕生产高潮，决心夺取今年农业新丰收。图为石碣公社社员在插秧。

本报记者　摄

本报记者：《东莞县广大贫下中农不失时机地掌握生产环节，掀起春耕生产高潮，决心夺取今年农业新丰收》

《南方日报》1971年4月2日第2版

为工业生产提供更多的原料

东莞县积极扩大黄麻种植面积

本报讯 我省黄麻主要产区之一的东莞县，根据国家经济建设的需要，今年扩大了黄麻种植面积。

今年初，在制订种植计划时，有的干部认为种黄麻花工大，用肥多，发展黄麻会妨碍粮食增产，因而不积极发展黄麻。县革委会针对这种活思想，组织大家认真学习毛主席关于“以粮为纲，全面发展”的教导，从而使大家认识到，在抓好粮食生产的同时，努力发展黄麻生产，以保证工业有足够的原料进行生产，这是执行毛主席的革命路线；那种把粮、麻的发展对立起来的思想，是不符合毛主席的教导的。认识提高后，各社、队便迅速地落实了今年国家下达的黄麻种植计划。

在抓好思想发动和计划落实的同时，县革委会还广泛发动群众，大搞科学种麻，积极推行“两稻一麻”套种、间种等先进经验。县革委会总结推广了万江公社运用毛主席的光辉哲学思想，解决“两稻一麻”套种、间种中粮麻争地、争肥料、争阳光等矛盾，使稻、麻都获得丰收的成功经验。当前，各社、队的“大田麻”已开始整地、下肥、播种；“两稻一麻”的田也基本插秧完毕。

（东莞县报道组）

东莞县报道组：《为工业生产提供更多的原料　东莞县积极扩大黄麻种植面积》

《南方日报》1971年4月14日第3版

在四好运动中加强基层党組織建設

——东莞粉厂的调查报告

东莞粉厂遵照伟大领袖毛主席关于"全国学人民解放军，加强政治思想工作"的教导，在驻厂解放军的帮助下，于一九六八年九月开展创四好运动。两年多来，全厂的活学活用毛泽东思想群众运动不断深入发展，党员的阶级斗争、路线斗争和继续革命的觉悟越来越高，党群关系越来越好，党组织的战斗力越来越强，成为带领工人群众沿着毛主席革命路线不断前进的战斗指挥部。

把党组织建设作为四好运动的头等事情来抓

怎样在创四好运动中加强党的建设？东莞粉厂经历了从不自觉到比较自觉的过程。

制酒车间党支部，原来基础较好，但在创四好运动初期，由于对党的建设的意义认识不足，忙于日常事务，忽视支部建设，使创四好运动受到了影响。而后勤车间党支部，尽管单位多，人员分散，但在创四好运动中抓了党支部的思想建设和组织建设，充分发挥党员的先锋作用和模范作用，促进了四好运动的健康发展，后勤车间被评为四好单位。东莞粉厂党委总结了这两个车间党支部的经验教训，认真学习了毛主席有关加强党的建设的教导，进一步认识到，离开四好运动等中心工作，党的建设是空的。离开党的建设，一切工作就失掉了组织基础。四好落实主要看党的建设。四好运动是加强党组织建设的熔炉。抓住了四好运动，就能不断地促进党的建设。而抓好了党的建设，一切工作就有了保证，四好运动就能不断深入发展。从此，东莞粉厂把党的建设作为创四好运动的头等事情来抓。具体作法是：一、结合各项中心工作，不断地对党员进行党的观念的教育，使党员深刻认识党的领导作用，提高在四好运动中加强党的建设的自觉性。二、把四好运动开展的好坏作为检验组织建设的标准之一。通过四好月分析，季度检查，四好初评和总评，不断地发现党的工作中的问题，促进党的建设。三、在布置工作时，强调发挥党员的先锋模范作用，分析四好形势时，着重分析党员在各项工作中的表现，检查工作时，着眼于党组织的建设落实情况。

东莞粉厂的实践证明：抓了党的建设，四好运动就能创出新水平。反过来，四好运动开展得好，党的战斗力就能不断提高。两者是相辅相成的。

提高党员的路线斗争觉悟，在四好运动中发挥模范作用

毛主席教导我们："历史的经验值得注意。一个路线，一种观点，要经常讲，反复讲。只给少数人讲不行，要使广大革命群众都知道。"在四好运动中，深入开展思想和政治路线方面的教育，从根本上提高党员的路线斗争觉悟，把党员培养成为带领群众创四好的模范，既是加强党的建设的根本问题，也是把四好运动推向更高水平的关键。在这个问题上，东莞粉厂主要抓了如下几个方面工作：

一、学习毛主席关于阶级、阶级矛盾和阶级斗争的论述，分析阶级斗争的新动向，教育党员当阶级斗争的先锋战士。

在四好运动中抓不抓阶级斗争，既关系到四好运动能不能坚持正确的方向，又关系到党组织的战斗力能不能增强。为了不断增强党员的阶级斗争观念，提高路线斗争的觉悟，东莞粉厂抓了三个环节：当阶级斗争比较缓和的时候，容易产生和平麻痹的"松弦"思想，就学习毛主席关于"千万不要忘记阶级斗争"的教导，使党员保持清醒的头脑，自觉地狠抓两个阶级、两条道路、两条路线斗争不转向。当阶级斗争激烈复杂、人民内部矛盾和敌我矛盾一时分不清楚的时候，容易产生"左"的和右的思想，就学习毛主席有关正确区分和处理两类不同性质矛盾的教导，提高党员辨别是非的能力和政策水平，严格按照党的政策办事。当国内外形势一片大好，工作顺利，成绩显著的时候，容易产生"船到码头车到站"的"革命到头"的思想，就学习毛主席关于阶级斗争长期性和无产阶级专政下继续革命的伟大教导，使党员提高继续革命的觉悟，保持旺盛的革命精神。通过学习，党员积极投身于阶级斗争中去，在斗争的风浪中带头创四好。

二、抓住两条路线斗争的事例，反复教育党员做执行毛主席革命路线的模范。

在四好运动中，东莞粉厂根据工厂特点，抓住企业中的问题，反复地学两个"决议"，对党员进行两条路线斗争的教育，使大家认识到，共产党员的模范作用，最根本的就是要带头执行和捍卫毛主席的革命路线。翻糖车间生产一度上不去，有的领导误以为是机器有问题。因此，"只听机器响，不抓活思想"，"只管干，不管'线'"。为了赶装一个浓缩瓶，"天天读"被冲掉，结果出了事故。党支部抓住这件事，组织党员深入学习两个"决议"，认识到"千重要，万重要，坚持用毛泽东思想教育人最重要"。从而提高了执行和捍卫毛主席革命路线的自觉性。

三、在路线教育中加强党员的世界观的改造，自觉当斗私批修的闯将。

两条路线的斗争，归根到底是两种世界观的斗争。只有彻底改造世界观，路线斗争觉悟才能达到新高度，执行毛主席革命路线的思想基础才能牢固。东莞粉厂经常组织党员联系思想实际学习党内两条路线斗争史，回忆"厂史"，不断加深对毛主席革命路线的理解。同时，学习毛主席的光辉哲学著作，批判唯心论和形而上学。学习"老三篇"，破私立公，树立无产阶级世界观。

大抓基层建设，提高基层领导的战斗力

毛主席教导我们："政治路线确定之后，干部就是决定的因素。"东莞粉厂的实践证明，只有抓住党组织领导班子在四好运动中暴露出来的思想问题，用毛泽东思想去加以分析和解决，才能增强基层党组织执行和捍卫毛主席革命路线的自觉性，保证四好运动沿着毛主席指引的航向胜利前进。在四好运动中，基层党组织领导班子经常出现的思想问题，一是"领导高明论"，二是"先进学害论"，三是有了成绩居功骄傲。针对这些活思想，东莞粉厂党组织经常用毛主席的哲学思想揭露矛盾，开展积极的思想斗争，促进了领导班子的思想革命化。

不久前，东莞粉厂有的领导成员凭着过去的老经验办事，不和群众商量，进行了第三次锅炉改革，结果，锅炉改革以后，煤投进去，火往外冒，蒸汽上不来，活炉变成死炉。带着这个问题，粉厂党委认真学习了毛主席关于"群众是真正的英雄"的教导，从失败中找原因，认为主要是有"领导高明"的思想，只相信自己，不相信群众。于是，领导带头斗私批修，并把问题交给群众讨论，又同工人一起，到兄弟单位学习，结果，只用了很短的时间，就把炉救活了。这件事，也进一步促进了基层党组织遇事要同群众商量的自觉性，促进了领导班子的思想革命化。

（下转第四版）

（上接第一版）

在四好运动中加强基层党组织建设

随着四好运动的深入发展，要求越来越高，有的领导成员产生了怕苦怕累的思想。针对这些活思想，党委组织领导班子成员认真学习了毛主席关于"一不怕苦，二不怕死"的教导，引导大家看形势对我们的要求，看我们肩负世界革命的重担，看革命先烈为夺取政权不怕流血牺牲的大无畏精神，使大家提高了继续革命的觉悟，决心到三大革命斗争中去磨练一不怕苦，二不怕死的革命精神。

东莞粉厂在一片赞扬声中，有些人产生了骄傲自满情绪。针对这个问题，厂党委组织领导班子认真学习毛主席关于两个"务必"的教导和"一分为二"的观点，引导大家开展"三比"活动，把取得的成绩与共产主义远大目标比，与形势的要求比，与先进单位比。从而使大家认识到，我们所取得的成绩，只是万里长征的第一步。大家深有体会地说：骄傲自满是思想革命化的大敌，是贯彻执行毛主席革命路线的绊脚石。认识提高以后，许多同志自觉地亮私斗私，深入群众中广泛听取群众批评意见，并在全厂掀起了一个以路线教育为中心的活学活用毛泽东思想群众运动新高潮。

两年多来，东莞粉厂紧紧抓住四好运动，不断促进了基层党组织的建设，党员在三大革命运动中发挥了模范带头作用，许多群众也积极创造条件争取入党。经过考察和培养，吸收了新党员十七名，从而增强了党的战斗力，使党组织更加朝气蓬勃。

联合调查组

联合调查组：《在"四好"运动中加强基层党组织建设——东莞粉厂的调查报告》

《南方日报》1971年4月22日第1、4版

摘要：报道了东莞粉厂在驻厂解放军的帮助下，于1968年9月开展创"四好"运动，通过深入开展思想和政治教育，把党员培养成为带领群众创"四好"的模范，提高基层领导的战斗力。

东莞县附城公社温塘大队发动群众，大力发展养猪事业。图为冚下生产队的一个养猪场。 本报记者 摄

本报记者：《东莞县附城公社温塘大队发动群众，大力发展养猪事业》

《南方日报》1971年6月19日第2版

用毛主席的哲学思想指导群众性游泳活动

东莞县道滘公社党委会

道滘公社地处珠江三角洲的水网地带，正如群众说的，这里是“出门见水，举脚上船”。学会游泳，是革命的需要，生产的需要，也是战备的需要。我们遵照毛主席关于**“发展体育运动，增强人民体质”**的伟大教导，根据水乡的特点，大力开展群众性的游泳活动。目前，在公社四万七千多人中，已有一半以上学会游泳，实现了毛主席关于要有一半人口学会游泳的伟大号召，并在普及的基础上，不断提高游泳技术水平，为国家输送了一批少年运动员。广大群众坚持游泳和参加各种体育活动，身体健康，精力充沛，组织纪律性也得到加强。对落实毛主席**“抓革命，促生产，促工作，促战备”**的伟大指示，起了积极作用。

游泳和生产

我们在开展群众性的游泳活动中，遇到各种各样的活思想。有的领导成员说：“抓生产够忙了，那有时间游泳”。有的基层干部担心“搞游泳活动会影响生产”，把游泳活动和生产劳动对立起来。公社党委带着“游泳和生产”这个问题学习了毛主席关于**“事物都是一分为二的”**教导，用毛主席光辉的哲学思想处理游泳和生产、体育和中心工作的关系。我们认为：作为上层建筑的无产阶级的体育，为社会主义的经济基础所决定，反过来又为经济基础服务。开展游泳活动，要用毛泽东思想教育人，落实毛主席关于**“发展体育运动，增强人民体质”**的光辉指示。如果我们坚持毛主席的革命体育路线，发动群众，组织群众，扎扎实实地开展游泳活动，增强了人民的体质，就可以更好地促进生产的发展。

当然，如果从“锦标主义”出发，单纯为搞游泳而游泳，不明方向，就必然会妨碍生产，脱离群众。无产阶级文化大革命前有个时期，有的人片面追求轰轰烈烈的场面，搞形式主义的东西，结果脱离了群众，妨碍了生产。公社党委认真地总结了这个教训，在文化大革命中，组织干部和群众学习毛主席关于**“体育是关系六亿人民健康的大事”**的伟大教导，从路线教育入手，批判“劳动代替体育”的谬论，使群众性的体育运动沿着毛主席的革命路线蓬勃开展。

此后，我们注意摆正游泳和生产的关系，游泳活动坚持业余，根据农事季节安排活动内容，根据不同的对象提出不同做法，提倡农忙少游、分散游、田头休息游。有的贫下中农收工回家不走桥，坚持带着农具游回村。他们说：“收工游，好处多，不误工，练了身体精神爽，干起活来劲头足。”对墟镇的职工，提出工前工后游，解决了生产同游泳在时间安排上的矛盾。北永大队党支部书记李仔，开始对抓游泳有顾虑，怕弄不好会影响生产。公社领导干部针对他的活思想，和他一起学习毛主席光辉的哲学思想，使他认识到，生产是靠人去搞的，有了用毛泽东思想武装起来的人，又有健康的身体，就能把生产搞得更好。于是，他先抓好两个生产队，取得经验后，便和其他支委发动全大队的群众参加游泳。经过两年多的实践，群众的体质增强了，有效地促进了生产。

社员经过游泳锻炼，培养了“一不怕苦，二不怕死”的革命精神，练出了坚强的意志和抗寒能力，直接为生产服务。现在许多社员出勤时，能够克服水网的障碍，不用绕道过桥，而是直接带着农具游过河，既节省了时间，又锻炼了身体。群众高兴地说：过去是“隔河路遥远”，现在是“隔河路畅通”。

普及和提高

在开展游泳活动的过程中，围绕着抓多数人的普及还是少数人的提高的问题，一直存在着两条路线、两种世界观的激烈斗争。

一九五八年，伟大领袖毛主席畅游长江时，曾经号召全国人民积极参加游泳活动。我们公社的广大贫下中农怀着对伟大领袖毛主席深厚的无产阶级感情，掀起了群众性游泳活动高潮。一九五九年底，就有半数人学会了游泳。但在刘少奇的反革命修正主义体育路线的影响下，公社从学校、生产队里抽调了一些人，关起门来抓少数“尖子”的“提高”，使一度热烈开展起来的群众性游泳活动消沉下去。

这一段弯路使我们深受教育。我们带着如何正确处理“多数”和“少数”，“普及”和“提高”的关系问题，学习了毛主席关于**“我们的提高，是在普及基础上的提高；我们的普及，是在提高指导下的普及”**的伟大教导，认识到普及和提高的关系是辩证的关系。在群众性普及的基础上，抓好提高，培训骨干是必要的，反过来又可以推动群众性的普及。但是，如果脱离了普及这个基础，只抓少数人出去争锦标、出名气、应付比赛，这就会背离毛主席教导的**“发展体育运动，增强人民体质”**的根本方向。认识提高后，我们既注意抓普及，又注意在普及的基础上抓提高，使之相辅相成，互相促进。经过一段时间的实践，群众游泳活动广泛开展起来了。为适应战备需要，许多民兵经常练习武装泅渡，卫生院的医护人员也把游泳和本职工作联系起来，组织救护班练习水上救护。在普及的基础上，涌现出许多少年运动员，当中有一批输送到国家和省的游泳队，有的创造了优异成绩，为伟大领袖毛主席争光。此外，我们还坚持办好业余体校，采取长短结合，以短为主的方法，为学校培训了几百名游泳骨干，并从中选拔了一批合条件的青少年运动员，作为向上输送的后备力量。

我们在斗争实践中还认识到：要正确处理好“普及”和“提高”的关系，还必须注意克服“游泳无用论”的错误认识，才能使普及工作沿着毛主席革命体育路线的轨道前进。毛主席有关开展群众性游泳活动的光辉指示，和毛主席畅游长江的伟大革命实践，是克服“游泳无用论”的强有力的思想武器。几年来，我们深入宣传，使广大群众受到很大鼓舞。每年七月十六日，全公社从六、七岁的小孩到五、六十岁的老人，都积极参加渡江活动。去年全公社有七千多人参加纪念毛主席畅游长江四周年的渡江活动，有四百多个民兵和少年长游了三十华里。

广大群众克服了“游泳无用论”，树立了为革命而游泳的思想后，又提出了一个新问题，妇女的游泳怎么办？农村有的妇女由于过去受旧思想、旧风俗影响，不敢大胆去游泳。因此，广泛发动妇女参加游泳活动，是一场移风易俗的斗争。

毛主席一九六四年畅游十三陵水库时说：**“时代不同了，男女都一样。男同志能办到的事情，女同志也能办得到。”**毛主席这个指示极大地鼓舞了女同志。道滘公社工艺厂的女工说：毛主席为我们妇女撑腰，我们一定要为毛主席争气。她们挺起腰杆，向旧思想、旧风俗挑战。全厂有百分之九十以上的女工学会了游泳。现在全公社的妇女和男同志一样参加渡江和各种游泳活动，妇女有百分之六十学会了游泳。

在抓好“普及”的基础上，我们又从两方面抓“提高”。一是采取办短期训练班的方法，提高民兵的游泳技术。两年来，共举办了六期民兵骨干训练班，培训了九百多名民兵骨干，他们回到大队进行辅导。二是抓好业余体校的训练。一九六九年以来，我们采取长短结合，以短为主的方法培养了几百名游泳骨干。由于抓了提高工作，带动了普及的进一步发展，各单位游泳骨干的技术也提高很快。

安全和不安全

在发动群众开展游泳活动中，我们突出地抓了安全问题。开始时，有人说到河里游泳不安全。有的学校和家长怕孩子游泳出危险。我们就引导群众用毛主席关于**“一分为二”**的观点看问题。游泳中安全和不安全是对立统一的，只要游泳，就存在安全和不安全的矛盾和斗争。只要我们在战略上藐视水，在战术上重视水，认真做好安全防护工作和安全教育工作，不安全就可以转化为安全。而要真正抓好安全教育，首先要在思想上不怕水，越怕水就越不敢去组织群众开展游泳活动。不重视水，思想就会麻痹大意，没有具体措施，意外的事故也可能发生。为了高度对人民负责，公社的领导同志，从调查研究入手，分析了容易发生事故多数是中小学生，就采取学校抓、家长带的办法，层层负责。在学校中，他们把自愿游泳的人全部组织起来，分成小组，每次活动有人带领，勘察好游泳安全地区，把河涌分成浅河、深河区，组织救护队、监督岗，切实做好安全工作。家长带，就是发动家长从积极方面去教会子女游泳，这是根本的办法。现在，家长教子女游泳已成为一种风气。

由于突出政治，落实了安全措施，十几年来，我们公社在开展游泳中，没有发生过淹死人事故。通过实践，证明了只要掌握了水的规律，不安全就可以转化为安全。

东莞县道滘公社党委会：《用毛主席的哲学思想指导群众性游泳活动》

《南方日报》1971年7月16日第2版

摘要：报道了东莞县道滘公社根据地处水乡的特点，大力开展群众性游泳活动。通过摆正游泳与生产的关系，正确处理“多数”和“少数”、“普及”与“提高”的关系，做好安全防护和安全教育，实现了一半以上社员学会游泳的目标。

广泛发动群众大积晚造肥料

东莞县迅速掀起晚造积肥热潮

杨梅公社大力积集野生绿肥

本报讯 东莞县革委会遵照毛主席关于**“不失时机地掌握生产环节”**的教导，在搞好夏收的同时，迅速掀起了晚造积肥热潮，到目前为止，全县除种了田青十四万五千多亩，留养一定数量的红萍外，平均每亩已积集各种土杂肥三十多担，为夺取晚造新丰收打下了基础。

为了闯过晚造肥料关，县革委会遵照毛主席关于**“革命战争是群众的战争，只有动员群众才能进行战争，只有依靠群众才能进行战争”**的教导，召开了两次现场会议，批判单纯依赖化肥的思想，树立自力更生解决肥料问题的雄心壮志。同时，早在五月中旬，县革委会就组织了六个工作组，分别到水乡、山乡、埗田、沿海、丘陵等五个不同类型的地区，深入调查研究，发动群众积肥。各公社、大队也结合本地实际开展宣传活动，进行深入细致的动员。石碣公社原来有部分干部和群众存在怕辛苦的思想，认为无肥可积，积肥的积极性不高。公社革委会及时抓住水南大队陈屋生产队解决肥料问题的经验来教育群众。今年早造，这个生产队由于广泛发动群众大力积肥，每亩施放了大量土杂肥。这样，虽然化肥没有过去多，仍能保证禾苗有足够的肥料，并有效地改良了土壤，为早造丰收创造了良好的条件，获得了亩产达到七百五十多斤的好收成。通过这种典型事例的宣传，很快把群众的积极性调动起来了。全社每天出动五千三百多人，采取多种积肥办法，大搞积肥活动，在很短的时间内，全公社就积集大量土杂肥，初步解决了晚造备耕用肥问题。

（惠阳地区农林水战线、东莞县报道组）

本报讯 化州县杨梅公社的广大社员群众，大破“依赖化肥”思想，大立“自力更生”精神，大力积集野生绿肥。

晚造备耕一开始，许多大队和生产队按照公社革委会的布置，大采野生绿肥。可是，有的队行动缓慢。他们坐等化肥，说什么：“用化肥手脚干净，增产又有保证。”……于是，组织大家认真学习毛主席关于**“我们是主张自力更生的”**伟大教导，深入开展革命大批判，使大家认识到，只有自己动手解决肥料问题，才是夺取晚造丰收的可靠保证。认识提高后，各大队在抓好夏收的同时，都适当安排人力上山采集野生绿肥。

在积集绿肥中，公社领导成员纷纷深入各大队，认真抓好典型。落岭大队上翻坡生产队，早造因天旱，插秧过了季节，秧苗迟迟未转青，后来他们采集了大量野生绿肥进行追肥，很快使禾苗回青转绿，早造获得增产。到这个大队工作的公社革委会成员，及时将他们的经验向全公社推广，使一部分没有使用野生绿肥习惯的大队，也迅速行动起来，大搞采制绿肥活动。

（化州县通讯员学习班、杨梅公社报道组）

惠阳地区农林水战线、东莞县报道组：《广泛发动群众大积晚造肥料·东莞县迅速掀起晚造积肥热潮》

《南方日报》1971年7月20日第2版

* * * *

蹲点要蹲到“点”上

东莞县企石公社清湖大队党支部书記　潘树培

历年来，我们大队的早造秧苗，不是被寒潮冻死，就是长势细弱，严重影响了早造生产。去年春，为了解决这个老问题，我来到第二生产队蹲点。

“点”蹲下来了，我就到田间观察，分析我们育秧的情况。我们的秧田，都是地势高的砂底田，这种田拔秧容易，排水良好，就是怕旱，易受寒潮霜冻。这时，我发现一些“水尾田”土质肥沃松软，地势低、又近水，排灌方便。心想在“水尾田”上育秧，不是正好解决这个问题么！

我把这个想法在队的生产会议上提了出来。但是，有人觉得在这些长年没有犁冬晒白的“水尾田”上育秧，把握不大。我心里暗想：我是这儿土生土长的，这里的田土，我都摸透了，而且这次又作了调查，保险错不了。便说：“我了解过了，准行！”

就这样，谷种播下了，但禾苗长得又弱又小，结果全“报销”了。

这次失败，给我很大震动。我学习了毛主席关于“群众是真正的英雄”和“真理的标准只能是社会的实践”的伟大教导，深刻认识到，问题的症结是自己思想上有个“骄”字，自以为是，没有深入调查研究，没有虚心地向群众学习，依靠群众解决问题。

今年早造，我第二次到这个队蹲点。这一次，我吸取了去年的经验教训，到了生产队，便同社员一起劳动，一起学习，虚心向老贫农请教，弄清了“水尾田”由于长期没有犁冬晒白，粘性大，田底冷等特点，搜集了一些传统的做法，最后，同群众一起采用浅播薄育、渗砂控水等方法进行试验，终于取得了“水尾田”育秧的新经验，有力地推动了生产。

实践使我认识到，“蹲点要蹲到‘点’上”，就必须老老实实，深入调查研究，坚持实践第一，甘当群众的小学生，虚心向群众学习，这样，才能抓住问题的实质，做好工作，贯彻执行毛主席的革命路线。

潘树培：《蹲点要蹲到“点”上》

《南方日报》1971年9月10日第3版

东莞县望牛墩公社大鼓革命干劲

抓紧晚稻后期田间管理

本报讯　东莞县望牛墩公社广大贫下中农和干部，大鼓革命干劲，狠抓晚稻后期田间管理，确保晚造丰收。

望牛墩公社早造水稻亩产一造跨《纲要》，晚造禾苗长势很好，可望丰收。在大好形势下，有些干部和群众产生了自满松劲情绪，一度对晚稻后期管理抓得不紧。针对这种情况，公社革委会成员深入田间，对晚稻后期管理工作进行了分析研究，认为当前秋旱严重，气温低，吹北风对禾苗抽穗、灌浆有一定的影响，如果后期管理抓不好，夺取晚稻丰收有落空的危险。于是，组织干部和社员认真学习毛主席的有关教导，帮助大家扫除思想障碍，并引导大家认真总结过去战胜秋旱和寒露风夺得丰收的经验。通过学习和总结，大家树立了两点论，破除了一点论，认识到优势而无准备，不是真正的优势，也没有主动；只有全面分析晚造形势，克服不利因素，才能把丰收拿到手。大家提高了认识，便大鼓革命干劲，迅速掀起了抗旱保苗的热潮。望联大队前段受旱较严重，广大社员和干部克服等天下雨、靠电抽水的依赖思想，用水车、戽斗、木盆等工具，日夜奋战在田头，使全大队二千多亩受旱晚稻迅速解除旱患。最近，有些大队剃枝虫为害严重，社员们提出了「管理管到禾镰响，除虫除到谷登场」的战斗口号。杜屋、五冲等大队根据剃枝虫夜间出来活动的特点，组织社员晚上喷撒农药，有效地扑灭了虫害。全社对部分受寒露风影响、抽穗较慢的晚稻，最近还安排人力喷射「七〇一」、「七〇二」新农药，以促进水稻更好地生长。

（本报通讯员）

本报通讯员：《东莞县望牛墩公社大鼓革命干劲　抓紧晚稻后期田间管理》

《南方日报》1971年10月30日第2版

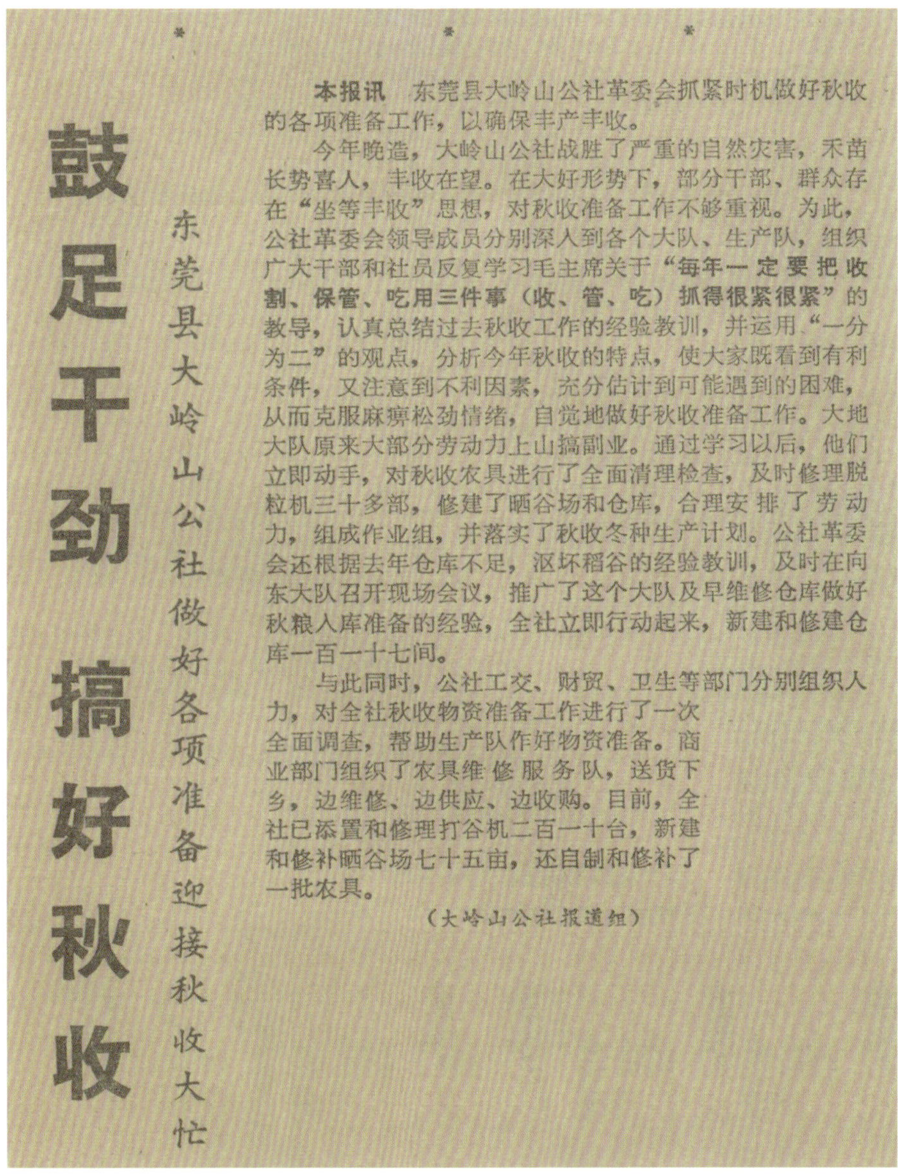

鼓足干劲 搞好秋收

东莞县大岭山公社做好各项准备迎接秋收大忙

本报讯　东莞县大岭山公社革委会抓紧时机做好秋收的各项准备工作，以确保丰产丰收。

今年晚造，大岭山公社战胜了严重的自然灾害，禾苗长势喜人，丰收在望。在大好形势下，部分干部、群众存在“坐等丰收”思想，对秋收准备工作不够重视。为此，公社革委会领导成员分别深入到各个大队、生产队，组织广大干部和社员反复学习毛主席关于**“每年一定要把收割、保管、吃用三件事（收、管、吃）抓得很紧很紧”**的教导，认真总结过去秋收工作的经验教训，并运用“一分为二”的观点，分析今年秋收的特点，使大家既看到有利条件，又注意到不利因素，充分估计到可能遇到的困难，从而克服麻痹松劲情绪，自觉地做好秋收准备工作。大地大队原来大部分劳动力上山搞副业。通过学习以后，他们立即动手，对秋收农具进行了全面清理检查，及时修理脱粒机三十多部，修建了晒谷场和仓库，合理安排了劳动力，组成作业组，并落实了秋收冬种生产计划。公社革委会还根据去年仓库不足，沤坏稻谷的经验教训，及时在向东大队召开现场会议，推广了这个大队及早维修仓库做好秋粮入库准备的经验，全社立即行动起来，新建和修建仓库一百一十七间。

与此同时，公社工交、财贸、卫生等部门分别组织人力，对全社秋收物资准备工作进行了一次全面调查，帮助生产队作好物资准备。商业部门组织了农具维修服务队，送货下乡，边维修、边供应、边收购。目前，全社已添置和修理打谷机二百一十台，新建和修补晒谷场七十五亩，还自制和修补了一批农具。

（大岭山公社报道组）

大岭山公社报道组：《鼓足干劲　搞好秋收　东莞县大岭山公社做好各项准备迎接秋收大忙》

《南方日报》1971年11月4日第2版

切实加强领导 认真落实政策

东莞县生猪生产又有新发展

本报讯 在去年已经实现一人一猪、一亩一猪的东莞县，继续加强对养猪工作的领导，认真落实各项养猪政策，使今年的生猪生产又有了新的发展。至九月底止，全县生猪饲养量比去年同期增长百分之十八，其中集体养猪占百分之四十一。

随着农业学大寨群众运动的深入发展，东莞县去年生猪生产取得较大的成绩。在成绩面前，有的干部产生自满情绪，认为“能够保持去年的养猪数字就算不错了”。因而今年初生猪发展不快。针对这种情况，县革委会及时召开有县、社、大队、生产队的干部和贫下中农代表参加的养猪工作会议，组织大家认真学习毛主席有关大力发展养猪事业的指示，用**“一分为二”**的观点分析全县养猪情况，既肯定成绩，又找出差距，克服“养猪到顶”的思想，决心进一步为革命多养猪，养好猪。养猪先进单位的黄江公社鸡啼岗大队，前两年已经实现一人一猪，由于干部有自满松劲情绪，影响了生猪的发展。通过反骄破满以后，大队革委会广泛发动群众，想办法，挖潜力，大力发展集体养猪，又积极鼓励社员养猪，使全大队养猪事业有了很大发展，平均每人养猪达到了二点三头。

东莞县各级革委会遵照毛主席关于**“一定要抓好典型”**的教导，根据丘陵平原地区养猪发展快，水乡地区发展慢的情况，既做好先进典型的巩固提高工作，又注意抓好薄弱环节，不断培养后进赶先进的新典型，以点带面，促进养猪业的均衡发展。大朗公社黄草朗大队，是全县最早树立的养猪先进典型，后来有一段时间，由于干部的思想上有片面性，只注意抓粮食生产，忽视了养猪，使养猪业的发展一度受到影响。在这个大队蹲点的县革委会主任就帮助大队干部进一步正确认识猪多、肥多、粮多的辩证关系，引导他们在抓紧粮食生产的同时，妥善安排劳力，大力发展养猪事业。今年，这个大队生猪饲养量比去年同期又有所增加。地处水乡的道滘公社，一些干部群众曾经认为“圈猪无地方，饲料无地种，生猪难发展”。针对这种思想，公社革委会领导成员深入到养猪较少的小河大队蹲点，帮助干部社员树立为革命养猪的思想。并充分发动群众，规划了养猪场地和种植饲料的土地，切实解决养猪的具体问题，迅速改变了养猪的落后面貌，全大队养猪三千四百多头，超过了一人一猪。县革委会总结和推广这个大队发展养猪的经验，使八个水乡公社的养猪事业有了很大发展。

在发展生猪生产中，东莞县各级革委会注意落实党的养猪政策，进一步调动广大群众的养猪积极性。今年，县革委会在落实养猪政策较好的茶山公社南社大队召开了现场会议，进一步检查和落实养猪政策。附城公社温塘大队通过落实养猪政策，妥善解决了饲料地问题，使养猪业又有了新发展，生猪饲养量超过了一万头。 （东莞县报道组）

东莞县报道组：《切实加强领导 认真落实政策 东莞县生猪生产又有新发展》

《南方日报》1971年11月6日第2版

东莞石龙竹器厂党支部认真贯彻党的「九大」团结、胜利路线

认真搞好新老干部革命团结

本报讯 东莞石龙竹器厂党支部在党的“九大”团结、胜利路线的指引下，认真搞好工厂领导成员中参加革命工作时间较长的老干部和在无产阶级文化大革命中锻炼出来的新干部的团结，带领广大工人群众，不断推动工厂斗、批、改深入发展，改变了后进面貌，跃进到先进行列。

这个厂的党支部在帮助新老干部搞好革命的团结中，首先根据老干部有斗争经验，新干部朝气蓬勃，各有各的长处的特点，特别注意帮助新老干部提高继续革命觉悟，培养互相学习，互相尊重，互相支持，互相帮助的优良作风。有一次，上级通知厂里派人参加一项义务劳动，在研究如何落实时，一位新干部认为应按各车间人数比例抽人。但有一位老干部不同意这个意见，认为当时正值农忙，生产农具任务很重，抽人要从实际出发，妥善安排。本来，这位老干部的意见是正确的。但是，那位新干部却认为老干部办事不够大胆，缩手缩脚。彼此发生意见分歧。针对这个问题，党支部的领导成员及时找这位老干部谈心，使他认识到：搞好革命团结，老干部负有更大的责任。新干部执行上级指示态度坚决，这是好的，但由于缺乏工作经验，所以考虑问题不全面。于是，这位老干部主动找新干部谈心，一起分析了厂里的生产情况，对抽人问题作了合理安排。经过老干部的热情帮助，使这个新干部懂得老干部考虑问题比较周密，不是缩手缩脚，而是把革命精神和科学态度结合起来。他自觉斗私批修，表示要虚心向老干部学习。在增进新老干部的革命团结中，这个厂党支部善于抓住不利于团结的思想苗头，深入进行调查研究，及时解决矛盾。有一次，在研究一项妇女工作时，负责抓妇女工作的老干部提出集中部分妇女脱产办班的意见。当征求另一位负责妇女工作的新干部的意见时，这位新干部说：“她都说了，我没意见。”这事引起党支部重视。经过了解，发现这位新干部认为，这项工作可以由妇女干部分头下去做思想发动工作来解决，脱产办班会影响生产。她没有表示自己的意见，是觉得那位老干部认为自己有经验，每次研究工作总是先发表意见，不虚心倾听别人的意见。党支部意识到这是妨碍革命团结的苗头。于是，及时帮助这位老干部学习毛主席关于**“团结起来，争取更大的胜利”**和加强民主集中制的教导，使这个老干部认识到：自以为是，不注意听取别人的意见，就会妨碍民主集中制的贯彻执行，也不利于加强革命团结和实现党的一元化领导。她主动找那位新干部作了自我批评，并且接受了她的正确意见，使妇女工作迅速落实，没有影响生产。党支部还组织这两个新老干部交谈消除隔阂、搞好团结的体会，使全体新老干部都受到一次教育。

这个厂的党支部还体会到，批评和自我批评是搞好革命团结的有力武器，加强新老干部的团结，必须发扬党的三大作风，不断开展批评与自我批评，才能真正做到在马列主义、毛泽东思想的原则基础上团结起来。一次，一位老干部批评一位新干部组织纪律性不强，[illegible]在群众中起模范带头作用。这个批评本来是对的，但由于方法生硬，所以效果不好。党支部及时指出这位老干部的缺点，帮助他学习毛主席关于**“团结——批评——团结”**的教导，使他认识到：开展批评要从团结的愿望出发，达到增强革命团[illegible]的目的。因此，不但要坚持原则，还要注意工作方法，才能收到良好效果。于是他再次找那位新干部谈心，作了自我批评，和她一起学习了毛主席关于加强革命纪律的教导，使这个新干部深受感动，主动地检查了自己组织纪律性不强的缺点，并且用实际行动改正。由于认真地开展了批评和自我批评，新老干部团结一致，有力地促进了全厂革命和生产的发展。　（联合报道组）

联合报道组：《东莞石龙竹器厂党支部认真贯彻党的“九大”团结、胜利路线　认真搞好新老干部革命团结》

《南方日报》1971年11月7日第1版

冬季除螟 事半功倍

东莞县石碣公社六境大队李屋生产队

去年冬天，我们生产队开展了全面防治水稻螟虫的工作，今年收到了良好的效果。早造螟害率降低到千分之二，晚造降到万分之七。早稻平均亩产八百零六斤，晚稻超过历史最高水平。实践使我们体会到：冬季除螟，花工少，成本低，事半功倍，是个治螟的好办法。

这几年，我们对治螟工作是重视的。但只注重治，轻视了防，当螟虫为害时，便大抓农药防治，结果搞得比较被动，花工多，成本高，损失大。在正常年景，一般螟害率达到百分之三。后来我们对害虫生长的情况作了调查，发现虫害生长的规律：螟虫一年共有几代，每到冬季，一般都集中在禾头和田边杂草越冬。如果能在这个时候把它消灭，就消除了明春的虫源，避免了虫害的大发生，灭一条等于明春灭几十条，从而争取治螟工作的主动。

掌握了害虫的生长规律，从去年晚造开始，我们贯彻了"防重于治，防治结合"的植保方针，把"冬防"作为治螟除虫的根本措施，发动群众，结合冬季积肥进行"冬防"工作；同时还采取放养红萍和根据水源条件提早在雨水前放水办田等措施，将越冬螟虫消灭在羽化之前。这样做，开始好象比较麻烦，但由于消灭了虫源，今年的虫害就大大减轻了，再加上认真用农药喷杀和灯光诱捕，效果就更加显著。社员都高兴地说："'冬防'好，除虫抓得早，节省劳力费用少，粮食产量高。"

东莞县石碣公社六境大队李屋生产队：《冬季除螟　事半功倍》

《南方日报》1971年12月16日第2版

南方日报

1972年

计划生育好处多

东莞县石碣公社革委会

从一九六三年以来，我们认真抓了计划生育和提倡晚婚的工作，取得了一定的成绩。到目前为止，全社已有百分之九十的育龄夫妇落实了计划生育措施，大部分未婚青年都自觉订了晚婚计划。人口出生率也大大下降。计划生育好处多。

计划生育，使广大妇女从繁重的家务中解放出来，积极投身到三大革命运动中去，认真读书，努力学习毛泽东思想，不断提高阶级斗争、路线斗争和继续革命的觉悟，精神面貌发生了变化。唐洪大队的一百六十六个育龄妇女，实行计划生育后，几年来，绝大部分都能坚持参加政治学习，路线斗争觉悟大大提高。四甲大队陈屋基生产队的七个育龄妇女，实行计划生育后，积极参加毛泽东思想文艺宣传队，经常宣传毛泽东思想，受到了群众的好评。

计划生育后，进一步解放了妇女劳动力，充分发挥了妇女“半边天”的作用。过去，有些育龄夫妇由于孩子多、家务重，出勤受影响，“临行三分阻”。现在，全公社育龄妇女的出勤人数已达百分之九十六。她们为夺取农业生产新丰收，加速社会主义建设而贡献力量。

计划生育有利于促进集体经济的巩固和发展，进一步改善人民生活。同时，也有利于提高群众健康水平，增强人民体质。唐洪大队在一九六五年以前，粮食不能自给。生育过多过密也是其中原因之一。以后，他们发展生产，用毛泽东思想教育群众，同时进一步落实了计划生育工作，从一九六九年起，不仅做到粮食自给，还为国家提供了商品粮一千二百多担。许多原来生活有困难的社员也都有了积蓄，生活水平有了提高。沙腰大队贫农妇女余兰，过去由于孩子多，影响了身体健康。实行计划生育后，很快恢复了健康。她非常感激党和毛主席，逢人就宣传计划生育的好处。

实行计划生育也有利于更好地教育和培养下一代。五屋洲大队洲尾生产队在一九六七年有十三个学龄儿童，可是因为要帮家里带弟妹，无法入学读书。一九六九年全面推行计划生育后，同时采用多种形式办学，使全部学龄儿童都能入学读书。

东莞县石碣公社革委会：《计划生育好处多》

《南方日报》1972年1月27日第3版

东莞县积极放养红萍

本报讯 东莞县各级革委会广泛发动群众，积极放养红萍。目前，全县已放养红萍一万七千多亩，生势良好。

红萍，是一种繁殖快、肥效高的肥料。去年秋收后，东莞县革委会便把发展红萍作为自力更生解决肥料的一项重要措施来抓，层层举办学习班，组织广大干部和群众学习毛主席关于**“自力更生”**、**“艰苦奋斗”**的教导，认真总结和推广高埗公社滘联生产队积极放养红萍，粮食产量不断上升的经验，各公社、大队纷纷行动起来，制定规划，落实措施。石碣公社红萍种子不足，他们便发动群众自养自繁，互相调剂，在很短时间内，全社就放养红萍一千多亩。同时，各级革委会领导成员还深入实际，切实加强对这一工作的具体领导。原来认为山高水冷红萍过不了冬的凤岗、樟木头等山区公社，通过学习外地经验，解放了思想，也大力放养红萍。中堂公社的领导和贫下中农与科技人员一起研究，反复实践，掌握红萍冬季生长规律，摸索出一套“早育萍种，施足底肥，暖天分萍，浅出养萍，密放防寒”的经验，加速了红萍生长。（东莞县农林水报道组）

东莞县农林水报道组：《东莞县积极放养红萍》

《南方日报》1972年2月13日第2版

不断解决矛盾，实现全面增产

东莞县革委会副主任 傅芝荣

去年，我县在毛主席无产阶级革命路线的指引下，**“以粮为纲，全面发展”**的方针进一步得到落实。粮食在连续九年增产的基础上，又获得了丰收，平均亩产一千零九十八斤；造林面积四万七千多亩；生猪饲养量按农业人口计算，每人一点二头；其他多种经营也有所发展。

我县地处珠江三角洲，有水乡、平原，也有山区、丘陵，发展粮食生产和多种经营的自然条件比较好。但是，许多社队往往出现粮食生产与多种经营互争土地、互争肥料、互争劳力、互争水源等矛盾。对于这些矛盾，要秉着统筹兼顾，妥善安排的精神，认真加以解决。一年来，我们总结了广大群众的经验，采取如下几种办法，比较顺利地解决了这些矛盾：

（一）扩大面积，提高复种指数，解决粮食生产与多种经营互争土地的矛盾。

既要不断扩大水稻面积，又要不减少或者适当扩大经济作物的种植面积，土地不够怎么办？我们的办法是：充分利用自然条件，围海造田，开荒扩种。去年全县共开荒扩大耕地面积二万七千多亩。同时，充分利用河边、塘边、村边、屋边、路边的零星土地，见缝插针，种竹、种杉、种葵、种蕉、种瓜菜等，千方百计扩大经济作物的种植面积。我们还大力推广间种、套种的经验，提高复种指数。去年全县共间种、套种各种作物面积二十一万多亩。

（二）提倡科学种田，落实农业**“八字宪法”**，努力提高单位面积产量。我们层层建立农业科研队伍，大搞群众性的科学实验活动。石碣公社科研小组繁育的“赤块”良种，一造亩产最高的达一千三百六十斤。去年全县二十八万多亩的水稻面积采用了这个良种，一造亩产量普遍达到八百斤以上。同时，我们还积极推广其他先进技术措施。因此，尽管去年遇到了罕见的风灾，但稻谷总产仍高于历史的最高水平。

（三）广辟肥源，多积肥料，解决粮食生产与多种经营争肥料的矛盾。由于粮食和经济作物面积的扩大，肥料的需要量越来越多，肥料不足就成了一个突出的问题。对此，我们采取多种办法加以解决：一是大养其猪，圈猪积肥。二是大种绿肥，去年我们利用河、涌、湖、氹水面养殖红萍、种田菁，共计达十三万四千九百多亩。三是大挖河涌泥、塘泥，去年全县共挖泥肥一千多万担。四是采取专业队长年积肥和群众性突击积肥相结合的办法，大搞土杂肥，去年全县共积土杂肥四百多万担。五是充分利用工厂的废水、废渣、废气，大搞土氨水、钾镁肥、胡敏酸氨等土化肥。六是用现金收购社员家庭肥。通过上述措施，积肥数量大大增加，全县平均每亩施肥一百四十六担，不仅满足了粮食生产与经济作物所需的肥料，而且降低了成本，增加了收入。

（四）积极发展农业机械化和半机械化，同时合理安排劳动力，解决粮食生产与多种经营争劳动力的矛盾。

毛主席教导我们：**“农业的根本出路在于机械化”**。只有发展农业机械化，才能更好地提高劳动生产率，满足粮食生产与多种经营所需要的劳动力。我们把农业机械化作为路线问题来抓，发动工业部门大力支援农业，并依靠社、队的集体力量，自力更生，加速农业机械化的进程。现在全县已基本实现运输、耕作、加工、灌溉、脱粒机械化和半机械化，大大解放了劳动力，促进了粮食生产和多种经营。

我们还注意挖掘劳动潜力，合理安排，提高了劳动效率。在经济作物生产上，采取组织专业队和农闲组织群众突击种植相结合的办法。在工副业生产上，则坚持农忙少搞，农闲多搞的原则。

（五）大力兴修水利，解决粮食生产与各项经济作物争水的矛盾。

经过多年建设，我县水利条件是较好的。但很多社队主要靠电动排灌，有时大电网供电不足，灌溉就不能保证，加上扩大了粮食生产与经济作物的面积，解决水的问题更显得特别重要。针对这种情况，我们大力发动群众，兴修水利，搞好水利配套，积极发展小水电，大力修建山塘水库，基本解决了粮食生产与经济作物争水的矛盾。

由于较好地解决了上述几个矛盾，有力地保证了粮食稳产高产和多种经营的迅速发展。去年，全县多种经营的纯收入达九千一百一十六万元，占农业总收入的百分之四十八。但是，我们的工作仍然远远落后于形势，我们要乘胜前进，把工作搞得更好。

傅芝荣：《不断解决矛盾，实现全面增产》

《南方日报》1972年3月6日第3版

认真总结经验 推动春耕生产

东莞县各级领导成员深入春耕生产第一线，同群众商量，及时发现问题，解决问题

本报讯 东莞县各级党组织和革委会领导成员，在春耕生产中，深入生产第一线，认真总结群众经验，及时解决春耕生产中的存在问题，使各项种植计划、生产措施落到实处，有力地推动了春耕生产的发展。全县在提早完成播种任务的基础上，出动大批劳动力，投入春耕春种。到三月十七日止，超额完成水利工程九百八十多宗，完成办田五十多万亩，改造低产田十四万亩；同时，抢种了甘蔗、木薯、花生和黄麻等各项经济作物三十多万亩。目前，许多社、队已进入插秧大忙。

去年，东莞县战胜了严重的自然灾害，取得了农业生产的丰收。丰收之后，有的社、队干部对组织今年春耕生产将会遇到的问题估计不足，产生自满松劲情绪，以致生产措施不落实，备耕行动迟缓，一度处于被动局面。针对这个问题，县委和县革委会遵照毛主席关于**“要认真总结经验”**的教导，在今年一月份召开了四级干部会议，进行思想和政治路线方面的教育，发动大家认真总结去年农业生产在大灾之年取得丰收的经验，使大家认识到：改进领导作风，深入春耕生产第一线，认真总结群众丰富的生产斗争经验，并加以推广，是夺取今年农业生产新丰收的重要一环。

认识提高以后，春耕一开始，各级党组织和革委会领导成员，纷纷奔赴春耕现场。县机关干部组成的六个宣传队，由县委常委带领，分别深入到平原、水乡、山区等不同类型的地区进行调查研究，认真总结群众经验，解决春耕生产中出现的问题。县委的一些领导同志发现，有的社、队干部在领导春耕生产中，没有认真听取群众意见，总结群众经验，以致出现的问题没有及时得到解决。于是，他们及时组织大家学习毛主席关于**“从群众中集中起来又到群众中坚持下去，以形成正确的领导意见，这是基本的领导方法”**的教导，使大家进一步认识到：要在春耕生产中取得发言权和主动权，必须到群众中去，认真总结群众丰富的生产斗争经验，指导春耕生产，从而使广大干部自觉地改进作风，深入春耕生产现场，同群众一起参加阶级斗争、生产斗争和科学实验三大革命运动，遇事同群众商量，及时发现问题，解决问题。

东莞县各级党组织和革委会领导成员在深入生产第一线过程中，注意总结和推广群众的先进经验，狠抓生产薄弱环节。到中堂公社蹲点的一位县革委会副主任，发现这个公社普遍放养红萍较好地解决了稻田的基肥问题，便及时组织各公社干部在这里召开现场会议，总结、推广这个经验，使全县在几天时间内，放养的红萍就由七万五千亩增加到九万多亩，对解决春耕肥料问题起到了一定的作用。

在领导春耕生产过程中，这个县各级领导成员听取群众的意见，认真贯彻**“以粮为纲，全面发展”**方针，坚决完成国家各项种植计划。随着**“农业学大寨”**群众运动的深入开展，这个县今年的甘蔗、木薯、花生和黄麻等经济作物的种植面积比去年都有所增加，有些社、队在出现了各种作物互争土地的矛盾。为了迅速解决这个问题，县委派人深入到一些种植计划不够落实的社、队，广泛征求群众的意见，做到按照国家计划要求和结合本地情况，统筹兼顾，合理布局，全面安排，使粮食作物和经济作物都比去年有所发展。道滘公社在落实水稻、花生等种植计划时，遇到了粮油争地的矛盾，在这个公社蹲点的一个县委委员，总结了大岭丫大队黄麻间种、套种花生获得双丰收的经验，在全社推广，解决了粮油争地的矛盾，不但使全社今年计划种植的水稻面积有所扩大，还超额一百多亩完成花生种植面积。其他经济作物的种植任务，也按国家计划完成。

（东莞县革委会报道组）

东莞县革委会报道组：《认真总结经验　推动春耕生产　东莞县各级领导成员深入春耕生产第一线，同群众商量，及时发现问题，解决问题》

《南方日报》1972年3月22日第1版

积极投入春耕战斗

东莞县虎门公社基宁大队党支部，在春耕生产中，充分发挥民兵的骨干作用。他们把七百多个民兵组成了生产突击队，大搞农田水利基本建设，大搞春耕生产。全大队已完成水利工程一万多个土方，沙田改泥田一千多亩，还积了大量土杂肥。目前，正争分夺秒地进行办田和插秧工作。（本报通讯员）

本报通讯员：《积极投入春耕战斗》

《南方日报》1972年3月23日第2版

余热发电

佛山陶瓷厂在深入开展工业学大庆的群众运动中，积极开展节电、办电活动。他们在有关单位的帮助下，发扬敢想敢干的革命精神，在隧道的顶端建了一座锅炉，利用隧道窑的余热，使锅炉产生蒸汽，推动发电机发电，已达到发电出力三十瓩，现还在继续改进，以进一步提高发电出力。

沼气发电

东莞县附城公社石井大队望基湖生产队贫下中农，在群众办电高潮中，利用牛屎、杂草等发酵产生沼气发电。他们建成了一座四十立方米的沼气发酵池和一座二十立方米的贮气池，安装一台十匹马力的内燃机发电，办起了粮食加工厂，并解决了照明用电，既节约燃料，又可提高肥效，增加生产。

利用试机动力发电

韶关柴油机厂在群众性节电、办电活动中，广大职工大搞技术革新，千方百计利用一切可以利用的动力设备发电。他们改革了过去的水测功机，自制成功交流电力测功机，不仅节约了原来测功抽水所需的电力，还做到了利用柴油机出厂前试机发出的动力发电，加上该厂自办的小发电机组发出的电力，已实现用电自给。

《沼气发电》

《南方日报》1972年3月24日第3版

以防为主 防重于抢

东莞县横岗水库十二年安全度汛

本报讯 东莞县横岗水库自一九五九年建成以来，坚持“以防为主，防重于抢”的方针，年年保养维修，十二年来没有出过安全事故。

横岗水库是一座中型水利工程。主坝长三百四十三米，初建时坝顶宽度为三米，坝底宽度为一百米。经过连年加固培修，到去年土坝已成为一座顶宽六米，底宽一百一十三米的坚实大坝。去年八月，横岗水库受到十八号强台风的突然袭击，风力达到九级以上，最大时超过十二级。台风带来暴雨，使水库水位猛涨，掀起几米高的巨浪直打土坝，四千多方护坡干砌石（勾缝）全部被巨浪打散，坝身的土方被巨浪掏空了两米多深，坝身多处漏水，主坝安全受到严重威胁。但由于水库管养人员平时准备好几千方防洪沙石，及时组织人力进行抢险，终于化险为夷。水库管理所认真总结了这次经验教训，深刻体会到：即使是原来质量较好的堤坝，也必须考虑到特殊的自然灾害的袭击。因此，平时要认真做到勤检查、勤维护；同时，要充分备好防汛物资。一旦遇到紧急情况，就能够采取有效措施，保护大坝安全。去年台风过后，他们就立即组织人力检查维修，并及时蓄了水，有效地保证了今年早稻插秧用水。

为了确保汛期安全，夺取今年农业生产新丰收，横岗水库在当地公社党委的领导下，不久前，重新调整了防洪抢险队伍，并备了沙石料四千多方；同时，经过两个月的紧张施工，在原土坝干砌石（勾缝）护坡的基础上，又砌了一层四十厘米厚的浆砌石，在坝顶还砌了一条三百多米长，七十厘米高的防浪墙。这个水库的全体管养人员，还提早做好了今年防汛的准备工作，做到防患于未然。

（省水电局报道组）

省水电局报道组：《以防为主 防重于抢 东莞县横岗水库十二年安全度汛》

《南方日报》1972年5月12日第2版

“游泳之乡”健儿多

著名的“游泳之乡”——东莞县，积极开展群众性的游泳活动，增强了人民体质，促进了革命和生产的发展。

一九五二年六月间，伟大领袖毛主席发出关于**“发展体育运动，增强人民体质”**的指示以后，东莞县人民就更加广泛地开展了群众性的游泳活动。几年的时间内，全县十四个平原、水乡农村人民公社的群众中，学会了游泳的人达半数以上。丘陵地区江河少，随着生产的不断发展，修建了许多山塘、水库和大型引水工程，为人民群众的游泳活动提供了广阔的场所，从而使这个县的游泳活动由平原、水乡发展到丘陵地区，遍及全县三十五个公社和城镇。

道滘公社是个“开门见水，举步登船”的水乡，广大干部社员利用这个优越的自然条件，积极开展经常性的游泳活动。社员们中午收工回家时，许多人不乘船、不走路，沿着河游水回村。广大民兵把游泳和练武结合起来，工余假日，经常进行武装泅渡和负重过河，练习水上投弹和水上射击。他们普遍掌握了蛙泳、自由泳、侧泳等姿势。这个公社有百分之七十的群众会游泳。以往不参加游泳的广大妇女，在无产阶级文化大革命中解放了思想，不断清除旧风俗的影响，也积极参加游泳活动。桥头公社五十九位女青年，打破封建的清规戒律，到水塘里学游泳，用长凳、木盆、木板代替“游泳板”，在实践中互教互学，很快就学会了游泳。

这个县在开展群众性游泳活动中，注意把普及与提高工作结合起来，在普及的基础上，认真提高群众的游泳技术水平。去年，全县组织了十个业余游泳队，到三十多个公社去进行辅导。他们和贫下中农一起劳动，利用工余时间帮助社员开展游泳活动。以往，一些山区公社的社员游泳不讲究技术，速度慢，费劲大，不能作长游。业余游泳队给他们传授了蛙泳、自由泳等姿势的要领，使山区的游泳运动水平提高了一步。

在群众性游泳活动不断向前发展的基础上，东莞县还有组织、有计划地培训业余游泳运动员，特别是培养青少年运动员。这个县从一九五七年起，就先后办起了县业余游泳体育学校和道滘业余游泳体育学校。这种业余体校，一方面对青少年运动员进行政治和文化教育，一方面进行游泳技术的训练，帮助他们提高游泳技术水平。十多年来，这两个业余游泳体校，为本地培训了数千名游泳运动骨干，还为国家输送了一百二十多名游泳运动员。

群众性游泳运动的深入发展，大大地增强了人民群众的体质，提高了健康水平。道滘公社工艺厂有五百多名工人，绝大多数是女工。由于她们整天坐着进行手工劳动，不少人过去常出现头晕、腰痛等病状。后来，这个厂的党支部以青年民兵为骨干，把全厂百分之九十六的工人都组织起来，利用工余时间开展游泳活动，使女工们的体质显著增强，患疾病的大大减少。

在开展游泳活动中，广大民兵和社员群众培养了勇敢精神。去年，十八号强台风在珠江口登陆，强大的风浪冲破了麻涌公社华阳大队的一段堤围。正在巡堤的女民兵们立即跳下去，用身体挡住缺口。不料，一个海浪打来，把她们卷进了海中。但是，她们一点不怕，凭着平时练就出来的过硬本领，顽强地同狂风恶浪作斗争，终于都游回堤坝，堵住了缺口，保护了农田。　　**（新华社广州电）**

图为德庆县县城第一小学的学生，在西江进行游泳锻炼。　　本报通讯员　摄

《“游泳之乡”健儿多》

《南方日报》1972年6月10日第3版

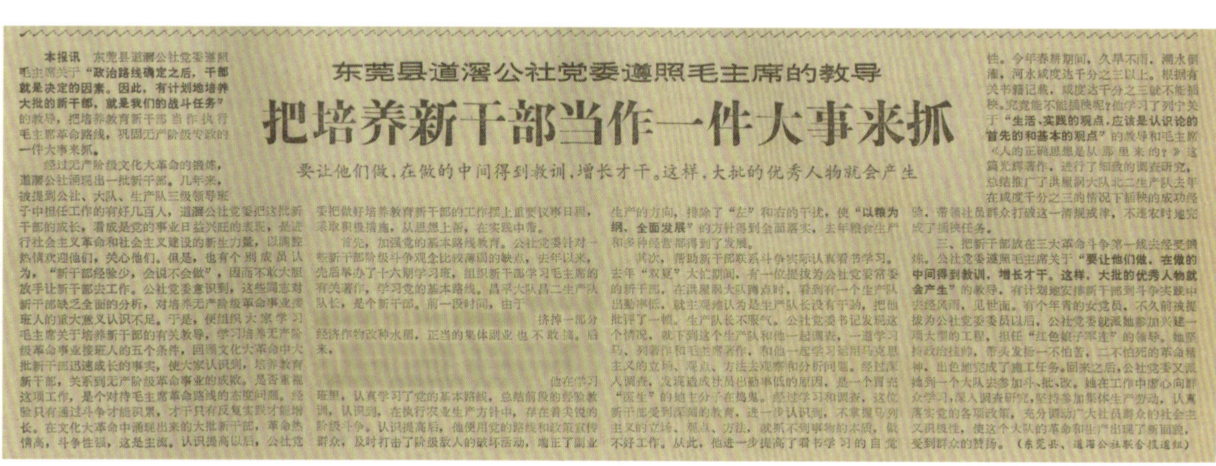

东莞县道滘公社党委遵照毛主席的教导

把培养新干部当作一件大事来抓

要让他们做，在做的中间得到教训，增长才干。这样，大批的优秀人物就会产生

本报讯 东莞县道滘公社党委遵照毛主席关于**“政治路线确定之后，干部就是决定的因素。因此，有计划地培养大批的新干部，就是我们的战斗任务”**的教导，把培养教育新干部当作执行毛主席革命路线，巩固无产阶级专政的一件大事来抓。

经过无产阶级文化大革命的锻炼，道滘公社涌现出一批新干部。几年来，被提到公社、大队、生产队三级领导班子中担任工作的有好几百人，道滘公社党委把这批新干部的成长，看成是党的事业日益兴旺的表现，是进行社会主义革命和社会主义建设的新生力量，以满腔热情欢迎他们，关心他们。但是，也有个别成员认为，“新干部经验少，会说不会做”，因而不敢大胆放手让新干部去工作。公社党委意识到，这些同志对新干部缺乏全面的分析，对培养无产阶级革命事业接班人的重大意义认识不足。于是，便组织大家学习毛主席关于培养新干部的有关教导，学习培养无产阶级革命事业接班人的五个条件，回顾文化大革命中大批新干部迅速成长的事实，使大家认识到，培养教育新干部，关系到无产阶级革命事业的成败。是否重视这项工作，是个对待毛主席革命路线的态度问题。经验只有通过斗争才能积累，才干只有反复实践才能增长。在文化大革命中涌现出来的大批新干部，革命热情高，斗争性强，这是主流。认识提高以后，公社党委把做好培养教育新干部的工作摆上重要议事日程，采取积极措施，从思想上帮，在实践中带。

首先，加强党的基本路线教育。公社党委针对一些新干部阶级斗争观念比较薄弱的缺点，去年以来，先后举办了十六期学习班，组织新干部学习毛主席的有关著作，学习党的基本路线。昌平大队昌二生产队队长，是个新干部。前一段时间，由于

挤掉一部分经济作物改种水稻，正当的集体副业也不敢搞。后来，

他在学习班里，认真学习了党的基本路线，总结前段的经验教训，认识到，在执行农业生产方针中，存在着尖锐的阶级斗争。认识提高后，他便用党的路线和政策宣传群众，及时打击了阶级敌人的破坏活动，端正了副业生产的方向，排除了“左”和右的干扰，使**“以粮为纲，全面发展”**的方针得到全面落实，去年粮食生产和多种经营都得到了发展。

其次，帮助新干部联系斗争实际认真看书学习。去年“双夏”大忙期间，有一位提拔为公社党委常委的新干部，在洪屋涡大队蹲点时，看到有一个生产队出勤率低，就主观地认为是生产队长没有干劲，把他批评了一顿。生产队长不服气。公社党委书记发现这个情况，就下到这个生产队和他一起调查，一道学习马、列著作和毛主席著作，和他一起学习运用马克思主义的立场、观点、方法去观察和分析问题。经过深入调查，发现造成社员出勤率低的原因，是一个冒充“医生”的地主分子在捣鬼。经过学习和调查，这位新干部受到深刻的教育，进一步认识到，不掌握马列主义的立场、观点、方法，就抓不到事物的本质，做不好工作。从此，他进一步提高了看书学习的自觉性。今年春耕期间，久旱不雨，潮水倒灌，河水咸度达千分之三以上。根据有关书籍记载，咸度达千分之三就不能插秧。究竟能不能插秧呢？他学习了列宁关于**“生活、实践的观点，应该是认识论的首先的和基本的观点”**的教导和毛主席《人的正确思想是从那里来的？》这篇光辉著作，进行了细致的调查研究，总结推广了洪屋涡大队北二生产队去年在咸度千分之三的情况下插秧的成功经验，带领社员群众打破这一清规戒律，不违农时地完成了插秧任务。

三、把新干部放在三大革命斗争第一线去经受锻炼。公社党委遵照毛主席关于**“要让他们做，在做的中间得到教训，增长才干。这样，大批的优秀人物就会产生”**的教导，有计划地安排新干部到斗争实践中去经风雨，见世面。有个年青的女党员，不久前被提拔为公社党委委员以后，公社党委就派她参加兴建一项大型的工程，担任“红色娘子军连”的领导。她坚持政治挂帅，带头发扬一不怕苦，二不怕死的革命精神，出色地完成了施工任务。回来之后，公社党委又派她到一个大队去参加斗、批、改。她在工作中虚心向群众学习，深入调查研究，坚持参加集体生产劳动，认真落实党的各项政策，充分调动广大社员群众的社会主义积极性，使这个大队的革命和生产出现了新面貌，受到群众的赞扬。（东莞县、道滘公社联合报道组）

东莞县、道滘公社联合报道组：《东莞县道滘公社党委遵照毛主席的教导　把培养新干部当作一件大事来抓》

《南方日报》1972年6月24日第1版

摘要：报道了道滘公社党委为培养几百名新干部，从思想上帮，在实践中带，通过加强党的基本路线教育，联系斗争实际认真看书学习，到生产第一线经受锻炼等方法，增长了他们的才干。

放养夏季红萍　解决晚造肥源

东莞县中堂公社放养和使用春季红萍解决早造用肥已有好几年的经验了，但是大面积放养夏季红萍还没有养成习惯。主要是夏季天气炎热，红萍容易发生病虫害，加上夏季暴风雨多，往往把红萍吹打在一块重叠起来，引起霉烂死亡；其次是红萍生长期短，赶不上晚造基肥的需要。如何解决这一矛盾呢？中堂供销社广大职工、干部走出店门，深入到生产队去进行调查研究，他们发现潢涌大队在一九六六年曾成功地放养过三十亩夏季红萍，就帮助这个队的贫下中农总结经验。为了进一步摸索放养夏季红萍的客观规律，他们一方面自己动手开展科学试验；另一方面分头到下面去选择几个大队作试点，摸索出暴雨后必须立即翻萍，并要抓紧时间及时杀虫，才能使红萍正常繁殖的规律。同时，他们将“七〇二”和其它农药混合起来，成为一种既能刺激红萍生长，又能起灭虫作用的混合药剂。使用这种药剂，红萍的繁殖率比原来提高了一倍多，而且十天或半个月内可以不换新鲜水。解决了水源不足的地区不能繁育红萍的问题。这样，就为晚造生产开辟了一条新的肥源。现在，他们正全力协助生产队放养夏季红萍。

东莞县生产资料公司报道组

大家都来支援“双夏”

东莞县生产资料公司报道组：《放养夏季红萍　解决晚造肥源》

《南方日报》1972年7月3日第3版

做好报纸保管工作

我们厂订有《人民日报》、《红旗》、《南方日报》等十一种报刊，车间也订有《人民日报》、《南方日报》、《惠阳报》。过去，我们没有注意做好报纸保管工作，造成"订报不见报"，"今天报纸明天找不到"，影响到党报的作用。有一次，厂党支部组织干部学习《南方日报》刊登的广州部队某师党委写的一篇文章，有的同志东寻西找也翻不出这张报纸来。这件事，使党支部认识到，不注意做好报纸的保管工作，就会影响开展读报用报活动，影响党的路线和政策的贯彻、落实。于是，抓住这一事例，进行了一次爱护报纸的教育，使大家提高了管好报纸的自觉性，并指定读报员负责收集、保管报纸，克服报纸散失的现象。

前一段，厂里组织大家学习《南方日报》刊登的《要搞马克思主义，不要搞修正主义》、《要团结，不要分裂》、《要光明正大，不要搞阴谋诡计》和《惠阳报》刊登的《认清形势，鼓足干劲，争取更大胜利》等文章时，由于重视了报纸的保管，大家都能很快把报纸找出来，认真学习，有利于路线教育的开展。

我们建议各基层单位的领导和群众要注意和重视做好报纸的保管工作，以进一步发挥党报的作用。

东莞县
石龙竹器厂

东莞县石龙竹器厂：《做好报纸保管工作》

《南方日报》1972年7月4日第3版

社员造出压萍机

东莞县中堂公社凤冲大队社员陈和爱成功地创造压萍机的消息传开了，贫下中农围在机旁，高兴地说：真是实践出才能。

陈和爱的儿子是队里的养萍员。他养的红萍是一种繁殖快、成本低、肥效高的绿肥。可是，每次开耕压绿肥，社员们又为它苦恼。因为红萍是一种漂浮在水面上的水生植物，不管你用犁还是用耙，它总是随水跑掉。唯一的办法，只能用双手去压。这样一来，压一亩红萍，需要花四十多个工。春耕大忙季节，哪里来这么多劳动力呢？社员们惋惜地说：「红萍虽好，就是难压，肥效再高也没用！」陈和爱听了这些话，心里十分着急。为了这个问题，他连续几个晚上没有睡好觉，心里想：养红萍，是自力更生解决肥料的好办法，但压不下去，不能发挥它的作用，就影响到粮食增产。怎么办呢？后来，他从毛主席关于「**农业的根本出路在于机械化**」的伟大教导中得到启发，父子俩便下定决心，创造一部压萍机。

这件事传开后，得到大队党支部和广大贫下中农的支持。但也有人说他们想搞发明创造，是母鸡想学凤凰飞。陈和爱不理这些风言风语。他想，只要有决心，敢于实践，压萍机一定能造出来。从此，他父子俩白天参加生产劳动，晚上研究压萍机，连续二十多个夜晚，在小煤油灯下一直琢磨到深夜一、二点钟。他们不会绘图，就用麻骨和竹片搭成模型，根据手压红萍的原理，在公社农械厂职工的热情帮助下，经过反复研究，造出了一部压萍样机。但是，这部压萍机一下田，就钻到泥里走不动了。试验失败了，但他们不泄气。为了找到失败的原因，陈和爱不辞劳苦，步行到外地，走访了几个农械厂，参观了各种农机的构造，找到压萍机走不动的原因，便作了大胆的修改。经过十多次的反复试验改进，终于成功地制出了一部压萍机。压萍效率达百分之八十。

陈和爱父子俩并不以此为满足，他们带着压萍机，巡回试验，收集了许多群众的宝贵意见，再加以改进，把几十斤重的铁机器改成木、竹结构。这样，压萍机造价便宜，使用简便，而且压萍效率达到了百分之九十五以上，比人工压萍功效提高二百多倍。目前已在全县推广。

东莞县、中堂公社报道组

东莞县、中堂公社报道组：《社员造出压萍机》

《南方日报》1972年7月8日第2版

全国少年游泳比赛东莞赛区举行开幕式

十二个单位三百多名运动员参加比赛。广东少年运动员在开幕式上打破两项全国少年游泳纪录

本报讯 在毛主席的革命体育路线指引下，一九七二年全国少年游泳比赛东莞赛区开幕式，昨天在“游泳之乡”东莞县城隆重举行。

参加这次比赛的有：上海、浙江、江西、福建、广东、广西、湖南 湖北、云南、贵州、四川和东莞县共十二个单位的三百三十六名少年运动员。他们都是在各地群众性游泳运动蓬勃开展的基础上选拔出来的，最小的十一岁，平均年龄不满十四岁，其中女运动员一百六十八名。他们半数以上第一次参加全国性比赛。这生动地反映了经过无产阶级文化大革命，游泳场上新手辈出的新气象。

广东省革命委员会、广东省体委以及有关部门的负责人出席了开幕式，并观看了表演。

昨天下午，东莞县人民游泳场红旗招展，一片欢腾。伟大领袖毛主席的巨幅画像悬挂在主席台的正中。主席台两边的大幅横标上写着：**“发展体育运动，增强人民体质”**，**“团结起来，争取更大的胜利”**。三时正，在雄壮的乐曲声中，少年游泳健儿和裁判员，满怀革命豪情，迈着有力的步伐，英姿焕发地进入会场。全场观众用一阵阵热烈的掌声，向少年游泳运动员表示热烈欢迎。

中共广东省委常委、广东省革命委员会副主任单印章致开幕词。

（下转第三版）

全国少年游泳比赛东莞赛区举行开幕式

（紧接第一版）他首先代表中共广东省委、广东省革命委员会向参加这次比赛的兄弟省、市、区的少年运动员、裁判员和工作人员表示热烈欢迎，并预祝比赛获得圆满成功。单印章同志在讲话中，勉励少年运动员认真学习马列主义、毛泽东思想，为革命刻苦锻炼，做到既有高度的政治觉悟，又有精湛的游泳技术，努力创造新的成绩，回答党和人民的殷切期望。

接着，少年运动员代表、湖南省选手陈森讲话。她表示要坚持无产阶级政治挂帅，坚持“友谊第一，比赛第二”的方针，赛出风格，赛出水平，决不辜负党和人民的期望。

开幕式上，北京体院、广东游泳队，四川、广西、广东跳水队和东莞县的水球运动员作了精彩的表演。纪万龙、邹永带、邓伟雄、顾有华四名广东少年运动员，以九分十六秒四打破了九分二十六秒六的男子4×200米自由泳接力全国少年纪录。广东少年运动员陈锦辉以二分二十九秒四打破了二分三十一秒八的男子二百米仰泳全国少年纪录。全场观众热烈祝贺他们创造了良好的成绩。

《全国少年游泳比赛东莞赛区举行开幕式》

《南方日报》1972年7月30日第1、3版

全国少年游泳比赛东莞赛区举行闭幕式

这次比赛赛出好风格，游出好成绩。广东少年运动员刷新四项全国少年游泳纪录

本报讯 一九七二年全国少年游泳比赛东莞赛区的比赛全部结束，昨天（十一日）下午，在东莞县人民游泳场隆重举行闭幕式。

中共广东省委、广东省革命委员会负责同志陈郁、王首道、袁德良以及有关部门负责人出席了闭幕式。中共广东省委书记、广东省革命委员会副主任陈郁致闭幕词。

这次比赛，充分反映了无产阶级文化大革命以来，我国群众性体育运动蓬勃发展的大好形势。通过比赛，进一步交流了各地开展少年游泳运动的经验。各地少年选手在思想上、作风上、技术上都有了新的进步。在训练和比赛中，他们坚持“友谊第一，比赛第二”的方针，积极开展互帮互学活动。许多运动员帮助别人时认真耐心，向别人学习时虚心诚恳，场内场外，刻苦钻研、勤学苦练的风气十分浓厚，受到了“游泳之乡”的广大工农兵的热烈赞扬。尽管许多运动员由于年纪小，不适应生活环境和气候条件的变化，但是他们仍然精神抖擞地参加比赛，克服困难，赛出了好的风格，游出了新的成绩。在参加比赛的三百多名运动员中，有三分之二的运动员的成绩比原来有了提高，有的成绩提高的幅度还比较大；一些基础较差的运动员，不但参加比赛的项目成绩有了提高，而且在相互学习中迅速掌握了各种姿式的基本技术。许多基础较好的运动员，在比赛中一再游出好成绩。广东省游泳队少年运动员先后刷新了四项全国少年游泳纪录，不少运动员打破了本省（区）的少年游泳纪录。

比赛结束，分别取得各组团体总分前三名的是：

男子甲组：广东队、东莞队、上海队；女子甲组：上海队、广东队、广西队；男子乙组：广东队、上海队、东莞队；女子乙组：上海队、广东队、广西队。

在整个比赛过程中，先后有八万多工农兵群众和中、小学生观看了比赛。比赛结束后，各省、市、自治区少年运动员还分别深入到基层为工农兵表演，受到了热烈欢迎。

闭幕式上，广东省游泳、水球、跳水队和部分省、市、自治区少年游泳运动员、东莞县道滘公社儿童游泳队等，分别作了精彩的表演。广东省游泳队少年运动员陈锦辉、郑超明、邹永带、顾有华，以四分三十二秒八的成绩，打破了四分三十六秒八的男子4×100米混合式接力全国少年纪录。

《全国少年游泳比赛东莞赛区举行闭幕式》

《南方日报》1972年8月12日第1版

风华正茂

——全国少年游泳比赛东莞赛区侧记

一九七二年全国少年游泳比赛东莞赛区的比赛胜利结束了。来自全国十一个省、市、自治区和东莞县的少年选手们，在比赛中鼓足干劲，力争上游，互帮互学，共同提高，赛出了风格，游出了水平，给泳乡的广大工农兵留下深刻的印象。

碧池盛开友谊花

参加比赛的少年游泳健儿，在比赛中，胜不骄，败不馁，认真贯彻执行“友谊第一，比赛第二”的方针，出现了许多互帮互学、团结战斗的动人事例，赛场内外处处盛开友谊花。

七月三十日晚上，女子甲组二百米蛙泳复赛开始之前，只见两名运动员在反复进行出发练习。一个热心教，一个认真学，亲如姐妹。

这两名运动员并不是一个队的。一个是广东队的幸超英，一个是东莞队的李慧玲。今年六月，在广州举行的全省少年游泳比赛中，小幸获得了女子甲组二百米蛙泳第一名，小李是第二名。这回，她俩又一起参加这个项目的比赛，并在预赛时编在同一个组。预赛时，小幸游出了好成绩，名列第二。小李因为出发慢，成绩不理想。复赛这天晚上，她俩一起提早进场练习。小幸细心观察小李出发的动作，发现她头部入水过深，背浮出水面过高，影响前进的速度。于是，她放弃了自己的练习，热情地帮助小李矫正动作。有人对小幸说：“她和你同一个项目，你不怕影响自己的成绩？”小幸爽朗地回答：“我们是为提高我国游泳水平而来，战友们进步了，这就是成绩！”决赛后，小李的成绩一下子提高了三秒多，从预赛第五名跃为决赛第二名，超过了小幸。小幸虽然只得第五名，但她衷心祝贺小李，决心要学小李场场有进步的好风格。

志在高峰

“砰！”发令枪一响，八名参加男子甲组二百米蝶泳决赛的运动员，同时扑入水中，开始了一场激烈的比赛。游到二十米左右，只见第四泳道的选手宛若一支离弦的箭直往前冲。数千名观众用热烈的掌声，鼓励这位运动员创造更好的成绩。他就是广东队运动员罗兆应。

小罗生长在南海县西樵公社一个贫农的家里，今年十六岁，从小喜爱游泳。以前，他认为练好游泳本领，在比赛中多拿冠军，才有意思。后来，学校的老师和他一起学习毛主席关于**“发展体育运动，增强人民体质”**的教导，使他懂得了应该把游泳同为中国人民和世界人民服务的远大目标联系起来。从此，小罗刻苦锻炼，进步较快。一个月前，他下决心攻下蝶泳这一关。初时，他游的姿势不够好，影响了速度。在训练中，小罗虚心请教别人，认真矫正动作。针对自己的弱点，苦练臂力和蹬腿动作。有时，教练看到他累了，就劝他少练一点。小罗总是说：“平时刻苦练，成绩才能提高。”他练习的运动量从每天游四五千米，逐步增至一万米，终于熟练地掌握了蝶泳的技术。前几天，小罗在为工农兵表演二百米混合泳时，游出了好成绩，距离全国少年纪录仅差零点三秒。

虚心使人进步

来自“游泳之乡”东莞县的运动员叶树培，在男子甲组二百米自由泳复赛中，以零点四秒之差，次于上海队的顾云芳。赛后，小叶从这零点四秒找到了自己的差距。他主动请小顾介绍经验，争取战友的帮助。没有比赛时，小叶总是全神贯注地坐在观众台上，细心观看运动员的每一个动作。只见他时而挥动小臂，模仿别人的姿势；时而认真思索，分析别人的长处。当他看到来自云贵高原的贵州省小战友们，在落后的情况下，始终保持旺盛的斗志，一拚到底，很受启发。小叶想：自己生长在“游泳之乡”，比起贵州队战友的游泳条件不知好多少倍。贵州省队员那种勇敢顽强的好作风，正是自己学习的榜样。以后，叶树培在训练时刻苦认真，在比赛中敢冲敢拚。成绩越来越好，取得男子甲组四百米自由泳决赛第一名。

共同的心愿

正在东莞的北京体院游泳教练员和运动员，经常利用赛前赛后的时间，满腔热情地给小将们辅导表演，传思想、带作风、教技术。

“这样蹬腿，就会减少水的阻力，加快前进速度。”在训练池那边，我国著名蛙泳运动员穆祥雄、董仁添和步子刚，正在给广东、广西、湖南、湖北的小将讲解蛙泳的要领。他们告诉小将，既要有为革命游泳的思想，又要有精湛的技术，才能攀登世界游泳技术的高峰。他们边讲解、边表演、边辅导，游泳池边，出现了一幅幅新老运动员为提高我国游泳技术而共同努力的动人情景。

广东队的卢焕开喜欢游蛙泳，但成绩提高不快，一时又找不出原因。当董仁添和步子刚知道他的心思后，认真地观看了他的游泳动作，然后告诉他：“你的肩部要放松一些，因为肩部紧张，身体的重心就往后移，这会影响前进的速度。”说完，两个人先后跳入水中，为小卢做出示范动作。经过老运动员的热情辅导，小卢的蛙泳游得比以前好了。

“要树雄心，立壮志，为革命勤学苦练，你们一定要超过我们，也能够超过我们！”在另一个游泳池里，自由泳老运动员陈世珠满怀激情地对贵州、东莞、云南、江西的小将们说。在辅导中，当他得知来自西双版纳傣族自治州的傣族小运动员岩龙香，经过短期训练，游泳成绩提高很快，在这次比赛中取得良好成绩时，非常高兴。陈世珠表示，要学习小将的勇敢顽强、勤奋好学的精神，为提高我国游泳技术水平而努力。岩龙香也激动地说：“我们决不辜负党和人民的期望，为革命刻苦锻炼，志在高峰，永不自满！”

联合报道组

联合报道组：《风华正茂——全国少年游泳比赛东莞赛区侧记》

《南方日报》1972年8月12日第3版

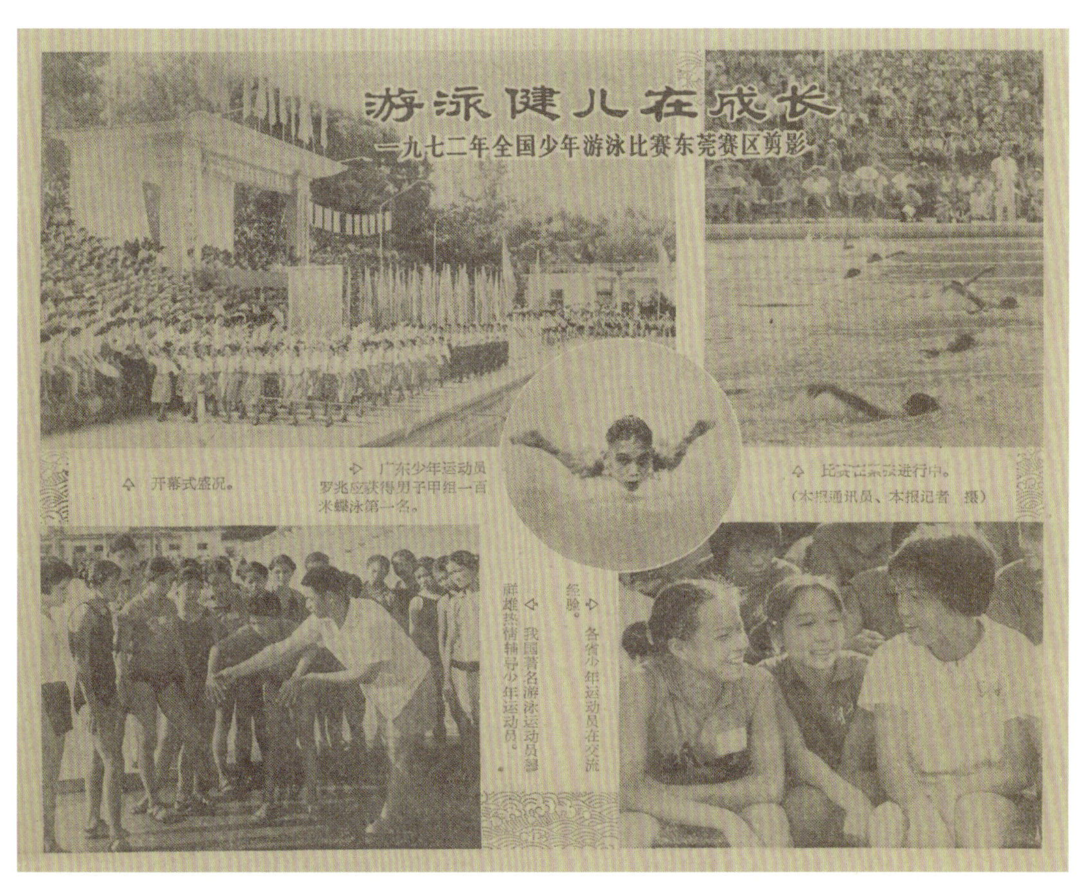

游泳健儿在成长

一九七二年全国少年游泳比赛东莞赛区剪影

⇧ 开幕式盛况。

⇨ 广东少年运动员罗兆应获得男子甲组一百米蝶泳第一名。

⇧ 比赛在紧张进行中。

（本报通讯员、本报记者 摄）

⇨ 各省少年运动员在交流经验。

⇨ 我国著名游泳运动员穆祥雄热情辅导少年运动员。

本报通讯员、本报记者：《游泳健儿在成长　一九七二年全国少年游泳比赛东莞赛区剪影》

《南方日报》1972年8月12日第3版

喜看水田农机具现新姿

——记我省水田农机具现场表演

不久前，有关单位在东莞县厚街公社举办了一次水田农机具的现场观摩表演。这是我省农业机械部门努力试制、改进、推广农机具的一次检阅。

耕整播插机械开新花

在耕整播插的农机具中，首先吸引着人们的是一台手扶拖拉机改进组合犁。驾驶员坐在手扶拖拉机上操作，泥土象波浪般的在犁下翻滚，即使在一小块稻田上，它也能转动自如。这台手扶拖拉机组合犁是新会农机厂和江门农机厂的工人根据贫下中农的意见，经过十多次反复试验制成的。过去使用工农—10型手扶拖拉机耕地，效率虽然比较高，但拖拉机手的劳动强度很大，犁田八小时就得在水田里跑四五十公里。现在使用改进后的组合犁，这个问题就完全解决了，因而受到贫下中农一致的赞许。

播插机械的新品种也很引人注意。澄海县隆都公社农械厂制造的澄农72—3型小苗带土人力插秧机，体积小，结构简单，操作方便，播插均匀，每人每天可插秧三至四亩。惠阳农机站制造的惠阳东风2型大小苗两用机动插秧机是由小型发动机带动的，两排秧爪每动一次就插十行，机手坐在机器上操作。只要机器在田上跑过，后面就均匀而整齐地插下一片绿油油的秧苗。使用这种插秧机插秧，每小时能插秧两亩至两亩半。有的观众当场编了顺口溜来称赞这些新创造："昔日插秧手作签，头朝地下背朝天；如今挺腰又昂首，机器响处绿一片。"

收割机械精益求精

在收割现场上，各种各样的收割机械在繁忙地工作着。

惠阳县农机一厂设计制造的与丰收—35拖拉机配套的中型整杆式水稻联合收获机，引起人们极大的兴趣。拖拉机走过的地方，前面一米多宽范围内的稻穗便倒在滚筒里，留下一行行整齐的禾秆，一箩箩金黄的谷子。这种收获机具很适合南方水田使用，在水田行驶十分轻快，配套的拖拉机又可以随时拆下来，作别的用处。同时，脱粒较干净，收割效率也很高，每小时可以割四亩多地。

东莞县莞城农械厂制造的小型联合收获机被大家称赞为轻巧灵活的小"铁牛"。这台联合收获机性能好、操作方便、驾驶平稳，既能乱秆，又能整秆，在小块稻田里也能自由地工作。

在表演过程中，人们对新丰县农机一厂制造的木结构割禾器，也很称赞，这种割禾器构造简单，易于操作，山区、平原都可使用，只需一人来回摇动把手，它就能自动前进，把稻谷收割下来，比人工收割效率约提高一倍左右，大大减轻了劳动强度。

排灌植保农具丰富多彩

在排灌、植保、中耕、吸泥等综合表演现场，各种农机具更加丰富多彩。

这些农机具大部分具有土洋结合、一机多用的特点。东莞县道滘公社制造的多用机动船，是在一艘普通农用船艇上，安装了一部工农—10型手扶拖拉机，成为机动船，船速每小时九公里。这机动船装配简单，使用方便。广州军区生产建设兵团七〇四部队制造的丰收—35后悬挂挖穴机，也具有同样的特点。这台机器是由一部拖拉机架接上一台挖穴钻头构成的。使用这台机器，一个人操作，每小时能挖穴一百五十多个，比人工操作提高效率五十倍左右。

顺德县农械厂制造的67—1型机动喷雾器，也受到观众的一致好评。这台喷雾器有三条喷枪，能同时进行高、平、斜三种方式喷射，射程九至十一米。这台机器只有五十公斤重，三个人操作每小时能喷水稻十六亩。适用于大面积的农作物、林场、果园病虫害的防治。各种排灌机械也甚为引人注目。四会县清塘公社农机厂制造的简易2×3高压水泵，能以每小时三十多立方米的流量，把水提到五十米以上的高处。

这里还有东莞道滘公社农械厂制造的两百毫米绞吸式挖泥船。船的一端，一条长达九点二一米的绞刀架，沉在河中，不停地绞吸泥浆；船的另一端，一条大铁管一直伸到千米以外的田埂上，以每小时排泥四百立方米的速度，把泥肥输送到田里。（本报通讯员、本报记者）

本报通讯员、本报记者：《喜看水田农机具现新姿——记我省水田农机具现场表演》

《南方日报》1972年8月27日第2版

摘要：报道了在东莞县厚街公社举办的广东省水田农机具现场表演活动中，东莞县莞城农械厂制造的小型联合收获机、东莞县道滘公社制造的多用机动船、东莞县道滘公社农械厂制造的两百毫米绞吸式挖泥船参加了活动。

广泛发动群众　挖掘节电潜力

东莞机电厂做到既节约用电又增加生产

本报讯　东莞机电厂党委认真抓好节电工作，今年一月至七月，共节电一万五千六百六十二度，每万元产值耗电量比去年同期降低了百分之四点四。工业总产值比去年同期增长了百分之四十五，做到节电又增产。他们的经验是：

领导重视，亲自抓节电。在开展节电初时，有些同志对既要节电，又要增产感到为难。厂党委针对这种思想，组织大家学习毛主席关于**“要进一步节约闹革命”**的教导，提高大家对节电的认识。他们还组成了“三结合”节电小组，由党委书记挂帅，深入班组，抓好重点部门的节电工作。冲压班的一台涂漆机每小时耗电一百三十五度，是全厂用电量最大的一只“电老虎”。“三结合”小组通过调查研究，发现这个涂漆机日久失修，保温性能差，电力浪费大。于是，他们便采取拆换石棉板和其他措施，使其达到了保温好、耗电少的要求。现在，这台涂漆机从原来每小时耗电一百三十五度降为八十度。

树立全局观念，调整生产班次。机电厂在生产安排上，凡是用电多，负荷大的设备，都安排在夜班生产，避开高峰负荷。同时，在不影响产量、质量的前提下，他们还充分发挥小设备的作用，能够在小设备加工的工件，就不在大设备上加工，以便节约电力。变压器车间锻焊班的工人同志为了多节电，他们不怕多流汗，宁愿用一点七瓩的皮带锤锻打工件，也不开动十四瓩的空气锤。这样，每天便可节约九十八度电。

节约用电与革新设备结合起来。该厂加工一千六百瓩发电机的端面车床，按原设计需要七十五瓩的电动机作动力。工人们根据自己的实践经验，认为原设计过于保守，用“大马”拉“小车”不符合节约原则。他们大胆革新，改用三十瓩电动机代替七十五瓩电动机作动力。试车证明效果良好，用电量比原设计减少了百分之六十。工艺车间机床班原来吊空装有十二支灯光用来作为生产照明，后来通过革新，改为装上一盏萤光灯，用电量下降了百分之八十二。　（东莞机电厂报道组）

东莞机电厂报道组：《广泛发动群众　挖掘节电潜力　东莞机电厂做到既节约用电又增加生产》

《南方日报》1972年9月6日第1版

革命利益高于一切

——记东莞县附城公社温塘大队党支部书记龙灿

从东莞县城向东南方向走十公里左右，有一个农、林、牧、副、渔全面发展的社会主义新农村——温塘大队。举目四望，但见田畴连片，粮果满山，鱼塘泛波，水碧山青。熟悉温塘的历史的人，目睹这一派生机勃勃的景象，都称赞温塘的群众敢于改天换地的英雄气概，称赞温塘大队党支部书记龙灿是一个处处把革命利益看作高于一切的好带头人。

“白露白茫茫，秋分莳凼塘。”这是十几年前温塘的写照。这里地势低洼，过去经常受到内涝和洪水的威胁，十年九不收。因此，每年要吃国家几十万斤至一百多万斤返销粮。

一九五八年，党的建设社会主义总路线的光辉照得人们心里亮堂堂。龙灿眼看祖国社会主义建设的一派大好形势，心想：处处都在大跃进，温塘却年年还要吃返销粮，这怎么行呵！

问题提到党支部会上讨论。大家一致认为：广大群众对改变温塘面貌有着强烈的愿望，关键在于党支部能否带领大家前进。

要改变温塘的生产面貌，就得先治水；要治水，就得筑一条十八里长的大堤。有些干部、群众踌躇起来，说：“这么长的堤，三十年也筑不成！”一小撮阶级敌人也泼冷水，说：“大堤能筑成，拐杖也开花罗！”

龙灿意识到，这是两种思想斗争的反映。必须做好思想发动工作，把广大干部、群众团结起来，将一小撮阶级敌人的嚣张气焰打下去。

一天，龙灿带着一部分干部、群众去扫烈士墓。龙灿对大家说：“革命先烈们用自己的生命，换来了这山山水水。现在，毛主席又把这一切交给我们贫下中农。可是，我们把这山山水水管好没有？年年还要吃国家返销粮哩！真叫人想起来就脸红。”停了一会，他又说：“我们要革命，就得象烈士们生前那样，拚着命干。十八里长的堤，起码得完成一百多万个土石方，困难是大的。但是，烈士们为了革命而流尽自己的血，我们为革命就不能流一身汗，吃一点苦吗？”

龙灿的话，说得大家心头热辣辣的。广大群众动员起来了，一小撮阶级敌人破坏生产建设的阴谋被揭穿了。这年冬天，筑堤工程开始了。每天，启明星还没有隐去，龙灿就起来巡视堤围，考虑如何部署一天的战斗；夜幕降临了，他还在逐个工段检查情况，计划着第二天的工作。

一九六〇年冬天，当工程进入“十八房间”地段时，遇到了“拦路虎”。这里水深过颈，水下面是深深的淤泥，几米长的竹竿插不到底。昨天筑起水面的堤，今天看不见了；第二天筑起的堤，第三天又沉了下去。怎么办？龙灿在工地上和干部、群众开了一个又一个的“诸葛亮会”，最后决定采取“分段打桩投石”的施工办法。

隆冬腊月，水寒刺骨。为了革命利益，龙灿不顾身体虚弱，把棉衣一甩就跳进水里去打桩投石。在龙灿和其他支委的带动下，堤坝下沉七次，大家就再筑它七次。经过二十多天的顽强战斗，硬是把这段二百七十多米长的堤围从淤泥潭里筑了起来。

堤围筑成后，龙灿又领着大家建设排灌站，在堤内平荒墩、填低凼、挖渠道。到了一九六七年，他们一共苦战了八个冬春，完成一百二十多万个土石方，挖了四十多里长的渠道，建成了八座电动排灌站。这样，堤内水稻旱涝保收面积达到一千八百多亩，为原来水田面积的一半以上。

接着，龙灿又率领大家投入了开发荒山的战斗。九年来，他们先后开发了一百零一个山头，造地一千八百多亩，种上了大批甘蔗、花生等经济作物，以及松、杉、竹子和果树。

大寨精神放异彩，艰苦奋斗创新篇。去年，全大队交售给国家的红糖就达一百零八万斤，比一九六三年增加一点三倍；各种水果一百多万斤，比一九六三年增加两倍。水稻生产更是蓬勃发展，从一九六一年起，连续十一年增产。去年稻谷总产量比一九六〇年增加了七倍，给国家提供的商品粮达二百四十六万斤。目前全大队集体积累达到四百六十多万元。

温塘的面貌变了，温塘人民的生活越来越好了，龙灿想的还是革命，还是群众，照样不把自己的事放在心里。他还是那个老样子，一年之中有二百多天住在大队部，搭食在贫农家里。虽然他的家离大队部还不到三公里，但他总觉得干工作的时间不够，很少回去。他爱人在家里带着五个小孩，困难不少，但他总觉得革命工作重要，把家里的困难放在一边。有一次，几个小孩同时出麻疹，发高烧，他正想带小孩去看病，突然接到公社召开紧急会议的通知，他便对爱人说：“这回又累着你了，还是你带小孩看病去吧！”他请邻居帮助照顾一下家里，立即就到公社开会去了。

龙灿患胃溃疡病已有十多年，由于工作忙，一直没有认真去治疗，病情越来越严重。一九七〇年十二月，他接到医院第五次住院通知，才在干部、群众的再三催促下，到广州住院治疗，做了胃切除手术。住院期间，他心里老牵挂着大队的工作，病还没有痊愈就坚决要求出院。医生怎么也劝阻不住，只好在他的保健手册上写上“休息三个月”，让他出院，并一再叮嘱：“老龙，回去可一定要好好休息啊！”

可是，他一回到大队，就把医生的嘱咐忘得一干二净了。

在这三个月的“休息”时间，他主持办了三期党员干部和民兵学习班，组织大家学习党的基本路线，进一步提高大家的阶级斗争和路线斗争觉悟；

在这三个月的“休息”时间，他深入到庵园、茶上等生产队去，帮助生产队干部学习党的“九大”团结、胜利路线，加强生产队领导班子的思想建设；

在这三个月的“休息”时间，他住到岃上生产队去总结经验，并在那里召开全大队“狠抓路线教育，推动春耕生产”的现场会议；

春节期间，他还是不愿休息。今天去慰问军烈属，明天到贫下中农家征求意见。老贫农袁大伯关切地说：“亚灿，过年了，总该回家吃顿年饭吧！”龙灿笑着说：“看到大家热热闹闹吃团圆饭，我晚一点回家吃饭心里也高兴。”

（惠阳地区、东莞县革委会报道组，本报驻惠阳地区记者组）

惠阳地区、东莞县革委会报道组，本报驻惠阳地区记者组：《革命利益高于一切——记东莞县附城公社温塘大队党支部书记龙灿》

《南方日报》1972年9月25日第2版

摘要：报道了温塘大队党支部书记龙灿为改变温塘低洼内涝、易发洪水的局面，以身作则，带领广大群众苦战8个冬春，筑堤围、挖渠道、建设排灌站，筑起了一条18里长的大堤，并大量开发荒山种植经济作物，彻底改变了温塘生产环境，群众生活越来越好。龙灿始终把集体利益放在第一位，以队为家，带病工作，表现了一个优秀共产党员干部的崇高风范。

切实搞好秋前水利建设

东莞、台山针对薄弱环节，狠抓续建、配套工程

本报讯 东莞县抓紧时机，迅速掀起一个以社队自办为主、小型为主、配套为主的秋前水利建设热潮。到目前为止，全县已有二百一十六宗小型水利和配套工程动工，已完成土石方四十六万多方。

“双夏”大忙过后，东莞县用“一分为二”的观点，认真解剖几年来水利建设上的问题。大家摆出，解放以来全县在农田水利建设上做了大量工作，对农业生产的发展起了很大的作用。但还存在不少薄弱环节：主要是沿海的一些公社受台风、咸潮影响，粮食生产不够稳定；沿江埔田区的一些公社，在使用机械排灌时，又往往受到电力的限制。还有些水利工程因配套跟不上去，未能充分发挥作用。找到了薄弱环节之后，全县在秋前迅速掀起了水利建设新高潮。沿海地区的沙田公社针对常遭台风、海潮的袭击的情况，发动群众因地制宜地制订了一个筑堤联围，引淡防咸的水利建设规划。现在，全公社每天出动六千多人、船艇八百多艘，拦河筑堤，力争在最短的时间内完成鲎沙尾围堤和西大坦围堤的合拢工程。过去一直依赖大电网排灌的道滘公社九曲大队，最近每天也出动七百多人，兴建潮汐水轮泵站，以扩大自流灌溉面积。

有些过去长期未进行配套、续建的工程，最近也开始续建。位于附城公社的同沙水库，是一九五八年前后兴建起来的全县最大的水库，本来对改善这个公社的灌溉条件极为有利，但过去由于一些干部依赖大电网排灌，致使一些配套工程没有完成。这个公社的干部经过学习大寨艰苦奋斗的先进事迹，“双夏”一结束，立即动员三千多人修建一条长达二十六华里的同沙引水灌渠。这个工程完成后，将可扩大受益面积一万二千亩。（东莞县报道组）

本报讯 台山县八万民工投入秋前水利建设，狠抓维修、配套和续建工程。

今年五月，台山县委领导同志参观大寨回来后，对照大寨找差距，分析本县近几年来粮食生产发展不快的原因。他们看到：从一九五八年以来，全县虽然兴建了不少山塘、水库，旱患基本解除，但仍受洪涝灾害的威胁。因此，要全面实现旱涝保收、稳产高产，还必须大搞以治涝为主的农田水利基本建设，认真抓好维修、配套和续建工程。

为此，台山县委决心抓紧秋前的有利时机，以批修整风为纲，发动群众开展革命大批判，坚决肃清过去在水利设中存在的“重主体轻配套”等修正义路线的流毒，制订切实可行的秋前利建设规划。县委组织了三个调查组分别到本县东南片、台北片和沿海片行勘查。经过调查研究后，县委着重了响水潭水库工程和大隆洞水库南渠套续建工程、台城河改道堵口工程、深水库配套工程和鳅鱼角水库续建工程重点工程，发动群众打歼灭战。各社、自办的二百多宗小型水利也相继动工

为了切实搞好秋前水利建设，县和公社党委的领导成员也分赴到重点程加强领导。到目前为止，全县重点利工程已完成的土方超过了原定计划台城河的改道工程，已于九月二十五提前竣工。

（台山县水利电力局、台山县报道组

东莞县报道组：《切实搞好秋前水利建设　东莞、台山针对薄弱环节，狠抓续建、配套工程》

《南方日报》1972年10月9日第2版

认真总结、推广经验

沙田公社节电成效显著

本报讯 东莞县沙田公社党委，在开展节电中，领导成员深入基层调查研究，用心寻找群众中的节电经验，及时总结推广，使全公社的节电效果越来越显著。

这个公社的穗丰年大队，在节电活动中克服了“节电无能”的错误思想后，群策群力想办法，把电动排灌站的水泵从站内搬到田头，变固定式为流动式，这样，由于降低了扬程，节约了排灌用电。有六十亩水田，采用这种方法排灌，可节省百分之八十四的电力。公社党委发现这个经验后，立即召开现场会议，加以推广，推动了群众性的节电活动深入发展，取得了较好的成绩。据统计，仅是穗丰年大队，上半年节约用电二千五百多度。（省水电局报道组）

省水电局报道组：《认真总结、推广经验　沙田公社[①]节电成效显著》

《南方日报》1972年10月16日第2版

① 沙田公社：今东莞市沙田镇，位于东莞市西南部，西临东江支流，南连虎门镇。

东莞石龙人民医院医务人员增强责任心认真执行规章制度

精心治疗和护理伤病员

本报讯　东莞县石龙人民医院党支部在批修整风中，帮助医务人员认真执行医疗护理制度，不断提高医疗护理质量。

这个医院在今年初，经过充分发动群众，建立和健全了门诊、急诊、病房工作等各项规章制度，推动了医院的斗、批、改工作。但经过一段时间以后，医院中出现了一些执行制度不够好的现象。有一次，门诊部把一位病人收下留医，病人上午九时入院，医生写了医嘱要为病人导尿，但护士没有执行医嘱。而住院部当班医生下午去做手术前，又没有查房和交代护士，结果使病人发生尿潴留腹痛，延长了治疗时间，增加了病人的痛苦。这件事使党支部意识到，制度靠人执行，如果不注意思想教育，订了制度还可能会落空。

党支部抓住这个事例对医务人员进行路线教育。大家对这件事的看法是：护士没有执行医嘱这是责任心不强的表现，而住院部当班医生没有按时查房，又没有交代护士应做的工作，这也是没有执行制度，结果就给病人带来痛苦。通过分析批判了无政府主义，提高了执行医疗制度的自觉性。有一位从香港回来的患尿毒症的重病人住院治疗时，经常在病床上拉屎拉尿，由于护理人员坚持执行制度，工作认真负责，对病人进行精心护理，使这位卧床两个多月的患者没有发生褥疮。

由于大家自觉执行制度，加强了责任心，医疗质量不断提高。今年六月至八月，一些流行性疾病的病人较多，医院临时增加了四十多张病床，医务人员的工作量成倍地增加，他们发扬了互相协作的精神，坚持认真执行制度，共同战斗，全力参加抢救工作，及时抢救了一批危重病人，受到群众的赞扬。（本报驻惠阳地区记者组）

本报驻惠阳地区记者组：《东莞石龙人民医院医务人员增强责任心认真执行规章制度　精心治疗和护理伤病员》

《南方日报》1972年10月25日第2版

丰收不能坐等 管理不能放松

东莞大塘大队狠抓晚稻后期管理

本报讯 东莞县大岭山公社大塘大队党支部，帮助干部克服麻痹思想，积极投入除治剃枝虫的战斗，狠抓晚稻后期田间管理。

大塘大队在晚造生产中，开头大家都比较注意抓好除虫工作。但当晚稻抽穗灌浆的时候，有些干部却认为没有什么害虫了，放松了田间管理。大队党支部为了帮助这些干部克服麻痹思想，组织生产队干部到田间检查虫情。他们看到，有些早熟禾已受剃枝虫损害；迟熟禾也普遍发现剃枝虫。这种害虫日间躲在禾头下，夜间出来活动。这些情况，使干部受到了教育，他们说："未检查，眯眯笑；一检查，吓一跳。"大家自觉地打消了坐等丰收的错误思想，迅速组织除虫活动。第七生产队发动群众采取多种方法进行除虫，效果很好，为全大队除灭"剃枝虫"提供了经验。现在，各个生产队都已行动起来，组织群众逐块田检查，发现有虫立即扑灭。

（大塘大队报道组）

大塘大队报道组：《丰收不能坐等 管理不能放松 东莞大塘大队狠抓晚稻后期管理》

《南方日报》1972年10月29日第1版

东莞县石碣公社党委摆正自己和群众的关系

拜群众为师　先当学生　后当先生

本报讯　东莞县石碣公社党委遵照毛主席关于**“力戒骄傲”**的教导，处处严格要求自己，保持谦虚谨慎的作风，虚心接受群众批评，拜群众为师，推动了革命和生产的发展。

近几年来，石碣公社连续被评为县的农业学大寨先进单位。在成绩面前，大部分党委成员都注意戒骄戒躁，决心进一步做好工作。他们在实践中体会到，只有牢牢掌握批评和自我批评这个武器，才能保持和发扬谦虚谨慎的作风。不论来自上级或来自群众的批评，都是对自己的爱护和鞭策，一定要虚心接受，有则改之，无则加勉。去年，公社党委开门整风时，有些贫下中农批评公社党委副书记对后进队指责多，帮助少。他把这些批评当作前进的动力，深刻检查自己，发现自己确实对后进队的消极因素看得多，积极因素看得少，思想上存在很大的片面性。他便主动向后进队的干部和群众作自我批评，并且认真改进领导作风，扎扎实实地工作。中围大队阶级斗争比较复杂，领导班子不够团结，生产长期上不去。他下到这里以后，坚持和贫下中农同吃、同住、同劳动，做过细的思想政治工作，发动群众狠抓阶级斗争，促进了领导班子的革命团结。

公社党委领导成员还注意摆正自己和群众的关系，虚心拜群众为师，自己不懂得的事情，不耻下问，以便集中群众的智慧，做好工作。去年，公社党委在讨论发展多种经营时，有的同志认为石碣历来是水稻产区，要开展多种经营就要缩减水稻种植面积。究竟能不能在继续搞好粮食生产的同时，积极发展多种经营？为了找到正确的答案，党委主要领导成员便来到水南大队向群众学习。这个大队平均每人只有七分水田，但是，他们认真贯彻**“以粮为纲，全面发展”**的方针，千方百计挖掘生产潜力，大搞“两稻一麻”，“两稻一鱼”，“两稻两肥”，并且利用田基种黄麻，提高了土地利用率，不但粮食产量跑在全公社的前头，多种经营也发展很快，几年来，多种经营收入占总收入的百分之六十以上。水南大队贫下中农的生产实践，使公社党委领导成员看清了本地发展多种经营的途径。一年多来，他们先后在这里召开了六次现场会议，推广水南大队的经验，促进了全社多种经营的发展。去年，全公社甘蔗总产量比一九七〇年增加一百五十万斤，花生总产量增加十四万斤，多种经营收入增加百分之十七。

（惠阳地区、东莞县报道组）

惠阳地区、东莞县报道组：《东莞县石碣公社党委摆正自己和群众的关系　拜群众为师　先当学生　后当先生》

《南方日报》1972年11月14日第1版

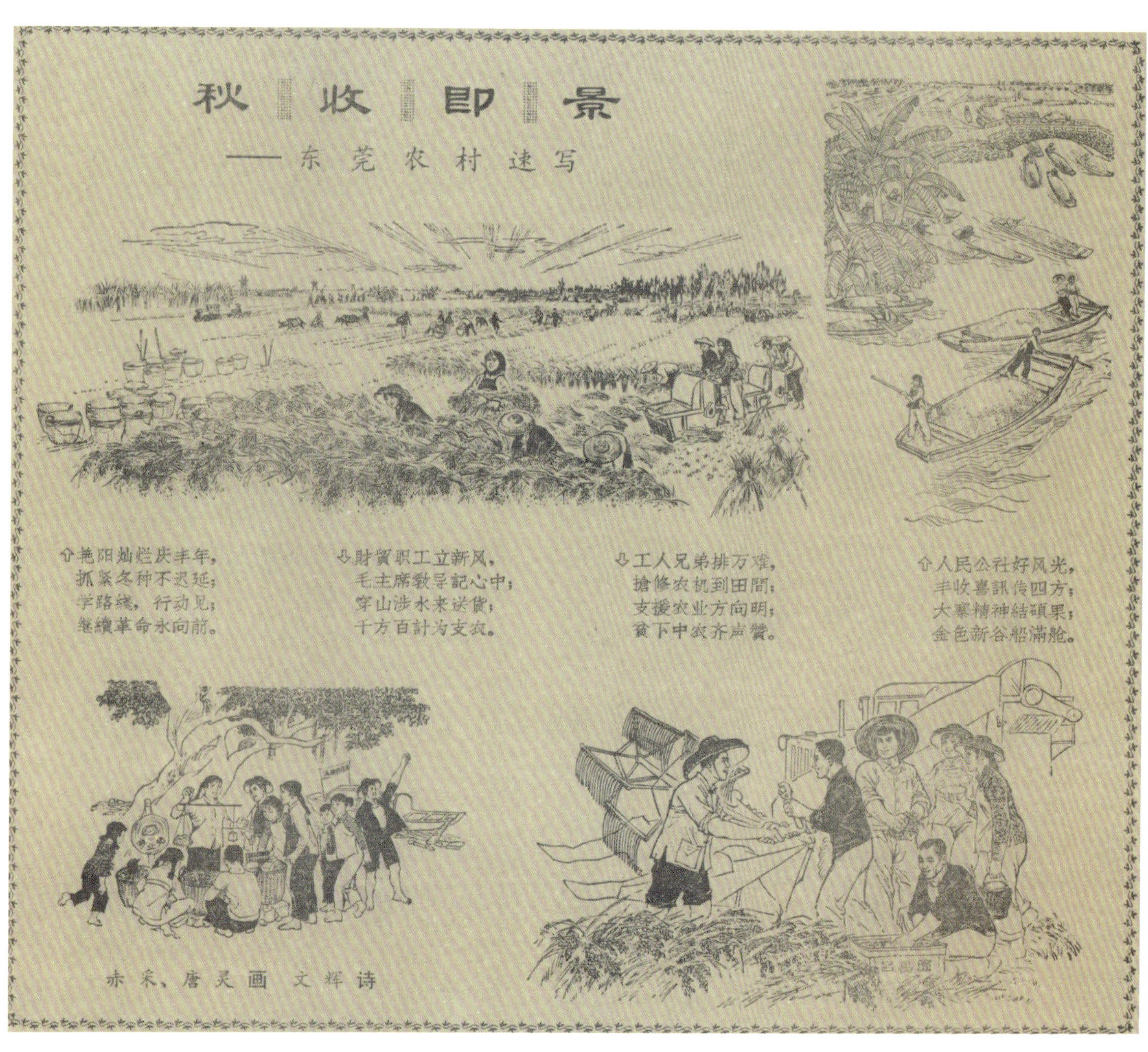

秋收即景

——东莞农村速写

⇧艳阳灿烂庆丰年，
抓紧冬种不迟延；
学路綫，行动见；
继續革命永向前。

⇩財貿职工立新风，
毛主席教导記心中；
穿山涉水来送貨；
千方百計为支农。

⇩工人兄弟排万难，
搶修农机到田間；
支援农业方向明；
貧下中农齐声贊。

⇧人民公社好风光，
丰收喜訊传四方；
大寨精神結碩果；
金色新谷船满舱。

赤采、唐灵画　文辉诗

赤采、唐灵、文辉：《秋收即景——东莞农村速写》

《南方日报》1972年11月15日第2版

移风易俗办婚事

东莞县石碣公社水南大队 叶葵满

我办婚事前，父母商量要收男方一些礼金，摆几席酒。他们认为“不收礼金不体面，不摆酒席过不去”，还说什么“人生嫁女无几何，花钱几百不算多”。这是封建思想残余的反映。为了帮助父母提高路线觉悟，移风易俗，做到婚事新办，我和他们一起学习毛主席的有关教导，启发他们回忆旧社会穷人被旧婚姻风俗害到婚后一身债，卖儿卖女的惨痛事实，帮助他们把婚事新办或旧办提到两个阶级、两条路线斗争的高度来认识。后来，他们都同意婚事新办。

原来，我和爱人打算到外面旅行结婚，感到这样做既可以避免旧形式，又省得人家讲闲话。后来，我反复学习了毛主席关于**“对于农村的阵地，社会主义如果不去占领，资本主义就必然会去占领”**的教导，认识到，回避迁就封建旧习俗，实际上是放弃意识形态领域里的阶级斗争。我是一个革命青年，应该在这场移风易俗的革命中当先锋，向“四旧”开战。于是，我和爱人商量后，决定取消原来的计划，改为在生产队摆茶会。我们的这个想法得到了生产队的干部和群众的支持，他们鼓励我们说：“无产阶级的新风尚就是在同旧习惯势力作斗争中立起来的。”

结婚的前一晚，我们在生产队队部开了个简便、热闹而又有意义的茶会。贫下中农、青年民兵和队干部都高兴地来参加了。会上，我们请老贫农讲“三史”，进行回忆对比的阶级教育。大家都说，今天我们贫下中农翻了身，就是要有自己的新风尚。许多未婚的青年也称赞这是一个好先例。

第二天，我告别了父母和乡亲们，步行来到了男家，并在当天就参加了生产队的集体劳动和政治学习。晚上还和爱人一起参加了社员大会。社员们都欢迎我这样做。

叶葵满：《移风易俗办婚事》

《南方日报》1972年11月15日第3版

东莞水泥厂提前完成全年生产计划

水泥比去年同期增产二成半

本报讯 东莞水泥厂截至今年十月二十六日止，已提前六十六天完成了国家下达生产水泥的年度计划，比去年同期增长百分之二十五。

今年以来，这个厂针对厂里连年增产，职工中存在着“差不多”的思想，把反骄破满作为批修整风、路线教育的一个重要方面来抓。厂党委进一步动员群众，对比先进单位，找差距，揭矛盾，订措施，掀起了一个比学赶帮的热潮。工人们发扬“三老”、“四严”、“四个一样”的革命作风，决心为革命多作贡献。他们用土简车床加工磨机大牙轮和钾肥车间设备，改善立窑鼓风系统，试制成功生料车间用的铲石车，不断地提高了窑、磨主机设备的运转率。在全厂职工的努力下，今年以来生产不断上升，电耗和煤耗不断下降。

（省建工局、东莞县报道组）

省建工局、东莞县报道组：《东莞水泥厂提前完成全年生产计划　水泥比去年同期增产二成半》

《南方日报》1972年11月24日第2版

积极钻研技术　为革命多养猪

鸡啼岗大队养猪越来越多

本报讯　东莞县黄江公社鸡啼岗大队实行科学养猪，促进养猪事业不断发展。去年，全大队生猪饲养量达四千三百多头，平均每户十一点一头，每人二点五头，卖给国家的毛猪一千多头。今年一至十月，全大队的生猪饲养量又比去年同期增长了百分之五。

一九六九年，鸡啼岗大队养猪已达三千一百多头，平均每户八头，成为全县养猪先进单位。在大好形势下，大队党支部充分发动群众，积极开展科学养猪活动，为革命多养猪。他们首先抓改良畜种，选取“盘黑”或“锦州黑”等良种公猪作种猪，母猪则采取先留后选的办法，让它生产一胎后，视其产仔多少和仔猪发育快慢，确定去留。另外，他们针对仔猪出生后抵抗力差，容易感染白痢和刚断奶容易掉膘等情况，采取措施，使仔猪过好出生、白痢、断奶这“三关”。这样，全大队仔猪的成活率高达百分之九十八以上。

这个大队的群众和饲养员还根据生猪的特点以及仔猪、小猪、中猪的消化能力不同，生活习惯和需要不同，实行“三级管理”，采取小猪催长，大猪催肥的两头精（料）中间粗（料）的喂养法，使生猪养得肥，长得快。

（东莞县黄江公社调查组）

东莞县黄江公社调查组：《积极钻研技术　为革命多养猪　鸡啼岗大队[①]养猪越来越多》

《南方日报》1972年12月13日第2版

① 鸡啼岗大队：当时属东莞县黄江公社，即今东莞市黄江镇。黄江镇，位于东莞市东南部。

南方日报

1973年

组织社会主义协作　贯彻自愿互利政策

东莞茶山大围改水配套工程进度大大加快，迅速发挥效益

本报讯　东莞县茶山公社党委在水利建设中，大力提倡发扬社会主义协作精神，认真贯彻落实自愿互利政策，调动了广大干部、群众的社会主义积极性，使茶山大围改水配套工程进度大大加快，迅速发挥了效益。

茶山公社是个低洼埔田地区，三面临水，地形象个锅底。解放后，虽然兴修了多宗水利工程，基本消除了堤外洪水的威胁，但由于地势低洼，集雨面积大，内涝还比较严重。为了保证大片埔田的正常排灌，一九七一年底，公社党委通过调查研究，制订了一个茶山大围改水配套工程的计划。

这个计划公布之后，受益面积大的地区劲头很大；一些受益面积少、占用土地多和劳力投放多的大队，担心互利政策不落实，态度不那么积极。针对这种情况，公社党委首先组织党委成员学习农村人民公社《六十条》的有关规定，明确认识落实现阶段党在农村的经济政策和发扬共产主义风格的关系，分清“一平二调”和社会主义协作的界限，提高执行政策的自觉性。接着，召开了生产队长以上三级干部会议，组织大家认真学习毛主席有关顾全大局的教导，宣传改水工程的好处，并且根据“多受益多负担，少受益少负担，无受益不负担”的原则，制订了具体规定。由于落实了政策，认真解决了具体问题，干部、群众的积极性都很高，大大加快了工程进度。

在落实互利政策的过程中，公社党委还注意表扬好人好事，发扬社会主义大协作精神。茶朗大队受益面积较少，占用土地面积又比较大。根据党的政策精神，公社党委对这个大队的征购粮任务进行了合理的调整。这一来，进一步调动了茶朗大队广大群众参加水利建设的积极性，激发了他们支援兄弟队的热情。去年春耕大忙时节，他们主动多承担任务，帮助工程任务较重而劳力较少的京山、横江大队按期完成了工程任务，不误农时地搞好春耕生产。

茶山大围改水工程原计划两个冬春完成，由于落实了互利政策，加强了思想政治工作，群众干劲高，一年时间就完成工程计划的百分之七十，并发挥了效益。一九七二年早造开耕时，他们利用节制闸引水办田一千三百多亩，实现自流排灌面积达到三分之一。一九七二年早造虽然碰到罕见的大暴雨，七、八月间又连续降雨三百七十多毫米，但由于部分完成了改水配套工程，使六千多亩集雨面积的水自动流出寒溪河，节约排水用电二万多度。因此，晚造获得丰收，粮食总产比历史上最高水平的一九七一年还增加五千多担。

去年秋收冬种结束后，公社党委立即组织劳动力继续完成茶山大围改水配套工程的扫尾工作。广大贫下中农鼓起更大革命干劲，奋战在水利工地上，疏通渠道，扩建排灌站，加高培厚堤围，力争尽快完成全部工程任务，为农业大上快上创造条件。　　（县、社报道组）

县、社报道组：《组织社会主义协作　贯彻自愿互利政策　东莞茶山大围改水配套工程进度大大加快，迅速发挥效益》

《南方日报》1973年1月7日第2版

改革固定式水泵为流动式

东莞县沙田公社穗丰年大队的电工，根据平时的观察和实践，将大队电灌站固定安装的水泵，改为流动安装在田头，从而降低了扬程，用较小的电动机代替原来的大电动机，排灌同样的面积，可节约用电百分之八十四。

《改革固定式水泵为流动式》

《南方日报》1973年1月15日第2版

发动群众清仓查库挖掘潜力

东莞农机配件厂增产节约运动蓬勃开展

本报讯 去年以来，东莞农机配件厂党委在深入开展工业学大庆运动中，进一步加强企业管理，积极发动群众清仓查库、修旧利废，掀起了一个增产节约新高潮。去年提前两个月超额完成全年产值计划。与前年比较，去年全年总产值增长百分之六十四点四，成本下降百分之五点五，全员劳动生产率提高百分之四十七点一。

开始时，这个厂一些人认为，我们厂过去通过加强企业管理，废旧料大多已经用上，再搞也没有什么搞头了。究竟还有没有搞头？党委根据本厂的实际情况，组织了一次实物展览，展出了还没有用上的各种废旧物资八十多种、四千八百多件。又进一步引导广大职工学习毛主席有关增产节约的教导，提高路线斗争觉悟，从而克服了"节约到顶"、"潜力挖尽"等思想，使增产节约运动进一步开展起来。各车间、班组职工主动抽出空余时间开展收集废旧材料活动，把各种废旧料、边角料一一搜集起来，分门别类存放，然后大搞修旧利废，变废旧料为活宝。去年以来，他们把清出来的白口铁五十多吨，旧钢材十多吨，刀刃具七百多件，都用到生产上去。过去由于缺乏合金钢刀具，生产不正常。这次，工人们把清出来的三百多张废旧刀把上的合金钢重新修好，磨利使用，既为国家节约了资金，又解决了生产上的困难。

（本报通讯员）

本报通讯员：《发动群众清仓查库挖掘潜力　东莞农机配件厂增产节约运动蓬勃开展》

《南方日报》1973年1月30日第3版

事情发生在二十四小时内

二月一日，东莞县东坑公社塔岗大队第一生产队一片春节前夕的欢乐气氛。

晚上六时三十分，夜幕刚降临。突然，“救——火——啦！”一声呼救，震动了全村人。原来，贫农社员李佛明家不慎失火了。刹那间，全村动员起来了，人们箭一般地奔向失火的现场。

从第一声呼救到第一担水泼向熊熊的烈火，才不过几分钟。十五分钟后，公社党委负责同志赶到了现场。紧跟着，公社农械厂、粮食加工厂的工人，粮所、食品站、供销社的职工，寮边头大队、东坑大队的贫下中农，闻讯后都迅速赶来支援。国家干部、工人、贫下中农紧紧地扭成一股绳，齐心协力。经过两个小时的艰苦奋战，大火被扑灭了。可是，李佛明的家还是受到了损失。明天就是除夕，能不能帮助他解决困难呢？

深夜，大队办公室里还亮着灯光。一次紧急的党支委会正在进行。会议决定：在除夕这一天，想方设法把房子修建好，让李佛明一家在修好的房子迎新春。

同一时刻，公社党委决定：动员各方面的力量支援李佛明一家。

二日早上七时，一队民兵排长李林庆手拿哨子，穿街过巷。“嘟——”一声长哨划破长空。一队基干民兵集合了。队长李合宁传达了大队党支部的决定。

“我们全力支援！”五十多个基干民兵坚决地回答。

七时十分，民兵开始清理地基。彭屋大队派来支援的木工、泥水工，大队服务站的泥水工、木工，以及会建房屋的社员，同时到达工地，协同作战。

“让李佛明一家住上修好的房子过年！”党支部的这个号召，迅速传开了。工人、贫下中农行动起来了！他们放弃了假期，向这个普通的贫农社员伸出了一双双热情的手。公社农械厂的工人一早便不约而同地回到了工厂，为修建房屋加工桁角。八点钟，桁角就送到了工地。

七时三十分，彭屋大队十几个贫下中农送大瓦来了。从彭屋大队接到需要大瓦的电话，到大瓦送到了李佛明的家门口，仅仅一个多钟头。这十多个浑身被汗水湿透的社员，只用了四十几分钟，走完了平时需要一小时多的路程。

九时多，坑美大队的瓦仔也送来了。按常规，一窑瓦烧好后，要经过三天以上的时间，让温度降低后，才能出瓦。这回，坑美大队的贫下中农冒着高温，提前出瓦，并派人亲自送到。

眼见这些来自四面八方的工人、贫下中农，在除夕之日为一个普通的贫农社员而奔忙，八十多岁的贫农老大娘叶映笑忆旧社会的苦，讲新社会的甜，热情颂扬社会主义制度的无比优越。他连声说：“托毛主席的福，我们贫下中农才有今天呀！”

从房子起火，到李佛明一家在新修的房屋里安然入睡，时针只绕了两圈。

大年初一，李佛明一早起来，望着新修的房子，激动得泪珠夺眶而出。他把子女叫到面前，含着热泪说：“我们的一切，都是毛主席给的呀！”

东坑公社塔岗大队报道组

东坑公社塔岗大队报道组：《事情发生在二十四小时内》

《南方日报》1973年2月19日第2版

摘要：报道了春节前夕，东莞县东坑公社一户人家房子失火，众人帮助灭火后，公社党委又组织人力在24小时内，帮助其住进了新修的房子。

学习辩证法 改造山坑田

东莞县大岭山公社大岭大队第二生产队

我们生产队是大岭山脚下的一个小山村。过去，这里的山坑田，水冷、地瘦、产量低。近年来，我们深入开展「农业学大寨」的群众运动，用唯物辩证法指导改造山坑田，使粮食生产逐年增长。

我们队有一百五十多亩沙质浅脚田。这类田沙多、土层薄，容易造成水、肥流失，禾苗扎根浅；而水、肥足，耕作层深，又是水稻高产的基本条件。对改造这些田，开始，我们只在「深」字上下功夫，适当深翻，加深耕作层，但效果还不理想。什么原因呢？原来土壤的深浅，只是作物生长的条件之一，作物要长得好，还要吃饱喝足。土壤的沙质特性和水、肥流失的矛盾没有得到根本解决，土质还很瘦，粮食要高产是不可能的。要使沙质瘦田转化为肥沃良田，还必须掺泥和增施有机肥料，以提高土壤的肥力。**「每一事物的运动都和它的周围其他事物互相联系着和互相影响着。」**作物同土壤，是互相联系和互相影响的。掺泥，增施有机肥，进行合理轮种，可以改变沙质浅脚田的土壤成份，增加有机质，提高肥力，改造它的沙质特性。一九六九年以来，我们除了每年每亩增施泥肥八十担到一百担外，还进行花生、烟、蔬菜等轮种，实行「以田养田」。这些田经过这样的改造以后，粮食产量逐年增高。一九七一年，平均每亩增产一百二十斤。高坑的十四亩，由过去亩产六百多斤提高到八百多斤。

对改造湖洋冷底田，过去我们也搞过，但始终没有得到根治。问题在哪里？我们分析了历年来改造湖洋冷底田失败的教训，逐渐认识到，这类田，由于从地层下渗出来的冷、酸、铁锈水得不到排除，长期积聚，使土质变酸，田底变冷，土壤烂滩。因此，治水便成为主要矛盾。我们便进行开「三沟」，即坑边开排洪沟，田边开排冷沟，田内开排酸沟。这样，便防止了山洪冲刷水稻，排除了底层有害的冷水和铁锈水。在这个基础上，再结合以肥改土。为了提高这些田的土温，增加土质的有机成份，还实行稻草回田，施放草皮泥（火烧土）同牲畜粪便、磷粉混合堆沤而成的土杂肥，平均每年每亩八十多担，并在晚造给每亩田下壳灰一百斤，以中和土质的酸性。群众把这种改土方法叫做「排冷去酸，治水改土」。经过这样一改，一九七一年的亩产比一九七〇年增加了一百五十斤，达到八百五十斤。

死泥田的特点，就是土壤板结。死泥田之所以会「死」，是因为土壤粘性大，造成板结。毛主席说：**「事物内部矛盾着的两方面，因为一定的条件而各向着和自己相反的方面转化了去，向着它的对立方面所处的地位转化了去。」**过去由于存在着无所作为的思想，认为这些田难于改造。其实，死泥田并不是完全「死」的，只要给它创造一定的条件，就能起「死」回生，转化为「活泥田」。几年来，我们根据这种特性，采取掺沙入泥，增多土壤的毛细管，减少土壤的粘性，使土壤疏松通气。这样一改，这些田便变了样。二十多亩「死泥田」，过去一造平均亩产六、七百斤，最高的也只有八百多斤，一九七〇年以来，连续两年一造亩产超千斤。最高达到一千一百斤。在这个穷山村里，有史以来第一次实现了一造亩产超千斤，这是「农业学大寨」群众运动开出的灿烂之花，是毛主席哲学思想结出的丰硕成果。

东莞县大岭山公社大岭大队第二生产队：《学习辩证法　改造山坑田》

《南方日报》1973年2月26日第3版

东莞县委领导成员深入生产第一线

扎扎实实搞好春耕生产

本报讯 中共东莞县委领导成员，切实改变领导作风，到春耕生产第一线调查研究，抓好典型，以点带面，使春耕生产扎扎实实地开展。到三月二日止，全县已基本完成播种任务，办田四十二万亩，占应办田面积的五成；部分社队已开始插秧。甘蔗、花生、木薯、豆类等春种作物也已基本种完。

为了切实领导好今年的春耕生产，春节过后，中共东莞县委立即召开四级干部会议，认真学习毛主席有关大办农业的教导和省委《关于全党动手大办农业进一步开展农业学大寨群众运动的决定》，同时认真总结了去年本县农业生产的经验教训，认识到，要加快农业学大寨的步伐，促使农业大上快上，县委领导就要下很大的决心，用更大的力量抓好农业。县委经过调查研究，把全县二十九个农村人民公社，按山乡、丘陵、水乡、平原、沙田等不同类型地区，划分成五个片，由县委领导成员分片负责，分类指导。县委机关抽出三分之一的干部，和包片的县委常委一起下乡蹲点。

东莞县委主要领导成员深入生产第一线后，认真调查研究，及时解决影响春耕生产的问题，不失时机地搞好春耕生产。位于珠江口的沙田地区，由于春季海潮倒灌，不能及时引淡冲咸，每年春耕都要比别的地区推迟一个季节，影响了农业生产的发展。到这个地区蹲点的一名县委副书记和一名县委常委，组织广大干部、社员继续抓好珠江口沿海的联围工程，把东江上游的淡水引来灌田，使今年沙田地区的道滘、沙田两个公社有三万二千亩咸田比去年提早一个季节办田。

东莞县委通过调查研究，认真总结了中堂公社潢涌大队和宁步公社浮竹山大队放养红萍的经验，便抓紧春暖的有利时机，派出干部、技术员到基层举办训练班，大力推广放养红萍。全县三千五百多个生产队，目前已有三千三百多个队放养了红萍，放养面积达二十万亩，超过以往任何一年。由于红萍生长迅速，各社、队已经开始压青办田，为夺取今年早造丰收创造了条件。（东莞县报道组）

东莞县报道组：《东莞县委领导成员深入生产第一线　扎扎实实搞好春耕生产》

《南方日报》1973年3月7日第1版

让妇女干部经风雨见世面

东莞县大岭山公社一批妇女新干部茁壮成长

本报讯　东莞县大岭山公社注意选拔和培养妇女干部，充分发挥她们在革命和生产中的积极作用。

在无产阶级文化大革命中，大岭山公社培养和选拔了一批妇女新干部，让她们挑起了革命的重担子。为了不断提高她们的路线斗争觉悟和工作能力，公社党委帮助她们联系实际学习马列的书和毛主席著作，学习党的路线和政策，并由党委领导同志带领她们到生产队蹲点，使她们在斗争实践中经受锻炼。去年，公社党委组织了一批妇女新干部到阶级斗争比较尖锐复杂的新塘大队蹲点。初时，有些女干部认为自己缺乏斗争经验，工作信心不足。公社党委书记便组织她们学习毛主席有关教导，和她们一起进行调查研究，一起分析情况，很快就揪出了一小撮暗藏的阶级敌人，打击了他们的破坏活动，有力地促进了革命和生产。经过半年多时间的锻炼，这批妇女干部的路线斗争觉悟和工作能力有了较大的提高，十人中有三人加入了中国共产党。她们回到原单位以后，大多数人都出色地完成了各项任务。

大岭山公社党委在放手使用妇女新干部的同时，注意加强具体指导，既提出任务要求，又经常督促检查，使她们发扬成绩，克服缺点。大塘朗大队妇委会主任李培竹是个新党员，担任领导工作后，认为只要自己舍得花力气去干就行了，不注意抓纲、抓线，忽视看书学习。公社党委委员、大队党支书袁邓全多次找她谈心，帮助她学习党的基本路线，总结三大革命斗争中的经验教训，使她认识到：干革命首先要抓路线，抓阶级斗争。如果路线错了，干劲再大，也不能搞好革命工作。从此，李培竹提高了路线觉悟，克服了文化低、家务重的困难，认真看书学习，进步很快。有个时期，第二生产队有些妇女受到资本主义倾向的影响，放松了集体生产。李培竹到这个队蹲点，狠抓阶级斗争，对社员进行思想和政治路线方面的教育，提高广大社员群众的路线斗争觉悟，坚持社会主义方向，发展了革命和生产的大好形势。两年来，李培竹还积极带领广大妇女移风易俗，破旧立新，全队妇女的精神面貌发生了较大变化，队里的妇女工作进入了全社的先进行列。

（大岭山公社报道组）

*　*　*

大岭山公社报道组：《让妇女干部经风雨见世面　东莞县大岭山公社一批妇女新干部茁壮成长》

《南方日报》1973年3月7日第2版

中堂公社大面积放养红萍

本报讯 东莞县中堂公社大面积放养红萍。目前已繁育了红萍一万三千多亩，计划放养春季红萍一万六千亩。

为了做好春季红萍的放养工作，中堂公社在潢冲大队召开现场会议，总结和推广他们坚持放养红萍、夺取水稻高产的经验。潢冲大队有四千五百亩耕地，去年早造养萍四千一百亩，晚造养萍二千二百亩。由于有充足的基肥，水稻获得较大幅度增产。目前，全大队又放养了三千一百亩红萍。这个大队的经验使大家认识到：大面积放养春季红萍，是解决早造肥料不足的一项重要措施。各大队迅速行动起来，指定一名干部专抓，生产队固定三至五人专职管理，并定期检查评比。公社及时组织农业技术人员，深入各队帮助解决各种具体问题，总结交流经验，保证养萍工作的顺利开展。

（东莞县中堂公社报道组）

东莞县中堂公社报道组：《中堂公社大面积放养红萍》

《南方日报》1973年3月9日第2版

学英雄立大志

东莞县南城小学开展多种活动加强对学生的思想教育

本报讯　东莞县道滘公社南城小学以批修整风为纲，加强对学生的教育，积极引导学生学习解放军，学习英雄人物，勤奋学习，遵守纪律，积极向上，收到很好的效果。

这所学校在加强对学生的思想教育中，开展多种活动：请解放军同志到学校讲革命故事，指导军事训练，进行革命传统教育和革命纪律教育；组织青少年同解放军一起帮助群众做好事。解放军同志言传身教，讲传统，带作风，使全校师生进一步提高了阶级斗争和路线斗争觉悟，树立了革命新风。一次，解放军同志在给群众做好事中，不慎碰坏了群众的一个面盆，他们马上买回一个新面盆还给群众。学校及时抓住这个典型事例，向学生进行“三大纪律八项注意”教育。学校还根据青少年最肯学习，模仿性强，容易接受具体形象的特点，引导学生学习张思德、白求恩、雷锋、李文忠、邱少云等英雄人物。广大青少年以英雄人物为榜样，好好学习，天天向上，上课时不迟到、早退，为革命认真读书。

（本报通讯员）

本报通讯员：《学英雄立大志　东莞县南城小学开展多种活动加强对学生的思想教育》

《南方日报》1973年3月30日第3版

事在人为

——我们在学习大庆中是怎样克服原材料和电力不足的困难的？

中共东莞粉厂委员会

编者按

在社会主义建设事业中，是知难而上，还是知难而退？是见物又见人，还是只见物不见人？这是两种思想、两条路线斗争在经济领域里的反映。东莞粉厂作得好，他们在困难面前不退缩，不等待，不伸手。原材料不足，便“找米下锅，不等米下锅”；设备不适应，便“找锅做饭，不等锅做饭”；电力不足，便“找火煮饭，不等火煮饭”。结果，困难被战胜了，国家任务超额完成了。他们的经验再一次说明：搞好生产固然需要有一定的物质条件，但是，“决定的因素是人不是物”。在同样的物质条件下，领导班子的精神状态不同，革命干劲不同，发动群众的程度不同，效果是大不一样的。

我省工业交通战线象其他战线一样，经过无产阶级文化大革命和批修整风运动，广大职工的社会主义积极性进一步地调动起来了，工矿企业的物质基础比以前好得多了，革命和生产形势一派大好，越来越好。对这种形势一定要有充分的认识。当然，在前进的道路上，还会遇到这样那样的困难，但是只要领导班子能够坚决贯彻执行毛主席的革命路线，振奋革命精神，鼓起更大的干劲，坚定地相信群众、依靠群众，充分发挥人的主观能动性，任何困难都是可以克服的。在这方面，东莞粉厂为我们树立了榜样，希望大家向东莞粉厂学习，从他们的经验中得到教益。

在批修整风运动的带动下，我们厂“**工业学大庆**”的群众运动不断深入发展。去年，我厂职工发扬了大庆工人自力更生、艰苦奋斗的革命精神，群策群力，克服了原料、电力、维修材料不足的困难，全面提前完成了国家下达的产品产量计划。

在困难面前不等待，不退缩，不伸手

我们厂是一间以本地木薯为原料的农产品加工厂，生产淀粉、白酒、葡萄糖等产品，向来原材料供应情况比较好，完成生产计划也比较好，因此，有些同志缺乏向各种困难作斗争的思想准备。去年，国家给我们厂生产淀粉的任务不少，但因前年本地遭受风灾，木薯歉收，供给我们的木薯原料减少了。同时，因天旱缺水，大电网供给我们的电力也少了；维修钢材缺口也大。面对这些困难，我们能不能完成国家下达的年度生产计划呢？有的领导成员产生了畏难情绪，打算生产多少算多少。厂党委意识到，这些思想是害怕困难的表现，是不相信群众的表现。于是，一方面组织领导成员学习辩证唯物论，摆正人和物的关系，使大家认识到：要搞好生产，物质条件是不可缺少的，但绝不能忽视人的作用。在毛主席革命路线指引下，只要充分发挥人的主观能动性，便可以克服困难，把不利条件转化为有利条件，把生产搞好。我们把生产中遇到的困难问题交给群众讨论。大家对照大庆艰苦创业的革命精神，认为我们战胜困难不但有一定的物质条件，而且有战胜困难的经验。大家表示：事在人为，业在人创；路线对头，任何问题都能迎刃而解。

在提高认识，统一思想的基础上，厂党委把解决原料、电力和维修材料不足的问题摆在议事日程上。发动群众，学习大庆工人在困难面前不等待，不退缩，不伸手，主动承担压力的革命精神，把原料、电力、钢材“三缺”的困难一个一个加以解决。

原料缺乏怎么办？我们就发动群众“找米下锅，不等米下锅”

原料缺乏，我们就发动群众“找米下锅，不等米下锅”。厂里组织了三个小组，分头积极去找原料。去年共组织了各种代用原料两千多吨，大大减轻了原料不足的困难。同时，党委加强了对制粉车间“三结合”科研小组的领导，试验加工代用原料的生产工艺。在试验中，我们注意充分发挥老工人和技术人员的作用，群策群力，共同战斗。有二十年制粉经验的老工人叶培，为了提高番薯淀粉的收回率，反复琢磨，提出了把疏筛改为密筛的建议。技术人员充分发挥自己的专长，同工人一起实践，解决了试验中的配方等关键问题。经过三十多次试验，终于取得良好的效果，为大量生产提供了数据，打开了使用本地多种原料的生产门路。在生产中，大家发挥高度负责的精神，人人把关，点滴节约，把收回率从原来很难突破的百分之七十八，提高到百分之八十一点七，质量也完全符合要求。这样，终于超额百分之二十五点四，提前九十五天完成了去年国家下达的全年淀粉生产任务。

设备陈旧，维修的钢材不足怎么办？我们就发动群众“找锅做饭，不等锅做饭”

设备陈旧，维修的钢材不足，我们就发动群众“找锅做饭，不等锅做饭”。一些设备长年同酸碱打交道，磨损腐蚀较大，需要维修。职工们修旧利废，大搞代用材料。制酒车间把一个使用了十七年、已经严重腐蚀的二十四立方米的醣化缸，补了又补，先后打了五十多块补钉，继续使用。冷却管缺少新材料补充，就在地下挖出了堵死不用的水管一百多米，代替新管使用，并且革新了循回冷却器。这样以旧代新，改革设备，就保证了正常生产。

电力供应不足怎么办？我们就发动群众“找火煮饭，不等火煮饭”

电力不足，我们就发动群众“找火煮饭，不等火煮饭”。职工们学习大庆工人头顶青天，脚踏荒原的“人拉肩扛”精神，提出了“有电拚命干，电少用手工操作也要干”的战斗口号。制粉车间用人工铲粉代替电力，把湿粉一包一包地包起来，送到下一道工序去干燥；制酒车间工人每天硬是把三万多斤薯渣一袋袋扛上三楼蒸煮制粉。工人满怀革命豪情地说：“今日扛料上三楼，大庆精神记心头；我为革命流汗水，身在工厂望全球。”动力车间工人在他们的鼓舞下，千方百计修复了一台废置多年的蒸汽机，补充了动力设备；又自力更生制造一台发电机，解决了发电配套问题。厂党委委员、老工人黄棠，想方设法提高发电设备效能，提出了挖通地道，用冷空气降低发电机温度的建议，使发电机保持常温，保证了正常发电。（下转第二版）

事在人为

（紧接第一版）同时还采取了错开用电时间、均衡用电等措施。这样，去年我们自办电力二十九万多度，占全厂总用电量百分之十八点四，因而解决了电力不足的困难。

再接再厉，做到“四个不丢”

在实践中，我们认识到，工厂要前进，生产要发展，就必须把工业学大庆的群众运动不断引向深入。因此，我们在开展学大庆活动中，坚持做到“四个不丢”：

*工厂发展了，修旧利废的传统不丢。*为了坚持艰苦奋斗的革命精神，我们办起了“利废仓”，在全体职工共同努力下，去年共回收废旧钢铁和零配件十八吨，价值二万七千元。“利废仓”四名工人，不但回收废旧料，还根据生产需要，为车间加工、铸造一些铜件和铁件，试制和生产了电焊条，供应了我厂急需的部分物资，被评为先进班。

*机械化程度高了，不断革新的精神不丢。*近年来，职工们不断大胆创新。例如，葡萄糖车间为适应生产的发展，急needs增加一台吊胆离心机。这种离心机直径大，技术要求高。动力车间工人便勇敢地承担了这项任务，自己制造，自己安装，使葡萄糖日产量提高了一倍。

*有了上级的支持，苦干实干精神不丢。*为了扩大生产，去年年底上级拨给我厂一台一百八十匹马力柴油机，并批准新建一座电机房。上级的支持，给我们很大鼓舞，但工人们说：“有了物质条件，我们仍然要发扬艰苦奋斗的革命传统，少花钱多办事。”于是自己挖土方，自己打木桩。仅两天时间，就挖了地基五百个土方，打下二百三十根木桩，为国家节约了一笔资金。

*工作有了成绩，革命加拚命的精神不丢。*去年，我厂不但超额完成淀粉和白酒的生产计划，还生产了不少葡萄糖。同时，生产农用根瘤菌九万五千多瓶，废水肥一千四百九十多吨，支援了农业，并为国家增加了积累。今年以来，在中央两报一刊元旦社论的指引下，全厂职工在批修整风中进一步焕发了社会主义积极性，斗志昂扬地投入了创纪录、夺高产的战斗。制粉车间不断刷新鲜木薯破碎的纪录，平均日破碎量比去年同期增长百分之三十五，淀粉日产量增长百分之五十八。全厂革命和生产的形势越来越好。

中共东莞粉厂委员会：《事在人为——我们在学习大庆中是怎样克服原材料和电力不足的困难的？》

《南方日报》1973年4月6日第1、2版

东莞县机电厂青年为革命钻研技术

本报讯　东莞县机电厂的团员和青年为革命刻苦钻研技术。去年以来，全厂青年实现技术革新一百多项，在二百三十名团员、青年中，有七十七名被评为先进生产者，三十三名担任了厂、车间和班组的领导工作，成为全厂「**工业学大庆**」运动中的一支积极力量。电机车间冲压班共青团员孙光耀，过去曾有一段时间不敢大胆学技术。通过批修整风，他提高了思想认识，虚心向老工人和技术人员学习，经常利用休息时间阅读有关的技术书籍，并大胆进行实践，技术提高很快。去年，他成功地制成了一台碰焊机，创造出一种扣片冲模的新工艺，提高了产品的产量和质量。

（报道组）

报道组：《东莞县机电厂青年为革命钻研技术》

《南方日报》1973年4月23日第2版

高产地区也要大搞一年三熟

东莞县万江公社永泰生产队在水稻亩产跨过两千斤后，把冬种当作一造来抓，连续两年获得冬小麦丰收

本报讯 东莞县万江公社金泰大队永泰生产队，从一九七一年冬起，在水稻每亩产量跨过二千斤大关的基础上，开始大量种植冬小麦，获得了丰收，使全年粮食总产量大幅度增产。去冬这个队种植冬小麦的面积扩大到一百八十四亩，平均亩产三百五十三斤，总产比去年增长五成多。

永泰生产队人多田少，历来只种两造水稻，没有搞冬种。一九七一年初，永泰生产队的干部到外地参观学习后，深深感到人多田少的地区，必须改革耕作制度，努力提高土地复种指数，变两造为三造，才能更迅速地发展粮食生产。这一年，队里决定大种冬小麦，努力实现一年三熟的方针。但有一些人却认为："本队土地潜力小，不如利用冬闲时间搞副业，多挣现金收入。"有的则说，"冬种小麦等于向旱造借粮。三六一十八，二九也是一十八，何必这样辛苦。"针对这些思想，生产队干部一方面通过总结过去的经验教训，使大家认识到：单纯追求现金收入，放松粮食生产，容易走偏方向。同时，组织干部和群众反复学习大寨贫下中农艰苦奋斗、改天换地的革命精神，进行党的社会主义建设总路线的教育，批判因循守旧的思想，树立为革命多打粮食，多作贡献的思想。大家说：大寨地处太行山区，自然条件恶劣，一年能收两造粮。我们这里自然条件好，为什么不能实现一年三熟，夺取粮食更高产呢？

认识统一后，这年秋收期间，生产队发动群众，白天开镰抢割，晚上整地抢种，及时种下一百三十亩小麦，占全队水田面积四成。第二年春收时，小麦获得大丰收，总产达四万四千多斤，平均亩产三百四十斤。这个生产队，一九七一年水稻亩产量已高达二千零三十九斤，但由于冬季大种以小麦为主的粮食作物，使一九七二年粮食生产大幅度上升，粮食亩产达二千二百四十八斤，比一九七一年增加百分之十，总产比一九七一年增加百分之七点九，创造了历史最高纪录。

为了夺取今年粮食新丰收，永泰生产队去年冬种植小麦的劲头更大，做到有计划、早准备、巧安排、认真搞好田间管理。去年晚造播种前，他们就发动群众讨论冬种小麦的种植计划，具体规划到田块。在解决稻麦争肥的矛盾时，这个队认真抓好肥料建设，坚持组织专业队长年积肥，并发动群众利用农闲时间突击积肥，以保证冬种小麦有充足的基肥。为了解决稻麦争劳力的矛盾，他们对全年粮食生产进行全面规划，合理布局，抓好品种搭配。例如去年种晚稻时，有意识地做到早熟品种占总面积的百分之二十，中熟品种占百分之五十五，迟熟品种占百分之二十五。这样，晚稻收割一批，就播种一批小麦，晚稻收割完毕时，冬种小麦也全部播完，真正做到一环扣一环，一造接一造，工作忙而不乱，保证造造不误农时。冬小麦播种以后，他们成立一个小麦管理领导小组，采用专人负责与群众管理相结合的方法，认真加强对冬小麦的管理，从而保证了小麦获得丰收。

（东莞县万江公社报道组）

东莞县万江公社报道组：《高产地区也要大搞一年三熟　东莞县万江公社永泰生产队在水稻亩产跨过两千斤后，把冬种当作一造来抓，连续两年获得冬小麦丰收》

《南方日报》1973年5月13日第1版

带头过党的组织生活

东莞县大岭山公社金桔大队党支部书记叶国兴，以一个普通党员的身份，坚持过党的组织生活。

金桔大队党支部的组织生活向来比较健全。后来，由于党支部领导抓得不够紧，组织生活过一阵，停一阵。第五生产队的党小组，有一段时间组织生活不健全，对党员的看书学习和思想教育抓得不好，结果有些党员放松了世界观的改造，出现了不够团结的现象。后来，党支部帮助这个队健全了组织生活，引导党员认真看书学习，积极开展党内的思想斗争，增强了革命团结，革命生产出现了新局面。叶国兴从五队的经验教训中认识到：刀不磨会生锈，水不流会发臭；党员不参加组织生活，思想就会落后。自己是“班长”，更应该严格要求自己，增强组织观念，带头过好组织生活。因此，从一九六九年以来，他无论工作多忙，时间多紧，都尽一切办法参加组织生活。

去年八月，叶国兴在县里参加三级干部会议，散会时已是下午五点多钟了，从县里回大队有五十里路，其他大队的同志都准备明天一早走，但叶国兴想起这天晚上队里党员要过组织生活，赶回去还来得及。于是，他谢绝了同志们的挽留。

“班长”的模范行动，为党员树立了榜样。大队三十八个党员在一般情况下都能做到按时参加组织生活，有特殊情况则坚持请假的制度。有一天晚上，原计划开支部大会，但突然却下起倾盆大雨，个别支委认为下这样大的雨，党员可能不来了，主张支部大会改期开。由于党员平时组织观念较强，尽管下着大雨，还是基本到齐，一些女党员背着小孩、披着蓑衣也赶来参加会议。女党员殷桂香，有四个孩子，家务很重，也坚持参加组织生活。

社、队报道组

社、队报道组：《带头过党的组织生活》

《南方日报》1973年5月15日第3版

摘要：报道了东莞县大岭山公社金桔大队党支部书记叶国兴，坚持过党的组织生活，为大队的党员们树立了榜样。

东莞县 开展水利检查 确保安全渡汛

本报讯 东莞县委采取专业人员和发动群众相结合的办法，开展水利大检查，做到边检查，边行动，及时加强对现有水利工程的配套、维修和管理。

去秋以来，东莞县委先后三次抽调干部，分赴全县不同类型的地区对一些重点水利工程进行大检查。检查组在埔田地区发现排灌渠道淤塞，内涝渍水，立即组织这个地区的茶山、石排、横沥、企石等公社疏渠挖河。去秋以来，全县完成配套、维修的土方达七百二十八万方，石方十四万多方，使九万二千亩农田的排灌条件得到改善。

在水利大检查中，各级领导十分注意抢修加固危险工程，抓好水利工程的安全渡汛工作。塘厦公社的企山陂脚在去年已被洪水掏空六米深，今年春，县委书记亲自带领一千二百多名社员和干部，日夜施工，经过二十天的奋战，终于在汛期到来之前把这一段工程维修加固好。

在水利大检查中，县委还发动群众，建立与健全水利水电管理机构，充实专业管水人员，制订了管理制度，进一步管好用好现有的水利设施。

（省水电局报道组）

省水电局报道组：《东莞县开展水利检查　确保安全渡汛》

《南方日报》1973年5月17日第1版

东莞县望联大队 猛攻三类禾

本报讯 东莞县望牛墩公社望联大队发动群众猛攻三类禾，抓好早稻中后期田间管理。

这个大队的早稻，大部分生长较好，但有一些迟插田出了老穗，变成三类禾。起初，有的人看到有些禾出了老穗，便认为「定局」了。大队党支部组织干部和社员深入田间调查研究，发现出老穗的都是比较老的主穗，而每棵禾中都有成十株分蘖穗尚未孕胎，只要加紧追肥，促进这些分蘖穗赶上来，就可以转化为有效蘖。克服「定局」思想后，连日来，掀起了积肥高潮，并采取有机杂肥和速效化肥混合使用的办法，对六百多亩三类禾增施了肥料，使三类禾长势转好。

（望牛墩公社党委办公室）

望牛墩公社党委办公室：《东莞县望联大队猛攻三类禾》

《南方日报》1973年5月18日第1版

东莞县继续抓紧除虫工作

本报讯 在批修整风的推动下，东莞县各级领导深入生产第一线，充分发动群众，抓好除虫工作。目前，全县除虫面积达五十多万亩，占应除虫面积百分之九十五。

东莞县各级领导认为，战胜虫害，是夺取今年早造丰收的重要环节，必须抓紧，毫不放松。最近，企石公社有些人认为："前段已摘了虫卵，撒了农药，又拔过枯心苗，除虫算是差不多了。"深入到这个公社的县委副书记就和干部、社员一起，调查虫情，用事实教育大家。于是，广大干部社员立即投入防治病虫害的战斗。县委及时在企石公社召开现场会议，有力地促进了全县除虫工作的开展。

为了更好地消灭虫害，县有关部门还组织了一批有经验的老农和技术人员，分头到各公社巡回传授除虫经验；县、社相继举办了除虫技术学习班，培训了技术骨干五千多人，进一步健全虫情测报网。由于虫情测报准确，捕杀及时，除虫效果较好。

（东莞县报道组）

东莞县报道组：《东莞县继续抓紧除虫工作》

《南方日报》1973年5月20日第2版

用英雄人物的革命精神教育青少年

东莞县樟木头公社樟洋小学

赖应明舍身抢救列车的英雄事迹出现以后，我们学校师生广泛开展了向赖应明学习的活动。师生们表示，一定要学出个好样子来，走英雄成长的道路，做革命的接班人！

赖应明从小热爱革命英雄，踏着雷锋、欧阳海等英雄人物的足迹，一步一个脚印地前进。为了帮助师生更好地了解赖应明成长的过程，我们请了他生前的三个小伙伴，讲述赖应明从小学英雄的事迹，还组织师生到赖应明生前所在的第九生产队，请贫下中农介绍他生前在生产队的表现。赖应明那种听毛主席的话，自觉以英雄人物为榜样，热爱社会主义、热爱劳动、热爱集体、助人为乐和爱憎分明的好品质，深深地感动和教育了革命师生。使大家认识到：走英雄的道路，做革命接班人，就要象赖应明那样学英雄，见行动，在三大革命斗争中锻炼成长。在英雄精神的鼓舞下，全校的青少年都积极行动起来，组织「学雷锋小组」，在校内外开展各种有意义的活动。他们决心象赖应明生前那样，热心为集体，为群众做好事，锤炼一颗完全、彻底为人民服务的红心。有的同学还组织起来，走访老贫农，接受忆苦思甜的阶级教育，象赖应明那样，从小培养爱憎分明的无产阶级感情。

在学英雄的活动中，我们注意引导同学以赖应明为榜样，找出自己的差距，更快地进步。赖应明生前的好伙伴赖子灵同学，一度学习不很用功。通过这次开展学英雄活动，他对照赖应明为革命刻苦学习的精神，受到很大鞭策。他和另外两个同学合写了一篇学英雄的体会文章，表示要为革命努力学习。过去，他遇到数学课难做的习题时，搔搔头皮就绕过去。现在，他能以顽强的精神认真钻下去，直到攻下难题为止，学习上有了明显的进步。

一个多月来，我们学校通过开展学英雄的活动，师生们的精神面貌起了很大的变化。我们决心进一步加强领导，把开展学英雄活动和进行路线教育紧密结合起来，更好地用英雄人物的精神培养青少年一代。

东莞县樟木头公社樟洋小学：《用英雄人物的革命精神教育青少年》

《南方日报》1973年6月6日第2版

培养更多赖应明式的少年

东莞县樟洋大队第九生产队全体贫下中农

赖应明为了抢救人民列车，保护集体耕牛英勇牺牲了。我们贫下中农决心化悲痛为力量，更好地用毛泽东思想做好培养无产阶级革命事业接班人的工作。

赖应明的成长决不是偶然的。他是在毛泽东思想哺育下，在贫下中农的关怀教育下，逐步成长起来的。

还在他年幼的时候，我们就很喜欢他的思想品德。有一次，他参加队里除虫，晌午已过了，他和几个小伙伴还在一个劲地追捕害虫。我们当场表扬了应明他们爱集体、爱劳动的精神；鼓励他们要从小学好样子。此后，应明更加热爱集体，凡是集体工作，他都争着干。每年农忙，帮助抢插抢收，数他最落力。

应明进步快，我们对他就更加严格要求。去年春耕大忙时，应明和几个小学生担了一天秧。大家的肩头都红肿了。同学们都说明天不来了。应明也皱起眉头不吭声。队长见了，心想：初学劳动的小孩，往往是开始热情高，干久了就怕辛苦。于是他就抓住这个想打“退堂鼓”的思想进行教育。这天晚上，队长到应明家里，和一班小同学讲起应明的家史。应明祖父生下十一个子女，有病无钱医，死去了六个。祖父替地主打长工，停下禾镰吃番薯……当队长讲到应明的祖父因为欠债被地主毒打的情形时，只见应明把小拳头握得紧紧的，激动地说：“不忘阶级苦，永记党恩情。”应明是个说得到，做得到的孩子。第二天担秧时，他干得更猛了。那天下午，又冷又下雨，应明衣服湿透了，还是冒着雨，坚持担秧，滑倒了又继续干。看到这般情景，我们心里又疼又爱，连忙叫他回去。他却挺着胸，顽强地说：“站着冷，担起秧就不冷了嘛！”看到应明象小松苗那样，经得起风雨，一天天茁壮成长，我们打心眼里感到高兴。他能够在紧要关头舍身抢救列车，保护耕牛，这不是偶然的。教育青少年，就是要象种田那样，要勤除稗草多施肥，在细微处下功夫。当他们有成绩的时候，应当热情鼓励；遇到困难时，应当及时帮助，善于引导。既要热情关怀，又要严格要求，只有这样，才能培养出一代新人。今后，我们一定要教育出更多赖应明式的少年儿童。

东莞县樟洋大队第九生产队全体贫下中农：《培养更多赖应明[①]式的少年》

《南方日报》1973年6月6日第2版

① 赖应明：东莞樟木头镇樟洋村人。1973年2月27日为赶走站在广深铁路上不动的黄牛而被火车撞上，壮烈牺牲。

再接再厉夺高产

东莞粉厂提前完成上半年生产任务

本报讯　东莞粉厂大力开展增产节约运动，推动革命和生产的发展，截至五月二十九日止，已提前三十二天完成上半年淀粉的生产计划。

今年以来，东莞粉厂在组织生产过程中，大挖生产潜力，继续向生产的深度和广度进军。这个厂的生产流程虽然经过多次改革，已经比较完善，但是，工人们并不以此为满足。他们不断实践，反复革新，向技术革新要质量，要产量，要劳动力。制粉车间洗磨组生产出来的粉浆，要通过几十米长的钢管送到池漕组，然后进行除沙分离和筛选，流程长，耗电多。工人们经过研究，觉得还有潜力可挖，便大胆进行改革，把池漕组的除沙、精选工序搬迁到洗磨组，将原来的粉浆泵直接用来除沙、精选。这样，就减少了一道工序所需的动力，每天为国家节约了二百多度电，每年还可为国家节约一批维修钢材。

为了把群众性的增产节约运动引向深入，厂党委还发动群众加强企业管理，抓好经济核算，堵塞各种浪费漏洞。今年以来，厂里举办了多期经济核算员学习班，提高经济核算员的业务水平和工作能力。同时充分发动群众，做到人人关心经济核算，自觉地厉行节约。今年一至五月份，共节煤二百多吨、电三万多度，淀粉收回率比去年提高百分之一点五。（东莞粉厂报道组）

东莞粉厂报道组：《再接再厉夺高产　东莞粉厂提前完成上半年生产任务》

《南方日报》1973年6月7日第2版

战士指看南粤　更加郁郁葱葱

东莞县道滘公社洪屋涡大队战胜了自然灾害，迎来了今年早造丰收。图为联合收割机正在收割早稻。　道滘公社报道组　摄

道滘公社报道组：《战士指看南粤　更加郁郁葱葱》

《南方日报》1973年6月26日第3版

东莞县各级领导深入农业第一线

抓路线教育　促“双夏”工作

本报讯　东莞县各级党委领导成员，纷纷深入生产第一线，以批修整风为纲，切实加强对“双夏”工作的领导，进一步调动了广大干部和群众的社会主义积极性，推动了夏收和晚造备耕工作。目前，全县已收割早稻六十万多亩，占早稻总面积的七成五。晚造备耕工作也搞得比往年主动。

“双夏”大忙到来之前，东莞县委分析了今年早稻成熟早、黄熟期集中，而我省六、七月份雨量仍比较多，台风可能来得早等情况，认为必须从最坏方面着想，立足于抗灾夺丰收。夏收一开始，县委就号召各社、队抓紧时机抢割，做到成熟一块，收割一块，尽快把稻谷收到手。为了加强对“双夏”工作的领导，县委常委除留一人主持机关工作外，其余都带领干部，深入生产第一线，参加“双夏”，领导“双夏”。在县委领导同志带动下，各公社党委领导成员也带领公社机关干部下到大队和生产队。虎门公社九名党委常委下到生产队以后，针对有的生产队夏收抓得不紧的情况，进行思想教育，总结经验教训，使大家认识到：加快夏收进度，是夺取丰产丰收的重要环节。许多大队提出了“抢割保丰收”的战斗口号，全力投入夏收战斗，收割进度大大加快。目前，全社已收割早稻四万六千多亩，基本完成夏收任务。

在“双夏”战斗中，各级领导注意狠抓阶级斗争和两条道路斗争，对干部、群众进行党的基本路线教育，调动了群众的社会主义积极性，推动了“双夏”工作。附城公社党委发现一小撮阶级敌人妄图破坏夏收，就发动群众对他们进行批斗，打击了歪风邪气。广大群众意气风发，迅速掀起了夏收热潮。目前，全社已收割早稻一万九千多亩，占应收面积八成五。

为了保证丰产丰收，各级党委注意教育干部和群众认真抓好细收细打工作。大岭山公社还召开了细收细打的现场会议，运用典型事例，进行算账对比，使干部和群众认识细收细打的重要意义，全社大部分生产队都采取切实可行的措施，做到细收细打。沙田地区的社、队为了避免禾穗运输过程中的丢粒浪费，实行束禾把时用草席垫底，上落码头用草席垫地，收回了不少稻谷。

在抓好夏收的同时，许多社队还根据当地情况，适当安排劳动力，进行晚造备耕工作。全县百分之九十的生产队建立了肥料厂和田头沤肥池，安排专职人员沤制肥料。全县二十多万亩田青普遍生长良好，其中十五万亩已施放了一次肥料。晚造播种已经完成。

（东莞县报道组）

东莞县报道组：《东莞县各级领导深入农业第一线　抓路线教育　促“双夏”工作》

《南方日报》1973年6月30日第2版

东莞县道滘公社采取多种措施

做好晚造抗灾准备

本报讯 东莞县道滘公社党委以批修整风为纲，带领广大群众同自然灾害作斗争，在夺得了早造丰收之后，进一步树立抗灾夺丰收的思想，发动群众继续下苦功夫改变生产条件，做好各种抗灾准备，扎扎实实搞好晚造生产。

道滘公社地处珠江三角洲，是个大沙田的水乡。合作化以来，他们大抓农田基本建设，把单造田变成双造田；一九六九年以来，又把一部分沙田改为民田。去冬今春，公社党委带领群众大搞开沟改土，为夺取今年早造丰收打下了良好基础。在夺得早造丰收以后，公社党委及时组织干部、群众在全社范围内对农田水利建设进行大检查，肯定成绩，揭露矛盾，找出存在问题。大家认为，按照抗大灾的标准来衡量，全社还有二十公里堤围要加高加厚，有十二台潮汐水轮泵要进一步维修，有一万五千多亩稻田的河沟要加深。全社各大队立即安排一批劳动力，利用夏种前的有利时机，抓紧抢修堤围，普遍加高加厚一到两尺。南城大队还派出专业队三十多人到小虎炸石，把土堤改建成石堤，提高防汛抗洪的能

道滘公社党委还根据今年上半年雨量多，下半年可能出现秋旱，引起海水倒灌，咸潮上涌的情况，及时采取两条措施：一是抓好开沟，引淡排咸；二是抓好水轮泵、柴油机维修配套。全社计划在夏种前开沟改土一万五千亩，同时，组织农械厂、农机站等单位职工下乡帮助各大队、生产队维修农机具，目前已检修好电动机二百二十台，柴油机五十六台，潮汐水轮泵一百多台。

在做好防旱防涝准备的同时，道滘公社党委还发动群众做好晚造秧田除虫工作，并且在全社掀起一个积肥制肥热潮。目前，全社已积集各种肥料七百二十多万担，比去年同期增加三百多万担，平均每亩稻田有基肥一百四十担。

（县、社报道组）

县、社报道组：《东莞县道滘公社采取多种措施　做好晚造抗灾准备》

《南方日报》1973年7月12日第2版

新鲜血液　朝气蓬勃

——记大岭山农场大队的两名新党员

下面介绍的，是东莞县大岭山公社大岭山农场大队两名新党员朝气蓬勃干革命的故事。

迎着困难上

在农场大队，提起新党员李秀英，贫下中农就称赞说：这个“妹仔”有朝气，不愧是我们贫下中农的好后代！

李秀英小学毕业后，回到村里参加劳动，对集体非常关心，工作积极热情，贫下中农信任她，选她负责大队妇女工作。

开始时，她向群众宣传计划生育的意义，刚开口，脸就红了。一些人在背后议论说：“李秀英这个黄毛丫头，懂个什么？”风言风语传到秀英耳朵里，心里可难受了，觉得自己是个未婚女青年，干不了这些事。

是迎着困难上，还是临阵退缩？党支部及时找她谈心，引导她学习毛主席有关如何对待工作和困难的教导，教育她不要辜负贫下中农的期望，鼓励她大胆工作。在党支部的帮助下，她决心克服困难，做好工作。

从此以后，不管是酷热的盛夏，还是严寒的隆冬，李秀英和妇委们风里来，雨里去，走东家，串西门，发动群众开展计划生育工作。有个女社员，已有几个孩子，动员她计划生育，她总是躲避不理睬，秀英几次上门，都碰了钉子。怎么办？她想起了毛主席关于“**共产党员对于落后的人们的态度，不是轻视他们，看不起他们，而是亲近他们，团结他们，说服他们，鼓励他们前进**”的教导，坚定了信心。她坚持耐心说服，做过细的思想工作，终于使那个女社员提高了认识，采取了节育措施。全大队有三个这样的妇女，都先后实行了计划生育。由于计划生育工作抓得紧，农场大队一九七二年人口出生率大大下降，成为公社开展计划生育工作的先进单位。

“集体的好管家”

新党员李玉田是大队的会计员，他除了搞好自己本职工作，做到日清月结外，还经常到各个生产队进行业务辅导和查账。

有一次，他同第三生产队会计员对账时，发现一项支出不符合原则：该队的干部外出运肥，除补助的款数外，还超支了四角钱，队委会认为一次半次算了，就给报销了。

这四角钱该不该入账？初时李玉田想：“这是生产队的账目，队委已同意，况且钱又不多，又入了账，算了吧！”刚想到这里，小李意识到这不只是四角钱的问题，而是考验一个党员坚持还是不坚持原则的问题；不合规章制度的支出，不要说四角钱，就是一分钱也不能含糊！于是，他向队会计员说明不能入账的原因，又建议生产队的干部们学习毛主席的有关教导，使大家认识到：四角钱虽少，但如果这次可以报销，就为今后违反财经制度开了大门；当干部的，要模范地执行规章制度，决不能闹特殊化。认识提高后，干部们一致同意撤销原来的决定，按制度规定办事。

李玉田为革命坚持原则，把好财务关的事迹，受到社员群众的好评，大家都说：“这样的好管家，我们信得过。”

本报通讯员

本报通讯员：《新鲜血液　朝气蓬勃——记大岭山农场大队的两名新党员》

《南方日报》1973年7月17日第3版

当农业生产的好后勤

东莞县生产资料公司及时调拨夏种物资

本报讯　东莞县生产资料公司认真贯彻毛主席关于「**以农业为基础、工业为主导**」的指示，当农业生产的好后勤，积极做好农业生产资料的组织供应工作，及时支援夏种。

今年早造插秧刚结束，这个公司就立即派专人到有关工厂，迅速安排夏种农具的生产计划。此外，还派人分头到沿海、水乡和山区等不同类型的地区进行调查研究，摸清农具的余缺情况，及时做好夏种农具的采购和调剂工作。原材料不足，就采取清仓查库、节约代用等办法去解决。由于及早动手，在夏种即将到来的时候，及时调拨了十二万四千二百多件农具到农业生产第一线。

与此同时，他们还积极做好肥料、农药的组织调运工作，已将四千三百多吨化肥、二百二十多吨农药，以及大批竹木等，陆续调拨给各个生产队。

（本报通讯员）

本报通讯员：《当农业生产的好后勤　东莞县生产资料公司及时调拨夏种物资》

《南方日报》1973年7月28日第2版

麻涌公社香蕉丰收

本报讯 著名的「香蕉之乡」——东莞县麻涌公社，今年上半年香蕉又获大幅度增产，一至六月交售给国家的香蕉共七万五千多担，比历史最高水平的一九七〇年同期增长四点二倍。

去冬以来，全社干部和社员认真贯彻**「以粮为纲，全面发展」**的方针，很快完成了国家下达的香蕉种植计划，并利用堤围多种香蕉九百多亩。入春以来，全社组织了一千一百多只船艇，对一万二千多亩香蕉普遍戽泥二次，有的还戽了四次，使香蕉长势茂盛。

（联合报道组）

联合报道组：《麻涌公社香蕉丰收》

《南方日报》1973年8月14日第2版

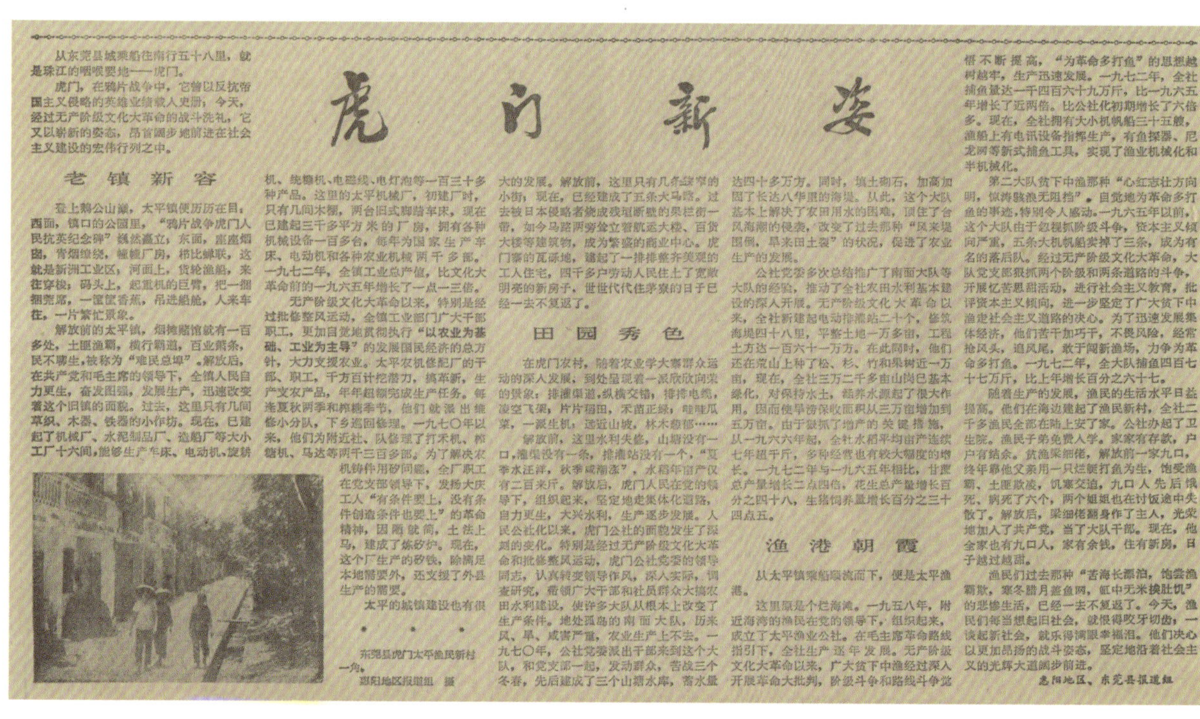

虎门新姿

从东莞县城乘船往南行五十八里，就是珠江的咽喉要地——虎门。

虎门，在鸦片战争中，它曾以反抗帝国主义侵略的英雄业绩载入史册；今天，经过无产阶级文化大革命的战斗洗礼，它又以崭新的姿态，昂首阔步地前进在社会主义建设的宏伟行列之中。

老镇新容

登上鹅公山巅，太平镇便历历在目。西面，镇口的公园里，“鸦片战争虎门人民抗英纪念碑”巍然矗立；东面，座座烟囱，青烟缭绕，幢幢厂房，栉比鳞联，这就是新洲工业区；河面上，货轮渔船，来往穿梭；码头上，起重机的巨臂，把一捆捆莞席，一筐筐香蕉，吊进船舱，人来车往，一片繁忙景象。

解放前的太平镇，烟馆赌馆就有一百多处，土匪渔霸，横行霸道，百业萧条，民不聊生，被称为“难民总埠”。解放后，在共产党和毛主席的领导下，全镇人民自力更生，奋发图强，发展生产，迅速改变着这个旧镇的面貌。过去，这里只有几间草织、木器、铁器的小作坊。现在，已建起了机械厂、水泥制品厂、造船厂等大小工厂十六间，能够生产车床、电动机、旋耕机、榨糖机、电磁线、电灯泡等一百三十多种产品。这里的太平机械厂，初建厂时，只有几间木棚，两台旧式脚踏车床，现在已建起三千多平方米的厂房，拥有各种机械设备一百多台，每年为国家生产车床、电动机和各种农业机械两千多部。一九七二年，全镇工业总产值，比文化大革命前的一九六五年增长了一点一三倍。

无产阶级文化大革命以来，特别是经过批修整风运动，全镇工业部门广大干部职工，更加自觉地贯彻执行“以农业为基础、工业为主导”的发展国民经济的总方针，大力支援农业。太平农机修配厂的干部、职工，千方百计挖潜力，搞革新，生产支农产品，年年超额完成生产任务。每逢夏秋两季和榨糖季节，他们就派出维修小分队，下乡巡回修理。一九七〇年以来，他们为附近社、队修理了打禾机、榨糖机、马达等两千三百多部。为了解决农机铸件用矽问题，全厂职工在党支部领导下，发扬大庆工人“有条件要上，没有条件创造条件也要上”的革命精神，因陋就简，土法上马，建成了炼矽炉。现在，这个厂生产的矽铁，除满足本地需要外，还支援了外县生产的需要。

太平的城镇建设也有很大的发展。解放前，这里只有几条狭窄的小街；现在，已经建成了五条大马路。过去被日本侵略者烧成残垣断壁的栗栏街一带，如今马路两旁耸立着航运大楼、百货大楼等建筑物，成为繁盛的商业中心。虎门寨的瓦砾地，建起了一排排整齐美观的工人住宅，四千多户劳动人民住上了宽敞明亮的新房子，世世代代住茅寮的日子已经一去不复返了。

· · ·

东莞县虎门太平渔民新村一角。
惠阳地区报道组 摄

田园秀色

在虎门农村，随着农业学大寨群众运动的深入发展，到处呈现着一派欣欣向荣的景象：排灌渠道，纵横交错，排排电线，凌空飞架，片片稻田，禾苗正绿；畦畦瓜菜，一派生机；逶迤山坡，林木葱郁……

解放前，这里水利失修，山塘没有一口，灌渠没有一条，排灌站没有一个，“夏季水汪洋，秋季咸潮涨”，水稻年亩产仅有二百来斤。解放后，虎门人民在党的领导下，组织起来，坚定地走集体化道路，自力更生，大兴水利，生产逐步发展。人民公社化以来，虎门公社的面貌发生了深刻的变化。特别是经过无产阶级文化大革命和批修整风运动，虎门公社党委的领导同志，认真转变领导作风，深入实际，调查研究，带领广大干部和社员群众大搞农田水利建设，使许多大队从根本上改变了生产条件。地处孤岛的南面大队，历来风、旱、咸害严重，农业生产上不去。一九七〇年，公社党委派出干部来到这个大队，和党支部一起，发动群众，苦战三个冬春，先后建成了三个山塘水库，蓄水量达四十多万方。同时，填土砌石，加高加固了长达八华里的海堤。从此，这个大队基本上解决了农田用水的困难，顶住了台风海潮的侵袭，改变了过去那种“风来堤围倒，旱来田土裂”的状况，促进了农业生产的发展。

公社党委多次总结推广了南面大队等大队的经验，推动了全社农田水利基本建设的深入开展。无产阶级文化大革命以来，全社新建起电动排灌站二十个，修筑海堤四十八里，平整土地一万多亩，工程土方达一百六十一万方。在此同时，他们还在荒山上种了松、杉、竹和果树近一万亩，现在，全社三万二千多亩山岗已基本绿化，对保持水土，涵养水源起了很大作用。因而使旱涝保收面积从三万亩增加到五万亩。由于狠抓了增产的关键措施，从一九六六年起，全社水稻平均亩产连续七年超千斤，多种经营也有较大幅度的增长。一九七二年与一九六五年相比，甘蔗总产量增长二点四倍，花生总产量增长百分之四十八，生猪饲养量增长百分之三十四点五。

渔港朝霞

从太平镇乘船顺流而下，便是太平渔港。

这里原是个烂海滩。一九五八年，附近海湾的渔民在党的领导下，组织起来，成立了太平渔业公社。在毛主席革命路线指引下，全社生产逐年发展。无产阶级文化大革命以来，广大贫下中渔经过深入开展革命大批判，阶级斗争和路线斗争觉悟不断提高，“为革命多打鱼”的思想越树越牢，生产迅速发展。一九七二年，全社捕鱼量达一千四百六十九万斤，比一九六五年增长了近两倍，比公社化初期增长了六倍多。现在，全社拥有大小机帆船三十五艘，渔船上有电讯设备指挥生产，有鱼探器、尼龙网等新式捕鱼工具，实现了渔业机械化和半机械化。

第二大队贫下中渔那种“心红志壮方向明，似奔骏浪无阻挡”，自觉地为革命多打鱼的事迹，特别令人感动。一九六五年以前，这个大队由于忽视抓阶级斗争，资本主义倾向严重，五条大机帆船卖掉了三条，成为有名的落后队。经过无产阶级文化大革命，大队党支部狠抓两个阶级和两条道路的斗争，开展忆苦思甜活动，进行社会主义教育，批评资本主义倾向，进一步坚定了广大贫下中渔走社会主义道路的决心。为了迅速发展集体经济，他们苦干加巧干，不畏风险，经常抢风头，追风尾，敢于闯新渔场，力争为革命多打鱼。一九七二年，全大队捕鱼四百七十七万斤，比上年增长百分之六十七。

随着生产的发展，渔民的生活水平日益提高。他们在海边建起了渔民新村，全社二千多渔民全部在陆上安了家。公社办起了卫生院，渔民子弟免费入学。家家有存款，户户有结余。贫渔梁细佬，解放前一家九口，终年靠他父亲用一只烂艇打鱼为生，饱受渔霸、土匪欺凌，饥寒交迫，九口人先后饿死、病死了六个，两个姐姐也在讨饭途中失散了。解放后，梁细佬翻身作了主人，光荣地加入了共产党，当了大队干部。现在，他全家也有九口人，家有余钱，住有新房，日子越过越甜。

渔民们过去那种“苦海长漂泊，饱尝渔霸欺，寒冬腊月蓬鱼网，缸中无米挨肚饥”的悲惨生活，已经一去不复返了。今天，渔民们每当想起旧社会，就恨得咬牙切齿；一谈起新社会，就乐得滴跟幸福泪。他们决心以更加昂扬的战斗姿态，坚定地沿着社会主义的光辉大道阔步前进。

惠阳地区、东莞县报道组

惠阳地区、东莞县报道组：《虎门[1]新姿》

《南方日报》1973年8月18日第2版

摘要：报道了东莞县虎门公社工业、农业和太平港的发展新姿。工业方面，太平镇建起了16间工厂，可以生产100多种产品；农业方面，通过修建海堤，保护农田，农业生产欣欣向荣；太平渔港方面，生产迅速发展，渔民的生活水平日益提高。

① 虎门：当时属东莞县太平镇人民公社，今属东莞市虎门镇。虎门镇位于广东省东莞市西南部、珠江口东岸，南靠大海。

开会新风

——桥头公社党委书记李卢谦改进领导作风的故事

东莞县桥头公社党委书记李卢谦在批林整风运动中，自觉地改进领导作风，深入实际，讲求实效，努力精简会议，提高会议质量，把工作做得更加扎实。

一次别开生面的党委会

去年冬的一天，山和大队山边生产队的干部社员正在大搞挖沟平田的农田基本建设。在田里，公社党委召开了一次别开生面的党委会议。会议的形式是「干、听、问、看」。

去年秋天，公社党委制订了一个大搞农田基本建设的三年规划。规划订出来之后，在公社党委领导成员中，有些人认为：本公社田多劳动力少，要完成这么大的计划会影响来年的生产。为了提高大家的信心，李卢谦打起背包来到全公社劳动力最紧张的山和大队山边生产队蹲点。

老李和老贫农、生产队干部一起规划开挖一条长八百五十米的大水渠，预计全队社员要干十天才能完成，但群众发动起来后，劲头很足，两天半便完工了。按这样的速度，他们完成这一年的农田基本建设规划，不但不会影响春耕生产，而且还可以在春耕大忙前抽出一部分时间来积肥改土。实践使老李认识到：广大群众有改天换地的巨大力量，只要领导干部敢于带领他们苦干、实干，计划一定可以实现。

老李征得党委其他同志同意，在这里召开了党委会议，大家边看边干，边干边议。那些原来认为大搞农田基本建设会影响春耕生产的同志，亲眼看到了社员群众的冲天干劲，深深地感到自己的思想落后于群众。看了现场，参加了实践，使大家大开眼界，破除了保守思想，决心在改变生产条件的战斗中，同群众一起出大力，流大汗。经过全社干部、群众一个冬春的艰苦努力，终于在春耕前挖沟平田一万二千六百亩，占全社稻田面积的一半以上。

比开会更能解决问题

公社党委为了自力更生解决肥料问题，要求各大队大力养殖红萍，提高土地肥力。但是，由于这里从来没有养殖红萍的习惯，社员对红萍的肥效存有怀疑，加上缺乏经验，因此，红萍一直发展不起来。于是，有些同志主张坐下来认真讨论，分析一下原因，研究制定一些必要的措施。

可是李卢谦没有立即召开会议，却蹲在李屋大队搞一块养殖红萍试验田。从平田到放种，从除虫到压萍，整个养殖过程，他都亲自参加。由于采取相应的技术措施，这块红萍生长很好，解决了一造稻禾的基肥，秋收时，平均每亩收获稻谷八百斤，比往年亩产增加一百五十斤。老李手中有了典型，就三次请全社大队、生产队干部来参观学习，边看边议。大家从李屋大队的实践中，看到了成果，学到了技术，心中有了底，放养红萍的经验很快就推广开了。今年早造，全社放养春萍八千多亩，使稻田基肥充足，为早造增产创造了有利条件。

东莞县报道组

东莞县报道组：《开会新风——桥头公社①党委书记李卢谦改进领导作风的故事》

《南方日报》1973年9月25日第3版

① 桥头公社：今东莞市桥头镇，位于东莞市东北部，西北距东莞市区约40千米，东邻惠州市惠阳区。

总结经验 自觉抓大事

东莞县万江公社党委会

对抓大事，我们经历了一个从不够自觉到比较自觉的认识过程。一九七一年，我们公社党委狠抓了农村两个阶级、两条道路的斗争，促进了**“农业学大寨”**运动的蓬勃开展，粮食生产获得了大丰收。一九七二年早造，我们大抓积肥等各个生产环节，力气没少花，可是，收割后统计，总产却减少了。问题在那里？公社党委深入调查研究，总结经验教训，发现有些大队的干部认为粮食丰收了，吃饭的问题解决了，该多弄点油、糖、钱了，因而放松了抓两条道路斗争。我们意识到，问题出在下面，根子在于领导。因为丰收后，我们对种植计划问题上的两条道路斗争抓得不紧，资本主义倾向抬了头，就影响了生产。明白这个道理以后，公社党委领导成员都纷纷深入基层，发动群众继续抓紧抓好批林整风，深入进行党的基本路线教育，进一步提高干部和社员的阶级斗争和路线斗争觉悟，落实党在农村的各项经济政策，有力地促进生产的发展。结果，这一年晚造生产夺得了历史上最大的丰收。

实践使我们再一次认识到：基本路线是统帅各项工作的纲。坚持基本路线，是对革命斗争全局具有决定意义的大事，抓住它就能纲举目张，其他问题就迎刃而解了。反之，如果埋头于日常的具体的小事，只抓催耕催种，不抓基本路线的落实，不抓两条道路斗争，尽管是花了很大力气，也不能得到预期的效果。

从我们公社党委的主观愿望来说，大家是想抓好大事，做好工作的，但是为什么在阶级斗争和路线斗争高一阵的时候抓得紧些，在低一阵的时候就放松了呢？这次，通过学习党的十大文件，使我们进一步认识到主要原因是对抓大事的自觉性不高，是对党的基本路线理解不深，对阶级斗争和路线斗争的长期性和复杂性认识不足。毛主席为我们制定的党在整个社会主义历史阶段的基本路线，科学地反映了社会主义社会的阶级矛盾和阶级斗争的客观规律，是照耀我们前进的灯塔。作为公社党委，如果忘记抓大事，不注意路线问题，眼光短浅，分不清路线是非，这是十分危险的。党委抓不抓大事，不是工作方法和思想方法问题，而是个方向、路线问题。我们今后一定要牢记党的基本路线，坚持不懈地抓好大事。

东莞县万江公社党委会：《总结经验　自觉抓大事》

《南方日报》1973年10月20日第2版

东莞县图书馆坚持面向农村的方向
组织流动书箱下乡受到群众欢迎

本报讯 在批林整风运动推动下，东莞县图书馆的工作人员，坚持面向农村的正确方向，组织流动书箱下乡为贫下中农服务，为农村三大革命运动服务，受到农村干部和社员群众的欢迎。

开始，图书馆有些同志认为打开馆门就是面向工农兵了，一度满足于馆内的开放借阅。有一次，一个社员跑了十几里路到图书馆借书，由于不了解借阅制度，没有开具证明，结果没有借到。他临走时批评说：「想不到借本书那么困难。你们的图书不能下乡吗？」群众的批评对他们触动很大。他们重温毛主席《在延安文艺座谈会上的讲话》，回顾本单位阶级斗争和路线斗争的历史，狠批林彪鼓吹的「方向问题解决了」的反动谬论，认识到，只有把工作的重点放到农村去，才能更好地贯彻为工农兵服务的方向。认识提高后，他们决心迈开双脚，深入农村，送书上门。他们自己动手制了三十八个流动书箱，并派出大部分工作人员紧密配合中心，把急需的图书送到农村去。石碣公社党委在批林整风中，有的同志对政治与经济的辩证关系不够理解。就在这个时候，县图书馆的流动书箱到了这个公社。他们从流动书箱中找到了列宁和毛主席的有关著作，党委便组织大家认真学习，使大家弄通了政治与经济的辩证关系，狠批了林彪的「政治可以冲击其它」的反动谬论，使读书促进了批林整风。

他们还主动配合农业学大寨群众运动，把有关走大寨道路和农业科学知识的图书资料及时送到农村。道滘公社北永大队一九七一年晚造遭到了自然灾害，生产受到影响，一些社员对大灾之年夺丰收的信心不足。他们及时把《农业学大寨》、《大寨红花遍地开》等一批图书送到这个大队，配合党支部对社员进行党的基本路线教育。社员们在大寨精神鼓舞下，奋发图强，自力更生，进行抗灾斗争，战胜了困难，夺得了好收成。去年冬，县委发出了「深入开展学大寨运动，把冬种当作一造来抓」的号召，全县掀起了大战冬种的热潮。他们及时选送了一批有关种植冬小麦、蚕豆、绿肥的图书资料到农村，收到良好的效果。

他们还针对知识青年爱看书的特点，经常选送大批有关阶级教育、先进人物事迹等图书、画册下乡，并组织和指导知识青年阅读，给他们提供精神食粮。在中堂公社槎滘大队插队的八十多名知识青年，在接受贫下中农再教育和参加三大革命运动中，认真学习毛主席著作和阅读其它革命图书，进步很快。现在有十五人入了团，七人当了生产队干部，十人被输送到公社等单位工作。

东莞县图书馆的同志在送书下乡的过程中，还重视辅导培养农村图书室骨干。两年多来，他们巡回辅导了二十八个公社共一百四十多名业余图书管理员，举办了两期图书工作基本知识学习班。目前，全县大部分大队都建立了图书室，对占领农村文化阵地起了积极作用。

（本报通讯员）

本报通讯员：《东莞县图书馆坚持面向农村的方向　组织流动书箱下乡受到群众欢迎》

《南方日报》1973年11月5日第3版

深入学习新党章 加强党的建设

东莞县万江公社广大党员提高了路线斗争和继续革命党悟，自觉执行党的基本路线，改进作风，促进生产的发展

本报讯 东莞县万江公社党委，组织党员认真学习王洪文同志关于修改党章的报告和十大通过的新党章，使广大党员进一步明确继续革命的方向和任务，提高阶级斗争、路线斗争和继续革命的觉悟，加强了党组织的建设。

万江公社在组织党员学习新党章时，首先引导大家认识学好新党章对于加强基层党组织建设的重大意义。为此，公社党委召开了有各大队党支部主要领导成员参加的党委扩大会议，统一认识。在家的七名常委，都带头学习文件，带头联系思想谈体会和总结经验，带头批判林彪反党集团破坏党的建设的罪行和谬论，贯彻新党章的精神。在公社党委的带动下，提高了各个大队的党支部学习新党章，执行新党章的自觉性。

万江公社党委在组织学习新党章的过程中，紧紧抓住路线斗争和继续革命这个重点，联系本公社两个阶级、两条道路、两条路线斗争的实际和党员的思想情况，总结加强党的建设的经验教训，提高党员继续革命的觉悟，按照毛主席革命路线建设党的基层组织。这个公社的党组织经过整党建党，大都比较注意抓阶级斗争和路线斗争。但是在实际工作中，也常常出现时紧时松的现象。例如，近几年来，公社曾经先后抓过三次路线教育，每一次都有力地提高了广大党员、群众的社会主义觉悟，及时刹住了资本主义歪风，坚持了社会主义方向，促进了农业生产的发展。但是每次教育后，有的同志往往看斗争后的胜利多，想胜利后的斗争少，以为阶级斗争「抓得差不多了」，甚至放松了阶级斗争这根弦。结果，过一段时间，歪风邪气又逐渐抬头。党员们回顾了这些情况，进一步体会到：抓不抓阶级斗争、路线斗争，这是关系到要搞马克思主义，还是搞修正主义的原则问题，只有始终抓紧，才能保证党的基本路线的贯彻落实，从而提高了抓大事、抓路线的自觉性。

万江公社的党员，通过学习新党章还进一步发扬了党的优良传统作风，加强了领导班子思想革命化建设。谷涌大队党支部领导成员，前几年作风不够深入，参加集体生产劳动少，造成支委之间思想隔阂，群众意见多，学大寨声势不大。去年以来，在批林整风运动的推动下，他们积极参加集体生产劳动，认真改变作风，较好地发挥了支部的战斗堡垒作用和党员的先锋模范作用，促进了学大寨运动的深入开展。今年上半年，党支部领导成员平均参加劳动八十六天。在干部的带动下，广大社员艰苦奋斗，战胜了比较严重的自然灾害，使早造稻谷总产比去年同期增产四万八千多斤。这个大队的党支部在回顾这段工作时，进一步认识到：发扬党的传统作风，这是执行毛主席革命路线的重要保证。因此，他们进一步健全干部参加集体生产劳动的制度，重申了不准请客送礼的规定，制订了不超支挪用的措施，还作出了每月同大队贫协成员一起开一次会，征求群众的意见，接受群众的监督的决定。

联合调查组

联合调查组：《深入学习新党章 加强党的建设 东莞县万江公社广大党员提高了路线斗争和继续革命觉悟，自觉执行党的基本路线，改进作风，促进生产的发展》

《南方日报》1973年11月6日第1版

在劳动中取得生产领导权

——东莞水泥厂干部参加集体生产劳动的故事

东莞水泥厂的领导干部，经过文化大革命，特别是批林整风运动，认真改变作风，坚持参加集体生产劳动。一九六九年以来，他们经常下车间跟班劳动，带领群众大干苦干，使水泥生产年年超额完成国家任务。去年全厂的水泥产量比一九六九年增长百分之三十七点五。今年到十月底止，全厂已提前完成全年国家生产计划，产量比去年同期增长百分之五点四，创造了建厂以来生产的最高纪录。劳动生产率大大提高，电耗、煤耗有所下降，质量稳定在四百标号以上。下面介绍的，是这个厂的干部通过参加集体生产劳动领导生产的几个片断。

"我们厂的规矩"

一天，新调来的厂党委办公室负责人刚到厂，厂里领导上交给他的第一个任务是下车间参加生产劳动，并且对他说："这是我们厂的规矩。"

原来，这个规矩是这样立起来的：

一九六九年八月，厂党委书记刚调来水泥厂时，听说厂里有些人要求上级减任务。他想："国家任务怎能随便减？"于是一连开了几次会议，向同志们反复讲明执行国家计划的重要意义。但他由于对情况不太了解，没有说服大家。他想起毛主席关于"没有调查就没有发言权"的教导，就先下车间参加集体生产劳动，加强调查研究，以便取得第一手材料。

他每天和工人一起抡大锤、铲石头、推车子，广泛倾听群众的意见。许多工人听说要减少国家的任务，都表示反对，说："我们厂连年生产搞得不错，形势大好，为什么现在却要求减任务！"

一个月以后，党委书记再召开会议，把了解到的情况摆出来，让大家研究分析。大家摆了许多搞好生产的有利条件，增强了完成国家计划的信心。会后，许多科室干部，都深入车间蹲点劳动，和工人们一起苦干实干，结果，这一年不仅没有减少任务，还超额完成了生产计划。

通过这件事，党委就定出一条规矩：为了取得领导生产的主动权，所有领导干部都要坚持参加集体生产劳动，新来的干部，都要先到车间参加劳动一个时期。

就这样，几年来，这间厂的干部坚持参加集体生产劳动，已经成为一种习惯。

遇到困难带头干

今年四月，厂党委提出"大战红五月，提前一个月完成上半年生产计划"的号召。有人认为，水泥生产是"靠天"，五月份雨水多，原料难晒干，向来计划都完成得不好，不可能提前完成任务。可是，多数工人却认为要学大庆工人阶级自力更生、艰苦奋斗的革命精神，用人定胜天的革命精神来夺高产。

厂党委的领导成员坚决支持多数工人的意见，并且带头大干。

每天早晨，厂党委的领导成员都到晒场上推斗车，把大堆大堆的矿水渣摊开在晒场上晒。中午，他们又带领科室干部到晒场收矿水渣。结果带动了广大工人，大家从四面八方赶来参加晒料和收料。天天如此，终于战胜了雨季带来的困难，突破了干燥关，使五月份生产进度直线上升，实现了历史上第一次超额完成五月份的生产任务。

找窍门　挖潜力

这个厂生产水泥，早已超过设计能力，还有没有潜力可挖呢？许多干部认为：还有潜力可挖。只要领导干部进一步改变领导作风，坚持参加集体生产劳动，依靠群众，发动群众，就可以找到挖掘潜力的新办法。成品车间党支部副书记陈树基，每月除开会外，都在车间劳动。他对每个工序的生产情况、每台机器的脾气，都了如指掌。过去，这个车间采用两级破碎，熟料出窑后先用破碎机破碎，再运到锤击机击碎，然后通到球磨机。这样，锤击机磨损大，经常发生故障，维修费用多，又影响生产，是破碎工序上的一大难题。他通过参加集体生产劳动，和工人们一起研究取消锤击机，改为一级破碎，熟料经破碎机破碎后就直接运到球磨机上去，这样虽然可以排除故障，但产量却下降了。后来，他通过和工人们一起参加劳动，发现关键在于球磨机内的钢球不适应碎大料的要求。他和工人、技术员经过多次测定，采用平均球径六十四毫米的钢球。今年五月份，再一次试验，成功地实现了一级破碎，时产量从六吨二提高到七吨，而且保证了质量。同时，每班可以减少一个劳动力，每吨水泥节电二度，达到了减人增产的要求。

实践出真知

从八月二十七日起，连续几天，这个厂的立窑出现泻窑的现象，生料烧不熟，日产熟料从九十吨下降到七十吨、五十吨。

这时，党的十大新闻公报发表了。正在立窑车间跟班劳动的厂党委成员，和工人们一起学习十大文件，大家心情异常激动，纷纷表示，一定要扭转产量下降的局面，创造优异成绩。党委成员召集工人们开"诸葛亮会"，大家认为，出现泻窑现象有两种可能：一是操作有问题，二是配方不适当。究竟是哪一种原因？党委成员日夜在窑旁参加劳动，发现在正常的操作规程下，仍然出现泻窑现象。这就说明是配方有问题。他们又到化验室分析原料的化学成份。原来是新进厂的红泥的含硅量下降，含铝量上升，直接影响了生料锻烧的质量。厂党委及时组织化验室和生料车间的有关人员，重新调整了配方，有效地消除了泻窑的现象，使立窑恢复正常生产。

在十大精神的鼓舞下，立窑车间广大工人并不满足已取得的成绩，决心要立窑烧出更多更好的熟料，生产出更多更好的水泥，支援工农业生产建设。党委成员又到立窑跟班劳动，和工人一起经过反复研究、试验，终于找到了一种新的锻烧方法，使熟料日产量继续提高。

东莞县报道组

东莞县报道组：《在劳动中取得生产领导权——东莞水泥厂干部参加集体生产劳动的故事》

《南方日报》1973年11月11日第2版

摘要：报道了东莞水泥厂的领导干部通过坚持下车间与工人一起生产劳动，调查研究，找到了挖掘生产潜力的新方法，解决了生产中遇到的问题，提高了生产质量，带领群众超额完成生产任务。

东莞水泥厂的经验说明：

治理“三废”必须依靠群众

本报讯 东莞水泥厂在治理“三废”中，充分发动群众，做到人人重视，大家动手，切实搞好环境保护工作。

东莞水泥厂是土法上马兴办起来的，初期设备简陋，大部分靠手工操作，废气、粉尘污染环境的情况比较严重。对于如何治理“三废”的问题，初时有的领导依赖上级给物资，靠几个技术干部来研究，因此一段时间内没有很好消除粉尘的污染。后来，厂党组织带领大家学习毛主席关于“**人民群众有无限的创造力**”的教导，总结本厂依靠群众，生产规模由小到大的经验，使大家认识到，治理“三废”也同样要发动群众，依靠群众。接着，他们反复向群众讲明消除粉尘污染的重要意义，把治理“三废”，消除粉尘污染存在的问题，原原本本地向广大工人群众交底，发动群众想办法解决。群众发动起来之后，全厂迅速掀起了治理“三废”、除尘害的热潮。工人们因陋就简，就地取材，利用布袋、废钢铁做成了各种收尘器、立窑卸料斗、磨机热风炉等关键装置，有效地制服了粉尘的危害，既保护了职工的身体健康，又使生产能力提高了近一倍半。后来他们又自制了一套粉尘回收装置，每年从排出的废气、粉尘、窑灰中，生产钾肥二百多吨，支援农业生产。

（本报通讯员）

本报通讯员：《东莞水泥厂的经验说明：治理“三废”必须依靠群众》

《南方日报》1973年11月23日第3版

党委重视　政策落实　各方配合

东莞县企石公社党委认真做好知识青年工作

本报讯　东莞县企石公社党委通过学习十大文件，进一步提高了做好知识青年工作的自觉性，采取有效措施，切实做好知识青年工作。

一九六八年以来，企石公社先后接收了来自北京、天津、广州、石龙镇等地的五百五十多名知识青年。几年来，广大下乡知识青年在党的关怀下，在贫下中农的再教育下，坚定地走与工农相结合的道路，在三大革命斗争中锻炼成长。公社党委在学习十大文件中，认真领会毛主席关于培养千百万无产阶级革命事业接班人的伟大教导。大家认识到，知识青年上山下乡，是培养无产阶级革命事业接班人的必由之路，是巩固无产阶级专政，防止资本主义复辟的重大措施，一定要坚持做好。认识提高之后，公社党委采取有效措施，把知识青年工作做得更好。

一、切实加强领导。公社党委在实践中认识到，知识青年工作做得好不好，关键在于领导。领导不但要动口讲，还要动手干。为了加强对知识青年工作的领导，党委分工专人抓。同时进一步健全了公社、大队、生产队的“三结合”再教育领导小组。公社党委开会研究工作时，都注意把如何做好知识青年工作列入日程。党委成员、公社干部蹲点时，都关心那里的知识青年工作。在垦下大队蹲点的公社党委书记，在抓好中心工作的同时，经常过问知识青年工作。他组织大队党支委成员，成立了调查组，深入知识青年中进行调查，召开座谈会，和知识青年促膝谈心，教育、鼓励他们扎根农村干革命。调查的过程中，发现部分知识青年住房有问题，党委书记马上和大队党支部研究，找好地基，作好规划，为知识青年修建住房。在他的带动下，公社党委其他成员都重视做好知识青年工作，主动关心下乡知识青年的成长。

二、抓好政策落实。知识青年政策是否落实，关系到毛主席的革命路线能否执行得好。企石公社党委在加强知识青年思想教育的同时，还热情地关心他们的生活，积极地统筹解决他们的实际问题，切实改变过去那种政策说在嘴上，停留在会上，以及措施订在纸上，就是不落实到知识青年身上的状况。公社党委每季度召集各大队汇报情况，交流经验，适时组织大家开展队与队互相检查，以保证知识青年政策落实好。最近，公社党委对知识青年的住房、工分报酬、口粮分配等情况进行了一次全面的检查。在检查中，发现知识青年住房有问题的迅速帮助调整和修建；并根据知识青年的身体条件妥善安排工种，合理地评定他们的口粮等级，保证他们的口粮不低于当地同等劳动力的口粮水平；对超支、生活困难的知识青年从实际出发给予合理照顾。新南大队有个知识青年的棉被、蚊帐、衣服等物被白蚁蛀坏了，公社党委发现这一情况后，及时帮助他解决了困难。

三、抓好各部门的配合。企石公社党委认为，只有发动群众，抓好各个部门的配合，做好知识青年工作才有保证。武装部、共青团、妇联等部门都积极配合做好知识青年工作。共青团组织进行团课教育时，吸收表现较好的知识青年参加，注意在知识青年中发展团员。妇女组织注意培养女知识青年当干部，发挥她们的作用。公社武装部在抓民兵工作的同时也注意做知识青年工作，使知识青年在三大革命运动中锻炼成长。

（东莞县、企石公社报道组）

东莞县、企石公社报道组：《党委重视　政策落实　各方配合　东莞县企石公社党委认真做好知识青年工作》

《南方日报》1973年12月13日第3版

改土平田 产量倍增

东莞县桥头公社山边生产队大干一冬春面貌大改变

本报讯 秋收时节，到东莞县桥头公社山和大队山边生产队参观的人，看到这里平展展的田园，沉甸甸的稻穗，井井有条的渠道，都感到眼界大开。竖立在田头的示意牌记录着这样的数字：经过平田改土的七百二十亩稻田，早造亩产七百二十斤，比去年同期翻了一番，同隔邻未经改土的一片稻田相比，亩产增加三百七十斤。细看这两片田的水稻，确实大不相同。晚造实收结果，经过挖沟改土的稻田，亩产达到七百五十三斤，比去年同期增长八成。

山边生产队粮食生产出现的飞跃局面，是在党的基本路线指引下，大干苦干得来的。

山边，就在潼湖边上，原名白石湖，过去每到洪水季节，田里白茫茫的一片，收成极差。合作化以来，通过兴修水利，围埔造田，粮食生产有了较大发展。但到一九六七年以后的几年，水稻亩产一直在九百斤上下徘徊。去年秋，生产队干部到大寨参观，思想震动很大，回顾几年来走过的路程，深深感到步子迈得慢，很重要的原因就是农田基本建设上满足于修修补补，在基本解决旱涝之后，没有把土、肥搞上去，影响了产量的提高。他们总结了本队小镬（土名）的三十亩稻田，从一九六五年以来，开挖排水渠，降低地下水位，亩产由三百斤提高到六百斤的经验，更进一步认识到：粮食产量能不能来个大突破，很大程度上取决于农田基本建设能不能来个大突破。于是，他们经过调查研究，实地勘测，制订了一个全面整治排灌系统，大搞挖沟改土，平整土地，重新安排山河的规划，并决定在“油竹英”（土名）平田改土七百二十亩（占水田总面积的一半左右）。紧接着，生产队组织大家认真学习毛主席关于**“群众是真正的英雄”**和**“愚公移山，改造中国”**的教导，学习大寨贫下中农艰苦奋斗、战天斗地的英雄事迹，狠批林彪散布的反动的“天才论”，使干部相信群众的力量，群众认识自己的力量，从而树立了大干大变的决心。秋收一结束，一场大搞土、肥建设的战斗便打响了。

在平田改土中，山边生产队干部和社员发扬了苦干实干的革命精神。全队只有三百三十多个劳动力，却出动了四百多人投入平田改土。他们苦战了四十天，把七百二十亩稻田全部进行了平整，开挖了长达一公里的总排水渠、十七条灌渠、十八条排水渠，还筑成了十三条道路。经过平整的稻田，块块平展，规格一样，能排能灌，排灌分家，地下水位降低一尺多。在挖沟平田的同时，他们大搞肥料建设，以肥改土。全队在今年早造插秧前，就积集塘泥七万担、土杂肥五万担，堆制精肥二千五百担，养绿萍五百亩。挖沟平田的稻田都施了一至二次基肥。

一个冬春的奋战，山边生产队挖沟改土的总工量达到四千二百个工日，平均每个劳动力投工八十个；完成四万二千个土方，平均每个劳动力完成一百三十多方。“人勤地不懒”。今年全队早稻总产和亩产都比去年同期增长四成多，晚稻每亩在去年增产的基础上，增产一百五十斤。（地、县、社报道组）

地、县、社报道组：《改土平田　产量倍增　东莞县桥头公社山边生产队大干一冬春面貌大改变》

《南方日报》1973年12月21日第3版

东莞县桥头公社石水口大队的广大社员和干部，在党的社会主义建设总路线指引下，自力更生兴建引水渡槽，大搞坡地水利化。他们苦战三年，建成了十三座渡槽，全长一千六百多米，使一千六百多亩的山坡地变成了水浇地，四百亩高岗田也得到了灌溉。

现在，人们进入石水口，登高远眺，映入眼帘的是：一座座红砖结拱的渡槽，跨山过岭，把二十六个山头联结起来，气势磅礴，蔚为壮观；一层层坡地，种满甘蔗、番薯和蔬菜，铺青叠翠，生机勃勃。

决不伸手

石水口大队地处丘陵，共有耕地五千五百亩，其中坡地二千亩，分布在大小三十五个山头上。由于水源奇缺，年年受旱，农作物产量很低。解放后，在党的领导下，他们依靠集体力量，兴修水利，基本上解决了三千多亩稻田的灌溉问题。

一九七一年初，在农业学大寨运动高潮中，石水口大队党支部决心兴建渡槽，引水上山，解决旱坡地的灌溉问题。党支委会在讨论这一问题的时候，多数同志充满信心。但是，也有少数同志摇头说："工程这么大，单投资就要十多万元，没有国家支援怎么搞得成？"他们主张打报告，请求县里拨款资助。

为了统一思想，党支部组织大家反复学习毛主席关于**"自力更生"**的教导，学习大寨贫下中农艰苦奋斗的英雄事迹，同时总结了本队水利建设的经验。大家说：从一九六四年到一九七〇年，为了进一步发展集体经济，社员们克勤克俭，积累资金，兴建水利，先后建成了六座排灌站，装机容量达三百五十瓩，总投资十万多元，也没有向国家伸手。经过学习和讨论，大家树立了依靠自己的力量，把"龙王"牵上山的决心，并且作出了建设渡槽的具体规划。

为了实现这一规划，党支部取消了原来准备建礼堂和大队部的计划，把几万元的集体存款用来建水利渡槽，并采取有力措施，发展大队集体经营的林业、畜牧业和为农业服务的加工业，以增加资金来源。

于是，一场兴建引水渡槽的战斗便打响了！

敢闯新路

万事起头难。开始时，他们按常规办事，使用钢筋混凝土建渡槽。这样，就需要九十吨钢材、四百五十吨水泥。由于材料缺乏，才建了一座渡槽，就被迫停工了。怎么办？是积极另想办法，还是消极等待？贫下中农斩钉截铁地说："干！搞社会主义建设不能慢慢来！"大家动脑筋，献计策，并汲取了外地的成功经验，终于订出了一个用红砖结拱代替钢筋水泥槽的方案。接着，党支部切实加强领导，组织了烧砖打石和施工的专业队，立即继续进行施工。

在那战斗的日子里，有多少人为建设引水渡槽而废寝忘餐，沤尽心血！

为了节省人力物力，加快工程进度，负责这项工程建设的党支委莫权喜，同木工莫炳佳、青年民兵莫洪相一起，认真设计施工"蓝图"。

一九七一年春，他们三人到常平公社金美大队参观砖石结拱渡槽。那里的渡槽跨度为五米。他们想，如果把渡槽跨度扩大到七米，就可以节约不少人力、材料和资金。可是，把跨度扩大到七米，弧高应该多少，承受力才可靠呢？他们只读过几年小学，不懂三角、几何，无法计算出来。经过反复琢磨，他们终于想出了一个土办法：在地坪上画一个直径十米的大圆圈，然后在圆圈上截出一个弦长七米的弧，再量出弧高多少。这样，弧高的答案就找到了。经过县水利部门鉴定，这个跨度和弧高比例是合适的。这一来，工程减少了九十五个槽墩，从而减少投工二千多个，还节约红砖二万二千多块、水泥四万七千多斤。

志在必胜

在建设引水渡槽的战斗中，石水口的贫下中农，心向一处想，劲往一处使，坚定不移地迎着困难前进。

为了自力更生解决建渡槽的原材料，党支部要求大队砖厂提高红砖质量，满足渡槽建设需要。可是，砖厂附近的泥质较差，造砖质量没有保证。这时，砖厂负责人、共产党员莫水顺，便带领了三十多个社员到四里外的石马河底去挖土制砖。隆冬腊月，水冷刺骨。社员们为了早日实现坡地水利化，天天在齐腰深的河水里挖泥，捣弄冰冷的泥块制砖。三年来，他们就这样烧出了五十一万块红砖，满足了全部工程的需要。

一九七二年夏收前，全大队集中劳动力突击施工，石头的需要量特别大。负责爆石的莫焕尧等四个贫农社员，不怕酷暑，不畏骄阳，食宿在山上，抡锤打钎，装药放炮。仅两个月时间，他们就打出了七百多方石，保证了工程的正常施工。

由于他们采取专业队施工和大搞群众运动相结合的办法，农忙少干，农闲多干，一年四季施工不停，大大加快了渡槽建设的进度。经过两年多的奋战，终于建成了十三座引水渡槽。紧接着，他们又把一千六百多亩旱地筑上田基，把"三跑地"（跑水、跑肥、跑土）逐步改变为"三保地"（保水、保肥、保土）。

辛勤劳动结硕果。今年石水口的渡槽发挥了效益，旱地作物显著增产。春植花生平均亩产比去年增加百分之二十二；甘蔗、木薯等作物长势喜人，预计也可增产二至三成。目前，石水口大队的贫下中农，再接再厉，乘胜前进，决心进一步改变生产条件，把人民公社的土地装点得更加绚丽多姿。

地、县、社报道组

地、县、社报道组：《牵来"龙王"绕山转》

《南方日报》1973年12月21日第3版

摘要：报道了东莞县桥头公社石水口大队为解决分布在35个山头上的2000亩山坡地的灌溉问题，广大社员和干部自力更生，使用红砖结拱代替钢筋水泥槽的方案，用3年时间，兴建引水渡漕13座，使1600多亩山坡地变成了水浇田，农作物显著增产。

坚持积肥改土　连续十年增产

——杨公朗生产队的调查

东莞县桥头公社桥头大队杨公朗生产队地处丘陵埔田区，全队三百八十八亩耕地，其中水田二百亩，大都是低洼渍水埔田和山坑田，产量很低。

一九六四年开展农业学大寨运动以后，他们狠抓土肥建设，挖沟改土，大养其猪，大搞积肥。经过长期的艰苦奋斗，把过去毒水为害的低产田，改变成为高产稳产的丰产田，获得了连续十年增产。水稻亩产从一九六三年的八百三十斤上升到一九七三年的一千六百五十斤。生产成本逐年下降，从一九六三年的百分之三十七下降为今年的百分之十六点四。

杨公朗生产队从合作化以来就注意修建水利，但是由于土肥建设跟不上，土层浅、土质瘦的情况还没有根本改变。一九六三年冬，他们在松山（土名）搞了六十亩挖沟改土试验田。通过挖沟排冷，增施有机质肥料，一九六四年早造每亩增产一百三十多斤。实践证明：在水利灌溉问题基本解决之后，挖沟改土是实现农业生产大上快上的一个重要措施。从此，他们认真推广这一措施。每年冬春，都坚持挖沟改土，积肥改土。他们修水利，建抽水站，挖沟平田，一共做了十一万多个土石方，平均每年投工四千多个，相当于全队劳动力干一个多月。

在挖沟改土的同时，他们吸取了过去每年都要花几千元到外地买肥，增加生产成本的教训，自力更生，大搞肥料基本建设，做到年年增施肥料，改良土壤，加深土层，提高地力：

一、大养其猪，圈猪积肥。他们认真学习毛主席的有关指示，大力发展养猪事业，实现了「一人一猪，一亩一猪」。今年头九个月，全队养猪四百二十四头（其中集体二百四十六头），平均每人一点三头。集体有养猪场，社员有猪舍。生产队组织干部每月检查养猪一次，及时解决养猪工作中的实际问题，发展养猪，多积肥料。全队每年积集的猪粪约有六千多担。

二、发动群众，广辟肥源。副队长专抓肥料建设，广泛发动群众，采集野生绿肥和各种土杂肥。同时，落实了收购家庭肥的政策，按质论价，合理付酬。近几年来，全队每年积集土杂肥六万多担，平均每亩三百斤；每年收家庭肥八千至一万担。

三、组织专业队伍，常年制肥。过去肥料没有专人管理，日晒雨淋，肥效散失。从一九六七年起，他们组织了制肥专业队，专业人员从二人逐步增到六人。这个专业队由一个队委当队长，常年负责收肥、清肥、制肥工作。队里建立了制肥厂，把各种土杂肥，加上少量的猪牛屎、人畜尿、磷肥进行堆沤。经过沤制的肥料，肥效比未沤制的可提高四成。今年晚造起，他们又推广了苏州地区的制肥方法，搞了二十五个田头粪池，共堆沤肥料三万多担。

由于有机质肥料的不断增加，土地耕作层逐年增厚，从原来的三、四寸增加到五、六寸，因此保证了水稻的连年增产。

桥头公社报道组

桥头公社报道组：《坚持积肥改土　连续十年增产——杨公朗生产队[①]的调查》

《南方日报》1973年12月21日第3版

摘要：报道了东莞县桥头公社杨公朗生产队为改变埔田和山坑田产量低的现状，挖沟改土，狠抓土肥建设，圈猪积肥，广辟肥源，改造低产田成为高产丰产田，保证了水稻的连年增产。

① 杨公朗生产队：当时属东莞县桥头公社，即今东莞市桥头镇。桥头镇位于东莞市东北部，西北距东莞城区约45千米，毗邻惠州市。

（本栏报道东莞县桥头公社大搞农田基本建设情况的照片，均为本报记者摄）

本报记者：《东莞县桥头公社大搞农田基本建设情况》

《南方日报》1973年12月21日第3版

摘要：照片文字说明：

上左：桥头公社党委领导成员和社员一起，畅谈在学大寨运动中大搞农田基本建设，夺得今年粮食大丰收的体会。

上右：山和大队山边生产队社员认真总结今年挖沟改土，获得粮食大丰收的经验，决心继续以只争朝夕的革命精神，大搞农田基本建设。

下左：桥头大队杨公朗生产队积极发展养猪事业，实现了“一亩一猪、一人一猪”。这是生产队养猪场。

中：近十年来，杨公朗生产队坚持采取积、制、种、养、收等办法，广辟肥源。这是社员们在田头沤制土杂肥。

中右：山边生产队青年突击队奋战在挖沟改土第一线。

下右：在山和大队落户的广州知识青年，在开沟改土战斗中发挥了突击作用。

南方日报

1974年

心红萍绿

——记东莞县潢涌大队党支部副书记黎连伦管养红萍的事迹

不论是严冬的早晨，还是盛暑的中午，在东莞县中堂公社潢涌大队的田野里，都可以看到一位身材魁梧的中年人，卷着裤腿，扛着锄头，精心地管养红萍。他就是大队党支部副书记、养萍能手黎连伦。

一九六六年，黎连伦到外县参观时看到养红萍作肥料能获得水稻高产。当时他想：我们大队肥源比较缺，如果能大力发展红萍，不是可以自力更生解决肥料问题吗？于是，他便认真地询问了养萍的方法和经验，用毛巾包了一些萍种回来试验。

他回到大队后，立即把红萍放到田里，不料一场暴雨，全部红萍都被冲到河涌里去了。黎连伦及时赶到，冒雨跳进河涌里，把萍种捞回来。隔了不久，又遇到寒潮的突然袭击，红萍几乎被冻死。老黎很着急，经常蹲在田头观察，想办法保护红萍过冬。他发现有些红萍生长在浅水的地方却没有冻死。这些长在浅水的红萍，由于根扎在泥土里，萍体又均匀地密盖在水面，使水的温度较高，因而未被冻死。他就根据这个道理，采用“深水分萍，浅水养萍”的办法，取得了春季养红萍的初步成功。

一九七一年，黎连伦又进行了夏季养红萍的试验。他根据浅水养萍能御寒的道理，决定采用深水养萍，以为这样就可以防夏天的炎热高温。但是，红萍几乎全被热死了。什么原因呢？他和几个养过冬萍的社员一起实践，一起总结经验。原来，夏季田里的水比泥土热得多，水深了，红萍的根离泥土就远了，最容易被热水烫死。他集中大家的智慧，采用“日排夜灌”的办法，终于度过了盛夏的高温。过了不久，红萍发生了红丝虫病害，黎连伦按照自己的经验，喷施了农药。第二天，萍叶变得更黄了。他以为药量不够，接着又施了一次农药，谁知红萍不但没有转绿，反而有部分枯死了。他到其他队去取经，见人家采取傍晚喷药，点兜放药等办法，既杀死了红丝虫，又保护了红萍。老黎汲取了这一经验，立即把已喷药的红萍全部捞起，挑到河里洗涤，然后再放回田里，精心管理，使红萍很快就变青绿了。经过反复实践，夏季养红萍又获得成功。去年，这个大队放养了春季萍三千亩，夏季萍二千五百亩，都占稻田总面积的百分之七十，使水稻平均每亩获得一千三百斤的好收成。

今年，老黎放养红萍的劲头更大。现在，这个大队在他和其他养萍员的共同努力下，已放养了一千亩红萍，他们计划再搞二千五百亩，为早造备足基肥，为夺取今年农业新丰收作出更大贡献。

中堂公社报道组

中堂公社报道组：《心红萍绿——记东莞县潢涌大队党支部副书记黎连伦管养红萍的事迹》

《南方日报》1974年1月28日第3版

▽ 东莞县桥头公社山和大队的干部和社员

振奋了革命精神，促进了春耕生产。这是社员们正在送肥办田。

《东莞县桥头公社山和大队的干部和社员振奋了革命精神，促进了春耕生产》

《南方日报》1974年3月11日第4版

东莞县麻涌公社

扩大早稻面积三千多亩

本报讯 东莞县麻涌公社党委紧密联系两条道路斗争实际，发动群众，批判“自由种植”的资本主义倾向，坚持“**以粮为纲，全面发展**”的方针，千方百计挖掘土地潜力，使早稻种植计划比去年增加三千零九十三亩。同时，全面超额完成了甘蔗、花生、香蕉等经济作物的种植面积。

这个公社近两年来早造减产。公社党委深入调查，分析减产原因。原来是一些生产队受到资本主义思想的影响，“重钱轻粮”，有些人认为大沙田地区，粮食足，贡献大，随便砍掉水稻改种其它作物，以致造成粮食减产。历史经验教育了全社干部、群众，大家纷纷起来批判林彪效法孔老二“克己复礼”，妄图复辟资本主义的罪行，纠正了“自由种植”的错误倾向。全社去年改种了甘蔗、花生的八百亩稻田，今年早造全部安排种植水稻。在这个基础上，公社党委进一步发动群众大力挖掘土地潜力，采取不留白田做晚造秧地、利用沟边和新种甘蔗的沟底种水稻，以及做好挖沟平田工作扩大水田面积等措施，又扩大了二千二百多亩。在扩大水稻面积同时，他们又充分利用“瓦泥基”种甘蔗，利用围壆种香蕉以及甘蔗地间种花生。结果，又比原计划扩大了甘蔗二十七亩，花生九十七亩，香蕉二百三十七亩。（东莞县农办）

东莞县农办：《东莞县麻涌公社扩大早稻面积三千多亩》

《南方日报》1974年3月21日第2版

东莞县道滘公社小河大队今春小麦获得了丰收。图为该大队新基生产队社员们正在收割小麦。

《惠阳报》供稿

《东莞县道滘公社小河大队今春小麦获得了丰收》

《南方日报》1974年4月22日第1版

东莞县小河大队冬种小麦丰收

本报讯 东莞县道滘公社小河大队党支部遵照毛主席关于**“必须把粮食抓紧”**的教导，去年冬种下小麦一千一百五十七亩，获得了丰收，平均亩产四百一十七斤，单产和总产都超过历史最高水平。

去年五月，小河大队党支部就广泛发动群众制订冬种计划，准备大种小麦。可是，一小撮阶级敌人却胡说什么“北粮南种，水土不合”，妄图破坏冬种。针对这个情况，大队党支部在批林整风中，发动群众总结冬种的经验，揭穿阶级敌人的阴谋。大家摆出，虎尾洲生产队一九七一年冬种小麦二十三亩，平均亩产四百三十八斤；一九七二年冬种小麦五十二亩，在气温条件不好的情况下，平均亩产仍达到四百一十九斤，早造稻谷亩产七百多斤。通过摆事实和开展革命大批判，干部、群众提高了认识，全社很快落实了冬种计划。小河大队党支部及时总结推广了虎尾洲生产队大搞技术革新，创造小麦高产的经验，全大队普遍做到“五改”：小畦改大畦，浅沟改深沟，疏播改密播，无肥拌种改有肥拌种，粗耕粗作改为精耕细作，种后加强管理，从而夺得了丰收。

（道滘公社报道组）

道滘公社报道组：《东莞县小河大队冬种小麦丰收》

《南方日报》1974年4月22日第1版

破除依赖化肥思想　发扬自力更生精神

东莞县掀起圈猪积肥热潮

本报讯　东莞县各级党组织和革委会坚持以党的基本路线为纲，深入发动群众，大搞圈猪积肥。据最近统计，全县进行圈猪积肥的已达十六万多户，占总养猪户的百分之八十三。除了保证早造用肥外，还为晚造准备了一批精肥。

过去，这个县的圈猪积肥搞得比较差。去年五月以来，在党的基本路线教育运动推动下，县革委会针对干部、群众中普遍存在的“圈猪积不到多少肥，增产还得靠化肥”的思想，认真解剖了桥头公社桥头大队杨公朗生产队和江湖背生产队这两个典型单位，向大家进行路线教育。这两个生产队土壤条件基本相同，但由于执行的路线不同，效果大不一样。杨公朗生产队立足于**自力更生**大力发展养猪事业，狠抓圈猪积肥，粮食亩产从八百多斤增到一千六百多斤，生产成本由原来的百分之三十七下降为百分之十六点四，社员的分配水平也不断提高。江湖背生产队由于存在单纯依赖化肥的思想，不仅养猪不多，也没有圈猪积肥，生产长期上不去。通过鲜明的对比，使大家认识到，是实行圈猪积肥，还是单纯依赖化肥？这不是一般的工作方法问题，而是一个执行什么路线的原则问题，一定要把圈猪积肥摆在肥料建设的首位。望牛墩公社望联大队，过去搞圈猪，群众看干部，干部怕吃亏，谁也不先圈。去年八月，大队党支部首先统一了干部的认识，在干部的带动下，到目前为止，全大队新建猪栏七百九十多卡，出现了一个户户圈猪积肥的新局面。

在发动群众搞好圈猪积肥的过程中，东莞县各级领导干部坚持深入实际，培养样板，及时推广。长安公社沙头大队属于沙田地区，过去曾三次实行圈猪积肥，一次也没有坚持下来。去年大队党支部认真总结了这一经验教训，狠抓两个阶级、两条路线的斗争，大摆圈猪积肥的好处，提高干部、社员的认识，全大队土法上马建猪栏，只一个多月时间，户户实现了圈猪积肥，每月收集猪粪达二千二百四十多担，比大搞圈猪积肥前多了一倍。县革委会抓住这个典型，召开现场会议，并通过广播网、印小册子等形式，向全县广泛宣传。各社、队纷纷对照先进找差距、订措施、抓落实。道滘公社党委成员经过参观现场，受到很大教育，立即发动群众，在两个月时间内就维修和新建猪栏七千多卡，把二万多头生猪都圈了起来。

这个县的各级领导从实践中认识到，落实肥料收购政策，是调动广大社员圈好猪、多积肥的一个关键措施，也是使群众性的圈猪积肥坚持下去的重要保证。厚街公社三屯大队党支部在圈猪积肥中，首先组织干部、群众认真学习毛主席的有关教导和农村人民公社《六十条》，批判林彪修正主义路线的极右实质，提高对落实政策重要性的认识；同时，他们还广泛征求群众的意见，根据按劳分配的原则，制订了收购猪粪的具体办法。由于落实了肥料收购政策，既使各生产队多积了肥，又使养猪户增加了收入。

（县农林水办公室、本报驻惠阳地区记者组）

县农林水办公室、本报驻惠阳地区记者组：《破除依赖化肥思想　发扬自力更生精神　东莞县掀起圈猪积肥热潮》

《南方日报》1974年6月11日第3版

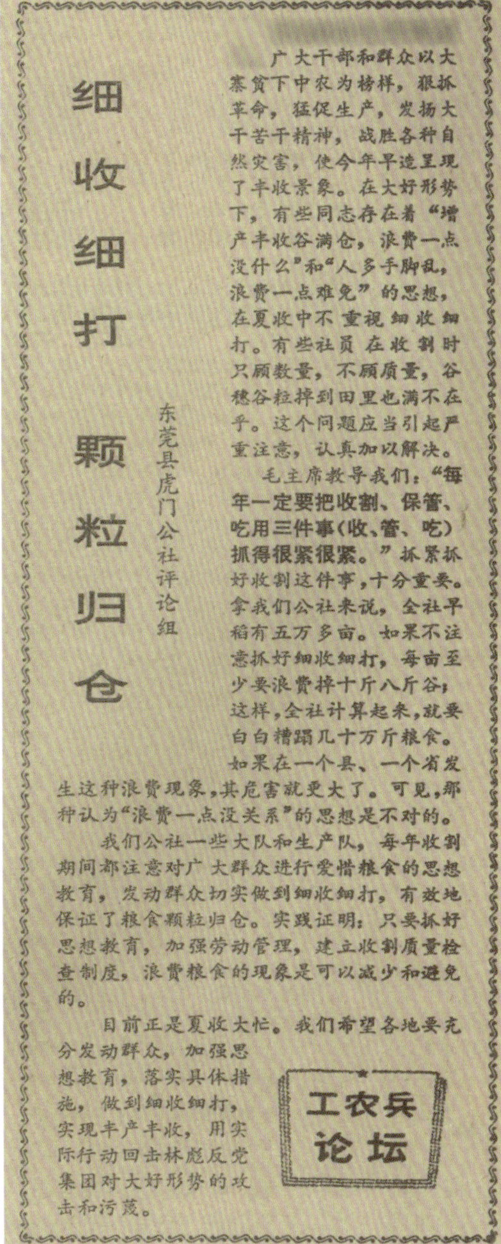

工农兵论坛

细收细打 颗粒归仓

东莞县虎门公社评论组

广大干部和群众以大寨贫下中农为榜样，狠抓革命，猛促生产，发扬大干苦干精神，战胜各种自然灾害，使今年早造呈现了丰收景象。在大好形势下，有些同志存在着“增产丰收谷满仓，浪费一点没什么”和“人多手脚乱，浪费一点难免”的思想，在夏收中不重视细收细打。有些社员在收割时只顾数量，不顾质量，谷穗谷粒掉到田里也满不在乎。这个问题应当引起严重注意，认真加以解决。

毛主席教导我们：“**每年一定要把收割、保管、吃用三件事（收、管、吃）抓得很紧很紧。**”抓紧抓好收割这件事，十分重要。拿我们公社来说，全社早稻有五万多亩。如果不注意抓好细收细打，每亩至少要浪费掉十斤八斤谷；这样，全社计算起来，就要白白糟蹋几十万斤粮食。如果在一个县、一个省发生这种浪费现象，其危害就更大了。可见，那种认为“浪费一点没关系”的思想是不对的。

我们公社一些大队和生产队，每年收割期间都注意对广大群众进行爱惜粮食的思想教育，发动群众切实做到细收细打，有效地保证了粮食颗粒归仓。实践证明：只要抓好思想教育，加强劳动管理，建立收割质量检查制度，浪费粮食的现象是可以减少和避免的。

目前正是夏收大忙。我们希望各地要充分发动群众，加强思想教育，落实具体措施，做到细收细打，实现丰产丰收，用实际行动回击林彪反党集团对大好形势的攻击和污蔑。

东莞县虎门公社评论组：《细收细打　颗粒归仓》

《南方日报》1974年7月16日第3版

加强党对农业的领导　乘胜夺取晚造丰收

东莞县以大批促大干，迅速掀起积肥热潮
文昌县广大干部群众并肩战斗，加紧抢插晚稻

本报讯　东莞县各级党组织认真加强晚造生产的领导，在夏收基本结束后，带领群众继续大鼓革命干劲，狠抓晚造生产的薄弱环节，迅速掀起积肥热潮。目前，全县每天有十八万劳动力投入了积肥战斗，全县平均每亩稻田已积肥七十担左右。

东莞县今年早稻获得丰收。为了夺取晚造更大丰收，县委认真分析了晚造生产形势，认为肥料不足是一个突出的矛盾。因此，县委决定发动群众，自力更生解决肥料问题，抓紧夏收告一段落的有利时机，迅速掀起积肥热潮。县委常委大都分别下到山区、丘陵、埔田、沙田、水乡等五个片，加强这一工作的领导。他们和广大干部、社员一起，认真学习了屯昌县的经验，并总结推广了桥头公社去冬今春大搞土肥建设，夺得今年早稻丰收的经验。从而使大家认识到，屯昌县和桥头公社之所以出现人变地变产量变的局面，就是因为他们坚持正确路线，充分发扬了吃大苦、耐大劳的革命精神，努力改变生产条件。要夺取晚造大丰收，就必须发扬这种精神，脚踏实地，继续苦干。

认识提高以后，广大干部和群众立即行动起来，以大批促大干。常平公社木枪、板石、朗贝、常平等四个大队根据本地情况组织人力大挖田头肥池，每个肥池还下了草皮泥、垃圾泥、猪牛粪二百担进行沤制。公社党委马上在这里召开生产队委以上干部会议，推广他们的经验。会后，各大队立即动员群众，仅三天时间，全社就挖田头肥池一万七千个，积肥四百七十五万担，解决了五万亩晚稻的基肥。石碣公社还根据本地鱼塘较多的特点，打破了夏季不捞塘泥的习惯，组织青年民兵潜水挖塘泥，广辟晚造肥源。

为了能集中更多的劳动力投入晚造积肥，东莞县各级领导坚持以路线为纲，妥善处理农业和副业的关系，腾出一批副业人员投入晚造生产。道滘公社停办了一部分可以在大忙时暂停的工副业，抽调二千名工副业人员投入晚造积肥，很快就改变了晚造积肥的被动局面。

在发动群众突击积制晚造肥料的同时，许多生产队都注意抓好肥料仓的建设。现在，全县有三千六百八十四个生产队建立了三至五人的管制精肥小组，保证晚造生产除有大量土杂肥作基肥外，还有一批精肥用作追肥。

（东莞县报道组）

本报讯　文昌县各级党组织坚持抓大事促大干，集中劳动力抢插晚稻。目前，全县已完成晚造插秧任务的八成多。

在批林批孔运动的推动下，文昌县今年早造获得丰收。丰收之后，各级党组织认真总结经验，以屯昌为榜样，继续带领群众以大批促大干，不失时机地搞好晚造生产，县委从县、社两级机关中抽出一千三百多人（包括最近派出的工作队员）奔赴生产第一线，参加劳动，领导生产。

为了抓紧季节抢插晚稻，各级党组织把在大忙期间能够暂停的副业尽量停下来，挤出劳动力投入插秧。东郊公社在全社二千七百三十五名副业人员中，抽出一千六百六十二名投入插秧，使插秧进度大大加快。由于领导力量集中，解决问题及时，使全县迅速集中了百分之八十五以上的劳动力大干晚造生产。在抢插中，各社、队注意落实党的经济政策，搞好劳动管理，从而调动了广大社员的积极性，加快了插秧进度。（文昌县农办报道组）

东莞县报道组：《加强党对农业的领导　乘胜夺取晚造丰收·东莞县以大批促大干，迅速掀起积肥热潮》

《南方日报》1974年7月29日第2版

摘要：报道了东莞县获得早稻丰收后，认真加强晚造生产的领导，发动群众掀起积肥热潮，并抓好肥料仓的建设，改变了晚造积肥的被动局面。为了能集中投入更多的劳动力，各级领导妥善处理农业和副业的关系，腾出一批副业人员投入晚造生产。

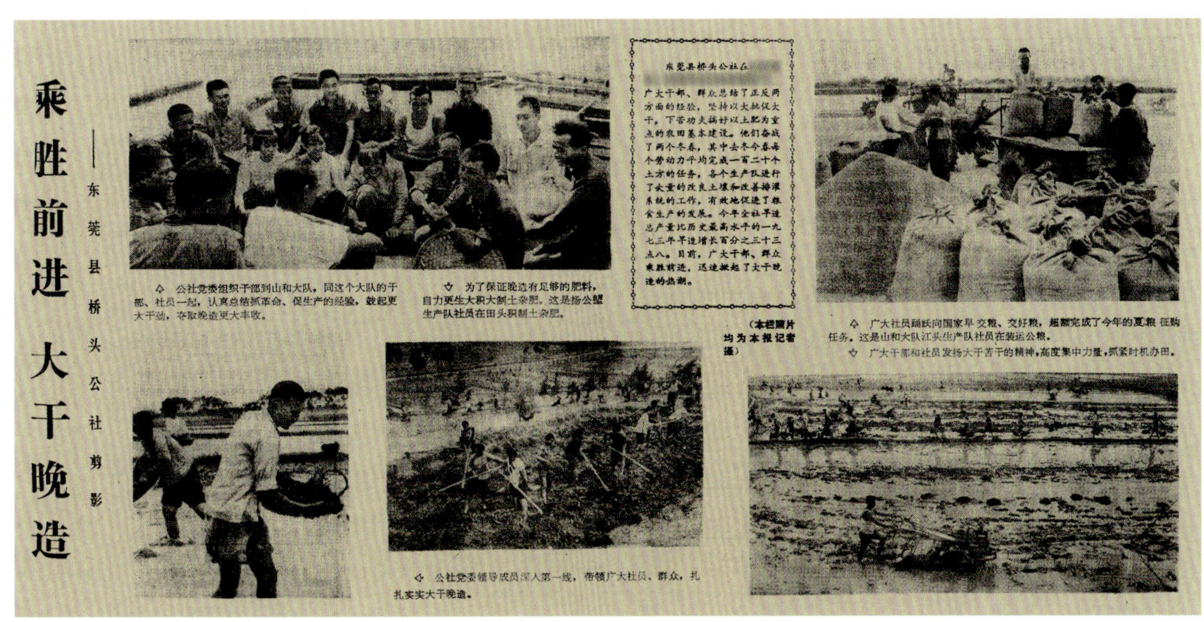

乘胜前进　大干晚造

——东莞县桥头公社剪影

东莞县桥头公社在……

广大干部、群众总结了正反两方面的经验，坚持以大批促大干，下苦功夫搞好以土肥为重点的农田基本建设。他们奋战了两个冬春，其中去冬今春每个劳动力平均完成一百二十个土方的任务，各个生产队进行了大量的改良土壤和改善排灌系统的工作，有效地促进了粮食生产的发展。今年全社早造总产量比历史最高水平的一九七三年早造增长百分之三十三点八。目前，广大干部、群众乘胜前进，迅速掀起了大干晚造的热潮。

△ 公社党委组织干部到山和大队，同这个大队的干部、社员一起，认真总结抓革命、促生产的经验，鼓起更大干劲，夺取晚造更大丰收。

▽ 为了保证晚造有足够的肥料，自力更生大积大制土杂肥。这是扬公塱生产队社员在田头积制土杂肥。

△ 广大社员踊跃向国家早交粮、交好粮，超额完成了今年的夏粮征购任务。这是山和大队江头生产队社员在装运公粮。

▽ 广大干部和社员发扬大干苦干的精神，高度集中力量，抓紧时机办田。

△ 公社党委领导成员深入第一线，带领广大社员、群众，扎扎实实大干晚造。

（本栏照片均为本报记者摄）

本报记者：《乘胜前进　大干晚造——东莞县桥头公社剪影》

《南方日报》1974年8月2日第3版

摘要：报道了东莞县桥头公社广大干部群众奋战了两个冬春，进行土壤改良和排灌系统的改善，下苦功搞好以土肥为重点的农田基本建设，促进了粮食生产的发展。

做好低产队转化工作　实现全社平衡高产

万江公社二万多亩早稻平均亩产九百斤

本报讯　东莞县万江公社党委，以党的基本路线为纲，认真抓好低产大队的转化工作，促进了全公社平衡高产。今年早造，全社实插水稻二万四千亩，平均亩产九百零二斤，比历史最高水平的一九七一年同期还多七十九斤；总产也超过历史同期最高水平。全社十六个大队中，有十四个大队亩产一造跨《纲要》，其中两个大队超千斤。

万江公社地处水乡，土地肥沃，水利条件较好，粮食产量向来较高。一九七〇年早造，全社水稻亩产就超过了八百斤。但是，一九七二年和一九七三年早造，产量有所降低。一九七四年早造究竟能否再创高产呢？去年秋天，公社党委对这个问题做了一番调查研究。他们从调查中看到：去年早造，各大队的产量很不平衡，农业生产还有着很大潜力。只要把路线搞对头，再创高产是完全可能的。公社党委决心采取措施，抓好低产队的转化工作，力争全社平衡高产。

为了抓好低产地区的转化工作，公社党委六名常委，带领一批干部到耕地面积较大的胜利、小享、共联等大队蹲点，与大队、生产队干部和社员群众一起，联系本地斗争实际，深入批林批孔，进行基本路线教育。胜利大队去年早造亩产只有六百多斤，过去有的干部、社员总是强调面积大，劳力紧，要多积肥创高产有困难。今年早造，他们纠正了盲目派出大批劳力搞副业的“重副轻农”的倾向，压缩了副业人员，集中了劳力，出动九百多人大积肥料，结果平均每亩稻田下了基肥四百担，为早造丰收打下了良好的基础。公社党委在这里召开了现场会议，推广他们以大批促进大干的经验。一向高产的石美大队从各方面挖掘潜力，集中劳动力为夺取更高产做好物质准备，全大队平均每亩田积泥肥比去年同期增加了一百多担，使今年早稻产量又有新的突破。

万江公社党委在抓低产大队的转化工作中，由于紧紧抓住路线这个纲，猛攻薄弱环节，终于取得可喜的成绩：今年早造除两个大队水稻亩产七百斤至八百斤外，其余都在八百斤以上，去年早造两个亩产九百多斤的大队，今年早造双双突破千斤，实现了高产再高产。

（县、社报道组）

县、社报道组：《做好低产队转化工作　实现全社平衡高产　万江公社二万多亩早稻平均亩产九百斤》

《南方日报》1974年8月10日第1版

以 为动力，大搞土肥基本建设

东莞县早稻产量超过历史最高水平

与去年同期相比，平均亩产增加一百多斤，总产增加一亿多斤

本报讯 在批林整风、 党的基本路线教育运动的推动下，我省商品粮最多的东莞县，今年早造获得大丰收。全县八十二万九千多亩早稻，总产比去年同期增加一亿多斤，平均亩产增加一百多斤，均超过了历史最高水平。全县有三个公社、六十一个大队早稻亩产跨《纲要》；总产比去年同期增加一千万斤以上的公社有四个，增加一百万斤以上的大队有二十四个。

东莞县原来农田基本建设基础较好，粮食产量较高。但是，近几年来粮食生产发展缓慢，甚至连续三造减了产。对于这个问题，最初县委有些领导成员片面地强调客观原因，认为主要是天气不好所造成。在批林整风中，他们反复学习党的基本路线，学习陈永贵同志在山西省农业学大寨经验交流会上的讲话，对照先进地区找差距，揭矛盾。这一来，大家思想震动很大，认识到，东莞农业上不去，归根到底是个路线问题，是路线决定一切，而不是一两项客观条件决定一切。这几年，东莞缺乏大寨那种自力更生、艰苦奋斗的革命精神，没有继续下苦功夫改变生产条件。因此，天气好就增一点，天气不好又掉下来。这时，县委认真总结了桥头公社等一批单位坚持党的基本路线，以大批促大干，获得大幅度增产的经验，使大家进一步看到：不仅生产条件较差的地区通过大搞土肥建设可以获得大增产，就是生产条件较好的地区，农田基本建设也还大有文章可作。只要抓住路线这个纲，下苦功夫进一步改变生产条件，东莞县的粮食生产，是可以出现新的局面的。于是，县委决定在批林整风、党的基本路线教育运动中，坚持抓大事，促大干，掀起一个以土肥为重点的农田基本建设新高潮。

东莞县委在实践中体会到：土肥建设是一场艰巨的生产斗争，也是一场深刻的思想革命。去年秋收冬种基本结束以后，县委就动员了七成的劳动力投入土肥建设。但是，有的人认为，搞土肥建设“花工大，不如搞工副业合算”；有的则认为“积肥不如买肥，积一百担肥不如买一担化肥”。在这种思想指导下，有些社、队“重副轻农”、“重钱轻粮”，设工厂、办砖窑、搞运输，和农业争劳力、争资金，影响了土肥建设的开展。这使县委认识到，要搞好土肥建设，首先要解决发展农业的方向、道路问题。于是，他们组织干部、群众反复学习毛主席“只有社会主义能够救中国”的教导 。这一来，广大干部、群众的社会主义积极性进一步提高，自觉地采取措施，集中人力物力大搞土肥建设。

“路线是个纲，纲举目张。”

党的基本路线教育，推动了土肥建设的蓬勃开展。去冬以来，全县三十万劳动大军投入了土肥建设。他们根据沙田、埔田、丘陵、水乡、山坑等特点，因地制宜，采取措施，改变生产条件。望牛墩公社原来生产条件较好，粮食单产较高。但是，近几年由于“重副轻农”，忽视农田基本建设，粮食产量下降。 他们压缩了工副业人员一千多名，充实农业第一线，大力整治排灌系统，降低地下水位，大积土杂肥，进行耕作技术改革，为早稻大幅度增产打下了基础。沙田公社耕地面积大，劳力少，过去有一些人认为大搞农田基本建设有困难。去冬今春，广大干部、社员发扬大寨精神，日夜苦干，大力挖沟改土，整治沙田，平均每个劳力完成了一百多个土方，使全社农田的生产条件发生很大变化。经过一个冬春的苦干，全县四十五万亩农田整治了排灌系统，平田二十万亩，建桥梁、涵洞一万五千座，完成土石方三千四百一十万方，平均每个农业劳动力完成八十一方，比历史上最多的一九六五年增加两倍。在这同时，全县组织了共有二万多人的积制肥料专业队伍，还组织二十二万人突击积肥一个月，共积集土杂肥二亿多担，平均每亩耕地一百多担，比去年同期增加两倍。这样，就为今年早造的大增产打下了坚实的物质基础。

（地、县报道组、本报驻惠阳地区记者组）

在 党的基本路线教育运动的推动下，东方县东方公社今年早造获得丰收。图为东新大队社员在向国家交售粮食。

东方县报道组　摄

地、县报道组，本报驻惠阳地区记者组：《东莞县早稻产量超过历史最高水平》

《南方日报》1974年8月22日第1版

一年种三造　造造能增产

——东莞县小河大队推广一年三熟的调查

东莞县道滘公社小河大队，平均每人一亩耕地。去年冬，这个大队播种了一千零三十一亩小麦（占早造水稻面积的百分之四十），今年春收小麦平均亩产三百七十三斤。继小麦丰收之后，今年二千七百亩早稻又获得了丰收，平均亩产八百八十一斤，第一次实现了一造跨《纲要》，与历史最高水平的一九七〇年早造相比，亩产增加一百二十一斤。三千三百多亩晚稻虽然连续受到台风的影响，但亩产和总产仍可望超过历史最高水平。据这个大队的干部、群众估计，全大队今年粮食平均亩产可达一千八百斤左右，比推行一年三熟前的一九七〇年每亩增产近四百斤。这个大队一年三造增产的事实说明，所谓“大面积种小麦等于借粮”的论点是站不住脚的。

一场深刻的思想革命

小河大队处在珠江三角洲的水网地带，土地肥沃，无霜期长，推广一年三熟有着优越的条件。去年五月，大队党支部书记温见良从苏州地区参观回来，组织党支部领导成员围绕如何深入学大寨，实现农业大上快上的问题开展讨论。他们紧密联系实际，学习苏州实现两稻一麦，粮食大幅度增产的经验，又回顾了本大队近十年来生产发展的历程。小河大队早在一九六五年粮食亩产就超过了千斤，但此后几年老是在一千三、四百斤上下徘徊。大家认为，农业要大上快上，必须在耕作制度上来一场革命，变两熟为三熟。只有这样，农业生产才能出现新的突破。

然而，**“任何新生事物的成长都是要经过艰难曲折的。”**在推广一年三熟这个问题上，小河大队经历了两条路线的激烈斗争。当大队党支部把冬种小麦的生产计划交给群众讨论时，有些人却不赞成多种小麦等粮食作物，有的说：“水稻大丰收，口粮分到够，种菜多收入，分配有奔头。”主张多种蔬菜，不赞成多种粮食作物。党支部意识到，一年三熟不单是耕作制度上的一场革命，也是一场深刻的思想革命。于是，他们组织干部、社员认真学习毛主席关于**“中国应当对于人类有较大的贡献”**的教导，忆旧社会的苦，比新社会的甜，算国家对农业的支援。通过学习和回忆对比，使大家进一步树立了为革命种田，为革命多作贡献的思想。与此同时，又引导干部、社员总结本地区在种植问题上两条道路斗争的经验，使大家提高为革命多打粮的思想觉悟，坚持以粮为纲，大种小麦等粮食作物。全大队原计划种八百八十亩的冬小麦，实种面积却达到了一千零三十一亩。另外，还种了紫云英、蚕豆、油菜等九百多亩，冬种总面积占早稻面积的百分之七十。

谁说“多种小麦等于借粮”？

推广一年三熟，能不能做到三造都丰收？开始，有的人说：“冬种小麦多了，弄得不好等于借了早造粮。”党支部组织大家分析虎尾洲生产队和小河二队的经验教训，帮助大家克服所谓“借粮”的错误认识。

小河二队一九七一年冬种五亩小麦，由于思想不够重视，肥料不足，管理不善，亩产只有一百五十斤。第二年早稻，小麦迹地没有注意增施肥料，还耽误了农时，加上虫害严重，结果早稻亩产从五百三十斤下降到一百五十斤。而虎尾洲生产队，一九七一年冬种小麦二十三亩，种后精管细管，土杂肥积得多，除虫工作做得好，亩产达到四百三十八斤。小麦收割后，他们抓紧犁耙田、沤田，增施肥料，不违农时地插上秧，并且加强了田间管理，结果一九七二年早稻又与正常年景一样，平均亩产七百五十斤。

两个生产队的对比，使大家认识到：小麦生长需要大量肥料，而且带来季节紧迫，劳力紧张，这对夺取两造水稻丰收是有影响的。但是，事物内部的矛盾，在一定的条件下，是可以转化的。只要发扬自力更生、艰苦奋斗的革命精神，把革命精神和科学态度结合起来，狠抓肥料建设，合理安排劳力，做到不误农时，那么，实现一年三造，造造丰收，是完全可能的。

在提高认识、增强信心的基础上，小河大队狠抓了实现造造丰收的关键环节：

自力更生，大积土杂肥。从一年两熟到一年三熟，肥料需要量大大增加。为了解决这个矛盾，大队党支部书记温见良到虎尾洲生产队蹲点，同社员一起大搞肥料建设。这个队采取群众性突击积肥和专业队常年积制相结合的办法，根据水乡河泥多、青草多的特点，大戽河涌泥，混合青草、瓜藤、花生苗等进行堆沤，做到积肥、沤肥、制肥“一条龙”。大队总结、推广了虎尾洲生产队的经验，全大队很快就建立起三十个肥料仓，十六个生产队都固定了十二、三人的积肥专业队。在大搞肥料的过程中，党支部领导成员带头大干苦干，七个党支委分别深入到生产队去同群众一起积肥。党支委卢进南分工负责小河片，他发现小河二队有些干部和社员存在依赖化肥的思想，积肥行动迟缓，就同大家一起，开展革命大批判，并且以身作则，冒着凛冽寒风，带头下水戽塘泥。在干部的带动下，全大队增积了大批肥料，去年冬种，（下转第四版）

⇦　花县新华公社莲塘大队干部、社员不失时机地抓紧秋收冬种。图为社员们在整理小麦地。　本报记者　摄

一年种三造 造造能增产

（紧接第一版）平均每亩小麦有土杂肥二百五十担，为一年三熟，造造丰收创造了良好条件。

合理布局，季节巧安排。实行一年三熟后，带来了工作量大、劳动力紧张以及季节紧迫的矛盾。为了解决这些矛盾，小河大队党支部注意走群众路线，采取合理布局，全年安排的办法，做到错开农活，忙而不乱。早稻收割后，各个生产队就把其中一部分土地倒播早造稻种，力争在"霜降"前收完倒播水稻，首先种下迟熟小麦，然后在"小雪"前收割了迟熟晚稻，再种早熟小麦。第二年"春分"，早、迟熟小麦相继收成。这样，农活不会过度集中，劳动力安排做到"前不松，中不空，后不紧"，使造造丰收立于不败之地。除合理布局外，小河大队广大贫下中农和社员群众还发扬大干苦干精神，在春收春种大忙期间，坚持白天割麦，夜晚脱粒。许多生产队还组织青年突击队，挑灯夜战积肥送肥，一天完成两天的工作。同时，大队党支部认真注意落实党的经济政策，抓好劳动管理，充分调动广大社员群众的社会主义积极性。今年春收，全大队一千多亩小麦，只用了七天时间就收割完毕，"清明"后七天就完成早造插秧任务，做到不误农时。

小河大队以前没有种植小麦的习惯，也没有种植的经验。为了摸索一套适合本地条件的小麦管理技术，大队成立一个冬种小麦管理科研小组，搞了四百三十二亩冬种小麦的示范片。他们对大田种植遇到的问题进行研究试验，把研究出来的经验拿到示范片去见证，再到大田去推广，对大面积小麦普遍实行科学管理，他们通过实践和总结，普遍推广了整地撒播和压种、拷麦等防止小麦倒伏的有效措施，因而促进了小麦的大面积平衡增产。

目前，小河大队广大干部社员正鼓足干劲，进一步扩大冬种小麦面积，力争农业生产继续大上快上，为革命多作贡献。全大队今年冬小麦计划面积比去年扩大一倍，现在已种小麦一千零六十亩，占计划的一半左右。

县、社报道组　本报驻惠阳地区记者组

县、社报道组，本报驻惠阳地区记者组：《一年种三造　造造能增产——东莞县小河大队推广一年三熟的调查》

《南方日报》1974年11月20日第1、4版

摘要：报道了东莞县在推广一年三熟粮食生产过程中，组织干部、社员认真学习，提高思想觉悟，总结了加强施肥、除虫和每季生产衔接的经验教训，摸索了一套适合本地条件的小麦管理技术，为实现一年三造创造了条件。

养猪场上干革命

在东莞县凤岗公社黄洞大队的养猪场里，有一个被贫下中农称为“困难面前不低头”的饲养员。她就是知识青年梅美芝。

一九六八年，梅美芝响应毛主席**“知识青年到农村去”**的伟大号召，从广州来到东莞县凤岗公社黄洞大队田二生产队务农。下乡后，她认真学习马列著作和毛主席著作，虚心接受贫下中农的再教育，积极参加集体生产劳动，受到干部和贫下中农的赞扬。后来，大队党支部调梅美芝到大队养猪场当饲养员。她到养猪场后，了解到场里青饲料不足，就提议开荒扩种青饲料。这个建议得到大家的赞成。开荒时，梅美芝不怕苦不怕累，手掌磨出了血泡，虎口震裂了，也毫不在乎，坚持战斗。大家同心协力，奋战了半个月，开垦出荒地两亩多，种上了番薯、萝卜。他们还利用附近的湖氹、河涌放养水浮莲，很快就解决了青饲料不足的困难。

在养猪工作中，梅美芝认真负责，一丝不苟。一个隆冬的夜晚，北风呼呼。有一头怀孕的母猪快要产仔，必须留人看护。几个饲养员争着留下。梅美芝说：“你们有孩子，家务比较重，这头母猪由我来照顾好啦！”母猪产仔了，梅美芝小心地把小猪放在保暖的箩筐里，并用麻袋盖住。她一直守在母猪旁边，细心料理，使母猪和全部小猪都安然无恙。

梅美芝深深懂得：光有养好猪的愿望，没有养好猪的本领，还是不能养好猪。她当上饲养员后，到公社兽医站要来一本有关养猪的书，决心学习更多的猪的防病治病知识。有许多中草药不认识，她就挤时间到田间劳动，虚心请教贫下中农。就这样，她半年时间就认识了近百种中草药，学会了治疗猪哮喘、肠胃炎、感冒等疾病。一次，她从县里开会回来，把行李一放，就跑到养猪场里去，发现一窝小猪拉白痢，骨瘦如柴。她看在眼里，急在心上，立即顶着风雨上山采草药。经过一段时间的精心治理，小猪恢复了健康。

为了加速养猪事业的发展，大队从外地购回一头良种公猪，打算自行繁殖猪苗。梅美芝听到这个消息，就想：如果自己也管理公猪，可以为集体节约劳动力。可她又想：公猪向来是由上了年纪的男社员管的，自己是个二十来岁的姑娘，管公猪会不会惹人笑？后来，她想到毛主席关于**“时代不同了，男女都一样。男同志能办到的事情，女同志也能办得到”**的教导，就主动向大队党支部要求承担这件工作。党支部大力支持她，鼓励她为发展集体养猪事业贡献力量。贫下中农也鼓励她说：“阿梅，你做得对，为我们大队破旧立新做出了榜样。”在贫下中农的鼓励和支持下，梅美芝把这件工作干得很好，使全大队很快实现了猪苗自繁自育自养，加速了养猪事业的发展。今年，全大队生猪饲养量达二千多头，平均每户四头多。

凤岗公社报道组

风岗公社报道组：《养猪场上干革命》

《南方日报》1974年12月28日第3版

南方日报

1975年

东莞县各地建立养萍专业队

本报讯 东莞县各社、队采取有效措施，积极发展红萍生产。到目前为止，全县已放养红萍十万多亩，为夺取早造丰收打好基础。

东莞县去年放养红萍二十六万亩，促进了早稻的大丰收。事实证明发展红萍是增产的一项非常重要的措施。去年秋收后，县委就组织力量，分别到五个不同类型的地区办样板，摸索养红萍的经验。同时，县有关部门还培训了四千多个养萍员，为大规模地推广红萍做好准备。

为了促使红萍平衡发展，东莞县委注意抓薄弱环节。他们对沿海、丘陵、山乡、埔田地区红萍发展较慢的公社，给予具体帮助。厚街公社前段对发展红萍工作抓得不紧，县里便派人到这个公社去，帮助他们提高对发展红萍生产重要性的认识，并组织他们到双岗大队学习放养红萍的经验，使全公社的红萍迅速发展。

在发展红萍生产中，东莞县各级领导认真抓好专业队伍的建设。全县许多生产队都建立了三至五人的养萍专业队。现在，全县有红萍专业队一万二千多人。石碣公社层层建立了领导机构，并做到定期检查评比，使发展红萍的工作又快又好。（东莞县土肥办公室）

东莞县土肥办公室：《东莞县各地建立养萍专业队》

《南方日报》1975年2月19日第3版

实行教育同生产劳动相结合

东莞县南洲小学认真办好校办农场

本报讯 东莞县麻涌公社南洲小学，充分发挥校办农场在教育革命和农业学大寨中的作用，推动了教学改革，促进了农业生产。

为了发挥校办农场在教育革命和农业学大寨中的作用，南洲小学根据教学内容和当地农业生产的需要，恰当安排农场作物种植的种类和面积。全场十一亩耕地，种上了水稻、甘蔗、香蕉、深薯、芋头、马铃薯、小麦、黄麻、棉花、篦麻等二十多种作物。这样，就为在教学中做到理论与实践相结合创造了条件。例如，初一班农业课讲授《土壤》一节时，教师和农科站的同志在课堂讲清改良土壤的意义、标准和技术措施后，就带学生到农场去观察粘质土和团粒结构土，并同时种上小麦加以比较。作物生势证明团粒结构土壤是良好土壤后，就让学生参加改良农场的粘质土实践，使学生对《土壤》这课获得比较完全的知识。同时，从当地的农业生产实际出发，补充教学内容。如香蕉是麻涌的特产，他们就增加了《香蕉栽培技术》一课。通过理论联系实际的教学，高年级学生已基本掌握了十多种主要作物的生产知识和技能。

为了推动当地农业生产，南洲小学以校办农场为基地，积极开展科研活动。他们积极引种甘蔗新良种，进行甘蔗栽培技术研究，取得了深种、厚施底肥、提早下种、垃圾覆盖、加强后期管理、及时剥叶等先进技术经验，使农场的春植、秋植和宿根蔗，都获得了高产，平均亩产一万八千斤，最高的秋植蔗亩产达三万二千斤。这些先进栽培经验已推广到各生产队。芋头是当地蕉基间种的主要作物之一，过去浅穴种植，产量不高。他们在科研活动中，根据芋芽向上生长，中期要培土制芽的特点，试验深穴种植，抑制过多仔芽钻出地面消耗养份，保证足够养料供芋仔生长。结果获得平均每穴四斤多的高产，最多的一穴达十斤六两。有些生产队和社员采用深穴种芋的先进技术，获得了高产。他们还进行深薯高产试验，连续四年获得高产，给当地生产队提供深薯高产经验和薯种。师生们还在校办农场带头试种冬小麦，为当地提供种植冬小麦的经验。前年，校办农场为大队试种良种冬小麦，亩产四百五十斤，全部交给生产队作种子。社员们称赞说："学校农场成了我们大队先进技术的推广站。"

（本报通讯员）

本报通讯员：《东莞县南洲小学认真办好校办农场　实行教育同生产劳动相结合》

《南方日报》1975年2月21日第3版

搞好预防工作　巩固合作医疗

东莞县凤岗公社卫生院积极协助农村搞好医疗预防网

本报讯　东莞县凤岗公社卫生院认真贯彻**“预防为主”**方针，协助公社各大队建立和健全农村医疗预防网，提高群众健康水平，巩固合作医疗制度，促进农业生产的发展。

过去，这个卫生院在　林彪修正主义路线影响下，曾一度出现只抓医、不抓防，顾了搞收入，忽视搞防疫的错误倾向，使防疫工作受到影响。在批林整风　运动中，卫生院党支部组织医务人员认真学习毛主席有关除害灭病的指示，批判重治轻防的修正主义卫生路线，使大家认识到，重视不重视预防工作，不仅关系到广大贫下中农的身体健康，而且关系到医疗工作坚持什么方向、走什么道路的问题。通过学习和批判，进一步提高了医务人员执行毛主席革命卫生路线的自觉性和搞好预防工作的积极性。

为了建立和健全农村医疗预防网，巩固和发展合作医疗制度，这个卫生院十分重视加强对赤脚医生和卫生员的培训工作，经常组织他们学习马列著作和毛主席著作，对他们进行思想和政治路线方面的教育，提高他们的阶级斗争和路线斗争觉悟。教育他们以白求恩同志为榜样，树立全心全意为贫下中农服务的思想。为了提高赤脚医生的业务水平，卫生院又以农村一些常见病和多发病为基本教材，传授防治知识，把政治与业务，理论与实践，预防与治疗紧密结合起来。近年来，全社先后有一百四十多名赤脚医生和卫生员到卫生院学习。他们经过培训，思想觉悟和业务水平都有了较大的提高，一般都能防治农村的一些常见病、多发病，有的还能独立治疗一些疑难病症。在防病治病的过程中，很多赤脚医生急贫下中农所急，痛贫下中农所痛，经常送医送药上门，做到哪里有病情就及时报告和处理。

几年来，凤岗公社卫生院由于认真贯彻执行毛主席的革命卫生路线，坚持不懈地搞好农村医疗预防网，积极开展以除害灭病为中心的爱国卫生运动，积极发挥赤脚医生和卫生员在预防疾病中的作用，全社的发病率逐年下降，基本上控制了白喉、小儿麻痹症、乙脑等传染病的发生，有效地提高了群众的健康水平，推动了农业学大寨群众运动的发展。

（凤岗公社报道组）

凤岗公社报道组：《搞好预防工作　巩固合作医疗　东莞县凤岗公社卫生院积极协助农村搞好医疗预防网》

《南方日报》1975年3月4日第3版

总结农田基本建设成绩　找出早造生产薄弱环节

东莞县乘胜前进狠抓革命猛促春耕

本报讯　东莞县广大干部、社员狠抓革命、猛促生产，在农田基本建设取得较好成绩的基础上，迅速掀起春耕生产热潮。目前，全县每天有三十四万多人投入备耕春耕生产。积肥比往年多，三十七万多亩稻田送了肥，办田三十五万亩，播种已基本结束。同时，放养了红萍二十一万多亩。

毛主席关于理论问题的重要指示发表以后，中共东莞县委、各公社党委立即组织广大干部和群众，联系本地的实际，深入学习和讨论。在抓紧学习的同时，各地对冬春农田基本建设进行了初步总结，既充分肯定成绩，又找出当前生产上存在的问题。去冬以来，东莞县各地大搞农田基本建设，取得了很大的成绩。但是，有的干部在成绩面前产生了自满松劲情绪，以致有的地方备耕春耕进度缓慢。针对这种情况，县委发动群众，对全县的农田基本建设进行了一次大检查大评比，使大家看到：去冬雨水多，犁冬晒白比往年差；冬种小麦面积大，春耕劳力、牛力、季节都比往年紧张；平整土地面积大，有的土地打乱了土层。如不及时克服这些不利因素，夺取早造丰收的计划就不可能实现。通过总结和分析，各级领导清醒了头脑，迅速把劳力转到以积肥为中心的备耕生产中去。

只有抓好革命，才能搞好生产。东莞县各级领导在春耕生产中，组织广大基层干部和群众认真学习毛主席关于理论问题的重要指示，以马克思主义关于无产阶级专政的理论为武器，批判修正主义路线，批判“重副轻农”、“重钱轻粮”的资本主义倾向，进一步解决发展农业的方向、道路问题。茶山、万江等公社通过学习和批判，高度集中劳动力投入春耕，积肥、送肥、办田、播种育秧工作做得比往年好。

为了夺取今年农业生产更大丰收，东莞县委还发动群众因地制宜，积极推广先进技术，大搞科学种田。各地在广辟肥源，大力采集野生绿肥，大积河泥塘泥的同时，总结和推广了堆沤肥料、提高肥效、合理用肥的经验，以充分发挥肥料的作用。各地还把发展红萍作为增产的一项重要措施来抓。据统计，全县红萍专业队达一万二千多人。

（本报通讯员、本报记者）

本报通讯员、本报记者：《总结农田基本建设成绩　找出早造生产薄弱环节　东莞县乘胜前进狠抓革命猛促春耕》

《南方日报》1975年3月7日第1版

坚定不移地为工农兵服务

东莞县业余体校 徐致祥

作为一个普通的青少年业余体校教练员，这次能参加四届人大，同全国各兄弟民族，各条战线上的代表欢聚一堂，共商国家大事，这是党对我们体育工作者的无限关怀，我内心感到十分兴奋和激动。

在党和毛主席的关怀培养下，我从事业余游泳训练工作已有十七年了。回顾过去的实践，我深深体会到：体育工作是不是面向广大工农兵，是关系到是不是执行毛主席革命体育路线的问题。一九五七年，组织上曾让我到一个大城市搞教练工作，那里的物质待遇和训练、生活条件等都比较优越，但我向领导提出要到基层搞群众性的业余训练工作。有的人劝我："留在大城市搞训练有前途，抓基层业余训练没出息，搞不出名堂。"甚至有的还说我"傻"。当时，我觉得要坚决贯彻执行毛主席"**发展体育运动，增强人民体质**"的指示，应该到基层去，到工农兵群众中去，为开展群众性体育运动、增强人民体质尽一分力，为社会主义革命和社会主义建设服务。这就是有出息。干革命就要同资产阶级的传统观念彻底决裂，不能图享受，搞个人的什么"名堂"。

当时的东莞县，没有一个所谓"象样"的游泳池，我们就利用鱼塘、水塘、小河进行游泳活动和训练。没有训练器材，就发扬自力更生，艰苦奋斗的精神，自己动手做，用砖头代替哑铃，用绳子当拉力器，还用草席当垫子，想方设法组织群众广泛开展游泳活动。一九五八年，传来了伟大领袖毛主席畅游长江的振奋人心的喜讯。毛主席的伟大体育实践，大大推动了群众性游泳活动的广泛开展。经过无产阶级文化大革命，群众性的游泳活动更是蓬勃开展。如今，每当春暖花开之时，我县从东江河畔到大岭山区，爱好游泳的人们成群结队，涌向江河湖海，挥臂畅游。直至深秋，水乡还到处活跃着游泳的人群，还有一些人即使到了寒冬腊月仍坚持冬泳。群众性游泳活动的广泛开展，增强了人民体质，对革命和生产起了促进的作用。

在业余训练工作中，也始终存在着两个阶级和两条路线的尖锐斗争。是坚持体育面向工农兵，大力普及体育活动，把普及和提高结合起来，在普及基础上不断提高运动技术水平，还是关门训练，片面只抓少数尖子的提高，就是一个事关路线的重要问题。在这个问题上我们有过深刻的教训。东莞县业余体校是在党的关怀和广大群众的支持下，于一九五七年底自力更生，因陋就简地办起来的，当时由于没有广泛的群众基础，所以水平不高。我们感到要改变这种状况，就必须面向基层，面向农村，大搞普及。于是，我们经常带着游泳队到山村、水乡各公社、大队和中小学去表演，并辅导当地群众开展游泳活动。这样做，深受贫下中农的欢迎。在各级党委的重视和支持下，十几个公社普遍开展了群众性游泳活动。有了广泛的群众基础，游泳水平的提高也就有了保证，新生力量不断涌现。但是 [illegible] 修正主义体育路线，反对体育下农村，大砍群众体育活动。我们业余体校一度只抓少数人的提高，关门搞训练，结果丢了普及，提高也失去基础。广大工农兵群众一针见血地向我们指出："只抓少数人训练，丢了工农一大片，这不是社会主义体育的正道，而是资本主义体育的邪道。"我们接受了工农兵群众的批评，又重新抓了普及工作，认真开展群众性的体育活动。

[illegible] 我们在面向基层，为工农兵服务方面更自觉了。仅去年上半年，我们就组织了六个队，分别到五个公社进行了十五场表演，五十一场辅导，辅导了两千多人。同学们由于经常到农村去表演、辅导、劳动，接受贫下中农再教育，提高了阶级斗争和路线斗争觉悟，激励了他们为革命而练的思想，运动成绩也就不断提高。今后，我决心和同志们一起，在党的基本路线指引下，认真学好无产阶级专政的理论，刻苦改造世界观，为实现四届人大提出的各项战斗任务而努力。

徐致祥：《坚定不移地为工农兵服务》

《南方日报》1975年3月10日第3版

消烟除尘 保护环境 降低煤耗

东莞氮肥厂因陋就简改造锅炉

本报讯 在 工业学大庆群众运动推动下，东莞氮肥厂职工在多产化肥，支援农业的同时，积极进行消烟除尘工作，化害为利。一年多来，他们在减少灰尘污染，保护环境，促进生产方面取得了成绩。

这个厂原有的锅炉由于没有除尘设备，烟囱放出大量煤灰粉尘散落在厂内和附近农村，影响职工和厂区周围的群众的身体健康。

这个厂的干部通过学习毛主席关于关心群众生活的指示和上级的有关文件，认识到搞不搞环境保护，要不要消烟除尘，是对群众有没有无产阶级感情的问题。厂党委组成了以工人为主体的三结合小组，遵循“因地制宜，因陋就简，讲求实效，化害为利”的原则，改革锅炉。他们利用废旧材料，先后在本厂两台沸腾炉烟道出口和风机房顶，增设两个湿室淋水除尘室，又在造气放空管的出口处，增设除尘道，使飞灰粉尘在水雾和重力作用下沉降下来，达到消烟除尘的目的。

经一年多实践证明，这种方式投资省，用钢材少，除尘效率可达百分之八十五。过去锅炉飞灰粉尘多，设备磨损很大，机壳经半个月运行就开始损坏，叶轮只能用三个月。安装了除尘设备后，已经使用三个月的机壳上涂的油漆仍无变化，叶轮也无磨损迹象，估计可用两年左右。由于机械磨损减少，也节约了维修钢材。同时每天可回收湿煤灰十二吨，供应给群众作生活用煤用。现在已做到烟囱基本不冒黑烟，一年来共回收了煤灰八千多吨。

（本报通讯员）

本报通讯员：《消除烟尘　保护环境　降低煤耗　东莞氮肥厂因陋就简改造锅炉》

《南方日报》1975年3月29日第3版

望牛墩公社树立抗灾夺丰收思想

采取措施精心管好早稻

本报讯 东莞县望牛墩公社党委在带领广大干部、群众夺取早造丰收的斗争中，认真学习无产阶级专政理论，树立人定胜天、抗灾夺丰收的思想，在基本完成插秧任务后，及时抓好早稻田间管理。目前，全社早稻已经过一至二次中耕除草、施肥、排水露田，禾苗生长得一片葱绿。

春耕期间，由于出现低温、北风、天阴等天气反常现象，望牛墩公社早插的禾苗普遍回青慢、生势差。部分干部、群众对夺取今年早造丰收信心不足。针对这种情况，公社党委分别召开干部、老农、农科人员、社员会议，总结前年因为放松田间管理造成减产的教训，树立人定胜天、抗灾夺丰收的思想。认识提高后，广大干部、群众积极行动，早稻田间管理工作迅速开展起来，禾苗生势普遍好转。

（望牛墩公社报道组）

望牛墩公社报道组：《望牛墩公社[①]树立抗灾夺丰收思想　采取措施精心管好早稻》

《南方日报》1975年4月24日第1版

① 望牛墩公社：今东莞市望牛墩镇。

水乡地区一年三熟大有可为
道滘公社二万亩小麦增产

本报讯 东莞县道滘公社冬种小麦喜获丰收，全社二万多亩小麦，平均亩产达二百五十多斤，总产五万多担，比去年同期增产一倍多，亩产也有所增加。

道滘公社地处珠江三角洲水网地带，向来没有冬种小麦的习惯。为了促进农业大上快上，公社党委认真学习外地先进经验，决心改革旧的耕作制度，推广一年三熟的先进经验，从一九七二年起，就在本地试种冬种小麦，并获得成功，出现了象小河大队"一年三熟，造造丰收"，粮食平均年亩产达到一千七百斤的先进典型，因而有力地打破了"水乡地区不宜种麦"、"冬种小麦等于向早造借粮"等保守思想。去年秋收前，公社党委认真总结和推广了群众的实践经验，进一步提高全社干部和群众的思想认识，使冬种小麦面积从上一年的八千四百多亩，迅速扩大到二万多亩。全社一百六十二个生产队，队队都种了小麦。由于各生产队把冬种小麦当作一造来抓，下足基肥，加强管理，及时防治病虫害，使小麦长势良好。小河大队继续走在全社的前面，小麦播种面积从上一年的一千多亩发展到二千一百亩，占稻田面积的百分之七十八，平均亩产三百多斤。经常受咸潮威胁的沙田地区，也采取开挖人工运河的办法，引淡冲咸，积极为发展冬种小麦创造条件。乌沙、南城、北永、南丫、黄屋涡等大队，在沙田首次试种的几千亩小麦，都获得了好收成，还出现了亩产三、四百斤的小麦高产片。

道滘公社在深入开展农业学大寨的群众运动中，紧紧抓住本地区在种植问题上的两条道路斗争，不断批判"重副轻农"、"重钱轻粮"的资本主义倾向，激发干部、社员为革命种田，为革命多作贡献的革命热情。同时，依靠群众认真解决实行一年三熟以后出现的劳力、肥料等方面的新矛盾。广大贫下中农和社员群众发扬大干苦干精神，去年秋收时，坚持白天割禾，晚上整麦地，做到边收割、边整地、边送肥、边播种，适时地在"大雪"前完成了小麦播种工作。各生产队还普遍组织了冬种管理专业队，加强对小麦的田间管理。中期发现三类苗较多，全公社又集中力量，打了一个积肥的歼灭战，收集一批农家肥追施下去，使小麦平衡生长。

（道滘公社报道组）

道滘公社报道组：《水乡地区一年三熟大有可为　道滘公社二万亩小麦增产》

《南方日报》1975年4月26日第2版

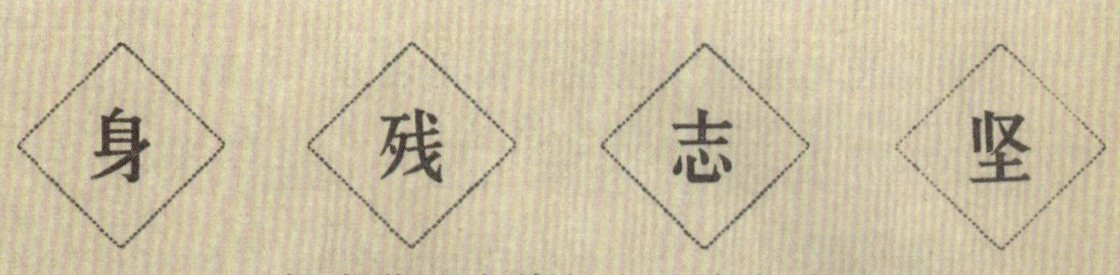

身残志坚

——记东莞县大塘朗大队青年袁植才

身体残废了，还能不能为党和人民贡献力量？东莞县大塘朗大队青年袁植才的回答是："雷锋精神记心中，身残志坚干革命！"这闪光的语言，充分体现了在毛泽东思想哺育下年轻一代的战斗风貌。

袁植才出生在一个贫农的家庭。刚满周岁的时候，患了小儿麻痹症，治好以后，左脚已经残废了。走路时，要用左手支撑住膝盖才行。

开始，袁植才感到悲观、苦恼，觉得自己的理想、前途都没有了，因而在学校学习也不安心。老师发现了他的思想情绪，便找他谈心，和他一起学习毛主席著作，给他讲雷锋叔叔的故事，鼓励他向雷锋叔叔学习，树立革命的理想。毛主席的教导，雷锋的高大形象，鼓舞着小袁。他深深感到：身体残废并不可怕，可怕的是思想上的"残废"；只要真正树立了无产阶级人生观，身体残废也能为革命作出贡献。从此，他怀着深厚的无产阶级感情，认真读毛主席的书，刻苦学政治、学文化、学生产知识，学校里每次评比，他都是优秀学生。

一九七〇年，袁植才初中毕业了。这个刚满十八岁的小伙子，怀着建设社会主义新农村的雄心壮志，回到了生产队，决心为建设社会主义新农村贡献力量。这时，有人劝他说："阿才，你身体不好，可以叫大队照顾嘛！"小袁说："我身体可以照顾，但思想改造却不能照顾啊！"

话是这样说，可干起来确实不容易。小袁由于左脚残废，走路不平衡，第一天下地干活，没走几步就摔倒在田里。割禾时双脚蹲不稳，只好半蹲半跪地割，没几天膝盖就磨出了血。是迎着困难上，还是在困难面前倒退、畏缩？小袁的脑海里展开了激烈的斗争。干农活，对一个残废的人来说，困难是很大的。但他想起在旧社会，父亲靠卖柴度日，累断腰骨，全家人饥寒交迫的悲惨情景，再看看解放后社会主义新农村的巨大变化和美好前景，便增添了斗争的勇气。他告诫自己：革命的胜利果实，美好的生活条件，不是从天上掉下来的，而是靠党和毛主席的领导，靠我们艰苦奋斗换来的！雷锋同志说得好，真正的青春，只属于永远力争上游的人，属于永远忘我劳动的人。要想建设美好的社会主义新农村，就得象雷锋那样，认真学习马列著作和毛主席著作，自觉吃大苦、耐大劳，有一分热，发一分光。

从这以后，袁植才自觉地在艰苦的劳动中磨练自己，坚持参加集体生产劳动。盛夏，他和社员顶着烈日锄地；严冬，他和民兵冒着寒风捞泥肥。生产队湖洋烂湴田多。大家为了照顾小袁，不让他下田插秧，但怎么说他也不肯，硬是下田来。好几次，他陷进了过膝的烂湴里，大家急忙把他拉起来，他只是笑了笑，又继续战斗。前年春耕大忙时，遇上严重的春旱，队里准备派人到离村两里外的"龙古坑"抽水抗旱。袁植才和另外一个青年主动承担这项任务。那是一个漆黑的夜晚，袁植才一拐一拐地走到"龙古坑"。开始抽水时，要先把水提到一株树上，倒进泵喉里才能开泵。这时，另一个青年到下游看水去了。为了不耽误时间，他克服了天黑树高等困难，一桶又一桶地把水提上来，并且爬上四米多高的树上，把水灌进泵喉里。当另一个青年看水回来，看到哗哗的水流进了稻田里，他拉着袁植才的手，激动得说不出话来。

袁植才的哥哥是生产队的木匠，父亲是队里的竹箩匠，经常为队里日夜忙碌地工作。小袁想，自己如果能学会点竹木活，不是也能为集体多干点活吗？于是，他利用休息时间跟着哥哥学木工，跟着父亲学织箩。没多久，就学会了木工、竹匠活。为了给集体多办点事，他充分利用开工前、收工后的点滴时间，为队里修犁修耙织谷箩，帮东邻西舍的贫下中农修盆补桶。有人劝他休息，他说，我要向雷锋学习，用实际行动大干社会主义。

对贫下中农，袁植才象春天般温暖；对待错误思想，他坚持原则，敢于斗争。一九七二年，贫下中农挑选他当了记分员。由于小生产的私有观念的影响，队里收集家庭肥料时，常有人掺假，干集体活也时常有人偷工减料。小袁坚持做到：肥料不合格不收，农活不合质量翻工后才记工分。同时，他向队长建议，组织社员学习党的基本路线，经常进行政治思想教育工作，提高社员群众的路线斗争觉悟。有一次，袁植才的母亲在为队里送肥时，贪方便把肥倒在田边。袁植才看见了，当场教育母亲，并帮助母亲把肥倒到田中心去。贫下中农看在眼里，喜在心上，高兴地说："阿才真是处处出以公心，爱社如家啊！"最近，小袁认真学习毛主席关于理论问题的重要指示，更加心明眼亮，扎根农村的决心更坚定了。

——大岭山公社团委

大岭山公社团委：《身残志坚——记东莞县大塘朗大队青年袁植才》

《南方日报》1975年4月29日第3版

东莞道滘造船厂

积极生产挖泥船

本报讯　东莞县道滘造船厂把完成挖泥船生产任务，积极支援农业，加速实现农业机械化，同加强工农联盟，巩固无产阶级专政紧密联系起来。全厂上下，大鼓革命干劲，大干社会主义。老工人胡柏祥积极发挥共产党员的先锋和模范作用，和广大工人一起，先后试验改进生产工具设备共十六项，使工效提高两倍多。全厂革命职工发扬革命精神，出大力，流大汗，使挖泥船产量倍增。

（厂报道组）

厂报道组：《东莞道滘造船厂　积极生产挖泥船》

《南方日报》1975年5月24日第3版

红萍多了粮食多

东莞县中堂公社黄涌大队：

黄涌大队是东江下游的水乡。近几年来，这个大队的社员和干部深入开展**“农业学大寨”**运动，发扬自力更生精神，把放养红萍作为土肥建设的一项重要措施来抓。从一九六九年开始，养了春萍一千八百亩，一九七一年起还发展了夏萍。以后，放养红萍面积一年比一年多。去年全大队春养红萍三千六百亩，占早稻面积百分之七十四，夏养红萍三千六百亩，占晚稻面积百分之六十七。由于大养红萍，增加了大量有机肥，使土质由硬变软，促进了粮食生产的发展。去年全大队水稻亩产达到一千四百九十二斤，比大养红萍前的一九六八年每亩增产二百二十二斤。今年，在毛主席关于理论问题的重要指示指引下，他们进一步激发了大干社会主义的积极性，全队早造四千八百五十亩水田都养了红萍，平均每亩压萍达三千斤，其中有一千二百亩压萍二次，每亩共达五千斤。同时，还放养稻底萍一千七百亩，占早稻面积的百分之三十。

黄涌大队党支部在放养红萍工作中，坚持党的基本路线，狠批修正主义路线，狠批资本主义倾向，同时，针对一些人认为“红萍肥效差”的思想，深入调查研究，发动群众进行肥效对比试验，并组织实割验收，从而坚定了广大社员大养红萍的信心。为了闯过放养夏萍这一关，大队成立了夏萍领导小组，建立了一支五十七人的养萍专业队。他们反复试验，摸索红萍的生长规律，了解到病虫害是妨碍夏季红萍生长的主要矛盾。于是，采取了一套防治病虫害的管理办法，终于使大面积放养夏萍获得成功。

《红萍多了粮食多　东莞县中堂公社黄涌大队》

《南方日报》1975年6月3日第3版

学理论　抓路线　促大干

东莞、丰顺生产资料公司积极做好夏收夏种物资供应工作

本报讯　东莞县生产资料公司党支部，带领职工学理论，抓路线，促大干，积极做好夏收夏种各种生产资料的组织供应工作。至五月底，与去年同期比较，已组织供应的化肥增长百分之四十一，各种中小农具增长百分之八十六。

毛主席关于理论问题的重要指示发表以后，公司党支部认真组织群众学习，用无产阶级专政理论武装大家的思想，同时大力表扬坚持抓革命促生产中的好人好事，发扬革命正气。职工们发扬主人翁精神，以充沛的革命干劲，争时间，抢季节，提前做好"双夏"生产资料的供应工作。今年春耕刚刚结束，他们就立即着手抓供应"双夏"生产资料的准备工作。他们在抓紧时间调运上级分配的化肥的同时，组织大批人力深入工厂，安排"双夏"农具的生产。对于一些不能就地加工的农具，派出人员外出采购。有些原材料比较缺乏，他们就同工人共同研究，用其它原材料代替。他们经过试验，用纤维板试制风柜，为解决原材料闯出了一条新途径。由于他们工作抓得早，"双夏"所需的犁、耙、谷箩、禾镰、打禾机、风柜等十五种主要农具，在六月底前就基本上调拨到农业生产第一线去。

为了支援社、队搞好农具的修理，进一步降低农业生产成本，他们还开展清仓挖潜活动，清理出一批原材料，并及时调拨到各地。　（县生产资料公司报道组）

本报讯　丰顺县生产资料公司职工，认真学习无产阶级专政理论，总结支农经验，及早动手，大力做好支援夏收夏种工作。

为了进一步提高职工的支农自觉性，今年以来，公司党支部组织职工认真学习无产阶级专政的理论，从巩固无产阶级专政的高度去认识搞好支农工作的意义。同时，联系实际，总结经验教训。去年夏收夏种开始时，地处山区的黄金公社要求供应一批禾镰，但由于资料公司工作抓得不紧，没有按时拨给，结果影响了夏收工作。通过学习和总结经验教训，大家决心克服缺点，积极当好农业生产的促进派。

为了组织好"双夏"物资，公司派出人员分头到十五个公社和许多大队、生产队进行调查了解，摸清情况，并及时采取措施。他们在各社、队发动和依靠群众，坚持自力更生，充分挖掘物资潜力，尽量修旧利废。同时，帮助各社、队建立了十四个农具维修点，赶制赶修农具。丰良公社以前在"双夏"期间要从外地调进锄头，今年由于组织了农机厂、维修点赶制、赶修锄头，不但满足了本地需要，还调出了二百把支援外地。对于不能自给的物资，公司则及时调运供应。与此同时，大力协助基层商业站、供销社生产资料门市部附设小农具修理点，做到随到随修，既方便了群众，又为社、队和社员节约了资金。　（县报道组）

县生产资料公司报道组：《学理论　抓路线　促大干　东莞、丰顺生产资料公司积极做好夏收夏种物资供应工作》

《南方日报》1975年7月14日第3版

加强思想教育 管好民兵武器

——东莞县长安公社武装基干民兵连管理武器的调查

东莞县长安公社武装基干民兵连，遵照毛主席关于**“爱护武器，节省弹药”**和要**“准备打仗”**的教导，重视抓好爱护武器的思想教育，健全和落实各项管理制度，使武器装备始终保持良好的战备状态，较好地保障了各项战备任务的完成。他们的做法是：

*抓好爱护武器的思想教育。*长安公社武装基干民兵连在实践中认识到，武器靠人掌握，人的行动靠思想来指导，要想把武器装备管理好，首先要把人的思想搞正确。几年来，他们在公社党委的领导下，结合民兵的思想实际，抓了如下几方面的教育：一是针对青年民兵生在新社会，长在红旗下，对枪杆子的重要性缺乏亲身感受的特点，进行回忆对比教育，明确爱护武器与巩固无产阶级专政的关系；二是针对有的民兵存在和平麻痹思想，对管理好武器装备的必要性认识不足的情况，进行形势战备教育，明确爱护武器与落实战备的关系；三是针对有的民兵认为“旧枪不顶用”的思想，组织大家学习毛主席关于武器和人的关系的论述，批判林彪鼓吹的唯武器论，提高爱护手中枪的自觉性。通过教育，民兵们认识到：武器装备是战斗力的重要因素；搞好武器管理，是落实毛主席要**“准备打仗”**指示的具体行动，是加强无产阶级专政的需要。于是，全连出现了人人自觉爱护武器装备的新气象。这个公社靠近海边，气候比较潮湿，武器容易生锈。民兵们每次执勤回来，都自觉将武器擦拭干净并保管好，然后回家。此外，他们还自己动手做了枪架、枪柜，学会了武器维修，自制了一些必需的武器零件，为落实战备创造了良好的条件。

*严格坚持武器管理制度。*几年来，长安公社武装基干民兵连认真贯彻执行有关民兵武器管理的规定，并结合本单位的实际情况，制定和坚持了如下几项管理制度：（一）坚持专人负责，集中保管制度。全连武器以武装基干排为单位，专人、专柜集中保管；（二）坚持擦拭制度。几年来，他们对武器装备做到三天一小擦，七天一大擦，用后及时擦，射击后连续擦七天；（三）坚持登记、交接制度。（四）坚持每月检查评比一次的制度，发现先进，及时表扬推广；发现问题，及时解决。全连的武器装备始终保持着不丢失、无损坏、无锈蚀、无霉烂变质的良好状态。

*加强兵器知识教育，熟悉手中武器。*长安公社武装基干民兵连在管理武器的工作中，还经常进行兵器知识教育。去年以来，他们采取举办学习班等各种形式，培训了五十三名骨干，平均每个班都有一至两个骨干；同时，他们还经常组织民兵在擦拭武器和练习分解结合时，开展**“官教兵、兵教官、兵教兵”**的群众性练兵活动，使兵器知识教育经常化。现在，全连民兵都熟悉手中武器的构造、战斗性能和一般故障排除的要领，有效地避免了技术事故的发生，增强了战斗力。

《加强思想教育　管好民兵武器——东莞县长安公社武装基干民兵连管理武器的调查》

《南方日报》1975年7月23日第3版

解剖典型　对比分析

企石公社扎扎实实掀起晚造生产热潮

本报讯　东莞县企石公社党委在夏收基本结束时，专门召开了一次干部会议，组织大家运用典型解剖、对比分析的方法，认真总结早造抓革命、促生产的经验。新南大队新强生产队原来是个后进队，资本主义自发倾向较为严重，过去不少人外出搞副业单干。今年以来，在学习无产阶级专政理论运动中，这个队的干部、群众联系实际学理论，提高了阶级斗争和路线斗争觉悟，刹住了资本主义自发倾向，大干苦干，狠抓各项增产关键措施，使早稻平均每亩比去年同期增产一百二十九斤，花生、黄豆等也有较大幅度的增产。而另一个大队有个生产队，自然条件较好，但由于干部对阶级斗争和两条道路斗争抓得不够紧，资本主义自发倾向抬头，加上有些生产环节抓得不及时，结果今年早稻每亩减产四十一斤。到会干部从这两个生产队的经验教训中进一步认识到：农业的根本问题，是个路线问题。农业要大上快上，关键在于端正思想政治路线，把群众大办社会主义农业的积极性充分调动起来。因此，要夺取晚造丰收，一定要抓路线，抓思想，抓作风，抓干劲，抓好关键性的增产措施。

干部统一认识以后，各大队立即发动群众，鼓足干劲，落实晚造增产计划和措施。公社党委领导成员带头深入生产第一线，既当指挥员，又当战斗员，和群众一起大搞田头积肥池，增积土杂制肥。目前，全社已积土杂肥七十三万多担，已送肥的稻田有一万三千多亩。在这同时，他们还抓好科研队伍的建设，做好虫情测报工作，搞好秧田除虫，力争晚造有个大幅度的增产。

（公社报道组）

公社报道组：《解剖典型　对比分析　企石公社扎扎实实掀起晚造生产热潮》

《南方日报》1975年7月24日第1版

坚持政治挂帅 认真落实政策

东莞县做好烈军属优抚和复员退伍军人安置工作

本报讯 东莞县各级党组织认真加强领导，依靠群众，不断做好烈、军属的优抚工作和对复员退伍军人的接待安置教育工作，使他们在三大革命运动中发挥了积极的作用。

东莞县各级党组织在开展优抚工作和复员退伍军人的安置工作中，坚持政治挂帅，做好政治思想工作。同时，认真落实党的各项政策，对烈、军属和复员退伍军人政治上关怀，生活上体贴。他们对烈、军属的优待补助，实行"年初抓评定，夏收抓预分，节日抓检查，年终抓兑现"的方法，使烈、军属普遍达到中等以上的生活水平。复员退伍军人回乡后，各级领导主动上门了解情况，征求意见，从实际出发，逐个研究，妥善安置。对残废军人和带病回乡的退伍军人，各级党组织亲切关怀，教育干部和群众热情欢迎，在生产、生活方面给予必要的照顾。厚街公社双岗大队党支部发动群众，依靠集体力量，几年来先后帮助住房有困难的退伍军人修建了十五间房屋。退伍军人万成患有慢性病，母亲年老体弱。党支部从实际出发，不仅生活上给他补助，还安排他到大队农科站参加力所能及的劳动，使他深深感到党的温暖，表示要发扬革命传统，努力工作，有一分热发一分光。虎门公社烈属苏锦香，去年患了脑充血，大队党支部立即派人把她送进医院治疗，使她很快病愈出院。

广大烈、军属和复员退伍军人把党的关怀当作前进的动力，在农业学大寨运动中发挥了积极作用。附城公社温塘大队的四十二名复员退伍军人，在大队围垦造田、开山劈岭的战斗中，发扬我军光荣传统，和群众一起，奋战一百多天，扩大水田两千多亩，增加旱地一千六百多亩，为促进农业大上快上作出了贡献。大岭山公社大岭大队退伍军人张容生被选为大队党支部副书记后，组织社员群众批判资本主义自发倾向，带领群众学大寨，被人们称为"学大寨的带头人"。

（惠政宣、县报道组）

惠政宣、县报道组：《坚持政治挂帅 认真落实政策 东莞县做好烈军属优抚和复员退伍军人安置工作》

《南方日报》1975年7月29日第3版

万江公社全面推广深层施肥

总结早造施肥经验　大破因循守旧思想

本报讯　东莞县万江公社党委，以毛主席、党中央的一系列重要指示为武器，认真总结早造中耕深层施用化肥获得增产的经验，大破因循守旧思想，在晚稻中耕全面推广深层施肥，力争晚稻丰收。

万江公社过去中耕使用化肥时，习惯采取撒施的方法，肥料流失比较大，而且肥效不持久，影响水稻产量。公社党委根据外地深层施肥的先进经验，今年早造在石美大队搞了球肥深施试验和碳酸铵、硫酸铵、硝酸铵、尿素、氨水等五种化肥深层施与表层撒施的对比试验。他们将化肥和农家肥配合制成球状混合肥深层施用或直接深层施用，这样，不但可以防止化肥烧伤禾苗，减少肥料流失，提高肥料利用率，使肥料持久地发挥效能，促使早稻稳健生长，秆壮、穗大、粒多，而且能减轻化肥对土壤的破坏。试验结果，深层施肥比表面撒施的早稻，平均每亩增产七十斤。夏收后，公社党委总结了这一经验，进一步认识到：深层施肥是解决化肥不足，促进农业大上快上的一项措施，决定今年晚造中耕全面推广深层施肥。为了推广这一先进技术，公社党委主要领导成员深入到石美大队刻样板，和社员一起动手制球肥，边制边施。七天时间内，全大队就制出球肥三千担，深施到一千亩晚稻田里。接着，他们在石美大队召开了现场会议，总结推广了这个大队大搞球肥深施的经验。石美大队早造深层施肥获得增产的事实和晚造大搞深层施肥的活动，帮助一些干部、群众打开了眼界。

现场会议后，公社党委切实加强这项工作的领导，第一、二把手亲自抓，常委分片管，带领广大干部、群众迅速掀起大干晚造、大搞球肥深施的热潮。目前，全社已准备好制球肥用的干泥粉四万担，制成球肥二万六千担，早插的八千多亩晚稻已全部进行了第一次中耕耘田和深层施肥。

（公社报道组）

公社报道组：《总结早造施肥经验　大破因循守旧思想　万江公社全面推广深层施肥》

《南方日报》1975年8月29日第3版

万江公社及早备足冬种小麦种子

本报讯 在全国农业学大寨会议精神鼓舞下，东莞县万江公社党委把冬种工作，做在前头，发动群众及早备足冬种小麦种子，争取小麦丰收，促进明年粮食生产大上快上。

这个公社近几年冬种小麦面积不断扩大，产量不断提高，广大干部和群众大搞冬种的劲头越来越大。今年，全社计划冬种小麦面积一万二千亩。为了落实计划种好冬小麦，公社党委吸取了去年有的大队、生产队由于麦种不足，影响冬种任务完成的教训，组织大队和生产队的保管员对小麦种子进行一次大检查，及时发现问题，加以解决。一位公社党委副书记先后下到罗屋墩、万江、共联、新村等大队检查库存麦种，调查出芽率，摸清数量，及时调剂余缺，使每个生产队都备足了种子。

目前，全社已备足小麦种子三十二万斤，平均每亩有种子二十六斤。全社普遍做到勤晒、短晒、轻晒，用尼龙纸覆盖防潮，及时熏杀蛀虫，保证麦种不霉烂，不蛀坏。（万江公社办公室）

万江公社办公室：《万江公社及早备足冬种小麦种子》

《南方日报》1975年10月22日第1版

发挥现有农机设备潜力的一条重要途径

——道滘公社根据水乡特点改革农机具的调查

改革农机具要依靠群众

改革农机具要因地制宜

（公社报道组、本报记者）

依靠群众 潜力无穷

公社报道组、本报记者：《发挥现有农机设备潜力的一条重要途径——道滘公社根据水乡特点改革农机具的调查》

《南方日报》1975年11月11日第3版

摘要：报道了道滘公社广泛深入开展群众性的农机具改革研究试验活动，坚持依靠群众，提高广大群众参与热情，因地制宜，充分利用地形地势条件改革农机具，作用大，效果好，为全社成十倍地扩大冬种小麦面积作出了贡献。

东莞县凤德岭大队在学习贯彻全国农业学大寨会议精神中

以政治夜校为阵地深入进行思想发动

本报讯 东莞县凤岗公社凤德岭大队党支部，在贯彻落实全国农业学大寨会议精神中，以政治夜校为阵地，广泛开展讲传统、讲路线活动，使广大干部、群众提高了继续革命的觉悟，以土改、合作化、人民公社化时期那样饱满的政治热情，自觉投入大办农业、普及大寨县的战斗中去。

凤德岭大队的干部、群众听了全国农业学大寨会议精神传达之后，受到很大鼓舞，决心认真学习大寨的根本经验，加快发展农业生产，为革命多作贡献。但是，也有一部分干部和群众有怕苦怕累的思想。有的说："现在粮够吃，钱够用，日子过得去，何必再大干！"为了提高干部、群众对普及大寨县伟大政治意义的认识，大队党支部以政治夜校为阵地，广泛开展讲传统、讲路线的活动，对干部群众进行革命传统的教育。在政治夜校里，老民兵黄木基对大家讲述了解放战争时期，当地一个革命战士为了掩护同志撤退，而壮烈牺牲的英雄事迹。他说："革命先烈为了夺取政权，付出了宝贵的生命。今天，我们要发扬革命先烈那种拚命精神，大办农业，普及大寨县，为社会主义革命和社会主义建设多作贡献。"干部和群众还讲评了大队党支部书记黄官清坚持干革命的事迹。黄官清是解放后成长起来的干部。土改时，他立场坚定，旗帜鲜明，带领大伙斗地主，分田地；农业合作化和人民公社化时，他带头走社会主义道路，带领大伙战天斗地。以后，他虽然染上了几种疾病，开了三次刀，但革命干劲不减当年，仍然坚持带领群众学大寨，使大队面貌发生了显著变化。黄官清拉革命车不松套的革命精神，使干部、群众很受感动。许多干部说：我们是干革命的。我们要一辈子干革命，不能半路打退堂鼓，只求自己舒舒服服过日子。一定要继承和发扬革命传统，带领群众学大寨，为普及大寨县作出新贡献。第二生产队队长黄仁辉，原来准备年底交班不干。通过学习，他提高了路线斗争觉悟，检查了自己半截子革命的思想，表示要振作革命精神，带领群众大干苦干。秋收冬种开始后，队里劳力不足，他和群众一起，白天抢收，晚上抢种，按质按量完成了秋收冬种任务。

在干部的带动下，广大群众也大振革命精神。第三生产队青年社员黄水棠，过去私心杂念比较重，认为"集体有不如自己有"。在讲传统、讲路线活动中，他学习了大寨社员爱国家、爱集体的共产主义风格，下决心同私有观念决裂，一心搞好集体生产。生产队扩建猪舍，没有沙石，又缺乏技工，他便主动串连几个青年民兵，白天下河捞沙石，晚上挑灯建猪舍，受到大伙的称赞。他在政治夜校里谈体会时说："小生产的思想办不了社会主义大农业。我们要学习大寨社员站在虎头山，眼望全世界，为革命出大力，流大汗，多作贡献！"过去，全大队有三十多名中年妇女很少出集体勤，现在她们自觉地投身到学大寨的战斗中去。二十多个退休的老人也主动为集体拾肥，帮助社员带小孩。大队的一支民兵突击队，一鼓作气整治了排洪沟、排灌沟、排冷沟一百二十多条，全长一万九千多米，共完成二万八千个土石方，使六百多亩山坑田进一步改变了生产条件。

（凤岗公社报道组）

凤岗公社报道组：《东莞县凤德岭大队在学习贯彻全国农业学大寨会议精神中　以政治夜校为阵地深入进行思想发动》

《南方日报》1975年11月29日第1版

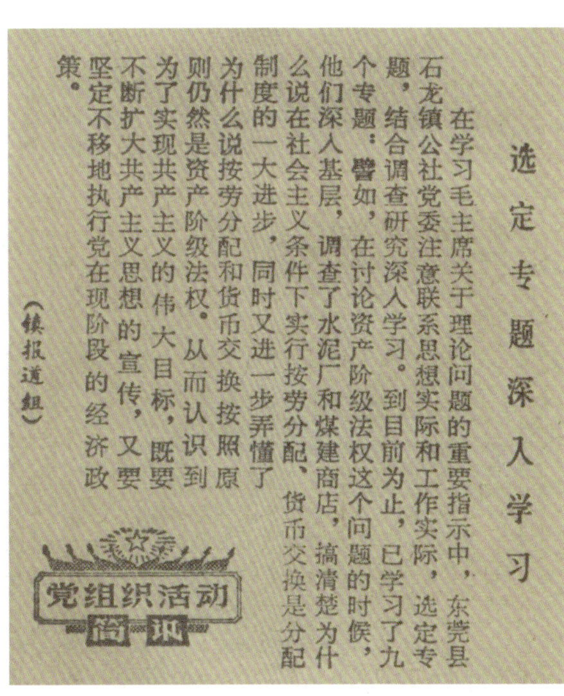

选定专题深入学习

在学习毛主席关于理论问题的重要指示中，东莞县石龙镇公社党委注意联系思想实际和工作实际，选定专题，结合调查研究深入学习。到目前为止，已学习了九个专题。譬如，在讨论资产阶级法权这个问题的时候，他们深入基层，调查了水泥厂和煤建商店，搞清楚为什么说在社会主义条件下实行按劳分配、货币交换是分配制度的一大进步，同时又进一步弄懂了为什么说按劳分配和货币交换按照原则仍然是资产阶级法权。从而认识到为了实现共产主义的伟大目标，既要不断扩大共产主义思想的宣传，又要坚定不移地执行党在现阶段的经济政策。

（镇报道组）

镇报道组：《选定专题深入学习》

《南方日报》1975年12月15日第3版

为农业大上快上多作贡献

石龙镇组织各行各业转轨支农

本报讯 东莞县石龙镇党委组织广大职工认真学习、贯彻全国农业学大寨会议精神，全镇的支农工作迅速掀起了新高潮。

石龙镇党委在学习全国农业学大寨会议精神中，组织广大干部、职工联系实际，批判“重工轻农，重商轻农”等错误思想，帮助大家进一步树立以农业为基础的思想。石龙农机厂为生产当前农业急需的“五一”犁柏，集中人力、物力进行大会战，仅在十一月上半月就生产出“五一”犁柏一千三百多块，比一至十月产量的总和增加百分之二十。石龙竹器厂的职工鼓足干劲，在十月份生产了谷箩、谷篸、软围、禾筛等农具产品一万四千多件，及时满足了农村秋收的需要。其他各行各业的广大职工也争当支农的促进派。石龙药材商店门市部职工，深入到企石、石排等公社帮助社队发展药材生产，组织职工送药下乡，方便社员群众。石龙果菜商店克服过去“只管收购、批发，不管发展生产”的错误倾向，在农忙季节组织职工深入农村，就地收购，协助运输，既方便了群众，又满足了市场的供应。 （镇报道组）

镇报道组：《为农业大上快上多作贡献　石龙镇[①]组织各行各业转轨支农》

《南方日报》1975年12月16日第3版

① 石龙镇：当时属东莞县，即今东莞市石龙镇。

南方日报

1976年

坚持蹲点　带头革命

——东莞县桥头公社党委带领群众学大寨的事迹

东莞县桥头公社，自一九七〇年北方地区农业会议以来，农业学大寨取得了显著的成果，人的精神面貌发生了深刻的变化，农业生产连年迈出新步子。一九七四年粮食总产比一九七〇年增加百分之四十八，亩产达到一千二百九十二斤。一九七四年虽然多次遭受自然灾害的袭击，仍然获得较好的收成。全社原来比较后进的六个大队、四十二个生产队，革命和生产面貌都大为改观，其中百分之九十五的生产队甩掉了后进帽子。

在桥头，为什么大寨花开遍全社？一个重要原因是，公社党委领导成员能够抓住阶级斗争这个纲，坚持党的基本路线，带头深入基层蹲点，大批资本主义，大干社会主义，一个队一个队地帮助他们把巩固无产阶级专政的任务落实到基层，从而使大寨的根本经验由点到面地迅速推开。

带头搞好自身革命化

一九七〇年，党委“一班人”通过总结文化大革命前的经验教训，深深感到，要加速农业学大寨的步伐，就必须带头搞好党委的自身革命化建设，发扬土改、合作化时期艰苦深入的工作作风，帮助基层领导班子端正思想政治路线，把群众中间蕴藏着的极大的社会主义积极性调动起来。

近几年来，公社党委的十二名委员，除一名留家处理日常工作外，其余全部下队蹲点。这几个冬春，全社大搞农田基本建设，公社党委领导成员就和干部群众一起，在田头草棚住了几个冬春。年过半百的党委副书记尹窝，是解放战争时期参加游击队的干部，他身上有当长工时留下的伤疤，有在战场上与敌人浴血奋战时挂的彩，现在又患胃溃疡和风湿关节炎等多种慢性病，但他的精力还象革命战争时期一样旺盛。一九七二年秋，他到地处丘陵的石水口大队蹲点。这个大队五千多亩土地，有二千多亩旱地“挂”在三十多个大小山头上，水源奇缺，年年受旱。尹窝来到这里，和贫下中农一起，建渡槽，修电站，要把水引上山。他既当指挥员，又当战斗员。他在石水口大队蹲点期间，平均每年参加集体生产劳动一百八十五天。在尹窝的带动下，石水口大队干部和群众奋战三年多，建成电灌站两座，红砖结拱引水渡槽十四座，把三十多个山头联结起来，解决了全部旱坡地和高岗田的灌溉问题。同时，他们还整治埔田七百四十亩，把一千六百多亩旱坡地打了地垦，使“三跑”地变成了“三保”地。

坚持蹲点，带头劳动，已经成为桥头公社党委“一班人”的自觉行动。他们人人口袋里都装着一本劳动手册，不管到了那里，都是锄头不离手，扁担不离肩。党委常委吴李欢是个女同志，家务比较重，但她和男同志一个样，长年累月地战斗在第一线。社员们说：“有这样好的领导，我们越干越有劲，越干越有奔头。”在党委“一班人”的带动下，基层干部的作风也有了很大的变化。全社一百一十个大队党支部委员，纷纷到第一线指挥，到后进队蹲点。一九七五年，每个大队党支部委员平均参加集体生产劳动达二百七十天，比一九七〇年的八十四天增加了两倍多，有力地推动了全社农业学大寨运动的开展。

以阶级斗争为纲狠抓领导班子建设

桥头公社十二个大队中，原来有六个大队长期处于后进状态，粮食亩产在八百斤以下，拖了全社的后腿。怎样去改变这些后进队的面貌呢？经过无产阶级文化大革命锻炼的桥头公社党委领导成员，阶级斗争和路线斗争觉悟有了较大的提高，他们认为，要改变落后面貌，就一定要学习大寨的根本经验，以阶级斗争为纲，坚持党的基本路线，不断开展对修正主义、资本主义的批判，而决不能就生产抓生产。几年来，他们正是这样干的，收到了显著的效果。

岭头大队是个“老后进”，阶级敌人破坏活动猖獗，资本主义倾向严重，不少人外出搞副业单干，农业生产长期上不去。过去公社党委曾派人三进岭头蹲点，先后换了四任支部书记，都没能从根本上解决问题。一九七一年夏，公社党委主要领导成员打起背包，带领公社干部到岭头大队蹲点。他们白天参加劳动，晚上走村串户，调查研究，很快摸清了这个大队的主要问题。原来队里的一小撮阶级敌人利用各种手段，拉拢腐蚀干部，七个党支委中，有的受骗上当，有的不敢抓不敢斗，以致队里歪风邪气抬头，集体经济搞不好。

很明显，要使岭头变，关键在于提高党支部领导班子的路线觉悟，解决方向道路问题。于是，公社党委领导成员和他们一起学习党的基本路线，总结经验教训；又把支部“一班人”带到大榕树下革命烈士牺牲的地方，请土改积极分子、老贫农赖包养讲述当年他亲眼看见的革命烈士英勇抗敌，壮烈牺牲的事迹。大队党支部书记赖进容听着，一滴滴泪水夺眶而出。他痛心地说：“过去我以为少抓少管‘保险’，实际上是危险！贫下中农把权交给我，我就要为贫下中农掌好权。”通过教育，赖进容完全变了样，他白天参加劳动，晚上上门请贫下中农提意见。接着，进行了整党，开展了批评和自我批评，教育了党支部每一个同志，使他们提高了觉悟，认清了方向。干部、党员的思想变了，群众发动起来了，资本主义歪风也很快刹住了。岭头大队出现了大干社会主义的局面，仅一年时间，就从落后队变成了先进队。

桥头公社党委领导成员在蹲点时，经常用党的基本路线武装干部的头脑，帮助他们分清什么是社会主义，什么是资本主义。朗吓大队的大队长李罗浩，过去认为队里田少人多，要发展集体经济，必须抓好副业。他组织一批精壮劳力，由大队办起三座砖瓦窑。大队还批准一批劳力到外边搞副业包死产。结果，农业生产搞不好，社员收入有减无增。群众尖锐地批评说：带头人带领我们走的是资本主义邪路。李罗浩不服气。他说：“我觉没多睡，粮没多拿，日夜辛苦为集体，为增加社员收入，怎么说我带头走资本主义？”就在这个时候，在这个大队蹲点的公社党委领导成员和他一起学习党的基本路线，分析错误的性质和原因，使他懂得，在集体经济内部，劳动力如何支配，副业如何发展，都有个执行什么路线，走什么道路的问题。经过联系实际划清社会主义和资本主义的界限，李罗浩心服口服了。大队党支部及时引导干部群众批判“重副轻农”、“重钱轻粮”的资本主义倾向，认真贯彻**“以粮为纲，全面发展”**的方针。在大搞农田基本建设中，李罗浩起早摸黑地带领群众鼓足干劲，力争上游。

几来年，桥头公社在斗争中不断地加强后进队领导班子的革命化建设，组织他们学习无产阶级专政理论，定期开门整风，坚持参加集体生产劳动。同时，注意树立先进典型，使大家学有榜样，赶有目标，坚定不移地带领群众走社会主义道路。

靠大寨精神改变落后面貌

桥头公社党委领导成员到基层蹲点，不带钱，不带物，大力支持那里的干部、群众自力更生、艰苦奋斗革命精神，以大寨为榜样，用自己的双手创出一个新天地。（下转第三版）

* * *

（上接第一版）

坚持蹲点　带头革命

山和大队地处潼湖湖畔，全大队四千多亩耕地，多是低洼烂埔田，粮食产量低。每逢春耕夏种，秋收冬种，还要公社派几百人来支援。面对这种困难的条件，有的干部对改变落后面貌缺乏信心。一九七二年秋，公社党委书记李卢谦带领公社干部来到山和大队蹲点。在社员大会上，李卢谦拿出从大寨虎头山上带回来的一块石头，给大家讲大寨贫下中农艰苦创业的事迹。他用铁棒敲敲石头，发出当当的声响。“大寨的虎头山，过去是石头山，大寨的贫下中农用自己的双手，使石头山变成花果山，夺得亩产千斤粮。比大寨，我们的条件不知好多少，大寨能够变，山和为什么不能变？……”李卢谦的话激励着大家的心。大家磨拳擦掌，坚决地表示：“大寨人能用双手把石头山改造成良田，我们也能用双肩在荒墩湖氹上挑出大寨田！”李卢谦一面向大家宣传大寨精神，开展一场自力更生、艰苦奋斗的教育，一面又领着大队干部、贫下中农代表一个一个湖、一个一个埔进行调查研究，制订大搞农田基本建设的规划。这年秋天，李卢谦和大队干部在田头搭起了简易草棚，白天和群众一起劳动，晚上同大小队干部一起在草棚里学习和研究工作。干部群众在田头连续大干了两个冬春，治湖平田四千亩，使生产条件有了很大变化。

一九七四年底，李卢谦参加省贫代会后，回到山和大队，他又把珍藏的虎头山上的石头拿出来，给社员讲大寨永不自满、继续革命的事迹。在大寨继续革命的精神鼓舞下，山和大队农田基本建设的工程量一年比一年大，干的土方一年比一年多，成效一年比一年显著。第一年，他们担饭到田头，平均每个劳力完成一百三十方；第二年，把饭锅带到田头，平均每个劳力完成二百零一方；第三年，把铺盖也搬到田头，平均每个劳力完成三百三十七个土方。三年大干，战果辉煌。一九七四年，山和大队的粮食亩产量达到一千三百斤，对国家的贡献从每人每年九百九十斤增加到一千二百斤，集体家当也越来越雄厚。

在桥头，还传颂着一个蹲点干部退化肥的故事。石水口大队二十生产队条件比较差，社员的“等、靠、要”思想比较严重。有一年，公社给石水口大队拨去一批化肥，大队干部考虑到二十队是公社党委领导成员蹲的点，便给这个队多拨了三千斤化肥的指标。在这个队蹲点的党委领导成员知道后，立即把这多拨的化肥指标退了回去。当时有的干部、社员不理解，说：“化肥送上门也不要，真笨！”蹲点领导干部便组织干部群众学习毛主席关于自力更生、艰苦奋斗的教导，让大家明白，公社领导成员蹲的点，不能搞特殊化，比别的队多要国家照顾。他带领群众大积土杂肥和采集野生绿肥。这一年晚造，二十队夺得了从来没有过的好收成，比上一年同期翻了一番。

自力更生、艰苦奋斗精神的大发扬，使桥头公社面貌大变样。现在，全社二万四千亩稻田中，已有二万二千六百亩基本实现块方面平、排灌自如、适应机耕的田园化；一万二千亩旱坡地全部打了地垦，其中六千亩实现了水利化，二千亩进行了平整，“三跑”地变成了“三保”地。同时，还修了机耕路三百二十条，建桥梁涵洞一千五百座，使全社十二个大队、九十八个生产队，队队可以通汽车。去冬今春，在全国农业学大寨会议精神鼓舞下，又在平整土地的基础上，紧张地投入叠土深翻的战斗，全社一万四千多亩冬闲田已全部深犁两次，加施基肥两次，为夺取今年早造丰收打下了坚实基础。

在跨进新的一年的时候，桥头公社党委回顾近几年学大寨的战斗历程，深深体会到**“世上无难事，只要肯登攀。”**在毛主席的革命路线指引下，只要坚持继续革命，敢于斗争，善于斗争，就能够不断夺取新的胜利，攀登新的高峰。

桥头公社报道组、本报记者

桥头公社报道组、本报记者：《坚持蹲点　带头革命——东莞县桥头公社党委带领群众学大寨的事迹》

《南方日报》1976年1月19日第1、3版

东莞机电厂

试制成化工防腐型电动机

本报讯 东莞机电厂职工破除迷信，解放思想，在广州电器科学研究所的大力协助下，试制成功化工防腐型电动机。这种电动机防腐性能好，适合于化肥、农药等有腐蚀性气体的工厂使用。

普通型电动机，在化工生产过程中，容易受腐蚀，从而事故多、检修频繁，使用时间不长，不能满足化工厂连续生产的要求。防腐型电动机就避免了这种缺点。制造这种电动机，工艺比较复杂，必须采用全部密封结构。试制小组的同志发扬不怕疲劳、连续作战的精神，夜以继日地进行工作，经过三个月反复试验，终于克服了各种困难，试制成功，目前已投入生产。

（厂报道组）

厂报道组：《东莞机电厂试制成化工防腐型电动机》

《南方日报》1976年1月24日第3版

坚持抓革命促生产的方针
东莞县春耕生产热气腾腾

本报讯 东莞县广大干部群众在各级党组织的领导下，坚持用革命统帅生产，努力搞好春耕生产，以实际行动回击右倾翻案风，保卫无产阶级文化大革命的胜利成果。目前，全县早稻已播种完毕，近五万亩三季稻已开始插秧；甘蔗、花生、黄豆等主要经济作物已完成或超额完成种植任务。

去冬，东莞县的广大干部、群众，认真贯彻全国农业学大寨会议精神，以阶级斗争为纲，坚持党的基本路线，大批修正主义，大批资本主义，大干社会主义，农田基本建设取得了显著成绩。入春以来，东莞县各级党组织总结了学大寨的经验，进一步认识到，只有象大寨、昔阳那样，以阶级斗争为纲，用革命统帅生产，才能迅速发展社会主义农业，巩固农村社会主义阵地。因此，各级党组织坚持以政治夜校为阵地，组织干部、群众认真学习毛主席的重要指示，学习无产阶级专政理论，以马列主义、毛泽东思想为武器，批判党内那个不肯改悔的走资派抛出的“三项指示为纲”的修正主义纲领，推动了备耕春耕工作的开展。篁村公社的干部、群众回顾了二十多年来，那个时期抓住了阶级斗争这个纲，生产就发展；那个时期放松了抓阶级斗争，生产就停顿甚至倒退的经验教训，有力地批判了党内那个不肯改悔的走资派鼓吹的阶级斗争熄灭论和唯生产力论，更加自觉地坚持用革命统帅生产，全社春耕生产出现了热气腾腾的局面。附城公社开耕初期，因劳动力不够集中，春耕生产进度较慢。在反击右倾翻案风的斗争中，社、队党组织发动群众批判党内那个不肯改悔的走资派抛出的“三项指示为纲”的修正主义纲领，调动了干部、社员的社会主义积极性。各生产队纷纷开展了查阶级斗争的动向、查资本主义倾向、查劳动力去向的“三查”活动，克服了资本主义倾向，全社迅速集中力量投入春耕生产，春耕、春种搞得较快较好。

（本报通讯员　本报记者）

本报通讯员、本报记者：《坚持抓革命促生产的方针　东莞县春耕生产热气腾腾》

《南方日报》1976年3月21日第2版

互相学习　团结战斗

东莞县虎门公社党委书记黎桂康和副书记何有坤，是新、老两位干部。他们在工作中互相学习，团结战斗，贯彻执行老、中、青三结合的原则，保卫和发展无产阶级文化大革命的胜利成果。

黎桂康同志年龄二十多岁，去年底，调到虎门公社党委当第一把手。老何是虎门公社比较老的党委副书记，过去是小黎的老上级。如何对待象小黎这些新提拔起来的青年干部呢？老何学习了毛主席关于「一切老干部应该以极大的热忱欢迎新干部，关心新干部」的教导，认识到大批青年干部走上领导岗位，这是无产阶级文化大革命的胜利成果，是我们党的事业兴旺发达、后继有人的标志，作为一个共产党员，应该出以公心，欢迎青年人超过自己。从此，他积极热情地支持小黎的工作。有一次，小黎由于情况不熟，处理一个干部要求调动工作的问题不大妥善。老何知道后，及时地向他介绍情况，提出意见，同他一起分析研究，妥善地解决了这个问题。

小黎担任公社第一把手的重担后，认识到这是阶级的托负，因此，他勇于实践，依靠和团结党委一班人，把工作做好。今年元旦前，东莞县东江引水扩建工程需要集中劳动力进行突击。当时虎门公社的农田基本建设也紧张进行。怎样处理大局和小局的关系呢？老何主张组织一千人的精干专业队，用一个星期的时间去完成县里分配的工程任务。可是，小黎却提出采用打歼灭战的办法，去四到五千人突击几天。当时老何思想顾虑比较多，怕抽掉大批劳动力会影响本公社的农田基本建设。小黎及时召开党委会议，发扬民主，集思广益，最后大家认为小黎的意见正确，决定采用打歼灭战的办法。随后，小黎又领导广大干部和群众开赴工地。在工地上，他以阶级斗争为纲，认真抓好政治思想工作，用政治统帅生产，结果，只用三天时间就赶在通水前完成了县里下达的工程任务。同时对公社的农田基本建设也没影响。这件事对老何的启发很大，使他进一步看到青年干部的长处，决心向青年干部学习，不断前进。

（本报通讯员）

本报通讯员：《互相学习　团结战斗》

《南方日报》1976年3月25日第3版

今年全国春季游泳比赛捷报频传

又刷新了一批全国纪录和全国少年甲组纪录

本报讯 在我省东莞县举行的一九七六年全国春季游泳比赛，二十四日和二十五日两天，又有三名运动员刷新了五项全国纪录和五项全国少年甲组纪录。

来自全国各地的游泳健儿，通过集中火力批邓和反击右倾翻案风，以焕发出来的革命精神和革命干劲，在比赛中勇猛顽强，敢冲敢拼，赛出团结，赛出风格，赛出水平。二十五日晚上，福建队少年运动员蔡惠玲，以一分十三秒的成绩，打破了女子一百米仰泳全国纪录和全国少年甲组纪录；云南队少年运动员胡华，以二分三十二秒六的成绩，打破了女子二百米蝶泳全国纪录和全国少年甲组纪录；广西队少年运动员黄卫东，以四分十八秒二的成绩，打破了男子四百米自由泳全国纪录和全国少年甲组纪录。在二十二日男子一千五百米自由泳预赛中，已破了全国纪录的黄卫东，在二十四日晚的决赛中，又以十七分六秒一的更优异成绩，再破该项全国纪录和全国少年甲组纪录。他的前八百米成绩，是九分三秒六，也再破该项全国纪录和全国少年甲组纪录。

《今年全国春季游泳比赛捷报频传　又刷新了一批全国纪录和全国少年甲组记录》

《南方日报》1976年4月26日第3版

⇦ 知识青年麦小凌（左）担任了东莞县道滘公社大岭丫大队党支部副书记后，坚持参加集体生产劳动，争当限制资产阶级法权的促进派。

（本栏照片均为本报通讯员和本报记者摄）

本报通讯员、本报记者：《知识青年麦小凌（左）担任了东莞县道滘公社大岭丫大队党支部副书记后，坚持参加集体生产劳动，争当限制资产阶级法权的促进派》

《南方日报》1976年8月6日第2版

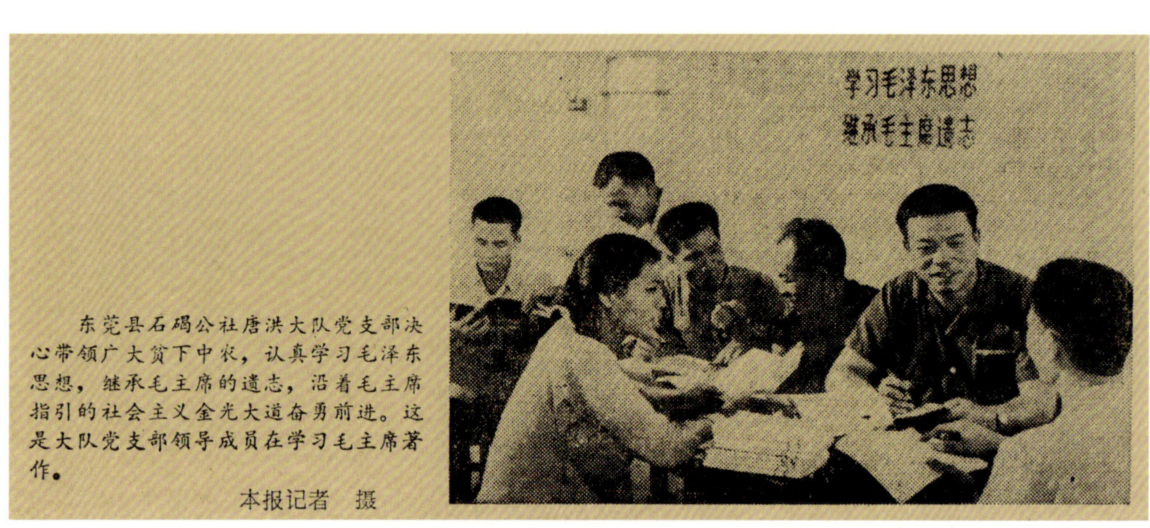

东莞县石碣公社唐洪大队党支部决心带领广大贫下中农，认真学习毛泽东思想，继承毛主席的遗志，沿着毛主席指引的社会主义金光大道奋勇前进。这是大队党支部领导成员在学习毛主席著作。

本报记者　摄

本报记者：《东莞县石碣公社唐洪大队党支部决心带领广大贫下中农，认真学习毛泽东思想，继承毛主席的遗志，沿着毛主席指引的社会主义金光大道奋勇前进》

《南方日报》1976年10月8日第1版

☆ 中共东莞县委带领广大干部、群众，坚决贯彻执行华国锋同志在去年全国农业学大寨会议上作的总结报告的精神，排除“四人帮”的干扰和破坏，坚持大干苦干，山河大变，面貌一新。图是千军万马大搞开河改水，建设高产稳产农田的情景。

《中共东莞县委带领广大干部、群众，坚决贯彻执行华国锋同志在去年全国农业学大寨会议上作的总结报告的精神，排除“四人帮”的干扰和破坏，坚持大干苦干，山河大变，面貌一新》

《南方日报》1976年12月30日第4版

南方日报

1977年

▷ 东莞县万江公社金泰大队永泰生产队把冬种当作一造来抓，一抓到底，毫不放松。图为社员在进行小麦后期管理。

《东莞县万江公社金泰大队永泰生产队把冬种当作一造来抓，一抓到底，毫不放松》

《南方日报》1977年2月8日第4版

深揭狠批「四人帮」 管好冬种作物

编者按：在深入揭发批判“四人帮”这场政治大革命推动下，全省各地大搞冬种，取得了很大成绩。现在的问题在于能不能管好冬种作物。为了夺取今年农业丰收，为了改善群众生活，许多地方切实加强领导，统筹安排劳动力，用管好水稻的劲头来管好冬种作物，这样做是完全正确的。

英德县

本报讯 英德县各级党组织和革委会抓住揭批“四人帮”这个中心任务，发动群众切实管好冬种作物。目前，全县已有十五万多亩小麦施肥一至二次，七万多亩油菜施肥两次以上，十二万多亩绿肥开了沟，部分已施了肥，普遍生长良好。

粉碎“四人帮”的伟大胜利，极大地调动了英德县广大干部群众大干社会主义的积极性。全县去冬一举种下冬种作物四十九万多亩，其中粮油作物占三十三万亩。为了夺取冬种作物丰收，这个县的各级党组织和革委会带领干部群众，认真学习毛主席的光辉著作《论十大关系》和华主席在第二次全国农业学大寨会议上的重要讲话，深揭狠批“四人帮”破坏抓革命、促生产的罪行，克服“重种轻管”的错误思想，提高了为革命管好冬种作物的自觉性。在冬种管理中，各级领导成员纷纷深入基层，调查研究，抓好典型，以点带面，认真落实各项增产措施，把冬种作物管好。（县报道组）

广州农村

本报讯 在第二次全国农业学大寨会议精神的鼓舞下，广州农村广大社员群众狠抓革命，猛促生产，认真管好冬种油菜。目前，全市各县、区种下的二十六万多亩油菜，绝大部分长势较好。

广州农村一九七五年开始大面积种植冬种油菜获得成功，广大社员群众进一步增强了发展冬种油菜的信心。去年秋收还未结束，各地就纷纷行动起来，总结经验，修订计划，准备扩大冬种油菜面积。各级党委切实加强对这一工作的领导，广州市委先后召开了油菜生产会议，举办种植油菜训练班。各级干部还分别到基层蹲点，和广大社员群众一起揭批“四人帮”，一起抢种油菜。油菜种下去以后，各级党委立即发动群众抓紧田间管理工作，及时进行查苗补苗，间苗定苗，除草施肥，并注意灌水，保持表土湿润，喷射农药，防治蚜虫等病虫害，确保油菜丰收。

小河大队

本报讯 东莞县道滘公社小河大队广大干部群众，在粉碎“四人帮”的伟大胜利鼓舞下，去冬种下小麦二千一百亩，占早稻面积的八成。这个大队多年来小麦亩产都在四百斤以上，为了夺取今年小麦更高产，大队党支部紧紧抓住揭批“四人帮”这个中心，发动群众认真总结小麦管理的经验，根据小麦生长中后期根系深扎发达，喜润怕湿的特点，采取有效措施，切实加强管理：一、大力积制土杂肥、清理家庭肥，给小麦全面增施一次壮胎肥；二、及时进行一次清沟排水，把全部小麦加深围字沟，做到有水即排，沟沟相通，雨过水清，防止枯根败叶；三、吸取往年大寒、雨水季节湿度大，温度高，迟熟小麦面积大，易受小麦锈病，剃枝虫危害的经验教训，于本月初给小麦全面喷一次农药，计划春节前后再喷一次。由于管理适时，目前，全大队小麦长势喜人。（公社报道组）

公社报道组：《深揭狠批“四人帮” 管好冬种作物》

《南方日报》1977年2月15日第2版

关心群众生活要过细

东莞县虎门公社九门寨大队，在珠江口的一个小岛上，旱咸灾害威胁严重，群众用水、饮水条件较差。几年来，大队党支部遵照毛主席关于关心群众生活的教导，努力改善社员用水、饮水条件，在全大队五个社员用水点，修建和新建了五口水井。

粉碎“四人帮”后，这个大队党支部学习了华主席关于要关心群众疾苦，改善人民群众的生活的指示，决心进一步改善全大队社员的饮用水条件。这个大队的思贤涌生产队，解放以来饮用水一直没有根本解决。以前，他们是饮河涌里的水，近年来，社员们在生产队选了几个地方打井，不是没有水，就是水质不好。后来，邻队打了井，群众饮水就到邻队去挑，给社员带来了很大麻烦。今年春天，在党的基本路线教育工作队的帮助下，党支部发动群众，在这个生产队认真选择了一个开水井的地方，他们自己动手，很快就打出了一口好水井，解决了全队一百多人的用水问题。到现在为止，全大队五个生产队近千个社员都能方便地饮用上干净、清洁的井水了。社员们都高兴地说：“毛主席给我们开出了幸福泉，华主席给我们引来了幸福水，我们一定要紧跟华主席，一直奔向共产主义！”

虎门公社报道组

编后

东莞县虎门公社报道组在采写上述稿件的同时，为我们写了一则“编后”。现刊登如下：

毛主席教导我们：**“我们应该深刻地注意群众生活的问题，从土地、劳动问题，到柴米油盐问题。”**九门寨大队党支部采取措施，千方百计改善社员的饮用水条件，让群众都能用上清洁的水，这种认真过细地关心群众生活的精神是值得赞扬的。同时，也是对“四人帮”破坏党的优良传统的有力批判。

我省幅员辽阔，地形复杂，有高山、平原、水乡、海岛，在一些地方，难免要出现象食水条件差那样的特殊困难。加上传统势力的影响，有些地方还存在着不同程度的食水不卫生的习惯，直接影响着群众的健康。我们党的组织帮助群众解决了这些问题，不但有利于保障人民健康，有利于移风易俗，而且将使党和群众的关系更加密切起来。

虎门公社报道组：《关心群众生活要过细》

《南方日报》1977年2月21日第2版

东莞县人民武装部积极协助做好复員退伍军人的思想政治工作，充分发挥他们的作用。图为武装部党委成員和北永大队退伍军人一起交流学习毛主席的光辉著作《论十大关系》的经验和体会。 本报通讯员 摄

本报通讯员：《东莞县人民武装部积极协助做好复员退伍军人的思想政治工作，充分发挥他们的作用》

《南方日报》1977年2月22日第3版

春耕生产要抓得很紧

东莞县大岭山公社评论组

打倒“四人帮”，农业要大上。农村广大干部和贫下中农，正以“只争朝夕”的革命精神，抢种旱地作物，抓紧办田、送肥、播种，春耕生产热气腾腾。

但是，也有一些人认为，“去冬备耕抓得主动，春耕生产慢慢来也可以。”有些人觉得，“去冬大搞农田基本建设，大搞积肥备耕，忙了一阵子，应该歇一歇再干。”这些思想问题不解决，就会给春耕生产带来影响。

在揭发批判“四人帮”这场政治大革命推动下，全力以赴地夺取今年农业丰收，首先夺取早造丰收，对于贯彻执行英明领袖华主席提出的抓纲治国的战略决策，巩固和发展大好形势，有着极其重大的意义。我们应当按照这个要求去分析春耕情况。去冬以来，不少地方农田基本建设和备耕工作虽然取得很大成绩，但是，还存在不少薄弱环节，例如，有些地方农田基本建设尾巴比较大，积肥送肥和办田行动较慢；有些地方配套工程跟不上，影响春耕用水；入冬以来寒冷天气持续时间长，红萍生长慢，放养面积比去年少；冬种小麦面积大，小麦田备肥不足；特别是由于低温威胁，防寒育秧还需要认真对待。

而且，由于“四人帮”的干扰和破坏，有些地方去年晚造生产不够理想，存在一些困难。这些问题如果我们不加以重视，掉以轻心，就会不利于夺取早造丰收。因此，我们一定要破除“慢慢来”思想，抓纲带目，乘胜前进。我们既要看到有利条件，也要看到薄弱环节，千方百计地去战胜困难。有十分的指标，就要有十二分的干劲，二十四分的措施，扎扎实实地把早造丰收拿到手。

毛主席教导我们：**“不失时机地掌握生产环节，取得比去年更大的成绩。”**现在，“雨水”已过，季节逼人。春耕生产的季节性很强，机不可失，时不再来。我们一定要加强领导，集中人力物力，不失时机地打好春耕生产这一仗，夺取今年农业的全面丰收。

东莞县大岭山公社评论组：《春耕生产要抓得很紧》

《南方日报》1977年2月27日第3版

战天斗地抢种旱地作物

编辑同志：

今年入春以来，没有下过一场透雨，给旱地作物的种植带来困难。如何把旱地作物种下去，是“等天”、“靠天”，还是战天、斗天？我们公社党委坚决执行华主席抓纲治国的战略决策，深入发动群众，抗旱抢种旱地作物，干部、群众齐动手，千军万马抢种忙。目前，已种下春种旱地作物三千八百多亩。铁卢坑大队三天时间就担水把九十多亩离水源较远的山岗地种下了花生。

“惊蛰”已过，春耕季节紧迫，及时把旱地作物种下去，对于实现早插也很重要。但是，在这季节迫人的时刻，有的同志却还在等天下雨，这势必造成春插被动，影响全年农业生产计划的完成。今年是我们在华主席的英明领导下粉碎“四人帮”，走向大治的一年。夺取今年农业丰收，对于贯彻执行华主席抓纲治国的战略决策，意义十分重大。我们建议各地要抓紧揭批“四人帮”这个纲，发扬大寨人“千里百担一亩苗”的革命精神，天大旱，人大干，千方百计地把春种旱地作物及时种下去，夺取大治之年大丰收。

东莞县企石公社　何松伟

何松伟：《战天斗地抢种旱地作物》

《南方日报》1977年3月15日第3版

东莞县望牛墩公社干部社员发扬大寨人天大旱、人大干的革命精神，全力以赴打好抗旱春耕这一仗。图为李屋大队干部社员抗旱办田。 东莞县、公社报道组 摄

东莞县、公社报道组：《东莞县望牛墩公社干部社员发扬大寨人天大旱、人大干的革命精神，全力以赴打好抗旱春耕这一仗》

《南方日报》1977年3月22日第3版

东莞县企石公社堂下大队小麦千亩片丰收在望。图为党委领导成员和社员正在选留种小麦。 本报通讯员 摄

本报通讯员：《东莞县企石公社堂下大队小麦千亩片丰收在望》

《南方日报》1977年3月24日第2版

图为东莞县企石公社党委书记、民兵团政委李克女深入到堂下大队，给民兵讲雷锋的故事。

本报通讯员　摄

本报通讯员：《东莞县企石公社党委书记、民兵团政委李克女深入到堂下大队，给民兵讲雷锋的故事》

《南方日报》1977年3月31日第3版

⇦ 外国朋友在机械广场参观广东省东莞县联合收割机厂制造的工农—10型水稻联合收割机。

（本栏照片均为本报记者摄）

本报记者：《外国朋友在机械广场参观广东省东莞县联合收割机厂制造的工农—10型水稻联合收割机》

《南方日报》1977年5月12日第3版

坚持耕作制度改革　实现粮食大上快上

东莞新塘大队春收小麦大面积高产

本报讯　在粉碎“四人帮”的大好形势鼓舞下，东莞县厚街公社新塘大队坚持改革耕作制度取得了新成果。这个大队今年一千零五十亩（占稻田面积八成）春收小麦获得大幅度增产，亩产四百五十斤，单产和总产分别比历史上收成最好的去年，增长百分之三十六和五十九点四，在加速发展粮食生产上迈出了新的步伐。

新塘大队是一个人多地少的大队。近几年来，这个大队大搞耕作制度改革，积极发展“麦—稻—稻”生产，冬种小麦逐年扩大，单产和总产不断增加，水稻也连年获得增产。去年冬，为了加速粮食生产的发展，大队党支部经过同群众商量，决定进一步扩大冬种小麦的面积。但有个别生产队满足于几年来种植小麦的成绩，不想再扩大面积，而想多腾出劳力办工厂多搵钱。针对这种情况，大队党支部组织干部群众狠批“四人帮”大搞“三反一砍”的罪行，并联系实际批判“三重三轻”的资本主义倾向，引导大家解剖本大队的两个典型：下塘生产队正确处理粮食生产和副业生产的关系，从一九七三年以来，坚持大搞一年三熟，冬种小麦面积逐年扩大，粮食逐年增产，副业生产也发展很快，集体经济迅速壮大起来。而另外的一个与下塘生产队条件差不多的生产队，由于一度存在“重钱轻粮”的资本主义倾向，领导精力和劳力过多投入副业生产，结果粮食大减产，集体经济受损失。通过分析，大家提高了认识，进一步坚持社会主义方向，决心继续搞好耕作制度的改革，大搞一年三熟，生产更多粮食，为国家多作贡献。

为了夺取小麦大面积高产，大队党支部组织各生产队认真总结经验，大鼓干劲，狠抓增产关键措施。为了使小麦在日照较多雨水较少的一月上旬抽穗扬花，三月上旬收获，这个大队狠抓小麦早播。他们大战秋收冬种，白天抢割、抢种，晚上积肥、送肥，不仅做到不违农时地完成秋收任务，而且使小麦播种时间比前一年提前了一个季节。为了认真管好小麦，新塘大队党支部九个支委分别下到各生产队，大搞小麦示范田，以指导大田生产。此外，还建立了五十多人的小麦管理专业队伍，做到专业队伍和群众管理结合起来，全面落实管理制度和科学种田措施，千方百计保证小麦正常生长，因而获得了丰收。

（公社报道组、本报记者）

公社报道组、本报记者：《坚持耕作制度改革　实现粮食大上快上　东莞新塘大队春收小麦大面积高产》

《南方日报》1977年5月23日第3版

以毛泽东思想为武器深入揭批「四人帮」

东莞县道滘公社党委组织干部群众认真学习《毛泽东选集》第五卷，自觉坚持抓纲带目，推动了革命和生产的发展

本报讯　东莞县道滘公社党委在学习《毛泽东选集》第五卷的高潮中，引导干部和群众密切联系农村阶级斗争和路线斗争的实际，以毛泽东思想为武器，深入揭批“四人帮”，更加自觉地坚持抓纲带目，推动了革命和生产的发展。

为了把学习《毛泽东选集》第五卷这件大事抓紧抓好，在《毛泽东选集》第五卷第一批书到达以后，公社党委立即举办了有宣传工作干部、大队理论辅导员和社员群众参加的学习班。参加学习的同志，怀着对伟大领袖和导师毛主席的深厚无产阶级感情，如饥似渴地通读了选集第五卷。公社党委除了抓紧自身的学习以外，还采取有力措施，加强对群众性学习运动的领导，培训了七十多名理论骨干。与此同时，公社党委组织了业余文艺作者编写了宣传《毛泽东选集》第五卷的演唱节目，组织各单位写出了文章、诗歌四百多篇（首），出版了二百多个墙报专栏，还举办了歌颂选集第五卷的文艺晚会，广泛、深入地动员群众学好毛主席这部光辉著作。

在做好思想发动的基础上，公社党委引导干部群众以毛泽东思想为武器，深入揭批“四人帮”，澄清“四人帮”在政治上、思想上和理论上造成的混乱，肃清其流毒和影响。过去由于“四人帮”到处挥舞“唯生产力论”的大棒，反对大干社会主义，胡说什么“颗粒无收也不要紧”，在一部分干部中造成了思想混乱，不敢理直气壮地抓生产。针对这种情况，大家反复学习了选集第五卷中的《论十大关系》、《在省市自治区党委书记会议上的讲话》等光辉著作，批判了“四人帮”的修正主义谬论，进一步分清了路线是非。毛主席历来教导我们要抓革命、促生产，还深刻地指出：**“全党一定要重视农业。农业关系国计民生极大。要注意，不抓粮食很危险。不抓粮食，总有一天要天下大乱。”**“四人帮”破坏抓革命、促生产的方针，其罪恶目的就是要搞乱无产阶级的天下，乱中夺权。通过学习和批判，使大家进一步振奋了革命精神，大胆抓生产，管生产，甩开膀子大干社会主义。

道滘公社的干部和群众在学习中，还针对“四人帮”把批判资本主义污蔑为“矛头向下”的谬论，认真学习毛主席关于**“拿起纲，目才能张，纲就是主题。社会主义和资本主义的矛盾，并且逐步解决这个矛盾，这就是主题，就是纲”**的教导，回顾了本社本队在毛主席革命路线指引下，在集体化道路上不断前进的战斗历程。南城大队党支部书记吴润良，遵照毛主席的教导，在道滘组织起第一个合作社。他曾在一九五七年二月光荣地出席了全国农业劳动模范代表会议，幸福地见到了毛主席。在学习选集第五卷中，他从合作化初期两条道路的斗争，谈到当前两条道路的斗争，以生动的事实说明，毛主席为我们贫下中农指出的社会主义道路，是一条幸福路，我们要世世代代走下去。广大群众在学习中普遍联系自己的亲身经历，大谈走社会主义道路的甜头，从而更加坚定了走社会主义道路的决心。

学习《毛泽东选集》第五卷高潮的兴起，有力地推动了革命和生产大好形势的发展。今年春耕，道滘公社战胜了解放以来最严重的一次春旱，在全面完成早插和春种甘蔗、黄麻等作物种植计划以后，还利用一万三千多亩稻田的田基种下了大量的黄豆、黄麻、瓜菜等作物。目前，广大社员正抓紧早造田间管理，决心把早造农业全面丰收拿到手。

（公社报道组、本报记者）

公社报道组、本报记者：《以毛泽东思想为武装深入揭批“四人帮”　东莞县道滘公社党委组织干部群众认真学习〈毛泽东选集〉第五卷，自觉坚持抓纲带目，推动了革命和生产的发展》

《南方日报》1977年6月10日第2版

东莞县道滘公社坚持开展群众性体育活动，促进农业学大寨群众运动深入发展。这是公社业余教练员在辅导群众提高游泳技术。
道滘公社报道组　摄

道滘公社报道组：《东莞县道滘公社坚持开展群众性体育活动，促进农业学大寨群众运动深入发展》

《南方日报》1977年6月10日第3版

东莞县虎门公社武山沙大队集中船艇到海上打蚬积肥，为晚造备足肥料。

本报通讯员 摄

本报通讯员：《东莞县虎门公社武山沙大队集中船艇到海上打蚬积肥，为晚造备足肥料》

《南方日报》1977年6月20日第2版

总结增产经验　落实增产措施

东莞县抓紧培育晚造壮秧

本报讯　东莞县各地在抓紧早造后期管理的同时，总结以往经验，及早动手，做好培育晚造壮秧的工作。至本月十五日止，全县已播种六成多，同去年同期相比，差不多提早了一个季节。

打倒“四人帮”，农业能快上。东莞县各级干部深入基层，敢抓生产；广大社员群众干劲倍增，越干越欢。他们在加强早造后期管理，决心把早造丰收拿到手的同时，对搞好晚造生产，夺取全年丰收的问题也及早做了部署。中堂公社总结了斗朗大队五队的增产经验。该队去年“芒种”前后播种，夏至播完，立秋前十天插秧，立秋基本插完，由于早播早插，早管理，在十月上旬寒露风到来之前，大部分禾苗已进入灌浆期，对稻穗结实影响较少，结果平均亩产七百九十八斤，比上一年同期亩增一百零三斤。公社党委推广了斗朗的经验，推动了全社的晚造备耕工作。

在抓早育晚造壮秧的工作中，东莞各地深入揭批“四人帮”破坏抓革命、促生产的罪行。广大干部群众说：“秧好一半禾”不是今天才知道；抓早育晚造壮秧这条增产措施，过去许多人都懂得，这几年来所以没有抓住，就是因为万恶的“四人帮”挥舞“唯生产力论”的大棒，使干部不敢抓生产，这怎么能够搞好生产呢！现在，我们就是要通过深入揭批“四人帮”，彻底肃清其流毒，千方百计把农业生产迅速搞上去。各地由于大造了革命舆论，抓得早，行动迅速，晚造播种就搞得又快又好。动手较早的桥头、附城、企石、大岭山等公社，到本月十五日止，晚造播种已完成八成以上。（本报记者）

本报记者：《总结增产经验　落实增产措施　东莞县抓紧培育晚造壮秧》

《南方日报》1977年6月22日第1版

袁山贝大队大种夏季绿肥

本报讯　东莞县常平公社袁山贝大队的干部群众，充分利用“五边地”、开荒地、果园地、旱坡地和早割的稻田，大力发展夏季绿肥，自力更生备足晚造肥料。目前，全大队已种下田菁、太阳麻、猪屎豆等夏季绿肥一千多亩，经过认真管理，生势良好。

在晚造备耕中，袁山贝大队党支部认真总结近几年来大搞肥料基本建设，促进农业生产的经验，在发动社员继续积制土杂肥的同时，在全大队掀起大种夏季绿肥的热潮。（本报通讯员、本报记者）

本报通讯员、本报记者：《袁山贝大队大种夏季绿肥》

《南方日报》1977年7月6日第1版

农业机械要为晚造大丰收大显身手

道滘公社认真管好用好农业机械

本报讯　东莞县道滘公社党委采取有效措施，管好用好农业机械，让它在夺取晚造大丰收的战斗中充分发挥作用。现在，全公社所有的农业机械都已投入"双夏"。到七月十三日，全社已胜利完成夏收任务，犁田三万亩，戽河泥上田一万一千多亩，基本上做到割一块、犁一块。

近几年来，道滘公社依靠集体的经济力量，添置了大批农业机械。现在，全社已拥有大小拖拉机八十多台，农用船艇一千八百多条，农用动力平均每个

大队有六百六十四马力。有了大批农业机械，如何让它在农业生产中充分发挥作用？公社党委从实践中体会到，要做到这一点，首先要管好农机的使用方向。他们在夏收前，就对全社的农机使用情况进行了调查，并通过教育，促使那些让拖拉机跑公路捞现钱的单位，自动调回拖拉机为夺取晚造丰收服务。

与此同时，公社党委还注意抓好各种农业机械的维修保养工作。夏收开始前，他们组织了三百多人对全公社的农机具进行了全面的检查、维修，使全社的农机具完好率达到百分之九十八以上。

道滘公社党委在管好用好农业机械的过程中，特别注意抓好农机手的政治思想工作，还注意从生活上关心他们，充分调动他们的积极性，为夺取晚造大丰收贡献力量。　（本报通讯员）

本报通讯员：《农业机械要为晚造大丰收大显身手　道滘公社认真管好用好农业机械》

《南方日报》1977年7月14日第1版

钢要用在刀刃上

东莞县道滘公社采取有力措施，在“双夏”中充分发挥农业机械的作用。他们做得对，做得好！

我省要在八月一日前完成插秧，为夺取晚造大丰收奠定基础，主要靠几千万勤劳勇敢、富有生产经验的农民群众，靠他们发挥社会主义积极性。同时，还要把一切可以动员的人力物力动员起来，大力支援“双夏”战斗。这当中，如何充分发挥农业机械的作用，是一个很值得重视的问题。那些机械化水平较高的地区，尤其要注意这个问题。

钢要用在刀刃上。在当前农事大忙这个关键时刻，最需要充分发挥农业机械的作用。我们希望各地立即检查一下，当地是否还有农业机械闲着？已经投入“双夏”的农业机械，是仅仅一般地发挥作用还是充分地发挥了作用，是否做到了效率高，成本低？对于存在的问题，要对症下药。不论是农业机械的使用方向问题，或者是管理问题、维修问题，都要采取最有力的措施，迅速地加以解决。

编后

《钢要用在刀刃上》

《南方日报》1977年7月14日第1版

抓纲促大干　大地展新容

东莞县“四旁”绿化取得显著成绩

本报讯　东莞县广大干部和群众积极响应毛主席“**绿化祖国**”的伟大号召，在农业学大寨运动中，坚持把造林绿化作为农田基本建设一项重要内容来抓，广泛发动群众，大搞造林种果，绿化“四旁”，使全县的自然面貌发生了很大变化。目前，全县已绿化山地一百零二万亩，占宜林面积百分之九十二，公路绿化九百五十公里，路旁堤边绿化七百九十多公里，中小型水库也已基本绿化。由于林业生产的发展，近年来间伐部分小径材，开始逐步提高民用木材和烧柴的自给能力，促进了农业生产的发展。

早在合作化时期，东莞县广大农村就结合修堤围，筑水库，整治道路，掀起了向荒山进军，大搞“四旁”绿化的热潮，林业生产发展较快。但是，在后来的一段时间里，由于受修正主义路线的干扰，林业生产曾一度踏步不前。在部分干部、群众中，有的认为“东莞不是山区，造不造林无关重要”；有的则认为“田地功夫做不完，哪有力量搞绿化”。一小撮阶级敌人也乘机煽动，致使有些地方出现了下放林场、解散林业队的现象。

为了把林业生产搞上去，县委组织广大干部群众认真学习毛主席有关发展林业生产的一系列重要指示，提高对植树造林的重要性的认识；同时通过总结典型经验，使广大干部群众进一步树立大搞造林绿化的信心。在解决思想认识的同时，县委根据农村人民公社《六十条》和上级有关指示精神，制订了本县关于实施党的农村经济政策的意见，明确规定“四级造林，四级所有”和“社员在房前屋后或生产队指定的地方植树归社员个人所有”，进一步落实林业政策，调动了广大群众造林绿化的积极性。

搞好“四旁”绿化，关键在于领导。在农业学大寨运动中，县委始终把造林绿化作为农田基本建设的一项重要内容来抓，各级党委都有一名副书记或革委会副主任兼管林业工作，配备好专职林业干部，层层加强领导。同时，还根据本县不同类型地区的特点，坚持因地制宜，分类指导，全面规划，按照山、水、田、林、路综合治理的原则，把治水与治山结合起来，把田园化与道路河林网化结合起来，把造林与种果结合起来。从前年冬天开始，县委又在樟木头、谢岗两个公社抓了一个“万亩田园化、千亩果林园”的综合整治样板。县领导成员亲自带领干部、职工、学生共一万多人，开赴工地，安营扎寨，经过半个多月的奋战，全面整治了排灌系统，实现了农田格子化，同时在公路两旁的小山丘，开垦了规格划一的果林基地一千多亩。去冬，他们又继续奋战，在谢樟公路两旁开垦“撩壕”式果林一千亩。在县委的带动下，各地都结合农田基本建设，掀起了一个大搞道路河涌林网化的热潮。

（本报通讯员）

本报通讯员：《抓纲促大干　大地展新容　东莞县“四旁”绿化取得显著成绩》

《南方日报》1977年8月9日第3版

提高田间管理水平 夺取晚造大丰收

东莞县开展「三田」活动

本报讯 东莞县各级党组织积极带领干部和群众开展试验田、高产田、种子田的“三田”活动，提高晚稻的田间管理水平。目前，这个县已落实“三田”面积二十三万一千五百亩，占晚稻面积的四分之一。

近几年来，东莞县普遍开展了“三田”活动。很多干部和群众从实践中深刻体会到，开展“三田”活动，是发动群众搞好科学种田、夺取高产的好办法。因此，在晚造生产中，他们决心进一步把“三田”活动开展起来。现在，这个县的“三田”，不仅种植面积比往年扩大了一倍，而且还抓了一个“早”字。许多社队吸取过去在插完秧后才选择田块，插上高产牌子，因而不能保证质量标准，起不到示范作用的教训，今年就及早选好田块，按标准做好插秧前的准备工作。“三田”活动开展得较好的石碣、万江等公社，晚造“三田”面积落实得早，并在插秧前普遍施了二至三次基肥。

为了使群众性的“三田”活动扎扎实实地开展，东莞县县委下乡的十二名常委，带头搞了试验田二十五亩。在望牛墩公社蹲点的县委常委，为了把好全社“三田”的规格质量关，他带领公社机关干部首先在大面积的高产田里作出示范，对全社推动很大。县委除了自己带头搞好“三田”外，还注意及时总结和推广群众中搞“三田”的好经验，并开展比学赶帮。虎门公社小捷滘大队晚造“三田”活动开展得十分活跃，大队党支部、工作队、农科站、生产队农科小组、青年民兵、妇女等，都办了“三田”。全大队落实“三田”面积共一百六十五亩，平均每个劳动力有五分田。这个大队还制订了“三田”管理制度和实行定期检查评比的办法，在社员与社员之间开展了劳动竞赛，目前，全大队已全部中耕施肥一次。县委总结推广了这个大队的经验，有力地推动了全县的田间管理工作。

（本报记者）

本报记者：《提高田间管理水平　夺取晚造大丰收　东莞县开展“三田”活动》

《南方日报》1977年8月17日第1版

我们贫下中农的共同心愿

东莞县桥头公社杨公朗生产队队委会

党的第十一次全国代表大会胜利召开的喜讯传来，我们全队贫下中农无不欢欣鼓舞，感到格外高兴。大家说："十一大通过的各项文件、决议，说出了我们贫下中农的心里话，表达了我们贫下中农的共同心愿，我们一千个支持，一万个拥护！"

在这欢乐的日子里，大伙回顾了我们队的战斗历程：过去，我们杨公朗是个地瘦人穷，生产非常落后的地方。一九六四年，是伟大领袖毛主席发出农业学大寨的伟大号召，指引我们在社会主义金光大道上阔步前进。我们在毛主席的革命路线指引下，连续十三年夺得粮食丰收。一九七五年以来，亩产突破了"双千斤"。今年早造，在华主席提出的抓纲治国的战略决策指引下，我们战胜了特大春旱，粮食生产又夺得了好收成，产量超过历史的最高水平。我们深刻地体会到，我们生产队有今天，全靠毛主席革命路线的指引。"四人帮"把我们大干社会主义说成是"唯生产力论"，帽子满天飞，棍子遍地打。"四人帮"是破坏农业学大寨的罪魁祸首，是我们贫下中农的死对头。

我们全队贫下中农庆胜利，忆往昔，越回忆越感到心里乐融融，越感到社会主义前程灿烂辉煌。大家决心乘十一大的强劲东风，大干一场。就在党的十一大新闻公报发表的当天晚上，我们队里的全体党员和队委，认真总结了十届三中全会以来大干苦干的经验，分析了晚造生产形势，决心掀起以肥料为中心的田间管理高潮。全队干部、社员发扬了革命加拚命的精神，组与组，人与人之间普遍开展了劳动竞赛，你追我赶，大干苦干，大搞积肥。仅两天时间，积肥一千八百担。目前，插下的晚稻已全面进行了第一次中耕施肥，平均每亩施了精制泥肥五十担；有五成稻田进行了第二次中耕施肥。禾苗一片葱绿，长势喜人。我们决心认真学习和贯彻十一大精神，在以华主席为首的党中央领导下，夺取革命和生产的新胜利。

东莞县桥头公社杨公朗生产队队委会：《我们贫下中农的共同心愿》

《南方日报》1977年8月28日第2版

东莞县及早做好冬种准备

发动群众为冬小麦备足肥料

本报讯　参加我省百万亩小麦丰产运动的东莞县，抓紧秋前的有利时机，发动群众大积冬种肥料。至本月十三日止，全县已积制冬种土杂肥五千五百多万担，比去年同期增加一倍；其中三十万亩冬小麦计划面积，平均每亩已备足基肥一百六十多担。

东莞县今年春收小麦的单产和总产都达到历史最高水平。今年冬种小麦能否有新的突破？县委十分注意总结本地小麦丰收的经验，狠抓增产关键措施的落实。厚街公社新塘大队，今年春收小麦一千零四十七亩，平均亩产达四百五十四斤，是全县小麦的高产单位。这个大队小麦大面积高产的一条重要经验，就是大搞肥料，冬种备耕抓得早，抓得好。去年晚造插完秧后，他们就实行专业队和群众性突击相结合的方法，大力积制土杂肥，平均每亩麦田备足肥料二百五十担。县委通过总结新塘等五个单位冬小麦的丰收经验，对如何夺取小麦高产问题，指导思想更加明确了。今年春收小麦时，全县已抓了留种工作，在晚稻品种的布局方面也注意全面安排，以保证冬小麦适时早播。为了抓紧时机给冬小麦备足基肥，县委通过各种形式，大力宣传大搞冬种的意义，大造革命舆论，同时狠抓政策落实，在全县迅速掀起积肥热潮。历来冬小麦面积大、产量较高的万江公社，为了夺取今年冬小麦的新丰收，出动几百只农艇捞河泥。许多大队还联合堵河涌，向河涌要肥。目前，全社每亩麦田已备肥料二百多担。地处山区的大岭山公社，充分利用山区的有利条件，铲草皮泥一百一十多万担，收集家肥十五万担。

在大积肥料的过程中，东莞县不但注意抓好肥料的数量，而且注意抓好质量。各地普遍注意对土杂肥进行沤制，以提高肥效。各生产队都有制肥专业队。到目前为止，全县冬种用肥已有六成左右经过堆沤，冬小麦基肥也有一半送到了田头。

《东莞县及早做好冬种准备　发动群众为冬小麦备足肥料》

《南方日报》1977年10月17日第1版

东莞、兴宁财贸供销部门及早动手组织供应物资

大力支援今冬明春农田基本建设

本报讯　东莞县财贸部门及早动手，切实做好今冬明春农田基本建设的物资供应工作。目前，全县农田基本建设计划需要的二十三种主要农具工具六十万件，已就位的有四十一万件，比去年同期增加百分之十五点五。

英明领袖华主席发出了“今冬明春要大搞一下农田基本建设”的伟大号召之后，东莞县委决心重新安排山河，在今冬明春要高标准综合治理农田二十万亩，这需要完成六千万个土石方，比去年同期增加六百多万方。根据这一要求，县财贸部门积极做好农田基本建设所需各项物资供应。全县各级财贸部门的领导班子，在认真分析了今冬明春农田基本建设的形势和任务之后，都及早动手组织物资。县生产资料公司比去年提早四十天抓物资的组织就位工作，先后两次组织人力深入社队，一方面开展调查研究，摸清所需农具工具的余缺情况，做到心中有数；另方面帮助社队开展“三就地”加工。目前，全县三百五十多间厂（社）共加工了泥箕、草锑、水利锄、锹、锄头柄等十个主要品种达三十四万九千多件，比去年同期增长百分之十三。

这个县财贸部门还积极开展群众性的农具维修活动，提高现有农具的利用率。全县现有农具维修站三百八十多个，加上生产队的维修小组，共有维修人员六千多人，做到农具修理一般不出队。县财贸办公室还成立了农田建设后勤供应组，千方百计做好农田基本建设物资供应。（县财贸办、县生产资料公司报道组）

本报讯　兴宁县供销部门积极响应英明领袖华主席关于“今冬明春要大搞一下农田基本建设”的号召，深入调查研究，认真作好农具、工具的供应工作。

华主席发出号召后，兴宁县供销社马上行动起来，会同生产资料公司组织四十多人，深入到社队、工地和有关部门，对如何做好支援农田基本建设工作进行调查研究。今冬明春全县有七十多宗水库维修、配套和重点堤围加固工程，这些主要工程要搬运土石方五千多万方，需要的工具数量比去年多。他们对每项工程特别是重点工程的具体计划，施工地区土质，民工人数，使用工具的品种、规格等情况，进行了认真细致的了解，使今年组织供应的农具、工具，做到品种对路，数量充足，质量较好，符合各个工程的不同要求。如宁江曲扩堤移河造田、合水人造平原等工程，搬运的是硬质土，需要铁锹、十字镐、铁铲和板车，县生产资料公司和有关的基层供销社便迅速组织供应上述铁制工具，并同有关部门协作，加工赶制出六百多部板车，及时供应到工地。龙田公社供销社还在工地附近增设临时供应点，随时供应农具、副食品、药品和日用小百货。工地需要一百吨石灰，他们就在公社党委的统一组织下，集中社队的十多部中小型拖拉机抢运石灰。　（兴宁县供销社报道组）

县财贸办、县生产资料公司报道组：《东莞、兴宁财贸供销部门及早动手组织供应物资　大力支援今冬明春农田基本建设》

《南方日报》1977年10月21日第2版

◇ 东莞县广大干部带领群众大打农业翻身仗。这是企石公社东山大队党支部书记和老贫农一起总结晚稻高产经验。

本报通讯员、本报记者 摄

本报通讯员、本报记者：《东莞县广大干部带领群众大打农业翻身仗》

《南方日报》1977年11月2日 第1版

万江公社提高小麦种植质量

本报讯　东莞县万江公社党委采取有效措施提高小麦种植质量。目前，全社已种下冬小麦五千多亩，早种的一千五百亩小麦出苗齐，生长旺盛。

万江公社党委把冬种作为一造来抓，发动群众充分挖掘土地潜力大种小麦，全社共落实小麦种植面积一万六千多亩，比去年增加三千亩。为了实现小麦多种高产，公社党委首先总结去年的经验教训：去年全社有二千多亩小麦由于在“小雪”后才播种，加上种植质量比较差，结果，亩产比“立冬”前种的少收一百一十多斤。与此同时，又召开现场会议，推广了金泰大队今年冬种坚持高标准、严要求的经验。这个大队每亩小麦下足各种土杂肥一百五十担以上，实行精耕细作，做到畦面平整，泥土细碎均匀。小麦种下后，每二十亩配备一名专业管理人员，建立一支冬种小麦管理队伍。

（公社报道组）

公社报道组：《万江公社提高小麦种植质量》

《南方日报》1977年11月17日第2版

东莞县沙田公社晚稻喜获丰收。干部、社员认真搞好细收细打，力争颗粒归仓。

本报记者 摄

本报记者：《东莞县沙田公社晚稻喜获丰收》

《南方日报》1977年11月24日第2版

◇ 东莞县厚街公社新塘大队在开展冬小麦丰产运动中，采取有效措施提高小麦种植质量，加强管理，使种下的小麦苗齐壮旺。

《东莞县厚街公社新塘大队在开展冬小麦丰产运动中，采取有效措施提高小麦种植质量，加强管理，使种下的小麦苗齐壮旺》

《南方日报》1977年11月24日第4版

依靠群众 扩大货源 保障供应

东莞县生产资料公司支农工作越做越好

本报讯 东莞县生产资料公司认真贯彻执行**“发展经济，保障供给”**的方针，在积极抓好生产资料供应工作的同时，大力协助社队发展生产资料生产，扩大了货源，使购销额连续取得较大的增长，去年购进和销售总额分别比一九六五年增长一点八倍。生产资料生产的发展，有力地促进了农业生产的发展，促进了农业学大寨、普及大寨县群众运动。

东莞县位于珠江下游，是个粮产区，对生产资料的需要量较大。随着农业生产的发展，经济作物不断增加，粮食作物由一年两熟变三熟，需要农业生产资料越来越多。为了适应这个形势，县生产资料公司的职工便在积极做好生产资料的组织供应工作的同时，大力发动群众，立足本地，坚持以“土”为主，开展“三大搞”。

第一个是大搞土肥。公司职工深入农村调查研究，走访贫下中农，发现中堂公社潢涌大队坚持年年放养红萍，年年获得水稻高产。他们及时总结这一经验，在全县推广；同时又与县农业局联合成立了领导小组，各基层社建立养萍小组，做到层层有机构、有专人抓。这样，经过多方努力，就使全县养萍面积逐年发展。随着冬种面积不断扩大，他们又发动群众，在山坡地、堤围、五边地扩种太阳麻、猪屎豆，仅这两个绿肥新品种，今年来全县就种下了三千多亩。目前，全县种养绿肥的品种从紫云英、苕子两个品种，发展到红萍、田菁、假水仙、水花生、太阳麻、猪屎豆等七个品种，每年种植专用和兼用绿肥面积保持在八十万亩以上。与此同时，他们还和广大基层干部、群众一起大搞科学实验，挖掘肥料资源，向肥料生产的广度深度进军。他们先后利用本县纸厂、粉厂、水泥厂、皮革厂的“三废”，每年生产胡敏酸铵十多万担，还打捞蚬肥，积制腐植酸类肥和窑灰钾肥共八十多万担，为农业大上快上提供了大量肥料。

第二个是大搞土农药。随着土地复种指数的扩大，全县虫害严重发展，受害的稻田每年都在四五十万亩。特别是近几年来，虫口密度增大，虫的抗药能力增强。如何适应这个新情况，向虫口夺粮？他们和社员一道，坚持自力更生，土洋结合，大搞科学配制，生产出高效土农药一万二千多担，收到了良好的效果。今年上半年，全县又生产出氨水、煤油合剂新农药一万一千七百多担，为扑灭虫害提供了充足的药源，对实现今年早造粮食的丰收起了很大作用。

第三个是大搞中小农具生产、维修和管理。随着农田基本建设规模扩大，全县对中小农具需要量越来越大。为了适应这个形势，他们便帮助社队利用当地资源和技术力量，就地加工供应，搞好修理和保管，同时派出专职干部到六个山区公社实地调查，办起了竹木藤原材料生产基地，共种植毛竹、红白藤、黄杂竹三万三千亩，对解决全县农业生产所需的竹木原材料起了很大作用。为了做好农具维修工作，他们每年在两造收割前和大忙期间，组织轻骑队下乡配合基层社开展巡回修理，并协助大队、生产队培训技术人员。现在全县已基本做到大队有农具服务站，生产队有维修小组，谷箩、打禾机、喷雾器、尿射桶、步犁等中小农具的修理，都可在本队自行解决。

《依靠群众　扩大货源　保障供应　东莞县生产资料公司支农工作越做越好》

《南方日报》1977年12月4日第3版

经验介绍

新法养猪效果好

东莞县常平公社袁山贝大队

近三年来，我们大队积极推广混合饲料生喂的养猪新方法，收到很好的效果。一九七六年，全大队生猪饲养量四千五百三十四头，比一九七五年增长百分之二十三点二。其中集体饲养量二千二百三十七头，比一九七五年增长百分之六十点七。在华主席提出的抓纲治国的伟大战略决策指引下，今年生猪饲养量达到五千六百五十头。

我们通过几年来的反复实践，体会到新法养猪要做到“五改二分”。即：熟喂改为生喂，不定量改为定量，不定时改为定时，稀喂改为干湿喂，单一饲料改为混合饲料；强弱分栏，大小分群。在喂养时，先喂混合料，后喂青料，最后饮水。同时，要根据各种类型的猪所需养分，分别搭配适当的混合料。如饲养肉猪，要把不同品种、大小、强弱的猪分群，并按其生长发育阶段对营养物质的要求，进行定质定量。

小猪阶段（二十至六十斤），用蛋白料百分之十五，淀粉料百分之二十五，杂品糠百分之六十，配成混合料。每日喂量为猪体重的百分之四左右，分三餐喂。

中猪阶段（七十至一百二十斤），用蛋白料百分之十，淀粉料百分之三十，杂品糠百分之六十，配成混合料。日喂量为猪体重的百分之三点三，分三餐喂。

大猪阶段（一百三十斤以上），用蛋白料百分之五，淀粉料百分之四十至五十，杂品糠百分之四十五至五十五，配成混合料。每日喂量为猪体重百分之三点一，分两餐喂。

上述混合料每斤另加骨粉（或壳粉）、食盐各一钱。青饲料任食。要供给保持清洁的饮水。每一至二个月驱虫一次。生猪每一百斤毛重，用敌百虫一钱至一钱二，在早上用少量精料混合喂。

饲养母猪则不同时期采用不同的饲养方法。空怀母猪用蛋白料百分之五，淀粉料百分之二十，杂品糠百分之七十五，配成混合料。每日喂量三斤半，分两餐喂。配种前驱虫一次。轻胎母猪，用蛋白料百分之十，淀粉料百分之二十，杂品糠百分之七十，配成混合料。每日喂四斤，分两餐喂。重胎母猪（配种后八十天）及带仔母猪，用蛋白料百分之十五，淀粉料百分之二十，杂品糠百分之六十五，配成混合料。日喂量四斤半至五斤，日喂三餐。以上混合料每斤另加骨粉或壳粉二至三钱，食盐一钱，青料任食，要有保持清洁的饮水。

精心饲养仔猪。猪苗产后十天左右开始用鲜嫩青料切碎教喂；十五天左右开始用混合料补料，可用蛋白料百分之十五至二十，米粉或麦粉百分之八十至八十五，另加少量生长素、酵母片、复合维生素 B等，任其自由采食。

东莞县常平公社袁山贝大队:《新法养猪效果好》

《南方日报》1977年12月14日第3版

这样指挥生产贫下中农欢迎

要彻底肃清"四人帮"的流毒，任务还很艰巨，必须在深揭狠批"四人帮"的斗争中，进一步分清路线是非，特别要搞清楚什么是社会主义，什么是资本主义，才不至于把正确的、政策允许的东西也当作资本主义乱批。

编辑同志：

打倒了"四人帮"，思想大解放。今年以来，我们公社党委在指挥生产上，发扬了党的实事求是、群众路线的优良作风，比较全面地贯彻执行党的方针、政策，贫下中农心里真高兴。比如今年冬种，党委号召我们在完成小麦种植任务后，可以因地制宜多种其它作物，壮大集体经济。这样做，合了我们的心水，大伙劲头可高了，全大队除了完成党委下达的六百亩小麦种植任务以外，还充分挖掘土地潜力，种下马铃薯七十七亩，枚菜、蔬菜一百七十五亩，药材九十亩，绿肥一百七十一亩，全面完成了秋收冬种任务，比去年提前一个星期。大家高兴地说："这样指挥生产，我们的十二分干劲就全部用出来了。"

回想在"四害"横行的日子里，党的方针、政策被搞乱了。在他们那条反革命修正主义路线的影响下，我们有些干部在指挥生产上也有着某些片面性。一九七五年，我们大队许多生产队在完成各种粮食作物种植计划后，种植了一些药材等经济作物。这本来是无可非议的，可是却被当作资本主义倾向进行批判。结果，这一年，全大队虽然小麦面积扩大了，但总产还比上一年减少，经济作物收入也下降，严重挫伤了群众的积极性，这个教训，是十分深刻的。

目前，随着揭批"四人帮"斗争的深入开展，我们的各级干部，正在把被"四人帮"破坏了的我们党的优良传统和作风恢复和发扬起来。但是，我们觉得，要彻底肃清"四人帮"的流毒，任务还很艰巨，必须在深揭狠批"四人帮"的斗争中，进一步分清路线是非，特别要搞清楚什么是社会主义，什么是资本主义，才不至于把正确的、政策允许的东西也当作资本主义乱批。我们希望上级领导一定要坚持群众路线、实事求是的作风，正确贯彻党的方针、政策，因地制宜地指挥生产。我们大队是丘陵地区，小山多、旱坡地多，发展多种经营的潜力很大，在积极搞好粮食生产的同时，鼓励集体多种一些经济作物，对国家、对集体、对社员都是十分有益的，也是全面贯彻毛主席**"以粮为纲，全面发展"**方针的具体体现，只有这样，才能使我们的农业生产得到更快的发展，才有利于集体经济的迅速发展壮大。

东莞县大岭山公社大塘大队党支部

读者来信

东莞县大岭山公社大塘大队党支部:《这样指挥生产贫下中农欢迎》

《南方日报》1977年12月24日第2版

种好自留地就是资本主义倾向吗？

东莞县道滘公社北永大队党支部

在“四人帮”横行霸道、肆意破坏党在农村的各项经济政策的时候，社员种好自留地也被说成是“资本主义倾向”，受到无理的批判。

社员种好自留地就是资本主义倾向吗？这本来是一个十分清楚的问题。伟大领袖和导师毛主席亲自主持制定的农村人民公社工作条例修正草案（即“六十条”），明确规定社员可以经营一定比例的自留地。并指出社员经营适当的自留地，是社会主义经济的必要补充部分，它可以增加社会产品，增加社员收入，互相调剂有无，活跃农村市场。毛主席、党中央制定的这项政策，曾经在农村起过很大的积极作用。今天，我们要继续执行这项政策。根据现阶段农村生产力发展的水平，社员的觉悟程度，以及社员生活的需要等情况，社员经营适当的自留地，仍然不失其为社会主义经济的必要补充的作用。如果社员积极参加和关心集体生产，不损害公共利益，不弃农经商，不投机倒把，在搞好集体生产的同时，种好自留地，就不能说是什么资本主义倾向。

“四人帮”无视党在农村的各项经济政策，荒谬地将自留地和资本主义划等号，其用心是破坏党的政策，搅乱人们的思想，打击社员群众的社会主义积极性，破坏革命和生产，为他们篡党夺权创造条件。

说起自留地的事，我们大队是走过一段弯路的。在六十年代初，我们执行毛主席亲自主持制定的农村经济政策，正确对待社员的自留地，调动了群众的社会主义积极性，适当满足了社员生活多方面的需要，也起到活跃农村集市、互通有无的作用。后来，在林彪、“四人帮”的干扰破坏下，我们有个别生产队变相收回社员自留地，后果很不好。在自留地种什么作物，产品如何处理问题上，也有反复。过去，我们一向允许社员根据家庭生活的需要来安排种植，大多数社员在自留地上种植蔬菜、豆类、薯、芋以及甘蔗、花生等作物。多余的产品，允许社员卖给国家和到农村集市交换。后来，受到“四人帮”的干扰，我们对社员自留地种什么诸多限制，乱加干涉，结果使社员的社会主义积极性受到挫伤，也使一些土产几乎绝种。

打倒“四人帮”，人民喜洋洋。今年初，我们党支部带头以毛泽东思想为武器，狠批“四人帮”破坏农村经济政策的罪行。通过学习和批判，我们认识到对社员自留地的种植乱加干涉不符合党在农村的经济政策，对发展生产不利。于是我们对社员自留地种什么作物不再乱加限制，同时教育社员要遵守劳动纪律，热爱集体，在完成定工、定勤、定肥的前提下，利用业余时间和工余假日种好自留地。政策得到落实，生产大发展。今年晚造稻谷每亩增产一百斤以上，社员自留地也搞得好。

东莞县道滘公社北永大队党支部:《种好自留地就是资本主义倾向吗？》

《南方日报》1977年12月25日第3版

南方日报

1978年

学大庆　赶东莞　出成果

我省小水泥生产去年创新纪录

本报讯　我省一百九十多间小水泥厂，去年提前半个月完成全年国家计划，创造了本省历史最高年产水平，为支援农田基本建设、支援城乡经济建设作出了新的贡献。

去年，各地小水泥厂认真贯彻全国、全省工业学大庆会议和全国建材工业学大庆会议精神，进一步深入开展学大庆群众运动，掀起了“学大庆、赶东莞”的竞赛热潮，促进了革命和生产的不断发展。全省大庆式企业、全国建材大庆式企业东莞水泥厂、廉江水泥厂和湛江农垦第一水泥厂，都全面超额完成了各项技术经济指标。珠海水泥厂建厂七年以来，年年欠产，年年亏本，成为全县工交战线的“老大难”单位。去年六月份起，厂领导班子带头狠批“四人邦”，进行开门整风，打击歪风邪气，调动了职工大干社会主义积极性，取得了“七年落后，半年翻身”的好成绩，至十一月中旬，提前四十二天胜利完成全年计划，甩掉了“老落后”的帽子。

去年许多小水泥厂通过加强领导，发动群众，克服了煤、电、石灰石和石膏供应不足的困难，坚持以节约求增产。台山水泥厂、高鹤水泥厂等都获得了增产和节煤、节电的双丰收。

（省建工局报道组）

省建工局报道组：《学大庆　赶东莞　出成果　我省小水泥生产去年创新纪录》

《南方日报》1978年1月7日第2版

○ 东莞县广大社员和干部，深入开展农业学大寨运动，掀起农田基本建设高潮。这是石排公社青年民兵突击队奋战在南畬塱治涝工地上。

《东莞县广大社员和干部，深入开展农业学大寨运动，掀起农田基本建设高潮》

《南方日报》1978年1月12日第4版

农业要大上　肥料要跟上

东莞县下苦功搞好肥料基本建设去年粮食增产超过一亿斤

本报讯　东莞县去年粮食获得丰收，全年粮食总产共达十一亿零九百万斤，比上一年增产一亿一千万斤，比历史上产量最高的一九七四年增加二千万斤，总产和单产均超过历史最高水平。

多年来，东莞县在农业学大寨运动中，狠抓了生产条件的改变，农业生产发展较快。但是，早几年，由于“四人邦”挥午“唯生产力论”的大棒，帽子满天飞，县委不敢理直气壮地抓生产，结果粮食生产不但没有上升，反而有所下降。粉碎“四人邦”，思想大解放，他们敢于放开手脚大干了。鉴于全县水利建设已经有了一定的基础，县委决定在继续抓好联片整治，综合治理农田的同时，下功夫抓好肥料建设。县委把肥料建设作为农田基本建设的一个重要组成部分，列入规划，下达任务，并要求下乡搞运动的常委，同时把所在大队办成肥料建设的样板点。各社、队的领导也纷纷深入到积肥第一线抓点带面，既当指挥员，又当战斗员。

在大搞肥料建设过程中，县委还采取了如下几项措施：一、压缩非生产性建设，把现有的木材、水泥、石灰优先供应肥料建设，邦助生产队扩建猪场、肥池、制肥厂，大力发展养猪业。二、建立和健全积肥专业队伍和收购家庭肥制度，实行群众突击积肥和专业队伍积肥相结合。三、定期进行大检査，大评比，树立样板，推动全面。四、落实政策。对社员交给生产队的人尿、猪肥、火灰、鸡鸭栏肥和垃圾肥等各种肥料，记给工分，以肥带粮。对于群众性的突击积肥，则实行定任务、定时间、定报酬的办法，多劳多得，合理付酬。这样，社员的积肥和交肥的积极性越来越高。一年来，全县掀起了四次群众性的积肥高潮，共积制土杂肥三亿五千五百多万担，使全县稻田每亩每造有一百担以上的基肥和三十多担精制肥。这样，不但使土壤得到改善，地力得到提高，而且还增强了抗灾能力，为夺取粮食大丰收打下了良好基础。

（本报记者）

本报记者：《农业要大上　肥料要跟上　东莞县下苦功搞好肥料基本建设去年粮食增产超过一亿斤》

《南方日报》1978年1月23日第2版

东莞化州备耕积肥动手早声势大

本报讯 今年春来早。东莞县广大干部群众及早动手，大搞积肥为中心的备耕生产。目前，全县已有六成劳力投入积肥。从元旦至十九日，全县积肥四千四百四十多万担，大大超过去年同期。在管好冬种绿肥的同时，全县还放养红萍九千三百多亩。

去冬以来，东莞县一些社队就根据本地特点，因地制宜，广辟肥沅，陆续开始备肥。道滘公社充分利用水网地带的有利条件，出动泵泥船和农艇，大积河涌泥肥。备耕积肥动手较早的附城公社，元旦前，公社党委就提出奋战三十天，积肥七百万担的口号，广大干部社员就堵河涌，大积泥肥，大搞火烧土和放养红萍。有的大队还组织劳力到十里以外的地方安营扎寨，肩挑车拉，大挖塘泥，全社备耕积肥搞得热火朝天。

各地在积肥工作中普遍注意加强生产责任制，贯彻按劳分配、多劳多得的原则，调动了社员群众的生产积极性。望牛墩公社通过总结和推广李屋大队实行定额管理，积肥搞得又快又好的经验，全社积肥人数迅速增加，劳动效率也显著提高，仅四天时间就积集泥肥九十八万担。

在备耕积肥热潮中，东莞县各级干部带头参加积肥，许多社队的干部深入后进队，既做思想发动工作，又和社员们一起大干。领导带了头，有力地推动了群众性备耕积肥工作的开展。（县报道组、本报记者）

本报讯 化州县各级党委领导成员，深入生产第一线，发动群众积极开展备耕积肥。连日来，全县每天投入备耕积肥的社员达十二万多人，已积到各种土杂肥二千五百多万担，平均每亩有基肥四十八担；还沤制了秧头肥一千一百多万担。目前，播种育秧、秧田管理、放水办田及春种等工作，也正在加紧进行。

化州县委根据平原、丘陵和山区三种不同地区的特点，实行分类指导。县委书记到平原地区的环城公社蹲点，发动群众大积塘坭、河腩肥，做到边积、边制、边送到田。一月中旬以来，全社共积到各种肥料一百五十五万多担，平均每亩五十担。另外一位县委领导成员，深入山区的那务公社蹲点，与公社党委一起，在抓好整治山坑烂湴田的同时，发动群众荷锄挑筐，下塘下河大积塘河腩肥，上山铲草皮，全面清理猪栏、牛栏、粪坑，做到塘河泥上岸、家肥出门，边积、边整、边堆沤，提高肥效。化州县在备耕积肥中，注意贯彻按劳分配，多劳多得的原则，使全县参加积肥的人数由八万三千多人增加到十二万多人，有二万多人还披星戴月、挑灯夜战积肥。（陈旺）

县报道组、本报记者：《东莞化州备耕积肥动手早声势大》

《南方日报》1978年1月28日第1版

摘要：报道了东莞县领导干部以身作则，带领广大干部群众因地制宜，广辟肥源，大搞以积肥为中心的备耕生产。工作中贯彻按劳分配、多劳多得的原则，积极调动社员群众的生产积极性，有力推动了备耕积肥的发展。

东莞县清溪公社移风易俗

一百多名男子到女家结婚落户

本报讯 东莞县清溪公社男子到女家结婚落户的已有一百五十七人。公社党委热情支持这种新风尚。

清溪公社许多群众过去就有要求男子到女家结婚落户的愿望。最近在公社党委推动下，各大队党支部也满腔热情地支持这一新事物。浮光大队有一对青年男女准备结婚。女方无兄弟，父母为女儿出嫁而担忧，感到"有女无男不光采"。大队党支部书记热心做这对青年及其家庭的工作，排除了阻力，使男方愉快地到女家结婚落户。

在支持男到女家结婚落户这一新生事物时，清溪公社党委根据党的政策，采取积极措施，规定男到女家结婚落户后，生活待迂与本队社员一视同仁；所生子女的姓氏由夫妇商定；夫妇对双方父母同样尊重，共同赡养。由于公社党委的鼓励和支持，使男到女家结婚落户的人数增多，社会风气大为改变，解除了有女无男户的后顾之忧。广大干部和群众高兴地说：时代不同了，男女都一样，移风易俗，男到女家落户就是好。

（报道组）

报道组：《东莞县清溪公社移风易俗　一百多名男子到女家结婚落户》

《南方日报》1978年2月5日第3版

制订生产计划必须统筹兼顾

东莞县清溪公社大利大队利和生产队长 黄煌发

经验交流

一九七〇年以前，我们生产队是一个“吃粮靠回销，生产靠贷款”的“包袱队”。为了扭转粮食的被动局面，一九七一年制订生产计划时，我片面地扩大粮食种植面积。这一年，粮食总产虽然比一九七〇年增产六百一十二担，但社员的现金分配还是老样子。一九七二年制订生产计划时，我又走到另外一个极端，大力削减粮食面积，扩大多种经营。这一年，农业总收入虽然比一九七一年增收了三千八百元，可是全年粮食总产却比一九七一年减产一百四十七担，对此，群众很不满意。

为什么两次都碰了手呢？后来，我反复学习了《六十条》，边学边检查自己，才认识到，制订生产计划，应当根据本队的实际情况，当地生产习惯和轮作制度，根据国家的计划要求和本队生产生活的需要，对于粮食作物和经济作物，对于粮食的品种，统筹兼顾，全面安排，合理布局。同时，还必须克服“一言堂”，实行“群言堂”，发动社员充分讨论，这样制订的生产计划，才合乎实际，才能收到予期的效果。

吃一堑，长一智。从一九七三年起，我们制订生产计划时，按照《六十条》的基本精神，充分发动群众讨论，反复补充、修改。我们吸取过去“单打一”的教训，坚决贯彻**“以粮为纲，全面发展”**的方针，在搞好粮食生产的前提下，大搞多种经营，种了十二亩瓜菜，队里办起了集体养猪场，每年生猪饲养量都超过人平一头；还办起了小型鸡场，每年养鸡一千四百多只；办起了林果场，并认真管好十二亩鱼塘。每年秋收后，全队三百四十四亩稻田，大部分都种上小麦、蔬菜、药材、绿肥和其他经济作物，使多种经营收入平均每年都达到三万元以上，占农业总收入的百分之四十多。而养鸡、养猪、种菜，每年又为农业提供了一百三十多担浆售化肥和二千五百多担粪肥，大大改变了生产条件，粮食产量逐年增加。从一九七三年开始，我们队连续实现增产、增收、增分配、增积累、增贡献，一举甩掉了“包袱队”的帽子，跃上了县农业学大寨的先进行列。

集体生产的发展，大大壮大了集体经济。现在，我们队有保管仓、肥料仓十五间，猪栏九十五间，手扶拖拉机二部，电动脱粒机、人工降雨机、粉碎机、打浆机，机动喷雾器等七部，水泵二台，马达九台共六十六匹，农业机械化程度逐步提高。

黄煌发：《制订生产计划必须统筹兼顾》

《南方日报》1978年2月16日第2版

依靠群众办好四级农科网

东莞县革命委员会

华主席在第一次全国农业学大寨会议的总结报告中指出："各县都要建立和健全县、社、大队、生产队四级农业科学实验网，广泛开展群众性的科学实验活动"。我县广大干部、群众贯彻执行毛主席的革命路线，排除修正主义的干扰，努力办好四级农科网，广泛开展群众性的农业科学实验活动，不断取得新的成绩，促进了农业生产的发展。一九七七年粮食总产比一九七六年增加一亿二千零二十四万斤，比历史最高水平的一九七四年增产三千零五十一万斤。

早在农业合作化时期，我县就逐步建立了一批农业技术推广站，开展农业科学实验活动。公社化时期，县办所，社办站，群众性的农业科学实验运动蓬勃开展。但是，由于修正主义路线的干扰和破坏，特别是林彪、"四人邦"极力鼓吹"政治可以冲击其它"、"革命搞好了，生产就自然而然地上去了"等谬论，挥午"唯生产力论"的大棒，把人们的思想搞乱了，使一些干部不敢抓科研工作，农业生产的发展受到很大的影响。

几年来，在党的基本路线教育中，县委经过多次整风，联系三大革命斗争实际，总结正反两方面的经验，开展了一场关于政治和技术，阶级斗争、生产斗争和科学实验的关系，以及农科工作依靠谁来办等问题的大辩论，提高了县委"一班人"对大办农科网，搞好农业科学实验的重要意义的认识。县委对全县四级农科网进行了全面的整顿，特别是从思想和组织上进行了认真的整顿，做到思想、组织、基地和试验项目"四落实"。

为了加强对农业科研工作的领导，县、社党委分别由党委书记挂帅，指定一名主管农业的付书记或常委具体负责，大队和生产队也分别由大队长和付队长抓。同时，落实党对技术人员的政策，做好农业技术人员的"归队"工作，根据他们的专业特长安排工作，充分调动他们的积极性。县委领导成员还分别深入到五个不同类型地区蹲点，同农科人员一起开展科学实验活动。并且坚持无产阶级政治挂帅，采取多种形式，培训农科骨干。这样，使全县四级农科网越办越好。目前，全县社社有农科站，占百分之九十五的大队和八成多的生产队都建立了农科队和农科组，组成了一支有一万二千八百多人的、以贫下中农为主体、有领导和技术人员参加的农科骨干队伍，有力地促进了农业科学实验群众运动蓬勃开展。

在整顿各级农科网，积极培训农科骨干的同时，我们还放手发动群众，大搞群众运动，做到农科骨干同群众紧密结合，从当前当地的生产实际出发，广泛开展以"三田"为主要内容的农科实验活动。干部、民兵、青年、妇女、机关单位、中小学校都开展了"三田"（试验田、高产田、种子田）活动。近年来，每年参加"三田"活动的达十多万人，面积达二十多万亩。

群众性科学种田热潮的兴起，解决了农业生产上的一些带关键性问题。首先，改革耕作制度迈出了新步伐，四级农科网抓住一年三熟的关键问题，反复进行对比试验，初步摸索出一些规律，总结出要做到一年三熟、熟熟高产，必须突出抓好一个"早"字，并注意解决好肥料、种子、劳力等问题的经验。第二，大搞种子革命，四级农科网都有种子员、种子田，全县有一支三千七百多人的种子专业队伍，自上而下建立了良种繁育体系，加快了良种繁育和推广。第三，治水改土，从根本上改变生产条件。各级农科组织开展了治水增肥改土的科学研究，为建设稳产高产农田提供经验，几年来全县已改造低产田二十多万亩，建设旱涝保收、稳产高产农田面积八十一万二千多亩，占耕地面积百分之六十八。第四，准确防治病虫害，各级农科网坚决贯彻予防为主，综合防治的植保方针，加强对病虫的测报工作，使早晚造的螟害率都压低到千分之二以下，还控制了稻飞虱、稻瘿蚊和其他一些主要病虫的发展。此外，各级农科组织还认真贯彻**"以粮为纲，全面发展"**的方针，广泛开展科学实验。既抓大宗的甘蔗、黄麻、花生、香蕉等作物的良种推广和高产试验，又注意蚕桑、茶叶等小宗作物的研究推广；既抓科学养猪的试验研究，也认真做好牲畜疫病的防治等等，从而有力地促进了农、林、牧、付、渔各业的全面发展。

东莞县革命委员会：《依靠群众办好四级农科网》

《南方日报》1978年2月24日第3版

捡牛粪的人又多起来了

落实政策小故事

每天早晨，在东莞县虎门公社赤岗大队，经常可以看到不少社员肩挑粪箕，手提粪叉，到田头地边捡牛粪；中午或傍晚，也可以看到许多社员用自行车载着两箩筐满满的牛粪从远处回村。

赤岗大队地处山区，土质瘦瘠，社员们历来有利用工余时间捡牛粪做基肥的习惯。他们除在村里村外捡牛粪外，还到十几二十里外的长安、厚街、沙田等公社去捡。但是，在“四害”横行的日子里，党在农村的经济政策受到严重破坏，捡牛粪的社员越来越少了。由于基肥不足，近年来，这个大队的粮食生产一直上不去。

粉碎“四人邦”之后，政策得到了落实。赤岗大队党支部发动干部群众重新学习《六十条》，围绕“多捡牛粪应不应该多得报酬”这个问题进行讨论。通过学习和讨论，大家认识到，为集体多捡牛粪，多记回工分，并不是什么“工分挂帅”、“物质刺激”，而是坚持了按劳分配，多劳多得的原则，只有这样，才能充分调动大家的社会主义积极性，促进农业大上快上。划清是非界限之后，大队党支部便邦助各生产队制订了捡粪的报酬方案。从此，全大队捡牛粪的好风气又恢复了。第六生产队贫农女社员余好，今年已经近六十岁了，一九六五年以来，她一直坚持为生产队捡粪。八年中，光她一个人就为集体捡粪五十六万斤。“四害”横行时，由于报酬不合理，她曾一度中断了捡粪。去年，生产队重新调整了捡粪报酬，余好又坚持天天到村外捡粪，去年共为集体捡粪七万多斤。

由于多劳多得的政策得到落实，不仅调动了老年人的积极性，许多中年和青年人也利用工余时间骑着自行车到邻近的公社去捡粪。去年，全大队共收到社员交售的牛粪七十二万多斤。肥多粮多。去年虽然迁到大旱，但是，这个大队的水稻亩产和总产都超过了历史最好水平，实现了增产、增收、增分配、增积累、增贡献。

本报通讯员 金水 一权

甘通祥 插图

金水、一权：《捡牛粪的人又多起来了》

《南方日报》1978年3月21日第2版

人高兴，牛也高兴了

过去，“四人邦”作恶多端，破坏社会主义生产力，天怒人怨，牛也不高兴。

东莞县道滘公社南边生产队养了四头牛，有两个社员负责割牛草。这里是水乡地区，青草大都长在河涌边，割草工作受到潮水涨落的影响，路途也较远，是一种艰苦的工作。前几年，队里没搞定额管理，干多干少一个样，干好干坏一个样，社员的社会主义积极性受到压抑。天气好，又迂到退潮，牛草还割得多些；碰上坏天气，又是涨潮的时候，就往往空手而归。这样，牛的饲料便没有保证，经常是餐饱餐饥。结果，牛越养越瘦。

去年，这个生产队在大队党支部的邦助下，深入揭批“四人邦”，弄清了政策是非界限，认识到：搞好定额管理决不是什么修正主义的东西，而是贯彻“各尽所能，按劳分配”的社会主义分配原则的重要依据，是搞好集体经济的经营管理的重要组成部分。于是，他们恢复和健全了定额管理制度，割牛草工作也实行了按量记分的办法。这样一来，负责割牛草的社员，积极性大为提高。为了多割草，喂好牛，他们根据潮水涨落的规律，抓紧时机割草，有时凌晨两三点钟就出门；有时天黑了才回到家。过去，每人每天割牛草最多不过二百斤，现在可割到四、五百斤，甚至达到六百多斤了。牛草足，牛就吃得饱，长得壮了。过去曾被社员们称为“瘦鹤”的那四头牛，如今都长得膘肥体壮，每头牛耕田从过去的一亩多增加到二亩多。社员们说，搞了定额管理，政策落实，草鲜牛肥，牛也高兴了。

本报通讯员、本报记者

本报通讯员、本报记者：《人高兴，牛也高兴了》

《南方日报》1978年4月4日第3版

东莞县附城公社前两年推广红萍，说得多，做得少，年年完不成计划；今年干部带头，大干苦干，放萍面积比去年扩大三倍多。他们的经验证明：

落实增产措施一定要有个好作风

今年春耕，东莞县附城公社打了一场放养红萍的歼灭战。全社二万二千多亩早稻面积，有一万二千五百多亩放养了红萍，相当于去年同期的三倍多，是全县放养红萍最多的公社。红萍不仅养得多，而且长得好。目前，他们正在进一步扩大红萍面积，争取养萍面积突破一万八千亩，占早稻面积八成左右。

附城公社的红萍为什么发展那样快？这主要是因为公社党委改进了领导作风。

一九七七年，附城公社春收小麦、早造、晚造都获得了丰收，超过了历史最高水平。公社党委保持清醒的头脑，丰收之后找差距，认真总结经验教训。通过总结，大家深深感到，全公社虽然三造产量超历史，但一些关键性的增产措施仍然抓得不狠。发展红萍这件事，特别引起了公社党委的深思。

附城公社早在一九七三年就开始推广红萍，许多大队、生产队都尝过萍多粮多的甜头。一九七四年早造，全社放养一万八千亩红萍，当造水稻获得了空前丰收，平均亩产由原来的六百零四斤猛增到七百六十七斤。但是，这个已被实践证明的成功经验，近两年来却没有认真推广，每年春耕全社只零零星星养了三、四千亩红萍。

好东西为什么不能坚持下来？重要原因之一，是由于“四人邦”严重破坏了党的优良传统和作风。有的干部沾染了贪图安逸的思想，工作飘浮不深入，说得多，做得少，甚至只说不干。正如群众所批评的那样：公社党委推广红萍只是挂在口上，自己不带头，因此，年年订规划，年年都落空。

经过整风，公社党委认识到落实增产关键措施，要有一个好作风。他们紧紧抓住揭批“四人邦”这个纲，联系实际开展大批判，肃清“四人邦”的影响和流毒，决心在作风上来一个大转变。党委领导成员分头深入到大队、生产队，认真调查研究，抓住“萍种难找，冬萍难养”这个问题作为突破口，依靠群众解决红萍留种问题。他们一改过去那种说得多、做得少的作风，要求群众做到的，干部首先带头做到。公社党委作出决定：党委成员，公社、大队和生产队干部，以及各部门下队支农的干部，每人放养一缸（或盆）萍种。秋收还未结束，许多干部就把散落在田沟、水沟、鱼塘的零星萍母捡回来，利用水缸、脸盆、肥池、农艇等，进行细心培育。党委书记刘应林带头执行党委的决定，在自己蹲点的生产队先后养了七缸（盆）。党委领导带头，干群一齐动手，家家户户都在屋前屋后养起了红萍。不到一个月，全社养了萍母六千三百五十多缸，为全社今春大养红萍准备了足够的萍母。

从水缸、脸盆繁殖萍母，到大面积放养红萍，公社党委都做了许多深入细致的工作。党委分工抓农业的付书记专抓发展红萍，公社成立了领导机构，大队和生产队有专人负责，全社管养红萍的专业队伍共有四百八十九人。为了打好这场放养红萍的“人民战争”，党委多次召开现场会议，总结和推广了石井大队朗基湖生产队和温塘大队放养红萍的典型经验；同时，充分发挥公社、大队、生产队三级农科网的作用，抓好放养红萍的各个环节，使公社党委放养红萍的规划落到实处。

干部作风好，群众热情高。附城公社今年放养的红萍不仅面积大，而且做到深水放萍，浅水育萍，施足基肥，及时分萍，加强管理。因此，普遍长得青绿茂盛。许多大队、生产队正在开动拖拉机，集中耕牛，加紧压萍。全社已压萍两次的有七千多亩，每亩压萍都在三千斤以上，为夺取早造丰收打下了基础。　本报记者　岑祖谋、刘燕航

岑祖谋、刘燕航：《落实增产措施一定要有个好作风》

《南方日报》1978年4月4日第1版

贯彻五届人大精神　大力抓好农业生产

东莞县力争不误农时地完成春耕任务

编者按：五届人大提出的十年规划规定，到一九八五年，粮食产量要达到八千亿斤。如何加速农业发展的步伐，实现这一宏伟目标，这是摆在我们面前的一项重大战斗任务。我们应当以“只争朝夕”的革命精神，为实现这一宏伟规划作出应有的贡献。

搞好今年春耕生产，是赢得高速度发展农业的第一仗。今天已是“清明”，季节紧迫。东莞县等地以学习、贯彻五届人大精神为动力，推动当前春耕生产，千方百计克服由于低温阴雨带来的困难，加速插秧进度，这是非常必要的。我们希望各地都象他们那样，切实加强对春耕生产的领导，力争不误农时地完成早造插秧任务；为早造大丰收、为全年农业新跃进打下基础。

本报讯　中共东莞县委认真宣传、贯彻五届人大精神，进一步树立大办农业，高速度发展农业的思想，带领广大干部和群众战阴雨，抢季节，力争不误农时地完成春耕生产任务，夺取早造农业生产新丰收。目前，全县二十多万亩甘蔗、花生、黄豆等主要经济作物已完成种植计划。八十一万亩早稻田，除二十九万亩小麦陆续收割、办田、送肥之外，其余五十多万亩空白田正加紧插秧，到处一派喜人的春耕景象。

东莞县去年粮食总产比上一年增加一亿二千万斤，平均亩产一千二百五十二斤，超过了历史最高水平，向国家提供了四亿二千万斤商品粮。在大好形势鼓午下，全县广大干部和群众深入揭批“四人邦”，大干社会主义的劲头更足。去冬今春，全县扎扎实实地大搞农田基本建设，掀起以养猪为中心的肥料建设热潮，各公社积集的河涌塘泥和其它土杂肥比以往任何一年都多，质量也较好，为夺取早造大丰收打下了基础。

五届人大胜利闭幕后，东莞县委把组织广大干部和群众学习五届人大文件当作一件大事来抓，使五届人大的精神成为推动春耕生产的动力。五届人大代表、县委书记欧阳德从北京回到县里，迅速向全县人民作了传达。插秧大忙前，县委召开了扩大会议，同各公社党委书记和部、委、办、局的负责人一起，联系本县实际学习五届人大文件，进一步讨论如何实现今年农业新跃进。有些干部原来认为东莞县去年增产幅度较大，粮食产量基数较高，增产到顶了；有的人看到前段干旱，最近持续低温阴雨，给春耕带来了新的困难，认为东莞能保住去年的产量就不错了，对实现今年继续增产信心不足。在学习五届人大文件的过程中，他们对照新时期总任务的要求，找差距，挖潜力。大家感到，去年虽然获得较大幅度的增产，但比历史最高水平只增产三千多万斤，同高速度发展农业的要求仍有很大差距；社与社、队与队之间也不平衡。全县二十九个农村人民公社，粮食亩产双跨《纲要》的有四个公社，其中最高的万江公社一千八百九十四斤，但仍有七个公社亩产在千斤以下。大队之间不平衡的情况更明显，去年亩产超过两千斤的有十六个大队，未达到千斤的大队仍有九十个，低的大队亩产只有八百多斤。这些事实充分说明，东莞县增产潜力仍然很大，夺取今年农业生产新丰收是完全可以办到的。

县委扩大会议结束后，各个公社采取多种形式，大力宣传、贯彻五届人大精神。广大干部和群众围绕着新时期的总任务和全面落实五届人大提出的各项战斗任务展开了热烈的讨论。贫下中农说，华主席带领我们进行新的长征，农村是新长征的重要战场，我们一定要搞好春耕，夺取今年农业大丰收，打胜新长征的第一仗。学文件，鼓干劲，见行动，各个公社纷纷修订计划，逐项落实增产措施。望牛墩公社去年获得大幅度增产，粮食平均亩产达到一千七百六十四斤，每亩比上一年增产二百二十九斤。在五届人大精神鼓午下，这个公社的干部和社员雄心勃勃，提出今年要更上一层楼。他们决定充分利用农田基建腾出的土地扩大早稻面积四百八十亩，采取间、套种的办法多插四百亩早稻；同时，大面积推广良种，大力发展养猪，多积土杂肥，从各方面为夺取今年农业生产丰收创造条件。石碣公社今年春收小麦面积占早造面积五成以上，需要肥料多，社员们抓紧插秧大忙前的空隙时间，突击积肥、制肥，全社一万二千多亩小麦迹地，平均每亩有河涌塘泥肥二百担，其中经过沤制的厂肥八十担，而且已全部送到了田头或麦地旁边。

为了加强对春耕生产的领导，东莞县各级党委领导成员认真改进作风，深入生产第一线。他们在各自蹲点的公社、大队，发动群众以五届人大文件为武器，联系当地的实际，批判“四人邦”假左真右的反动谬论，分清路线是非和政策界限，认真搞好定额管理、评工记分，落实按劳分配政策，推动了春耕生产。县委总结了点上的经验在面上大力推广，全县百分之九十以上的生产队都制订了定额管理、评工记分的方案。春耕出勤人数显著增加，工效提高，插秧质量普遍好于往年。在这同时，县委还抽调各条战线、各部门的主要负责人，组成春耕生产后勤领导小组，统一部署支农工作，合理安排和调拨春耕急需的物资、器材，做到全县一盘棋，把钢用在刀刃上，保证了春耕生产的顺利进行。

《贯彻五届人大精神　大力抓好农业生产　东莞县力争不误农时地完成春耕任务》

《南方日报》1978年4月5日第1版

☆ 东莞县附城公社党委领导成员同社员一起，认真学习五届人大文件，决心带领群众，为高速度发展农业多作贡献。

《东莞县附城公社党委领导成员同社员一起，认真学习五届人大文件，决心带领群众，为高速度发展农业多作贡献》

《南方日报》1978年4月14日第2版

廉洁奉公的堡垒

东莞县虎门公社小捷滘大队党支卩，继承和发扬党的优良传统和优良作风，党员干卩大公无厶，廉洁奉公，十多年来没有出现过贪污挪用、多吃多占、铺张浪费的现象，被群众称赞为廉洁奉公的战斗堡垒。

早在一九六二年，有一个剧团来小捷滘大队汒戏。当时由于受旧习惯的形响，大队为汒员们做起了十几桌氿席，干卩们也参加一起食。事后，党支卩忈识到，大吃大喝、铺张浪费是资产阶级的作风，如果让其滋长，不仅削弱了集体经济，而且又腐蚀了党员、干卩，形响了党支卩的战斗力。于是，党支卩就这个问题开巳了整风，深深认识到，我国是一个社会主义的大国，但又是一个经济落后的穷国，这是一个很大的矛盾。要使我国实强起来，需要几十年艰苦奋斗的时间，其中包括厉行节约、反对浪费这样一个劢俭迠国的方针。在提高认识的基础上，他们公开向群众检讨，参加吃饭的同志退还了伙食费。从此之后，大队党支卩就把反对铺张浪费、禁止大饮大食作为一项制度，长久地坚持下来。

十多年来，廉洁奉公，劢俭办一切事业，已成为全体党员和干卩的自觉行动。有一次，党支卩组织大队的干卩到本县石碣公社参观农田基本迠设。为了不增加集体负担，他们都各自在家里吃早歺，带些馒头在途中作午歺，回来后又各自回家吃晚饭。党员和干卩还处处模范遵守群众纪律，从不多占多用。这个队芳枝树很多，每年盛夏，红果累累。可是，干卩们检查生产路过芳枝园或在芳枝园里歇息的时候，尽管大汗淋漓，又喝又累，但谁也没有摘一个吃。他们觉得这是集体的东西，不能随忈吃。队里的农付产品很多，但干卩和社员一样配售，从不利用职权多买一点。有一年党支卩书记钟见培迠房屋，碰巧队里捕鱼，农场的肉鸡又上市，叫他多买一些，但他却婉言谢绝了，坚持不买。

近几年来，常有一些上级领导同志来检查工作，外地同志来参观，他们热传接待，但吃饭却不作陪。支委会“一班人”，从来没有借口接待客人白吃集体一歺饭。

党的十一大之后，党支卩又及时组织全体党员学习十一大文件中关于保持和发扬党的优良传统和优良作风的论述，进一步认识到，党的优良传统和作风是我们共产党人区别于任何政党的显著标志。为了保持党的优良传统和优良作风，党支卩很注忈抓住不良倾向的苗头，对党员和干卩进行思想教育。今年初，队里有几个专年参军，有人提出搞它几个歺，以示欢送，让入伍的专年高兴高兴；有的干卩提出到南海去参观，顺便沋一下秀丽的西樵山。大队党支卩及时抓住这两个问题，组织党员、干卩重温毛主席有关艰苦奋斗、劢俭办一切事业的教导，联系本大队前任党支卩书记由于贪图享受，厶欲膨胀，大搞投机倒把，最后犯错误的教训，批判“四人邦”生活糜烂，任忈挥霍国家资财的罪行，使大家认识到讲排场，摆阔气，借参观为名沋山玩水，挥霍集体财物，是严重脱离群众的事传，是“四人邦”的流毒，从而进一步提高了党员和干卩的思想觉悟，打消了送兵聚歺和借参观为名到外地沋山玩水的想法，坚持了艰苦奋斗、劢俭朴素的好作风。

由于党员和干卩有一个好的作风，党群关系密切，社员心传舒畅，干劲十足，这个队生产不断向前发巳，粮食连年增产。近年来，相继被评为省、县、社学大寨先进单位。

袁连光

袁连光：《廉洁奉公的堡垒》

《南方日报》1978年7月2日第3版

努力搞好基础知识教学

——记东莞县莞城第一小学教师巫燕玲

一天晚上，已经是深夜一时多了，东莞县莞城第一小学教师巫燕玲还在聚精会神地伏案备课。这位从事教育工作二十多年的老教师，每教一堂课都认真准备。这晚，她正在准备二年级语文《有我在就有大桥在》一课的教案。她对文中「搏斗」这个中心词曾经作过几种解释，仍感到不满意，便翻看以往的教案与参考书，反复琢磨、推敲，还志到不理想。夜深了，她躺在床上，怎么也睡不着。后来，她想起电影《铁道卫士》中一个你死我活的搏斗场面，受到了启发，便一骨碌爬起床，对教案重新作了修改和补充。这样，同学们听课后都觉得生动易懂。

长期来，巫老师坚持课外辅导和补课制度，几乎所有的课余时间，她都在为同学们操心。去年，她担任一年级语文课，在进行文化摸底的时候，发现彭丽娟同学文化基础较差，学写字很吃力，入学两个多月了，字认不了几个，写字往往把一个字分成两边。有一次，巫老师叫小彭写一个毛笔的「毛」字，小彭却写成「手」字，巫老师手把手地教她写也不行，一脱手，又把「毛」字写成「手」字。初时，巫老师以为她的视力有问题，经过多方面的观察，发现小彭主要是没有掌握好笔划笔顺和偏旁规律。巫老师便在每天放学后，把小彭留下来补习，帮助她掌握字形的特点和规律，使她终于比较好地掌握了写字的要领。为了使小彭的学习成绩能尽快赶上全班同学，巫老师还注意把小彭作业上的错别字记录下来，加以整理，在辅导时做好示范。经过巫老师近两个月耐心的辅导，小彭的学习成绩提高很快，识字率从原来的百分之十提高到百分之九十以上。

多年的教学实践使巫老师体会到，好的教学方法，是提高教学质量的一个重要方面。识字教学是小学低年级语文教学的重点，她同其他老师一起，边实践边改革，总结出了识字教学的几个好方法，这就是字音五带（拼音带字、同音带字、独体字带合体字、熟字带生字、实物带字），字形五清（偏旁认清、结构析清、形近分清、笔划唱清、笔顺规律记清）和释义四法（结合课文解释法、形象解释法、比喻解释法、比较解释法）。为了巩固儿童的识字率，她采取了听音找字、字卡猜字、字卡组词等方法，邦助学生加深对生字的理解。辛勤劳动结硕果。去年，全镇两次教学质量检查，巫老师所教的班识字率达到百分之九十八点六，成为莞城镇的「尖子班」。

由于巫燕玲老师在教育事业上做出了贡献，她先后多次被评为地区、县教育战线的先进工作者。

本报记者 刘燕航

刘燕航：《努力搞好基础知识教学——记东莞县莞城第一小学教师巫燕玲》

《南方日报》1978年7月4日第3版

推广先进经验　落实贝体措施
望牛墩公社全力投入“双夏”战斗

本报讯　东莞县望牛墩公社党委领导成员，深入“双夏”第一线调查研究，及时邦助干卩群众去掉盲目乐观情绪，克服“慢慢来”思想，迅速掀起了“双夏”热潮。

望牛墩公社今年早初生产形势很好。禾苗长势均衡，抽穗整齐，谷粒饱满，只要在今后十天半个月内没有大的自然灾害，抓紧粹收细打，争取早造单产和总产超过历史最高水平是大有希望的。但是，在丰收的大好形势下，也有卩分干卩和社员产生了盲目乐观和松劲情绪。因此，有的生产队早初虽然已经大片黄熟，仍迟迟未开镰收割；有的生产队劳动力不集中，收割进度缓慢；个别地方还没有动手去做“双夏”的准备工作。

为了全力打好“双夏”这场歼灭战，望牛墩公社党委带领全社各大队的党支卩书记、生产队长来到已掀起“双夏”高潮的赤滘大队召开现场会议，使大家看到搞好“双夏”工作，对夺取今年全年农业丰收的重要忈义，自觉地克服盲目乐观情绪和“慢慢来”思想。许多同志说，盛夏季节，随时都可能遭到台风、暴雨等自然灾害的袭击，如果夏收工作抓不紧，台风一来就会措手不及；如果粗收粗打，也会造成不应有的损失，丰产不能丰收。从现在起到“立秋”，只有一个月时间。只有抓紧抢收，才能赢得充分时间沤田备耕，不违农时完成晚造插秧。

在提高干卩群众认识的基础上，公社党委推广了赤滘大队“四集中”的经验：一、劳动力集中。全大队临时压缩工付业和后勤人员一百三十多人，使每天参加抢收的劳动力，占总劳力的九成以上。同时，编好作业组，搞好定额管理和评工记分。二、劳动时间集中。大队以抢收早初作为当前压倒一切的生产任务，社员们提出“一天胜两天，一人顶两人”，每天劳动十个小时以上，但要做到中午适当休息。三、农机贝集中。大队集中五十多卩打禾机、四十多条船艇投入脱粒和运轫，并且马上抽水浃田，做到水初黄熟一块，收割一块，边收割边犁田沤田，搞好初草回田。四、领导精力集中。大队党支卩切实加强领导，大队干卩都到生产第一线去，参加劳动，及时解决“双夏”迁到的各种问题。

望牛墩公社党委推广了赤滘大队的经验之后，全社迅速掀起了抢收早初热潮。目前，已收割的早初占全社早初总百积的三成多。

《推广先进经验　落实具体措施　望牛墩公社全力投入“双夏”战斗》

《南方日报》1978年7月6日第1版

不失时机收购金银花

今年金银花开花期，正是阴雨时节，为了方便群众交售，东莞县药品公司大岭山药店自五月四日起，派出四名职工驻在马鞍山、莲花山、大岭山下的杨屋、大塘两个大队，组织收购。他们依借大队党支卩，亡传收购和奖售政策，发动社员和学生利用工余、课余和假日上山采集。由于及时收购和兑现奖酬政策，调动了群众的积极性，仅半个月时间，就收购了干金银花二千七百斤。

（李干鸿）

李干鸿：《不失时机收购金银花》

《南方日报》1978年7月10日第3版

善于组织“团体宙”的班长

——记东莞县中坣公社党委书记杜淦明

中坣公社党委是东莞县各公社党委中一个比较坚强的、团结战斗的领导班子，近年来，革命和生产各项工作都走在前头。提起这些变化，委员们无不称赞党委书记杜淦明，说他是善于组织“团体宙”，发挥各委员积极性的好班长。

老杜土改时期就当村干卩，在中坣公社任第一把手也有七、八年了。论经验，他有一套，但他并不因此背上包袱，在党委工作中搞“一言坣”，个人说了算，而是注忌按照党的民主集中制原则办事。前不久，老杜到吴家涌检查生产时，那里的干卩群众反映：往年禾草回田效果不错，今年夏收时也准备四成禾草回田。老杜觉得这是解决晚造肥料不足的一个好办法，便在党委会上提了出来。这个忌见得到大家的赞同，并作出决定通知到各大队。付书记莫锦满从县城开会回来，知辺党委这个决定后，联想到自己包片的几个大队田少人多的情况，觉得如果把四成禾草回田，燃料和饲料就成了问题。于是，他找老杜商量，提出不要搞“一刀切”。老杜并不因为这项决定是自己提出、党委通过的而拒绝老莫的忌见。他认真把话听完，反复琢磨，觉得有辺理，再同其他委员商量，最后，公社党委对各队禾草回田提出了比较切合实际的忌见。

当自己的忌见不符合实际情况的时候，老杜敢于否定或参改；就是在自己的忌见符合实际，但还有一卩分人不同忌的时候，他也不急于集中，而是引导大家下去作调查研究，然后再讨论决定。过去，这里一般安排早熟种初田作为晚造秧地。但是，今年由于天气形响，早熟种收割时间推迟了十多天，给早插造成困难。公社党委对此进行研究，大家一时定不下来。老杜心里对解决秧地问题有个想法，但见大家忌见不一致，他自己也不马上表态，而是建议大家先到群众中去走一走。大家看到许多生产队群策群力，想方设法，利用已收获的冬瓜地、番薯地、暂时闲置的晒砖场，甚至把卩分黄麻移栽为“初底麻”，腾出麻田作秧田。事实打开了人们的眼界，大家总结和推广这些行之有效的经验，结果，全社及时解决了晚造插种问题。

老杜发扬民主作风，充分发挥一班人的作用，还表现在，一方百注忌放手让委员们大胆干，另一方百注忌热忱邦助同志。去年晚造，全社各生产队小百积推广杂优。当时在陈屋生产队跑点的一位党委领导成员，积极性很高，他在陈屋生产队推广了一百亩。由于缺乏管理经验，收割时，每亩比当造常规种少收一百斤左右，他因此忑到思想压力很大。老杜知辺后，认为推广杂优是党委的决定，在管理经验不足的情况下，这个同志一下搞这么大百积，是自己没有把好关。他便找这位同志谈心，主动承担责任，并一起总结经验教训，使这个同志既放下了包袱，又得到了提高。

前几年，“四人邦”大搞假左真右，对农村工作破坏很大。中坣公社党委在老杜这个“班长”的带动下，由于贯彻执行党的民主集中制，因而比较好地贯彻了党在农村的经济政策，顶住了“四人邦”的一些破坏和干扰。比如，在“四人邦”横行时期，发巳集体养鸭曾被指责为“资本主义倾向”，但是中坣公社党委的同志和社员商量，认为这不但不是资本主义，而且有利于发巳社会主义经济，他们理直气壮地带领生产队的社员们养鸭，使集体的鸭群遍布河涌鱼塘。其次在林彪、“四人邦”的破坏下，这里的甘蔗一度种得不好，产量也不高。群众对此议论纷纷。当时，党委敢于把这个问题提出来研究，教育干卩不要怕发巳甘蔗会被人指责为反对“以粮为纲”。从一九七五年以来，这个公社采取了一些有效措施，使甘蔗生产有一个大的发巳。在党委带领下，全社革命和生产逐年稳步前进，连续两年被评为县农业学大寨先进单位。去年，全社粮食、生猪、花生、甘蔗、塘鱼、黄麻增产超历史，收入、贡献、分配和积累也比往年增加。今年早造也是一派丰收景象。老杜和一班人决心认真学习新近公开发表的毛主席的光辉著作，更好地实行党的民主集中制，把党内外的积极因素充分调动起来，为实现新时期的总任务而奋斗。

本报通讯员　肖钖权、黎瑞峰
本报记者　赖海晏、郑鸿裕

肖钖权、黎瑞峰、赖海晏、郑鸿裕：《善于组织“团体赛”的班长——记东莞县中堂公社党委书记杜淦明》

《南方日报》1978年7月12日第3版

认真总结历年晚造早插迟插的经验教训

东莞县继续大抓一个「早」字

全县已收割早稻七成多，广大群众对「立秋」前基本插完秧充满信心

本报讯 中共东莞县委认真总结本县历年晚造生产的经验教训，切实采取措施，抓好一个“早”字，保证在“立秋”前基本完成晚造插秧任务。目前，全县已收割早稻七成多，晚造办田工作正在加紧进行。

东莞县去年晚造粮食生产获得较大丰收，总产和单产都超过了历史最高水平。今年晚造如何在这一基础上再增产？东莞县委认为，根据去年晚造的经验，很重要的一条，是要继续抓一个“早”字。但是，有的同志看到今年早造收割季节推迟，对“立秋”前基本完成晚造插秧信心不足；有的人甚至认为，去年晚造丰收，主要是老天爷帮了忙，早插迟插关系不大，因而季节观念淡薄，对晚造插秧采取“插到几时算几时”的态度。为了统一大家的认识，县委组织有关部门查阅了历年农业生产的资料，发现增产与减产有多方面的因素，但从插种插秧季节来看，有一个明显的规律，就是早插早插的，在一般情况下都增产；迟插迟插的都减产。一九六四年农业学大寨运动以来的十四年，属早插早插（六月八日至十六日大插，七月二十七日至八月三日大插，“立秋”基本插完）的十一年中，有八年增了产。其中增产一亿斤以上的有三年，都是早插早插的。如一九七一年晚造，总产增一亿三千三百多万斤，该年在五月底开始插种，六月二十日基本插完，七月二十五日插秧一成，八月三日插秧八成。还有三年因遭受台风等大的自然灾害而减产；十四年中，有三年是迟插迟插的（六月二十日至二十四日大插，八月六日大插，“立秋”后几天才插完），这三年都减了产。特别是一九七六年晚造，插种和插秧季节都是十多年来最迟的一年，直到八月二十六日，才插秧九成多。这一年晚造减产最严重，倒退到一九六三年晚造的水平。大量的事实证明，早插早插是晚造增产的一条关键措施。在某种意义上来说，时间就是粮食，赢得时间就是胜利。通过总结，使大家增强了季节观念，决心及早做好准备，保证在“立秋”前基本插完晚稻。接着，县委就召开公社党委书记会议，研究了早插和培育老壮秧问题。全县从五月底开始插种，至六月二十二日就基本插完了。与此同时，还发动群众大积肥料，六月上旬至夏收前，全县每天出动十二万多人积制肥料。至七月九日止，已积土杂肥二千七百四十多万担，平均每亩三十多担。

为了保证在“立秋”前基本完成插秧任务，夏收大忙开始后，县委专门成立了“双夏”后勤领导小组，切实加强对“双夏”的领导，县委以战线为单位分工包片，组织了五百多干部下乡，和贫下中农一起大干苦干。各公社针对早稻由于后期阳光猛、气温高、成熟快、易掉粒的特点，采取劳动力、时间、农机具、领导精力“四集中”的办法，抓紧晴天及时抢收，做到成熟一块，收割一块，边收割边犁田沤田。全县到七月十二日止，已收割早稻六十四万亩，占全县早稻总面积的七成多，犁田、沤田二十五万亩，占已收割面积的四成多。广大群众看到今年晚造增产措施抓得落实，各项工作比往年主动，对在“立秋”前基本插完秧，夺取晚造丰收充满信心。 （岑祖谋 赖海晏）

岑祖谋、赖海晏：《认真总结历年晚造早插迟插的经验教训 东莞县继续大抓一个“早”字》

《南方日报》1978年7月14日第1版

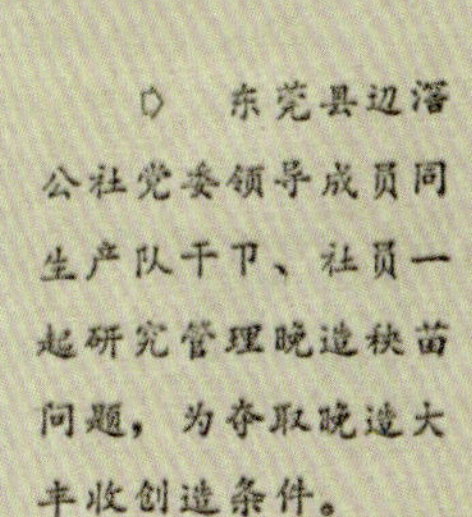

东莞县辺滘公社党委领导成员同生产队干卩、社员一起研究管理晚造秧苗问题，为夺取晚造大丰收创造条件。

《东莞县道滘公社党委领导成员同生产队干部、社员一起研究管理晚造秧苗问题，为夺取晚造大丰收创造条件》

《南方日报》1978年7月16日第2版

“一年早知边”规划要经常检查

本报讯 虎门公社卢屋大队组织干卩检查“一年早知边”规划的落实倖况，及时采取措施，保证增产增收，有力地鼓午了社员搞好集体生产的积极性。

为了保证“一年早知边”规划的落实，今年第一季度过后不久，卢屋大队党支卩便及时组织大队干卩、财务人员和生产队正付队长，对今年增产增收规划逐项进行检查。按照规划，今年全大队总收入要比去年增加二万四千五百元，平均每人分配要比去年增加十五元。但是在检查中，他们发现由于长期低温阴雨的彩响，春收小麦总产比去年减少二百担，减收了二千六百元，全大队二千五百棵芀枝树也结果很少，估计要减收一千元。另外，由于尻料不足，尻定可以收入五千元的社员禾草绳加工付业，也要减收二千元。这三项合起来总共要减收五千六百元，如果不及时想办法补回，尻定的增产、增收、增分配计划就难以实现。于是，大队党支卩发动干卩、群众，根据“以粮为纲，全百发尸”的方针，立即采取补救措施。他们决定小麦损失旱粮补，全大队间种套种玉米六十多亩，可收入一千二百元；芀枝损失西瓜补，发动社员开荒扩种五亩西瓜，可收入一千元；加工禾草绳收入减少，就发动社员挖柴头卖给墟镇企业单位补回，到四月底，已收入二千五百元；此外，还准备多养一千只肉鸭，可收入一千元。

最近，大队党支卩已将检查的倖况和补回损失的办法，反复向群众亡传，使群众心里有底，干劲倍增。（本报通讯员）

本报通讯员：《“一年早知道”规划要经常检查》

《南方日报》1978年7月20日第2版

做好转化工作　发巳大好形势

东莞县常平公社党委书记　尹盛发

我们公社属半丘陵半埔田地区，过去，稻谷亩产每年只有五、六百斤。经过近几年的努力，较好地改变了耕作条件，去年水稻平均亩产达一千零五十二斤，并出现了一造跨纲要的大队和不少亩产超千斤的高产片，全社的农、林、牧、付、渔各业都得到较大的发展，被县委评为学大寨的先进公社。我们公社面貌的改变，是和这些年来我们比较注意坚持唯物辩证法，努力做好转化工作分不开的。

毛主席指出："共产党人的任务就在于揭露反动派和形而上学的错误思想，亡传事物的本来的辩证法，促成事物的转化，达到革命的目的。"在学大寨运动中，改变一个地区的面貌，使亩产五、六百斤向一千多斤以至将来向更高的产量转化，使落后向先进，先进向更先进转化，这就是一场革命。

以前我社水稻产量低，一个重要原因是水利不过关。迂到连降一百毫米以上的大雨，就有三分之--的稻田受涝，使水稻减收甚至失收。是听天由命还是治水夺粮？这是一个急待解决的重要问题。一九七三年冬，我们在大寨"天大旱，人大干"的精神鼓舞下，制订了"抗山洪、排积水"的治水规划，发动群众进行开河改水大会战，组织专年民兵巳开治水突击战。全社经过连续五年的奋斗，共挖改水河、环山沟、排水渠一千四百九十三条，总长三百五十华里，建桥梁涵闸五百三十坐，平田三万三千七百四十亩，共做土、石方一千二百九十多万个，使全社五万亩稻田基本实现了排灌分家。去年我社迂到了连降二百三十七毫米的大暴雨，由于上述水利设施充分发挥效益，使早稻基本上免遭水患。

旧的矛盾解决了，新的矛盾又不断产生。我们公社的稻田，有六成面积是沙质浅脚田。如果不认真搞好土、肥建设，耍实现稳产高产也是不可能的。全国第一次农业学大寨会议后，我们认真组织贫下中农，每年掀起几次大积土杂肥和田泥上地、地泥下田的高潮，切实抓好治土增肥工作。同时，实行农牧结合、粮猪并举的方针，大搞以养猪积肥为中心的土肥建设。在这方百，我们用以点带面的方法，以袁山贝大队为试点。经过一段时间的努力，这个大队做到猪场、肥池、制肥厂配套成龙。去年，这个大队每亩施了一百五十担用猪屎、猪尿、磷粉、氨水堆沤精制的土杂肥，使稻谷获得了史无前例的大丰收，总产比前年增加八千三百多担，每亩平均增产三百三十二斤。袁山贝大队的经验，为全社土肥建设闯出了一条新路。我们推广了袁山贝大队的经验，使全社八成多的生产队猪、肥建设配套成龙，自力更生闯肥关。去年，全社生猪饲养量达六万三千六百三十二头。猪多、肥多、粮多。一九七七年全社稻谷、小麦、塘鱼的产量都超过历史最高水平。实践使我们认识到：努力促成事物向革命的方面转化，使我们的工作做到有所发现，有所发明，有所创造，有所前进，这是我们共产党人的责任。如果我们在一个地方工作多年，这个地方的面貌得不到改变，那我们的工作还有什么意义呢？

马克思主义辩证法告诉我们，矛盾无时不在，无处不在。我们只有敢于揭露矛盾，才能做好革命转化工作。我社苏坑大队和袁山贝大队山水相联，耕作条件比袁山贝大队好。袁山贝大队革命和生产形势发展比较快，但近几年来苏坑大队的农业生产却连年倒退。这是为什么呢？为了把苏坑落后的盖子揭开，我们组织工作组到这个大队进行调查研究，发动群众讨论"苏坑为什么落后"的问题。贫下中农一针见血地指出，苏坑后进的主要原因是干部作风不深入，存在大饮大食等不正之风。我们和贫下中农一起用摆事论理和回忆对比的方法，邦助苏坑大队党支部开门整风。通过揭矛盾，查根沅、算危害，纠正了大饮大食等不正之风，健全了大队党支委定点学习、定点劳动、定点记工分的评点评人的制度，使每个干部自觉接受贫下中农的监督和教育，带领群众大打农业翻身仗。结果，去年这个大队夺得了早、晚造粮食亩产超过历史最高水平的成绩，增产幅度跃居全社第三名。矛盾是普遍存在的，后进的地方有，先进的单位也不例外。这就要求我们时刻保持清醒的头脑，善于观察分析，随时发现问题，解决问题。

矛盾着的对立的双方互相斗争的结果，都在一定的条件下互相转化。没有一定的条件，是不能达到革命转化的目的的。所以，我们一定要在创造转化条件上下功夫。我社塘坑、司马、桥沥这三个大队人少田多，往往因人力不足，种、收不及时。人少田多如何做到不违农时，种好管好？为了解决这个矛盾，一九七六年，我们在塘坑大队邦助他们大搞耕作改制，实行花生和稻等作物的轮作，较好地解决了土地、人力、畜力和季节的矛盾，赢得了生产的主动权。去年，这三个大队继续狠抓耕作改制，搞好劳动管理，使农业生产步步主动，环环紧扣，获得了粮食、生猪、花生、甘蔗等全面大丰收。过去，我们公社企业生产和修理的农机具质男比较差，主要尻因是没有充分调动干部、工人的社会主义积极性。去年，我们抓了社办企业的整顿，加强对干部、职工的"三老"、"四严"、"四个一样"的教育，搞好"岗位责任制"，落实合理的超产奖励等政策，充分调动了广大干部、职工大干社会主义的劳动积极性，掀起了大闹技术革命和技术革新的热潮，开展了厂与厂之间转轨支农的劳动竞赛，既提高了产品质量，又降低了成本。

尹盛发：《做好转化工作　发展大好形势》

《南方日报》1978年7月24日第3版

亩产吨粮以后按高标准进行田管落实措施再夺高产

温塘大队晚造基肥翻一番

本报讯 去年亩产吨粮的东莞县附城公社温塘大队，今年晚造生产搞得又快又好。到八月二日止，已插秧三千一百五十亩，完成晚造插秧任务的九成。晚造生产搞得特别好的一条是肥料多。根据全大队三十个生产队合计，晚造基肥比去年同期翻了一番，这样，就为今年晚造夺取更大丰收创造了较为优越的物质条件。

去年晚造，温塘大队平均亩产稻谷一千零七十斤。大队党支部和干部、群众反复商量后，决心在今年晚造再夺一个大丰收，并且定了切实可行的增产指标，其中重要的一条是晚造基肥要在去年二十八万担的基础上增加一倍以上。经过广大干部、社员的努力，这项增产措施已在插秧前如期实现。不久前，东莞县委召开有各公社党委副书记参加的晚造生产现场会议，到他们那里参观，大家看到：不论是山坑田，还是河边的大片埔田，块块都铺满了肥料，经过犁耙后，田土又肥又软。

温塘大队今年晚造那么多的肥料，是怎样积集起来的呢？

他们深入做好思想发动工作，提高广大干部、群众对大搞土杂肥的自觉性。温塘大队是个半禾田半经济作物地区，历来使用化肥较多，过去，不少人抱有单纯依赖化肥的思想。大队党支部在多年的实践中认识到这种思想是不对的。为了使群众明白要夺取粮食高产必须实行"以土肥为主，化肥为辅"的道理，他们专门总结了两个生产队的正反两方面的经验。前年早造，这个大队的丁三生产队有二百六十多亩埔田，平均每亩施化肥五十多斤，前期禾苗长势很好，但由于每亩田只有四十多担土杂肥作基肥，结果禾苗生长后期出现了后劲不继的现象，亩产只有八百七十多斤；四上一队也有条件相同的二百五十多亩埔田，尽管化肥比丁三队每亩少施十多斤，但因为每亩施了二百多担土杂肥，亩产却高达一千零五十斤。通过对比教育，广大干部、群众终于懂得：夺高产固然需要化肥，但光靠化肥，没有足够的土杂肥，是不能收到显著的增产效果的。大家还总结了今年早造生产的经验：全大队放养红萍达三千二百亩，比去年扩大了几百亩，其他土杂肥也比去年同期大大增加，结果全大队今年早造在化肥没有增加的条件下，在去年早稻亩产一千零三十八斤的基础上，亩产又增加了四十斤。经过这样对比和总结，广大干部、群众大搞土杂肥的积极性比任何一年都高。

他们收购社员家庭肥料时坚决执行等价交换的原则，在发动社员积肥时坚决执行各尽所能，按劳付酬的政策。今年夏种之前，这个大队突出地抓了"三苗"（花生苗、豆藤、瓜蔓）的积集工作。除集体收获的"三苗"全部回田作基肥外，各生产队普遍用稻草同社员交换"三苗"（这样做是为了解决社员的燃料问题），或用现金收购的办法，收集社员自留地的"三苗"。由于贯彻了等价交换，自愿互利的原则，社员交给集体的"三苗"达到一万多担，连同集体的"三苗"，可解决一千六百亩晚稻田的基肥。此外，对社员外出采集野生绿肥，岸河涌泥肥等，一律实行定额计酬，对超额完成任务的给予适当的工分奖励；对社员的家肥，实行按质论价收购，这样，更进一步调动了广大群众大搞土杂肥的积极性。

把大量增加肥料作为晚造一项突出的关键措施来抓，在组织领导方面，得扎扎实实地做一系列工作。今年早造夏收之前，大队党支部就明确地向各个生产队提出每个劳动力完成积肥一百担任务的要求。干部同社员一样分配积肥任务，带头行动，大打积肥歼灭战。大队干部深有体会地说："我们自己动手积肥，比用口动员社员积肥作用要大得多，这是无声的、又是最有效的命令！"最近，大队党支部已作出决定，准备在晚造插秧结束后，专门划出一段时间，集中力量，继续大搞积肥制肥，解决晚造追肥问题和为冬种准备肥料。

为了实现高产再高产，温塘大队今年晚造在推广良种、育秧、秧苗消毒、沤田、办田等方面都比去年做得好。其中仅是推广早熟高产良种"桂朝二号"就有一千多亩，占了晚造稻田面积近三成。大队党支部还认真总结了去年晚造大搞群众性高产试验田的经验，准备在插秧后把一千多亩边远田分给社员管理，由大队农科站统一制订科学管理措施，生产队统一分配肥料和农药等，规定完成产量指标后，超产部分给予适当的工分奖励。去年晚造开展这项活动后，许多社员为了超产，暗中进行竞赛，有的甚至悄悄地把家里的肥料施到自己管理的那块高产试验田去。去年晚造，仅此一项，就增产稻谷近千担。

（本报通讯员、本报记者）

本报通讯员、本报记者：《亩产吨粮以后按高标准进行田管落实措施再夺高产　温塘大队[①]晚造基肥翻一番》

《南方日报》1978年8月5日第1版

① 温塘大队：当时属东莞县附城公社，即今东莞市东城街道温塘社区。

向企业管理要产量

东莞县氮肥厂管理上轨道，生产节节上升，扭亏为盈

本报讯　东莞县氮肥厂在学习《工业三十条》中，狠抓企业管理，促进了生产。今年上半年这个厂合成氨产量达到五千一百六十二吨，完成年计划百分之六十点七三，比去年同期增长百分之八十四点九，创同期历史最好水平。由于提高了产量，煤耗、电耗都显著下降，成本降低，上缴利润达九万五千多元，扭转了过去亏损的局面。

东莞氮肥厂原是年产合成氨三千吨的老厂。近几年来，经过改造和扩大，产量逐年上升，去年，生产合成氨已达八千三百多吨。今年初，正当大家干得起劲的时候，合成车间发生了烧坏合成触媒事故，从而使合成塔触媒提早两个月报废，损失达二万多元，而且影响了合成氨生产，使一月份欠产二百多吨。事故发生后，厂党委进行了认真的讨论，他们从中看到，这次事故的发生，主要是由于制度不严，管理不善造成。于是，厂党委以这次事故为引子，发动群众狠批"四人邦"鼓吹的"制度无用论"，认真地查思想、查制度、查纪律、查漏洞，大算政治影响、经济损失、人身安全三笔帐，提高广大职工遵守操作规程和规章制度的自觉性。在此基础上，进一步改善以岗位责任制为中心的各项管理制度，严格控制工艺指标，全面实行定人定岗、定机定炉和定压力、定产量的科学管理，改变过去开炉无计划，开机不定时，以及离岗串岗的状况。为保证各项管理制度的落实，厂党委领导还带领科室人员到车间、班组蹲点，跟班劳动，把政治思想工作做到车间、班组，做到工人宿舍，及时掌握工人思想情况和机器设备的运行情况，及时解决管理中遇到的各种问题。厂党委还组织了有领导、工人、技术人员参加的"三结合"小组，定期进行检查，反复抓好各项管理措施的落实。与此同时，厂党委还注意抓好工人的技术培训工作，请技术员给青年工人上技术辅导课，定期对工人进行技术考核，使全厂新老职工普遍提高技术水平，促进了生产。

（本报记者、本报通讯员）

本报记者、本报通讯员：《向企业管理要产量　东莞县氮肥厂管理上轨道，生产节节上升，扭亏为盈》

《南方日报》1978年8月7日第2版

辺　滘供销社　认真检查改进支农工作

本报讯　东莞县辺滘供销社认真贯彻全国财贸“双学”会议精神，学习湘乡经验，检查并改进支农工作。

辺滘供销社党支卩在组织职工认真学习全国财贸“双学”会议文件和湘乡经验的基础上，提出了“辺滘供销社有没有真正贯彻执行‘发展经济，保障供给’的总方针？”“有没有干坑害农业的事？”等问题，发动群众总结工作，查摆支农中存在的问题。大家认为，辺滘供销社虽然被评为省“双学”的先进单位，但是，从全国财贸“双学”会议精神的要求，从农业生产实际需要来看，仍然存在着支农不力的问题。例如，有的边远大队花了人力物力造了储氨水池，可是由于供销社没有及时协助他们搞好配套，发挥不了作用，造成了浪费。黎州角大队的储氨水池造好了三年，就是因为缺乏胶管和开关掣，一直不能使用，生产队只得派社员用小艇到公社去运氨水。由于路程远，每趟需两天时间，还得住旅店，这样，每担氨水得多花三角六分钱，增加了农业生产成本。供销社党支卩认真对待这些问题和意见，逐条加以分析研究。按照有利于农业生产的原则，有的马上改进，有的订出措施逐步加以改进。如对氨水池配套问题，供销社马上会同公社农械厂对全社各大队的氨水池所需配件进行调查，然后迅速组织生产，并分别安装配套好。黎州角大队的氨水池配上胶管和开关掣之后，立即装进了三十吨氨水，赶上各生产队夏种的需要。

（辺滘公社报辺组）

道滘公社报道组：《道滘供销社认真检查改进支农工作》

《南方日报》1978年8月8日第1版

东莞县大搞中耕积肥

本报讯 东莞县在基本完成晚造插秧后，立即转上以大搞肥料为中心的田间管理。现在，全县每天出动十二万多人大搞中耕积肥、施肥和除草、耘田。到本月七日止，已积肥八百九十多万担，施肥四万四千多亩，并已有七万八千多亩晚造完成了第一次中耕除草。

东莞县在“立秋”前两天基本完成晚造插秧任务后，县委及时分析了夺取晚造大丰收的形势，清醒地看到，今年晚造要求在去年晚造超历史的基础上继续增产，基数高，难度大，必须花大力气。因此，县委及时向各社队提出早插早管，早施肥早中耕的要求，要求各地迅速掀起以积肥、施肥为中心的田间管理高潮。在短短的几天时间内，全县各社队在抓紧插秧的扫尾工作和扩大面积的同时，都安排劳力，大搞积肥、施肥。附城公社每天出动六成以上的劳力投入中耕积肥，几天时间已积集肥料二十一万担，有八千亩晚造施了肥。望牛墩公社出动四千五百多人，几天时间已清出猪牛栏肥六万五千多担，家肥三万担，库存氨水二千担，化肥三百五十担，有部分已立即施放落田。目前，全社一万九千八百亩晚造，已中耕除草一次的有一万一千亩，施肥一次的有八千五百亩。

在大搞以肥料为中心的田间管理中，全县各社队都开展群众性的高产试验田活动，选择边远田、低产田、秧脚田作为试验田，实行定增产指标，超产奖励的办法，促进晚造平衡生长。

（县报道组）

县报道组：《东莞县大搞中耕积肥》

《南方日报》1978年8月14日第2版

在共同富裕的大道上迈步前进

——东莞县石碣人民公社巩固和发展集体经济的调查

东江河畔，有一个在共同富裕的大道上迈步前进的人民公社，这就是我省农业学大寨先进单位、全国第二次农业学大寨会议先进单位代表——东莞县石碣人民公社。

公社化前，石碣的生产条件并不好，每个农业人口平均不到一亩水田，而且全部耕地为东江南北流相夹，地面与河床一般低。当年三十七个高级社中，就有二十五个要吃返销粮。有人曾断言：石碣这块地是养不住人的。

在伟大领袖和导师毛主席发出"人民公社好"的历史性号召以后，这里发生了巨大变化。

公社化二十年来，石碣公社粮食总产平均每年递增百分之七点七，亩产由一九五七年的六百六十三斤提高到一千六百四十八斤，过了"双纲"。全社不但实现了粮食全部自给，近九年来，每年还向国家交售粮食一千五百五十多万斤，比一九五七年的全年粮食总产量还要多。一九七七年，平均每个农业人口向国家交售稻谷、黄麻、蔬菜、肉类等农副产品产值达二百一十五元。

随着生产的发展，集体经济迅速壮大。一九七七年，全社工农业总收入比一九五七年增长三点六倍，公共积累增长八点七倍。社员每人平均收入达到一百八十六元，比一九五七年的七十八元增长二点六倍，成为全县分配水平最高的一个公社。社员家家有存款，户户有余粮。七成以上的农户已经住上新楼房。

集体福利事业也越办越好。全社队队办起了合作医疗、托儿所、幼儿园；队队设有文化室、电视机、图书室，社员群众的文化生活相当活跃。

在石碣，一代有社会主义觉悟、有文化的新型农民正在成长。全社拥有一支二千四百多人的文化科学技术骨干队伍（其中包括拖拉机手、电工、机械工、农科人员、理论辅导员，等等），平均六个劳动力中就有一个。

为什么人民公社"一大二公"的优越性在石碣显示得比较充分？其中有些什么经验值得我们借鉴呢？

依靠集体力量，改变生产条件

在毛主席的革命路线指引下，石碣公社一向注意大搞农田基本建设，不断改善生产条件，为实现农业高速度而奋斗。

人民公社诞生后的第二个冬天，石碣公社动员全社九成劳动力，把长达三十多公里的堤围加高了五米，加宽了四米，还多筑了护堤。这个在合作化时期一直没有能力兴建的大工程，仅用了三个月就建成了。从此，全社二万七千多亩农田解除了为害最大的洪水威胁。一九六〇年，全社粮食平均亩产增加了一百二十多斤。

在三年暂时经济困难时期，他们[illegible]继续积极发展集体经济，向农业机械化进军。全社兴建了五十三个电站和一批水闸，实现了排灌电气化，初步解除了内涝威胁，使占农田总面积三分之一的单造田改为双造田。一九六三年，虽然遇到六十年未有过的大旱，仍然获得大丰收，粮食亩产第一次突破千斤关。一九六六年，亩产接近一千三百斤，比公社化前翻了近一番。

在林彪、"四人帮"横行时，这个公社也刮过穷富拉平、分配拉平、"割资本主义尾巴"等歪风，使人民公社集体经济受到严重损害。从一九六八年到一九七〇年，生产三年踏步不前。一九七四年，在上级党委统一部署下，这里开展党的基本路线教育。公社党委认真总结了在巩固人民公社问题上正反两个方面的经验，使全社生产建设又发展到一个新的水平。他们完全依靠社队企业和多种经营的积累，投资二百多万元，迅速提高了农业机械化水平，机耕面积达到百分之九十以上。他们用了四年时间，全面整治农田排灌系统，控制地下水位，使之适应"双纲田"对科学用水的要求。他们平整了一千七百多个小山丘似的沙墩，填平了荒涌、荒凼三百多处，使原来零乱分散、坑坑洼洼的田块，八成以上变成一方方平展展的格子化农田，以适应机械耕作的要求。他们逐年平田改土，把原来的沙质浅脚田、粘土田，百分之七十四都改造成"双纲田"、"吨粮田"。一九七七年，全社粮食亩产闯过"双纲"，涌现了一批"吨粮"生产队和一个接近"三纲"的大队。这一切，显示了人民公社在改天换地斗争中的巨大威力。

发挥有利因素，向生产的广度深度进军

人民公社人多力量大，加上农业机械化程度不断提高，解放出大批劳动力，更能向生产的广度深度进军了。这些年来，石碣公社不断扩大生产范围，大搞精耕细作、科学种田，为国家、为集体创造了越来越多的物质财富。

他们走的是一条农、付、工综合发展的路子。一九六五年，社队工业基本是个空白，现在公社、大队企业已发展到六十一个。在农业方面，也在着重抓好粮食生产的前提下，发展了有黄麻、塘鱼、花生、甘蔗等三十八个生产项目。一九七七年，全社工付业、多种经营收入已占总收入的百分之七十多。

特别值得一提的是，他们在有限的土地上，做了许多文章。一九七〇年，这个公社试验成功水稻间种黄麻以来，现在已经发展到十多个间套种（养）办法：稻麻稻菜、稻鱼稻麦、两稻两肥、油麻稻菜……。由于变二熟为三、四熟，去年全社土地复种指数平均达到百分之三百二十。现在，这里农田生产不少是立体的，一块地里同时长着两层甚至三层作物，充分利用了地面和空间。下面几个数字可以说明这点：他们用间种套种办法，在一千九百亩大田麻地上，却种出三千五百亩黄麻；在六百亩大田菜地上，却种出一千五百多亩瓜菜；甚至连沟边、田埂、堤边，都种了三百五十亩作物。许多外地来参观的人看了，大开眼界，很受感动。

那么，石碣公社是怎样闯出这种丰富多采的局面的呢？

首先，坚持共同富裕的社会主义道路，抵制反革命修正主义路线干扰和破坏。他们开始大搞科学种田，正是林彪、"四人帮"把革命和生产的辩证关系搞得最乱的时候。有人说，石碣公社老是搞钱，搞"物质刺激"，方向有问题。为此，公社党委专门开了一次会进行讨论。会上，许多同志说，现在农民不是太富了，而是还很不富裕，不搞物质生产，群众生活老是过不好，那还称什么社会主义？解放二十多年了，不赶快改变这种状况，我们这些当干部的能够心安理得吗？党委最后的结论是：我们的路子没走错，我们一定要把生产搞上去，千方百计使所有农民富裕起来！

然而，斗争并没有就此结束。有些人又散布什么"亩产跨双纲，不如办个小工厂"，"一年二、四熟，不如天天搞收入"。个别生产队脱离农业办工业，派出大批劳动力外出搞"无本生利"的付业收入。针对这些情况，公社党委总结了平均每人只有三分八厘地的唐洪大队的典型经验。这个大队，过去每年要吃国家八百多担返销粮。一九六五年，他们集中群众智慧，大搞耕作制度改革，实行科学种田，变二熟为四、五熟，土地复种指数达百分之四百四十多，农业生产大幅度上升。一九七七年，粮食亩产从公社化初期的七百斤，提高到二千三百多斤，塘鱼平均亩产从五百斤提高到一千零八十斤。不但实现粮食完全自给，平均每个农业人口每年还向国家提供粮食四十斤，黄麻五十斤，塘鱼七十斤，猪半头，蔬菜产值四十五元多。社员分配从九十多元增加到二百六十多元。通过对这个典型的分析，使公社党委认识到：能不能为国家、为集体创造更多的物质财富，不断增加社员的收入，是检验人民公社办得好不好的一个主要标志。唐洪能够向三分八厘地要粮、要钱、要贡献，耕地较多的队，更应该大有作为！从此，他们十分注意抓好生产领域两条道路斗争，进行社会主义教育，并且收到了较好的效果。

其次，石碣的干部群众搞高产、搞间套种，每搞一项，都认真对待，经过试验摸出它的规律，做到推广一项，成功一项，取得显著的效果。

前几年，由于"四人帮"的干扰，给人们造成一种错觉，以为党委只是抓大事、管路线的，对生产斗争可以少过问。石碣公社党委认为，生产有它自身的规律，光是开个动员会，唱唱高调，而不去精心组织，生产是不会自然而然上去的。这就要求各级干部都钻下去，逐步成为生产上的内行。公社党委首先带头做到这一条。去年，公社党委领导成员为了继续提高土地复种指数，和梁家村大队农科站的社员一起摸索。他们在早稻抽穗期间，试种稻底瓜，使之在晚稻插秧前的短暂空隙时间生长，获得了成功，为全社闯出一条充分利用土地的新路子。今年早造，全社推广这个办法，挤出了一千亩菜地扩种水稻。今年，公社领导又和群众一起，试验成功"瓜地秧"，为水稻插种节省了土地。

第三，石碣公社党委认为，群众为集体创造了日益增多的物质财富，党组织就要更加关心群众生活，使他们把自己的切身利益和集体经济的发展直接联系起来，使群众的积极性日益提高，持之以恒。

前几年，这个公社执行上级关于社员每月口粮平均不能超过五十斤稻谷的规定。不久，他们发现有的生产队虽然年年超额完成国家公购粮任务，但是按照这个规定，增产再多也不能多吃。"反正五十斤，何必太辛苦"，直接影响了人们大办粮食的积极性。公社党委耐心听取了干部群众的意见，从中还发现实行计划生育以来，劳动力在人口的比重中增大了，同样是平均五十斤口粮，一级劳动力比过去少分了九斤。经过调查，公社党委认为，不管增产多少，一律只能吃五十斤粮的规定，是束缚农民搞粮食生产的积极性的。于是他们积极把情况如实向上级反映。去年，经有关部门同意，他们本着"三兼顾"的原则，在完成国家粮食征购任务前提下，决定增了产可以适当增加集体储备和社员的口粮分配。修改了这个规定以后，群众很高兴，搞粮食的劲头更大了。

坚持党的政策，使所有生产队富裕起来

近几年来，石碣公社在积极发展公社经济的同时，坚持"三级所有，队为基础"的原则，执行现阶段党在农村的各项经济政策，努力帮助生产队发展集体生产，增加收入。

为了使穷队迅速赶上富队，石碣公社积极帮助穷队大力发展生产，不搞简单的穷富拉平。前几年，这里有一个大队硬把经济水平悬殊的三个生产队合并。结果，群众砍伐果木，生产力遭到破坏，以致当年大减产。公社党委吸取了这个教训，采取了三条具体措施，帮助穷队赶上富队：一是调动穷队内在的积极因素。党委每年召开一次穷队队长会议，组织大家参观先进典型，逐个队帮助分析落后的主要原因，明确赶队方向。二是加强对穷队的领导。近四年来，公社有八名领导成员先后到全社分配水平最低的十二个生产队蹲点。其中有十个队变化显著，赶上或者超过原有的富队。三是组织各行各业和穷队挂勾，具体帮助穷队发展工副业，开展多种经营，壮大集体经济。经过几年的努力，全社大多数穷队生产和收入已达到或者超过当地中等水平。一九七七年同一九七三年比，分配水平在一百五十元以下的生产队由四十一个减少到五个。分配最低的一个大队，仅低于全社平均数百分之十左右。

在发展公社一级经济的问题上，石碣公社党委也坚决反对"一平二调"的错误做法。一九七五年，为了发展公社经济，曾经有人主张从生产队无偿平调劳动力和资金，说是"石碣的集体家底薄，不刮点共产风不行"，反正"取之于民，用之于民"嘛！公社党委通过总结历史经验，坚定地认为，搞无偿平调，刮"共产风"，是不符合马列主义原理，违反党的政策的，这种错误决不能重复。于是，他们在全社大队党支部书记会议上，严肃地检查了过去在大搞农田基本建设中平调生产队劳动力的一些错误做法，并且注意从各方面减轻生产队和社员的不合理负担。主要是：一，精兵简政，严格控制非生产人员和非生产性用工。目前，全社脱产人员共三百六十二人，仅占总劳动力百分之二点六。二，只许公社、大队两级经济扶助生产队，不许挖生产队墙脚。社办企业从生产队抽调的劳动力，一律付回合理报酬。三，在农田基本建设中，涉及队与队之间的关系时，坚持自愿互利、等价交换的原则。四，实行民主理财，注意清还借款借物，防止干部多吃多占。五，社队工业的支农产品和维修农机具，必须保质保量，努力降低生产成本和维修费用。

这个公社由于坚决执行"三级所有，队为基础"的原则，最近三年，全社大队、生产队两级总收入每年都以百分之八左右的幅度增长。这样，公社经济的发展就有了坚实可靠的基础。

• • •

石碣公社党委在回顾二十年战斗历程的时候，深深体会到，要充分发挥人民公社优越性，必须调动一切积极因素，壮大集体经济，提高社员生活水平，而要做到这一点，就必须坚持党在现阶段的人民公社的各项经济政策，既要防止那种不承认人民公社"一大二公"的优越性的右的倾向，又要纠正那种随意抹煞社会主义与共产主义的区别，看不到现阶段人民公社的特点的"左"的倾向。他们说，石碣人民的实践集中地说明了一点，就是一定要准确地、完整地领会和实践毛主席关于人民公社的光辉思想，善于总结正反两方面的经验，办好人民公社。公社党委清醒地看到，由于林彪、"四人帮"反革命修正主义路线的干扰破坏，石碣公社还存在一些问题需要进一步解决。当前要深入批判林彪、"四人帮"贩卖的假左真右的黑货，彻底肃清其流毒。全社的社队企业虽然有了较大的发展，但是，社队企业的收入还只占工农业总收入的四分之一左右，怎样为农业机械化和大搞农田基本建设积累更多的资金，使农业能够持续高速度地发展，也仍然是一个薄弱环节。他们决心在华主席、党中央的英明领导下，认真执行党的路线和政策，进一步改进干部作风，继续带领群众沿着人民公社的光辉大道，迈开大步，加速前进！

省、地、县、社调查组

省、地、县、社调查组：《在共同富裕的大道上迈步前进——东莞县石碣人民公社巩固和发展集体经济的调查》

《南方日报》1978年8月19日第2版

摘要：报道了东莞县石碣人民公社在公社化后的20多年中，通过依靠集体力量改变生产条件，发挥有利因素向生产的广度深度进军，坚持党的政策使所有生产队富裕起来等措施，实现了粮食总产量提高，集体经济壮大，集体福利事业越办越好，成为广东省农业学大寨先进单位、全国第二次农业学大寨会议先进单位代表。

万江公社千方百计灭鼠

本报讯 在晚稻田间管理中，东莞县万江公社党委及时发动群众，采取多种办法扑灭鼠害。连日来，全社出动四千八百人，捕鼠四万一千多只，保障了晚籼的正常生长。

这个公社晚籼插秧结束后，及时抓好田间管理，促进禾苗分蘖。可是，露田晒田开始以后，却出现了严重的鼠害。有的队，一亩田就被田鼠咬断一万二千多苗。公社党委认为，如不及时扑灭鼠害，晚造夺丰收的计划将会落空。于是，立即发动群众，在全社范围内迅速掀起群众性的灭鼠热潮。

为了使灭鼠工作实有成效，公社党委深入调查研究，集思广益，采取了多种有效措施：一是发动群众毁穴捕捉，斩草除根；二是夜间在稻田放置鼠剪捕鼠；三是用药饵诱杀；四是用水淡烟熏。流涌尾大队从八月下旬以来发动群众自制鼠剪二千把，同时挑选四十名捕鼠能手，每晚捕捉田鼠三百余只，目前已捕鼠四千多只，鼠害大大减少了，确保了禾苗的正常生长。

（万江公社党委办公室）

万江公社党委办公室：《万江公社千方百计灭鼠》

《南方日报》1978年9月11日第1版

警惕的眼睛

一天晚上，东莞县长安公社供电所民兵班长李实安，发现有个人影从太平公社方向朝长安公社走来。当一发觉供电所门口有人时，就从公路中间窜到路旁。

那人越走越近，李实安看见他背着竹帐，肩挂挎包，臂里夹着一包东西，行动慌张。李实安思索开了：如果是到太平公社办事的本地人，一般不会这么晚才回来。本地自行车多，外出的人也很少步行。而且，这人的打扮不象本地人。

于是，李实安上前拦住他，问他是那里人，往那里去，干什么？那人先是一惊，随即故作镇静，不理睬。为了查明他的身份和来历，李实安和民兵查验了他的"证件"，发现他带有外省边境居民证。李实安想，一个外省人，又没有我省的边防证，不能随意放行。李实安随即把他送到公社，交公安机关处理。后来查明，这家伙原来是个凶恶的敌人。我公安机关依法将其逮捕归案。

陈捷凤

陈捷凤：《警惕的眼睛》

《南方日报》1978年9月12日第3版

◎ 东莞县石碣人民公社成立二十年来，发挥一大二公的优越性，不断向生产的深度和广度进军，集体经济迅速壮大，粮食总产平均每年增长百分之七点六，亩产过“双纲”，成为我省农业学大寨的先进单位。这是西南大队在今年夏收时晒新谷的情形。

《东莞县石碣人民公社成立二十年来，发挥一大二公的优越性，不断向生产的深度和广度进军，集体经济迅速壮大，粮食总产平均每年增长百分之七点六，亩产过“双纲”，成为我省农业学大寨的先进单位》

《南方日报》1978年9月15日第3版

全国二十四单位业余体校游泳比赛在东莞县举行

本报讯 全国二十四单位业余体校游泳比赛于九月三日至八日在东莞县举行。来自北京、天津、上海、河北、辽宁、黑龙江、内蒙古、山西、陕西、山东、江苏、浙江、福建、江西、安徽、四川、云南、贵州、河南、湖北、湖南、广西、广东等地的四百多名运动员，参加了男、女少年甲组，男、女少年乙组和女子儿童甲组五个组别的比赛。两名台湾籍小运动员参加了测验。

在全部比赛的四十六个项目中，有三十一个项目的比赛成绩超过了去年全国少年游泳比赛第一名的水平。获得这次比赛团体总分前六名的队是：男子组：广东、河北、上海、北京、广西、云南；女子组：上海、广东、北京、辽宁、天津、湖北。

《全国二十四单位业余体校游泳比赛在东莞县举行》

《南方日报》1978年9月18日第3版

东莞县执行以农业为基础方针成效显著

县委用主要精力抓农业 各行各业全力支援农业

近几年来，全县每年向国家提供商品粮四亿斤以上。去年每人平均交售给国家的农副产品产值一百八十五元，每人平均分配口粮六百一十四斤，现金一百三十九元

本报讯 本报记者程生、刘燕航，通讯员张顺光报道：东莞县近几年来贯彻执行以农业为基础的方针，取得了比较显著的成效。一九七七年，全县粮食总产量达到十一亿二千万斤，亩产一千二百五十二斤，均超过历史最高水平。今年早造又获得丰收，总产比去年同期增加一千七百万斤。从一九七四年以来，每年向国家提供的商品粮在四亿斤以上，几乎等于一九四九年全年粮食生产的总产量。每个农业人口平均提供粮食达四百五十斤。

在大力发展粮食生产的同时，这个县的生猪、塘鱼以及甘蔗、黄麻、木薯、芳枝等主要经济作物也有较大的发展。去年，全县向国家提供的农副产品总值达一亿七千多万元，每个农业人口平均提供一百八十五元。外贸收购总额达一亿一千多万元，为国家换取外汇三千三百多万美元。

由于农业这个基础比较巩固，人民公社三级集体经济逐步壮大，社员生活进一步改善。去年，全县社队集体积累达到三亿一千多万元。集体分配的口粮每人平均有六百一十四斤（不计杂粮），平均每人分配现金一百三十九元。

解放前，东莞县是东江下游的一个重灾区，洪、涝、旱、咸、潮“五害”俱全，粮食平均亩产不过三百来斤。解放后，全县人民在毛主席革命路线的指引下，树雄心，立壮志，自力更生，改造山河，大办农业。一九六五年，粮食亩产跨过了《纲要》，为农业稳产打下了较好的基础。文化大革命以来，由于林彪、“四人帮”的干扰破坏，这个县农业生产一度发展缓慢，集体收入减少，群众生活水平下降。粉碎林彪反党集团后，东莞县委联系路线斗争的实际，总结经验教训，深深认识到，搞修正主义的人总是要破坏农业这个基础。要坚持毛主席的革命路线，就必须坚决执行以农业为基础这个方针，保证生产不断发展，人民生活逐步改善，集体经济不断壮大。因此，前几年，尽管“四害”横行，但是，东莞县委始终紧紧地抓住农业生产不放，并且从实际出发，采取了一系列扎扎实实的措施，从组织领导、财力物力、人材技术等各个方面，不断加强和巩固农业这个基础：

一、县委首先集中主要精力，真心实意地抓农业。这几年，县委十五个常委，基本上分成前方后方两套人马：一套由县委第一、二把手和八个常委分别到县内的沿海、埔田、水乡、丘陵、山区五个不同类型地区，实行蹲点包片，因地制宜，扎扎实实地抓好基层工作；一套由另一位县委副书记和其他四个常委抓好后勤工作。在农村第一线蹲点的县委领导同志，发扬当年土改队的优良传统和作风，有的直接蹲到生产队去；有的长期住在田头生产指挥部。他们深入实际，参加劳动，密切联系群众，集中群众智慧，对生产实行正确的指导，不当那种指手划脚，光讲空话的所谓“指挥员”。据统计，一九七四年以来，绝大多数县委常委跑的点，面貌都有较大的改变，都获得增产。去年，县委第一把手跑点的虎门公社小捷滘大队，获得粮食平均亩增四百多斤的大增产，成为全县单产增产最多的一个大队。另一位县委副书记，四年来跑了三个点，每一个点都增产增收。县委对待跑点制度一向严肃认真，决不敷衍从事。有一年，一个常委跑的点，早造减了产，在县常委会议上，大家热情帮助他分析原因，并提出对症下药的措施和办法。这个常委回到点上后，带领群众大干，晚造终于获得大增产，弥补了早造的损失。县委对农田基本建设也抓得很紧。一些跨社的工程都由县委负责同志直接领导，注意把贯彻党的政策和发动群众大干紧密结合起来，努力做到不搞平调，当年发挥效益。这就为农业生产的发展创造了很重要的条件。

二、认真帮助各个部门、各行各业，解决以农业为基础的思想问题，全力支援农业。近几年来，县委对工业部门一些干部存在的“支农吃亏”的思想，经常有的放矢地进行教育。例如一九七六年，县委为了解决农村社队急需的饲料加工设备问题，加速养猪业的发展，决定由一名县委副书记挂帅，组织三十间县社工厂搞生产饲料粉碎机的大会战。起初，有的工厂干部、职工存在怕亏本的思想，强调技术不过关，迟迟不动手。于是，县委组织这些工厂的干部、职工，认真学习毛主席《关于养猪的一封信》，并让他们到农村社队猪场去参观学习，倾听农民群众的呼声；同时，为了帮助这些工厂解决制造粉碎机技术上的困难，派出专人到外地工厂去跟班学习。这样，终于使大家提高了认识，通力合作，大胆试制，前后经过两年时间，生产了三千多台符合国家质量标准的饲料粉碎机，满足了农村社队的需要。这对于促进养猪事业的发展，使全县基本上实现了“一人一猪”，起到了重要的作用。

要各行各业树立以农业为基础的思想不是光靠开个大会，作一、两次报告就行，而是必须在实践中不断加深认识，发现问题，解决问题。今年春天，东莞县的粮食部门搞了一项分九个等级收购小麦的规定，在农村蹲点的县委书记发现这个情况后，认为这样搞烦琐哲学，实际上是变相压级压价的做法，势必会挫伤广大农民群众种小麦的积极性。于是，在一次县委常委扩大会议上，把九个等级的小麦都拿来，请参加会议的粮食部门负责同志逐级加以识别，结果，连这位同志也弄不清那些小麦是属于那一级的。最后，粮食部门心悦诚服地接受县委的批评，承认这样做只能“伤农”、“坑农”，自觉地把收购小麦的标准缩改为三个等级和等外级。类似这样一些伤农的情况说明，在支农工作上存在着严重的斗争。因此，县委在大力表彰支农工作搞得好的单位的同时，很注意抓住一些“伤农”、“坑农”的典型事件，对干部进行教育，使广大干部、职工经常想着农业这个大局，把以农业为基础的思想逐步变为自觉行动。

（下转第二版）

东莞县执行以农业为基础方针成效显著

（上接第一版）

现在，东莞县正在根据需要和可能，努力发展地方支农工业。近几年，县委先后组织了全县二百多间工厂企业，连续打了九个支农重点项目的大会战，依靠本县的工业设备和生产能力，不仅能够生产合成氨、磷肥、水泥、柴油机、电动机、变压器、挖泥船、轴承、脱粒机、粉碎机、水泵、浮箱水闸等，而且建立了小型轧钢车间和炼铝厂。每年生产的铝线除满足本县需要外，还可以适当支援外地。

三、严格控制财政开支，把地方机动财力最大限度地用于农业和支农工业。据统计，从一九六八年到一九七七年的十年间，东莞县在地方财政的总支出中，直接用于农业和支农工业的投资占了百分之七十九，这对于加强农业这个基础，起了重要的作用。县财贸部门从一九七〇年以来，总共筹集了地方财力八百多万元（占地方财力支出百分之六十）投入到农田基本建设中去；组织供应中小农具和有关农用器材二千九百多万件，炸药原料一千多吨，有力地促进全县八千余项大小农田水利工程的顺利完成。在如何使用地方财力的问题上，这个县也是有过斗争的。前几年，在林彪、“四人邦”刮起那股无政府主义思潮的影响下，县里有些机关单位在资金和物资的使用上，曾经出现过自以为是，各自为政的现象。在县委常委中，也有个别主管部门工作的同志，只顾自己本部门的利益，产生同农业争钱、争物的本位主义思想。针对这种情况，县委常委一方面在内部开展积极的思想斗争，及时统一认识，纠正偏向；另方面，明确规定：凡是三大材料，化肥和十四马力以上的机械设备，必须由县计委根据工农业生产计划实行统一分配，其他部门一概不能擅自调拨使用。与此同时，县委还千方百计压缩非生产性的开支，即使是必要的生产性建设，县委也严格加以控制。例如，县委长期使用的一间会议室，因年久失修，早就有人建议拆掉重建，但时间过了一年又一年，县委总是考虑把有限的钱用到农业生产上去，会议室至今仍然未建。近两年来，恢复地方外汇提成政策以后，县委把提成得来的外汇，也绝大部分用于农业，先后进口了一批农用钢材、小型氮肥厂的设备和零配件，以及六十辆卡车，这些卡车也全部分配给各公社，以加强公社的运输能力。

东莞县在加强农业这个基础的工作上取得了较大成绩。但是，县委认为，这同加速实现四个现代化的要求相比，差距仍然很大。首先，从一九六六年到一九七七年的十二年中，全县粮食生产每年只递增百分之二点一，增长速度并不快。其次，全县还有七个公社粮食年亩产仍低于全县平均水平以下。还有一成以上的农田没有达到旱涝保收的标准。特别是在落实政策和干部作风上，还存在不少问题需要解决。最近，县委正以中央几个重要文件为武器，发动广大干部、群众揭矛盾、找差距、制订和落实整改措施，进一步贯彻执行以农业为基础的方针，为高速度地发展农业生产而努力奋斗。

程生、刘燕航、张顺光：《县委用主要精力抓农业　各行各业全力支援农业　东莞县执行以农业为基础方针成效显著》

《南方日报》1978年9月19日第1、2版

摘要： 报道了东莞县委坚持贯彻以农业为基础的方针，通过集中主要精力抓农业，认真帮助各个部门、各行各业解决以农业为基础的思想问题，严格控制财政开支，把地方机动财力最大限度地用于农业和支农工业等一系列措施，粮食生产取得显著成效，经济作物也取得较大发展，集体经济逐步壮大，社员生活不断改善。

东莞县武山沙大队党支部批判“四人帮”假左真右，明确民兵工作中心

把民兵的积极性引到大干农业中去

本报讯　东莞县虎门公社武山沙大队党支卩，批判“四人帮”假左真右黑货，总结近年来民兵工作正反两方面的经验，把民兵建设同当前的革命和生产紧密结合起来，大力组织民兵投入农业学大寨运动，使今年晚造生产节节主动，步步扎实。

这个大队人少田多，耕作任务重。“四人帮”横行时期，大队党支卩成员眼看民兵经常占用生产时间开会、学习、训练，心里想不通。粉碎“四人帮”后，党支卩和民兵营联系实际，批判“四人帮”制造劳武对立，煽动民兵脱离生产的反动谬论，使大家明确，农业上不去，四个现代化就会落空。为了进一步统一全营民兵、干部的思想，他们总结推广五围生产队充分发挥民兵在农业生产中的作用，迅速改变生产落后面貌的经验。五围生产队原是个后进队。去年冬，大队党支卩帮助队委会发挥民兵在大搞早造中的骨干作用，组织民兵开展劳动竞赛，结果今年早造生产一直比邻队主动，跃上全大队的先进行列。大家从五围生产队的经验中，进一步认清围绕农业生产开展民兵活动的必要性。

大队党支卩还组织民兵围绕“怎样为大打农业翻身仗多作贡献？”这个问题开展讨论，全营民兵提出：“农业要大上，民兵要大干！”各个民兵排之间展开“三赛”活动：赛干劲，赛贡献，赛风格。由于今春连续低温阴雨，早造收割季节推迟，晚造秧地不足。民兵营动员了三百多名基干民兵，拆旧堤，填荒氹，平整出八十亩秧地，并戽上河泥，不误农时地播下了头批秧苗。

晚造能否增产，肥料是个大问题。全大队民兵动员起来，同社员一起挖河泥入田。插秧后，他们又把河泥倒在地坪上晒干、粉碎，同农家肥混合撒到稻田里。夏收到现在，他们共挖了河泥十五万担，平均每亩施放八十担。他们还划船到一些小岛上，积集绿肥，解决了部分晚造化肥不足的困难。

这个大队的民兵还利用生产空隙，因地制宜地开展军事训练和政治教育，注意不搞形式主义的东西，使民兵逐步提高军事技能。

（本报通讯员）

本报通讯员：《东莞县武山沙大队党支部批判“四人帮”假左真右，明确民兵工作中心　把民兵的积极性引到大干农业中去》

《南方日报》1978年9月27日第3版

深入调查研究才能做好工作

东莞县大岭山公社大岭大队党支部书记　刘七有

深入实际，调查研究，是毛主席为我党树立的优良作风。我们只有保持和发扬这个优良作风，才能实施正确的领导，做好工作。

记得一九七六年冬，公社给我们下达小麦种植面积后，我们便分配给各生产队。过了不久，许多生产队就给我们报来了超额完成小麦种植面积的数字。当时由于我们工作不深入，光靠听汇报来了解情况，下边报什么就信什么，结果收割时核实面积，有些生产队实种数与上报数相差很大。有一个生产队只种了小麦六十三亩，却报种了九十三亩，多报了三十亩，造成了不好的后果。这样的事例又何止这一个呢？有一年，在落实种植甘蔗面积时，第五生产队实种了十四亩，我们“听”来的数字却是二十九亩。多次深刻的教训使我们体会到，要了解任何一件事情的真实情况，都要深入实际，搞好调查研究，这样才能得到准确的、符合客观实际的认识；如果光信听汇报，或者是走马观花，所了解到的东西往往是事物的假象或表象，以致得出错误的结论，实行错误的工作指导。在“四害”横行的日子里，这种作风漂浮，脱离实际，不调查研究的事情却是屡见不鲜的。

党的十一大召开后，我们支委一班人认真学习了华主席在政治报告中关于发扬党的优良传统和作风的重要指示，联系实际，揭批“四人帮”破坏党的优良传统和作风的罪行。大家决心转变作风，深入农业生产第一线，用实事求是的态度了解情况，解决问题。不久前，有个生产队说仓库少了九斤化肥，并传说化肥是队长拿的，从而引起了换队长的风波，造成队长不管事，生产被动，工作混乱。对这个问题，开始，个别领导同志轻信流言，急忙下结论。但多数同志认为必须先弄清事情的真相，不能主观臆断。我们汲取了过去的教训，认真对待，决定由两名支部委员和驻队工作队组成一个调查小组，深入群众，认真听取各方面的意见，细致了解事情发生的全过程。经过反复的调查研究，原来化肥并没有少，是个别别有用心的人，利用队长曾在保管宿舍睡过一晚而新保管员又不大清楚化肥数量的机会，制造舆论，搞乱人心，达到换队长的目的。由于这件事调查深入，问题看得准，处理妥当，这个队的革命和生产很快又上来了。

实践反复证明，领导对工作的指导正确与否，取决于对实际情况有没有透彻的了解，对客观外界的规律性有没有深刻的认识。我们要迈开双脚，到群众中去，了解情况，搞好调查研究。这样的调查研究，不是“走马观花”，而是要“下马观花”，乐于吃苦，和群众同吃、同住、同劳动，共同商量，解决问题。

今年春耕生产，我们更加注意改变作风，搞好调查研究。七名支委重新分工包队，深入生产第一线，参加生产，领导生产。在浸种插秧期间，虽然有些生产队的浸种插秧按原计划进行了，但我们并不满足这一点，多次进行检查落实，并组织队长亲自下到秧田检查分析，结果发现有部分秧苗受低温阴雨影响而死苗。根据调查的情况，我们及时进行了补插，使春耕生产一环扣一环，环环抓紧抓落实。深入的调查研究使我们尝到了甜头。我们决心在大打农业翻身仗中，进一步大兴调查研究之风，使党的这一优良传统不断发扬光大，使我们的领导工作来一个大的改进。

刘七有：《深入调查研究才能做好工作》

《南方日报》1978年10月5日第3版

东莞县道滘公社加强田间管理，抗击“寒露风”。　本报通讯员　摄

本报通讯员：《东莞县道滘公社加强田间管理，抗击“寒露风”》

《南方日报》1978年10月18日第1版

农业生产要大上　农业科研要先行

东莞县委加强对农科工作的领导，全县农科战线形势大好

编者按：大力加强农业科技工作，是实现农业现代化的需要，也是搞好当前农业生产的需要。在一个县来说，首先要加强县一级的农业和农机具研究机构，以它们为骨干，巩固和发展四级农科网。做好这些工作，关键在于县委。东莞县委在总结本县农业发展的历史经验中，深刻认识了农业要大上，科研要先行的道理，在全国科学大会以后，继续采取有力措施，抓好四级农科网的整顿和建设，从农科机构的经济体制、骨干配备到科技人员的工作条件和生活福利，都有所改进，从而使全县农业科学实验运动更加扎扎实实地蓬勃发展。这种做法，很值得各地仿行。一打空洞的宣言不如一步实际行动。贯彻全国科学大会精神，就要象东莞县委那样，拿出实际行动来。

本报讯　本报记者报道：曾荣获全国科学大会奖励的东莞县四级农科网日益巩固和发展，全县专业和群众性农业科学实验运动越来越活跃，不断取得新的成果。这一派好景从何而来？答案是：县委加强领导，措施扎扎实实，全县的农业科技力量被很好地组织起来，农业科技人员的积极性被调动起来。

东莞县委历来比较重视农业科技工作。林彪反党集团覆灭，特别是“四人帮”被粉碎以后，县委多次和公社党委一起，通过回顾历史经验，清楚地看到，二十多年来全县农业生产每一次较大的发展，都同推广农业科技的新套套有关，尤其在粮食亩产已超过一千二百斤的情况下，要继续提高产量和农业劳动生产率，将越来越多地要依靠科学技术，不断普及和提高科学种田水平。全国科学大会以后，县委更扎扎实实地抓紧抓好农业科技工作。

县委的领导成员，特别是主管农业的领导，带头钻研农业科学技术，带动各级干部大兴科学种田之风。他们除了学习书本知识外，还注意向科技人员学习。近年来，县委领导成员分别到五个不同类型的地区蹲点，每个点都配备农业科技人员当“参谋”，大搞科学实验，总结推广科研成果。去年早造，全县推广种植了九万多亩县农科所前年选育的早造中熟品种“青二矮选”，部分地方出现严重病害，有人就数这个品种有“十大罪状”，县委书记欧阳德根据自己在虎门公社小捷滘大队同技术员潘启森一起种试验田的实践，以及亲自调查的面上情况，肯定这个品种有病害的只是局部地区，而原因主要是未做好种子消毒工作，因而增强了推广这一良种的信心。今年全县已推广四十万亩，成为早造当家种，为早造丰收立了一功。为了探索晚造生产不稳定的原因，县委常委王贺畴今春带领十三名技术员到县气象站，专题调查研究本县的气候与农业的关系，一共写出了六篇论文。他亲自写的《关于晚稻产量同早播早插的关系》一文，用大量的事实和数据说明早播早插是本县晚稻增产的关键措施，并多次在会议上作报告，促进全县晚造的播种和插秧工作提早进行。现在全县晚稻生势良好。县委每次召开研究农业生产的会议或制订农业生产规划，都邀请科技人员参加，有时还请他们作科技报告。县委领导作出的榜样，对各级党委起了推动作用，鼓舞了广大科技人员。许多公社党委也把农科站和科技人员作为指挥生产的“参谋部”和“顾问”。

这个县的四级农科网受到全国科学大会的奖励，但县委并不自满，在贯彻大会精神时，再次对四级农科网进行全面整顿，调整了一批专职的公社农科站站长，充实了各级领导班子和技术力量。原来农科工作较差的大朗公社，经过整顿后，全社二十四个大队农科队已健全起来，原来只有五分之一的生产队建有农科组，现已全部建立并开展活动。经过这次整顿，全县各公社农科站现在一般已配备十人以上，试验基地十五亩；大队农科队配备五人以上，试验基地五亩；生产队农科组也做到有栽培员、植保员、种子员、管水员和土肥员，并有少量试验基地。社队农科机构都作为社队事业单位，不搞“自负盈亏”，因此，科技人员能专心致志搞科研。（下转第三版）

农业生产要大上　农业科研要先行

（紧接第一版）县农业局和各公社农科站每月分别活动一至二次，互通情报，交流经验，相互评比。大队农科队也根据农业生产环节，组织生产队农科组开展活动。今年六月，县委又分别在沿海、水乡、丘陵、埔田、山乡五种类型地区建立农业技术推广中心站，加强科研成果的推广工作。通过举办长、短期训练班和多种形式的培训工作，全县的农科骨干队伍水平又有了新的提高，有力地促进了农业科学实验群众运动的蓬勃开展。

东莞县委还认真抓了党的科技政策和知识分子政策的落实，充分调动科技人员的积极性。几年来，县委排除“四人帮”的干扰，使一批科技人员归了队，并安排部分技术员担任各级农科机构的领导工作。全国科学大会后，县委又把三名在科学实验中有显著成绩的技术员，提升到县农业局、畜牧局任副局长。对符合入党条件的科技人员，注意吸收他们入党。近几年来县农业局发展的党员中，科技人员占了将近六成。县委和公社党委都不轻易抽调科技人员搞与本职无关的工作，更不随便更换，保持队伍的相对稳定，以利于他们积累经验，提高水平，做出成绩。公社农科站人员的报酬与其他社办企业一视同仁。生产队农科组人员的工分报酬也不低于同等劳动力。今年，县委和有关部门还专门拨款给县农业局和县农科所兴建科技人员宿舍。科技图书资料和仪器设备的供应工作，也正在不断得到改善。

本报记者：《农业生产要大上　农业科研要先行　东莞县委加强对农科工作的领导，全县农科战线形势大好》

《南方日报》1978年10月31日第1、3版

造就农业技术队伍的重要阵地

——介绍东莞县五·七大学

编者按： 我省近年来共办了七十多所县和城市郊区五·七大学（或共产主义劳动大学），为农村社队培养了一批农业科技人员，对健全和充实四级农科网，普及和提高科学种田的水平，发挥了积极的作用，受到基层干部和群众的欢迎。

华主席为首的党中央十分重视和支持办好这类学校，方毅副总理在全国科学大会的报告中，也强调要办好共产主义劳动大学、七·二一工人大学和五·七大学。我们要在深入揭批“四人帮”的第三战役中，联系实际，分清路线是非，肃清流毒，努力把这类学校办好。要进一步加强领导，认真提高教育质量，并积极创造条件，逐步使这类学校接近和达到大专院校的水平，为农村社队培养大批又红又专的农业技术人材，为实现农业现代化服务。

我们最近到东莞县采访群众性农业科学实验运动的情况，听到不少人用赞誉的口吻，谈及东莞县五·七大学。尽管这所学校尚未达到大专院校的水平，但人们普遍赞扬它的毕业生“钻研技术好，能讲又会做，很适合当前农村的需要！”创建九年来，这所学校先后培训了农民技术员三千多人，全县二十九个农业公社和几乎所有大队，都有它培训出来的人员，他们大多数成了社队农科网和科学种田的骨干。现在还未到学校招生时间，有些公社就向校方提出要求，唯恐招生名额满足不了他们的需要。

六十年代后期，东莞县的粮食亩产量已超过千斤。形势迫切需要培训一支农民科技队伍，普及和提高科学种田的水平，争取农业生产持续跃进。五·七大学就是适应这一需要，以江西共大为榜样，在一九六九年夏天创办起来的。开始只设农作专业，培训作物栽培、植保等人员。后来，学校不断发展壮大，又增设了畜牧兽医专业和果林专业。三个专业班到今年合共办了二十一期，经一年左右培训的学员有一千三百多人，另外，还先后根据不同时期农业生产的需要，举办了二十六期栽培、土肥、育种、植保以及农药保管员、农科教师等较短期的训练班，培训了约一千八百名学员。现在，学校已有一个较好的领导班子，有一支具有大专院校毕业水平的教师队伍，图书资料、仪器设备不断充实，还有科研和生产基地，教学质量不断提高。近年来，三个专业班的毕业生经过考核，专业知识已接近中等农校的水平。

“对口招生，对口使用”，是这所学校的显著特点，也是它受到社队欢迎的关键。专业班的招生对象，一是社队农科网人员，一是大队、生产队干部。每届招生前，学校都派人下基层调查对各门类农技人员的需要，据此订出招生计划。县委审批后，就分配名额给各公社，然后由公社党委根据各大队的实际需要落实选送人员。学校还派人下去配合选送单位做好学员的审查工作和入学前的教育工作，以保证招生的质量，并使学员入学前就对为什么去学？学什么专业？学了干什么？都心中有数。学校平时对学员进行热爱农村、扎根农村的教育，毕业回乡时又加强同社队联系，让他们尽可能做到并服从“对口使用”。每年还对历届毕业学员的使用情况进行调查，发现问题及时提请有关部门解决。据学校去年调查，畜牧兽医专业历届毕业的学员，做到“对口使用”的达到百分之八十，果林专业毕业的三十七名学员有三十五名做到“对口使用”，因而容易做出成绩。

东莞县五·七大学虽然实行半工半读，但一直坚持“以学为主”，而且以课堂教学为主。就是在“四人帮”横行的日子里，也保证学员有百分之七十的时间学习。有的教师告诉我们，每年下乡招生，都有基层干部和社员对他们说：你们要让我们送去的人多读书，真正学到文化科学知识回来，不要光搞劳动！这些呼声，激励了教师们抵制“四人帮”的谬论，认真搞好教学。目前学校还没有系统的、独立的教材，在“四人帮”的干扰下，在基础理论知识教学方面前几年有所忽视，这两年已逐步加强。当前碰到的问题是学员一般文化水平较低，接受基础理论知识有一定困难。学校正在探索如何解决好这个矛盾。这所学校每月安排的劳动时间一般是五天，主要在校内结合教学、科研进行，有计划、有目的地开展专题试验研究，既培养学员艰苦奋斗、理论联系实际的思想作风，又为国家创造财富，减轻国家、社队和学员家庭的经济负担。有时安排到校外劳动，也是结合教学、支农进行。去年晚造学校所在的大朗公社稻田大面积出现虫害，农作专业学员就同社员一道进行虫情普查和重点防治，收到了良好的教学效果，受到社员的欢迎。

东莞县五·七大学的办学实践说明，这类学校是造就农村科技队伍的重要阵地。大部分学员毕业后，都能积极带领群众开展农业科学实验运动。原来农科开展较差的高埗公社，连年选送了二十三名学员来校学习，毕业后十人分别担任公社农科站长和大队农科队长，其余多数人也在农科工作中发挥了骨干作用，改变了农科工作的落后面貌。虎门公社小捷滘大队过去养猪仔，死亡率高达百分之五十，病猪也多。一九七五年派人去五·七大学学习回来担任畜牧防治员后，大搞科学养猪，在防病和改良饲养方法上下功夫，仔猪的死亡率已下降到百分之十以下，造成严重危害的猪瘟病等也得到控制，全队养猪事业大发展，连年都有大量猪苗出售。这所学校的负责人告诉我们，他们正积极创造条件，决心在办好现在一年制专业班和各种短训班的基础上，尽快增设两年制的专业班，力争达到大专院校的水平，为加速农业现代化培养更多的技术力量。

本报记者　本报通讯员

本报记者、本报通讯员：《造就农业技术队伍的重要阵地——介绍东莞县五·七大学》

《南方日报》1978年11月3日第2版

摘要： 报道了东莞县五·七大学于1969年夏天创办。作为一所培训农民技术队伍、普及和提高科学种田水平的学校，开设了农作专业、畜牧兽医专业、果林专业，还有栽培、土肥、育种、植保等专业短期训练班，实行“对口招生，对口使用”的教学方式。学员半工半读，学习以课堂教学为主。五·七大学先后培训农民技术员3000多人，为县里输送了大量的农技骨干，成为造就农村科技队伍的重要阵地。

党的政策调动了蔗糖产区农民的积极性

东莞县农村家家户户糖满缸

现在为农民，生产发展，国家、农民都得益

过去“卡”农民，生产下降，国家、农民都吃亏；

本报讯 东莞县八十多万农民，家家户户食糖满缸。一般每户有食糖一、二百斤，多的有四、五百斤。这个蔗糖产区前两年出现的农民缺糖吃的反常现象，在落实党的农村经济政策以后，已经从根本上改变过来。今年，全县农民交售给国家的食糖数量超过了历史最高水平。在全县城乡市场上，食糖和各种糖制品供应充足，黄糖砂免证敞开供应。这个县迅速扭转食糖供应紧张的情况表明：一些看来难以解决的问题，只要认真落实党的政策，就可以在短期内迅速获得解决。

东莞县是我省甘蔗主要产区之一。农民吃糖历来比较多，一年四季几乎天天都离不开糖。我们在一些社队采访时看到：社员们清晨出勤，有的在锄头柄挂着一饭兜糖，准备在劳动间歇时吃用；中午和晚上吃饭时，小孩用糖拌饭吃更是普遍现象。历年来，这个县的农民为了解决自己吃糖的问题，他们把自留地的三分之一甚至更多一些，用来种植甘蔗。但在“四害”横行期间，“四人帮”大搞假左真右，刮起一股所谓“割资本主义尾巴”的黑风，对农民的自留地种什么、种多少诸多限制，甚至当成“资本主义尾巴”割掉。在这股黑风的影响下，东莞县农民深受其害。他们在自留地上种植的甘蔗大部分被上调了，结果，农民自留糖大大减少，出现了产糖区农民缺糖吃的反常现象，农民的生产积极性受到严重挫伤。一九七六年，全县二万五千多亩自留地种植的甘蔗，总产量从常年产量的十五万吨下降到八万七千吨。有的社员因为不够糖吃，被迫买糖精来代替食糖；有的甚至要到外地买回糖果代替食糖来煲糖水。城乡市场上，糖果、饼干经常脱销，糖制品供应紧张，广大群众对此很有意见。

《六十条》明确规定：“自留地归社员家庭使用，长期不变。”“社员家庭副业的产品和收入，都归社员所有，都归社员支配。”一九七五年以前，东莞县各农村公社按照党的这些政策规定，对社员自留地的糖蔗，由社员自行处理，农民吃糖一向是不成问题的。可是，粉碎“四人帮”后，当东莞县各农村公社重新落实这些政策规定时，仍然遭到一些人的责难。有的同志无视蔗糖产区农民吃糖多的历史习惯，竟说“农民留那么多的糖干什么?！留多了一定搞‘自发’，搞投机倒把。”他们仍极力主张要把农民自留糖的大部分调走。有的基层干部坚持党的政策原则，据理力争，竟被斥之为“当群众的尾巴”、“单纯农民观点”。这些同志口头上也经常讲“三兼顾”，但实际上脑子里丝毫不为农民群众的利益着想。他们看到农民富裕一点就生怕会出资本主义，似乎越富裕就越容易出资本主义，越穷困就越象社会主义。实践证明，这些说法都是不对的。东莞县各地在落实党在农村的经济政策以后，农民的社会主义积极性很快就调动起来了。去年全县集体种植的十一万亩甘蔗和社员自留地种植的二万五千亩甘蔗都获得大丰收。国家去年收购的食糖不但没有减少，反而比历史最高水平的一九七四年增加百分之十一点九。广大社员的自留糖也大大增加。有的甘蔗主产区的社员还把自食有余的食糖，踊跃地拿到供销社收购站交售。许多基层干部深有感触地说：“自留地还是那么多，人还是那些人，但一年之间就发生了那么大的变化，可见落实政策是多么的重要呵！”

《党的政策调动了蔗糖产区农民的积极性　东莞县农村家家户户糖满缸》

《南方日报》1978年11月5日第1版

同仇敌忾 蹈海平夷

——看粤剧《水勇英烈传》

马明晓

东莞县粤剧团创作和演出的粤剧《水勇英烈传》，把我们带回到一百多年前那血火横飞、怒涛呼啸的鸦片战争的最初年代。人们通过剧中所展示的一八三九至一八四一年间，虎门人民如火如荼的禁烟抗英斗争的动人画面，看到了这一历史转折时期，成长起来了的“新的阶级力量、新的人物和新的思想”。

十九世纪初叶，号称“海上霸王”的英国侵略者，用鸦片和炮舰，闯进中国，妄想称霸东方。然而，坚强不屈的中国人民没有被鸦片所麻醉，更不为大炮所吓倒，相反，却唤起了他们更加强烈的反抗。《水勇英烈传》所着力塑造的万洪义、郭海、邓水秀等带有传奇色彩的英雄形象，就是千百万不愿意做亡国奴的中国人民的代表。

万洪义作为剧中人民反抗的主要代表，一直处于斗争的漩涡中心。在他的周围，交织着当时错综复杂的社会矛盾，即民族的和阶级的矛盾，以及统治阶级内部抵抗派与投降派之间的矛盾等。剧中通过不断起伏跌宕的情节，生动地展现了万洪义战斗道路的发展过程。万洪义禁烟抗英的斗争，由最初个人焚烧洋船的自发反抗行动，发展到率领乡亲举旗结社，缉拿烟商的有组织的斗争，真实地表现了人民群众禁烟抗英的强烈要求和决心。但是，万洪义的正义斗争，却受到卖国徇私的清吏韩总兵的压制和诬陷。剧本在这里集中地描写了万洪义对清朝腐败官吏的认识过程，并且在同投降派的斗争中，推动统治阶级内部抵抗派和投降派之间的矛盾走向激化，显示出人民力量越来越明显的作用。万洪义正气凛然地当着“封疆大臣”林则徐面前，怒斥奸官，揭穿韩总兵通敌媚外，妄图杀害人民的内奸行为，使林则徐深受启发，激励了他以赤诚为国之心，贬谪内奸，支持人民的正义斗争，促进禁烟抗英运动的蓬勃发展。虎门销烟之后，大灭敌人威风，大长人民志气，使人民斗争信心倍增，踊跃参加水勇，积极铸炮练兵，万洪义在斗争中壮大了自己的武装力量，使侵略者不能踏进广州。

由于政治腐败的清王朝，慑于外力，疑惧人民反抗力量日益壮大，终于向英国侵略者屈服投降，林则徐被遣戍而退出了历史舞台。但是人民没有终止自己的正义斗争，而以更坚决的形式走上独立战斗的道路，继续着伟大的反帝斗争。历史的巨轮，仍然由人民推向前进。在穿鼻洋一役中，万洪义等英雄们，不顾清朝统治者疯狂遣散水勇，毁炮撤兵，在英国侵略者狂袭虎门，节节进逼的危急形势下，进行着殊死的抵抗。当万洪义在群众强烈要求下，决定派人驾船夜炸敌舰时，水勇英雄们明知去者必死，但是人人都以献身精神奋勇争先，互不相让，出现了抽签、换签、改签以争得出战权利为荣的动人场面。郭海、水秀这对新婚夫妇，更以高昂的抗战情绪，宽广的胸怀，以民族利益为重，互相激励，慷慨同仇，深刻地表现了中国人民不甘屈服于帝国主义及其走狗的顽强的反抗精神。

万洪义、郭海、邓水秀等英雄形象，真实，可信，给人留下深刻的印象。他们是鸦片战争年代，反抗外来侵略者最积极最坚决的渔民、疍户、“机房仔”……的化身，在他们身上集中体现了劳动人民的优秀品质。他们是历史的真正主人。由于历史的和阶级的原因，人民群众在鸦片战争中的斗争业绩和伟大作用，在史料上没有占到应有的地位，记载十分简陋短缺，但是在民间却流传着不少可歌可泣的传说。粤剧《水勇英烈传》的作者坚持唯物主义历史观，把握住历史剧作和历史科学有相同又不相同的特点，既尊重历史的真实，又不过于拘泥历史的某些具体事实，在民间传说的基础上，发挥艺术想象，游弋神思，用革命理想主义烛耀有限史料，虚构、创造出闪射着新的思想光辉的、符合历史基本面貌的艺术形象，给今天的人们以教育，是很有意义的。

马明晓：《同仇敌忾　蹈海平夷——看粤剧〈水勇英烈传〉》

《南方日报》1978年12月6日第3版

南方日报

1979年

虎门古塞纪行

从广州乘船沿珠江顺流而下，出了狮子洋，便见江心两岛突起，雄踞如虎；两岸群山对峙，宛如门户；江流至此，浪激涛飞，……。啊！这就是珠江的咽喉要隘——虎门。一百三十多年前，就在这里，中国人民曾经英勇地抗击帝国主义者的武装入侵，揭开了中国近代史可歌可泣的第一章。今天，在新的历史时期中，虎门又是怎么一个样子呢？

这是一个和暖的冬日，我们来到了太平镇北郊的虎门销烟旧址，只见秀木葱茏的公园里，“虎门人民抗英纪念碑”凌空矗立，八尊古炮罗列两旁，壮观而又肃穆。管理人员告诉我们，“鸦片战争虎门人民抗英纪念馆”年前经过扩建，已布置一新，增添了不少宝贵的史料和文物，内容更加丰富了。置身馆内，看着那一件件锈痕斑驳的火炮、大刀和长矛，我们仿佛又看到虎门人民当年“血战保乡邦”的动人情景。一八三九年六月，林则徐领导虎门军民，曾在这里销毁了外国走私鸦片二百三十多万斤，申张了中国人民的正气。今天，在公园南端两个长宽各十五丈的销烟池，就是中国人民当年英勇反击外来侵略者的历史见证。

我们站在销烟池畔凭栏远眺，解放后开凿的东莞运河就在面前，滔滔南流，穿入市区；河岸上，厂房、屋舍和粮仓等一大批新的建筑物，鳞次栉比，铺向远方；解放前有“难民总埠”之称的太平镇，如今已办起了农机、造船、灯泡、无线电、塑料机械和水泥制品等工厂二十多间，全镇工业年产值在二千万元以上。商业也日益繁荣，现在，东莞县的许多土特产品，多经由这里出口。随着生产的发展，太平镇原来的几条小街，也早已辟成了宽敞的马路。滨江的地方，已筑起了石堤，大人山上，新建的自来水厂，每天把淡水源源不断地输送到千家万户，解除了太平镇人民长期缺乏淡水供应的困难。眼前的一切，使我们不由得想起谢觉哉同志当年游虎门时留下的诗句：“人间黑雾沉于海，天上红霞化作堤。”中国人民革命斗争的胜利，给这里带来了多么深刻的变化啊！

从销烟旧址出来，往北走不过一箭之地，就是镇口大队了。登上大队背后的大人山，骋目四望，一幅“锦绣沙田鱼米乡”的壮丽图景就呈现在我们面前：广袤的田野上，一条条水渠浮光摇金，纵横交错；一口口鱼塘星罗棋布，涟漪千层；一条条高压输电线凌空飞架；一处处新村掩映在茂密的果林之中。……难道，这就是人民英雄万洪义率众同入侵者血战的古战场吗？

“是的。直至今天，万洪义的斗争精神还在激励着我们前进呢！”大队党支部书记略带几分自豪地告诉我们，镇口大队是虎门公社少数几个地少人多的大队之一。为此，他们在努力提高粮食单产的同时，大搞集体工副业，积极发展多种经营，使集体经济和社员收入都有很大的提高。可是，在“四害”横行的日子里，这样的一个大队，却被扣上了一顶“集体经济内部资本主义严重”的大帽子。具有光荣革命传统的镇口人民，对此是多么气愤啊。他们永远不会忘记：当年，虎门人民继销烟壮举之后，又英勇地击败了英国侵略者的武装进攻，打得敌人的兵船“东漂西泊，莫定行踪”。而那个腐朽的清朝统治集团却反诬“粤民皆汉奸”，胡说什么“防民甚于防寇”，公然卖国资敌，遂致虎门陷落。就是在那乌云密布的日子里，虎门人民也没有屈服过。镇口人民就曾在万洪义的首倡下，组织起了“决死队”，勇敢地“杀番鬼”、“烧贼船”，打得入侵者鬼哭狼嚎。难道，他们会轻易为“四人帮”的淫威所压服吗！“四人帮”垮台后，镇口人民把“四人帮”的假左真右比作“精神鸦片”，加以销毁，不但进一步搞好传统的工、副业——油鸭、竹器和草席加工，还新办了一个种植面积达三万平方市尺的蘑菇场，建立了一个观赏鱼繁育基地，专门为外贸出口服务。看着那五颜六色、千姿百态的观赏鱼在自由自在地游动，我们不禁拍掌叫好：这真是解放思想的结果啊！

从太平码头乘船过渡，再步行一个多小时，我们来到了威远炮台遗址附近的南面大队。从这里隔水四望，西有上、下横挡山岛，南是沙角与大角二山紧夹海口，奇险天成。据说，当年林则徐、关天培等爱国将领，曾在这里凭险设防，傍山构筑炮台，封江布有铁链，军民戮力，防备森严，因而有“金锁铜关”之称。可是，在风雨如磐的旧中国，金锁，却锁不住帝国主义贩卖毒品的商船；铜关，也挡不了帝国主义横行霸道的炮舰。……

“落后就要挨打，这个历史的教训是太深刻了！”陪同访问的公社同志告诉我们，解放后，虎门人民遵照毛主席的人民战争光辉思想，在大力进行社会主义经济建设的同时，认真加强民兵建设，同人民解放军一道，牢牢地保卫着祖国的南大门。他指着当年虎门要塞的第一道防线——沙角炮台对我们说，那附近有一个基宁大队武装民兵连，二十多年来，时刻不忘虎狼在前，一手拿锄，一手拿枪，与人民海军紧密配合，警视南天，细辨风云，捕潜敌，追逃犯，一次又一次地粉碎了国内外阶级敌人的破坏阴谋，光荣地被人们称为虎门民兵的一把尖刀。在南面大队，主人也热情地告诉我们，这个大队的民兵们从当年炮台陷落、村庄遭到洗劫的惨痛教训中，深深地体会到，只有尽快地把我们的国家建设成社会主义的现代化强国，我们才能无敌于天下。因此，十多年来，在改变南面落后面貌的斗争中，他们一直冲锋在前，并把开山炸石打炮眼，当作练习爆破的好机会，平战结合，劳武并举。如今，南面的面貌发生了喜人的变化，民兵们也一个个成长为爆破、攻坚的好手。

英雄的虎门人民就是这样，守边卡，丝毫也不放松自己的警惕性，搞建设，一点也不吝惜自己浑身的力量。他们决心为把虎门古塞建设成名副其实的“金锁铜关”而奋斗。

本报通讯员　本报记者

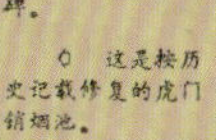

套题照片：虎门人民抗英纪念碑。

〇　这是按历史记载修复的虎门销烟池。

本报通讯员、本报记者：《虎门古塞纪行》

《南方日报》1979年1月2日第2版

摘要：报道了东莞县虎门历史遗址的现状和发展，包括虎门销烟旧址中“虎门人民抗英纪念碑”“鸦片战争虎门人民抗英纪念馆”“销烟池”，在旧址上所看到的东莞运河和太平镇，镇口大队大人山万洪义率众作战的古战场，威远炮台附近的南面大队等。记者通过所见所闻歌颂了虎门人民继承历史上英勇斗争、抵抗外敌入侵的精神，努力建设新虎门，赞美了虎门的巨大变化和发展成就。

在党的三中全会精神鼓舞下满怀信心夺丰收

东莞县解放思想大抓备耕

本报讯 本报记者岑祖谋报道：东莞县委一九七八年秋收结束后，组织全县三级干部总结这一年减产增收的经验教训，决心集中最大的精力，把一九七九年的农业搞上去，特别强调要进一步解放思想，冲破禁区，大抓粮和钱，走农、副、工综合发展的道路。年前，全县人民认真学习了党的十一届三中全会的公报，受到了很大的鼓舞，从县到公社、大队层层制订了加快农业发展速度的规划，一心一意大抓备耕生产，大抓农业的全面发展，到处呈现出喜人景象。

东莞县一九七八年晚稻抽穗扬花灌浆期，连续遭受强“寒露风”和干霜的袭击，几天时间，本来可以大增产的形势发生了变化，普遍减了产。受灾后，有的干部泄气地说：“今年搞生产好比赛篮球，上半场胜了，下半场眼看也不错，就是最后五分钟输了。”大干的劲头不能很好地鼓起来。县委认为部分干部的这种精神状态，同当前加速四个现代化建设的新形势极不适应。为此，秋收基本结束后，县委召开了三级干部会议，组织到会同志反复学习党中央的有关指示，大讲国内外的大好形势，大讲本县和本社、队的有利因素。许多来自公社、大队的同志说，一九七八年晚造虽然遭到严重自然灾害，水稻普遍减产，但主要经济作物甘蔗、花生、香蕉、水草、木薯、大豆等都获得了丰收，生猪、塘鱼和社队企业也比一九七七年增产增收。从县到公社都注意落实政策，关心群众物质利益，较好地处理了国家、集体和个人三者之间的关系，全县在受灾减产的情况下，社员每月口粮仍然可以达到四十多斤，人平分配预计可从一九七七年的一百三十九元增加到一百四十四元。农贸市场粮价比较稳定，猪苗价格始终保持每斤一元多，这同一九七六年晚造减产后，一些地方群众情绪低落，粮价上升，猪苗价格一下子从每斤一元多降到四、五角的情景，成了鲜明的对比。

在充分认识当前存在的有利因素的同时，东莞县的同志也清醒地看到，前几年由于林彪、“四人帮”假左真右谬论的影响，许多同志没有认识到在集中主要精力抓好粮食生产的同时，应当放手地全面发展农业生产，而是不分青红皂白地把多种经营和工副业当作“集体经济内部的资本主义”来批，混淆了社会主义和资本主义的界限，有些同志至今还忌讳这个“钱”字和“富”字，不敢大胆开展多种经营和发展社队企业，不利于增加集体和社员的收入，不利于发展粮食生产。会上，县委领导同志带头联系自己的思想实际，总结经验教训，大胆拨乱反正，为“钱”字和“富”字恢复名誉，说明办社会主义农业，粮越多越好，钱越多越好，集体和社员越富越好。对那些坚持农副工综合发展，经济效果好，而在“四人帮”横行时被指责为“资本主义思想严重”的社队，充分肯定他们的成绩，推广他们的经验。县委总结了四十个典型材料简介，印发给到会的同志和全县各个生产队，树立了一手抓粮，一手抓钱，实现全面增产增收的先进典型。中堂公社的槎滘大队每人只有六分多耕地，近几年来办起了十二个大队企业，年产值一百五十多万元。现在，各生产队的农田基建资金和农机具修理、肥料运输、农业用电、水利管理等费用，全部由大队企业支付，有力地促进了农业生产的发展。全队在一九七七年粮食亩产、总产超历史的基础上，一九七八年粮食亩产达到一千七百二十斤，人平分配由一九七七年的一百八十元增加到去年的一百八十五元。他们的经验证明，农业要想有一个高速度的发展，就必须改变单一的经济结构，走农副工综合发展的道路。

东莞县委根据前段的调查研究，向到会的同志提出了一九七九年至一九八〇年全县发展农业的设想，让大家充分讨论后，制订了全县大干快上的规划。在规划中，县委强调要处理好粮食和经济作物的关系，把发展粮食生产摆在首要的位置。针对晚造受灾减产暴露的弱点，总结了一些社、队战胜“寒露风”夺得丰收的成功经验，决定在搞好农田基本建设，大力发展养猪，多积土杂肥的同时，突出地抓好科学种田，选育良种，培育壮秧，提高水稻的抗风、抗病害的能力。为了加快农业生产的全面发展，要求各公社按照因地制宜、适当集中的原则，种好和管好现有经济作物，大力发展橙柑桔、蚕桑和扩大造林面积；要坚持农林牧三结合的原则，大力发展畜牧业和养殖业。

为了把大干快上的规划迅速变成全县人民的行动，使各项指标得到实现，东莞县委正在深入贯彻三中全会的精神，迅速把工作重点转移到社会主义现代化建设上来，把主要精力集中到农业生产上来，十八名县委常委、副主任有十三人分管农业、工交、财贸等经济部门的工作，并带领机关干部深入生产第一线。各公社、大队也制订了一九七九年生产规划，订出了实施规划的具体措施，扎扎实实地掀起备耕生产的新高潮。

顺德县赤花大队赤花二队，认真总结去年粮、蔗、鱼获得好收成的经验，乘胜前进，积极组织今年备耕工作。这是社员们在积沤土杂肥。

本报记者　黄炽和　摄

岑祖谋：《在党的三中全会精神鼓舞下满怀信心夺丰收　东莞县解放思想大抓备耕》

《南方日报》1979年1月5日第1版

石碣公社妇联、公社报道组:《他们争得婚姻自主》

《南方日报》1979年1月31日第3版

他们争得婚姻自主

东莞县石碣公社王屋洲大队青年社员陈嫦女和陈晃，从小在一起读书、劳动，在共同工作中建立了爱情。村里有些人便议论开了，说什么"同村同姓一家人，谈情说爱是败坏村规"。嫦女的母亲在媒人花言巧语之下，没征得女儿同意，竟把她许配给外公社一个素不相识的男人，接受了"礼金"四百元，并约定了婚期。这时嫦女不得不把与陈晃相爱的事向母亲表明。但家里人一听，暴跳如雷。老祖父还扬言要把她赶出家门。嫦女和陈晃认为，男女婚姻自主是宪法规定的，虽然是同村同姓，但不是五代血亲，正当的恋爱一定会得到党和政府的保护和支持。于是，他俩亲自向公社和大队申诉。公社党委坚决支持他们婚姻自主，由负责妇女工作的同志亲自处理这件事，督促大队做好教育工作。支部书记、妇女主任、贫协主任先后十多次进行了家访，耐心教育嫦女的父母，不能搞封建包办婚姻。终于使嫦女的父母提高觉悟，把包办的婚事退了。嫦女、陈晃终于赢得了婚姻自主，建立了幸福的新家庭。

（石碣公社妇联、公社报道组）

东莞兴建农科人员宿舍

东莞县去年专门为农业科技人员兴建宿舍。县农业局已建成七百多平方米，四十五名没有随带家属的技术员每人分配到一间单人房。这些经常深入基层辛勤劳动的农科人员，现在回到城里都有了比较安适的住处，可以安下心来工作。县农科所亦已建成单人房十五间，最近有十三名技术员高高兴兴搬了进去。这批宿舍是由县委和有关部门拨款兴建的。　雷福康

雷福康:《东莞兴建农科人员宿舍》

《南方日报》1979年2月3日第3版

为抓好增产关键提供科学依据

东莞县组织农科人员进行土壤普查

本报讯 为了夺取今年农业新丰收，东莞县农业部门组织农科人员到沿海、埔田、水乡、丘陵、山区五种类型地区的十一个公社进行土壤普查，用大量事实分析了这个县近年来土壤结构变化的情况，为全县落实增产关键措施提供了科学依据。

东莞县共有耕地面积一百二十万亩，其中水田九十四万亩，旱地二十六万亩，均属于红壤和冲积土两种土质。多年来，这个县经过增肥改土、水旱轮作、降低地下水位，地力有所提高。但是，随着生产的发展，农作物种植结构、肥料使用和复种次数也发生了新的变化。为使地力更好地适应农业生产高速度发展的需要，去年九月中旬，县农业部门经县委同意，组织十二个农业技术员，分成四个小组（三个组下乡调查，一个组在家搞土壤化验），对全县的土质结构进行了普查。经过一个多月的反复调查考证，调查组的同志看到，这几年，全县稻田的地力虽然有所提高，但随着复种指数的不断提高和偏重于施用化学氮肥，加上有些肥力较好的旱地改为水田，轮作机会少，换客土比过去差等因素，造成了土壤肥力不高、缺钾严重、含磷偏低和养分比例失调的问题，因而影响了粮食单位面积产量的提高。

为了解决上述问题，调查组总结了横沥公社新四大队大种猪屎豆和中堂公社潢冲大队仁和坊生产队坚持放养红萍改良土壤的经验，并向县委提出了增加养地作物、增加有机质肥等改良土壤具体措施的建议。县委采纳了这个意见，从去冬开始就要求各公社在抓好积集土杂肥的同时，根据本地实际情况，抓好如下几项改良土壤的措施：一是继续抓好养猪积肥，提高制肥质量，搞好猪栏、肥池、肥厂和制肥专业队配套成龙；二是扩大水旱轮作面积三万二千亩，增加养地作物种植，以培养土壤肥力；三是增加钾素肥料，要求各公社大量种植猪屎豆，并因地制宜地开办壳灰厂和石灰窑，想尽一切办法调节土壤养分比例；四是进一步根治地下水，改良土壤物理性状。对过粘过沙的田块，要做出规划，掺沙入泥，换上客土。

目前，东莞县各社队根据县委的意见，正在采取措施，从各方面提高稻田地力。据最近统计，仅土杂肥一项，全县就比去年同期增加近二千万担。

（刘燕航）

刘燕航:《为抓好增产关键提供科学依据　东莞县组织农科人员进行土壤普查》

《南方日报》1979年2月8日第1版

党委带头补交侨屋租金

本报讯 东莞县凤岗公社原来租借华侨房屋五间，每月交租十五元。文化大革命以来，停止交租达十年之久。“四人帮”被粉碎后，这个公社抓紧落实党的侨务政策，决定补交停交的租金二千一百六十元。在党委的带动下，这个公社的卫生院、供销社、房管所也先后补交侨屋租金一千二百四十元。

（罗修湖）

罗修湖:《党委带头补交侨屋租金》

《南方日报》1979年2月12日第3版

民主选举生产队的当家人

东莞县水边大队干部、群众同心同德大搞春耕生产

编者按：在政治上切实保障农民的民主权利，这是充分调动广大群众的社会主义积极性，加速农业发展的一个重要方面。社员群众是集体经济的主人，只有让他们充分地行使自己的民主权利，才能群策群力把集体经济办好。东莞县水边大队实行民主选举生产队干部后，干群同心同德大搞春耕的事实，就是一个有力的证明。

本报讯 东莞县横沥公社水边大队，采取不提候选人和无记名投票的方法，民主选举生产队长和队委会委员，让社员群众充分行使民主权利，出现了干群一心搞春耕的生动活泼局面。春节前，全大队积泥肥平均每亩已有一百多担，冬闲田已全部犁翻晒白，早稻秧田也已办好。目前，正在加紧整地春种和播种育秧。

这些年来，由于林彪、“四人帮”的干扰，社员的民主权利得不到保障。水边大队各生产队的队长和队委，往往由大队党支部或工作队事先“内定”，然后履行个选举手续。社员的民主权利得不到尊重，对选举马虎应付。这样选出来的干部，有相当一部分不称职，以致有的生产队多年来生产搞不上去，分配水平下降，社员意见很大。为了迅速把农业生产搞上去，大队党支部恢复了文化大革命前的做法，让群众真正行使民主权利，挑选队长和队委成员。他们先后召开了党员、干部、贫下中农代表会议和社员大会，学习新宪法，学习农村人民公社《六十条》，并且结合实际，提出了生产队干部要具备的思想好，劳动好，办事公道，有事同群众商量等具体条件，交由群众讨论酝酿。选举采取无记名投票办法，首先选队长。然后由新当选的队长提名，采纳群众意见，按照上述条件，由社员再次投票选举队委。选举结果，全大队十个生产队，有六个队长连选连任，一个队长被选为副队长。在现任队委七十四人中，属连选连任的五十九人。

选举以前，水边大队曾有人担心民主选举人多口杂，选票不易集中，选不出群众真正满意的人。特别是担心一些能够坚持原则的干部落选。为了避免出现这种情况，大队党支部正确处理民主与集中的关系，切实加强对选举工作的领导。如四马生产队队长吴王锡，有干劲，有办法，对生产熟悉，但有时不注意工作方法。在酝酿选举中，有个别对他怀有成见的人，串连不选他。党支部发现这种情况后，派出支委到这个队，发动群众对这个干部的工作进行全面分析。大家认为，吴王锡自从一九七六年担任生产队长以来，工作认真负责，使生产队的落后面貌逐年改变，近两年来，粮食产量和现金分配都有较大增加，因此，还是他当队长好。由于选举前充分交换意见，大多数社员继续选吴王锡当队长，他本人也受到很大教育。

水边大队由于实行民主选举，不搞包办代替，无论是新选上的还是落选的干部，都心情舒畅。四连生产队近年来生产上不去，群众认为原来的队长办事主观，听不进群众意见，不善于团结和发挥队委一班人的作用，多次要求改选队长。但过去党支部总认为这个队长资格老，有经验，每年选举都把他提为候选人。群众只好凭着党支部的意志，勉强选他当队长。这次酝酿选举时，群众纷纷提议，由共产党员、原大队农科组长吴万芳当队长。选举的结果，吴万芳以八十二票当选，社员都很高兴。吴万芳上任之后，吸取了原任队长的教训，召开队委会制订了一九七九年生产规划，并雷厉风行办了几件事：一、抓好劳动管理，落实生产责任制，贯彻按劳分配政策，使出勤人数增加，劳动工效明显提高；二、迅速掀起以积肥为中心的备耕热潮，干了两口多年没有干过的鱼塘，带领群众积泥肥；三、大力开展多种经营，从冬种开始就一手抓粮，一手抓钱，除管好七十亩小麦外，还种椰菜十五亩，西洋菜十亩，辣椒二十亩，常年种出口蔬菜七亩半；同时，精打细算，合理安排劳动力，抽出三十人办起了一间塑料加工厂。群众高兴地说，选了合意的当家人，今年实现增产增收大有希望。

（冯章、岑祖谋、赖海晏）

冯章、岑祖谋、赖海晏:《民主选举生产队的当家人　东莞县水边大队干部、群众同心同德大搞春耕生产》

《南方日报》1979年2月13日第1版

因地制宜搞农业 当年获得大翻身

东莞县新联大队总结成功经验决心夺取今年更大增产

编者按 新联大队因地制宜安排生产，按照客观规律种田，当年打了个农业翻身仗。那些不相信群众会种田的同志，看看这个大队的事实，是会得到教益的。

当然，每个地方，都要教育农民在国家计划指导下去安排生产，要保证完成国家下达的粮食和其他经济作物产量计划，保证完成国家任务，安排好社员的生活，留足种子和饲料。在这个前提下，就可以放心地让社员当家做主安排生产了。

本报讯 东莞县虎门公社新联大队，从去年开始实行水稻、花生轮作制，用了三分之一的旱造水田种植花生，全年水稻总产仍超过正常年景的产量。加上花生折算稻谷的产量，去年平均每亩增产稻谷二百一十九斤。同一九七七年相比，全大队人平分配从一九七七年的九十一元提高到一百三十一元，每人每月口粮达到五十五斤（原粮），比上一年增加近二十斤。全大队二十年来第一次完成了国家粮、油征购任务。

新联大队能够实行水稻、花生轮作制，是由于有了生产自主权的结果。这个大队耕种的五百一十亩水田，全是沙质浅脚田。近二十年来虽然采取过一系列改土措施，但土质仍很浅瘦，水稻产量和经济收入一直落在全社的最后头，国家粮油任务没有一年完成。如何改变这种落后状况呢？一九七三年，大队党支部根据本地实际情况，曾提出用水稻、花生轮作的办法来促进农业生产的发展。可是，在“四害”横行的日子里，他们一提出这个问题，就被说成是“重钱轻粮”，搞“资本主义”，遭到严厉的批评。粉碎了“四人帮”，批判了林彪、“四人帮”的极左路线，虎门公社党委实事求是地接受了新联大队多年来的意见，于去年初派出几位同志到新联同干部、社员一起研究水旱轮作计划，并且帮助他们解决种植花生的种子和肥料问题。这样一来，社员群众的积极性可高了。他们决定，全大队五百一十亩水田，用三百四十亩种水稻，一百七十亩种花生。结果，这年旱造，全大队花生平均亩产达二百四十八斤，相当于亩产稻谷六百二十斤。把花生产量折谷计算，全大队五百一十亩水田，平均每亩增产稻谷一百九十八斤。

从新联大队的实践结果看，实行水稻、花生轮作有如下几条好处：一、能改善土壤结构，提高地力，保证粮食稳产高产。这个大队去年旱造种了一百七十亩花生，光花生藤回田就可以解决二百多亩田的基肥。此外，还有花生麸一百五十二担和奖售化肥一百八十六担。这就为晚造丰收创造了很好的条件。二、可以增加集体收入。这个大队去年旱造改种花生的一百七十亩水田，按一九七七年旱稻亩产四百八十八斤计，每亩除去成本外，纯收入只有三十元四角五分；而改种花生后，每亩除去成本费，纯收入还可达五十元零六角。两相对比，种一亩花生比种一亩水稻可多收二十元左右。三、由于水稻、花生的种植和收获季节不同，有利于劳动力和肥料的安排和使用，不致于贻误农时。四、种植花生投工少，水稻投工多，实行水旱轮作，又可节省劳力。

今年，新联大队决定坚持去年水旱轮作的做法，目前正在大搞积肥备耕，决心夺取更大丰收。

冯王刘

冯王刘：《因地制宜搞农业　当年获得大翻身　东莞县新联大队总结成功经验决心夺取今年更大增产》

《南方日报》1979年2月19日第2版

东莞县道滘公社小河大队大力恢复马蹄生产，去年马蹄亩产二千五百斤。图是社员们正将马蹄交售给国家。 捷风、陈国 摄

捷风、陈国：《东莞县道滘公社小河大队大力恢复马蹄生产，去年马蹄亩产二千五百斤》

《南方日报》1979年2月23日第2版

保守机密的带头人

东莞县万江公社党委书记刘广文，重视保密工作，大家都称赞他是保守机密的带头人。

多年来，刘广文无论蹲点或跑面，总是非常注意了解干部群众的保密情况，教育他们做好保密工作。一次，他在石美大队蹲点，发现有些同志保密观念不强，保密制度不健全，文件放置零乱，就立即提出意见，使该大队的保密工作得到及时的改进。当他听到金太大队有一份机密文件下落不明的时候，便亲自来到这个大队，经过几天查找，终于把文件找了回来，保护了党和国家的机密。

刘广文以身作则，处处带头执行保密规定。他给自己"约法三章"：凡是机密文件不随身带，不拿回家，不随便转借他人，阅后立即送回保密室；凡是开会带回文件，主动交保密员登记保管；对于上级发下传阅的文件不拖延时间上交。在他的带动下，这个公社的各级干部都能严格执行文件的收发、登记、阅办、保管、清退、销毁等制度，自觉地保守党和国家的机密。

《保守机密的带头人》

《南方日报》1979年3月6日第3版

增产增收有奖励 工作越干越有劲

石碣公社对社队干部实行奖励制度，推动了春耕生产

本报讯 东莞县石碣公社党委关心农村基层干部利益，决定对工作出色，能带领群众迅速发展集体经济的社队干部给予物质奖励，有力地调动了广大干部的积极性，全社春耕生产搞得又快又好。到三月十七日止，全社已积肥二百四十二万担，平均每亩稻田有基肥一百担以上；一万二千一百多亩空白田全部办完，普遍经过三犁六耙。春种也搞得好。

石碣公社的广大干部长年累月和社员群众一起，顶风冒雨，战天斗地，工作勤勤恳恳。多年来，公社党委每年都通过评比，对工作成绩显著的社、队干部给予表扬，使干部受到了鼓舞。但是，由于林彪、“四人帮”极左路线的影响，党委怕被扣上“物质刺激”、“扩大资产阶级法权”的帽子，一直不敢给干部以物质奖励。去年底，公社党委在学习党的十一届三中全会公报和有关文件时，联系上述问题，总结出一条经验：要保护和调动农村基层干部的积极性，除了加强思想教育，注意表彰先进之外，还必须有适当的物质奖励。于是，公社党委在广泛听取干部和群众的意见之后，决定从今年起，在健全公社、大队和生产队的干部工作责任制的基础上，实行一年两次的物质奖励制度：一、凡一造粮食总产和每人平均分配保持或超过历史最高水平的生产队，生产队干部可获物质奖，按全队当造现金分配超出历史最高水平的部分提取百分之三作奖金。二、凡一造粮食总产和每人平均分配保持或超过历史最高水平的大队，大队干部和大队工副业单位干部可获物质奖，每人的奖金额按当造本大队的生产队干部奖金平均数从大队企事业的收入中提取。三、驻队的公社干部，凡所驻队一造粮食总产和每人平均分配保持或超过历史最高水平，本职工作成绩显著，组织纪律性强，作风正派者，也可获物质奖（留家的公社干部，按后面两个条件评奖）。四、受奖干部和其受奖等级，由各自单位的干部民主评定。五、凡社、队干部一人搞水稻高产试验田五分以上，一造亩产达到一千斤以上者，可获物质奖。

这一奖励制度公布后，受到了广大干部的欢迎。许多干部说：现在工作有要求，奋斗有目标，好的有奖励，越干越有劲！西南大队从一九七一年以来，就是公社的点，但生产发展不快。今年，公社驻队干部为了迅速改变这个队的后进面貌，同大队、生产队干部一起深入调查研究，采纳了群众的许多合理化建议，制订了全年增产增收增分配的计划。这一计划反映了群众的愿望，社员情绪高涨，干劲十足，肥积得多，田办得好，秧插得早，春耕生产很主动。四甲大队西河生产队的干部，原来不大团结，使生产受到影响。公社奖励的办法公布后，队长何林柏说：“水上划龙船，岸上有眼见。群众已经知道了奖励办法，如果我们再不好好干，生产搞不好，群众就会对我们有意见。”他以身作则，主动与其他干部交心通气，很快就消除了隔阂；同时，注意发扬民主，遇事多找大家商量。这样，干部之间的团结增强了，春耕生产很快有了起色。

（暖春、煜南、修湖、易渡）

暖春、煜南、修湖、易渡：《增产增收有奖励　工作越干越有劲　石碣公社对社队干部实行奖励制度，推动了春耕生产》

《南方日报》1979年3月25日第3版

摘要：报道了十一届三中全会后，东莞县石碣公社为调动广大干部的积极性，订立一造粮食产量标准，实行一年两次物质奖励的制度，鼓励广大社队干部带动群众迅速发展实体经济，使得全社春耕生产完成得又快又好。

积极组织民兵学技术

本报讯 石龙螺钉厂从生产实际出发，有计划地组织民兵开展技术学习活动。他们在时间上灵活安排，让民兵每月都有一定的时间学习技术。同时办起科技书刊借阅室，购买了数学、物理、化学等科技书籍五百多册，订阅了技术刊物二十多种，供民兵借阅。他们还围绕生产中碰到的技术问题，先后组织了二十多次技术讲座。民兵经过一段时间学习，技术水平普遍有所提高，革新了加工刀具、节用铣刀等近十个项目，促进生产的发展。民兵技术水平的提高，也促进了民兵的建设。上级新配给这个厂的武器装备，民兵们很快就弄懂了它们的构造原理，学会了使用。

《积极组织民兵学技术》

《南方日报》1979年3月27日第2版

从哪几方面提高地力

东莞县农林水办公室 甘耀煌 李仁华

这几年来，我们围绕如何提高地力问题，调查了十一个公社、十九个大队，查阅了有关的历史资料，整理了一百多个土壤肥力的化验结果，还选取了全县各类型地区土壤现状进行化验分析。从调查的结果看，无论什么地区，凡是重视培养地力，大量增施河塘泥、土杂肥和积极种养绿肥，实行茎秆回田或者合理轮作，挖沟改土，降低地下水位，改良土壤物理性状，都能提高地力。我们化验了土肥建设比较好的八个大队中的七十三个土名，土壤含有机质丰富的有二十个，中等的四十四个，缺乏的九个；含全氮丰富的二十四个，中等的四十七个，缺乏的两个。如桥头公社杨公朗生产队从一九六四年以来，重视土肥建设，年年增施有机质肥料，地力不断提高。据这个队十个土名的土壤化验结果，有机质、全氮、全磷都达到丰富或中上的水平。由于地力的提高，连续十四年获得增产。万江公社石美大队是我县年亩产超双千斤的一个高产大队，而且复种指数比较高，地力消耗比较大，但由于他们年年造造都大量增施土杂肥、河塘泥，还注意抓好茎秆回田，不但产量提高，而且地力也提高了。一九六四年，这个大队土壤含有机质是百分之二点四一，一九七八年底再次化验，土壤含有机质提高到百分之二点九二。这些事实，充分说明了培养地力是提高农作物产量的基本功。

因此，要把农业搞上去，必须首先解决地力问题。从目前我省农业生产水平出发，提高地力还要实行“两条腿走路”的方针。一条是工业支援农业，大搞化学肥料，除了多生产氮肥之外，还要生产相当数量的氮、磷、钾复合肥；另一条是发动群众，土法上马，抓好几项提高地力的环节：一是大搞养猪积肥，提高制肥质量。毛泽东同志说过：“一头猪就是一个小型有机化肥工厂”。猪粪尿的多少与沤制肥质量的高低是成正比例的。因而，要大养特养其猪。二是扩大茎秆回田面积。农作物茎秆种类多，数量大，肥效高，就地施放，节省劳力，经济合算，是培养地力的好途径。三是大种专用和兼用绿肥，特别是多种一些粮肥、油肥等兼收作物，以及利用五边地和冬闲田大种专用绿肥。四是实行合理轮作，培养土地肥力。五是因地制宜，合理布局，逐步实现农业区划化。六是增施钾、钙肥料，调节土地养分比例。七是根治地下水，改良土壤物理性状。这是达到土壤肥、水、气、热协调的基础。我们认为，如果采取上述措施，逐步提高地力，这是提高农业生产水平极为重要的条件。

甘耀煌、李仁华：《从哪几方面提高地力》

《南方日报》1979年4月8日第2版

加强政治工作　推广增产措施

东莞县沙田公社切实帮助生产队搞好春耕生产

本报讯　东莞县沙田公社党委在春耕生产中，深入实际，调查研究，做耐心细致的思想政治工作，帮助生产队解决落实政策过程中出现的新问题，推广行之有效的增产措施，赢得了春耕生产的主动。目前，全社已插秧三万五千多亩，占早造应插面积的七成多；同时，种下甘蔗一万一千六百多亩，超额完成了国家下达的种植计划。

前段时间，沙田公社党委联系实际批判林彪、“四人帮”推行的极左路线，调动了生产队和社员群众的积极性。春节前，许多生产队就发动群众制订了今年的生产计划，备耕春耕搞得扎实。但是，也有部分社队干部存在一些模糊认识，把尊重生产队自主权和加强领导对立起来，名为“让生产队自己去闯”，实际上是放松领导，对一些生产队碰到的新问题，不闻不问。针对这一情况，公社党委及时召开公社干部和大队党支书会议，组织大家反复学习中央关于加快农业发展的文件，认真总结经验教训，引导大家把尊重生产队自主权和加强党的领导辩证地统一起来，大胆积极地领导生产队搞好春耕。

提高认识以后，公社党委常委除了一名跑面之外，八名常委带领十多个公社干部，分别到各个大队、生产队调查研究，帮助生产队落实增产措施。沙田公社耕作面积大，需要适当提早播种才能不误农时地完成插秧，但早播往往遇到早春的低温阴雨天气，容易烂秧、死秧。现在强调尊重生产队自主权，早播这一条要不要坚持？有的同志主张由生产队自己去决定。公社党委主要领导分头深入各个片，广泛听取群众意见，认真总结了鲩沙大队近几年来采用尼龙薄膜育秧，适当提早早造插秧季节，连年获得大幅度增产的经验，很快就使大家统一了思想，普遍推广尼龙薄膜育秧的办法，到“雨水”就基本完成播种任务。由于前期天气好、气温高，又加强了管理，秧苗生长粗壮，抵抗力强，三月中旬虽然遇到低温阴雨的恶劣天气，也很少出现烂秧、死秧现象，全社早造仅谷种一项，就比去年早造节约了八千多担。沙田地区耕作比较粗放，许多地方几十亩、甚至几百亩水田都没有一条围基（田垦），大排大灌，水、土、肥流失严重；有些生产队插秧不留工作行，田间不开毛渠，不利于排灌和管理，影响了产量。近几年来，这种情况已开始改变。但是，今年办田、插秧开始时，有些生产队强调季节紧迫，贪图耕作方便，对过去行之有效的增产措施有所忽视。为此，公社党委坚持做深入细致的思想工作，反复强调凡是行之有效的先进技术措施都要坚持，并采用典型示范的方法，层层召开现场会议，树立各种样板。目前，全社已插秧的三万多亩早稻，百分之九十以上筑了围基（田垦），并且做到办田平整，拉线插秧，留工作行，挖毛渠。许多生产队还合理安排劳动力，晴天抢插，雨天管理，边插边管。全社早插的一万八千多亩已进行了第一次施肥和除草耘田，禾苗长势喜人。　　（易渡、岑祖谋）

怀集县岗坪公社谢屋大队使用插秧机插温室育成的无土秧苗。
方权裕、陈小鸿　摄

易渡、岑祖谋：《加强政治工作　推广增产措施　东莞县沙田公社切实帮助生产队搞好春耕生产》

《南方日报》1979年4月8日第1版

向阳队高产甘蔗亩产超过四万斤

东莞县向阳生产队种植的一亩零八厘高产甘蔗，经省、地区、县验收，工业蔗量平均亩产四万七千四百四十八斤。这块高产蔗从前年八月十五日下种到今年一月九日收获，全生长期五百一十一天。蔗苗采用良种粤蔗七号，种植规格合理，深沟平放浅种，每亩下种量二千八百个双芽苗，苗期一次定苗四千八百条。施肥采用前期适施、中期重施、后期补施，同时还采用搭架防风。

（县蔗糖生产办公室）

县蔗糖生产办公室：《向阳队高产甘蔗亩产超过四万斤》

《南方日报》1979年4月9日第2版

东莞县完成四类分子评审摘帽工作

本报讯 东莞县认真按照党的政策，做好四类分子评审摘帽及地富子女定成份的工作。到三月中旬止，全县七千一百八十名地、富、反、坏分子中，经过群众评议和县革委会批准，已有六千九百零六名摘掉了帽子，二百一十八名错划错戴帽子的也得到了纠正；同时，为全县的地富子女新定了成份。

在着手进行四类分子摘帽工作的时候，东莞县委首先组织全县干部、群众学习中共中央关于地主、富农分子摘帽问题和地、富子女成份问题的决定、公安部赵苍璧部长答记者问和《人民日报》有关社论，深入做好思想工作。在今年二月中旬召开的有三千多人参加的县三级干部大会上，还专门划出一段时间组织大家讨论这个问题。在统一思想认识的同时，县委还深入办点。县委及三十三个公社和城镇都搞了试点，从中摸索经验，然后全面铺开。由于上下思想统一，齐心协力，评议、审批、张榜公布工作一气呵成。

在完成摘帽、定成份工作之后，东莞县委强调，一定要继续做好善后工作，把党的政策进一步落实到每个人身上。现已摘帽的四类分子，均已取消了做义务工的规定，同社员一样参加会议。对同工不同酬的现象也已得到纠正。一些集体经济基础比较好的生产队，过去年满六十岁的四类分子现在和普通社员一样同样享受“优待粮”。县委还重申了党对地富子女的政策，规定他们今后在入学、就业、入团、入党、参军、出国等方面，同一般社员享受同等权利，不得歧视。今年这个县应征入伍的青年中，第一次有了出身于地富家庭的青年。

党的政策一落实，团结教育了一大片，有效地调动了各方面的积极因素。不少四类分子当被宣布摘帽后，感动得流下了热泪，纷纷歌颂毛主席革命路线的伟大胜利，感谢党中央、华主席给了他们“第二次生命”，感谢贫下中农对他们的教育和挽救，表示今后要为社会主义建设贡献力量。地富子女经过定成份后，个个心情舒畅，精神面貌为之一新。有的说：“千金难办新成份，今后做死也心甘”。一些华侨和港澳同胞得悉他们的亲属被摘帽后，纷纷以实际行动支援家乡的四化建设。

（本报通讯员）

本报通讯员：《东莞县完成四类分子评审摘帽工作》

《南方日报》1979年4月10日第1版

人老心红的积肥员

在东莞县附城公社梨川大队高海生产队，干部、群众都赞誉女社员邹群，是个“人老心红的积肥员”。

邹大娘今年五十九岁了。还在一九七一年初，她就自告奋勇到县城去为生产队收集家禽粪肥。高海生产队离县城有两三里路。每天早晨，邹大娘挑着粪箩进城，穿街过巷，挨家挨户，收集鸡、鹅、鸭屎，一个上午往返三、四次。下午，她又在村子周围拾牛粪。不管严寒酷暑，天晴天雨，她天天如此，从不叫苦叫累。三年前，按照队里规定，邹大娘可以退休，每月从队里领取口粮五十斤和零用钱三元，并享受免费医疗。可是邹大娘心想：“我身体硬朗，还可以为集体多干几年。”依然坚持天天为集体积肥。

就这样，八年来，邹大娘平均每年为集体收集禽畜粪肥一千二百担以上，为队里农业生产提供了高质量的有机肥。去年，高海生产队粮食亩产跨“三纲”，大家说：这里面也有邹大娘的一份辛勤劳动啊！在夺取今年早造丰收的日子里，邹大娘干得更欢了。近两个月来，她又为生产队积集粪肥二百四十多担。

何修渡

何修渡：《人老心红的积肥员》

《南方日报》1979年4月23日第2版

因地制宜搞好规划推动生产

东莞县应用农业区划成果收效显著

编者按：县级农业区划要不要搞，有没有用处？东莞县的同志们对这个问题，作出了肯定的回答。多年的实践证明，东莞县的农业生产所以能够获得较快的发展，是和坚定地应用农业区划成果分不开的。总结发展农业的历史经验，重要的一条，是要按经济规律和自然规律办事。规律，人们可以认识它，应用它，却不能违反它。凡违反自然规律而蛮干的，都受到了大自然的惩罚。此类事例，屡见不鲜。搞好农业区划，大有助于我们认识自然，为合理地充分地利用农业自然资源，发展农业生产，提供科学的依据，意义是很重大的。现在，国务院批准成立了全国农业自然资源调查和农业区划委员会，我省也将成立相应机构，开展这项工作。希望有关部门、各级领导和科技人员同心协力，认真把这项关系到农业现代化的基础工作搞好。

本报讯 在最近召开的全国农业自然资源调查和农业区划会议上，介绍了东莞县搞好农业区划工作的经验，获得好评。东莞县是我省一九六四年县级农业区划的试点县，一九六六年三月全国第二次农业区划经验交流会在这里举行。十多年来，这个县虽然受到林彪、“四人帮”的干扰，但由于农业区划成果深入人心，各级领导和有关部门比较注意应用区划成果和不断总结经验，因而有效地促进了农业生产的发展。一九七七年与一九六四年比较，农业总产值增长三点八倍，渔业增长三点五倍，牧业增加百分之四十八，副业增加六点九倍，成为我省农、渔、牧和粮、糖、油、麻发展较快，对国家贡献较大的县。

东莞县农业区划工作，采取领导、科技人员、群众相结合的方法进行。经过近八个月的调查研究，制定了多种区划，经过县、社、队干部和群众共同鉴定，交县使用。十多年来，东莞县委及有关部门排除极左路线的干扰破坏，运用农业区划的建议，在指导农业生产上发挥了作用。首先是，摸清自然条件和自然资源，为合理利用和改造自然，挖掘农业生产潜力提供科学依据。例如，东莞县北部埔田区内涝渍水，而南部沿海沙田、咸田区又缺乏淡水。针对这种情况，区划提出：埔田区要以治涝为重点，积极加固堤围，增加电动排灌站，而南部沿海沙田、咸田区应以防潮引淡为重点，“可考虑延长东莞运河输送淡水。”县委采纳了这些意见，并在实践中进一步发展和创新，建成了东江引水运河，既解决了北部埔田区的排涝问题，又解决了南部沿海十二万亩沙田、咸田的灌溉问题。

其次，农业区划综合分析了东莞各地的生产条件和特点，为因地制宜合理布局生产提供了建设性的意见。通过农业区划，将全县划分为五个农业区和十个小区，并根据这些地区的差异，调整生产布局，解决生产矛盾，规划发展方向，实行分区指导，促进了地区经济的发展。塘厦盆地农作物以水稻为主，但耕地瘦瘠，劳力不足，耕作粗放，收入水平低。塘厦公社根据农业区划建议，适当缩小水稻种植面积，扩大甘蔗花生与水稻轮作的面积，并建立糖厂以取代土糖寮。利用增产蔗糖所获得的资金，陆续兴建了电厂、水泥厂、农械厂、综合厂、红砖厂。到一九七七年，公社企业利润已达三十多万元，社员人平收入成倍增长，接近全县平均水平。

东莞县还通过农业区划摸清四类农田（稳产高产、稳而不高、高而不稳、不高不稳）的分布和特点，提出了改造低产田，建设稳产高产田的关键性措施。农业区划普查了一百多万亩农田，弄清全县四类农田的数量和情况，又通过典型调查，摸清了农田不高产的原因，总结了群众改造低产田的经验，提出了一系列改造低产田的技术措施，收到良好的效果。

东莞县历史上有旱、涝、洪、咸、潮等自然灾害。区划弄清了为害的情况，和现有水利设施及抗灾能力，为水利建设提出了一些方向性的建议。经过十多年的努力，沿海堤围多数已能防御九级台风，暴潮不漫堤，不决堤成灾。埔田区排涝能力，已达到十年一遇的洪涝，两天就可以排干。从前“十年九不收”的内涝地区，已基本解除涝患，成为全县重要的商品粮区之一。

经过十多年的生产实践证明，农业区划对指导和规划全县农业生产，避免主观片面性，因地制宜地发展农业生产起了很大的作用。东莞县有关部门和广大干部普遍反映，农业区划是科学种田的基本功，是领导农业生产的科学根据。随着全县广大干部和群众不断向生产的深度和广度进军，当年区划的某些意见也有不适合现实情况的。对此，县委及有关部门能用历史的辩证的观点看待，从实际出发，研究新的情况，解决新的问题，不断发现和推广新鲜经验。这样做，更加正确地运用和发展了区划的成果，促进了全县农业生产不断增长。

（本报通讯员）

本报通讯员：《因地制宜搞好规划推动生产　东莞县应用农业区划成果收效显著》

《南方日报》1979年4月26日第1版

摘要：报道了通过采取领导、科技人员、群众相结合的方法，东莞县制定了多种区划，农业生产收效显著。东莞县农业区划摸清自然条件和自然资源后，综合分析各地的生产条件和特点，因地制宜，合理规划生产布局，实行分区指导，促进了经济的发展。东莞县科学应用农业区划的实践，促进了全县农业生产不断增长。

帮助干部学会用经济手段管理经济

横沥公社培训生产队长取得成效

本报讯 东莞县横沥公社党委最近以"如何当好生产队长"为题，举办了一期生产队长培训班，共有一百一十七人参加，取得了较好效果。

横沥公社党委通过学习党的三中全会公报和中央有关农业的两个文件，认识到，随着工作着重点的转移，农村干部的领导方法和工作作风必须来一个大转变，要学会用经济手段管理经济，组织生产。而在全社各级干部中，当前普遍存在经营管理水平较低，缺乏经济头脑的问题，这就必须抓紧干部的培训工作。

举办生产队长培训班前，公社党委组织人力，分头深入各大队调查研究，从中总结一些好队长的先进事迹，了解干部的思想动向。在这个基础上再集中培训。在训练班里，组织大家认真学习新《六十条》有关规定，肃清"四人帮"的流毒，提高认识，增强政策观念。同时组织典型发言，介绍"怎样当好队长"的体会。这些体会包括如何从实际出发，贯彻"以粮为纲，全面发展，因地制宜，适当集中"的方针；怎样加强经济核算，提高劳动效率，增加收益分配；怎样发扬民主，坚持群众路线，改变管理方法；怎样全面搞好经营管理，调动群众积极性等。大家对照典型介绍，总结经验教训，找出差距，并初步作出回去怎样当好生产队长的打算。此外，上好辅导课，着重讲清劳动管理和建立生产责任制的重要性及其做法。

经过三天培训，取得了良好效果：一是使生产队长进一步解放了思想。如村头、长巷大队有九个生产队的队长，原来对搞好经营管理积极性不高，不搞生产责任制，通过学习决心回去全面落实责任制。原来已经建立了联系产量责任制的生产队，也表示要加强领导，使责任制更加完善。二是纠正了一些不符合政策原则的做法。新围大队第一、二生产队前段把作业组变成核算单位，打算选出会计、出纳，收入、产品全不交生产队，队委也无法实行"五统一"。经过培训，队长明确了政策界限，回去后作了纠正。三是增强了经济观点，加强了经济核算。许多生产队长回去都发动群众想办法，找门路，千方百计提高劳动力利用率和劳动生产率，增加生产，增加收入。

（本报通讯员）

本报通讯员：《帮助干部学会用经济手段管理经济　横沥公社培训生产队长取得成效》

《南方日报》1979年5月23日第3版

贯彻三中全会精神　因地制宜发展工副业

东莞企石公社集体经济不断发展

本报讯　东莞县企石公社党委认真贯彻党的十一届三中全会精神，做好思想教育工作，注意研究和解决新问题，大力发展社队工副业，不断壮大集体经济，发展农村大好形势。

不久前，企石公社党委对全社的形势作了一次分析，认为贯彻三中全会精神以来，各项工作有了较大的变化，但发展不够平衡，有的生产队面貌改变还不够快。究其原因，是这些队的干部对三中全会精神领会不深，冲不破思想“禁区”，对全面落实三中全会规定的方针政策还有顾虑。例如，三中全会通过的关于加快农业发展若干问题的决定提出，社队企业要有一个大发展，适宜于农村加工的农副产品，要逐步由社队企业加工。但前几年由于“四人帮”推行极左路线，发展社队企业被说成是“集体经济内部的资本主义倾向”，不少抓工副业的干部挨了整，因而有的干部至今仍心有余悸，不敢大胆带领群众恢复和发展工副业生产。为了帮助这些干部端正思想认识，公社党委一方面组织社队干部学习三中全会精神，联系前几年全社生产倒退，社员生活困难的教训，批判林彪、“四人帮”的极左路线；另一方面，总结推广了一批全面落实党的政策，生产迅速发展的典型经验，使干部们澄清糊涂思想。南坑大队白泥多，过去每年挖白泥收入达十万元以上。前些年，这项副业生产被说成是“卖地球”、“不务正业”，并严令加以禁止。今年初，公社党委号召大力发展工副业生产时，这个大队的一些干部顾虑重重，等待观望。后来，通过学习，他们解除了思想顾虑。现在，他们除了抓好挖白泥这项副业外，还办了白泥加工厂、塑料厂等四间厂坊，今年的工副业收入，预计平均每人可以增加分配五十元。

在贯彻三中全会精神的过程中，企石公社党委成员坚持深入实际，不断研究和解决出现的各种新问题，使全社的大好形势得到进一步发展。这个公社在普遍建立和健全了各种生产责任制之后，劳动效率大大提高，有些生产队农闲时一天只有四、五个小时的农活可做。为了广辟门路，妥善安排多余劳力的出路，向生产的广度和深度进军，公社党委主要领导成员亲自到铁炉坑大队第四生产队搞试点，取得经验之后，再向全社推广。现在，全社在农闲时普遍采取如下几种办法安排剩余劳动力：一是根据城乡基建的需要，扩大建筑队伍，增加外出的泥水、木工九百多人；二是与有关工厂挂钩，新办了炼焦、炼铝、废油提炼机油、镀锌、制玻璃瓶等十二个加工项目，共容纳了一百七十多人；三是发展养蚕、养兔、种药材、种出口蔬菜等种养业，安排了八十多人。预计全社今年可增加收入八十七万五千多元，平均每人可增加收入三十多元。近几个月来，这个公社集体经济有了进一步的发展，今年一至三月份，全社的存款金额比去年同期增加了十二万五千多元，而贷款的发放量却下降了五万零五百多元。

（何煜南、罗修湖）

中山县小榄公社永宁大队充分利用本地资源，大力发展传统产品——金鱼，去年金鱼产值达二十万元。图是大队金鱼繁殖场一角。

陈健聪　何廉　摄

何煜南、罗修湖：《贯彻三中全会精神　因地制宜发展工副业　东莞企石公社集体经济不断发展》

《南方日报》1979年5月24日第2版

东莞县道滘公社党委领导同志和九曲大队第十一生产队干部研究田管措施。陈健聪 摄

陈健聪：《东莞县道滘公社党委领导同志和九曲大队第十一生产队干部研究田管措施》

《南方日报》1979年5月24日第1版

善于划算巧当家

东莞县横沥公社横沥大队新围生产队，一九七五年以前还是全大队有名的后进队。近几年来，这个队的面貌发生很大的变化，不仅购置了一批农业机械，新建了仓库、晒谷场和集体猪场，还拥有集体储备粮二万多斤。去年，全队粮食平均亩产一千五百七十斤，人平分配二百五十五元。

谈起这一切，队里的群众都说，这是和队长邓沛洪能打会算分不开的。

新围生产队半数以上的水田是沙质浅脚田，水稻产量历来不高。一九七五年，邓沛洪当选队长以后，首先采取措施提高这部分田的地力。他想，如果每年安排二十亩水田轮种花生，按一亩花生藤和花生麸可以肥三亩田计算，就可使六十亩田增加有机质，腾出的化肥又可放到其他稻田去。肥料增加了，每亩田增产它三、五十斤，合起来也能补回少种二十亩水稻的产量。这不是很合算的吗？老邓的这个打算得到群众的支持。实践结果，这一年水稻平均每亩增产五十多斤，总产比上一年略有增加；收获花生六十多担，价值一千五百多元，每人还增加食油六斤。几年来，这个队每年都坚持这样做。

在发展集体经济当中，邓沛洪还十分注意利用有限的资源，去创造更多的物质财富。队里有十八亩鱼塘，一向养大鱼，一年收入只有二千多元。他和社员们商量，把一口六亩大的鱼塘改为鱼苗塘，结果仅出售鱼苗这一项，每年收入就达五千多元。邓沛洪还特别抓紧劳动管理，根据每个人的体力、技术情况安排工种，做到人尽其材、各得其所，并注意随时调配劳动力，避免窝工浪费现象。今年进一步健全生产责任制以后，社员的劳动工效提高了，他又及时对从事农业的劳动力进行核算，把多余的十个劳动力投放到大队的综合厂去，预计一年可收入六千多元。

何进湖

何进湖：《善于划算巧当家》

《南方日报》1979年6月4日第2版

东莞烟花放异彩

节日之夜，礼炮腾空，火树银花，万紫千红，令人悦目赏心，乐上加乐。

这种“弹花万簇锦屏秀”的节日夜景，平时是难得看到的。可是在东莞县的一些地方，却“司空见惯”，因为那里有生产烟花的工厂，时常试放新制造的烟花。

东莞烟花相传已有二、三百年的历史。据县志记载，早在清朝光绪年间，全县已有一万多人从事烟花、炮竹的制作。解放前夕，东莞烟花却处于停滞状态，到一九四九年，烟花全年产量只有几千箱，品种不到二十个。解放后，东莞烟花获得很大的发展。现在，全县制造烟花的工厂有八间，农村烟花加工站有四十多个，从事烟花（包括炮竹）生产的有三万七千多人。烟花产量连年上升，品种不断增多，质量日益提高，在国内外享有盛名。打倒“四人帮”后，烟花生产更是蒸蒸日上。去年，全县烟花产量达六十三万六千八百多箱，比一九七六年增加九万五千五百多箱；出口烟花四十四万九千一百多箱，创历史最高水平，远销六十四个国家和地区。

花样新颖，光彩绚丽，变化奇幻，声响宏亮，是东莞烟花的特色。目前，东莞生产的烟花分为高空、花筒、手持、玩具、吊挂、伞灯等十二大类，每类少的有一、二十种，多的有五、六十种，合共三百四十多个品种。例如高空烟花（现在是烟花中的“最特色者”），就有《春雷花开》、《星火燎原》、《白雪红梅》、《瀑布飞濂》、《蝉鸣荔熟》、《孔雀开屏》、《庆丰收》等五十多种，种种花样不同。《瀑布飞濂》点燃后，冲上二百多米的高空，散出无数条银白色的光线，奔泻而下，不断伸长，随风摇曳，纷纷扬扬，真是“飞流直下三千尺，疑是银河落九天”，蔚为奇观。《春雷花开》则另具一格，变化多样，声色俱全。花炮在空中爆炸后，霎时间，白光闪闪，响声隆隆，并伴有沙沙的风雨声。接着，一丛丛的焰花撒满天宇，红的，白的，黄的，绿的，瑰丽缤纷，鲜艳夺目，仿佛是雨过天晴，春花怒放。

俗语说：“赏花容易种花难。”东莞烟花如此奇姿壮采，是烟花工人们刻苦钻研，大胆创新的结果。为了提高烟花质量，各厂都设立了科研机构。东莞烟花炮竹厂烟花研究小组成立二十年来，不辞劳苦地大搞科研，创制了新的烟花品种三百个以上。在试制《莞荽烟花》的过程中，他们一丝不苟，经过两个多月的反复试验，才确定了配方；比较了十多种油料，才找到了合适的防锈剂。就这样，制出的《莞荽烟花》，花形美，光色好，易燃，无烟，安全，可在室内燃放，深受群众欢迎。

东 红

上图：西樵山白云湖。 洪 流 摄

左图：罗浮山朱明洞风光。 本报记者 李瑞淦 摄

东组：《东莞烟花放异彩》

《南方日报》1979年6月6日第2版

赖沃洪刻苦钻研制成平田器

东莞县万江公社龙湾生产队共青团员赖沃洪，今年初设计、制作了一台平田器。用这台平田器作耙田试验，半小时就能把一块近两亩的水田耙得平整均匀，等于四头健壮水牛的耕作速度。这种结构简单、容易操作、轻便实用、造价低廉的平田器，已准备送省有关部门鉴定。（本报通讯员）

简讯

本报通讯员：《赖沃洪刻苦钻研制成平田器》

《南方日报》1979年6月11日第2版

东莞县道滘公社农科站的知识青年，安心农村，努力学习科学知识。图是他们在实验室工作。

陈健聪　陈捷风　摄

陈健聪、陈捷风：《东莞县道滘公社农科站的知识青年，安心农村，努力学习科学知识》

《南方日报》1979年6月19日第3版

解决农科人员的实际困难

近几个月来，东莞县石碣公社党委对农科人员的实际困难和要求，逐项进行研究，妥善解决，为农科人员搞好科研创造更好的条件。例如，对低工资人员予以适当补贴。农科站的人员大部分都是精壮劳动力，但他们的工资收入却比当地同等劳动力的收入低得多，生活有困难。公社党委根据每个农科人员的实际情况，给予适当补贴，使他们的经济收入得到合理的解决。公社企业单位有季度奖。公社党委对农科站人员一视同仁，凡是工作责任心强，刻苦钻研业务，较好完成任务，遵守制度，爱护集体财物者，评定等级，给予奖励。同时，实行科研成果奖，凡是达到公社制订的科研项目奖励标准者，给予奖励。今年公社还拨出一万五千元给农科站建试验室和职工宿舍。何煜南　罗修湖

何煜南、罗修湖：《解决农科人员的实际困难》

《南方日报》1979年6月19日第3版

中堂公社总结经验狠抓晚造备耕

本报讯 东莞县中堂公社扎扎实实抓好晚造备耕。到六月二十一日止已播下稻种近八成，并为每亩晚稻准备了三十多担基肥。

去年晚造，中堂公社在连续遭受严重「寒露风」和低温霜冻天气的袭击，全社三万零五百多亩晚稻仍然获得增产，成为全县唯一增产的公社。但在全社十八个大队中，也有四个大队减了产。减产的原因主要是一般号召多，具体措施落实不力。社队干部通过总结经验教训，进一步认识到，要夺取今年晚造丰收，一定要把增产措施抓落实。

为了把晚造各项增产措施落实下去，中堂公社党委领导成员负责包片，抓了六个大队作为先行点；一百二十七名公社干部、大队党支委分工包生产队，各生产队也采取定人员、定任务、定时间、定质量、定报酬、定期评比验收的办法，认真搞好劳动管理。到目前为止，全社已积集各种肥料一百多万担，割青草、绿肥七万多担，放养假水仙一百二十五亩水面，并计划夏收前每队要有萍种一亩以上，以便夏收后大面积放养红萍。为了保证晚造适时播种和插秧，公社和各大队的主要领导成员，分头到各个生产队调查研究，发动群众挖潜力，通过平整砖泥凼、调整菜地，利用五边地以及适当提早收获黄豆、早熟水稻等办法，较好地解决了秧地不足的困难。

（本报通讯员、本报记者）

本报通讯员、本报记者：《中堂公社总结经验狠抓晚造备耕》

《南方日报》1979年6月30日第1版

东莞、高鹤农业生产资料供应部门

认真做好「双夏」农具供应工作

本报讯　东莞县生产资料公司及早动手，做好“双夏”农具供应的准备工作。至五月中旬止，全县大部分农具都已就位。

这个公司的领导干部亲自带领采购员到省内外组织杉头尾木材加工尿桶、射桶等农具。还先后采购了小青篾、茶麸等生产物资一大批，总价值达十一万多元。此外，他们还与工业部门协作，短期内生产了犁头壁十二万五千四百多个。

（周维启）

本报讯　高鹤县农业生产资料供应部门积极做好“双夏”中小农具的供应工作。

他们通过调查研究，掌握了今年“双夏”农业生产资料的供求情况，扎扎实实地做好支援“双夏”工作。县生产资料公司一方面及时清仓查库，将“双夏”所需的大谷农、犁头、禾镰、谷箩、软围等九万四千多件，以及毛竹、木材、桶坯等原材料一批，迅速下拨到基层。同时加强采购力量，组织货源。合水供销社派出专人，分别深入到全社十二个加工、维修组，发动群众，利用当地资源生产竹木中小农具，现已陆续上市供应。

（蓝伟航、刘超业）

周维启：《东莞、高鹤农业生产资料供应部门　认真做好“双夏”农具供应工作》

《南方日报》1979年7月4日第1版

抓紧时机搞好"四夏"工作

湛江地区广大干部和驻军指战员奔赴农业第一线

东莞县沙田公社集中劳动力，早稻已经收割七成

本报讯 中共湛江地委和各县、市(郊)委组织大批干部下乡，认真贯彻省委常委扩大会议和三级干部会议精神，和当地干部群众一起打好"四夏"这一仗。驻湛江地区的中国人民解放军也组织大批指战员到农村支援夏收夏种。

湛江地委于六月二十八日召开支援"四夏"工作动员大会，接着抽调二百四十多名地直机关干部分头下到各县、市（郊），协助当地干部开展"四夏"工作。阳江县结合贯彻省委会议精神，动员县城各机关企业安排好本单位工作，积极支援"四夏"，并及时抽出二百一十名干部，在县委领导成员的带领下，深入到各社队，加强对"四夏"的领导。他们针对本县近年粮食征购工作比较被动的情况，特别注意加强农村干部和社员的思想政治工作，使大家认识到，粮油等征购任务是国家政策法令所规定的，每个社员都要自觉执行。广大农村干部和群众的社会主义觉悟进一步提高后，"四夏"工作开展得比较顺利。

驻湛江地区的中国人民解放军，也组织大批指战员下乡，从人力、物力上支援各社队搞好夏收夏种。海军南海舰队最近发出通知，要求所属单位大力支援农村的夏收夏种。湛江军分区也组织直属部队指战员，以及县、市武装部干部共五百多人深入社队，帮助搞好"四夏"工作。

（李镇江、林彬）

本报讯 东莞县沙田公社已进入夏收大忙，全社每天集中七千多人加紧抢收早稻，力争把早造丰收果实全部夺到手。到七月九日止，已收割早稻三万五千多亩，占早稻总面积的七成。

为了搞好夏收夏种，沙田公社革委会在六月下旬就召开会议，同各大队负责抓生产的干部一起研究了今年夏收夏种的特点：早造阴雨天气持续时间长，相对推迟了早稻成熟期，收割时间集中，晚造备耕时间短，晚造插秧季节十分紧迫，这样，夏收夏种工作就显得特别紧张。为此，公社革委会采取有力措施，加强对夏收夏种工作的领导。公社主要领导和机关干部分别到五个大队参加生产，带领社员做到成熟一块，收割一块。这个公社田多劳动力少，收割任务相当繁重。为了加快抢收进度，公社组织各个大队大搞工具改革，把一部分脚踏打禾机改装成机动打禾船。公社和各个大队还注意抓好细收细打工作。阁西、民田、穗丰围等大队有些生产队，历来习惯用"割尾"的办法收割早稻，缚禾、运输和练禾过程中丢粒浪费比较严重。针对这一情况，公社和大队就在这些生产队大力推广使用打禾机，落实生产责任制，尽量减少丢粒浪费。

沙田公社还注意合理安排劳动力和调配好农机具，做到边收割边犁田沤田，全社一百多台大中型拖拉机和手扶拖拉机，大部分坚持日夜轮班作业，人停机不停。目前，全社已有一万四千多亩早稻田进行了犁田沤田。

（本报通讯员、本报记者）

本报通讯员、本报记者：《抓紧时机搞好"四夏"工作 · 东莞县沙田公社集中劳动力，早稻已经收割七成》

《南方日报》1979年7月10日第1版

东莞县试种橡胶树获得成功

东莞县国营板岭林场，几年前在一千亩地上试种了十五个品系、三万株橡胶树，经过精心管育，华南一、印尼一等三个品系的橡胶树长势良好，并于今年五月一日开始试割橡胶。试割结果，单株产胶量为八十二立方厘米，干胶含量为三成至三成半。第二代橡胶树种子，也已于今年三月进行试育，发芽率达七成五，生势壮旺。（刘谭金）

刘谭金：《东莞县试种橡胶树获得成功》

《南方日报》1979年7月12日第2版

东莞县太平手袋厂是太平镇服装、竹器等手工业厂社合并创办的小厂。从去年底开始，该厂接受外商来料加工，到今年五月底止，已加工生产各式手提袋二万五千多打，收取了加工费港币二十七万多元。

随着国外市场的需要，这个厂所接受加工的产品灵活多变，每月更新品种达十多种。由于该厂注意充分发挥本厂工人的社会主义积极性和技术特长，已逐步适应和满足了外商对产品的花色品种、规格、数量的要求，产品质量也达到了商定的标准。

由于加工生产的发展，该厂已通过劳动部门吸收安排知识青年和社会待业人员六十六人就业。

这个厂生产需要的专用设备，如平缝机、加浆机等共一百五十台，均由外商引进，工厂以补偿贸易的方式，从收取的加工费中逐步扣除。引进这些设备，对提高劳动生产率和产品质量都起到了积极的作用。

上图为太平手袋厂工人用平缝机制作手提袋的情形。

廖成业　摄影报道

廖成业：《东莞县太平手袋厂》

《南方日报》1979年7月17日第3版

畅销中外的东莞荔枝

东莞县是我省的荔枝主要产区之一。栽培品种以槐枝最为普遍，此外有糯米糍、桂味、黑叶、妃子笑、三月红、犀角子、红皮、蜜糖埕、白腊、糯米丸、大造、挂绿、细核荔、搭死牛、山枝等等。素有“果王”之称的东莞荔枝，鲜果、干果均畅销中外，每年六、七月间，有大量的新鲜荔枝及时运到香港应市。

目前，全县共有荔枝树四万六千六百七十八亩，一百一十四万四千棵，种植面积和棵数都比解放初期增加一倍多。其中糯米糍十四万二千棵，占百分之十二点四，桂味七万七千八百棵，占百分之六点八；黑叶二万七千五百棵，占百分之二点四。五十年代平均年产荔枝八万二千担，六十年代平均每年为十一万零七百担，进入七十年代以来，平均每年为十七万七千担。历史最高水平的一九六七年总产达五十万零五千担。搞好荔枝生产既可以壮大集体经济，增加社员收入，又可以发展对外贸易，争取外汇，一般每年可收取一百多万美元。今年，荔枝开花期虽然遇到较长时间低温阴雨的影响，但总产预计仍可收十七万担左右。

（卓永友）

卓永友：《畅销中外的东莞荔枝》

《南方日报》1979年7月18日第2版

落实三中全会各项方针政策 合理调整农业布局

东莞县农业发展步伐加快形势大好

今年早造农业全面增产增收，工业生产和财贸工作有新的发展，广大干部群众为夺取新的胜利，正以战斗的姿态奋战在生产第一线

本报讯 中共东莞县委坚定不移地贯彻执行三中全会所制定的一系列方针政策，从本县的实际情况出发，采取有效措施，合理调整布局，加快农业发展的步伐。今年早造农业全面增产增收，上半年工业又有新的发展，商业购销和财政收入增加，外贸出口和对外加工活跃，全县城乡出现繁荣兴旺景象。

荔红稻熟的夏收时节，东莞县人民欢欣鼓舞，许多人没有想到早造生产这么好。全县春耕期间遇到了“倒春寒”，禾苗生长前期又出现了长时间的低温阴雨，给早造生产带来了较大的困难，但由于三中全会制订的方针政策调动了广大干部群众的积极性，切实加强了田间管理，加上后期天气较好，早造终于取得了丰收。全县七十八万多亩早稻已基本收割完毕，产量普遍比往年提高，二十九个农村人民公社，大部分都获得不同程度的增产。不仅原来高产的水乡社队，早稻亩产有新的突破，而且田多劳力少、耕作粗放的沙田地区，也出现了大面积一造亩产跨《纲要》的丰产片。尤其喜人的是，全县十三万多亩春花生，获得前所未有的丰收。已经收摘的荔枝和香蕉的上市量，比去年同期有较大的增加。甘蔗、黄麻、水草、木薯等经济作物长势很好，生猪、塘鱼上市量比去年同期增加，社队企业也有新的发展。随着早造农业生产全面增产增收，国家提高农副产品收购价格，夏收预分全县农民普遍增加收入，家家户户喜气洋洋。

多年以来，由于林彪、“四人帮”极左路线的干扰破坏，东莞县农业生产出现了徘徊不前的局面。粉碎“四人帮”以后，情况开始好转，一九七七年全县生产粮食十一亿多斤，交售给国家的商品粮四亿多斤；去年晚造严重受灾，粮食减了产，甘蔗、花生、香蕉、水草、木薯、大豆等仍然获得丰收，生猪、塘鱼和社队企业也增产增收，社员口粮每人平均五百八十多斤，现金分配每人平均一百四十九元八角。东莞县委的同志清醒地看到，在结束了徘徊不前的局面以后，要迈出更大的步伐，必须坚决贯彻三中全会精神，必须继续批判极左路线，进一步解放思想，放手大干社会主义。为此，去冬今春县委先后召开常委扩大会议和三级干部会议，结合县委整风，组织大家围绕实践是检验真理的唯一标准这个根本问题，联系农村实际开展讨论。本来，东莞县自然条件优越，工作基础也比较好，但为什么农业生产上得不快呢？究其原因，主要是几年来许多同志被扣了“搞资本主义”、“搞唯生产力论”的大帽子，背上了沉重的思想包袱，怕这怕那，不敢理直气壮抓生产，抓经营管理，不敢大胆地在搞好粮食生产的同时放手开展多种经营和发展社队企业。

针对这些情况，县委领导同志带头谈自己的切身体会，总结经验教训，大胆拨乱反正。与此同时，县委大张旗鼓表扬了四十个积极开展多种经营，大办社队企业，使集体由穷变富、或者富了更富的先进单位，大力宣传办社会主义农业，粮越多越好，钱越多越好，集体和社员越富越好。这样就使大家解放了思想，打碎了极左路线的精神枷锁，敢于冲破禁区，坚持实事求是，从实际出发，为夺取今年农业丰收，加快农业发展步伐打下了思想基础。尊重生产队的自主权，实行生产责任制，这是调动群众积极性的重要政策。今年以来，从县到公社、大队都把这些政策的落实当作大事来抓。县委在切实加强领导，给予必要的计划指导的同时，明确规定生产队在保证完成国家任务的前提下，有权因地制宜安排种植计划和决定增产措施；社队可以采取群众路线的方法，因地制宜推广各种不同形式的生产责任制。由于这些重大政策的落实，农民当家作主精神大发扬，劳动热情空前高涨，多年来那种“奉命搞生产”、“出勤不出力”的现象没有了，这是全县能够克服自然灾害带来的一个又一个困难，使全县早稻在减少了三万多亩种植面积的情况下仍然略有增产，十三万多亩春花生单产和总产都获得了大幅度增加的重要原因。

今年，在东莞县，全县人民一致赞扬县委为了充分发挥各种类型地区自然条件的长处，夺取农业全面丰收，敢于解放思想， （下转第四版）

上图：东莞县沙田公社早稻在去年增产的基础上今年又夺得丰收。图是阁西大队新谷登场。

下图：东莞县横沥公社甲坑大队上车岗二队抓紧时机做好晚稻插秧前的准备工作。图是社员们在送肥办田。 本报记者 摄

东莞县农业发展步伐加快形势大好

（紧接第一版）敢于采取积极的态度，不等待国家调整任务，在本县职权范围内，合理调整了农业生产的布局，逐步调整农业内部的比例关系，收到了显著成效。县委总结推广了虎门公社新联大队和常平公社塘坑大队实行水稻、花生轮作，促进了粮、油增产的经验，全县多种了三万多亩花生。目前，这些花生大部分已收获，平均亩产达二百多斤，高的亩产达到五、六百斤。许多干部和社员高兴地算了一笔帐：以每百斤花生顶二百五十斤稻谷折算，多种一亩花生，就等于净赚了五、六百斤稻谷。全县多种了三万多亩花生，就等于净赚了一千多万斤稻谷。多种花生不仅增加了经济收入，而且种过花生的水田，土壤结构改善，地力提高，有利于粮食高产稳产。特别是多种了花生，增加了大量花生藤、花生麸回田作肥料，为夺取晚造丰收创造了很好的条件。此外，还合理安排土地，在沿海沙田、咸田多种甘蔗和水草，在丘陵地和旱地多种木薯和花生，充分挖掘土地潜力扩大了蚕桑和香蕉、荔枝、柑桔等水果种植面积。广大干部和群众看到地尽其用，对加快农业发展步伐充满信心。

为了进一步发展大好形势，六月下旬，县委召开了常委扩大会议，回顾半年多来的实践，总结经验教训，认真贯彻省委常委扩大会议和三级干部会议精神，加深了对按照农轻重次序调整国民经济的重要性的认识。县委决定集中主要精力把农业生产搞上去，根据沿海、水乡、埔田、丘陵、山区五个不同类型地区的特点，继续由常委分别下去包片，进一步搞好分类指导，克服过去领导生产"一刀切"、瞎指挥的不良作风。县委强调各级干部都要重视生产，研究生产，讲究经济效果，按经济规律办事。全县各行各业要树立以农业为基础的思想，为打好农业这个基础作出更大的贡献。县委从党政部门抽调了六十名干部（其中副局级以上三十名）充实经济机构，又充分利用东莞毗邻香港的有利条件，建立养猪、养鱼、蔬菜、水果等九个生产基地，扩大对外贸易，发展对外加工和旅游事业，到七月中旬为止，已签订对外加工合同九十一宗，其中已投产的有五十一宗；同时，新成立了轻工业品、纺织品出口公司和包装公司，以适应外贸出口的需要。

今年上半年，东莞县各行各业、各条战线在支援农业中发挥了很大作用。但是，在县委最近召开的常委扩大会议上，也揭露了一些存在问题，如支农产品质次价高，农副产品购销渠道不够畅通以及一些单位向农民转嫁负担等。针对这些情况，县委要求各行各业切实搞好支农工作，特别是财贸部门要发挥在商品流通领域中的职能作用，积极沟通购销渠道，采取有效措施，减轻农民负担。县和公社要进一步办好信托货栈，积极推销农副产品，同时全面推行合同制，使生产队能更好地安排生产。到目前为止，财贸部门与生产队已签订了六千多份合同，金额达一千六百八十多万元。

在今年上半年增产增收基础上，东莞县委决心带领全县人民夺取全年丰收。全县各地今年晚造秧苗普遍长得好，土杂肥比往年多，特别是今年多种了春花生，全县十三万多亩花生藤、花生麸以及花生荚售化肥，将在夺取晚造丰收中发挥很大作用。到七月二十三日为止，全县早稻已收割七十二万亩，占早稻面积九成多，犁田沤田六十多万亩，占已收割早稻面积的八成多。广大干部群众认为，今年晚造生产比较主动，对夺取全年农业丰收具有很强的信心。

本报记者　本报通讯员

本报记者、本报通讯员：《落实三中全会各项政策　合理调整农业布局　东莞县农业发展步伐加快形势大好》

《南方日报》1979年7月24日第1、4版

摘要：报道了中共东莞县委坚定不移地贯彻执行三中全会所制定的一系列方针政策，总结经验教训，拨乱反正，解放思想，实事求是，从本县的实际情况出发，尊重生产队自主权，实行生产责任制，同时合理调整农业生产布局，实现了早造全面增产增收，同时，工业有了新的发展，商业购销和财政收入增加，外贸出口和对外加工活跃，城乡出现繁荣兴旺景象。

○ 东莞县万江公社坝头大队早稻夺得丰收。图是下坝生产队的干部、社员在喜称丰收粮。

《东莞县万江公社坝头大队早稻夺得丰收》

《南方日报》1979年7月25日第4版

陈健聪：《东莞县沙田公社阁西大队南环生产队，今年早稻总产超过历史最高水平，做到增产增收增分配》

《南方日报》1979年7月29日第1版

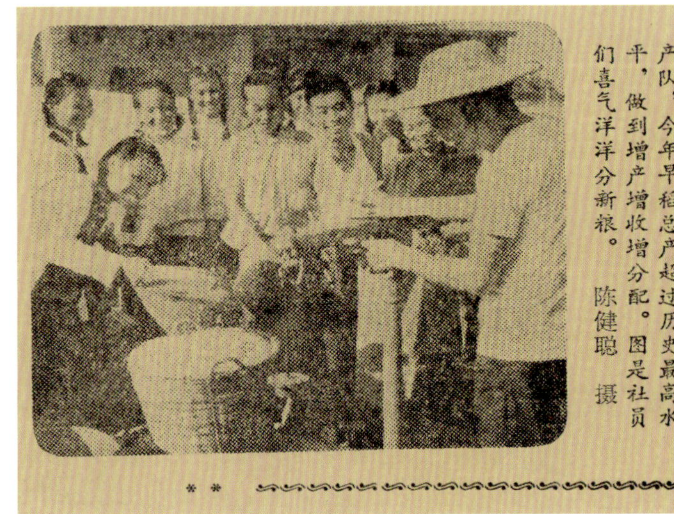

东莞县沙田公社阁西大队南环生产队，今年早稻总产超过历史最高水平，做到增产增收增分配。图是社员们喜气洋洋分新粮。 陈健聪 摄

掌握生产规律　抓住关键措施

——东莞县袁家涌大队连续三年晚造增产的经验

东莞县中堂公社袁家涌大队党支部通过总结群众的实践经验，掌握晚稻生长规律，从中摸索出一套适合本地实际的增产措施，因而从一九七六年起，连续三年晚造水稻都获得丰收。一九七六年晚造亩产六百六十六斤，比上年每亩增八斤；一九七七年晚造亩产七百七十六斤，比上年每亩增一百一十斤；去年晚造在遭到寒露风和低温的袭击下，水稻总产超过历史最高水平，亩产达八百一十五斤，比上年又增三十九斤，比早造亩产高四十三斤，实现了晚造超早造。

东莞县和全省情况一样，近十年晚造生产由于备耕时间短，没有很理想的优良品种，又常受台风和寒露风的影响，生产很不稳定。去年晚造因受寒露风和低温影响，全县多数社队都减了产。为什么在同样的自然灾害情况下，自然条件在当地属中等的袁家涌大队却能夺得大丰收呢？很重要的一个原因，就是这个大队的干部重视研究生产，讲究科学种田。他们坚持从本地实际出发，不断总结自已和群众的实践经验，掌握了晚稻生长规律，从中找出适合本地实际的增产关键措施。

袁家涌大队很重视搞好肥料建设。他们总结了过去的经验教训，认为如果连续长时间不注意把施用化肥和土杂肥很好地结合起来，孤立地强调施用化肥，土质就容易板结，同时，晚稻前期多施化肥，禾苗长势容易过旺，封行早，通风透光差，容易引起病害，好禾不好谷。只有以含氮磷钾丰富的有机质肥为基础，再辅以速效的化肥，才能达到增产的目的。因此，大队党支部决心狠抓土肥建设。从一九七六年起，各生产队都建立和健全了积制肥专业队伍，坚持常年积制高效的混合肥，加上充分利用农作物的茎秆回田和发动群众采集野生绿肥，使全大队的土杂肥常年不缺。去年晚造全大队二千五百四十亩稻田，全部施过一次土杂肥作基肥，有的施过两次。至于化肥，他们很注意合理使用，一般是在分蘖时施用和作壮尾肥。由于有机质肥多，提高了氮磷钾的含量，禾苗生长平衡稳定，有效地提高了后期的抗风能力。

对晚稻插秧后的追肥问题，袁家涌大队的干部也很有研究。早在一九七四年，第六生产队队长袁炳辉（现任大队长）发现有两亩田的禾苗中期生长差，便安排一名社员追施灰粪。这个社员责任心不强，灰粪撒放不均匀，凡是灰粪撒到的禾苗，长势好，后期结实饱满；灰粪撒不到的禾苗，长势差，结实差，茎秆枯黄。这个现象，使袁炳辉想到，禾苗中期补施农家肥好。第二年，他用六十亩晚稻作试验，中期亩施灰粪五、六百斤，效果十分显著，收割结果比同等条件的其他稻田亩增八十斤以上。大队党支部对这种情况进行了分析，认为晚稻插秧后前期气温高，禾苗生长快，肥份消耗多。到禾苗生长中期，那时原有的肥料已消耗得差不多，天气也已转冷，如果能补施有机质肥，就能抵御低温，使水稻中期壮秆长胎，后期结实饱满，达到增产。于是，他们总结了这一经验，从一九七六年起在全大队推广。去年晚造，这个大队的多数稻田在幼穗形成期都施放过有机质肥料，因而禾苗生长健壮，根群发达。到十月中旬和下旬，虽然遭到寒露风和低温袭击，禾苗在风后转焦黄，但很快又回青了，后期穗大粒饱，青枝腊稿。实割结果，凡中期施有机质肥的亩产八百二十五斤，比没施的每亩多收了一百零八斤。实践证明，下足基肥，中期补施有机质肥，是抗御寒露风和低温的有效措施。

（下转第四版）

掌握生产规律　抓住关键措施

（上接第一版）

在插植规格上，他们也坚持从实际出发。他们认为，由于近几年晚造化肥供应不及时，禾苗分蘖期没有化肥或只有很少化肥，如果每棵插的苗数太少，分蘖穗不足，就会影响产量。应该靠主穗增产，多插基本苗数。但如果插得太多，则禾苗分蘖后早封行，通风不好，易发病，也不增产。因此，近几年来，这个大队都是插七乘五规格，每棵插十至十二条苗。这样，每亩有二十万苗左右，收割时有效穗数有二十六万穗左右，因而获得增产。此外，这个大队在每年晚造“稻飞虱”为害时，都能摸准虫情，做到灭虫及时，一次消灭；在稻种安排上，全大队六成以上晚稻面积选用抗风力强的“二白矮”作为当家良种，这些措施，对晚稻的增产是个有力的保证。

目前，这个大队的干部、社员，正把在生产中摸索出来的、适合本地实际的这一套增产措施，运用到晚造生产上去，力争晚造丰收。　李永强、冯章

李永强、冯章：《掌握生产规律　抓住关键措施——东莞县袁家涌大队连续三年晚造增产的经验》

《南方日报》1979年8月4日第1、4版

中堂公社党委认真讨论真理标准
政策是非一目了然 思想更加解放

本报讯 东莞县中堂公社党委，联系本社多年来发展农业生产的实际，开展真理标准问题的讨论，批判极左路线，总结经验教训，不断提高执行三中全会方针政策的自觉性。

去年下半年以来，在全国广泛开展关于真理标准问题讨论的推动下，中堂公社党委领导成员也就这个问题进行了讨论。在讨论中，他们用粉碎"四人帮"以来特别是三中全会以来发展农业生产的实践，对下面几个问题进行了检验：过去批判过的东西是不是都是错误的；富则变"修"吗；因地制宜、从实际出发安排生产对不对。从理论上和实践上进一步清算极左路线，对原来一些似是而非的问题取得了比较统一的认识，促进了思想解放。

过去批过的都是错的吗？

粉碎"四人帮"之后，过去党的一些正确的方针政策得到了恢复，党的三中全会又提出了新的政策措施。对于党中央的这些政策，这个公社的一些社、队干部，心存疑虑。他们想，怎么过去被批判过的、被认为是错误的东西，现在又拿出来了？他们怕将来政策一变，又重新挨整，因而对这些政策不敢大胆执行。过去批判过的东西，是不是都是错误的？中堂公社干部联系这个问题，展开讨论。在讨论中，他们回顾了文化大革命前后这个公社的变化：文化大革命前那几年，由于党在农村的一系列方针政策得到贯彻，中堂公社农林牧副渔发展较快，有一个时期，一些大队每年每人平均收入已经达到一百八十多元，口粮标准每人平均六百斤。那时全社出现安定团结、蒸蒸日上的形势。文化大革命中，林彪、"四人帮"的极左路线来了，党在农村那些行之有效的方针政策受到批判，被停止执行了，全社就乱套了。一些干部顶不住压力，分不清什么是社会主义，什么是资本主义，比如搞生产就是"唯生产力论"，讲分配就批"分光吃光"，只要粮食不要多种经营，批判定额管理，取消集市贸易，限制社员家庭副业，没收自留地，什么"越穷越革命"，"鸡头不能超过人头"，"种了淮山丢了江山"……等等，这些现在想来十分可笑的蠢话，那时竟然成了时髦的"革命话"，这个时期全社的政治、生产一落千丈。粉碎了"四人帮"，特别是三中全会以来，党在农村的方针政策又得到落实，今年全社出现了多年没有过的喜人形势。全社增产增收增分配，预计全年每人平均收入可达二百元。通过前后对比，用实践的效果来检验，什么是正确的政策，什么是错误的政策，就一目了然了。大家说，客观实践能检验出各种问题的是非。我们公社文化大革命前后的变化，有力地说明了过去批过的东西并不是都是错误的。通过讨论，统一了认识。一些原来不敢大胆执行现行政策的干部，解放了思想，敢于去积极落实党的各项政策了。公社党委还发动大家逐件摆出过去批过的，但实践检验是批错了的东西，拨乱反正，一一为之纠正。

坚持走农副工综合发展的道路

在讨论真理标准问题中，中堂公社党委调查了一些大队的情况，总结了全社的生产经验，用实践的结果来检验自己的工作。实践说明，发展生产一定要走农副工综合发展的道路，坚持这条道路，生产就上去，不走这条道路，生产就倒退。

他们分析两个大队的情况：槎滘大队十多年来坚持发展多种经营和工副业生产，大队集体经济不断壮大。去年，企业收入达一百五十三万元，占全大队总收入的百分之四十三。大队集体经济壮大了，有力地支援了农业生产。近年来，大队拿出资金大搞农田基建，使全大队农田基本实现稳产高产。又添置了大量农机具，使大队基本上实现了耕作机械化，运输机船化，排灌电动化。粮食总产从一九六四年的四百零六万七千多斤，增加到一九七八年的六百八十一万四千多斤。一九七四年以来，大队下拨给生产队分配的钱，共达一百一十八万元，仅去年一年就下拨三十四万元，占全大队社员分配的四分之一。去年，全大队每人平均分配达一百八十元，比一九六四年增加七十七元。近年来，大队还出钱办了许多集体福利事业，全大队一派欣欣向荣的景象。另一个是江南大队。文化大革命以前，这个大队办有砖厂，副业生产搞得不错，也促进了农业生产，大队有积累，现金分配每人平均一百八十元左右。但是，在文化大革命中，由于受到林彪、"四人帮"极左路线的干扰破坏，这个大队被当作"三重三轻"的坏典型来批，结果工副业被取消了。这样一来，收入降低，农业倒退，到现在还没有恢复过来。目前还欠公社一万多元没有能力偿还。

实践是检验真理的唯一标准，什么是对的，什么是错的；什么是真社会主义，什么是假社会主义，实践就是最好的回答。槎滘和江南两个大队的实践说明：在搞好粮食生产的同时，积极发展工副业是正确的；批判"重副轻农"、"重钱轻粮"，把工副业一刀砍掉是错误的。过去认为：分配上搞"一拉平"，（下转第三版）

中堂公社党委认真讨论真理标准

（紧接第一版）人人有口饭吃，就是社会主义；谁劳动好，收入多，富起来了，谁就是修正主义。其实，这是搞普遍贫穷的假社会主义。我们不仅要有社会主义的粮，还要有社会主义的钱，否则就不可能搞好农业生产，就不可能调动群众的积极性，就不可能巩固集体经济。特别是象中堂公社这样人多地少的地区，积极发展多种经营和工副业生产，更为必要。

经过讨论，公社党委一致认为，在加速实现四个现代化中，农村社队必须因地制宜，充分利用当地的有利条件，坚决走农副工综合发展的道路。为此，在最近召开的全社三级干部会议上，公社党委进一步推广了槎滘、潢涌、袁家涌等大队的先进经验，并拟订了发展多种经营和工副业的规划。一方面是调整生产布局，多种经济作物；另一方面是办好和扩大工副业，计划利用本地的大量稻草开办造纸厂，利用这里地处东江下游，水路纵横的特点，发展水上运输业。

坚持实事求是，从实际出发

中堂公社党委的同志掌握了实践是检验真理的唯一标准这个武器，思想更加解放，遇到问题，都要开动脑筋想一想，在党委内部开展讨论。他们回顾本公社的实践经验，深深感到：要搞好农业生产，一定要坚持实事求是，从实际出发。

近十年来，中堂公社晚造由于受台风和"寒露"风的影响，夺取丰收困难较多。再加上在林彪、"四人帮"极左路线的影响下，一些人领导农业生产搞形式主义，搞"一刀切"、瞎指挥，一些行之有效的增产关键措施也没有坚持下来。因而，长期以来，晚稻生产处于"大灾大减产，小灾少减产，风调雨顺增点产"的局面。

去年晚造，公社党委总结了前几年的实践经验，认为晚造插秧并不是越早越好。他们根据本公社人多田少的特点，决定七月三十日开始大量插秧，八月三日就可以把八成的空白田插下去。适当推迟插秧，不仅有利于充分沤田，有利于禾苗前期生长，而且可以腾出时间多积肥，解决晚造由于备耕时间短，肥料积得少这个矛盾。他们抓紧推迟插秧腾出的几天时间，大搞积肥，使全社三万多亩晚稻田全部施放了比较充足的泥肥、土杂肥和野生绿肥，使禾苗普遍生长平衡健壮，增强了抗御自然灾害的能力，改变了过去前期长不起来，中期暴长，后期"寒露"风一来就提早收割，造成"好禾不好谷"的状况。去年晚造，虽然后期遇到了严重的"寒露"风和低温霜冻天气，但灾害过后几天，禾苗很快"起死回生"，全社平均亩产八百零三斤，总产创造了历史最高水平，成为东莞县晚造唯一获得增产的公社。公社党委的同志讨论真理标准问题时，联系这一实际，深有体会地说，我们推广任何一项生产技术措施，都要从本地的实际出发，既要对上级负责，也要对群众负责，决不能单纯依靠"本本"，或单凭上级的意见办事。凡实践检验证明是正确的措施办法，就要大胆地推行；凡是实践证明是错误的措施办法，就要敢于纠正，或坚决抵制。为了夺取今年晚造丰收，目前，中堂公社党委正在把经过实践检验的增产措施运用到晚造生产中去，从各方面为实现今年晚造高产稳产创造条件，打好基础。

本报记者　本报通讯员

本报记者、本报通讯员：《中堂公社党委认真讨论真理标准　政策是非一目了然思想更加解放》

《南方日报》1979年8月5日第1、3版

◇ 东莞县氮肥厂生产的化肥待运农村。
本报记者 摄

本报记者：《东莞县氮肥厂生产的化肥待运农村》

《南方日报》1979年8月6日第1版

加强思想教育 关心工作生活

竹山大队热情关怀回乡知识青年的成长

本报讯 东莞县大朗公社竹山大队党支部，重视做好回乡知识青年的工作。近几年来，他们根据知识青年成长的规律和特点，既重视加强思想教育，又注意从工作、生活等各个方面给予关心和照顾，使回乡知识青年健康成长，立志在农村干一辈子革命。

这个大队从一九七〇年起，每年都有二三十名高、初中毕业生回乡参加农业生产劳动。过去，由于大队党支部对做好回乡知青的工作不够重视，一些知识青年回乡后感受不到党的温暖，不愿在农村工作。后来，大队党支部通过总结经验教训，决心把教育知青作为一项经常的政治工作来抓。每年中学毕业生回乡，党支部都召开座谈会，征求他们的意见，鼓励他们扎根农村，安心务农。党支部还经常同他们一起忆“三史”（村史、家史、知识青年成长史）、讲传统、谈前途，进行两种社会制度的教育。这两年，党支部和团支部结合新的形势，发动青年开展“什么是青年人的理想和前途？”“在新长征中青年一代的历史责任是什么？”等专题讨论，教育知识青年明辨是非，看清方向，扎根农村干革命。

竹山大队党支部在认真抓好回乡知识青年思想教育的同时，注意从工作、生活等方面关心他们。做法是：一、积极发展大队企业，扩大多种经营，为妥善安排回乡知青创造良好条件。目前，全大队安排到大队竹器加工厂、工艺草织厂、五金修理厂、塑胶厂和蚕场等单位工作的历届回乡高、初中毕业生达二百人，占大队工副业人员总数的百分之五十以上。二、及时吸收一些表现好、贡献大的回乡知青入团入党。到去年底止，全大队知青入党的有十人，入团的有七十六人。三、有计划地组织知青看电视、读书报，开展适合青年特点的各种文体活动。

由于大队党支部的耐心教育和热情关怀，竹山大队回乡参加农业生产的知识青年深感到社会主义社会的温暖，看到了自己的前途和未来，纷纷表示要扎根农村干一辈子革命，为建设社会主义新农村献出自己的青春。

（傅照辉、刘燕航、罗修湖）

傅照辉、刘燕航、罗修湖：《加强思想教育　关心工作生活　竹山大队热情关怀回乡知识青年的成长》

《南方日报》1979年8月8日第1版

同沙水库养鱼业大发展

水库专业养鱼队在水库捕鱼。

建立专业养鱼队，促进了水库养鱼业的发展。

东莞县同沙水库，从一九七四年以来，把发展养鱼列为水库主要经营项目，加强了领导，建立了专业队伍，狠抓鱼种标粗基地建设，使鱼产量不断提高。去年，这个水库鱼产量达一千五百多担，平均亩产超过五十斤，总产量相当于一九七四年的三倍。

本报记者 蒋振东 摄

专业养鱼队的职工认真培养好鱼苗。

蒋振东：《同沙水库[①]养鱼业大发展》

《南方日报》1979年8月20日第3版

① 同沙水库：位于东莞市区东城街道同沙社区。1960年建成，集水面积100平方千米。

沙田公社改进施肥和晒田工作

本报讯 东莞县沙田公社五万亩稻田，已全部进行了第一次中耕施肥，禾苗生势比往年好。

沙田公社今年晚造的田间管理注意发扬成绩，纠正缺点。他们因地制宜，采取不同措施：一、针对沙田地区咸酸田多，有机质少的特点，改以往单施氮肥为施氮、磷混合肥；二、针对以往一些田晒得过死，一些田又晒得不够的情况，做到因品种、田块、插植时间的不同而加强肥水管理；三、针对以往晚稻在刮「寒露风」时损失较大的情况，改以往用氮肥作壮尾肥为用磷肥作壮尾肥，以增强禾苗的抗逆性。

（张明光、王沛权）

张明光、王沛权：《沙田公社改进施肥和晒田工作》

《南方日报》1979年8月28日第1版

正确认识提倡过的东西

东莞县常平公社党委书记　尹盛发

怎样认识和对待过去提倡过的东西？我们是经过一个思想斗争过程的。过去一说“以粮为纲”，我们就不加分析地对每个大队的水稻种植面积作了硬性规定，使十一个田多人少的大队，也硬要在沙质浅脚田上种水稻，由于种、收不及时，稻谷产量上得不快。为了加速农业的发展，去年冬天，公社党委在制定今春种植计划时，广泛听取群众的意见，因地制宜，提出了利用沙质低产田改种花生的建议。有的干部认为：砍掉稻田种花生，同贯彻执行以粮为纲的精神相违背，怕担风险，挨批评，主张还是少改为妥。针对这种思想，我们及时组织全体干部，开展讨论。使大家认识到，对过去提倡过的东西，要进行具体分析。提倡得对的，就要继续提倡；提倡得不对，就不应继续提倡。这个对与不对，不是以提倡本身作标准，而应以实践作标准。思想通了，就坚持耕作改制。结果，全社今年早造水稻虽然比去年早造少插四千五百亩，但由于实行科学种田，努力提高单产，总产反而比去年同期增加六千七百一十一担；春花生比去年多种四千亩，总产比去年增加八千三百七十一担。在党委组织的这场讨论的推动下，各个大队都积极发展多种经营。比如，常平大队认真落实党的农村经济政策，组织青年民兵办起了五间小工厂和搞好多种经营，使全大队的水稻、花生、养猪、养鱼等大大超过了历史最高水平。

今年上半年，我们公社呈现出一派大好形势。回顾半年多来的实践，我们感到，只有正确认识过去提倡过的东西，把思想从僵化、半僵化状态中解放出来，才能端正思想路线，促进生产的发展。不彻底肃清极左的流毒，乱批一通，把人们的手脚捆得死死的，怎会有今天的大好形势呢?!

尹盛发：《正确认识提倡过的东西》

《南方日报》1979年10月5日第2版

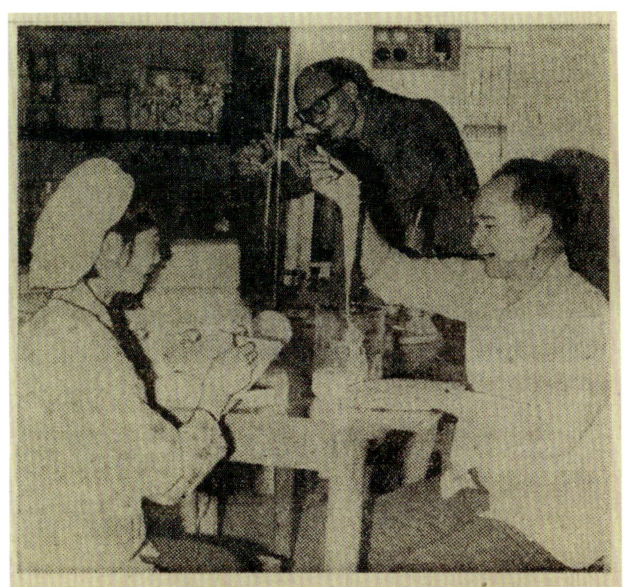

东莞县石龙食品厂生产的粉丝，受到海外华侨和港澳同胞的欢迎。图是这个厂的领导和技术人员在检查新产品“速食米粉”的质量。

本报通讯员　摄

本报通讯员：《东莞县石龙食品厂生产的粉丝，受到海外华侨和港澳同胞的欢迎》

《南方日报》1979年10月11日第2版

冯章：《东莞印刷厂增产增收低消耗》

《南方日报》1979年10月27日第2版

东莞印刷厂增产增收低消耗

本报讯　东莞印刷厂大力挖掘设备潜力，今年以来各项经济指标都完成得很好，达到增产增收低消耗。今年一至九月与去年同期比较，胶版和铅版印刷产量分别增长百分之六点七和二十一，产品质量合格率达百分之九十九点九七。全员劳动生产率增长百分之五点二。上缴利润增长百分之十一点九，总产值增长百分之四点八。

今年以来，他们积极挖掘设备潜力，不断提高现有设备的生产能力。在抓好设备的维护保养和维修的同时，合理调整劳动组织，以达到开足机器台次，提高单机效率，减少无效工时。如胶印机组，今年第一季度印机轮转工时利用率比去年同期提高了百分之四，多生产了三百个工时，折合产量为二百八十八万印。同时，加强企业管理。他们制定了油墨、汽油、煤油、烂布、麻绠、草绳等十多种原材料和辅助材料的定额要求，下达到各车间班组，号召工人发扬自力更生，艰苦奋斗的优良传统，处处精打细算。今年来全厂共计节约金额二万元以上。

（冯章）

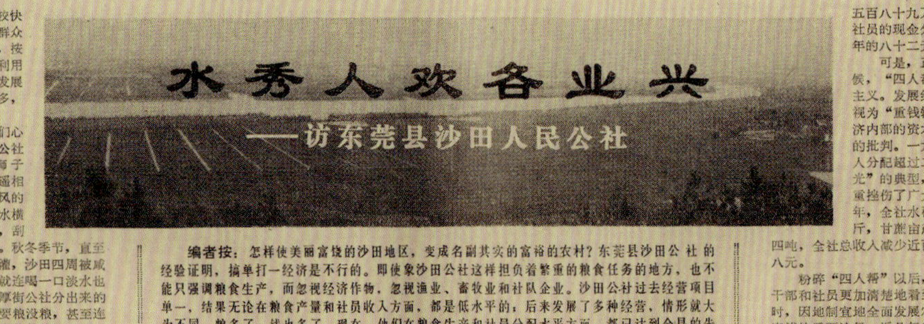

水秀人欢各业兴

——访东莞县沙田人民公社

编者按：怎样使美丽富饶的沙田地区，变成名副其实的富裕的农村？东莞县沙田公社的经验证明，搞单打一经济是不行的。即使象沙田公社这样担负着繁重的粮食任务的地方，也不能只强调粮食生产，而忽视经济作物，忽视渔业、畜牧业和社队企业。沙田公社过去经营项目单一，结果无论在粮食产量和社员收入方面，都是低水平的；后来发展了多种经营，情形就大为不同，粮多了，钱也多了。现在，他们在粮食生产和社员分配水平方面，都已达到全县的先进水平。我们希望沙田地区至今还比较贫穷的社队，能够从沙田公社的经验中得到启示，考虑一下应当怎样充分利用当地有利条件，全面发展生产，做到粮多、钱多，使社员较快地富起来。

田多劳力少的沙田地区能不能较快的富裕起来？东莞县沙田公社干部群众的实践证明：只要坚持从实际出发，按照自然规律和经济规律办事，充分利用当地的有利条件，因地制宜，全面发展农业生产，沙田地区能够做到粮食多，收入也多，迅速富裕起来。

东莞县位于珠江三角洲，是人们心目中的"鱼米之乡"。可是，沙田公社的自然条件却不算好。这里面临狮子洋，与珠江出海口的大、小虎山遥遥相对，经常受咸水、海潮、洪水和台风的威胁。每年入夏以后，往往不是洪水横流，农田受淹，就是台风夹着海潮，刮得堤围崩缺，房屋倒塌，人畜受害。秋冬季节，直至次年"清明"，江水枯竭，海水倒灌，沙田四周被咸水包围，不仅农业生产没有保障，就连喝一口淡水也不容易。一九六一年沙田公社刚从厚街公社分出来的时候，真是一穷二白，要钱没钱，要粮没粮，甚至连县里拨下的五千担粮食，也要靠国家贷款才能购买！

穷则思变。公社党委下决心带领群众改变沙田的生产条件。全社继公社化前夕修筑鞋底沙大堤之后，几年工夫，先后筑堤堵河二十八处，开河三十七公里长，建成大小水闸六十七座，有效地把咸水拒之堤外，并把从杨公洲到大泥、齐沙的一段河面围成了一个有八千多亩面积的淡水湖，既满足了全社人民日常饮用的需要，又改变了年年要到"清明"后才能播种办田的被动局面。后来，全社还在国家的支援下，架设了大电网，兴建了四十九座电动排灌站，安装了四百多台水泵，做到缺水可灌，渍水能排，为实现高产稳产创造了条件。

沙田人民坚持不懈地艰苦奋斗，用汗水换来了丰硕的成果。全社五万多亩水稻，一九六一年平均亩产不到六百斤，一九七七年提高到一千一百二十三斤，总产也从一九六一年的三千二百万斤增加到一九七七年的五千七百多万斤。去年晚稻受灾减产，但全年亩产仍保持在千斤以上。近几年来平均每年每个劳动力向国家提供商品粮二千二百多斤，食糖一千二百多斤，香蕉五百多斤。全社每年还卖给国家一万多头猪（标准头）和大批其它农副产品。在发展生产的基础上，社员收入显著增加，去年平均每人分配现金二百一十四元，每月口粮五十七斤，家家户户粮糖充足，食油自给。如今，在那淡水湖畔，河涌两岸，一幢幢新建的二层小楼房鳞次栉比，掩映在绿树翠竹之中，真是一片水秀人欢的喜人景象。

可是，沙田公社走上富裕道路并不是一帆风顺的。

改变了生产条件的沙田的确是很富饶，很肥沃的，无论种什么作物都长得很好。但是长期以来，由于生产单一，只抓粮食，忽视多种经营和经济作物，现金收入少，粮食生产也因为缺乏资金而得不到迅速的发展，集体经济十分薄弱。一九六四年，全社公共积累只有二十多万元，平均每人分配只有八十二元，分配水平在东莞县来说是较低的。

群众对这种情况很不满意。他们说：沙田的土地很适合种甘蔗，产量比一些老蔗区还要高。同时，这里还有很多堤基围坣和零星荒地可以种香蕉，河涌、池塘也可以用来发展养鱼、养鹅鸭……。公社党委认真分析了群众的意见，认为要从根本上改变沙田的贫困面貌，必须在继续抓好粮食生产的同时，全面发展农业生产，广开社会主义的"生财之道"。在县委的支持下，全社的甘蔗种植面积逐年扩大，六十年代初期，全社只有四、五千亩，一九七四年增加到一万一千亩，平均亩产也从一九六四年的二点八吨提高到五点三吨，甘蔗收入占农业总收入的三成左右。同时，集体种的香蕉也发展到四千多亩，年产量最高时达到十万七千多担，成为仅次于麻涌公社的香蕉新产区。许多大队、生产队还利用死水河涌以及在淡水湖浅水地方修筑鱼塘，发展养鱼，鱼塘面积从三百多亩扩大到一千六百多亩。他们还在村外建起一排排新猪舍，在池塘、涌边办起星罗棋布的鹅场、鸭场，大力发展畜牧业。由于粮食生产和多种经营互相促进，全面发展，一九七四年，全社水稻亩产首次突破千斤，总产比一九六四年增加二千一百四十五万斤，总收入增加五百八十九万元，公共积累增加四倍。社员的现金分配，平均每人从一九六四年的八十二元增加到一百九十元。

可是，正当沙田人民大步迈进的时候，"四人帮"大搞普遍贫穷的假社会主义。发展经济作物、开展多种经营被视为"重钱轻粮"，被说成是"集体经济内部的资本主义"，遭到了无休无止的批判。一九七四年，义沙大队平均每人分配超过二百元，竟被作为"分光吃光"的典型，点名批评。这一来，严重挫伤了广大群众的积极性。一九七五年，全社水稻平均每亩减产一百八十四斤，甘蔗亩产也从五点三吨下降到四点四吨，全社总收入减少近百万元，社员分配减少三十八元。

粉碎"四人帮"以后，批判了极左路线，沙田的干部和社员更加清楚地看到：在搞好粮食生产的同时，因地制宜地全面发展农业生产，是农村迅速走向富裕的重要途径。近几年来，全社大力恢复和发展甘蔗、香蕉、水草等经济作物，因地制宜地开展以种养为主的多种经营，取得了喜人的成绩。去年，全社甘蔗获得空前丰收，亩产达到六点七吨，单产和总产都创造了历史最高水平，香蕉总产比上一年增加两倍多。去年全社多种经营收入占总收入的百分之五十三，既为国家创造了物质财富，又壮大了集体经济，增加了社员收入。

沙田公社不满足于已经获得的成就。一九七九年，他们迈出了新的步子，夺得了早稻大丰收。全社不仅首次出现了水稻亩产一造跨《纲要》的生产队，而且在调整农业布局，多种了一千多亩花生、甘蔗等经济作物的情况下，总产仍然比去年同期增加了一百五十多万斤，超过了历史最高水平。

本报通讯员　冯　章
本报记者　谭子健　岑祖谋

套题照片：东莞县沙田公社田园景色。
岑祖谋　摄

冯章、谭子健、岑祖谋：《水秀人欢各业兴——访东莞县沙田人民公社》

《南方日报》1979年10月29日第1版

摘要：报道了东莞县沙田公社在党委的带领下，大力修筑河堤拒咸水，修建电动排灌站，改造恶劣的自然环境，为农业增产高产创造了条件。同时，扩种甘蔗、香蕉等经济作物，发展猪、鸭、鹅等畜业养殖。通过全面发展生产，迅速地富了起来。

倾注心血浇新苗

——记优秀业余举重教练员陈枝

东莞县石龙镇业余体校教练员陈枝，是我国举重运动名将陈镜开、陈满林的哥哥，陈伟强的大伯父。他从解放初期开始，就从事业余举重教练工作。多年来，勤勤恳恳、兢兢业业，一心扑在发展祖国的举重事业上，为国家输送了十二名运动员，培育出四破举重世界纪录的名将叶浩波，为祖国赢得了荣誉。可是，在文化大革命期间，由于极左路线的干扰，他的努力竟成了不可饶恕的“罪行”，受到了无情的冲击，被驱赶出举重训练场地。

一九七二年，周总理批准恢复举重运动项目，横遭林彪一伙摧残的举坛苏生了。石龙镇成立了业余体校，重建业余举重队，陈枝也重新担任教练。他承担组建举重馆，筹划器材，又负责挑选学员、管理生活，整日埋头苦干，使业余举重训练工作日渐正常。就在这时，风狂雨骤，“四害”又横行。“业务挂帅”、“技术第一”、“锦标主义”的帽子满天飞。陈枝回顾几年来，体育战线惨遭严重破坏，中国运动员的名字在国际举坛上悄然隐去，社会主义祖国失去荣誉。他想，这难道就叫“革命”？他决心战狂风、斗恶浪，用自己的点点心血，浇灌、催开举坛里的朵朵奇葩。

业余举重班里的五十多名学员，从身体素质到基本技术，他逐一分析了解，熟悉每一个人的情况，然后因人施教，具体进行有计划的训练。功夫不负有心人，举重幼苗茁壮成长。恢复后的一年多时间，举重班以惠阳地区代表队名义参加省第四届运动会，获得团体总分第二，青年组第一，四人十七次打破五项全国青少年纪录，石龙举重健儿又重露头角，涌现出举重新秀“石龙三叶”——叶浛波、叶联发、叶浩棠。他们每前进一步，都渗透着陈枝的心血。叶浛波，进班时年仅十三岁，由于未能适应紧张的训练，身体吃不消，产生了松劲情绪。陈枝对小叶说，成绩从苦练中来，鼓励他增添克服困难的勇气。当小叶单纯追求成绩，忽视技术基础训练时，陈枝就亲自示范，帮助小叶矫正动作。小叶有了成绩，他就引导小叶戒骄戒躁，勇攀高峰。就这样，在善诱善教之下，小叶进步很快，在一九七七年，还是少年运动员的时候，就打破了六十七点五公斤级的全国成人纪录。去年在英国、法国比赛时，又战胜了同级的对手。叶联发也打破了全国纪录，并多次到希腊等国家参加国际性的举

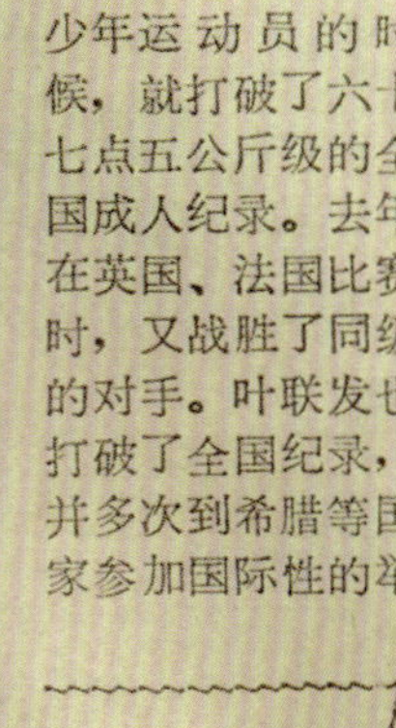

跳远名将邹娃在比赛中的英姿。
本报通讯员 摄

《倾注心血浇新苗——记优秀业余举重教练员陈枝》

《南方日报》1979年11月11日第4版

举重之乡石龙镇

东莞县石龙镇是我省闻名的“举重之乡”。

一九五二年，年仅十五岁的陈镜开，发起组织一个举重锻炼小组，开始举重体育运动，参加的人数起初只有十来人。一九五六年，十九岁的陈镜开，在上海举重台上，举起了一百三十三公斤的杠铃，打破了由美国运动员温奇保持的一百三十二·五公斤最轻量级挺举世界纪录，震撼了世界体坛。随后，陈镜开先后九次打破世界纪录，使石龙人民受到鼓舞，于是，整个镇的举重运动蓬勃开展。在这个基础上，正式成立了业余举重队，不断为国家输送举重运动员。在六十年代，这个镇的运动员陈满林、叶浩波，分别三破四破世界纪录，为祖国争得荣誉，成为体坛上的举重名将。

老一辈无产阶级革命家非常关心石龙的举重运动，贺龙同志曾指示体育部门拨款兴建石龙举重馆。文化大革命中，石龙的举重运动横受摧残。

粉碎了“四人帮”后，石龙镇的举重运动又生机勃勃地发展起来，新一代的举重幼苗在茁壮地成长，短短的几年时间，就为国家输送了八名运动员，他们当中有的参加国际性举重比赛，并夺得了金牌，在异国上空升起了五星红旗。去年，这个镇的举重队十五名运动员，参加省第五届运动会，全部进入了前六名，获得团体总分第一，单项获得十一个第一名、十二个第二名、八个第三名……。正是举重之乡后继有人。

本报通讯员

本报通讯员：《举重之乡石龙镇》

《南方日报》1979年11月16日第2版

今年秋交会上展出的玻璃钢风帆游艇受到好评

本报讯 东莞船厂制造的第一艘玻璃钢风帆游艇，首次在今年秋交会上展出，受到外商和来宾的好评。

这种玻璃钢风帆游艇，是由外商来料，由东莞船厂引进制造玻璃钢船新技术加工装配而成的。它全长为八点九五米，宽三点一米，排水量三点二吨，主帆桅高度十一点六八米，除配备尼龙风帆外，还装有八马力柴油机。航行出港时开动主机，离港之后，则可停机，利用风力扬帆行驶。艇内装有空调和供旅游者使用的生活设施。它具有外表光亮，造型美观，设备完善，造价适宜，质量可靠，节约能源等优点，适合在江河湖海旅游之用。秋交会期间，许多外商前来洽谈订货，初步商定明年来料加工三十余艘，可为国家创造一笔外汇收入。（江舟）

江舟：《今年秋交会上展出的玻璃钢风帆游艇受到好评[①]》

《南方日报》1979年11月17日第1版

东莞举办放养美国红萍技术训练班

东莞县于本月上旬在寮步公社横坑大队，举办了放养美国红萍技术训练班，听取了省农科院和县农业局技术员关于美国红萍的特性及其栽培技术的介绍，为明春大面积放养美国红萍打下了基础。（郭观华）

郭观华：《东莞举办放养美国红萍技术训练班》

《南方日报》1979年11月22日第2版

① 报道的玻璃钢风帆游艇由东莞船厂引进制造。

计划全社平均每人增收五十元

常平公社大抓经济收入

本报讯 东莞县常平公社于本月上旬组织大队、生产队进行年终分配试算，检查今年全社增收计划落实情况，发现问题，及时解决，促进了多种经营的发展。

今年初，公社党委提出全社平均每人分配比去年增收五十元的计划。为了实现这个目标，广大干部群众落实了各项增产措施，使今年早造获得增产、增收、增分配、增积累，晚造也丰收在望。他们根据晚稻和经济作物已基本定局，估产估收依据比较可靠的情况，组织大队和生产队进行年终分配试算，对今年增收计划的落实情况进行一次认真的检查。试算结果，全社平均每人比去年增加分配五十二元。这个数字虽然不算少，但各队之间不平衡。全社二十四个大队，达不到平均每人增收五十元的大队有四个；全社一百八十六个生产队，达不到平均每人增收五十元计划的生产队有八十个，其中还有两个是减收的。初步试算以后，公社党委立即召开了有公社干部、支部书记、生产队长和会计人员参加的会议，要求大家充分利用秋前秋后有利时机，积极开展多种经营，增加经济收入。

各队公布今年年终分配试算结果后，增产增收幅度大的队受到很大鼓舞，生产积极性进一步提高；增产增收幅度小的队，找到了差距，增强了信心。全社干部群众一齐动手，从育肥猪、管好鱼塘、多种冬种蔬菜、烧砖瓦、加工农副产品，搞好对外加工和搞好短期副业收入等方面，大抓经济收入，争取在今年内，全社增加收入一百八十五万元。

（县委办调查组）

县委办调查组：《计划全社平均每人增收五十元　常平公社[1]大抓经济收入》

《南方日报》1979年11月24日第1版

① 常平公社：今东莞市常平镇，位于东莞市东部，西北距东莞城区约30千米，有多条铁路在此交汇，是重要的交通枢纽和物资集散地。

莞城副食品商店

实行定时定点送货制度

本报讯　东莞县莞城副食品商店实行定时定点送货制度，深受群众欢迎。

莞城镇有居民近十万人，而副食门市部却只有十五间，群众购买副食品不方便。莞城副食品商店根据这一情况，实行定时定点送货。每个门市部按所在地段划分包干，分别于每天早上六时至八时，中午十一时至一时，下午四时至六时这三节时间，用手推车装载酱油、面豉、南乳、腐乳、生盐、生粉、味精、咸杂菜、沙参、玉竹、淮山等约二十五种日常生活所需的副食品到生产队和街道供应。这样便大大方便了群众。例如博爱大队的社员，过去要跑二十五分钟至半小时路程才能买到副食品，现在送货到村前，在早上出勤前就能买到副食品了。今年九、十两个月，这个商店的十个门市部共送货八百八十人次，营业额九千二百多元。

（冯　章）

冯章：《莞城副食品商店　实行定时定点送货制度》

《南方日报》1979年11月25日第3版

☆　东莞县企石公社湖屋大队民兵营，组织民兵学习法律，进行遵守法纪教育，提高广大民兵遵纪守法观念。　张明光、利晖辉　摄

张明光、利晖辉：《东莞县企石公社湖屋大队民兵营，组织民兵学习法律，进行遵守法纪教育，提高广大民兵遵纪守法观念》

《南方日报》1979年11月27日第2版

壮大集体经济　增加社员收入

上沙大队因地制宜广开生财之道

本报讯　东莞县长安公社上沙大队充分利用本地的自然资源，发展多种经营，使集体经济不断壮大，社员收入逐步增加。去年全大队农工副业总收入达八十二万三千五百元，创历史最新纪录，每人平均分配二百一十元，比一九七七年增加十一元。今年早造全大队总收入达五十二万四千元，比去年同期增收十三万五千元。预计今年每人平均分配可达二百五十元。

上沙大队有二千二百多人口，四千四百多亩耕地，又靠近海边，群众历来有发展种养业的习惯。但是，前几年由于林彪、“四人帮”极左路线的干扰破坏，结果，不但多种经营得不到发展，粮食生产也上不去。在揭批林彪、“四人帮”的斗争中，上沙大队党支部发动群众总结经验教训，肃清极左路线的流毒，根据本大队自然条件制定出开展多种经营的计划，在抓好粮食生产的同时，着重从三个方面开辟副业门路。

一、利用本地土地多的有利条件发展种植业。一是利用海滩和咸田种水草，全大队种水草七百亩，去年仅水草一项就收入十二万元。二是利用山边田、旱坡地、冬闲田种药材。全大队常年种植牛七、党参、菊花、淮山等药材五十多亩，冬种泽泻一百五十亩，上半年药材收入三万七千元，比去年增加一万五千多元。三是大力发展瓜菜果树。全大队常年种植瓜菜六十亩，可收入四万多元。同时还种下橙柑六十五亩，并利用橙柑地间种西瓜、白瓜、蔬菜，今年仅间种的四十亩西瓜，就收入了一万二千元。

二、大力发展畜牧养殖业。这个大队鱼塘海滩多，很适宜养鱼养鹅养鸭。今年以来，他们养母鹅一千五百只，母鸭一千只，肉鹅四千五百只，肉鸭五千只，养鱼一百多亩，集体养猪六百四十头。仅这几项，到年终可收入三十多万元，同时，又为社员解决了大批鹅苗，帮助社员发展家庭副业。

三、积极发展加工业。大队先后办起了粮食加工厂、服务站、打席、竹器、药材加工、砖厂、油厂、糖厂、锯木厂、汽车运输等，大队企业去年收入七万六千多元。今年由于增加了经营项目，又落实了“按劳分配”政策，搞好经营管理，上半年收入四万八千多元，比去年同期增收二万五千多元。

上沙大队由于坚持因地制宜积极发展多种经营，既壮大了集体经济，又促进了粮食生产。近两年来，全大队每年集体留积累达十二万元以上。今年冬，他们计划进一步扩大药材、番薯、蔬菜种植面积，增加种贵重药材等项目，使多种经营有一个新的发展。

（张明光　袁治平）

张明光、袁治平：《壮大集体经济　增加社员收入　上沙大队[①]因地制宜广开生财之道》

《南方日报》1979年12月2日第2版

① 上沙大队：当时属东莞县长安公社，即今东莞市长安镇上沙社区。

◇ 东莞县沙田公社西太隆大队东头围生产队今年有了自主权，合理调整了生产布局，晚造获得了粮食、甘蔗、水草等作物的大丰收。在秋收分配中，家家户户都增加了收入。这是社员喜分丰收粮。

农国英 摄

农国英：《东莞县沙田公社西太隆大队东头围生产队今年有了自主权，合理调整了生产布局，晚造获得了粮食、甘蔗、水草等作物的大丰收。在秋收分配中，家家户户都增加了收入》

《南方日报》1979年12月8日第4版

南方日报

1980年

春风从北京吹来

——东莞县沙田公社见闻

时序的春天，姗姗来迟。然而，东莞县沙田公社被评为全国农业先进单位的喜讯，胜似春风，早已吹暖了沙田人民的心田。

十二月二十八日下午，国务院嘉奖农业、财贸、教育、卫生、科研战线全国先进单位和劳动模范，在首都北京隆重举行授奖仪式。大会电视实况转播还未开始，公社在家的干部、炊事员以及附近的群众，早就纷纷聚集在会议室那部26英寸的电视机旁。大家满面春风，笑逐颜开，都为自已的代表——公社党委书记叶耀，能够出席这次授奖大会，登上主席台领奖，而感到无上光荣！

地处珠江口的沙田公社，二万四千多人，耕种着六万多亩土地。近几年来，全社平均每年每个劳动力向国家提供商品粮二千二百多斤，食糖一千二百多斤，香蕉五百多斤。此外，全社每年还卖给国家一万多头（标准头）猪和大批其它农副产品。一九七九年，虽然早春遇到低温阴雨，八月初又遭到第八号强台风的侵袭，对香蕉、甘蔗生产影响较大，但全年水稻总产量仍然达到五千九百多万斤，比上一年增长了五百八十七万多斤；平均亩增一百二十七斤，总产和亩产都超过了历史最高水平；一万三千多亩甘蔗总产也比上一年略有增加，亩产六吨半以上。随着农业生产的发展，社员每人每月口粮六十斤，全年每人平均分配达到二百九十四元，比一九七八年增加八十元，全社一百五十一个生产队，有二十四个队每人平均分配超过四百元。

回顾一年来农村发生的可喜变化，沙田人民同声赞颂党的三中全会精神好。记者不论到那个大队、生产队，社员家家户户都用竹笪围着金灿灿的谷堆，屋前屋后的猪圈里肥猪很多，鸡鹅鸭成群。在村头巷尾，随处可以听到人们欢乐的笑声，和干部、社员交谈起来，可以听到他们发自肺腑的话语：“贯彻中央两个农业文件，农民尝到了甜头。照这样下去，农村大有奔头！”

沙田人民在欢笑声中送走了一九七九年，满怀豪情地迎来了八十年代的第一个春天。公社党委副书记胡运激动地对记者说，党和国家给了沙田人民很大的光荣，我们一定要把荣誉变为前进的动力，在新的一年里为国家作出更大的贡献。授奖大会的召开，更象催春战鼓，激励沙田人民雀跃起步，踏上了新的征途。连日来，北京的喜讯，迅速传遍了辽阔的沙田，人们心潮如波涌，从公社、大队到生产队，干部和社员都在热烈讨论，纷纷修订规划，准备鼓足干劲大干一场。

记者来到了大流大队，正好遇到党支部书记周华树刚刚从田里收工回来。他兴高采烈地向我们介绍：“一九七九年，全大队人平分配三百六十多元。但是，干部和社员谁也不满足，决心乘胜前进，富了再富！”现在，他们的计划是：一九八〇年，全大队要在一九七九年超历史的基础上，水稻亩增五十斤，甘蔗亩增半吨，人平分配超过四百元！为了实现这个目标，这个大队早造备耕生产搞得热气腾腾。“冬至”前几天，全大队二千七百多亩冬闲田已经全部犁完。现在，有的生产队正抓紧晴天挖深沟，锹河泥，平整土地；有的生产队放干鱼塘，挑塘泥，为早造培育壮秧准备充分的肥料。第六生产队老贫农陈炳一家六个劳动力，去年集体分配收入四千多元，年前队里先拨出部分现金兑现分配，他一次就领到了九百元，全家人都高兴得不得了，对搞好早造备耕生产特别积极。

大流大队是沙田公社的缩影，早造备耕生产不仅动手早，干得扎实。到元旦前夕为止，全社五万多亩犁冬任务已经全部完成，挖深沟，锹河泥一万多亩，积泥肥一百五十多万担。

本报记者　岑祖谋

岑祖谋：《春风从北京吹来——东莞县沙田公社见闻》

《南方日报》1980年1月3日第2版

为了让群众欢度节日

佛山市、东莞县商业部门努力做好新年、春节市场供应

本报讯 八十年代第一春到来的时候，佛山市的商店里，摆满了节日商品：电视机、自行车、收音机、手表、呢绒、丝绸被面、儿童玩具等日用工业品和优质糖果、饼干、糕点、烟、酒，以及腊肠、腊肉、各色烧、烤、卤肉，琳琅满目。据统计，全市节日商品的投放总额，比去年同期增加百分之三十。

为了做好新年市场的商品供应和饮食服务接待工作，佛山市商业部门在一个多月前就着手为市场安排、组织货源，单是从外省采购回来的应节商品，就有一百四十多万元。同时还就地安排生产了一批向来受群众欢迎的传统、名牌产品和市场紧缺商品，如丝绸被面、陶瓷、针棉纺织品、自行车外胎、保温杯等，这些商品已陆续上市。（康樵）

本报讯 东莞县副食公司及早动手，做好春节供应工作。目前，已有一批新商品投入市场。其中有些是多年脱销的商品，如火腿、鲜栗子、芝麻、火麻油、核桃肉、瓜子肉、菱角肉、剑花等。还有黄花胶、鱼翅、鱼肚、鳝肚等高档商品。同时恢复生产和加工一批传统产品，如花生酱、豆酱、糖姜头等。这些副食品均受到群众的欢迎。（梁冰、张明光、张祖民）

梁冰、张明光、张祖民：《为了让群众欢度节日　佛山市、东莞县商业部门努力做好新年、春节市场供应》

《南方日报》1980年1月5日第2版

横岗水库大搞综合利用成效大

职工工资和管理经费自给有余

本报讯　东莞县横岗水库充分利用水土资源，大搞综合经营，实现了管理经费自给，大大改善了职工生活，并陆续向社会提供产品，最近被评为全国农业战线先进单位。

横岗水库建于一九五九年，正常蓄水库容为二千一百多万方，设计灌溉面积三万六千亩，现已灌溉四万八千亩，是个以蓄水灌溉为主，农、林、牧业综合利用的中型水库。这个水库在认真搞好工程的管养、不断扩大工程效益的同时，大搞综合利用，实行以水养鱼，以鱼养库，养鱼为主，全面发展的方针，因而多种经营项目越办越多。水库共有养鱼水面二千四百亩。从一九七〇年起，每年捕鱼超过十万斤。从建库到一九七八年底，总收入达八十三万元，其中养鱼收入六十四万元，加上其它多种经营收入，共七十一万元。经费、工资和职工的油、糖、肉等自给有余。

由于发展了多种经营，促进了水库建设。他们先后自筹资金十八万八千元（占投资四成八），投入工程安全加固和配套，使灌溉面积扩大了一万二千亩。同时，投资二十九万五千元进行库内的基本建设，购买了一批汽车、机船和其它机械，还建起职工宿舍、食堂、禽舍、仓库等共三千多平方米。　（岑祖谋）

岑祖谋:《横岗水库[①]大搞综合利用成效大——职工工资和管理经费自给有余》

《南方日报》1980年1月7日第1版

① 横岗水库：位于东莞市厚街镇东南约5千米处，1959年5月竣工，是一座以灌溉为主兼防洪、供水、旅游等综合效益的中型水库。

东莞县三百多户职工

喜气洋洋搬进新居

本报讯 东莞县工业、轻工、农机、交通、邮电五个局及其所属工厂企业，一九七九年先后新建职工宿舍四十三幢。到元旦前夕为止，共有三百多户职工喜气洋洋地搬进了新居。

由于林彪、“四人帮”极左路线的干扰破坏，东莞县的职工住宅“欠账”较多。一九七九年，贯彻三中全会精神以后，县委把关心职工生活，作为调动职工积极性，加快四化步伐的一项重要工作来抓。上级有关部门除了增加对职工住宅建设的投资之外，还采取有力措施，统筹建筑材料，统一安排施工力量，认真搞好职工宿舍的新建和扩建工作。据有关部门初步统计，一九七九年底竣工的职工宿舍四十三幢，二万三千八百五十九平方米；扩建的职工住宅三千一百二十六平方米，两项合计共二万六千九百八十五平方米，可以使五百多户职工的住宅得到解决和改善，占国营工交企业现有职工总户数的二成多。

东莞县由于认真抓了职工住宅建设问题，更好地调动了广大职工积极性，生产热情高涨，有力地推动了增产节约运动深入开展，全县一九七九年工业总产值达三亿多元，比上一年增产一成以上。

《东莞县三百多户职工喜气洋洋搬进新居》

《南方日报》1980年1月7日第2版

玻璃钢救生艇

本报讯 东莞船厂最近制造出两艘玻璃钢救生艇。这两艘玻璃钢救生艇，各为长六点五米、宽二点五米、高零点八五米，外表光滑，造型美观，使用性能良好。其中一艘是机动船，每小时航速六海里，可乘坐十七人。另一艘是自划船，可乘坐二十三人。最近经有关部门鉴定，都达到了目前我国同类船的最高水平。（培顺、高华）

培顺、高华：《玻璃钢救生艇[1]》

《南方日报》1980年1月17日第2版

小型农用挖泥船

本报讯 东莞县道滘船厂在广东省船舶设计院的配合下，制造出六艘小型农用挖泥船。最近经有关单位现场鉴定，使用效果好，技术质量达到了设计要求。这种小型挖泥船，每小时可吸泥浆三十立方米。

（于培顺、高华）

于培顺、高华：《小型农用挖泥船[2]》

《南方日报》1980年1月17日第2版

---

① 这种玻璃钢救生艇由东莞船厂制造，达到我国当时最高水平。

② 此种小型农用挖泥船由东莞县道滘船厂制造。

麻塘养塘虱　死水变活宝

东莞县万江公社盛产黄麻，黄麻加工时，要在鱼塘浸洗，因而一些鱼塘水质变黑，无法养四大家鱼（鳙、鲢、鲩、鲮）。为了不浪费水面，把死水变活宝，一九七九年八九月，胜利、坝头等大队利用这些麻塘试养塘虱鱼，获得成功。这些大队放养的塘虱苗，每市斤五十至五十五条，经过三个月的养殖，体重便增加十多倍，每市斤为四五条；而且鱼体肥壮，色泽好，完全达到出口的标准，平均亩产达三百斤，一亩水面可增加收入四百多元。

万江公社今年准备将全社几百亩麻塘，都用来养塘虱鱼。

（吴峰文）

吴峰文：《麻塘养塘虱　死水变活宝》

《南方日报》1980年1月20日第2版

张明光、袁治平、张志荣：《这个生产队长当得好》

《南方日报》1980年1月22日第3版

这个生产队长当得好

东莞县厚街公社坑口生产队退伍军人、生产队长林旭康，坚持扎根农村，处处以身作则，带领民兵、群众努力改变生产条件，广开生财之道，使生产队面貌发生了很大变化。林旭康当生产队长两年，一九七八年该队粮食亩产一千一百七十斤，创造历史最高水平，一九七九年亩产又比上年增加一百零三斤。一九七八年人平分配现金三百五十三元，一九七九年增加到四百一十元，每人食油九斤，每月口粮六十二斤，成为东莞县分配水平最高的生产队之一。

（张明光　袁治平　张志荣）

养猪先进单位——黄草朗大队

去年四成农户养猪收入超千元

本报讯　东莞县大朗公社黄草朗大队在积极发展集体养猪业的同时，大力鼓励和帮助社员发展家庭养猪。去年，全大队家庭养猪收入一千元以上的有一百五十五户，占总农户的百分之四十。其中，二千元以上的有四十七户，三千元以上的有十二户。

早在六十年代，黄草朗大队就是我省的养猪先进单位。但是，在林彪、“四人帮”横行时期，家庭养猪被作为“资本主义倾向”和“暴发户”来批，社员养猪业受到严重摧残。三中全会以来，大队党支部大胆拨乱反正，干部还带头发展家庭养猪事业。这样一来，社员群众解除了思想顾虑，养猪的积极性高涨。

一九七九年，全大队生猪饲养量和上市量都超过历史最高水平，总饲养量达四千八百六十五头，每人平均二点五头，每亩耕地平均一点八头。猪多，肥多，粮也多，一九七九年，全大队粮食平均亩产达一千二百多斤，比一九七八年亩增一百零八斤。

（明治树）

明治树：《养猪先进单位——黄草朗大队　去年四成农户养猪收入超千元》

《南方日报》1980年2月4日第2版

「小砂炮」进入国际市场

新年前，我们来到东莞县土产进出口支公司参观创新的小砂炮。公司的职工拿起一个比火柴盒大一点的小纸盒，从里面掏出一小粒白色的东西，用拇指和食指轻轻捏了一下，随着火光一闪，即发出“噼啪”的声响，而手指毫无烧痛感觉；接着他又拿出一粒向上抛去，小东西落地时也同样发出“噼啪”之声，怪好玩的。那位职工笑着对我们说，这叫小砂炮，是新创制的。别看它象医院用来蘸红药水的棉枝头那么小，可这小玩意儿已进入了国际市场啦，目前远销西德和美国等国家和地区了。

创新的小砂炮是我国烟花爆竹中的一个新品种。过去一直沿用古老的生产方法，每年出口量不多，甚至卖不出去。去年他们帮助莞城镇工艺厂制成了目前这种新品种。经过外商试销，认为既安全又有趣，纷纷前来订货。去年，这个新品种的销售量比前年增加了两倍。 （易渡、冯章）

新商品

易渡、冯章：《“小砂炮”进入国际市场》

《南方日报》1980年2月6日第2版

东莞出口花鸟虫鱼收入可观

本报讯 花鸟虫鱼也能为四化争取可观的外汇。东莞县去年出口的花鸟虫鱼，总值达到十二万五千美元，创历史最好成绩。出口品种包括菊花、剑兰、蟋蟀、草蜢、田乳鼠、金鱼、热带鱼和盆景等。

《东莞出口花鸟虫鱼收入可观》

《南方日报》1980年2月8日第2版

东莞石龙镇佳话流传：

为支持办工厂　镇党委两次让房搬家

本报讯　东莞县石龙镇党委会和革委会为工厂主动让房，两次搬了家，被传为佳话。

这两年来，石龙镇通过多种渠道，积极承接对外加工业务，取得可喜成效，但随之遇到一个困难，就是厂房不足。前年十一月间，有个外商到石龙镇洽谈办服装厂，经过协商，选中了烟花厂新建的厂房。那末，烟花厂应该设在那里呢？镇党委及镇革委当机立断，主动提出将自己的机关办公大楼让出来给烟花厂。原机关办公楼六十多个机关干部愉快地四出"打游击"，分成四摊办公。到工交办公楼里办公的，是镇革委的行政、工交、财贸、农业、卫生、妇联、街道等部门；借用园林管理所办公的，是镇党委办公室和组织部门；而宣传部、镇团委则挪到戏院角落里的一间小房；劳动管理站也借用了另一间小屋。事隔没多久，去年三月间，又同一个外商谈妥办另一间服装厂，选中了有八百多平方米面积的工交办公楼，还决定加以扩建，镇党委及镇革委又立即组织干部再次搬家，这次搬到了一个仅有四百多平方米的旧房子里。办公桌一张紧挨一张，一个大屋里就放上了四十五张，办公条件是够艰苦的。现在，人们来到石龙采访，可以看到两个服装厂生产热气腾腾，一片兴旺，而镇党委和镇革委机关却挤得很，想开个会，还得到邻近工厂去借个地方呢！

石龙镇党委、镇革委正是以这么一种精神来支持工业生产的。去年，该镇工业战线提前两个月超额完成全年生产计划，工业总产值比前年同期增长百分之二十四点四，其它各项经济技术指标均创历史同期最好水平。　（闻华）

这篇报道虽然简短，但是足以发人深思。我们不是也见过另一种情况吗？有些部门的领导同志，工厂还未建起来，就先经营办公大楼；工作还未搞上去，就先张罗各种享受。这和石龙镇同志一再让出办公楼建工厂，到处「打游击」办公，对比是多么鲜明！我们认为，前者不足为法，后者应该提倡。我们的国家底子薄，人口多。要搞四化，不发扬艰苦奋斗的革命传统是不行的，没有吃苦在前，享乐在后的创业精神是不行的。我们要把这种优良作风，具体地体现于每一件工作之中，用自己的模范行动，带动群众为四化作出贡献。

闻华：《东莞石龙镇佳话流传：为支持办工厂　镇党委两次让房搬家》

《南方日报》1980年2月10日第2版

她们身边有亲人

——访东莞县唐洪大队两个五保户

春节前夕，我们来到东莞县石碣公社唐洪大队，访问了五保户叶美和卫敬两位老人。

叶美今年八十二岁，卫敬七十六岁。她们的丈夫早逝，身边无儿女，孤寡一人。在大队干部的陪同下，我们先来到叶美的家。叶美告诉我们，她的衣食住，大队都考虑到了。她每月领取口粮五十来斤，够吃有余；大队每年为她添置新衣裳；每逢队里的鱼塘捞了鱼，都留给她一份。东莞是水乡，柴火很困难，大队便把编织竹器剩下的竹头竹尾给她作柴火。末了，她喜滋滋地说：“我还有一百多元的余款呢！”我们听了疑团满腹：一个丧失劳力的老人，怎么还有钱结余呢？大队干部微笑着解释说：全大队六个五保户，都按大队人平收入发给现金，去年是四百一十九元，扣除柴、米、油、糖、水电等费用外，每人每月还有十二元零用钱。

唐洪大队不单对五保户的衣食住行照顾周到，对他们的病疼疾苦，也很关心。我们在访问卫敬时就听到了不少这方面的生动事例。原来，三年前，卫敬就得了半边不遂症，被大队送到医院治疗。在住院期间，每个大队干部都分别带着慰问品去看望她。她出院以后，公社卫生院和大队的赤脚医生，又常常送医送药上门。由于她生活不能自理，大队就想方设法，请一个人照顾她。在集体无微不至的关怀下，卫敬身体逐渐康复，现在可以自立行走了。她逢人便说：如果不是生活在社会主义大家庭里，我早就不在人间了。

临别时，我们祝叶美和卫敬两位老人新春愉快，过个好年。她俩笑着回答说：“我们不但能过好这个年，还想多过几个新年呢！”

易渡、洪炳坤

易渡、洪炳坤：《她们身边有亲人——访东莞县唐洪大队两个五保户》

《南方日报》1980年2月16日第2版

沙田公社锦上添花

这个全国农业先进单位，去年全面增产增收，春节前夕又有六百多户社员喜迁新居

本报讯 本报记者岑祖谋报道：受到国务院嘉奖的农业先进单位——东莞县沙田公社，去年在共同富裕的道路上又迈出了一大步。全社在超额完成二千七百万斤公余粮任务以后，社员每人口粮达到七百二十斤，人平分配三百零九元，比前年增加九十五元。全社一百五十一个生产队中，人平分配四百元以上的有二十五个队。由于社员收入显著增加，去年以来建新房子的农户特别多。记者从公社党委办公室获悉，春节前夕，又有六百多户社员喜迁新居。至此，全社四千八百七十四户祖祖辈辈住茅寮的沙田农民，百分之九十八以上都已住进了砖瓦新屋。

贯彻三中全会精神以来，沙田公社深入批判林彪、“四人帮”极左路线，认真落实党的各项政策，合理调整了农业生产的布局。水稻从原来五万八千多亩调整为五万一千多亩，甘蔗从一万一千多亩增加到一万三千多亩，花生从一千多亩扩大到二千多亩。此外，还利用堤壆大种香蕉，利用河涌水面发展养鱼、捕捞和养“三鸟”等，做到农、牧、副、渔全面发展。去年全社水稻总产达到五千九百多万斤，比前年增产六百一十七万多斤，平均亩产一千一百七十斤，比前年每亩增加一百三十二斤，总产和单产都超过了历史最高水平；甘蔗生产虽然遭到八号强台风的侵袭，损失严重，但总产仍基本上保持前年水平；花生获得了空前丰收，总产达到五十多万斤，首次实现了食油自给；渔业和畜牧业等多种经营收入五百多万元；社队企业总产值从前年的一百多万元增加到三百多万元。全社实现了增产、增收、增积累、增分配、增贡献。

在发展生产的基础上，社员生活越来越富裕。如今，辽阔的沙田，到处是一片喜气洋洋的新景象。记者来到这个公社访问，只见淡水湖畔，河涌两岸，一幢幢新建的两层小楼房鳞次栉比，掩映在绿树翠竹之中。

岑祖谋：《沙田公社锦上添花》

《南方日报》1980年2月17日第2版

访"草席之乡"—厚街

春节前夕，我们访问了我省著名的产席区——东莞县厚街公社。

厚街公社有大部分大队靠近海边，有一望无际的水草田，全社种有水草一万多亩，每年收水草十五万到二十万斤。这个公社种水草织草席已有几百年的历史了，早在清朝初，这里的农村就开始编织草席，远销到广州、香港等地，厚街"草席之乡"的美称也和厚街草席一样，远近驰名。解放后，厚街公社的草席加工业有了很大的发展，特别是粉碎"四人帮"以来，各级党组织把发展草席作为一项重要的副业收入来抓，社员也把家庭编织作为主要家庭副业。现在全社有一百二十二间草席加工厂，有工人三千六百七十二人，还有四千多人为这些工厂进行厂外加工。全社草席收入每年达四百八十八万元，占全社工副业总收入的百分之八十。

在公社办公室同志的陪同下，我们参观了厚街公社厚街大队的工艺厂。这个厂原来只有四十多人，现发展到二百八十多人，每年出口产值达二十九万元。生产的品种也由原来的几种增加到三十多种，而且新买了三台自动织席机，由原来的人工操作发展成为机械化和半机械化操作。据公社办公室同志介绍，全社象厚街大队工艺厂这样的厂还有很多。全社的草席品种也由原来的几种增加到一百二十多种，仅去年就增加了三十多个品种。现在，厚街的草席、草垫已远销到美国、意大利、西德等六十多个国家和地区，成为我省的主要出口基地之一，深受五大洲朋友的欢迎。

张明光、袁治平、张治荣

张明光、袁治平、张治荣：《访"草席之乡"——厚街[①]》

《南方日报》1980年2月23日第2版

① 厚街：今东莞市厚街镇，

东莞县生产资料公司采取积极措施

增调化肥支援春耕生产

本报讯 东莞县生产资料公司积极支援春耕生产。目前，春耕所需的各种支农物资已陆续运往农村，其中各种化学肥料已就位二万多吨，比去年同期增加百分之六十四，各种中小农具也已就位一百三十多万件。

一月初，这个公司就根据今年春耕生产特点，采取了支农措施，一是加紧向外组织采购农用物资，二是积极安排就地加工生产；三是帮助社队抓好绿肥生产。目前，全县已繁育了萍母田二千七百多亩，为春节过后大面积发展红萍打下了良好基础。

（梅光平）

梅光平：《东莞县生产资料公司采取积极措施　增调化肥支援春耕生产》

《南方日报》1980年2月24日第1版

东莞县大力发展美国红萍解决早造基肥

全县计划放养春萍十多万亩。目前各社队正抓紧春暖时间大面积繁育红萍，并向兄弟县、社提供了大批红萍种苗

本报讯 东莞县把大力发展美国红萍作为搞好早造备耕，夺取今年农业新丰收的一条重要措施来抓。全县计划放养春萍十万至十五万亩，占早稻面积的两成左右，到二月二十一日止，已放养一万五千四百多亩，全县所有公社和大队都有了萍母田。目前，他们正抓紧春暖时间，开始大面积繁育红萍，并向兄弟县、社提供了数以万担计的美国红萍种苗。

东莞县发展红萍已有多年的历史。去年放养春萍面积较多的附城、寮步、中堂等公社，早稻增产的幅度也较大。实践证明，红萍具有繁殖快、肥效高、成本低的特点，特别是新近引进的美国红萍，比本地红萍具有抗寒性强、繁殖快、产量高、肥效高、病虫害少等优点，增产效果更好。横沥公社月塘大队一九七八年冬放养美国红萍压青面积十一亩，去年早造实收结果表明，在同等条件下，它比本地红萍压青每亩多增产稻谷十八斤三两。为了扎扎实实搞好土肥建设，实现农业高产稳产，县革委会决定今年早造大力推广放养美国红萍，为早造提供更多的基肥。

县革委会要求各级领导认真办好试点，培训技术队伍，坚持以点带面，保证放养红萍工作的落实。县革委会一名抓农业的副主任带领工作组到寮步公社办点，作为县的萍种基地和培训技术队伍的基地。去年秋，这个公社引进三百斤美国红萍种，放养了三分面积，到目前，全社已繁殖到四千七百五十五亩，还为兄弟县、社提供萍种三万多担。他们早造计划放养红萍一万八千亩，占早造面积的五成多。县革委会多次在寮步公社召开养萍现场会，实地训练养萍技术队伍，共培训了各公社党委书记及抓农业的副书记，公社农业技术员、农科站长和重点大队大队长、养萍员共五百多人次。与此同时，县、社、队三级都健全了养萍领导机构，认真解决养萍工作中的具体问题。县里还组织五个小组分赴各公社检查督促，加强技术指导。各级干部层层分工包干，明确岗位责任制。各公社也建立了养萍责任制，订出奖励条件，定期检查评比，对养萍多的大队、生产队和养萍员给予奖励，使放养红萍的工作顺利开展。

东莞县今年大面积推广美国红萍。这是寮步公社横坑大队的社员正在加强萍母田的管理。　岑祖谋 摄

《东莞县大力发展美国红萍解决早造基肥》

《南方日报》1980年2月27日第1版

为社队日益增多的农副产品广开销路

虎门供销社积极疏通购销渠道

本报讯 东莞县虎门供销社积极疏通购销渠道，为当地社队日益增多的农副产品广开销路，千方百计增加社员收入。去年共收购各种农副产品价值一百多万元，其中属于为当地推销积压的大宗产品六万八千多担，使社队增加了三十一万多元的收入。

虎门公社地处珠江口，土地肥沃，商品生产发达，农副产品多达七十多种，年上市量达五十多万担。近一二年来，虎门供销社十分注意适应农村多种经营迅速发展，各种农副产品不断增多的新形势，主动为社队的产品打开销路。去年初，北面大队由外贸部门安排生产的红葱，除提供出口外，仍剩余三百多担，本地市场已经饱和，生产队准备把这部分红葱从每担八元降为二元出售。供销社发现后，根据自己掌握的行情，以每担五元价格把红葱全部收购起来，调给顺德县，使生产队减少了一千多元的损失。

虎门供销社从广开农副产品销路出发，努力恢复老关系，发展新关系，想方设法沟通商品流通渠道。近年来，供销社不断派出购销员到广州、佛山、南海、番禺等地，把文化大革命中中断了的业务关系重新接通，同时积极发展新的购销关系。一年多来，他们已在本省四个市和十几个县恢复老关系四十个，发展新关系四十五个，使本地产品有了广阔的销路。去年春，虎门公社马铃薯大丰收，除出口和地销外，仍有近三万担未有销路。供销社即派出购销员到广州市几家大菜场联系，先调出一万多担以略低于市价委托四个菜场代销，后来，广州市场菜源渐少，供销社又以比原价略高一点的价格，再调出一万多担卖给广州几家大菜场。这样，既为社队推销了马铃薯，又因此而盈利六千多元。他们通过广开门路，去年还为社队推销了椰菜五千多担，番薯三万六千多担。（罗修湖、周史义）

罗修湖、周史义：《为社队日益增多的农副产品广开销路　虎门供销社积极疏通购销渠道》

《南方日报》1980年2月28日第2版

石◎龙◎麦◎芽◎糖

麦芽糖是东莞县石龙镇的著名土特产，已有一百多年的生产历史。以前，是采用铜锅明火蒸煮的制作方法，由于工艺落后，产量不高，质量不稳定。现在，根据传统制作的方法，改用蒸气浓缩的新工艺，既保持原来的营养价值，又清洁卫生，而且色泽透明，深受群众欢迎，从原来销售于港澳地区和新加坡、泰国等东南亚国家，扩展到远销加拿大、美国、英国等国。去年扩大生产后，年产麦芽糖三百多吨，仍是供不应求。

陈朋志、陈淦林

陈朋志、陈淦林：《石龙麦芽糖》

《南方日报》1980年2月29日第4版

主动“找米下锅” 生产越搞越活

东莞县一百一十七间厂，去年没一家停产；除一家外，厂厂有盈利

本报讯 东莞县工交战线广开门路，“找米下锅”，生产越搞越活。去年全县一百一十七间厂，没有一家停产。除一家外，厂厂有盈利。全县工业总产值比上一年增长百分之十一点四六。最近在县的三级干部会议上，县委和工业战线领导部门认真总结了去年搞活生产的经验，促进了今年的生产。

去年初，东莞县多数工厂生产任务不足，但是，他们没有坐等任务，而是主动出击，找米下锅。他们“找米下锅”的主要办法是：

（一）出门找任务，攻关不怕难。东莞煤机厂（前身是锅炉厂）去年初生产任务只有二成多。他们主动出门找活干，做到“造大不怕困难，造小不怕麻烦”，承担了煤炭部难度较大的装煤机和皮带运输机的制造任务，两个月内就拿出试产品来。煤炭部派出专门工作组到厂鉴定，装煤机的一百二十六项质量指标中，一百二十二项符合部颁标准；皮带运输机质量达到了老厂的水平，获得煤炭部的好评，被煤炭部确定为定点生产厂。这个厂在转产这两种重点产品的同时，对原来为当地、为农业服务的产品，如铁器农具、日用五金、锅炉等也不放弃。这样一来，不但去年吃饱了，产值比前年增加了百分之六十九，其余各项指标也完成得很好，而且今年上半年任务也基本上够吃了。

（二）“大鸡吃小米，不怕揽零活”。东莞柴油机厂原来主要生产4105柴油机。去年初全厂生产任务不到计划的百分之三十。他们放下大厂架子，派人到县内县外，到城镇和农村揽活干。承接了省一机局的二百五十个贮油罐加工任务，还扩大维修业务范围，此外，还接受化肥厂铜配件、粉厂蒸馏塔、塑料厂铜套以及食品部门的腊味加工半自动线等加工任务，什么活都干，从而使全厂提前两个月超额完成了去年生产计划，总产值比前年增长了百分之二十六点六。

（三）以质保厂，填补短线。全国大轴承积压多，小轴承销路好。东莞轴承厂掌握了这个行情，便专攻小轴承，提出“以质保厂，以小取胜”。去年这个厂生产的用于打禾机、吊扇等的小轴承，十二项综合质量指标的合格率从前年下半年的百分之九十二点五，提高到百分之九十五，超过了部颁标准，因而在调整中获得了中央一机部的定点，成为我省六个中央定点轴承厂之一。二轻莞城家用电器厂生产的金鹿牌台座式电风扇，也因为产品质量好，款式新，受到用户欢迎，中央轻工部去年给这个厂增加了一万台的生产任务，工厂由“吃不饱”变成“吃不完”。

（四）根据市场需要，随时变换品种。寮步陶瓷厂过去每年生产六、七十万个粗陶菜砵，近年来由于农村大规模农田水利工程项目和大型会议减少，这种产品销售量不多。针对这一情况，厂里就集中主要力量生产建筑陶瓷和茶煲、粥煲、饭煲等销量大的日用陶瓷以及一部分工艺陶瓷。工厂明确提出“市场需要什么就生产什么”，要求每个工人熟悉造三、四种产品，随时可以变换工种。一年来，这个厂恢复和增加了三十多种品种，产值超过了历史最高水平。

（五）扩大加工范围，积极开展来料加工装配业务。去年，东莞县对外加工装配业务活跃，全县共签订协议二百零五宗，已投产一百五十宗，其中有成品出口的一百四十宗，去年收入加工费扣除设备补偿费后，实收二百一十八万美元，既为国家创造了外汇，又使一些工厂找到新的出路。

东莞县委和工业战线领导部门通过总结去年的经验，更加深刻地认识到，要争取今年工业生产能有更快的发展速度，出路就是要充分发挥市场调节的作用，继续广开门路，找米下锅，把生产搞活。县委明确提出了五点要求：一、要敢于打破行业界限，跨行业接受任务；二、积极外出活动，沟通渠道，上门找任务；三、大搞来料加工装配业务，扩大加工范围；四、加强市场调查，积极发展适销对路的新产品和新品种；五、主动到县内城镇、农村承接农机、民机生产和维修任务，扩大服务项目。由于总结运用了去年经验，今年生产又有了新的发展。

（本报通讯员、本报记者）

本报通讯员、本报记者：《主动“找米下锅”　生产越搞越活》

《南方日报》1980年3月18日第2版

摘要：报道了东莞县的工厂在面对生产任务不足的情况，主动出击，“找米下锅”，通过“出门找任务，攻关不怕难”“大鸡吃小米，不怕揽零活”“以质保厂，填补短线”“根据市场需要，随时变换品种”“扩大加工范围，积极开展来料加工装配业务”等方式搞活生产，全县117间厂取得了没一家停产、除一家外厂厂有盈利的成绩。

东莞孔雀牌米粉质量提高

远销二十多个国家

孔雀牌米粉，是东莞县石龙食品厂的名牌产品。这种米粉吸水率低，久煮不烂，洁白透明，爽脆幼滑，可煮可泡可炒，成为群众喜爱的佐食佳品，誉满省内市场，还畅销港澳地区和日本、新加坡、马来西亚、澳大利亚等东南亚国家。

近几年来，石龙食品厂更新了设备，改革了工艺和完备了卫生条件，产量大幅度增长，每年递增百分之二十以上，质量也稳步提高，产品逐步升级，还制成了细如银丝、幼滑呈光的孔雀牌即食粉，包装精致，装潢美观，每袋六十克，配有蘑菇汤上乘调味料，用摄氏八十度以上的开水，泡浸三分钟，便可供食，不用煲煮，省时方便，美味可口，作早餐之用尤佳。去年，在全省出口米制品行业质量检查评比中，孔雀牌米粉和即食粉，粉条的弹性和耐煮性，均超过了省有关部门规定质量指标的百分之二点二五，创全省同行业产品的优质纪录，分别列为名牌产品和优质产品。省轻工业局授予石龙食品厂质量“信得过”企业的称号。

孔雀牌米粉、即食粉，产品质量的不断提高，迅速扩大了销路，远销英国、法国、加拿大、新西兰、南洋群岛等二十多个国家，还进入了美国超级市场，仅去年出口的数量，就比前年剧增一倍以上，为国家换取外汇收入近百万美元。

东莞民兵通讯员学习班供稿

东莞民兵通讯员学习班：《东莞孔雀牌米粉质量提高　远销二十多个国家》

《南方日报》1980年3月21日第4版

图为东莞县石龙造船厂党支部领导成员参加集体生产劳动。 陈国摄

陈国：《东莞县石龙造船厂党支部领导成员参加集体生产劳动》

《南方日报》1980年3月27日第2版

多余的马铃薯找到了出路

东莞县副食公司发展马铃薯粉丝生产

东莞县副食公司几年来坚持发展马铃薯粉丝生产，帮助农村社队解决级外马铃薯的出路问题，仅去年就收购了马铃薯二万七千担，跨年度生产粉丝三千多担。今年马铃薯上市以来，已收购了五千多担。

冬种马铃薯是近几年来东莞县冬种作物的主要项目之一，年产十万多担，除部分供应外贸出口和少量上市外，其余的必须找销售门路。东莞县副食公司在一九七三年首次用马铃薯粉生产出粉丝以后，便承担了解决全县多余马铃薯出路的重担。几年来，他们不断征求消费者意见和改进生产工艺，使粉丝质量逐步提高。同时，还帮助万江公社新村大队和石碣公社各办起了一间加工厂，使年加工马铃薯能力从五千担迅速提高到三万担。另外，每逢马铃薯上市，他们派出人员到农村社队协助基层供销社做好收购调运工作，使收购起来的马铃薯得到及时加工处理，减少损耗。七年来，他们为全县加工了十四万担级外马铃薯，生产了粉丝一万三千九百担。（梁冰、张明光）

梁冰、张明光：《多余的马铃薯找到了出路　东莞县副食公司发展马铃薯粉丝生产》

《南方日报》1980年4月8日第3版

实行岗位责任制　调动干部积极性

高埗公社春耕生产又快又好

本报讯　东莞县高埗公社坚持行之有效的大队、生产队干部岗位责任制，全社春耕生产搞得又快又好。目前，全社已进入插秧大忙；前段种下的五千亩花生，普遍进行过两次除草和施肥，黄豆、甘蔗等春种作物，长势也很壮旺。

高埗公社共有大队、生产队干部八百零五人。过去，由于责任不清，赏罚不明，许多同志不愿当干部，致使全社农工副业发展缓慢，同毗邻的石碣、中堂公社相比，粮食年亩产相差二百多斤，人平分配相差五十多元。去年，这个公社各大队干部全面实行定点包队的岗位责任制，凡增产增收、完成国家各项任务和计划生育抓得好的，一律给予奖励。这样，使广大干部把工作的好坏同自己的切身利益联系起来，责任心大大加强了。结果，全社队队夺得农工副业全面丰收，一跃成为全县的先进单位。今年初，公社党委认真总结和推广了这一经验，把干部岗位责任制进一步加以完善。

有了责任制，赏罚能分明。过去，许多干部怕到后进队蹲点；现在，争着到后进队去。冼沙大队三坊生产队原来是全大队的老后进，过去，很少有人去过问。今年，大队党支书叶傍主动到这个队蹲点，和队干部一起研究制订生产计划，解决生产中遇到的问题，并协助这个队恢复发展了瓦窑生产。社员们看到了发展前途，生产积极性大大提高，播种、办田、插秧等项工作都跑在全大队的前头。（易渡、刘燕航）

易渡、刘燕航：《实行岗位责任制　调动干部积极性　高埗公社[①]春耕生产又快又好》

《南方日报》1980年4月10日第1版

① 高埗公社：今东莞市高埗镇，位于东莞市北部，南邻东莞市区，三面环水，水陆交通便利。

针对土壤中严重缺钾情况

东莞县有计划地推广施用钾肥

本报讯　东莞县今年早造大面积推广施用钾肥，争取粮食生产有一个新的突破。目前，各公社已就位的钾肥有一千二百万斤，计划施用面积五十万亩，平均每亩有钾肥二十多斤。

近几年来，由于耕作制度的改变和复种指数的提高，加上偏施氮肥，造成土壤中氮、磷、钾比例失调，严重缺钾，影响了农作物的增产。为了摸索水稻高产的新经验，去年东莞县在省农科院帮助下，早晚两造分别在不同类型地区，进行了小面积的施钾肥与不施钾肥的对比试验。结果，凡是施了钾肥的稻田，禾苗根系发达，分蘖力强，病虫害少，结实率和千粒重都增加。如常平公社塘坑大队的沙质浅脚田，早稻每亩施钾肥二十至三十斤的，亩产比没有施钾肥的分别增加一百零一斤和一百七十三斤。晚造全县继续在不同类型地区的九个单位，采用七个品种进行试验，也获得了明显的增产效果。每亩施钾肥十五至三十斤的，比没有施钾肥的平均亩增稻谷一百零三点八斤，最高的亩增二百八十九点五斤。

东莞县委认真总结了去年小面积施用钾肥的经验，决定把增施钾肥作为夺取早造丰收的一项重要措施来抓。全县计划今年早稻施用钾肥的面积从去年的一万多亩增加到五十万亩，占早稻面积近七成。

（满贵、修湖、祖谋）

满贵、修湖、祖谋：《针对土壤中严重缺钾情况　东莞县有计划地推广施用钾肥》

《南方日报》1980年4月11日第1版

泳乡初夏 水暖人欢

妇女也在江河中大显身手 游泳活动遍及东莞城乡，广大

南国初夏，荔花飘香，游泳季节到来了。素有“游泳之乡”称号的东莞县，群众性的游泳活动，已经普遍开展起来。

这个县地处东江下游，许多公社境内河涌纵横交错，水塘星罗棋布，是适宜游泳的好地方。道滘、麻涌、沙田、中堂等公社，都是“开门见水，举步登船”的水乡，这里的群众世世代代都从小就学会游泳，很多人出门劳动都不绕道，不坐船，喜欢泅水而过。在抗日战争和解放战争时期，英雄的东江抗日纵队的游击健儿，充分利用水乡的有利条件与敌周旋，开展水上游击战，至今在群众中还流传着许多水上杀敌的佳话。

解放以后，东莞县群众性游泳活动，搞得既轰轰烈烈又扎扎实实。过去游泳活动只在水乡、沿海、平原开展，现在随着山乡水利条件的改善，山塘水库的增加，群众性的游泳活动已普及到丘陵、山乡地区。解放前，由于封建礼教的束缚，妇女是很少下河游泳的。解放以后，广大妇女打破了精神枷锁，在江河湖海中挥臂畅游。仅仅道滘公社会游泳的妇女社员就有一万五千多人。去年“五一”节，石碣公社举行了第三届农民运动会，有十七个大队开展了游泳、赛艇等活动。过去，社员游泳只会“狗爬式”。现在，不少群众学会了蛙泳、仰泳、自由泳等新姿式，有些还学会了跳水、打水球。水乡民兵普遍能负重十公斤以上泅渡江河，并初步掌握了水上射击、投弹、捕俘、侦察、运输和救护等技术。

一九五八年，东莞县业余体校参加全国二十八个大中城市游泳比赛，荣获团体总分第六名，受到贺龙副总理的接见。党的关怀给了东莞人民极大鼓励，他们不断创造新的成绩。近十年来，东莞县就向国家和解放军体工队输送了一百多名游泳运动员，参加第七届亚运会游泳比赛的运动员中有三分之一来自东莞。去年，在第四届全运会上，来自东莞的游泳、潜水、水球运动员就有二十六人，获得一枚金牌（潜水），八枚银牌，十枚铜牌。

东莞县游泳技术水平之所以能不断提高，很重要一条是他们扎扎实实地抓好业余游泳训练。通过训练，培养了一批批游泳新苗。去年八月，东莞县十二名少年运动员参加全国少年游泳比赛，获得十八个单项第一名，高一班学生刘燕雯，还打破了4×100米混合泳接力赛的全国最高纪录。

去年，东莞县被评为省体育工作先进单位，光荣出席了全国体育工作先代会。在荣誉面前，东莞县体育工作者不是沾沾自喜，骄傲自满，而是找出差距，迈开新步伐，进一步提高技术水平。可以预料，泳乡东莞将会出现一个气象万千，群星灿烂的新局面。

东军武

在江河中挥臂畅游　　本报通讯员供稿

东军武：《泳乡初夏　水暖人欢》

《南方日报》1980年4月25日第4版

种养为主也能集体致富

以种养为主的农村社队能否富裕起来？最近，我们访问了东莞县石排公社燕窝大队，受到了启发。

燕窝大队地处东江河畔，地势低洼，土地瘦瘠，常受涝灾，粮食产量较低。但是，三中全会以来，这个大队的干部群众解放思想，群策群力，合理调整了生产布局，以种养为主，实现了增产增收，改变了落后面貌。一九七九年，全大队的稻谷、花生、黄豆、塘鱼、生猪、总收入、公共积累、人平分配八项指标均超过历史最高水平。人平分配达二百二十五元，比历史最高的一九七八年增收五十元；水稻总产比一九七八年增产七百一十担，成为石排公社粮食和人平分配水平较高的大队之一。

燕窝大队以种养为主获得较大幅度的增产增收，着重抓好了三个环节：

一是改革耕作制度，实行水稻、花生轮作。这个大队有水田一千四百亩，其中高岗田和沙质浅脚田各占一半，过去只种水稻，产量很低。去年，他们因地制宜调整生产布局，实行花生、水稻轮作，早造用三百五十亩稻田种花生，总产达八百六十担，除完成油料交售任务，每人留足八斤食油外，还收人了四万多元。由于实行了轮作，改良了土壤，增加了有机质肥，水稻亩产也提高了。去年晚造种过花生的三百五十亩稻田，平均每亩比上一年增产稻谷一百多斤。

二是大力发展养鱼。这个大队有鱼塘三十二亩，还有六十九亩可供养鱼的荒湖烂氹。去年他们把渔业生产作为一项重要经营项目来抓，采取加高加固堤壆，建好排灌水闸，平整塘底等措施，为高产创造了条件。同时，他们注意搞好鱼畜综合利用，把猪场、羊栏、牛栏、鹅房、鸭房建在鱼塘旁边，利用禽畜的粪便和饲料残渣肥塘，使塘鱼产量不断提高。去年塘鱼总产达六百一十担，比一九七八年增加三百五十担，收人达四万二千五百多元，仅养鱼一项人平分配达三十六元六角。

三是大力发展畜牧业。去年全大队养羊三百二十一只、肉牛三十二头、母鹅四群、肉鸭一群，办起千只鸡场一个。集体养猪六百三十头，去年集体上市肉猪二百六十九头，比历史最高的一九七八年增加九十一头，收人五万四千多元。

此外，他们还利用堤围和荒墩造林种果，先后种竹二十一亩，橙柑桔二十五亩，葡萄、芒果、荔枝等一千五百多棵，还种下一批用材林。去年全大队多种经营收人十九万六千多元，比历史最高的一九七八年增收五万七千多元，增长百分之四十点九。

燕窝大队的经验告诉我们：只要加强领导，充分利用当地的人力和物力资源，群策群力，多想办法，靠种养为主同样能够做到集体致富。

东民班

东民班：《种养为主也能集体致富》

《南方日报》1980年5月3日第2版

普通教育业余教育学前教育一起抓

常平公社大抓三种教育普及社员文化科学知识

六乡公社开展业余教育　昔日“睁眼瞎”今日能读书

本报讯　东莞县常平公社党委采取各种措施抓好中小学教育、业余教育和幼儿教育。经过几年的努力，基本上普及了小学五年教育，学龄儿童的入学率达百分之九十八以上，非正常流动生控制在百分之零点五以下，学生“进得来，留得住，学得好”。全社先后办起业余夜校三十七间，绝大多数青壮年社员都参加过学习，达到了基本扫除文盲的要求，成为全县的扫盲先进单位。幼儿教育也不断发展，全社幼儿人园率达百分之八十左右。

常平公社党委从多年的实践体会到，普通教育、业余教育、幼儿教育这“三种教育”，是整个教育事业的有机组成部分。他们在工作上做到统一规划，通盘考虑，使这“三种教育”较好地衔接起来：每一类教育，都有公社党委成员专门来抓，各大队普遍建立抓教育的机构；在中小学校的布局上，做到有利于学生就近上学，防止学生中途流动；为了让学龄儿童入学后学习跟得上，全社各大队都认真办好幼儿园；各类教育师资力量的安排使用，教学用具的配备，都注意有利于全面提高教育质量。公社党委发动公社干部、业余教育的群众教师和幼儿教师，协同全日制学校，共同抓好小学生的入学和巩固工作；为了搞好业余教育，扫除文盲，又组织全日制学校的教师，帮助群众教师和幼儿教师提高业务水平。同时把共青团、妇联等各方面的力量组织起来，紧密配合，一环扣一环地抓好“三种教育”。

“三种教育”一齐抓起来之后，碰到一个突出问题是校舍不足。常平公社党委发动群众，用自力更生的办法解决。近几年来，从旧祠堂搬出来新建的学校有二十三间，建筑面积共一万五千多平方米。同时，公社党委还加强教师队伍的思想、业务建设，使各级各类学校不断提高教学质量。

党中央在有关发展农村教育事业的一项指示中明确指出：实行普通教育、业余教育、学前教育一起抓，三者互相衔接，互相促进，是全面发展农村教育的有效办法。湖南省桃江县之所以能成为全国教育工作先进县，其一条重要的经验，就是做到“三种教育”一起抓。在我省，现在能够这样做的地方还很少，今天报道的东莞县常平公社算是这样做得较好的一个。希望各地都向这些先进地区学习。普通教育、业余教育、学前教育是整个教育事业的有机组成部分，在工作上要统一规划，统一部署，统一检查，统筹兼顾。当然，首先是要加强领导。只要这样做了，就一定能抓出成效，农村教育事业就会兴旺起来。

《普通教育业余教育学前教育一起抓 · 常平公社大抓三种教育普及社员文化科学知识》

《南方日报》1980年5月7日第2版

摘要：报道了东莞县常平公社党委采取各种措施抓好中小学教育、业余教育和幼儿教育，经过几年的努力，基本上普及了小学五年教育，学龄儿童的入学率达98%以上，非正常流动生控制在0.5%以下，全社先后办起业余夜校37间，基本扫除了文盲。

东莞船厂制成玻璃钢摩托快艇

本报讯 东莞船厂最近制造了一艘玻璃钢摩托快艇。经过试航和检验，性能良好，质量达到了国外同类快艇的水平。

这艘摩托快艇总长四点三七米，型宽一点六七米，型深零点七五米，装有四十马力小型柴油主机一台，每小时航速七十四公里，可乘坐四至六人。具有重量轻、航速快、稳性好、外型美观等特点，适合公安、海关、港监、交通以及旅游等部门使用。

目前，东莞船厂已接受订货，准备投入批量生产。

（李刘）

李刘：《东莞船厂制成玻璃钢摩托快艇》

《南方日报》1980年5月9日第1版

道滘公社开展游泳活动

著名的"游泳之乡"——东莞县道滘公社，民兵开展游泳活动十分活跃，比较好地增强了广大民兵的体质，促进了民兵工作和生产的发展。

道滘公社民兵开展游泳活动已有二十多年。公社党委和武装部不断加强领导，坚持农闲多练，农忙少练，小型、就地、分散、劳武结合的原则，经常组织民兵开展水上练武活动，收到比较好的效果。通过游泳活动的开展，目前，全社的民兵普遍学会了蛙泳、仰泳、自由泳等姿式，武装民兵和百分之九十五以上的基干民兵都能负重十至二十公斤泅渡江河，并基本掌握了水上射击、投弹、捕俘、侦察、运输和救护等技术。

·鲁振、文江·

鲁振、文江：《道滘公社开展游泳活动》

《南方日报》1980年5月11日第2版

常平公社重视发挥《广东农民报》作用

本报讯 东莞县常平公社积极发动干部、社员订阅《广东农民报》，全社二十四个大队和一百八十六个生产队，都订阅了《广东农民报》。

《广东农民报》正式发行的初时，由于没有做好宣传、收订工作，全公社只订了一份农民报。公社党委发现这一情况后，立即进行分析，发现主要原因是宣传工作做得不够。四月份，公社党委在各种会议上，向广大干部、群众宣传《广东农民报》出版的意义、作用。同时，公社党委和公社邮电支局联合发出通知，告诉各大队、生产队有关农民报的内容和订阅办法，发动大家订阅。驻塘坑大队的公社党委陈创志同志，在生产队的干部会议上宣传《广东农民报》的办报方针和具体内容以后，全大队十三个生产队立即订阅了十六份。

常平邮电支局的全体干部、职工，都把收订和发行《广东农民报》的工作当作自己的重要职责。他们除主动向公社党委汇报收订、发行报纸的情况，争取领导重视外，还到各个大队，组织广播员、信用社干部等兼职邮递员，共同做好宣传、收订、投递工作。公社邮电支局局长刘寿宁到苏坑、屋夏、白石岗、仁和等订阅报纸较少的大队，了解发行情况，做好宣传、收订工作。结果，四十多个生产队订阅了农民报。

常平公社各级领导还十分注意组织读报，充分发挥报纸的作用。在公社召开的大队团支书会议上，大家读了《广东农民报》刊登的《高州县开辟青年经济作物园》的报道，受到启发，立即掀起了大造青年林的热潮，并修整了五条青年路。有些大队的妇女会，组织女社员阅读《广东农民报》五月三日刊登的宣传计划生育的《谁苦谁乐，对比鲜明》图画，推动计划生育工作。

目前，常平公社各大队、生产队一共订阅了《广东农民报》二百三十七份。 （卢隶良）

卢隶良：《常平公社重视发挥〈广东农民报〉作用》

《南方日报》1980年5月13日第1版

名产

·东莞鲜虾片·

东莞鲜虾片，是一种具有独特风味，深受群众欢迎的大众化食品，自一九七一年上市以来，生产了二百一十九万多斤，畅销全国各地。

鲜虾片是采用虎门港盛产的白虾，经过炼制，配以生粉、味精、精盐等原料制作而成，具有鲜美、酥、香、爽、脆的特点，为家庭的佐膳佳品。今年来，为了进一步满足国内市场的需要，东莞县副食品公司一方面积极组织原材料，扩大生产；另一方面派出业务加工人员下厂指导，使产品质量、数量不断提高，今年一季度就生产、销售了十万多斤。

（梁冰、尹根、张明光）

梁冰、尹根、张明光：《东莞鲜虾片》

《南方日报》1980年5月19日第3版

滘联大队党支部坚持“三会一课”制度

对加强支部工作和党员修养起了显著作用

本报讯 东莞县万江公社滘联大队党支部坚持支部会、支委会、党小组生活会和上党课制度（简称“三会一课”制度），对于加强党支部工作和党员党性修养，起了显著作用。去年，全大队七十六名党员中，有四十五人被评为先进党员，有七十二人被选为大队、生产队干部。

滘联大队党支部“三会一课”制度是从一九六五年开始逐步完善起来的。党的十一届三中全会后，大队党支部为了使党员的思想更好地适应全党工作着重点的转移，进一步健全了“三会一课”制度，做到每月都有一次支部会、小组会、支委会和党课活动。去年他们共召开过十二次支部大会，二十五次支委会，给党员上过九次党课，每个党小组过了十次以上的组织生活。多年来，大队党支部领导成员，都能象全体党员一样参加党小组生活，并接受同志们的批评和帮助。

坚持“三会一课”制度，使滘联大队党支部工作加强了，在生产和各项工作中进一步发挥了战斗堡垒作用。同时，使党员增强了党的观念，能遵守党纪党规，在各项工作中充分发挥模范带头作用。一九五六年入党的李锦培，过去有段时间私心较重。后来，经过党小组会上开展批评与自我批评，他自觉用党员的标准要求自己，样样工作走在前头，受到群众的赞扬，去年底被选为生产队长。这个大队的党员当了干部不谋私，无论在物质分配，或是在子女工作安排上，均同社员群众一个样，也不大吃大喝。党支部委员胡勤，大队曾分配给他三千块砖修整房屋，他却把一些断砖和质量较差的砖买回家，把好的砖让给其他社员。

（冯章、何养、刘燕航）

冯章、何养、刘燕航：《滘联大队[①]党支部坚持“三会一课“制度　对加强支部工作和党员修养起了显著作用》

《南方日报》1980年5月27日第1版

① 滘联大队：当时属东莞县万江公社，即今东莞市万江街道滘联社区。

怎样把工厂搞活？

产销见面　全盘皆活

——工业述评之四

东莞县石龙饼干糖果厂去年提前两个月超额完成了年度生产计划，产值比前年增长百分之二十六，利润增长两倍多，创造了建厂以来的最好成绩。今年以来，生产又继续上升，第一季度产值比去年同期增长百分之二十八点八。为什么这个厂能创造这样好的局面呢？原因就在于他们改进了工商关系，实行产销直接见面，减少了流通环节。

过去，这个厂由县糖烟酒公司负责供应原料，产品全部由糖烟酒公司批发部按定量分配给各公社供销社，供销社再分配给基层点。这样，产销不直接见面，往往市场需要的，工厂没有生产；市场饱和滞销的，工厂还照计划生产。有时糖烟酒公司感到商品积压太多了，便一声令下——停产！工厂也只好照办，毫无主动权。工商之间互相扯皮和埋怨的事也就不断发生。

怎样解决这种矛盾？前年底，这个厂和县糖烟酒公司认真总结了经验教训，大家都本着促进生产，把经济搞活的愿望，经过多次协商，于去年一月份起实行产销直接见面，即工厂仍接受糖烟酒公司的来料加工，但由工厂直接与各供销社共同研究供货计划，工厂按各供销社报来的计划安排生产，产品直接由工厂调运到各供销社，以减少了流通环节。这一改，立即就使工厂生产活起来了。概括起来，有这样几个好处：

一是产销直接见面以后，工厂自觉注意提高产品质量，努力增加适销对路的花色品种。因为实行产销直接见面后，工厂生产的产品如果质量不好，花色品种不对路，供销社可以不订货。相反，如果产品质量好，花色品种对路，工厂生产就能大发展。因此，这个厂去年以来从上到下都自觉地抓好产品质量规格，并恢复了喜庆节日用的传统色饼、酥饼，增加了救生饼干、花生蓉酥、杏仁饼等十多个新品种，在省内外都很畅销。

二是大大加快了产品的调运流通。过去，产品调运转来转去，费时失事。现在，产品由工厂直接付给各供销社（或供销社到厂提货），商品流转速度加快，流转费用也减轻不少。

三是进一步密切工商关系，有利于双方改进经营管理工作。实行这种新办法后，工厂每季度在糖烟酒公司协助下，召开安排生产会议，产、购、销三方直接见面，互相提意见，改进工作，制订生产计划和要货计划，做到工商双方对经营都心中有数。如果计划情况有变更，需要增加或减少品种，只要提前十天通知工厂，工厂就能按数量、质量、品种和时间要求组织生产。

这个厂的负责人对我们说，从单纯的加工关系改为产销直接见面，这是生产关系的一种改革。一年多来的实践证明，采取这个办法，确实把企业的生产搞活了。产销直接见面后，由于要随时了解市场的变化情况，工厂的责任更大了，但却很主动，不用象过去那样把精力、时间都花在无休止的扯皮上面，因而工作辛苦一点也是愉快的。

本报记者　张　欣　岑祖谋

张欣、岑祖谋：《产销见面　全盘皆活——工业述评之四》

《南方日报》1980年5月27日第2版

东莞万江公社举行民兵划船比赛

地处水乡的东莞县万江公社为活跃群众的文体生活，最近举行六公里民兵水上划船比赛，参加比赛的有十八个民兵代表队，运动员二百三十四人。获得前三名的代表队都得到奖励。

水上划船比赛是万江公社群众十分喜爱的体育传统项目，该公社每年在禾田泛绿，荔花飘香的时候，就利用劳动的空隙进行比赛，今年，公社党委和武装部认真加强这一活动的组织和指导，所以这次水上划船比赛是近年来人数和船只最多的一次。

李延庆、张晓东

李延庆、张晓东：《东莞万江公社举行民兵划船比赛》

《南方日报》1980年6月11日第3版

道滘公社利用河涌养鱼

本报讯 东莞县道滘公社利用河涌养鱼。去年全社塘鱼总产达七千零五十四担，比一九七八年增加二千零二十担。增长百分之四十。

道滘公社属珠江三角洲水网地带。过去由于搞“以粮唯一”，以致“鱼米之乡”产鱼很少，当地群众吃鱼要靠县内调拨或到顺德等地购买。一九七七年以来，全社养鱼水面达到二千一百六十三亩。（冯章）

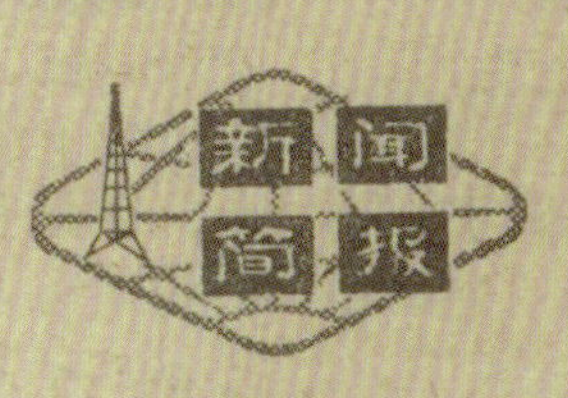

冯章：《道滘公社利用河涌养鱼》

《南方日报》1980年6月19日第1版

东莞附城公社积极帮助后进队发展经济

让全社队队尽快富裕起来

本报讯 东莞县附城公社党委采取措施，帮助后进队利用本地有利条件发展经济，让全社队队繁荣富裕。

附城公社去年夺得了农工副业全面发展，平均每人分配从上一年的一百五十元提高到一百九十二元。但是，全社十九个大队中，人平分配最高的黎川大队达四百二十一元，而最低的火炼树大队只有八十六元，有十个大队低于全社平均水平。为了帮助分配水平低的队赶上来，今年初，公社党委派出两名领导成员，带领八个干部分别下到四个后进大队调查研究，帮助他们因地制宜发展生产。牛山大队地处丘陵区，全队二千八百八十四人，有三千四百亩耕地，九千七百多亩山地。土地潜力大，山上自然资源丰富。但过去只抓粮食生产，多种经营和工副业发展缓慢。去年，全大队人平分配只有一百二十七元。驻队工作组根据牛山大队的特点，帮助他们调整农业内部结构。今年，他们在抓好粮食、甘蔗生产的同时，多种木薯、西瓜、蔬菜四百七十多亩，还种了兰花五百株，水旱轮作花生三百亩。另外，新开白泥场一个，饲养母鹅三百只，育蘑菇四千平方尺，增建砖窑二座，与供销社签订合同交售山柴草四万担。

附城公社靠近东莞县城，各个大队不仅交通方便，而且劳动力也比较多。公社党委帮助后进队发展集体经济中，利用当地优势，扩大副业门路。公社副食品厂和粉厂包装用的竹箩、木箱、埕笠，都下放给穷队加工。公社企事业单位所需杂工和社办企业招收亦工亦农人员，优先安排穷队的劳动力。公社所属单位的长短途运输、装卸货等工作，也全部派给穷队。

为了让穷队的优势得到充分发挥，附城公社党委还组织各部门从财力物力上支持他们。火炼树大队是全社最穷的大队，由于资金缺乏，副业开展不起来。根据这种情况，公社财税部门一次就给他们提供装修胶轮手推车、办豆腐坊和水利配套用款二千一百元。

《东莞附城公社积极帮助后进队发展经济　让全社队队尽快富裕起来》

《南方日报》1980年6月20日第1版

麻涌供销社帮助社队种好凉粉草

本报讯 东莞县麻涌供销社积极帮助社队利用蕉基坑边种凉粉草，增加收入。去年麻涌公社间种了二千六百亩，收到干草六百担，金额三万多元，获得奖售化肥三百多担。

为了帮助社队种好凉粉草，供销社积极宣传有些大队利用蕉基坑边间种凉粉草的好处：一是不与主种作物争面积；二是可以充分利用土地，全社有一万一千亩香蕉，有着比较广阔的发展前途；三是占用劳动力少，经济收入较高，平均每间种一亩可收六十到七十元。

供销社还从外地聘请了种凉粉草的老农来作技术指导，因此，今年全社利用蕉基坑边间种凉粉草已达二千九百亩。

（梁冰、方锐球）

梁冰、方锐球:《麻涌供销社帮助社队种好凉粉草》

《南方日报》1980年6月26日第2版

东莞县充分利用水利工程开展综合经营，发展以养鱼为中心的养殖业，大种果树，增加收入，并为国家增加物质财富。图为横岗水库饲养的鸭群。

曾洪 摄

曾洪：《东莞县充分利用水利工程开展综合经营，发展以养鱼为中心的养殖业，大种果树，增加收入，并为国家增加物质财富》

《南方日报》1980年7月2日第1版

东莞县双夏农具下拨到队

本报讯 目前，东莞县已有160万件双夏农具下拨到社到队，超过了计划供应的数量。这批双夏农具是县供销社和县生产资料公司密切配合，于春耕生产刚过便及时安排生产和组织供应的。由于抓得早、抓得准，因而今年双夏农具不仅数量多、质量好，而且对路。（梁冰、方锐球、房玉强）

梁冰、方锐球、房玉强：《东莞县双夏农具下拨到队》

《南方日报》1980年7月12日第2版

东莞县重视图书馆网建设

全县有图书馆、室七百多间，初步建成了图书馆网，在四化建设中发挥了积极作用

编者按 东莞县委和文化部门重视图书馆事业的经验，值得各地参考。图书馆是对广大群众进行科学文化教育的重要场所，是一个国家或一个地区科学教育文化发展水平的重要标志。目前全省有五分之一的县还没有建立起独立建制的图书馆，有几百万人口的广州市，竟没有一个市图书馆，这在国内是少有的。即使有了图书馆的地方，也存在着经费缺，藏书少，工作乱，馆舍紧张，服务质量差等问题。这种状况与四化建设很不适应。最近，中共中央书记处讨论了图书馆工作问题。我们希望各地根据中央的指示精神，把搞好图书馆当作一项重要工作来抓，充分发挥图书馆在四化中的作用，为提高我省的科学文化技术水平作出贡献。

本报讯 三中全会以来，中共东莞县委和宣传文化部门，适应经济建设发展的需要，重视图书馆网的建设。现在，全县有县级图书馆1间、公社级图书馆18间、基层图书室747间，初步建成了图书馆网，在四化建设中发挥了积极的作用。

东莞县把办好县级图书馆作为重点。县图书馆已有11万册，订报34种。近年来，藏书和读者不断增加，原馆址十分拥挤，已不能适应新的需要。县委又决定拨款10万元，扩建两栋两层约1,000平方米的阅览、书库大楼。与此同时，县委和宣传文化部门，采取“社办公助、社办为主”和“以文化养文化”的原则，积极发展公社图书馆。现有的18间公社图书馆中，共有专职和兼职人员26人，藏书共5万多册，经常外借的图书有三、四千册。

几年来，该县各级图书馆（室）在为科研、工农业生产服务和教育青少年方面做出了显著的成绩。有一次，县氮肥厂技术员蔡启江参照县图书馆提供的《化工机械》一书，根据氢气压缩机不用润滑油能正常生产的原理，对该厂10台压缩机进行试验，以便节约润滑油。去年，万江公社滘联大队鱼塘组参阅了《怎样养鱼》、《淡水养鱼》等图书，用适量的敌百虫施放塘水中，有效防治了鱼虱病，增产一万多斤。去年12月开始，县图书馆配合各行各业向四个现代化进军，组织一千五百多册有关工农业生产科技图书资料，到5个公社10个大队巡回展借，至今年4月底，对口借书读者有111人，共借出图书资料406册，深受群众欢迎。

（张望自）

张望自：《东莞县重视图书馆网建设》

《南方日报》1980年7月27日第2版

生活上热情关怀　有困难积极解决

茶山公社注意调动复退军人生产积极性

本报讯　东莞县茶山公社党委热情关怀复退军人，过细地做好复退军人的思想政治工作，关心他们的生活，充分发挥复退军人在四化建设中的骨干作用。

茶山公社党委每年定期召开复退军人、军属、烈属、荣誉军人座谈会，广泛征求意见，随时解决复退军人碰到的实际问题。塘角大队陈日新两兄弟都先后入伍。陈日新服役9年后退伍回乡，家里住房紧张。去年，公社党委把他安排到公社信用社工作，住公房，解决了他的住房困难。复退军人陈旭全服役期间由于冻坏了腰以下的关节，退伍后经常发作，公社党委安排他到莞城学跌打医术。现在他已成为跌打医生。

每次复退军人退伍、现役军人探家，党委都主动登门拜访，邀请他们给干部、民兵讲光荣传统、讲战例，使现役军人和复退军人普遍感到参军光荣、退伍也光荣。在对越自卫还击战中，这个公社有37个战士参战。战斗打响后，公社党委组织了几个慰问小组，带着纪念品热情慰问他们的家属。战斗结束后，37名战士陆续回乡探家，党委先后召开了11次座谈会，热情慰问他们。战士张满林在战斗中负了伤，公社党委多次派人慰问。党委的热情关怀，激发了全社复退军人的生产积极性。

（东新学）

东新学：《生活上热情关怀　有困难积极解决　茶山公社注意调动复退军人生产积极性》

《南方日报》1980年7月29日第2版

东莞县拨款修建学校校舍

本报讯 东莞县领导机关最近决定从地方财政中拨款六十万元，给重点学校和一些中小学校修建校舍和教师宿舍。在县领导机关的带动下，该县许多公社、城镇也采取相应措施，帮助学校解决教师住房和生活上的一些实际困难。（县教育局）

县教育局：《东莞县拨款修建学校校舍》

《南方日报》1980年8月3日第2版

东莞实现电话自动化

本报讯 东莞县邮电局职工，用了两年多的时间，试制成功一台BDJ—1002型800门半电子自动电话交换机，经有关部门鉴定，各项技术性能符合设计要求，并于7月26日正式投产使用，实现了县城电话自动化。（古金晃）

古金晃：《东莞实现电话自动化》

《南方日报》1980年8月13日第2版

走了一着好棋　搞活三个大队

厚街公社三个大队通过互相顶替水稻和水草上调任务，调整了农业布局，效果显著

本报讯　东莞县厚街公社的厚街大队同本公社的新塘、白濠两个大队签订合约，互相顶替水草和稻谷的征派购任务，使各自能利用本地自然优势种好水稻和水草，取得了显著的经济效果。

厚街公社是东莞县水草三大产区之一。1962年，这个公社按照国家的生产计划，给种植水草的十一个大队下达任务，厚街大队应种水草面积280亩。水草生长的特点，是要有海潮灌溉。1972年，东莞县东江引水运河工程扩大后，厚街大队部分水草田因地势高，潮水引不上，致使水草田杂草多，花工大，而且需要增施化肥。据计算，在这样的田种水草，每亩要增加生产成本100元；另外，由于灌不上咸水，土壤逐年淡化，水草生长不好，草质差。厚街大队的社员认为，用这些不适合种水草的田改种水稻，一亩起码可收1,400斤，其经济价值要比种水草好得多。然而，厚街是个人多田少的大队，草席编织这一项工副业每年收入一般都在80万元左右（占全大队工副业收入的七成），加工编织草制品是全队一条主要的生财之道。这个大队担心，要是提出缩小水草种植面积，有关部门会削减分配给他们的加工量，在经济上受到严重损失。所以只好硬着头皮种足水草田。

毗邻厚街大队的新塘、白濠两个大队，地势低洼，东引工程扩建后，水草田灌溉咸水仍然很方便，种植的水草长得好，单产高。但在1962年下达水草的种植面积时，却强调水草产区要自力更生解决粮食问题。因此，这两个大队只好把部分本来适宜种水草的田改种水稻。可是，三、四天不下雨，土质就反咸反酸，水稻产量低，一般年景，早造亩产只有350斤。

今年年初，在公社召开的三级干部会议上，取得公社党委和有关部门的同意，这三个大队经过仔细商量，最后签订合约，并且请公社革委会监督合约的执行。合约内容是：厚街大队承担新塘、白濠两个大队146.6亩（其中白濠大队仅占30亩）水稻的种植任务，以年亩产760斤计，总产110,816斤，厚街大队必须按此数量（指标）分别给新塘、白濠两个大队代交征购粮；而新塘、白濠两个大队则要增加146.6亩水草种植面积，以年亩产1,300斤计，总产190,580斤，两个大队必须按此数代厚街大队向土产部门交售水草。

合约签订后，三个大队的社员都十分高兴，对水稻和水草的管理都很精细，使作物长势壮旺。目前，早造的水稻和水草（一年也是收割两次）都已收割，三个大队都获得了显著的经济效果，厚街大队种植的146.6亩水稻，平均亩产702斤，新塘、白濠种植的146.6亩水草，平均亩产800斤，分别比未交换征派购任务以前的一般年景（早造）增加1倍和18%。

（罗修湖、张志荣）

罗修湖、张志荣：《走了一着好棋　搞活三个大队　厚街公社三个大队通过互相顶替水稻和水草上调任务，调整了农业布局，效果显著》

《南方日报》1980年8月22日第1版

袁山贝大队承建港澳同胞和华侨住宅

广东省东莞县常平公社袁山贝大队，为了方便港澳同胞和华侨回乡度假和晚年定居，开展了承建住宅的业务。

袁山贝大队在外做工、经商的港澳同胞和华侨有一千五百多人。近年来，由于落实了侨务政策，许多港澳同胞和华侨希望在家乡建住宅，以便经常回来度假或晚年回来定居。现在，各生产队已分别同本队在外的港澳同胞、华侨签订了承建住宅合同，总共建筑面积为一千五百多平方米。第一批住宅计划今年底建成，明年春交付使用。（据新华社广州八月二十二日电）

《袁山贝大队[①]承建港澳同胞和华侨住宅》

《南方日报》1980年8月23日第1版

① 袁山贝大队：当时属东莞县常平公社，即今东莞市常平镇袁山贝村。

超额计件　奖足罚半

东莞烟花爆竹厂打破吃「大锅饭」思想

编者按　现在全省工矿企业除一百多家扩大企业自主权的单位外，普遍在推广清远经验。扩大企业自主权，或者推广清远经验，目的都是要给企业一点财权，兼顾国家、企业、个人三者的利益，以调动企业和个人的积极性。从实践来看，这样作，绝大部分单位效果是好的，但是也有小部分企业虽然有了财权，甚至奖金发了很多，但经济效果并不很明显。这是为什么？一个主要原因是这些企业只考虑国家和企业之间利益分配问题，而没有认真解决企业内部工人的按劳分配问题。也就是说在企业内还没有很好打破吃“大锅饭”的思想。东莞烟花爆竹厂采取“超额计件，奖足罚半”的办法，做到多劳多奖，少劳少奖，完不成定额受罚，打破了吃“大锅饭”的思想，取得明显效果，他们的经验值得大家参考。但在采取这种办法时，一定要有明确的质量指标和消耗指标，并加强安全生产。否则片面追求产量，不顾质量和节约，忽视安全，不但不能取得应有的经济效果，有时还会造成很大的浪费。

本报讯　东莞烟花爆竹厂认真贯彻按劳分配原则，从今年一月开始，把原来计时工资制改为超额计件工资制，进一步调动了工人积极性，使生产得到较快发展，国家、企业、个人三者都得益。据统计，该厂一至六月完成工业产值一千三百六十多万元，全员劳动生产率达到一万二千多元，分别比去年同期增长10.49%和11.5%，利润完成八十六万多元，占年计划的65.33%，工人月平均工资七十四元七角，比去年同期增加了24.12%。

东莞烟花爆竹厂去年四月起把计时工资制改为超额计件工资制。为了使定额订得合理，这个厂对班组在计时工资时产量的原始记录，作了一次系统的整理，并多次召开有干部、工人参加的调查分析会，反复讨论，本着既要使人尽其力，又要留有余地的原则，制订了一套超额计件工资的办法，即：按每个工人的基本工资制订定额和日清月结、奖足罚半的规定（超额部分按单价100%支付，欠产部分按单价50%扣除），对手脚慢的老弱工人，经过群众评议，厂领导批准给予照顾，酌情减少定额5%到20%。同时，相应制订了一系列加强产品质量管理和搞好安全生产的措施。

实行超额计件工资时间虽然不久，但效果却十分良好。首先是打破了按酬付劳吃“大锅饭”的思想，全厂工时利用率和工效都提高了。工人出勤率从去年的92%提高到95.6%。过去工人每班干活不够七小时，现在每班做足八小时，且分秒必争，工效比过去提高30%。达不到生产定额的人极少，如六月份，计件工人七百八十人，超定额的七百七十六人，欠额的仅四人，全员劳动生产率达到二千四百一十八元；其二，由于工效高，使工资成本下降，去年每百元产值支付工资十二元零四分，今年上半年降为十一元；其三，产量增加，今年上半年烟花爆竹产量比去年同期增长8.76%，全厂支出的工资比去年同期增加11.5%，而总产值增加了20.71%。

《超额计件　奖足罚半　东莞烟花爆竹厂打破吃“大锅饭”思想》

《南方日报》1980年9月8日第3版

东莞供应月饼原料

东莞县副食公司组织了大批中秋月饼原料供应市场。目前已上市的商品有莲子、榄仁、花生油、红黑瓜子、芝麻、蜜枣、核桃肉、椰茸、南北枣、咸蛋、牙合等二十多种，数量合计有二十四万一千多斤，比去年有大幅度增加。

这家公司对供应市场的壳莲子、红黑瓜子、榄核等商品认真加工后才出售，方便生产单位和群众使用。

（梁冰、张志平）

梁冰、张志平：《东莞供应月饼原料》

《南方日报》1980年9月8日第4版

养鱼为主　多种经营

横岗水库大搞综合利用收入显著增加

本报讯　东莞县横岗水库在搞好工程的安全和发挥水库的效益的前提下，大搞综合利用，做到以养鱼为主，全面发展，增加了收入。一九七九年水库的总收入十一万七千四百元，人均产值三千零九十元。扣除成本及全部管理费用，纯利三万六千四百元，人均利润九百六十元。实现了管理经费和一般维修费用自给有余。

横岗水库共有水面二千四百亩，发展养鱼的条件很好。建库初期，由于工程配套没搞好，水费收不起来，工资发不出去，职工不安心。一九六五年水库在抓工程配套的同时，开始派人到外地学习养鱼技术，并向兄弟单位借了四千五百元买鱼苗放养，当年捕鱼九万六千六百斤，收入二万五千多元。尝到甜头之后，他们决心在养鱼方面继续作好文章。

要养好鱼，首先要解决标粗鱼苗的标粗塘，有了鱼苗塘，又必须解决饲料问题。十多年来，横岗水库在搞好鱼塘防逃设施的同时，建成标粗塘二十六亩，并开荒造地近三十亩，种植粮食、油料和饲料等作物，此外，还造林十亩，种荔枝、龙眼、菠萝等七十亩，柑橙五十亩（套种番薯、花生），并发展畜牧业。一九七九年他们还养猪二百六十头，羊一百零二头，三鸟二千三百只，一年提供养鱼的粪肥三十多万斤，青饲料二万斤。这样，抓了水库养鱼，又有效地带动了畜牧业、种植业的发展，取得渔牧农三丰收。

横岗水库注重科学养鱼，做到“放足苗，放大苗，年年放”。其具体做法：一是坚持把鱼苗标粗到三寸以上放养，提高成活率。二是坚持适时放苗。每年五至七月水温高，有机质分解快，浮游生物繁殖多，最适宜放养鱼苗。三是坚持年年放苗，合理搭配。平均每年每亩水面放养四大家鱼近二百尾，鲮鱼四百尾。

这个水库还组织捕鱼专业队，专门负责捕捞工作。他们吸收内河渔民到库内定居捕捞，鱼产品交水库，捕鱼的收入按比例分成（渔民占47%，水库占53%），网具、船只由渔业队包干负责。

《养鱼为主　多种经营　横岗水库大搞综合利用收入显著增加》

《南方日报》1980年9月11日第3版

发展优势　增加收入

本报记者　杨宇钟　摄影报道

东莞县厚街公社根据当地种植水草的传统习惯，积极发展水草生产及草织品加工，去年出口水草和草织工艺品达八百万元，为全社人均增收一百多元。目前，这个公社种植水草达一万五千亩，进行厂外加工的农户有四万多人。

◁ 厚街大队的社员在晒草。

◁ 厚街大队工艺厂的社员在编拼草织工艺品。

△ 社员王炳华一家七口，去年搞水草编织收入达一千八百多元。

◁ 县工艺进出口公司涌口出口站的职工在调运草席。

杨宇钟：《发展优势　增加收入》

《南方日报》1980年9月11日第3版

救死扶伤 不留姓名

东莞县莞城镇机械厂工人欧坤的九岁儿子欧汉明，八月十七日上午路经东莞炮竹厂建筑工地时，不慎碰着工地高压电杆上带电落地的拉线，当即触电晕倒。工地上的工人见状，急忙用木棍拨开拉线。当时欧汉明面色紫黑，已不省人事。在这危急关头，一位年约三十岁骑单车的过路人，立即下车，为小孩做人工呼吸。二十分钟后，小孩面色转白了，这位同志马上改用口对口的人工呼吸。经过抢救，小汉明"哇"地喊出声来了。大家非常感动，纷纷问这个过路人的姓名、住址，而这位同志却笑而不答，骑上单车赶路去了。这个救死扶伤的事迹正在莞城镇到处传颂着。

东莞县广播站 陈镜坤

陈镜坤：《救死扶伤 不留姓名》

《南方日报》1980年10月8日第1版

石龙今日更多姿

东莞县石龙镇，位于东江下游，有近四万人口，是个具有五百多年历史的古镇。早在二十年代，石龙就被称为广东四大镇之一。

石龙地处交通要道，广（州）深（圳）铁路经过这里，水运更是发达，历来不少物资由此转运东江、珠江、西江各地。一九二五年，周恩来同志率师东征，讨伐陈炯明，途经石龙时，曾在人民公园举行了工农兵学商联欢大会，亲自作了演讲，号召人民与革命军联合起来，打倒反动派。在灾难深重的旧中国，石龙几经战火洗劫，几乎被夷为废墟，加之石龙地势低洼，年年遭受洪水袭击，渠道淤塞，垃圾成堆，蚊蝇孳生，瘟疫流行。有一年，灾后发生霍乱病，几天就夺去三十多条人命。

解放后，石龙获得了新生。一九五八年，为了彻底根除水患，石龙人民自力更生，奋战了十多个月，砌成了三米多高，二千五百多米长的石堤，建成了全长四千三百多米的石龙大围水利工程，战胜了一九五九年历史上罕见的特大洪水，昔日暴雨成灾，街巷划艇，马路行船的石龙，今日解除了洪水的威胁。人心安定，生产发展。原来全镇仅有一间打铁铺和几间手工业作坊，现在办起了造纸、机械、建材、水泥、造船、橡胶、火柴、电池、烟花、服装、五金、食品、家具和家用电器等五十九间工厂，职工共一万多人，生产二百多种产品，去年完成产值五千四百多万元。石龙烟花厂，是一九六二年由群众生产自救组织办起来的，初时只有四十多人，生产手拉鞭炮单一产品。经过十多年的不断努力，生产蒸蒸日上，现有职工九百多人，生产各种烟花五十八个品种，远销十多个国家，去年完成产值一千多万元，平均每个职工年劳动生产率超过了一万元。石龙火柴厂过去是手工操作，设备简陋，产量很低。经过工人的不断革新，更新了设备，实现了机械化生产，年产火柴十三万箱。近两年来，石龙由于靠近香港，交通方便，大力发展补偿贸易，对外加工，具有很多有利条件，目前已先后办起了服装、毛织、五金、皮鞋、塑料玩具等十一间工厂，引进了一批技术设备，安置了社会劳动力１４８８人，每年可为国家增加一大笔外汇收入。

石龙的交通运输事业也发生了可喜的变化。经过整治港口，新建码头之后，一九七五年又建成了一个能联接全国铁路运输的"水铁"港口，铺设了五点四公里长的双轨铁路，在一千一百多米长的河岸线，筑成十二个机械作业泊位码头，还有仓库、车站、货场、调度大楼等设施，年吞吐量八十多万吨，相当于解放初期的六十多倍，是我省目前设备比较先进、吞吐量较大的内河港口之一。

随着生产的发展，石龙的文化、卫生事业欣欣向荣，人民生活有了改善，人民的健康水平不断提高。自解放以来，先后为国家输送了三十多名举重、游泳运动员，有三人十六次打破了举重世界纪录。

肖琼瑶　陈朋志　陈淦林

肖琼瑶、陈朋志、陈淦林：《石龙今日更多姿》

《南方日报》1980年10月10日第4版

东莞县建材厂出口红砖质量全省第一

本报讯 东莞县建材厂生产的出口红砖，质量好，色泽红艳，强度高，外形美观，在全省红砖质量检查评比中列居第一名。

这间厂很注意出口红砖的质量，对制砖的整个生产流程的十四道工序，道道严格把关。今年雨水季节，因为烧湿砖多，曾影响到质量。厂长便和工人一起改进码窑方法，从而解决了质量问题，使一级品率达到九成以上。

（何妹）

何妹：《东莞县建材厂出口红砖质量全省第一》

《南方日报》1980年10月23日第2版

适应农村市场不断变化的需要

东莞一批新款家具应市

东莞县日杂公司根据当地市场购买力高，消费者对商品选择性强等特点，最近以来大量增加长沙发座垫、单人沙发座垫、海棉扶手椅、沙发椅茶几、镀铬钢折椅、多层三角书架等高中档商品供应。这些高中档家具中有许多是新的规格和品种，如将原直脚男衣柜更新为脚座男庄柜，大衣柜有B一号大衣柜，有镜大企柜、虎爪型脚座大企柜及四门大衣柜等四种规格，增加的新品种有新式拉床、独脚塑面圆台、塑面梳妆台、长台餐柜、铁脚圆折椅、新型丙种台、九花元子床等十多种。这家公司还根据东莞地区电视机、录音机越来越多的情况，设计生产了一种美观大方、可放电视机、收录音机的电视餐柜。这些新产品投放市场以后，深受群众的欢迎，各种产品的销量比更新前增加三成多到五成。

（梁冰、罗念躁）

梁冰、罗念躁：《适应农村市场不断变化的需要　东莞一批新款家具应市》

《南方日报》1980年11月10日第4版

职代会不要依样画葫芦

东莞县氮肥厂把企业重大问题交给职代会审议决定，工人当家作主，企业越办越好

本报讯 东莞县氮肥厂改变过去一切由党委决定，职代会依样画葫芦的做法，把企业重大问题交给职工代表大会审议决定，有力地调动了职工群众的生产积极性。

这个厂于一九七七年恢复了职工代表大会制度，但开始还是厂党委讲，代表听，代表们根据党委的要求讨论各项计划方案，最后发一个空洞无物的倡议书便算了事。对这种流于形式的做法，职工群众很有意见。党委接受了这一教训，从前年开始便决定把企业重大问题，如生产计划、增产节约措施、劳动竞赛方案、奖金制度、财务物资管理、工艺技术革新、职工福利等，交给职工代表大会充分讨论决定，以改变过去那种一切由党委决定，职代会依样画葫芦的做法。这样，由于民主空气浓了，领导上的官僚主义也少了，一些过去长期解决不了的问题很快得到解决。近几年，这个厂由于职工人数从原来二百多人增加到一千多人，职工宿舍严重不足，伙食差，业余文化生活十分单调。这两年由于发挥职代会的作用，全厂很快就建起了两幢共一千二百平方米的家属楼和一幢一千二百平方米的集体宿舍，解决了四十多户职工家属和二百多名单身职工的居住问题。同时，厂里还建了一千四百多平方米的简易平房，给五十多对青年工人结婚，并拨款九万五千元，给五十多户职工扩建住房。此外，为了改善饭堂膳食，工厂又根据职代会决议，办起了养猪场，增设了加菜部，办起冰室。为了活跃工人的业余文化生活，还办起了电视室，扩大了图书馆，成立了篮球、羽毛球、乒乓球、象棋和武狮队，同时开办了职工业余技术学校。

厂领导为了使职代会逐步成为企业的权力机构，对职代会中代表们提出的提案，都尽量督促有关行政领导做到逐条有回音有着落。如今年八月召开的职代会，代表们共提出七十二条提案，厂里行政领导在大会期间就当场处理了五十六条，其余的会后也都陆续给予处理。每届职代会所作出的决议，厂里行政领导都向下届职代会汇报执行情况。职代会闭幕期间，也由职代会代表分成生产和生活两个监督小组，协同工会检查督促有关职能部门落实执行职代会决议。这样，就保证了职代会决议的实施。

（谭子健　冯章）

谭子健、冯章：《职代会不要依样画葫芦　东莞县氮肥厂把企业重大问题交给职代会审议决定，工人当家作主，企业越办越好》

《南方日报》1980年11月13日第2版

梅县、台山、东莞、澄海恢复和成立运动代表队

本报讯 经国家体委和广东省人民政府有关部门批准，我省著名的「体育之乡」——梅县、台山、东莞和澄海县，恢复和成立县运动代表队。这些队同省队一样，可以参加全国省级体育比赛。

梅县、台山、东莞是国内外闻名的「体育之乡」，足球、排球、游泳运动基础较好，他们的县代表队在国内外的体育比赛中，都取得过优异成绩。澄海县的自行车运动也早已形成传统的项目。但是，在十年浩劫中，这些运动队都被解散了。为了发挥这些县的体育运动特长，最近，国家体委、广东省人民政府有关部门决定恢复和成立梅县足球队、台山排球队、东莞游泳队和澄海自行车队，并拨出经费和器材支持他们开展训练。

（本报通讯员）

本报通讯员：《梅县、台山、东莞、澄海恢复和成立运动代表队》

《南方日报》1980年11月14日第1版

道滘船厂造出五吨电动打夯船

本报讯 由广州造船厂设计、东莞县道滘船厂建造的电动专用打夯船——穗夯一号，已建造完成投入使用。经验船部门鉴定，其性能达到设计和规范要求，投入使用以来情况良好，与同类型船只相比，具有造价低，工作效率高，操作方便等优点。

道滘船厂是一间小厂，设备简陋，技术力量薄弱，过去仅能建造小型船只。今年承接了六机部华南水工队的五吨电动打夯船的建造任务，困难较大，而且要求当年开工，当年完工。该厂职工克服没有大型起重设备却要安装高十四米、重十吨的打夯架等困难，很快便把船建成。 （陈志刚）

图为五吨电动打夯船

陈志刚：《道滘船厂造出五吨电动打夯船》

《南方日报》1980年12月27日第2版

东莞风华四十年

1949—1988

《南方日报》中的东莞

东莞图书馆 编

南方传媒
广东人民出版社
·广州·

图书在版编目（CIP）数据

东莞风华四十年：1949—1988：《南方日报》中的东莞 / 东莞图书馆编 . —广州：广东人民出版社，2023.5

ISBN 978-7-218-16510-3

Ⅰ . ①东…　Ⅱ . ①东…　Ⅲ . ①新闻报道—作品集—中国—当代　Ⅳ . ① I253

中国国家版本馆 CIP 数据核字（2023）第 055528 号

DONGGUAN FENGHUA SISHI NIAN（1949–1988）：NANFANGRIBAO ZHONG DE DONGGUAN

东莞风华四十年（1949—1988）：《南方日报》中的东莞

东莞图书馆　编

出 版 人：肖风华

封面题字：刘洪镇
责任编辑：张贤明　唐金英
责任校对：周潘宇镝
封面设计：瀚文文化
责任技编：周星奎

出版发行：广东人民出版社
地　　址：广州市越秀区大沙头四马路 10 号（邮政编码：510199）
电　　话：（020）85716809（总编室）
传　　真：（020）83289585
网　　址：http://www.gdpph.com
印　　刷：广州市豪威彩色印务有限公司
开　　本：787mm × 1092mm　1/16
印　　张：66.5　　**字　　数：**1000 千
版　　次：2023 年 5 月第 1 版
印　　次：2023 年 5 月第 1 次印刷
定　　价：680.00 元（全三册）

如发现印装质量问题，影响阅读，请与出版社（020-85716849）联系调换。

售书热线：020-85716833

南方日报

1981年

鸡啼岗大队总结落实生产责任制的经验教训

统一思想认识　搞好集体经济

本报讯　东莞县黄江公社鸡啼岗大队党支部，引导干部和群众联系实际总结经验，统一思想，从本地情况出发，进一步落实经济作物联产计酬，水稻定额管理、按件计酬的生产责任制，大力发展集体经济，做到富上加富。

去年秋收前，这个大队党支部组织群众回顾了土地改革时期的独立核算、自负盈亏；合作化时期的按件计酬；公社化时期的六级工资制；体制下放后的按件计酬；十年浩劫期间的评工记分；打倒“四人帮”后的经济作物联产计酬，水稻定额管理、按件计酬等六个时期的农业生产责任制执行的效果，认为，前年以来实行经济作物联产计酬，水稻定额管理、按件计酬的生产责任制，较之以往任何一个时期的责任制形式都好。拿劳动生产率说，前年全大队劳动总工分一百五十四万五千多分，比一九七八年减少了二十七万三千多分，平均每个劳动日的生产价值却提高了九角。劳动效率的提高，节省了大批的劳动力，前年以来从农业劳力中抽调了二百八十多人投入对外加工业，有力地促进了粮钱一齐上。一九七九年与一九七八年对比，稻谷总产增加三千九百八十担，花生总产增加四百八十七担，总收入增长百分之三十六，社员人平分配增加六十八元。去年早造也获得增产增收。与前年同期对比，稻谷产量增长百分之三点五，花生产量增长百分之八十六点五，社员人平分配增加六十七元九角。晚造与前年同期对比，稻谷总产增加二千九百担。全年稻谷可比前年增产三千五百多担。人均分配四百二十元，比前年增加二百一十三元。通过总结，大家确定继续坚持经济作物联产计酬，水稻定额管理、按件计酬的生产责任制。

统一思想之后，大队党支部组织全体生产队委以上干部到袁山贝大队学习大搞经济的经验，发动群众制定发展集体经济的规划，迅速落实行动。首先是抓好冬季收入，全大队冬种荷雪豆一百二十三亩，洋葱头三十五亩。同时采用联营的办法办起了四座砖窑。其次是制定今年经济规划，力争人平分配五百五十元。指导思想是：生产队重点抓粮、油、果，大队重点抓对外加工。措施是：大力推广良种，桂朝面积决定从去年的百分之二十增加到百分之四十，广二104面积从去年的百分之十增加到百分之五十；搞好肥料建设和[illegible]冬，进一步改变生产条件，提高单产，粮食计划比去年增产一千担。计划稻田改种花生一千亩，面积比前年增加百分之二十六；扩大五十亩鱼塘；在管好现有林果的基础上，发展红柿二十亩，桔三十亩。对外加工方面，毛织一厂增加二十台机，二厂增加四十台机，还计划新增加一宗。同时，增办一间小食店和一间冰室。

（县委办公室）

县委办公室：《鸡啼岗大队[1]总结落实生产责任制的经验教训　统一思想认识　搞好集体经济》

《南方日报》1981 年 1 月 3 日第 2 版

① 鸡啼岗大队：当时属东莞县黄江公社，即今东莞市黄江镇鸡啼岗村。黄江镇位于东莞市东南部。

东莞县财政局培训新职工

本报讯 东莞县财政局举办了为期四个月的税收业务训练班。参加培训的绝大部分是新职工。该局自编了十五万字的教材《实用税收讲义》，内有四个单元：税收基础知识；税收立法精神与现行法规；税务专管员要为实现四化多作贡献；财务与会计基础知识。学习期间，抽出适当时间让学员回本税所参加实践。（郑自然）

郑自然：《东莞县财政局培训新职工》

《南方日报》1981 年 1 月 5 日第 2 版

全国渔港建设会议在东莞召开

本报讯 去年十二月二十五日至本月二日，国家水产总局在我省东莞县召开第三次全国渔港建设会议。会议总结了近几年来我国渔港建设的经验教训，研究在渔业调整工作中，如何继续搞好渔港建设，用好、管好渔港。

参加会议的有沿海十个省、市水产部门的领导同志和代表。

会议认为，从一九七五年第一次全国渔港建设会议以来，我国渔港建设有了较大发展，全国渔业码头泊位比一九七四年前增加了一倍多，防浪堤和护岸共增加了九万六千多米。这对保障渔民生命财产安全，方便渔业生产和渔民生活，改善鱼货加工保鲜和集散中转起了积极作用。会议认为，在当前渔业调整工作中，必须继续加强渔港建设，特别是中、小型的群众渔港的建设，把我国渔业生产的后方基地建设好，为海洋渔业实现现代化打好基础。

会议认为，要搞好渔港建设，首先必须加强领导，改变过去重捕捞生产，轻渔港建设的倾向，摆正渔港建设在当前渔业调整工作中的位置，把渔港列入渔业基本建设的重要内容。其次，对群众渔港要贯彻“民办公助”，以小型、配套为主的建设方针，提倡和发扬自力更生、艰苦奋斗的精神，依靠本地财力、物力建港，做到少投资，多办事，快见效。会议还强调，在搞好新港建设的同时，要抓好现有港口的改造、配套和管理，做到建好一个港，用好、管好一个港，充分发挥港口的经济效益。

《全国渔港建设会议在东莞召开》

《南方日报》1981年1月5日第2版

粮丰·蔗甜·人富

东莞沙田公社仅粮蔗收入每人可增收百元

本报讯 前年被评为全国农业先进单位的东莞县沙田公社，去年落实了各项生产责任制，又获得稻谷和糖蔗大丰收。全社稻谷总产量比最高产的前年增加四万担；甘蔗预计总产十万四千吨（农业产量），平均亩产七点三吨，总产与亩产分别比历史上最高产的一九七八年增加一万五千吨和零点五吨。据初步计算，单是粮、糖两项，去年农业收入就可比前年增加二百五十六万五千多元，每人增收一百零九元。（冯章）

冯章：《粮丰·蔗甜·人富　东莞沙田公社仅粮蔗收入每人可增收百元》

《南方日报》1981 年 1 月 9 日第 1 版

人民政府人民选　人民政府为人民

东莞县、莞城镇政府办了四件好事

本报讯　东莞县、莞城镇人民政府积极为人民办好事，受到广大人民群众的拥护和赞扬。他们说，政府为人民，人民爱政府，上下一条心，千四化就有希望了。

东莞县人民政府和莞城镇人民政府是去年六月选举产生的。新政府成立后，政府领导成员便分头深入到莞城镇的街道、居民中去了解情况，倾听人民群众的呼声。根据人代会上代表们提出的提案和群众的迫切要求，他们先后办了四件深受人民群众欢迎的好事。一、组织三支卫生队伍，用专业队和群众相结合的办法，对全镇所有下水道进行了一次全面清理。其中，疏通了十五条主要下水道，长一千零四十五米；横街小巷下水道六十五条，长三千五百米；新建下水道十六条，长一千二百四十九米，从而初步改变了街道堵塞、下水道污泥臭水淤积的现象。二、拨出五十多万元专款，抢修道路不平的中山路、和平路、运河东路、北门桥路等。目前，已修补翻新街道二千六百四十八米，路面二万五千多平方米，并扩大了从博下桥到氮肥厂的马路，大大方便了群众。三、帮助群众解决住房问题。采用拨款集中修建公房、发动各单位自筹资金或公助私建等办法，加快建房速度。县政府正在投资兴建职工宿舍十三幢，还调剂解决了五十六户住房特殊困难户。四、通过挖掘企业潜力、增设商业网点、发展对外加工和街道工业等办法，去年六月以来共安置了三千五百多个城镇待业人员就业。

（刘燕航）

刘燕航：《人民政府人民选　人民政府为人民　东莞县、莞城镇政府办了四件好事》

《南方日报》1981 年 1 月 28 日第 2 版

东莞烟花

△ 东莞县万江公社爆竹厂贯彻落实企业自主权后，调动了全厂干部职工的生产积极性，去年收入比一九七九年增加一倍多。图是职工们在包装烟花供应春节市场需要。

本报记者 蒋振东 摄

东莞腊肠

△ 去年入秋以来，东莞县各食品站积极组织加工素负盛名的东莞腊肠，满足群众欢度春节的需要。图是厚街公社食品站职工在包装腊肠。

蒋振东：《东莞烟花》《东莞腊肠》

《南方日报》1981 年 1 月 30 日第 2 版

确保粮食稳定增产　发挥优势多种甘蔗

沙田公社靠种粮种蔗连年发财

去年全社人均口粮七百三十二斤，集体分配四百零八元；全年人均向国家提供商品粮一千三百多斤，甘蔗四吨多，还有生猪、香蕉等大宗农副产品

本报讯　本报记者岑祖谋报道：东莞县沙田公社积极而又稳妥地调整农业布局，在确保水稻稳定增产的前提下，逐步增加甘蔗种植面积，搞好多种经营，连年夺得增产、增收、增分配、增积累、增贡献。全社去年人均口粮七百三十二斤，集体分配四百零八元，在上一年人均增收九十五元的基础上再增收九十九元。去年全社在完成了二千三百七十万斤公购粮任务以后，还交售了八百六十多万斤超购粮，人均向国家提供商品粮一千三百多斤，甘蔗四吨多；此外，还有生猪、香蕉等大宗农副产品，对国家作出了更大贡献。

沙田公社有六万多亩土地，土质肥沃，适宜于发展水稻和甘蔗生产。但是，由于多年来受到左倾路线的影响，片面强调抓粮食，忽视了全面发展，造成社员分配水平低，粮食生产也上得慢。粉碎“四人帮”后，特别是三中全会以来，通过肃清“左”的影响，国家又实行提高粮食和糖蔗等农副产品收购价格的政策，使沙田农民的生产积极性大为高涨。从一九七九年开始，他们合理调整了农业生产布局，全社在保证完成国家粮食征购任务和安排好社员口粮、种子粮等的前提下，把水稻种植面积从原来的五万八千多亩调整为五万一千多亩，甘蔗从一万一千多亩增加到一万三千多亩，花生从一千多亩扩大到二千多亩。同时，还利用堤坐大种香蕉，利用淡水湖和河涌发展养鱼、捕捞和养鹅、鸭等，逐步做到农、牧、副、渔全面发展。一九七九年，全社水稻总产比上一年增产六百一十七万多斤，平均亩产一千一百七十斤，比上一年每亩增加一百三十二斤，总产和单产都超过了历史最高水平；甘蔗平均亩产六吨多；其他多种经营项目也获得了增产增收。全社人均分配达到三百零九元，居全县之冠，被评为全国农业先进单位。

去年初，沙田公社党委认真总结了一九七九年增产增收的经验，使全社水稻面积稳定在五万亩左右，进一步扩大了六百多亩甘蔗。与此同时，全社所有生产队都建立和健全了各种形式的生产责任制，克服了分配上的平均主义。这样一来，社员们的生产积极性更高了。去年，全社水稻尽管调减了六百多亩种植面积，但总产仍然比丰收的上一年增加了三百多万斤，平均亩产一千二百四十六斤，比上一年每亩增加五十六斤。一万四千多亩甘蔗，总产可达十万吨以上，平均亩产突破七吨，比上一年每亩增加一吨左右。最近年终分配时，不仅社员增加了收入，而且全社比上一年多留了十七万多元公共积累。社员们高兴地说，沙田公社靠种粮种蔗发财啦！

岑祖谋：《确保粮食稳定增产　发挥优势多种甘蔗　沙田公社靠种粮种蔗连年发财》

《南方日报》1981年2月13日第1版

蕉香时节访麻涌

收蕉时节，我们访问了素有“香蕉之乡”之称的东莞县麻涌公社。入得村来，只见蕉基上蕉林片片，一串串硕大的香蕉果嵌在叶子之间，给水乡增添了无限诗情画意；江面上，来来往往的农艇正把满载的香蕉运往各地，香蕉收购站里，不时传出阵阵欢声笑语。好一幅“蕉乡”丰收图！

香蕉是热带、亚热带作物，在我国种植已有二千多年的历史。据《三辅黄图》一书记载：“汉武帝元鼎六年，破南越，起扶荔宫，以植所得奇花异木，为甘蕉十二本。”麻涌公社地处珠江三角洲，气候温和，雨水充沛，更兼有着大片肥沃的基围，适宜香蕉生长，因而历来就有种植香蕉的习惯。县食品出口公司麻涌蕉站的资料员老张告诉我们：早在清朝时候，麻涌香蕉就已经远销到广州、上海、香港等地，并以其气味芬芳、肉质优良而著名。解放后，销售得更远，在国内，除了滇、桂、闽三省本地有香蕉和新疆、西藏等地太远未销售外，其余各省市都有经销；在国际市场上，也远销到苏联、日本、朝鲜、加拿大、德国、香港等国家和地区，成为我省水果主要出口的产品之一。麻涌香蕉因土层深厚肥沃，又多施土杂肥、河涌泥，不仅具有糖份足、水份少、蕉肉起沙发亮、味道芬芳的特点，而且纤维组织严密，耐磨擦，不怕碰撞，不易腐烂，适宜远途运输，因而深受国内外顾客的欢迎。据一九五六年到一九七九年这二十四年统计，东莞县共出口香蕉二百九十九万担，平均每年出口十二万多担，其中麻涌香蕉就占一百八十万担，平均每年出口七万五千担，占全县香蕉出口量的六成以上。一九五八年，麻涌新基高级农业社（新基大队的前身）因种香蕉高产而光荣出席了全国劳模大会，获得了国务院总理周恩来签名颁发的奖状。

十年浩劫期间，麻涌香蕉无论面积或产量都有所下降，一九六七年，全社出口香蕉十五万担，而一九七六年只有一万五千担。粉碎“四人帮”以后，特别是党的十一届三中全会以来，党的各项政策得到了落实，使香蕉之乡万象更新，生机勃勃。去年省人民政府决定把香蕉从二类商品降为三类商品，准许生产队搞议购议销，国家收购价也从原来每担十元左右提高到三十元。这一来，蕉农的积极性十分高涨，去年全社种蕉面积从一九七八年的七千九百亩增加到一万零二十五亩，总产预计可达二十二万担，比一九七九年增加一倍多。全社仅香蕉一项，预计可收入五百万元以上，人平可达一百元，比一九七九年增加四倍。

时至杏梅皆馥郁，春来蕉果更芬芳。麻涌公社的干部群众决心夺取今年香蕉更大丰收。我们衷心祝愿勤劳的麻涌人民，用自己的智慧把“香蕉之乡”建设得更加富饶美丽。

陈球、明光、治平

陈球、明光、治平：《蕉香时节访麻涌》

《南方日报》1981 年 2 月 15 日第 2 版

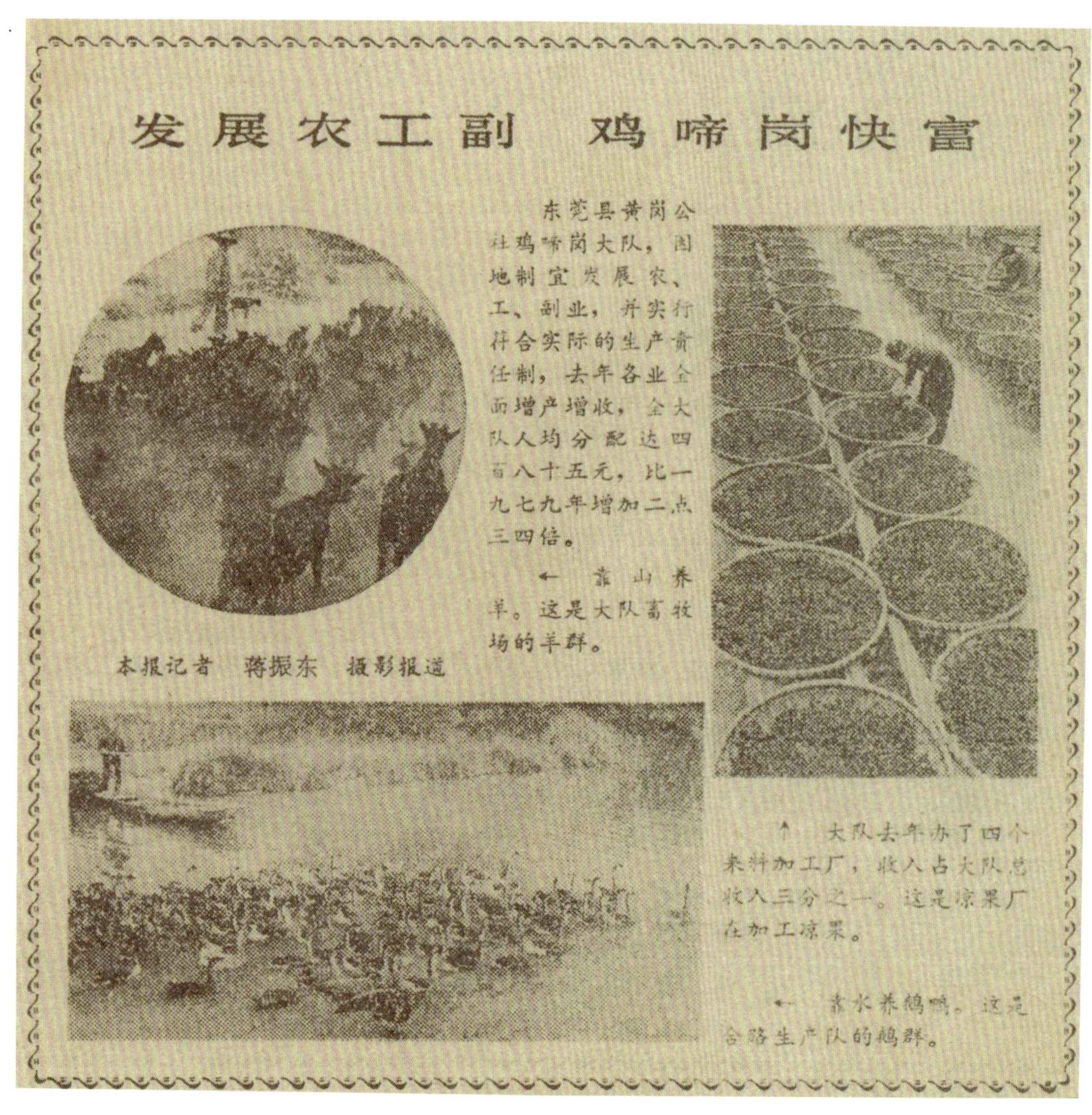

发展农工副　鸡啼岗快富

东莞县黄岗公社鸡啼岗大队，因地制宜发展农、工、副业，并实行符合实际的生产责任制，去年各业全面增产增收，全大队人均分配达四百八十五元，比一九七九年增加二点三四倍。

← 靠山养羊。这是大队畜牧场的羊群。

本报记者　蒋振东　摄影报道

↑ 大队去年办了四个来料加工厂，收入占大队总收入三分之一。这是凉果厂在加工凉果。

← 靠水养鹅鸭。这是合路生产队的鹅群。

蒋振东：《发展农工副　鸡啼岗快富》

《南方日报》1981 年 2 月 21 日第 2 版

叫荒涌废氹生财献宝

东莞利用各种水面大养其鱼

去年全县农业人口养鱼人平收入达十六元多

本报讯 东莞县有计划地利用河涌、荒湖、废氹、洼地等水面发展淡水养鱼业。一九八〇年全县淡水养殖总面积已从一九七六年的八万四千三百多亩扩大到九万五千五百多亩。淡水养鱼的产量也逐年增加，一九八〇年总产量为十六万八千多担，产值一千四百七十多万元，比一九七九年增收三百六十多万元，按全县农业人口计算，养鱼人平收入十六元三角，创历史最高记录。去冬以来，全县利用各种水面建鱼塘的规模更大，至目前为止，新挖成的连片规格化鱼塘近三千四百亩。

河网交错的东莞县，可养鱼的水面达十万亩以上。一九七六年以来，各社队在调整农业生产布局时，注意从当地的自然条件出发，贯彻农、林、牧、副、渔并举的方针，把渔业纳入农业建设规划，有计划地逐年扩大淡水养殖面积，以此作为壮大集体经济、使社员尽快富裕起来的一项重要措施，每年冬季开展农田基本建设时，都紧密结合进行鱼塘的基本建设。一九七九年全县养殖水面从一九七八年的八万九千多亩扩大到九万二千多亩。到去年，全县已有七成五的生产队养了鱼。

发展水产养殖业显著地增加了东莞县社员的收入。一九七九年全县淡水养鱼收入从一九七六年的八百三十八万元增加到一千一百万元；一九八〇年在严重的冻害和罕见的暴风雨袭击下仍比一九七九年增收三百六十多万元。（施允芳）

施允芳：《叫荒涌废氹生财献宝　东莞利用各种水面大养其鱼》

《南方日报》1981 年 3 月 22 日第 1 版

在调整国民经济中积极发展家用电器

一机部电工总局在东莞召开家用电器座谈会

本报讯 第一机械工业部电工总局最近在东莞召开第二次家用电器座谈会，就如何根据国内外市场需要发展家用电器，满足人民需求，扩大出口，多创外汇的问题进行了座谈。

在座谈会上，代表们认为：在国民经济调整中，机械工业发展日用机电产品即家用电器生产，是调整机械工业服务方向，改变产品结构的一件大事，必须努力抓好。在座谈会上，广州南方大厦等商业部门的代表谈了各地家用电器的销售情况，为机械行业发展家用电器生产提建议，当参谋。

《在调整国民经济中积极发展家用电器　一机部电工总局在东莞召开家用电器座谈会》

《南方日报》1981年4月7日第1版

发展家庭副业利国利民

东莞县常平公社社员周善祥去年把八百多只肥鸡全部卖给国家

本报讯　本报记者岑祖谋、本报通讯员卢棣梁报道：东莞县常平公社屋厦大队第四生产队社员周善祥，过上富裕日子不忘支援国家社会主义建设。去年他先后把家里饲养的八百八十九只肥鸡全部交售给国家出口站。他这种爱国家的高尚风格，受到干部、群众的赞扬。这八百多只肥鸡要是拿到农贸市场出售，他起码可以多收入一千多元。因此，有人说他是傻子——有好价钱不会卖。周善祥听到这些话的时候说："靠三中全会的好政策，我们农民才能由穷变富。饮水思源，我们要时刻想到为国家多作贡献！"

周善祥是个四十多岁的朴实农民，他吃过左倾路线的苦，倍感三中全会的政策的甜。他一家八口，两个老人，四个小孩，只有夫妇两人劳动。十年浩劫期间，农村规定了许许多多"不准"，把农民卡得死死的。有一年，他家养了四十只鹅，受到了大会点名批判，说是"走资本主义道路"、"搞个人发家致富"。三中全会以后，公社、大队支持和鼓励农民按照党的政策发展家庭副业，周善祥消除了心中的余悸，领着一家老少放开手脚大干。他从一个在外工作的亲人那里找到了科学养鸡的资料反复学习，不断实践，很快就掌握了养鸡的科学知识。他从一九七九年开始饲养群鸡，从每批养几十只增加到一百多只，这一年共养鸡六百多只，其中有四百只大鸡卖给了国家出口站，纯收入一千多元。去年，他买进良种鸡苗一千三百只。经过精心饲养，每批鸡饲养七十天左右上市，每只公鸡和鸡项分别达到三斤半和二斤半以上。去年他一家共交售给国家出口站大鸡八百八十九只，上市中鸡（出口站不收购中鸡）三百四十三只，总收入七千零七十八元，除去鸡苗、饲料等成本支出，纯收入三千三百一十六元。

周善祥一家去年养鸡一千多只，并没有妨碍他夫妇参加集体生产劳动。他对一家老少都作了妥善的安排：善祥本人在队里参加大田生产，利用工余时间买鸡苗和饲料，妻子给队里放牛，负责管家务和自留地，正在上中学的儿子放学回家后，按照大、中、小鸡的需要配制混合饲料；两个老人留在家里，专门负责喂养和照料。去年周善祥夫妇两人参加集体生产共做了五百六十多个劳动日，年终分配结算实得九百五十多元，扣除一家八口的粮、油、糖等项支出后，仍有二百二十五元结余，摘掉了"老超支户"的帽子。

今年，周善祥一家发展养鸡的计划更加可观，他准备和国家出口站签订交售肥鸡一千五百只的合同。目前，他家里饲养的第一批鸡二百七十多只，只养了四十多天，每只已有一斤多重，再过一个月左右就可以上市了。

岑祖谋、卢棣梁：《发展家庭副业利国利民　东莞县常平公社社员周善祥去年把八百多只肥鸡全部卖给国家》

《南方日报》1981 年 4 月 11 日第 1 版

继续鼓励社员发展家庭副业

短评

在搞好粮食生产的同时，发挥集体和个人两个积极性，因地制宜开展多种经营，这是壮大集体经济，使农民尽快富裕起来的重要保证。可是，前些年，在「左」的错误思想的影响下，开展集体的多种经营被当作「资本主义」来批判，社员个人搞多种经营，那就更是大逆不道了。这样一来，多种经营处于奄奄一息的境地，不少地方给弄得民穷财尽，这对发展粮食生产也是不利的。三中全会之后，各地开始在这方面拨乱反正，多种经营才得到恢复发展。当前，我们要继续大力鼓励集体的多种经营，同时扶助社员发展家庭副业。凡是适宜社员个人经营的项目，应当给予鼓励。除农忙季节外，应允许一些半劳力和辅助劳力不出集体工，以便专心从事力所能及的家庭副业。东莞县屡厦大队第四生产队社员周善祥夫妇积极出集体勤，又妥善安排时间搞好家庭养鸡业，既为国家创造了财富，自己又显著地增加了收入。这样做，真是两全其美。这样发展家庭副业，既不妨碍集体劳动，又不剥削别人。他们收入比别人多，完全靠勤奋劳动，党的政策是允许和鼓励这样做的，我们决不能把收入的差异误认为是「两极分化」。

有人担心政策放宽后，农民富了会不顾国家利益。从周善祥把自己饲养的八百多只肥鸡全部卖给国家的事实看来，农民是十分通情达理的。解放以来，农村中大量涌现出爱国家、爱集体的动人事例。十年浩劫期间，农民群众吃尽左倾路线的苦，打倒「四人帮」后，他们尝到了三中全会政策的甜，打从心底里感到共产党亲，社会主义好。只要加以引导，他们就会把个人利益和国家利益紧密地结合起来，生活越富裕越热爱共产党，热爱社会主义。当然，也会有一些基层干部和社员公私关系处理得不够好，不是自觉地完成国家任务，少数人甚至不太愿意完成国家任务，但只要加强思想政治工作，深入宣传和执行有关的政策法令，同时改进农副产品的收购工作，这些问题是可以解决的。

周善祥把家庭饲养的肥鸡全部卖给国家，他的高尚风格应当受到赞扬。我们提倡集体和个人为国家多作贡献。当然，按照党的政策，社员的家庭副业产品，在完成国家任务的前提下，允许拿到农贸市场去卖，这也是应当讲清楚的。国家收购部门，可以通过与生产队和社员订立合同或其它形式，确定双方应承担的义务，积极鼓励、支持生产队及社员开展多种经营，完成任务以后剩余的产品，生产队和社员可以卖给国家，也有权自行处理。

《继续鼓励社员发展家庭副业》

《南方日报》1981 年 4 月 11 日第 1 版

东莞农村中高档副食品畅销

在东莞县各地农村，插秧大忙期间，各种副食品供应充裕，中、高档副食品畅销。近两个月来，全县供应农村的副食品价值达六百八十多万元，比去年同期增加四成。

这个县近年来经济发展较快，侨汇也较多，农村购买力较高。今年，县供销系统在组织春耕商品供应工作中，注意抓好优质商品的货源和增加花色品种。除了做好冲菜、酱料、调味料等群众喜买的一般副食品的调货供应外，还从各地调运回鱿鱼、墨鱼、淡菜、虾米、支竹、浮皮、发菜、香菇等较高档的副食品，数量比去年同期增加，单是肖山菜条、鱿鱼、墨鱼、淡菜等就有二千多担。常平、寮步等供销社春耕大忙前采购回的大批青岛啤酒、汽水，投放市场后，成为供不应求的畅销货。

（方锐球）

东莞县常平供销合作社注意做好侨汇高、中档副食品货源的组织和供应工作，改善农村侨汇副食品供应单调的状况。图是副食门市部的鱿鱼、名酒柜台一角。

凌风 摄

方锐球：《东莞农村中高档副食品畅销》

《南方日报》1981 年 4 月 15 日第 2 版

东莞荔枝蜜丰收

东莞荔枝蜜糖今年获得好收成。从四月份上市以来，县供销部门已收购到五千担，预计总产将超过八千担，是上市量较高的一年。

东莞荔枝蜜糖在港澳和省内市场享有较好声誉。今年来，全县七十万株荔枝树金花盛开，花糖如珠似露，蜜源十分充沛。县供销部门根据这一情况，主动为蜂农提供各种方便。在收购期间，又为基层社培训了一批验收员，并采用巡回、定点、预约等办法扩大收购网，使今年收购工作做到验收快、包装及时、调运迅速。全县所产春蜜普遍达到三十八度以上，为近十年来所少见。目前，已向外贸部门提供四万斤出口，并已在省内市场上市。

（梁冰）

梁冰：《东莞荔枝蜜丰收》

《南方日报》1981 年 4 月 29 日第 2 版

大力扶持畅销高产收入多的商品生产

东莞供销社帮助社队落实春种计划

本报讯 东莞县供销社系统在帮助社队落实今年经济作物生产计划时，注意重点扶持农民发展畅销、高产、收入多的大宗品种，促进农村早富快富。经供销社的发动并签订合同，全县已落实经济作物种植计划十三万五千六百二十亩，其中比较大宗的木薯、黄麻、蘑菇、番茄、牛角椒、盆桔和茉莉花等，可为农民增加收入一百五十万元到二百万元。

东莞县地处珠江三角洲，土地肥沃，商品经济比较发达，又毗邻香港，交通方便，便于商品出口。供销社注意发挥这个优势，近年引进的鸡心形西红柿和牛角椒，今年全县已种植五千多亩。种花养金鱼出口港澳，既可为国家提供更多出口产品，多创外汇，又为农民增加经济收入。县供销社就专门成立花鸟虫鱼股，组织并指导社队开展这项工作。今年，全县种桑、种茉莉花和盆桔，都比原计划成倍地增长。

（周史义）

周史义：《大力扶持畅销高产收入多的商品生产　东莞供销社帮助社队落实春种计划》

《南方日报》1981 年 5 月 6 日第 1 版

黄胜和他的荔枝宴

在荔枝之乡的东莞县常平公社，当荔枝即将成熟的时候，人们自然想起常平供销社酒家的荔枝宴。

这种全部用当地特产荔枝烹调成的宴席的始创人，是这家酒家的厨师黄胜。黄师傅今年五十多岁了，从事饮食事业也有三十多年。在多年的实践中，他掌握了一套较好的烹调技术，能制作中、西菜式约六十个大项目，品种不下凡百种，经他改革发展起来的当地名菜也有二十多个项目，近百个品种。黄师傅技艺较高，曾被广东省有关部门评为先进工作者，列为农村基层饮食十大厨师之一。去年又被选为东莞县科委委员。但他虚心好学，使自己的烹调技术精益求精。去年，荔香时节，他看到大批港澳同胞回乡尝试佳果，他想，如果能用荔枝烹调成菜肴，不是可以使顾客口味一新吗？于是，便和徒弟们一起，研究用荔枝制作菜式。他们先后制出了“佳果烘乳猪”、“荔园鱼云羹”、“岭南碧玉鸡”、“荔香滑鱼球”、“五香炆鹅掌”、“荔荷炖大鸭”、“五彩浸油鱼”、“七彩西瓜盅”、“香枝炒肝丝”、“滑蛋荔猪脸”等菜式，办起了具有荔乡独特风味的“荔枝宴”，接待了数以千计的港澳同胞和农民群众。

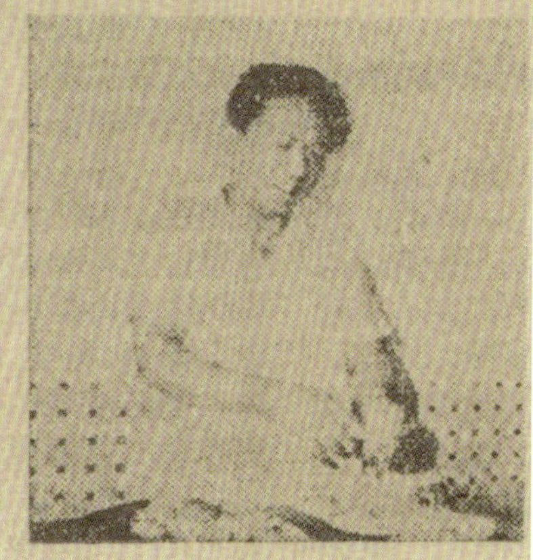

黄胜的荔枝宴，在港澳同胞中已传为佳话，受到人们的称赞和欢迎。一位品尝过黄胜制作的荔枝宴的顾客挥笔题下：“常设红荔春寄酒，平供美宴有名家”的诗句，赞扬黄胜和他的荔枝宴。

（梁冰摄影报道）

梁冰：《黄胜和他的荔枝宴》

《南方日报》1981 年 5 月 6 日第 2 版

东莞县拨款加强医院建设

去年以来共拨出一百多万元，用于新建住院病房和添置医疗设备等

本报讯 东莞县人民政府最近从地方财政中又拨出五十万多元经费，加强县人民医院等五个医疗机构的业务基本建设。去年，这个县为同一目的，曾拨出六十多万元。

东莞县是个大县，人口一百一十万，但过去受"左"的思想影响，医疗卫生事业发展缓慢，不能满足群众的治病要求。三中全会后，这个县的工农副等各业生产有较大的发展。去年，全县人平收入比上年增加五十四元，地方财政收入也相应地增加了。

东莞县今年和去年拨出的专款，都用来加强县人民医院、县中医院、县精神病院、石龙人民医院和太平人民医院的业务基本建设。其中县人民医院决定新建传染病和烧伤病人住院病房和同位素治疗工作用房，另添置脑电图等医疗设备，并解决部分医务人员住宿困难问题。

《东莞县拨款加强医院建设》

《南方日报》1981 年 5 月 10 日第 1 版

赤手空拳勇斗凶犯

虎门边防派出所民警沈锦棠受表扬

本报讯 东莞县虎门边防派出所民警沈锦棠，最近为保护国家财产，英勇顽强地同凶犯刘伟奇搏斗，受到了当地党委和广大群众的热情赞扬。

今年四月二十六日，从广州流窜到东莞县进行贩私活动的刘伟奇、梁国良路经虎门边防派出所检查站时，被执勤民警沈锦棠发现，依法没收了他们的贩私物资，并对刘、梁两人进行了批评教育。这两名罪犯执迷不悟，蓄意行凶报复，妄图劫回被没收的贩私物资。当晚十一时许，刘、梁两犯到派出所察看，发现派出所值班室存放有电视机、电风扇、收录机等一批赃物，即藏匿在停放在派出所门口的两部汽车底下，伺机动手。到凌晨二时许，刘犯从门顶气窗爬进室内，梁犯在室外看风接应。刘犯趁沈熟睡之机，用事先准备好的凶器对沈的头部猛击，顿时鲜血直流。沈锦棠感到一阵剧痛，本能地用手使劲一拨，将凶器打落在地，这时刘犯又用手拼命卡住沈的脖子，堵住沈的嘴巴。在这生死存亡的危急关头，沈锦棠发扬了一不怕苦、二不怕死的大无畏精神，奋起还击，用尽平生力气对准刘犯猛踢一脚，迅即翻身起床。这时刘犯又对准沈的下部起脚踢来，沈机智闪过，把凶犯按倒在地，两人扭打起来。在搏斗中，唤醒了正在附近熟睡的干警和公社干部。在同志们的协助下，终将凶犯刘伟奇擒获归案，梁犯见势不妙逃走，现正在追捕中。

沈锦棠是参加过对越自卫反击战的退伍老兵，自去年调到公安机关后，学习认真，工作积极，敢于向不良倾向和坏人坏事作斗争。这次，他为了保护国家财产，不顾伤痛，勇战凶犯，又为人民立了功。东莞县和惠阳地区公安机关给予沈锦棠同志通报表扬和物质奖励。

（顾连球）

顾连球：《赤手空拳勇斗凶犯　虎门边防派出所民警沈锦棠受表扬》

《南方日报》1981 年 5 月 25 日第 2 版

改善饮水卫生　保障人民健康

东莞县正在兴建三十四宗自来水工程

本报讯　近年来，东莞县狠抓饮水卫生的基本建设，加快兴建自来水工程的步伐，改善人民群众的饮水卫生。

东莞县地处珠江三角洲的水网地带，多是冲积土层，不宜打井取水饮用，过去，人民群众饮用河水。由于水源不清洁，常常导致肠道传染病的发生和流行，影响了人民的身体健康。近年来，这个县的各有关部门认真解决群众生活问题，抓紧进行饮水卫生的基本建设。

为了加速水改工作的进展，去年八月，东莞县专门召开了水改工作会议，总结推广了长安公社厦岗大队在自力更生的基础上，利用港澳同胞捐献的经费、物资，搞好水改工作的经验。会后，各地都以厦岗大队为榜样，想方设法替群众办好事，利用港澳同胞的资助，大办自来水工程。据最近统计，全县正在兴建的大、小自来水工程共三十四宗，有的已接近竣工。

（陈文华）

陈文华：《改善饮水卫生　保障人民健康　东莞县正在兴建三十四宗自来水工程》

《南方日报》1981 年 5 月 27 日第 1 版

东莞农村水果市场兴旺

入夏以来，水果之乡的东莞农村市场上，摆满了墨绿的西瓜、金黄的香大蕉、麦红的三华李、鲜红的黑叶荔枝……，上市品种之多，数量之大，是近几年来少见的。

五月份以来，东莞县供销部门收购的各种水果金额达二十八万五千元，比去年同期增加十四万多元，主要品种西瓜、香大蕉、黑叶荔枝等收购量达五千二百九十担，比去年成倍增加。各地农村集市上市的水果，品种、数量也比往年同期多。由于今年水果货源充裕，市场销售价格比去年同期下降，其中西瓜市价下降幅度较大，供销部门为方便群众购买，纷纷走出店门摆摊设档，丰富了农村夏令水果市场的供应。（梁冰）

梁冰：《东莞农村水果市场兴旺》

《南方日报》1981年6月24日第2版

滘联党支部发挥党员的带头作用

东莞县万江公社滘联大队党支部，做好党员的思想建设工作，使基层党支部适应新时期工作的需要。他们严格党的组织生活制度，并且经常结合党员思想情况上好党课，同时针对生产实际情况上好农业生产技术课。该大队七十六名党员中除两名外其余都担任了大队、生产队和工副业的干部职务，在打开生产门路、提高生产技术等方面起了带头作用。去年，该大队的人平分配水平达四百零五元。

孙泽宁　杨宇钟　摄影报道

△ 党支部定期进行党课教育，同时结合当时当地的实际情况讲授农业生产知识。

△ 支委“一班人”团结一心，注意改进工作作风，纠正过去“一刀切”、瞎指挥的做法，让生产队和社员因地制宜地搞好农业生产。

◁ 共产党员胡勤是一头“老黄牛”，哪里有困难，支部就派他到那里。图是他在大队毛织厂与社员一起检查生产质量。

孙泽宁、杨宇钟：《滘联[1]党支部发挥党员的带头作用》

《南方日报》1981 年 6 月 25 日第 2 版

① 滘联：当时属东莞县万江公社，即今东莞市万江街道滘联社区。

掌握行情才能卖得好价钱

——东莞县发展外贸纪事之一

编者按 东莞县位于富饶的珠江三角洲，商品经济发达，许多产品除供应国内市场之外，已运销六十二个国家和地区，去年外贸收购总值达到一亿六千多万元，占全县工农业总值的百分之十九点九。

东莞不仅物产丰富，而且在外贸工作中积累了不少经验。不久前，记者走访了这个县，我们将陆续向读者介绍他们搞好外贸工作的经验。

出口商品怎样才能卖得好价钱？这是个复杂的课题，不仅要求我们搞好商品的花色、品种、规格、质量、包装、运输、服务工作，而且还要及时了解行情，适应国际市场的变化。不然的话，优质商品也只能贱价而沽。东莞县的对外贸易近年来之所以取得较好的成果，其中原因之一，是他们善于掌握和运用销售地区的市场变化，不断提高了经营的艺术。

记者在东莞县采访，正是荔果挂满枝头的时节。看着这一派生气盎然的喜人景象，东莞县的同志自然就谈到了荔枝出口的问题。他们说，如果荔熟之前没有大的自然灾害，今年荔枝将是一个丰年。首批三月红荔枝已于五月初提供出口。荔枝上市十分讲究时令。去年，外贸部门为了赶前上市，对于能够提早落果的，采取了灵活的收购措施及时收购，并对提前落果造成产量损失的集体和个人，给以必要的补偿。由于荔枝上市早，卖得了好价钱，早上市的出口量仅占出口总额的百分之三十八点七，收汇却占出口收汇总额的百分之八十，经营成果名列全省前茅。

一般地说，鲜活商品出口，经营难度较大。然而东莞鲜活商品出口却取得了较显著的经济效果。这里的食品出口支公司的同志说：全公司的出口收汇一九七七年是一千二百八十五万美元，到去年上升为一千九百三十三万美元，增加百分之五十。外贸部门收购的出口鲜活商品的出口率显著提高，一九七七年与一九八〇年相比较，蔬菜出口率从百分之七十六上升为九十点九七；水果从百分之八十五点一上升为九十六点一九；鸡、鸭分别从百分之八十七、九十一上升为九十七点二和九十六点七。

这个成绩是从坚持不懈地调查研究销售地区市场情况，避免经营盲目性而取得的。他们已对食品、粮油、土产、工艺四大类商品，从销售地区获得第一手和比较可靠的市场动向资料。如食品出口支公司，商品主销地是香港，他们每天都得到香港肉菜市场的销售情况，经过分析整理，再通报全县十六个基层收购站。这样，第一线的外贸收购人员便心中有数，除了执行上级的计划指令以外，还主动灵活地根据每天的供求变化掌握收购和出口的品种、数量。一些鲜活商品，尤其是蔬菜，遇到市场饱和，贱价也难卖出；但若知道某一品种缺货，并能立即补充上市，便会身价倍增。他们由于掌握了市场动向，能合理安排生产，及时收购出口，使优质、反季节的蔬菜源源上市，所以卖得好价钱。遇到灾害性天气，一些平时不能出口的低档品种，如官达菜等，出口同样能卖好价。不久前，有些畅销品种如早节瓜，各地都安排了生产，他们了解全局情况以后，立即补充安排种植小白菜。结果，小白菜成了畅销货。对一些集中上市的大路品种，如冬季大白菜，他们采取风干保鲜的办法，提高质量，使上市时间持续到今年三、四月份。这一来，国家多得了外汇，蔬菜生产基地的集体单位和社员个人收入也不断增加，有些公社仅蔬菜出口一项，每人年平均收入四十元以上。

东莞县重视对销售地区市场情况的调查研究、交流、运用，这一着棋是高明的。可惜，我们有些地方至今还未充分认识这个问题的重要，因而经营出口商品往往造成严重的亏损。在国外，人们常说，人材和情报是企业的生命。这话并不是没有道理的。要使我们的对外贸易发展更快、效果更好，是有必要配备相当的专业人材，花大气力去做好国际市场的调查研究，加强与有关方面的交流，并善于进行利用掌握到的市场行情去指导生产，指导流通，这无疑是搞好外贸工作的一个重要方面。

本报记者 廖成业

廖成业：《掌握行情才能卖得好价钱——东莞县发展外贸纪事之一》

《南方日报》1981 年 7 月 3 日第 2 版

东莞县上半年蚕茧增产一倍

本报东莞四日电 东莞县农业部门今天向记者提供最新统计数字：到六月底止，全县生产蚕茧一千五百多担，比去年同期增产一倍。

东莞县是我省蚕桑生产新区。为了鼓励生产队发展蚕桑生产，县里规定凡种桑一亩，由县财政补助现金五十元。全县桑地面积从去年的一千零五十亩扩大到今年的七千三百五十亩。

《东莞县上半年蚕茧增产一倍》

《南方日报》1981 年 7 月 5 日第 1 版

把当天摘的荔枝从莞城直接起运

东莞二百多万斤荔枝畅销香港

本报东莞讯 东莞县今年收摘荔枝期间，在莞城码头临时设立了一个荔枝起运点，把当天收摘的荔枝从莞城直接装船运往香港。到九日为止，仅二十天时间已有二百五十九万斤荔枝，从莞城装船运抵香港。据港商反映，今年出口的荔枝，比往年新鲜，很受欢迎。

《把当天摘的荔枝从莞城直接起运　东莞二百多万斤荔枝畅销香港》

《南方日报》1981 年 7 月 13 日第 1 版

竞争带来了活力

——东莞县发展外贸纪事之二

发展外贸，不仅在国际市场上竞争激烈，而且在国内也有竞争。对此，有些外贸部门的同志摇头叹息说“搞乱了”，而东莞县的同志却说：不怕有竞争，只怕不用心，一定要在竞争中求发展！

有志者，事竟成。东莞县的外贸收购总值从一九七五年突破一亿元大关后，连续六年直线上升。去年外贸收购和出口比上年增加百分之二十三点八和二十点三，今年头一个季度，又比去年同期分别增加百分之二十三和二十五。

记者在东莞县一些外贸基层收购站采访时，看到一片兴旺景象，收购起来的农副产品，经过加工、挑选、整理、包装，又当即发运出口。石龙收购站负责人叶明说：“有了竞争，生意虽然比过去难做，但它却促使我们天天想办法、动脑筋，打醒精神做买卖，结果，收购商品更适销对路，数量增多，出口收汇也增加了”。原来，这里的农副产品过去只有两个单位收购，目前却不少于十家八家，还有一些个体经营户。农村的管理体制又有了新的变化，对于生产者来说，谁出价高就卖给谁。面对这种情况，如何开展竞争呢？东莞县外贸部门不是任意提高收购价格，哄抬物价；而是立足于支援生产。他们认识到只有把发展生产工作做得更好、更有成效，外贸的发展才有可靠的物质基础。因此，他们专门派出了一百三十多人协助组织生产，去年给工农业生产贷款二百多万元和化肥、钢材、种籽等一大批。他们根据出口市场需要，协助农民因地制宜制定种植品种、数量计划，使生产的产品适销对路，并择优组织出口。全县还普遍实行购销合同制，采取与集体或联户签订能互相监督、有经济效力的购销合同，使出口货源落实。目前，他们还在探索采取与生产者联营的形式，走出一条联合起来发展外贸的路子。收购站收购产品也按质论价、公平交易。这一来，赢得了信誉，许多人宁愿放弃一时的高价，也将产品卖给外贸收购站。有些农民有时甚至把自留地上的小菜苗也采摘下来及时支援出口市场的需要。对于这种情况，收购站也适当照顾农民的利益，使生产者得到实惠。今年头四个月，石龙收购站的蔬菜出口二千七百吨，比去年同期多出口四百吨，由于品种对路、适时，大部分卖得好价钱。

实践证明，竞争是克服官僚主义的良药。可是，我们有些外贸部门过去搞独家经营被“骄”惯了，政策放宽，经济开始活跃起来后，他们总觉得“不顺眼”、“不顺手”，有的甚至怨声载道，有的强调外贸“特殊”……。这些思想实质上是害怕竞争。当然，对国外的竞争，我们应该统一对外，统一政策，统一价格。但是，在我们社会主义经济内部，如果只希望实行保护主义，实际上是提倡保护落后，这只能助长官商作风，这一点，已为越来越多的事实所证明。　本报记者　廖成业

廖成业：《竞争带来了活力——东莞县发展外贸纪事之二》

《南方日报》1981 年 7 月 14 日第 2 版

东莞在特大暴雨袭击后积极开展救灾工作

以六中全会精神为动力夺取晚造丰收

本报讯 遭受特大暴雨袭击的东莞县，广大干部群众，以六中全会精神为动力，积极开展救灾工作，恢复生产，力争把早造损失在晚造夺回来。

东莞县从六月二十九日下午五时至七月一日下午五时，下了大暴雨和特大暴雨，两天内有的地方降雨多达七百六十九点三毫米，较少的也有二百毫米以上。莞城镇时雨量最大为七十三点一毫米，这在历史上是极为罕见的。由于这场特大暴雨来得突然，来势猛，尽管各地做了大量的抢救工作，仍然遭受到严重损失。全县六十九万多亩早稻中，受浸二十六万九千亩，损失稻谷六十万担，晚造秧苗受浸二万六千九百多亩，损失谷种二万多担，其他作物如花生、甘蔗、黄麻、荔枝、塘鱼等也受到严重损失。此外，桥梁被冲塌三十二宗，小山塘被冲垮六宗；住房倒塌一百五十四间，柴间猪牛栏等其他房屋倒塌九百一十六间。全县总计损失超过三千万元。

受灾后，县委成立了救灾领导小组，派出二十四个工作组分头到十六个受灾公社调查灾情，组织灾后生产。与此同时，县委还发动有关部门，通过调剂、压缩、清仓、预借等办法，组织了一批水泥、化肥、木材、柴油、汽油等物资和救灾款，迅速下拨到受灾社队。在七月六日至十日召开的县委扩大会议上，分析了形势，作了搞好晚造生产、夺回损失的具体部署。

目前，全县农民正以六中全会精神为动力，振奋革命精神，开展救灾生产。万江公社通过总结一九五九年抗灾夺丰收的经验，分析三中全会后农村越来越好的形势，增强了战胜灾害的信心，全社十一名党委委员带领干部和社员一起投入抢收花生和早稻。短短几天，全社一万二千亩花生已抢收完毕，一万七千三百亩早稻已抢收了一万三千亩，占早稻总面积的七成五。沙田公社在暴雨过后，出动八百三十多部提水工具，及时排水，使两万多亩受浸稻禾和一千多亩秧苗迅速排除了渍水。全县在十天内，已修复山塘、陂圳、堤坣、桥梁八十六宗，正在动工修复的七十四宗，修复排灌渠道八千三百三十七米。全县已抢收早稻五十万亩，占早稻面积七成。通过检查核定，全县需要补播的晚造秧苗四千五百亩，现已补播了四千二百八十五亩。

此外，各地还在抓紧做好鱼塘修复、补放鱼苗等工作。全县已向外地组织鱼苗八百四十万尾，县内调剂八百万尾，及时补放鱼种落塘。

（冯　章）

冯章：《东莞在特大暴雨袭击后积极开展救灾工作　以六中全会精神为动力夺取晚造丰收》

《南方日报》1981 年 7 月 20 日第 1 版

万江公社决心夺回受灾损失

本报讯 东莞县万江公社在早造遭受特大暴雨灾害之后，广大干部群众以党的六中全会精神为动力，广开生产门路，认真搞好晚造生产，决心夺回损失。

六月底至七月初，万江公社遭受特大暴雨袭击，早稻、花生、塘鱼及晚稻秧苗和其他物资都遭受重大损失。受灾之后，公社党委一方面组织人力抢修被洪水冲坏的水利工程和房屋，安排了群众的生活；一方面落实晚造增产措施，夺取丰收。各生产队都大抓“三苗”回田，并增施土杂肥、农家肥，到五日止二万六千亩已全部插完秧。同时，他们还立足本地资源，大力发展烧砖、制烟花、爆竹和对外加工等工副业，以增加经济收入。洪水退后，全社一千二百亩鱼塘已补放鱼苗八十万尾，并且增放了饲料。

（公社办公室）

公社办公室：《万江公社决心夺回受灾损失》

《南方日报》1981 年 8 月 6 日第 2 版

包干带来丰收　丰收不忘国家

东莞青溪公社夏粮入库进度快

本报惠阳讯　实行大包干生产责任制占总农户百分之九十六的东莞县清溪公社广大社员，丰收不忘支援国家四化建设，到八月四日止，全社已交售公购粮六百二十五万八千斤，占夏粮入库任务的九成二，其中有二千三百三十五户社员，一造完成了全年粮食征购任务，占全社总农户近半数。目前，清溪成为东莞县夏粮入库进度最快的一个公社。

（淦深）

淦深：《包干带来丰收　丰收不忘国家　东莞青溪公社夏粮入库进度快》

《南方日报》1981 年 8 月 7 日第 1 版

麻涌香蕉丰收

本报惠阳讯　著名的东莞麻涌香蕉，今年将获得历史上少有的丰收。正在县里开会的麻涌公社党委书记胡汝祥昨天告诉记者说，全社一万一千多亩蕉树，生机勃勃，一串串沉甸甸的香蕉，把粗壮的蕉树压弯了腰。从已收获和即将收获的情况看，总产量可达四十五万担，比去年增加近两倍。

《麻涌香蕉丰收》

《南方日报》1981 年 8 月 8 日第 1 版

关键在于有一个好的精神状态

东莞县各级领导干部联系实际学《决议》，振作精神，提高抗灾夺丰收的信心，加强对晚造生产的领导

本报惠阳讯 中共东莞县委组织广大干部群众联系实际学习《决议》，使大家振作革命精神，千方百计夺取晚造丰收，弥补早造受灾损失。

三中全会后，东莞县城乡经济活跃，形势一年比一年好。但是，今年六月底七月初，这里遭到特大暴雨的袭击，在四十八小时内降雨七百六十九毫米，全县六十九万亩早稻有二十六万多亩受浸，损失稻谷六千万斤；花生、甘蔗、黄麻以及晚造秧苗等也受到不同程度的损失；此外，还有一批山塘、陂圳、堤坐以及桥梁被洪水冲垮，给晚造生产带来了很大困难。面对严重的自然灾害，有些同志对搞好晚造生产，夺取全年好收成，显得信心不足，有的同志甚至感到无所作为。

东莞县委分析了这些情况，认为要战胜灾害夺取晚造丰收，关键在于各级领导干部要有一个好的精神状态。为此，最近一个多月以来，他们先后两次召开了常委扩大会议，组织各公社（镇）党委书记和县直部、委、办、局以上领导干部，认真学习《关于建国以来党的若干历史问题的决议》，联系实际开展讨论。在抓好领导骨干学习的同时，各个公社还以党支部为单位，组织党员、干部学习六中全会文件，把大家的思想统一到《决议》上来，发扬登泰山、攀高峰的精神，搞好晚造生产。

在学习《决议》的过程中，东莞县委还引导广大干部群众认真分析形势，分析晚造生产的有利条件，进一步帮助大家增强信心。大家谈到：今年由于继续合理调整生产布局，尽管早稻减了产，但大部分经济作物和水果都获得了丰收，社队企业也有了新的发展，全县夏收预分仍然达到平均每人八十八元，比去年同期增加十二元。由于近两年农村放宽了政策，社员家庭副业也开展起来了，不少社员家里有了余粮和存款，尽管受了灾，但农贸市场粮价稳定，群众情绪安定。农村落实了各种形式的生产责任制，克服了分配上的平均主义，广大农民的生产积极性越来越高。这一切，都给大家抗灾夺丰收增添了勇气和力量。许多同志说：党的政策稳定，群众有了积极性，再大的灾害也能战胜。

为了把广大干部群众在学习《决议》中焕发出来的革命干劲，用到生产上去，东莞县委分工一名副书记和一名副县长组成精干的班子，切实加强对晚造生产的领导。在生产措施上，主要抓好以下几条：一是因地制宜力争多插一些晚稻；二是针对早造暴露出来的问题，认真抓好群众性的科学种田，决定把农业部门的技术员组织起来，分头到全县五个片讲授农业技术课，向干部群众普及防治病虫害以及合理用水、用肥的科学知识；三是发挥集体和社员个人两个积极性，开展以种养为主的多种经营。同时，充分发挥东莞毗邻港澳和华侨众多的优势，引进外资和设备，开展来料加工，增加收入，千方百计争取全年增产增收增分配。

（冯章、岑祖谋）

冯章、岑祖谋：《关键在于有一个好的精神状态　东莞县各级领导干部联系实际学〈决议〉，振作精神，提高抗灾夺丰收的信心，加强对晚造生产的领导》

《南方日报》1981 年 8 月 23 日第 1 版

摘要：报道了东莞县在因特大暴雨造成巨大损失情况下，县委召开会议，组织各公社干部学习《关于建国以来党的若干历史问题的决议》，引导大家联系实际开展讨论，增强信心，焕发革命干劲，切实抓好对晚造生产的领导。

落实三中全会政策　农工副业一齐上

常平公社在致富道路上大踏步前进

给市场和外贸提供的商品大大增加，去年集体分配人平达三百六十多元

本报惠阳讯　记者岑祖谋报道：东莞县常平公社党委从本社实际出发，认真贯彻三中全会以来的方针政策，把全社经济搞活，闯出了一条让农民尽快富裕起来的路子。这个有四万八千多人的公社，一九八〇年，对国家贡献大，很好地完成了粮食交售任务，提供的花生、生猪、塘鱼商品大大增加。这一年集体分配人平达到三百六十三元五角，一个人的收入相当于一九七八年三中全会前三个人的收入。今年夏收预分人平达到一百五十九元七角，比去年同期增加近六成，预计全年人平分配将有较大幅度增长。

常平公社地处广深线两侧，低洼的埔田和瘦瘠的丘陵各占一半，易涝易旱。五十年代末，这里还是东江下游的一个老灾区。直到七十年代最初几年，社员分配水平在全县二十九个农村公社中仍是倒数第三、四名。三中全会后，公社党委冲破“左”的思想束缚，着重从下列三个方面落实了党的方针、政策，使全社较快地富裕起来：

一是破除“以粮唯一”的观点，在决不放松粮食生产的同时，突出地抓了以种养为主的多种经营。一九七九年初，公社党委向群众明确宣布：在保证完成国家粮食征购任务和保证集体所需粮食和社员口粮的前提下，生产队有权因地制宜安排各种作物的种植计划。全社积极调整生产布局，花生种植面积从五千多亩增加到九千多亩，去年进一步扩大到一万四千多亩，仅花生一项，人平收入就达到六十多元。调整布局后，照样完成一千七百多万斤的粮食征购任务，社员平均口粮达六百斤。与此同时，大抓养猪、养鱼。全社生猪饲养量从四万多头增加到六万多头，每年上市肉猪近三万头，居全县之冠。塘鱼总产量也从前几年的二、三十万斤，增加到一百一十多万斤，成为东莞县新的塘鱼生产基地。为了加速致富步伐，他们根据常平靠近香港，铁路和公路交通方便等有利条件，种好荔枝、橙、柑、桔等大宗水果，利用冬闲田大种出口蔬菜、出口果玉米，以增加收入。许多大队、生产队每年仅水果和冬种蔬菜的收入就分别达到人平一百元以上。今年，公社党委还从实际出发，开辟了新的致富门路，全社蚕桑面积从去年的一百五十多亩扩大到一千六百七十多亩；甘蔗从二千亩扩大到四千六百亩；还与中山县小榄公社搞联合，新种茉莉、白兰、米兰等花木四百多亩，收入按比例分成。

二是破除“闭关锁国”思想，充分发挥毗邻香港、全社有七、八成农户有香港亲友这个特殊优势，正确利用外资，引进设备，开展对外来料加工。两年多来，全社先后同港商签订来料加工协议七十五宗，已投产五十七宗，二十四个大队有二十二个办起了毛织、服装、五金、电子、羽毛、玩具等对外加工厂，共安排了近五千个劳动力，基本上解决了农村青年的就业问题。去年全社收入工缴费一千一百多万港元，仅这项收入，全社人平就有人民币一百元左右。今年上半年已收入九百九十多万港元，比去年同期增加五成多，预计全年收入工缴费将超过二千万港元，人平可达人民币二百元以上。

三是坚决克服平均主义的弊病，坚持按劳分配。从去年开始，全社二百一十个生产队除个别队实行包产到户之外，其余九成以上生产队都因地制宜逐步推广专业承包、联产计酬或统一经营、联产到劳的生产责任制，从而有效地解决了农业和工副业之间的矛盾，真正做到人尽其才、地尽其利，挖掘了各方面的潜力，出现了一个粮食和多种经营一齐抓，农业和工副业一齐上的可喜局面。

岑祖谋：《落实三中全会政策　农工副业一齐上　常平公社在致富道路上大踏步前进》

《南方日报》1981 年 8 月 30 日第 1 版

又一个把农村搞活变富的典型

本报评论员

多年来生产发展缓慢的东莞县常平公社，在三中全会方针政策指引下，农工副业一齐突飞猛进，一九八〇年全社每人集体分配收入达到三百六十多元，比一九七八年增加了两倍，今年各项生产又大幅度增长。报纸上曾经一再报道南海县以及其他把农村搞活变富的先进单位经验，受到了人们重视。常平公社是又一个这样的典型，他们的经验同样可以使人们得到启示。

农业要搞活，首先要着眼于发展种养业，这是致富的基础，也是农民最熟悉的致富之路。常平公社能够这么快富裕起来，同他们搞好种养业分不开。他们既重视粮食生产，又不搞“以粮唯一”，他们的眼睛不是仅仅看到几亩田，而是懂得要充分利用鱼塘和一切自然资源。他们敢于按照客观规律办事，果断地调整农业布局。结果，既很好地完成了国家粮食任务，满足了集体和社员对粮食的需要，又使塘鱼、花生、水果、生猪等产量大幅度增长。我们希望全省各地都好好思考一下，应当怎样迅速把“七山、一水、二分田”充分利用起来，把种养业搞活。

有人说，常平公社所以富得这么快，是因为全社大部分社员都有港澳亲友，容易引进外资，容易发展对外来料加工业。这确实是常平公社把农村搞活致富的重要原因之一。去年单单对外来料加工业的收入，就可以使全社每人增加集体分配收入一百元。这是很大的好事。它有力地说明了我省实行特殊政策和灵活措施的威力，说明了我省具有把城乡搞活变富的独特有利条件。但是，现在有不少人以为，只是珠江三角洲一部分紧邻港澳的县、市，才有这种独特有利条件。事实不是这样。我们讲广东具有毗邻港澳、华侨众多的有利条件，是指全省范围说的。全省都应当从自己的实际情况出发，克服“闭关锁国”的左倾思想的影响，按照党的政策，加强对外经济活动，促进四化建设。

推行各种形式的农业生产责任制，是把农村搞活变富的极为重要的政策措施。一些长期困难的“三靠”社队，根据群众的要求，搞包干到户（包括包产到户）责任制，卓有成效地调动了群众的积极性，迅速发展了生产，很快翻过身来了。这些社队当前应当加强领导，解决包干到户后出现的一些新问题，使责任制完善起来。常平公社从本社集体经济比较巩固的实际出发，引导绝大多数生产队实行了专业承包、联产计酬责任制，一些中间状态的生产队实行统一经营、联产到劳责任制，有效地克服了平均主义。这是他们能够使各项生产事业突飞猛进的重要原因。不克服平均主义，群众就没有积极性，要发展种养业、工副业，都是很困难的。现在，很值得注意的一个问题是，有些生产力水平较高的富裕社队，不认识搞好生产责任制的重要性，看不到经营管理的存在问题，忽视了劳动计酬上仍然存在压抑群众积极性的平均主义现象。这个问题如不加以解决，必然影响生产发展的速度，引起群众的不满。有的甚至有从富裕队变为后进队的危险。所以，一切富裕社队，都要仔细倾听社员的意见，切实加强和完善生产责任制，决不能掉以轻心。

从南海县和常平公社以及其他先进单位的经验看来，党中央制订的农村政策是完全正确的，坚定不移地执行这些政策，就一定能够把农村搞活变富。每个地方都应当振奋精神，提高信心，加速治穷致富的进程。

本报评论员：《又一个把农村搞活变富的典型》

《南方日报》1981 年 8 月 30 日第 1 版

东莞无线电厂研制成功自动失真仪

本报讯　东莞无线电厂研制出全量程式的ZBS—1型自动失真仪，填补了我国电子测量仪器的一项空白。同时还研制成功点频式的ZBS—2型自动失真仪和DA—80型自动毫伏表。这三种仪器已于八月二十八日通过技术鉴定，将投入批量生产。

（林史）

林史：《东莞无线电厂研制成功自动失真仪》

《南方日报》1981 年 9 月 1 日第 1 版

美籍华人游泳队昨晚在东莞进行友谊赛

本报东莞专电　来我国旅游的美籍华人游泳队，昨日到达我省泳乡东莞，与正在准备参加全国游泳夏季分区赛的广东青年队（均是二级运动员）进行了一场友谊赛。

客队实力较强，队中拥有全美青年锦标赛男子五十米第一名缪洪和全美青年锦标赛女子八百米自由泳第四名文珊等好手。在昨晚举行的男女子共二十四项比赛中，客队夺得十八项第一名。主队只在女子的六个项目中取胜。

有六千多人观看了昨晚的比赛。　（黎婉萍）

黎婉萍：《美籍华人游泳队昨晚在东莞进行友谊赛》

《南方日报》1981 年 9 月 8 日第 2 版

扩大企业自主权 实行“分灶吃饭”

东莞县供销社盈利为全省县级社之冠

本报讯 东莞县供销社由于扩大企业自主权，实行“分灶吃饭”，实现利润为全省县级社之冠。据统计，去年全社实现利润六百八十七万元，今年一到七月又实现利润六百零二万元，比去年同期增长百分之六十一。

东莞县供销社是全省供销系统扩大企业自主权的试点之一。去年初以来，他们在实行扩大自主权的工作中，为了改变各部门职工吃大锅饭的状况，便将权力分给组站门市部，把各项经济指标及超利润奖的计奖比例下达给他们，实行组站门市部简易核算。这样实行“分灶吃饭”以后，组站门市部和职工的积极性便调动起来了。首先是部门有自己的权力，可以根据实际情况决定自己的各项购销活动，放开手脚做生意。如县日杂公司莞城商店，在分析了农民群众购买家具已从低档转为高、中档的情况之后，积极改变商品经营结构，从外地大量组织各种高、中档家具回来供应，仅今年上半年销售各种高、中档家具金额就达四十六万元，比去年同期增长百分之八十九。全县由于调动了各部门的积极性，上半年外采商品的金额达四千万元。其次，由于企业有了经济利益和经济责任，变“等客上门”为积极经营，积极参与竞争。常平供销社酒家积极想办法增加花色品种，点心从过去的每天十种增加到二十五种，菜色从过去大众菜到大众菜与名菜相结合，去年还首创了具有独特风味的“荔枝宴”，深受港澳同胞和当地群众的欢迎，全年营业额突破六十五万元。第三，由于企业的经济效果和职工的经济利益息息相关，关心企业经营的人多了，讲经济核算的人多了，算账的人也多了，职工的积极性大大提高，有的争着露天摆摊档，积极推销商品，有的例假也不休息，一心做生意，好人好事层出不穷。 （梁冰、房玉强）

梁冰、房玉强：《扩大企业自主权　实行“分灶吃饭”　东莞县供销社盈利为全省县级社之冠》

《南方日报》1981 年 9 月 10 日第 2 版

摘要：报道了东莞县供销社为改变“吃大锅饭”的情况，采取将权力下放组站门市部，扩大其自主权，实行组站门市部简易核算的举措，充分调动了干部职工的积极性，带动了供销社积极参与竞争的热情，变“等客上门”为积极经营，全年营业额取得了历史性突破。

形式多样　制度健全　党委重视

厚街公社群众文化中心办得活

工作研究

东莞县厚街公社是拥有六万多人口的全县最大的一个农村公社，公社领导机关所在地的厚街墟人口占全社总人口的五分之一多。这里原有较好的群众文化活动的基础。随着农村生产体制的改变，促进了生产的发展，群众物质生活不断改善，他们对文化生活也提出了更高、更迫切的要求。在这一新形势下，农村文化工作如何适应群众的需要？这是一个新课题。一九七九年初，这个公社党委带着这个问题，认真学习领会中央的有关指示，深刻地认识到，把公社领导机关所在地的小城镇逐步建设成为社会主义文化中心，是搞好农村文化生活，建设精神文明的重要途径。大家认识统一后，就多方行动起来。经过两年多的努力，已取得了比较显著的成绩。这个公社文化站连年被评为县、地的先进单位。

他们的主要做法是：

一、健全文化站管理制度。公社原来所有的文化单位，如电影队、影剧院、广播站、图书室等等，统一划归公社文化站管理，固定工作人员，实行岗位责任制，建立考勤制度和奖惩制度，提供必要的物质条件，充分调动工作人员的积极性。

二、落实文化事业经费。自一九七九年开始，文化站实行自筹自给的经费包干制，节余部分用于增加文化设施和工作人员的奖金、福利。文化站实行独立核算后，公社领导不是从此撇开不管，而是给予大力支持。凡是重大的文化建设项目和大型的文化活动，公社都按需要下拨经费。近两年多来，公社用在文化事业方面的经费共达七万多元，新建了一个有三千六百个座位的灯光球场兼旱冰场，逐步改善剧院设备。今年，鉴于电影收入大幅度下降，公社又决定把文化站的自筹自给包干制改为国家补助、公社补贴、文化站收入三结合的文化经费开支制度。

三、建立一定的文化阵地。由于公社领导从经济上给予大力支持，近年来文化活动阵地和设备都得到很大的发展。厚街墟的文化活动阵地面积现在合计已达三千九百多平方米，文化站配备放映机两台以及照相机、放大机和收录机等；今年六月建成的图书馆购买了图书一千多册，订报刊杂志一百多种。旱冰场于今年七月初建成，晴天开放。

四、大力开展形式多样的群众性文化活动。如在青年节举办有奖猜谜活动，春节组织对对联活动，还配合开展多种经营和计划生育等等，搞群众喜闻乐见的宣传活动。

这个公社办文化中心之所以取得这样可喜的成绩，最主要的一条是由于党委重视，把文化工作列入重要议事日程。他们每年讨论这项工作十多次，真正做到从组织上加强领导，从经济上给予支持，从工作上给予指导。公社党委主管文教工作的副书记经常过问，宣传委员直接抓文化工作。党委"一班人"经常主动地帮助文化站想办法、出主意。文化站凡是有重大的文化活动，他们都带头参加或加以指导。同时，公社文化站主动积极争取党委的重视和支持，经常向党委汇报文化工作开展的情况，反映群众对文化工作的意见和要求，提出文化工作的设想和建议。文化站每年都订有工作计划和经费预算，每月（或每阶段）都有具体的工作安排和专项经费开支预算呈交党委讨论决定。此外，文化站与公社各部门都能密切配合工作。去年以来，随着对外加工业的发展，工艺美术需要大量人材，文化站便及时与工交办公室联合举办了两期美术骨干培训班。今年"六一"儿童节，文化站倡议全社幼儿园搞一次专题文艺演出，很快得到了七个单位的支持，按时派出八十多名小朋友前来参加演出，吸引了大批观众。

东莞县委宣传部、文化局、文化馆联合调查组

东莞县委宣传部、文化局、文化馆联合调查组：《形式多样　制度健全　党委重视　厚街公社群众文化中心办得活》

《南方日报》1981 年 9 月 24 日第 2 版

摘要： 报道了厚街公社为满足人民对文化生活更高的要求，通过实行健全文化站管理制度、落实文化事业经费、建立一定的文化阵地、大力开展形式多样的群众性文化活动四条举措，取得了显著的成效。

常平公社召开“土专家”经验交流会

二十六名成绩卓著的干部、社员获“土专家”称号

本报惠阳讯 东莞县常平公社于二十四、二十五日召开“土专家”会议，交流经验。公社党委和公社科协，给在科学实验中成绩卓著的二十六名干部、社员授予“土专家”的称号，同时授予三十二人“生产能手”的称号，并发给了纪念品。省科协副主席金烈出席了会议并讲了话。

《常平公社召开“土专家”经验交流会》

《南方日报》1981年9月29日第1版

东莞玻璃钢滑水风帆（艇）在秋交会上受欢迎

本报讯 东莞船厂制造的玻璃钢滑水风帆（艇），在今年秋交会上首次展出，引人注目。秋交会开幕以来，已有丹麦、新加坡、马来西亚、澳大利亚、索马里、意大利、英国、美国及香港、澳门等许多国家和地区的外商前往询价订货。头三天，外商便签了十五艘的供货合同，并达成六十万美元的包销协议。

玻璃钢滑水风帆（艇）是近年来国内外水上康乐运动广泛流行使用的一种产品。由东莞船厂参照国外新工艺制成并由广东省岭南工业进出口公司经销的。

这种玻璃钢滑水风帆（艇），总长三点七五米，宽零点四米，厚零点零八米，装有活动金属桅杆，活动金属拉杆及尼龙风帆，总重量只有二十多公斤。它具有造型美观，性能质量可靠，操作方便等优点。目前，这种产品已投入大批量生产。（刘少春）

刘少春：《东莞玻璃钢滑水风帆（艇）在秋交会上受欢迎》

《南方日报》1981 年 10 月 24 日第 1 版

专业承包责任制的一种新形式

——东莞县荔枝园生产队实行专业包干的调查

省农委经管处、东莞县农村部调查组

东莞县中堂公社茶滘大队荔枝园生产队自今年以来，在坚持统一计划、统一核算、统一完成国家任务和安排好社员口粮的前提下，对农业和工副业各个生产项目实行专业包干的生产责任制。这种责任制的主要特点是：专业承包，包定上交（金额或产量），不付成本，不记工分，用金额进行结算，不再搞原来那种形式的统一分配。经过半年多的实践，该队各业生产都有较大发展，集体增加了积累，社员增加了收入，干部和群众都比较满意。

荔枝园生产队地处东江下游的珠江三角洲，全队有七十一户、三百一十五人、一百五十个劳力，耕地总面积二百多亩。全队经营的主要项目有水稻、甘蔗、花生、香蕉、柑桔、鱼塘、砖厂、水上运输、劳务等。去冬今春，队委会根据本队现有的生产条件和群众意见，决定从今年起实行专业包干的生产责任制。他们首先参照本队各业历年的生产水平、各个工种的劳动定额、用工量、报酬及预测今年各业可能增收的情况，统筹兼顾，综合平衡，制定出各个生产项目的包干方案（除水稻、鱼塘包上交产量，由生产队付回一定金额作报酬外，其余各个项目均包纯上交金额，生产队不记工分，不付报酬）。然后，把方案公布于众，让群众反复进行讨论，并自报承包项目。最后，由生产队长根据各业所需劳力和自报情况，进行统筹安排，适当调整。

从半年多的实践来看，荔枝园生产队实行的这种专业包干责任制，有如下几个好处：

一是利益直接，责任明确，能比较充分地调动社员的生产积极性。过去，社员对集体生产不够关心，现在，谁承包谁操心。尽管今年早造自然灾害较多，但承包水稻的社员，千方百计抗灾，种得早，管得好，收得细，终于在灾年夺得了丰收，人人都获得超产。全队早稻平均亩产七百七十四斤，比包产平均数增加一百三十斤。

二是人尽其才，地尽其力，使生产队的劳力资源和自然资源得到了进一步的利用。该队过去搞农业的劳力八十人，占总劳力的百分之五十三。实行专业包干后，搞农业的劳力减为三十九人，仅占总劳力的百分之二十六。其余大多数的劳动力，通过自报，根据各人特长和生产队现有的条件，合理安排承包工副业项目。安排不了的，积极想办法扩大生产项目。这样，既安排了多余劳力，较好地发挥了这些社员的专长，又挖掘了生产潜力，打开了生产门路，进一步发展了生产，增加了收入。据今年夏收预分的计算，各个承包项目的收入比较平衡，人平分配（包括超产值部分）达二百二十一元，比去年同期增加一百零二元，增长百分之八十五点七。

三是有统有包，扬长避短，较好地把发挥集体经营的优越性和社员个人的积极性结合起来。该队的专业包干责任制，是在生产队统一计划、统一核算的前提下进行的，水利设施、农机具由队统一管理和使用，因而生产队能够合理安排种植，合理组织劳力，因地制宜开展多种经营；同时，农业生产过程中各项作业，宜统则统，宜包则包，生产队统一生产计划，统一犁耙田，统一排灌水，其它作业包到劳。这样，既能够充分发挥现有的水利设施和农机具的作用，又使社员高度关心生产，精心经营。社员在完成包干上交任务以后，还可以灵活安排时间，从事家庭副业，增加收入。

四是内部调整，补贴农业，有利于解决农业与工副业之间报酬不够合理的矛盾。该队针对过去农业与工副业报酬过于悬殊的情况，利用实行专业包干责任制这一有利条件，进行内部调整，采取措施从生产队经济内部补贴农业。据调查，上半年承包农业的社员，每个劳力平均收入为四百六十元，承包工副业的社员，每个劳力平均收入为五百一十二元，两者收入比较接近。

五是包纯上交，以金额结算，简化了生产队的财务管理工作。该队实行专业包干后，各业均包纯上交，用金额进行结算，不记工分。各业上交的款项除用于集体内部各项必要的生产、福利、管理等开支外，其余均留作公共积累和生产备用资金，不再分配给社员。各户社员的收益分配由会计根据各户承包项目所得的收入和应上交的金额，分别在账面上计算到户，不再搞原来那种形式的统一分配。这样，大大减少了统收统支的项目，简化了生产队的财务管理工作。

省农委经管处、东莞县农村部调查组：《专业承包责任制的一种新形式——东莞县荔枝园生产队实行专业包干的调查》

《南方日报》1981 年 11 月 16 日第 2 版

摘要：报道了东莞县中堂公社茶滘大队荔枝园生产队在完成国家任务的前提下，对农业和工副业各个生产项目实行专业包干的生产责任制，在实践中，体现了在生产积极性、生产力、生产效率等五个方面的优势，为社员增加收入，为集体增加积累。

东莞常平公社社员周炽棠一家积极劳动

一年收入几乎可建一座“洋楼”

本报讯 记者陈漫天报道：东莞县常平公社常平大队第二生产队社员周炽棠，到今年十一月底止，基本建成一座三层楼的“洋房”，建筑费用约一万元，相当于他一家今年的劳动收入。

记者日前到现场观察了周炽棠新盖的楼房。这个楼房是在大队指定的地方兴建的。楼房外表全部石米批荡。建筑面积一共一百四十平方米。一楼和二楼都是一厅一房，前后均有阳台，三楼是一个大房间和一个大阳台。周炽棠含笑对记者说：“我盖这个楼房，沙石自已运，所以造价便宜一点，现在正在装修，大约再花四千元，就可以搬进来住了。”

周炽棠是大队砖厂供销员。由于他擅长于科学养猪，他家从去年开始给生产队包养生猪，他的妻子在家专职养猪，他自已则利用业余时间对养猪进行技术指导。今年，他家给生产队包养三十三头猪，现已提前完成任务。生产队由此获得纯利一千元，还免费获得这三十三头猪的全部粪肥。他家在包养猪中也获得纯收入一千五百元。社员们说：“过去，生产队集体养猪，没有责任制，往往亏本，现在实行专业承包，集体和个人都赚钱，对国家也大有好处。”此外，他家今年自养猪二十八头，在完成生猪派购任务以后，超产部分拿到市场去卖。他家还养四十多只鹅，又在自留地种一些商品菜。这几项一共可得四千二百元。再加上周炽棠自已在砖厂任职的劳动报酬，以及三个在队里劳动的儿女的劳动报酬，预计全家今年最少可得纯收入一万一千元。

直到三中全会以前，周炽棠一家连温饱问题也不能很好解决，近三年来开始大翻身，吃得饱，穿得好，又有钱盖新房。到这里来参观的人们也分享他们的欢乐，有的人不禁说道：“周炽棠一家用一年的收入，几乎盖好一座‘洋楼’，证明农民的劳动开始变得很值钱了。”

*　　　*　　　*

短评

两点启示

在三中全会以前，连温饱问题也不能很好解决的周炽棠一家，辛勤劳动一年，在对国家作出应有的贡献以后，劳动收入达一万元以上，几乎可以兴建一座“洋楼”，这是令人高兴的消息。

它说明了，在党的正确政策的指引下，农民不仅极大地提高了社会主义积极性，而且不再象过去那样常常搞无效劳动，相反的，他们很讲究提高经济效益，讲究生财、聚财和用财之道，以求通过自己的劳动，为国家为社会增加财富，也使自己得到应有的实惠。有些人老是以为，在我们国家，尤其是在农村，劳动者的劳动是不值什么钱的。看来，这个观点会变得越来越不符合实际了。

它说明了，农民富裕起来以后，迫切要求改善居住条件。在那些先富裕起来的地方，有一批象周炽棠这样“一年收入几乎可以盖一座‘洋楼’”的人，有更多的人，用二、三年收入就可以盖新房。因此，一方面要切实加强对农村建房的领导，特别要防止乱占耕地。一方面要迅速发展建筑材料工业。有了农村这个广阔市场，建材工业前途似锦。建材工业战线的职工们，加油吧！

这就是周炽棠盖“洋楼”的两点启示。

陈漫天：《东莞常平公社社员周炽棠一家积极劳动　一年收入几乎可建一座“洋楼”》

《南方日报》1981 年 12 月 3 日第 1 版

历史性的变化

——访珠江三角洲东莞县农村

新华社记者 宫策 姜开明

三中全会以来，广东农村出现一种农林牧副渔、农工商相互联结地综合发展的趋势。这种趋势来头很猛，使农村走向富裕，面貌迅速变化。

在富饶的珠江三角洲东莞县农村，我们看到农民变了。他们的眼睛瞅向国内市场，也瞅向国际市场。他们生产粮食，也从事农林牧副渔，也办贸易，办工厂，搞农工商。商品经济发展起来了。

三年前，三中全会刚刚开过，记者访问过东莞。当时，县里的干部和群众，对三中全会决定大胆改革经济管理体制，“让地方和工农业企业在国家统一计划的指导下有更多的经营管理自主权”，拍手欢迎，认为这是解放生产力、促进生产发展的英明决策。他们谈起过于集中的经济管理体制时批评说，上面许多条条框框，下面没有自主权。“大鸡不吃的小米也不让小鸡吃”。今天记者重访东莞，情况大变。

初冬的原野，地里的庄稼，五颜六色，一派丰收景象。村头，池塘的鱼儿在跳，家家户户养了成群的鸡、鹅、鸭。走进村里，听到了机器声，几乎社社队队都有了工副业。县里干部归纳三中全会给农村带来了三个大变化：破除阶级斗争为纲，集中搞建设，农村安定了；破除“以粮唯一”，允许因地制宜，多种经营大大发展了；破除平均主义，实行经济责任制，不吃“大锅饭”了。

有个公社党委书记津津乐道地谈起因地制宜的重要性：“我们的方针就是，完成任务，吃饱饭，收益多。我们的经济从单一化走向多样化，正在搞‘多元化的经济结构’。”他所说的“多元化”、“收益多”，就是十年动乱时批判的“资本主义”。今天这个大变化，博得了全体农民的欢迎。东莞县今年粮田面积压缩到占总耕地面积的百分之七十，粮食虽然因灾略有减产，但是向国家交售四亿斤商品粮的任务保证完成；调整出来百分之三十的土地发展多种经营，把整个农村搞活了。

今年，东莞的甘蔗、花生、蔬菜、水果，样样丰收，情况令人鼓舞。全县的糖厂提前开榨，日夜开工，仍将有四五万吨甘蔗榨不完。农家需要大量糖缸，商业部门事先进货不足，市场脱销。这些都是丰收喜悦中夹杂的“忧愁”。

（下转第二版）

南方日报 2 版 1981年12月24日

历史性的变化

（紧接第一版）在一些丘陵山坡上，出现了成片的新果园，金黄的柑桔挂满枝头。今年东莞的“梅花点”香蕉进入了八大城市。荔枝远航伦敦，“一果上市，百果让位”，很受消费者欢迎。全县水果产量比三中全会前一年翻了一番。

政策对了头，三角洲这块富饶的土地就给人们带来丰厚的财富。有些“生财之道”给我们开了眼界。常平公社有个生产大队长带我们参观了菜田和秋玉米田。玉米青青，正在孕穗，看不出什么稀罕。可是队长说，这是从美国引进的品种，青玉米粒又嫩又甜，今年港商在这里订货，向港澳市场出口鲜玉米棒，一个卖五角港币，成为时鲜的上品。这个公社今年按合同种了七百亩，仅这一项就可收入二十八万元。我们接着参观了农民新垦的花地，但觉阵阵花香扑鼻而来。生产队在这些丘陵小块地上，培育了成片的茉莉、米兰、白兰等鲜花。据介绍，茉莉花已同外省茶厂订了合同，一亩茉莉一年产值达一千四百元。

多种经营发展了，必须大大开拓流通渠道。这是一个亟待解决的问题。这里，由于渠道不畅，我们耳闻目睹了一些“怪现象”。常平公社袁山贝大队的干部诉苦说，在记者到达的前一天，这个大队竟有近万斤出口的鲜嫩菜心，因外贸收购站不收购，农民只好拿去喂猪喂鱼了。我们闻讯赶到猪场，看到用这些鲜嫩菜心喂猪的情景，个个为之瞠目，发出嗟叹声。

亚热带的广东，是我国的一个天然“大暖房”，越到冬季，越适宜蔬菜生长，目前正是旺季。今年东莞的蔬菜产量达到一千二百万担，可惜渠道不畅，“天然暖房”的作用得不到充分发挥。冬天能不能做到“南菜北运”？这个问题谈论了多年，没有下文。

不仅蔬菜如此，去年这个县蔗农生产的红糖，因为销不出去要变质，有的被迫做了猪饲料。“啊！用红糖喂猪！”我们几个“北方佬”闻所未闻。然而这是事实。

在农村走马观花，我们还到处看到最近两年出现的一桩新事——来料加工工业大量发展起来。这是广东实行特殊政策的结果。优惠政策刺激了港商和外商，各种来料加工工厂象雨后春笋。常平公社办起了六十一个工厂企业，有六千多青年农民从田头走进了车间。去年收入加工费一千万港元，今年将翻一番。

我们参观一个大队办的来料加工毛织厂和电子厂。厂房都是旧房，工厂门前散乱着碎草、牛粪，一头水牛在门前打盹。看到这不雅的外观，有点不太相信这就是工厂。可是，它的确是生产出口商品的工厂。一些卷着裤腿、穿着大襟衫的乡土气很浓的农村姑娘和大嫂们，熟练地在车间里操作。她们的产品，是运往香港市场参加竞争的名副其实的“洋货”。这个大队共有四个来料加工厂，容纳了全大队一半的劳动力，共六百多人。今年预计可收入加工费八十五万元。仅这一项，全大队每人平均可收入三百元。这些社队工业设备简陋，其貌不扬，然而饥渴的农村经济，雄厚的劳动大军，从这里得到了补养。

据县里统计，由于实行特殊政策，外贸出口连年发展，去年这个县出口创汇五千九百万美元，今年可达六千五百万美元。全县同港商、外商签订了一千多宗来料加工合同，两年共收入加工费近四千万美元。全县新发展起来的来料加工企业和原有的社队企业，共有三千六百多个，有十五万多人参加劳动，今年工副业总收入可达三亿二千多万元。

东莞是广东农村的一个缩影。三中全会开辟了农村致富之路。去年，东莞县的工农业总产值达八亿二千万元，社员平均分配是二百四十元；今年总产值向着九亿元迈进，分配可达三百元。我们看到，农村出现了建新房热潮，建筑材料的需求量大得惊人。购买日用消费品的胃口很大，一些高中档商品进入了农民家庭。农民的食物构成也发生变化了。一个五口之家，一年吃几十只鸡鹅鸭，二三百斤糖，是普通的水平。常平公社一位善于经营的大队干部，名叫陈祖。他六口之家，一年吃一百五十只鸡鹅鸭，二十只母鸡生的蛋。他说，过去一顿吃三碗饭，现在一碗半就够了。县里干部说，现在每个农民每月口粮节省五斤是保守的估计。整个粮食消费水平肯定下降了。

农村商品经济的发展，是一个巨大进步，也是一个历史性的变化。不过，这种变化来得有些突然，人们思想准备不足。农村市场这条巨龙，张开了大口，大吞大吐。如何适应它，驾驭它，满足它，对这一切，人们还措手不及，各个环节还常常处在矛盾中。难怪东莞的农民说，现在他们有“三怕”：一怕没活干；二怕政策变；三怕东西卖不出去。这是批评，也是渴望。过去人们发愁东西匮乏，如今担心“销路”了。这是今日的中国农村提出的一个新课题。

看来，坚冰已经打破，航道还待疏通。**（新华社广州十二月二十三日电）**

宫策、姜开明：《历史性的变化——访珠江三角洲东莞县农村》

《南方日报》1981 年 12 月 24 日第 1、2 版

南方日报

1982年

南方日报 1982年1月29日

在搞好粮食生产前提下积极发展经济作物

沙田公社大灾之年社员饭碗满荷包胀

去年超额完成粮食征购任务和甘蔗生产计划，人平分配五百多元，比前年增百多元

本报惠阳讯 本报记者岑祖谋报道：在搞好粮食生产的前提下，积极发展经济作物的东莞县沙田公社，一九八一年虽然多次受灾，依然是一片丰年景象。一九八一年人平分配在上一年四百零八元的基础上，增加一百二十元。

沙田公社地处大沙田区。三中全会以后，他们认真肃清"左"的影响，总结过去单一种植的教训，在保证完成国家粮食征购任务和让社员吃饱饭的前提下，合理安排农业布局，实行粮蔗轮作。一九八〇年种水稻四万九千亩，甘蔗一万三千亩，初步形成了以水稻、甘蔗为主的生产结构。一九八一年，水稻调整为四万亩，甘蔗扩大到二万一千多亩，还种了香蕉三千九百亩、花生二千多亩，多种经营有了较大的发展。公社党委书记叶耀告诉记者，他们算过一笔粮食需要帐：全社公余粮任务二千三百七十万斤，"三超粮"三百万斤，加上口粮、种子、饲料等，总共需要四千六百万斤左右。按照正常年景水稻亩产一千二百多斤计，全社只需种三万七千亩水稻就够了，但全社水稻面积现在仍达四万亩，是留有余地的。

然而，一九八一年夏收前夕，县城附近几个公社四十八小时内连续降雨七百多毫米，内涝成灾，二万多亩早稻受浸。十月间又先后遭到"寒露"风和"霜降"雨的袭击，禾苗倒伏，结实率差，全社要少收几百万斤粮食。这会不会造成被动的局面？

这里有几项很能说明问题的数字：单一种水稻那几年，全社每年粮食总产一般是四千五百万斤左右；一九七四年风调雨顺，总产上升到五千四百多万斤；一九八一年水稻总产虽然只收了四千四百万斤左右，但甘蔗大增产，按超产糖以吨糖吨粮（稻谷、小麦各占一半）结算，可得稻谷和小麦各一千五百斤（指标）。把水稻总产和甘蔗奖售粮加在一起，共有粮食七千四百多万斤，比历史上收成最好的一九八〇年还多一千二百多万斤。叶耀同志风趣地说："好比东方不亮西方亮，一九八一年天气对水稻不利，却有利于甘蔗和香蕉，加上全面实行了联产到劳责任制，社员们象管自留地一样管理承包的甘蔗。全社二万多亩甘蔗生长平衡，长势比以往任何一年都好，平均亩产可望突破八吨，增产半吨以上；总产可达十八万吨，比上一年将近翻一番。"

为了实地看看这儿在灾年是怎样"东方不亮西方亮"的，记者来到了民田大队。大队党支部书记黄福娣说：如果象过去那样单一种水稻，碰上这样大的灾害，很可能"全军覆没"，不但社员要哭，我当支部书记的也要哭呢！他扳着手指头逐项地算了甘蔗、香蕉增产和粮食因灾减产的细帐。增减对比，纯增三十万元以上，全大队集体分配人平达五百四十八元，比上一年增加一百五十元。

沙田公社在搞好粮食生产前提下，积极发展经济作物，不但家家有余粮，而且因为收入增加，肉食多了，粮食消耗少了，食物构成正在起变化。民田大队党支委郭灿说：市场上五六斤重的大鲤鱼，虽然价钱比较高，也一下子卖光；饮啤酒、饮汽水的人也越来越多。许多社员粮食吃不完，夏收分配时索性不领口粮。

沙田公社对国家也作出了很大贡献。一九八〇年全社除每人留了七百多斤口粮之外，还超额完成了二千三百多万斤征购粮任务，多卖了八百六十万斤余粮，平均每人向国家提供商品粮一千三百多斤，蔗糖八百多斤。到去年十二月二十日，已超额完成全年征购粮任务。全社甘蔗大丰收，估计可以超过国家计划十四万多吨。

东莞县沙田公社靠三中全会的好政策，连年获得大幅度增产增收。这里过去世世代代住茅寮，现在全社已有九成五以上的农户建了砖瓦房。这是和安大队新村一角。　岑祖谋　摄

岑祖谋：《在搞好粮食生产前提下积极发展经济作物　沙田公社大灾之年社员饭碗满荷包胀》

《南方日报》1982 年 1 月 29 日第 1 版

摘要：报道了东莞县沙田公社在搞好粮食生产的前提下，合理安排农业布局，实行粮蔗轮作，积极发展经济作物，超额完成征购粮任务和甘蔗生产计划，人均分配同比增百元，实现家家有余粮，消费升级，生活水平不断提高。

在国家计划指导下把农业搞活

本报评论员

农业生产要以国家计划指导为主，以市场调节为辅。在实行各种形式的生产责任制以后，各社队更要自觉地接受国家的指导。要首先考虑到国家统购、派购任务的完成和超额完成，然后考虑集体和个人增加收入的问题。只有这样，才能在国家计划指导下把农业搞活，才能既使农民对国家多作贡献，又使农民尽快富裕起来。这就直接牵涉到安排农业布局问题。耕地较多的东莞县沙田公社，在这方面进行了探索，并取得了显著的经济效果。

沙田公社的致富之道是实行粮食生产和经济作物生产并举。他们的经验的可贵之处是：在国家计划指导下，在保证搞好粮食生产的前提下发展经济作物。我省粮食底子薄，我们要保证城乡人民有饭吃，吃得饱，保证社会主义建设的顺利进行，就决不能放松粮食生产。这是关系全局的大事。各个地区各个社队，在安排农业布局的问题上，要有全局观念，要切实保证完成和超额完成粮食任务。以县为单位，原来调出粮食的，不能减少，在正常年景下，还应逐年有所增加；原来调入粮食的，今后不能增加调入，还应逐年有所减少。如果以调整布局为理由，而不完成粮食任务，是违反党和国家的政策和法令的，那是不能允许，更不能提倡的。鉴于一九八一年我省遭到严重灾害，没有完成粮食生产计划，安排今年农业布局要更加谨慎，要稳定现有的粮食种植面积，决不能过多地减少粮食面积。珠江三角洲是我省的主要粮食生产基地，尤其要重视粮食生产，努力为国家多作贡献。

当然，从长远来说，我们要坚持发挥广东优势，注意合理安排农业布局。从沙田公社的实践看来，安排作物种植计划时，在搞好粮食生产的前提下，要着重考虑三个因素：一是保证生态平衡，一是增加社员收入，一是改变食物构成。沙田公社这样全面地考虑问题，就能较好地按照自然规律和经济规律种田。在一九八一年这样严重受灾的年头，沙田公社社员不仅能够吃饱饭，而且大幅度增加收入。由于社员食物构成有了明显的改变，社员粮食消费量相对地减少。我们应当从这些经验中得到启示。

但是，话要说回来。沙田公社的一些具体做法，各地不一定照搬。沙田公社的粮产水平是相当高的，别的粮食生产水平较低的地方，就要更多地考虑稳定粮食面积。而且，在发展经济作物的时候，我们的眼睛不能只盯着现有的耕地，而应当着眼于整个大地的开发利用，要充分利用山塘、水库的水面，利用滩涂和河涌，利用广阔的荒山。这样，发展种植业和养殖业，增加对国家的贡献，尽快使农民富裕起来，是大有可为的。

本报评论员：《在国家计划指导下把农业搞活》

《南方日报》1982 年 1 月 29 日第 1 版

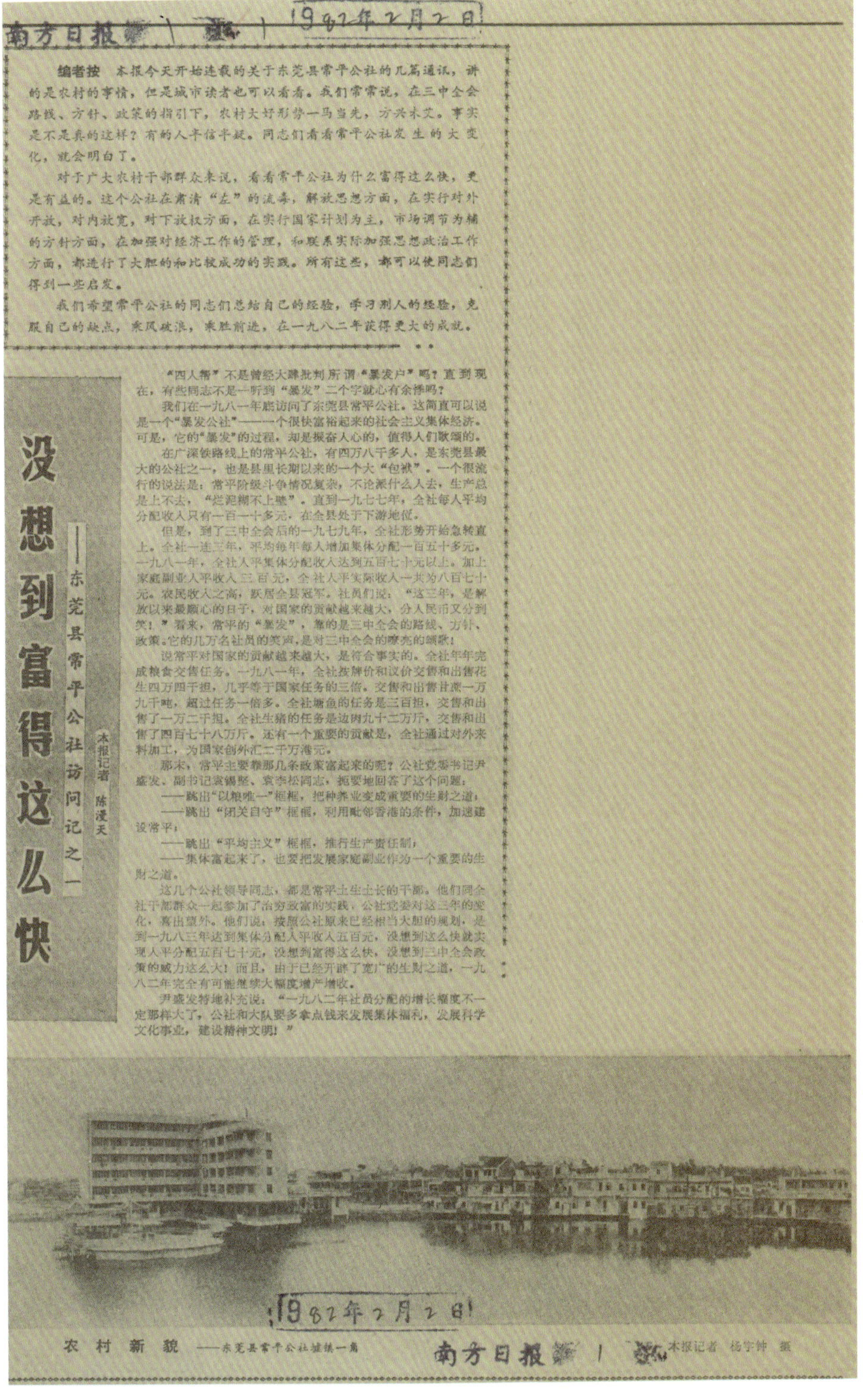
南方日报 1982年2月2日

编者按　本报今天开始连载的关于东莞县常平公社的几篇通讯，讲的是农村的事情，但是城市读者也可以看看。我们常常说，在三中全会路线、方针、政策的指引下，农村大好形势一马当先，方兴未艾。事实是不是真的这样？有的人半信半疑。同志们看看常平公社发生的大变化，就会明白了。

对于广大农村干部群众来说，看看常平公社为什么富得这么快，更是有益的。这个公社在肃清“左”的流毒，解放思想方面，在实行对外开放，对内放宽，对下放权方面，在实行国家计划为主，市场调节为辅的方针方面，在加强对经济工作的管理，和联系实际加强思想政治工作方面，都进行了大胆的和比较成功的实践。所有这些，都可以使同志们得到一些启发。

我们希望常平公社的同志们总结自己的经验，学习别人的经验，克服自己的缺点，乘风破浪，乘胜前进，在一九八二年获得更大的成就。

没想到富得这么快

——东莞县常平公社访问记之一

本报记者　陈漫天

“四人帮”不是曾经大肆批判所谓“暴发户”吗？直到现在，有些同志不是一听到“暴发”二个字就心有余悸吗？

我们在一九八一年底访问了东莞县常平公社。这简直可以说是一个“暴发公社”——一个很快富裕起来的社会主义集体经济。可是，它的“暴发”的过程，却是振奋人心的，值得人们歌颂的。

在广深铁路线上的常平公社，有四万八千多人，是东莞县最大的公社之一，也是县里长期以来的一个大“包袱”。一个很流行的说法是：常平阶级斗争情况复杂，不论派什么人去，生产总是上不去，“烂泥糊不上壁”。直到一九七七年，全社每人平均分配收入只有一百一十多元，在全县处于下游地位。

但是，到了三中全会后的一九七九年，全社形势开始急转直上。全社一连三年，平均每年每人增加集体分配一百五十多元。一九八一年，全社人平集体分配收入达到五百七十元以上。加上家庭副业人平收入三百元，全社人平实际收入一共为八百七十元。农民收入之高，跃居全县冠军。社员们说：“这三年，是解放以来最顺心的日子，对国家的贡献越来越大，分人民币又分到笑！”看来，常平的“暴发”，靠的是三中全会的路线、方针、政策。它的几万名社员的笑声，是对三中全会的嘹亮的颂歌！

说常平对国家的贡献越来越大，是符合事实的。全社年年完成粮食交售任务。一九八一年，全社按牌价和议价交售和出售花生四万四千担，几乎等于国家任务的三倍。交售和出售甘蔗一万九千吨，超过任务一倍多。全社塘鱼的任务是三百担，交售和出售了一万二千担。全社生猪的任务是边肉九十二万斤，交售和出售了四百七十八万斤。还有一个重要的贡献是，全社通过对外来料加工，为国家创外汇二千万港元。

那末，常平主要靠那几条政策富起来的呢？公社党委书记尹盛发、副书记袁锡坚、袁李松同志，扼要地回答了这个问题：

——跳出“以粮唯一”框框，把种养业变成重要的生财之道；

——跳出“闭关自守”框框，利用毗邻香港的条件，加速建设常平；

——跳出“平均主义”框框，推行生产责任制；

——集体富起来了，也要把发展家庭副业作为一个重要的生财之道。

这几个公社领导同志，都是常平土生土长的干部。他们同全社干部群众一起参加了治穷致富的实践，公社党委对这三年的变化，喜出望外。他们说，按照公社原来已经相当大胆的规划，是到一九八三年达到集体分配人平收入五百元，没想到这么快就实现人平分配五百七十元，没想到富得这么快，没想到三中全会政策的威力这么大！而且，由于已经开辟了宽广的生财之道，一九八二年完全有可能继续大幅度增产增收。

尹盛发特地补充说：“一九八二年社员分配的增长幅度不一定那样大了，公社和大队要多拿点钱来发展集体福利，发展科学文化事业，建设精神文明！”

1982年2月2日

农村新貌　——东莞县常平公社墟镇一角　　南方日报　　本报记者　杨宇钟　摄

陈漫天：《没想到富得这么快——东莞县常平公社访问记之一》

《南方日报》1982 年 2 月 2 日第 1 版

摘要：报道了东莞县常平公社在三中全会路线方针政策的指引下，通过发展种养业、实行生产责任制、发展家庭副业等措施，改变了下游公社的历史，不但集体快速富了起来，农民收入也跃居全县第一。

南方日报

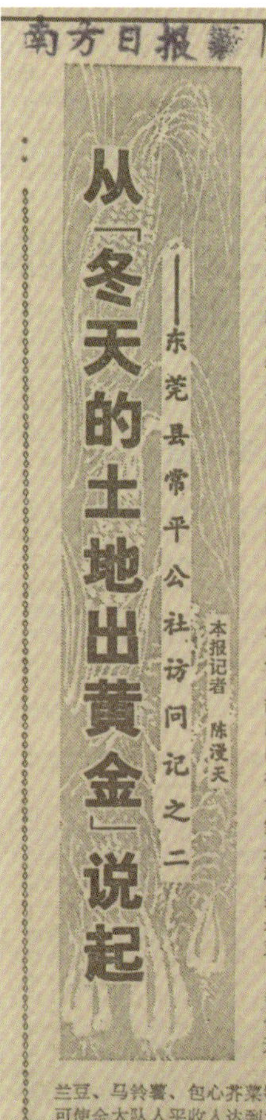

常平公社怎样跳出“以粮唯一”的框框，在种养业上发社会主义之财？为了寻找对这个问题的答案，记者来到了袁山贝大队。

这个拥有二千八百多人的大队，在执行“决不放松粮食生产，积极发展多种经营”方针方面，是全公社的缩影。全大队一九八一年人平分配八百一十六元，全社第一。可是，这一年全大队种植的四千五百亩水稻（播种面积），总收入只有三十万元，纯收入只有二十一万元。这就是说，如果单一地搞粮食生产，全大队人平分配只有七十多元。那末，他们是怎样在种植业上发大财的？怎样使全大队的人平分配比七十多元高出十多倍？

大队党支部书记袁沛滔、大队长袁容根说：到田野看看，你就会明白了！他们领我到了一大片冬种“甜玉米”的耕地上。这里的人们管它叫“出口玉米”。这种玉米是从国外引进的，它长得齐胸高，散发着花香。走着，走着，袁容根忽然钻进甜玉米丛里，摘下几个成熟了的果实。他说：“这是我的责任田，我送给你这几个出口玉米，你尝一尝，就知道它是多好的东西了。”我回到广州，当天就把它煮熟吃了。果然，它和一般玉米大不相同。它呈金黄色，颗粒很小，味清甜，很滑，很软。

原来，大队是同港商签订合同以后，种植这种玉米的。在香港，人们把它当水果吃，价钱很贵。大队种了七百亩，生长期只需八十天就够了，平均每亩可收入四百元，总收入二十八万元，比全年水稻的总收入只差一点点。

这一年冬天，大队按照香港市场的需要，种植了五百亩驰名香港的“袁山贝菜心”——它特别嫩绿，特别可口，一到香港市场，往往很快被抢购一空。一个冬春种三造至四造菜心，每亩收入四百元。

现在，袁山贝的冬天，不是农闲时期，而是大忙季节。从支部书记到普通社员，几乎都是每天凌晨五时就到菜田里割菜心，以便使香港同胞当天吃到“袁山贝菜心”。他们说：“三中全会以后，冬天的土地出黄金。”大家越忙越高兴。记者在田间听到社员谈论过去的冬天和如今的冬天。他们说，在那实行“以粮唯一”的年头，全大队曾经按照上面的指令，冬种七百亩小麦，大家拼命加工加肥，麦苗长得很好，平均亩产高达三百五十斤，可是每亩总收入只有七十元，而成本却要五十元！那时，除了大面积种小麦以外，还要多种木薯、番薯以及其他杂粮作物。种这么多杂粮，对防止春荒是有些作用的，却不能增加收入，不能富起来。社员们说，干社会主义，怎么能够年年冬天老是想着防止春荒呢？这样的要求太低了！

如今，富裕起来的袁山贝，年年实行农工副综合经营，人们每一天的饭碗总是满满的。谁也不再为春荒发愁了。这种大变化，使干部和社员们，更加自觉地因地制宜搞冬种，把萧杀的冬天变成“出黄金”的兴旺季节。

一九八一年冬天，全大队还在几百亩耕地上种植了西洋菜、荷兰豆、马铃薯、包心芥菜等。全大队冬种收入共达四十五万元。这就是说，单单靠冬种，可使全大队人平收入达到大约一百五十元。这同三中全会前的一九七七年全年的人平分配一百一十五元相比，高出三十五元！一个冬天远远胜过一年！

这是东莞县常平公社袁山贝大队引种的水果型玉米。
杨宇钟 摄

除了冬天以外，一年两造，这里也不搞“以粮唯一”了。过去，全大队的一千一百多亩旱地，主要用来种木薯、番薯，现在种上了甘蔗、花生、蚕桑，以及出口的蔬菜。一九八一年，全大队包括冬种作物在内的经济作物，全年收入达一百六十五万元，比同年粮食生产总收入高出四倍多。

（下转第三版）

1982年2月3日

南方日报

从“冬天的土地出黄金”说起

（上接第一版）

在袁山贝大队以至整个常平公社，在因地制宜积极发展各种各样的经济作物的同时，十分重视发展荔枝生产。他们雄心勃勃，大种荔枝，要把它变成打进国际市场的拳头产品。

一九八一年，袁山贝大队的糯米糍荔枝，破天荒第一次当天在新加坡上市，预示着荔枝生产前途似锦。事情是这样的：一个外商花了十多万元港币，在新加坡报纸上刊登关于“中国广东荔枝好”的广告的同时，同大队签订合同，购买二十五吨糯米糍，到新加坡试销，目的在于为一九八二年做更大的荔枝生意铺平道路。于是，社员们每天上午十二时以前，把凌晨摘下的荔枝运到香港启德机场，下午一时开始空运。下午三时，新加坡人就可以吃到还带着露珠的袁山贝荔枝，这批荔枝很快被买光。这一笔生意，大队获得纯收入人民币七万多元，加上在香港和在内地销售的荔枝，全大队收入达二十八万元。

常平公社党委的同志说，东莞县以至整个珠江三角洲的优质荔枝，主要是糯米糍、桂味，尤其是前者，在国际市场上，几乎是无敌的产品。只要东莞等地的荔枝一到，其他国家和地区的荔枝就要“靠边站”。有些国家曾经在他们的国土上种植广东优质荔枝，但那里的荔枝果总是不能同广东的产品相媲美。发展“广东荔枝”，这是名副其实的得天独厚的优势！

但是，在十年内乱时期，常平公社不敢发展经济作物，荔枝生产更是处于自生自灭状态。那时候，在袁山贝大队，每年荔枝收入只有六七万元，比现在少百分之七十。三中全会以后，全公社开始放手发挥“荔枝优势”，一共种植荔枝十万株（其中百分之九十五是优质的），等于解放以来二十九年种植荔枝的总和的两倍。到了一九八三年，全社完全有把握把荔枝树增加到二十五万株，而且绝大部分是优质的。那末，按照现在的价格计算，十年以后，全社每年荔枝收入可达一千五百万元以上，单这一项全社每人每年可分得三百元，相当于现在全年集体分配的百分之五十。很明显，人的思想一解放，眼睛不再只盯着几亩田，而是把整个大地利用起来，就能够靠种植业发大财！

人们很可能要问，在袁山贝大队，花那样大的力量去发展包括荔枝生产在内的经济作物，难道还能够不放松粮食生产吗？对于这个问题，请看“下回分解”。

1982年2月3日

陈漫天：《从“冬天的土地出黄金”说起——东莞县常平公社访问记之二》

《南方日报》1982年2月3日第1、3版

摘要：报道了常平公社袁山贝大队跳出“以粮唯一”的框框，通过与港商签订合同，种植甜玉米、袁山贝菜心外销；实行农工副综合经营；冬种各种蔬菜，使得土地收入大幅提高；大力扩大优质荔枝种植等措施，全公社每人平均可分到300元收入。

请看他们的粮食生产史

——东莞县常平公社访问记之三

本报记者　陈漫天

袁山贝大队一向非常重视粮食生产。全大队有水田二千四百亩。一九七三年以来，几乎每年早晚两造一共种植五千一百亩水稻。这就是说，除了把全部水田种上水稻以外，每造还要在一百多亩有可能弄到水灌溉的旱地，也种上水稻。前面已经说过，全大队的旱地，也几乎全都种上番薯、木薯或其他杂粮。大队党支部书记袁湘滔幽默地对记者说："我们实行'以粮唯一'，是多么坚决、多么彻底！"

一九七三年，队里不仅全力抓粮食，而且喜逢少有的好天气，粮食亩产达到一千一百斤，获得前所未有的大丰收。但是，在完成公购粮任务后，全大队社员每月口粮只有三十五斤，集体分配人平只有八十七元。为什么死死抓住了粮食生产，仍然落得个既要饿肚子，又没钱花的年景呢？

当时，他们毫不怀疑"以粮唯一"方针的正确性。他们认为，问题的症结在于水利不过关，在于肥料不足。

他们这样分析问题，不是没有根据的。袁山贝的地形，在常平也有代表性。这里有丘陵，有山坡下的盆地。最高的地方海拔三十四米，最低处海拔只有二米。因此，"三天无雨水车响，下阵大雨水浸田"，既怕旱，又怕涝。水利的确是命脉所在啊！

于是，袁山贝的二千多社员，发扬愚公精神，勒紧裤带搞农业基本建设。他们在县和公社支持下，一、二年内建设了十七个电力排灌站，做到山上山下，旱涝保收。这是改造自然的伟大胜利，解决了发展农业的命脉问题，为治穷致富打下了重要的基础。接着，他们一方面坚持"粮食种植面积一亩也不能少"的原则，一方面从一九七四年开始，又提出"粮猪结合"口号，解决肥料问题。全大队一九七三年养猪只有一千三百多头，到了一九七七年，集体养猪和私人养猪一共达到五千多头，实现了"一亩二猪"。这就是说，做到了既有水，又有肥，往年的症结问题已不复存在了。

那末，是不是相应地解决了"既饿肚子，又没钱花"的难题呢？

事实不完全是这样。局面确有变化，但"难题"远未解决。一九七七年，全大队在完成国家任务之后，人平口粮增加到六百二十斤，集体分配收入增加到一百一十五元。这就是说，从一九七三年算起，整整五年时间，花了那么大的力气，获得的经济效益是：平均每人每月增加了十六斤口粮，每年人平收入增加了二十八元。而且由于收入太少，社员要点零花钱也得卖粮食，口粮仍然很不松动。

袁山贝的人们，心里思考着一个问题：哪年哪月才能富起来？

扭转乾坤的日子终于到来了。党的三中全会给生产队送来了自主权。其中包括生产队在国家计划指导下种植作物的自主权。在这个问题上，在上级党委的领导下，常平公社党委思想解放，善于把中央政策和本社实际相结合。公社党委旗帜鲜明地提出："必须保证完成国家任务，保证社员吃饱饭。在这个前提下，适宜种什么就种什么，哪样作物收入高就种什么"。这是以国家计划指导为主，以市场调节为辅的方针，是既搞好粮食生产，又跳出"以粮唯一"框框的方针。有了这个方针，袁山贝才能大种经济作物，才能富起来。

但是，看来，袁山贝的人们，深知没饭吃是不行的。他们对于调整水稻面积是很谨慎小心的，是摸着石头过河的。到了一九八一年，全大队两造水稻播种面积是四千五百亩，比"以粮唯一"的年代只减少了六百亩，即减少了百分之八多一点。但是，一九七九和一九八〇这两年，稻谷产量分别比一九七三年增产近七千担。尽管一九八一年晚造严重受灾，稻谷减产较多，但是总产量仍有近二万二千担，比"以粮唯一"的一九七三年，只减少近一千八百担。而且，这一年全大队仍然提前完成了国家粮食任务。

从粮食生产的角度来看，一九八一年是袁山贝的大灾之年。但是，从社员生活角度看，却是大丰收之年，发大财之年。全大队人平分配比上一年增加了二百八十七元！由于队里用花生换来了二千多担稻谷，全大队每月每人口粮为四十六斤，只比上一年减少了六斤。口粮减少了，却没有一个社员说粮食不够吃。在这里，在人们的思想上，口粮问题似乎不再是头等大事了。一方面，因为绝大部分社员家里都有半年以上的存粮。近两年的早造，绝大部社员不愿领口粮，而要等到晚造才领口粮，就无可争辩地证明了这一点。一方面，社员的食物构成已经发生了很大变化。三年前，袁山贝每天只能卖出一百二十斤猪肉，现在，每天卖六百斤猪肉，而且上午就卖光。社员们吃鸡、吃鹅。吃肉的数量，不知增加了多少倍。过去，那怕每月六十斤口粮，也只是勉强够吃。现在，人们的饭量显著减少。大队长袁容根说："现在，我家里，每月一般四十斤口粮就够了，粮食多了，就只能变成余粮，变成饲料。"

最引人深思的是，近三年来，袁山贝大部分人"洗脚上田"，不是象过去那样都搞粮食生产了。全大队一共一千四百个劳动力。在"以粮唯一"的年代，全大队有一千人长年从事粮食生产，其余四百人搞多种经营，但是他们每年也要用一百天以上时间，去支援粮食生产。现在呢，来了一个大的颠倒，全大队专职从事粮食生产的只剩下四百人，而且，他们每年大约只有七十天时间从事粮食生产方面的劳动，他们的其余时间用于自己家庭承包的经济作物生产，用于发展家庭副业。

这个"大颠倒"为什么能够出现，为什么不会影响粮食生产？这要归功于实行生产责任制。现在搞粮食生产，一个人顶过去的三个人。过去，一千人搞粮食，还要许多人支援。现在，四百人搞粮食，却谁也不欢迎别人支援。因为一支援，就影响搞粮食的社员的收入。这同过去一味鼓吹"劳力归田"的状况相比，是多么鲜明的对照！

全大队"洗脚上田"的一千劳动力，变成了发展工副业和多种经营的劳动大军。这就使生产队有足够的力量发展经济作物，发展养猪、养蚕、养鱼、养三鸟等生产事业。大队一级的各项生产事业，也兴旺发达起来。别的不说，单单大队同港商合作兴办的来料加工的毛织厂，就拥有工人四百八十人，一九八一年获得加工费一百万元。这样，就使全大队获得了二百四十五万多元的纯收入，相当于同年粮食生产纯收入的二十多倍！

大队干部们对于执行"决不放松粮食生产，积极发展多种经营"的方针的前前后后，有切肤之痛，也有切身之甜。支部书记袁湘滔说，前几年，由远离生产队的领导机关硬性规定我们种多少粮食，多少人下田种粮食，弄到家家没钱花，肚子也没有能够真正吃饱。那时，他家里是超支户。一九八一年，全大队平均每个劳动力集体分配收入一千六百元。他自己呢，大队分配给他的收入为一千九百元，加上公社按照大队社员分配收入增长的比例，给他的奖金为三百元，一共二千二百元。大队长袁容根和其他几个大队干部的收入，比支部书记相差百把元。袁湘滔说："没有三中全会的政策，这是绝对办不到的。"

"论收入，你们超过省里不少高级干部了。"记者对他们说。支部书记和大队长很高兴，哈哈大笑。

东莞县常平公社服装二厂一角。

本报记者　杨宇钟　摄

陈漫天：《请看他们的粮食生产史——东莞县常平公社访问记之三》

《南方日报》1982 年 2 月 4 日第 2 版

摘要：报道了袁山贝大队在三中全会后赋予生产队在国家计划指导下种植经济作物的自主权，大队积极执行“绝不放松粮食生产，积极发展多种经营”的方针，实行生产责任制，解放大量劳动力发展工副业和多种经营，实现了富裕。

对外开放的农村

——东莞县常平公社访问记之四

本报记者 陈漫天

外地人一到常平公社，一眼就会看见整个常平墟最高的、崭新的建筑物——荔香楼。不少人在来到这个在半年前落成的宾馆式的大楼时，会觉得惊奇——为什么公社一级单位要兴建这样高级的旅馆？记者就从这里说起吧。

荔香楼是在一个很大的鱼塘水面上空兴建起来的。建筑面积三千二百平方米，有一百二十个床位。房间里有空调设备、电冰箱、彩色电视机。每个房间的卫生间有电动热水器。常平，毕竟是农村嘛，怎么会出现接近广州市第一流宾馆水平的这些玩儿呀？

但是，如今的常平不平常。它不仅是党的农村政策显示了强大威力的单位，而且是党的对外开放政策发挥强大威力的农村。现在，在全公社，兴办了同港商合作的来料加工工厂六十三家，职工六千多人。一九八一年获得加工费人民币一千万元。经国家有关部门批准，有三十多辆港商卡车可以从香港直达常平，运原料进来，载产品出去。每天还有十多辆公社的汽车，运蔬菜出口。到常平来接洽生意、探亲或者参观的港澳同胞和华侨，日益增多，络绎不绝。每当逢年过节，特别是荔枝熟了的时候，有数以万计的港澳同胞回乡来。荔香楼，就是在对外经济活动迅猛发展的形势下，应运而生的。它是公社原来打算用来兴建大礼堂的钱盖起来的，室内的设备全部是港澳同胞捐献的。

如果说得完全一点，那末，荔香楼的出现，同人民物质生活水平的提高，也不无关系。一楼的一个大餐厅，每天都有大批的居民、农民来喝茶和吃饭。农忙的时候，有的生产队，天蒙蒙亮，就派人到餐厅买面包、烧卖，用箩挑到田间，让社员吃上美味的早餐。当然，在当前，荔香楼主要是为对外经济活动服务的。……

常平公社的对外经济活动，为什么这样卓有成效？公社党委书记尹盛发，副书记袁锡坚、袁李松，都回顾了这方面发生的变化。他们用很精辟的两句话回答这个问题：“没有三中全会的对外开放政策不行，我们不敢执行这个政策也不行。”

原来，在旧社会，由于常平自然条件恶劣，天灾人祸频繁，人民世世代代贫穷，大批大批的人被迫跑到香港去谋生。据不完全的统计，现在，在香港的常平人大约四万至五万左右，相当于全公社的总人口。全公社百分之七十以上的家庭，都有直接的亲人在香港。这几万名过去被迫跑到香港去的常平人（还要加上他们的一些朋友），许多人热爱祖国，热爱家乡，是可以调动的一支支援国家的社会主义建设的力量，支援家乡建设的力量。但是，在十年内乱时期，在“闭关自守”的框框的束缚下，谁也不敢把它当作这样的力量，只能不分青红皂白地把它当作“常平阶级斗争情况复杂”的重要依据罢了。

一九七八年发生的一个故事，很能够说明公社领导同志受“左”的思想多么严重的影响。事情这样的：有一个回常平探亲的香港亿万富商，一连四次到公社党委，要求见一见领导干部。可是，都被借口拒绝了。公社的几个领导干部都笑着对记者说：“当时，我想，作为公社党委的领导人，怎么能够同这样大的资本家打交道？谁知道什么时候搞运动？”

三中全会的阳光，驱散了公社领导同志思想上的云雾。他们一起学习，争论，终于懂得了要用行动来纠正“左”的观点。他们召开全公社大队干部会议，又几次召开港澳同胞和华侨家属代表会议，层层宣传三中全会政策，特别是对港澳同胞和华侨的政策，宣布把过去占用港澳同胞和华侨的一些房子立即退还，请家属们写信给在外面的亲人，邀他们回来家乡看看。

另一个实际行动是，公社主要领导同志写信给那个四次求见的亿万富商，邀请他回乡。他果然很快回来了。公社设宴招待他，同志们同他干杯，对他说：“你上次没有见到我们，是我们思想不解放。”他赞扬公社按照三中全会政策办事。他提出的唯一要求是，要把他的已经七十多岁的母亲接到香港去住。公社报告了上级，很快依照党的政策批准了他的合理要求。他回到香港，向同乡们宣扬他在家乡受到的款待，宣扬家乡对港澳同胞看法同过去大不一样了。他给公社捐献价值八万港元的一辆大型载重汽车，表示对家乡的心意。

党的政策调动了在香港的常平人的爱国爱乡热情。它迅速地变成了物质力量。只几个月时间，港澳同胞给公社、各大队和生产队一共捐献了一百四十多辆汽车。洽谈合作经营、来料加工的办工厂的港商，也逐步地多起来了。

“坚持对外开放政策，增强我国自力更生能力”。这是我国经济建设的十条方针之一。在常平，对外开放，利用外资，单单一九八一年获得的加工费一千万元，就等于使全社人平收入增加了二百元。公社还可以利用外汇留成，在香港买化肥，买农业机械。自力更生的能力是显著地加强了。

但是，他们得到的，远不只是这些。

他们学会了在经济工作中讲究质量和效率。公社同港商合作、拥有一百五十台纺机的毛织厂，于一九七九年六月开工。公社派出有头脑的、作风好的干部当厂长。工厂按照合同准时交货，质量完全符合要求。港商十分满意，很快把这个厂的纺机增加到三百台。第一炮打响了。这消息在香港的常平人中传开了，回来签订来料加工合同的越来越多了。这一年，全社获得的加工费是五百万港元，此后逐年急剧上升。

他们培养了一批管理企业的人材。今日的常平，拥有六十三个一百人上下的工厂。这些工厂只有一个厂长，一个会计员，一个出纳员，没有什么科室，没有人浮于事的现象。他们在管理工作中彻底打破了铁饭碗，再也不吃“大锅饭”。公社对外加工办公室主任陈炳新对记者说：“我们每个月给六十三个厂长开一次会，让大家交流经验，解决问题”。

他们正在培养强大的工人队伍，加快了消灭城乡差别的步伐。常平的六十家对外来料加工的工厂，加上公社原有工业企业，一共有七千个工人。这就是说，全公社有百分之十五左右的人口、百分之二十七的劳动力，已经由农民变成了工人，其中有相当一部分人掌握了现代技术。记者在九江水大队一个古老的房子里，看到了这个大队同港商合作兴办的电子加工厂。全厂有六百多工人，每天加工录音机三千台，电脑八千个。不久前记者在香港参观过一个美国资本经营的安装录音机的加工厂，那是一个在香港很有名气的工厂。可是，如今，记者在这个古老房子里，看见穿着朴素而整洁的服装的常平姑娘们，在车间里的生产线上有秩序地操作，她们的手和香港那间有名气的大厂的女工们的手，一样地灵巧，一样地敏捷！

他们同香港的来往如此频繁，会不会受到外来资产阶级思想的影响？常平的人们，对此是有警惕性的。他们对于极少数刑事犯罪分子，坚决依法惩处，社会治安很好。对于人民内部的思想教育，也很重视。实行对外开放政策不久，一个大队的治保主任给港商办事，暗中接受了港商“送”的一个高级手表。公社不仅要这个干部作了深刻检讨，没收了他受贿的手表，而且把这件事当作活的教材，给社、队干部“上课”。每个月举行一次的六十多个工厂的厂长会议上，也交流防止外来资产阶级思想影响的情况。大家好象打了“防疫针”，增强了抗腐蚀的能力。直到现在，没有发现大的问题。

“经济要搞活，管理要跟上”。看来，公社注意这样做。这对抗腐蚀也是很有作用的。这里再说一下对荔香楼的管理工作吧！公社规定了荔香楼的经营方针是“服务、交际、企业化。”很重要的一条是“企业化”。不管谁在荔香楼住宿，都要按规定收钱。荔香楼有五部面包车，不论任何人乘车，都要照章收费。公社领导干部下队工作，不得用车。偶然有急事要用车，也要照付车费。由于有了严格的管理制度，荔香楼每月可获利润七、八千元。有了严格的管理制度，有利于防止公社干部因为对外开放而沾染不正之风。

常平的人们敢于利用外资，又坚决抵制腐蚀！

图是常平公社荔香楼的外景。 杨宇钟 摄

陈漫天：《对外开放的农村——东莞县常平公社访问记之四》

《南方日报》1982 年 2 月 5 日第 2 版

摘要: 报道了在改革开放政策的指引下，常平公社积极加强与港商的联系，利用外资建设来料加工工厂，培养了大批管理人才和工人队伍。在经济发展同时，公社还制定了严格管理制度，自觉防腐拒变。

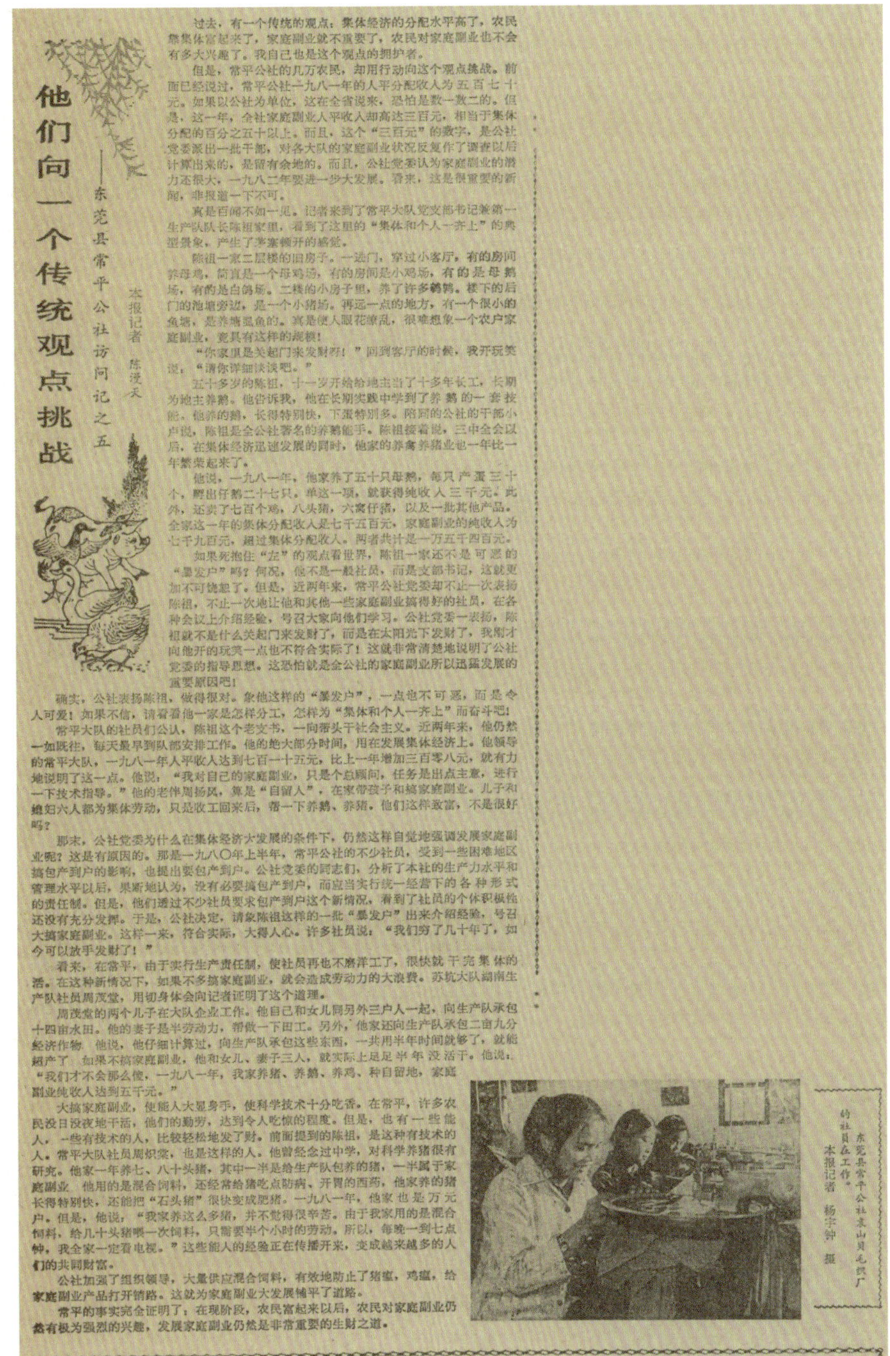

他们向一个传统观点挑战

——东莞县常平公社访问记之五

本报记者　陈漫天

过去，有一个传统的观点：集体经济的分配水平高了，农民靠集体富起来了，家庭副业就不重要了，农民对家庭副业也不会有多大兴趣了。我自己也是这个观点的拥护者。

但是，常平公社的几万农民，却用行动向这个观点挑战。前面已经说过，常平公社一九八一年的人平分配收入为五百七十元。如果以公社为单位，这在全省说来，恐怕是数一数二的。但是，这一年，全社家庭副业人平收入却高达三百元，相当于集体分配的百分之五十以上。而且，这个“三百元”的数字，是公社党委派出一批干部，对各大队的家庭副业状况反复作了调查以后计算出来的，是留有余地的。而且，公社党委认为家庭副业的潜力还很大，一九八二年要进一步大发展。看来，这是很重要的新闻，非报道一下不可。

真是百闻不如一见。记者来到了常平大队党支部书记兼第一生产队队长陈祖家里，看到了这里的“集体和个人一齐上”的典型景象，产生了茅塞顿开的感觉。

陈祖一家二层楼的旧房子。一进门，穿过小客厅，有的房间养母鸡，简直是一个母鸡场，有的房间是小鸡场，有的是母鹅场，有的是白鸽场。二楼的小房子里，养了许多鹌鹑。楼下的后门的池塘旁边，是一个小猪场。再远一点的地方，有一个很小的鱼塘，是养塘虱鱼的。真是使人眼花缭乱，很难想象一个农户家庭副业，竟具有这样的规模！

“你家里是关起门来发财呀！”回到客厅的时候，我开玩笑说，“请你详细谈谈吧。”

五十多岁的陈祖，十一岁开始给地主当了十多年长工，长期为地主养鹅。他告诉我，他在长期实践中学到了养鹅的一套技能。他养的鹅，长得特别快，下蛋特别多。陪同的公社的干部小卢说，陈祖是全公社著名的养鹅能手。陈祖接着说，三中全会以后，在集体经济迅速发展的同时，他家的养禽养猪业也一年比一年繁荣起来了。

他说，一九八一年，他家养了五十只母鹅，每只产蛋三十个，孵出仔鹅二十七只。单这一项，就获得纯收入三千元。此外，还卖了七百个鸡，八头猪，六窝仔猪，以及一批其他产品。全家这一年的集体分配收入是七千五百元，家庭副业的纯收入为七千九百元，超过集体分配收入。两者共计是一万五千四百元。

如果死抱住“左”的观点看世界，陈祖一家还不是可恶的“暴发户”吗？何况，他不是一般社员，而是支部书记，这就更加不可饶恕了。但是，近两年来，常平公社党委却不止一次表扬陈祖，不止一次地让他和其他一些家庭副业搞得好的社员，在各种会议上介绍经验，号召大家向他们学习。公社党委一表扬，陈祖就不是什么关起门来发财了，而是在太阳光下发财了，我刚才向他开的玩笑一点也不符合实际了！这就非常清楚地说明了公社党委的指导思想。这恐怕就是全公社的家庭副业所以迅猛发展的重要原因吧！

确实，公社表扬陈祖，做得很对。象他这样的“暴发户”，一点也不可恶，而是令人可爱！如果不信，请看看他一家是怎样分工，怎样为“集体和个人一齐上”而奋斗吧！

常平大队的社员们公认，陈祖这个老支书，一向带头干社会主义。近两年来，他仍然一如既往，每天最早到队部安排工作。他的绝大部分时间，用在发展集体经济上。他领导的常平大队，一九八一年人平收入达到七百一十五元，比上一年增加三百零八元，就有力地说明了这一点。他说：“我对自己的家庭副业，只是个总顾问，任务是出点主意，进行一下技术指导。”他的老伴周扬凤，算是“自留人”，在家带孩子和搞家庭副业。儿子和媳妇六人都为集体劳动，只是收工回来后，帮一下养鹅、养猪。他们这样致富，不是很好吗？

那末，公社党委为什么在集体经济大发展的条件下，仍然这样自觉地强调发展家庭副业呢？这是有原因的。那是一九八〇年上半年，常平公社的不少社员，受到一些困难地区搞包产到户的影响，也提出要包产到户。公社党委的同志们，分析了本社的生产力水平和管理水平以后，果断地认为，没有必要搞包产到户，而应当实行统一经营下的各种形式的责任制。但是，他们透过不少社员要求包产到户这个新情况，看到了社员的个体积极性还没有充分发挥。于是，公社决定，请象陈祖这样的一批“暴发户”出来介绍经验，号召大搞家庭副业。这样一来，符合实际，大得人心。许多社员说：“我们穷了几十年了，如今可以放手发财了！”

看来，在常平，由于实行生产责任制，使社员再也不磨洋工了，很快就干完集体的活。在这种新情况下，如果不多搞家庭副业，就会造成劳动力的大浪费。苏坑大队湖南生产队社员周茂堂，用切身体会向记者证明了这个道理。

周茂堂的两个儿子在大队企业工作。他自己和女儿同另外三户人一起，向生产队承包十四亩水田。他的妻子是半劳动力，帮做一下田工。另外，他家还向生产队承包二亩九分经济作物。他说，他仔细计算过，向生产队承包这些东西，一共用半年时间就够了，就能超产了。如果不搞家庭副业，他和女儿、妻子三人，就实际上足足半年没活干。他说：“我们才不会那么傻，一九八一年，我家养猪、养鹅、养鸡、种自留地，家庭副业纯收入达到五千元。”

大搞家庭副业，使能人大显身手，使科学技术十分吃香。在常平，许多农民没日没夜地干活，他们的勤劳，达到令人吃惊的程度。但是，也有一些能人，一些有技术的人，比较轻松地发了财。前面提到的陈祖，是这种有技术的人。常平大队社员周炽棠，也是这样的人。他曾经念过中学，对科学养猪很有研究。他家一年养七、八十头猪，其中一半是给生产队包养的猪，一半属于家庭副业。他用的是混合饲料，还经常给猪吃点防病、开胃的西药，他家养的猪长得特别快，还能把“石头猪”很快变成肥猪。一九八一年，他家也是万元户。但是，他说，“我家养这么多猪，并不觉得很辛苦。由于我家用的是混合饲料，给几十头猪喂一次饲料，只需要半个小时的劳动。所以，每晚一到七点钟，我全家一定看电视。”这些能人的经验正在传播开来，变成越来越多的人们的共同财富。

公社加强了组织领导，大量供应混合饲料，有效地防止了猪瘟，鸡瘟，给家庭副业产品打开销路。这就为家庭副业大发展铺平了道路。

常平的事实完全证明了：在现阶段，农民富起来以后，农民对家庭副业仍然有极为强烈的兴趣，发展家庭副业仍然是非常重要的生财之道。

东莞县常平公社木山贝毛织厂的社员在工作。　本报记者　杨宇钟　摄

陈漫天：《他们向一个传统观点挑战——东莞县常平公社访问记之五》

《南方日报》1982 年 2 月 6 日第 2 版

摘要：报道了常平公社采用“统一经营下的各种形式的责任制”，在完成集体农活同时，鼓励发展家庭副业，并加强领导，为家庭副业提供保障和打开销路，让农民致富。

东坑市场小景

虽然农村市场淡季来临，但我们来到东莞县东坑公社，却见集市上摩肩接踵，熙熙攘攘。一个不到半平方公里的墟场，竟云集了二万多社员群众，人们热烈地在做买卖。墟场里三步一摊、五步一档，各式商品琳琅满目，好一派淡季不淡的景象。春耕用的扁担、竹箩、秧笠比比皆是；水果、蔬菜、鸡、鹅、鸭、猪肉、蛋等各种农副产品，摆满墟场；在供销社的门市部里，日常生活用品，从纽扣到电视机、收录机，以及沙发、钢折椅等高中档家具，成了热门商品，柜台前围满了顾客。供销社的同志告诉我们，去年初春，他们曾从外地组织了几千张竹椅回来，以为可以销售，谁知群众的购买力趋向于钢折椅，结果钢折椅供不应求，竹椅成为积压商品。吸取了这个教训，今年他们组织回大批钢折软椅、防火板椅和钢塑圆台、收音机、电视机和大批日用小百货等商品，销路很好。

看到农村市场这种淡季不淡的景象，我们感到：一个人口不多，商品经济也不发达的地方，能有如此规模的集市，这从一个侧面反映了党的三中全会所制定的各项政策，给农村市场带来了繁荣与兴旺。（梁冰）

梁冰：《东坑[①]市场小景》

《南方日报》1982 年 3 月 6 日第 4 版

① 东坑：东坑公社，今东莞市东坑镇，位于东莞市中部，距东莞市中心区约20千米。

东莞农村需求的夏令商品转向高中档

东莞县供销社系统积极组织夏令农村市场适销商品的供应，目前，全县农村基层社经营的工业品平均达一千五百多种，比过去有较大增长。

今年夏季到来前，这个县的供销系统在做好大众化商品经营的同时，逐步增加供应高中档商品，如钢木结构、铁木结构的家具，用塑料面板、防火面板、进口夹板、海绵坐垫、弹簧坐垫制成的桌子、衣橱、沙发等，还有成套高级瓷器茶具、各式高档花瓶等日杂品。今年全县家具更新的有十八个品种，其中热门的商品有四门大衣柜、虎爪型有镜大衣柜，以及在长台餐柜基础上发展起来的可放置电视机、录音机的三用餐柜。随着农民生活水平的提高，家用电器普遍进入社员家里，各基层社积极从外地购进大批吊扇、电视机、录音机、落地电风扇、洗衣机等高档消费品来满足农村市场的需要。

最近以来，供销社所属的七个公司均设立了新的购销门市部，专门根据市场需要展销和试销新产品，使全县农村市场夏令商品更加丰富多采。

（黄冰、方强）

黄冰、方强：《东莞农村需求的夏令商品转向高中档》

《南方日报》1982 年 3 月 27 日第 4 版

“金锁铜关”一卫士

不久前，在惠阳地区工商行政管理系统召开的表彰大会上，一位同志的发言深深地吸引和打动了与会者。他就是秉公执法，坚决与走私贩私分子作斗争的欧荣。

欧荣是太平镇工商所负责人。太平镇，毗邻香港，是珠江口的一个小镇，座落在闻名中外的“金锁铜关”——虎门要塞上。前年下半年，这里曾刮起了一股走私贩私的歪风，形形色色的私货充斥了太平镇。看到这一切，他想：走私贩私，损害国家和人民的利益，作为国家工商行政管理人员，决不能听之任之。于是，他带领着工商所的同志走上街道、码头、车站，打击走私贩私的活动。一次，一个青年在街上公开贩卖走私手表，欧荣当场把他抓住。这个青年便破口大骂欧荣，他的几个同伙也围上来，威胁他把手表退还。但老欧却毫无惧色，义正辞严地斥责他们，在所里同志们的协助下，终于对这宗走私手表案作了严肃处理。

欧荣处理走私贩私活动毫不留情，使不法分子又怕又恨。一些人便采取各种卑劣的手段对他施加压力。去年六月一天晚上，老欧的大男孩在朋友家看完电视回家，刚踏出门，就被六七个早在那里等候的家伙围住拳打脚踢，老欧的男孩冲出包围往家里跑，几个家伙还在后面紧追不放，一面追一面破口大骂：“你这个死仔，看你‘老豆’（爸爸）还敢不敢管！”老欧一听就明白这是一帮搞走私贩私的人借此威胁他。他顿时火冒三丈，从家里冲出来，但这帮人却已逃得无影无踪了。事后，老欧的爱人埋怨说：“七十二行由人做，何必偏干这一行，连累到儿子也受罪。”有的“好心人”也劝告说：“老欧，你不要再去出头露面了，说不定什么时候被人打破头，还是少吃咸鱼少口渴，不要管得太多了！”

管，还是不管？欧荣面临着严峻的考验。正当他思想展开激烈斗争的时候，县工商局一位领导同志找他谈心，说：“民族英雄林则徐在腐败的满清时代，面对强横的帝国主义，他尚且敢带领群众焚烧鸦片，今天我们有党和群众的支持，难道不能煞住走私贩私歪风？”是啊，一百多年前，林则徐到广东查办鸦片走私商，严令缴出二万多箱鸦片，就在我们这太平镇西北角的海滩上，全部当众销毁。缅怀历史，老欧心潮起伏，他想：我们共产党人，难道能对危害国家和群众利益的走私贩私行为坐视不管吗？不，我一定要站在虎门这个“金锁铜关”上，同走私贩私的行为作斗争。

通讯

老欧把个人得失置之度外。一天，他跟所里的几位同志一齐出去执勤，在车站附近发现一青年在贩卖录音机。他便上前盘问。这家伙突然掏出一把小刀，凶神恶煞地指着老欧骂道：“你敢动一下我的录音机，我就同你搏命！”老欧面不改色，厉声喝道：“收起你这一套，你不放下小刀就严肃处理你！”在老欧的义正辞严的驳斥下，那个家伙胆怯了。老欧立即缴下他的小刀，把他送到工商所，依法对他作了处理。对于一些本所人力所限未能查处的案件，一旦发现，欧荣即及时向公安部门或海关报告，让他们协助查处。有一回，欧荣和所里同志在码头上发现一艘走私船正在卸货，由于所里人力不足，欧荣马上同当地海关工作组取得联系，海关方面闻讯马上采取措施，查处了这宗价值七万多元的走私案。

走私贩私分子见硬的不行，就来软的。他们一见到老欧，有的就邀他上茶楼，有的则送礼上门。每当碰到这样的事，老欧总是一一拒绝。去年中秋节，先后有两个人拿了月饼、苹果和鸡送上门来，求老欧“行个方便”、“通融一下”，老欧立即严词指出“你们不要搞这一套，有事按政策办！”这两个人只好拿着礼品灰溜溜走了。又一次，他同工商所的同志在汽车站查获扣留了一个医生贩卖的两部走私录音机。第二天，这个医生所在医院的负责人首先上门来讲情，被老欧挡了回去。这个人走后不久，第二个说情的人又来了。老欧认得他是某公安部门的同志，便严肃地对他说：“你也知道工商所是执法部门，如果不照章办事，要这个部门干什么?!”这个同志面带愧色也走了。第三个来讲情的是老欧的多年好友。他一进门就说：“老欧呀，现在三件宝，医生、司机、猪肉佬。今后不知谁求谁哩，还是睁一只眼，闭一只眼吧！”老欧笑着对他说：“光考虑个人得失，就不按章处理，这不是拿原则做交易吗？……”一番话说得他无言以对。三番四次的说情，老欧还是按政策没收了这两部走私录音机。

在一年多的时间里，太平镇工商所共查结走私贩私案件三百多宗，价值二万五千多元，其中欧荣直接参与查获的这类案件有一百多宗。

欧荣同志秉公办事，得到了群众和上级的称赞。但也有的人在背后说他是“黑面仔”——六亲不认。听到这话，欧荣说：“做黑面仔有何不好？包公也是黑面仔，千百年来人们都在称颂他哩！”他决心站在虎门这个“金锁铜关”上，保卫四化建设！　本报记者　谭子健

谭子健：《“金锁铜关”一卫士》

《南方日报》1982 年 4 月 22 日第 2 版

摘要：报道了东莞县虎门公社太平镇工商所负责人欧荣秉公执法，不徇私情，与走私分子勇敢斗争，一年内查获走私贩私案件 100 多宗的相关事迹。

要象欧荣同志那样敢于斗争

短评

东莞县太平镇工商所负責人欧荣同志，坚持与走私贩私犯罪分子作斗争，铁面无私，秉公执法，令人敬佩，值得我们学习。

有人因现在打击经济领域严重犯罪活动，便认为经济工作难做了。有的人因此缩手缩脚，该管的不敢管，该做的不敢做。这种看法是完全没有根据的。常言道：“道高一尺，魔高一丈。”对于那些利令智昏的走私贩私犯罪分子，如果不及时给予有力的打击，他们就会兴风作浪，哄抬物价，扰乱市场，破坏经济。这样，不仅经济工作更加难做，而且会腐蚀我们的干部队伍，损害党和政府的信誉，毒化人们的思想，污染社会风气，破坏四化建设。所以说，这场斗争是关系我们党和国家盛衰兴亡的大事。欧荣同志说得好：“我们共产党人，难道能对危害国家和群众利益的走私贩私行为坐视不管吗？”正是因为这样，他同犯罪分子作斗争时，理直气壮，无私无畏。当前，我们就是要发扬这种敢于斗争、善于斗争的精神，把这场斗争进行到底，夺取胜利。

《要象欧荣同那样敢于斗争》

《南方日报》1982 年 4 月 22 日第 2 版

东莞县宣传战线大批青年要求入团

本报东莞讯 昨日上午，东莞县宣传战线举行新团员入团宣誓仪式，十二名新团员庄严宣誓后高高兴兴地领到了入团证书和团徽，表示决心使自己成为社会主义物质文明和精神文明建设中的生力军。

今年以来，东莞县宣传战线加强对青年进行思想政治工作，大批青年要求入团。到昨天止，已先后发展新团员三十一人。

《东莞县宣传战线大批青年要求入团》

《南方日报》1982年6月13日第1版

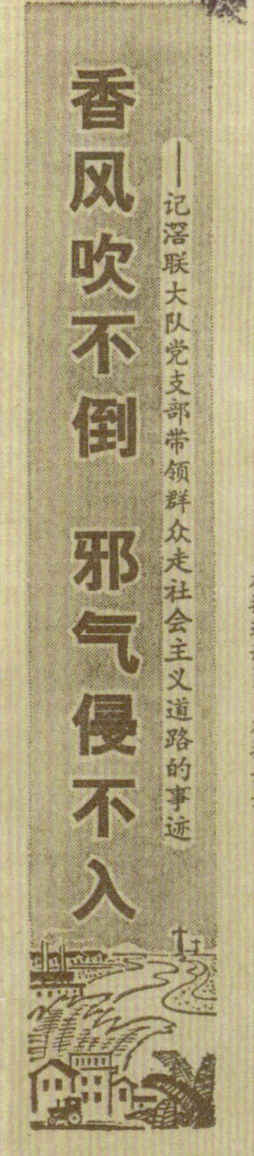

香风吹不倒　邪气侵不入

——记滘联大队党支部带领群众走社会主义道路的事迹

本报通讯员　本报记者

编者按： 我们的党员、干部，在贯彻对外开放、对内搞活经济政策的过程中，能否抵制资本主义腐朽思想的腐蚀，堵死歪门邪道，敞开正道，带领农民尽快富裕起来呢？经常跟外商打交道的东莞县滘联大队多年的实践，对此作出了肯定的回答。

堡垒最容易从内部攻破。从滘联大队的经验看来，要做到拒腐蚀，永不沾，首要的条件是要有一个坚持社会主义道路，党风很好，能够保持共产党人纯洁性的领导班子。有了这一条，就能卓有成效地向广大群众进行政治思想教育，筑起一道“思想长城”，防止腐化变质，就能按照党的政策把农村经济越搞越活，使农民越来越富裕。

南方日报

东莞县万江公社滘联大队党支部，带领群众自觉辟“香风”，祛邪气，坚定不移地走社会主义道路，被人们誉为“坚强的社会主义堡垒”。

“咱滘联不捞这份油水”

一九八〇年冬，有个倒卖进口汽车的商人来到滘联大队。他提出只要滘联给他提供一块停放汽车的地方，赚来的钱可以分三成给滘联。照这样计算，他倒卖一辆汽车，滘联就可以分得一万多元。跟着，他又私下对大队党支部副书记陈启华说：“这笔生意做成，我额外送给你和支书朱富每人一台风扇。”支委会讨论这件事时，大家都说，倒卖汽车是违法的，滘联不捞这份“油水”！

去年初，为了进一步搞活农村经济，滘联大队经上级有关部门批准，领了营业执照办货栈。就在这时，支委、主管财经的大队长张成从深圳了解到，惠阳地区一家公司要贩卖一批价值四十万元的私货，这笔生意想让滘联做。成交后，大队至少可以赚七、八万元。张成把这些情况向支委会作了汇报，大家就讨论开了。他们说，倒卖私货，祸国殃民，万万干不得。党支部当即作出决定，货栈现在不做，今后也不做这类非法生意。

滘联大队的党员都自觉抵制资本主义腐朽思想的侵蚀。今年初，大队信用社干部刘洪福有个朋友上门找他，说广西某单位想往东莞汇款十万元购买私货。只要信用社肯借帐号，并帮助他们把现金提取出来，就可以给二千元作为酬谢。还说，生意做得顺利的话，以后可给数量更加可观的酬金。刘洪福当即表示不干。几天后，他那个朋友又一次上门纠缠，还对刘洪福说：“人无横财不富。光靠每月几十元工资，不搞点额外收入，你一辈子也富不了。”他以为刘洪福有顾虑，又压低声音继续说：“这件事你知我知，只要你不走漏风声，保险不会出问题。”刘洪福态度鲜明地回答说：“国家金融管理有严格的制度，我是共产党员，应该遵守，别说二千元，就算给二万元，信用社的帐号也不能借！”临走时，他还向这个人宣传党的有关政策，提醒他不要给走私贩私分子拉关系，干违法乱纪的事。

滘联大队在抵制形形色色的歪门邪道的同时，敞开社会主义致富的大门，党支部带领群众靠集体致富，靠劳动致富。几年来，他们在搞好粮食生产的同时，大力发展以种养为主的多种经营；同时先后办起了两间对外来料加工厂和十多个大队企业，集体经济迅速发展，社员收入大幅度增加。一九七九年集体分配人平二百零五元，一九八〇年达到四百元，去年更上一层楼，人平达到四百七十元。全大队社员储蓄存款达三十九万五千多元，平均每户近七百元，其中最高的一户存款二万四千元。（下转第二版）

1982年6月15日

南方日报 2 1982年6月15日

香风吹不倒 邪气侵不入

（上接第一版）

特殊环境的考验

一九七九年六月，边防地区的“非法外流风”吹得正紧的时候，滘联大队党支部接受上级党委下达的一项任务：派出五十名社员到沙头角镇参加边防建设。

沙头角镇是“一条小街、两个世界”的特殊地方，怎样保证长期到那里参加施工的几十个年青人不出事呢？党支部决定派共产党员胡树女常驻沙头角，把思想政治工作做到建筑工地上。

到了沙头角，胡树女天天跟班劳动，大家心里有什么话都愿意跟他说。一次，有三个新补充来沙头角的队员，违反当地购买物品的规定，每人在小街那边（即属于九龙新界）的商店买了一块手表，后来被海关发现没收了。大队党支部知道后，马上把他们叫回大队，要他们作检查，并按规定进行了罚款，留在村里考验了两个月，待他们认识了错误，有了悔改的决心和表现，才允许他们返回工地。

大队党支委黄群笑有个儿子小谢，也在沙头角参加施工。一次，他回家休息，精神不大振作，而且一再向母亲打听他姨丈在香港的地址，她马上警觉起来：莫非他想溜去香港？一追问，儿子果然有这样的念头。黄群笑一方面和他摆滘联和自己家里这几年的变化，对儿子进行社会主义教育，教育他不要干这种违法的蠢事；另一方面又写信给在香港的亲戚，请他们配合她教育儿子。从此，小谢想外流去香港的念头打消了。

从一九七九年开始，滘联大队派去沙头角搞建筑的五十个人，尽管由于男婚女嫁等种种原因，先后补充了十多个人，但至今没有一个人从沙头角外流去香港。

打铁先要本身硬

滘联大队能够有效地抵制资本主义腐朽思想的侵蚀，坚定不移地走社会主义道路，整个大队无论集体还是个人都比较自觉地抵制走私贩私活动，关键是有一个过得硬的党支部，有一班严格要求自己的党支委。

早在一九六六年和一九七七年，东江两次发洪水，把上游一些单位价值十几万元的木材和竹子冲到了滘联附近的河面。大队党支部“一班人”为了不使国家财产受损失，带领群众奋不顾身地把这些木材和竹子抢救上来，派出民兵日夜看守，以防散失。有关单位要给他们发奖金，他们分文不取，远近传为佳话。

近几年，随着党的工作重点转移到经济建设上来，滘联大队党支部对每个党员提出了更高的要求。他们坚持着一套健全的组织生活制度。全大队七十九个党员，划分为十五个党小组。五个支委除集中过组织生活，开展批评与自我批评之外，分别编到党小组过组织生活。由于组织生活制度健全，经常注意对党员进行党性、党纪、党风教育，党员的模范作用得到了较好的发挥。特别是五个支委，他们处处以身作则，用自己的模范行动影响群众。凡是号召群众做的事，他们首先带头去做；凡是不允许群众干的事，他们自己就坚决不干。在生活上，他们不搞特殊化，不搞以权谋私。朱富担任滘联大队党支部书记二十多年，廉洁奉公，一尘不染，赢得了广大党员的信任和社员群众的拥护，被选为县委委员、省四届党代会的代表。

滘联大队正是因为有了这样一个团结战斗的领导班子，才带出了一支拒腐蚀的队伍，把整个大队建设成为坚强的社会主义堡垒，受到了中共东莞县委通报表扬。

本报通讯员、本报记者：《香风吹不倒　邪气侵不入——记滘联大队党支部带领群众走社会主义道路的事迹》

《南方日报》1982 年 6 月 15 日第 1、2 版

东莞蕉艇在莲花山遇浪沉没

经“德跃”轮救助幸免损失

本报讯 六月十八日，广州海难救助打捞局“德跃”轮在莲花山河面救起两名覆舟遇险的蕉农，并积极打捞沉没的载蕉机艇，使他们免受损失。

这两名遇险的蕉农是东莞县麻涌公社华阳大队向二生产队社员何浩洁、何满祥，他们驾着一艘满载香蕉的机艇前往广州。行至莲花山河面时，机艇遇浪入水沉没。（秦放）

秦放：《东莞蕉艇在莲花山遇浪沉没　经“德跃”轮救助幸免损失》

《南方日报》1982 年 6 月 21 日第 1 版

南方日报 第2版

东莞县党政机关和各阶层人民
热烈参加宪法修改草案的讨论

本报讯 东莞县各级党政机关、社会团体、企事业单位以及各阶层人民，正以主人翁精神，参加宪法修改草案的讨论。

全县各级党委和县人大常委会、政府、政协都带头讨论，并将宪法修改草案的精神向群众宣讲，把讨论宪法修改草案同当前工作结合起来。县人大常委会委员在讨论中指出了宪法修改草案的五个优点：一是用历史唯物主义的观点对我国历史进行了科学概括，实事求是；二是把坚持四项基本原则写进序言，并贯穿宪法修改草案的各个章节，这是我国历史经验的总结，是经过实践检验的真理，反映国家历史发展的规律，非常符合我国国情；三是记载了我国人民长期奋斗的成果，用法律的形式肯定党和人民的功绩，又总结了我国在健全社会主义法制方面的经验教训；四是规定我国治国的根本，即以法治国，保证人民的民主权利；五是提出了社会主义建设的根本任务就是四化建设，这是国家前途、人民利益所在，是社会发展的需要，长治久安的需要，是全国人民的心愿。

在讨论中，大家反映宪法修改草案令人感到高兴的地方很多。许多同志认为，宪法修改草案详尽地写清楚公民的基本权利和义务，体现了我国社会主义民主的特点。过去政治运动多、特别是十年浩劫期间，整人多，人格得不到尊重，人身自由没有保障，现在“草案”规定公民的人身自由不受侵犯，禁止非法拘禁、搜身、侮辱和诽谤，禁止非法搜查或非法侵入住宅，为了保证这些权利的实现，“草案”还作了相应的规定，这都很好。一些领导干部表示，过去自己不同程度受过冲击，有一定的体验和感触，但在工作中也不同程度地执行过左的东西，做过一些侵犯人权的错事，今后要增强法制观念，再不能做违法的傻事了。大家还认为“草案”关于我国社会经济结构和国家机构的一些原则规定，有利于经济建设和党的建设。政社分开后，搞经济工作的人能集中精力搞经济工作，排除行政事务的干扰，而行政管理机构又能发挥监督作用，使经济部门不致脱离党的方针、路线、政策和国家计划。充分体现我国政治上、经济上的重要改革成果和新的发展，对于加速社会主义四化建设的进程，建设高度民主、文明的社会主义国家，具有十分重大的意义。

讨论中，大家对宪法修改草案也提出一些修改补充意见。

1982年6月22日

《东莞县党政机关和各阶层人民热烈参加宪法修改草案的讨论》

《南方日报》1982年6月22日第2版

南方日报 /

石碣公社表彰劳动致富的复退军人

本报东莞讯 七月三日，东莞县石碣公社召开大会，表彰了三十一名劳动致富的复退军人。县民政局和公社党委分别给了他们物质奖励。

党的三中全会以来，石碣公社党委积极帮助和扶持复退军人发展家庭副业。经过去年一年的努力，近一百名复退军人摘掉了穷帽子，变救济户为富裕户。在这次受表彰的复退军人中，收入万元以上的有一户，收入五千元以上的有八户，三千元以上有二十二户。四名复退军人在会上介绍了自己劳动致富的经验。 （刘国均）

刘国钧：《石碣公社表彰劳动致富的复退军人》

《南方日报》1982 年 7 月 5 日第 1 版

在打击严重经济犯罪活动中继续搞活经济

东莞县农工副业全面增产增收

县委注意划清政策界限，承担工作中某些失误的责任，使广大干部放下思想包袱，带领群众打开新局面

本报惠阳讯 记者岑祖谋报道：东莞县在深入开展打击严重经济犯罪活动的斗争中，坚定不移地继续搞活经济，全县农工副业出现了新局面。今年早造全县农业增产增收。上半年与去年同期相比，工业总产值增长百分之十五点八；商业纯购进和纯销售分别增长百分之四十八点八和百分之二十九点九；财政收入增长百分之二十五点九；外贸出口总值增长百分之五点五；新签订对外来料加工协议二百五十九宗，加工费收入增长百分之四十一点八。

东莞县去年全县工农业总产值首次突破十亿元，比一九七八年增加三亿二千多万元。去年全县生产队一级分配平均每人三百一十八元六角，比一九七八年增加了一百六十八元八角。今年能不能继续前进？年初，这个县的部分干部由于对开展打击经济领域严重犯罪活动的斗争缺乏正确认识，对党的政策产生了怀疑，甚至担心"政策变"，曾一度出现畏难消极情绪，不敢大胆抓经济工作。为此，县委于二月中旬和四月中旬先后召开了公社党委书记会议和常委扩大会议，组织大家反复学习中央文件，联系实际总结经验教训，充分肯定三中全会以来所取得的成绩，使大家坚信党的政策的连续性和稳定性。与此同时，县委帮助大家从思想上划清四个界限：工作失误同违法犯罪的界限；经济工作中的不正之风与经济犯罪的界限；走私贩私、贪污受贿、投机诈骗与执行特殊政策、灵活措施中由于某些制度、办法不完善而发生的问题的界限；个人贪污同化大公为小公的界限。在县委常委扩大会议上，县委主要负责同志带头总结经验教训，作自我批评。对工作中某些失误，县委主动承担责任，使大家放下思想包袱，振作精神，大胆抓经济工作。

为了进一步搞活农村经济，东莞县各公社都把粮食生产摆在首要的位置来抓，全县共播早稻六十八万七千亩，稳定在去年同期的水平上。今年早造禾苗大面积生长平衡，其中八万三千多亩杂交稻已开镰收割，平均亩产比当地常规品种增产一、二百斤，仅杂交稻一项，全县早造就可以增产一千多万斤。在抓好粮食生产的同时，各个公社根据国家的计划和市场的需要，充分利用当地毗邻香港和深圳特区、水陆交通方便等有利条件，大力发展以种养为主的多种经营。今年全县除了种好、管好三十八万多亩甘蔗、花生、大豆、木薯、蚕桑等经济作物外，还利用荒山荒地和河涌水面，实行间种、套种等办法，扩种了水果二万八千多亩，种植出口蔬菜一万二千多亩，新挖鱼塘九千四百多亩。一至六月份，全县生猪饲养量达五十五万九千多头，存栏量达四十七万三千多头，都比去年同期增加。完成上调广州的任务比去年同期增加了两倍多。

岑祖谋：《在打击严重经济犯罪活动中继续搞活经济　东莞县农工副业全面增产增收》

《南方日报》1982 年 7 月 24 日第 1 版

农村也要打"进军鼓"

短评

农村大好形势方兴未艾。东莞县今年上半年出现了新局面，就是一个有力的例证。

在农业生产方面，东莞县把粮食生产放在首位，稳定了粮食生产面积，采取了一系列增产措施，特别是抓住了大面积推广杂交水稻这个增产的关键措施，保证了粮食单产和总产的较大增长。与此同时，各项经济作物生产也比过去搞得更好。他们的这个做法，值得各地仿效。现在，有些地方，特别是一些大粮产区，出现了过多地减少粮食面积的倾向，这是缺乏全局观念的表现，对当地经济建设也是不利的。

尤其可贵的是，东莞县把打击经济领域中严重犯罪活动的斗争，当作促进工农商业全面发展的强大动力。他们带领广大干部划清了政策界线，看到了奔头。他们敢于继续充分利用毗邻香港的特殊有利条件，把对外经济活动搞得比过去更活，收到更大的经济效益。他们既抓农业，又毫不放松工业、商业和财政工作，从而出现了国民经济全面大幅度增长的好势头。相反，有些地方思想上存在片面性，一讲加强对经济工作的管理就缩手缩脚，不敢继续搞活经济，一讲要重视粮食生产就放松多种经营，更顾不上全面发展工业、商业了。这些地方应当从东莞县的实践中得到启发。

前不久我们针对我省上半年工业生产的形势，发表了《还是要打"进军鼓"》的评论。从东莞县的情况看来，农村也要打"进军鼓"，也要继续在三中全会的政策指引下前进，要继续实行决不放松粮食生产、积极开展多种经营的方针，要继续实行特殊政策、灵活措施，把农业搞活，尽快使农民富裕起来，决不要在这些方面打"退堂鼓"。

《农村也要打"进军鼓"》

《南方日报》1982 年 7 月 24 日第 1 版

为“三来一补”说几句话

最近，记者到一些县、市跑了一趟，重点是看工业企业新的设备、新技术、新工艺、新产品，所见所闻，使人高兴，也发人深思。下面记录的，就是沿途的一些零星感受。

东莞县是我省著名的侨乡之一。这几年，我省实行对外开放政策，东莞发挥自己的优势，积极开展“三来一补”业务，全县从城镇到农村社队，对外加工企业星罗棋布。人们给我们算了一笔帐：去年这个县“三来一补”加工费收人达二千六百多万美元，折合人民币为七千四百多万元，只投放了劳动力五万三千个，扣除成本外，净收入为五千九百多万元，而去年全县一造粮食的总产为四亿五千万斤，收入只有五千三百多万元，却要投放劳动力四十万个，除去成本外，净收人只三千二百多万元。当然，这样比较不一定合适。因为粮食是关系到人民群众的吃饭问题，即使投放的劳动力要多，产值不高，我们还是要首先把粮食生产搞上去的。但是，从上述这些数字也可以看出，发展“三来一补”业务对于增加群众收入，改善群众生活是有很大好处的。我们在东莞县常平公社看了一个九江水大队，他们与港商合作办了一间电子工厂，来料加工装配收录机，共九条生产流水线，工人六百二十人，去年收人加工费三十三万多美元，折合人民币九十五万多元，扣除各项费用开支，获得纯利四十九万多元，为全大队其他农副业总收入的一点五倍。仅对外加工一项，去年全大队人平分配就达四百六十二元。但是，现在对于“三来一补”，在一些机关里却有各种不同议论，有的甚至持否定的态度，这是值得商榷的。当然，我省各地在开展“三来一补”业务中，工作上的缺点，也是存在的。譬如有一些产品，原来是已有正常出口或要受某些地区的配额限制的，如果盲目发展来料加工，就会冲击正常出口和国内的工业生产。对于这方面，有关部门一定要加强计划和管理，防止盲目发展来料加工，但绝不能因此就因噎废食，把搞活了的经济再次搞死。至于说在发展来料加工业务的过程中，有的干部贪污受贿、走私投机、蜕化变质，那只是少数人的问题。这主要是我们的管理工作和思想工作没跟上，并不是我们的方针政策有问题。现在，我省各地正在开展的打击经济领域严重犯罪活动的斗争，就是要纠正这种对外经济活动中的不正之风。因此，我们一定要总结经验，吸取教训，统一认识。正如省委主要负责同志说的，我们不能排外，但一定要排污。我们要继续搞活经济，坚持对外开放，但一定要思想先行，管理跟上。

本报记者　林　羽

工业采访札记①

林羽：《为“三来一补”说几句话》

《南方日报》1982年8月8日第2版

根据农村市场需要广开进货渠道

东莞农村市场日用品数量多款色新

夏收之后，东莞县农村日用工业品市场兴旺。目前全县农村基层供销社经营的日用工业品已达二千八百五十种，比去年增长百分之三十五，而且花色品种丰富，更新换代的商品较多。过去大量供应的解放鞋，现在已为各式运动鞋、皮鞋所替代，木水壳、木锅盖等已为塑料、金属制品所取代。单家具一项，更新换代的品种就有三十八种。过去从未进入农村市场的壁灯、落地灯、套装光管、带吊灯的电风扇、电动镜画已成为热门商品。过去极少有人问津的高级全丝棉被、高档毛毯、钢丝床、丝枕套、大床单、各类洗发精、化妆品、塑料花已深为农民群众所喜爱。一些高档家用电器和儿童玩具销路日增。

农村日用工业品市场上的这些变化，说明了农民群众的购买力增长速度快。根据这一变化，商业和供销部门积极按需组织商品流通，办活农村工业品市场。基层社积极从县公司进货，县公司主动公开库存，让基层社选购。县五金公司还专门设立专车为基层社送货上门，促进了工业品下乡。今年上半年，全县基层社从工厂等单位进货的商品达七百多种，比去年同期增加二百多种。与此同时，还扩大对合作商店、集体商业和个体商贩的批发工作，主动为他们提供货源，搞好农村市场的销售工作。

（梁冰、房玉强）

梁冰、房玉强：《根据农村市场需要广开进货渠道　东莞农村市场日用品数量多款色新》

《南方日报》1982 年 8 月 14 日第 4 版

包产到户促进了养猪业发展

黄草朗大队平均每户养猪十多头

本报讯 东莞县大朗公社黄草朗大队，从去年实行包产到户以后，在抓好集体养猪的同时，大力发动社员发展家庭养猪。去年，全大队平均每户已养猪十二头半，上市五点八头。今年又有新的突破，到七月底止，全大队生猪存栏量比去年同期增加一千三百多头，按总饲养量计算，平均每户养猪十五头，每人三点一头。

去年初，黄草朗大队党支部分析了农业实行包产到户后，社员发展家庭养猪的有利条件很多：一是社员有了大量剩余劳动力；二是在完成各项征、派购任务的前提下，社员可以自行安排土地种植饲料；三是农贸市场的猪肉价格比较稳定。据此，党支部决定发动社员家家户户多养猪。经过广泛宣传发动，去年全大队有养猪能力的三百九十三户全部都养了猪。目前，全大队每户养猪十头以上的已有二百五十六户，占总户数的百分之六十一。

为了使养猪业收到实效，他们普遍实行科学养猪。过去，当地由于缺乏养猪饲料，采用小猪、大猪多喂精料，中猪多喂粗料的方法，因而长膘慢，肉猪要养一年左右才能达到二百斤。现在，绝大部分群众采用多种混合精料及生熟喂适当搭配的快速育肥方法，只要六七个月就可以育成头重二百斤的大猪。与此同时，他们大力加强防疫工作，建立和健全一套生猪保险制度。由于防疫工作做得好，这个大队的生猪死亡率逐年下降。去年为百分之零点七九，今年上半年为百分之零点四九。

这个大队社员养猪多，实行自繁自养也是一条重要因素。全大队有养猪能力的农户，几乎户户都养了母猪。目前，母猪头数达三百九十九头。所有母猪都选用当地的大花白种，与良种公猪交配，繁育杂交后代。近两年来，这个大队每年自繁猪苗五千一百多头。 （冯章）

冯章：《包产到户促进了养猪业发展　黄草朗大队平均每户养猪十多头》

《南方日报》1982年8月23日第2版

对外开放政策结出丰硕成果

东莞对外加工居全省首位

“三来一补”业务蓬勃发展，去年全县加工费收入达二千六百多万美元

本报讯 在实行对外开放政策中，东莞县“三来一补”（来料加工、来样加工、来件装配和补偿贸易）业务蓬勃发展，有力地促进了工农业生产，增加了群众收入，改善了群众生活。

东莞县是我省发展“三来一补”业务最快的一个县，从城镇到农村社队，三年多来共签订来料加工协议一千三百多宗，引进各种设备四万二千多台。去年，这个县的加工费收入达二千六百多万美元，为全省各县之冠。今年一至五月份，全县来料加工业务进一步发展，加工费收入已达一千二百多万美元，比去年同期增长百分之三十五点九。

从这个县的实践来看，发展“三来一补”有八个方面的好处：

一是壮大了集体经济，促进了农业生产。许多社队把来料加工赚来的钱，购买设备和肥料，加速了农业、工业的发展。

二是增加了社员收入，改善了人民的生活。这个县的常平公社，两年多来收入来料加工费六百六十多万美元，这就使社员分配大幅度提高。去年全社集体分配人平已达五百三十元，为全县各公社之冠。

三是为国家创造了外汇收入。这个县从一九五七年就开始开展对外贸易业务，但到一九八〇年止总共才为国家创造外汇收入五千九百多万美元，而近三年多来开展“三来一补”业务以后，为国家创造的外汇收入就达到五千九百多万美元，相当于过去二十四年对外贸易创汇的总数。

四是有利于工业调整，把一批“死火”厂救活了。在国民经济调整中，这个县有九十多间厂社由于没有生产任务或生产任务严重不饱满，原来已面临“死火”的状态；但开展“三来一补”业务以后，许多企业的生产任务已基本饱满，由亏损变为盈利。

五是有助于克服原来工业的薄弱环节。过去，这个县轻工、二轻产品比较单调。这两年通过发展“三来一补”业务，过去没有的毛织、纺织、皮革等行业发展起来了，增加了轻工产品，填补了原有工业部门的空白。

六是引进了一些新的技术和设备，培训了技术力量。

七是扩大了劳动就业。两年多来，全县已安排了五万四千多名待业人员就业。

八是促进了社会的安定。由于生产发展，人心安定，这就使社会治安越来越好。

《对外开放政策结出丰硕成果　东莞对外加工居全省首位》

《南方日报》1982 年 8 月 26 日第 1 版

坚持集体、社员一齐富

常平公社掀起大搞晚造大抓经济的热潮

本报讯 东莞县常平公社坚持集体、社员一齐富，掀起大搞晚造，大抓经济的热潮，以实际行动迎接党的十二大召开。

常平公社今年早造增产增收。全社早造稻谷总产比去年同期增长百分之三十五点八。夏收预分平均每人分配一百五十元四角。为了使集体和社员进一步富裕起来，最近公社党委分别召开全社党员会议和社员代表、生产队委以上干部大会，总结上半年搞好集体生产的经验，介绍发展家庭副业的典型经验，发动大家想办法，挖潜力。会后，党委成员分头下去分工包干。现在，全社四万三千多亩晚稻已全面追施了两次料肥和进行了两次中耕，稻禾长势喜人。同时落实了全社种植马铃薯、荷豆、梅菜、出口玉米等一万五千多亩的生产计划。广大社员在搞好集体生产的同时，还大力发展养猪、养鸡、养鸭等家庭副业。

（卢棣梁）

卢棣梁：《坚持集体、社员一齐富　常平公社掀起大搞晚造大抓经济的热潮》

《南方日报》1982年8月28日第1版

从常平公社一举推广杂交水稻二万多亩的经验看

粮食生产可以来个新突破

今年早造杂交水稻每亩比历史最高产量增一百九十一斤，全社早稻获得增产六百多万斤的大丰收

本报惠阳讯 记者岑祖谋报道：靠党的三中全会政策迅速富裕起来的东莞县常平公社，今年早造农业生产又有了新的突破。全社首次推广种植的二万三千七百五十四亩杂交水稻（占早稻总面积的百分之六十三点六）获得了大幅度增产，平均亩产七百二十六斤，亩增二百三十八斤，仅杂交水稻一项就增产五百七十三万斤。加上其余一万三千多亩常规品种的早稻也普遍获得增产，全社早稻总产比去年同期增产六百五十九万多斤，增长百分之三十六点三。

常平公社大部分属于产量较低的沙质浅脚田，早稻亩产一般只有四五百斤。今年首次大面积推广种植杂交水稻获得成功，平均亩产比去年同期增产二百三十八斤，比一九七八年同期的历史最高水平亩增一百九十一斤。他们的经验，受到了惠阳地委和东莞县委的充分肯定，认为这是实现经济建设新突破的新经验。但是，也有些外地来常平公社参观的同志尖锐地提出问题：一个公社头一年推广杂交水稻，面积竟达到二万三千多亩，占早稻总面积的六成多，是不是有点冒险？

常平公社党委同志回答说，在我省，种杂交水稻已经不是试验阶段了。北部韶关地区和南部湛江地区以及东莞县一些社队，都有大面积推广种植杂交水稻的成功经验，常平公社的气候条件和耕作条件并不比这两个地区差，大面积推广种植杂交水稻并不存在“冒险”的问题。

常平公社大面积推广杂交水稻的决定并非贸然作出的，是经过充分的调查研究，采取了有力措施作保证的。三中全会以来，这个公社的经济获得了突飞猛进的发展，去年全社集体分配人平达到五百七十元。但是，由于几年来调整生产布局，水稻种植面积比一九七八年以前减少了一万一千多亩，稻谷总产逐年略有下降。怎样才能把粮食和多种经营同时搞上去，做到两全其美？这是摆在公社党委面前的一个急待解决的问题。去年秋天，他们从湛江地区大种杂交水稻夺得丰收的经验中受到了启发，决定走推广杂交水稻的道路。秋收前，公社党委派出一百六十多名公社、大队、生产队干部分两批到湛江地区参观取经。接着，又组织干部到本县推广杂交水稻获得显著增产的黄江公社参加实割，帮助大家打开眼界，增强了大种杂交水稻夺取丰收的信心和决心。

为了使大面积推广种植杂交水稻立于不败之地，常平公社把它摆到党委的重要议事日程上来抓。公社党委专门成立了推广杂交水稻领导小组，由党委书记当组长，抓农业的副书记和公社技术员分别担任副组长；各个大队和生产队也成立了专门机构，指定专人专职抓这项工作，并先后召开了六次生产队长以上干部参加的现场会议，认真推广种植杂交水稻的先进栽培技术。公社聘请高州县科委的工程师和技术员给全社干部讲种杂交水稻的技术课，从高州县请来二十三位老农，分成九个组驻在九个大队，实行驻队管片，加强对全社杂交水稻的技术指导。此外，公社、大队、生产队干部带头搞高产试验田，以试验田指导大田生产。全社共搞高产试验田和高产片四千多亩，平均亩产都在千斤以上，其中最高的田块平均亩产达一千三百六十六斤。

岑祖谋：《从常平公社一举推广杂交水稻二万多亩的经验看　粮食生产可以来个新突破》

《南方日报》1982 年 9 月 1 日第 2 版

摘要：报道了常平公社结合自身条件和其他公社发展经验，经过充分调查研究，大面积推广杂交水稻，坚持粮食生产和多种经营齐头并进。在常平公社首次推广种植杂交水稻后，亩产增产 200 余斤。此外，常平公社专门成立了推广杂交水稻领导小组，专人专职抓工作，并聘请专家做技术指导，开辟高产试验田以指导大田生产，都取得了不错的成果。

怎样看待常平的新突破？

本报评论员

东莞县常平公社，过去没有种植过杂交水稻，今年早造一举种了二万三千多亩，获得了完全成功，使全社获得早稻增产六百五十多万斤的大丰收。可以说，他们在农业生产上有了新突破。

在常平的这个新成绩面前，有许多同志表示佩服，认为很值得学习。但是，也有的同志认为，推广良种或推广其他种田技术，是关系到群众吃饭的大事，常平一下子在全社百分之六十多的面积上种植杂交水稻，是冒险，不能学。究竟应当怎样对待常平公社的这个新经验呢？

我们历来主张，推广农业科学技术，要经过试验，要立于不败之地。我们今后仍然要坚定不移地这样做。但是，我们不能孤立地看待常平公社大面积推广杂交水稻的胜利，而应当把它和全省近几年来推广杂交稻的成功经验联系起来。近几年来，我省许多地区由少到多地推广杂交水稻，而且推广的步子越来越大，普遍获得成功。邻近常平的黄江公社去年推广杂交水稻也获得显著增产。常平公社的成功经验，是在全省结束了试验阶段，进入大面积推广阶段取得的。而且，他们是到兄弟地区、兄弟社队进行了深入的调查研究，学习人家的经验以后，才下决心大面积推广杂交水稻的。在这个意义上说，是兄弟地区、兄弟社队帮了常平公社的大忙。明白了这个道理，就会懂得，常平的同志不是什么冒险，而是特别善于学习。

常平公社的干部和群众，有革命精神，有革命理想，热衷于打开社会主义建设的新局面。这是他们大面积种植杂交水稻获得成功的重要原因。在三中全会以来的路线、方针指引下，常平公社农业、工业欣欣向荣，对外经济活动获得了优异成就，全公社富得很快。但是，他们不满足于已经取得的成就，他们要富上加富，要为国家多作贡献。为了既能多打粮食，又能继续腾出一部分土地种植经济作物，进一步做到粮多、钱多，他们下足决心，大面积推广杂交水稻。他们认为，在粮食大幅度增产的前提下调整农业布局，就没有什么风险，就能稳操胜券。事实证明，他们的想法是正确的。很明显，如果他们满足于过去的成绩，甚至把它变成包袱，就不可能乘胜前进，就不可能在推广杂交水稻方面表示出那样旺盛的革命精神，就不可能实现新突破。

常平公社的干部和群众，是很讲究科学态度的人们。他们大面积推广杂交水稻，是进行充分的思想准备和切实加强了领导的。要靠科学吃饭，首先要使广大基层干部和群众相信科学，懂得科学，真正掌握相应的技术措施。常平公社推广杂交水稻的全过程，是[illegible]合这个要求的。在他们采取的一系列措施中，有一条特别有效的措施是，他们向兄弟地区请来了二十多名种植杂交水稻的能手，让他们驻队传授技术，做到万无一失。很明显，如果他们只有推广杂交水稻的决心，只有实现新突破的良好愿望，而没有严格的科学态度，就不可能成功，甚至可能遭到严重失败。

常平这个新突破，值得人们深思。

本报评论员：《怎样看待常平的新突破？》

《南方日报》1982 年 9 月 1 日第 2 版

东莞对国家贡献越来越大

三中全会的富民政策调动了群众的积极性

本报讯 党的三中全会以来，东莞县认真落实党在农村的各项经济政策，使农村经济有了较大的发展，对国家的贡献不断增多。

据统计，从一九七九年至今年夏季，全县共完成粮食征购、超购任务一千三百七十二万二千零一十一担，以一九七九年至一九八一年三年计算，平均每年完成实绩为三百八十二万二千九百四十担，比一九七八年完成实绩三百八十一万八千六百七十一担，增加四千二百六十九担；从一九七七年至一九八一年，三年共上调食油三万六千九百九十九担，平均每年完成一万二千三百三十三担，比一九七八年完成实绩九千六百九十六担，增加二千六百三十七担；近三年来完成生猪实绩九十万零五百七十九担，平均每年完成三十万零一百九十三担；从一九七九年冬至今年春三个榨季，全县共提供给国家的食糖八万九千五百四十七吨，平均每个农业人口向国家提供食糖一百九十二斤；近三年平均每年为国家创造外汇总额比一九七八年增加五千四百五十九万二千九百美元；财政上缴实绩，从一九七九年到去年，三年平均每年上缴数比一九七八年增加二百五十五万元，今年头七个月财政上缴数量又比去年同期增加百分之二十四点零四。（冯章）

冯章：《东莞对国家贡献越来越大》

《南方日报》1982年9月4日第3版

1982.9.18

提高党的战斗力 努力实现「翻两番」

万江公社党委联系实际认真学习新党章，总结三中全会以来的成功经验，满怀信心夺取更大胜利

本报讯 党的十二大通过的《中国共产党章程》公布以来，东莞县万江公社党委多次召开会议，对新党章逐章逐条进行学习。大家一致认为，新党章对党员和党员干部提出比过去更加严格的要求，对于提高党组织的战斗力，带领群众开创社会主义现代化建设新局面，有着十分重要的意义。

在学习讨论中，许多同志联系我们党掌握政权以后，有些人随着地位的变化，为人民服务的观念也淡薄了，甚至把人民给予的权力，变成了谋求私利的特权，假公济私、损公利私，占国家和群众的便宜，使党的威信受到影响的情况，深深感到面临这样一个问题，只有对党员加强共产主义思想教育，坚持全心全意为人民服务，严格履行党员的八条义务，才能使每个党员都成为符合新党章要求的合格党员，保持先锋战士的本色，在全面开创社会主义现代化建设新局面中发挥先锋模范作用。

这个公社党委联系十二大提出新时期的总任务和经济建设的宏伟战略目标学习新党章，认识到新党章对党员和干部提出更严格的要求，正是适应新时期的特点，是实现宏伟战略目标的需要。公社党委一位副书记说，党的三中全会以来，我们公社经济总收入从一九七八年二千二百五十九万元，到一九八一年上升到四千八百八十三万元，三年时间翻了一番多，其中生产队一级经济收入增长七成三，大队一级经济增长九成，社办集体企业增长二点六倍。能有这么巨大的变化，一条重要的经验是公社党委认真抓好党的建设，重视加强对党员的教育，发挥了党员的模范作用，落实了党的一系列农村政策。因此，只要认真执行新党章，使每个党员都成为合格的党员，党的战斗力就会大大提高，到本世纪末的二十年内，工农业总产值翻两番是完全可以实现的。

在学习中，这个公社党委还联系该社毗邻港澳，经常与资本家和港商打交道，容易受资本主义思想影响和侵蚀的实际，谈到按照新党章对党员提出更加严格要求，增强党员抗腐蚀能力的重要性。有的党委成员说，一九七九年以来，我们公社滘联大队有二百五十人的建筑队在深圳搞建筑，其中有五十人在被称为"一条小街两个世界"的沙头角镇施工。他们中没有发生一人外逃，没有发现有人接受贿赂，没有发现有人走私贩私，这说明只要党支部抓好党员共产主义思想教育，就可以坚持社会主义方向，抵制资产阶级思想的侵蚀。新党章对党员提出更加严格要求，是党组织和广大党员反对腐化变质的锐利武器，只要我们掌握好这个武器，就一定能够取得反腐化变质的胜利。

为了使广大党员认真学习好新党章，公社党委决定，党委成员要带头学习，并分别下去帮助各支部认真学习，在普遍学习的基础上，分期分批轮训党员。（本报通讯员）

南方日報

本报通讯员：《提高党的战斗力　努力实现"翻两番"　万江公社党委联系实际认真学习新党章，总结三中全会以来的成功经验，满怀信心夺取更大胜利》

《南方日报》1982年9月18日第1版

万江炮竹烟花出口增加

东莞县万江公社炮竹厂增加烟花炮竹出口，今年九个月出口量比去年同期增加近一成。

万江公社一带从事烟花炮竹生产已有三百多年历史。近年来年产烟花炮竹十万箱左右，其中九成销往美国、加拿大、瑞典、东南亚和港澳等十多个国家和地区。

万江烟花炮竹，以花色品种多、产品质量好而享誉国际市场。该厂每年都有新品种应市。今年该厂生产的炮竹有三个新品种，烟花有魔术弹、魔术烟花、魔术手枪、安全喷火、百花齐放、百发组合、五花火箭、奔月花、银练、玉樱等十九个新老品种。其中银练、魔术手枪两个品种，在今年全国烟花评比中被评为质量优胜产品。（荣锦光）

荣锦光：《万江炮竹烟花出口增加》

《南方日报》1982 年 10 月 30 日第 4 版

水果型玉米 四季可收成

东莞袁山贝大队运送三十七卡车这种玉米出口

本报讯 昨天，又有两卡车共七吨的水果型玉米，从东莞常平公社袁山贝大队运往香港。至此，这个大队今年总共已运出这种四季可以收成的玉米三十七卡车，价值十八万多元。

我国南方种植的玉米，一般都是夏季收成的。但这种从外国引进的水果型玉米，却是长年可以种植，种下八十天左右即可收成。袁山贝大队从前年冬天开始和港商合作，引进这种玉米种子来种植。今年先后种植了两期，共收获了七百五十亩。现在一面收获第二期一面又种下六百一十亩。水果型玉米含丰富的维生素和植物蛋白，淀粉含量却不高，被当作水果来吃，故有水果型玉米之称。它在香港的销售价很高，这里收购价是每个四角多钱（包括优惠）。种植这种玉米，为袁山贝大队增加了一笔可观的收入。

《水果型玉米　四季可收成　东莞袁山贝大队运送三十七卡车这种玉米出口》

《南方日报》1982 年 11 月 5 日第 1 版

省农民篮球赛昨日在东莞常平举行

本报常平电 一九八二年全省农民篮球赛昨日在东莞县常平公社举行。

承办比赛的常平公社是三中全会后较快富裕起来的公社，篮球运动十分活跃。公社各大队和中小学校都成立了球队，每逢节日还举行比赛。公社的男女代表队，在不久前还战胜了东莞县的男女篮球队。

昨天的比赛紧紧吸引了常平公社农民群众，数千人观看了比赛。

参加这次农民篮球赛的有罗定县女队、顺德均安公社女队、新兴县男队、新会县男队和澄迈县男女队、常平公社男女队共八个队。

昨天进行的第一轮比赛结果：罗定县女队胜常平女队，７３比49；均安女队胜澄迈县女队９０比５２；新会县男队胜澄迈县男队７６比６４；常平男队胜新兴县男队１１０比７３。（陈士军）

陈士军：《省农民篮球赛昨日在东莞常平举行》

《南方日报》1982 年 11 月 10 日第 3 版

东莞县寮步公社粮所与上棣生产队合营养鸡。这是合营饲养的雏鸡。
陈兴华 杨宇钟 摄

陈兴华、杨宇钟:《东莞县寮步公社粮所与上棣生产队合营养鸡》

《南方日报》1982 年 12 月 18 日第 2 版

南方日报

1983年

蕉乡麻涌去来

本报记者 陈楚光

河岸上，蕉树丛丛，连绵不断，看！一串串的蕉子垂挂在树梢上，简直要把树干坠断；啊！有的蕉串就快掉到水里去了！……我们坐在小汽艇上，目睹沿河两岸这丰收的图景，不住地赞叹着！

不久前，我们来到这盛产香蕉的水乡东莞县麻涌公社，这里位于东江和珠江的汇合处，紧连着广州黄埔新港，河汊纵横交错，河面上银光闪闪，满载着香蕉的小艇子过去，扬起阵阵轻快的水声，到处是一派使人心旷神怡的水乡画景！

麻涌种蕉据说已有六百多年的历史了。在世界植物的王国里，香蕉是个大家族，生长在麻涌这块土地上的香蕉，可以说是优秀分子之一。这里的香蕉，糖份多，水份少，吃起来香、滑、软、甜，同时，香蕉不易烂熟，易于保管和长途运销，在国际市场上享有盛誉，是我省主要的香蕉出口基地。麻涌香蕉特别好吃，是麻涌人民世代辛勤劳动，精心栽培的结果。在蕉园里，蕉农指着一株株茁壮翠绿的蕉树，一一介绍着说：这是大种高白，这是大种矮白，这是高把油蕉……，这些良种，耐旱，根系发达，生势壮旺，产量高，成为麻涌蕉园的当家种。蕉农还告诉我们，香蕉种在高坡地上的叫基蕉，种在低洼地上的叫围蕉，基蕉比围蕉香甜好吃，麻涌的大多数蕉园，经过长期的耕耘，不断地戽泥，因而地势逐年增高，使香蕉不再生活在低洼地里，麻涌香蕉也就越来越好吃了。

香蕉具有高尚的品格和献身精神，每当母蕉的果实被收摘去供人们享用后，母蕉继续用身上的养份哺育子蕉，护卫着子蕉成长，直到自身养份耗尽了，身体垮了下来。麻涌人民对它有着特别深厚的感情。可是，在极左路线横行的日子里，多种蕉、种好蕉竟然成了有罪的资本主义行为，蕉农只得忍痛砍香蕉种水稻！党的三中全会，给蕉乡带来了生机，前年以来，麻涌公社党委解放思想，放宽政策，鼓励蕉农种蕉致富，他们把蕉园包给各家各户管养，并搞了一定六年的生产责任制，极大地调动了蕉农的积极性，蕉农们象爱护自己孩子一样爱护蕉园。一九八二年九月的一天夜里，一场台风袭来，各家各户的男女老少，几乎都到园里护蕉去了，他们冒着大风，顶着大雨，摸黑打桩竖蕉杉，台风阵阵袭来，蕉杉不够，有的就用双手抱住蕉树，用身体当蕉杉，硬是顶着熬到天亮。现在全社香蕉得到很大的恢复和发展，香蕉种植面积从一九七八年的八千多亩增加到一九八二年的一万四千多亩，香蕉生产一举结束多年徘徊萎缩的局面，前年全社产蕉三十二万多担，去年产量大幅度增长，总产预计突破五十万担，比解放以来最高年份还要多十来万担。

在麻二大队的一块二亩二分香蕉试验地里，我们见到了这个大队的农科站站长周瑞祥，周大伯今年五十多岁了，身体仍很结实，他把我们带到一株株的蕉树面前，逐一介绍着：美国金山大蕉、越南香蕉、台湾仙人种、福建天宝蕉，还有牛角大蕉、矮脚屯地雷蕉等等，总共十八个品种，他们高矮不同，姿态各异，整个试验地，就象百草园。眼下，这个试验园地在周大伯的主持下，正在进行改良品种的各种试验，比如用大蕉嫁接香蕉，是去年五月做的试验，蕉苗已成活，长到一米左右高了；粉蕉与海南野芭蕉的有性杂交试验，也已有了成果，向来不结果的海南野芭蕉去年八月结出了一串重达二十斤的有籽蕉果。周大伯说，这种蕉吃起来又香又甜，可惜我们来迟了，没能吃到。我们问周大伯，社员们正通过承包蕉园，大搞种蕉致富，你们却在这里搞试验，这不是很吃亏么？！周大伯笑着说：因为我们这里是麻涌，是香蕉主产区，我们不搞，谁搞呢？！说得多么好啊！周大伯不仅热心香蕉的科学试验，前年以来，他还利用业余时间，总结整理当地种蕉的技术经验，写出了几万字的宝贵资料呢！从周大伯身上，我们看到了麻涌人民干着今天、想着明天的精神风貌，我们衷心地祝愿麻涌人民，在四化建设的征途上迈出更大的步伐！

陈楚光:《蕉乡麻涌去来》

《南方日报》1983 年 1 月 3 日第 3 版

膘肥体壮的牛群纷纷涌进……
兴旺的横沥牛墟

天刚破晓，东莞县横沥公社的“牛墟”就传来了阵阵的喧闹声。大路上，牵着牛来趁墟的农民络绎不绝。今天，这里上市的各类耕牛，少说也有五百头。

牛墟交易如此兴旺，这是近二十多年来少有的。过去规定耕牛不准私人出售、不准自由成交、更不准搞远途贩运。这个具有五十年历史的横沥牛墟一下子变得冷冷清清。三中全会以来，随着政策的逐步放宽，横沥牛墟又活起来了。在这里，我们见到一辆载重五吨的汽车停在墟口，五头膘肥体壮的役牛正从汽车上卸下。这是阳山县的三位农民，合资从本地购买了五头耕牛，又花了二百多元租了一部汽车，运来贩卖的。在场的省工商行政管理局叶副局长对记者说，每年从外地运来的耕牛，占这里上市量的六成，如果没有这些“牛贩子”，横沥牛墟那能这样兴旺！

横沥牛墟的兴旺，也有本地养牛能人的一份功劳。有位叫吴茂贤的老农，有一手养牛的好技术。年初，他从牛墟买回两只牛牯和两头残牛。细心照料，精心喂养，一年后牛牯膘肥体壮，残牛也四蹄有力、体格健壮，便牵到市场出售。象吴茂贤这种“买进卖出”的做法，过去被当作投机倒把加以打击。如今政策规定属合法经营，给予保护。这对养牛的能人是一个极大鼓励。现在农村有一批能人，买回小牛养大牛，买回弱牛、瘦牛育壮牛肥牛，然后再拿到市场出售。有了他们，耕牛余缺的调剂就好解决得多了。

在“牛墟”，我们见到一些臂戴红袖章的“牛中”，即买卖耕牛的经纪。去年初，横沥工商所抓了对“牛中”的整顿，并从中挑选出四十五名思想好、技术全面、办事公道的人，为耕牛评议服务员。墟日，他们活跃在“牛墟”，协助买卖双方成交，只收回三元以下的介绍费，成为买卖双方和工商行政管理部门的好帮手。

横沥牛墟还专门开辟四块面积五亩的耕牛试犁地，配备十张犁，让买牛者当场检验耕牛优劣好坏，以质定价。最近增城县仙村公社有一位社员来这里买耕牛。他相中了一头膘肥体壮的大水牛，打算买下。谁料牵去试犁，发现这只大水牛患有沙腿病，结果没有成交。事后，他感动地说：“要不是有了试犁地，我这次差点把千辛万苦积聚的千多元钱白丢了”。　　本报记者　吴玲

吴玲:《膘肥体壮的牛群纷纷涌进……　兴旺的横沥牛墟》

《南方日报》1983 年 1 月 13 日第 2 版

香蕉稻谷双丰收　烧砖运输一齐上

麻涌公社工农业总产值两年翻一番

平均每个劳力提供稻谷758斤，香蕉2030斤，蔗糖986斤，红砖8400块；

去年人平分配610元，比1980年增加1.2倍；家庭副业人平收入160元

本报讯　我省著名香蕉产区东莞县麻涌公社，在两年里，工农业总产值实现了翻一番多。以一九八〇年为起点，全社工农业总产值共二千七百多万元，一九八二年增加到五千六百多万元，标志着全社经济建设进入了振兴时期。

这个公社对国家的贡献也很大，全社二万五千个劳动力，平均每个劳动力提供商品粮七百五十八斤，香蕉二千零三十斤，蔗糖九百八十六斤，红砖八千四百块；此外，还有大批其它的农副产品。随着生产的迅速发展，一九八二年生产队一级分配达到六百一十元，比一九八〇年增收三百三十四元，增加一点二倍；社员家庭副业收入人平一百六十元，也比前年有较大增加。

麻涌虽然人均耕地不到一亩，但土地肥沃，十分适宜种香蕉和甘蔗。三中全会以后，公社党委引导生产队肃清“左”的影响，纠正了过去“砍蕉头，挖蔗头”，“以粮唯一”的错误做法，充分发挥当地优势，适当扩大甘蔗、香蕉面积。到一九八二年，全社共种甘蔗、香蕉各一万四千多亩，分别比一九七八年扩大五千亩左右。与此同时，全部香蕉都实行联产承包责任制，一包六年，每亩一年纯上缴给集体一百至一百三十元，丰收不增加上缴，灾年酌情减免。这样一来，社员们普遍做到精管细管，勤戽泥，多施肥，长势壮旺。过去一亩香蕉种一百棵，每棵一次留芽一条，现在由于肥料足，管理精细，有不少香蕉留芽两条，使一亩香蕉增加到一百三十棵左右。除一九八二年新种的香蕉之外，原有香蕉面积五成以上一年收获两次，平均亩产从一九八一年三千二百斤，提高到三千五百多斤，一九八二年全社香蕉总产达五十万零七千多担，比一九八一年增长百分之五十六。

在发展香蕉、甘蔗生产的同时，这个公社对粮食生产也毫不放松，一九八二年全社第一次推广杂交水稻，早晚两造共种一万一千多亩，年亩产达到一千六百八十多斤，全年水稻总产比一九八一年增产一千万斤，有六成农户一造就完成了全年粮食征购任务，社员每月口粮达五十斤以上。

麻涌公社的总收入能够实现两年翻一番，还有一条重要经验，就是因地制宜，大力发展建材工业和运输业。这里位于珠江三角洲的水网地带，河涌交错，不仅水上运输方便，而且泥源十分丰富。社员们种香蕉，每年都要戽几次河泥上蕉基，致使蕉基土层逐年加厚，若干年后必须把升高了的基泥挖掉，才能继续戽泥。挖掉的基泥是制作红砖、阶砖的上等原材料。三中全会以后，这里的砖窑逐步恢复起来了，全社烧红砖的轮窑，已发展到十八座，阶砖厂发展到五十三间。一九八二年共烧红砖两亿多块，总收入达一千四百多万元。随着建材工业和香蕉、甘蔗生产的发展，工农业产品的运输量激增。公社又大力发展机船运输业。目前，全社有运输机船二百八十二艘，总载重吨位为三千三百多吨，比一九七八年增加二百三十一艘，载重吨位相当于一九七八年的四点四倍。

《香蕉稻谷双丰收　烧砖运输一齐上　麻涌公社工农业总产值两年翻一番》

《南方日报》1983 年 1 月 15 日第 1 版

既抓生产又抓商业改革

东莞县农副产品多又卖得出去

全县去年工农业总产值超过历史最高水平，各业兴旺，农民收入有较大增长

本报讯 在惠阳地区，人们普遍赞扬东莞县是“农副产品又多又卖得出去”的一个县，它同一些东西不多又卖不出去的地方，是鲜明的对照。

一九八二年，东莞县工农业总产值达到十一亿一千多万元，比历史最高的一九八一年增长一成一；粮食总产十亿八千四百多万斤，比上一年增产一亿八千九百万斤。超过历史最高水平的，还有糖蔗、橙柑桔、淡水养鱼的总产量，粮食、花生的单产量。全县的主要农副产品，畅销省内外以及香港等地，价格基本上保持稳定，保护了生产者的积极性。由于“农副产品又多又卖得出去”，全县社队三级工副业总收入、外汇收入、社员收入和财政收入亦都超过历史最高水平。其中对外加工全年收工缴费三千二百多万美元。生产队一级分配人平三百七十五元，比上一年增加五十六元，社员家庭副业收入人平一百六十六元。

随着商品生产的迅速发展，东莞县去年更加重视商品流通工作，从县到公社都注意利用市场信息指挥生产，避免生产的盲目性。一九八一年这个县的花生发展到二十六万亩，总产达七十多万担，但近年来花生在国内外市场渐趋饱和，一九八二年县里就主动将种植面积减少四万亩。花生收成后，除了完成上调任务和满足当地群众的需要之外，剩余的十多万担，通过多种流通渠道和加工成多种制品，销售到县外去，没有出现积压的现象。对于塘鱼生产，一九八二年初县里经过统一规划，在桥头公社潼湖边的低洼田和常平、寮步等公社的低墾田新挖了九千五百亩鱼塘，使一九八二年淡水鱼总产达到二十四万多担，比历史最高水平的一九八一年增加三成。沿海和铁路沿线交通方便的公社，除了种一定面积的季节菜之外，还采取提前推后的办法，发展反季节蔬菜生产。上市蔬菜不仅品种多样，做到人有我有，而且做到人少我多，人多我少，既提高了产品的竞争能力，又提高了经济效益。（下转第二版）

东莞县农副产品多又卖得出去

（上接第一版）

吸取往年某些产品稍多便出现滞销甚至把产品倒进河里的严重教训，东莞县更强调在完成国家各项收购任务的前提下，改革商业工作，运用多种流通渠道，包括公社经营的集体商业组织、个体商业户、各种形式的联营商业、集市贸易等，扩大产品销路。桥头公社去年初成立了农工商贸易公司，把在省内不易销售的马铃薯、惠州梅菜和当地销路有限的椰菜等品种收购起来，北运推销，使冬种面积（以蔬菜为主）成倍地增加。寮步公社成立了饲料公司，为农户供应鸡苗、饲料，推销肉鸡。一九八二年全社出栏商品鸡约二十万只，比上一年增加一倍。附城公社前年木薯丰收，县内市场滞销，公社和供销社、粮食部门合办的农副产品联合公司便向县外找销路，不仅收购了社员一万多担木薯片，而且收购九万多担鲜木薯到粉厂加工，使全社一九八二年木薯种植面积不致下降，保障了社员收入。

各种形式的商业组织还充分发挥采购人员和各种能人的作用，千方百计扩大农副产品的销路。一九八二年全县香蕉大丰收，有关部门原来担心收蕉旺季会出现“倒蕉”现象。但通过县财贸部门穿针引线，组织有关单位和盛产香蕉的麻涌、中堂、沙田等公社，成立了香蕉联营公司，把广州、上海、杭州等地解放前后经营香蕉生意的人员也请出来了，有效地打开了通往省内外十多个大中城市的销路。一九八二年全县九十多万担香蕉，除按要求上调给国家之外，全部都销了出去，不仅稳定了香蕉的价格，保护了农民的生产积极性，而且允许经营单位在购销中有赚有赔，以赚补赔，普遍获得了盈利。

（岑祖谋、冯章）

岑祖谋、冯章：《既抓生产又抓商业改革　东莞县农副产品多又卖得出去》

《南方日报》1983 年 2 月 3 日第 1、2 版

要货如轮转

东莞县工农业生产更上一层楼，人民生活进一步改善。他们的一条重要经验是：货如轮转。

要做到货如轮转，首先要货多，即农工副产品越来越多。东莞县自觉地做到多种经济项目一齐上，抓粮食，抓畜牧业，抓种植业，特别注意发展水果生产。他们下功夫加强对外经济活动，大搞“三来一补”，发展社队企业。这样，商品就多了。如果生产上单打一，没有多少商品，怎么谈得上货如轮转呢？

他们的一个很高明的地方，是善于进行调查研究，掌握市场信息，搞好市场预测，在国家计划指导下，按照市场需要组织工农业生产。所以，他们的东西多，又比较适销对路。本地卖不出去的东西，他们开辟多种流通渠道，包括进行长途贩运，使这些东西也变成畅销货。相反的，许多地方不懂得这样做，指导生产上处于盲目状态，往往领导上提倡多生产的产品，恰恰变成滞销货。有些本地积压外地需要的东西，又禁止长途贩运。结果，使国家蒙受损失，农民吃了苦头。这种现象再也不能继续下去了。

现在，作为县一级的领导机关和领导干部，既要懂得领导农民发展生产，又要学会做生意，既要用大力气抓生产，又要用同等力气抓流通。看来，东莞县的负责同志是这样做的。这是实现“货如轮转”的根本保证。

《要货如轮转》

《南方日报》1983 年 2 月 3 日第 1 版

供销社和农民联合经营
麻涌香蕉远销上海武汉

本报讯 东莞县麻涌供销社与从事贩运活动的农民联营，去年四个月共向上海、武汉等地运销五万多担香蕉，盈利七万多元，既打开了麻涌香蕉的销路，又促进了生产，深受农民的欢迎。

麻涌是我省著名的蕉乡。解放前，麻涌农民曾在上海等大城市设立果栏，把香蕉远销到上海等地。解放以后，这种运销形式已长期中止了。党的三中全会以来，麻涌香蕉生产发展很快。这个公社的东太、新基等大队的部分农民，于一九八一年自己组织起货栈，利用祖父辈在上海的老关系，把香蕉运到上海等地销售，初步把这一历史形成的流通渠道恢复起来（编者按：本报去年三月曾在一篇采访札记中批评过此事，这是不对的）。但是，由于他们资金、人力不足，加上种种限制，运销业务很难扩大；而供销社向外地运销香蕉，也因为行情不熟悉，缺乏经验，渠道不通，亏损相当严重。于是，当一九八二年七月香蕉上市旺季开始时，麻涌供销社便与这些从事贩运活动的农民联营，一起收购和推销香蕉，购销香蕉所用的资金和费用，全部由供销社负责，税后利润按比例分成，供销社得七成，参加联营的农民得三成。联营业务开展后，供销社职工和他们紧密协作，有的管收购，有的管运输，有的到上海等地联系客户和摆摊档。过去，供销社请专业队装卸香蕉，每一车皮有三、四十担被弄成残次的，现在，这些农民自己装卸，残次蕉减少了一大半。从一九八二年八月至十一月底止，他们先后向上海、武汉、宁波等地运去五十七个车皮的香蕉，总量五万多担，销售利润共达七万多元，参加联营的二十四位农民，总共分得二万多元，平均每人每月得二百四十多元。

《供销社和农民联合经营　麻涌香蕉远销上海武汉》

《南方日报》1983年2月4日第1版

农田基本建设还要加把劲！

东莞县修水利二千多宗，改造中、低产田八万多亩

清远县动员群众修复去年水灾损坏的水利设施

本报讯　东莞县去冬开展的以改造中、低产田为中心的农田水利基本建设，目前正在加速进行。据一月中旬统计：全县动工的二千六百多宗水利工程，已有九百三十多宗基本完成，计划疏通的四十一万亩田间渠道，已有四十万亩疏通完毕。此外，还把三千亩低洼田改成了鱼塘，种下各种果木面积达一万八千亩。

东莞县委在这场改造中、低产田活动中，切实加强领导，统一规划，在经济上实行民办公助方针，这一来，各社队和社员群众都愿意出钱出力。开始时，惠阳地区和县只选择了九个公社共二十个大队作试点，投资十二万八千五百元，计划帮助他们改造九千四百亩中、低产田。可是，一经发动群众，他们一举便改造了中、低产田一万二千多亩。面上的公社也不甘落后，他们自筹资金，动员群众抓紧时机开展农田基本建设。如附城公社温塘大队，一次便拿出了十五万元搞农建，比国家给这个县的投资还多二成。现在，面上已有十八个公社共一百三十四个大队开展了这一活动，共改造中、低产田八万多亩。

东莞县这次改造中、低产田，注意同调整农业生产布局，发展多种经营结合起来。寮步公社上底大队在山上种果，改低洼田为鱼塘，塘基建栏养猪，利用猪粪养鱼，对一般农田则改土增肥，整治排灌系统，为提高单产打好基础。常平公社将墟镇附近的二百六十多亩低洼田，按六成水面、四成陆地的比例建设鱼塘蕉基，或在塘头养猪。这种规格化的建设模式，既可促使鱼、畜、果的综合发展，又能美化墟镇的环境。与此同时，全县普遍进行了一次挖新沟、清旧沟工作，为春耕生产用水作好准备。（李汝芳、朱松龄、李克）

达到或超过了灾前的防卫能……千方；整治恢复农田二万六……理崩山一万八千多亩，占计……

去年五月中旬的一场特……利设施遭到严重的破坏。去……就抓住农闲季节，高度集中……和修复农田水利设施的工作……广泛采取合同制办法，把任……经济手段调动群众的积极性……

李汝芳、朱松龄、李克：《农田基本建设还要加把劲！·东莞县修水利二千多宗，改造中、低产田八万多亩》

《南方日报》1983 年 2 月 6 日第 2 版

跨区跨县承包农业科学技术的一个范例

高州向东莞常平输出杂优技术成效大

去年常平公社由于杂交水稻大丰收，增收三百多万元，给高州农科人员支付的工资、奖金等为十九万多元

本报讯 高州县科委所属的技术服务公司向东莞县常平公社输出杂交水稻技术，取得了显著的经济效果。去年，常平公社从增产粮食和种子中获得三百三十二万元的收入。

杂交水稻是我国创造的一项具有国际先进水平的重大农业科研成果。高州县开展杂交稻的栽培和三系制种较早，较好地掌握了一套栽培和制种的高产技术。全县拥有一支杂交水稻栽培和三系制种技术的专业以及农民科技队伍。一九八二年，东莞县常平公社为了提高粮食单位面积产量，要求高州县技术服务公司给予杂交水稻栽培和三系制种的技术有偿援助。高州县技术服务公司接受了这一要求，在省科委的主持下，与常平公社签订了一宗杂交水稻栽培和三系制种的承包合同：承包制种二千八百亩，同时，指导大面积杂交水稻栽培。签订合同后，高州县技术服务公司从本县的木头塘、泗水、新垌三个杂交稻栽培和三系制种水平较高的公社，挑选了二十三名栽培人员和三百零六名制种人员到常平公社。同时，还派出农艺师或助理农艺师前去传授栽培和制种的技术知识。去年一年，常平公社举办由高州农艺师主讲的技术训练班五期，参加训练的栽培人员一千人次，制种人员六十九名，高州技术服务公司并提供了《杂交稻亩产千斤栽培技术程序》的技术资料。

一九八二年，常平公社在高州县技术服务公司的帮助下，大面积推广杂交水稻良种，早造杂交稻面积二万四千亩，晚造增到二万七千亩，分别占这两造插秧面积的六成和七成，制种面积二千八百亩。由于推广了良种，又较好地掌握了先进的栽培管理技术，结果获得了增产，早造亩产由原来的三百八十八斤提高到七百二十六斤，晚造由五百零三斤增加到八百一十一斤，全社在粮食面积没有扩大的情况下，全年共增产粮食一千三百七十万斤。二千八百亩三系制种田，平均亩产一百零六斤，比原定产量亩增三十六斤。常平公社为雇请高州县的农科人员，全年支付工资十二万多元，奖金二万多元，技术指导费五万多元，合计十九万多元。而这个公社从增产的粮食和种子中却得到了总值三百三十二万多元。 （谢兆恩）

谢兆恩：《跨区跨县承包农业科学技术的一个范例　高州向东莞常平输出杂优技术成效大》

《南方日报》1983 年 2 月 22 日第 1 版

评"财神爷"降临常平

本报评论员

现在，不少人开始懂得农科人员是"财神爷"。一户农民请了这样的"财神爷"，可以使自己学到一些技术，加速劳动致富的进程，这当然是值得提倡的。

如果一个公社、一个县的领导机关，也能够象东莞县常平公社负责同志那样重视农业科学，甚至不怕路途遥远，有目的地跨地区、跨县，拜那里的农科人员为"财神爷"，请他们降临自己的地方，那就会使几万以至几十万、成百万农民学到技术，得到实惠，加速劳动致富的进程，这就更加值得提倡了！

常平公社的同志懂得尊重知识，尊重知识分子，尊重科学技术。他们老老实实地当高州农科人员的学生，请他们给自己和群众传授发展杂交水稻的技术，靠这种技术去实现本社水稻生产的新突破。这就是常平公社在过去几乎没有种植杂交水稻直接经验的条件下，一下子种植几万亩而又获得完全成功的奥秘所在。

知识就是财富，科学技术是强大的生产力。常平公社给高州科技人员支付了工资、奖金、技术资料费十九万元，而公社由于杂交水稻大丰收，增加了三百多万元收入！高州科技人员对常平人民的援助是很珍贵的，他们对社会主义的贡献是很出色的。这个铁的事实，可以使那些轻视知识，轻视知识分子，轻视科学技术的人大开眼界，很值得他们深思。

愿各地领导同志象常平那样对待"财神爷"，重视农业科学。当然，不仅要在水稻生产中，而且要在整个种植业，在养殖业、畜牧业，以及其他各项生产事业中，应用和推广科学技术，以期全面开创农业的新局面。

本报评论员：《评"财神爷"降临常平》

《南方日报》1983 年 2 月 22 日第 1 版

东莞计划种杂交稻七十五万亩

占今年水稻种植面积五成以上

本报讯 东莞县各地把推广杂交水稻作为今年夺取粮食增产的突破口来抓。全县计划种植杂交稻七十五万亩（其中早造三十五万亩），占全年水稻面积五成以上。目前，早稻杂优种子已全部播下。全县已播杂交稻种九千四百五十六担，按一亩大田两斤多谷种计，可插四十万亩。

东莞县去年全年种植杂交水稻三十七万亩，这些杂交稻，普遍比常规种亩增一、二百斤。各公社经过总结，看准了杂优稻比常规稻具有产量高、抗逆性强、适应性好（山区、水乡、低塱田、沙田、围田都适宜种植）的优势，决心在今年大面积推广，并把种植杂优的计划面积落实到队、到农户。为了种好杂交水稻，县里特别注意抓好制种工作。去年晚造全县共制种三千九百八十九亩，获得成功，实收平均亩产一百零七斤三两四。因而今年早造全县种杂优稻所需的种子，有六成是本县自己制的种。今年早造，全县又建立制种田四千多亩。目前，第一、二期父本已全部播完，长势也较好。

（冯章）

冯章：《东莞计划种杂交稻七十五万亩》

《南方日报》1983年3月20日第1版

解决重点户、专业户“买难卖也难”的问题

寮步公社改兽医站为畜牧公司

本报惠阳讯 东莞县寮步公社畜牧公司，为适应专业户发展畜牧业生产的需要，从种苗、饲料、技术、防疫到销售对他们负责到底，既满足群众生产前缺乏种苗、饲料的需求，具体指导科学饲养和落实防疫措施，又帮助群众解除产品销售难的后顾之忧。去年，全社养鸡三百只以上、养猪十头以上的重点户达一千七百多户，占总农户的近两成。

寮步公社实行联产承包责任制后，涌现了一批养猪、养鸡的重点户。新形势下出现了新的问题：首先是“买难卖也难”。即购买良种鸡、猪苗和混合饲料难，产后销售难；再就是防疫队伍瘫痪，防疫不落实，养猪养鸡没有保障。寮步公社党委清醒地看到，如果不抓流通和防疫，发展畜牧业只是一句空话。一九八一年四月，他们把原公社兽医站改为公社畜牧公司，并特别加派了一名懂业务、善经营的公社渔畜办负责人、助理兽医师担任经理。公司下设三个部门：一是兽医站，负责生猪保险、耕牛保健、三鸟防疫工作；二是设立门市部，负责种苗、饲养的供应和产品销售；三是良种场，保养鸡苗、猪苗，并进行各种饲养试验，推广先进生产技术。

由公社兽医站改为公社畜牧公司后，公司兽医站组织大队防疫员进行防疫工作，实行防疫、药物包干负责，每月评奖的办法，去年全社生猪死亡率由过去的百分之六下降到百分之二点四。饲养的鸡全部打防疫针，防止了鸡瘟。公司还认真抓了技术培训工作，去年办养鸡、养猪学习班十二期，达一千五百人次，使七百多户重点户掌握了科学喂养技术和防疫知识。他们长年有两、三个人外出搞购销。去年向群众提供的良种鸡苗就有四十二万只，供应猪、鸡饲料六百多吨，为群众推销肉鸡十万多只。畜牧公司对专业户设立产供销卡片，专业户可凭卡购买种苗、饲料，并可按期到公司出售产品。去年，有三百二十户领了养鸡产供销卡片，户平养鸡一千二百只，盈利都在两千元以上。

《解决重点户、专业户“买难卖也难”的问题　寮步公社改兽医站为畜牧公司》

《南方日报》1983 年 3 月 29 日第 1 版

劳动结构上的一个巨大变化

万江公社四分之三农业劳力离土不离乡

全社有一万六千多个劳力从事烧砖瓦、生产烟花爆竹和搞运输、建筑、对外加工等各种工副业

本报惠阳讯 记者李民英、黄耀全、通讯员冯章报道：东莞县万江公社的劳动结构发生了巨大变化。党的十一届三中全会前，八、九成劳动力种田；到去年底统计，全社从事烧砖瓦、生产烟花爆竹和搞运输、建筑、对外加工等各种工副业的劳动力，已达一万六千五百多人（不包括短期、季节性投工），即每四个农业劳动力就有三个从种田中转移出来搞商品性生产。去年，全社工副业总产值达五千零八十五万元，占工农业总产值的百分之七十六，相当于一九七八年的三点三倍。全社人平分配达五百一十二元（不包括家庭副业收入），相当于一九七八年的三倍多。

万江公社是我省著名水稻高产区，亩产早已超“双纲”。这里人多田少，人平不到七分田。但长期以来，由于受“以粮唯一”的影响，群众的手脚被“劳力归田”绑得死死的。十一届三中全会以后，冲破了“左”的束缚，社员们“八仙过海，各显神通”，全社工副业生产蓬蓬勃勃发展起来了。其中，光烧砖瓦一项，全社一百七十多个生产队，就建有二百五十八个窑筒，长年在窑厂做工的农民达八千多人。去年，烧砖两亿两千多万块，除在本地销售外，还远销广州、深圳等地。

大批农业劳动力转入工副业生产，会不会影响农业生产呢？万江公社的实践结果，不仅没有减少农业收入，相反，农业收入大幅度增加。去年和一九七八年相比，全社水稻面积减少了九千多亩，但稻谷总产却增加了一千担，花生总产增加了四倍多，蔬菜增收两百多万元，果蔗增收一百万元，畜牧业增收一百四十多万元，渔业增收五十多万元。

李民英、黄耀全、冯章：《劳动结构上的一个巨大变化　万江公社四分之三农业劳力离土不离乡》

《南方日报》1983 年 3 月 30 日第 1 版

石龙镇三百团员、
民兵上街为人民服务

本报讯 昨天，东莞县石龙镇团委会、武装部和石龙木材厂团委会联合组织共青团员、青年民兵共三百多人举办“五四”义务为人民服务集市，上街摆设六十五个摊档，有修理家用电器、家具、单车、钟表和理发、缝衣服等近百个服务项目。从上午八时至下午四时，共为群众做好事五千多件。

（刘应渠、陈鉴林）

刘应渠、陈鉴林：《石龙镇三百团员、民兵上街为人民服务》

《南方日报》1983 年 5 月 5 日第 1 版

东莞县邮电局争取各方配合

力争暑假报刊发行保持稳定

本报讯 东莞县邮电局近几年来采取各种措施，不断改进发行工作方法，去年《南方日报》和《广东农民报》的发行量，创一九八〇年以来的最高水平。目前，他们又针对往年暑假发行量普遍下降的情况，作了认真的分析研究，并采取各种措施，努力做好暑假报刊发行的准备工作。他们的做法是：

一、四月中旬召开全县支局长会议，要求各支局、所在积极开展宣传收订的同时，落实各中小学的报刊投递和捎转工作，让广大师生能在暑假期间及时看到报刊。

二、积极开展工作，争取教育部门的重视和支持。县教育局在四月中旬召开全县中小学校负责人会议，强调了搞好暑假报刊发行工作的重要性，要求各学校结合学生的假期活动，搞好报刊发行和读报用报，指定教师负责暑假的报刊收投工作，争取更多的师生订上报刊，丰富师生暑假生活。

三、县局分别于四月下旬和五月上旬，分片召开了全县发行员会议，布置了下半年的报刊发行任务。要求各局着重做好暑假期间《南方日报》和《广东农民报》的发行工作，全县统一提前收订日期，从五月下旬就开始收订，方便群众订阅，减轻自身的压力。六月中旬将作一次汇报，总结交流经验，互相促进。

目前，东莞县局发行班又抽调人员，深入一些中小学校搞调查研究，广泛征求意见，并准备与教育局联合发出关于搞好暑假期间报刊发行工作的通知，想方设法把暑假的发行工作搞好搞活，力争发行量保持稳定。

（陈志忠、黄镜波）

陈志忠、黄镜波：《东莞县邮电局争取各方配合　力争暑假报刊发行保持稳定》

《南方日报》1983 年 5 月 21 日第 2 版

东莞县农村经济咨询服务公司

为专业户提供多种服务

有效解决买难、卖难、到机关部门办事难的问题

本报惠阳讯 （记者李民英、通讯员冯章）为适应经济发展需要，解决农村专业户、重点户和各种经济联合体买难、卖难、到机关部门办理有关手续难等问题，东莞县成立了农村经济咨询服务公司。经过近两个月的实践证明，这个公司对发展生产越来越发挥作用，深受群众的欢迎。

东莞县的商品经济比较发达。近三年来，随着农村普遍实行了以家庭承包为主要形式的生产责任制，各种专业户、重点户和经济联合体大量涌现。面对商品经济迅速发展的大好形势，今年初东莞县委先后在不同类型地区调査了一百多个专业户、重点户和经济联合体。群众普遍反映现在有“三难”：一是买难。比较突出的是种植专业户反映购买化肥难，烧砖瓦的联合体反映买煤难。二是卖难。专业户、重点户生产的蔬菜、水果和禽畜鱼都不同程度存在销路问题。三是到机关办理有关手续难。允许私人购买大型运输工具后，全县增加了许多汽车和船舶，群众办理车、船牌和运输许可证，要经过几个部门审批，办一个证往往要上上下下跑十几趟。此外，群众还反映对市场信息不明，搞生产心中无数，迫切要求政府提供信息，指导生产。

针对上述情况，县委进一步学习中央今年一号文件，于三月底在全县三级干部会议上宣布成立县农村经济咨询服务公司。服务范围包括接受对有关农业经济政策问题的咨询；搜集提供经济和市场信息；为推销农副产品和购买生产资料作介绍；接受个人和集体委托到各级机关办理有关发展生产的各项手续；承接集体、经济联合体委托清理各种经济账目。

东莞县农村经济咨询服务公司成立近两个月来，对发展生产发挥了很大作用，深受群众欢迎。他们针对地处边远大队种植重点户，早稻中耕购买化肥难的问题，组织了八十五吨化肥，直接用车送到用户的家门口。为沟通购销渠道，他们还派人到外地洽谈出售农副产品业务。最近，他们已同外地签订了在东莞县建立三千亩蔬菜基地、一千亩淡水养殖基地、四千五百亩水果基地和三个三鸟场，三个养猪场，由对方负责经销的合同，生产任务已落实到了大队。为了更好向农民提供市场信息，他们正组织县里派往全国各地的采购员担负这项工作。

李民英、冯章：《东莞县农村经济咨询服务公司　为专业户提供多种服务》

《南方日报》1983 年 5 月 23 日第 1 版

应运而生

短评

东莞县农村经济咨询服务公司，是在具有中国特色的农村社会主义合作经济迅速发展过程中，出现的东西。

在实行家庭式承包责任制基础上产生的农村专业户，是商品生产者。他们为了提高商品生产率，每天从早忙到晚，不少人一天干十多个小时的活。他们同过去自给自足的单干农民不同，要出卖的产品越来越多，要购买的生产资料也越来越多，自己又没有时间去卖去买。他们再也不是甘心"两耳不闻窗外事"的小生产者，而是非常关心市场变化，渴望知道市场需求状况，这就需要有人向他们提供信息。他们还要同国家机关、经济部门打交道，可是，一方面，他们没有那么多时间去忙这些事，另方面，现在许多机关、经济部门，程度不同地存在"衙门"作风，"官商"作风，专业户不大善于和他们打交道。

在这种令人高兴的新情况和急需解决的新问题面前，东莞县农村经济咨询服务公司应运而生。说明白一点，它是应生产力发展之"运"而产生的。这就是它一开始就很受农民欢迎的原因。所谓咨询，就是给农民提供信息，同农民商量解决问题的办法。所谓服务，就是帮助农民解决买难、卖难、办事难的问题。向农民提供这种咨询和服务，是生产社会化的重要表现，是农村合作经济的重要组成部分。某些口口声声把实行家庭承包制看作"分田单干"的人，如果懂得一点这些道理，是有利于澄清自己的糊涂思想的。

农村经济咨询服务公司，应当成为全心全意为农民服务的经济组织，用的人要少，办事要多，服务要很周到，切忌用人很多，人浮于事。它应当用经济办法管理自己的业务，彻底破除那种"衙门"作风和"官商"作风。我们希望东莞县的同志在这方面创造经验。

《应运而生》

《南方日报》1983 年 5 月 23 日第 1 版

←东莞县寮步公社凫山大队乐平围生产队靠科学管理，四百六十株荔枝树平均每株产量达四百斤。图是该队的一棵挂果一千二百多斤的荔枝树。

本报记者 杨宇钟 摄

杨宇钟：《东莞县寮步公社凫山大队乐平围生产队靠科学管理，四百六十株荔枝树平均每株产量达四百斤》

《南方日报》1983 年 7 月 7 日第 1 版

东莞人民饱暖思文化
全县近万户私人订阅《南方日报》
邮局送报到户，全县本报发行量居全省之冠

本报惠阳讯 （记者李民英、通讯员冯章）东莞县邮电局努力解决把报纸送到户问题，满足群众对报刊的需要，搞好发行工作。全县《南方日报》、《广东农民报》发行份数，今年一至八月，月月上升。八月份，全县订《南方日报》一万八千七百多份，比一月份增加二千四百多份（其中私人订阅的九千四百多份，比一月份增加近三千份），居全省各县之冠。

东莞县邮电局针对全县各地私人要求订报的越来越多，并且希望把报纸及时分送到户而邮电局投递力量不足，大部分只能分送到机关单位和大队的情况，及时推广了常平公社各大队设报刊代派员的经验。这个公社的二十五个大队，都设了负责把报刊信件分送到户的代派员，由大队和群众协商，合理解决代派员的报酬。由于投递及时、落实，该社报刊发行量明显上升。仅两个月时间，全社《南方日报》订户由六百多个增加到八百多个，《广东农民报》订户也大量增加。今年以来，由于推广了常平公社经验，全县已有三百一十六个大队设了代派员，占全县大队数的六成多。在农村发展代派员的同时，城镇中的百人以上的单位普遍建立发行站，负责收、订、分送本单位职工订阅的报刊。这样的发行站，仅莞城镇就建立了八十五个。

东莞邮电局在有关部门的支持下，还过细地做好中小学、城镇和公社所在地招待所、旅店、个体摊贩的报纸发行工作。七月底的几天时间，石龙、莞城、太平三镇的个体摊贩就增订了两百多份。

李民英、冯章：《东莞人民饱暖思文化　全县近万户私人订阅〈南方日报〉》

《南方日报》1983 年 8 月 5 日第 1 版

不被注意的大变化

人们下乡调查研究，一般都很注意农民增加了多少收入？吃肉吃鱼增加了多少？村子里盖了多少新房子？……所有这些，无疑是农村大好形势的重要标志。

今天，本报向人们报道农村大好形势另一个很有意思的标志：东莞县（主要是农村）已有九千多户私人订阅《南方日报》。三中全会以前，农村一般只有公社、大队、生产队订报，农民中几乎没有什么人订阅报纸。这种情况甚至被视为正常现象。现在，东莞农民开始大规模地打破这种“正常现象”，一下子竟有近万户人家订阅《南方日报》（订阅其他报纸的未统计在内）。这难道不是当今农村大好形势很重要的表现吗？

农村里这么多人订报，现在仍然是不被人们注意的大变化。但，这却是意义重大的变化。它说明了，农民逐步富裕起来了以后，不仅要求不断改善物质生活，而且强烈要求提高文化生活水平，强烈要求学习政策，学习文化，学习科学技术，要求知道国内外大事，知道政治和经济的信息。各地党委和政府，要适应农民的要求，满足农民这个高尚的需要。除了引导农民多订报以外，还要从多方面丰富农村的文化生活。这对于提高农民的素质，对于建设现代化农业，具有非常重要的意义。

谢谢东莞县邮电局的广大职工，他们努力解决把报纸送到户的问题，为全省提供了一个好经验。我们希望他们乘胜前进，做出更大成绩！

《不被注意的大变化》

《南方日报》1983 年 8 月 5 日第 1 版

东莞县早稻总产亩产双超历史

本报讯 东莞县今年七十三万多亩早稻，喜获丰收，总产量达五亿四千多万斤，比去年同期增近五千万斤，增长一成；平均亩产七百四十四斤。总产和亩产都超过历史最高水平。全县社社增产，队队丰收。

今年早造，气候反常，这个县的各级干部深入实际，调查研究，有效地指挥生产，从而战胜了恶劣天气，使早稻正常生长。同时，全县大面积推广杂交水稻，早造种植杂交水稻从去年的九万多亩增加到三十三万亩，占早稻总面积的百分之四十四点七，结果，杂交水稻获得大增产，平均每亩比常规稻增产一百八十九斤，这对提高全县早稻的单产、增加总产量起了重要作用。 （冯章）

冯章：《东莞县早稻总产亩产双超历史》

《南方日报》1983年8月26日第2版

怎样保证承包合同全部兑现？

东莞寮步公社的经验是：实行监证制度，加强合同管理

本报惠阳讯　（记者李民英、通讯员冯章）东莞县寮步公社切实加强对承包合同的管理工作。今年来，在公社党委的领导下，公社、大队、生产队三级都成立了承包合同监证小组，建立了监证制度，根据承包金额多少，实行分级管理。全社由公社、大队、生产队分别监证的合同共八百四十一个，一至七月应兑现的承包合同款一百二十多万元，全部兑现。

寮步公社大队、生产队两级工副业绝大部分由社员个人或联户承包，全年承包合同总金额四百多万元。去年底清理承包合同时，发现全社未兑现的承包合同款共有八十多万元，严重影响了集体经济的发展。公社党委和管委会发动干部、群众共同总结合同款得不到兑现的教训：一是承包合同不严肃，一些承包者不顾完成承包额的可能性，盲目投标，而一些干部又只满足于投标高价，造成合同无法兑现。寮步大队有个社员，去年初投标时，以高出正常生产可能达到的高价，承包了生产队一口鱼塘和大队一间制缸厂。承包金额为十一万四千元，去年底仅交了两万一千元，给大队和生产队造成了严重损失。二是签订合同的双方责、权、利不明确，不具体，有的甚至是“烟纸合同”（即写在香烟盒上的合同）、“口头合同”，无凭无据，结果，双方纠缠不清，无法兑现。

针对这些情况，今年初，公社、大队、生产队分别成立了承包合同监证小组，合同分级管理：凡承包额在五千元以上的合同，由公社监证小组负责审查监证；承包额一千元至五千元的合同由大队监证小组审查监证，并报公社备案；承包额一千元以下的合同由生产队监证小组审查监证，五百元至一千元者报大队备案。各级监证小组责任明确，分别负责审查合同订得是否合理，以及兑现合同的可能性，并负责帮助签订合同双方把合同订得更加完善、具体。监证小组有责任检查督促承包者搞好生产、监督其依时交承包款。同时，负责解决合同执行过程中的新问题，处理违反合同、中途撕毁合同者。一切合同，经监证小组批准方能生效。公社监证小组，每季度还负责对大队、生产队监证的合同进行一次全面检查，发现问题，及时督促解决。为严肃合同条约，全社统一印发合同书，内容不仅有承包项目、年限、金额和分期付款的时间、数量，还把延期付款追加利息和中途退约经济损失赔偿等一一写明。寮步大队邝植枢等三户人承包大队陶瓷厂，合同规定承包者每月向大队交一次款。公社监证小组考虑到承包者的资金周转问题，为有利于发展生产，经双方同意，把第一次交款时间改为合同签订后的半年，以后每季度交一次款；同时，还帮助合同双方明确规定了合同期满后剩余材料折价等问题，使合同更加完善、具体。公社监证小组还经常派人到厂检查生产情况。承包者满意地说：“公社监证，合同保证，我们吃了定心丸。”过去，每月只能烧十二窑，现在，邝植枢等三户人每月烧十八窑，大大提高了劳动生产率。

李民英、冯章：《怎样保证承包合同全部兑现？　东莞寮步公社的经验是：实行监证制度，加强合同管理》

《南方日报》1983 年 8 月 28 日第 1 版

摘要：报道了东莞县寮步公社针对承包合同无法兑现以及签订双方责权不明等问题，成立承包合同监证小组，实行合同分级管理，审查合同合理性和兑现可能性，完善合同具体内容，处理违反合同、中途撕毁合同等现象，使公社承包合同得以完全兑现，大大提高了劳动生产率。

努力恢复生产 争取灾后丰收

东莞干部群众修复堤围抢救作物

本报讯 （记者关键、通讯员冯章）今年第九号强台风和大海潮正面袭击珠江三角洲，东莞县首当其冲，海潮暴涨，沿海大部分堤围漫顶缺口。其中虎门、沙田、长安、新湾、太平、道滘等十个公社（镇）损失严重。台风过后，全县干部、群众立即投入抢险，努力恢复生产，决心抗灾夺丰收。

在灾害面前，县委、县政府及时采取紧急措施，组织全县十一万九千多名干部、群众，投入抗风抗潮抢险，使一千多名居住在危房的社员及时迁出，大部分牲畜得到转移。县邮电局、县供电局不畏强风，同心协力，风雨未停，便抢修线路，确保通电、通话，受到县委的表扬。十日上午，县委召开电话会议，通报灾情，迅速动员全县人民堵口复堤抢救农作物。全县还拨出木材四百立方米，组织五个工作组共三十多人分赴灾区协助工作；同时派出五百多名机关干部到受灾最重的沙田公社参加修复堤围。目前，灾区干部和群众正斗志昂扬地投入灾后恢复生产，十日一天共出动三万多人，堵口复堤二百五十多处；非灾区也迅速组织群众大力支援灾区，同心同德，抗灾夺丰收。

关键、冯章：《努力恢复生产　争取灾后丰收　东莞干部群众修复堤围抢救作物》

《南方日报》1983 年 9 月 11 日第 1 版

国务院批准
东莞太平港为对外开放口岸

新华社广州9月17日电（通讯员张子明、记者蒋顺章）广东省口岸办公室负责人今天宣布，经国务院批准，广东省著名侨乡——东莞县的太平港为对外开放口岸。

太平港位于珠江口北岸的太平镇，港内水深浪静，是个天然避风良港，距离香港仅四十七海里，距离澳门约九十多海里。素有东莞水陆交通枢纽之称。太平镇，是我国近代史上鸦片战争的古战场，这里有闻名中外的虎门古炮台、林则徐的焚烟池、堑壕等古迹，风景优美，为旅游胜地。

东莞县旅居海外的华侨和港澳同胞达七十万人左右。近几年来，他们纷纷回乡投资设厂，积极支援家乡建设。

目前，太平港的客运码头、口岸办公楼、联检设施等已开始建设，计划明年上半年建成投入使用，并将与香港正式通航。

张子明、蒋顺章：《国务院批准东莞太平港为对外开放口岸》

《南方日报》1983 年 9 月 18 日第 1 版

我省健儿又夺金、银牌各一枚
东莞选手徐冠南昨破一项全国纪录

本报上海、南京电 五届全运会决赛的第3天，我省体育健儿发扬连续作战精神，在昨天8个项目的角逐中，获得1枚金牌和1枚银牌。

在昨天晚上举行的男子200米仰泳决赛中，来自东莞县的我省选手徐冠南，以2分8秒65的成绩，打破2分8秒9的该项全国纪录，并获得该项金牌。在球类项目比赛中，广东选手得多失少，男篮以89比87险胜山东队。女篮以86比56大胜安徽队。女网以2比1胜天津队，名列小组第3，只能参加争夺第五名的比赛。男子乒乓球团体赛，广东队由于体力不支，以0比5负于湖北队。水球队迎战四川队，以11比5获胜。在重剑和男子花剑决赛中，广东选手成绩不佳，无人进入前三名。在昨天进行的射箭比赛中，王亦农在单轮50米比赛中，以1环之差成绩暂居第二。

昨天，全运会射击比赛在南京揭开战幕，广东队获得女子气手枪团体亚军，并平了该项的全国纪录。　（汉滔）

汉滔：《我省健儿又夺金、银牌各一枚　东莞选手徐冠南昨破一项全国纪录》

《南方日报》1983 年 9 月 22 日第 3 版

东莞图书馆经扩建重新开放

本报讯 东莞县图书馆经过扩建后，一日重新开放。

该县先后拨款二十多万元，新建成一栋有一千一百平方米的图书馆大楼，连同原有馆舍共一千五百平方米。全馆藏书十三万多册，是目前我省规模最大的一座县级图书馆。（陈镜堃、郑咸宁）

陈镜堃、郑咸宁：《东莞图书馆经扩建重新开放》

《南方日报》1983 年 10 月 4 日第 1 版

既抓生产又抓流通

东莞县农副产品达三江通四海

本报讯 （记者关健、通讯员冯章）东莞县商品生产发展快，流通渠道多。据8月底统计，全县商业农采完成3,532万元，与去年同期比较，增长17.4%；供销农采2,840多万元，增长28.3%；外贸收购13,920万元，增长7%。该县在抓商品生产的同时，改变独家经营的局面，允许国营商业、供销社、集体商业、个体小贩竞争，多条渠道流通，使农副产品达三江通四海。

东莞县位于珠江三角洲，商品经济向来比较发达。近几年来，党的农村政策更给该县农业带来了生机，县有关部门因势利导，既抓生产又抓流通。他们的经验是：

一是扶植发展“三户”，促进商品生产。今年来，该县进一步把发展专业户、重点户、联营户作为发展商品经济的重要措施来抓，从资金、种苗、饲料、肥料、技术等方面给予支持。结果，全县“三户”蓬勃发展，总数达31,021户，占总农户的14.3%，比去年底增加1.1倍。从事各种专业劳动力，占农业总劳动力的16.4%，共投放资金4,549万元。而这些“三户”中，从事种植业、畜牧业、养殖业的占总数的五成以上。他们大搞开发性生产和商品基地，营林种果，栽瓜种菜，养牛、养猪、养鱼、养三鸟，为该县提供了越来越多的农副产品。

二是发展多条商品流通渠道，使农副产品收得上，销得出。在办好国营商业的同时，大力抓好供销社体制改革，发挥供销社在农村商品流通中的作用，积极发展集体商业和个体商业。目前，该县集体商业已有2,400多户。商品流通渠道多，初步改变了过去买难卖难的状况。去年全县50多万担花生、81万担香蕉、14万担荔枝、18万担橙柑、4万吨蔬菜、50万担生猪、23万担塘鱼等农副产品都能及时销售出去。

三是推广和实行合同制。该县通过国营商业、供销社、社队农工商联合公司等单位与生产者签订购销合同，把农产品的收购、加工、储藏、运销联系起来，解决产地积压、销地缺货的矛盾。大朗公社今年荔枝总产1,300多万斤。大朗供销社及时与65名农民联合经营，由收购站负责收购，供应木炭，由农民负责加工荔枝干。他们定出收购荔枝干最低保护价，加工盈利二八分成。此外，还组织农民互相联合加工鲜荔枝200万斤，总共加工鲜荔枝466万斤，占全社荔枝产量46%。这样一来，平均每担荔枝增值7元9角。仅加工鲜荔枝这一项，全社增加收入368,000多元，较好地解决丰收滞销，增产不增值的问题。

四是集资发展交通运输，不断提高运力。随着商品经济发展，交通运输的问题越来越重要。该县为了加速交通运输业的发展，首先采取由银行贷款，县付利息的办法，改造了由县城到惠州的公路在该县境内的40公里路段，把沙泥路面全部铺上柏油。其次，他们采取自筹资金、通车收费的办法，由石龙镇集资500万元，建筑东江大桥，现正在施工中。他们还实行社办县助的办法架设东江下游的高埗桥、东江支流的金泰桥。对地方公路，则逐年由泥路改为水泥路面，到今年底，将完成214公里。与此同时，他们大量发展水上运输业，采取多种办法，购买了一批车船，提高了运力。

关健、冯章：《既抓生产又抓流通　东莞县农副产品达三江通四海》

《南方日报》1983年10月12日第2版

东莞灾后加强管理晚稻长势良好

本报讯 东莞县在遭受9号强台风袭击后，注意加强晚稻后期田间管理，及时消灭白叶枯病、纹枯病、细菌性条斑病和稻飞虱，使晚稻正常生长，减少了灾后损失。

东莞县的晚稻受到台风、海潮袭击后，9月中下旬，水稻普遍发生“三病一虫”为害，全县不同程度发生病虫害的面积达63万亩，占晚稻总面积的81%。面对这一情况，全县各级领导及时采取措施，组成一套班子专门抓好晚稻后期田间管理工作，有关部门全力以赴，组织了一批农药与农科技术资料，支援农村除虫灭病，有针对性地施药。在国庆节前后，全县统一行动，很快就形成了一个以除虫灭病为重点的晚稻后期田间管理高潮。在上月下旬，对受到虫害的稻田，全部施过1—2次农药，把病虫害控制下来。对应施壮尾肥的晚稻也全部施了混合肥，以壮胎壮穗，增强抗病力。目前，全县病虫害已经制止，晚稻生长良好。（冯章）

汕头各地力争甘蔗获得较好收成

本报讯 汕头各地抓紧时机，采取措施，认真搞好当前甘蔗的田间管理，力争甘蔗生产获得较好收成。

今年，汕头各地共种植甘蔗12万多亩，面积比往年减少。由于甘蔗生长前期阴雨天多，中期一些坡地蔗受旱，生长季节一般比往年慢15至20天，有效条数也较少，长势普遍比去年同期差。为了扭转糖蔗生产的被动局面，争取今年有较好的经济效益，许多县社提出，面积减少单产补。现在正是甘蔗拔节生长旺期，汕头各地纷纷针对本地甘蔗生产的薄弱环节，落实措施，协助蔗农认真加强田间管理，做好中、后期除草、除虫；施肥、培土；防风、防倒伏；排灌水和治安管理等工作，努力提高甘蔗单产，增加总产。同时，还抓好秋植甘蔗的种植，为明年甘蔗丰收打下基础。（康）

冯章：《东莞灾后加强管理晚稻长势良好》

《南方日报》1983年10月17日第2版

莞城镇办企业剪影

←莞城电子厂积极开展技术普及和科研活动，提高了全厂的生产能力。该厂已能自行设计和生产十六个电器产品，其中「砺磁调压器」填补了我省的空白。

↑莞城镇烟花砂炮厂的产品远销英、美、日等国，销量不断增加。这是质检员认真抽检烟花火药量。

→莞城塑料厂以补偿贸易和来料加工的形式发展生产，现已具有8个车间和50台大型制塑设备，能生产近五百个塑料产品。图是吹膜车间一角。　　何洪伟、张勉　摄影报道

何洪伟、张勉：《莞城镇办企业剪影》

《南方日报》1983 年 10 月 19 日第 2 版

面向市场 生产兴旺

——东莞县莞城镇办工业见闻

最近，我们到东莞采访，发现莞城镇办企业充满活力，引起了我们的兴趣。

莞城镇是一个有82,000多人口的大镇。全镇有68家中小型集体企业，8,688名工人。厂不算大，而它们惊人的活力，所创造的产值、利润却使不少国营厂逊色。1978年以来，全镇68家工厂，没有一家亏本。4年里全镇工业产值和利润每年平均分别以增长11.6%和10.8%的高速度发展。去年，工业产值为6,225万元，实现利润354万元，比1978年翻了一番！

自立自强

在莞城镇造纸厂有一座新厂房，里面立着一台新型的“双缸双网”中型造纸机。说起来，这里面还有一段故事：前年起，造纸厂遇到了危机。市场纸张饱和，促使大中型纸厂转向生产瓦楞纸。而该厂两台陈旧的109双缸双网原网机生产出来的瓦楞纸，不适应市场需要。是抱着陈旧的设备等死，还是更新设备？厂领导和技术员进行了反复的讨论之后认为：出路只有一条，购进先进设备。但是谈何容易！一台新机近60万元，加上建厂房得有200万元，向哪里伸手？为了自立，为了生存，厂里终于决定背水一战，向银行贷款200万元。他们知道时间就是金钱，从去年3月破土动工，日夜施工，结果只用了8个月的时间，当年设计、当年施工、当年投产，产量比原来翻了一番，生产出来的产品今年初在造纸行业被评为“一号瓦楞纸”！

莞城镇造纸厂从一个侧面反映了镇党委、镇府办工业的指导思想。他们认为，镇办集体企业大都是从五六十年代街道手工业发展起来的，设备陈旧，技术落后，如要在八十年代立住脚，就必须不断提高工厂自身的质素，使之自立自强。这几年，全镇企业仅用于更新设备的投资达2,000万元，他们从手工生产变成机械生产，有的实现了半自动生产，增强了企业的竞争能力。

为我所用

我们来到莞城镇糖果厂。厂长正被大批客户缠住，忙得团团转。好不容易他才抽出身来，对我们说：“真对不起，让你们久等了！”看见他喜不自禁的样子，我们也为他们高兴：六个月前，他们还为工厂面临死火发愁呢！

事情是这样的：去年，这个厂主要产品糖果饼干，因原料和工艺不过关，被同行业从市场挤了出来。今年生产任务下降了六成多。五百多人的厂眼看就要死火了。这时，镇党委镇府派了个工作组到厂里，帮他们找一条活路。这个厂有一条生产即食面的自动流水线，是与香港某公司搞补偿贸易的，产品销去香港。由于香港市场饱和，这台机每天只生产一班。能否为我所用，增加生产转向内销？经过多次协商，他们争得了主动权。为了占领市场，他们进口原料，改革包装装潢，提高单产，降低成本。结果，一条即食面自动生产流水线救活了全厂。他们一天三班倒，日产15万包，仍然供不应求。“敖洲塔牌”即食面在市场站稳脚了。

莞城镇68家企业，几乎一半工厂利用搞外贸出口的设备、技术力量，和进行补偿贸易的设备、技术力量，在保证完成出口任务的同时，大搞内销产品。这样做，既填补外贸出口产品任务不足的空缺，又扩大了企业的生产能力。

以变应变

“国际市场变幻莫测，稍不适应，就会败下阵来。”莞城镇工艺厂厂长深有感触地说。

工艺厂是一间以生产镀镁乙烯胶片剪裁的胶花串、以及中秋灯等出口产品为主的工厂。这几年，外商不论订什么品种的产品，他们说变就变，要什么就能拿出什么。他们的应变能力，简直令人难以相信！知道内情的人并不感到奇怪，这个厂有两条：一是有过硬的设计队伍；二是有一支具有多种技能的工人队伍。工厂千方百计让产品设计组的技术员，有充分发挥才智的天地，让他们有安静、舒适的工作环境，给他们订阅大量的书刊，创造机会给他们出去参观学习，扩大视野。今年春交会，产品设计组设计胶花串115件新品种，成交了94款，共31,860打；中秋灯32款，成交28款，共151，000只。仅此两项，折算产值50万元。

莞城镇68家集体企业，都注意适应市场的需要，提高应变能力，所以不管风吹浪打，依然信步前进。

本报记者 关健
本报通讯员 冯章 苏惠

关健、冯章、苏惠：《面向市场 生产兴旺——东莞县莞城镇办工业见闻》

《南方日报》1983 年 10 月 19 日第 2 版

驻军向樟木头区赠送锦旗

本报惠州电　10月25日，驻军某部在东莞县樟木头召开大会，给樟木头区党委、区政府赠送一面锦旗。广州部队某部首长代表驻军全体指战员感谢樟木头各级党组织和群众对子弟兵的热爱和支持。

樟木头地处广九铁路的交通要道，每年的征兵入伍、老兵退伍、部队干部转业，都经樟木头集散。樟木头区的党组织和群众，热爱子弟兵，接待工作一直做得好。（兴民、小虞）

兴民、小虞：《驻军向樟木头区[1]赠送锦旗》

《南方日报》1983 年 10 月 28 日第 2 版

一批业余体校先进集体个人受表彰

石龙镇业余体校榜上有名

本报讯　据新华社消息：国家体委11月5日下午举行授奖大会，表彰为发展我国体育事业做出贡献的全国业余体校先进集体和先进个人。人大常委会副委员长周谷城、廖汉生，国家体委主任李梦华、副主任徐寅生、徐才等出席了授奖大会，并向获奖的先进集体和先进个人颁发了奖章、奖状和奖品。有5个单位荣获国家体育运动荣誉奖章和奖状，其中我省东莞县石龙镇业余体育学校榜上有名。

《一批业余体校先进集体个人受表彰　石龙镇业余体校榜上有名》

《南方日报》1983 年 11 月 6 日第 3 版

① 樟木头区：今东莞市樟木头镇，位于东莞市东南部，距东莞市区约36千米。1983年樟木头公社改为樟木头区。

六百青年"虎门行"
军民共抒爱国情

本报讯 昨天，沉寂的虎门古战场热闹非常，600多名工、商、学、兵、文艺和新闻战线的青年，在这里重温中国近代历史，缅怀爱国志士，受到了深刻的爱国主义教育。

参加这次"虎门行"联欢会的，有暨南大学的港澳、华侨学生，有文冲造船厂的优秀团干和青年工人，有南方大厦的服务能手和青年售货员，还有广州部队战士话剧团、歌舞团，珠江电影制片厂和广东电视台的青年演员。他们共乘一条游船，一路欢声笑语。在虎门码头大榕树下的抗英古炮旁，他们听取了暨南大学历史系中国近现代史教研室讲师李明关于虎门史迹的介绍，使大家受爱国军民英雄业绩的感染，激发起爱国主义的热情。暨大医学院八三级女同学王宁，满怀激情地朗诵了《虎门遐想》的诗句："我们怎能忘记，你的心脏被踏上列强那罪恶的铁蹄，你的脸上被贴上那屈辱的印记……"在虎门驻军的露天大操场上，青年们与驻地海军战士一起，用文艺形式倾吐自己爱国的心曲。刚下部队演出归来的战士话剧团，表演了话剧《高山下的花环》的精采片断；战士歌舞团的青年独唱演员秦蕾，引吭高歌《我的祖国》、《在希望的田野上》等歌曲；华侨港澳学生、售货员、工人、演员等，同台演出了许多赞美祖国、赞美党的文艺节目。在余兴未尽的归途上，许多青年畅谈了"虎门行"的感想，表示要象当年爱国军民销毁鸦片一样，在新的历史时期自觉抵制和清除精神污染。

（杜汝初、杨兴锋）

* *

左图是参加"虎门行"联欢的同志在虎门沙角"点将台"（炮台）旧址，凭吊古战场，听暨大历史系讲师讲鸦片战争史。

本报记者 李瑞淦 摄

杜汝初、杨兴锋：《六百青年"虎门行" 军民共抒爱国情》

《南方日报》1983 年 11 月 14 日第 1 版

莞城有了超级商场

东莞县城运河商场附设的超级商场最近开业。超级商场面积300多平方米，分设10多个商品专柜，主要经营食品、日用品和中药材等，品种达300多个。

（冯章）

冯章：《莞城有了超级商场》

《南方日报》1983 年 11 月 18 日第 2 版

大力士的摇篮

——记东莞县石龙镇业余体校

东莞县石龙镇业余体校是一间以举重为主要项目的重点青少年业余体育学校。创办二十多年来，培养了一大批优秀的举重运动的后备人才，在国内外比赛中为社会主义祖国赢得了荣誉，为发展我国举重事业作出重大贡献，最近被国家体委授予国家体育运动荣誉奖章。

石龙镇业余体校创办于1957年1月，它的前身叫石龙举重班。饮着石龙水长大的陈镜开，就是在这里接受启蒙训练，成为9破世界举重纪录的著名运动员的。石龙业余体校开办之初，条件极其艰苦，陈镜开的大哥陈枝主动兼了业余教练。大家自己动手浇铸杠铃，凑钱买了盏煤油灯，镇人民政府给找了间旧房子，作为场地。在这里经过严格训练、打下坚实基础的叶浩波，继陈镜开之后，又4破世界举重纪录，并一直保持8年之久。“文革”浩劫，体校也惨遭破坏。1972年，在敬爱的周总理支持下，我国决定恢复举重运动的春风，吹融了这块冻结的举重沃土。石龙业余体校很快重新上马，并以新的姿态向前发展。

党的十一届三中全会以来，石龙体校面貌一新。国家把石龙体校列为全国举重业余训练基地之一。省体委每年下拨固定的训练经费。东莞县也把举重作为全县的重点体育项目之一，不断巩固和完善石龙业余体校的建设。1980年新建了石龙举重馆，馆内宽敞明亮，可安放10个举重台，成为正规化的举重训练基地。体校采用“三集中”的形式办校，举重班现有60名学生，3名专职教练员。每天除保证4节以上文化学习外，还坚持2节训练课，训练时数达3.5小时。在教练员精心培育下，新的一代举重人才不断涌现：赖润明一人一次打破一项青年世界纪录；先后有三人24次打破六项全国纪录；在国际比赛中共取得32枚奖牌，其中金牌22枚，并有9人41次打破12项全国青少年纪录。1978年石龙业余体校学员代表地区参加省运会，获团体总分第一名；在今年省青少年举重赛中，夺得团体总分第一，获11枚金牌，破一项全国少年纪录。

石龙业余体校坚持抓学生的思想教育和作风培养，抵制精神污染，一些学员在比赛中被评为“精神文明运动员”。目前，石龙培养的举重运动员，有3人入选国家队，2人入选省队。许多举重行家反映，石龙输送的运动员，基础好，作风正派，起点高，进步快，石龙业余体校不愧为大力士的摇篮。（钟自新）

钟自新：《大力士的摇篮——记东莞县石龙镇业余体校》

《南方日报》1983年11月21日第3版

江门市、东莞县部署榨季生产
保证经济效益高的糖厂吃饱

本报讯 江门市和东莞县调整部分糖厂蔗区，部署即将到来的蔗糖榨季生产。

东莞县人民政府决定，压缩大部分土糖寮，保证让东莞糖厂吃饱、多榨。为了方便该厂调进甘蔗，缩短途距，提高甘蔗新鲜度，他们合理的调整了部分蔗区。江门市除了坚决执行省府关停新会糖厂、睦洲糖厂、新会糖酒厂的决定外，又根据本地蔗源情况，决定再关停开平县开平糖厂、显岗糖厂和鹤山县鹤山糖纸厂的制糖车间的生产，把它们的甘蔗择优调给附近经济效益高的糖厂吃饱多榨。对关停厂和多榨甘蔗的糖厂之间的经济互利问题，江门市也作了合理解决：新会三个糖厂关停后，它的蔗量由江门甘化厂以代加工的形式处理，江门甘化厂按加工成本收取新会的加工费，成品糖归还给新会县；新会县按江门甘化厂实现的万吨甘蔗糖产品利润，返还5%给江门甘化厂；根据新会生产酒精和纸张的需要，江门甘化厂向新会返还蔗渣和桔水。（本报通讯员）

本报通讯员：《江门市、东莞县部署榨季生产　保证经济效益高的糖厂吃饱》

《南方日报》1983 年 11 月 22 日第 2 版

省属两剧团分赴东莞县和惠州市献演《红玫瑰》和《港九传奇》

本报讯 广东粤剧院三团和广东话剧团，十一月二十八日和二十九日分别赴东莞县、惠州市，为纪念东江纵队成立四十周年演出粤剧《红玫瑰》和话剧《港九传奇》。

七场现代粤剧《红玫瑰》，歌颂了东江抗日游击队情报战士英勇献身的精神；七场话剧《港九传奇》，描写了东江纵队港九大队手枪队营救美国飞行员的故事。（潘妙贤）

潘妙贤：《省属两剧团分赴东莞县和惠州市献演〈红玫瑰〉和〈港九传奇〉》

《南方日报》1983 年 12 月 1 日第 1 版

“石龙杯”举重精英赛首天角逐激烈

本报石龙电　（记者吴沛彝、通讯员唐汉滔）昨天下午和晚上，“石龙杯”举重精英赛展开激烈角逐，刚刚在中国和埃及举重友谊赛中刷新了一项国家纪录的上海选手田宗骏和代表石龙队的著名运动员陈伟强，成绩突出，分别囊括52公斤级和60公斤级的全部三项冠军。在56公斤级的比赛中，石龙队赖润明的抓举和总成绩都打破了全国青年举重纪录，广东队的王国锋刷新了这个级别的挺举全国青年举重纪录。在52公斤、56公斤、60公斤的三个级别争夺中，上海队暂居总分首位，紧跟着的是东道主石龙队。

举重之乡——石龙镇广大群众，尤其是青少年学生对这次精英赛表现了很高的热情。昨天晚上，有近3,000个座位的石龙镇灯光球场座无虚席。

吴沛彝、唐汉滔：《“石龙杯”举重精英赛首天角逐激烈》

《南方日报》1983 年 12 月 4 日第 3 版

南方日报

1984年

东莞县水果产量为全省之冠

其中荔枝、香蕉产量居全国首位；全县水果总收入占农业总收入的百分之十一点一

本报讯　（记者关健、吴小虞）素称鱼米之乡的东莞县，又成了名副其实的水果之乡。目前，全县有荔枝、香蕉、橙柑、菠萝和杂果面积近15万亩。1983年，全县水果总产达169万担，比1979年增加3倍；水果收入达7,380万元，占全县农业总收入的11.1%，水果总产量为全省之冠，荔枝、香蕉产量居全国首位。

东莞县是我省的主要粮产区，每年粮食总产量10亿斤以上。党的十一届三中全会后，东莞县委为了让农民更快地富裕起来，在不放松粮食生产，确保粮食总产逐年增加的前提下，引导农民把多余劳动力转移到开发性生产上来，按照自然规律和供求规律，适地适种，适销适种，大力发展荔枝、香蕉、橙柑、菠萝等水果生产。他们根据种果经营周期长、投资大、花工多、群众不愿放开手脚大干的情况，实行统一规划，分户经营，延长承包期限，贷款优先，果苗补贴等政策，从而调动了群众的积极性。仅1979年以来，全县新种水果65,000亩，其中1983年种了45,000亩。为了提高水果生产的商品率，该县着力发展了一批水果专业户、重点户，投资375万元，投工120多万个，开发了大片荒山、荒地。去年，尽管东莞县遭受了严重的自然灾害，粮食总产仍达11.24亿斤，比前年增产3,826万斤。水果也大幅度增产，其中荔枝增产3,900万斤，橙柑增产400万斤。

东莞县在大力发展水果生产的同时，还采取多种形式，鼓励和支持县区有关部门和单位开辟多种商品流通渠道，不断完善产前、产中和产后的服务，使生产、供应、技术、加工、贮藏、运输、信息、信贷、销售等各个环节有机地联成一体，不仅促进了生产的发展，而且使全县去年160多担水果都依靠本县的购销渠道较好地销了出去。

关健、吴小虞：《东莞县水果产量为全省之冠》

《南方日报》1984 年 1 月 2 日第 2 版

造林种果树　山区能致富

东莞黄江区人均收入五年翻两番

本报讯　东莞县黄江区近几年来大抓造林种果，经济发展很快。1983年单林果一项，平均每人就收入131元。整个农林副业收入，人均可达530元，比1978年翻了两番，摘掉了“穷山区”的帽子。

黄江区土地总面积有10万亩，其中山地占70％以上。过去，大量山地没有充分利用，因而收入水平很低，到1978年，人均收入只有123元。如何改变“山多地瘦人穷”的面貌？原黄江公社党委从北岸大队第五生产队大种水果由穷变富的事例中得到启发，把造林种果作为山区农民勤劳致富的重要措施来抓。现在，全区7万多亩山地，已有96.8％种上林木、水果，按全区农业人口计算，平均每人占有林木4.6亩，果树6分多。1983年水果总产量可达37,000担。

造林种果是一项投资大、周期长、劳力投放多的开发性生产。黄江区针对农民怕政策变的思想，首先规划3,820亩责任山和7,240亩自留山，分给社员经营。接着，又制订了具体措施，允许社员在荒山、荒地上开发经营“小四园”，土地由集体统一规划，所有权归集体，使用权归开发者，20年不变（种橙柑桔则长期不变），林果收成后，每年从利润中上交10％给集体作积累。同时，在经济上给社员以大力支持。近三年来，全区用于办果场的投资和种苗补贴的款项共达51万元。此外，在技术上加强指导，聘请县农校老师定期讲授果树栽培管理知识，选派青年农民到省农校学习。这样，群众开发荒山，种果种树的积极性空前高涨，有的集体种，有的联户种，有的农户自己种。全区经营林果的有1,971户，占总农户的63％。1983年，全区新种果树5,370亩，营造用材林2,660亩。

黄江区造林种果能够取得较好的经济效益，一个重要的原因是搞好林果业的内部结构，注意把造林和种果结合起来，重视营造用材林，大力营造松杉混交林，适当种植薪炭林。在种果方面，也注意调整品种结构，立足于优质、高产、适销，提高经济价值。

（冯章、沈伊宓）

冯章、沈伊宓：《造林种果树　山区能致富　东莞黄江区人均收入五年翻两番》

《南方日报》1984 年 1 月 10 日第 1 版

转变领导思想　大抓商品流通

东莞麻涌区香蕉畅销全国

去年，他们靠自己开辟的购销渠道，把55万多担香蕉销往51个大中城市；其他商品也货畅如流，促进了工农业生产蓬勃发展

本报讯　东莞县麻涌区一手抓生产，一手抓流通，在发展生产的同时，开辟多条渠道，使大批农村商品远销各地。1983年，全区向全国推销55万多担香蕉，其他商品也货畅如流。

抓好了商品流通，反过来有力地促进了商品生产。1983年，这个区的工农业生产继续蓬勃发展。这一年全区稻谷总产47万担，比1978年增1万担；甘蔗总产8.6万吨，比1978年增3.8万吨；香蕉总产52万担，比1978年增1.3倍；红（阶）砖总产2.03亿块，比1978年增1.1倍；全区农民的集体分配达到670元，比1978年增加4倍。

党的十一届三中全会以后，麻涌区的领导在抓生产的同时，注意抓流通工作。区委分工两名副书记、一名党委委员、五名区干部加强对流通工作的领导。区的主要领导都经常深入大队、生产队和省内外各地调查产销情况，了解市场行情，掌握经济信息，组织购销工作；同时，开辟多条流通渠道，沟通南北销路。为了使香蕉在我国北方打开销路，1981年秋天，原公社党委由一名副书记带领一个经济考察组，到我国北方和华东一些省、市了解产品的销售行情，开拓市场。全区还组织了一支84人的供销队伍，到省内外各地积极开展以推销香蕉为主的购销业务。党中央1983年1号文件明确规定，允许多条渠道经营，允许出县出省远途运销农副产品之后，他们更是放开手脚大搞推销工作。他们发动大队、生产队和农民，组织国营与集体、集体与集体、集体与农民、农民与农民等各种运销经济联合体。参加联营的各单位，按一定的比例分别承担国家的香蕉派购任务，各自独立核算，自负盈亏。经营方式有：站台交货、代购代销、自营自销、联营购销等多种形式。到去年底为止，全区经济联合体已发展到173个，从事有牌经商的个体户有486个。这样，全区形成了国营商业、供销社、集体、联合体、个体、内贸、外贸等多条渠道的商品流通网，改变了过去一个价格、一把秤杆、一家经营的局面，做到按质论价，价格随行就市。仅香蕉一项，就畅销全国19个省、市、自治区的51个大中城市。1982年该区向全国各地推销香蕉25万多担，1983年推销香蕉55.8万担（其中帮助兄弟县社推销了一部分）。前段，虽然省内红砖市场出现饱和、滞销，价格下降的情况，但由于他们通过多条渠道向外地推销，销售量不仅没有减少，反而增加。1983年共向外地推销红砖1.58亿块，比上一年增加75.6%。目前该区生产的红砖都能销售出去，没有积压，价格也略有提高。

麻涌区为了配合多条渠道推销产品，还大力发展运输业。他们采取集体办、专业户重点户办、农民合股联办等形式，大力发展机船运输。全区现有运输机动船645艘，总载重量6,885吨，比1978年增加586艘，载重量相当于1978年的9.2倍。　（冯章）

冯章：《转变领导思想　大抓商品流通　东莞麻涌区香蕉畅销全国》

《南方日报》1984 年 1 月 12 日第 1 版

摘要：报道了东莞县麻涌区在十一届三中全会后，一手抓生产，一手抓流通，全区形成了国营商业、代销社、集体、联合体、个体、内贸、外贸等多条渠道的商品流通网，香蕉畅销全国 19 个省、市、自治区。同时，为了配合多条渠道推销商品，还大力发展运输业，全区运输机动船的载重量，相当于 1978 年的 9.2 倍。

增设销售网点　积极组织货源

东莞农村市场节日商品充裕

春节将到，东莞县供销部门增设销售网点，广采货源，以满足农民过节的需要。到本月20日止，全县供销系统应节的商品总额达4,200多万元。有3个基层社新建的大型商场已分别开张，另有30多个新建的门店也在节前开始营业。

东莞县农村市场应节商品十分充裕，一是家具，式样多达20多种、商品额达300多万元。二是华侨商品多，品种丰富，双缸半自动洗衣机、自动洗衣机、彩色电视机、音响组合机，国内国外产的电冰箱、永久牌自行车等一应俱全。三是上市的糖烟酒质量比往年好，各种水果达7万多担。

（梁冰）

梁冰：《增设销售网点　积极组织货源　东莞农村市场节日商品充裕》

《南方日报》1984年1月24日第2版

东莞县体育活动丰富多采

本报东莞电 春节期间，东莞县城乡人民开展了丰富多采的体育活动。

大年初一，全县群狮竞舞，近百只狮子涌上城乡各地，纷纷向各级政府和群众拜年贺岁，为群众表演。年初三、初四，省武术队在莞城、常平区、太平镇，为广大群众作了四场精采的各种拳术和器械对练表演，受到万余观众的热烈欢迎。省象棋队的新秀邓颂宏和关志良也在东莞应众表演两天，使棋迷一饱眼福。

太平镇还邀请了香港新中华足球队回来比赛。（钟自新）

钟自新：《东莞县体育活动丰富多彩》

《南方日报》1984 年 2 月 5 日第 1 版

"举重之乡"石龙镇 英豪辈出
国际室内田径赛 好手云集

石龙是我省东莞县的一个小镇，但这区区小镇却培养了一批又一批优秀举重运动员，成了闻名全国的"举重之乡"。广东电视一台今晚《体坛内外》节目播出的专访《培育大力士的沃土》，它将带您到石龙镇参观，使您了解石龙举重运动的历史、举重之乡今天的新貌，以及陈镜开、叶浩波等对往事的回忆。看过之后，就能知道石龙人之所以自豪和骄傲的原因所在了。

荧光屏前

《国际体育新闻》中最吸引人的是意、英等国的足球赛事和美国室内田径运动会。

意大利足球甲级联赛中，积分名列榜首的尤文图斯队作客那不勒斯，被那不勒斯队一比一逼和。

英国足协杯第四轮的比赛又爆冷门，全国闻名的利物浦队作客布赖顿，以0比2败北。另外，乙级队水晶宫队以1比1逼和甲级队西哈姆联队，伯明翰队以2比1小胜森德兰队。

最近在美国举行的国际室内田径锦标赛是一次好手云集的盛会，世界田坛名将美国的史密斯、捷克的克拉托赫维洛娃、撑竿跳高第一号选手奥尔森等都参加了比赛。

另外还有击剑、帆板、赛车及美国洛杉矶奥林匹克村的准备情况介绍等。（晓磊）

晓磊：《"举重之乡"石龙镇英豪辈出　国际室内田径赛好手云集》

《南方日报》1984 年 2 月 12 日第 3 版

船用救生饼干研制成功

本报讯　东莞县石龙糖果饼干厂研制成功的船用救生饼干，目前已投入批量生产。

救生饼干要求营养价值每公斤在5,000大卡以上，保存期3年，体积小，包装牢固。石龙糖果饼干厂制成的救生饼干，每500克压缩成8块，用金属罐包装，真空充氮封存，经3年贮放的产品，主要质量指标达到国外同类产品的水平。（谢仲光）

谢仲光：《船用救生饼干[①]研制成功》

《南方日报》1984年2月15日第1版

① 这种船用救生饼干由东莞县石龙糖果饼干厂研制与生产。

进一步开创发展商品生产新局面

常平区人均实际收入近千元

在新的一年里，干部群众决心向专业化经营发展，走出一条高投资、高效益、高收入的新路来

本报讯 （记者岑祖谋）我省农村执行对外开放、对内搞活经济政策的先进典型——东莞县常平区（即原来的常平公社），1983年在致富道路上继续前进，开创了新的局面。全区在多留公共积累加强精神文明建设的情况下，生产队一级集体分配人均650元，比上一年增加44元，加上社员家庭副业人均348元，全区人均实际收入达998元，富甲全县。

春节前夕，常平区委组织干部群众学习中央今年一号文件，总结本区在党的十一届三中全会精神指引下，由穷变富、不断前进的经验。许多干部和群众高兴地说，三中全会以来，常平区发生了翻天覆地的变化，全区连续五年大幅度增收，去年三级经济（不包括社员家庭副业）总收入达8,124万元，纯收入4,273万元，分别比上一年增加1,422万元和523万元，集体分配比三中全会前的1978年增加4倍多。全区五成左右的农户建了楼房。社员储蓄存款2,176万元。谈起这些巨大变化，区委书记袁李松说，这是坚定不移地贯彻执行党的路线、方针、政策的结果。

去年初，有些农民担心政策变，在致富道路上曾一度犹豫观望。原公社党委立即组织广大干部和群众认真学习中央1983年一号文件，给群众吃了“定心丸”，调动起农民发展商品生产的积极性。这一年，他们在大面积推广种植杂优稻确保粮食增产的前提下，突出地抓了以种养为主的多种经营，大力发展反季节蔬菜、优质水果等商品生产；与此同时，继续发挥毗邻香港这一特殊优势，扩大对外来料加工业务。去年全社稻谷总产6,210多万斤，比上一年增加620万斤；塘鱼总产160多万斤，增产23万多斤；蔬菜增收100多万元；水果增收250万元；对外来料加工收入工缴费3,400多万港元，比上一年增收840万港元。

随着生产的发展，农副产品越来越多，原公社党委动员和组织各方面的力量，积极开展农业生产的产前产后服务工作。公社不仅设有从事农副产品收购和生产资料供应工作的贸易货栈，而且还先后成立了饲料供应公司、农工商贸易公司、工交供销经理部等机构，常年有一支二、三百人的队伍活跃在流通领域，较好地解决了“买难卖难”的问题。去年冬柑橙丰收，共收鲜果1.6万担，几天之内就全部销出去了。

在新的一年里，常平区的干部和群众在中央一号文件精神鼓舞下，决心向专业化经营发展，走出一条高投资、高效益、高收人的新路来，力争今年更上一层楼。

岑祖谋：《进一步开创发展商品生产新局面　常平区[①]人均实际收入近千元》

《南方日报》1984 年 2 月 17 日第 1 版

① 常平区：今东莞市常平镇。1983年11月撤销常平公社，成立常平区公所。

根据市场需要发展商品生产

东莞利用旱地扩种水果蔬菜

本报讯 东莞县进一步调整旱地作物布局，采取措施积极发展水果、蔬菜等商品生产，提高经济效益。

党的十一届三中全会后，东莞县因地制宜，逐步调整了农作物布局，改变了过去“水稻上地，甘蔗上山”的不合理布局，认真经营旱地作物，取得了显著经济效益。1982年比1978年全县多种经营收入占农业总收入的比例，从57.5%提高到78.1%；21个区旱地作物收入占农业总收入的比例，从28.6%提高到37.4%；每亩旱地年收入从134元上升到332元，增长1.48倍。但是，全县旱地作物发展很不平衡，低产低值的旱作还不少，产品的质和量远不能满足人民生活要求和市场需要。县委经过深入的调查研究，决定在不影响甘蔗、花生种植计划完成的前提下，对旱地作物的布局作进一步的调整，大力发展市场需要的商品生产。为此，县委要求各个区、队的领导要注意提高经济效益，在分出一部分力量继续抓好粮食生产的同时，把主要精力转向抓“五荒”开发，抓多种经营。

县委决定采取以下几项措施：一、挖掘土地潜力，扩大水果、蔬菜的种植面积。全县要充分利用山坡地大力发展水果、蔬菜，使水果面积达到占旱地面积的30～40%，力争在三、五年内使全县荔枝、香蕉、柑橙、杂果的总产分别实现1亿斤；有条件的农户，还可以搞花卉栽培。二、合理布局品种，提高经济效益。要选择优质、高产、稀有品种，实行多品种、多批量生产，以利调节市场。三、建立苗圃基地，发展果园。凡有条件的区、队，都要建立一定面积的良种苗圃，满足发展水果生产的需要；旱坡地较多的地方，要一手抓调整布局，一手抓开发性生产。四、搞好水利建设，改善果园生产条件。五、加强领导，统一规划。要抓好思想发动和智力投资，培训农民果菜技术员。土地承包年限要进一步延长，以利发展生产。

《根据市场需要发展商品生产　东莞利用旱地扩种水果蔬菜》

《南方日报》1984 年 2 月 27 日第 2 版

谁集资 谁经营 谁得益

东莞群众建公路约五百公里

据新华社广州3月1日电 广东省东莞县近几年采取社队和群众集资、国家补助的办法，修建和改造公路486公里。现在这个县平均每1,000人有14.2辆机动车，每平方公里面积有地方公路0.51公里，初步形成了一个四通八达的公路运输网，基本上解决了运输难的问题。

东莞县群众集资建公路，是从1980年开始的。几年来，全县社队集体和个人共集资1,328万元用在公路建设上。公路事业的发展，促进了运输能力的提高。全县由集体和个人购置的各种机动车达10,600辆，运载力占全县总运载力60%；机动船920艘，占36%。去年全县120多万担香蕉、荔枝、橙子，4万吨蔬菜，50万担生猪，23万担塘鱼等农副产品，都及时运销到外地。

东莞县采取谁集资举办交通设施，归谁经营，谁得益的办法，调动群众集资办交通的积极性。高埗公社去年从集体企业中提取180万元，农民集资26万元，县拨款50万元，建成了一座长200米宽9米的混凝土公路桥。为保护集资建桥者的利益，这个公社试行"过桥收费"的办法，打算用两年左右时间，将收取的费用偿还群众的集资后即停止收费。

《谁集资　谁经营　谁得益　东莞群众建公路约五百公里》

《南方日报》1984 年 3 月 3 日第 1 版

东莞上元大队创办农民技术夜校

全大队七成农户农民自动报名参加学习

本报讯　东莞县茶山区上元大队最近开办了一所向农民传播科学知识的农村夜校，适应了广大农民渴望学科学的要求。

农村实行联产承包责任制后，农民一家一户耕种，懂农科技术的人，农作物管得好，产量高，收入大，富得快；相反，不懂农科技术的人往往因不懂管理，造成减产减收。因而不少农民迫切渴望普及科学技术知识。而大队、生产队干部的科学技术知识不能适应发展生产的需要，同时也难于逐家逐户进行技术指导，他们同样迫切要求掌握更多的科学技术。上元大队为适应这一形势，于今年1月中旬办起农民技术夜校，很受群众欢迎，一下子就有350多户农民自动报名读夜校，占全大队总农户的70%。

上元大队农民技术夜校根据当地农民要求，开设农作物栽培、果树栽培、蔬菜管理、渔业、畜牧业、农机水电、经济信息、政治等8门课程，每月用两个晚上上课。教学任务主要由区干部和区属单位技术人员担任，并随时根据需要聘请有专业知识的技术人员上课。平时，由大队聘请两名有一定农业知识的农科技术员担任在职教员，其主要任务是课后解决个别农民的实际问题，检查学员学用情况，收集农民意见，配合教师教学活动。为了做到学用结合，夜校还规定每个入学农户建立一个小型科研基地，项目有水稻、甘蔗、花生、蔬菜、荔枝、橙柑、养猪及鱼塘等，每户可选一项或多项。

为了办好这所夜校，上元大队拨出一万元，各生产队自筹一万元，作为办学经费，支付教师和在职教员工资及学习费用，奖励学习先进的农户。该校还附设两间分校，以方便边远生产队的农民上课。

（冯章）

冯章：《东莞上元大队创办农民技术夜校　全大队七成农户农民自动报名参加学习》

《南方日报》1984 年 3 月 12 日第 2 版

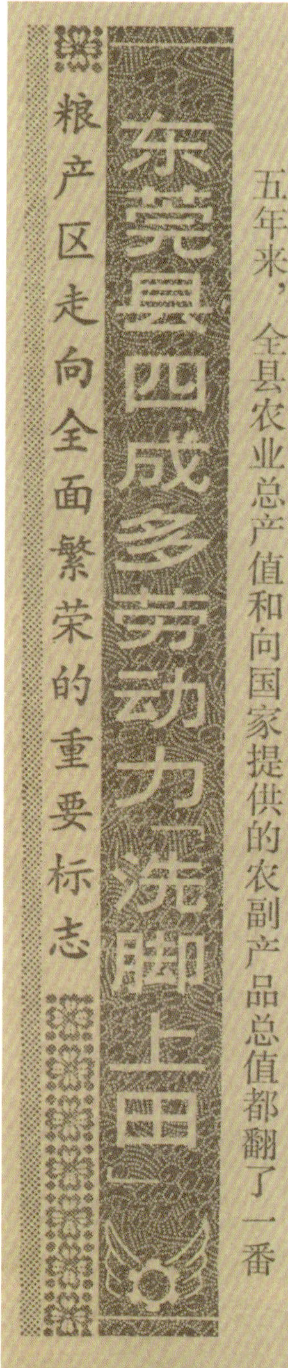

粮产区走向全面繁荣的重要标志

东莞县四成多劳动力“洗脚上田”

五年来，全县农业总产值和向国家提供的农副产品总值都翻了一番

本报讯 （省电台记者余统浩、黎国巨，本报通讯员冯章）我省主要粮产区东莞县，“九成农民搞饭吃”的局面已经改变。目前，在全县48万多农村劳动力中，已有22万占46.6%的劳力“洗脚上田”，转移到工业、商业、服务业、运输业及其他行业上来了。

东莞县有117万人、120万亩耕地，是个人多田少的县份。1978年以前，由于受“左”的思想影响和自然经济传统观念的束缚，形成了“九成以上农民搞饭吃”的局面。党的十一届三中全会以来，东莞县干部、群众逐步认识到：农村无商不活，无工不富。于是，县委、县政府采取了一系列措施，鼓励农村把多余劳动力转移到非农业经营上去。

在鼓励农村劳力转移的初期，曾经有人忧心忡忡，怕这样做会“削弱第一线，影响农业”。现在，事实打消了他们的顾虑。5年来，全县的农业总产值翻了一番；向国家提供的各种农副产品总值也翻了一番，达到2.4亿元。去年粮食生产在面积减少、又遭到强台风影响的情况下，总产仍达11.2亿斤，比1978年增长5.6%。由于提高了农业劳动生产率，去年全县农村每个劳动力所创造的产值达2,315元，人均收入585.9元（包括家庭副业），比1978年分别增长1.24倍和2倍。据区、队两级企业统计，全县每当从农业中转移出一个劳动力，一年就可以增加产值3,100元，扣除成本，能为集体增加积累503元，为国家提供税收103元，个人增加收入1,000元。

随着大批劳动力的转移，东莞县的乡镇企业、商业、服务业、运输业的发展突飞猛进。1979年以来，全县农村共与外商签订对外来料加工协议1,548宗，安排劳动力近8万人，对外来料加工企业遍布全县34个区、镇。去年，全县单是对外加工费的收入，折合人民币就达到1.28亿元。在城乡市场，增加了上万个来自农村的个体商业户。全县城镇天天集市，日日成墟。农贸市场成交额从1978年的3,400万元猛增到1亿多元，增长了2倍多。被誉为香蕉之乡的麻涌区，在全国19个省、市51个大中城市建立了推销点。去年，共推销香蕉55.8万担。

目前，在大批离土不离乡、从事非土地经营的农民中间，开始出现一批善于经营的乡镇企业家和继续从事土地经营的种田能手。茶山区卢边大队的农民，集资55万元，办起6宗企业。新湾区新桥大队水上运输专业户邓锡满，一下子拿出5万元新造一艘60吨运输船。沙田区福禄沙大队10户农民集资21万元围垦滩涂几百亩，每年保证向大队上缴承包款71,000元。

余统浩、黎国巨、冯章：《粮产区走向全面繁荣的重要标志　东莞县四成多劳动力“洗脚上田”》

《南方日报》1984 年 4 月 9 日第 1 版

有远见的决策

在东莞县农村，目前已有近半数的劳动力"洗脚上田"，转移到非农业领域去了。这是商品生产蓬勃发展的结果，是农村繁荣富裕的标志，可喜可贺！

大家知道，在农村，"无农不稳，无工不富，无商不活"。农民务农、务工、经商，都是在干正当的事业，而且只有更多的农民从土地经营中分离出来，转而经营他业，才能富得更快。不改变"八亿农民搞饭吃"的局面，农民是富裕不起来的，国家也是富强不起来的。象东莞县这样一个历来商品经济比较发达的地方，过去在"左"的思想影响下，全县有九成以上的劳力都绑在有限的耕地上，结果平均每个劳力所创造的产值只有1，000元左右；而在大批劳力转移后的1983年，平均每个劳动力创造的产值却达到了2，300多元，比1978年增长1.24倍。人们最为担忧的粮食生产，也获得了持续的增长。由此可见，大批农村劳动力向非农业领域转移，是一件利国利民的大好事，是一个必然的历史性进步。那种认为"农民不耕田，就是不务正业"的看法，是错误的，是"左"的余毒未清除的表现。

随着联产承包责任制的完善和科学技术的发展，农村中将会出现越来越多的剩余劳动力。据东莞县调查，按平均每个劳力耕5亩田计算，全县还有10万个剩余劳力需要找出路。因此，他们决定把组织农村剩余劳力向非农业部门转移，作为发展农村经济的一项战略性措施，长期抓下去。东莞县的这一决策，是很有远见的。我们希望各地都能从当地实际出发，积极创造条件，做好剩余劳力的转移工作，以加速农村治穷致富的步伐。

《有远见的决策》

《南方日报》1984年4月9日第1版

农民下田也带汽水　饮料需求大量增加

常平七户农民集资办起汽水厂

本报讯 · 4月8日，东莞县常平区周树满等7户农民集资兴办的龙井汽水厂正式投产。当地干部群众纷纷前往祝贺。

随着党的农村经济政策的落实，近年来常平区的农民迅速富裕起来了，农民的食物结构发生了很大变化，对饮料的需要量大大增加。现在，许多农民下田生产不再带茶水而是带汽水，在家招待客人也是用汽水等饮料。因此，当地汽水供不应求。苏坑乡的龙井，地下水质好，水源充足，适宜制作汽水。苏坑乡的周树满等5户农民和常平镇的两户农民，决定利用这一自然条件，兴办一间汽水厂。他们的想法得到区乡和有关部门的支持。去年9月，他们集资13万元，又从银行贷款3万元，从广州购买了生产汽水的全套机器设备，并抓紧时间建厂房、仓库等，今年3月这间可以日产3万支汽水的工厂建成试产。经卫生部门检验，产品符合卫生标准，4月8日工商部门给予发证营业，龙井汽水厂正式投产。投产的当天，仅附近的群众就来厂购买了500多支汽水。

《农民下田也带汽水　饮料需求大量增加　常平七户农民集资办起汽水厂》

《南方日报》1984 年 4 月 11 日第 1 版

不要国家多给钱也能加速交通建设

东莞公路多汽车多船只多

采取“集资建桥、过桥收费偿还投资”办法建设桥梁效果显著

本报讯　（记者关健、黄耀全、通讯员冯章）东莞县不单纯依赖国家投资，广开集资门路，统筹安排，发展公路事业，并采取集资建桥、过桥收费偿还投资的办法架设桥梁，收到了显著的效果。

四年来，全县区乡集体和个人共集资1,328万元，县地方财政拿出828万元，修建和改造公路486公里，其中一半是混凝土路面，建成和即将建成的公路桥8座。现在，全县除一个水乡区未通车外，其余30个区、448个乡都通了汽车，通车的地方公路达1,060公里。四通八达公路网的形成，促进了运输业的发展。目前，全县有机动车辆16,143辆，其中汽车4,000多辆，比5年前增加了3,500多辆，拖拉机11,000多辆，比5年前增加7,000多辆。另外，全县运输船有2,600多艘，比5年前增加2,000多艘。现在全县有运输专业户9,494户。群众形象地说：道路畅通，等于把东莞往广州、深圳搬近了，为发展商品生产创造了有利条件。

近几年来，东莞县为了改变交通落后状况，全县出现了自筹资金办交通的热潮。县委和县政府因势利导，统筹安排。他们注意把物力、财力用在刀刃上，首先抓好商品生产集中地区的交通；不搞“一刀切”，不搞硬性摊派，坚持从实际出发，量力而行。他们按照谁受益谁出钱的原则，提出凡是从县城到区所在地的公路，实行区办县助；区到乡的公路，实行乡办区助；乡与乡、乡与村之间的公路，由乡、村和群众出钱出力兴办。这就调动了各方面的积极性，广开了集资门路。

在集资架设公路桥梁中，他们采取“过桥收费”的办法以收回投资。高埗区距离东莞县城仅7公里，但由于东江支流的阻隔，运送农副产品进城要绕道28公里，加上渡河，车辆往返一趟要花两三个钟头。1981年，该区从社队企业利润中提取了180万元，农民集资26万元，县拨款50万元，国家投资10万元，于今年1月27日建成一座长180米、宽9米的混凝土公路桥。仅运费一项，每年就可节省50多万元。大桥通车后，他们实行“过桥收费”，摩托车、手扶拖拉机一次收费5角，面包车、人货车每次收费1元，2至4吨的货车每次收2元，5吨以上货车每次收3元。这样做，预计两年左右时间的收费可偿还群众集资部分后，然后停止收费。

目前正在紧张施工的东江第二座大桥石龙南河大桥，预计今年6月1日通车。这座桥总投资为400万元，其中大部分投资是石龙镇的自筹资金。该桥位于东莞、博罗、增城三个县接壤的交通要道，每天来往车辆上千车次，采取“过桥收费”办法，一年约可收过桥费75万元，除管理费用外，约5年时间，可收回自筹资金部分。人们认为集资建桥、过桥收费偿还投资的办法，既保护了集资者的利益，又促进了交通事业的发展，是个好办法。

关健、黄耀全、冯章：《不要国家多给钱也能加速交通建设　东莞公路多汽车多船只多》

《南方日报》1984 年 4 月 13 日第 1 版

摘要： 报道了东莞县为了改善交通状况，广开投资门路，按照谁受益谁出钱的原则，鼓励各级政府自筹资金办交通，在全县 30 个区、448 个乡建成了 1060 公里的公路网，极大地促进了运输事业和商品流通。其中高埗大桥、石龙南河大桥是自筹资金建桥、“过桥收费”收回投资的典型。

他们抓住了这个战略重点

本报评论员

党的十二大把交通建设列为经济建设的战略重点之一。东莞县抓住了这个重点，作出了显著成绩，可喜可贺！

在惠阳地区，常常可以听到人们说："东莞的东西又多又卖得出去"，"东莞的商品货如轮转"。他们为什么能够做到这样呢？一个极为重要的原因是，他们高速度地发展了公路建设，并且使全县的汽车比五年前增加了七倍，其他车辆和船只也大幅度增加了。如果他们没有这个物质基础，那末，全县迅速增长的各种商品，就不可能"货如轮转"，而只能大量积压、霉烂，以致沉重地打击农民的积极性。

有些人一谈到发展交通事业，就会立即想到伸手向国家要钱。东莞县不是这样。他们不仅很重视抓交通建设这个战略重点，而且自力更生，眼睛向下。他们这几年来数以千万元计的公路建设投资，绝大部分来自区乡集体和个人集资，以及地方财政拨款。他们近几年来增加的3,500多辆汽车，大部分是由华侨和港澳同胞捐献的，由社员个人购买的，一部分是区乡购买的。这是他们交通建设所以这样快的奥秘所在。

东莞县在公路桥梁建设上，已经开始实行"集资建桥，过桥收费偿还投资"的办法。这样做必将有效地加速桥梁建设。这是交通建设上的新突破，是思想解放的表现，是很值得提倡的。

我们希望东莞县戒骄戒躁，乘胜前进。他们的经验，不仅值得富裕地区借鉴，也可供正在改变面貌的山区参考。山区农民商品生产发展起来了，他们特别迫切要求改变交通落后的状况，他们也开始有力量逐步地改变这种状况。相信山区的同志们是懂得这一点的。

本报评论员：《他们抓住了这个战略重点》

《南方日报》1984 年 4 月 13 日第 1 版

东莞一千多名勤劳致富带头人当选为人民代表

勤劳致富争先进　当上代表为人民

本报讯　最近，东莞县有1,620名勤劳致富的农民，光荣当选为县、乡两级人代会的代表。他们中有的是荒山、滩涂的开拓者，有的是自学成才的“土专家”，有的是很有经济头脑的“明白人”，有的是敢于改革、想方设法带领群众致富的带头人。（李玉梅）

李玉梅：《勤劳致富争先进　当上代表为人民　东莞一千多名勤劳致富带头人当选为人民代表》

《南方日报》1984 年 4 月 15 日第 1 版

东莞县人民政府发出通报
表彰五个单位对体育事业的贡献

本报东莞电 东莞县人民政府4月24日发出通报，表彰县体委、道滘区、石龙镇、莞城镇、麻涌区漳澎乡5个单位为国家体育事业所作出的显著成绩。

通报说，东莞县体育战线在党的领导下，为国家先后输送了312名优秀运动员，有2人13次打破举重世界纪录，28人多次打破和创造了24项国家游泳最高纪录。在国际体育比赛中获得42枚金牌，在第三、四、五届全运会上，东莞县被评为全国群众体育先进单位，石龙镇业余体校被授予“国家体育运动荣誉奖章”，东莞县体校被授予“全国先进业余体校”光荣称号。最近，东莞县又被评为全国“游泳之乡”，东莞县人民游泳场被评为全国“先进游泳场馆”。日前，东莞县又受到省政府的通报表彰。（王政富）

王政富：《东莞县人民政府发出通报　表彰五个单位对体育事业的贡献》

《南方日报》1984年4月26日第3版

石龙镇有了自动电话

本报讯 东莞县石龙镇千门自动电话工程建成，25日开通使用，全镇电话用户从308个增加到614个。这是我省邮电部门在农村建成的第二个千门自动电话工程。（刘克光）

刘克光：《石龙镇有了自动电话》

《南方日报》1984年4月27日第2版

为了在市场竞争中立于不败之地

东莞水果生产从头到尾讲科学

县里成立了水果发展公司，力争水果生产做到良种、优质、高产、无病、保鲜

本报讯 （记者关健、黄耀全，通讯员冯章）在大量发展水果生产中怎样从头到尾把水果生产引导到优质、高产、高效益的轨道？东莞县在这方面提供了好经验。去年县里成立了水果发展公司，负责向农民提供产前产中产后服务。去冬以来，他们在华南农学院和省果树研究所的专家协助下，着重抓了优质种苗选育、专业人员技术培训和水果保鲜贮藏的研究等工作，并把研究成果在全县推广。目前，全县已育下橙柑良种3,000斤，良种荔枝苗200万株；培训专业人员400人次；水果保鲜贮藏800万斤。这个公司富有成效的工作促进了水果生产的发展，全县去冬以来，新种各种果树共45,943亩。

东莞县是我省香蕉、荔枝的主产区。近几年来，这个县水果总产量居全省之冠。去年冬，县委分析了水果市场的发展趋势，提出继续大力发展橙柑、荔枝、香蕉和杂果的新计划，而且要使水果生产优质高产高效益，使产品在市场竞争中立于不败之地。为此县里从有关部门抽调18名工作人员（其中有1名农艺师，4名助理农艺师和6名技工）。成立水果发展公司，围绕实现全县水果良种化的目标，把农业科学技术贯穿到水果的产前、产中、产后服务中去。他们指导农民建设高标准柑园，选育优良品种。公司主动派出技术员外出购进良种优质苗，供应给农民，并与农民联营建立近200亩无病良种苗圃。公司定期召开水果品种评比会，发动群众推荐良种，通过专家的目测口试，先后在200万株柑桔和40多万株荔枝中，评选出几十个优良树种，并用科学方法从中选出几个最优树种，准备在全县嫁接推广。

发展公司还成立了技术培训学校，对全县各区负责水果生产的干部和专业人员进行技术培训，聘请华南农学院和省果树研究所的教授专家讲课。培训学校原定名额100人，上课时却来了130多人，还有许多专业户上门要求参加学习。

发展公司还把水果保鲜贮藏作为重点的科研项目。去年保鲜橙柑800万斤，到目前全县还有大量橙柑销往市场。

关健、黄耀全、冯章：《为了在市场竞争中立于不败之地　东莞水果生产从头到尾讲科学》

《南方日报》1984 年 4 月 28 日第 1 版

东莞县中医院门诊大楼开诊

本报讯 由东莞县人民政府拨款七十万元兴建的县中医院门诊大楼，今天正式开诊。为了提高医疗质量，该医院聘请了罗元恺等省内有名的十五名教授、专家为顾问。（冯章）

冯章：《东莞县中医院门诊大楼开诊》

《南方日报》1984年5月1日第1版

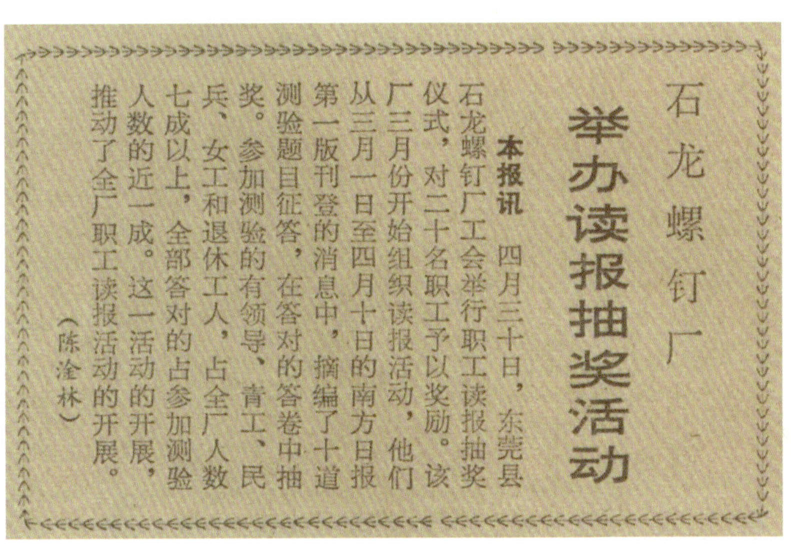
石龙螺钉厂

举办读报抽奖活动

本报讯 四月三十日，东莞县石龙螺钉厂工会举行职工读报抽奖仪式，对二十名职工予以奖励。该厂三月份开始组织读报活动，他们从三月一日至四月十日的南方日报第一版刊登的消息中，摘编了十道测验题目征答，在答对的答卷中抽奖。参加测验的有领导、青工、民兵、女工和退休工人，占全厂人数七成以上，全部答对的占参加测验人数的近一成。这一活动的开展，推动了全厂职工读报活动的开展。（陈淦林）

陈淦林：《石龙螺钉厂举办读报抽奖活动》

《南方日报》1984 年 5 月 6 日第 2 版

发扬前人的爱国传统　为振兴中华努力奋斗

东莞纪念袁崇焕诞辰400周年

本报讯 今年是我国明末民族英雄袁崇焕诞辰400周年，袁崇焕家乡东莞县开展了纪念活动。本月25日，东莞县人民政府和袁崇焕家乡石碣区都先后召开了纪念会。

袁崇焕是我国历史上一位杰出的军事家，明末著名的民族英雄，被誉为中国明末的万里长城、岳飞式的英雄。东莞县开展袁崇焕诞辰400周年纪念活动，是为了让东莞人民学习他的爱国主义精神，发扬前人的爱国传统，为振兴中华、建设四化努力奋斗。

东莞县参加袁崇焕诞辰400周年纪念会的有县委领导，袁崇焕家乡石碣区、水南乡、唐洪乡的代表以及县各界代表。广东省新闻界一些单位也派出代表参加这次纪念会。中山大学人类学系副教授张寿祺出席了纪念会，宣讲了有关袁崇焕的英雄业绩。华南农学院农史研究室讲师杨宝琳也在会上作了学术报告。

（冯章）

冯章：《发扬前人的爱国传统　为振兴中华努力奋斗　东莞纪念袁崇焕诞辰400周年》

《南方日报》1984年5月28日第1版

东莞县四成人口饮用自来水

本报讯 东莞县各级政府重视搞好自来水工程建设。到目前止，全县已完成大小自来水工程三百零三宗，受益人数四十六万七千九百二十五人。饮用自来水的人数占全县人口的百分之四十。

东莞县建设自来水工程实行「优先发展墟镇，带动农村」的方针。党的十一届三中全会前，东莞县只有莞城、石龙、太平三镇和常平墟建有自来水厂，一九八〇年以来，东莞连续几年抓好墟镇水厂建设。现在，全县三十四个区（镇）中，已有二十八个区（镇）府所在地的墟镇居民饮用上自来水。已建了自来水厂的墟镇，都注意扩大供水管网。目前，墟镇水厂扩大邻近受益的乡就有五十多个，七万多人。

东莞县搞自来水工程所用的资金，实行「民办公助，区乡为主」的集资方针，充分发挥国家、集体、个人三者的积极性。据一九八一年至一九八三年统计，全县改水总投资三千零八十五万元，其中区乡自筹一千八百四十二万元，占百分之五十九点七，群众自筹九百七十九点七万元，占百分之三十一点八，港澳华侨捐款二百七十点七六万元，占百分之八点七，政府补助四十九点七万元，占百分之一点六。

东莞县建设自来水工程，讲求实效，因地制宜，根据水源情况，采取不同的提水方法。

现在，凡饮用上自来水的地方，群众中各种肠道传染病都明显减少。全县统计，去年比前年，伤寒发病率下降百分之八十七点二，传染性肝炎下降百分之六十二点二。农民们高兴地说：「农民走上了富裕路，喝上了幸福水。」

（冯 章）

冯章：《东莞县四成人口饮用自来水》

《南方日报》1984 年 5 月 28 日第 2 版

本报东莞电（记者岑祖谋、关健）昨日，东莞县政府举行记者招待会，县长郑锦滔向五十多名内地和港澳记者，介绍该县经济建设的概况，欢迎外商前来投资合作，并宣布给予投资办厂的外商十项优惠待遇。

东莞县府举行内地和港澳记者招待会
宣布给投资办厂外商十项优惠待遇

一、外商到东莞县投资办厂，享受低于经济特区的优惠地价，外商申请在东莞县建筑别墅，地价从优。

二、在此之前批准开办的合资经营企业，凡是还没有开始营业获利的，从开始获利的年度起，头两年免征所得税，后三年减半征收所得税。对五年期满仍有困难者，经批准，还可以适当照顾。合营企业的合营者，从企业分得的利润再投资于本企业或其它中外合资经营企业，期限连续不少于五年的，可申请退还再投资部分已纳所得税款的40%。

三、合作合资经营的企业，外商所得合法利润可以汇出。属国内必需的产品，可由县申办手续，争取增加内销比例。

四、合营企业中，我方所需资金，银行优先安排贷款。对建设周期较长，能填补国家和省内空白的技术先进项目的贷款，县有关部门和政府可以出面担保。

五、对"三来一补"和合作、合资企业，客商可直接参与企业的经营管理，有权参与决定厂长（经理）的招聘、工资制度、奖惩措施和对工人的招收、解雇。

六、对新办"三来一补"和小型合作、合资企业，允许外商及其亲友承包经营，允许家庭承办来料加工业务。

七、海外华侨、港澳同胞、台湾同胞和外商投资办厂，可优先安排其国内亲属就业。

八、对介绍外商引进资金、技术和投资办厂者，无论是国内公民还是华侨、港澳同胞、台湾同胞或外商，在引进成功投产后，由该企业利润中提取一定数额给予奖励。

九、简化手续，提高效率。在洽谈签约、工商登记、投保、报关等各种手续及时办理，给予方便。

十、外商及其派出的管理人员，往来住宿优先安排，户口申报和注销手续可由该企业中我方人员代办。

岑祖谋、关健：《东莞县府举行内地和港澳记者招待会　宣布给投资办厂外商十项优惠待遇》

《南方日报》1984年7月2日第1版

东莞举行规模盛大龙舟赛

百多条金龙竞渡　二十多万人观看

本报东莞电　昨日，东莞县举行1984年龙舟大赛，万江河两岸观众如堵，盛况空前，二十多万人观看金龙竞渡，经过5个小时的激烈争夺，来自水乡的麻涌区漳澎二队和一队居群龙之首，囊括大赛的冠、亚军。

昨日清晨，东莞县观众从四面八方涌向万江河畔。来自全县各区乡的五千多名运动员，驾着一百多条金龙昂首翘尾，扬幡摇旗，以荣获今年香港国际龙舟锦标赛冠军的龙舟为前道，巡游于万江河面上，锣鼓喧天，场面壮观。省委、省政府和惠阳地委、惠阳行署的领导同志以及海外华侨也到场观看大赛。

《百多条金龙竞渡　二十多万人观看　东莞举行规模盛大龙舟赛》

《南方日报》1984年7月2日第3版

依靠社会力量做好党报发行工作

东莞县近两年《南方日报》发行增加46%，《广东农民报》发行增加三倍

本报讯 东莞县邮电局适应农村经济体制改革的新形势，依靠社会力量，利用多种渠道做好党报发行工作，使《南方日报》和《广东农民报》在该县的发行量不断上升，两年来分别增长46%和三倍。

农村体制改革后，报刊从原来送到大队、生产队改变为需要送到各家各户，为此，东莞县邮电局两年来在东莞城镇建立了八十五个代派点，在农村设立了三百六十一个代派员，报刊投递到户占78%。

由于收订、投递落实，近两年多来党报的发行在东莞县有较大的发展。《南方日报》1982年初发行一万五千多份，今年6月增加到二万二千多份。《广东农民报》1982年初发行二千三百多份，今年6月份已达九千三百多份。

（张强汉）

张强汉：《依靠社会力量做好党报发行工作　东莞县近两年〈南方日报〉发行增加46%，〈广东农民报〉发行增加三倍》

《南方日报》1984年7月7日第2版

学水东下功夫抓治本
莞城卫生工作展新容

两年来投资六百多万元，搞好卫生基本建设，消灭蚊蝇孳生地，使传染病大幅度下降

本报讯 （记者何继宁、张伟儒）东莞县莞城镇在爱国卫生工作中，学水东，讲科学，从治本入手，狠抓卫生基本建设，认真治理污源，消灭蚊蝇孳生地。从而使全镇环境卫生质量大大提高，获得前来参观者的一致好评。

莞城地处广深公路线上，是一个人多、车多、街道窄、水塘河渠多的县城。过去开展爱国卫生活动，偏重于抓突击和治标，对抓长远规划和治本不够重视。因此，一旦突击过后，脏乱现象又回生。1982年3月，东莞县委和莞城镇党委的领导两次到水东参观，并参加了治脏的劳动，深刻体会到环境卫生抓治本的重要性。回来后，把卫生工作纳入城镇建设的总体规划中，着重治理污源，狠抓消灭蚊蝇孳生地。两年来，卫生基本建设投资达六百一十一万多元，其中各单位集资五百八十万元。

他们花了三个多月时间治理了有名的臭水沟——市桥河。把其中七百三十米长的河段密封为地下水道，两旁建立的支渠总长有一千四百六十米。新开排水河、下水道共一百三十七条，全长近二万米。全镇形成了一个完整的排水网，使过去污水横流的莞城，现在排流畅通无阻，消灭了最大的蚊虫孳生地。

接着，他们又着手治理纵横交错的排水管道。方法是在各家各户的入水口安装了比较科学的防蚊闸。先后安装了一万零四百多个，占应安装户数的93%。马路和横街的入水口，也都基本上安装了防蚊闸。同时定期对防蚊闸清挖污物和放入防蚊药物。

为了加强除害灭病工作的科学性，该镇在去年成立了除四害科研室，对莞城蚊蝇的种类、生活周期、季节消长、孳生习性进行仔细调查。还把孳生地绘制成地图，每月最少要检查一次，对蚊蝇信息进行登记，并订出相应防、灭的措施，然后由八个固定成员组成的消杀队进行消毒、灭虫工作。他们进行的使用新药苏云金菌波和双流磷木塞漂浮杀孑孓的实验，取得了显著成效，去年在扬州召开的全国白纹伊蚊防治现场会上进行了学术交流。近年来，他们使用这两种药物，处理了鱼塘、河沟、洼地等一百二十八处，共一万六百多平方米的大面积孳生地。经过这些努力，蚊虫密度大幅度下降，近两年来，全镇再没有发生乙型脑膜炎。

为了消灭苍蝇，他们加强了粪便和垃圾的管理。全镇搬迁鸡舍五百多间，清除尿缸三千八百多个，兴建和改建了一批公厕。目前全镇二十间公厕，都做到日清日运。为了及时清运垃圾，还增加了大量卫生设施。目前已有洒水车、自动卸垃圾车等十部，手推垃圾车和脚踏粪车等八十多辆。经过这些努力，苍蝇密度逐渐降低，传染病大幅度下降。

何继宁、张伟儒：《学水东下功夫抓治本　莞城卫生工作展新容》

《南方日报》1984 年 7 月 25 日第 1 版

摘要：报道了东莞县委和莞城镇委的领导把卫生工作纳入城镇工作的总体规划，两年来投资 600 多万元，搞好卫生基本建设。通过治理臭水沟、新开排水河与下水道、在入水口安装防蚊闸、成立除四害科研室、加强粪便和垃圾管理等措施，全镇传染病大幅下降。

编后

抓住了要领

莞城镇学水东，讲究科学，狠抓卫生基本建设，在消灭蚊蝇孳生地方面狠下功夫。这是抓住了学水东的要领。

我省城镇爱国卫生工作，经过起伏，现在逐步走向提高。所谓提高，就是象水东镇那样，注意研究疾病传染的媒介，加强除害灭病工作的科学性，不是突击一阵子就算了，不是仅仅用的一时干净来代替长久的、带根本性的卫生工作。这样，爱国卫生工作便能真正起到增强人民体质、保障人民健康的作用。人民群众看到了效果，爱国卫生工作便能够真正坚持下去了。

东莞县是学水东的一个好典型。他们学得很认真，很全面。尤其重要的是，他们舍得花六百多万元来进行卫生基本建设，成效卓著。这说明他们高瞻远瞩，决心很大。这是值得各地，尤其是富裕地区仿效的。

《抓住了要领》

《南方日报》1984 年 7 月 25 日第 1 版

东莞荔枝人工保鲜可达三十二天

八万多斤荔枝将反季节上市

本报讯 全省荔枝产量最多的东莞县，今年在荔枝大熟季节的7月11日开始保鲜，到15日止，共保鲜糯米糍、桂味、槐枝等荔枝八万三千多斤，比去年增加四倍多。这批荔枝将在8月上旬上市。

荔枝在盛暑季节成熟，历来自然保鲜期只有一两天。去年，华南农学院和东莞县合作试验荔枝人工保鲜，使保鲜期延至三十二天。其保鲜的方法是：荔枝收摘后，用塑料薄膜小袋包装密封，再用低温处理（即入冷藏库）。去年，该县保鲜的一万六千三百斤，保鲜期最长的槐枝达三十二天，桂味二十五天，糯米糍二十天。保果率达90%。保鲜后的荔枝色泽鲜艳、味道和新鲜时一样香甜。在东莞，保鲜荔枝离开冷库后，在塑料袋密封四十八小时不变色，打开塑料袋后二十四小时不变色。去年，曾将保鲜荔枝分别运往上海、北京观察。在上海，离开冷库后在塑料袋密封四十小时不变色，打开塑料袋后十四小时不变色；在北京，离开冷库后在塑料袋密封三十二小时不变色，打开塑料袋后十二小时不变色。

（冯章）

冯章：《东莞荔枝人工保鲜可达三十二天　八万多斤荔枝将反季节上市》

《南方日报》1984 年 7 月 26 日第 1 版

东莞宝安农民合资办酒楼

本报讯 宝安县城第一家高级农民酒楼——海鲜大酒楼，于本月26日建成开业。这家酒楼是由东莞县沙田区、宝安县西乡区翻身乡农民联合投资一百五十八万元兴建的。（程小明）

程小明：《东莞宝安农民合资办酒楼》

《南方日报》1984 年 7 月 28 日第 1 版

东莞县长看望曾国强、赖润明

"家乡百万人民感谢你们！"

8月12日，正在北京开会的东莞县县长郑锦滔、副县长刘文，十分高兴地来到国家举重队集训基地，看望刚从洛杉矶归来的东莞运动员曾国强、赖润明。当郑锦滔听完曾国强、赖润明介绍夺得举重金、银牌的经过后，握着两个人的手说，你们做出的出色贡献，是祖国的光荣，家乡的骄傲，东莞百万人民感谢你们。

·刘定锐· （本报北京电）

刘定锐：《东莞县长看望曾国强①、赖润明②》

《南方日报》1984年8月14日第3版

引进技术设备　发展来料加工

东莞"粮仓"更兴旺

本报讯　（记者关健、吴小虞，通讯员冯章）东莞县积极引进技术设备，开展来料加工，促进了农村经济的蓬勃发展。据统计，到今年5月底止，全县已签订协议二千一百宗，投产工厂一千二百间，引进各种机械设备五万六千台（套）。去年全县收入加工费四千五百八十八万美元，今年1至5月，全县收入加工费又比去年同期增长47%。

党的十一届三中全会后，东莞县委、县政府认真贯彻对外开放、对内搞活经济的政策，发展对外来料加工业务。五年多来，全县对外加工业迅速发展，加工厂遍布全县三十一个区。加工项目包括毛织、针织、制衣、五金制品、电器、玩具、食品加工等十多个项目、几百个品种。

东莞县开展对外来料加工，促进了农村经济的全面发展。去年，全县乡镇企业总收入达四亿一千万元，比1978年增长二点一六倍；利润达五千三百二十万元，比1978年增长二点四倍。全县水稻亩产达到一千四百三十二斤，总产达到十亿九千六百万斤，均超过历史最高水平，花生、甘蔗总产比1978年分别增长38.9%和8.1%。

关健、吴小虞、冯章：《引进技术设备　发展来料加工　东莞"粮仓"更兴旺》

《南方日报》1984年9月9日第2版

① 曾国强：1965年出生于东莞市石龙镇，前国家举重队队员，中国第一位摘得奥运会金牌的举重运动员。1984年在第23届洛杉矶奥运会上为中国代表团赢得了中国奥运会史上的第二枚金牌。

② 赖润明：东莞著名举重运动员，1984年洛杉矶奥运会获得56公斤级银牌，同年获世界举重锦标赛56公斤级抓举冠军。

莞城两个文明建设比翼齐飞

几年来工商业和建设事业迅速发展，人的精神面貌有明显改变

本报讯 东莞县城莞城镇在积极进行社会主义物质文明建设的同时，肯出力花钱，开展社会主义精神文明建设，取得了显著成绩，使经济与文化比翼齐飞，城镇环境面貌与人的精神面貌同步改变。

莞城镇近几年来工商业和城镇建设事业发展迅速。去年全镇国营与集体工业产值达到二亿一千万元，比1978年增加75%。全镇劳动力得到充分就业，镇办企业职工每月平均收入已从1978年的四十三元增加到去年的一百元零二角五分。去年底，全镇户平存款二千七百八十一元。几年来全镇新建住宅面积四十六万六千多平方米，有半数居民住上了新房，人均居住面积由1979年的三平方米，增加到去年的六点二平方米，增加了一倍有多。在进行物质文明建设的同时，莞城镇委和镇政府充分发挥物质文明建设迅速发展带来的各种有利因素，大力加强对党员、干部的思想政治工作，积极在群众中开展五讲四美三热爱活动和各种健康有益的文体活动，大力美化城镇和提高人民卫生水平：

——坚持每年轮训全镇党员、干部。轮训方式为集中上课，分散讨论。去年上课六次，今年已上课四次。由于思想政治工作紧抓不放，全镇党员、干部中正气不断上升，工作热情旺盛，保证了物质文明建设的继续开展。尽管莞城镇近几年对外交往频繁，全镇党员和干部继承和发扬党的优良传统，保持艰苦奋斗作风。

——坚持开展五讲四美三热爱活动，逐步形成了制度；坚持对青少年进行品德教育和法制教育。全镇有一百五十六个单位被评为文明先进单位，三千四百户被评为文明和睦家庭。社会风气不断好转，去年发案率比前年下降37.2%，今年上半年又比去年同期下降44%，而且多属外来流窜盗窃，没有一宗恶性案件。

——适应群众在新形势下求富求知求保健娱乐的情况，大力开展群众文化娱乐活动。投资三百多万元建成规模较大的青少年宫，使之成为文化体育娱乐中心。目前每天有上千人次来宫参加各种文化、艺术、科技活动。镇里和所属单位共建足球、篮球、游泳场十四个，每天有上万人进行各项体育活动。全镇平均每月举行专项运动会一次，群众进行体育锻炼已成风气。

——看书读报蔚然成风。全镇八万多人，目前订有各种报纸、杂志十万零六千多份，平均每人一份多。今年1至7月份全镇发行各种图书九十三万多册，平均每人十本以上。

——计划生育等工作也跟了上去。去年人口增长率和自然增长率分别下降到12.74‰和7.9‰，低于县下达的指标。

《莞城两个文明建设比翼齐飞》

《南方日报》1984 年 9 月 11 日第 2 版

东莞烟花 中外驰名

国庆节将在天安门燃放

本报讯 我省驰名中外的东莞烟花，将在国庆节北京焰火晚会上大放异彩。这些烟花是由东莞县烟花炮竹厂生产的。目前，烟花已全部运抵北京。

节日燃放的烟花有大型高空礼花弹五千发，品种共四十二个，包括彩色牡丹、菊花、玫瑰、春花怒放、彩绫飞舞、彩蝶吐花等等。还有五彩盘珠二百四十盘（每盘二百七十三发），品种有红、白、绿、蓝四色。这些高空烟花将呈现出各色花卉，五彩缤纷，为节日增添喜庆欢乐。 （冯章）

冯章：《东莞烟花　中外驰名　国庆节将在天安门燃放》

《南方日报》1984 年 9 月 18 日第 1 版

能手种田 鸿图大展

东莞常平区「大耕家」陈祖早造承包一百二十八亩水稻，增产六千九百多斤，获纯收入六千多元

本报讯 东莞县常平区“大耕家”陈祖，今年承包的一百二十八亩早稻获得大丰收，产干谷九万六千五百斤，平均亩产七百五十四斤，比去年早造亩增五十四斤，总产增加六千九百多斤。据他初步计算，早稻平均每亩总收入一百五十五元一角，总支出一百零二元五角，纯收入五十二元六角。仅水稻一项，他早造就获纯收入六千七百多元。

今年春天，陈祖在中央今年一号文件精神鼓舞下，承包了他所在的常平镇一队稻田一百四十一亩和相邻的二队稻田八亩四分。承包后，他用一百二十八亩种植水稻，用十五亩种果蔗，用六亩种香蕉。为了夺取早稻丰收，他添置了两头耕牛、一批农具，购买了柴油机、打禾机、联合收割机，修建了一个三百六十平方米的水泥地面晒场；同时，与县农业局签订了农业技术服务合同，在农业技术员的指导下合理施肥、合理用水、及时防治病虫害，保证了早稻丰收。

陈祖大面积承包土地后，善于安排，精心经营，既实行科学种田，又积极使用农业机械。结果，水稻增产，开支节省，收入增加。仅使用联合收割机收割一项，就节省了收割雇工费五千元，差不多够买一台联合收割机。

陈祖早稻获得增产增收之后，他经营农业的积极性更高了。晚造他又扩大承包和经营的土地，从早造一百四十九亩四分增加到一百七十一亩，除种水稻外，还种蔬菜。晚稻改插秧为直播，改人工除草为使用除草剂，既节省投工，又节约开支，预计晚造收入更加可观。 （冯章）

冯章：《能手种田 鸿图大展 东莞常平区“大耕家”陈祖早造承包一百二十八亩水稻，增产六千九百多斤，获纯收入六千多元》

《南方日报》1984年9月22日第1版

举重之乡——石龙镇

地处东江畔的石龙镇，是我省东莞县境内仅有四万多人口的小沙洲镇。威振国际体坛的陈镜开、叶浩波、刘航远、赖润明等多次打破世界纪录的举重好手，都来自这个小镇。据统计，建国以来，该镇先后培养出运动健将十人；有十三人次打破世界纪录；二十四人次打破全国纪录，其中单是陈镜开、叶浩波就分别创造了九项和四项世界纪录。在国际比赛中，石龙籍运动员共获得二十二枚金牌，七枚银牌，其中年青举重选手曾国强、赖润明在最近结束的二十三届奥运会举重赛中，又分别夺得了金牌、银牌。去年，该镇业余体校被国家体委授予“国家体育运动荣誉奖章”。今年，该镇又被省人民政府授予“举重之乡”的光荣称号。·辛人·

辛人：《举重之乡——石龙镇》

《南方日报》1984年10月5日第2版

游泳之乡——东莞县

早在五十年代，东莞县就被誉为「游泳之乡」，受到了贺龙的嘉奖。该县先后为国家和省输送了三百二十五名优秀运动员，有六十人一百二十七次破全国游泳纪录，八十一人一百五十六次破省游泳纪录。党的十一届三中全会后，群众游泳运动更是蓬勃发展。目前，全县城乡有一半人学会游泳了，游泳池已发展到三十六个。该县十六所中小学是传统项目业余训练点，有一万六千多学生从事系统训练。

近年来，他们根据当地的实际与群众的喜爱，广泛地开展了举重、篮球、长跑、龙舟、武术等多种多样的体育活动，近四十万人经常参加各种体育活动。今年该县龙舟队初登国际赛场，便夺得第七届香港国际龙舟邀请赛锦标。最近，该县石龙镇被省府授予「举重之乡」的光荣称号，使东莞县体育从「一乡」向「多乡」发展。

·桂馥·

桂馥：《游泳之乡——东莞县》

《南方日报》1984 年 10 月 5 日第 2 版

石龙制药厂注重技术改造和设备更新

四年内产值增加四十多倍

本报讯 （记者关健、黄耀全）东莞县石龙制药厂注重技术改造和设备更新，建厂四年多来在这方面投资一百二十万元，使这间建厂初年产值仅二十多万元的镇办小厂，发展成为现在拥有价值五十多万元的一批国外先进设备，近二千平方米的规范化的中央空调生产车间和年产值达一千万元的正规化药厂。

石龙制药厂是1979年10月由镇办酒厂分出一个车间成立的。当时他们只有一个搬迁医院留下的烂摊子和三台由别的老厂淘汰下来的压片机。面对着许多老厂的激烈竞争，他们显然处于劣势。厂方意识到，要在竞争中生存，必须不断进行技术改造和设备更新。他们注重资金积累，几年来工厂的收益除了上交税利和职工合理报酬外，全部用于企业改造。

该厂进行技术改造和设备更新主要针对两方面。一是老厂房改造。他们投资七十万元，把原来作医院门诊的房子改造成按生产流程贯通的、中央空调控制的恒湿恒温生产车间。从车间的中央过道走过，可以清楚看见两旁隔着玻璃墙的车间里，穿着白大褂的工人在有条不紊地操作着，给人以卫生、整洁、舒适、高效的感觉。另一方面，他们又投资五十万元购置了半自动胶囊包装机、油膏灌封机、乳化机、远红外消毒器等一批国外近十几年出产的机器设备。现在，这个厂已改造成一个生产环境优美，生产条件优越的规范化药厂。四年内，该厂产值增加了四十多倍，去年产值达九百五十万元，今年上半年又完成五百一十万元。

关健、黄耀全：《石龙制药厂注重技术改造和设备更新　四年内产值增加四十多倍》

《南方日报》1984年10月17日第2版

东莞县积极解决农民「卖粮难」问题

采取下放经营议价粮油的权力，增加米面制品的生产和供应，扩大议销网点等办法，已收到效果

本报讯 东莞县粮食系统在做好粮食征购入库工作的基础上，积极开展议价粮油经营，帮助农民收购和推销多余的粮食，较好地解决了农民“卖粮难”的问题。今年头九个月，已议价销售粮食一亿零四百五十六万多斤，比去年同期增销一点四五倍；议价销售食油一千四百九十万斤，比去年同期增销一点二五倍。

东莞县近几年粮食连年丰收，农民有大批商品粮出售，而粮食部门仓容不多，造成议价粮库存多、市场饱和农民卖粮难。面对这种情况，东莞县粮食系统不是把困难推开，而是勇于承担困难，采取积极措施收购和推销农民手中的多余粮食。他们的做法是：第一，在保证完成粮食征购入库任务的基础上，把经营议价粮油的权力下放给各区的粮管所和粮食加工厂，使各所、厂有权决定议价粮油的经营计划、品种、购销价格，有权决定与其他企业联营。如樟木头粮管所，跨县跨省发展粮油贸易，今年1—9月，该所议销粮油总量比上年同期增加二百零二万斤，增长一点四五倍。第二，增加米面制品的生产和供应。全县今年米面制品有波纹面、旗面、排粉等十六个品种，1—9月生产和销售三百九十六万多斤，比上年同期增加一百一十七万多斤，增长四成多。第三，扩大议销网点，提高服务质量。过去各区粮所只有一间议销站，现在粮所所有门市部和加工厂都搞议价经营，使全县议销点从原来三十二个发展到七十三个。同时，还开展把粮油商品送到茶楼、饭店、饮食摊档、石场和饲养专业户，为顾客解决包装送货上车、上船等服务。第四，大力发展对外联营，扩大销售渠道。该县有十四个粮管所和加工厂与区、乡、银行和外商等联营办各种公司、购销部、服务部、餐厅、商场，大力推销议价粮油和米面制品。到今年第三季度止，已办这类联营企业十九个，到深圳、广州设粮油销售点或代销店十五个。

（冯章）

冯章：《东莞县积极解决农民“卖粮难”问题》

《南方日报》1984 年 11 月 26 日第 1 版

农民苏淦坤办厂效益高

他一家七口办了两间厂，今年收入可达七万八千元，人均一万一千多元

本报讯 东莞县篁村区胜和乡蚝岗村农民苏淦坤，在办好承包生产队的纸类制品厂的同时，自办了一间纸箱厂。他全家七口（三个劳力），今年收入预计可达七万八千元，人均一万一千多元。

苏淦坤办的纸箱厂是在去年11月份筹办的。他投资三万六千元，购买了一条有八部机器的纸箱流水生产线，并利用他自己原已建起的四百平方米房子作简易厂房。由于产、供、销配合得好，自去年12月投产以后，生产规模不断扩大，厂房从四百平方米增加到五间一千三百平方米。今年5月，又增购了一条纸箱流水生产线，拥有切纸机、打钉机、压坑机、铡角机、过胶机、压线机等机器设备十六台，有五吨日产货车一辆，还安装了电话。业务往来发展到省内三十多个单位。今年1月至11月中旬，该厂产值达八十四万四千四百元，缴纳税款四万八千多元。

（冯章）

冯章：《农民苏淦坤办厂效益高》

《南方日报》1984 年 12 月 3 日第 1 版

风扇家族添新秀

一种多功能的新式风扇在东莞问世

最近，轻工业部、北京家用电器研究所及省内外家用电器行业的一批专家云集东莞风扇总厂，对该厂生产的一种多功能的新式电风扇进行技术鉴定。这种新式风扇款式新颖、性能好、电耗小、噪音低。它的诞生，已标志着我国电风扇生产开始了新的一代。

该厂研制的这种叫嘉美牌星月形转页式三用电风扇，集中了台扇、壁扇、落地扇和鸿运扇的优点，这种风扇还设有定时装置和高、中、低档次开关，使用时可作360度、180度、90度的风向调节。这种多功能风扇选用透明工程塑料做扇叶和送风轮，装饰面板晒蚀仿金色，前外壳采用喷涂仿金漆，风扇支架为金属焊接件，安全稳定，并设有可升降的镀铬导柱，作调节高低之用，整台风扇的重量只有七公斤。

这种新式风扇今年7月份开始批量投放市场，首批四万多台很快被抢购一空。目前省内外用户纷纷来信要求订货，到11月上旬止，用户要求定购的数量已达三十多万台。

（陈楚光、谢德盛）

陈楚光、谢德盛：《风扇家庭添新秀　一种多功能的新式风扇在东莞问世》

《南方日报》1984 年 12 月 9 日第 2 版

开展多层次加工　提高农副产品价值

东莞附城区大力发展食品工业

本报讯　东莞县附城区大力发展食品工业，开展农副产品多层次加工，既提高了农产品的经济效益，又促进了农业生产的发展。

附城区地处丘陵，除主产稻谷外，还生产甘蔗、花生、豆类、薯类、蔬菜、药材、荔枝、菠萝、橙柑桔以及各种杂果，也发展畜牧业和渔业。这些农产品过去只有少数进行加工，绝大多数都是收获后就出售。由于是鲜活产品，收获季节一般比较集中，市场价格比较低，经济价值不高。近几年，该区充分利用本区农副产品品种多样，市场各种副食品需求量增加的有利条件，大力发展食品工业，进行农副产品的多层次加工。据统计，全区开展农副产品加工的单位达一百三十二个，食品加工的联合体一百二十六个，食品加工专业户一百一十三户，另有季节性小规模的加工农户二千户。加工项目包括粮食、糖、肉和果菜几大类。这些产品，批量少，花色品种多，根据市场需要而生产，因而十分畅销。

附城区的农产品经过多层次加工，价值大大提高，经济效益成倍增长。以加工荔枝干为例：三百六十斤鲜荔枝可加工一百斤荔枝干，每百斤售价三百二十五元，即每担鲜荔枝加工后的价值为九十元，而鲜荔枝出售每担只有六十三元，对比增值二十七元，增长42.8%。每担荔枝干除加工成本外，纯收入有八十一元二角，即每担鲜荔枝经过加工后可增加收入二十二元五角五分。该区经过核算，花生、木薯、大头菜、冬瓜、乌榄、杨桃、菠萝等产品经过加工后，普遍可增值30—70%，个别品种超过一倍以上。全区去年农副产品通过加工出售，比原价值提高了三百九十六万元，预计今年农副产品加工可增收四百万元。（冯章）

冯章：《开展多层次加工　提高农副产品价值　东莞附城区大力发展食品工业》

《南方日报》1984 年 12 月 20 日第 2 版

南方日报

1985年

东莞县建成综合性射击靶场

本报讯　我省县级第一个小型综合性射击靶场——东莞县射击俱乐部，于元旦上午落成开放，并举行射击表演。我省曾超世界纪录的刘海英等三位著名射击运动员和省射击队五位射击运动员也到来为观众作了精彩的射击表演。　（冯章）

冯章：《东莞县建成综合性射击靶场》

《南方日报》1985 年 1 月 3 日第 3 版

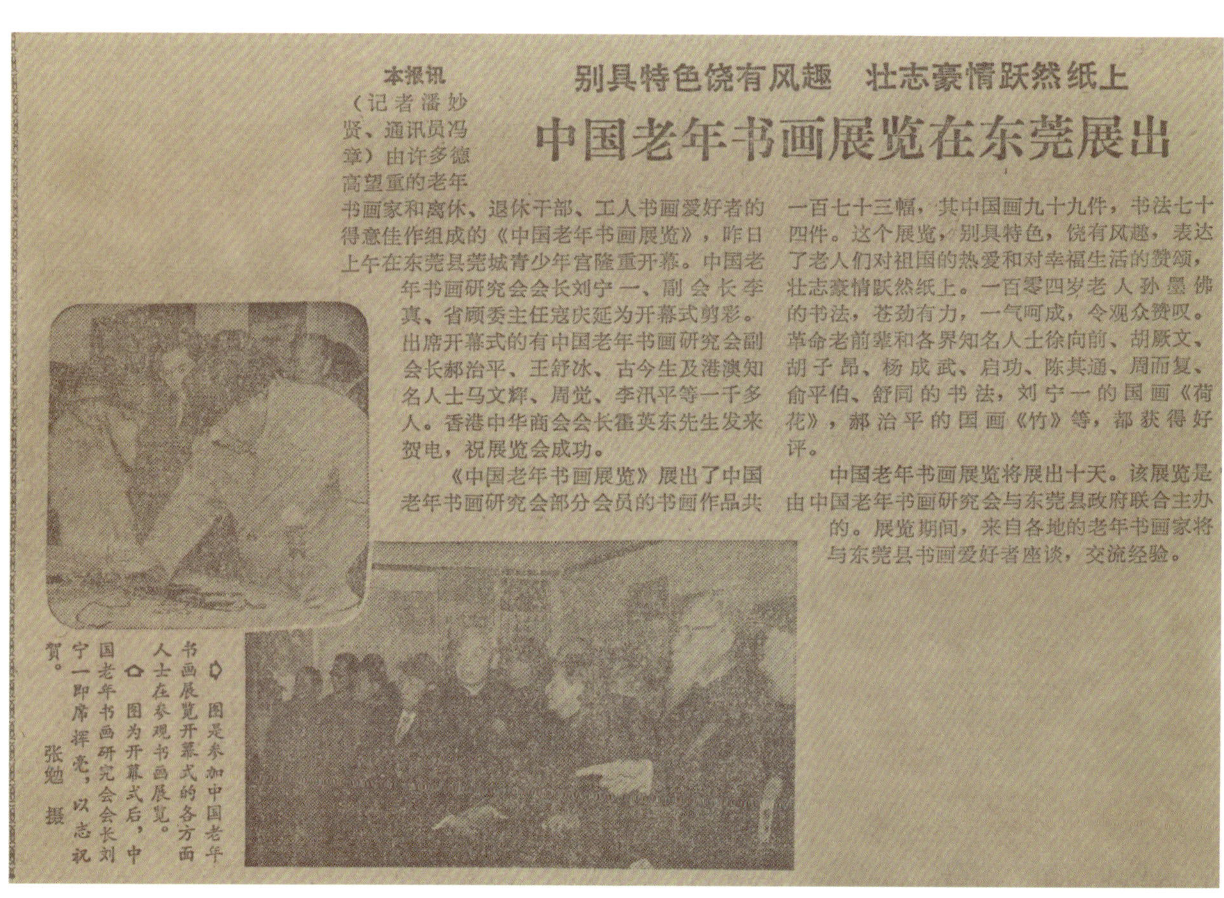

别具特色饶有风趣　壮志豪情跃然纸上

中国老年书画展览在东莞展出

本报讯（记者潘妙贤、通讯员冯章）由许多德高望重的老年书画家和离休、退休干部、工人书画爱好者的得意佳作组成的《中国老年书画展览》，昨日上午在东莞县莞城青少年宫隆重开幕。中国老年书画研究会会长刘宁一、副会长李真、省顾委主任寇庆延为开幕式剪彩。出席开幕式的有中国老年书画研究会副会长郝治平、王舒冰、古今生及港澳知名人士马文辉、周觉、李汛平等一千多人。香港中华商会会长霍英东先生发来贺电，祝展览会成功。

《中国老年书画展览》展出了中国老年书画研究会部分会员的书画作品共一百七十三幅，其中国画九十九件，书法七十四件。这个展览，别具特色，饶有风趣，表达了老人们对祖国的热爱和对幸福生活的赞颂，壮志豪情跃然纸上。一百零四岁老人孙墨佛的书法，苍劲有力，一气呵成，令观众赞叹。革命老前辈和各界知名人士徐向前、胡厥文、胡子昂、杨成武、启功、陈其通、周而复、俞平伯、舒同的书法，刘宁一的国画《荷花》，郝治平的国画《竹》等，都获得好评。

中国老年书画展览将展出十天。该展览是由中国老年书画研究会与东莞县政府联合主办的。展览期间，来自各地的老年书画家将与东莞县书画爱好者座谈，交流经验。

◇图是参加中国老年书画展览开幕式的各方面人士在参观书画展览。

◇图为开幕式后，中国老年书画研究会会长刘宁一即席挥毫，以志祝贺。　张勉　摄

潘妙贤、冯章：《别具特色饶有风趣　壮志豪情跃然纸上　中国老年书画展览在东莞展出》

《南方日报》1985 年 1 月 14 日第 1 版

25日上午，东莞县军民五千多人在太平镇举行迎接六届全运会群众长跑接力活动。图为起跑时的情景。
陈德勇 摄

陈德勇：《25日上午，东莞县军民五千多人在太平镇举行迎接六届全运会群众长跑接力活动》

《南方日报》1985 年 1 月 31 日第 3 版

社会集资 人人受益

东莞集资一亿多元兴办公益事业

本报讯 （记者黄耀全、通讯员冯章）东莞县采取谁集资，谁受益的办法，发动各级政府及各经济实体以至个人集资，兴办公益事业。几年来，全县集资一亿元以上修建了水泥及柏油路五百五十公里，较大型的桥梁八座，学校一百二十八所，自来水工程三百三十三宗。另外还修建了青少年宫、游泳馆等。东莞县青少年文化宫就是莞城镇居民和县府、镇府集资三百五十万元修建起来的。各区镇也采取这种办法普遍建立起自己的文化娱乐中心。如石龙镇就集资三十六万元修建了一所电影院和重建了石龙公园。

在集资兴办公益事业过程中，该县的华侨和港澳同胞也慷慨解囊，大力资助。据不完全统计，华侨和港澳同胞所捐的款项达三千多万港元。

黄耀全、冯章：《社会集资 人人受益 东莞集资一亿多元兴办公益事业》

《南方日报》1985年2月6日第1版

产品改革创新　企业增添活力

东莞二轻系统经济效益迅速提高

本报讯　东莞县二轻工业系统通过引进先进技术设备，大力开拓新型产品，既适应市场需要，又提高了企业经济效益。

目前，全系统四十三间工厂生产的三百多种产品、三千多个花色品种中，近几年新发展起来的新产品、新花色品种占50%以上。新产品给企业增添了活力，去年全系统完成的产值，比1983年增长24.5%；比1980年增长71.1%。

1979年以来，东莞县大力开展对外加工业务，引进大小设备近三千台，发展毛织、制衣、手袋、电子、塑料等四十多个项目的生产，在逐步偿还设备款之后，或者经有关部门批准，许多产品已陆续提供给国内市场。这些产品中有：

时髦手袋　太平手袋厂1979年引进平缝机等设备四百多台，加工七百多款男女时髦手提袋，现已基本偿还设备引进款，开始将产品推向国内市场，在北京、上海、广州、昆明、大连等地试销，今年1月份销售额已超过三十万元。

纸质内衣裤　石龙无线电厂与外商合作生产的旅行男女印花纸内衣裤具有柔韧、爽汗、轻便、价廉的优点，每件重约二克，一个火柴盒可装两件，便于携带，可洗涤多次。产品获准内销。广州南方大厦百货商店一次就要求供货三十万条。

新潮鸿运扇　东莞风扇总厂吸收国外设计生产的嘉美牌SF30—80D型转页式三用电风扇，采用微型同步驱动新技术，具有三个送风角度和快、中、慢三个风速，首次订货会上就要求供货三十万台。

两用手套　太平手套厂在与港商加工运动手套中，吸收国外运动手套的优点，革新为御寒和摩托车司机两用手套，有针织、绒布、泡沫内里皮革面的拉链、宽紧带、魔术贴、铁钮扣等多种款式，在国内选料试产一万多双，投入国内市场销售，三天内便被抢购一空。

（陈朋志、陈淦林）

陈朋志、陈淦林：《产品改革创新　企业增添活力　东莞二轻系统经济效益迅速提高》

《南方日报》1985 年 2 月 10 日第 2 版

东莞旧围村麒麟武术队技艺长进赛风文明

本报讯 麒麟武术师傅柏许自去年10月到东莞县企石区旧围乡旧围村传授技艺以来，受到了当地群众的欢迎。

柏许师傅从事麒麟武术已有三十年历史，造诣较深，到旧围村的五个月里，不辞劳苦、耐心指导，使当地的麒麟武术队伍逐步成长。习武的四十多名青少年，掌握了多种套路，技艺长进，赛风文明，并将于春节期间到外地表演。

（黄陈水）

黄陈水：《东莞旧围村麒麟武术队技艺长进赛风文明》

《南方日报》1985 年 2 月 14 日第 3 版

东莞县驻军派出医疗组为群众治病

本报讯 春节一过，驻东莞县黄江区某部就唱起了一曲爱民歌，十一名医务人员组成了医疗组，分别到驻地三个乡二十四个村为群众看病治病。仅二月二十三日一天，医疗小组就为驻地群众诊病四百六十人次。（尹海波）

尹海波：《东莞县驻军派出医疗组为群众治病》

《南方日报》1985 年 2 月 25 日第 1 版

靠改革使企业复活的厂长卢女

本报讯 东莞县莞城工艺厂女厂长卢女，勇于改革，救活企业的事迹，被人们传为佳话。

莞城工艺厂是镇办的集体企业，去年第一季度，工厂外贸部门没有给该厂下达生产任务，工厂濒临关闭。卢女下决心把工厂从生产型改成生产经营型，另辟一条新路。胶花、中秋灯、节日彩灯是该厂的传统拳头产品，产品别具一格。她对设计人员实行“设计奖”，按设计出来的新产品的成交额提成奖励。这样一来，设计人员更加注意研究消费者心理，掌握市场信息，不断设计出新颖的产品。仅胶花一项，去年送交易会的新品种就有二百二十七个，其中中秋灯二十七种，被成交的品种占60％以上。这个厂过去吃“大锅饭”，对原料和成本从来不认真进行换算，原料浪费很大。现在卢女和工厂的其他领导成员组织技术员、管理人员对各类产品的成本和用料逐一核定，然后把指标包到车间、班组、个人，并且规定了奖励办法。这一招很灵，工人个个精打细算，连边角废料也被利用起来。

改革终于闯出了一条发展生产的新路子，去年该厂销售总额五百零八万元，其中出口三百零五万元，创历史最高水平。该厂不仅还清了国家贷款，还盈利十五万元，职工人平收入比上一年增长7％。

（陈小娟）

陈小娟：《靠改革使企业复活的厂长卢女》

《南方日报》1985 年 3 月 4 日第 1 版

东莞县农校不断改革办学形式

为农村培养"财神"

输送各种技术人员一千四百多人，有三百多人担任区、乡村干部，有的成了有名的万元户

本报讯 （记者方元慧）东莞县农业技术学校根据农村经济发展的需要，不断改革办学形式，十五年来为农村培养各类专业技术人才一千四百八十九人。其中，有三百多人担任了区或乡村的干部，不少人成为农村的专业户和技术骨干，有些人还成了农村有名的万元户。

东莞县农业技术学校是1969年开始创办的中等专业技术学校，开设农作、果树、畜牧三个专业，学制两至三年，在校学生三百多人。他们从农村的实际出发，既设有普通的中专班，也有招收区乡干部的中专班；既办长期的正规专业班，也办各种类型的短训班。灵活多样，不拘一格。这几年他们除办好长期的中专班外，还先后举办了蚕桑、农药、肥料、养鸡等各种短训班多期，培训了三百多人。去年，他们还根据黄江区橙柑桔发展快，管理技术跟不上的情况，每月定期派出教师到这个区讲课和指导生产。

由于他们在办学中坚持理论联系实际，因而学生毕业后，在农村经济活动中发挥了技术骨干的作用。有的当了对外加工厂的厂长，有的当了农工商服务公司的经理和业务骨干，更多的在技术承包中发挥了自己的专长。以黄江区为例，这个区里的三十四名农业技术学校的毕业生，担任区乡干部的五人、农民技术员和畜牧兽医防治员四人、果树承包专业户十一人，其中有五人已成为万元户。如该区田美乡农民技术员曾淦秋、防疫员梁暖根，发挥了他们所学的专长，开展技术服务，全年收入超过万元。

方元慧：《东莞县农校不断改革办学形式　为农村培养"财神"》

《南方日报》1985年3月21日第1版

游览虎门　食宿方便

虎门，是清代民族英雄林则徐收缴和销毁英国人贩运的鸦片的地方，也是我国人民在近代反对外来侵略的鸦片战争的主要战场。近几年，到虎门参观游览的内地游客和华侨、澳港同胞急剧增加。

过去，虎门为游客服务的生活设施，很不适应旅游事业发展的要求。去年东莞县太平镇与港商合资，在当年林则徐指挥焚毁鸦片的销烟池附近，新建了一座七层楼的虎门宾馆。这座宾馆，住房好，有空调设备，有彩色电视机。宾馆底层，还有可供游客品尝中外风味的名菜佳肴的餐厅，餐厅里，有激光灯饰和电子音响设备的舞台。经常有香港、广州等地歌星应邀前往献艺。宾馆还有一个游乐场，里面有碰碰车、电子游戏机等多种娱乐设施，供游客游乐。如今，游客到虎门参观游览，食宿方便，比以前大不相同了。

照片是虎门宾馆一角。

傅裕发
摄影报道

傅裕发：《游览虎门　食宿方便》

《南方日报》1985 年 4 月 16 日第 4 版

东莞县订《南方日报》数月月上升

发行量居全省各县首位

本报讯 东莞县邮电局在实行报刊总流转额承包的同时，下达了《南方日报》的发行指标，并实行相应的奖励措施，打破了收多收少一个样的“大锅饭”，调动了职工积极性，从而使《南方日报》在东莞县的发行量月月上升，居全省各县首位。今年1月份全县发行《南方日报》二万零七百四十七份，2月份比1月份增加五百五十九份，3月份比2月份增加三百九十七份，4月份虽转季，《南方日报》发行量仍比3月份上升二百五十四份。4月份发行量与1月份对比，增加了一千二百一十份。《广东农民报》发行量也月月上升，今年4月份的发行量比1月份增加了一千一百五十八份。

上述情况是东莞县邮电局于4月13日至14日召开的全县报刊发行投递经验交流会透露的。（张强汉）

张强汉：《东莞县订〈南方日报〉数月月上升　发行量居全省各县首位》

《南方日报》1985年4月22日第1版

对外开放给东莞轻工插上了翅膀

炮竹花灯蜡烛毛衣衬衫录音机录音带等大量提供出口

本报讯 东莞县贯彻对外开放政策以来，以产品出口为目标的轻工业发展很快，食品、纺织、工艺美术、糖、纸、服装、皮革、塑料、玩具、电子电器、医药等工业蓬勃兴起，去年总产值超过八亿元。今年头两个月，又以比去年同期增长三成六的速度发展。目前，轻工业产值已占全县工业总产值的83%。

近几年，东莞县一方面充分利用原有的技术和经验，扩大适销对路的传统轻工业品的生产，一方面利用邻近香港这一有利条件，引进技术设备，发展新兴轻工业。东莞的烟花炮竹，制作始于明代，发展至今已成为东莞工业中的"拳头"产品，年产值一亿多元，去年出口贸易金额达二千八百五十万美元，约占全国烟花炮竹出口贸易额的三成六。用金属胶片、玻璃纸、色纸、羽毛、丝绸制作的各种花灯、花卉和雀鸟等传统工艺美术品，出口量也不断增加。各种维妙维肖的工艺蜡烛，去年出口达三千三百吨，创汇二百二十八万美元，比1983年增长35%，占全省出口量的52%。

通过开展"三来一补"业务，东莞纺织服装工业从无到有，从小到大。目前全县已有毛织厂三百多间，毛织片和毛衣的年生产能力达到五百六十万打，一些高档的羊毛、兔毛服装畅销国内外。全县制衣厂已有一百八十多家，先后引进日本、美国、西德的设备八千多台，生产能力达四十五万打。石龙服装一厂生产的高档衬衫已进入美国超级市场。

新兴工业，如塑料工业、电子工业等已逐渐成为东莞轻工业的重要组成部分。目前全县已有各类塑料厂五、六十家，产品包括各种家用电器的塑料外壳、各类塑印花食品袋、手提袋、塑料日用品、塑料玩具、塑料花等达数百种。电子工业方面，能生产各种收音机、录音机、对讲机、录音带、录像带。与港商合资兴办的石碣录音带厂，生产十多款规格的录音带，去年产量达二千多万盒，国内畅销东北、华北、西南、华南等十多个省，国外远销加拿大、美国等十多个国家。该厂还生产"万美达牌"、"利米亚牌"等三种录像带，质量好，产品供不应求。新产品还有pu人造革、pue尼龙胶、多功能鸿运扇、铝制品、毛纺纱、高级软包装饮料、纸内裤、面巾纸、高级墙纸、高级地毯、旅行钟表、合成抗生药品、发泡胶、电子钟、皮革手袋等几十种。 （冯章）

冯章：《对外开放给东莞轻工插上了翅膀》

《南方日报》1985 年 4 月 22 日第 2 版

《人民日报》昨天第一版刊登本报专稿——

东莞拨款委托大专院校代培急需人才

后年基本实现普及初中教育，所需教师相当一部分将靠代培解决

本报讯 5月3日《人民日报》在第一版刊载了本报提供的专稿。全文如下：

南方日报记者方元慧报道：广东省东莞县委、县政府重视人才投资，采取和大专院校挂钩有偿委托代培的办法培养一批急需的人才，受到广东省领导同志和省有关部门肯定，认为有条件的区市、县都可以这样做。

东莞县1981年普及初等教育后，县政府明确提出要争取在1987年基本实现普及初中。按照这个进程，全县要增加三百多个初中班，需要教师五百八十多名。高中要继续巩固提高质量，加上两年制改为三年制，两年后也需要补充近两百名教师。针对这种情况，县政府采取了应急措施，他们除通过各种途径加强在职教师的培训提高和在社会上招聘一批教师外，决定拨出专款和省、地的大专院校挂钩，委托他们有偿代培一批学生。从去年秋季开始，他们分别和华南师范大学、广州外语学院、惠阳师专、惠州教育学院等院校签订合同，代培本科和专科学生共三百二十名。县里除了要为本科生每人交代培费一万一千元，大专生两千至两千五百元外，还要支付学生的助学金和医药费等开支。

学生来源，主要是从高考落选的学生中择优选取，同时也有小部分从优秀的、有培养前途的民办教师和小学领导骨干中挑选。在派出他们进校学习以前，县教育部门事先和他们签订了合同，明确代培生毕业后统一由县教育部门安排工作，其待遇和公办教师相同。本科生要工作十年以上，专科生要工作五年以上，才能改作其他工作。如果不按合同规定完成服务年限或者学习不合格、以及中途无故退学者，均要加倍赔偿县所付出的代培费及助学金等费用。

现在，这批派去学习的学生，普遍学习比较刻苦，自觉性较高。

县教育部门对他们也很关心，经常和他们联系，或派人去各校检查、了解他们学习、生活情况，发现问题和困难，及时予以解决。

现在，县里已决定今年再送一批学生进行代培，并适当增加了本科生的数量。

《〈人民日报〉昨天第一版刊登本报专稿——东莞拨款委托大专院校代培急需人才》

《南方日报》1985 年 5 月 4 日第 1 版

虎门成立文学会

本报讯 我省第一个区镇文学会——虎门文学会于12日在东莞县虎门宾馆举行成立大会。打倒“四人帮”后，在省委召开的第一次省文艺创作大会上，虎门镇业余文艺创作组曾被评为全省五个先进业余创作组之一。（陆梦羊）

陆梦羊：《虎门成立文学会》

《南方日报》1985 年 5 月 14 日第 1 版

东莞开始生产高级墙纸

全套涂塑印花墙纸生产线从英国引进，平均每分钟可生产八十米至一百二十米

本报讯 由东莞县和省轻工业进出口公司联合经营的东莞玉兰墙纸厂最近正式投产。这是我省第一间从英国引进全套涂塑印花墙纸生产线，专门生产宾馆等高级建筑装饰用的涂塑印花高级墙纸的工厂。

该厂引进的全套涂塑印花墙纸生产线，是目前世界上比较先进的墙纸生产设备。从投料、涂塑、烘干、印花、剪切到包装，分别由四台机械设备自动完成。生产效能高，平均每分钟可生产墙纸八十米至一百二十米，每班可生产墙纸三万米以上。目前已能生产五款三色共十五个花色的高级墙纸，墙纸质量达到国际同类产品的先进水平。该厂产品六成提供出口，四成在国内市场上销售。

（冯章）

冯章：《东莞开始生产高级墙纸》

《南方日报》1985 年 5 月 14 日第 1 版

经济的发展必然会带动教育的发展

东莞一年多集资二千多万办学

去年全县适龄儿童入学率达99.7%，1987年在全县普及初中教育

本报讯 （记者关健、林亚茗，通讯员冯章）东莞县采取多条渠道，多方集资的形式办教育，从去年到今年4月底止，全县集资二千四百八十七万多元，新建、扩建、修建校舍十一万平方米，新建学校八十间，全县有三百一十四所学校实现“一无二有”（无危房、班班有课室、学生有桌椅）。去年全县适龄儿童入学率达99.7%。

近几年，东莞县的经济发展，为发展教育事业提供了条件。常平区屋厦乡采取乡出一点，群众自愿出一点，港澳同胞自愿捐一点等办法，集资办教育，建起新学校，全乡实行小学免费教育，强制实行初中教育，规定没有初中文化水平的农民不安排乡和村的任何集体单位的工作。常平区以这个乡为榜样，几年来集资四百五十八万元办教育，新建学校十九间共二万六千八百多平方米；扩建和改建校舍五间共一千平方米。还投资一百四十多万元，建起七千三百多平方米的振兴中学。

常平区多条渠道，多方集资办教育的做法，使全县大开眼界。东莞县委于1983年11月召开教育工作会议，明确提出1987年在全县普及初中教育的要求，并采取分级办学的方针，规定县负责高中，区负责初中和中心小学，乡负责小学。从而充分调动了各级集资办学的积极性。不少富裕的区乡，新建起一批高标准的学校；一些财力较小的区乡，也积极扩建修建原有校舍。

关健、林亚茗、冯章：《经济的发展必然会带动教育的发展　东莞一年多集资二千多万办学》

《南方日报》1985 年 5 月 23 日第 1 版

先富裕与办教育

本报评论员

邓小平同志在刚刚结束的全国教育工作会议上的讲话中指出："经济是基础。经济的发展必然会带动教育的发展。"我们广东，尤其是珠江三角洲及其他比较富裕地区，已经具备了较快地发展教育事业的基础。东莞县的事实证明了这个正确的论断。

东莞县从去年到现在，用多种办法集资，主要靠"区乡出一点，群众自愿出一点，港澳同胞自愿捐一点"，一共筹集资金二千四百多万元，新建和扩建了大批学校，使全县几乎百分之百的适龄儿童都入了学，为1987年普及初中教育打下了基础。他们这样做，符合党中央提出的要以极大的努力抓教育，并且从中小学抓起的号召。在他们那里，教育空前繁荣的局面快要到来了。这将对其他地区发生很好的影响。

近几年来，东莞县比较出色地执行了对外开放、对内搞活经济政策，充分发挥了毗邻港澳的特殊有利条件，全县经济建设迅速发展。随着乡镇企业的发展，多数区、乡逐步富裕起来了。随着农民商品生产的逐年迅速发展，许多农民逐步富裕起来了。随着侨务政策的落实，华侨和港澳同胞非常热心为家乡办学出力。没有这样一个良好的经济基础，这个县要在一年多时间内，筹备这么多资金，盖这么多学校，是很难办到的。

但是，在一个地区，在一个县，要使经济的发展带动教育的发展，有一个重要的条件就是，当地的党委和政府，懂得知识和人才的重要，懂得教育的重要。不能只抓经济，不抓教育。看来，东莞县是下功夫抓教育的。他们及时发现了常平区教育事业迅速发展的先进典型，及时地在全县推广。他们用正确的政策引导人们自愿集资办教育，而不采取平均摊派的错误办法。他们懂得在普及小学教育的基础上，抓紧时机作好普及中学教育的准备，为全县培养大量人才提供肥厚的土壤。

在广东，象东莞那样先富裕起来的市、县，已经开始成批地涌现了。但是，并不是所有这些地方，都相应地较快地发展了教育事业。相反，有些县、区、乡，富了以后，忽视教育，上学的人并没有增加多少，个别地方甚至还减少了一些，更谈不上提高教育质量了。这些地方的同志，难道不应当对照一下东莞的现实，考虑一下自己应该怎么办吗？

本报评论员：《先富裕与办教育》

《南方日报》1985 年 5 月 23 日第 1 版

虎门贸易公司商场开幕

本报讯　东莞县虎门贸易公司商场于26日开业。该商场经营进口日用百货、家用电器以及日杂化工等产品。（玲）

玲：《虎门贸易公司商场开幕》

《南方日报》1985 年 5 月 27 日第 1 版

「内地的警察真有本事」

——东莞破获一宗入境杀人抢劫案

4月15日早上，东莞县常平区至樟木头区的旗岭路段，一名放牛的农民在距离公路约三百米的山塘里，发现一具腐败发臭的浮尸……

县公安局接报后，立即派干警和法医前往检查。经分析断定，死者是在一个星期前被杀害的。法医在死者身上发现一本香港签发的汽车驾驶证。驾驶证的主人名叫袁浩棠，男，二十七岁，原籍东莞县常平区袁山贝乡。经调查证实，今年4月3日，死者从香港回来，准备与一个旅港的常平镇人一起偷运二百斤珍珠出港。他从香港带有六万港元回来，还向家人要了四万元人民币，6日早上去常平镇找人，以后，其家人就不知他的下落。

刑侦人员经过深入的侦查，发现一个叫汪志忠的与此案有关，此人原籍常平镇，于1981年申请出港，出港前有盗窃行为。死者近两次从香港回来，都与他联系偷运珍珠。据群众反映，汪志忠在4月16日下午又从香港回来。

时机成熟，刑侦人员将汪志忠拘留审查。在确凿的罪证面前，汪不得不供认：他在香港赌博输了几万元，常被追债。他得知袁浩棠有钱并准备串人合伙偷运珍珠出港，因而骗其带巨款回来，于4月6日下午将袁骗到事先选择好的场地，乘其不备，用石头猛击致毙命，掠去装有人民币四万元、港币六万元的手提袋。当晚深夜，汪以人民币三千元的代价，串连其朋友周庆文，两人将死者尸体用石压沉在山塘中，企图毁尸灭迹，逃避罪责。

这起重大案件的及时侦破，给境外犯罪分子以沉重打击，群众拍手叫好。有的香港同胞说：内地的人民警察真有本事！

本报通讯员　黄树文

黄树文：《“内地的警察真有本事”——东莞破获一宗入境杀人抢劫案》

《南方日报》1985 年 5 月 30 日第 2 版

功夫不负有心人

——记东莞县学科学用科学标兵叶钦海

今年 2 月28日，久雨初晴，虽然春节刚过，但东莞县大朗区大井头乡的荔枝专业户叶钦海，一早就和场员们忙碌开了。有的在苗圃场里锄草、松土，有的给良种荔枝除虫、施肥。

忽然，几部小汽车开到了小农场。车上走下了一位身材魁梧、和蔼可亲的领导同志。那不是国务委员谷牧同志吗！不错，谷牧同志到广东检查工作，特意来这小农场看一看，探望农场的主人、全国青年学科学用科学标兵叶钦海。

谷牧同志兴致勃勃地登上了山坡，看了叶钦海栽培的五亩良种荔枝苗和一千多株矮化荔枝树，看了他的荔枝、菠萝、花生间种的“立体式”生产基地，以及自动化喷灌的除虫、施肥、灌溉设备，询问了叶钦海走过的历程和今后的打算，感到满意。牧谷同志亲自为叶钦海题词，勉励他“为发展我国果树栽培的科学技术，做出更大的贡献”。

领导同志的关怀，使叶钦海深受感动。他想起了这几年党和人民给他的奖励和荣誉——

1983年，他出席全国青年学科学表彰大会，被评为“全国农村学科学用科学青年标兵”；

1984年 4 月 6 日，国务院副总理李鹏到农场视察，题词留念；

今年 1 月，他出席全区民兵部队双代会，被评为“学科学的优秀民兵”。

……

宝剑锋从磨砺出，梅花香自苦寒来。叶钦海能取得今天的成绩，这中间花了多少心血，付出多大代价啊！

他出生在荔枝之乡，从小就立志要为改良荔枝品种，发展荔枝生产作出贡献。1968年，他初中毕业回乡后，就开始用业余时间学习荔枝嫁接的书籍，拜本地有经验的老农为师，学习荔枝良种嫁接技术。1972年，他已经能独立工作了。一次，他就到黄江区田美乡嫁接了两千株荔枝苗。

然而，摸索这一技术，并不是一帆风顺的。就在叶钦海为自己能独立嫁接而高兴时，田美的干部来告状了。原来，他嫁接的两千株荔枝苗，竟然死了一千八百多株。因此，有些干部说他“招摇撞骗”，并宣布从此不准他外出搞嫁接。

在挫折和失败面前，叶钦海不气馁，不灰心。他一连几天跑到田美乡的荔枝园里，细心观察，将活下来的接穗和死了的对比，终于找出失败的原因是夏天气温高，接腊的温度也相应增高，烧伤接穗导致死亡。他在笔记本上认真地记下了这一可喜的发现，并庄重地录下了苏联园艺家米丘林的一句名言：“我们不能等待自然的恩赐，我们的任务是向自然索取。”他把这话作为座右铭，时时鞭策自己。

从此以后，叶钦海更加自觉、刻苦地学习。他自费订阅了《农业科技》、《园艺学报》、《中国农业科学》等几十种报纸杂志，花了几百元购买《园林学》等科学技术专业书籍，象蜜蜂采蜜一样，孜孜不倦地从书本上吸取养份。除了从书本上学习以外，他注意向有经验的老师学，先后走遍了全县十多个生产荔枝的区和八十多个乡村，拜访过二百多人。他在学习中碰到疑难问题，经常带上书本到县水果发展公司、华南农学院、省农科院等单位向专家、老师、技术人员请教。县水果发展公司的副经理李光明，对荔枝栽培很有研究，并写了一本关于东莞荔枝栽培的书籍。叶钦海经常向他请教，共同探讨技术上的难题。

功夫不负有心人。叶钦海十多年来，锲而不舍，努力学习，终于取得了丰硕的成果。他发明的荔枝嫁接的“刨接法”，受到农学院教授吴亦明的重视，在《广东科技报》上撰文给予高度评价。他研究的荔枝嫁接技术资料已被收进了正在编写的《全国果树志·荔枝分志》一书中。他运用自己的嫁接经验，先后成功地为省内各荔枝产区嫁接了优质荔枝苗十万多株。他的苗圃场每年为各地提供优质良种荔枝苗二万株以上。他为生产队培育的三百五十棵荔枝树，第三年就可挂果，亩产达四百多斤；他从1982年培育的一千二百棵荔枝，已继续进行了“优质、矮化、稳产、密植、高产、早结”试验。我们祝愿他在学科学用科学的道路上取得更大的成绩。

袁治平　张明光

袁治平、张明光：《功夫不负有心人——记东莞县学科学用科学标兵叶钦海》

《南方日报》1985 年 5 月 30 日第 4 版

东莞县一批公安干警立功受奖

本报讯 侦破东莞县常平区香港人境人员袁浩棠被害案，及时捉获香港凶犯汪志忠，取得显著成绩的东莞县刑警队，最近经省公安厅批准，荣立集体二等功。县公安局刑警队指导员叶何成、法医利焕祥和常平区派出所所长曾桂胜、副所长叶金宁，经惠阳地区公安处批准，分别荣获三等功。（案情详见本报5月30日第二版）　（陈镜堃）

陈镜堃：《东莞县一批公安干警立功受奖》

《南方日报》1985 年 7 月 3 日第 1 版

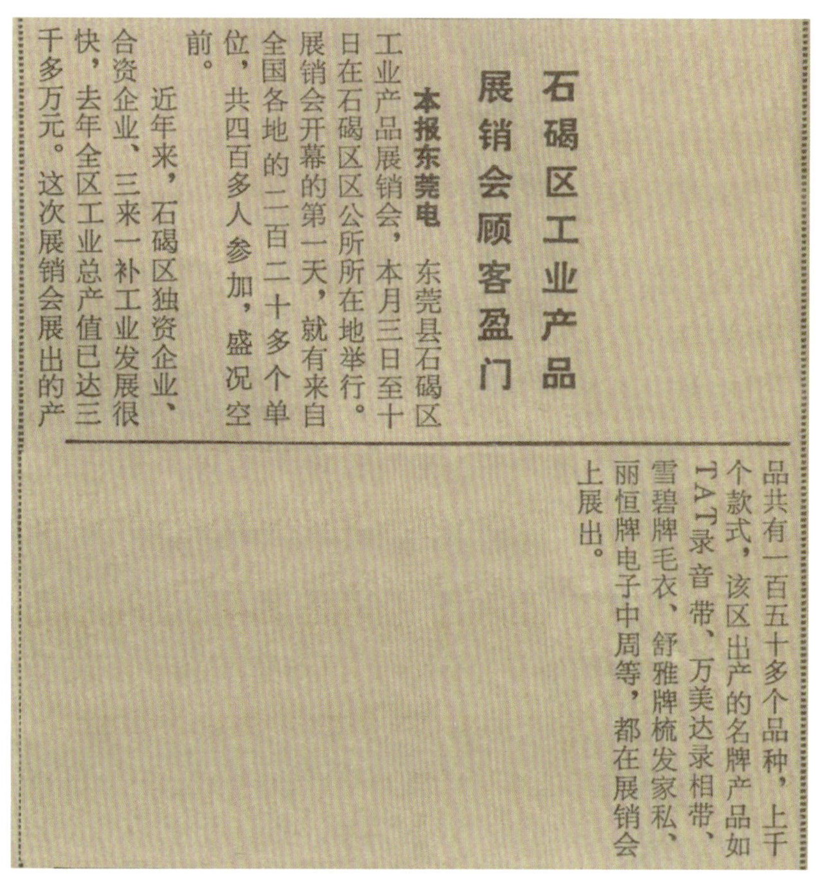

石碣区工业产品展销会顾客盈门

本报东莞电 东莞县石碣区工业产品展销会，本月三日至十日在石碣区区公所所在地举行。展销会开幕的第一天，就有来自全国各地的二百二十多个单位，共四百多人参加，盛况空前。

近年来，石碣区独资企业、合资企业、三来一补工业发展很快，去年全区工业总产值已达三千多万元。这次展销会展出的产品共有一百五十多个品种，上千个款式，该区出产的名牌产品如TAT录音带、万美达录相带、雪碧牌毛衣、舒雅牌梳发家私、丽恒牌电子中周等，都在展销会上展出。

《石碣区[1]工业产品展销会顾客盈门》

《南方日报》1985 年 7 月 6 日第 2 版

① 石碣区：今东莞市石碣镇，位于东莞市北部，隔东江与广州增城区相望。

东莞举办工业品展销会

本报讯 （通讯员冯章、记者岑祖谋）东莞县工业品展销会昨天在莞城举行开幕式。中顾委委员刘田夫、香港中华总商会副会长孙城增、东莞县县长郑锦滔为这个展销会开幕剪彩。

参加昨天开幕剪彩仪式的还有：寇庆延、梁威林、陈越平、梁广等。

东莞县现有工业企业五千四百多家，去年工业总产值达十亿一千多万元，占工农业总产值的57％。工业产品种类繁多，共有四千多个，一批名牌优质产品，在国内外享有较高声誉。

冯章、岑祖谋：《东莞举办工业品展销会》

《南方日报》1985年7月8日第1版

填补我省电子工业一项空白

敷铜板企业在东莞兴建

本报东莞专电 （记者廖成业）我省第一家生产经营敷铜板的企业——生益敷铜板有限公司，于昨日在东莞县万江工业开发区举行奠基仪式。

出席奠基仪式的有：省有关方面负责人冯学彦、窦贵昌、杨迈以及专程从香港前来的李鹏飞、张鉴泉、王霖等粤港经济界人士共二百人。

这是我国第一家引进先进技术工艺，大规模生产敷铜板的企业。敷铜板用于生产印刷线路板，是电子产品必不可少的基础材料。这家公司生产的自熄型环氧玻璃纤维敷铜板，大部分将销向国际市场，部分供应国内需要。

生益敷铜板有限公司是由广东省对外贸易总公司、东莞县电子工业公司、香港福民有限公司、香港AVA国际有限公司合资经营的。第一期投资八百多万美元，工厂占地一万二千平方米，预计明年6月正式投产。

廖成业：《填补我省电子工业一项空白　敷铜板企业在东莞兴建》

《南方日报》1985 年 7 月 10 日第 1 版

华农大保鲜技术在东莞开花

岭南荔枝远销北美

本报讯 近日，东莞大批冷藏鲜荔经香港运往国外，其中，经集装箱直接送往加拿大的达三十吨。

东莞县是我省荔枝主要产区，今年产量达四十多万担。从前年开始，该县采用了华南农业大学园艺系果蔬贮藏加工教研室研制成功的荔枝冷藏保鲜技术，当年保鲜荔枝近二万斤，其中八千多斤运往北京、上海等地试销，到达目的地后，在常温下的货架栏放二十四至三十六小时，色、味不变。去年，该县又采用这项技术，冷藏保鲜荔枝八万多斤，一个月后，完好率达92%。今年，东莞县水果发展公司与加拿大、新加坡等国家的商人签订了合同，将冷藏保鲜的荔枝运向国外。 （金丹、棣华）

金丹、棣华：《华农大保鲜技术在东莞开花　岭南荔枝远销北美》

《南方日报》1985年7月13日第1版

发挥侨乡优势　引进先进技术

虎门镇工农业总产值超亿元

本报讯　（记者苏仲衡）东莞县虎门镇充分发挥侨乡优势，大力引进先进技术和港澳商人资金，改造旧企业，发展新产品。目前，主要工厂都已得到改造，促进了全镇工农业的发展，去年工农业总产值已超过一亿元。一些产品已打进国际市场。

虎门镇地处珠江口岸，是我省著名的侨乡。党的十一届三中全会以来，他们大力引进技术和吸引侨资、港澳客商资金合作经营或合资经营，发展本镇的加工业。到今年6月，港澳客商已在虎门镇办厂设店共六十三宗。去年，全镇加工费收入达五千多万港元。

虎门镇特别注意把引进先进技术，与改造旧企业、旧的生产工艺结合起来。如太平人造花厂，前身只是一间包装厂，加工纸箱、纸袋，仅有百多名工人。1983年4月开始引进人造花技术，现在拥有胶花机三百四十台，工艺流程先进，已发展成为一个有一千多人的中型企业。年加工费收入近五百万港元。加工的人造花远销港澳地区和东南亚及世界各地。太平蜡烛厂原来老设备多，生产工艺落后。去年，他们从国外引进一条新的蜡烛生产流水线，改革、更新工艺蜡烛的花色品种。现已生产国际市场畅销的四十多个品种，生产的工艺蜡烛已达到国际水平。不久前，获得外经贸易部发给的荣誉证书，还先后被地区、省、全国评为优质产品。去年，这个厂的蜡烛产量比前年增加了40%。虎门综合副食加工厂，从香港引进面线加工，生产“万寿牌”面线外销。去年加工面线达到十四万磅，收入加工费五万多港元。太平手袋厂几年来引进国外生产设备四百七十台（套），生产六百多种规格的花式手袋，远销美、加、西欧等国家，成为我省出口手袋的生产基地之一。

苏仲衡：《发挥侨乡优势　引进先进技术　虎门镇工农业总产值超亿元》

《南方日报》1985 年 7 月 13 日第 2 版

三言两语

这着棋走得好

虎门镇注意把引进技术与改造老企业结合起来，带来了侨乡经济的繁荣。他们的这着棋走得好。

根据需要与可能，引进外资、侨资和先进技术办新厂，无可非议。但我们现在有不少老企业设备陈旧、工艺技术落后，产品竞争能力差，在引进工作中，加强对老企业的改造，也是十分重要的一着棋。走好了这步棋，对加快侨乡经济的发展，无疑会起着较大的推动作用。虎门镇的事实，正是说明了这一点。

潘　言

潘言：《这着棋走得好》

《南方日报》1985 年 7 月 13 日第 2 版

本报记者　丁小莉　朱晖明

岭南人谁不认得荔枝？连两三岁的孩子也能向你描述荔枝的形状与滋味；可是外国人，连学者都未必说得准确。在颇有权威的英语词典《韦伯斯特二十世纪新词典》中，“荔枝”这一词目下是这样写的：“荔枝果壳薄如纸，粗糙显棕色，果肉状如葡萄干，味甜，可食。”聪明的读者一定猜得出，学识渊博的韦伯斯特，由于从未见过新鲜荔枝，显然将荔枝干当成了荔枝，写入他的词典中。这不能不令人感到遗憾。

岭南荔枝，产量以东莞为冠。今年全省产荔枝一百二十万担，东莞就占了四十多万担。东莞的糯米糍、桂味，在港澳市场素负盛名。据说，今年糯米糍刚上市时，香港市场一颗就卖一港元。

前几天，我们到东莞采访。踏入县境，立即感觉到处处荡漾着荔枝的主旋律：处处有荔林，触目是荔枝；农民在采摘荔枝；外贸、水果部门在收购荔枝；街上卖荔枝；人们吃荔枝、谈荔枝；港澳同胞、内地亲友为尝荔枝而来，携荔枝归去……街上随处可闻：“你吃了多少餐荔枝？”可见，东莞人吃荔枝，是从不讲数目，而是以吃到饱为标准的。党的十一届三中全会后，荔枝林由农民承包，科学栽培技术得以在东莞全县开花结果。1980年以来，东莞县的荔枝年产量约比以前增长一倍至两倍，成为名副其实的“荔枝冠军”。

我们应邀到常平区的荔枝园领略了一番荔枝风味。一清早，我们一行驱车来到常平区木伦乡，谈笑风生地涌进荔枝园。荔枝园里静悄悄。浓绿树干上，挂着大串大串鲜红的荔枝，默然而真挚地迎接客人的到来。人们来到一株糯米糍树下，急不可待地伸手攀折，有的还跳起来，笑着将一颗颗荔果去皮塞进口里。低处的荔枝很快摘完了，有人找来竹竿，往树上采。急性子的干脆爬到树上，边吃边把荔枝成把抛下，下边的人伸出帽子接。荔园里荡起一片片愉快的笑声。

我国是荔枝的原产地，栽培荔枝已有两千多年历史。荔枝产量以广东、广西、福建、四川居多。目前世界上约有三百余种荔枝，我国广东就有一百多种。福建莆田县有一棵古荔，为唐玄宗年间所种，迄今已有一千二百余高龄，依然枝繁叶茂，硕果累累。莆田是古荔枝的集中地，几百年、上千年的古荔枝比比皆是，而且荔红叶翠，郁郁葱葱。我省古荔不多，但怪异的荔枝树却不少，增城只剩半边老树的“挂绿”已众人皆知。惠东县还有一棵“四季荔”，终年花果并存。海南岛生长着一种“鸭蛋大荔”，十个竟重一斤！从化县有一棵一百五十岁的“荔枝王”，每年收获时节，全乡男女老少云集树下，饱餐一顿后，还能摘下一两千斤。在海南岛，还生长着大片大片野荔枝林。成熟时节，象一片片燃烧的火焰。你要是冒冒失失摘下一串剥吃，会失望地发现，果肉象纸一样薄；放进咀里，酸得你脸若苦瓜。省农科院果树研究所的科研人员，对野生荔枝兴趣可大呢。他们每年荔熟时节都跋山涉水，奔赴野荔枝林实地考察，为开发、驯化珍稀品种洒下辛勤汗水。

荔枝味虽美，令人惋惜的是难以贮藏。“一日而色变，两日而香变，三日而味变”。因此，我国的许多北方人也象韦伯斯特一样，仅尝过风味迥异的荔枝干。近几年，华南农业大学研究成功了荔枝冷藏保鲜技术。在东莞，我们就了解到，当地应用这项技术，将刚采摘的荔枝浸保鲜液、选果、包装，然后放到三至五摄氏度的冷库贮藏，糯米糍可保鲜二十至二十五天，槐枝可保鲜三十至三十五天。有了这项技术，使得北方，甚至北美，今年也能一饱啖荔枝的口福了。

蝉鸣荔熟时节，前往荔园品荔固然其味无穷，而夜里看守夜人护荔才更有趣哩！夜幕降临，成群结队“飞生”（即大蝙蝠）从山中飞进荔枝园，几百只，甚至上千只，展开的翅膀有半尺至一尺半宽。它们落在荔枝树上，凭着灵敏的嗅觉，专挑成熟的荔枝吃。听农民说，靠山的零星生长的荔枝树，两三夜就会被它们吃个干净。为此，守夜人在树下放烟花、点鞭炮，霹雳啪啦，火光四射，把这些“荔贼”吓得一哄而散。当然也有老练的“飞生”，对此司空见惯，赖着不走，人们只好开枪射击，直到把它们赶走为止。

离开东莞时，主人热情相邀：“明年再来吧，来和我们一起过荔枝节。”于是，我们约定了：明年再来，一定！

丁小莉、朱晖明：《荔乡啖荔记》

《南方日报》1985 年 7 月 18 日第 2 版

摘要: 报道了东莞是岭南的“荔枝冠军”，闻名港澳，年产达40万担。在东莞的荔枝园，除了采摘、品尝荔枝的景象，还有守夜人放烟花鞭炮赶走偷吃荔枝的大蝙蝠的故事。还介绍了荔枝在中国的历史和现状，以及现代冷藏保鲜荔枝的技术。

东莞县方肇彝中学落成

方树泉医院同时奠基

本报讯　7月28日上午，东莞县政府在厚街区河田乡隆重举行方肇彝中学落成暨方树泉医院奠基典礼。

东莞县河田乡旅居香港的方树泉先生，早在1964年，已捐款在家乡河田乡创办了一所“肇彝小学”，去年6月，他与儿子方润华先生又捐资四十五万港元把肇彝小学改建为方肇彝中学。

今年，方树泉先生又捐资四百万港元给东莞县厚街区兴建一所庭院式的医院——“方树泉医院”。

方润华先生这次亲自回乡主持方肇彝中学落成暨方树泉医院奠基典礼，并捐资五十万港元支持东莞县筹建理工学校。

（冯章）

冯章：《东莞县方肇彝中学落成　方树泉医院同时奠基》

《南方日报》1985 年 7 月 31 日第 1 版

引进国外先进技术和优良菌种

东莞建工厂生产鲜草菇

本报讯 东莞县食用菌实验场引进国外室内食用菌无土栽培先进技术和优良菌种，用工厂式的泡沫塑料菇房生产优质草菇。目前，该场四十八间菇房，已全部投产，已收鲜菇六万七千多斤，平均日产菇八百六十七斤。

东莞县科协和东莞县果菜公司在有关部门的支持下，引进了国外室内食用菌无土栽培的先进技术和优良菌种，在食用菌实验场建起四十八间工厂式的泡沫塑料菇房，种菇面积四千平方米，还建起一套培育食用菇菌种的育种室。该场采用的室内无土栽培技术，从沤制基料到收获鲜草菇，前后只需十三天，一个月可以种两期，一年可生产八个月。据该场试验结果，每间菇房一期可产鲜草菇四百斤以上，较之室外土地栽培具有快速生产的优越性。他们引进的国外优良草菇菌种，草菇呈马蹄形，菇质结实，个子均匀、白色，培育周期短，产量高，与我省现在所用草菇菌种同样在室内无土培栽作比较，可提前十天收菇，一间菇房一期增产草菇约二百斤。（冯章）

冯章：《引进国外先进技术和优良菌种　东莞建工厂生产鲜草菇》

《南方日报》1985 年 8 月 9 日第 2 版

东莞交通建设与经济发展互相促进

公路越畅通　经济越发达

本报讯　（记者何少英）近年来，东莞县出现了交通建设与经济发展互相促进的局面。“要想富，先修路；公路通，万业兴。”这是该县经济迅速发展的一条主要经验。

东莞县地处珠江三角洲，位于广州与深圳之间。1980年前，该县公路交通虽有一定基础，但全县一千三百五十公里长的公路中，有六成以上是由乡村大路改成的等外沙土公路，路面窄，转弯多，抗灾能力和承载力差。从县城到太平镇只有二十八公里，有段时间坐车竟要颠簸二个多小时。同时，由于该县位于东江下游水网和珠江口地带，许多公路被江河阻隔。广深公路在东莞县内一段，便有三个渡口，汽车过渡经常要排长龙；区、乡公路更多为河涌分切成段，每逢洪水期或台风季节，轮渡停航，公路运输便要中断。这样，境内境外物资不能更好地交流，许多外商、港商到这里来投资也有顾虑。因此，从1980年开始，该县便把改善交通放在重要的位置上，县委书记、县长亲自勘查全县公路，采用重点公路由县拨款，县区公路县助区办，区乡公路区助乡办，乡村公路乡助村办，专用公路专用部门自己办和争取省交通部门适当补助，港澳同胞、华侨捐助，银行贷款等办法，筹集资金修路建路。至去年底止，全县共集资七千三百七十多万元，先后架起了万江、金太、高埗、石龙等十七座总长为二千三百三十多米的大、中型公路桥梁，修建改造公路五百五十六公里。这样，就使全县除一个水乡麻冲区和七十三个水网地带的乡未通车外，其余三十三个区镇、四百二十二个乡都通了公路，而且多是水泥路面。现在，从广州到东莞，行车时间从过去的四小时缩短为一小时多。高埗区和县城隔河相望，距离仅七公里，过去汽车要到县城，必须绕道二十八公里，还要过一个渡口，三个小时才能到达，真是“隔河千里路”。现在有了高埗大桥，到县城只要十五分钟时间，仅汽车运输费每年便节约六十万元。因此，客商纷至沓来，去年下半年便新办、扩建了来料加工厂七间，增收工缴费四百八十万港元，全区纯利达到一百零四万。石碣区修路建桥后，该区实现工农业总产值、工企业总产值，区办企业总产值，人平总产值和人平收入都比1983年翻了番。因而，群众把公路称作“发财路”，把桥梁叫作“致富桥”。

目前，这个县已把交通建设推向一个更新的高潮：新村、汾溪、横沥等十座总长达六百七十八米的大桥已开始兴建，广深公路上的万江大桥也已动工扩宽，新增的四十公里水泥路面今年内要完成。三年内还要新建总长八十六点三公里的十四条水网地带公路、五十二座总长二千九百五十多米的大小桥梁，沟通三十五个水乡。与此同时，该县还采取措施把现有公路管好养好，让公路、桥梁为发展经济作出更大的贡献。

何少英：《东莞交通建设与经济发展互相促进　公路越畅通　经济越发达》

《南方日报》1985 年 8 月 16 日第 2 版

多渠道多形式筹集办学资金

虎门镇教学条件得到改善

本报讯 东莞县虎门镇花大气力、下大本钱办教育。最近三年多来，通过多渠道共筹集了办学资金三百四十四万元，加上国家下拨的九万四千元，共三百五十三万多元。镇政府用这笔款改造全镇四十八间中小学的校舍。先后新建成中学五间，小学六间，改建扩建中学二间、小学二十七间，使全镇学校的教学条件得到了较大的改善。

该镇对教育工作的重视，极大地激发了港澳同胞办学热情，各乡旅港同胞纷纷回家乡捐资办学。北栅乡以陈祖泽先生为首，联络了一百二十名热心办学人士，捐献了七十五万港元。

目前，镇还有十间中小学正在新建和改建中。

（虎门镇党委办公室）

虎门镇党委办公室：《多渠道多形式筹集办学资金　虎门镇教学条件得到改善》

《南方日报》1985年8月20日第2版

东莞县克服障碍搞好整党

摆问题会影响全县形象吗？会影响积极性吗？会损害团结吗？

本报讯　（记者关健、李民英）东莞县委在整党中突出抓好三个环节：一是放下揭露问题的思想包袱；二是抓准存在的主要问题；三是不空泛议论，制订整改措施，边整边改。由于县委领导带头，大家畅开了思想，摆出了存在的主要问题，初步制订了整改措施。目前，全县整党工作正扎扎实实进行。

三个包袱妨碍揭露问题

在整党开始时，东莞县委发现党员干部、特别是领导干部，对摆开东莞的问题，思想上普遍背着"三个包袱"：一是，党的十一届三中全会以来，东莞县发挥了优势，工农业生产取得了长足的发展，成为全省闻名的富县之一。"报上有名，电视中有影，广播中有声"，有些同志因而担心揭露问题会影响东莞的形象；二是，这几年不断清理"左"的影响，东莞的经济工作越搞越活，担心揭露了问题，会整掉干部群众搞活经济，进行改革的积极性；三是，有的问题是前一届县委决定的，担心开展批评会搞坏新老干部之间和现任同志之间的关系。

掩盖矛盾才会损害形象

东莞县委清醒地看到，不卸掉这"三个包袱"，要摆开县的问题是不可能的。于是，县委领导坐下来，认真学习了有关文件，提高对整党的认识，提高对增强党性，纠正新的不正之风的自觉性。在学习的基础上，大家联系本县实际，对"三个包袱"逐一进行分析。他们摆出，从1982年打击严重经济犯罪活动以来，全县先后处理大小案件达二百三十五宗。但是，过去由于多是就问题处理问题，虽使大家受到一定教育，但受教育的广度和深度都很不够。因此，问题不断发生。大家看到，不摆出来，问题照样存在。这次整党不是整人，即使有极个别的人要处理，也不是为处理而处理，而应该把问题亮出来，从党性原则的高度进行解剖分析，对党员进行一次深刻的党性党纪党风的教育。否则，不肯揭问题，就是放弃原则，掩盖矛盾，到头来会使矛盾更突出，这才真会损害东莞的形象。

对积极性进行分析

整党会不会整掉搞活经济，进行改革的积极性呢？他们摆出了全县存在的一个严重问题：一些集体单位领了商业牌照，却不是集体经营，而是包给私人。承包者用集体的帐号，用集体的名义贷款，由集体承担风险，赚到的钱绝大部分落入承包者的腰包。在经营中承包者违法乱纪，出了问题，单位领导出面讲情，如果物资被依法没收，或生意亏了本，剩下一盘烂帐，却由集体背包袱。因此，这些承包者往往有恃无恐，为追求个人暴利，便不顾一切，铤而走险。一些地方走私贩私，炒卖外汇的歪风所以煞不住，很大程度上是这些人造成的。显然，正是这少数人搞歪门邪道的"积极性"，破坏了搞活经济，破坏了改革。只有整掉这少数人的这种"积极性"，才能调动多数人搞活经济，进行改革的积极性。因此，只要弄清了我们需要的是什么积极性的问题，就不会有这种担心了。

（下转第三版）

（上接第一版）

东莞县克服障碍搞好整党

开展批评增强了团结

那么，开展批评会不会影响同志间的关系呢？通过学习，大家进一步懂得了要讲真理，不讲面子，只有建立在党的原则基础上的团结，才是真正的团结。他们广泛地开展了谈心活动，县委一班人还认真过好民主生活会，开展批评与自我批评。东莞县委新老主要领导为大家作出了榜样：原县委书记、县人大常委会主任莫淦钦主动联系实际摆问题；现任县委书记李近维就党政干部经商等问题主动承担了责任。这样一来，不仅没有影响同志间的关系，还增强了团结。

大胆地摆问题

在县委领导的带动下，大家放下了包袱，畅开了思想，改变过去谈问题遮遮掩掩的现象。最近，他们举办了由各区委领导和县局以上党员干部参加的整党学习班，大家对照整党文件，联系东莞的实际，集中摆出了五个方面的主要问题：一是经济工作的指导思想不够端正，全局观念差，追求急功近利，甚至出现了“一切向钱看”的错误倾向。从领导精力到财力一度多投放在搞转手买卖，抓浮财，而忽视了扎扎实实办实业；在外汇使用上，有一段时间把九成以上的外汇用于做洋货生意，而忽视了引进先进技术设备，发展工业生产。二是放松了思想政治工作，使资产阶级精神垃圾乘虚而人。如有的单位发“红包”、搞回扣、给佣金；有的游乐场挂名搞有奖游戏，实则公开搞“行大运”，掷骰子赌博等。三是一些干部以权谋私，为人民服务的思想淡薄了。如有的乘公家建筑之便，与包工头串通，公家盖大楼，私人建别墅；有的老子办国营或集体公司，儿子办家庭公司，资金给家庭公司使用，赚钱归个人，亏本归国家或集体；还有的在营销洽谈业务中收受贿赂等。四是在对外开放中，没有正确处理开放与管理的关系，反走私工作时紧时松，给不法分子以可乘之机。五是在执行党的政策中，出现左右摇摆，各取所需的错误倾向。在具体工作中，往往忘记我们搞的是社会主义现代化，千方百计钻政策的空子，损害了全局利益，违反了四项基本原则。

边整边改的十项要求

东莞县委不是满足于摆出问题，而是着眼于解决问题。最近，在有各区委领导和县局以上党员干部参加的整党学习班上，他们发动大家充分酝酿讨论，制订出在整党中边整边改的十项具体要求：一、全面审查和整顿出海船只和证件，坚决刹住走私贩私、炒卖外汇的歪风。二、全面清理假赠送真倒卖进口汽车，以及与海南炒卖进口汽车案件有关的事，严肃处理。三、彻底整顿“三场”（影剧场、游乐场、体育场），扫除精神垃圾，加强精神文明建设。四、全面清理“三乱”（乱收费、乱罚款、乱提价），切实加强管理。五、进一步清理和解决党政干部经商和“权力入股”的问题。六、全面清理和解决滥发奖金和实物的问题。七、组织力量认真查处以权谋私的经济案件和“三种人”。八、加强对留成外汇的管理，把外汇真正用于引进先进技术设备。九、坚决制止请客送礼、铺张浪费的歪风。十、领导班子中，要加强民主集中制，坚持集体领导下的分工负责制。

目前，东莞县各级党委，正组织党员按照县委的部署，认真学习整党文件，并联系实际，逐项落实县委提出的在整党中边整边改的十项要求。东莞县委对这“十项要求”作了明确的分工，每一项都有一名县委领导专抓。他们明确提出：在近期内务必抓落实，见成效。

关健、李民英：《东莞县克服障碍搞好整党》

《南方日报》1985年9月8日第1、3版

劳动致富　不忘乡亲

东莞县东坑区黄麻岭乡退伍军人谢叶祥，劳动致富，不忘集体和群众，积极为群众办好事。

1981年初，黄麻岭办的一间塑料厂，由于管理不善，产品质量不合格，被迫下马了。厂里剩下被货主退回来的塑料废品，有二十多吨，价值十七八万元。后来，谢叶祥承包了这间塑料厂，请了十二个社员当工人。他狠抓质量和技术管理，并按照货主的要求，组织生产，搞好经营管理，提高产品质量。一年间，把二十多吨的塑料废品进行加工，把这些产品销售的收入，全部上交集体，使塑料厂挽回了十七八万元的损失。

谢叶祥初步取得了管理工厂的经验以后，从银行贷款二万元，购买生产设备，扩大生产规模，生产工人增加到六十二人。该厂从原来单纯生产药瓶外盖、内塞，发展到生产装果汁的塑料软管、120胶卷胶轴和塑料筷子等产品。去年产值达二十八万元。今年该厂生产又有很大的发展。

谢叶祥富裕之后，没有忘记党的关怀和群众的支持。去年以来，他捐献了三千元给本村建学校；还为乡村新建了一条水泥大路；给全村五保户和孤寡老人发放生活补助。

所有这些，体现了一位普通的退伍军人的高尚思想品德。为了表彰他的事迹，东莞县人民政府和县人民武装部评选他为优秀退伍军人和劳动致富模范。　　李景新、张明光

李景新、张明光：《劳动致富　不忘乡亲》

《南方日报》1985 年 9 月 10 日第 4 版

虎门旅游公司的综合服务受欢迎

东莞虎门，是民族英雄林则徐领导我们炎黄子孙销毁英国人的鸦片烟的地方。

这个历史胜地，风景优美，交通方便，每年都有众多的中外游客前往旅游。为了满足游客多方面的需要，近来"虎门旅游公司"积极开展多层次的服务业务。

一、组织旅游。和香港"新世纪"、"遨游乐"等旅行社联合举办"香港——虎门一天游"、"香港——虎门——东莞——广州三天游"等，组织香港同胞和海外华侨回来旅游。同时，组织国内游客，游览沙头角中英街、深圳、珠海、广州东方乐园、肇庆七星岩、惠州西湖和江西庐山等地方。最近，又新开设了"虎门——广州东方乐园一天游"的项目。

二、开设"黄金时代虎门美容中心"。这美容中心是与香港著名美容大师、医师、香港何丝琳妇女健美学院院长何丝琳合办的。设有"化妆"（包括新娘化妆、宴会舞会化妆、日间淡妆）、皮肤护理（包括面部深层污物清选、去黑头、电疗药疗暗疮、去皱纹、防皱纹、面部按摩）、健胸（包括结实、收细、加大、下垂）、脱毛（包括脱唇毛、胡须、腋毛等）、医学美容（包括消除黑眼圈、去黄褐斑、除雀斑，脱墨、清除面部红色蓝色色素沉着斑等）。这个美容中心开业一个月来，已给来自广州、宝安、中山、番禺、东莞等地的五百多名女青年进行了美容。不少有暗疮、雀斑、多毛、黄褐斑、黑痣的女青年，经过治疗以后，消除了苦恼。

三、设旅游商场。除了供应游客所需商品以外，最近还办了环球摄影器材中心，为游客开展化妆摄影、彩色照片放大制作和快速冲印业务。

虎门旅游公司由于开展多项综合服务，又热诚待客，深受中外游客的赞扬。

张明光、陈镜坤、袁治平

张明光、陈镜坤、袁治平：《虎门旅游公司的综合服务受欢迎》

《南方日报》1985年9月17日第4版

摘要：报道了虎门旅游公司开展多层次的服务业务：一是与香港的一些旅行社联合举办到广东各地游览；二是与香港的何丝琳妇女健美学院合作，开设"黄金时代虎门美容中心"；三是开设旅游商场，供应游客所需商品，为游客摄影、冲洗照片。

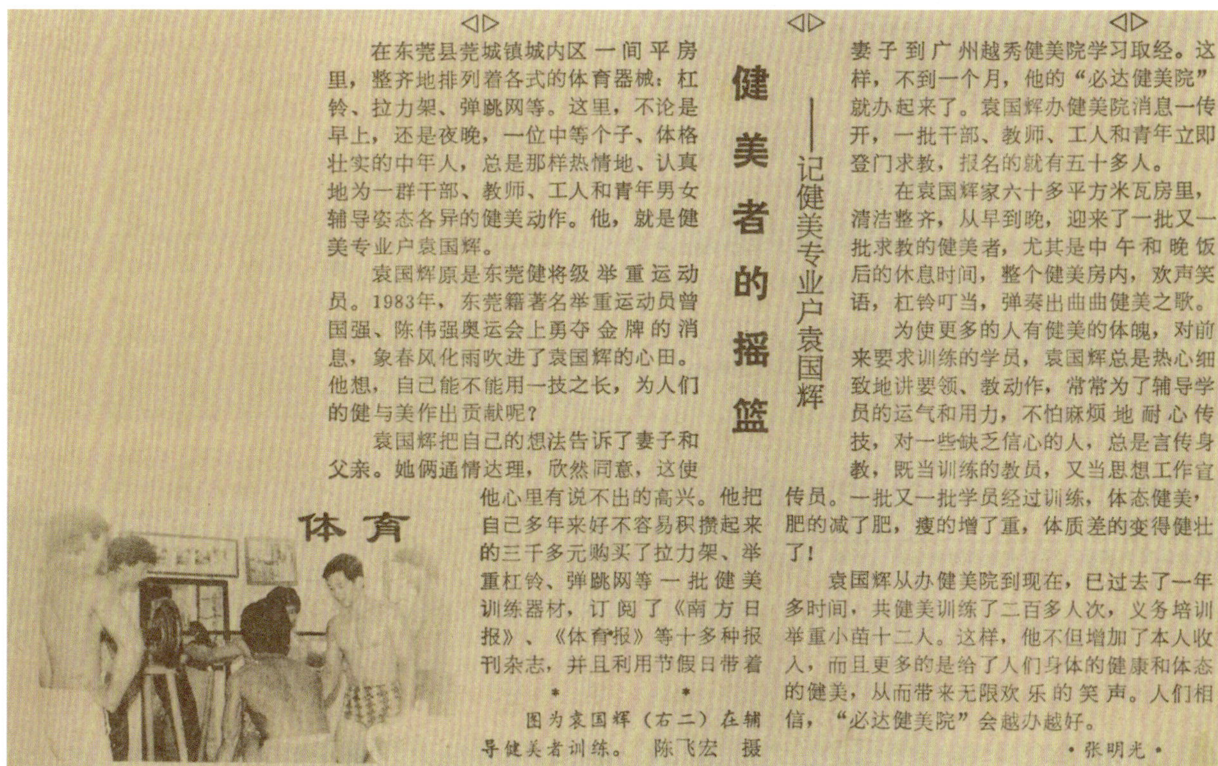

体育

健美者的摇篮

——记健美专业户袁国辉

在东莞县莞城镇城内区一间平房里，整齐地排列着各式的体育器械：杠铃、拉力架、弹跳网等。这里，不论是早上，还是夜晚，一位中等个子、体格壮实的中年人，总是那样热情地、认真地为一群干部、教师、工人和青年男女辅导姿态各异的健美动作。他，就是健美专业户袁国辉。

袁国辉原是东莞健将级举重运动员。1983年，东莞籍著名举重运动员曾国强、陈伟强奥运会上勇夺金牌的消息，象春风化雨吹进了袁国辉的心田。他想，自己能不能用一技之长，为人们的健与美作出贡献呢？

袁国辉把自己的想法告诉了妻子和父亲。她俩通情达理，欣然同意，这使他心里有说不出的高兴。他把自己多年来好不容易积攒起来的三千多元购买了拉力架、举重杠铃、弹跳网等一批健美训练器材，订阅了《南方日报》、《体育报》等十多种报刊杂志，并且利用节假日带着妻子到广州越秀健美院学习取经。这样，不到一个月，他的“必达健美院”就办起来了。袁国辉办健美院消息一传开，一批干部、教师、工人和青年立即登门求教，报名的就有五十多人。

在袁国辉家六十多平方米瓦房里，清洁整齐，从早到晚，迎来了一批又一批求教的健美者，尤其是中午和晚饭后的休息时间，整个健美房内，欢声笑语，杠铃叮当，弹奏出曲曲健美之歌。

为使更多的人有健美的体魄，对前来要求训练的学员，袁国辉总是热心细致地讲要领、教动作，常常为了辅导学员的运气和用力，不怕麻烦地耐心传技，对一些缺乏信心的人，总是言传身教，既当训练的教员，又当思想工作宣传员。一批又一批学员经过训练，体态健美，肥的减了肥，瘦的增了重，体质差的变得健壮了！

袁国辉从办健美院到现在，已过去了一年多时间，共健美训练了二百多人次，义务培训举重小苗十二人。这样，他不但增加了本人收入，而且更多的是给了人们身体的健康和体态的健美，从而带来无限欢乐的笑声。人们相信，“必达健美院”会越办越好。

·张明光·

* *

图为袁国辉（右二）在辅导健美者训练。 陈飞宏 摄

张明光：《健美者的摇篮——记健美专业户袁国辉[①]》

《南方日报》1985年9月27日第3版

① 袁国辉：东莞健将级举重运动员，当时在东莞开办了“必达健美院”。

东莞袁山贝乡即景

——调寄《柳梢青》

刘逸生 诗

张勉、洪伟 摄

绿上帘栊，香生稻浪，几簇新村。荔叶风清，牛蹄草细，人意翩翩。

牧歌响彻川原，庆此日时平政宽。田舍黄昏，饭香茶软，好个秋天。

刘逸生、张勉、洪伟：《东莞袁山贝乡即景》

《南方日报》1985 年 10 月 2 日第 1 版

本报记者 朱晖明

白石老人笔底的虾，童叟喜爱。那墨色浓淡处，一只只头胸坚硬、身躯透明的虾，宛如在蠕动、在酣游、在跳跃，神形兼备，令人叫绝。可是，倘若你以为真虾就如那画中的一般，只有五只后足，那就大错特错了。

其实，虾有五对形成步足，用以爬行、捕食或御敌。故此，虾属十足目甲壳类动物。自然界的虾有一千多种，其数量高踞海底动物之冠。我国的虾类有四百多种，以海产为主，黄海、渤海、南海都盛产虾。近几年，海水养殖业异军突起。广东沿海地区也利用自然条件和对外开放的优势，大养其虾了。最近，我们应邀参观东莞县太平区南面乡海水养殖场，所见所闻，令人耳目一新。

从虎门坐机船下行五海里，便抵目的地。离船登岸，脚下就是围垦的石堤。堤外海天一色，苍苍茫茫。堤内棋盘般被划分成块块方格，波光粼粼。这就是虾塘。南面乡养殖场有一千二百亩，为当地几户农民与港商合办，主要养殖麻虾，也养少量鱼、蟹。

麻虾属对虾亲族的新对虾属，学名叫黄色新对虾，只产于我国和日本。虎门是珠江口咸淡水交界处，气候温暖，水质咸淡相宜，浮游生物多。每年3至10月，麻虾千里迢迢聚集到这里产卵洄游，繁育后代。虾宝宝在这得天独厚的环境里迅速成长。潮汛时，从堤围的豁口随水涌进；潮退，又随水流出，被置于豁口的网具网住，“自投罗网”。据县里一个曾在此地工作过的领导同志说，以前他用这种方法捕虾，最多的一夜能捞四千多斤！但现在养殖场已不满足于靠天吃饭的“自流”式捕虾了，它筑起虾塘，购置设备，搞起了塘化养殖。今年7月投放虾苗，预计10月便有收获。养虾人算了一笔帐：每亩塘一年需投放虾苗八十斤、花生麸二百斤、玉糠五百斤、杂鱼虾二百斤。一年两造。就算收获的成虾只有四十斤可供出口，也可创汇约三千港元。

麻虾壳薄，肉质鲜嫩爽脆，味道可口，在港澳市场很受欢迎。养虾人告诉我们，他们把活生生的麻虾装上活水车或几十匹马力的小型活水船，三几个钟头便运到香港，卖给鱼栏，一司马斤值七、八十港元。7月份行情好，一斤还卖过一百五十港元呢。

“麻虾难养吗？”“也不太难。”养虾人说：“只要调节好水质，掌握好喂料，虾苗四个月就能养成十厘米长的成虾。它们也会闹病，感冒、长冻疮、抽筋……但不传染，不会造成多大损失。麻虾一般能活一年，环境调节得好，可养两年。香港市场需要，随时可以捕捞出口。”

边谈边看，不觉已到黄昏。这时，晚霞漫天，海面上金光灿灿。原先水平如镜的虾塘，开始泛起道道涟漪。经验丰富的养虾人指着虾塘叫我们看：“麻虾开始游上来撒欢了。”

原来，麻虾惯于昼伏夜游，白天常潜伏于海底泥沙中，只露出两只大眼睛和六根触鞭，捕食小型软体动物或甲壳类等动物；待到夜幕低垂，才活跃起来，纷纷游上水面嬉戏觅食。这时，用手电筒照射水面，这些戴盔袭甲、持叉荷枪的水族武士便会列队迎光而来。它们顺时针方向游动，两只大眼反射出红光，活象一对小电珠。

龙虾、对虾、河虾是常见的席上佳肴，而麻虾则以其风味独特为人们所青睐。吃麻虾最讲究新鲜。晚饭时，厨师把活蹦乱跳的麻虾倒进滚烫的水里一烫，一盘脍炙人口的“白灼虾”便烹制出来了。当这盘红通通的虾摆上餐桌，人们禁不住食指大动。麻虾除含有蛋白质、脂肪外，还含有钙、磷、铁、维生素等多种营养成分，每一百克能产生八九十千卡热量。我国吃虾，大约从二千多年前始，在诗经《尔雅》中就出现虾字。虾还可入药，《本草纲目拾遗》就认为虾能补肾壮阳，治疗痰火。

归航途中，只见在虎门这片曾是抗英战场的海面上，一艘艘挖泥船正在作业，一些新的围垦养殖场已现出雏形。养虾人指着附近一处停舶外轮的地方告诉我们，国家将要在这里建设一个深水码头，将来海鲜出口就更方便了。

望着云起云飞、落日熔金的天际，我们仿佛看到了海水养殖的灿烂前景。

朱晖明：《虎门观虾记》

《南方日报》1985 年 10 月 3 日第 2 版

摘要：报道了虎门太平区几户农民与港商合办的南面乡海水养殖场养殖麻虾的情况，介绍了麻虾的生物特点、产地、养殖方法和营养价值等，描绘了黄昏时分麻虾游到水面嬉戏觅食的情景。

发展经济　交通先行

东莞又有八座公路桥梁建成通车

本报讯　东莞县今年把公路建设的重点放在本县河网地区，为水乡进一步发展经济创造良好的条件。国庆节前，全县继去年以前建成八座公路大桥以后，又有八座公路桥梁建成通车。

近几年，东莞采取多方集资的办法，积极铺筑水泥公路面，兴建桥梁，取得了较大成绩。全县已先后将原来的沙土公路面改造为水泥路面共五百一十六公里，新铺黑色路面四十八公里，合共占全县通车里程的47.1%。县委、县政府考虑到全县有三分之一的区乡位于珠江下游和珠江口，河涌交错，群众出门举步登船，历来靠水上交通为主，很不适应经济发展的要求。因此，决定把今年公路建设的重点放在发展水网地带的公路交通。全县计划兴建十座大中型公路桥梁，总长六百七十四点二米，总投资额四百七十多万元，除县和有关部门投资二百一十万元以外，其余由区乡自筹。这十座桥梁今年初先后动工，到9月底止，已有八座建成通车，实现了当年施工，当年竣工使用。

（冯章）

冯章：《发展经济　交通先行　东莞又有八座公路桥梁建成通车》

《南方日报》1985年10月4日第2版

东莞香蕉丰收创历史纪录

今年总产可逾二百万担，比去年增产近百万担

本报讯 东莞县香蕉获得大丰收。据县农委调查，今年上半年全县实收香蕉六十三万二千九百多担，比去年同期增产81%。预计全年香蕉总产可达二百万担以上，比去年增产近百万担。这是东莞有史以来产香蕉最多的一年。

近几年来，东莞县调整农业生产布局，经济作物面积逐年增加，其中香蕉种植面积从1982年的二万八千多亩，今年增加到十三万三千亩，占全县水果总面积的36.2%。随着香蕉种植面积扩大，总产增加，从县到区、乡都努力沟通产销渠道。目前，全县拥有香蕉购销专业队伍九百多人，足迹遍及全国各地，使东莞香蕉远销除西藏、新疆以外的二十七个省、市、自治区。由于香蕉销路好，产多少销多少，价格稳定，大大调动了农民种蕉的积极性，全县种植香蕉从原来十七个区、镇，发展到二十九个区、镇，不仅种植面积大，而且认真加强香蕉管理。往年多施化肥，今年主产区普遍重视戽河涌泥作肥料，对提高香蕉单产起了很大作用，今年老蕉基普遍亩产比去年增加五百斤以上。（冯章）

冯章：《东莞香蕉丰收创历史纪录》

《南方日报》1985年10月9日第1版

冬季取暖升温设备

自动调节电冷暖风机

最近，东莞县大地家用电器工业公司制成"DF——6型"自动调节电冷暖风机（见右图），并已批量投放市场。

该机主要由发热装置，电机、温度控制器，三档选择开关和外壳等组成，采用强制对流方式送出暖风，功率分别可调到600——1200W，最大发热量每分钟28千卡，送风量每分钟5立方米，最适宜家庭、办公室、宾馆室内取暖以及工厂、科研、农用等需要烘焙的条件下使用。该产品在风机发生故障时，能立即自动切断电源，停止升温，不会由于故障造成火灾及其他事故。该机经广州市工业产品检验所检验，全部合格。　•袁治平•

袁治平：《冬季取暖升温设备　自动调节电冷暖风机[①]》

《南方日报》1985 年 10 月 11 日第 4 版

① 这种自动调节冷暖风机由东莞县大地家用电器工业公司制成，并已批量投放市场。

东莞人造盆景可乱真

本报讯 东莞县太平镇人造花厂生产的人造盆景，最近投放市场。

该厂生产的人造盆景，采用电子分色技术，把植物的茎、叶摄影分色，印于丝布上，再经过高温定型等工艺处理而成。因而各款盆景千姿百态，栩栩如生，达到几可乱真的地步。它既可悬吊于阳台、天花板，也可置于明窗净几之上，使人在居室中领略到自然界的风光。

《东莞人造盆景可乱真》

《南方日报》1985 年 10 月 13 日第 2 版

东莞《南方日报》个人订户逾一万八

他们把发行工作做到户，投递到户率达93％

本报讯 东莞县把发行《南方日报》作为精神文明建设的一项工作认真抓好。到9月份，全县已订阅《南方日报》二万三千二百八十四份，仅次于广州市，居全省第二位；其中个人订报占八成左右，达到一万八千多份。

东莞县是我省商品经济较为发达的地区，特别是近年来，随着对外开放和改革的发展，群众迫切要了解外界的信息，也要学政策、学技术、学文化，因此，他们把党报当成良师益友，要求订报的人日益增多。

为了适应新的形势，该县邮电部门除了依靠原来的邮路之外，广泛借助社会力量，搞好报纸发行工作，在全县建起了四百四十二个"代办站"，全县投递到户率达到93％以上。

邮电部门还经常深入订户调查，抓住一些事例，向群众宣传读报、用报的好处。中堂区槎滘乡订户李植森，1983年从读报中了解到党的政策允许发展个人运输，便买了两条小木船，为建筑业运红砖、泥沙，收入一万多元。以后，他又从报纸中看到高州县科学种香蕉的方法，认真学习，结果香蕉的产量又提高20％。他还从读报中学到了"泵泥船"泵泥的原理，采用机械的方法，把泥泵上蕉园，提高工效十多倍。邮局以李植森为例，宣传读报、用报的好处，发动群众订报。目前，这个乡订阅《南方日报》已达五百多份，成为全县订阅党报最多的一个乡。

（强汉、绍虞）

强汉、绍虞：《东莞〈南方日报〉个人订户逾一万八》

《南方日报》1985 年 10 月 21 日第 1 版

刻苦学习 勇于开拓

——石碣光管支架厂产品畅销国内外，厂长陈灿辉——

东莞县石碣区光管支架厂是这个区农民办的一家工厂。它生产的“金钱牌”光管支架，畅销全国二十多个省市，港澳地区二百多家商店出售过这种货，全厂月产值达六十万元。

一家由农民办的工厂，为什么能办得这样好？说到这一点，不能不提到厂长陈灿辉。他是一位刻苦学习，勇于开拓，以抓产品质量和讲信誉而闻名的农民企业家。

陈灿辉于1964年初中毕业，回乡务农，曾养过鸭、放过牛，1971年被区五金制品厂吸收当工人。几年间，他刻苦学习文化科学知识，努力钻研技术，很快成为精明能干的内行人。1983年被区委提拔为由原来的五金厂发展起来的光管支架厂厂长。

原来的五金厂只有二十八名工人，厂房简陋，设备残旧，主要生产供打砖用的钢丝泥刮和手电筒弹簧等零配件，年产值不到二万元。1982年开始生产光管支架，年产值也只是一百多万元。

“能不能开拓新的生产和市场领域？”陈灿辉担任厂长以后，带着党委和工人的信任、希望、委托，开始了大胆的设想。可是，路怎么走呢？他的第一步是：收集和分析有关信息。他领着供销员到各地调查市场，了解顾客的需求，跑遍了大半个中国，发现各地由于大量兴建楼房、设厂办店，需要大量的光管支架，而这种产品在国内并未大批生产。

情况摸准以后，陈灿辉决心在发展光管支架生产中创出新的局面，生产高质量的支架打进国内外市场。但他深知这并不是一件轻而易举的事，满足于业务、技术的“半桶水”是不行的。他如饥似渴地学习科学知识，利用到广州、深圳的机会，购买了《机械安装》《电子工业》等一批工具书籍。在学习中，他把理论同实践结合起来，对厂内需要改造的机器的每个零件进行研究，掌握机器的结构、性能和参数。在技术改造中遇到难题，经常带上书本登门向技术人员和老工人求教。他凭着一股顽强的毅力，同厂技术员一起，设计和革新了二十二个大小项目。

光管支架的质量，关键在于镇流器。一般的镇流消耗都在13W以上，噪音在三十分贝以上，远远达不到国家标准。为攻破技术难关，陈灿辉到处走访同行，并翻阅国内外大批资料，对光管支架，逐个零配件进行精心解剖研究。他高兴地发现：镇流器的噪音大，耗电量多，主要原因是钢片松弛，部件制作粗糙。于是，他同技术人员和有经验的工人一起，用了半个月的时间反复进行改革试验，终于获得成功，使厂里生产的“金钱牌”镇流器自身消耗在9W以下，比一般的低了7.8W；温升在异常情况下只有41°C，比一般的低了19°C。这种产品具有体积小、升温低、耗电少、光效高、噪音小等优点，经国家有关部门按照国家电工委员会标准和国家标准检查验收，选材均在E级标准以上，各项指数也均达到或超过标准，因而很受用户欢迎，投放市场后，供不应求。后来，全国华侨企业商品展销会，还专门指定这种产品参加北京展销。

陈灿辉懂得，作为一个企业领导干部，除了要努力学习科学技术、掌握管理本领之外，要把企业搞活，还要学好顾客心理学，赢得广大顾客的信任、支持。

去年初，四川省成都市五金交电公司灯具批发部在石碣购买了一批光管支架，由于沿途运输装卸不小心，加上在车站堆放时间过长，纸箱包装一部分被损坏。陈灿辉知道以后，立即由厂支出三百多元运费，把二百多个纸箱空运到成都，并派出工人去更换了全部包装。这个公司十分感动，派人专程来到石碣，给陈灿辉送了“质量开路，价格取胜”镜框一面，以表谢意。今年，光管支架厂和湖南几个公司订了购销合同，答应按火车“慢件”运去湖南。但陈灿辉考虑到时间紧，如果按慢件发运，不能及时把货运给货主，就会影响市场供应和本厂声誉，他不惜多出一倍的运费，用快件发货，按慢件收款。这种信誉第一、用户第一的思想，在湖南一些地区被传为佳话。

两年多来，陈灿辉就是这样发扬刻苦学习和勇于开拓的精神，去管理这个厂的。他用心血和汗水孕育的“金钱牌”光管支架产品，畅销全国，名闻海外。今年1至10月，该厂产值已达六百多万元，相当于1982年以前五年的十倍。

工厂的巨变，众人刮目相看。陈灿辉的事迹，更受到了人们由衷的钦佩和赞扬。

张明光

张明光：《石碣光管支架厂产品畅销国内外，厂长陈灿辉——刻苦学习　勇于开拓》

《南方日报》1985年10月24日第4版

东莞县改为东莞市 **本报讯** 经国务院同意，撤销东莞县，设立东莞市（县级市）。以原东莞县的行政区域为东莞市的行政区域。

（冯章）

冯章：《东莞县改为东莞市》

《南方日报》1985 年 10 月 25 日第 1 版

石龙盛会欢迎青运健儿凯旋

本报石龙电 昨天下午，在东莞县石龙镇欢迎参加青运会健儿凯旋汇报大会上，中共东莞县委副书记刘连科代表县委、县人民政府表示：要以青运会所取得的成绩为新起点，奋发努力，为我省、我国体育事业的发展作新贡献。

为实现上述目标，东莞县的计划是：健全体育工作机构，使体育工作层层有人抓，级级有人管；加强体育运动人才后备力量的培养，从娃娃抓起，着重抓好学校体育这一战略重点；发挥地方传统优势，建立游泳、举重培训中心，使这两个重点项目有新的突破和发展；认真、扎实地做好第六届全运会筹备工作（六届全运会举重、武术比赛将分别在东莞石龙镇、常平区举行）。

在首届青运会上，东莞体育健儿一共取得奖牌十六枚，（金牌六枚，银牌七枚，铜牌三枚），其中石龙小将夺得举重金牌三枚，曾国强获甲组52公斤级冠军、叶焕明获甲组65公斤级冠军、何星辉获乙组60公斤级冠军，并且八次打破全国少年纪录。

（吴沛彝、陈士军）

吴沛彝、陈士军：《石龙盛会欢迎青运健儿凯旋》

《南方日报》1985 年 10 月 29 日第 3 版

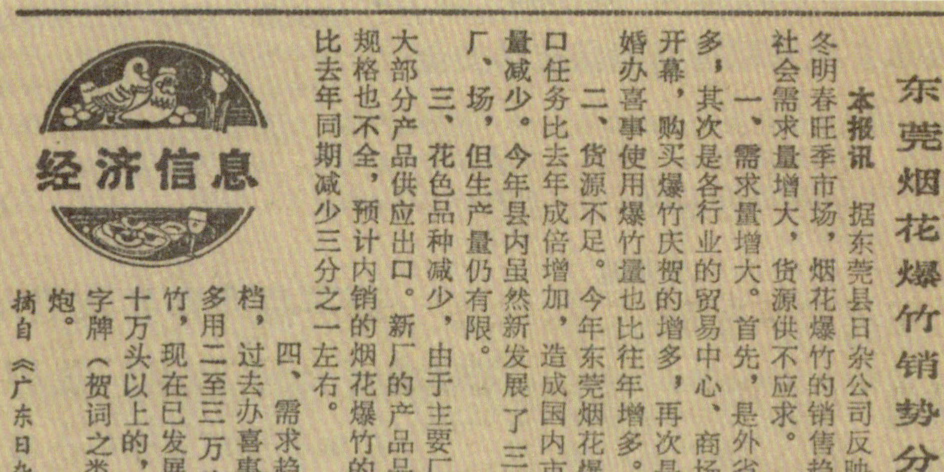

东莞烟花爆竹销势分析

本报讯 据东莞县日杂公司反映，在今冬明春旺季市场，烟花爆竹的销售趋势是：社会需求量增大，货源供不应求。

一、需求量增大。首先，是外省采购增多；其次是各行业的贸易中心、商场、商店开幕，购买爆竹庆贺的增多，再次是今年结婚办喜事使用爆竹量也比往年增多。

二、货源不足。今年东莞烟花爆竹的出口任务比去年成倍增加，造成国内市场投放量减少。今年县内虽然新发展了三十多个厂、场，但生产量仍有限。

三、花色品种减少，由于主要厂家的绝大部分产品供应出口。新厂的产品品种少，规格也不全，预计内销的烟花爆竹的品种将比去年同期减少三分之一左右。

四、需求趋向中高档，过去办喜事之类，多用二至三万头的爆竹，现在已发展到多用十万头以上的，并要有字牌（贺词之类）和香炮。

经济信息

摘自《广东日杂信息》

《东莞烟花爆竹销势分析》

《南方日报》1985 年 11 月 7 日第 2 版

东莞昨表彰青运金牌得主

本报东莞电 昨天下午，东莞市委、市政府召开报告大会，表彰在首届全国青运会上为国家作出贡献、为家乡争得荣誉的体育健儿。会上，东莞市领导人热情赞扬青少年运动员的拚搏精神，鼓励他们再接再厉，继续为国创造优异成绩。曾国强代表运动员讲了话。东莞市健儿在青运会上共夺得六个金牌、七个银牌和三个铜牌，是我省取得金牌较多的一个市。（张远安）

张远安：《东莞昨表彰青运金牌得主》

《南方日报》1985 年 11 月 7 日第 3 版

综合发展　大有可为

·东莞市莞城电子厂·

中共中央关于制定“七五”计划的建议指出：要按照专业化协作和经济合理的原则，促使企业进行必要的调整和联合，建立配置合理的企业组织机构。在实践中，我们体会到：坚持专业化协作和经济合理的原则，实行多元化经营，走综合发展的道路，是使企业立于不败之地的重要保证。

我厂成立于1972年，前身是街道的工业小组，只有几名家庭妇女和待业青年，主要为县电机厂加工电机零件。由于单纯为大厂服务，而且是单一经营，结果在1978年国民经济调整、整顿时，由于电机厂的生产任务不足，把原来给我厂加工零部件的任务收回，使我厂面临着连工资都发不出的困难。教训使我们体会到：类似我们这样的小集体企业，靠单一经营路子不好走。它一不利于弱小型企业可以“多变”，在竞争中求得生存和发展的特点，失去了小企业特有的灵活优势；二不能充分利用本身有限的技术力量、人力和设备去创造更多更好的价值。

明确了走综合发展道路的重要性以后，我们从1979年起，从市场的需要出发，充分发挥和运用好我厂当时有限的技术、劳力、设备，坚持多元化生产。从开始生产水表、电风扇琴键开关、电视机调压器，发展到生产电视天线、电冰箱保护器、“吉它”音频振荡器、充电器，去年以来又增加了纸箱封箱钉、高级铰链、塑料袋封口机等新产品。目前已由一个机电修配厂发展成电子、五金、日用电器、电修几家企业，并发展了商业贸易，使企业既是能制造出三十八种五金、电子、电器等产品，成为金、银、铜、铁、锡五行皆有的生产单位，又是经营着轻工、化工、电工、食品、百货、文化、日杂、维修业业俱全的综合性企业，年产值达二百五十万元，相当于1979年的六倍多，商品流转额达二百五十万元。

要走综合发展的道路，还需要实行内联外引，工商结合。几年来，我们既同港商加工合资，又与外贸携手经营，不但本地合营，而且跨省合作。先后与港商联营了电子表生产装配车间、佳达商业机械服务中心，和徐州等单位合办了东鹏电子实业公司、荣古斋等。由于坚持内联外引，使我厂在社会上有了较强的应变、竞争和发展能力。

我们体会到，要走综合发展的道路，还得加强技术力量的配备，锐意提高产品质量。我厂的几个主要领导都是青年人，更需要学习各方面的专业技术知识，学习科学管理的知识。因此，厂领导除了边干边学以外，还参加种种管理学习班，电视大学、函授大学等，努力提高自己的技术水平和管理水平。同时，厂里重视智力投资，聘请了多名有各种专业知识的技术人员，安排青年工人参加各种业余技校学习，选送有关人员学习进修，使厂的技术队伍不断加强，产品质量不断提高。虽然近年各地生产调压器的单位不断增加，但我们厂生产的“利士牌”家用调压器却始终保持销售优势，其余的利士系列产品也在省内外顾客中有较高的声誉。

东莞市莞城电子厂：《综合发展　大有可为》

《南方日报》1985 年 11 月 8 日第 4 版

为解决冬蕉质量差产量低问题

东莞推广香蕉套袋保温防霜新技术

新技术

香蕉是热带高温高湿作物，正常生长发育温度为26°C至30°C。每年冬春期的低温、干旱、霜冻和短日照，对香蕉生长影响较大，不仅产量低、品质差，而且往往出现冻死蕉。为了解决这一问题，东莞市沙田区参照国外经验，于去年秋后对二万三千株香蕉的未成熟的蕉串套超薄薄膜袋过冬，获得如下效果：

一、套袋后不但能防霜冻，而且保温保湿，增强光合作用，保证香蕉正常生长，提早熟期。该区于去年12月24日至26日调查，测出已套袋的香蕉串袋内温度比不套袋的，上午高2°～5°C，中午高25°C，下午高5°～6°C。秋后抽蕾的香蕉一般需要120天以上才能成熟，而套袋后，只需105～110天便能成熟。

二、香蕉生长快，产量高。据沙田区测定，香蕉套袋后30天，香蕉圆茎周长增加0.93厘米，不套袋的只增加0.45厘米，即套袋香蕉每棵提高产量3～6斤，平均4斤。香蕉一般有四成是在秋后抽蕾，套袋过冬的蕉发育正常，每亩可增产160斤。不套袋的蕾苞，不仅发育差，而且有30%因霜冻而凋萎。

三、霜斑少，皮色鲜明，无鼠害，质量好。沙田区调查，不套袋的香蕉每平方厘米有黑点（即梅花点）12.01个，而套袋的只有1.38个，对比减少89%；套袋的香蕉100%无鼠害，不套袋的个别发生鼠害，凡用禾草包扎防霜的香蕉，有15%被老鼠作窝为害。

四、成本低，效益高。每个蕉袋成本0.27元，冬期每亩给四成植株套袋，成本为10.8元，如按每亩蕉套袋后增产160斤计，可增收64元，扣除套袋成本，净增收53.2元。

沙田区不仅对未成熟的串蕉进行套袋，而且对弯垂的蕾苞以及秋季种植的新蕉都实行冬季套袋管理，也取得很好效果。该市望牛墩区一些农户去冬实行香蕉套袋保温防霜，获得与沙田区同样的效果。

最近，市科普协会总结了上述两个区香蕉套袋保温防霜获高产的经验，在市政府和市农委的支持下，全市今年将在蕉区对30多万株香蕉实行套袋过冬。

东莞市委办公室　冯章

沙田蕉站有套蕉袋供应

为了推广冬蕉套袋新技术，东莞市沙田区蕉站向有关塑料厂联系加工了一批蕉袋供应各地。售价每个2角5分，邮购每个3角5分钱（含邮寄费），邮购五十个以上每个三角（含邮寄费）。该站银行账号为61103。无论是从邮局汇款购买还是由银行转账，都要在附言栏上注明“购买蕉袋”。

冯章：《为解决冬蕉质量差产量低问题　东莞推广香蕉套袋保温防霜新技术》

《南方日报》1985年11月15日第2版

石龙眼镜厂投产

所产太阳眼镜畅销

本报讯 东莞市石龙眼镜厂最近建成投产。这个厂引进了国外先进生产设备和原材料，聘请香港名师指导生产塑料眼镜架、太阳眼镜，款式新颖，光洁度好，经久耐用，品种一千多个，畅销上海、无锡、广州等地，深受广大用户的欢迎。（李伟）

李伟：《石龙眼镜厂投产　所产太阳眼镜畅销》

《南方日报》1985 年 11 月 27 日第 2 版

东莞老年病防治所成立

本报东莞讯 昨日，东莞市中医院隆重集会，庆祝该院成立二十周年和东莞市老年病防治研究所成立。省卫生厅、广州中医学院的领导参加了庆祝活动。（袁治平）

袁治平：《东莞老年病防治所成立》

《南方日报》1985 年 12 月 2 日第 1 版

种果能致富　东莞是榜样

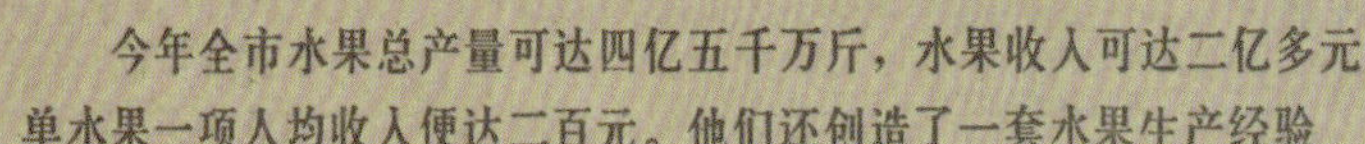

今年全市水果总产量可达四亿五千万斤，水果收入可达二亿多元，单水果一项人均收入便达二百元。他们还创造了一套水果生产经验

本报讯　（记者关健、通讯员冯章）素称“水果之乡”的东莞市，水果生产实现了商品化。今年，全市水果总产预计可达四点五亿斤，比去年增长78%；水果收入二点零一亿多元，按农业人口计算，仅水果一项的收入人均就有二百零九元。

东莞市气候温和，土地肥沃，是发展水果生产的理想地方，荔枝、香蕉产量居全省之冠。从1978年冬开始，农村合理调整生产布局，充分发挥本地自然资源和经济地理优势，使东莞成为名副其实的“水果之乡”。他们首先推广黄江区北岸五队的典型经验。这个队有三十四户，一百六十三人。1971年冬，该队从外地引进种植橙柑的技术，开垦荒地十五亩，种下橙、柑、桔一千二百株。1974年开始挂果，到1978年水果产量达三百五十担，纯收入二万三千多元。仅橙柑桔的收入，集体分配便人均一百四十二元。东莞大力推广北岸五队的经验，全市迅速出现了大规模发展荔枝、香蕉、橙柑、杂果的势头。水果种植面积从1978年的九万三千亩，增加到今年的三十六万八千二百亩；水果总产量从五千二百万斤，增加到今年的四亿多斤。

为适应大规模发展商品生产的需要，东莞动员和组织各方面的力量，认真做好产前、产中、产后的服务工作。在产前，有关部门做好技术、资金、信息和种苗等方面的服务工作，突出抓好水果优良种苗的引进、选育、繁植。据不完全统计，全市今年出圃的苗木有橙柑桔嫁接苗三百五十万株，荔枝嫁接苗三十万株，另外还有龙眼、红柿、桃、李、梅等苗木一大批。在产中，他们做好技术培训、技术承包、示范、推广和肥料、农药、器械等生产资料供应服务工作。技术培训通过多种形式、多条渠道进行，一是层层举办水果技术培训学校，定期上课，培训区一级技术员和重点专业户，然后让他们回到区、乡的培训学校上课和作技术指导；二是建立示范点（户），组织参观学习，把技术传播到千家万户；三是按生产季节需要，运用广播、墙报、办技术讲座和印发技术资料等方式，推广先进技术和典型经验。此外，水果发展公司每月还下发《四大水果工作意见》到区、乡和专业户，编印了《东莞荔枝》、《柑桔栽培》手册，收到了很好的效果。现在，果农们对荔枝的果园建设、防治病虫害、适时施肥、短枝采果、合理修剪等“五大基本功”，以及一攻秋梢，二控冬梢、三保花果等“三大措施”已较好地掌握，荔枝产量已从过去一千多万斤增加到今年的四千多万斤。在产后，他们做好水果的贮藏、加工、运销等服务工作，使产品实现多次增值。他们通过国营、集体、个体等多渠道搞好产品流通，在全国二十七个省、市、自治区，六十多个大中城市设立香蕉、荔枝干、橙柑推销点，从事水果运销的达一千五十多人。荔枝、香蕉、橙柑等水果价格一年比一年高，却一直供不应求，生产多少销售多少。为了提高果品竞争能力和经济效益，今年还兴办了四家水果加工厂和一座五百吨的水果保鲜冷库。目前，这个市的水果生产势头正方兴未艾。据市委书记李近维说，到1990年，全市水果面积将达七十万亩，总产可超过十亿斤。

关健、冯章：《种果能致富　东莞是榜样》

《南方日报》1985 年 12 月 7 日第 1 版

摘要：报道了东莞自 1978 年后调整生产布局，推广北岸五队的水果种植经验，大规模发展荔枝、香蕉、橙柑和杂果种植，成为“水果之乡”。为了适应大规模的水果商品生产，东莞动员和组织各方面力量，做好产前信息、资金、技术和种苗服务，产中技术培训、示范、推广和肥料、农药和器械等生产资料的供应服务，产后贮藏、加工、运销服务等工作，水果生产势头方兴未艾，经济效益不断提高。

东莞中医院多方培养人才
解决中医后继乏人问题

本报讯 东莞市中医院多方培训医务人员，抓紧解决中医后继乏人的问题。

——首先，给年高的老中医安排其儿女或徒弟跟班学习，汲取他们的经验。现在，经过跟班学习的人都已成为医疗工作的骨干力量。

——其次，举办各种学习班，培训中医力量。多年来，该院举办了五届中医学徒班和中医学习班，每届为期三年，共培养中医士二百一十五人。这批技术力量，除满足本院需要之外，还分配到各区。现在，他们大部分已经成为卫生院的骨干。去年，该院还与当地中医学会联合举办了有十四人参加、为期半年的中医学徒班，有八十人参加为期半年的医古文班，有七十六人参加的《金匮》、《伤寒》、《温病》等三期（每期四个月）的经典著作学习班，同时还组织了九场学术讲座，参加听讲的共有七百五十人次。

——派出去，请进来。他们派骨科医生到唐山、郑州、广州，痔瘘科医生到武汉，针灸和气功科医生到北京、上海，中医妇科医生到广州、北京等地进修。去年，该院还聘请了广州中医学院、省中医院的十六位教授、名老中医为技术顾问。最近，他们又成立有关机构，加强对老年病的防治研究，推动中医业的发展。（王　峰）

王峰：《东莞中医院多方培养人才　解决中医后继乏人问题》

《南方日报》1985 年 12 月 10 日第 2 版

南方日报

1986年

本报讯

举重之乡翻起长跑热浪

石龙镇冬季长跑场面壮观

昨天，东莞市石龙镇翻滚起一股长跑的热浪。晨光熹微，镇内长跑锻炼者的脚步把大地唤醒，他们有的三三两两、有的成群结队在镇内街道上奔跑。七时正，当一队学生长跑队伍经过了镇广场后，石龙镇新洲水泥厂的二百四十七名健儿在厂领导的带领下，开始了第三届冬季长跑活动。

长跑队伍在厂旗的引导下，排成四路纵队，步履整齐地沿着绿化大街慢跑。在到达铁路隧道后，竞速跑开始了，男女老中青组的健儿们你追我赶、奋勇争先。尽管年龄有大小，工种不同，但大家都怀着通过参加长跑活动锻炼身体、磨炼意志、振奋精神的目的，奋力向前，全部跑完了五公里的全程。

新洲水泥厂是镇办企业，近年来在“两个文明”建设中卓有成绩，厂领导在抓生产建设的同时，十分关心职工业余生活，积极开展体育活动。他们根据气候和生产特点安排活动，夏季组织乒乓球、象棋比赛，秋天赛篮球，冬季开展长跑和拔河。体育活动的经常化，活跃了职工业余生活，增强了职工体质，精神面貌得到了改观，有力地推动了生产的发展，并先后被评为省环境保护先进单位和市“两个文明”建设先进单位。目前，该厂正拟订新的计划，更广泛开展群众性体育活动。

（吴沛彝）

吴沛彝：《举重之乡翻起长跑热浪　石龙镇冬季长跑场面壮观》

《南方日报》1986 年 1 月 12 日第 3 版

东莞塑料厂发展快，产品畅销——

“读书热”给企业带来活力

东莞塑料厂是惠阳地区的一家大型塑料厂。它曾被全国总工会、共青团中央、全国妇联等六个单位评为发展城镇集体经济先进单位。这个厂生产的塑料制品和塑料印刷工艺等也已成为国内同行中的佼佼者。他们的多种电子表台历，造型雅致，款式新颖，为国内外用户的喜爱。中央有关部门曾专门指定该厂生产五万只电子表台历，作为节日礼物赠送给西藏农牧民和边防部队指战员。

几年前，该厂是一个设备残旧的小厂，只靠生产一些简单的烟花塑料脚座和低档的农用薄膜维持。从1979年起，先后引进了注塑、吹塑、压塑等先进设备。

然而，他们碰到一个重要问题，就是职工队伍文化技术素质低。大部分职工是街道妇女和被“文化大革命”耽误了学业的青年。他们工作虽然有热情，但文化基础普遍较差，不能适应掌握新设备的要求。1980年初，注塑车间接连发生了几件发人深省的事故。有一次，几个青年职工操作造粒机时，因不懂技术，违反操作规程，结果造成机械故障，损坏机件，造成重大经济损失。

事实使厂的领导深切地感到，不迅速提高职工的文化素质是不行的。因此，几年来，在读书活动中，他们很重视智力投资，积极为职工自学和参加各种函授学习创造条件。党支部书记和厂长带头学习企业管理方面的知识。在领导的带动下，全厂形成了一个自学求知的热潮。厂采取短期培训、办夜校、参加专业函授等多种措施，支持职工学习；在订阅政治、时事、信息方面的书报的同时，特别注意订阅有关机械、化学电子、电器、塑料方面的报刊和国内外科技新书；新职工入厂、新设备进厂时，举办技术培训班，请技术员和老师傅讲课。据统计，全厂五百多职工中已有四百多人参加过机械使用、机械修理、电工知识、语文、数学、英语等科目的学习，一部分职工还通过各种途径自学政治、经济等必修课程。不久前，全厂青年职工进行了文化考核，有50%以上的人达到了初中以上文化水平。现在，这个厂既有从大、专学校出来的工程技术人员，又有一批自学成才的“土专家”，建立了一支有一定专业水平的技术队伍。

技术队伍的壮大和职工技术素质的提高，推动了技术改革。近三年来，全厂共革新设备七十五项，仿制和自制手套机、拉膜机等各式机械近六十台，节省了大量资金和研制时间。塑料一车间青年职工罗旭新，原是初中毕业生，他根据自己的工种，坚持学习有关电器机械修理安装知识，对引进的薄膜手套机传动装置和组合部件大胆进行改革，使手套产量从每台日产四千多只增加到八千多只，工效提高一倍以上。技术组的工作人员大胆地利用引进的机械设备研制新产品，开辟新工艺。1984年，他们自行设计的高级台历，同年在市场推出，至年底，就销售了四十一万个，销售额达三百六十九万元。现在，这个厂不仅能生产各式各样的手提塑料彩印包装袋，而且能以注塑、吹塑、中空成型、塑料印刷等工艺生产多种塑料制品。他们生产的产品，在市场上往往供不应求。除销售全国二十多个省市和地区外，还远销到香港、西欧等地。

在东莞塑料厂，人们看到，知识已转化为企业的活力，读书活动带来了工厂的发展。

本报通讯员　张明光

张明光：《东莞塑料厂发展快，产品畅销——“读书热”给企业带来活力》

《南方日报》1986 年 1 月 16 日第 4 版

摘要：报道了东莞塑料厂面对职工队伍文化素质低、不能适应先进设备生产要求的情况，通过举办培训班、夜校、函授班等措施，激发干部职工学习各种技术知识，逐步建立起一支有一定专业水平的技术队伍，推动了技术改革，产品在市场上供不应求，生产的塑料制品和塑料印刷工艺成为全国同行中的佼佼者。

满腔热情待顾客

东莞市厚街皮鞋厂生产款式新颖的「三峰牌」旅游鞋和女装皮凉鞋，不仅以其设计独特，美观耐用，受到用户的好评，而且这个厂的服务工作和经营作风，也值得称赞。年前，鞍山市个体户康洪发，千里迢迢慕名来到该厂，求购三百双旅游鞋，而且要货急，以便当天赶回广州乘搭晚上北上的火车。这时，已是下午三点多钟了，该厂为满足这位远方顾客的要求，主动用汽车替货主把货送到广州，同时还派出职工到广州帮助办理托运。货主十分感动地说：象你们这样热心为顾客办事，我所遇到的还是第一家。去年六、七月间，广州市一家商店的女职工黄秀英，把一双穿过三个多月的旅游鞋寄到该厂，说她是一次骑单车时不小心把其中一只鞋底搞裂了的，要求修理。本来，这种情况是不属产品质量的「三包」范围，但这个厂为用户着想，立即帮助修整好，并派人到广州当面交给用户。这位用户接到修好的鞋后，感激不已。

张明光、陈正宏

张明光、陈正宏：《满腔热情待顾客》

《南方日报》1986 年 1 月 21 日第 4 版

省政协在东莞市举行工作座谈会

认识大好形势　推进政协工作

本报讯 广东省政协工作座谈会最近在东莞市召开。参加这次会议的有广州市、海南行政区及各市、州政协（包括筹备组）的主要负责同志，和惠阳、肇庆、梅县三个地委统战部主管政协工作的负责人。省政协副主席杨应彬、郑群、祁烽、何宝松和秘书长肖耀堂出席会议，并讲了话。

这次会议的主要内容是总结交流我省近年来开展人民政协工作的经验，讨论研究全省1986年的工作。到会同志畅谈了各地近年来政协工作发展的大好形势，交流和总结新时期我省人民政协工作的经验。大家认为，近年来，我省各级政协在当地党委领导下，在履行“政治协商、民主监督”两个职能，发挥政协优势，为搞好两个文明建设，为祖国统一大业，落实各项统战政策，开展对侨胞、港澳同胞和台湾同胞的工作，文史工作，开办各种学校，培养人才等方面，做了许多工作，作出了显著的成绩，为我省四化建设作出了积极的贡献。

与会同志认为，当前我省统战工作和政协工作正在蓬勃发展，迎来了建国以来第二个黄金时代，展示了新时期政协工作大有可为的光明前景。会上，大家还就如何进一步开展我省政协工作，巩固和发展当前政协工作成果，加强省政协对市县政协工作的指导，提出了很多很好的意见和建议。

杨应彬副主席在总结发言中讲了六个问题：一、充分认识政协工作的大好形势，把握时机，把政协工作向前推进一步；二、搞好政协工作，关键在于提高认识，要广泛开展新时期统一战线和政协工作的再教育；三、政协工作要围绕党在八十年代和九十年代的三大任务，做出长计划短安排；四、加强上下左右的密切联系，做好民主协商工作；五、加强政协机构的建设；六、大力抓好文史资料的征集、编辑、出版工作。会议希望我省各级人民政协珍惜当前我国大好的政治、经济形势，认真履行人民政协两个职能，充分发挥政协优势，调动各级政协委员积极性和创造精神，为我省两个文明建设，为统一祖国作出更大贡献。

（政秘）

政秘：《省政协在东莞市举行工作座谈会　认识大好形势　推进政协工作》

《南方日报》1986 年 1 月 25 日第 1 版

景物逼真　格调雅致

东莞艺术影塑画好销

本报东莞讯　东莞市石排新华工艺塑料厂的艺术影塑画，是与港商合作，引进国外先进技术和设备生产的。该产品选用国内外摄影艺术彩照影印而成，画面景物清晰，色彩鲜丽，格调雅致，使人如同置身于大自然的怀抱，顿觉心旷神怡。产品有多种规格，适合旅馆、餐厅、会议室、厅堂以及家庭居室装饰悬挂。该厂去年以来生产影塑画五十多万幅，畅销港澳市场和省内各地。莞城镇光明路四十三号有售。

（张明光、陈飞宏）

张明光、陈飞宏：《景物逼真　格调雅致　东莞艺术影塑画好销》

《南方日报》1986 年 2 月 2 日第 2 版

石碣区孤寡老人喜住敬老楼

东莞市石碣区拨款三十五万五千元，兴建了一座敬老楼（右图）。现在，全区三十五位孤寡老人已全部进入敬老院安度幸福的晚年。

这座敬老楼依傍河畔，环境幽雅安静。区党委为了让老人生活过得丰富舒适，春节前还拨款四万五千多元购置了电冰箱、热水器、洗衣机、电视机，并安装了电话。同时还为每个老人购买风扇、衣柜、柗、藤椅等。安排五名职工给他们做饭和生活护理。同时，每月每个老人发给菜金三十元，零用钱十元，使老人无忧无虑安享幸福晚年。

梁锡坚、陈飞宏、张明光摄影报道

梁锡坚、陈飞宏、张明光：《石碣区孤寡老人喜住敬老楼》

《南方日报》1986 年 2 月 4 日第 4 版

东莞大桥扩建工程竣工通车

大桥附近交通拥挤状况从此得到缓和

本报讯 位于广深公路的东莞大桥（原万江大桥）扩建工程竣工，昨日上午举行通车典礼。中顾委委员曾生和副省长匡吉等省、地、市有关负责人参加了剪彩仪式。

原有的万江大桥，桥面宽十二米，其中行车道只有九米，当时设计通车能力为每天三至五千车次。随着对外开放、对内搞活经济政策的贯彻，我省城乡经济蓬勃发展，万江大桥每天车辆流量已超过一万车次。由于旧桥狭窄，这一带经常塞车，交通事故不少。为了改变这种状况。去年初，东莞市委、市政府决定由银行贷款一千八百万元，在原万江大桥一旁扩宽桥面，并于去年3月动工兴建。在省、地有关部门的大力支持下，承建这一工程的省交通厅工程三队，实行边设计、边施工，仅用了十一个月时间就扩建了一座主桥长一百四十八米，宽十五点二五米，引桥和引道长七百二十六米的公路大桥，创造了我省建桥史上少有的高速度。经过扩建后的东莞大桥，桥面宽二十七点二五米，其中行车道十七米，比原来扩宽了近一倍。（冯章、蓝洁明）

冯章、蓝洁明：《东莞大桥扩建工程竣工通车》

《南方日报》1986 年 2 月 6 日第 1 版

1月14日，广州市旅游商品服务公司复函本报说，老华侨张得利先生反映的事，情况基本属实。当时，老华侨和其亲属到该公司提货时，仓库确实只剩最后一套山水牌A500双卡组合音响。因为此种组合音响比较复杂，一套

个体户张禧慰问敬老院老人

春节前，东莞市石龙镇个体户张禧，带着爱人和孩子，来到石龙敬老院慰问老人。

张禧是生产海绵的个体户。几年前，他在石龙镇有关领导部门的帮助支持下，办起了海绵家具厂。由于他刻苦钻研科学技术，善于掌握市场信息，使他的工厂生产的海绵适销对路，产品畅销省内外，成为石龙镇闻名的个体户。

张禧生产致富以后，不忘国家和群众。春节前夕，为了慰问敬老院老人，他带着全家人来到敬老院，向老人祝寿，并把自己生产的三十九张海绵床垫送给院里的三十九位老人，并给每个老人一袋糖果、五十元钱，让老人高高兴兴过春节。张禧尊老敬老的高尚思想情躁，已在石龙镇传为佳话。　梁应昌、张明光

←东莞市石碣区政府，春节期间，组织干部慰问军、烈属。图为该区干部在慰问军属何志权一家。

梁锡坚、陈飞宏、张月光　摄

梁应昌、张明光：《个体户张禧慰问敬老院老人》

《南方日报》1986 年 2 月 11 日第 4 版

非能源产地怎样解决能源短缺问题

科研人员协助东莞摸索出新模式

本报讯 非能源产地怎样才能解决农村能源短缺问题？中国科学院广州能源研究所的科研人员在原国务院农村能源领导小组办公室的支持下，协助东莞市摸索到了一套新模式。

这套新模式的具体内容是：由科研人员通过实用性研究，把一批小型多样、过硬实用的农村能源技术转移给地方，过渡到工厂化、标准化生产，建立起农村能源新产业，并在当地进行示范实践，让群众判断优劣，各取所需，用自己的财力解决能源短缺的问题。

该所科研人员在东莞市科委的协助下，经过一年多的努力，先后在该市的常平、大朗、道滘等区和县城建成了大、小型的沼气发电池各一台，高、中、低档型太阳能热水器六台，节柴炉七个，太阳能热泵热水器一台，为该市提供了一批过硬的农村能源单项技术。

目前，东莞国营造船厂已着手安排低档太阳能热水器的成批生产。道滘区二十九户农民和居民，已自费安装了家庭用的低档太阳能热水器。

（兴锋、爱富）

兴锋、爱富：《非能源产地怎样解决能源短缺问题　科研人员协助东莞摸索出新模式》

《南方日报》1986 年 2 月 13 日第 1 版

重视智力投资 壮大技术力量
横沥水泥厂产值连年增长

本报讯 东莞市横沥镇水泥厂重视智力投资，积极培训技术力量，建厂八年，产值年年增长，去年产量达二万四千多吨，产值达四百多万元，盈利九十万元。

横沥镇水泥厂共有职工一百七十八人。近年来，他们在水泥紧缺、供不应求的情况下，坚持把壮大技术力量作为一件大事来抓，请工程师、专业教师进厂对职工进行技术培训，还先后选派了五十多位职工到省建筑材料工业学校、广州市建筑中等专业学校学习。工厂领导人也抽时间到专业学校进修。工厂订有《硅酸盐学报》、《硅酸盐建筑制品》、《建筑材料》等十多种技术书刊。去年厂里智力投资金额共三万多元。全厂职工通过技术培训，基本上掌握了水泥生产技术，他们生产的425矿渣硅酸盐水泥，成为一个"拳头"产品，畅销十多个省市。目前，该厂积极调整产品结构，大批量生产早强型425R矿渣硅酸盐水泥，提高产品竞争力。（李坚 仲南）

李坚、仲南：《重视智力投资　壮大技术力量　横沥水泥厂产值连年增长》

《南方日报》1986 年 2 月 13 日第 2 版

石龙镇退休工人乐融融

本报讯 东莞市石龙镇办起了"老工人之家"，开设娱乐室、阅览室、电视室、音乐厅等，每人每月只交一角钱，就可自由参加各项娱乐活动。每天都有三百多名退休工人聚在一起，读书看报、下象棋、观花、品茶、听音乐。（陈淦林）

陈淦林：《石龙镇退休工人乐融融》

《南方日报》1986 年 2 月 13 日第 2 版

扬“金三角”优势　走“贸工农”道路

东莞市去年创汇一亿六千万美元

本报讯　（记者关健、蓝洁明，通讯员冯章）东莞市认真贯彻“贸工农”的方针，充分发挥当地靠近香港、水陆交通方便等优势，大办农副产品出口基地，积极开展来料加工，1985年，全市为国家创汇一亿六千万美元，比1984年增长11%，创汇额居全省各县（市）之冠。他们的主要做法是：

——根据国际市场的需要，大办出口基地。他们眼睛盯着国际市场，国际市场需要什么就生产什么，收购什么，加工什么，出口什么。他们通过合同定点办出口基地，专厂专车间，使生产、收购、加工、出口形成一条龙，保证出口商品按质、按量、按时出去，在市场上赢得了信誉。去年，他们办了一千六百多亩蔬菜场，四千多亩水草基地，三千亩水果场，年产三十万只“石岐什”、“三黄鸡”的鸡场，年产两万只乳鸽的鸽场，年产一万头瘦肉型猪的猪场，年产五、六万头乳猪的猪场，这些出口基地逐步成为该市外贸的台柱。

——坚持为我所用，积极开拓市场。几年来，该市每年“三来一补”企业为国家创汇五、六千万美元。他们在引进先进技术和设备的同时，加以吸收、消化、创新，逐步让别人的东西为我所用。去年，全市有三百二十项技术革新项目投产。许多产品不仅打进了港澳市场，而且远销东南亚和欧美市场。

——坚持“分灶吃饭”，努力增加出口。去年，该市外贸部门打破吃“大锅饭”的状况，变大灶为小灶，任务到站，有力地调动了外贸部门职工的积极性，外贸收购额达四亿零四百万元，比十年前翻了两番。

关健、蓝洁明、冯章：《扬“金三角”优势　走“贸工农”道路　东莞市去年创汇一亿六千万美元》

《南方日报》1986 年 2 月 22 日第 1 版

三赴东莞追歹徒

“铃、铃……。”1月3日深夜十一时许，增城县公安局刑警队的电话急促地响了起来。原来，当晚十时二十分，一辆从东莞市开往增城方向的大货车，行至增城县永和区陂头坳公路时，被两名等候在那里的歹徒，以搭“顺风车”为名将车拦住，然后持刀抢走车上的货主何某的一万四千八百多元，再乘上一辆准备好的摩托车逃离现场……

案情就是命令。刑警队员迅速赶赴现场展开侦查。经分析，歹徒作案目标准确，行动迅速，很明显是有备而来，而当时驾驶大货车的司机叶效枝也行动反常，在歹徒驾摩托车逃离现场时突然“肚子痛”，拒绝驾车追歹徒。翌晨，刑警队员兵分两路，一路追捕歹徒，一路驱车直奔东莞，迅速了解到如下情况：叶效枝于3日中午十二时曾同从香港回东莞“探亲”的周智奇、谢沛叨外出；这个周智奇自1980年外逃到香港后，近来常回乡赌博。与此同时，刑警也在增城永和墟找到了一辆东莞车牌的摩托车，车身有多处碰撞痕迹和血迹。

刑警队员当天下午再赴东莞，了解到该车车主为东莞市中堂区某校的杜某，他曾于3日下午把车借给香港的周智奇驾驶。当晚，叶效枝在证据面前，也初步供认了自己提供作案对象，由香港歹徒周智奇、谢沛叨动手抢劫的事实。

增城公安局的刑警不顾劳累，于当晚第三次奔赴东莞。不料周、谢二人已于当天下午潜逃。刑警队员连夜展开侦查，于5日傍晚抓获了正在吃饭的香港歹徒周智奇和谢沛叨。

记者陈明光、通讯员王应伦

陈明光、王应伦：《三赴东莞追歹徒》

《南方日报》1986年2月25日第2版

莞城建筑队花55万元

为残疾人员建楼房

本报讯 东莞市莞城镇建筑工程队拿出五十五万元，为残疾人员所办的福利厂建楼房。近年来该队热心为城乡建设服务，取得了较好的社会效益和经济效益。他们富起来后，不忘为残疾人员办好事。去年他们拿出一大笔钱购买建材物资，并抽调一个班负责施工，建一座车间、宿舍两用楼。目前，这幢高四层、建筑面积达三千平方米的大楼已经竣工。（雷伟强）

雷伟强：《莞城建筑队花55万元为残疾人员建楼房》

《南方日报》1986 年 2 月 27 日第 2 版

推广新技术　销售新材料

东莞市技协贸易公司热诚为企业服务

本报讯 东莞市技协贸易公司积极推广科学技术新项目，帮助企业改革旧设备、使用新材料、推广新技术。

该公司重点抓了三个方面：一是推广金属清洗剂。这种清洗剂获省四新产品奖。但过去很多企业都不知道使用。去年以来，东莞市技协贸易公司通过召开经验交流会等办法，推广应用金属清洗剂七吨，可节约柴油、汽油一百三十多吨。

二是推广使用GI锅炉阻垢剂。锅炉结垢给工业生产带来很大影响。过去对锅炉水处理常用有炉外水处理或拷胶除垢法。去年4月，该公司举办技术学习班，推广省化工研究所的科研成果GI锅炉阻垢剂，先后有十九个单位使用。石龙粮油食品联营厂，应用节能新技术后，十个月节煤六百零五吨，节电十二万度。

三是推广硅酸铝纤维新型保温材料，指导工厂推广应用“复合矿化剂”，仅东莞市水泥厂应用后就增加纯收入十万多元。一年来，他们还举办技术讲座一百二十一期，参加技术培训的有三千多人，为全市培训了一支技术力量。（袁治平）

袁治平：《推广新技术　销售新材料　东莞市技协贸易公司热诚为企业服务》

《南方日报》1986年2月27日第2版

莞城发廊点档多

本报讯 近年来，东莞市莞城理发发廊网点迅速发展。原来只有国营四间，群众理发往往排队一二个小时。去年以来已发展到五十多家，其中仅家庭式发廊就有四十多家。由于发廊的增多，营业时间长，服务态度好，群众反映理发方便多了，但价格都比较高，女界一般都要四、五元，甚至有的要六、七元。（张明光）

张明光：《莞城发廊点档多》

《南方日报》1986 年 3 月 13 日第 2 版

东文磁带厂涂布生产线投产

本报讯 东莞市石碣区与港商合资经营的东文磁带厂涂布生产线昨日投产，结束了过去依靠进口磁带生产录音带的历史。年生产中、高档的录音带四千五百万盒，八成外销，每年出口产值可达五千万港元。

（郭、岑）

郭、岑：《东文磁带厂涂布生产线投产》

《南方日报》1986 年 3 月 17 日第 1 版

东莞电厂新机组投产

本报讯 东莞发电厂从日本引进的一台发电机组，经试机后于二十一日正式投产发电，日发电量为九万六千度。该厂引进的另外五台发电机组也正在安装中，将于三月下旬到五月份陆续投产。（冯章）

冯章：《东莞电厂新机组投产》

《南方日报》1986 年 3 月 23 日第 1 版

东莞今春造林种果十五万亩

各级领导办点作出示范

本报讯 东莞市各级领导深入春季造林第一线，以点带面推动群众性造林活动，使全市城乡掀起造林绿化热潮。目前，全市连片造林种果十五万亩，绿化公路、河堤、海岸三百三十公里，是历年造林种果最多的一年。

今年初，东莞市根据省委、省政府关于十年绿化广东大地的要求，制订了三年绿化东莞的规划。为了落实这个计划，市委、市政府主要领导深入到荒山最多的大岭山区蹲点，和干部、群众一起，总结近几年来一些农户靠造林种果致富的经验，帮助区乡落实林业政策，制订造林规划，解决资金和种苗不足的实际困难。经过深入细致的组织发动工作，大岭山区计划今年内把全区二万多亩荒山全部绿化，其中植树二百多万株，种果四千亩。到3月中旬为止，全区已挖树穴一百多万个，培育营养杯树苗一百二十万株，种果二千多亩。

市领导带头蹲点，带动了区乡干部层层办点，全市以点带面迅速掀起了群众性的造林种果热潮。各地从制订造林规划到种植，都讲质量，求效益，普遍采取“林果结合，多树种并举”的方针，因地制宜地营造用材林、经济林、水源林和风景林。在植树种果中，各地还采用深挖穴壕，多放肥料，推广营养杯育苗等方法，确保林木成活、速生、快长。

（邓宪全、吴根培）

邓宪全、吴根培：《东莞今春造林种果十五万亩》

《南方日报》1986 年 4 月 4 日第 1 版

东莞市前卫体协成立

本报讯　中国前卫体协东莞市委员会于五月一日成立。

该体协将根据公安战士的特点，结合业务训练，广泛开展各种小型多样的体育活动，提高公安干警的政治和身体素质，积极参加社会体育活动，密切警民关系，促进公安系统的精神文明建设。（钟自新）

钟自新：《东莞市前卫体协成立》

《南方日报》1986 年 5 月 3 日第 3 版

抢修防洪设施　清除河道障碍

东莞市高标准做好抗洪准备

本报讯 东莞市针对防汛抗洪工作中存在的主要问题，高标准地做好抗洪准备。

东莞市五、六十年代兴建的水库设备到现在已出现老化，近几年江河堤围出现不少违章的阻水建筑物。针对出现的这些新问题，东莞市委、市政府及早做好宣传发动。今年3月底召开三防会议，做好各级领导、各堤围水库负责人、水电部门领导和工程技术人员的思想发动，克服防汛抗洪的麻痹思想。为加强“三防”工作的领导，市长郑锦滔同志亲任市“三防”总指挥，各级三防机构比往年提前五天（即于4月10日）值班办公。全市先后组织了两次江河堤围、水库、涵闸的全面检查，并拨专款四十七万元，抢修了十四个水库的老化涵管、渗水堤坝和东江主堤的十处险段，从而提高了东江下游在本市境内三条主堤和珠江口二百多公里海堤的防洪能力。另一方面，东莞市坚决清除河道阻水障碍建筑物。现在，福燕洲围田寮埔段和挂影洲围北堤的一百八十四座违章阻水建筑物，以及石龙镇堆放在北干流的一千二百多立方米的石头均已全部拆除。　（冯章）

冯章：《抢修防洪设施　清除河道障碍　东莞市高标准做好抗洪准备》

《南方日报》1986年5月6日第1版

莞城北隅区关怀孤寡老人

东莞市莞城镇北隅区的孤寡老人们，虽然身边无亲无故，但他们在当地政府和街道干部的热心关怀下，享受着社会主义大家庭的温暖，衣食住行有依靠，愉快安度幸福的晚年生活。

北隅区下属街道有八名孤寡老人，这些老人都年过古稀。多年来，各级政府的民政部门一直很关心他们的生活，定期发给生活费和各种生活必需物品。区委和街道基层组织，也时刻把孤寡老人的生活挂在心上，定期给孤寡老人送钱送粮。区委经常向街道居民宣传，教育大家树立尊老爱老新风尚，组织敬老活动。同时成立敬老福利基金会，发动群众为老人捐款献物。去年一年，在区领导的带动下，街道附近的单位和居民，先后捐助了八千七百多元和一批物资。

北隅区委对老人生活体贴入微，特别在她们患病之时，更是关心备至，经常问寒问暖，胜似亲人。远道而来定居的罗浮山道姑、八十五岁的老大娘陈日开，行走不便，生活自理困难，区和街道干部经常来到她家，帮助料理家务。逢年过节，还登门慰问，请她到自己家里吃团圆饭，使陈大娘生活过得愉快。七十五岁的刘丽老大娘，年老病多，居委领导陈婵、叶笑萍等经常为她料理生活，给她请医煲药，并一口一口喂她服药，使她的身体也一天天好起来。

北隅区还经常组织青年和团员，帮助老人修理房屋，安装水电和搞清洁卫生，使全区的孤寡老人不感到孤寂。他们高兴地说，我们这些孤寡老人老有依靠，社会主义真是好！

黄志明、张明光

黄志明、张明光：《莞城北隅区关怀孤寡老人》

《南方日报》1986 年 5 月 13 日第 4 版

东莞市城乡储蓄突破十亿元

本报讯 东莞市今年首季城乡储蓄余额已突破十亿元大关。到4月底，城乡储蓄余额达十点四一亿元，比去年底净增一点二一七亿元。

为了支援城乡经济建设，东莞市几家银行都把储蓄工作当作中心工作来抓，一方面，在人口稠密的地方，增设网点，方便群众存款取款。如农行在东坑区长安塘乡增设一个储蓄代办点后，这个点一个月就吸储十一万元。另一方面，各银行都开展优质服务。如工商行莞城储蓄所为了方便离城远的职工存款取款，长期坚持派人到六十多个工厂企业为职工办理流动服务。 （冯章）

冯章：《东莞市城乡储蓄突破十亿元》

《南方日报》1986 年 5 月 14 日第 1 版

东莞运河商场讲信誉生意好

东莞市运河商场，是全市规模最大的一个综合商场。它里面商品琳琅满目，吸引顾客。而且，商场的同志讲究商业信誉，普遍做到优质服务，不断受到顾客的赞扬。

“货物出门，概不退换”，被一些商业单位视为做买卖的规矩。东莞市运河商场的同志却不是这样，他们处处以消费者利益为重，做到尽心尽责。今年2月，本市民政服务公司一位同志，向商场购买的一台“友谊牌”双缸洗衣机，用了几天，洗衣机就不能转动了。商场家电专柜的服务员当即登门检查，很快就帮助修理好了。但过了几天，这台洗衣机使用时，又噪声过大。专柜服务员根据顾客的反映，又立即上门对这台洗衣机进行了认真的检查。为了不让这位顾客再添麻烦，受损失，商场决定把这台用过的洗衣机运回去，给她换上一台。3月5日，东莞市居民李杏安，在商场棉胎专柜买了一张削价处理的棉胎，用后不久，棉胎松散脱层。他写信要求商场退换。本来，这种削价处理的棉胎，不属于退换的范围。但运河商场为消费者着想，还是给换了一张新棉胎，使小李感动不已。

东莞市运河商场还敢于发动消费者对本商场出售的商品价格实行监督。从今年3月15日开始，规定顾客在该商场购买的商品，凡高于当地国营公司门市部销售的同类商品价格者，可退回差价。为此这个商场采取了一系列的保证措施，促使各柜台经理和物价员，经常注意了解市场商品价格情况，进货时做到多渠道，减少环节，组织更多的物美价廉商品。因此，许多顾客说：“运河商场的商品价格公平，有许多商品比其他商店便宜，我们乐意到这个商场买东西。”现在，到运河商场购物的顾客越来越多。今年头四个月，这个商场的销售总额比去年同期增加一半多。

陈镜堃、张明光

东莞市运河商场为维护顾客利益，设立了顾客接待处，发动顾客监督商品价格。图为该商场副经理何绮文在接待顾客。

陈锦波、张明光　摄

陈镜堃、张明光：《东莞运河商场讲信誉生意好》

《南方日报》1986 年 5 月 27 日第 4 版

东莞「健儿」饼干远销甘肃

本报讯 今年以来，东莞糖果厂生产的「健儿」钙奶饼干深受甘肃省天祝藏族自治县城乡消费者的欢迎。笔者仅从该县贸易公司副食部门了解到，该种饼干日销售量保持在五十袋左右。（甘肃：王迎春）

王迎春：《东莞“健儿”饼干远销甘肃》

《南方日报》1986 年 6 月 7 日第 2 版

一网打尽

5月12日晚，东莞市公安局的大门，突然闯进两个衣冠不整、浑身是血的男青年。原来，他们是从河源县来东莞做工的，当晚和两个同乡女青年到电影院看电影，回来时经过公园附近，被一伙流氓包围殴打，男的被凶器打伤，两个女青年则被流氓挟走，下落不明……

案情就是命令，张满旺副局长和莞城分局副局长莫景立即带领干警，风驰电掣般赶到现场。当公安干警高度警惕地搜查时，突然从公园的湖心亭附近窜出一名男青年，公安干警发现他身沾血污，神色仓皇，即向他盘问。原来此人正是作案的歹徒之一。公安干警迅速包围了湖心亭附近的水泵房，当场抓获了两个在现场作案的歹徒，并找到了被挟持的一名女青年。她被挟持后，流氓要侮辱她，她奋起反抗，结果被打伤，惨遭六名流氓轮番蹂躏……另一名女青年在混乱中逃脱，去向不明；六名歹徒中还有三人闻风逃遁。

干警们当即派人把被蹂躏的女青年送往医院抢救；又分头寻找逃散的另一名受害者。经过一番寻找，终于在罗沙乡找到了她。

原来，她被挟持后，流氓侮辱她，她勇敢反抗，乘混乱之机挣脱了魔爪。干警们进一步了解到：这伙流氓中的黎冠文、赵志强、叶建文、刘锦波是莞城镇人，祁发枝是梨川乡人，苏九根是万江区曲海村人。年纪均在十五岁至十八岁。当晚他们从公园的电子游戏机室走出来，密谋进行流氓活动。刚好四个河源青年路过，他们便上前殴打男的，挟持女的去轮奸。祁发枝、苏九根等三人已闻声逃走。干警们立即分头追捕，在区、乡治保干部的帮助下，反复做案犯的家属、亲友的思想工作，动员他们协助追查案犯。到次日下午六时，六名歹徒全部落入法网。

刑侦第一线

袁治平　陈镜坤

袁治平、陈镜坤：《一网打尽》

《南方日报》1986 年 6 月 16 日第 4 版

东莞上沙发现两件有关孙中山的文物

本报讯 东莞市长安上沙乡，最近找到两件有关孙中山的文物，它们对研究孙中山的家世源流很有参考价值。这两件文物，一是1912年5月11日在广州举行的《广东孙族欢迎中山家先生恳亲大会纪念》的相片一幅，二是该次恳亲会印发的新闻传单《孙族恳亲会欢迎中山记》。这两件文物，是当年上沙乡参加恳亲会的十数名代表之一的孙同发的儿子孙衍佳保存下来的，经送中山大学孙中山研究专家陈锡祺教授鉴定，并暂由中山大学孙中山纪念馆保存。

（东莞市政协文史组）

东莞市政协文史组：《东莞上沙发现两件有关孙中山的文物》

《南方日报》1986年6月18日第1版

东莞塑料有限公司开业 多款胶袋、保鲜袋应市

本报讯 由东莞运河糖厂和香港翡翠塑胶投资有限公司合营的东莞塑料有限公司，本月十七日开业。该公司引进日本等地的先进设备，生产各种聚乙烯胶袋、卷装保鲜袋，适合各种物料，食品包装和电冰箱保鲜使用。该公司每月生产能力三百吨，产品大部分出口，卷装保鲜袋已运抵广州市吉祥路广东名特产商场出售，每卷一百袋庄，零售价二元左右。

《东莞塑料有限公司开业　多款胶袋、保鲜袋应市》

《南方日报》1986年6月19日第2版

农村的游乐园

——记东莞市温塘万福园

“万福园”，这是一个多么美好的名字呵，万家团圆，万家幸福，不是每一个人的心愿么？

“万福园”座落在我省著名的侨乡东莞市附城区温塘乡，是今年初新建成的一座崭新的园林式老人、儿童乐园。

这实际上是农村里的一个游乐园，占地二千七百平方米，入门左侧有一亭，名曰“爱乡亭”，供乡民憩息；爱乡亭后是两层高的“晚景楼”，是供老人娱乐、休憩的地方，内设有彩电、音响组合、象棋、图书室等。亭与楼之间曲径相连，旁边有草坪、花圃、假山鱼池，古色古香，颇为别致。园内右侧是儿童游乐场，有滑梯、千秋、荡桥、吊环等儿童游乐设备，前面还有溜冰场。

这座万福园是由香港同胞袁鎏先生捐资人民币二十三万元兴建的。今年2月18日该园竣工落成之日，温塘乡七百多位六十岁以上的老人和数千名儿童、青年欢聚一堂，参加落成典礼。袁鎏先生专程从香港赶回来参加剪彩。

清明节过后，我们在温塘乡访问了六十七岁的袁鎏先生，他身体健壮，性格开朗。他说，这次回乡有一件事要办，就是筹划在温塘乡建一个占地五亩的盆景花圃场。温塘有八千多乡亲，如能多种花，定能美化环境。他投资办盆景花圃场的目的，一是想使万福园四季如春花不断，不用在外地买盆花；二是给当地乡亲提供廉价的花苗、盆景，绿化环境，美化生活。他还捐资在著名花乡顺德县陈村聘请了一位花匠到温塘传授种花技艺。

早在1955年，袁鎏先生回国观光时，就受到周恩来总理亲切接见。谈起当年周总理接见时的情景，袁先生异常兴奋。他说：那一年“五一”节在北京观礼台上，我第一次见到毛主席和周总理，心里有说不出的激动。三十多年过去了，这一感人场面至今记忆犹新。

近年来，党的富民政策，使温塘乡发生了巨大变化，去年工农业总产值达一千七百多万元，每人每年平均收入九百一十五元，社员存款四百八十万元，成为东莞市的富裕乡之一。全乡一千七百户中，新建、改建、修建的房屋达一千二百间。昔日的烂泥路变成了水泥路。全乡有汽车二十八部，摩托车三十五部（70%以上是私人的），电视机八百多台，其中七成以上是彩电。区乡干部实行退休制，老人老有所养。袁鎏先生目睹家乡这些可喜的变化，感到十分欣慰。

袁先生希望家乡建设和乡亲们的生活一年比一年好。他高兴地对我们说：1965年我重建的三层祖屋在村里算是较高较好的了，现在乡里年年都有一批新房建成，不少新屋比我的祖屋要高要好。有时我到市场转一转，看到乡里早上劏十头猪，不到上午十点钟就卖光了，大家都争着买瘦猪肉。现在乡亲口袋里钱多了，生活要求也提高了，农村青年还穿上了漂亮的时装，这是多么令人高兴的喜事呵！

陈慧玲　冯章

爱乡之举得人赞

永言

某县有位侨胞，为了帮助家乡引进一项先进生产项目，近年来几次远涉重洋，不顾年迈体弱，来往于侨居国和家乡之间，乡亲深受感动。当他引进的项目办成时，当地报纸要刊登此事。这位侨胞却谢绝，说：「振兴中华，炎黄子孙有责。」

侨胞热爱家乡，造福桑梓之举，理应大加宣扬。但是，有的侨胞身居海外，为了便于谋生，不愿将其在家乡办的事张扬出去，我们也要尊重他们的意愿。

「振兴中华，炎黄子孙有责。」这句平凡的话道出了侨胞的心声。为家乡办了好事的侨胞，乡亲是不会忘记他们的。无论登报与否，侨胞爱国爱乡的事迹，都会铭刻在侨乡人们的心中，得到人们的赞扬。他们是受人尊敬的。

三言两语

陈慧玲、冯章：《农村的游乐园——记东莞市温塘万福园》

《南方日报》1986 年 6 月 21 日第 2 版

本报讯 东莞市常平区常平体育馆于6月30日正式落成剪彩。

促精神文明建设　迎第六届全运会

东莞常平体育馆落成剪彩

自从实行对外开放和对内搞活经济政策以来，常平区的三级经济总收入有了很大发展。区领导在抓经济工作的同时，极其重视两个精神文明的建设。近几年来全区投入精神文明建设的资金近六千万元。

1983年，经区党委研究，为了活跃和推动全区农村文化体育活动的开展，为了迎接第六届全运会武术比赛在常平区举行，决定全区筹资兴建一座综合多功能体育馆。经过两年半的努力，理想变成了现实。这座体育馆的建成，不仅可以举行体育比赛，还可以用于演戏、放电影等文化活动使用。馆内设备比较先进，符合大型比赛使用，体育馆的工程及设备总投资为三百多万元。

为庆祝常平体育馆的落成，"常平杯"篮球邀请赛也于当日鸣金收兵，广东五羊洗衣机篮球俱乐部男、女队分别以三战三胜的成绩捧得冠军奖杯。

（王政富）

王政富：《促精神文明建设　迎第六届全运会　东莞常平体育馆落成剪彩》

《南方日报》1986年7月2日第3版

东莞烟花荣获朱庇特金像奖

当地日报称赞它把烟花艺术推向新高峰

本报讯 东莞市炮竹厂代表我国赴加拿大参加第二届蒙特利尔国际烟火比赛，夺得传统烟花第一名，并荣获朱庇特金像奖和证书。

这次国际烟火比赛从5月23日起至6月19日止，历时二十八天。参加比赛的有意大利、美国、法国、葡萄牙、西班牙、中国、加拿大、巴西八个国家，比赛分传统烟花、音乐烟花两大类。我国是第一次参赛。6月9日晚上10时（当地时间），是我国烟花燃放时间。有二十五万观众观看了燃放东莞烟花。这晚，一万二千多发的品种多样的高空花弹、彩色吐珠、火箭、架上造型烟花，整整燃放了三十二分钟才告结束。燃放数量之多，时间之长，超过任何一个参赛的国家。第二天清晨，《蒙特利尔日报》和加拿大《新闻日报》均在一版头条用大篇幅报道观看中国烟花盛况，并给予很高的评价。说“中国烟花柔和、协调、清晰、壮观”、“美化了蒙特利尔的天空”、“把烟花艺术推向新的高峰”、“他们的祖先发明了火药，他们把祖先的聪明才智很好地表现出来。”

（王峰、冯章）

王峰、冯章：《东莞烟花荣获朱庇特金像奖》

《南方日报》1986 年 7 月 9 日第 1 版

东莞风扇总厂
奖励批评者

本报讯 东莞风扇总厂昨日给三十名对该厂生产的嘉美牌鸿运扇提出批评意见的消费者颁发了奖品，感谢他们帮助该厂提高产品质量。

该厂上月起与广州南方大厦百货商店联合举办嘉美牌鸿运扇展销暨征询消费者意见活动。在一个月里，南方大厦百货商店销售的嘉美牌鸿运扇达一千五百多台，许多消费者对该厂各种型号鸿运扇的质量表示信任，并提出了一些改进意见。该厂为表示对消费者的感谢，于昨天举行消费者座谈会，奖励提意见者。

（谢德盛）

谢德盛：《东莞风扇总厂奖励批评者》

《南方日报》1986 年 7 月 16 日第 2 版

定点屠宰　统一完税　控制批发　放宽零售

东莞市加强猪肉市场管理

本报讯　（通讯员冯章）东莞市加强猪肉市场管理，实行生猪“定点屠宰，统一完税，控制批发，放宽零售”的办法，乡级屠场由乡政府和国营食品站联管，收到了显著效果。

东莞市自从去年取消生猪派购，放宽购销政策之后，由于管理工作跟不上，猪肉市场曾出现了一些混乱现象，如一些无证肉贩参与经营，私设滥设屠场，宰杀病猪死猪上市，私宰漏税等，群众意见比较多。针对这些情况，东莞市于去年底加强对猪肉市场管理，实行“定点屠宰，统一完税，控制批发，放宽零售”的管理方法，规定所有上市生猪的屠宰权限于国营食品部门、区农工商公司和乡政府这三个单位，其中乡级屠场实行乡政府和食品部门联管。其他单位和个人不得经营屠场，经营屠场的单位也不能以任何形式将屠场承包给个人经营。农民自养生猪允许自宰自卖，但要先完税并由屠场代宰。

目前，全市三十二个区（镇）已有二十九个区（镇）对三百六十个乡级屠场实行了由乡政府和食品站联管。有的区还由区公所组织有关部门成立肉食市场管理小组，使工商、税务、兽医、卫生、食品等单位联结起来更好地参与管理猪肉市场。因此，近几个月，东莞市的猪肉市场基本实现放管同步，形成了一个由区府牵头，食品部门负责日常管理，工商、税务、兽医部门检查监督的联管体系，加强了生猪税收、防疫、肉检卫生等各项管理工作，扭转了混乱状况，取得较好的社会效益。今年以来，全市猪肉市场供应数量充足，肉价平稳，而且私宰漏税现象大为减少。

冯章：《定点屠宰　统一完税　控制批发　放宽零售　东莞市加强猪肉市场管理》

《南方日报》1986 年 7 月 18 日第 2 版

虎门货柜码头开业

本报讯 我省第一个区级集装箱码头——东莞市虎门货柜码头，前日开业。该码头可同时停靠两艘二千至三千吨级货船。（冯章、王沛权）

冯章、王沛权：《虎门货柜码头开业》

《南方日报》1986 年 7 月 20 日第 1 版

东莞庆祝国际烟火比赛获奖

本报讯 为庆祝东莞烟火在加拿大举行的第二届蒙特利尔国际烟火比赛夺得传统烟花第一名，荣获朱庇特金像奖，前天晚上东莞市人民特地在莞城人民公园召开庆祝大会，并举行获奖烟花燃放表演。表演历时二十分钟，燃放了八千发火箭、烛光和焰火，计有四十八个品种，单火药就用了四吨之多。（杨兴锋、冯章）

杨兴锋、冯章：《东莞庆祝国际烟火比赛获奖》

《南方日报》1986 年 7 月 21 日第 1 版

东莞市充分发挥信访部门的职能作用

为了有利于信访部门督促、检查、催办群众信访案件，协调处理涉及到几个单位的信访问题，东莞市委明确授予市信访办公室四项职权，即：可以召开市直属各部门和区、镇信访工作会议；可以随时检查、指导各部门的信访业务，检查、督促信访案件的落实；可以对一些重大或疑难问题和涉及几个单位的问题，牵头与有关单位共同研究处理；对基层或市直属机关业务部门处理失当的来信来访，可请有关单位和部门复议。

在授予职权的同时，东莞市委还对信访部门提出严格要求，要求他们在工作上要做到“四好”，在业务方面完成四项硬指标。“四好”是：（1）做人民的好公仆，热情、主动为人民排忧解难。三年多来，市信访办对群众来信来访反映的问题，都能做到认真办理，负责到底，受到群众的赞扬。（2）做市委、市政府的好参谋，经常为领导提供信息和提供决策依据，协助领导处理好重大信访问题。对信访反映的苗头性、倾向性、政策性、普遍性的问题，及时作专题调查。三年来，市信访办共写专题调查材料五篇，其中四篇被市委、市政府采纳。他们还编印《信访反映》、《信访摘报》七十八期，为领导和有关部门提供了许多有价值的信访信息和情况，起到了参谋作用。（3）做部门的好帮手，积极帮助部门解决工作中遇到的困难，主动牵头解决跨部门的信访问题。三年来，共解决了一百零一宗。（4）做基层信访部门的好指导，为基层信访部门提供学习文件和资料，帮助基层信访部门提高业务水平，总结推广好经验。市信访办建立了十八个信访工作联系点，经常总结推广点上的经验；举办信访干部业务知识培训班；每年召开一次信访工作会议，总结交流经验；开展检查评比活动，树立典型，表彰先进。

四项硬指标是：市领导批办的信访问题，年终办结率要达到90%以上；上级要求函报处理结果的案件，当年办结并上报要达到80%以上；自身立的案件，年终办结率要达到80%以上；每季度编写一份综合材料，半年一次情况分析，年终一次总结。　东　办

东办：《东莞市充分发挥信访部门的职能作用》

《南方日报》1986 年 7 月 22 日第 4 版

东莞市水果发展公司帮助基层发展水果生产

种果技术星火在东莞燎原

他们积极培养科技星火的传播者，通过与区、乡、专业户联办果场直接传播技术，促进全市水果生产以每年增加十二万亩的速度向前发展

本报讯 （记者杨兴锋、通讯员冯章）蝉鸣时节，东莞城乡处处荔红蕉香，果实累累。该市的水果生产近三年来以平均每年增加十二万多亩的速度向前发展，目前已达五十三万亩，今年预计可收果实五亿斤，为该市历史所仅见。谈起这一高速度的由来，人们都说该市水果发展公司热心撒播种果技术之火是重要原因之一。

这家统管全市水果生产的公司，是东莞市委、市政府为适应全市水果生产发展的需要而于1983年设立的。该公司懂得，面对着千家万户的分散生产，要把种果技术传播下去，光靠公司里的九位技术人员显然不行，必须培养出一大批科技星火的传播者。于是，他们在1983年底办起了一所水果技术培训学校，规定每月4号上午上课，学员为各区主管水果生产的领导、技术人员以及重点水果专业户，每课讲一个技术专题，布置一个月的生产任务，有时还请省里的专家前来讲课。这些学员每听完一课，回到区里又“现炒现卖”，立即为乡、村举办培训班，乡、村再以黑板报、广播、文化夜校、“户主会议”等形式，把科技星火真正撒到千家万户。例如1984年清明节前后，东莞市遇到连续一个多月的低温阴雨天气，对正值花期至小果期的荔枝生产威胁很大。该公司便通过水果技术培训学校，把他们在寮步区搞的“保果保花实验”结果传播出去，使全市八万多亩荔枝仍在当年夺得丰收。

在东莞市不少技术比较落后的区、乡，目前散布着这家公司与区、乡、村、专业户联办的十一个果场，这是该公司向乡村和农户直接传播种果技术的一种形式。黄江区原来由于缺乏种果技术，农户对发展水果生产有思想顾虑，1983年全区水果面积只有一千二百多亩。这家公司的技术人员便和县农业技术学校的教师一起到该区办试验点，举办讲座，既传授种果技术，又做群众的思想发动工作，让群众从试验点的成功实践中看到种果确能致富，结果全区水果生产发展很快，今年初水果面积已扩大到一万六千多亩。

为了更有效地传播种果技术，这家公司还从1984年 1月起坚持每月印发当月水果生产的技术资料。这些技术资料每期都包括当月上、中、下旬的天气预报以及荔枝、柑橙、香蕉、菠萝、杂果的种植、管理、植保等方面的技术措施和建议。由于针对性强、通俗具体，非常实用，因此深受广大农户欢迎，发行量越来越大，目前每期发行二万三千多份，有些区、乡已达到每户一份。

杨兴锋、冯章：《东莞市水果发展公司帮助基层发展水果生产　种果技术星火在东莞燎原》

《南方日报》1986 年 7 月 27 日第 1 版

摘要：报道了 1983 年成立的东莞市水果发展公司在统管全市水果生产中，创办了水果技术培训学校，培养了一大批种果科技的传播者；又与一些技术比较落后的区、乡联办 11 个果场，向乡村和农户直接传播种果技术，加快了这些地方的水果生产；从 1984 年 1 月起，还坚持每月印发当月水果生产的技术资料，深受广大农户的欢迎。东莞市水果发展公司成为东莞水果生产高速发展的重要保证。

东莞优质蔬菜畅销香港

本报讯 东莞市食品进出口支公司，去年以来，在虎门镇、莞城镇、石碣区、万江镇等合办蔬菜种植场十八个，面积二千多亩，同时扶持一批种菜专业户，大力发展优质反季节蔬菜生产，在蔬菜淡季时节销往香港市场，仅今年四、五月出口到香港的节瓜、苦瓜、丝瓜等优质蔬菜，就为国家创汇一百多万港元。（晓刚）

晓刚：《东莞优质蔬菜畅销香港》

《南方日报》1986 年 7 月 28 日第 2 版

下放权限　放手经营　注重信誉

东莞市运河商场购销两旺

本报讯　（记者黄峨）改革使东莞市运河商场充满竞争活力，实现淡季不淡，购销两旺。今年上半年，该商场销售额达到一千八百六十四万元，比去年同期增长54.6%。

运河商场是东莞市一间较大型的综合性商场。几年来，该商场锐意改革创新，其中主要抓了三条：一、放权。商场把商品的购销权、三类商品的作价权、部分费用的开支权和职工奖金的分配权，下放到属下二十八个经营单位，把经营效益与经济得益挂起钩来。放权之后，各专柜的领导和职工自觉执行商场制订的《服务质量规范条例》，争相落实便民服务项目，为顾客提供优质服务。二、搞活。放权使各专柜形成独立的经营体系，这就为搞活整个商场的购销活动打下了基础。各专柜为满足多层次消费者的需求，大胆组织货源，不断增加花色品种，做到花色齐全，商品配套，高中低档齐备。现在，该商场二十六条专柜和两个批发部，已拥有各类商品共一万二千多个品种。与此同时，各专柜还与广州、佛山、深圳、惠阳、中山、东莞等市、县的几十家工厂，采取经销、代销、联合展销等形式，建立长期的业务关系，疏通了商品流通渠道。今年4月以来，该商场就已经和有关厂家搞了洗涤系列产品、电风扇、童装、玩具等，几次较大规模的联合展销活动。三、信誉。运河商场的领导把信誉看作是社会主义商业的生命，生意越好越讲信誉。他们采取一系列措施来维护消费者的利益。如，从3月中旬起，开展“征询建议”有奖活动和“平衡物价”活动。他们“出钱买意见”，规定顾客在该商场购买每件三元以上的商品，若价格高于国营主营公司门市部的，三天内可提出退差价。开展上述活动不到一个月，便收到市内外的建议信四百六十多封，建议三千五百多条。

为了使维护消费者利益的工作经常化、制度化，运河商场每逢星期天还设立“经理接待日”，设立永久性的“顾客建议箱”和“顾客意见箱”。改革使运河商场生意兴隆，改革也使这家商场信誉很高，被誉为“信得过”商场。

黄峨：《下放权限　放手经营　注重信誉　东莞市运河商场购销两旺》

《南方日报》1986年8月3日第2版

调整农业布局 改变产业结构

东莞市农村出现十大变化

本报讯 （记者关健、通讯员冯章）东莞市坚持改革、开放、搞活的方针，合理开发利用农业资源，发展社会主义商品农业，农业经济呈现了勃勃生机。

现在，整个东莞市的农村已出现了十大变化：

——农民开荒种果的热情空前高涨，土地越来越宝贵。过去农民厌耕、弃耕，现在争着投标承包开发，连三、四十度的山坡地也不放过；过去有的山地，集体补贴果苗也不愿种，现在不仅自己出钱开发，还向集体上交承包款。从1980年至今，全市新种果树四十八万六千多亩，新老果树面积已达五十七万五千多亩。

——农民放心向农业投资，出现集约化经营。前几年农民手上有钱，多数人想的是盖房子、添家具，建个“安乐窝”。现在，尝到了开发农业的甜头，他们将钱投资开发山头、坡地、荒地。从1980年至今，全市仅投资种果就达一亿一千多万元。

——涌现了一批懂技术、懂管理的农民企业家。目前，全市家庭种养场、养殖场、畜牧场共有一万六千多个。以大朗区大井头乡青年叶钦海为代表的农民企业家，努力钻研科学技术，掌握市场信息，勇于开拓，善于管理，艰苦创业，成了先进生产力的代表。

——一部分先富起来的农民开始向经济薄弱的地方输出资金和技术。东坑区农民种果富了起来，他们之中有三百七十二户带着四百五十四万元到外地，承包开发水果面积一万一千多亩，相当于全区水果面积的总和。

——农民越来越重视市场信息，自觉按价值规律发展生产。他们根据市场需要，不断调整产品布局，发展“高、精、尖、稀、优、偏”的品种，经济效益成倍提高。以种植业为例，1980年每亩土地平均收益才一百八十七元，去年增加到四百二十五元。

——农民越来越急切追求文化科学知识。全市农村学前班、幼儿园星罗棋布；成人教育蓬勃发展，参加高等业余教育、中等业余教育的有三万一千七百多人，农村文化技术夜校二百一十四所，学员八千五百多人。（下转第三版）

东莞市农村出现十大变化

（上接第一版）

——农民自己组织的行业协会、技术研究会应运而生，为群众提供多方面的社会化服务。现在，全市各区、乡有水稻、荔枝、香蕉、橙柑桔、养猪、养鸡、养鱼、花生、甘蔗、西瓜、蔬菜、盆景等专业协会和技术研究会九十四个。它们在推广新技术中发挥了重要作用。

——农业按贸工农格局，开始向基地化、系列化的方向迈进。他们发展横向经济联合，生产与外贸出口挂钩，全市已有果场、禽畜场、养殖场、蔬菜场商品生产基地二千一百七十二个，逐步建立科研、外贸、生产三结合体制。

——农林牧副渔的比例关系日趋合理，协调发展。“六五”期间，种植业增长一点三四倍，林业增长97%，牧业增长96%，副业增长二点一二倍，渔业增长一点六四倍，农业总产值增长一点三八倍。

——农村集体经济不断巩固和壮大，生产设施不断完善，社会公益事业不断发展。“六五”期间，区级经济增长二点七四倍，乡级经济增长二点零六倍，不仅解决了区乡干部和民办教师的报酬问题，而且解决了军烈属的补助、老人五保户的赡养费用，还投资水利建设、修桥铺路、办自来水等。

关健、冯章：《调整农业布局　改变产业结构　东莞市农村出现十大变化》

《南方日报》1986 年 8 月 10 日第 1、3 版

东莞市三大产业为何能协调发展

坚持以农业为基础 合理开发农业资源

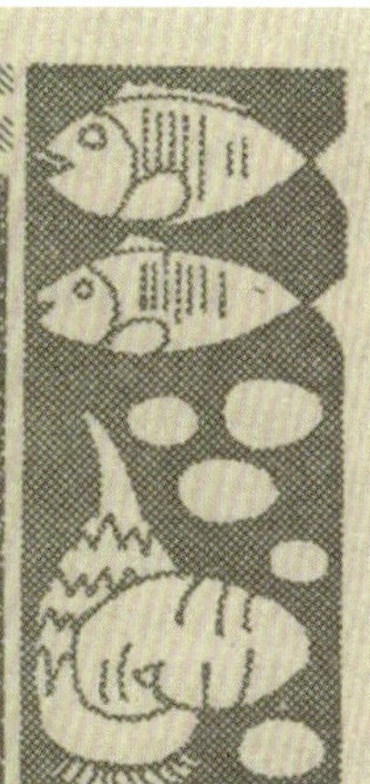

这几年农业没有出现停顿或萎缩的现象，一、二、三产业一齐发展，农民不愁种、不愁运、不愁销

本报讯 （记者关健、通讯员冯章）东莞市合理开发农业资源，大力发展乡镇工业，积极开拓第三产业，使三大产业之间相互提供产品，相互提供市场，相互提供服务，互相促进，协调发展。

近年来，东莞市由于坚持以农业为基础，三大产业协调发展，经济不断壮大。1985年，全市工农业总产值达十九亿四千多万元，比1980年增长一点一八倍，比上一年增长36%；其中工业总产值比1980年增长一点七五倍，农业总产值比1980年增长40.1%。这一年，全市为国家创汇一亿六千多万美元，比上一年增长29.6%；财税收入一亿一千多万元，比上一年增长31.2%。今年上半年，整个经济又比去年同期有所增长。

从1980年开始，东莞市就注意合理开发农业资源，充分发挥地处珠江三角洲的优势，他们在保证粮食生产的前提下，调整农村产业结构，不断提高土地的经营效益和劳动生产率，使农业逐步从自给半自给的自然经济向着较大规模的商品生产转化。据统计，去年全市粮食作物和经济作物的种植面积比例，已从1980年的72：28调整为60：40。另一方面，过去的黄麻、水草、木薯，也已让位给优质稻、荔枝、香蕉、橙柑桔及鱼畜类。其中仅水果面积，全市就有五十七点五万多亩，水果产量达一亿八千九百多万公斤，收入二亿多元。与此同时，他们在健全联产承包责任制的基础上，大力发展“两户一体”，使农业向专业化、社会化、商品化迈进。现在，全市已有专业户、重点户五万零五百多户，他们从事粮食生产、畜牧业生产，饲养各种禽畜、养鱼、营林、种果，还从事加工、运销、服务等。有的还采取市、区、乡、户一齐上的方针，从引进培育良种，推广栽培技术，到产品加工、贮藏、运输、销售、出口，配套成龙，逐步建立起科研、外贸、生产三结合的新体制，使商品生产基地化、系列化。

这几年，东莞市的农业没有象一些地方那样，出现停顿或萎缩的现象。它不仅不需要工业的补贴，而且向第二、三产业提供了越来越多的产品和大量的富余劳动力。据统计，全市现在已有区级工业企业五百一十多家、乡村工业企业四千七百多家，近七成的农业劳动力已“洗脚上田”，其中有一半劳动力从事工业生产。近几年来、全市“三来一补”企业的收入已达二亿八千多万美元，年收入的工缴费是全省最多的。（下转第三版）

坚持以农业为基础　合理开发农业资源

（紧接第一版）与此同时，他们用九成以上的地方留成外汇，引进先进的技术设备，对原有企业进行技术改造，已建成了一批具有七、八十年代先进水平的工业项目。据统计，去年全市共引进了八十二个新项目，总投资二亿五千多万元。这批新上的项目，预计今年可形成产值二亿五千万元，全部正常投产后，年产值可达六亿九千五百万元。这样，就使全市整个工业结构朝着合理化、高效益、外向型方向转变，而且积蓄着强大的后劲。去年，全市工业总产值已达十四亿一千多万元，其中纺织、食品、工艺美术等行业的年产值超过了一亿元。

在工农业生产不断发展的同时，东莞市还积极开拓第三产业，进一步扩大社会分工。目前，全市有十二万多人从事商业、交通运输业、建筑业、服务业等，占了劳动力的二成多。社会化的服务出现了，并且迅速向系统化、网络化发展。1980年，全市只有五百多台汽车、三千多台拖拉机、六百多艘机动运输船。现在，全市已有八千多台汽车、一万二千多台拖拉机、三千多艘机动运输船，而且运输服务网络十分完善，不管是短途长途，量小量大，随叫随到，因而农民不愁种，不愁运，不愁销。

关健、冯章：《东莞市三大产业为何能协调发展　坚持以农业为基础　合理开发农业资源》

《南方日报》1986 年 8 月 14 日第 1、3 版

学习东莞经验　繁荣农村经济

本报评论员

本报8月10日第一版发表的《东莞市农村出现十大变化》，以及今天第一版发表的《东莞市三大产业为何能协调发展》两条消息，读了令人鼓舞。东莞人民创造的宝贵经验，很值得学习和推广。他们是我省开发农业资源，繁荣农村经济的好榜样。

这些年，在我省一些地方，“无工不富”的声音，大大超过了“无农不稳”，对农业这个基础有所忽视。他们把主要精力用去务工经商，热衷于“捞浮财”，把农业看作无足轻重，以致农业生产出现了停顿、甚至萎缩的现象。由于没有抓好农业这个基础，这些地方不仅农业发展缓慢，工业和乡镇企业也上不去。在这种情况下，东莞的经验更显出重大的现实意义。各地的领导同志，应该从东莞的经验中得到启发，认真总结经验教训，坚定不移地贯彻以农业为基础的方针。

当然，我们现在强调以农业为基础，并不是又要象过去那样，搞以粮唯一。过去由于受“左”的思想影响，一讲以农业为基础，就搞单一生产，光抓粮食，忽视多种经营。结果，农业向单一经济畸形发展，恶性循环，致使农村丰富的劳力资源优势得不到充分发挥，多种多样的土地资源得不到合理开发利用。由于劳动效率低，经济收入少，反过来又影响了群众的生产积极性。这不是真正以农业为基础，而是削弱以至破坏农业这个基础。真正坚持以农业为基础，就要象东莞那样，合理开发利用农业资源，大力发展社会主义商品农业。这就要首先解决干部、群众对农业地位的认识问题。东莞也有一些人曾经认为“农业是一碗饭，工业是一桌菜”，农业没有多大搞头，把土地看成是丢不得又没有多大用的“烂棉袄”。他们认真总结了当地一批靠种养致富的典型经验，组织现场参观学习，使干部、群众从中受到启发和鼓舞，看到了发展农业的光辉前景，从而自觉执行以农业为基础的方针。

合理开发农业资源，发展社会主义商品农业，光有一般号召是不行的，必须进行深入、细致的组织领导工作。

（下转第三版）

学习东莞经验　繁荣农村经济

（紧接第一版）东莞市委通过组织农业、林业和乡镇企业等部门的领导和技术人员，开展全市性的资源调查，为合理开发利用农业资源，发展商品农业提供科学依据。同时集中财力、物力搞好水利、交通、电力、通讯等基础设施，为开发农业资源，大规模发展商品农业创造良好的环境，从而使商品农业迅速发展起来。

合理开发农业资源，发展社会主义商品农业，还要因地制宜调整农业布局。要象东莞市那样，一方面继续抓好粮食生产，以此作为搞好调整布局的基础；另一方面，做好土地分类规划，按价值规律和自然规律争天时，夺地利，适地适种，适销适种；同时注意调整农、林、牧、副、渔各业之间的比例关系，以相互利用对方的副产品，创造一个良好的自然生态；逐步调整农村经济中农业、工业和第三产业的比例关系，把农村中富余的劳动力转移到新的生产领域，使三大产业协调发展，互相促进。

我们希望各地都来学习东莞的经验，坚持以农业为基础，充分开发农业资源，全面发展社会主义商品农业。只要各地都这样做了，那么，我省农村经济就将出现一个蓬勃发展的新局面。

本报评论员：《学习东莞经验　繁荣农村经济》

《南方日报》1986 年 8 月 14 日第 1、3 版

发挥"游泳之乡"优势 以游泳带动其他

东莞市争当全国体育先进县

本报讯 （记者王政富）东莞市发挥"游泳之乡"的优势，紧紧抓住游泳这个重点项目，带动其他，努力争取第一批进入全国体育先进县行列。

素有"游泳之乡"的东莞市，近年来认真学习、贯彻中央关于进一步发展体育运动的通知和省委主要负责同志关于抓好游泳的指示精神，找差距、定措施，把游泳搞上去，使东莞市的体育运动进一步向前发展。

游泳是我国体育的薄弱环节，也是能否成为世界体育强国的重要一环。东莞市为我国的游泳事业先后培养、输送了一大批优秀的运动员，他们在国际比赛场上为国争了光。东莞市运动员叶润成在上届亚运会上顽强拚搏，为我国取得可贵的游泳第一块金牌。近年来，国内不少省、市已将游泳摆在重要的议事日程去抓，兴建场馆、解决训练条件，培养出了能为国争光的尖子运动员。相比之下，东莞的场馆落后，训练条件差，培养的人材也较慢。去年，省委主要负责同志在东莞检查工作时指出：东莞市要为国家多培养游泳的尖子运动员，他们能在亚洲比赛拿金牌，在国际比赛能进入世界先进行列。

这几年，东莞市的经济发展很快，人们的生活水平和兴趣有了改变，破旧的游泳池，浑浊的池水令人生畏，所以，东莞市会游泳的人日益减少，直接影响了"游泳之乡"的声誉和游泳后备人才的选拔。东莞市首先改造了城镇的旧游泳池，已建成六个游泳池，还有四个正在建设之中，争取几年内全市各区都建一个游泳池。游泳池的水质也改为自来水，保证了卫生条件。提倡在有条件的中、小学和幼儿园建游泳池，普遍开展少年儿童的游泳活动。现在市城区学会游泳的人数已达58%。为提高游泳技术水平，培养人才，筹办游泳运动学校打下基础。并且健全训练网点，形成一条龙训练体系。为在广泛的群众基础上抓好科学选材工作。市体委专门成立了游泳工作组，指导和检查这项工作。

东莞市在抓游泳工作的同时，改革体委独家办体育的作法，发动各行各业成立体协。在半年多时间里，东莞市的各行各业体协如雨后春笋地诞生。他们自筹资金，组织各行各业的群众性体育活动。并由体委提供场地和派人指导，调动了基层体育骨干的积极性。体委则把主要精力和经费用于为国家培养后备力量上。体协举办运动会，都把游泳列为必不可少的项目，使到游泳更深入群众之心。

王政富：《发挥"游泳之乡"优势 以游泳带动其他 东莞市争当全国体育先进县》

《南方日报》1986年8月14日第3版

东莞佳果　四季飘香

他们正朝着在1990年实现水果总产五亿公斤的目标奋进……

六年前，东莞水果面积不到九万亩。今天，水果生产已成了该市一项新兴的产业。全市种植水果达五十七万多亩，占耕地、宜林山地总面积的四分之一。以该市一百二十万人计算，去年人均生产水果一百五十多公斤，水果总收入几乎占了全市农业总产值的一半，成为名符其实的"水果之乡"，真正实现了一年四季水果飘香。

随着农村二、三产业的迅速发展，有的人开始认为，农业是"一碗饭"，工业才是"一桌菜"。意思是说，从事农业生产只能搞碗饭吃，从事工业生产才能发家致富。这就提出了一个问题：靠农业能否致富？

"一碗饭"与"一桌菜"

我们在这个市的黄江区找到了答案。黄江在东莞算是山区，向来很穷。1978年全区人均分配只有一百三十元。但是，1982年这个区却冒出了一个富裕队。原来，北岸大队第五生产队在极左盛行的1971年，冒着走"资本主义道路"之嫌，偷偷在边远的山坡瘦地种了八亩橙柑。十年后，这个队仅水果一项收入就达八万多元，人均分配四百九十六元，闯出了一条开发利用农业资源，在山地上种果致富的路子。这个队的经验迅速在黄江传播开来，几年间，全区共种植了柑橙一万五千多亩，人均一亩一分多。去年，全区人均收入六百八十五元，其中水果收入占四百六十七元。

在保证粮食生产的前提下，根据市场需求，改变产业结构，农业照样能搞出"一桌菜"。该市大朗区去年作过统计，在一万多户农民中，靠种养为主的万元户就有一千五百零八户，占14.4%。东坑区龙坑村，去年人均收入二千元，户平收入一万元，靠的也是种果。这岂止是"一桌菜"啊！？

"破棉袄"与"财富之母"

土地，历来都被农民视为命根子。随着二、三产业的发展，前几年有些地方却把它看成是"破棉袄"。丢了吧，舍不得；不丢吧，又成了包袱。于是，出现了厌耕、弃耕的现象。

现在这种情况改变了，全市农业出现了从来没有过的蓬勃发展的局面。农民真正理解到马克思将土地比作"财富之母"的含意。市委书记李近维给我们讲了一个故事：黄江区食品站职工曾凤田，家在北岸乡，原先集体分给他家四亩责任田，他当作一个累赘，倒贴一千五百元送给别人耕。后来他见别人家在地里干，比自己在食品站挣得更多，而且收入稳定，开始后悔了，老缠着乡干部要土地。最后，他以每年向集体上交三百五十元，三十年后整个果园归集体为条件，承包了一个面积七十亩、三四十度坡的山头，开荒种果。

（下转第三版）

（上接第一版）

东莞佳果四季飘香

东莞人说得好，过去搞农业之所以越搞越穷，是因为受小农经济思想束缚，目光短浅，因循守旧，自我封闭；不了解市场，不讲价值规律，不讲生产效益，更谈不上什么发展商品生产。现在搞农业，着眼点放在提高劳动生产率、提高土地的经营效益上来，运用市场机制合理调节生产结构，并着力使劳力、土地、资金、技术等生产要素构成最佳组合。土地，有什么理由不出财富呢？1985年，该市平均每亩土地收益已从1980年不到二百元提高到五百零六元；平均每个农业劳动力创造产值也从1980年的五百七十二元，提高到二千零九十八元。从事农业生产的收益不仅不低于其它行业，而且还高于其它行业。在这种情况下，谁还会将土地看作是"破棉袄"呢？

"一个前提"和"一个因素"

大规模的商品生产，没有社会化的服务网络是不可能进行的。东莞市水果种那么多，除了价值规律在起作用之外，很重要的一条是靠社会化服务日趋完善。就水果生产来说，从产前的技术培训、种苗培育、信息指示、资金信贷，到产中的技术指导、试验示范、防病防虫，以及产后的收购、运销、加工、贮藏等，都建立了一个比较完善的服务网络，为水果生产的大发展提供了极为有利的条件。

东莞最负盛名的香蕉产地麻涌区，年产香蕉三千八百多万公斤。他们既发挥国营商业、供销主要流通渠道的作用，又实行国营、集体、个体、联合体多层次，多渠道经营。与此同时，还与全国各地的水果经营单位建立起联营、联销、代销或购销等挂钩关系，形成一个庞大的销售网络，开拓了全国性的香蕉市场。

他们为了使全市商品生产流通渠道畅通，从1980年以来，市、区、乡三级集资九千多万元，修建桥梁二十五座，总长二千六百三十一米，铺设水泥或柏油公路七百多公里，使全市九成五以上的乡通了汽车。全市各种机动车辆达三万二千多辆，机动运输船二千六百多艘。此外，还增加了电话装机容量九百六十八门，全市交通运输、电讯的发展，使商品流通渠道更为活跃。现在，东莞市已建立了一个开放式、多渠道、少环节的流通网络。

东莞市水果生产发展这样快、这样好，还有一个令人羡慕的地方就是，那里有一支坚强的干部队伍，有一批能人。他们不做就不说，说了就要干，而且要干好。如今，东莞市人民正乘全省县委书记会议在该县召开这股强劲的东风，向着1990年，全市水果总产达到五亿公斤这个大目标奋进！

本报记者　关健、通讯员　冯章

关键、冯章：《东莞佳果　四季飘香》

《南方日报》1986 年 8 月 20 日第 1、3 版

摘要：报道了东莞市的水果种植面积从 1980 年前不足 9 万亩到 1986 年达到 57 万亩，水果总收入几乎占全市农业总产值的一半，其高速发展的原因有三：一是确立靠农业也能发家致富、农业照样能搞出"一桌菜"的重农观念；二是认识到土地仍是"财富之母"，通过提高土地的经营效益，调节生产结构和生产要素，农业收入甚至可以超过工业收入；三是建设起水果产前、产中、产后的开放式、多渠道、少环节的社会服务流通网络。

一切为了病人

——记东莞市人民医院改进医疗作风的事迹

东莞市人民医院开展学习李国桥和他领导的疟疾研究室的先进事迹的活动后，医务人员的医德医风有了明显的好转，出现了许许多多好人好事。

医院就是病人的家

当你走进妇产科病区，你就会看到，从病房到婴儿室，到处整齐、清洁、美观，你会产生一种舒适感，象在自己家里一样。的确，这个科的医护人员都把产妇、病人和新生儿看成是自己的亲人。

妇产科历来是市人民医院护理工作的先进单位。最近，医生护士们学习李国桥先进事迹后，从高从严要求自己。发现婴儿室的管理制度订得不严格，还有不足之处。于是，他们重新修订出十条规定，内容包括十天进行一次空气消毒，每月进行一次消灭毒菌的空气培养，勤为婴儿更换尿布，每天为婴儿清洁口腔一次，每天送奶四次，定时定量加喂食品保证婴儿温饱，交班前做好婴儿食具消毒等等。三个月来，她们都严格执行，使产妇产后安心休息，婴儿生活舒适。所以，在这里出生的婴儿没有一个发生过鹅口疮，个个红红胖胖，十分可爱。近两个月来，该科抢救了十多名危重病人，全部安全治愈，病人都感动地称赞该科医生护士给了他们第二次生命。道滘区一位中年妇女患子宫肿瘤，妇科主任龚长锐为她做了子宫切除手术，妇产科护士精心护理了二十多天，她身体恢复很快，住院二十天便出院。她很受感动，对医护人员一再表示感谢！

处处方便病人

东莞市人民医院留医部离门诊部比较远，往往深夜从农村送来的危重病人都直接送到留医部。但病人不知应进那个科，往往内科的去了外科，儿科的去了内科，病人被转来转去，延误诊治，增加病人痛苦。学习李国桥先进事迹后，该院领导决定从今年3月起，在留医部的小门诊室增设夜诊，实行二十四小时诊病。晚上病人一到，夜诊室及时转到病区住院治疗。这样就方便了病人治病，病人都很满意。

市人民医院儿科的医生们，曾怀疑东莞地区有“蚕豆病”（是幼儿病的一种，学名叫G—6 PD缺陷症，群众俗称蚕豆病），过去临床医生一般不敢确诊，都按“新生儿溶血症”来医治。今年，儿科医生学习李国桥“勇于进取，锲而不舍”的精神，决定要准确地确诊这种病，以便对症下药。在他们的建议下，医院化验室积极配合，开展了“高铁血红蛋白还原率测定”，为豆蚕病的确诊提供了科学依据。近两个多月来，儿科确诊了三四十例蚕豆病，并及时采取“蓝光”的“光学治疗”等一系列有效治疗措施，终于使这批病婴治愈出院。

冯章　曾炳泉

冯章、曾炳泉：《一切为了病人——记东莞市人民医院改进医疗作风的事迹》

《南方日报》1986 年 8 月 26 日第 2 版

为人们的健美而辛劳

——访石龙弹簧厂厂长朱旭初

7月初，东莞市举办了全国健美精英邀请赛，来自十多个省市和香港的运动员，试用了“冠军牌”系列健身器材，交口称赞，争相选用。这些器材，是该市石龙弹簧厂生产的。最近，我们访问了三十来岁的厂长朱旭初。

“改革，给祖国大地带来了生机，也给我们企业增添了活力。我们的产品正是在改革中发展的。”朱旭初回顾厂的过程，深有体会地说。

朱旭初于1983年出任厂长。当时，这间街道工厂，位于镇内深街窄巷，只有二百多平方米的简陋厂房，四十名工人，几台破旧设备，生产些小五金用品，年产值二十万元。如今，已迁进了新建的五千多平方米的宽敞厂房，一幢五层的工厂大楼正拔地而起，有了一百三十多工人，一百多台较先进的设备，产品畅销全国二十多个省市，远销海外二十多个国家和地区，产值连年翻番，今年上半年，在电力供应紧缺的情况下，也完成了一百四十多万元产值的任务。

谈到改革，朱旭初说，有科学的态度，才有力量。他刚任厂长时，扩胸器已试产了两年，但销量不大。这是由于产品不对路吗？为了掌握准确的信息，他带着厂的干部到上海、北京、南京、广州等地进行市场调查，了解到人们随着生活的改善，已由只求温饱，转向讲究仪表美，更希望体格强壮，体形健美。群众是需要健身器材的。因此，他下决心发展健身器材生产，增加花色品种，并以生产能够进入家庭的小型健身器材为主。回到厂后，他发动工人出谋献策，并通过香港的亲友，了解海外健身器材的生产动向和款式，设计出具有自己特点和风格的脚踏拉力器和指力器。他们的产品，由于操作方便、价格合理，质量接近国外同类产品的水平，对于锻炼身体，增强体格，很有效果，投入市场后，很受欢迎。工厂的年产值迅速增加，去年增至二百一十多万元。

朱旭初注意到，一个产品在市场上打开了销路，不能就以为大功告成，停留在一个水平上。当产品在市场上供不应求的时候，他很重视提高产品质量。为了保证质量，健全了岗位责任制，实行计件工资，把劳动报酬与产品质量、消耗等经济指标挂钩，从每个生产环节严把质量关。所以，该厂产品质量不断上升，与购进国外的同类产品比较，多项指标超过其标准水平，荣获省优质产品称号。产品包装也被评为全国包装装潢一等奖。他们的产品还被送往香港参加轻工产品展销。

在抓好产品质量的同时，他着力于抓新品种的开发和创新。去年以来，经过反复试验，他们研制成功了国内率先推出的健身臂力器。经国家体委有关部门鉴定，认为这种产品对于锻炼人体的胸、臂、腰、背、腹、腿部的肌肉，确有较好的作用，可使肌肉发达匀称，刚劲饱满，因而被选作一些体育项目的专用训练器材。

朱旭初说，我们在改革中能取得一点成效，并非我个人能力所及，主要是得到上级领导的重视和支持，厂内“一班人”的努力。的确，这个厂有一班“智囊”人物，在开拓中出了大力。今年初，为了扩大生产，解决资金欠缺的问题，大家共同商量，与省煤炭弹簧公司联营，投资九十万元，既从横向联合中增添了企业活力，又为厂的生产发展，开辟了新的广阔的前景。

陈淦林

陈淦林：《为人们的健美而辛劳——访石龙弹簧厂厂长朱旭初》

《南方日报》1986 年 8 月 28 日第 4 版

摘要：报道了东莞石龙弹簧厂在厂长朱旭初的领导下，通过市场调查了解市场动向、设计新款式、重视提高产品质量、着力于抓新产品的开发和创新等举措，打开了市场销路，产品供不应求，远销 20 多个国家和地区。

石龙镇委整党整出新面貌

他们体察民情，接连为群众办了六件实事

本报讯 中共东莞市石龙镇委通过整党，进一步树立为人民服务的思想，为本镇人民办了几件好事。群众高兴地说："党委如今察民情，整党整出新面貌。"

石龙镇是一个具有五百多年历史的古镇。近几年来，随着改革、开放政策的贯彻执行，工农业生产突飞猛进，手中的钱多了。除按规定向国家上缴税利外，镇留成的部分每年有三百多万元。于是，他们致力于发展村镇企业和新城区建设。但是对老百姓的生活，特别是公共福利事业的改善却注意不够。在整党中，群众提了不少意见。镇党委虚心接受群众的批评，不尚空谈，多做实事，为群众解决了六道难题。

——解决用水难问题。今年初，镇委决定集资一百六十万元扩建自来水厂，并购买一台柴油发电机，停电时，水厂就自己发电抽水，做到停电不停水。

——解决行路难问题。石龙镇的旧城区马路破烂，路灯不亮。他们投资二十四万元，疏通下水道，铺上新路面，并用十万元维修路灯，陆续换上新的照明设施，大大方便了群众。

——解决上厕难问题。这个镇原来只有十间公厕，而且布局不合理，随着城镇流动人口的增加，公厕不够用。于是，他们决定新建几间公厕，其中一间已启用。

——解决买菜难问题。石龙镇原来只有两个肉菜市场，部分群众距离市场较远，镇委决定在城镇中心增设两个肉菜市场。

——解决居住难问题。拨款新建一百七十多套住宅房，解决了部分住房困难户和侨房政策的落实问题。另外还采取集资的办法，建设了一批住房。

——解决读书难问题。镇筹款新建一幢中学教学大楼，一幢中学实验大楼，增加课室和实验室十二间，总面积三千平方米。现在小学已普及，初中也基本普及。（陈淦林）

陈淦林：《石龙镇委整党整出新面貌》

《南方日报》1986 年 9 月 2 日第 1 版

东莞成为引人注目的创汇大户

去年创汇逾一亿六千万美元，今年上半年又比去年同期增长82%

据新华社广州9月6日电 （记者杨春南）广东省东莞市成为珠江三角洲经济开放区引人注目的创汇大户。去年，东莞市为国家创汇达一亿六千七百万美元，比1979年增长四倍，今年上半年又比去年同期增长82%。

东莞市外向型经济是从对外加工起步的。1979年以来，他们大力开展“三来一补”业务，发展了近两千家对外加工厂。他们有意识地在对外加工中培养锻炼自己的技术、管理人才，使“三来一补”业务合同期满后，企业能“升级”“自立”。东坑区利用几年对外加工职工培养锻炼的技术力量和管理人才，办了两个联营的制衣厂，从日本、美国、香港等地引进八十年代国际先进水平的成套制衣设备，年产西装三十万套，七成出口，总产值达三千万元。东莞市石碣东文磁带厂原是一间生产录音带的来料加工厂。由于这个厂经营好，讲信誉，外商主动要求合资经营，产品行销美国、加拿大、新加坡等二十多个国家和地区。

东莞市近年来创汇能力增强的另一重要原因，是他们把留成外汇用到技术改造上，用滚雪球的办法不断扩大创汇能力，走“创汇一用汇一创汇”循环之路。

杨春南：《东莞成为引人注目的创汇大户》

《南方日报》1986 年 9 月 7 日第 1 版

东莞新增一米粉厂

本报讯　著名「米粉之乡」东莞市，最近又新增一座年产三千吨米粉的专业厂——东莞市万联食品厂。由于该厂以传统配方与现代技术结合，使所产米粉吸水率低，久煮不烂，晶莹透明，幼滑爽脆，适合多种食法，具备「东莞米粉」所独有的优点，销路顺畅。

（镜光飞）

镜光飞：《东莞新增一米粉厂》

《南方日报》1986 年 9 月 27 日第 2 版

在开放改革前沿阵地上

——记东莞市莞城镇的共产党员

这是珠江三角洲一个九万人口的城镇——东莞市莞城镇。

人们赞叹，改革、开放政策在这里发挥了巨大的威力。更赞叹这里有一支忠实地执行党的方针政策，既锐意改革，勇于创新，又遵纪守法，处处起模范带头作用的党员队伍。

奋起拚搏

去年，在广州秋交会上，一批外商驻足五彩缤纷的工艺品展柜前，久久不肯离去。人们怎么也想不到，这些展品是一间不显眼的莞城工艺厂的产品。这个厂参加广交会的品种共三百二十七个，一次订货金额达三十五万美元。现在，该厂的产品远销美国、英国等三十二个国家，畅销国内六十多个城市。

可是，谁曾想到，1981年这间工厂濒临"死火"。职工们说，救活了工艺厂，卢女立了大功。1981年，卢女走马上任党支部书记、厂长。当时，这家原是生产外销节日彩灯和纸制品的工厂，负债一百四十七万元。全厂四百多名职工中，有三百五十多人闲着。几百双眼睛看着卢女，希望她快点拿出主意。多少个夜晚，她辗转反侧思索着工厂的出路，记不清她多少次同党员和职工商讨对策。经过调查分析，卢女认为室内装饰需要工艺品，国内市场很大。要生产这种工艺品，没有资金怎么办？卢女想到向银行贷款。可是贷款一百三十万，数目可不少。万一出差错，卖了家档也还不起。卢女咬咬牙，决定上。她大刀阔斧地进行整顿。为提高产品质量，增加花色品种，她抓企业管理，对六百多个产品进行成本核算。为打开市场销路，她带人走遍全国东西南北，在全国各地，建立起七十八个销售点。到1984年，该产品销售总额达三百六十万元，占全厂销售总额的六成。卢女还在全厂实行计件工资制度，建立车间独立核算、责任到人的生产责任制，制定了节能少耗、高产优质的奖励条例。她的几板斧使企业恢复了生机。1985年总销售额达八百六十六万元，比上年增长五成。今年5月，卢女被授予全国先进经营管理者的称号，荣获"五一"荣誉勋章。

在莞城，象卢女这样勇于拚搏的共产党员，又何止一人呢？东莞塑料厂党支部书记叶群娣、莞城镇电子厂党支部书记莫锡坤、莞城造纸厂党支部书记黄九、南方饮料厂党员厂长梁立枢、莞城糖果厂党支部书记温金诚、砂炮厂党支部书记黎达、胶花厂党员厂长梁汝权等一批共产党员，他们都是受命于工厂危难之际，凭着对党对人民的赤诚之心，锐意改革，走一条坎坷的创业之路而建功立业。

现在，镇上的六十九家企业，近几年家家盈利。面对这些企业的巨变，人们赞誉带头人的辛勤和智慧，更赞赏他们的拚搏精神。

默默耕耘

莞城镇地处经济开放区，靠近香港，对外加工工厂多，每年创汇不少。如果要抓浮财，搞邪门歪道，可以说是"近水楼台先得月"，发横财的机会很多。

1984年，有些地方热衷于倒卖进口汽车。这股风也刮到了莞城。有两个工厂的领导上门找镇长。镇委给他们的答复很干脆：不行！镇党委明确地提出，商业不但要搞，而且要大搞，但应在政策允许范围内，立足于为工农业生产服务，为群众服务。镇党委鼓励企业搞"前门店、后门厂"，并明文规定：不准贩卖走私货，不准经营无发票的物资……

几年来，虽说送上门来的"肥肉"不少，但他们坚决不"吃"。一个个贩卖走私货的"水客"在这里被拒之于门外，一个个以捐赠为名，实是走私倒卖汽车的不法分子在这里受到抵制。1984年上半年，有人上门洽谈倒卖进口汽车生意。镇党委书记王德恩认为这不符合中央文件的规定，不能做。他没有"拍板成交"，而是大谈利用港商的优势，开展横向联合。就这样，六年来全镇没有一个单位倒卖走私货，各单位接受捐赠的汽车至今仍在原单位自用。

在那些日子里，莞城镇党委"养鸡下蛋"，大搞横向联合，开办企业，引进设备和技术，搞来料加工，开发新产品，把抓实业作为主攻方向，把企业积累起来的资金和外汇，用于引进技术和设备。全镇先后引进了即食面异形粉、软包装饲料、PVC高级涂塑印花墙纸、包装纸箱、注塑机组和高密度薄膜、印刷线路板、金属蚀花等十三条生产线，耗资一千五百万人民币，五百多万美元。就这样，该镇初步形成了一个以轻工、电子、食品加工等工业为主体的，对外加工出口、对内为市场服务的模式，经济每年都有大幅度的增长。

廉洁奉公

六年来，莞城镇六十二个党支部共一千多名党员，未发现贪污、受贿、套汇以及走私贩私等经济犯罪案件。

六年来，全镇直通香港的十九部汽车，每年进出境近五千车次，未发现有不法行为。

有人对此很感兴趣，认为他们一定有什么"秘诀"。但他们的回答很简单："对党员的教育六年如一日。"

有一件事，全镇党员和干部都不会忘记。开放之初，莞城镇有一位党员干部，为了搞好同港商的关系，请港商到家里吃饭。后来，港商酬答了一台三洋牌收录机和一个榨果机。当时，有人认为这是个人私事。但镇委认为，随意接受港商的礼物，可能导致丧失原则，损害集体的利益。这位干部明白过来，把物品交给了组织处理。

那时，有人提出，经济工作要放权松绑，对党员也不必管得那么严了。莞城镇党委却认为，在经济上、体制上，为适应改革、开放的需要，应当大胆放权，该放的要放。但对党员的思想教育不能放松。

从1979年以来，镇党委不间断地对党员进行思想教育，组织党员学习马列，学政策，学党章，每年学五至六个专题，通过健全的组织生活，增强党员的组织观念和党性观念。一天，有人把镇经济发展总公司副经理梁许森请到公司大门外，说是有一笔"大买卖"要谈。原来，此人是来推销走私录像机的，公司每台可赚二千元，另外再给经理本人二百元"茶水钱"。经理毫不犹豫地回答："这种生意见不得人，我们历来不做。"这个人只好无趣地走了。

有个港商在镇雅田玩具厂搞来料加工，要扩大生产，但缺乏厂房，管对外加工的副镇长魏焜铎帮助解决了。这个港商高兴不已，硬是把"红包"塞进了副镇长的口袋。这个港商意想不到，在他返港的时候，这个"红包"又回到自己的手里。

1985年3月，九龙海关在该镇召开对外加工监管工作现场会，表扬莞城镇为名副其实的"三无"（无走私、无漏税、无瞒骗海关）地区，是信得过的单位。

本报通讯员 蓝超仪

蓝超仪：《在开放改革前沿阵地上——记东莞市莞城镇的共产党员》

《南方日报》1986 年 9 月 30 日第 2 版

摘要：报道了东莞市莞城镇党员队伍奋起拼搏、默默耕耘、廉洁奉公的模范事迹。莞城工艺厂党支部书记、厂长卢女勇于拼搏，狠抓管理和销售，带领企业扭亏为赢，荣获"五一"劳动勋章；在众多党员干部的领导下，镇上 69 家企业家家盈利；镇党委严守法纪，拒绝倒卖走私货发展经济，而是通过把抓实业让经济每年都有大幅增长；镇党委不间断地对党员进行思想教育，增强党员的组织观念和党性观念，全镇党员廉洁奉公，6 年来，全镇未发生一起贪污、受贿、走私贩私等经济案件。

本报讯

创造宽松环境　自觉接受监督

石碣区委健全民主集中制

东莞市石碣区党委坚持民主集中制，造成宽松的环境，自觉接受群众监督。

石碣区党委凡遇重大问题，都开党委会讨论决定。党委书记叶炳基是参党较早的老同志，他讨论问题时不急于表态，不“一锤定音”，尤其注意多让新上来的年青同志发表意见。去年，区党委计划花四十万元在区公所旁边建一座公园，美化环境，活跃文化生活。消息传开后，群众议论纷纷，大多数群众认为，眼下正是发展生产需要资金的时候，应把钱用在骨节眼上，建公园的事可放一放。叶炳基觉得群众的意见有道理，经党委会复议后，把这笔钱放在发展区乡企业和扶持群众发展水果生产上。

石碣区党委坚持按党的民主集中制原则办事，把自己置于群众的监督之下，加强了自身的思想作风建设。几年来，石碣区区委九名成员都一心一意扑在发展集体经济上。在区党委“一班人”的带动下，全区一百六十多名区乡干部和八百九十名党员，1983年以来没有一人受过党纪政纪处分，一百五十多间区乡企业，没有出现一宗走私贩私、非法经营、投机倒把等违法犯罪案件，受到群众好评。

（劳文浩、宋洪耀）

劳文浩、宋洪耀：《创造宽松环境　自觉接受监督　石碣区委健全民主集中制》

《南方日报》1986 年 10 月 28 日第 2 版

让东莞经验之花红遍墙内墙外
惠阳地区造林种果热火朝天

本报讯 （记者谭子健、通讯员陈书宏）如何做到“墙内开花墙内红”？惠阳地委、行署加强领导，采取措施，使东莞市种果致富经验在惠阳地区迅速开花结果。

党的十一届三中全会以后，东莞林果业很快由传统的副业上升为新崛起的产业，1985年全市仅水果一项人均收入便达二百一十四元。然而，惠阳地区具有同等条件的一些县，农民种果仍未摆脱自然经济状态，未形成批量生产，商品率不高，没有规模效益。

为了摆脱这种小农经济的生产方式，惠阳地委、行署多次在区以上干部会议中认真总结推广东莞发展批量水果商品生产，取得规模效益的经验。去年11月，地委、行署又在东莞召开农业资源开发会议，组织区委书记到东莞黄江、大岭山、东坑等地参观种果现场。接着，又组织大批乡、村干部和专业户到东莞参观果场，开拓视野，提高大家致富的积极性，摆脱小生产思想的束缚。

在发动、组织群众种果的同时，惠阳地区注意抓好水果生产的产前、产中、产后的服务工作。地区和各县、市都成立了水果发展服务公司，许多区、乡也设立了水果技术服务小组，初步形成了全区性的技术服务网络。去冬以来，全区举办各类水果技术培训班八百二十九期，培训人数达七万六千多人，平均每个区受训二百八十四人次。同时印发水果栽培、管理技术资料一万八千份。水果新区还从外地聘请了农民技术员一百五十三人，指导农民种果。全区去冬以来，新种各种水果五十万亩。

今年8月份全省在东莞召开县、市委书记会议以后，惠阳地区各级干部和群众更加坚定了发展林果商品生产的决心，着手备好果苗，整地挖穴。地区决定投资八十万元，设立八个水果研究所和三个种苗检疫站，加强对优稀水果品种的研究和检疫，以确保全区水果生产的健康发展。

谭子健、陈书宏：《让东莞经验之花红遍墙内墙外　惠阳地区造林种果热火朝天》

《南方日报》1986 年 10 月 31 日第 1 版

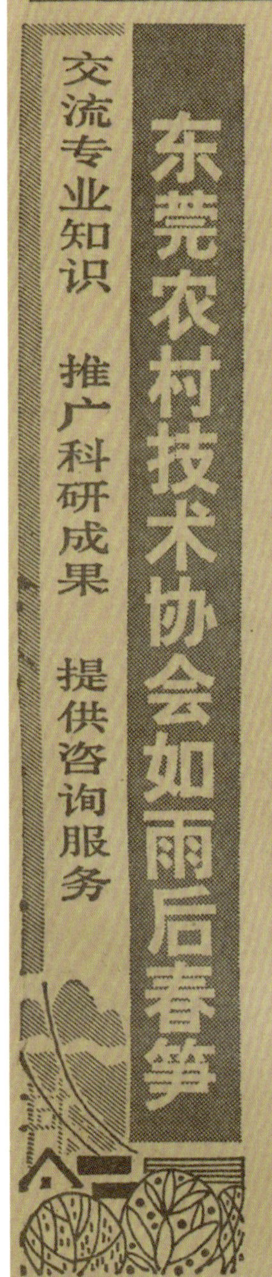

交流专业知识　推广科研成果　提供咨询服务

东莞农村技术协会如雨后春笋

各种专业技术研究会、协会发展到一百一十多个，拥有会员一千七百多人

本报讯　随着农村商品生产的发展，东莞农民对科学技术的要求越来越迫切，农民纷纷组织的各种专业技术研究会、协会应运而生。据统计，全市工农业生产的各种专业技术研究会、协会已发展到一百一十一个，会员有一千七百八十三人。

这些技术协会活动形式多样：定期组织会员学习、交流农科专业技术知识；开展农科试验，组织观摩，交流经验；采取走出去，请进来的办法学习和推广外地新技术新成果；为当地农民提供技术咨询服务。这些技术协会在农业生产中发挥了较好的作用，主要表现在以下四个方面：

第一，有效地提高会员和农民群众的科技知识水平。如黄江区水稻技术研究会组织会员开展对六十八个水稻品比试验，从中引进推广了八个新优质稻品种，全区去年晚造这八个良种的种植面积占晚稻总面积的五成。

第二，各种专业技术协会为区、乡培养出一批掌握一技之长的土专家，使他们成了靠科技知识发展商品生产的带头人。如谢岗区谢岗乡水果技术协会的十七名会员都是青壮年人，他们学科学，用科学，成为区、乡发展水果的榜样户。他们种下的三百多亩水果成了全乡的水果示范树，从而推动了全乡水果的发展。

第三，有的专业技术协会办起了科技、咨询、流通一体化的咨询服务经济实体，为群众提供了各种社会化服务，受到群众欢迎。

第四，各种专业技术协会作为分散在基层的群众科普组织，经常开展活动，使科普工作真正做到面向基层、面向群众、面向生产。　　（冯章）

冯章：《交流专业知识　推广科研成果　提供咨询服务　东莞农村技术协会如雨后春笋》

《南方日报》1986 年 11 月 5 日第 1 版

经商有道信誉高　客似云来购销旺

东莞市运河商场今年人平销售额突破十二万元，名列全省前茅

本报讯　（记者吴玲）曾不大引人注目的东莞市运河商场在腾飞。去年，它的营业额比前年翻了一番。今年，商界一股淡风，它的营业额却以54％的增长幅度保持旺销势头，到11月为止，人平销售额突破十二万元，引起全省同行的瞩目。运河商场的成功经验是什么？经理黎荣照深有体会地说，做生意最重要是讲商业职业道德，尤其要做到买卖公平，服务周到。这样，顾客就乐意光顾，生意也就兴隆。

运河商场十分重视维护消费者的利益，并从买卖公平，把好商品售价关做起。为此，商场设立了“物价检查小组”，制订了具体的物价检查、奖罚等管理制度，每月由领导抽查各专柜和批发部的商品格价一至两次。为了确保顾客利益，商场规定，凡购买价值三元以上的商品，如有高出本市国营商业系统同类商品价格的，要把差价退回顾客。不久前，有位顾客在商场购买了一个煤油气炉，后发现价格比市五金门市部的售价高出三元多。售货员获悉后，除了如数退还差价外，还认真核准了其他商品价格。运河商场这一着，受到顾客的广泛好评。

运河商场还注意把好商品的质量关，使顾客购物有一种安全感。凡是无厂名、无产地的商品，质量不合格的商品，无售后“三包”的高档耐用商品，他们概不购进和出售。某县有间皮鞋厂，制作的女凉鞋款式新颖，颇有销路。前段该厂由于只求凉鞋外观漂亮不讲质量，被称为“礼拜鞋”（只穿一周便坏），顾客意见很大。商场当即采取措施，停止进货。

以往，对已售出的商品，有如“过了海就是神仙”，这就损害了消费者的利益。现在商场十分注意做好售后服务，包括商品售后的维修和合理退换。有一次，东莞市附城区有两位农民到商场购买棉胎，使用没几天，棉胎就破了个洞。他俩抱着试试看的心情向售货员反映了这一情况，柜长听后，核实了确是质量不好，第二天便亲自把新棉胎送上门，进行调换，顾客感动极了。

为了沟通买卖双方的关系，更好地揣测顾客的购物心理，商场专门设立星期天“经理接待日”，由经理亲自接待顾客，听取群众意见，帮助顾客解决购买商品时碰到的各种问题和特殊需要。为了使更多的人知道消费者的意见，商场内还设有《消费者来信专栏》，专门刊登顾客对商场经营管理、商品价格、服务质量、店容店貌以及环境卫生等方面的意见和建议。今年3月，商场举办了一次“征询建议”有奖活动，共收到顾客来信五百多封。这些来信，不仅促进了商场改进经营和服务工作，而且密切了商场同广大消费者之间的关系。

吴玲：《经商有道信誉高　客似云来购销旺　东莞市运河商场今年人平销售额突破十二万元，名列全省前茅》

《南方日报》1986 年 12 月 8 日第 1 版

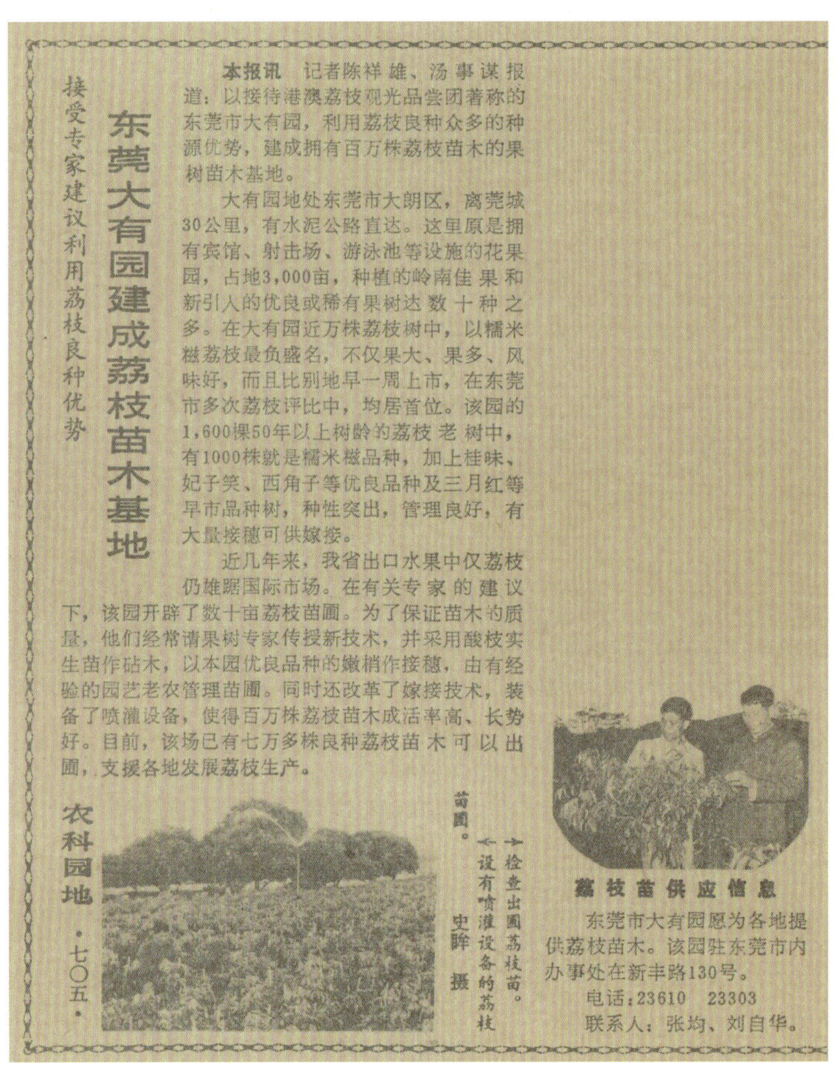

接受专家建议利用荔枝良种优势

东莞大有园建成荔枝苗木基地

本报讯 记者陈祥雄、汤事谋报道：以接待港澳荔枝观光品尝团著称的东莞市大有园，利用荔枝良种众多的种源优势，建成拥有百万株荔枝苗木的果树苗木基地。

大有园地处东莞市大朗区，离莞城30公里，有水泥公路直达。这里原是拥有宾馆、射击场、游泳池等设施的花果园，占地3,000亩，种植的岭南佳果和新引入的优良或稀有果树达数十种之多。在大有园近万株荔枝树中，以糯米糍荔枝最负盛名，不仅果大、果多、风味好，而且比别地早一周上市，在东莞市多次荔枝评比中，均居首位。该园的1,600棵50年以上树龄的荔枝老树中，有1000株就是糯米糍品种，加上桂味、妃子笑、西角子等优良品种及三月红等早市品种树，种性突出，管理良好，有大量接穗可供嫁接。

近几年来，我省出口水果中仅荔枝仍雄踞国际市场。在有关专家的建议下，该园开辟了数十亩荔枝苗圃。为了保证苗木的质量，他们经常请果树专家传授新技术，并采用酸枝实生苗作砧木，以本园优良品种的嫩梢作接穗，由有经验的园艺老农管理苗圃。同时还改革了嫁接技术，装备了喷灌设备，使得百万株荔枝苗木成活率高、长势好。目前，该场已有七万多株良种荔枝苗木可以出圃，支援各地发展荔枝生产。

→检查出圃荔枝苗。

←设有喷灌设备的荔枝苗圃。

史眸 摄

荔枝苗供应信息

东莞市大有园愿为各地提供荔枝苗木。该园驻东莞市内办事处在新丰路130号。

电话：23610 23303

联系人：张均、刘自华。

农科园地 ·七〇五·

陈祥雄、汤事谋：《接受专家建议利用荔枝良种优势 东莞大有园建成荔枝苗木基地》

《南方日报》1986 年 12 月 8 日第 2 版

东莞市樟木头区寓政治思想教育于日常生活之中，成为了——

外来劳力的「第二故乡」

本报讯 东莞市樟木头区把加强外来劳力的政治思想教育，作为精神文明建设的一项重要内容来抓，收到了很好的效果。不少外来职工以厂为家，把当地作为“第二故乡”。

近几年来，该区区乡企业发展较快，先后办起一百一十八家企业，职工人数达八千六百三十五人，其中从外县外省招收来约占75％。加上外地来的建筑队、承包种菜种果和代耕田的农民及其子女，全区现有外来人员一万零六百七十六人。区委认为，这些外来劳动力95％以上是年青人，思想单纯，在经济建设中是一支可以发挥的力量。区委从招收外来劳力之日起，就注意加强对他们的思想教育，关心他们的生活。

该区首先是建立起一支政治思想工作队伍，健全各项制度，做到区、乡、村以及每个企业都有人抓政治思想工作，女工多的厂还配有妇女干部。目前全区这支队伍有一百九十二人，他们抓党团组织生活，坚持“三会一课”，还组织外来劳力开展文体活动并在各厂设有宣传阵地，办好食堂，管好集体宿舍等几项制度，实行定期检查评比。其次，是采取灵活多样的教育方法，开展理想道德、法制纪律和文化技术的教育。区委考虑到这些职工接受新事物比较快，在教育中坚持以疏导为主。组织他们开展征文、诗歌朗诵比赛；参观虎门鸦片战争古战场和林则徐纪念馆；开展“争当文明职工”、“争当出勤齐、创高产的好职工”等活动，同时办好广播、黑板报、宣传栏等。此外，该区还从精神上物质上关心外来劳力，寓政治思想教育于日常生活之中。这些外地来的年青人到工厂后，容易产生孤独感、陌生感和作客思想。区委便经常督促各企业单位要关心他们的生活。几年来全区共投资二百零五万元兴建职工宿舍三万三千多平方米。平均每个外来职工有五平方米。双职工有小孩的还安排一个房间。职工食堂做到饭热菜香，冬天有热水洗澡洗脸，信件有专人派送，春节放假还代外来职工购回家探亲的车船票。为了丰富职工的业余生活，各厂都设有电视机供外来职工看电视，并经常组织他们开展各种球类比赛，举办歌舞音乐晚会等。

由于该区重视做好外来劳力的思想教育，绝大多数外来职工安心工作，积极向上，不少人成为生产能手和企业骨干。目前，全区外来职工被定为师傅的有三十五人，吸收当工厂管理人员的有三十三人，行政人员的有十九人。这些外来劳力在生产中发挥了积极作用，使该区工农业生产有了较大发展。（冯章）

冯章：《东莞市樟木头区寓政治思想教育于日常生活之中，成为了——外来劳力的“第二故乡”》

《南方日报》1986 年 12 月 13 日第 1 版

东莞市今年水果又获丰收

省果树研究所立了功

市委市府领导特登门向水果专家致谢

本报讯 东莞市今年水果又获丰收。最近，市委、市府领导同志到省农科院果树研究所，感谢水果专家们十一年来对东莞发展生产的大力支持和帮助。据统计，今年该市水果总产达二亿七千三百四十五万公斤，比去年增长44.4%，其中橙柑桔六千七百万公斤，比去年增长106%；香蕉一亿七千九百五十万公斤，比去年增长34%。全市水果总收入达三亿一千二百万元，比去年增长53.3%。

早在1976年，省果树研究所就开始支持东莞发展南方水果。他们为东莞培养了四十四名橙柑桔栽培技术人员，现在大部分已成了东莞橙柑生产的技术骨干。以后他们又长期派出专家、老师到东莞直接向区乡干部和果农讲授水果栽培技术课，在黄江、东坑、寮步、常平、附城等区办点，亲自搞水果栽培技术的样板。副所长黄淑蓉，专家周兰荪、甘廉生、冼星彩、傅玲娟、李丰年、李剑书等都成了东莞水果主产区的常客，经常深入果园，具体指导农民种果。在该所的帮助下，东莞市已有近千名农民成了水果栽培的土专家。

目前，东莞农民不仅普遍掌握了各种南方水果的栽培技术，而且还输出技术支援兄弟县区。东莞市许多区乡干部和果农，手捧丰收的黄澄澄的椪柑、蕉柑、甜橙，都异口同声地称赞："省果树研究所立了功"。 （冯 章）

冯章：《东莞市今年水果又获丰收　省果树研究所立了功》

《南方日报》1986 年 12 月 15 日第 1 版

南方日报

1987年

华辉银兔　润满香江

东莞烟花年初二晚将在香港大放异彩

今年香港举行的农历新年烟花汇演，是由华润（集团）有限公司赞助，市政局协办的，燃发的烟花全部是广东东莞市出产的。据悉，这次汇演的总题目是“华辉银兔，润满香江”。这是以华润公司的“华润”两字为冠首，燃发的时间定于本月30日（年初二）晚上。

烟花汇演将以“普天同庆贺新春”、“红灯贺岁”两组烟花为序幕。接着，上半场以题为“玲珑彩珠唱夜城”，包括“瑞雪丰年”、“春色满园”、“轻歌漫舞庆升平”、“百万金圆”、“花开富贵”五个组次进行燃发。在下半场又以题为“宝石明珠耀香港”，包括“香港风情画”、“彩虹世界”、“太空遨游”、“锦上添花”、“家家欢乐庆团圆”、“游龙戏珠”、“百鸟朝凤”、“梦幻乐园”八个组次进行燃发。最后，在题为“烟红珠雨临香江”的尾声中，燃发“迎春接福”、“吉星高照”、“前程万里”三组大型烟花为结束。

香港德信行副总经理李仲贤及烟花汇演技术顾问毛浩辑等，日前在太空馆举行记者招待会，介绍了春节中国烟花汇演的详情。

《华辉银兔　润满香江　东莞烟花年初二晚将在香港大放异彩》

《南方日报》1987年1月4日第2版

东莞盆桔货多价高

本报讯 新年伊始，东莞市的胭脂桔、四季桔等盆桔大量上市。一是货多。除本市林果场有二万盆提供市场外，顺德县果农有近十万盆涌向东莞市内的莞城、石龙、虎门、常平、厚街、万江等墟镇。二是优质。树高、果多。三是售价高。每盆售价在十至五十元之间，有的超过一百元。市民望桔兴叹，买者不多，因而销路呆滞。

（陈镜坤）

陈镜坤：《东莞盆桔货多价高》

《南方日报》1987 年 1 月 16 日第 2 版

「沉缸旧酒」恢复生产

本报讯 在六十年代饮誉珠江三角洲的「虎门牌沉缸旧酒」已由东莞市太平酒厂恢复生产上市，目前月产量达十一万六千支。沉缸旧酒采用大米、黄豆、桂枝、桂皮、桂叶等加上著名的虎山矿泉水酿制而成，具有清澈透明、豉香纯正、醇厚绵甜的特点，特别为广州和珠江三角洲群众所喜爱。（袁治平）

袁治平：《“沉缸旧酒”恢复生产》

《南方日报》1987 年 1 月 18 日第 2 版

东莞市横沥区发展多边联合

吸引外地智力　提高干部素质

本报讯　兔年伊始，一批港商赶来东莞市横沥区洽谈投资办厂事宜。他们说："这里有会管理，善经营的人，与他们合作，我们信得过"。

横沥区一批"信得过"的企业管理者，是在改革的实践中，不断提高素质，逐步完善自己的。近年来，随着开放改革，搞活经济政策的实施，位于铁路广深线边的横沥区起了很大变化。其中一个突出的变化是：乡镇企业发展迅速，一批从没搞过工业的干部变成企业管理者；一大批农民当上了工人、服务员等。在一百三十多个企业中，有一些是与港商合资办的厂，有的是来料加工。怎样适应这种变化？该区领导认为，在激烈的市场竞争中，任何企业都面临优胜劣汰的考验；企业管理者要想使自己的企业立于不败之地，就要有搞活企业、驾驭市场的真本领。为了做到这一点，区领导一方面为企业管理者提供施展拳脚的机会和条件；另方面积极发展多边联合，吸引外地智力，提高干部队伍的素质。他们开出讲课题目，邀请广州地区高校、科研单位的专家前来办专题讲座，开设了"管理心理"、"公共关系"、"教育宣传心理"等专题。此外，还采取"送出去"的办法，让一些有志于成为企业家的中青年人到大、中专学校进修。

开发智力有效地促进了本地经济的发展。"信得过"的人办出了"信得过"的企业。目前，这个区已建立外向型商品经济占主导地位的出口商品基地，港澳同胞投资兴办的工厂，就有针织、电子、塑料等三十八间。去年全区工业总产值达四千三百多万元，出口创汇比前年增长24%。区办的水泥厂在获得1986年优胜企业奖后，坚持把狠抓产品质量放在首位，产品供不应求。毛织一厂年创汇上千万港元，新办的橡塑厂日产七千多对沙滩鞋，产品全部出口，年创汇近千万港元。这里出产的耐火砖、白泥粉成为优质工业材料，武钢、广钢和石湾的厂家指定要这里的产品。　　（朱东）

朱东：《东莞市横沥区发展多边联合　吸引外地智力　提高干部素质》

《南方日报》1987 年 1 月 22 日第 2 版

东莞糖厂向全市输送「光明」

本报讯 东莞糖厂一套一万二千千瓦汽轮发电机组于二十三日建成，正式投产并网输电。每年在电站枯水期的六个月内，可向东莞市供电近四千万度。（冯章）

冯章：《东莞糖厂向全市输送“光明”》

《南方日报》1987年1月26日第1版

东莞二轻建成大批外向型企业

去年创汇达一千五百多万美元

本报讯 东莞市二轻系统建成大批外向型企业。现在，全系统有半数以上企业有产品出口，已建立五个年创汇百万美元的基地，去年共创汇一千五百多万美元。

东莞市发展“三来一补”业务较早，近几年来，一批从事“三来一补”的企业与外商签订的合约期限陆续届满。他们利用赚下的生产设备和学到的技术，逐步转为自营企业，成为创汇的重要力量。如东莞红木家具厂，清理了引进设备时的二百万美元债务之后，自己生产高档红木家具出口美国、加拿大等地，去年创汇六十多万美元。东莞市还注意发挥名牌产品的优势，大量组织名优产品出口。“孔雀牌”米粉在海外销路畅旺，他们就改造设备，扩大生产能力，使出口量大大增加，去年共创汇二百多万美元。传统产品石龙麦芽糖，在改进生产工艺，提高质量之后，去年出口量达到三百吨。一些过去没有产品出口的企业，近年来也努力向外向型企业转变。如东莞纸厂引进设备之后，生产的瓦楞纸已进入国际市场，成为年创汇百万美元的基地之一。去年，“三来一补”业务又有新发展，共引进五百五十多台（套）设备，生产六十多种产品。石龙通达工业公司引进设备生产运动衣、电子元件、玩具、不锈钢餐具等，年收入工缴费五百多万港元。（陈淦林、陈朋志）

陈淦林、陈朋志：《东莞二轻建成大批外向型企业》

《南方日报》1987年1月26日第2版

东莞高架桥通车

本报讯 座落在广深公路莞城路段的高架桥已经建成，并与东莞大桥联成一体，定于今日正式通车。

这座高架桥全长六百零六点九二米，桥面宽十点五米。（冯章）

冯章：《东莞高架桥通车》

《南方日报》1987 年 1 月 27 日第 1 版

东莞草莓鲜果应节

本报讯 由东莞市综合开发服务公司生产的草莓鲜果，个大色艳味浓郁，现已大批量上市，很受宾馆、酒家欢迎，前天广州花园酒店一次进货六十二公斤，很快销售一空。草莓是国际著名的高档水果，港人称「士多啤里」，营养丰富，风味独特，在香港每磅售价高达一百港元。（史眸）

史眸：《东莞草莓鲜果应节》

《南方日报》1987 年 1 月 28 日第 2 版

锐意改革　以新取胜

万江烟花炮竹厂烟花销往六十多个国家和地区

本报讯　东莞市万江烟花炮竹厂锐意改革，以新取胜，产品畅销于六十多个国家和地区，最近被评为广东省开拓型的乡镇企业。

万江烟花炮竹厂是五十年代兴办的外向型企业。近几年，烟花在国内外市场竞争激烈，为了提高产品竞争能力，该厂建立了一支二十三人的质量检查队伍，加强质量管理，每批成品必须经过厂和车间质检员抽查试放（燃放），符合质量要求的才准出厂，产品的正品率达到98%以上，并涌现一批优质产品。例如，“银燕”、“魔术手枪”1982年获国家轻工部优质奖，“奔月花”1985年获全国乡镇企业总局优质奖，“百发组合魔术弹”去年被省工艺美术品进出口公司评为第一名。

烟花是娱乐品，要不断推陈出新，才能赢得顾客。万江烟花炮竹厂在竞争中，特别重视研制新产品，建立了一支十多人的科研技术队伍，设立创新奖，使烟花品种不断增加，已有八十多种烟花、一百多种炮竹。目前，该厂已成为有近千工人的工厂，烟花炮竹年产值达一千六百多万元。

（冯章）

冯章：《锐意改革　以新取胜　万江烟花炮竹厂烟花销往六十多个国家和地区》

《南方日报》1987 年 1 月 28 日第 2 版

东莞创汇居全省之冠

去年达二亿二千多万美元，比历史最高水平增长三成

本报讯 1986年，东莞市为国家创汇二亿二千零五十七万美元，比历史最高的1985年增长30.4%，居全省县（市）级之冠。

东莞去年外贸出口创汇大，主要是认真贯彻贸工农方针，大力发展出口产品生产。一方面，他们挖掘大宗传统出口产品的潜力，发挥其出口创汇的主导作用。这些出口产品主要有炮竹、烟花、排米粉、优质大米、蔬菜、三鸟、腊味、荔枝、草织品等，占全市外贸出口创汇总额的三分之一以上。另一方面，他们改变商品结构，努力发展新的大宗出口产品。根据国际市场的需要，重点发展新兴的、适销对路的产品，如人造花、玩具、鞋类、红木家具、各种箱包袋等十九个新产品，去年收汇总值达一千六百九十四万美元。此外，纺织品、服装等，去年出口创汇也达一千二百多万美元。

东莞市在抓好外贸出口的同时，还巩固发展“三来一补”企业，并积极引进外资，发展“三资”企业。去年全市“三来一补”新签协议五百五十九宗，几年来共投产一千六百七十一宗，收入工缴费五千九百多万美元。去年“三资”项目签订协议五十六宗，目前已投产八十三宗，去年创汇一千多万美元。

（冯章）

冯章：《东莞创汇居全省之冠》

《南方日报》1987 年 1 月 31 日第 1 版

东莞市群众求知欲强

去年人均购图书6.6册，科学技术、法律知识等书籍最抢手

本报讯 东莞市群众求知的欲望显著增强。去年，市新华书店销售图书800多万册，按全市人口平均计，每人购书6.6册；销售额超过300万元，创历史最高水平。

售出的图书中，以科学技术、思想修养、自学成才、法律知识等方面的书籍最多。一年来，出售科学技术书籍39万多册，其中以介绍橙柑桔种植技术的书籍最"抢手"，进多少，卖多少，经常脱销，大有"洛阳纸贵"之势。法律书籍也备受欢迎。

由于广大家长对子女教育越来越重视，舍得进行智力投资，学生课外读物销量激增，占图书销售总量30%。仅《新华字典》一书就销售了2万多册，比上年增加了1.5万册。印刷精美的少儿读物，更受家长的青睐。有一种繁简汉字、拼音和英文相对照的儿童识字卡，2.5元一套，书店多次进货，连出版社的"仓底"也清了，共买人8000多套，每次都在短期内销售一空。

（莞报）

莞报：《东莞市群众求知欲强》

《南方日报》1987年2月8日第2版

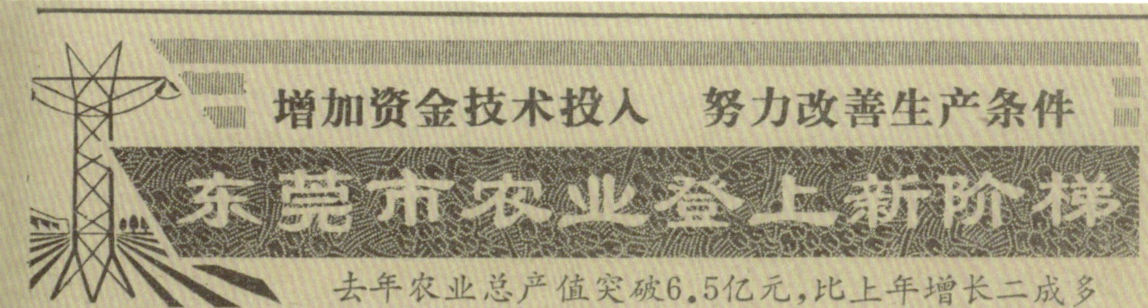

增加资金技术投入　努力改善生产条件

东莞市农业登上新阶梯

去年农业总产值突破6.5亿元，比上年增长二成多

本报讯　（通讯员冯章）东莞市重视发展农业，从资金、技术上增加对农业的投入，使农业发展建立在更加稳固的基础上。去年全市农业投资达5000多万元，农业总产值首次突破6.5亿元，比上一年增长24.07%。

这个市对农业着重从三个方面增加投入：

首先，大力兴修水利，打好农业基础。针对水利设施老化和旱坡地灌溉设施不完善的状况，前年冬至去年春，全市投放水利建设资金达1000万元。去冬今春，又投入2000万元。两个冬春，共完成新建、加固、维修配套的水利工程1995宗，新增加旱坡地灌溉面积近5万亩。去年，虽然多次遭受台风暴雨袭击和秋旱，但农业生产基本上没有造成严重损失。

第二，增加粮食生产的投入，着力于提高粮食单产。去年全市投放资金50多万元，用于水稻科学种植，引进水稻良种。近年来，共引进新良种二三十个。在水稻栽培上，推广配方施肥、水稻施氮计算器应用技术和使用高效低毒除草剂，是全国使用除草剂数量最多的县份之一。同时，引进试种澳大利亚坡地绿肥种子125公斤，恢复冬种紫云英；实行水稻低群体栽培法。这样，去年全市稻谷亩产首次达到755.5公斤。

第三，增加多种经营的投入。去年区乡村和群众投放于开发旱坡地和荒山荒地种果的资金达2000多万元，市、区、乡层层办林果技术培训班。全市用于畜牧业的投资249万元，水产业投资459万元，主要发展瘦肉型猪场和优质水产品种的繁育。

今年，为了实现农业总产值增长13%的计划，该市各级除继续投资兴修水利外，还计划投资4001万元搞开发性种果，不少区乡继续加强粮食生产的投入。长安区为了保证早造7成面积推广尼龙薄膜育秧，从区乡企业利润提取30万元作为尼龙育秧的补贴。

冯章：《增加资金技术投入　努力改善生产条件　东莞市农业登上新阶梯》

《南方日报》1987 年 2 月 10 日第 1 版

游石龙中山公园盆景园

缩龙成寸夺天工

在东莞市石龙镇中山公园内，有个近2000多平方米的盆景园，园中摆设着竹、松、榆、茶、香、梅、桔、杨、榕等70多个品种的1000多盆盆景，以其师法自然，造型逼真的神韵，展出1年多时间便吸引了上万的国内外游客。

盆景，是我国的传统艺术，它有1300多年的历史，人们誉之为“无声的诗，立体的画”。这里的盆景，尽显岭南派之艺术风格，是镇内的盆景爱好者，经数十载的苦心栽培，送来参展的珍品。这里的盆景应有尽有，确是巧夺天工，小镇有此之盆景艺术，令人叹为观止。

在一盆造型怪异的黄杨盆景前，镇盆景协会负责人杨创容介绍说，这盆景按“清、奇、古、怪”四法制作，而突出显示了一个“怪”字，它盘根露头，令人不禁联想起桂林胜景芦笛岩中的钟乳幔帐，回味无穷。

一盆附石式的满天星，宛如华山之巅，苍劲傲雪。是石龙火柴厂退休工人岑添的佳作。岑添40年来，沉醉于盆景艺术，冬去春来，积聚了不少作品，除送往园中参展外，家中尚有盆景百余盆。

在园中，游人接踵而来，却没有喧哗，显得那么宁静而幽雅。人们心旷神怡，领略着“缩名山大川为袖珍，移古树奇花作室景”的艺术。

陈淦林

旅游顾问

陈淦林：《游石龙中山公园盆景园　缩龙成寸夺天工》

《南方日报》1987 年 2 月 22 日第 2 版

理想是引人奋发向上的动力

——石龙螺钉厂开展理想教育纪略

东莞市石龙螺钉厂是一间有200多名职工的工厂。去年初以来，厂里加强和改进思想政治工作，对职工进行了生动活泼的理想教育，使职工的精神面貌发生了显著变化。在他们中间，讲理想、讲奉献、守纪律、努力拚搏、助人为乐、爱厂如家的风气正在形成，新人新事不断涌现。

前几年，厂里也进行过理想教育，但效果不明显。有的职工说："理想理想，有钱就想"，"前途前途，有钱就图"。这种"一切向钱看"的思想，影响着一些职工在厂里干活的积极性，有的甚至要"跳槽"。厂领导研究了这种状况，深感改进思想政治工作的必要。于是，他们注意采取疏导的方针，用民主讨论的方法，让职工自我教育。这样做，取得了较好的效果。

就说开展"金钱与理想"讨论这一活动吧。起初，有些职工说："金钱是理想的支柱。"这个说法对不对？厂里以此作为中心议题，让大家畅所欲言，各抒己见，展开讨论，先后办了7期讨论专栏，刊登50多篇文章。几个月里，理想、金钱成了职工们议论的主要话题，在办公室、车间、墙报栏前乃至家庭，都可以看到谈理想、论金钱的场面。

在开展这场讨论中，厂领导运用平凡工作中的典型事例，启发、引导大家认识树立理想的重要意义。冷墩工序女工陈连带，在前年开展社会主义劳动竞赛中，不怕吃亏，勇挑重担，关心集体，乐于奉献，成倍地超额完成全年生产任务，产品合格率达99.2%，节约原材料价值近3万元。通过对她和其他生产标兵在平凡岗位上积极进取，发扬主人翁精神的事迹的介绍和表彰，使职工们受到了教育，认识到，生活要改善，理想不可无，理想是引人奋发向上的动力。

与此同时，厂领导还利用反面典型，引导职工们要正确认识理想和金钱的关系。有个离厂多年的青年工人，由于把金钱看得过重，觉得靠工资收入发不了财，自动辞职出厂，进行长途贩私活动，结果触犯刑律，锒铛入狱。有个职工看钱不看人，为了索取200元现款和一套西装，招留一个四出行骗的人。后来，行骗者被公安机关拘捕，这个职工所索取的钱物也被没收。通过对这些事例的分析，大家深刻认识到，人生没有理想，不但生活没有意义，而且还有迷失方向的可能。

经过摆事实，讲道理，是非越辩越明。许多职工既肯定金钱在生活中的作用，但又指出金钱并非"理想的支柱"，我们不能被金钱腐蚀自己的灵魂，而应做一个有崇高理想的人。职工刘植德有较全面的冷墩工艺生产技术。社会上有人以高薪拉他出厂。他觉得人生不能只重金钱，湮没理想，于是婉言拒绝。他成功改造了旧式双击冷墩机，使生产效率提高38.8%。

为了巩固理想教育的成果，去年6月，厂里还专门举办了有奖测验活动。根据理想教育的内容，编成15道测验题，印发给职工讨论。从厂长、管理人员到生产工人，共有120人参加测验，除1人不合格外，其余成绩良好。

理想教育，使职工们提高了振兴企业的积极性。有位女工，过去比较散漫，现在不但每月出全勤，而且在去年六、七、八三个月内产品产量和质量连续获得车间第一名。去年全厂生产获得大幅度的上升。

陈淦林

陈淦林：《理想是引人奋发向上的动力——石龙螺钉厂开展理想教育纪略》

《南方日报》1987 年 2 月 28 日第 3 版

摘要：报道了东莞市石龙螺钉厂加强和改进思想政治工作，对职工进行了生动活泼的理想教育。厂领导注意采取疏导的方针，用民主讨论的方法，让大家畅所欲言，展开讨论。又运用平凡工作中的典型事例，引导大家认识树立理想的重要意义，还用反面典型，引导职工要正确认识理想与金钱的关系。理想教育使职工提高了振兴企业的积极性，他们的精神面貌发生了显著变化。

一年四季种植　一年四季销售

东莞香蕉源源北上

去年销往北方的香蕉占总产量七成多

本报讯 （通讯员冯章）东莞市为了适应市场需要，实行香蕉一年四季种植、四季销售，近四年间，香蕉面积和产量均增加4倍多。去年香蕉种植面积171168亩，总产量2.104亿公斤，畅销全国。其中，销往北方的占总产的七成多。

东莞香蕉驰名国内外。但是，冬春寒冷季节，香蕉果生长期易被霜雪冻坏。为了保证一年四季有香蕉供应北方，他们普遍推广香蕉果套尼龙薄膜袋防寒的方法。去冬今春，全市香蕉套袋防寒面积占总面积的80%，使香蕉安全越冬。这样，改变了过去香蕉有八九成集中在中秋节前后收获，造成运输、保鲜困难的状况。去年上半年（淡季），全市香蕉共收成6700万公斤，占全年总产的近三分之一。麻涌区去冬今春每月都收获香蕉500多万公斤，占年产量的10%。该区的南北公司，去年平均每月北运香蕉42万公斤，今年一月则已北运香蕉75万公斤，二月超过90万公斤。

香蕉要远途运输到我国东北、华北、华东、西北等地区，在盛夏容易受高温影响而腐烂，在寒冬又容易冻坏。针对这种情况，东莞市已试验成功防腐保鲜、气调催熟的先进技术，使香蕉果色黄皮绿。许多购销单位和购销专业户都摸索出一套高温运输和低温运输的方法，使香蕉运到北方上市时，果子成熟适度。去年盛暑季节，安徽省合肥花木公司收到东莞购销专业户运来的一火车皮保鲜好、果质优良的香蕉，推出市场，十分抢手，他们立即派人与东莞水果发展公司联系再购买。

由于东莞香蕉质量好，保鲜好，不仅畅销全国，还受到外商的欢迎。去年日本一位商人，指名要购东莞麻涌香蕉，东莞市外贸部门和水果发展公司及时售给日商23吨。去年东莞香蕉共出口2674吨，比上年增加40%。

冯章：《一年四季种植　一年四季销售　东莞香蕉源源北上》

《南方日报》1987年3月18日第1版

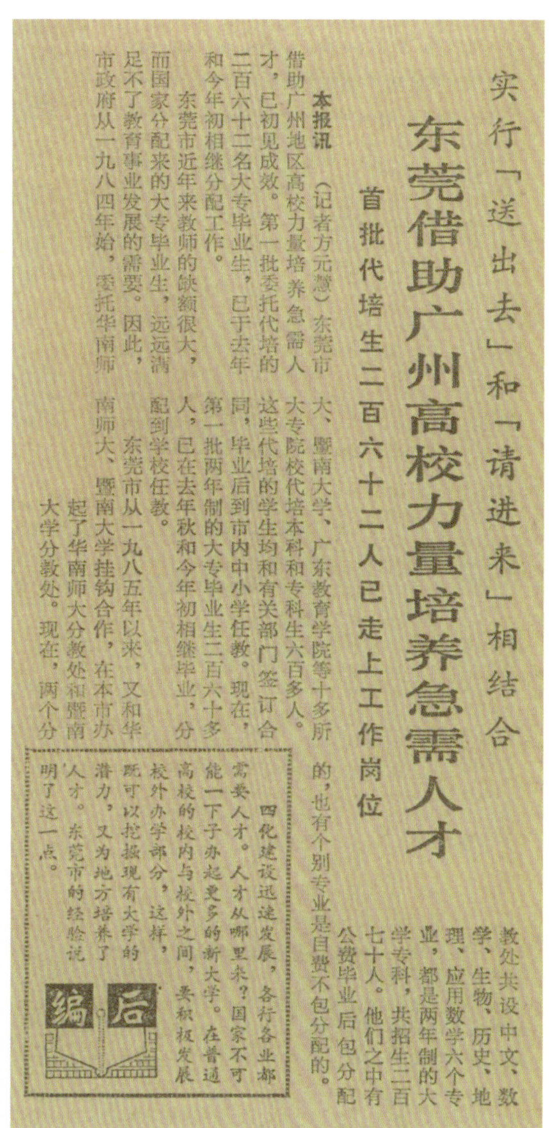

实行「送出去」和「请进来」相结合

东莞借助广州高校力量培养急需人才

首批代培生二百六十二人已走上工作岗位

本报讯 （记者方元慧）东莞市借助广州地区高校力量培养急需人才，已初见成效。第一批委托代培的二百六十二名大专毕业生，已于去年和今年初相继分配工作。

东莞市近年来教师的缺额很大，而国家分配来的大专毕业生，远远满足不了教育事业发展的需要。因此，市政府从一九八四年始，委托华南师大、暨南大学、广东教育学院等十多所大专院校代培本科和专科生六百多人。这些代培的学生均和有关部门签订合同，毕业后到市内中小学任教。现在，第一批两年制的大专毕业生二百六十多人，已在去年秋和今年初相继毕业，分配到学校任教。

东莞市从一九八五年以来，又和华南师大、暨南大学挂钩合作，在本市办起了华南师大分教处和暨南大学分教处。现在，两个分教处共设中文、数学、生物、历史、地理、应用数学六个专业，都是两年制的大学专科，共招生二百七十人。他们之中有公费毕业后包分配的，也有个别专业是自费不包分配的。

编后

四化建设迅速发展，各行各业都需要人才。人才从哪里来？国家不可能一下子办起更多的新大学。在普通高校的校内与校外之间，要积极发展校外办学部分，这样，既可以挖掘现有大学的潜力，又为地方培养了人才。东莞市的经验说明了这一点。

方元慧：《实行“送出去”和“请进来”相结合　东莞借助广州高校力量培养急需人才》

《南方日报》1987 年 3 月 30 日第 1 版

东莞时兴西餐酒廊

本报讯 东莞市近来兴起西餐酒廊热。以莞城镇为例，除政府开办的「东莞宾馆」、「东信酒楼」设有西餐馆外，个体户经营的就有「威士丁」、「蒙特利」、「高威特」、「华尔顿」、「卡露丝」等多家。这些西餐馆厅堂雅洁、幽静，没有酒楼那种喧闹声，经营的又是西餐、西点，别有情趣，虽然收费较高（一般最低消费三元），仍大受当地青年以及外商和港澳游客的欢迎，生意颇旺。（陈镜坤）

陈镜坤：《东莞时兴西餐酒廊》

《南方日报》1987 年 3 月 30 日第 2 版

泳乡道滘行

兔年仲春，笔者随广东省文史研究馆的20多位人民代表、诗人和书画家，到东莞市道滘镇参观。

解放前，道滘是个盗贼如毛的地方。那时流传这样一句话：“家有一升米，不到道滘来。”道滘乡联谊会会长叶柏先生投资兴建的“松苑”大厦，于3月21日举行落成典礼。那天，宾客盈门。叶柏先生告诉我：他兴建这样一座西班牙式的建筑物，有两个目的。一是为来道滘投资办厂的日本商家提供优雅舒适的生活环境；二是为自己将来年老退休留个居所。现实彻底洗刷了“家有一升米，不到道滘来”的耻辱。改革、开放、搞活的方针，给穷乡僻壤带来了勃勃生机。

一条小河纵贯道滘镇，在乡间公路未开通前，只能走水路。乡民们有句口头禅：“出门见水，举步登船”。如今这话已不完全恰切了。因为这里是水乡，一河两岸，许多屋宇临水而建，有人称它“小威尼斯”，出门当然仍见水，但乡间公路修通之后，举步就不一定非登船不可了。由于百业兴旺，区政府的财政收入骤增，本着取之于民用之于民的宗旨，花了很大力气整治道路交通、改善环境卫生。近年新开乡间公路24公里，区内已有10个乡镇通车。镇内的横街小巷全改铺了水泥路面，新敷下水道370多条，总长度达3.4万米，把肮脏的明渠改为暗渠，彻底改变了“天晴满街尘，落雨一脚泥”的落后状况。

饮水问题，是道滘长期以来一个“老大难”问题，过去镇内所辖70条自然村，4.3万人口，全部饮用污浊的河冲水。区政府这些年狠抓了改水工作，陆续兴建了自来水厂10间，至去年底，全部解决了镇内4万多人的饮水问题，人人喝上卫生清洁的自来水，被评为农村的改水先进单位，并得到联合国卫生组织的肯定。老诗人余藻华欣然命笔赋七绝一首赞道：一路春风入水乡，纵横阡陌变康庄。滔滔浊浪东流去，化作清泉利泽长。

道滘镇在解决了交通与水两大问题后，吸引了更多旅外乡亲、港澳同胞及外商前来投资做生意。加工业蓬勃兴起，加工行业遍及电子、服装、皮鞋、收音机、五金首饰等十几个门类，加工项目60多项，从事加工业的有1200多人，全区待业人员获得就业，去年收入加工费1600万元。加工业的兴起，引进了各种生产线及生产技术，平添了许多工厂。这几年工厂企业增至48家，年生产总值在100万元以上的有多家，这在道滘历史上是从未有过的。

道滘不愧为游泳之乡，这里人人酷爱游泳。全区17间小学都组织有游泳队，每年举行两次全区性游泳比赛，从中选拔优秀人才，送进道滘游泳学校重点培养。历年来，这里已给国家队、一级队、二级队及各体育院校输送了140名运动员及学员，其中15人分别在国际及国内的游泳比赛中，获得金牌。这里由于条件优越，被国家列为游泳训练基地之一，并指定为全国游泳基地对抗赛的赛场。今年6月，“全国游泳基地对抗赛”将再度在这里举行。目前，已进入紧张的筹备阶段。届时全国200多名游泳健儿，将在这里进行角逐，一显身手。

李静荷

李静荷：《泳乡道滘行》

《南方日报》1987 年 4 月 21 日第 2 版

不似家乡境 胜似故乡情

“不似家乡境，胜似故乡情”。这是在东莞市横沥镇工作的2000多名外地籍职工的共同心声。这几年来，横沥镇工企业领导对外地籍职工的关心、体贴和照顾真是无微不至，使在这里工作的来自全国各地的职工都有如居故乡又胜似故乡的亲切感。

来自新疆的张志敏，自1983年到横沥后一直在新兴毛织厂工作。她父母双亡，家中只有哥嫂两个亲人。在新兴毛织厂工作的当初，她曾因为人地生疏，语言不通，生活不习惯而打算辞工回家。厂长得知此事后，多次找她谈心，并且从思想上关心她，工作上照顾她，生活上体贴她，使她倍觉温暖，不但没有提辞工回家的事，而且还打算在横沥安家呢！厂长知道外地籍女子在本地找对象比较困难，就向她了解理想中对象的条件，根据所提的条件给她物色对象。然后介绍了一位当地的青工给她，并如实地将该男青年的优缺点一一向她讲清楚。经过一段时间的互相了解，他俩相爱了。厂长又写信给她远在新疆的哥嫂，征求他们的意见。对方收到信后非常感动，回信表示感谢，还托厂长为张志敏完婚，厂长也没推辞，于是就在1985年10月为她举行婚礼。

来自汕头的女工吴燕珠，也在新兴毛织厂工作。1986年6月的一天晚上，她患急病。当晚天下大雨，厂长回厂检查工作时得知这件事后，二话没说就背起病人，叫另外两个女工打伞，冒雨向区卫生院走去。经医生诊断，病人患了麻疹，需要住院治疗，厂长又忙着为病人办理入院手续，一直等到病人安睡后才离开，此时已经是深夜1点多钟了。两位陪病人的女工望见雨中夜行的厂长的背影，也不禁流下了热泪。从江西来横沥镇毛织二厂工作的男青工李书明，今年4月初收到家里的一封来信，得知家里近日死了头水牛，需要马上买回一头新牛赶春耕，而家里又没有钱，家人叫他筹钱买牛。厂方得知此事后，马上预支了4月份的工资和另外借了130元钱给他，让他寄回家买牛。

所有在横沥镇工作的外地籍职工，每时每刻都能感到工企业领导的关怀。他们可以免费进住舒适的宿舍，可以享受各种劳保待遇，每人每天还有伙食补贴。停工待料时，也有基本生活费补贴。冬季有热水供应，春节回家，来回旅费可如数报销，或由厂方租车接送。

对外地籍职工无微不至地关怀的事迹，在横沥镇比比皆是，难怪外地籍职工都以自己能在这“胜似故乡”的环境中工作而感到高兴。

梁新钦

梁新钦：《不似家乡境　胜似故乡情》

《南方日报》1987 年 4 月 26 日第 2 版

保险箱在东莞城乡畅销

本报讯　在东莞市城乡，各种经济联合体、个体户、专业户和富裕农民掀起购买各类小型保险箱热。据有关部门的不完全统计，由去年下半年至今年四月中旬，全市已销售各种型号的保险箱一万二千多只。专业户较多的厚街镇，目前已有保险箱共一千零十六只，其中属个体户、专业户私人购买的就有七百零六只。此外，横沥、大朗、虎门等镇的供销、五金部门，今年头三个月销售的保险箱，就分别达七百至九百只以上。（陈镜坤）

陈镜坤：《保险箱在东莞城乡畅销》

《南方日报》1987 年 5 月 2 日第 2 版

东莞市好乐雪糕上市

本报讯　东莞市好乐雪糕厂于五月一日正式投产，日产雪糕甜筒和雪糕杯五万个、雪批二万条。该厂生产的雪糕奶味浓郁、甜度适中、香滑可口。（冯章）

冯章：《东莞市好乐雪糕上市》

《南方日报》1987 年 5 月 9 日第 2 版

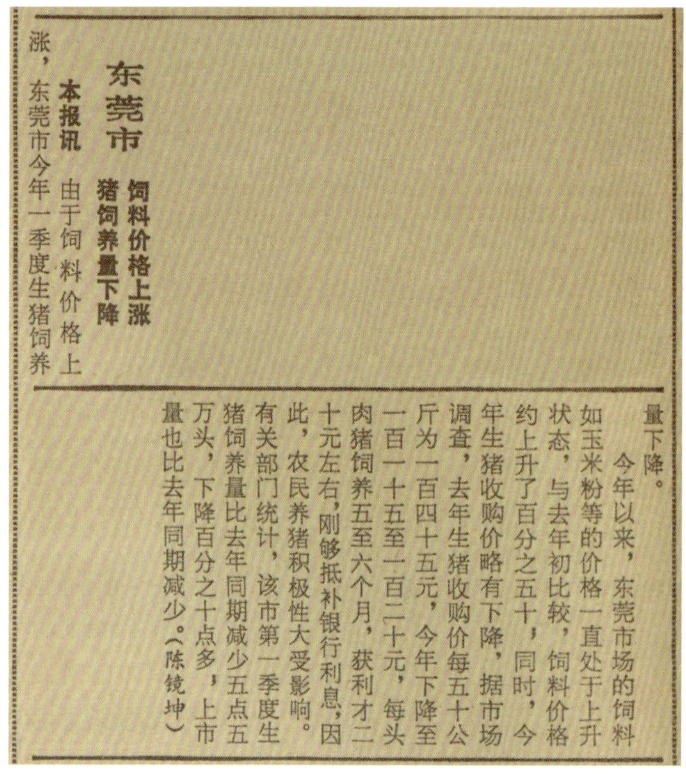
东莞市 饲料价格上涨 猪饲养量下降

本报讯 由于饲料价格上涨，东莞市今年一季度生猪饲养量下降。

今年以来，东莞市场的饲料如玉米粉等的价格一直处于上升状态，与去年初比较，饲料价格约上升了百分之五十，同时，今年生猪收购价略有下降，据市场调查，去年生猪收购价每五十公斤为一百四十五元，今年下降至一百一十五至一百二十元，每头肉猪饲养五至六个月，获利才二十元左右，刚够抵补银行利息，因此，农民养猪积极性大受影响。有关部门统计，该市第一季度生猪饲养量比去年同期减少五点五万头，下降百分之十点多，上市量也比去年同期减少。（陈镜坤）

陈镜坤：《东莞市饲料价格上涨　猪饲养量下降》

《南方日报》1987年5月11日第2版

我省「举重之乡」健儿出访加拿大

蜚声世界举坛的我省“举重之乡”——东莞石龙镇的8名健儿，于今日启程前往加拿大，参加16日在魁北克省道比尔市举行的1987年加拿大举重冠军赛。这是我国首次派出乡镇队伍参加国际比赛。

参赛队员有：叶焕明（图中）、何星辉（图左）、陈仲和（图右）、周锡灿、李锐波、袁仲强、谢庆堂和叶达明。（兰宗）

兰宗：《我省“举重之乡”健儿出访加拿大》

《南方日报》1987年5月11日第3版

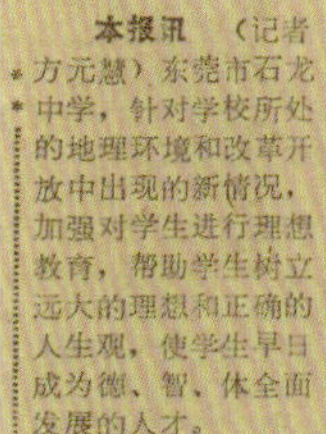

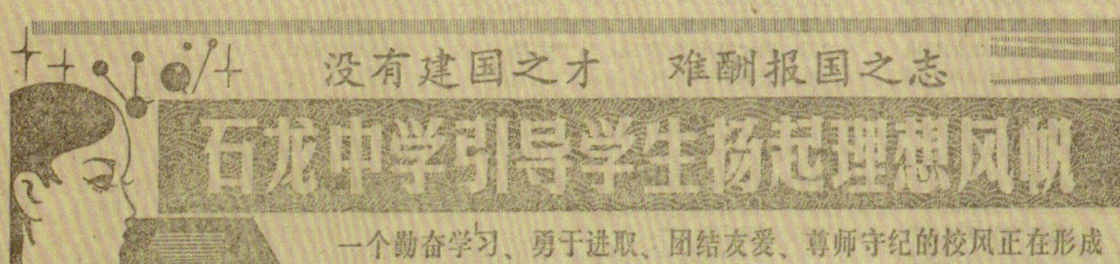

没有建国之才　难酬报国之志

石龙中学引导学生扬起理想风帆

一个勤奋学习、勇于进取、团结友爱、尊师守纪的校风正在形成

本报讯　（记者方元慧）东莞市石龙中学，针对学校所处的地理环境和改革开放中出现的新情况，加强对学生进行理想教育，帮助学生树立远大的理想和正确的人生观，使学生早日成为德、智、体全面发展的人才。

东莞市石龙中学所在的石龙镇，是个毗邻特区，靠近香港的有名侨乡。近年来，随着改革开放的发展，对外交往日益频繁，各种信息传播很快，学生思想十分活跃。如何针对这些新的情况，做好思想政治教育工作，这是学校面临的一个新课题。该校根据教育要面向世界，面向现代化，面向未来的要求，按照学生思想品德形成的规律，着重加强了对学生的理想教育。他们的做法是：

一、联系实际，从社会调查入手，使学生从自己身边的变化看到国家建设的发展和自己的责任，从而树立热爱党，热爱社会主义，决心为家乡建设出力的思想。政治课的教师和班主任，结合少数学生中出现的追求生活享受，安于现状，无心向学的思想苗头，组织学生对石龙地区经济建设的发展和变化，进行调查，使他们从自己身边的事实中，受到教育，加深对党的政策的理解，坚定不移地拥护四项基本原则。

二、引导学生学英模的事迹，走英模的道路。为了使学生懂得人应该怎样生活才更有意义，石龙中学通过政治课和德育教育，在道理上讲清我们党、我国人民奋斗的目标，同时还采取各种形式组织学生向英模和先进人物学习。他们请对越自卫还击战中的英雄人物作报告，组织学生学习有关张海迪、张华等先进人物，向学生介绍人民的好医生、本校校友淡水医院医生周文伟的事迹，进行“人生价值”的专题讨论，他们找差距，自觉改造自己的人生观和世界观。

三、组织学生谈理想，认清责任，明确奋斗的目标。为了使学生把个人的理想抱负和国家的前途联系起来，学校还通过班会、团组织生活和课外兴趣小组、读书、评书活动等形式，组织“畅想二○○○年”、“扬起理想的风帆”、“20年后重相会”等主题会和班会，引导学生把个人理想和实现共产主义的伟大事业联系在一起，变成自己奋斗的目标和动力。

石龙中学的学生由于对理想和人生有了一定的认识，精神面貌发生了较大变化。过去有些学生认为，反正不难就业，赚钱门路广，学不学关系不大。现在他们说，职业和地位尽管不同，但对社会的发展同样都承担着责任和义务，“没有建国之才，难酬报国之志”。不少毕业生为了建设家乡，报考了师范、农业、水利、矿山等专业。现在，该校开始形成了一个人人勤奋学习，勇于进取，团结友爱、尊师守纪的良好校风。

方元慧：《没有建国之才　难酬报国之志　石龙中学引导学生扬起理想风帆》

《南方日报》1987 年 5 月 17 日第 1 版

摘要：报道了石龙中学为加强学生的理想教育，采取三种做法：一是从社会调查入手，使学生从自己身边的变化看到国家建设的发展和自己的责任，树立为家乡建设出力的思想；二是引导学生学英模的事迹，走英模的道路，改造自己的世界观和人生观；三是谈理想，认清责任，明确奋斗的目标。这些方法使学生的精神面貌发生了很大变化。

东莞市建成城乡程控电话网

市区和农村的用户均可直拨长途电话

本报讯　（记者何少英、特约通讯员冯章）东莞市2万门城乡程控电话昨日全线开通。至此，该市电话装机容量已达26485门，用户17000多户，长途、市内、农村合一的程控电话网正式形成。这是我国第一个县级市城乡程控电话网。

该电话网开通后，在东莞市，无论是市区还是农村，已办手续的用户便可直拨50多个国内城市和10多个国家和地区的电话。

何少英、冯章：《东莞市建成城乡程控电话网》

《南方日报》1987 年 5 月 19 日第 1 版

石龙大力士荣获加拿大多姆塔杯

据新华社渥太华5月18日电 （记者蔡叔齐）中国举重队在加拿大魁北克省多尔博市获得中加对抗赛的多姆塔杯。中加两队的总分分别为2840.3342分和2487.3004分。

17日晚上举行了隆重颁奖仪式，多尔博市市长向中国举重队员颁发了荣誉市民证书。

中国队的8名举重运动员来自广东省举重之乡——石龙镇。年龄最小的18岁，最大的21岁，都是轻量级运动员。他们的成绩分别是：

袁仲强，52公斤级抓举第一，挺举第一，总成绩第一。谢庆棠，52公斤级抓举第二，挺举第一，总成绩第二。陈仲和，56公斤级抓举第二，挺举第一，总分第一。李锐波，56公斤级抓举第一，挺举第二，总分第二。叶焕明，60公斤级抓举第一，挺举第一，总分第一。周锡灿，60公斤级抓举第二，挺举第二，总分第二。叶达明，60公斤级抓举第三，挺举第三，总分第三。何星辉，在67.5公斤级抓举第一，挺举第三，总分第二。

中国举重运动员的特点是年轻、体轻，在轻量级举重项目中成绩优秀。加拿大举重协会、本届比赛组委会人员以及加拿大体育界人士都高度赞扬中国举重运动员表现出色，有些人还表示要到中国去学习。

蔡叔齐：《石龙大力士荣获加拿大多姆塔杯》

《南方日报》1987年5月20日第3版

麒麟山上的文化中心

每当夜幕降临，东莞市黄江镇的一群群村民和青少年，便从四面八方来到该镇麒麟山上的文化中心，有的看电影，有的打桌球，有的看书学习，进行各种文化和体育活动。

麒麟山文化中心，是黄江镇领导部门投资17万元兴建起来的。有影剧院、溜冰场、篮球场、体育训练场、桌球室、录像放映室、图书馆等文化设施15处。文化中心1985年2月建成开放以后，两年多来，共举行5次全区性的武术、篮球、桌球、拔河和小学生操练比赛，有1万多人次参加表演和比赛；请广州、深圳等地专业文艺团队演出，前来观看演出的达两万人次；节日和晚上放电影近百场，观众3万多人次。文化中心活动的开展，促进了村民身心健康。

叶锦锐、张熠

叶锦锐、张熠：《麒麟山上的文化中心》

《南方日报》1987 年 5 月 22 日第 2 版

健美的体型来自锻炼

东莞市莞城必达健身院教练　袁国辉

去年底，在深圳市拉开了全国第四届「力士杯」男女健美邀请赛的序幕。展现在观众面前的男健美运动员，有着刚健的体型，发达的肌肉，清晰的线条，女健美运动员，以其匀称的体态，具有线条的肌肉，把健与美溶于一体。

他们何以能有刚劲、匀称、优美的体态呢？主要是坚持健美锻炼。他们当中大部分人一开始并没有想到要当健美运动员，而只希望增强体质，改变体型而已。就拿我们健身院去年七月获得全国健美精英邀请赛男女双人第三名的朱焕源来说，他是东莞化肥厂工人，原来身材比例失调，上身发达，下肢瘦小。他到健身院参加锻炼后，我给他制定以下肢为主、兼顾上身的锻炼计划，经过锻炼，他的腿部很快发达起来。又如在「必达杯」精英赛中获男女双人第六名的女青年陈丽欢，参加健美锻炼前，体重只有四十多公斤，常常感冒。她本着锻炼好身体的目的参加健美锻炼，半年后体重增加到五十三公斤，感冒也少了，不但增强了体质，身体也比以前健美多了，不到一年时间，她参加了健美赛。与陈丽欢一起夺得全国健美精英赛男女双人第六名的男青年尹志强，以前是个「肥仔」，腹部很大，他到健身院锻炼的目的是减肥，实施了以减少腹部脂肪为主的锻炼计划后，体魄逐渐变得健美起来。

健美运动是一种全面的运动。它可以借助各种健身器材，使身体每一部分肌肉都得到锻炼，瘦弱的增强体质，增加体重，肥胖的减少脂肪，变得体态匀称。

到健美院锻炼固然好，但许多人不可能都到健美院来。他们可以用较轻便、易操作的健身器材在家里或旅途中锻炼。如东莞市石龙弹簧厂生产的「冠军牌」拉力器、臂力器、脚踏拉力器、腰力器、指力器等，男女老少均可以根据自己的身体条件选用。我院学员选用后，健身效果较好。

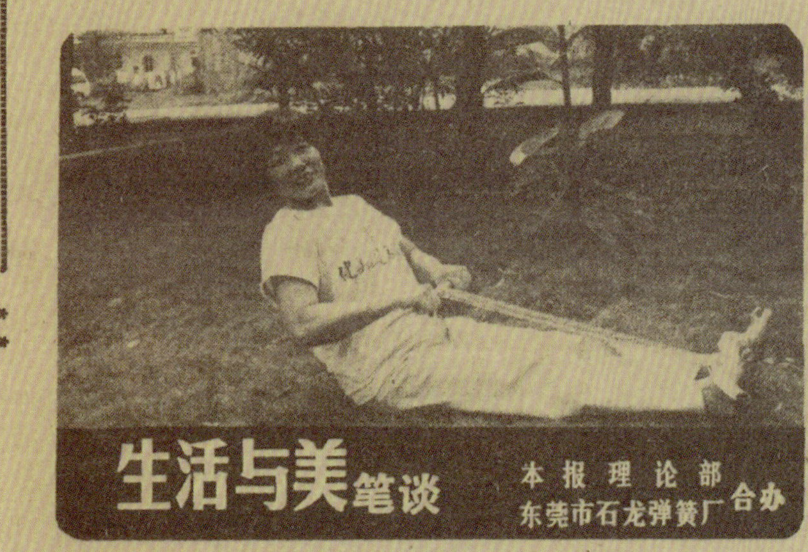

袁国辉：《健美的体型来自锻炼》

《南方日报》1987 年 6 月 6 日第 4 版

东莞低盐度养殖中国对虾获成功

本报讯　东莞市今年在低盐度的池塘试养320亩中国对虾，经100天养殖，已开始收成。最近该市水产局验收其中一口12亩的虾塘，一次捕得9至10厘米体长的中国对虾150公斤。预计平均亩产可达35公斤以上。

这320亩对虾塘，位于珠江口东侧咸淡水域的东莞市长安镇厦岗村，是市水产良种试验场精养鱼虾池塘的一部分。这个试验场是名贵水产品低盐度养殖基地的示范中心，由国家、省和市投资兴建的，目前还试验尖吻鲈主混养，乌头鲻与花鲈、鲩鱼混养，加州鲈与鲷、鲩鱼混养。　（冯章）

冯章：《东莞低盐度养殖中国对虾获成功》

《南方日报》1987 年 6 月 7 日第 1 版

东莞理工学院奠基

本报讯 昨日，东莞市理工学院和东莞体育馆举行奠基典礼。

东莞理工学院规划主体工程投资2700万元，其中市政府拨款1000万元；市属各单位捐资325万元；华侨港澳同胞在香港专门成立了“东莞理工学院筹募委员会”，现已初步筹款1089万港元。（冯章）

冯章：《东莞理工学院奠基》

《南方日报》1987 年 7 月 4 日第 1 版

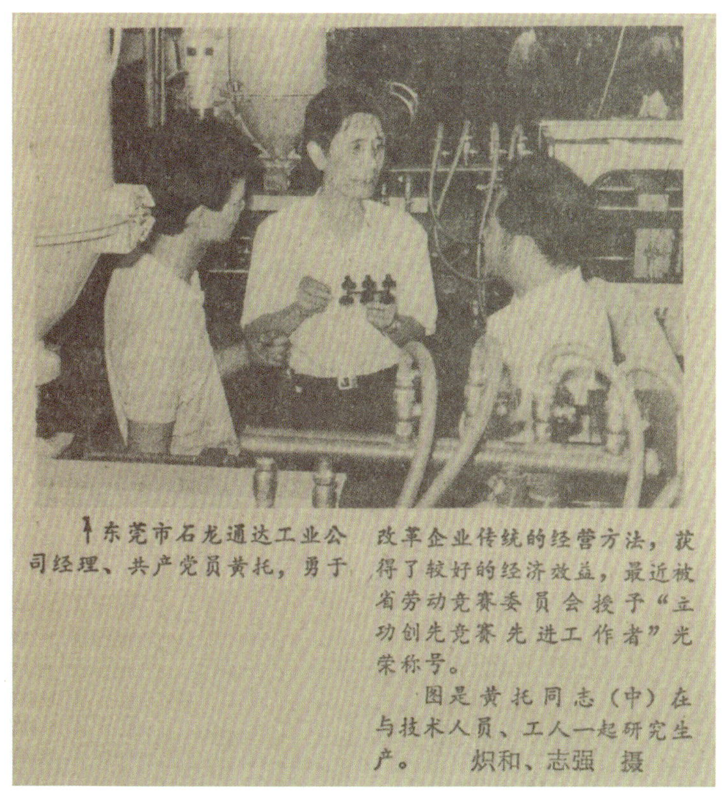

东莞市石龙通达工业公司经理、共产党员黄托，勇于改革企业传统的经营方法，获得了较好的经济效益，最近被省劳动竞赛委员会授予“立功创先竞赛先进工作者”光荣称号。

图是黄托同志（中）在与技术人员、工人一起研究生产。 炽和、志强 摄

炽和、志强：《东莞市石龙通达工业公司经理、共产党员黄托，勇于改革企业传统的经营方法，获得了较好的经济效益，最近被省劳动竞赛委员会授予“立功创先竞赛先进工作者”光荣称号》

《南方日报》1987 年 7 月 5 日第 1 版

省政府批准成立

东莞游泳运动学校

本报讯 广东省人民政府7月2日同意成立东莞游泳运动学校。该校属中专性质，纳入全省中等专业学校统一招生计划，参加全省统一考试，独立招生。 （沈林）

沈林：《省政府批准成立东莞游泳运动学校》

《南方日报》1987 年 7 月 8 日第 3 版

建立多渠道开放式的流通体系

东莞市七万多农民从事流通服务

本报讯 （特约通讯员冯章）东莞市在组织农民发展开发性农业的同时，鼓励和支持农民组织起来，发展流通服务性乡镇企业。现在，全市从事各种流通服务的集体、个体、联合体企业有1.83万个，7.71万人，成为全市流通领域一支强有力的队伍。

据有关部门统计，去年，全市销售各种水果29.9万多吨，占水果总产97.2%；蔬菜34万多吨，占总产的80%；粮食16.4万多吨，除完成国家任务和留够自用粮外均能销售出去；销售生猪38.63万头，三鸟369.21万只，水产品6.3万多吨，生产出来的东西都能运销出去。

历史的正反经验，使东莞市委认识到搞活流通的重要性。以水果为例，解放30多年来，全县曾出现3次大起大落。每次大发展，都是政策放宽，流通渠道畅通的时候；每次大倒退，则是因为商业独家经营，单一渠道流通，挫伤了农民生产积极性。因此，市委多年来一直坚持一手抓生产，一手抓流通。要求各级干部从单纯生产型转为经营型、服务型，参与流通服务。他们着重抓好几方面的工作。

——放手让农民组织起来从事流通服务。实行简化申领牌照手续，对经营当地农副产品和群众生活必需品的，放宽收费标准，允许有批发权；鼓励经营有方的能人出来搞流通服务，扩大流通队伍；市、镇、村都成立个体劳动者协会（小组），指导和扶持他们经营。同时，有关部门给予适当贷款，安排场地、仓库等。这样，全市领了牌照的个体、联合体到今年4月底已达16153户，比1982年增加3倍。还成立了一批由村镇办的商业购销公司。

（下转第三版）

东莞市七万多农民从事流通服务

（上接第一版）

——处理好多渠道与主渠道的关系。在放手让农民进入流通以后，又不失时机地改革外贸、国营商业和供销社体制，促使他们改变经营作风，变坐店经营、等货上门、调拨分配为走出店门组织生产、送货下乡、落户收购，同时通过多种形式与全国各地进行横向联合，充分发挥它们的主渠道作用。目前，全市已形成了一个国营、集体、联合体、个体参与流通、开放式、多渠道、少环节的流通体系。

——办好交通、电力、通讯等基础设施，改善商品流通条件。1980年以来，全市各级集资建设了一批交通、电力、通讯设施。目前，全市从事农产品运输的汽车有2033部、拖拉机6548台、摩托车3453部、机动船1853艘。从事农副产品运输的联合体有341个、个体企业5987个，共1.29万人。

——通过交通网络，把市场点、面延伸到各镇、村，形成一批专业市场，以利于农副产品和生产生活资料购销。近几年，全市新建扩建镇一级农贸市场33个，还形成了一批水产、蔬菜、香蕉、荔枝、橙柑、饲料、木材、禽畜等专业市场，把各地运来的产品及时运销出去。

由于流通渠道通畅，促进了农业生产。各镇村都注意发挥土地资源优势，大力发展质优、高产、高值的农副产品，使农业生产持续发展。去年全市农业产值达6.5亿多元，比前年增24%。

冯章：《建立多渠道开放式的流通体系　东莞市七万多农民从事流通服务》

《南方日报》1987 年 7 月 11 日第 1、3 版

摘要：报道了东莞市委重视搞活流通的重要性，多年来坚持一手抓生产，一手抓流通。着重抓好四方面工作：一是放手让农民组织起来从事流通服务；二是处理好多渠道与主渠道的关系，形成了一个开放式、多渠道、少环节的流通体系；三是办好交通、电力、通讯等基础设施，改善商品流通条件；四是通过交通网络，把市场点、面延伸到各镇、村，形成一批专业市场。由于流通渠道通畅，促进了农业生产，去年全市农业产值比前年增长 24%。

农村货如轮转的关键所在

本报评论员

东莞市积极支持农民从事流通服务，在全市组织起一支拥有7万多人的购销队伍，形成一个多渠道、多层次、多形式、开放经营的流通服务体系，从而使全市农村货如轮转，生产蒸蒸日上。他们的实践有力地证明，发展农村商品经济，必须坚持一手抓生产，一手抓流通。

生产和流通是社会化大生产的两个过程。生产决定流通，流通又反作用于生产。它们互相制约，互相促进。只有既抓生产，又抓流通，才能把产品转化为商品，并且在激烈的市场竞争中立于不败之地。东莞是著名的水果之乡，但在过去也曾几度大起大落，甚至出现“丰收带来忧愁”的怪现象。后来，他们下大力气抓了流通，把购销网络伸向全国各地，从此，生产出来的东西畅销如流，不仅滞销问题不复存在，而且连邻近地方的一些农副产品也吸引到他们那里来了。由此可见，要搞好商品生产，做到货如轮转，就非把流通搞活不可。那种只管生产，不问流通，不研究市场情况，不熟悉流通的旧习惯，是长期以来形成的小农经济思想的反映，与今天大规模发展商品生产的新形势已不相适应，应当坚决加以改变。

从我省一些地方的实践看来，搞活农村流通，首先要组织干部认真总结近几年来发展商品经济的经验教训，学习马克思主义的理论，彻底改变“重农轻商”的旧观念。领导干部要深入购销第一线，亲自作市场调查，解决搞活流通过程中的各种具体问题。其次，要帮助供销部门打破过去统购包销，独家经营的框框，跟上当前开放经营的新形势，转变思想，改变作风，积极参与流通，充分发挥自己的主渠道作用。第三，要大力鼓励农民和城镇居民进入商品流通市场，支持购销人员开展正当的购销活动。第四，要加强储运、保鲜和加工、通讯、交通运输等基础设施建设，为建立一个比较完整的流通服务体系创造条件。

我们希望各地都能根据自己的实际情况，认真学习东莞等地的先进经验，进一步搞活农村流通，以促进农村商品经济的发展。

本报评论员：《农村货如轮转的关键所在》

《南方日报》1987 年 7 月 11 日第 1 版

改革乡干部报酬办法的有益尝试

——东莞市企石镇实行岗位目标责任制的调查

编者按 东莞市企石镇改革乡干部的工资报酬办法，实行岗位目标责任制，效果是好的。这样做，乡干部的责任、目标明确，工作成绩与报酬紧密联系，从而打破了吃“大锅饭”、工作干好干坏一个样的弊病，有利于调动广大乡干部的积极性，有利于集体经济的发展。东莞市各镇也都普遍推行了这个办法。他们的做法，可供借鉴。

最近，记者根据通讯员来信反映的情况，对东莞市企石镇改革乡干部工资报酬办法，实行岗位目标责任制进行了调查。

这个镇自1984年开始，对全镇（原称区）的乡干部建立了岗位目标责任制，把乡干部的报酬与集体经济的发展实绩直接挂钩。他们的实践证明，这个办法对于调动乡干部的工作积极性很有成效。近三年来，全镇各项生产发展很快，工农业总产值增长147%。其中，工业总产值增长达538%。人平均收入达到857元。该镇领导认为，这几年企石镇生产面貌的变化，与改革乡干部的管理办法，充分发挥乡干部的积极性有很大的关系。

（一）

企石镇离东莞市区较为边远，1984年以前，生产发展起步慢，特别是乡镇工业基础薄弱，仅有的少数企业也不景气。当时，新任的区委书记李仁华通过深入调查研究，根据本地的特点和优势，提出扎实打好工业、农业两个基础。农业方面，在不放松粮食生产的前提下，大力开发荒坡地，发展荔枝、柑桔、香蕉等水果生产；工业方面，充分利用毗邻港澳的有利条件，努力改善投资环境，吸引外资，加快乡镇工业的发展。

目标明确以后，镇党委、镇政府的领导认为，要使计划付诸实施，尽快改变企石的面貌，干部是决定的因素。为此，他们在调整乡领导班子的同时，注重改革对乡干部的管理。他们在加强经常性的思想政治工作的同时，建立明确的岗位目标责任制，乡干部的报酬与集体经济发展相联系。具体办法是：

按乡的规模大小分等、定员、定基本报酬，实行基本工资和奖金浮动。定出工资标准，实行100分制，按完成工作任务的标准记分计酬。达到100分者，领取规定工资标准的百分之百报酬，超过或少于100分的，按实际分数计酬。计分的内容及标准为：①规定当年工农业总产值增长指标占25分，每增减1%，则增加或减少1分；②规定当年乡村企业按全乡人平实现利润金额占25分，每增减1元，则增加或减少1分；③完成当年国家下达的各项征派购任务占15分，如有某一项任务不完成则不给分；④计划生育指标占20分，每超生1个减1分；⑤精神文明建设占15分。乡干部的报酬，按月先预支，年终由镇政府检查核定，总评总结算。

（二）

实行这个办法后，较好地解决了吃“大锅饭”的问题，广大乡干部的积极性很高，先进受到鼓励，后进得到鞭策。过去，乡干部实行固定报酬，不管工作干得好坏，集体经济发展快慢，工资照样拿。因此，有一些乡干部把心思用在发展个人家庭经济上面多，考虑如何发展集体经济、干好本职工作少。实行岗位目标责任制和改革报酬方法后，情况就大不一样。许多乡干部积极带领群众开拓生产门路，努力创新业，使工农业生产迅速发展。1984年以来的3年多时间，全镇开垦荒坡地发展水果生产成绩显著。各乡种下的荔枝、柑桔、香蕉等水果，从1983年前的2300亩，发展至2.4万多亩；农村工业由1983年65间、产值483万元，1986年发展至136间，产值3306万元。今年头5个月又比去年同期增长80%，预计到年底可超过5000万元。

全镇工农业和集体经济大发展，乡干部的报酬也普遍提高，1984年每人平均2048元，1986年增加至3741元。由于乡干部报酬方法的改革，各乡的干部实际报酬档次拉开了。实行这个办法的第一年，全年每人平均报酬最高和最低相差不到1/3。去年最高的比最低的高2倍多。这样，工作成绩显著的乡干部得到实惠，受到鼓励；工作差一些的也受到激励和鞭策，决心要努力赶上。从而使17个乡的集体经济，年年都有新发展。铁炉坑乡党支部书记刘春林说：现在乡干部尽心尽责为大家，集体富了，个人也富，是共同富裕。 本报记者 钟效仁 何少莹

洒水车 刘穗 画

钟效仁、何少莹：《改革乡干部报酬办法的有益尝试——东莞市企石镇实行岗位目标责任制的调查》

《南方日报》1987 年 7 月 28 日第 2 版

东莞为开闭幕式赶制烟花

本报讯 东莞市正在为六届全运会开幕式和闭幕式赶制烟花。

为了圆满完成全运会开、闭幕式燃放烟花的任务，东莞市成立了“支援第六届全运会开、闭幕式燃放烟花指挥部”，由一名市委副书记任总指挥。他们决心让东莞烟花在全运会上放出异彩，要超过去年在蒙特利尔国际烟花比赛夺金牌时的表演。为此，该市有关领导和技术人员最近又来到天河体育中心进行实地勘察，选定烟花燃放点和角度，以便制定最佳的烟花燃放方案和生产方案。他们初步确定，开幕式的烟花将以“中华腾飞放光芒”为主题来编制，闭幕式将以“五彩缤纷庆丰收”为主题来编制。（吴威林）

吴威林：《东莞为开闭幕式赶制烟花》

《南方日报》1987 年 7 月 30 日第 1 版

省人大常委会视察组指出：

东莞河堤清障工作效果好

最近，省人大常委会组织的河堤管理条例实施情况专题视察组，到东莞市检查视察以后，认为该市河堤清障工作行动迅速、成效显著，是我省目前河堤清障工作搞得比较好的县、市之一。

东莞市地处珠江三角洲地区，珠江三大支流之一的东江河流过该市全境。东江一共有主干堤13条，全长250多公里，这些河堤捍卫着莞城、石龙等城镇和全市大部分乡村，耕地30多万亩，人口45万以上，还有总产值达12亿元以上工厂、企业和农牧基地。该市党政领导都认识到，确保东江河堤的安全，是确保全市人民生命财产安全和全市经济发展的重要条件。自省人大常委会通过的《广东省河道堤防管理条例》公布以后，该市便组织干部，对东江河道堤防阻水工程和违章建筑等进行了全面调查，列册登记。调查时发现，不少单位和个人在东江河堤上违章建住房、商店，或建猪牛舍、加油站，甚至建工厂、仓库。还有不少砖厂将砖碴倒到河边，填塞河床达三分之一。有些地方把码头伸到河中几十米处，有些单位占用河滩堆放废料、杂物。所有这些河障，都对河道行洪带来很大的阻碍，直接增加河堤压力，危害河堤的安全。根据统计，在东江河堤上违章建筑就有810间，面积达2.1万多平方米。

为了贯彻落实河堤管理条例，把东江河上的防洪障碍物和危害河堤安全的违章建筑物清除干净，该市首先认真做好宣传发动工作，结合各种会议，大造河堤清障的舆论，特别是对一些重点清拆对象户，更加注意做好思想教育工作，使他们懂得局部利益要服从全局的道理。在清障的过程中，市领导同志亲自出马，首先抓了石龙河段作试点，责令该河段潢新围三间大砖厂把倒入东江河堵塞河道三分之一的砖碴，限期清理干净，同时又会同广深铁路有关部门，把铁路工人在挂影洲围北堤上违章建筑的27间房屋，全部拆除。取得了经验之后，便在全市各河段全面铺开。地处石排镇范围的福燕洲围河段，群众私人在河堤两侧违章建筑的房屋比较多，开始清障工作碰到的困难比较大，镇委便组织清障领导小组逐家逐户做好过细的工作。全镇应拆的违章建筑房屋241间，现在已拆了238间。

根据统计，东莞市自河道堤防管理条例公布以来，全市已拆除违章建筑577间，面积11485平方米，清理竹林一处、面积667平方米，处理码头两处，面积1500平方米，还迁坟75座，清理河道中的砖碴和杂物堆等多处。对于一些对排洪影响较大的桥梁、码头，或者暂时拆除有困难的违章建筑，该市也根据实际情况，采取了善后补救措施，如挖深下游河道，加固加高河堤等，以提高河道排洪能力，确保河堤安全。

本报记者 巫文祥

巫文祥：《省人大常委会视察组指出：东莞河堤清障工作效果好》

《南方日报》1987 年 8 月 10 日第 2 版

东莞创造良好社会环境
迎接举重武术两项决赛

本报讯 第六届全运会的举重、武术两项决赛的赛区设在东莞市石龙镇和常平镇。东莞市委强调做好整顿交通秩序、整顿饮食卫生和环境卫生，提高商业服务业的服务质量等项工作，创造一个良好的社会环境，迎接六届全运会的召开。

市交通安全委员会发动了大规模的“全面整顿交通秩序活动”，大张旗鼓地宣传交通规则，严肃处理了一批违章肇事司机。市交警大队采取分工包路段的办法，加强路查车检。市委宣传部和团市委在全市职工、青年中开展以“优美在东莞”为主题的迎全运树新风活动，组织创优美环境、优良秩序、优良服务的“三优”竞赛，并加强对青少年进行“争当文明观众”的教育。（冯章）

冯章：《东莞创造良好社会环境　迎接举重武术两项决赛》

《南方日报》1987 年 8 月 12 日第 1 版

把分散的闲钱汇集成发展生产的资金

虎门镇积极开拓民间资金市场

已聚集私人闲散资金1389万元，支持了全镇经济的发展

本报讯 （特约通讯员冯章）东莞市虎门镇开拓民间资金市场，采取多种形式，把分散在群众手中的闲钱汇集成发展生产的资金，有力地促进了经济的发展。

这几年，该镇民间资金市场的融资有多种形式：一是发动本单位职工、村民等集资办企业，保本、有息或无息，可分红利或不分红利。如南栅村先后两次发动村民集资共100万元，第一次是保本有息无红利（8年还本），第二次是保本有息有红利（10年还本），建起了厂房5000多平方米，办起五金、制衣等5间工厂。二是向社会集资办股份企业，不保本、无息，盈亏共负，纯利按股份比例分红。今年镇办一间搅拌厂，约需资金374万元，由于银行不能全部贷款，他们便向全镇发行股票，每股100元，由镇内群众及单位自由认购。结果，筹集股金300万元，目前工厂已动工兴建。三是建立融资机构，经营货币存贷业务。两年前，虎门镇成立了企业性质的信托投资公司，吸收集体、个人的闲散资金。目前，该公司存款余额已达489万元。南栅村两年前办起民间信用机构“投资站”，吸收本村和邻村农户、村办企业的资金，现在存款余额有320万元。今年初，南栅村要建一个有10幢共1.2万平方米厂房的工业区，需投资240万元，经银行贷款和私人集资之后，不足部分由投资站贷出40万元补够，从而使这10幢厂房能迅速兴建。现在，有8幢已经和港商签了来料加工协议。

据不完全统计，虎门镇近几年运用上述形式共聚集了私人闲散资金1389万元，加上吸收国内各地区、各部门、各行业的资金和国外资金，补充了国家银信部门贷款的不足，全镇已新建和扩建了7家较大的骨干企业，形成了年增5 000万元的生产能力，特别是促进了农村7个工业区的建设工程顺利动工。这7个工业区总建筑面积6.3万平方米，厂房面积相当于历年农村建厂房面积总和的7成。

冯章：《把分散的闲钱汇集成发展生产的资金　虎门镇积极开拓民间资金市场》

《南方日报》1987 年 8 月 20 日第 1 版

摘要：报道了东莞市虎门镇采取发动本单位职工、村民等集资办企业，向社会集资办股份企业，建立融资机构经营货币存贷业务等形式，补充了国家银信部门贷款的不足，促进了农村 7 个工业区的建设工程顺利动工。

曲径红花绿树，疑是游人处

——东莞新洲水泥厂见闻

曲径小亭、假山、喷池、绿树鲜花，点缀着整洁的道路，明净的楼房。如果不是有那高大的烟囱，我还不敢相信自己是置身于一间年产60多万吨的镇办水泥厂呢！

这家人们称为花园式的工厂——东莞市新洲水泥厂，原设在石龙镇内，当时年产只有六七千吨，但由于粉尘飞扬，祸及全镇居民，1980年，迁到了远离居民区的新洲岛。该厂在扩建时，就注意搞好环境保护。从1980年7月建成投产至去年底，全厂用于环保的投资累计达65万元，占建厂总投资的9.4%。现在，厂里已拥有各种吸尘设备21台（套）。

企业内外

厂里还专门成立了环保领导小组，订出规章制度，落实岗位责任制。全厂划分为8个责任区，按岗位落实到人。1985年以来，坚持每月检查评比8次，使文明生产制度化、经常化。几年来，各车间空气粉尘浓度合格率都保持在80%以上。同时，全厂已植树2800多棵，覆盖面积约占20%，100多盆花卉、盆景，更使工厂显得优美雅致，空气清新。7年来，该厂未发现一例尘肺病患者。去年，被国家建材局命名为全国建材行业“两个文明建设先进单位”和“文明生产单位”。

本报记者　刘小骅

刘小骅：《曲径红花绿树，疑是游人处——东莞新洲水泥厂见闻》

《南方日报》1987 年 8 月 21 日第 2 版

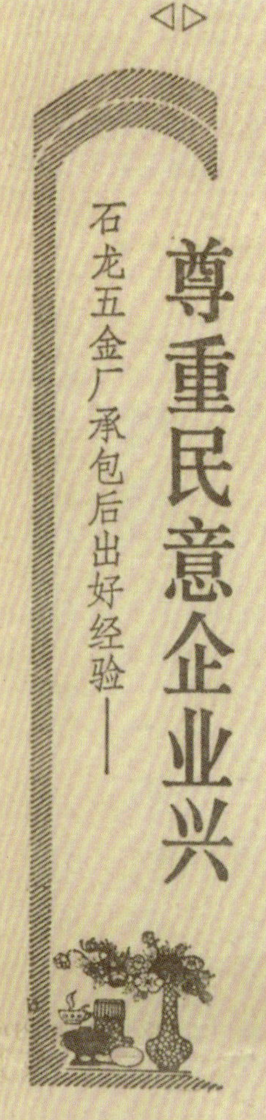

尊重民意企业兴

——石龙五金厂承包后出好经验

东莞市二轻石龙五金厂，原是生产合页、白铁制品的小厂。由于材料涨价，成本上升，加之管理不善，至1984年上半年止，已亏损9.1万元，负债36万元，处于“死火”状态。当年8月，经主管部门批准，由原副厂长黄盛牵头，组成有技术人员、供销人员、车间主任参加的5人小组承包经营。近3年时间，除补偿了亏损，还盈利7.8万元，上缴税利15.4万元，产值翻了两番，工厂面貌改观。承包之后怎样搞活企业？他们认为，很重要的一条，是尊重职工的民主权利。

*发挥职代会的作用，让职工民主管理企业，依靠集体的智慧和力量振兴企业。*该厂的承包合同一定3年，承担利润包干上缴，负担一切债权债务，多盈利部分，除缴纳税收，40%用以扩大再生产，30%作职工福利基金，30%作承包奖励。亏损则负赔偿30%的经济责任。承包者拥有人、财、物、产、供、销的权力。从承包之日起，承包小组统一思想，认为自己是企业经济的责任者，职工利益的代表者，经营要置于群众监督之下。因此，他们认真实行职代会制度，发动职工代表从企业的管理上找出亏损原因，改革管理制度。并实行车间向工厂承包产量、质量、耗料三大指标，建立奖惩制度，严格劳动纪律，落实岗位责任制。工资均以计件形式，同三大指标挂钩，增产挖潜节支。职代会作出的决议，职工自觉执行。结果，劳动生产率提高55%，产量增加27.22%，正品率由65%上升到93.29%，料耗明显下降，当年节约钢材价值2.5万元。

*企业的经营决策，交职代会讨论，共同努力发展生产，提高效益。*承包者觉得必须创新产品，增添企业活力。经职代会讨论，作出决议之后，全厂开展了产品创新活动。1984年底，试产了铝合金蒸笼，年销4000件，产值10万元；1985年，生产适销的窗帘导轨，年销5万套，产值20多万元；1986年，推出国内首创、适用于家庭的MFQ—025型干粉灭火枪新产品，获省二轻厅试制新产品先进单位二等奖和四新产品一等奖，产品销向全国。

该厂去年完成工业产值比承包前增长60%，今年上半年又比去年同期增长100%。工人人数由原来70多人增至110多人。厂里的职工说：承包者尊重职工管理企业的民主权利，职工就能与承包者同心同德。

调查报告

淦林、薇音

淦林、薇音：《石龙五金厂承包后出好经验——尊重民意企业兴》

《南方日报》1987年8月22日第2版

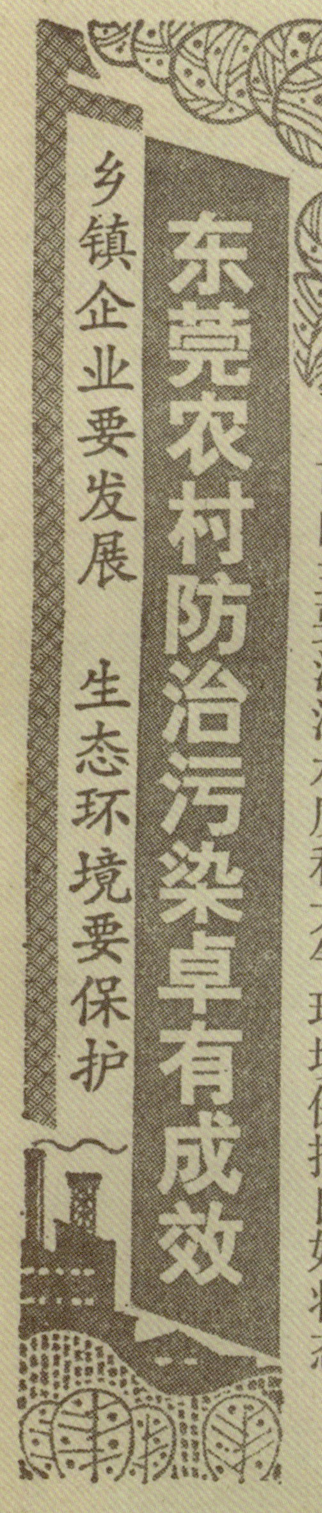

本报讯　（特约通讯员冯章）东莞市在发展乡镇企业中，重视环境保护，取得了良好的经济效益、社会效益，受到国家环保局和省环保局的重视和表扬。最近在东莞召开的全省乡镇企业环境保护劳动卫生工作会议，充分肯定了该市搞好规划布局，加强环境管理的经验。

目前，东莞市乡镇企业已发展到19173个，去年总收入达15.59亿元，比上年增42%，比1980年增3.93倍。今年上半年总收入9.8亿元，比去年同期增长49.48%。尽管乡镇企业发展很快，市内主要江河水质和大气环境质量却保持着良好状态。经环保部门监测，水质达到国家规定饮用水标准，城镇大气中的二氧化硫、氮氧化物均没有超过国家所规定的标准。

党的十一届三中全会以后，东莞乡镇企业和“三来一补”企业蓬勃发展。但在办厂初期，由于多数企业利用村镇内的大会堂和闲置的旧房屋作厂房，不仅布局凌乱，而且与住宅混杂，空气、水体、噪声污染日益严重。1980年，市、镇两级领导通过总结经验教训，一致认识到，乡镇企业的发展不能以牺牲生存环境的高昂代价去换取。于是决定从3个方面做好环境保护工作：

第一，把乡镇企业发展的布局纳入乡镇建设总体规划中，使之与整个建设规划统一、协调起来。从宏观上控制环境污染。在市建委等有关部门协助下，全市32个镇493个中心村都编制了乡镇建设的总体规划。目前，全市新建起符合上述要求的乡镇工业区有130个，这些工业区，不仅有标准化的厂房，而且不少厂区周围环境还做到绿化、美化、园林化。

第二，在发展乡镇企业项目上，严格控制新污染源。到目前止，全市共引进“三来一补”和合作合资企业2228宗，大多是纺织、服装、玩具、塑料制品、电子电器、工艺美术、食品等无污染或少污染的项目。（下转第三版）

东莞农村防治污染卓有成效

（紧接第一版）内地工业和传统工业也着重发展轻纺工业和食品、工艺等行业。对一切新建项目严格执行环境影响申报审批制度和“三同时”制度，即防治污染设施与主体工程同时设计、同时施工、同时投产。新企业建设竣工验收时，通过环境监测，符合规定，发给合格证，方可投产。据统计，全市乡镇企业中有污染的工厂仅占工厂总数的4.45%，其中重污染的只占0.47%。

第三，结合老企业技术改造解决污染问题，提高老污染源的治理水平。农村中星罗棋布的红砖、水泥等建材工业，过去污染严重。近几年，已逐步改建成100多间有高大烟囱的轮窑，较好地解决了空气中二氧化硫和氟的污染问题。对一些有污染的老厂，环保部门根据乡镇建设规划、污染程度、发展前途、经济效益等实际情况，经市政府批准，分期分批地进行关、停、并、转、迁、治。到去年底，已治理了57间。

冯章：《乡镇企业要发展　生态环境要保护　东莞农村防治污染卓有成效》

《南方日报》1987 年 8 月 26 日第 1、3 版

他一心为残疾人着想

——记东莞市竹器加工个体户祁锡高

在一间砖瓦结构的工场里，我见到几个残疾人在埋头编织竹箩。主人、个体户祁锡高告诉我，这是他专为残疾人开办的竹器加工厂。

祁锡高今年63岁。他原是东莞市附城梨川村的生产队长，后来在村里的竹器厂担任厂长10多年，谙熟竹器加工业。1984年，这间竹器厂停办了。祁锡高想：村里几个残疾人成天闲在家里，他们会织竹箩，我何不自办一间竹器加工厂，招收他们回来编织，让他们有活干？于是，他在1984年7月，自筹了1000元资金，向附城工商所申领了营业执照，办起这间竹器加工厂，主要产品是食品包装箩。初办时全厂只有9个人，其中6个是本村的残疾人和老弱妇女。

祁锡高为残疾人办竹器厂的消息传开了。去年底，离附城20多公里的东坑镇有位跛脚的残疾人叫黄仲文，得知后十分高兴，来到这间竹器厂问祁锡高肯不肯收他做工，祁锡高一口答应。现在黄仲文已在厂里织竹箩5个多月了。

随着社会上手工业生产的迅速发展，市场竞争激烈。祁锡高为了增加残疾人的收入，很注重产品质量和提高生产效率。他既是厂长，又是工人，和工人一样按件计酬领工资。他经常和工人一起研究产品的工艺和生产流程，言传身教，带动全厂职工搞好生产，使产品质量高，销价低，生意越做越活。目前，工厂生产规模扩大了，职工也增至23人。竹箩日产量从原来30多个，提高到现在的100个。人月平均工资110元至120元，其中残疾人工资也有90多元至100元。这间竹器厂业务扩大了，但祁锡高仍坚持以安排残疾人为宗旨，所以对残疾人总是特别照顾。对外地来的劳力，免收住宿费，厂里自办伙食，每人每月补助伙食费15元。一般病痛还包医药费。今年初，村干部曾想调他到村毛织厂当厂长，他想：如果我到毛织厂，工资收入肯定比现在高，但我走后，竹器厂就要解散，那些残疾人的生活出路怎么办？于是，他决定留下来。

祁锡高一心为残疾人着想的精神，受到社会上的赞扬。今年初，他光荣地出席了东莞市个体劳动者协会先进代表大会。

本报特约通讯员　冯章

冯章：《他一心为残疾人着想——记东莞市竹器加工个体户祁锡高》

《南方日报》1987 年 8 月 30 日第 2 版

把订阅党报当作提高干部群众素质的重要措施

东莞市发行《南方日报》突破三万份

本报讯 东莞市今年《南方日报》的发行工作更上一层楼。到昨日止，期发数达30005份，比1978年增长81.4%，居全省各县（含县级市）之冠。至此，全市城乡平均每39人就订有一份《南方日报》。

东莞市《南方日报》发行量何以能够逐年稳步上升？一个重要的原因，就是市委和各级党政部门把搞好《南方日报》等党报党刊的发行工作，作为提高干部群众的思想政治和科学文化素质，促进两个文明建设的重要方面来抓。市委书记李近维和其他党政领导同志，每年都在有关会议上强调抓好党报党刊的发行工作。市委在制订全市精神文明建设规划时，也把搞好党报党刊发行工作列入规划之中。镇一级的党政领导干部也普遍重视这方面工作。为了扩大报刊发行量，市、镇、村都十分重视建立和健全农村代派员队伍，全市农村代派员增加到459人，投递到户面从1984年的79%提高到96%。

邮电部门积极搞好党报党刊发行工作，是东莞市《南方日报》发行量不断增长的另一重要原因。每年大收订期前，市邮局都及时召开支局长和发行人员会议。在收订期间，他们及时将收订进度通报市委宣传部，协同宣传部门下到各镇、村检查督促。为了方便群众订报，市邮局在收订期间增加收订人力，延迟下班或加班加点，并组织人力上门收订。邮电部门还重视做好投递工作，自办两条汽车邮路，使全市各镇当天就能看到《南方日报》。与此同时，他们还注意抓好代派员的业务培训，解决好代派员的劳动报酬，使代派员安心工作。

干部群众把《南方日报》看成工作的指导员，生活的良师益友，劳动致富的引路人，是《南方日报》发行量不断上升的又一重要原因。他们认为，《南方日报》是省委的机关报，是省内最权威的报纸，它经常传达省委的工作部署，登载党的政策文件，报道各地的先进工作经验和致富经验，传递大量的经济信息，内容丰富，而且越办越活，熔政策性、知识性、趣味性于一炉，合口味。由于《南方日报》适合各个不同层次读者的需要，因此订阅的人越来越多。市、镇、村的干部中，绝大多数人都订阅《南方日报》。专业户、个体户普遍订阅了《南方日报》。据市邮局统计，1985年，公费订阅《南方日报》占六成，私人订阅占四成。而今年，公费订阅《南方日报》的变为只占四成，私人订阅增加到六成。 （冯章、张强汉、谭子健）

冯章、张强汉、谭子健：《把订阅党报当作提高干部群众素质的重要措施　东莞市发行〈南方日报〉突破三万份》

《南方日报》1987 年 9 月 2 日第 1 版

东莞的喜讯说明了什么

本报评论员

东莞市今年9月的《南方日报》发行量突破3万份，居全省各县（含县级市）之冠。这是东莞市精神文明建设方面的一个显著成绩，可喜可贺！

前年冬，省委书记林若同志在赞扬三水县的党报发行工作时就曾经说过："搞好报纸发行工作很重要。干部群众在党的报纸上，可以看到党的方针、政策，可以了解国家大事，可以学到许多知识，懂得党提倡什么，反对什么。"他还指出："提倡、组织和方便群众订报、看报，让党报占领城乡阵地，不让不健康的小报搞乱人们的思想，这很重要，值得提倡。"中共东莞市委充分懂得搞好党报发行工作的重要性，把发行《南方日报》等党报作为提高干部群众素质的重要措施来抓。市委在制订全市精神文明建设规划时，也把搞好党报发行工作作为一个重要内容。由于市委高度重视，加强领导，全市《南方日报》等党报发行量持续稳步上升，并在两个文明建设中发挥越来越大的作用。应该说，这是高明的一着。从这件事可以看出，他们是聪明的领导者。他们的作法和经验，对于各地各级的领导者来说，应当是很有启发的。

当然，要搞好《南方日报》等党报的发行工作，离不开邮电部门的努力。这几年，我省邮电部门为了扩大《南方日报》的发行，付出了辛勤的劳动，作出了重大的贡献。正是由于东莞市邮电部门将搞好《南方日报》等党报的发行工作作为己任，努力提高服务质量，抓好收订，落实投递，才保证了《南方日报》发行量不断增加。这里特别值得一提的是，他们在市委和各地镇委的大力支持下，在全市农村建立了一支报纸代派员队伍。有了这支代派员队伍，全市农村便做到了报纸收（订）得上、投得下。这种做法，在邮路不大畅通的农村，具有普遍的意义，很值得提倡。

随着精神文明建设的加强，现在有越来越多的县（市）象东莞市这样高度重视党报发行工作。因此，今年《南方日报》的发行量不断增加。报纸发行量的增加，更加重了我们的责任感。我们深深感到，广大读者对我们寄予很大的期望，希望我们的报纸越办越好，进一步当好党和人民的喉舌。我们决不辜负党和人民的期望，将进一步搞好报纸改革，把报纸办好办活。希望各级党组织和广大读者今后继续给予支持和帮助。谢谢大家！

本报评论员：《东莞的喜讯说明了什么》

《南方日报》1987 年 9 月 2 日第 1 版

让知识宝库充分发挥作用

——东莞市图书馆改革图书服务形式效果好

调查报告

东莞市图书馆改革图书服务形式，以服务工农业生产为目标，搞活图书流通，做好图书服务工作，取得良好的效果。

一，改变过去"重文轻技"的情况，建立合理的藏书结构。过去，东莞市图书馆重视文学类图书的入藏，忽视科技书的入藏。随着商品经济的发展，城乡群众迫切需求科技类的书籍，根据这种情况，东莞市图书馆大力加强过去受"冷遇"的科技书籍的采购入藏。馆藏工农业技术书已从原来的5900种1万册增至9300种4万册，占藏书总数的27%。

二，改闭架借阅为开架借阅。过去实行闭架借书使读者只见书名而不知书的内容，选书受到限制，图书外借率、利用率很低。去年，他们改闭架借阅为开架借阅，分设科技、社科、少年儿童三个开架处，共有8万多册书开架外借。同时，借书证的发放由定期改为常年，并简化办证手续，使发的借书证由4000多个增至7000多个。结果，外借书籍由过去每天100多册增至200多册。

三，走出馆门，送书下乡。过去，图书馆坐等读者上门，各类书籍利用率低。为改革这种状况，他们通过与乡、村挂钩，调查了解农村生产信息和布局，主动送书下乡展借和邮寄科技书下乡，近年来已为乡、村果场、鱼场和各种农村专业户提供了农业技术书3000多册。据抽样调查，利用这些书籍提高技术水平，从而取得较显著经济成效的不少。

四，增设咨询服务。他们改变过去单一的"借书还书"的服务形式，增设了参考阅览室和图书咨询处。3年来，共接受咨询576次，提供有关资料1940册，给咨询者解决了不少难题。如他们接受咨询，为该市重点厂，年产值1亿元以上的"中兴保鲜设备公司"提供他们急需的图书信息和资料，解决了他们设计中的困难。

东莞市图书馆通过改革图书服务形式，较好地发挥了图书馆的作用，取得了显著的社会效益和经济效益，受到城乡干部群众的好评和省、地、市文化部门的嘉奖。近几年，连续被评为精神文明建设先进单位。

蔡耀武

蔡耀武：《让知识宝库充分发挥作用——东莞市图书馆改革图书服务形式效果好》

《南方日报》1987年9月5日第2版

卫生网络遍布城乡

东莞改革卫生工作的经验

东莞市的卫生事业发展很快，有力地保障了人民身体健康。现在全市三级医疗卫生网健全，群众看病难、住院难的问题基本得到解决。全市有近七成的人口饮用上自来水；各种传染病显著下降。一个适应经济开放区需要的医疗卫生保健体系，正在城乡逐步形成。

这个市的卫生事业搞得好，主要是：

——领导重视。市委、市政府对“七五”期间卫生事业的发展规划，作了认真部署，交流了进行卫生工作改革的经验。

——适当增加卫生事业费和卫生基建投资。市政府今年安排的卫生事业费比去年增加近11万元。另决定拨款544.3万元给市人民医院建外科楼和购置设备等；给市中医院130万元建住院楼；给新涌精神病院17万元建病房；给边远老区的黄江、望牛墩等镇卫生院拨28万元。共拨款763.3万元。

——把乡镇卫生院移交给乡镇政府领导和管理。东莞市从1984年下半年便开始进行乡镇卫生院领导管理体制上的改革，把乡镇卫生院移交给乡镇政府领导管理。据对10个卫生院的调查，1985年至1986年的两年间，乡镇政府对卫生院共拨款86.7万元，这笔款比移交前5年的拨款总数还多。今年，乡镇政府对卫生院的拨款有了更大的增加。如厚街镇政府，已拨款121万元兴建新医院。

——整顿村卫生站和乡镇卫生院。各镇成立了农村卫生站整顿小组，制订整顿规划，对卫生站作了全面的整顿和检查，建立和健全各项管理制度。市卫生培训中心，对全市705名乡村医生进行轮训。卫生院经过整顿后，出现了一派新气象：今年上半年，全市卫生院门诊量达266万人次，比去年同期增加了4.06%，业务收入比去年同期增加22.3%，库存药品材料较去年同期增加13.7%。　冯鎏祥　曾炳泉

冯鎏祥、曾炳泉：《卫生网络遍布城乡　东莞改革卫生工作的经验》

《南方日报》1987年9月14日第2版

全国体育记者讲习班学员昨访东莞

听取全运会石龙赛区筹备情况介绍

本报讯 由中国体育记者协会和南方日报主办、广东健力宝集团有限公司协办的第二期全国体育记者讲习班110多名学员，昨天实地采访了第六届全运会东莞市石龙赛区的体育场馆，听取了石龙赛区竞委会副主任叶衍新作的全运会举重决赛筹备情况的介绍。

为迎接六届全运会举重决赛，石龙镇的各项筹备工作正在紧锣密鼓地进行，场馆建设、交通秩序、通讯设备、饮食卫生和精神文明建设等方面都出现喜人的景象。

记者们预测，六届全运会第一个世界纪录，很可能就在这个饮誉全国的“举重之乡”诞生。

学员们还到生产威腾牌运动服的石龙通达制衣有限公司参观，受到该公司负责人的热烈欢迎。“我们的目标就是要冲出亚洲，走向世界，使威腾牌运动服成为中国的名牌运动服。”石龙通达制衣有限公司总经理卢仲坚的这一席话，博得讲习班全体学员的一阵阵热烈掌声。

（郑文杰、江正茂）

*　　*

郑文杰、江正茂：《全国体育记者讲习班学员昨访东莞　听取全运会石龙赛区筹备情况介绍》

《南方日报》1987 年 9 月 21 日第 2 版

开拓之路

经营方式大步转轨适应社会需要

东莞粮局“前店后厂”办出特色

本报讯 （特约通讯员冯章）东莞市粮食局改变过去单纯管理和统购统销粮食油料的经营方针，大胆地利用粮油资源进行精加工、深加工和综合利用，收到了较好的经济效益和社会效益。

过去，粮局属下的粮油工业企业，一向只局限于代国家和农民加工粮油。近年来，该局引进先进技术设备，生产多种多样的粮油食品供应市场。他们从1983年起，首先着手兴办了一间自己经营的东莞市面粉厂和一间中外合作经营的东泰饲料发展有限公司（以下简称饲料厂）。接着又兴办自营的金鳌饮料厂和与省联营的粤东米粉厂及中外合资经营的广联烤熟花生厂。这些工厂已有4家相继投产并取得较高的经济效益。如面粉厂日产面粉70吨，每百斤小麦可出精面粉73斤左右，比过去的产值提高了37.7%，以一年加工小麦2万吨计，可增加实际收益150万元。更可喜的是，由于这些厂技术设备先进，还可以对粮油资源进行综合利用。如面粉厂加工面粉时的副产品麦皮和麦胚芽，就是饲料厂生产配合饲料的麦皮原料和饮料厂生产麦胚豆奶的麦胚原料。

这个局从单纯分配管理转变为开拓经营的结果，使全局的经济效益显著提高。去年，该局下属的原有粮食工业产值是4083万元，实现税利72万元，其中面粉厂和饲料厂实现税利比原有粮食工业增长1.15倍。

＊＊

冯章：《经营方式大步转轨适应社会需要　东莞粮局“前店后厂”办出特色》

《南方日报》1987 年 10 月 2 日第 2 版

造林绿化转入攻坚战

东莞市进军石头山

本报讯 东莞市林科所在红石山上种植大叶相思和细叶桉获得成功，成活率达百分之九十五以上。九月中旬，市委在旧飞鹅区召开了全市造林备耕现场会，目前，全市已掀起造林备耕高潮。

东莞市荒山绝大部分已经绿化。到去年底止，全市宜林山地只剩下四点九万亩。但全市有石头山四万多亩，其中有一点八万亩是石质较疏松的红石山。为了把石头山种上树，东莞市委、市政府决定先在市林科所搞试点。今年三月，市委、市政府领导带领机关干部参加打穴。对坚硬的红石头，雇请打石师傅，用雷管装上少量炸药，把穴洞炸松，然后用人工挖穴，从山下挑肥沃的泥土培在穴中再栽上生长快速、耐旱、根系发达的大叶相思和细叶桉树苗。

石头山植树成功，给东莞市绿化石头山增强了信心。目前，市委、市政府又在大岭山镇旧飞鹅管理区搞造林备耕试点。（冯章）

冯章：《造林绿化转入攻坚战　东莞市进军石头山》

《南方日报》1987 年 10 月 12 日第 1 版

从倒数第一到名列前茅

——东莞市雁田乡设立奖教奖学基金侧记

距莞城80多公里的凤岗镇雁田乡，紧邻深圳。近年来，改革、开放的春风使这块三面环山的小盆地生机勃发，乡镇企业如雨后春笋般冒了出来。如今，这个只有2400多人的乡已办起40多家工厂。

在工厂多、就业容易的社会环境下，许多人产生了“反正有工可做，上学不上学无关紧要”的思想。因此，过去一段时间，学生的学习劲头不高，家长对子女能不能升学也无所谓。1984年以前的升中考试，雁田乡小学的成绩，在全镇各乡中倒数第一。虽然先后有二三十人读上中学，但有一半中途退学就业。

1984年冬，东莞市教育工作会议召开后，雁田乡党支部决心要改变这种状况。于是大力抓好教育工作，除了教育群众从大处着眼，从远处着想，教育学生为国家四化建设努力学习外，还从经济上大力支持教育事业。他们集资20万元扩建校舍，增加教学设施，改善教学环境。同时，设立奖教奖学基金，实行奖教奖学制度：凡考上初中、高中或中专、大专的学生，每月都发给奖金，学生在地、市、镇统考中成绩名列前茅的，分别给予教师和学生奖励。如学校有一名学生考上重点中学，奖给教师1000元！

雁田乡的奖教奖学基金，来源于该乡的公共积累和每年从乡镇企业利润中提取10%（约10万元）纳入奖教奖学基金内。该项基金由乡政府管理，每年向乡人民代表大会作出报告。

实行奖教奖学制度，大大地调动了教师和学生的积极性。1985年，雁田小学的校风有了根本性的好转，1986年，学习质量大大地提高了，升中考试，有4人考上市重点中学，占全镇的100%。1987年升中考试平均分达79分，名列全镇前茅，升学率达94%，有8人考上重点中学。

现在，雁田小学有400多名学生，他们专心学习，积极向上。目前，这间小学的毕业生中，有1人上大学，有160多人上中学。

·薇言　淦林·

薇言、淦林：《从倒数第一到名列前茅——东莞市雁田乡设立奖教奖学基金侧记》

《南方日报》1987 年 10 月 24 日第 2 版

东莞经济腾飞的启示

林　洪

农村经济发展的道路该怎么走？农民脱贫致富有何良方？这是所有从事农村工作的同志苦苦思索的问题。在过去很长的一段时间里，我们盲目地“唯上”、“唯书”，走了许多弯路，干了许多蠢事。照搬外国的模式既没有成功，而风行一时的“学大寨”也使许多农村越学越穷。党的十一届三中全会以来的路线和政策，才使我国农村出现了伟大的转折，开辟了一条脱贫致富的光明大道。人们迫切希望从实践中理出振兴农村经济的答案和经验。现在，东莞从自身经济腾飞所走的道路，为我们提供了清晰的答案和宝贵的经验。东莞同志对这个答案和经验作了高度概括，这就是“工农并重，三大产业协调发展”。

东莞所走的道路朴实无华，不“唯上”，不“唯书”，没有不切实际的空想，没有哗众取宠的口号。他们富有开拓精神而又脚踏实地，把人们几十年来经常挂在嘴上但没有认真实行的真理——“工农并举”付诸实施，创造出今天如此令人称羡的业绩，从而向人们展示了建设社会主义新农村的成功之路。尽管东莞的一切并非十全十美，然而从东莞的光辉业绩中，我们难道不是看到了农村生产力大发展的宽阔道路？难道不是看到了亿万农民开发农业、发展商品经济脱贫致富的可喜前景？难道不是增强了我们全面振兴中华的信心？

以经济建设为中心，坚持四项基本原则和改革、开放、搞活的两个基本点，建设有中国特色的社会主义，是振兴中华的唯一正确路线，也是农村兴旺发达的唯一正确路线。东莞正是遵循这一路线而腾飞起来的。可以预料，在党的路线指引下，随着改革开放的进一步深化，东莞人民将会以日新月异的面貌，沿着他们自己认准的道路，奔向更加灿烂的未来。

历史已经并将继续证明：单纯耕耘土地，囿于小农生活，不可能把农村带进现代化的洪流；而片面倚重工业，鄙薄农业，也不能把农村引上真正繁荣之路。只有在坚持两个基本点的条件下，沿着工农并重，三大产业协调发展的大道前进，才能把广大农民领进无限美好的明天——这就是东莞经验或如人们所说的东莞模式的真谛所在。

·　·　·

（本文是林洪同志为《金色的希望》一书写的序言摘要。此书已由广东人民出版社出版）

林洪：《东莞经济腾飞的启示》

《南方日报》1987 年 10 月 26 日第 4 版

摘要：报道了党的十一届三中全会以来，东莞在实践中走出来的振兴农村经济宝贵经验，即“工农并重，三大产业协调发展”。东莞的经验向人们展示了建设社会主义新农村的成功之路。

脉沥洲河蕉市旺

王　峰

在东莞城的西北面，有一条脉沥洲河。20来米宽的河面，横跨着珊洲桥。桥北近200米的河面上，是一个繁荣的水上香蕉市场。

一天早晨，秋空如洗，朝阳给脉沥洲河面洒上了一层金辉。我站立在珊洲桥上纵观市场盛况，只见一艘艘满载着翠绿色、橙黄色香蕉的船艇，一字形整齐地停泊在河面上，微风吹过，送来阵阵蕉香。岸上，买香蕉的人熙熙攘攘。蕉贩和水果摊档的个体商贩，有的正在从这条船过那条船，端详货色，饶舌讲价；有的上落奔波，搬蕉过磅，成交生意。在买香蕉的人群中，有家庭主妇，有穿着入时的青年男女，还有操普通话和客家话的外省、外县人……他们得知某一船香蕉货色好，价钱相宜，即刻聚集而来，一下子工夫，就把一船香蕉瓜分完了。河岸上，停放着数不清的自行车、摩托车。河西的洲面坊那边，不时开来大货车、小货车。商品成交之后，人们立即用这些车辆把香蕉运走，好一派繁荣兴旺的景象。

我在岸边的一个地方，与蕉农和蕉贩聊天。蕉农说，这些香蕉大部分是从东莞市洪梅镇和望牛墩镇的农村来的，也有部分是中山市郊来的。目前由于天时不利，吹“朝东北，晚西南”风，气温高，香蕉成熟快，售价一跌再跌。蕉贩则多是附城区的桑园、周屋、主山等地的农民和莞城的个体户。此外，还有河源、惠东、和平、紫金等县，以及湖南、江西、湖北、浙江、河南、安徽等省的人来买香蕉。卖主说，这里既有成批的交易，也做零敲碎打生意，方便群众。市场的香蕉多、价钱平，所以，客似云来，生意兴隆。

据有关人员透露，这个水上香蕉市场终年不断，每天从早到晚都有交易，并有夜市。目前正是旺季，每天约有150船香蕉汇集这里。香蕉每天成交一般有四五百担，中秋节前一段时间，有时一天成交二三千担。

在这里管理环境卫生的莞城北隅区老职工王锡田告诉我，从前，东莞市水乡一带农民，装运香蕉、蔬菜到莞城，一贯以脉沥洲河为集散地。不过，那时很少在船上交易，而是把商品从船上担到果巷一带销售。后来，“以粮唯一”搞生产，水乡种香蕉一年比一年少，脉沥洲河也随着冷落多年。改革、开放、搞活政策实施后，农村商品生产发展起来了，香蕉商品生产又兴旺起来。近几年来，水乡地区除了组织香蕉北销之外，有部分通过东莞城销售其他地方。于是，脉沥洲河又兴旺起来，并且形成了现在热闹的水上香蕉市场。我跟刚刚卖完一船香蕉的一位蕉农聊天，他说，这是他今年以来在莞城销售的第15船香蕉了，总共约有750担。我问他种了多少亩香蕉，他说，1978年以前，他家只有几分地的蕉园，现在，承包了10亩蕉园，近几年来，每年亩产达二三千公斤。他与几个农民合股，开设了香蕉公司，既自产自销，又收购农民的香蕉，组织北运。他说，他家去年收入近60000元。

中午时分，市场的买卖仍在繁忙之中。我拍下了一个个镜头，尽兴而归。

王峰：《脉沥洲河[①]蕉市旺》

《南方日报》1987 年 10 月 28 日第 2 版

① 脉沥洲河：又名珊洲河，位于东莞市莞城街道的北隅，全长1千多米，曾是中堂、道滘、麻涌等镇蕉农的“交易河”，也曾是莞城运河贯通东江的黄金水道。

虎门建成一花园式小学

本报讯 昨天，我省乡村级最漂亮小学之一的东莞市虎门镇大宁小学落成。大宁小学占地1万平方米，集校园、庭院、花园于一身。它是由大宁管理区集资及旅港同胞捐资兴建的。（陈、谢）

陈、谢：《虎门建成一花园式小学》

《南方日报》1987年11月16日第1版

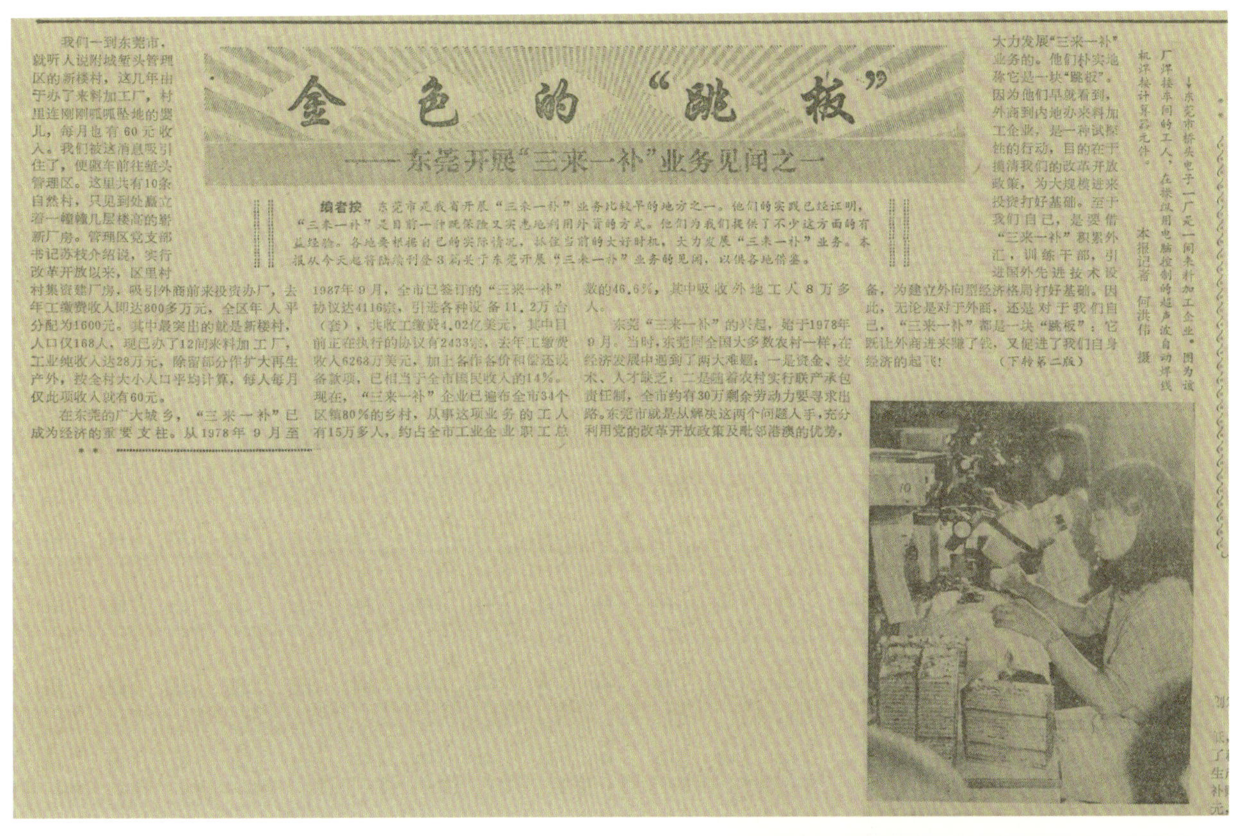

金色的“跳板”

——东莞开展“三来一补”业务见闻之一

编者按　东莞市是我省开展“三来一补”业务比较早的地方之一。他们的实践已经证明，“三来一补”是目前一种既保险又实惠地利用外资的方式。他们为我们提供了不少这方面的有益经验。各地要根据自己的实际情况，抓住当前的大好时机，大力发展“三来一补”业务。本报从今天起将陆续刊登3篇关于东莞开展“三来一补”业务的见闻，以供各地借鉴。

我们一到东莞市，就听人说附城蛭头管理区的新楼村，这几年由于办了来料加工厂，村里连刚刚呱呱坠地的婴儿，每月也有60元收入。我们被这消息吸引住了，便驱车前往蛭头管理区。这里共有10条自然村，只见到处矗立着一幢幢几层楼高的崭新厂房。管理区党支部书记苏枝介绍说，实行改革开放以来，区里村村集资建厂房，吸引外商前来投资办厂，去年工缴费收入即达800多万元，全区年人平分配为1600元。其中最突出的就是新楼村，人口仅168人，现已办了12间来料加工厂，工业纯收入达28万元，除留部分作扩大再生产外，按全村大小人口平均计算，每人每月仅此项收入就有60元。

在东莞的广大城乡，“三来一补”已成为经济的重要支柱。从1978年9月至1987年9月，全市已签订的“三来一补”协议达4116宗，引进各种设备11.2万台（套），共收工缴费4.02亿美元，其中目前正在执行的协议有2433宗，去年工缴费收入6268万美元，加上备作备价和偿还设备款项，已相当于全市国民收入的14%。现在，“三来一补”企业已遍布全市34个区镇80%的乡村，从事这项业务的工人有15万多人，约占全市工业企业职工总数的46.6%，其中吸收外地工人8万多人。

东莞“三来一补”的兴起，始于1978年9月。当时，东莞同全国大多数农村一样，在经济发展中遇到了两大难题：一是资金、技术、人才缺乏；二是随着农村实行联产承包责任制，全市约有30万剩余劳动力要寻求出路。东莞市就是从解决这两个问题入手，充分利用党的改革开放政策及毗邻港澳的优势，大力发展“三来一补”业务的。他们朴实地称它是一块“跳板”。因为他们早就看到，外商到内地办来料加工企业，是一种试探性的行动，目的在于摸清我们的改革开放政策，为大规模进来投资打好基础。至于我们自己，是要借“三来一补”积累外汇，训练干部，引进国外先进技术设备，为建立外向型经济格局打好基础。因此，无论是对于外商，还是对于我们自己，“三来一补”都是一块“跳板”：它既让外商进来赚了钱，又促进了我们自身经济的起飞！

（下转第二版）

↓东莞市桥头电子一厂是一间来料加工企业。图为该厂焊接车间的工人，在操纵用电脑控制的超声波自动焊线机焊接计算器元件。

本报记者　何洪伟　摄

（上接第一版）

金色的“跳板”

石碣镇有一间东文磁带音响有限公司，原是间只有30人，年工缴费只有二三十万港元的来料加工厂，后来他们从工缴费中偿还了客商的设备投资，整座工厂就归石碣镇所有了。于是，他们便于1985年利用这些固定资产，同市经济发展总公司和外商实行合资经营，成立了东文磁带音响有限公司，引进国外成套录音带生产设备，现已有固定资产1150万元，厂房占地面积达一万多平方米，职工400多人，每天能生产空白录音带10万盒，产品不仅打入国际市场，而且畅销国内20多个省市。

象这样的企业，在东莞是不胜枚举的。东莞人都把它们称为“三洋企业”——通过来料加工收取“洋钱”，买回“洋设备”，生产出口产品赚“洋钱”。去年东莞外贸出口创汇达2.2亿美元，居全国2000多个同类型县市之冠，其中这类企业的贡献最大。由此看来，“三来一补”，这确是一块金色的“跳板”！

本报记者　林羽

特约通讯员　冯章

林羽、冯章：《金色的“跳板”——东莞开展“三来一补”业务见闻之一》

《南方日报》1987 年 11 月 26 日第 1、2 版

摘要：报道了作为东莞经济重要支柱的“三来一补”企业遍布全市 34 个区镇 80% 的乡村。“三来一补”是外商和东莞之间的“跳板”，外商通过它积累在我国内地办企业的经验，东莞则通过来料加工收取“洋钱”，买回“洋设备”，生产出口产品赚“洋钱”，借此打好外向型经济的基础。

城乡一体化

——东莞开展「三来一补」见闻之二

对于“三来一补”，过去社会上曾有过不少议论，有的甚至持否定态度。如有的人说，搞“三来一补”，外商带进来的都是四五十年代的设备，期满后即使留给我们，也没有多大用处！这种看法对否？东莞已用实践作了回答。

我们来到常平镇，镇委书记陈润松带我们去看建达工业村，只见村里坐落着一幢幢崭新的厂房，一条水渠环绕在工业村的周围，整个工业村占地面积达3.5万平方米。这个工业村，实际上是一间玩具厂，已有18个车间，现有工人2500人，拥有比较先进的设备，是1984年创办的，属来料加工性质。陈润松说，有人以为外商进来办来料加工厂，带进来的都是落后的设备，这是不对的。这种情况在初期，确实曾经有过，该镇第一间来料加工厂——常平毛织一厂，引进来的就是一些半新的手摇毛织机，因为当时港商还抱着试探的心情嘛！现在不同了，港商对我们的改革开放政策越来越理解，他们的投资劲头越来越大，引进的技术设备也越来越先进了。

在大朗镇，镇委书记傅照辉还给我们摆了“三来一补”的“四大功劳”。这个镇从1979年至现在，已办了83家“三来一补”企业，去年工缴费收入达4600多万港元。这几年，他们利用工缴费得到的积累，已投资修筑了83公里的乡村水泥路，改建了13间中小学校，改善了农田水利、医院、市场、自来水等设施。因此，傅照辉认为，发展“三来一补”业务起码有4个好处：一是吸收了大量的农村剩余劳动力，为农村产业结构的调整创造了条件，加快了传统农业向商品农业转化的步伐；二是增加了群众的收入和集体积累，为农村经济的发展增添了后劲；三是带动了农村商业、交通运输业、建筑业等各行各业的发展，促进了社会福利事业的改善；四是使农民更新了观念，开阔了视野，为农村培养出大批懂技术、会管理的人才。

开展“三来一补”，把工厂办到农民家门口，从农业中分离出来的剩余劳动力可就地转移，从而使大批农民“离土不离乡”。这样，随着农村经济的发展，城乡的差别也就逐渐缩小了。用东莞人自己的话说，这叫城乡一体化。现在，外地人一到东莞，看到这里不管是城镇还是乡村，各式各样的新楼房鳞次栉比，平坦的水泥公路如同蜘蛛网一样，延伸到全市每一个乡村，叫人觉得这里的城乡差别确实是比较小了。在附城区，我们看到了更有趣的事：这里区、乡、村、联户、独户共办各类工厂314间，其中属“三来一补”的97家，今年1至10月工缴费收入3400多万港元。这样，就使全镇形成了“家家有人进厂，户户有人种田”的局面。他们由于得到双重收入，自然比别人富得更快了。

本报记者　林羽　特约通讯员　冯章

林羽、冯章：《城乡一体化——东莞开展“三来一补”见闻之二》

《南方日报》1987 年 11 月 28 日第 1 版

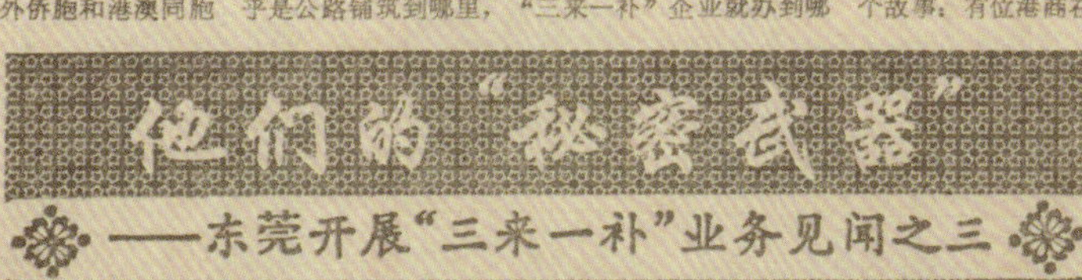

他们的“秘密武器”

——东莞开展“三来一补”业务见闻之三

许多人到东莞参观，看到东莞“三来一补”业务发展很快，都想打听他们有什么“秘密武器”。市长郑锦滔一听我们提出这个问题，就笑着说：“我们并没有什么‘秘密武器’。如果说‘三来一补’业务开展得快些，那就是既得天时地利，又得人和！”

东莞毗邻深圳、香港，海外侨胞和港澳同胞多，又有党的改革开放政策，得天时地利是不言而喻的。但是，他们成功的重要原因，则还在于“人和”，争得了“侨心”，牵动了旅外乡亲的爱国爱乡之情。常平镇有位港商叫周觉，原来对国内开放政策很有怀疑，1979年初次回乡时还不敢见人，偷偷回到家里与兄弟见面。但后来事实教育了他，使他解除了疑虑。现在，他不仅在家乡办起了5间来料加工厂，而且为家乡牵线办厂二三十家。象周觉先生这样从怀疑、害怕到放心在家乡投资办厂的港澳同胞、侨胞，在东莞是很多的。

当然，要吸引外商前来投资办厂，必须创造一个良好的投资环境。几年来，东莞在这方面是做了大量工作的。据统计，从1980年以来，市、镇、村、群众四级共集资1.7亿多元，修筑桥梁46座，总长4500多米，新铺水泥路和柏油路1000多公里。现在全市除水网密布的麻涌镇需于年底通车外，其余33个区镇和95%以上的村都通了汽车，几乎是公路铺筑到哪里，“三来一补”企业就办到哪里。与此同时，几年来全市还盖起了近500万平方米新厂房，开辟了太平港，建成了3000吨级集装箱码头，增加了3.6万千瓦发电能力，安装了20000门程控电话，使多数乡镇可与国内外100多个大中城市直接通话。

在东莞采访期间，我们同几位前来投资办厂的港商交谈。他们除了对良好的投资环境备加赞扬外，还对东莞人讲求效率和信誉，以诚待人的作风甚为赞赏。中堂镇有一家中堂玩具厂，从开始洽谈到生产第一批产品，前后只用了3个星期。由于我方办事效率高，港商增强了投资信心，现在该厂已拥有12个车间，工人达3500人，月收入工缴费200万港元。在厚街镇，我们还听到了一个故事：有位港商在这里办了个服装加工厂，1984年春节前，他与一美国商人签订了要赶制一批服装的合同，但由于疏忽，没有及时供应布料，以致这批服装难以按正常速度完成。这时，港方急得如热锅上的蚂蚁。镇政府知道后，立即组织全镇服装加工厂连续3天3夜加班，及时按合同规定时间把这批服装赶制出来。这个港商激动地说：“不是你们，我恐怕要跳楼了！”正是东莞人这种真诚合作的精神，使外商增强了在东莞投资办厂的热情和信心。

所有这些，就是东莞“三来一补”蓬勃发展的“秘密武器”吧？其实，它并没有什么奥秘之处，只要肯努力，其他地方也照样可以做到。

本报记者　林羽　特约通讯员　冯章

林羽、冯章：《他们的“秘密武器”——东莞开展“三来一补”业务见闻之三》

《南方日报》1987 年 11 月 29 日第 1 版

摘要：报道了东莞“三来一补”业务发展的“天时地利与人和”。“天时”是党的改革开放政策；“地利”是毗邻深圳、香港的地理位置；“人和”是争取了“侨心”，让侨胞放心在家乡投资。此外，东莞还通过修筑桥梁、道路和新建厂房、港口，增加发电能力等措施，创造了良好的投资环境。港商还对东莞人讲求效率和信誉、以诚待人的作风甚为赞赏。这些就是东莞“三来一补”蓬勃发展的“秘密武器”。

东莞市成立东纵战士联谊会

本报讯 在东江纵队成立44周年前夕，东莞市原东江纵队战士联谊会于昨日上午成立。联谊会第一批会员585人。（陈镜坤、陈飞宏）

陈镜坤、陈飞宏：《东莞市成立东纵战士联谊会》

《南方日报》1987 年 12 月 1 日第 1 版

新绽的花蕾

——石龙镇业余小提琴班

11月21日，在"举重之乡"东莞市石龙镇的宾馆里，正在举行六届全运会举重决赛的欢迎晚会，10名小演员以娴熟的技巧，合奏起全运会会歌《中华之光》。顿时，会场爆起热烈的掌声，来自全国的举重精英，在雄浑、悦耳的琴声配合下，有节奏地起劲和唱，呈现一派欢乐的气氛。

这些小演员，来自石龙镇业余职校的小提琴班，年龄最小的7岁，最大的才12岁。这个班去年4月才开办，每周上课一节，平时靠自己练习。在老师们的精心浇灌下，象朵朵花儿在乐坛中绽开。从学习基本乐理知识开始，到逐渐掌握演奏技巧，现在已经普遍能独奏20多首中外乐曲。8岁的女孩詹峭峰，每天操弓练琴，不但学会演奏技巧，能够独奏《布雷舞曲》、《万水千山总是情》等中外乐曲40多首，还能边奏边唱，令人叹为观止。

开始，有些人怀疑孩子们学琴会影响学业。事实证明，孩子们由于在学琴中陶冶了情操，激发奋发向上精神，不但努力练琴，而且也用功读书。10岁的陈耀彬，原来的文化课成绩排在班中第28名，学琴之后，养成刻苦学习的精神，成绩跃居前5名，还能连续演习中外乐曲2个多小时，并能看五线谱独奏，曾在市内作过10多场表演。在一次全镇的妇女干部会上，被邀演奏，一曲《龙的传人》博得全场喝采。

陈淦林

陈淦林：《新绽的花蕾——石龙镇业余小提琴班》

《南方日报》1987 年 12 月 10 日第 2 版

合理调整用地结构和品种结构

东莞市初步形成创汇型农业格局

近8年农副产品出口累计创汇逾3亿美元

本报讯　东莞市从国际市场需求出发，大力开发农业资源，发展创汇型农业，取得显著成绩。目前全市已初步形成了创汇型农业格局。从1979年至去年的8年时间，全市农副产品出口累计创汇3.26亿美元。今年1至9月，农副产品出口创汇达5878.18万美元。

东莞市历来有出口鲜活农副产品的习惯。近三四年来，他们着力于农业结构改革，一方面投放大笔资金，开发农业资源；另方面合理调整用地结构和农产品的品种结构，以适应国内外市场需要。他们在保证粮食生产稳定增长的前提下，大力发展水果、蔬菜、花卉、渔业、畜牧业等在国内外市场高值畅销的农副产品，为农副产品出口创汇打下了扎实的物质基础。如荔枝，1978年出口471吨，去年提高到2392吨；水产品1978年出口8.4吨，去年提高到354吨；鲜蛋1978年出口281担，去年提高到2100担；三鸟1978年出口40.87万只，去年达到97.9万只。

东莞市在改革农业结构的同时，还兴办了一批外向型农副产品出口生产基地。他们采取农业部门、外贸部门自办基地，部门与区乡联办基地，外贸专业公司与生产单位或农户以签订购销合同形式办基地等办法，建成水果、水产、禽畜、蔬菜、花卉等出口生产基地（场）2172个，其中外贸出口鲜活商品基地63个。

东莞市还利用地方留成外汇，引进了丹麦、西德、荷兰、瑞典、日本等国的先进技术设备，新办和改建了10多家农副产品加工企业，对农产品实行精加工和深加工，开发了果汁饮料、食品罐头、速食面、高活性干酵母、草地毯等一批新产品，打进国际市场。去年全市农副产品及加工制品的出口品种达214个，出口创汇5854万美元，比1978年增长1.38倍。此外，还大力发展以“三来一补”为主的乡镇企业。8年来“三来一补”企业累计创汇2.3569亿美元，成了创汇农业的重要支柱。（尹景辉、冯章）

尹景辉、冯章：《合理调整用地结构和品种结构　东莞市初步形成创汇型农业格局》

《南方日报》1987 年 12 月 15 日第 1 版

摘要：报道了东莞大力发展创汇型农业。一是加大投资，开发农业资源，调整用地和农产品结构，大力发展畅销型农副产品；二是举办外向型农副产品出口生产基地；三是利用外汇留成，引进先进技术设备，兴建农副产品加工企业，对农产品进行精加工和深加工；四是利用“三来一补”企业创汇。这些措施，使东莞初步形成了创汇型农业格局。

乡镇企业也在深化改革提高效益

石碣镇办企业推行“一包三年”制

本报讯　东莞市石碣镇对镇办企业全面推行“一包三年”的经济责任制，把责、权、利统一起来，落实到企业，有效地调动了企业的积极性，增强了企业活力，提高了经济效益。今年1至10月，镇办工业总产值达3935万元，利润370万元，分别比去年同期增长35%和20%。全镇37个企业中，已有17个企业完成全年的产值、利润任务。

石碣镇办企业过去实行“一包一年”的经济责任制。这种责任制存在着三大弊病：一是“鞭打快牛”，生产搞得好、经济效益高的企业，任务年年增加，挫伤了这些企业的积极性。二是制约着企业的自身发展，企业只考虑如何完成当年任务，不愿考虑改造更新企业和发展新项目，尤其当年不能见大效的项目。三是企业存在着雇佣思想，妨碍企业经营机制的建立和完善。

针对上述情况，石碣镇委、镇政府决定从今年开始，实行“一包三年”的经济责任制。具体内容包括3个方面：一是实行集体承包，“一包三年”。镇对企业定领导、定班子成员名额和职工人数，定产值、定利润、定领导成员和管理人员的基本工资，定超额利润分成比例（企业占4成，镇占6成）。并规定承包期内发展的新项目。二是由厂长经理自行组阁。在生产计划、机构设置、人事安排、物资使用、财务管理、劳动工资、科研技改、产品开发、资金投放、新上项目、奖金发放等方面，厂长经理都有自主权。三是实行基本工资加浮动工资，把企业效益与经营者个人利益挂上钩。

该镇实行“一包三年”的经济责任制以后，取得了较好的效果。不少企业积极挖掘内部潜力，力争增产节支，以增加利润。一些“三来一补”企业对引进的先进技术和设备都积极进行消化吸收，生产自己的产品。据统计，目前全镇已有6间厂利用引进设备和技术生产内销产品，今年产值可达1000万元。

（冯章、刘旭枝）

冯章、刘旭枝：《乡镇企业也在深化改革提高效益　石碣镇办企业推行“一包三年”制》

《南方日报》1987 年 12 月 25 日第 2 版

虎门贸易公司在穗设分公司

本报讯 东莞市虎门贸易公司25日正式成立广州分公司。该公司主要经营印刷用纸张、油墨和包装装潢用原辅材料，并兼营五金交电、日用百货等各种商品。 （陈）

陈：《虎门贸易公司在穗设分公司》

《南方日报》1987年12月27日第1版

方便米粉生产线在东莞市投产

本报讯 按照传统工艺研制的“方便米粉”生产线，26日在东莞市通过技术鉴定，并在东莞市二轻米制品厂投入生产。由广州人民机器厂研制的这条生产线，碾米、除沙、磨浆等，全部自动化，而且粉丝不需蒸煮，用开水泡浸三四分钟便可食用。 （王录业）

王录业：《方便米粉生产线在东莞市投产》

《南方日报》1987年12月28日第1版

南方日报

1988年

昨晚，广州东方乐园里万众欢腾。图为参加省首届民间艺术欢乐节活动的人们，正在欣赏东莞市烟花炮竹厂燃放的烟花和火龙表演。 本报记者 摄

本报记者：《昨晚，广州东方乐园里万众欢腾》

《南方日报》1988 年 1 月 1 日第 1 版

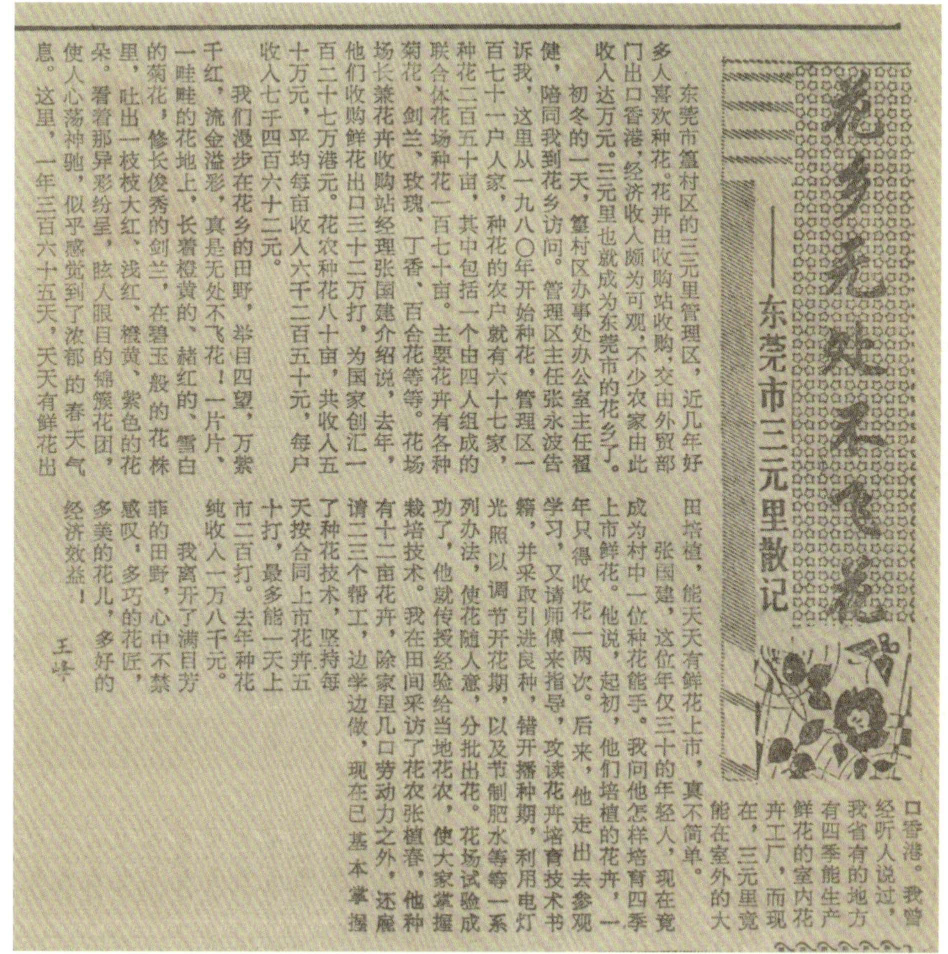

花乡无处不飞花

——东莞市三元里散记

东莞市篁村区的三元里管理区，近几年好多人喜欢种花。花卉由收购站收购，交由外贸部门出口香港，经济收入颇为可观，不少农家由此收入达万元。三元里也就成为东莞市的花乡了。

初冬的一天，篁村区办事处办公室主任翟健，陪同我到花乡访问。管理区主任张永波告诉我，这里从一九八〇年开始种花，管理区一百七十一户人家，种花的农户就有六十七家，种花二百五十亩，其中包括一个由四人组成的联合体花场种花一百七十亩。主要花卉有各种菊花、剑兰、玫瑰、丁香、百合花等等。花场场长兼花卉收购站经理张国建介绍说，去年，他们收购鲜花出口三十二万打，为国家创汇一百二十七万港元。花农种花八十亩，共收入五十万元，平均每亩收入六千二百五十元，每户收入七千四百六十二元。

我们漫步在花乡的田野，举目四望，万紫千红，流金溢彩，真是无处不飞花！一片片、一畦畦的花地上，长着橙黄的、赭红的、雪白的菊花，修长俊秀的剑兰，在碧玉般的花株里，吐出一枝枝大红、浅红、橙黄、紫色的花朵。看着那异彩纷呈，眩人眼目的锦簇花团，使人心荡神驰，似乎感觉到了浓郁的春天气息。这里，一年三百六十五天，天天有鲜花出口香港。我曾经听人说过，我省有的地方有四季能生产鲜花的室内花卉工厂，而现在，三元里竟能在室外的大田培植，能天天有鲜花上市，真不简单。

张国建，这位年仅三十的年轻人，现在竟成为村中一位种花能手。我问他怎样培育四季上市鲜花。他说，起初，他们培植的花卉，一年只得收花一两次。后来，他走出去参观学习，又请师傅来指导，攻读花卉培育技术书籍，并采取引进良种，错开播种期，利用电灯光照以调节开花期，以及节制肥水等等一系列办法，使花随人意，分批出花。花场试验成功了，他就传授经验给当地花农，使大家掌握栽培技术。我在田间采访了花农张植春，他种有十二亩花卉，除家里几口劳动力之外，还雇请二三个帮工，边学边做，现在已基本掌握了种花技术，坚持每天按合同上市花卉五十打，最多能一天上市二百打。去年种花纯收入一万八千元。

我离开了满目芳菲的田野，心中不禁感叹：多巧的花匠，多美的花儿，多好的经济效益！

王峰

王峰：《花乡无处不飞花——东莞市三元里散记》

《南方日报》1988 年 2 月 7 日第 2 版

认真落实干部岗位责任制
东莞对市镇干部论功行赏

本报讯（特约通讯员冯章）东莞市在总结去年工作的基础上，全面兑现市、镇两级机关干部实行岗位责任制的奖罚，做到论功行赏，奖罚分明。目前，全市广大干部正满怀信心做好今年工作，加速经济全面发展。

东莞市去年两个文明建设取得显著成绩，全市工农业总产值达36.4亿元，比上年增10个亿，增长38%；同时，初步形成了外向型经济格局，为国家创汇2.65亿美元。体育、教育、卫生、造林绿化等工作成绩优异，有21个市属局一级以上的单位分别受到中央、省、地表扬或评为先进单位。

东莞市从1983年起实行农村基层干部岗位责任制，明确了基层干部的职责，调动了广大干部的积极性，大家都在各自的岗位上努力工作，推动了两个文明建设的蓬勃发展。1984年起，他们把农村基层干部的岗位责任制推广到市直部、委、办、局机关。并且发展成市、镇（区）、乡干部任期目标管理责任制。干部岗位责任制的主要内容包括“三定”：定指标。根据全市两个文明建设的主要任务，具体分解为几项主要指标；定分数。实行百分制，对各项具体指标定出具体分数，年终按指标完成情况计分；定奖惩。年终评比，按分奖惩，超额奖分，不完成任务扣分。各镇根据市的“三定”办法，相应制定出乡村干部的岗位责任制和任期目标责任制。市直局级以上单位，则根据各自的具体工作，也制定了岗位责任制。

市委、市政府春节前专门召开了会议，在总结一年来工作的基础上，认真开展了评比工作。各镇（区）按完成各项工作的指标计分，以分数计分值，其中最高的镇干部人均奖励1243元，最低的镇干部人均奖励550元。

冯章：《认真落实干部岗位责任制　东莞对市镇干部论功行赏》

《南方日报》1988 年 2 月 23 日第 1 版

茶山服装玩具厂厂长林肖娟荣获全国优秀女企业家称号

本报讯　由全国妇联、农牧渔业部等共同举办的“首届全国优秀女企业家”评选活动近日揭晓，我省东莞市茶山服装玩具厂厂长林肖娟榜上有名，荣获“全国优秀女企业家”光荣称号。

1979年以来，林肖娟和其他同志一道，引进来料加工，生产的玩具、服装远销美国、加拿大和西欧、东南亚等，使该厂成为全省轻出公司玩具出口的生产基地，去年总产值达1700万元，利润143万元，上缴税利80万元，创汇260万美元。

（郑成业）

郑成业：《茶山服装玩具厂厂长林肖娟荣获全国优秀女企业家称号》

《南方日报》1988 年 2 月 28 日第 1 版

为港商办厂提供理想场地

东莞动工兴建大岭山工业村

本报讯　东莞市大岭山镇经济发展公司与香港南区工业村发展有限公司合作，于大岭山镇内兴建一个工业村，为港商前来办厂提供理想的场地，这一合作为期30年。合同签订仪式和工业村破土动工剪彩仪式昨日在大岭山镇举行。

这一工业村首期工程投资5000万港元，占地15万平方米，预计用80个晴天可以竣工。据悉，该工业村还打算用8年时间继续兴建第二、三期工程，占地1000多亩，兴办200家工厂，整个工业村的基建投资约需8至4亿港元。据有关方面透露，首期工程所计划兴建的厂房，现已被香港厂家认购一空。

（冯章）

冯章：《为港商办厂提供理想场地　东莞动工兴建大岭山工业村》

《南方日报》1988 年 2 月 28 日第 1 版

东莞中麻公路通车

本报讯 全省桥梁密度最大的东莞中麻公路昨日举行通车典礼。至此江河成网的东莞市实现了镇镇通汽车。

中麻公路全长12公里，有桥梁12座。

（何少英）

何少英：《东莞中麻公路通车》

《南方日报》1988 年 3 月 3 日第 1 版

改革金融体制 设立民间机构

东莞初步形成资金融通网络

本报讯 （特约通讯员冯章）东莞市大胆改革金融体制，已在全市初步形成了一个多层次、多形式、多渠道的资金融通网络，有力地促进了经济建设的发展。

东莞市在探索金融体制改革中，首先是充分发挥国家银信部门的主渠道作用，在人民银行东莞支行和工商银行、农业银行、中国银行、建设银行等四家专业银行支行中，打破行业分割垄断，实行综合性经营，开展业务竞争。如以储蓄为例，四家专业支行都在全市城乡设立储蓄网点，扩大储蓄业务，从而使全市储蓄网点从一九七八年的五百四十九个增加到七百六十一个。去年底，全市城乡个人存款余额达到十八点八七亿元，比上年末增加五点七七亿元，增长百分之四十三点七三，这就为经济建设积聚了大量资金。与此同时，国家银信部门还大力开拓资金拆借市场，成立金融系统资金拆借中心，积极向外组织资金。去年全市各家银行共拆入资金五十一笔，金额四亿多元，其中向市外拆入二十三笔，金额二点九亿多元，从而解决了季节性和临时性的资金困难，促进了横向资金融通。此外，银行部门还建立了银行系统票据交换所及外汇调剂中心，实行同城票据交换和单位、企业之间的外汇余缺调剂，从而加速了资金的周转，解决了部分用汇单位缺乏外汇的困难。

东莞市在发挥国家银信部门主渠道作用的同时，又采取多种形式设立民间金融机构，开拓民间资金市场。如建立城市信用合作社，开展民间信贷业务。去年先后成立了莞城、虎门两个镇办的城市信用社，至年底止，两社各项存款余额达二千六百一十五万元，各项贷款余额达二千三百八十五万元。其次，是成立东莞市财务发展公司，通过开展存贷业务，调剂企业之间资金余缺。这个公司从去年三月成立至年底共吸收资金一点二亿多元，发放贷款一点一亿多元，在支持企业解决流动资金不足，帮助部分老企业改造和新项目上马，开发能源交通等方面，均起到了一定的作用。此外，全市多数镇（区）和部分乡村、企业，还采取发动当地职工、群众投资入股，在社会上发行债券、股票、有价证券等多种形式，把分散在群众手中的消费资金用到建设上来。有的镇（区）、企业还跨部门、跨单位、跨省市向外借款。仅去年，全市三十三个镇（区）就以上述形式向群众集资、向外地借款共一点九亿多元，用于兴建厂房。

冯章：《改革金融体制 设立民间机构 东莞初步形成资金融通网络》

《南方日报》1988 年 3 月 28 日第 1 版

摘要： 报道了东莞市在改革金融体制中通过让国家银信贷部门实行综合性经营，开展业务竞争，同时大力开拓资金拆借市场，积极向外组织资金；设立民间金融机构，开拓民间资金市场；成立东莞市财务发展公司，开展存贷业务，调剂企业之间资金余缺；发动群众投资入股，把群众手中分散的消费资金用到经济建设上来等措施，在全市初步形成了一个多层次、多形式、多渠道的资金融通网络。

东莞公路密度居全国首位

全市区、镇、乡全部通汽车

本报讯 （记者何少英）目前东莞市全市通车里程已达一千五百六十多公里，平均每平方公里便有公路零点六公里多，公路密度跃居全国首位。

东莞市政府从一九八〇年起，集中力量大搞交通建设。他们制订了一套「全方位」办交通的方案，实行重点公路市里重点投资、市镇公路市助镇办、镇乡公路镇助乡办、乡村公路乡助村办、专用公路专用部门自己办等方式，共集资一点六亿多元，新建桥梁六十多座，铺筑水泥路六百七十多公里、柏油路一百二十多公里，扩建新建公路近二百公里。这样，东莞全市三十四个区镇、五百零七个乡全部实现通汽车。

何少英：《东莞公路密度居全国首位　全市区、镇、乡全部通汽车》

《南方日报》1988 年 4 月 27 日第 1 版

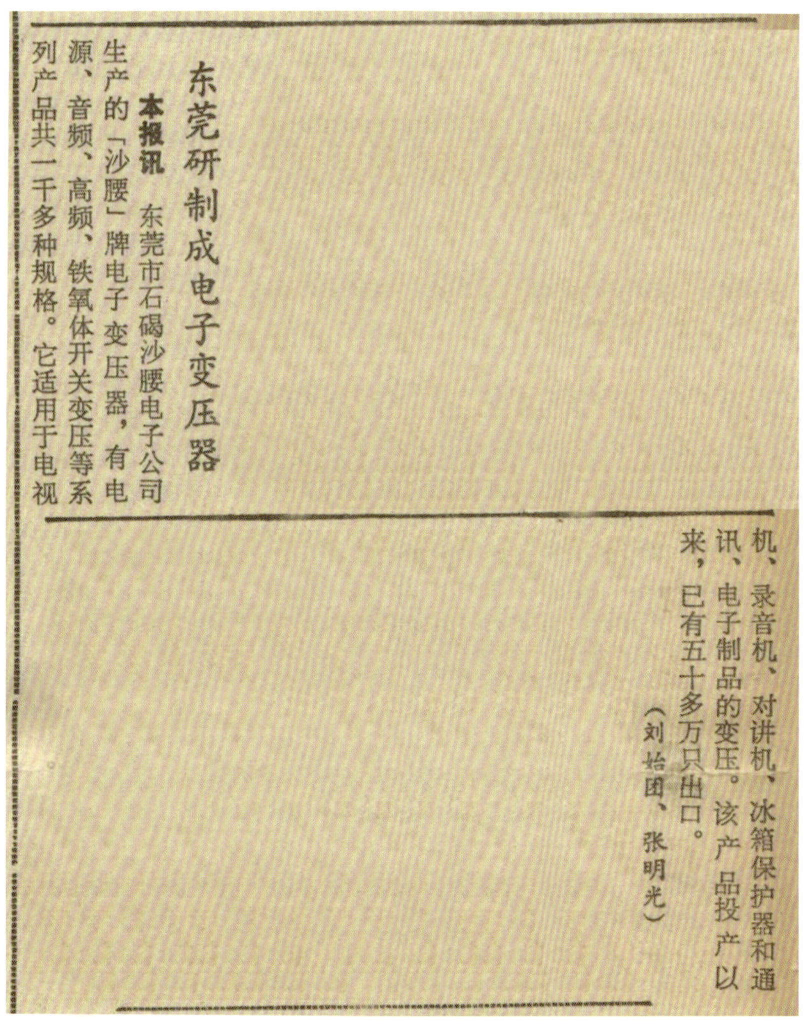

东莞研制成电子变压器

本报讯 东莞市石碣沙腰电子公司生产的「沙腰」牌电子变压器，有电源、音频、高频、铁氧体开关变压等系列产品共一千多种规格。它适用于电视机、录音机、对讲机、冰箱保护器和通讯、电子制品的变压。该产品投产以来，已有五十多万只出口。

（刘始团、张明光）

刘始团、张明光：《东莞研制成电子变压器》

《南方日报》1988 年 4 月 30 日第 2 版

进一步提高“三来一补”水平

——访东莞市市长郑锦滔

本报记者　李通波　特约通讯员　冯章

“对‘三来一补’，我们的方针是‘一要发展，二要提高’。即从前几年引进资金、技术办实业、打基础阶段，转到引进与消化、吸收并重，上水平、上规模、上效益的新阶段。”这是东莞市市长郑锦滔在接受记者访问时说的话。

郑锦滔回顾说，东莞市发展“三来一补”至今已有9年历史。通过“三来一补”，我们革新了全市的食品、五金、医药、建材、家具等行业，而且兴办了电子、纺织、服装、塑料、玩具、机电、电器等行业，从而使全市2／3的农村劳力从农业转移到工业、第三产业中来，并促进了外向型农业的发展，加快了交通、能源、电讯等基础设施的建设，拓展了国内外的经济交往，使文教、卫生、科技、体育事业也得以加强。

如何进一步提高“三来一补”水平？郑锦滔说，现在，我们在洽谈引进新项目时，都注意选择产品档次高、在国际市场上销路大的产品。如目前正在洽谈或已签订协议准备投产的项目中，就有生产岩棉、酱料、显示器、酶制剂、长毛绒、嘉顿饼干、浓缩果汁等国际市场上十分畅销的产品。今后我们有了这些拳头产品，就不但可以提高经济效益，而且可以提高东莞在世界的知名度。其次，我们在引进设备时也注意考虑技术先进、工艺水平高的项目。如我们引进的一条全自动面粉生产线，日产面粉达73吨，人均年创产值达27万多元。第三，我们还注意着重发展一些规模较大的骨干企业。仅近两年全市引进的年产值达1000万元以上的项目就有23宗，每年新增的产值达几亿元以上，其中有的项目还填补了国内空白。第四，我们将逐步实现原材料国产化。即就地生产外商所需要的原材料，就地卖给外商加工产品出口。这样，不但可以为国家多创造外汇，而且可以为外商节省运输费用，使其获取更高利润。第五，我们在引进过程中还注意消化、吸收国外先进技术，以尽快把东莞的工业提高到一个新的水平。

李通波、冯章：《进一步提高“三来一补”水平——访东莞市市长郑锦滔》

《南方日报》1988 年 5 月 16 日第 1 版

我省将建彩色显像管厂

由东莞市与香港北方集团合资建设

本报讯 经国家有关部门批准，我省将建设彩色显像管厂，以加快彩色电视机生产步伐。

广东彩色显像管厂将由东莞市与香港北方集团合资建设，生产具有80年代先进水平的平面方角大屏幕显像管，设计能力为年产21英寸FS型彩色显像管150万只，其中25%的产品返销国际市场。该项目总投资为4.5亿元，其中外商出资25%，广东出资的75%将列入广东省基建投资规模。目前，这个项目的前期工程正在抓紧进行，厂址已选定在东莞市的周溪，已完成了三通一平。（刘永田）

刘永田：《我省将建彩色显像管厂　由东莞市与香港北方集团合资建设》

《南方日报》1988 年 6 月 3 日第 1 版

川粤三县一市在东莞联展书画

本报讯 四川省灌县、新都县、洪雅县和我省东莞市政协书画联展，最近在东莞市举行。联展作品包括书法、山水画、花鸟画等近200幅。（陈镜坤、张明光）

陈镜坤、张明光：《川粤三县一市在东莞联展书画》

《南方日报》1988 年 6 月 5 日第 2 版

“嫁接”显灵验

——东莞利用外资改造老企业的启示

编者按 利用外资改造老企业，值得提倡。实践证明，采取这种办法，外商不但带来资金，带来设备，带来管理经验，而且带来销售网络，使我们在不用拿许多配套资金的情况下，实现向外向型经济的转变。赵紫阳同志今年初视察深圳、东莞时，称这是一个“嫁接”新技术的好办法，潜力很大。东莞市一些企业这样做了，是有识之举。

东莞市数百家国营老企业，利用外资进行技术改造，结果焕发了青春。最近，我们在那里参观了3家这样的工厂，颇受启发。

柳暗花明

东莞石龙通达工业公司——这个由9家工厂组成的集团式企业，去年产值达1900万元，今年可望达到4000万元。谁能相信，7年前他们的年产值还不到9万元呢！

这个企业发展为何这么快？副总经理黄犇对我们说，公司的前身是石龙汽车配件厂，有几十年历史。那时虽拥有1000多平方米厂房和一批车床，但由于设备陈旧、技术落后，产品常常被用户打回头，企业濒临关门散伙的困境。1984年，他们与港商合作办起了表带厂、电子厂、开关厂，当年产品销售额就达60多万元，次年又上升到600多万元。此后，又有许多外商找上门来签订合资项目，有的带来设备，有的带来资金。目前，他们与外商合办的9家工厂，有生产食品、塑料制品的，有生产表带、电子产品的，还有生产时装服装的。这里生产的飞腾牌运动衣，被评为国家名牌产品，源源运销美国。

借船出海

在东莞电扇总厂，副厂长赵丙权向我们介绍了该厂产品“借船出海”，打到国际市场上去的经过。他说，前几年该厂生产的金鹿牌鸿运扇虽有点名气，但后来受到全国许多新建电扇厂的冲击，销量一跌再跌。为了竞争，该厂不得不把价格一压再压，为了寻求新的出路。他们作出了把产品打到国外市场去的正确决策。1986年，他们与香港安全电扇公司达成协议，对方以设备、我方以厂房作价入股合资办厂，产品由外商包销。经半年时间筹建，很快便投入生产，年产60万台工业吊扇。赵丙权高兴地说，从此我们全力以赴生产这一产品，并靠“借”来的“船”销到国际市场上去，参与竞争。

省钱省事

在东莞东美食品有限公司，我们同总经理莫和攀谈起来。这间厂原叫东莞粉厂，建于1952年，是专门生产木薯淀粉的。设备因年久陈旧，淀粉提取率只达64%。前些年，他们曾打算引进外资建一间新厂，但算来算去，不但拿不出配套资金，而且周期也长，最后终于改变了主意，决定利用外资在原有基础上进行改造。他们专门邀请了美国食品公司前来考察。外商觉得这间老厂有足够的厂房，而且又有几十年生产淀粉的经验，愿意出资132万美元，引进一套先进生产线，并负责安装、调试、培训工人。

我们边谈边进车间参观，只见一条全由电脑控制的生产线正在工作。莫总经理介绍说：这就是外商投资从瑞典引进的，从木薯破碎、磨粉到成品包装，整个生产过程全是密封式进行，不但速度快、产量高，淀粉提取率比以前提高了22%，而且还符合卫生要求。经济效益也比以前提高了，全员劳动生产率从原来的2万元提高到现在的6万元。他十分满意地说：“这种‘嫁接’办法真好，比合资新办一间企业省事，不必花钱盖厂房，也不必重新招工搞培训，新机器一安装就可投产，确实合算。”

记者 李通波 谢炳文
特约通讯员 冯 章

李通波、谢炳文、冯章：《“嫁接”显灵验——东莞利用外资改造老企业的启示》

《南方日报》1988 年 6 月 12 日第 2 版

东莞市选出领导人

本报讯 在刚结束的东莞市第九届人民代表大会第三次会议和第六届政治协商会议第三次会议上，洪钢当选为市人大常委会主任，郑锦滔当选为市长，陈矛当选为市政协主席。

在市人大、政协会议召开之前，东莞市召开了第七次党代会，会上，欧阳德当选为中共东莞市第七届委员会书记，郑锦滔、叶耀当选为副书记。 （冯章、方毓佳）

冯章、方毓佳：《东莞市选出领导人》

《南方日报》1988 年 6 月 18 日第 1 版

虎门绸花多娇娆

——访东莞市虎门镇太平人造花厂

听说太平人造花厂近期又有新的发展，他们生产的各款人造植物盆景，在国际市场上炮炮打响。我们怀着仰慕的心情，再次访问了这个名驰遐迩的工厂。

太平人造花厂座落在虎门镇竹洲山下。我们刚踏入工厂，就被眼前一栋栋新楼吸引住了。工厂的同志把我们引进新落成的样品间里。这里简直象个花园！往上望，是葡萄缠绕在棚中的碧绿蔓藤，藤节结着一串串的葡萄；往下看，有婷婷玉立的吊钟花，灼红似火的石榴花；这边是“出于污泥而不染”的莲花；那边是素有“花中神仙”美称的海棠；还有那傲霜怒放的菊花；妩媚潇洒的龙吐珠。一株株生动逼真的花木，一个个色彩斑斓的场景，争奇斗艳，美不胜收。这些虽都是绸做的人造花，但却栩栩如生，与真花一个模样。

太平人造花厂是一间与港商合作经营的“三来一补”企业。原材料从国外来，产品销往国外去。自1983年投产以来，生产不断发展，规模逐步扩大。现已有制作人造花的设备500多台，职工达到2000多人，生产的人造花100多个品种。产品除销售港澳外，还远销到美国、西欧等近100个国家和地区。去年工业总产值2200万元，为国家创汇1800万港元。为了扩大生产，这个厂和东莞市轻工业出口公司联合投资兴建6万平方米的新厂区。第一、二栋生产大楼，面积26000平方米，正在加紧施工，计划9月份建成。

方德成厂长带我们参观工厂的生活区。在单身职工的集体宿舍里，每个房间都安装有电风扇，浴室里还装有热水器。最吸引人的则是工厂幼儿园。这是一间宽敞、明亮的房子，地下是漂亮的水磨石，墙上贴着洁白的瓷砖，周围摆着各式各样的人造盆景，环境十分幽雅。我们边看边想：“一个镇办的企业，有这样的福利设施，真了不起。”厂里有个干部好象知道我们在想什么，向我们介绍说，厂里还经常举办各种联欢会、运动会，举办生产积极分子大奖赛，工人对此很有兴趣。

人造花厂的产品是娇艳多姿的，人造花厂职工的生活也是丰富多彩的。我们要感谢那些为我们美化生活而辛勤劳动的人。 慧玲 洁璇

慧玲、洁璇：《虎门绸花多娇娆——访东莞市虎门镇太平人造花厂》

《南方日报》1988 年 6 月 18 日第 2 版

东莞市饮食行业积极开展“技能拥军”活动，多年来先后免费为南海舰队培训厨工904名。图为“八一”建军节前夕，该市龙轩酒店厨师正在为海军战士讲授刀法。 张全跃 摄

张全跃：《东莞市饮食行业积极开展“技能拥军”活动，多年来先后免费为南海舰队培训厨工904名》

《南方日报》1988 年 7 月 25 日第 1 版

把尊师重教列入经济发展规划
常平镇采取措施提高教师待遇

本报讯 东莞市常平镇把尊师重教、培养人才作为振兴经济的一项重要内容来抓，采取有效措施，提高教师的社会地位和经济收入，稳定了教师队伍。

近几年来，常平镇教师中自动离职转行的为数不少。镇委、镇政府经过分析，认为重要的一个原因是，社会上尚未形成尊师重教的良好风气，为教师办的实事还不多，教师的收入与其他行业的人收入的差距越来越大。为此，常平镇把稳定教师队伍，发展教育事业，培养人才列入经济发展规划中，在加强思想教育的同时，采取切实措施，提高教师的社会地位和经济收入：一是解决教师住房困难。1986年，已经拨款70多万元建了4幢教师宿舍大楼。今年计划再投资43万元建一幢36个单元的教师宿舍大楼，使全体教师都能住上新房。二是积极帮助教师解决夫妻两地分居的困难。三是优先安排教师子女和家属就业。

此外，从1987年12月起，常平镇还采取镇政府补贴一部分、管理区补贴一部分等办法，使全镇622名教职工每人每月增加生活补贴50元。该镇经常开展尊师重教活动，逐步形成尊师重教良好风气。 （冯章、方毓佳）

冯章、方毓佳：《把尊师重教列入经济发展规划　常平镇采取措施提高教师待遇》

《南方日报》1988年8月9日第1版

重振雄风

——访东莞风扇总厂

一个骄阳似火的晌午，我们来到东莞风扇总厂访问。厂长丁玉棠和副厂长梁道面带喜色地向我们介绍生产和产品销售情况。他们说，今年的风扇销路渐入佳境。1月至5月，已产各式风扇16万台，全部销出，供不应求。其中出口风扇7.8万台，创汇121万美元。

当今，风扇市场竞争十分激烈，东莞风扇总厂就曾在竞争中吃过苦头，1986和1987年积压过10万台风扇。如今这个厂又是怎样在竞争中翻身的呢？厂领导告诉我们，是竞争使他们改进了经营。首先，他们致力于提高产品质量，增加新产品。他们先后推出了箱式扇，康乐扇，豪华装饰吊扇等新产品，还根据用户要求，生产有微风档装置的鸿运扇和抽油烟机。

在产品销售上，他们抓住国际市场的新机遇，千方百计沟通国外市场，扩大产品出口。今年头5个月，他们通过香港某公司就先后出口风扇13200台，销往法国、意大利、西班牙等国家。同时，他们还把自己的产品分别送往在加拿大、苏联、新西兰举行的国际博览会展出，提高东莞嘉美牌风扇的知名度。现在，东莞风扇总厂的风扇，已行销世界五大洲，还在北京、上海、哈尔滨、沈阳、天津等15个城市建立了常年的销售网点。

梁道还告诉我们，他们与港商合作创办了两家中外合资公司，外商投资1700万港元，生产家用电器、泡沫塑胶、包装材料、电镀制品、吊扇等产品。吊扇全部出口，其余的产品七成外销，使企业办成外向型企业。

东莞风扇总厂正在向集团式企业和外向型企业迈开了可喜的一步。

王　峰

王峰：《重振雄风——访东莞风扇总厂》

《南方日报》1988 年 8 月 14 日第 2 版

虎门大渡口码头即将兴建

明年底建成后，来往于深圳珠海的车辆可不再绕道广州

本报讯（记者何少英）省公路局和东莞市、番禺县决定共同集资兴建虎门大渡口渡车船码头及两岸连结码头的公路。目前番禺县连接渡口的公路已动工兴建，码头钻探测量工作已进入紧张阶段。

虎门大渡口从番禺南沙起，至东莞市威远岛（土名蛇头湾）止，地处珠江出口的河海交界处，水面宽达3.1公里，水深流急。计划渡口两岸各建两座可随潮水涨退而升降的自动提升码头，投资约7000万元，明年底建成使用。

该渡车船码头建成后，省公路局将提供多艘大型渡车船解决来往车辆的渡运问题。届时，来往于深圳、珠海间的车辆可不再绕道广州，从而大大减轻广州市区的交通压力，而且行车里程缩短近百公里；从江门、鹤山等地开往深圳的车辆，行车里程也可缩短110多公里。

何少英：《虎门大渡口码头即将兴建》

《南方日报》1988 年 8 月 19 日第 1 版

跨度世界第一　投资共约五亿
虎门海湾大桥明年初动工兴建

本报讯　（记者何少英）广深珠高速公路的控制工程——虎门海湾大桥，最近已完成设计方案，并开始了施工图纸的设计，计划明年初动工兴建，1991年建成通车。

虎门海湾大桥将建于水面宽3300米、水深31米的珠江出海处，从东莞虎门镇威远山横跨海湾至番禺南沙镇。由交通部公路规划设计院、加拿大泰勒公司和香港奥雅纳工程顾问公司三家中外有名单位联合设计。设计桥长3600米，宽30米，通航净高60米。主桥采用特大跨径双塔式斜拉桥型，主跨517米，比目前世界上跨度最大的加拿大温哥华大桥还多57米。全桥总投资约5亿元。

据悉，大桥两侧还设行人道，供游人步行上桥观海景。

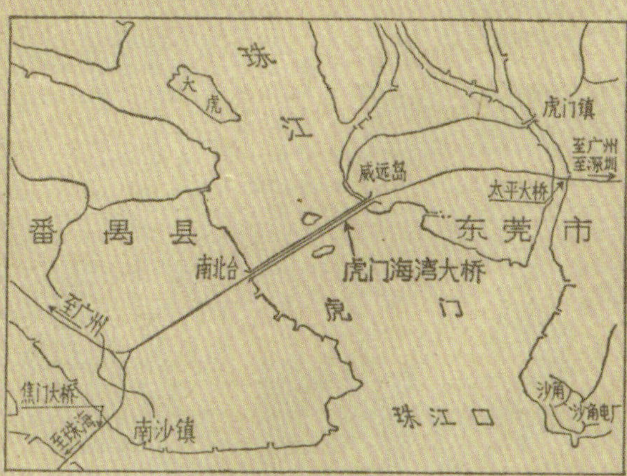

虎门海湾大桥位置图

我省水利水电投资款，过去采用分拨办　金，而要作为工程投资使用。这样，哪里水利水电工作搞得好，哪里就可以多得一些投资。

为落实“以奖代拨”的改革措施，这次会议前，省水利电力厅组织各地对去冬以来水利水电工作进行检查评比。结果，新会、南雄、化州县获一等奖；获二等奖的有5个县（市）；获三等奖的有18个县（市）。奖励款共200万元。

这次由省政府召开的全省水利水电工作会议，将于30日结束。会议主要研究水利水电战线深入改革和贯彻《水法》及部署明年工作。

何少英：《跨度世界第一　投资共约五亿　虎门海湾大桥明年初动工兴建》

《南方日报》1988 年 8 月 30 日第 1 版

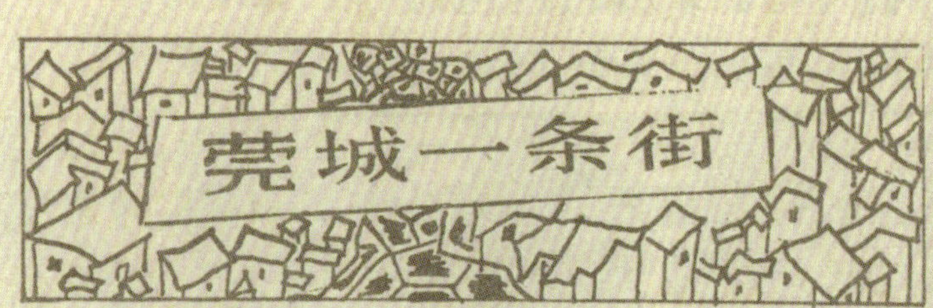

东莞城内有一条街，叫西正街，居住着 900 户人家。可以说，这条街道的变化，是东莞市莞城镇变化的一个缩影。

这条街路面宽敞，汽车、摩托车穿梭往来，人群熙来攘往。街道两旁，40多幢六层高的建筑物鳞次栉比，商店装饰华丽，商品琳琅满目。晚上，霓虹灯、水银灯竞放异彩。街道两旁，一盆盆鱼尾葵，生意盎然，别有一番神采。

久居莞城的人知道，西正街原先是一条清冷寥落的小街。解放前夕，这条街的商店寥若晨星，都是一些低矮破旧的平房。街道狭窄，中间镶嵌着一行花岗岩石条，下雨天，道路泥泞，行走不便，给人一种凄凉的感觉。

改革开放的浪潮席卷东莞市城乡，冲击着这条东莞城的主要街道。随着工业和商业的发展，行经这条街的货车、小汽车、客车、摩托车、自行车的流量大大增多，塞车现象时有发生。1984年，东莞市政府决定对西正街进行第二次拆建，把路面扩大到23米宽，建筑物重新规划兴建。到1986年，西正街的街道建设已全线贯通，楼房也相继完成交付使用。西正街居委会主任叶宴珍告诉我，这条街建成之后，商店就象雨后春笋般一天天多起来，个体户发展尤为迅速。个体户的铺面虽小，但就象春天百花园里的花朵，争妍斗艳。现在，这条街共有商店104家，个体户就有68家。经营商业和服务性行业有40多个，其中有综合商场、肉菜市场、成衣商场、酒楼、旅馆、西餐馆，应有尽有。这里日日人流如潮，生意兴隆。与省内外220多家工商企业建立购销关系，拥有12层高的华商公司，10000种商品把顾客吸引过来，去年总销售额突破1亿元。

原来居住在这条街的260多户人家，在西正街新建后，有相当部分得到优先安排，仍然居住在西正街。不过，他们已不再居住以前的平房，而住上了宽敞舒适的新楼房，有的还买了楼下的铺子，做起生意来。原来住在 111 号的退休工人胡丽南，一家6口，住在一间约30平方米的木板阁楼危房。现在，她不但买到67号二楼一套一厅三房共70平方米的住房，还在住房楼下买到一间45平方米的铺店。她的大女儿已经出嫁，次子在深圳工作，一家住得颇为舒适。除小女儿上学读书外，她与三儿子开办一家小食店，丈夫在外地当教师，没有时间帮手，她就雇请一两个工人，经营粉面饭食品，生意很好，日子过得欢快。

黄昏，我常在这条大街上漫步，抚今思昔，引起我的许多联想。眼前，高楼、大道、车辆、人流交织在一起，呈现着生活的微笑，时代的欢歌……

王　峰

王峰：《莞城一条街》

《南方日报》1988 年 10 月 2 日第 2 版

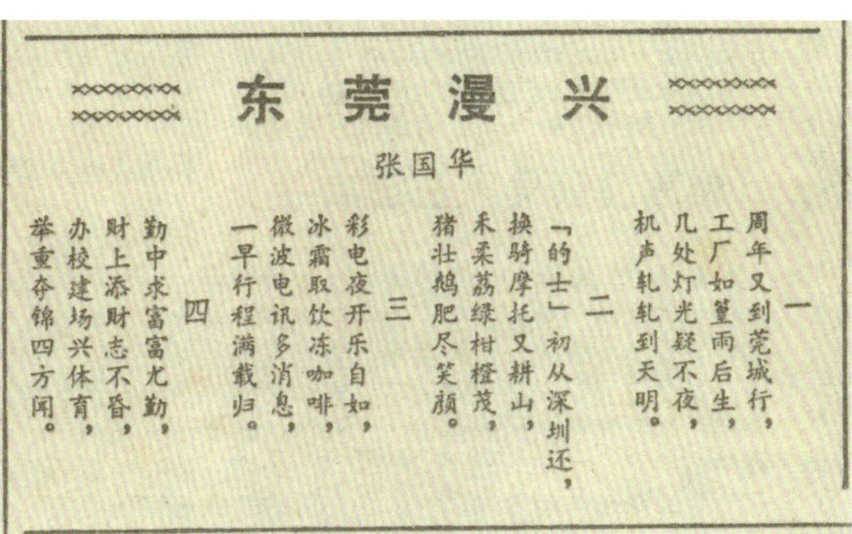

东莞漫兴

张国华

一

周年又到莞城行，
工厂如篁雨后生，
几处灯光疑不夜，
机声轧轧到天明。

二

「的士」初从深圳还，
换骑摩托又耕山，
禾柔荔绿柑橙茂，
猪壮鹅肥尽笑颜。

三

彩电夜开乐自如，
冰霜取饮冻咖啡，
微波电讯多消息，
一早行程满载归。

四

勤中求富富尤勤，
财上添财志不昏，
办校建场兴体育，
举重夺锦四方闻。

张国华：《东莞漫兴》

《南方日报》1988 年 10 月 2 日第 4 版

栩栩如生的电脑绣花

——访东莞市工艺抽纱厂

南国水乡东莞，素以加工生产烟花炮竹闻名于世，如今它又绽开了一朵新花——电脑绣花。为此，我们特前往东莞市工艺抽纱厂访问。步入工厂的样品室，只见一条长长的铝合金玻璃柜中，陈列着1000多种电脑绣、机绣和大型花边机绣的系列产品，颜色五彩缤纷，图案栩栩如生，实在逗人喜爱。

在厂长陈恒荣的带领下，我们来到大型花边机车间。这里整齐排列着4台崭新发亮的巨型机器，长达15米多，高2米，1024个针头不停地转动，刺绣花样似水流般带动着每一根线横向编织，不一会儿，就吐下了五颜六色刺绣花样的图案，上面泛着多姿多彩的立体花边。接着，陈厂长领我们进入3楼多功能电脑刺绣车间。只见一台台电脑绣花机上指示灯跳跃闪烁，随着一排排银针上下起落，机台的布面上很快勾勒出一个个维妙维肖的绣花图案，有“凌空射门”的小熊猫、小花狗，也有胸花、袖章……陈厂长介绍说，电脑绣花的工艺流程是，先由设计人员把设计好的花样放大3至6倍打成样子，然后用电脑穿孔机穿孔，放到绘图板上用电子笔把它变成数据打在专用纸带上，再输入纸带处理机，通过电脑读取器传送进驱动马达，带动框架进行机械传动，就可以变换多种颜色，绣出各种图案来。我们问陈厂长，这种电脑绣花同传统的手绣有什么不同？陈厂长说，最大的特点就是效率高、工艺精。如一个1.3万针的图案，一个绣花工用手绣，1天只能绣2至3个，而1台电脑绣花机1小时即可绣二三十个，效率提高几十倍，而且绣出来的图案具有平、齐、细、密、匀、顺的特点，绣面平顺，轮廓整齐，线条紧凑，粗细均匀，彩色浓淡适宜。陈厂长还告诉我们，该厂是广东省工艺品进出口（集团）公司和东莞市支公司合作经营的，引进的均是日本、西德等国家的先进设备。目前，产品有服装制衣、床上用品、窗帘沙发巾、台布餐巾、皮革鞋帽、花边花章等制品近万种款式，受到海内外客商的青睐。最近，香港有两名抽纱刺绣工艺商人闻讯，已专程来到工厂，1次就要求订货300多万港元。

张明光

每周一厂

张明光：《栩栩如生的电脑绣花——访东莞市工艺抽纱厂》

《南方日报》1988 年 10 月 7 日第 2 版

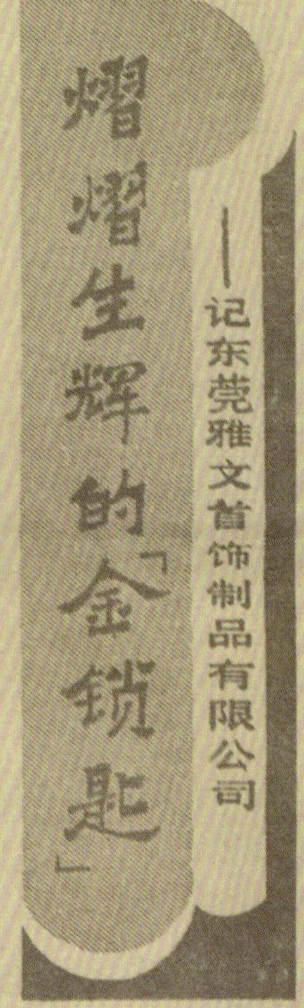

今年举行的88广州龙舟节前，龙舟节组委会曾公开征集厂家制作龙舟节的节徽和吉祥物等产品。许多厂家闻讯都想争得这一制作权，但最后经过评比，这一制作权却为东莞的雅文首饰制品有限公司所夺得。他们制作的一套金龙胸徽、呔夹、锁匙扣、“女足”胸徽和吉祥物等产品，以其设计精美、光泽闪亮而一致获得评委们的青睐。尤其是“女足”的胸徽，连国际足联主席乔·阿维兰热和秘书长彼得·维拉潘先生以及霍英东先生看了都赞不绝口。我们听说公司还是一间乡镇企业，特慕名前往访问。

这家公司座落在东莞市的道滘镇上，是在1979年与香港永昌金属制品厂有限公司进行来料加工的基础上发展起来的。近年来，他们通过技术和设备的大胆引进及消化吸收，积极培训技术人员和工人，生产规模已越来越大。目前该公司有职工400多人，厂房面积近4000平方米。其设计制作的镀金首饰有近千种，从造型图案到镀金正面，枚枚惟妙惟肖，小巧玲珑，千姿百态，光采照人。公司副经理叶应佳首先带我们去参观首饰车间，只见一个个年青姑娘坐在操作台前，灵活地进行打光、电镀、涂色。一块块形态各异的铜片，在她们手中变成了色彩纷呈的胸针、呔夹、锁匙扣。叶应佳拿起一枚飞机模型的胸针对我们说，这是长期为沈阳航空部飞机研究所制作的产品。他们为了制作加工这种胸针，先后跑到上海、北京、厦门、广州、深圳等地，但转了大半个中国却无人愿意按要求为其制作。后来他们来到该公司，公司负责人便一口答应下来。结果，他们一下子就订了6万枚胸针，现在已成为该公司的长期货主。接着，叶应佳又带我们来到包装车间，指着一枚枚闪闪发光的胸花说，胸花首饰是最受人们欢迎的产品，它既有展翅的飞燕、鲜红木棉花，又有飞腾的金龙，等等，款式千姿百态，每年仅这一产品的产值就达近100万元。

叶应佳最后带我们进入产品陈列室，在华丽的壁灯下，各式各样的锁匙扣、项链、耳环、胸针、袖扣、呔夹、戒指等镀金首饰熠熠生辉，真令人眼花缭乱。叶应佳拿着几枚金光闪闪的人造镀金蛇骨手链和弹弓手链说，我们“金锁匙”牌首饰的原制造者是“香港永昌金属制品厂有限公司”。它创立于1961年，是目前东南亚地区规模最大的人造首饰制造厂，日本、泰国和西欧等国以及香港的航空公司和旅游公司，每年都向他们订做大量的首饰，作为纪念品送给顾客。由于他们与我们合资经营了雅文公司，目前国内20多个省市的一些旅行社、航空公司、银行及团体也都慕名前来订购人造首饰。去年全公司总产值达362万元，今年1至9月产值达400多万元，还为国家创造了一笔可观的外汇。我们欣赏着几枚加工制作好的首饰，它们有的以鸟、虫为图案，镶上人造钻石，有的则以各式各样的花卉、稻穗为图案，镶上人造钻石，枚枚玲珑精巧，璀璨夺目，就像真金的一模一样，令人爱不释手。

本报通讯员
叶振锵、张明光

叶振锵、张明光：《熠熠生辉的“金锁匙”——记东莞雅文首饰制品有限公司》

《南方日报》1988 年 11 月 25 日第 2 版

东莞收订明年《南方日报》进展快

至11月30日止全市已收订2.15万份

本报讯 东莞市委重视党报发行工作，邮电部门积极配合，到11月30日止，全市已收订明年《南方日报》2.15万份。

10月份以来，东莞市先后两次召开全市各镇（乡）宣传委员、邮电局负责人会议，由市委领导同志到会动员，布置明年党报、党刊的发行工作。市邮电局及早上门做好老订户的收订工作，同时发展新订户。长安、大岭山等镇收订进度最快，已超额完成明年《南方日报》的收订任务。目前，市委宣传部与邮电部门密切配合，继续抓紧收订工作，争取明年发行《南方日报》3万份。 （强汉）

强汉：《东莞收订明年〈南方日报〉进展快》

《南方日报》1988 年 12 月 5 日第 1 版

身虽客居香港，心系家乡繁荣——

陈晃田与“东莞香蕉片”

在东莞市望牛墩镇政府宽敞的厅堂里，悬挂着该镇旅港乡亲陈晃田先生所赠的一幅巨型山水影塑画和一幅大型玻璃镜画。两幅画之所以吸引人，不全因它的大和美，更由于画下方各书着“我亦愿为孺子牛”7个工整、隽永的红漆隶书字。

前几年，当陈先生回到久别的家乡时，展现在他眼前的是欣欣向荣的景象。抚今忆昔，陈先生感慨良多，深感乡梓振兴有日。他想，我是喝家乡水长大的，自己虽客居他乡，但也应为家乡的繁荣兴旺尽心出力。

东莞是著名的“香蕉之乡”，望牛墩镇更是到处蕉林，常年绿影婆娑。陈先生置身蕉林绿海中，见蕉生情。他得知，近年全市香蕉种植面积已发展至数十万亩，几乎遍及所有镇（区），年总产量达4、5亿斤，可谓周年应市、四季飘香！只是由于此物对纬度、气候和土壤等要求颇严，故我国除寥寥数省（区）外，其余省（区）皆由于“水土不服”而欲种不能，外地人也就啖之不易了。故乡风物总关情。陈先生几度思忖：怎样才能使这大宗家乡传统农产品，馨香远播，满足国内以至国际市场的需求？

有了！陈先生不觉眼前一亮：他记起来了，一次，他到加拿大经商，不是看到当地有香蕉片出售么？家乡的香蕉是否也可以加工成片？他的好主意后来为政府有关部门所接纳了，这使陈先生感到十分快慰，为开辟家乡农产品加工新路，他不顾年事已高和舟车劳顿，设法前往菲律宾参观、考察香蕉的深加工情况，又先后几次与家人一起到外国取回香蕉片样品，提供给望牛墩镇副食品厂参考，以利消化、吸收技术。陈先生还慷慨解囊，为试验、研究“东莞香蕉片”提供了大笔经费。这样，经过近一年的试产，属国内首创、有自己特色的新兴食品——东莞香蕉片终于面世，国内第一家香蕉加工企业——东莞香蕉片厂也于1985年9月正式投产。经食品专家鉴定，东莞香蕉片的质量，并不亚于国外同类产品，它之所以能保存香蕉的原色原味，爽脆可口，味美香甜，含有丰富的多种维生素、碳水化合物和矿物质，与其加工工艺技高一筹、不加添加剂、保鲜期长、不易变质有关。因此，一经问世，就馨香远播，除畅销省内各地外，还极受武汉、上海、北京、新疆以及民航系统等客户的青睐。东莞市政府及一些团体，在外国元首、远方宾客来访或海外赤子归来时，亦多以此物奉献于前，一表乡情美意。

人们赞美这充溢着家乡风味的美食，更赞美陈先生“此心唯愿桑梓兴”的“孺子牛”精神。

纷 纭

纷纭：《身虽客居香港，心系家乡繁荣——陈晃田与“东莞香蕉片”》

《南方日报》1988 年 12 月 12 日第 2 版

东莞50万对女式皮鞋输美

采用优质猪皮生产饺子型各

本报讯　东莞东富皮革制品有限公司生产的女装皮鞋，已全部进入美国市场。该公司采用优质猪皮生产饺子型各式女皮鞋，有红、黄、蓝、黑等颜色共1000多种规格，到目前已出口美国50万多对。（张伟玲）

张伟玲：《东莞50万对女式皮鞋输美》

《南方日报》1988 年 12 月 12 日第 2 版

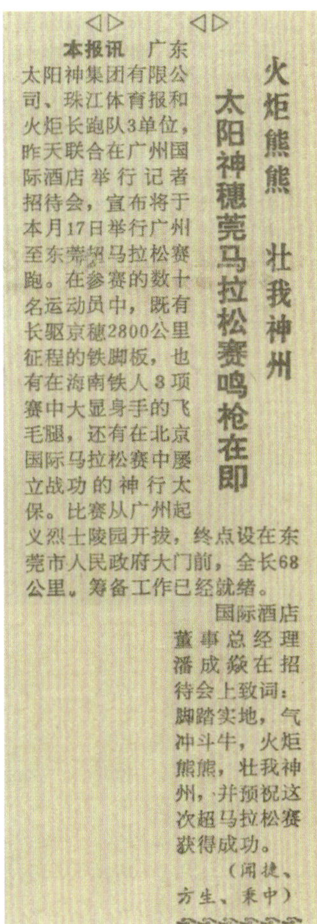

火炬熊熊　壮我神州

太阳神穗莞马拉松赛鸣枪在即

本报讯　广东太阳神集团有限公司、珠江体育报和火炬长跑队3单位，昨天联合在广州国际酒店举行记者招待会，宣布将于本月17日举行广州至东莞超马拉松赛跑。在参赛的数十名运动员中，既有长驱京穗2800公里征程的铁脚板，也有在海南铁人3项赛中大显身手的飞毛腿，还有在北京国际马拉松赛中屡立战功的神行太保。比赛从广州起义烈士陵园开拔，终点设在东莞市人民政府大门前，全长68公里。筹备工作已经就绪。

国际酒店董事总经理潘成燊在招待会上致词：脚踏实地，气冲斗牛，火炬熊熊，壮我神州，并预祝这次超马拉松赛获得成功。

（闻捷、方生、秉中）

闻捷、方生、秉中：《火炬熊熊　壮我神州　太阳神穗莞马拉松赛鸣枪在即》

《南方日报》1988 年 12 月 14 日第 3 版

从老游击队员到企业家

——记东莞汽配分公司经理袁创

今年3月，东莞市人民政府命名一批企业家，荣登榜首的就是广东省汽车配件公司东莞分公司经理袁创。

袁创从一个老游击队员成为一名企业家，省内外的同行没有不赞许的。他出身于一个普通的农民家庭，14岁参加东江纵队进行抗日战争，19岁当了游击队的副连长，在出生入死的战争中曾4次光荣负伤。解放后，当他来到东莞市汽车修配厂的时候，那里只有几十名职工、一台车床和一台摇臂钻，以及用竹木搭起来的简陋车间。但他没有退却，凭着一股勇往无前的闯劲，使工厂越办越大。改革开放以后，他利用东莞的优势，积极开展横向联合，与省汽车配件公司进行联营销售。接着，他又带着供销员、采购员深入市场进行调查。他发现对外开放之后，进口汽车不断增加，不少汽车已陆续进入维修期，急需各种零配件。为此，他便冲破分割经营体制，大力发展横向经营，增加销售网点和维修厂。现在，他们的汽车配件销售网点已遍及全国25个省市的大中小城市，公司本部去年的销售额达5000多万元，创下了人平年销售121万元的纪录。

近年来，随着公司业务的发展，需要建设招待所和停车场，方便客户来往。在建设过程中，他极力主张少花钱多办事，自己能做的就自己来做。于是，他带头劳动。在扩建停车场时，他发现地面有不少碎砖和石块，便顶烈日带着大伙把被遗弃埋在泥里的碎砖石块一块块地捡起来，变废为宝，解决了建筑一条180多米长地下水渠用料，单这项工程就节约费用近万元。

一次，为了提高汽车修配厂的汽车维修质量，该公司与港商合作进口了一台“二氧化碳保护焊机”修车设备，开始时由于不熟悉，操作起来很困难，工人都不愿意干。袁创知道后，便一连几日蹲在车间里，和工人一起对每个部位进行反复摸索、实践，终于摸透了“洋老虎”的脾气。

袁创总是把荣誉、方便、享受让给他人。港商邀请他去香港、澳门旅游，他谢绝了；客商邀请他去日本等国考察，他推却了。1984年公司通过整顿，上级有关部门同意该公司3％的职工晋升一级工资，职工、干部一致推荐他晋升一级工资，但老袁怎说也不要，最后硬是把指标让给其他职工。

梁思本　张明光

梁思本、张明光：《从老游击队员到企业家——记东莞汽配分公司经理袁创》

《南方日报》1988 年 12 月 23 日第 2 版

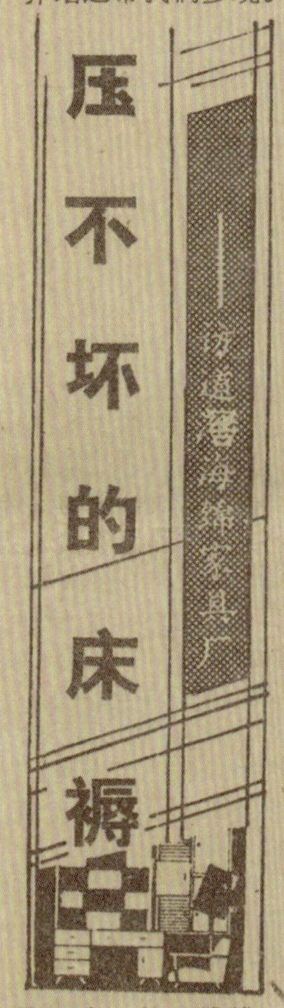

初冬，阳光和煦，我们来到东莞市道滘海绵家具厂。厂长陈铭说："我们厂生产的高级床褥，质优耐用，就算用6吨汽车压过去，床褥也不变形。"我想：你是不是黄婆卖瓜，自卖自夸？便随口说："你敢当场试给我们开开眼界吗？"副厂长叶振帮听了，便立即叫工人搬来床褥放在工厂门前的公路上，只见司机开来一部长七八米的密封箱货车朝着海绵床褥压了过去，床褥安然无损。

这种高质量床褥是怎样做出的呢？厂长边介绍边带我们参观。原来该厂是与香港嘉昌（国际）投资有限公司合作经营的，它的成套生产设备都是引进的。在弹簧床网车间，工人们选用65号锰钢线为原料，经过打簧机一过，锰钢线成为螺旋形的弹簧，再经扎结机、穿簧机、打网机等几个工序，便制造成一张螺旋形的床网。接着，工人把床网放入电脑自动加热恒温炉内，经过几个小时，弹簧便增加弹力40%以上。厂长跟着带我们来到间花车间。这部进价几十万元的间花机，可以按照人们的意愿，间出一百多种图案的花款。只见女工一按电钮，间花机便自动把150厘米宽的面料布和两层海绵片缝了起来。至于制床褥用的海绵，他们也是自行生产的。车间里，工人把自称为"黄油"、"黑油"的化学原料，以及雪种放在一起，加水搅拌后，倒进3个立方米的模具里，转眼工夫，热气腾腾，5分钟后变成一块3立方米大的雪白海绵。待海绵冷后送入割切车间，圆盘切海绵机就把六块3立方米大的海绵，切割成所需要厚度的海绵片。最后一个工序是缝制车间。在这里，只见工人在弹簧床网上，加上一层原块棕片，再加上两层厚厚的海绵片。把缝制好的间花布盖在面上，用维边机把床褥的边牢固地缝起来，一张高质量的床褥便诞生了。

叶振锵

叶振锵：《压不坏的床褥——访道滘海绵家具厂》

《南方日报》1988 年 12 月 23 日第 2 版

正视粮产区出现的新问题

东莞市大抓农业基础地位再教育

明年扩种水稻5万亩，财政收入的10％投放于农业

本报讯 （记者谭立谋，通讯员钟百凌、黄永贵）东莞市认真贯彻全国、全省农村工作会议精神，针对一些同志只重视工业，轻视农业特别是粮食生产的倾向，进行农业是国民经济基础的再教育，摆正工业和农业的关系，采取措施加强粮食生产。

东莞市是我省的“粮仓”，上调国家的粮食任务居全省之冠。过去每年完成上调任务后，粮食有余，这两年却缺粮。从粮食有余到缺口，原因在哪里？在最近举行的市农村工作会议上，这个问题引起了人们的思考。有的同志说，乱占农田建房屋建厂房，把稻田改种经济作物，稻田面积减少，外来人口增加，这些因素都有，但更重要的是有的人思想出现倾斜，认为农业是一碗饭，工业是一桌菜，产值无几，农业搞好搞坏关系不大。在这种思想支配下，有的同志片面强调办工商业，对农业特别是粮食生产有所放松，农业投入减少。去年农业信贷资金，仅占全市总信贷金额的3.7％。

在新形势下应当怎样认识农业，怎样处理好农业和工业的关系？市委、市政府围绕这个问题，引导干部回顾东莞经济发展历史。1978年，东莞市的工业并不发达，集体工业产值仅2亿多元，工农两大产值之比是55：45。为了争取工业有个较快发展，各级增加对农业投入，从1978年的2000多万元增到1986年的8000万元，农业持续几年出现兴旺局面。农业的发展为工业提供了条件。现在，全市农村劳动力已有2／3入厂务工，促进了工业发展。去年仅是乡镇工业产值达23.5亿元，工农两产值之比上升到80：20。历史这面镜子使大家看清了东莞工业的发展，离不开农业的稳定和支持。现在工业发展了，农业在国民经济中比重下降了，但不等于农业、粮食的基础地位改变了。正如吃顿饭一样，饭的钱虽不多，但不等于不重要。饭是基础，没有饭再好的菜也不饱肚子。吃饭问题不解决，在工厂做工的几十万劳动力就要“解甲归田”，工厂就要停工关门。这样一分析，使大家对发展农业和二、三产业的关系，有了进一步的理解，从而认识到既要发展工业、乡镇企业，更要重视农业、重视粮食生产。

各镇各管理区也采取同样的方法，教育干部群众摆正工业与农业的关系。全市上下采取措施加强粮食生产，扭转“粮仓”缺粮局面。首先是稳定现有粮田面积。市决定对生产布局进行适当调整，把不适宜种植香蕉的5万亩低洼田，恢复种植水稻。同时积极围垦，逐步扩大粮食面积。市还决定增加化肥供应量，扶持农民发展粮食生产；其次是建立农业发展基金，增加对农业、特别是高产稳产粮田的投入。市财政对农业投资比例从1986年的4.5％增加到10％。各镇区也将从财政收入中拿出10％的资金投入农业。银信部门对农业的贷款，明年要占年度总贷款额的20％以上；再次是加强领导。各级要健全领导机构，配足农业办公室人员。要把农业从考核经济指标中单列出来，特别是对粮食播种面积、单产、总产要列出来，便于考察评比。

〈＊〉 〈＊〉

谭立谋、钟百凌、黄永贵：《正视粮产区出现的新问题　东莞市大抓农业基础地位再教育》

《南方日报》1988 年 12 月 26 日第 1 版

后记

《东莞风华四十年》的资料搜集工作始于2018年12月。当年，纪念中国改革开放40周年系列活动如火如荼地开展，纪念中国改革开放40周年发展成就的文献如雨后春笋般呈现。东莞也一样，《东莞四十年（1978—2018）》《东莞改革开放大事记：2008—2018》《见证春天：东莞改革开放四十年四十人》《时代印记：1978—2018：东莞庆祝改革开放40周年画册》以及《年度新闻媒体重点报道选编》等文献相继问世，而1949年10月中华人民共和国成立后至1988年1月东莞成为地级市之前《人民日报》《广东画报》《南方日报》等新闻媒体对东莞的重点报道则没有集结，为此，东莞图书馆在东莞市政协文化文史和民族宗教委员会的指导下，组织专业人员遍查以上系列新闻媒体中关于东莞的报道，并进行扫描、筛选、整理、摘录，经过四年多的努力，《东莞风华四十年》终于付梓，在欣慰的同时，更多的是感谢。

首先，要感谢东莞市委党史研究室的李炳球主任，他长期关注和支持东莞图书馆地方文献搜集与整理工作，本书的出版，是他任东莞市政协文化文史和民族宗教委员会主任期间前来东莞图书馆调研时所提的建议。

其次，要感谢广东省立中山图书馆特藏部和报刊部、岭南画院原院长黄泽森先生和东莞乐人谷茶叶博物馆馆长叶志强先生的大力支持。他们在此书的资料搜集过程中，无私地为东莞图书馆提供了所藏报刊资料。

最后，要感谢《东莞风华四十年》的所有作者。正是众多新闻工作者的辛勤耕耘和努力付出，才成就了东莞这段历史的记忆，成就了《东莞风华四十年》的集结与出版。由于本书作者甚多且分散，无法一一联系，敬请作者知悉后与我们联系，我们定将奉送样书或稿酬，以表谢意。

由于时间和水平有限，书中难免有错误和遗漏，敬请读者批评与指正。挖掘整理东莞历史文化精华，弘扬东莞文化和城市精神，是东莞图书馆的使命和职责。我们希望能继续得到社会各界人士的支持，同心合力，共襄东莞文化强市建设盛举。

编者

2023年3月